国家社会科学基金研究项目
第五届国家图书奖提名奖
中国高校人文社会科学研究优秀成果奖

现代中国儿童文学主潮

王泉根◎著

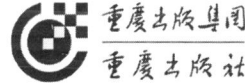

重庆出版集团
重庆出版社

图书在版编目（CIP）数据

现代中国儿童文学主潮 / 王泉根著 . — 2 版 . — 重庆：重庆出版社，2018.2
ISBN 978-7-229-11888-4

Ⅰ . ①现… Ⅱ . ①王… Ⅲ . ①儿童文学—文学研究—中国—当代 Ⅳ . ① I207.8

中国版本图书馆 CIP 数据核字 (2016) 第 324563 号

现代中国儿童文学主潮
XIANDAI ZHONGGUO ERTONG WENXUE ZHUCHAO
王泉根　著

责任编辑：周北川
责任校对：郑　葱
装帧设计：白一岑

重庆出版集团
重庆出版社　出版

重庆市南岸区南滨路 162 号 1 幢　邮政编码：400061　http://www.cqph.com
重庆市国丰印务有限责任公司印刷
重庆出版集团图书发行有限公司发行
E-MAIL:fxchu@cqph.com　邮购电话：023-61520646
全国新华书店经销

开本：787 mm×1092 mm　1/16　印张：57.75　字数：878 千
2000 年 12 月第 1 版　2018 年 2 月第 2 版　2018 年 2 月第 2 版第 1 次印刷
ISBN 978-7-229-11888-4
定价：98.00 元

如有印装质量问题，请向本集团图书发行公司调换：023-61520678

版权所有　侵权必究

目 录

呼唤儿童文学 　　　　　　　　　　　　　　　　　　　　　　　1
——王泉根先生《现代中国儿童文学主潮》序　　　　王富仁1

上　编　发展思潮论

第一章　现实主义：现代中国儿童文学的发展主潮　　　　　3
第二章　儿童的发现与儿童文学的发现　　　　　　　　　　25
第三章　中国儿童文学的历史资源与古代儿童接受文学的途径　　38
第四章　"五四"时期与中国儿童文学的现代转型　　　　　56
第五章　20世纪20年代文学研究会的"儿童文学运动"　　72
第六章　20世纪30年代儿童文学的左翼潮汐与"革命范式"　89
第七章　战争年代儿童文学的时代规范与救亡主题　　　　　104
第八章　现代中国儿童文学的外来影响与对外交流　　　　　129
第九章　"十七年"儿童文学的教育方向性　　　　　　　　183
第十章　20世纪八九十年代儿童文学系统工程的建设　　　192
第十一章　20世纪八九十年代儿童文学的转型与儿童本位　219
第十二章　20世纪90年代与跨世纪儿童文学的斑斓图景　　236
第十三章　资本市场与互联网双重影响的新世纪儿童文学（一）　245
第十四章　资本市场与互联网双重影响的新世纪儿童文学（二）　255

第十五章　新世纪儿童文学的外来影响与对外交流　　　269

中　编　个案研究论

第十六章　现代童话的双子星座：叶圣陶、张天翼合论　　　291
第十七章　周作人儿童文学观研究　　　324
第十八章　丰子恺作品的佛心、童心与诗心　　　345
第十九章　当代儿童文学作家十人论　　　357
　　　　　陈伯吹——金　波——曹文轩——沈石溪——张之路——
　　　　　周　锐——杨红樱——郑春华——汤素兰——张继楼
第二十章　崛起的西南儿童文学　　　441
第二十一章　云南儿童文学的精神风采　　　457
第二十二章　动物文学的精神担当与多维建构　　　465
第二十三章　儿童文学新品种的实验　　　473

下　编　观念本体论

第二十四章　论儿童文学的基本美学特征　　　501
第二十五章　论少年儿童年龄特征的差异性与多层次的儿童文学分类　　　525
第二十六章　三个层次与两大门类：儿童文学的新界说　　　545
第二十七章　论原始思维与儿童文学审美创造　　　551
第二十八章　论儿童文学审美创造中的艺术形象、艺术视角　　　567
第二十九章　少年小说的心理学研究　　　579
第三十章　高扬儿童文学幽默精神的美学旗帜　　　587

第三十一章　共建具有自身本体精神与学术个性的儿童文学话语空间　　596

第三十二章　共建世界华文儿童文学的精神家园　　613

外　编　20世纪中国儿童文学论点透视

第三十三章　1902—1949年的理论作品（156篇点评）　　623

第三十四章　1950—1999年的理论作品（132篇点评）　　737

附录1　王泉根学术简历与论著书目　　858

附录2　王泉根自述：我和儿童文学的从教与学术之路　　865

后　记　　893

新版后记　　900

呼唤儿童文学

——王泉根先生《现代中国儿童文学主潮》序

王富仁

王泉根先生是我国著名的儿童文学专家，其影响远播于整个东南亚和世界华人儿童文学界，他希望我给他的新著《现代中国儿童文学主潮》作序，我是感到十分荣幸的。但我对儿童文学毫无研究，只能从直感的角度谈谈我对儿童文学的认识，算是一次"外行"与"内行"的交流吧。

想到中国的儿童，我总有点悲哀的感觉。但这种感觉我又是说不清楚的。大概正是出于这种原因，我在去年曾经接受一个记者的采访，谈了一点对于当前中小学语文教学的意见。但当我有限地介入到当前中小学语文教学改革的实践中去，对中小学语文教学有了较为细致的思考之后，我才感到，我原来的一些想法实在是不太切合实际的。其原因何在呢？因为我所设想的，是一种儿童本位的教育，希望中小学的语文教学能够严格限制在儿童自身充满兴趣的范围，把儿童在自然的心境中感到陌生的成年人的语言排斥在语文教学的内容之外，使儿童不致对语文教学产生厌倦的情绪，从而永远保持住对我们民族语言的新奇感觉和喜爱的心情，永远在求知的乐趣中获得运用和创造民族语言的能力。

直至现在，我仍认为，这种想法不是没有任何道理的，但这里忽略的却是有关教育的整体认识的问题。其一，教育永远是一个完整的过程，而作为一个完整教育过程的学校教育，它永远不是也不可能是以儿童为目的。它首先考虑的是现实社会的存在和发展，是一代代的儿童成长为什么样的成年人的问题。也就是说，它的标准是成人的标准，而不是也不应该是儿童的标准。当然它应当尽量考虑到不同年龄阶段的受教育者的接受程度和接受趣味，但它又绝对不可能仅仅考虑到受教育者的自身的兴趣。现代的社会是一个充分文化化了的社会，是一个经历了几千年的文化发展的社会，一个社会成员必须在青少年时期尽快地具备在现代社会生存和发展必须具备的知识技能，才能成为一个于现代社会有用的人，才能在现代社会找到自己生存和发展的相对大的空间，以实现个人的存在价值的意义。这就使教育必须具有一定的强制性，这种强制性是为了把儿童自身尚无法产生兴趣但对于他在现代社会求得实际生存和发展所必需的知识技能灌输给儿童。在任何的情况下，一个儿童都不会自然地、主动地产生背诵牛顿三定律的趣味，也不会自然地、主动地产生背诵陶渊明的《桃花源记》、李白的《蜀道难》、白居易的《琵琶行》这样一些古代诗文名篇的趣味，甚至方块汉字的读写本身就是少年儿童的一个沉重的负担；而从教育的角度，似乎它们又都是需要的，是对于受教育者有益的。所以，教育不仅仅是自由的，还必须带有强制性的因素，不论把这种因素降到多么低的程度，这种因素是不可能被从根本上消灭的。越是一个文化落后的国家，越是急切地求得本民族的发展以实现自强自立的国家，教育的这种强制性因素也就越是不可能得到根本的抑制，因为它是一种成人的标准，一种成人社会的要求。第二，现代学校教育，是一种集体性的教育，是把不同的儿童编入同一个年级、同一个班级进行集体教学的形式。仅就趣味而言，他们彼此之间的差别是很大的，不仅男女儿童之间有天然的生理和心理的差别，就是同性儿童，由于家庭、环境、身体、习惯、知识范围等各种条件的不同，也会有彼此趣味的差异。趣味都是个体的，教学活动永远不可能照顾到每一个学生的趣味，学生也不可能完全按照自己的趣味选择课程和班级，"因材施教"在这种集体性的教育中永远只是一个努力的目标，而不可能得到完全的实现。这种教育形式，在可见的未来都是无法改变的。由于以上两个原因，学校教育注定有其强制性，注定不会也不能达到使儿童在身心上完全自由发展的程度。我们当前的中小学语文教学只是要尽量降低这种强制性的因素，尽量照顾多数儿童的接受程度和接受趣味，但却不会完全实现这一目标。教师的责任感主要是一种社会的责任感，而不是对一个个具体的儿童的责任感，越是负责的教师越要考虑现实社会对一个社会成员的要求，越是要用这样一个标准培养自己的学生，这使他不能主要迁就儿童的趣味，而是要把儿童的趣味纳入到自己预定的教学过程中来，并且，约束那些不符合这种教学过程的儿童的趣味。对于儿童，这就是纪律的要求。学校教育永远是建立在纪律的基础之上的，它的自由是在纪律之上的自由。自由不是学校教育的基础。

除了学校教育之外，家庭教育在儿童的身心发展中也具有关键性的作用。我们常常把家庭教育理想化，认为家庭教育更符合爱的教育的原则。但只要我们具体地而不是抽象地看待儿童的家庭教育，我们就会看到，在通常情况下，家庭教育是比学校教育更带实利主义性质的教育。这里的原因是多方面的。其一，多数的家长是作为一个已成年人在家庭中活动的，他们给儿童的影响是一种更纯粹的成年人的影响，这种影响并不考虑儿童的接受程度和接受趣味。对于多数家长而言，他们甚至没有作为一个教师那样的儿童心理学的知识，他们往往更多地以一个成年人的标准要求儿童，并且常常以自己当下的需要要求儿童；其二，从自然的感情上，父母是更爱自己的子女的，但这种爱也更经常地表现为对儿童未来命运的关心。这种关心不是使他们更加关心儿童当下的内心感受，而是更关心他们成人后的状况，经常用成年人的标准要求他们，甚至用只适于成年人的惩罚威胁他们。假若我们实际地考察当前中小学教学改革的情况，我们就会看到，当前中小学"减负"的阻力并不主要来自中小学教师，而更多来自学生家长。家长作为成年人所感到的生存压力越大，他们对自己的孩子的前途越关心；他们对自己孩子的前途越关心，他们越会强制自己的孩子更快更充分地满足当前社会对一个成人的要求，而不得不牺牲自己孩子当下的幸福。总之，不论是学校教育，还是家庭教育，只要是教育，就带有强制性，就

不仅仅依靠儿童当下的趣味。教育是灌输性的，主要不是自然生长性的。

一个儿童主要生活在学校和家庭中，这两个世界实际都是带有强制性的、以成人的标准为主要标准的世界。假若仅仅有这两个世界，我们的儿童还是没有自己的独立的世界的，还是不可能在自己的生活中找到更多的乐趣的。我们成年人总以为我们给自己的孩子、给自己的学生准备的家庭和学校是一个幸福的乐园，但我们又都是从童年生活过来的，我们那时真的感到在父母面前、在老师面前是自由轻松的吗？我们那时谁又不愿意逃离开父母和老师的监督而自己或同自己同龄的孩子去玩耍呢？这不是一个父母或老师爱还是不爱自己的子女或学生的问题，不是我们重视不重视儿童的身心健康的问题，而是一个成人世界同一个儿童世界本身的差异问题。儿童不但要生活在成人的世界中，还要生活在自己的世界中，他在成人的世界中接受教育，获得更快的成长，但也要在自己的世界中获得自由，感受生活的乐趣，体验世界的美和人生的美。正是在他自己的世界中，他才能形成和发展他接受成人教育的独立的心理基础，并在这样一个虽稚弱但却独立的心理基础上自然地而非被迫地接受成年人的教育，并不断充实和完善自己的内部世界，使自己渐渐成长起来并不失或尽量不失童年美好的心灵状态。我们每一个人都会发现，我们现代的儿童不是懂事懂得太晚了，而是懂事懂得太早了；他们的幼年、童年和少年的心灵状态不是被破坏得太晚了，而是被破坏得太早了。他们过早地被置入一个由几千年的文化发展造成了的复杂的文化的社会，成人的社会，成年人的文化从他们出生那一天起就骚扰着他们幼小的心灵。他们听到的是成年人的音乐，看到的是成年人的图画，感受到的是成年人的感情反应，接受的是成年人的教导。他们不是从自己的心灵感觉中一步一步地将成年人的人生经验融化到自己的心灵之中去，而几乎是一集装箱一集装箱地倾倒在他们的懵懂的心灵中。我们的儿童几乎在没有做过幼年梦、童年梦和少年梦的时候就懂得了成年人才会懂得、才应懂得的东西：他们在距离性成熟的年龄很早很早以前就知道了性，就知道了性交；他们在距离独立生活还很远很远的时候就知道了金钱和权力的重要；他们在还没有感受到实际的社会矛盾，甚至不知道社会是什么的时候就知道了战争、暴力和犯罪……所有这一切都造成了他们精神发展上的畸形化。少年犯罪在整个世界上都成了人们关注的重要社会现象，人们往往把这种现象怪罪到中小学教育乃至教师和家长管教不严的过错上。实际上这恰恰是由现代学校教育和家庭教育本身的缺陷造成的。当一个人还没有实际地实现任何确定的社会目标的能力而又过早地以一个成人的价值观念意识社会或自己的时候，不论这种价值观念是正面的还是反面的，都会造成他内在心理的极大倾斜，都会导致严重的社会后果。60年代红小兵的英雄主义和90年代的少年抢劫犯实际都是由这种畸形心理造成的。除了这些极端的例子之外，它对儿童精神发展的戕害更是难以估量的。只要一个少年儿童没有仅仅属于自己的世界，仅仅属于自己的心灵感知方式，他就没有任何抵御被成人文化过早异化的能力，他或者毫无分辨能力地接受所有成年人的教导，造成创造力的过早枯萎和生命活力的过早消失；或者产生逆反心理，盲目地拒绝任何成年人的教导。前者属于鲁迅所说的羔羊型，后者属于鲁迅所说的流氓型。我们讲人的素质，实际上影响中国人素质发展的主要就是这两种倾向。甚至我们整个的成人文化也自觉不自觉地表现着这两种表面不同实质相通的倾向。我认为，这都是因为我们的少年儿童没有自己的世界，没有真正做过幼年梦、童年梦、少年梦的原因。人类的世界不是一个世界，而是有各种不同的世界。在知识技能的世界里，任何时代的成年人都优越于儿童，正是因为这样，少年儿童需要成年人的教育，需要由成年人灌输给他们在社会上独立生存和发展的必需的知识技能；但在精神境界上，任何时代的少年儿童都优越于成年人。人类是在不断追寻少年儿童时的梦想中实现自己的精神净化的。我们不是不需要儿童的世界，而是极其需要儿童的世界；我们不是不需要儿童的梦想，而是极其需要儿童的梦想。儿童的梦想在整个人类的发展中都是有着巨大的历史作用的。哪一个时代的人淡漠了儿童的梦想，哪个时代的人就一定会堕落，会丧失自己的精神的家园；哪个时代的人更多地保留着儿童的梦想，哪个时代的人就是更为崇高的、真诚的、纯洁的，即使在比较艰苦的条件下也能够充满生命的活力和生活的情趣。我们只有在儿童时期才没有私有的观念，没有对金钱的崇拜，对权力的渴望，没有残害别人求取个人幸福的意

识，而所有这一切恰恰是使人类堕落的根源。人类堕落的根源在成人的文化中，而不在儿童的梦想里。也就是说，一个民族的儿童必须有属于自己的独立的世界，有能够养成自己梦想的适宜的土壤。在这时，我想到的是儿童文学。

在人类原初的社会里，儿童世界和成人世界还只有极小极小的差别。那时的成人也像儿童，那时的儿童也像成人。因为成人没有自己独立的文化，而现当代的社会恰恰是儿童的世界和成人的世界发生了极其严重的分裂的时候。假若要问我们现当代儿童的世界与成人的世界有多么遥远的距离，我可以明确地回答说：从我们的幼儿世界到我们的成人世界有几千年乃至几十万年的距离，因为人类文化已经经过了几十万年的历史的发展，特别是在最近几千年的发展中，成人的世界已经远远地离开了儿童的世界。人类原初时代的生活本身以及那个时代的神话传说都既是成人的，也是儿童的，那时的儿童自然地生活在儿童的世界里。但到了现当代的社会，成人文化占领了整个世界，在纯粹自然发展的条件下，一个儿童几乎无法找到完全属于自己的世界，儿童的梦想在我们的现实世界上几乎没有形成的土壤。真正能够成为它的土壤的几乎只剩下了儿童游戏和儿童文学。只有在儿童文学里，儿童才有可能在自己的心灵中展开一个世界，一个在其中感到有趣味，感到自由，感到如鱼得水般的身心愉悦的世界。也就是在这样一个世界中，儿童才自然地、不受干涉地用自己的心灵感知世界，感受事物，感受人，并形成真正属于自己的感知方式。成人们已经习惯了的残酷在儿童的心灵中是无法被接受的；成人已经习惯了的虚伪、欺诈是无法被儿童所理解的。儿童有自己分辨美丑的方式，有仅仅属于自己的心灵状态。这种心灵状态在儿童文学中才有着充分展开的余地，并会在它的反复中得到强化。所以，在现当代社会，在人类文化离开人的自然状态有了几千年突飞猛进的发展之后，儿童文学变得愈发重要了，它成了人类社会发展中不可或缺的一个文化领域，成了人类健康发展的基础，是一个健全的社会不能缺少的。它的作用是独立的，是无法被任何其他东西（例如家庭教育和学校教育）所代替的。

在这里，我也形成了我的关于儿童文学的最最基础的观念。我的这种观念是在与教育观念的分别中建立起来的。我完全同意王泉根先生关于儿童文学四种基本形态的划分。他把迄今为止的儿童文学观念归纳为四种：教育主义、稻草人主义、卢梭主义、童心主义。在这四种主义中，我更倾向于童心主义。我认为迄今为止的儿童文学还更多地倚重教育主义，它是在成人社会中为儿童文学找到自己地位的一种需要，是引起成人对儿童文学的重视的一种理论。在一个漠视儿童的独立需要的社会上，似乎只有教育主义才能使这个社会重视儿童文学。但是，它仍然无法说明儿童文学的独立性。儿童文学到了现代社会不能再是社会教育、学校教育和家庭教育的辅助手段，教育本身就是以成人为本体的，是把成人的需要置于首位的，它是促进儿童心理向成年心理转化的一种形式，如上所述，这种转化是需要的，但却不是唯一的。儿童文学必须以儿童心理为基础，为前提，是这样一种心理的自由的、自然的游弋，它展开的是自己，是自己有趣味的审美感觉，是儿童愿意沉溺其中的一个世界。教育是有强制性的，教育的基础是纪律，而儿童文学则不应是强制性的，儿童文学的基础是自由。一个教师有强制学生掌握他自己不愿掌握的知识技能的权力，一个儿童文学家绝对没有强迫儿童必须阅读或喜爱自己作品的权力。儿童在儿童文学作品中首先感到的是乐趣，乐趣是在心灵自由中感到的，是儿童以自己的心灵感到的。我认为，正是由于这种教育的意识，才把儿童文学当成了教育的辅助手段，把儿童文学当成了班主任教育学生的形象化教材。这种教育主义把自己置于儿童老师的地位，严重丧失了儿童文学对于儿童的吸引力。什么是儿童文学？儿童文学就是在自然的情况下儿童最最喜爱的文学作品，因为它最最符合儿童的心理特点，最最符合儿童的审美需要。它没有儿童与成年文学的那种更大的心理距离。我认为，我们成人往往低估了儿童的感受力，实际上儿童在他熟悉的领域里的感受力往往是比成年人更强的。教育的意识是把儿童置于更低位置、把作者自己置于更高位置的一种意识，这种意识儿童靠着本能就能感受出来。我是从童年与少年之交开始阅读文学作品的，那个时候我读过安徒生童话、《一千零一夜》，读过好几个国家的民间故事，这些我都爱读，甚至那些不属于儿童文学的作品，如《聊斋志异》（那时有白话译本）、《西游记》、《水浒传》，凡尔纳的科幻小说，柯南·道尔的《福尔摩斯探案》，马克·吐温的《王子与

贫儿》、《在亚瑟王朝里的康奈狄克州美国人》、《傻瓜威尔逊》，菲尔丁的《约瑟·安特路传》，乔叟的《坎特伯雷故事集》，勒萨日的《瘸腿魔鬼》等等，都能引起我的阅读趣味。在小学五、六年级，我们班里还曾经有一度的武侠小说热，我也看过几本，也还是颇感趣味的，印象最深的则是《济公传》，我至今很喜欢济公这个人物。中国古代一些诗词作品也能使我喜欢，但说实话，我那时最不爱读的就是中国现当代的儿童文学作品了。它们的教育味太浓，它们总是使我意识到自己是一个不懂事的孩子，而那时的我是绝对厌恶这种感觉的，它伤害我的自尊心。而在我爱读的作品中，是绝不会产生这种感觉的。中国现代是儿童文学的初创期，其功劳是不可低估的，但20世纪是中华民族一个苦难的世纪，我们的作家更关心的是成人的社会，也往往从成人的需要看待儿童的成长，中国传统的儿童观在理论上有了很大改变，但在作家的意识中却不能说没有根深蒂固的影响。中国的成人对儿童几乎只有两种态度，一是"教"孩子，一是"哄"孩子，这两种态度与儿童文学的创作都是格格不入的。教育意识在中国更多地表现为一种道德意识，实际上，在道德的领域里，在心灵的状态上，任何一个成年人也是无法同童年相比的。这种道德教化的意识一旦在儿童文学作品中出现就显得十分可笑。王泉根先生把儿童文学分为三个层次，一是幼年文学，二是童年文学，三是少年文学。这种划分是十分有益的，它不但有利于实际的创作，也有利于我们对儿童文学的研究，正是在这种划分中，我们才能意识到儿童文学的最本质的特征。体现儿童文学最本质特征的应是幼儿文学。一个幼儿的心灵是需要我们成人去净化的吗？恰恰相反，我们的心灵需要用幼儿的心灵来净化的，而不是幼儿的心灵需要我们去净化。

儿童文学不是儿童创作的文学，而是成年人创作的文学。如果作者在儿童文学的创作中发挥的不是道德教化的作用，那么，他发挥的是什么作用呢？我认为，他发挥的是具体地、实际地展开儿童心灵的作用。儿童的心灵是纯净的，但这颗心灵在现实的成人社会上却没有展开的广阔空间，特别是在现当代的成人社会上，不但儿童的心灵是被严重地禁锢着的，而且儿童自身也无力冲破这种禁锢为自己找到广阔活动的空间。我们每一个人都会看到，随着现代社会的发展，儿童能够自由活动的空间越来越小了，能够体现自己独立性的机会越来越少了。我们的幼儿已经从丰富多彩的大自然中被排挤出来，被禁锢在只有人造的物质产品的家庭中；我们的少年每天从家庭走入学校，又从学校返回家庭，而不论是在家庭和学校里，具有主动性的都不是少年儿童自己，他们是在家长和教师的管教下生活的。他们没有完全舒展自己心灵的空间，同时他们自己也无法具体地展开这个空间。一个成年人即使被禁锢起来，他仍然可以靠回忆、靠想象展开一个广阔的精神世界，但儿童却不可能。这不是因为他们的道德太低下了，不是因为他们的心灵太污浊了，而是因为他们自己的知识范围太狭小了，他们感知过的事物太少了。即使幻想的世界、想象的世界也要借助众多的人和事物、众多的意象和具体丰富的语言符号构造起来。所有这一切，恰恰是少年儿童所缺乏的。他有一颗童贞的心灵，但却没有具体展开它的形式，儿童文学家所要完成的就是能够展开这颗心灵的各种不同的构造形式。这种形式创造出一个独立的世界，儿童的心灵只有在这样一些世界中才感到自由，感到乐趣，同时他也以自己的心灵接受了儿童文学家为他展开的这个世界的事事物物，开阔了他的世界，拓宽了他的心灵，也丰富了他的感性知觉。正像一个儿童在游乐场的游乐中也可以增长知识一样，儿童在儿童文学中也能获得丰富的知识，但这不是教育的作用。游乐与教育的区别就是儿童文学与学校教育、家庭教育的区别。前者是以儿童为本位的，后者是以成人为本位的；前者是没有强制性的，是儿童的主动性行为，后者是带有一定强制性的，是不一定以儿童自身的意愿为转移的；前者是丰富现在的儿童心灵的需要，后者是转变儿童的心理的需要。儿童文学家就是这样一个语言游乐场的建造者，儿童文学家没有权力强迫儿童到自己建立的这个世界当中来，儿童喜爱这样一个世界才愿意进入这个世界。因此，这个世界同时也是儿童心灵的象征，是展开了的儿童的心灵。儿童的心灵找到了自己的表现形式，同时也在这种形式中朦胧地意识到自己的存在。儿童文学家没有改变儿童的心灵本身，但却为它找到了一种表现形式。但也正是有了这种表现形式，它就在儿童的心灵中被强化起来，即使少年儿童已经成长为成年人，有了成年人的社会经验，他也能够依靠这种形式回忆起自己

童年的心灵、童年的爱好和童年的梦想，从而有形无形地影响自己成年后的选择，这种影响对一个成年人的影响将永远是善的、美的、真的，因为它是在一个纯真的年龄阶段形成的。学校教育、家庭教育使儿童的知识技能、人生经验尽快地丰富发展起来，儿童文学使儿童的纯洁、真诚和旺盛的生命力尽量多地保留到成年。我认为，在现当代社会上，只有在这两种力的合力中，才能建立起一个相对完美的成年人的社会。儿童文学家在这中间的作用是巨大的，这是比在儿童文学作品中寻找出点点滴滴的教诲意义更为伟大的作用。

儿童文学是以儿童为本位，以儿童的乐趣为中心的，儿童文学家没有把自己置于儿童之上以教育者的姿态对待儿童的权力，"教"孩子、"哄"孩子的意识都会有损于儿童的自尊心，也有损于儿童文学本身的质地，那么，儿童文学家创作儿童文学作品的内在动力何在呢？在这里，我们所要提出的是有关成年人的人生体验的问题。我们要问：我们这些成年人，我们这些接受了社会的教育已经成为成人社会一员的成年人，在这个成人的社会中获得了心灵的满足吗？我们有了高超的现当代的科学技术，有了在社会中生活的丰富的人生经验，懂得了现当代社会所有的道德信条和法律常识，也努力按照现当代社会为我们规定的伦理的、道德的、法律的标准要求自己，家长、老师教过的一切我们都已知道，家长、老师没有教过的很多东西我们也已知道，但我们怎么样了呢？我们的心灵越来越完美了吗？我们的社会越来越完善了吗？我们的生活越来越幸福了吗？我们是在追求着完美、完善、幸福、自由、生活的乐趣的过程中离开童年、走向成年的，但当我们真的成了成年人，才真正感到，我们不是走入了一个更完美、更完善、更幸福、更自由、充满更多乐趣的世界，我们自己也没有变得更高尚、更纯粹、更真诚，倒是我们离开的那个幼年时代、童年时代、少年时代充满着更多的生活乐趣，充满着更美丽的幻想，那时我们的心灵也是洁白无瑕的。我们离开了童年的世界，但我们又不能不从内心怀念那样一个世界。正是这种对成人社会的不满足感，在我们的成人文学中产生了批判现实的现实主义文学、反抗现实的浪漫主义文学、绝望于现实的现代主义文学、调侃现实的后现代主义文学，归根到底，这些文学都产生在童年回忆与成人文化社

呼唤儿童文学

会的巨大反差之中。人类文化越是发展，就越是远远地离开了人的自然的需要，离开了人的童年的感受。文化推进了社会的发展，同时也成了人的精神的重压。仅仅为了掌握在现实社会生存和发展的文化知识，我们就花费了多少力量，承担了多少精神压力，丧失了多少原应享有的自由呵！直至成年，我们都还必须驮着人类几千年乃至几十万年的文化史，我们更有理性了，但理性也成了精神的压力，我们的感觉更迟钝了，我们在物质生活中感到的精神乐趣更少了，我们再也无法像儿童那样轻松自然地感知周围的世界，再也无法像儿童那样在极其单纯的事物中发现出无穷的乐趣来，我们没有了儿童能有的那样美丽的幻想，没有了童年时期的那种丰富的想象力。我们的生活失去了应有的乐趣。成年人的社会也有娱乐，也有享受，也有刺激神经的办法，甚至也有游戏文学，但所有这一切都或多或少地带上了恶俗的性质，吸毒、赌博、卖淫、战争、暴力、凶杀。我们无法弥合的精神裂痕，有的渴望权力，有的追求金钱，有的沉溺于性爱，有的企盼着名声，这使我们之间的精神交流也变得极其艰难。在这时，你不留恋于自己的童年吗？你不亲近于现在的儿童吗？在这时候，你仍然不会否认学校教育和家庭教育的必要性，但你却有了与这种教育不同的感受儿童的角度。你不再感到儿童是比成人更不完善的，反而感到儿童是比成人更接近完善的；你不再感到你有教育儿童的资格，反而感到有净化自己心灵的要求。你愿意重新回到儿童的时代，与儿童一起去过那梦幻般的生活。我们到底是从儿童时期成长起来的，我们的内心还沉埋着那时的梦想，还有着关于那时的诸多回忆，也能够从嘈杂的现实实利追求中暂时逃离出来，在想象中回到那个童年的自我之中去。与此同时，我们到底有了比那时更丰富的生活阅历，有了比儿童时期更丰富的知识，有了更纯熟地运用语言的能力。这使我们有可能用语言表现我们童年的心灵，展开我们那时能有的美丽的幻想、丰富的想象。在这时，我们就有了儿童文学。所以，真正的儿童文学并不产生在对儿童的教育意识里，而是产生在儿童文学家追寻自我的儿童梦的内在需求中，产生于他对儿童的亲切感受中，产生在净化自我心灵的愿望里，产生在对更美丽的人类社会的理想中。他展开的是一个儿童的心灵世界，也是他沉潜在内心深处的求真求美的愿望。

中国成年文学发展的困难是显在的，而儿童文学发展的困难则是内在的。儿童文学不但不是由儿童自己创作的，同时也不是由儿童自己选择的。儿童文学是为儿童创造的一个语言的世界，但儿童却无力自己走进去，他们要靠家长和教师领进这个世界里，而家长和教师则是成人，则是负责儿童教育的，他们往往主要为儿童选择那些"有用的"，而不是为儿童选择那些"有趣的"。我经常听到家长对他们的孩子们说："看这做什么，没有用处！"而他们所谓有用的就是在学校考试中能得高分的，在升学中用得上的，到社会上能赚钱的，他们并不把儿童自身的阅读乐趣作为主要的标准。在现在中小学教育改革的"减负"过程中，削减了儿童课内的负担，但同时为儿童开列了更多的课外读物，而这些课外读物却大都是中外文学史上的名著，是成人文学中的精品。其目的何在呢？仍然是要扩大他们的文学史知识，提高教学质量，其目的仍然在教育，在"有用"。中外文学名著有多少啊，这是学生从小学到大学毕业都看不完的，如果让这些成人文学完全占领了儿童原本有限的课外阅读时间，我们当代的儿童文学创作就无法进入到儿童的阅读范围之中去，我们的儿童文学创作就不可能得到发展，有限的发展也会局限在那些教育味很浓、儿童并不真正爱读、本质上不属于儿童文学的少量作品中。所以，儿童文学的发展在当代世界上还是阻力重重的。但是，如果我们真正切实地想一想，在人类社会上，还有什么能够制约成人欲望的恶性发展呢？如果你不是一个宗教家，不是一个宿命论者，不是一个认为科学万能、知识万能的科学主义者，你就必须承认，恰恰由于一代代的儿童不是在成人实利主义的精神基础上进入成人社会的，而是带着对人生、对世界美丽的幻想走入世界的，才使成人社会的实利主义无法完全控制我们的人类、我们的世界，才使成人社会不会完全堕落下去。我们不能没有儿童世界，不能没有儿童的幻想和梦想，不能用成人社会的原则无情地剥夺儿童的乐趣，不能用我们成人的价值观念完全摧毁儿童的懵懂的但却纯净的心灵。我们要生存，首先要为儿童找到幸福，找到乐趣，找到他们的心灵能够栖息的场所。一句话，我们现当代的世界不能没有儿童文学！

我呼唤儿童文学！呼唤中国的儿童文学！呼唤中国真正地以儿童为本位的

呼唤儿童文学

儿童文学！

2000 年 4 月 10 日于北京师范大学中文系
（本文作者为北师大教授、博士生导师）

上 编
发展思潮论

第一章
现实主义：现代中国儿童文学的发展主潮

（前记）自二十世纪初叶迄今的百年现代中国儿童文学，选择的是现实型文学的路向，更多地体现为对现实的描摹、反思、评判与想象，追求逼真、传神的艺术效果，侧重于文学的认识作用与教化作用，主要影响于儿童的意识形态、价值取向、国族认同、人生态度。中国文学、文化的现实主义精神对儿童文学的直接影响，百年中国儿童文学在初创时期缺乏神话、古典童话的传统资源，百年中国儿童文学的时代规范与社会现实语境，以及儿童文学的实用主义倾向与作家使命意识，是形成百年中国儿童文学选取现实主义而不是西方式的浪漫主义、选择的是现实型而不是幻想型文学的根本性原因。

自二十世纪初叶迄今的百年中国儿童文学的发展思潮、审美取向以及深蕴在这种特殊文学背后的一种文化观念和文学精神，我认为是现实主义精神而不是其他，现实型文学占了上风。现实主义是二十世纪初迄今中国儿童文学的主潮，这是我对百年中国儿童文学整体走向的一个理解与判断。

什么是现实主义？大家都熟知恩格斯对现实主义文学的经典论述："据我

看来，现实主义的意思是，除细节的真实外，还要真实地再现典型环境中的典型人物。"① 现实主义文学强调关注现实，直面人生，感动当下，侧重如实地反映现实生活，有较强的客观性，按照生活的本来样式精确细腻地加以描写，力求真实地再现典型环境中的典型人物。现实主义要求作家的主观性和理想性深隐在对客观事物的描写中；注重写实，追求细节描写的真实性和典型性的统一；注重对生活的观察、体验，力求使艺术描写在外观上、细节上符合实际生活的形态、面貌和逻辑。

或问，为什么百年中国儿童文学选取的是现实主义而不是西方式的浪漫主义、后现代主义？为什么中国儿童文学要走现实主义路线？这就是我们需要探讨的课题。

一、中国文学、文化的现实主义传统

在探讨这个问题之前，我们首先要对"儿童文学"这种特殊文学最基础的内质进行解读和思考。

儿童文学本质上是张扬浪漫主义精神的文学，是一种"飞起来"引人仰望天空的文学，是儿童喜欢接受的、契合儿童精神世界的文学，显然它同成人文学是不一样的。就世界范围的现当代原创儿童文学而言，东方的儿童文学以中国为代表，选择的是现实型文学的路向。这种文学更多地体现为对现实的描摹、反思、评判与想象，追求逼真、传神的艺术效果，侧重于文学的认识作用与教化作用，它主要影响于儿童的意识形态、价值取向、国族认同、人生态度。而西方的儿童文学以欧美为代表，则取向于幻想型儿童文学，更多强调文学的想象与诗性，崇尚人的欲望与情感的释放，追求奇特、神秘的艺术效果，侧重于文学的审美作用与娱乐作用（或游戏精神），主要影响于少年儿童的精神性格、审美情趣、想象空间。正是从这个角度出发，我们反观二十世纪初以来的中国儿童文学，就会发现中国儿童文学似乎更多的是"沉下去"的文学即紧贴地面

---

① 恩格斯．至玛·哈克奈斯[A]．马克思恩格斯选集（第4卷）[C]．北京：人民出版社1995年版第683页。

第一章　现实主义：现代中国儿童文学的发展主潮

的文学，更多地张扬的是现实主义旗帜，引人关注社会现实、关注当下的文学，在某些时候，中国儿童文学甚至会有"成人化"气息。为什么二十世纪初以来的中国儿童文学的走向和主潮是现实主义而不是浪漫主义？选择的是现实型而不是幻想型文学？这就需要我们小心地、多维度地探究其中的原因。

一定的文学是一定的社会历史文化的审美物态化产物。因而，我们应从中国文化传统、文学传统尤其是二十世纪初叶以来的中国特殊的文化语境以及这一时代对文学包括儿童文学的特殊要求出发来加以考察。

中国传统文化从整体上说是一种以儒家思想为主要思想基础和价值取向的文化。虽然中国传统文化中不但有儒家思想，还有道家思想、法家思想、墨家思想等，春秋战国时期更有百家争鸣。但中国数千年的文化传统走向，是以儒家文化为主要的思想基础，是一种强调现世今生脚踏实地的生命文化。中国儒家思想的内涵非常丰富，但核心是八个字："经世致用、内圣外王"。内圣是指有很高的身心修养与德操品行，内圣方能外王。这里的"王"是一个动词，指的是对外能治国理政平天下。因而儒家思想强调"士"（知识分子）应关心现实，关心国家、民族的利益，关心政治。这种价值取向自然而然会影响到中国的文学传统，影响到我们民族的文化心理结构。经过历代"士"的践行与弘扬，推而广之，传而久之，由此形成我们中华民族的精神性格，更多的是清醒的现实主义，不尚空想玄谈，讲究一步一个脚印，脚踏实地，实事求是。

中国文化精神在儒家思想的影响下，使中国传统知识分子一直有一种使命意识、责任意识、社会担当意识，有一种献身精神，强调理想与坚守："经世致用，内圣外王"，"穷则独善其身，达则兼济天下"，"志存天下，忧国忧民"。孔子倡导"学而优则仕"，这是对读书人非常高的要求。孔子的本意是说，你既然是优秀人才，学问好，文章写得漂亮，那就应当有远大理想与抱负，出来为官做事。但这做官不是为你个人谋私利，而是为天下谋公利，为国家、民族服务，为大众服务，谋利要谋天下利。孔子反对学问好就摆架子，隐居深山，要三顾茅庐四处说情才能出来。"学而优则仕"原本深义存焉，但后人有误读曲解，将读书作为升官发财撞大运的捷径与敲门砖，显然这与孔子思想的

原旨背道而驰。

在中国文化精神与民族文化心理结构影响下，中国文学有一重要的传统，此即"文以载道"。"文以载道"出自宋代理学家周敦颐《通书·文辞》："文所以载道也。轮辕饰而人弗庸，徒饰也，况虚车乎。"①周敦颐此说由中唐时期韩愈等古文运动家提出的"文以明道"发展而来，经周敦颐的解释而得以完善。"文以载道"的意思是说"文"像车子，"道"像车子上所载之货物，货物通过车子的运载，方可达到目的地。因而"文以载道"强调文章要有用，要服务于"道"。"道可道，非常道。名可名，非常名。""道"的内涵很丰富。老子《道德经》中的"道"，或指方法论的"道"（道路），《说文》："道，所行道也。"或指本体论的"道"（自然规律），前人名之为天道，如四时之通行、日月之代明、星辰之躔次等皆是。或指价值观的"道"（道德），先民谓之人道。韩愈《原道》篇："博爱之谓仁，行而宜之之谓义，由是而之焉之谓道。"②从道路引申到人所当行的路、当作的事，以及自然界、人文界的一切现象和法则，一切事物的原理和方法。

显然，"文以载道"是关于文学社会作用的观点，这是一种实用主义的文学思想，也是中国古代文学理论的核心观念。文学创作、写文章，都要把"载道"这一崇高目标放在首位，要能载"道"，含有"道"的实质。"道"是内容，是目标理想，是价值取向，是民族精神。"盖文章，经国之大业，不朽之盛事。"（曹丕）③"伊兹文之为用，固众理之所因。恢万里而无阂，通亿载而为津。俯贻则于来叶，仰观象乎古人。济文武于将坠，宣风声于不泯。"（陆机）④"居庙堂之高则忧其民，处江湖之远则忧其君。"（范仲淹）这里要求的都是士与文学要有大担当、大用处，这就是"文以载道"。

中国古代文学传统，强调关注现实，关注脚下的这片土地，以治国安邦平天下，以实利实效为目的。中国文学曾经深深地打动、感染、触发过天下无数

---

① 周敦颐．通书·文辞 [A]．郭绍虞．中国历代文论选（第 2 册）[M]．上海：上海古籍出版社 1980 年版第 283 页．
② 韩愈．原道 [A]．中国古代十大文豪全集·韩愈、柳宗元之全集 [M]．北京：中国文史出版社 1995 年版第 85 页．
③ 曹丕．典论·论文 [A] 郭绍虞．中国历代文论选（第 1 册）[M]．上海：上海古籍出版社 1980 年版第 159 页．
④ 陆机．文赋 [A]．郭绍虞．中国历代文论选（第 1 册）[M]．上海：上海古籍出版社 1980 年版第 175 页．

第一章　现实主义：现代中国儿童文学的发展主潮

心灵的作品，通常是那些关注现实的作品，是《诗经》中的《伐檀》、《硕鼠》，是杜甫深刻地写出民间疾苦及在乱世之中身世飘荡的"三吏三别"，是明清小说中的《三国演义》、《水浒传》。即使像屈原那样创造了《离骚》、《天问》等浪漫主义杰作的作家，最终还是要回到现实问题的纠结上来。屈原是了不起的诗人，有人说《天问》是我国科幻文学的开山之作，提出了很多关于宇宙本体的问题。但是最后，屈原还是要回到现实，回到他的楚国土地上来。仰望星空并不能解析脚下大地的种种矛盾困境，最后只能遗恨地沉到汨罗江去了。

现实主义精神、浪漫主义情怀，这就是我们中国文学的传统。这种传统造成了古代作家的两种性格：如果能够伸展他的抱负、为皇上为天下所用，就会"致君尧舜上，再使风俗淳"，"先天下之忧而忧，后天下之乐而乐"，"身在江海之上，心居乎魏阙之上"，以朝廷、国家、民族的利益作为他的价值追求和抱负，这是一面。中国古代文学中的大量作品所表现的正是关于现实的、民族的、社会的问题，是以儒家的"经世致用"为整体价值取向，从中体现出作家的精神性格与文学功效。但还有另一面，另一种性格：一旦作家的愿望没有实现，遭遇逆境，就会用道家思想来安慰自己，出现像谢灵运、陶渊明、李白这样的作家，"仰天大笑出门去，我辈岂是蓬蒿人"（李白），回归自然隐逸山林去释放他的天性；"采菊东篱下，悠然见南山"（陶渊明），"兴来每独往，胜事空自知"（王维），寻找他的精神安顿。所以，中国古代文学中还有山水诗、性灵派，还有纯粹表现个性、张扬自我的文学。显然，这类作家走的是另一个极端。

中国古代有两大文学作品开创了中国文学的传统：一是代表着黄河流域文化文明的《诗经》传统。《诗经》反映的是北方中原地区汉民族的文化心理与审美表达，中原地区一直是中国古代政治文化的核心。《诗经》的风、雅、颂整体上体现的是现实主义。二是以屈原《离骚》为代表的是南方长江流域的文化传统，显然这是与主流的北方中原文化思维不一样的浪漫主义。《诗经》、《离骚》的互补共生开启了中国文学传承数千年的艺术版图，从整体上说，中国文学的总体价值取向是以黄河流域《诗经》的现实主义精神与传统为主脉的。

  这种传统自然会深刻影响到近现代文学，乃至影响到二十世纪中国儿童文学的创作。现代中国儿童文学作家，似乎有种天生的使命意识、社会责任意识以及"以笔为旗"为民族服务的意识。试以叶圣陶的童话《稻草人》为例进行解析。《稻草人》是 1922 年由商务印书馆出版的短篇童话集，这也是中国第一部原创童话作品。这里我们要具体分析的是其中的一篇短篇童话《稻草人》。

  《稻草人》的艺术结构是三段式的描写，以上世纪 20 年代中国破产农民的不幸遭遇为题材。故事中的稻草人看到了老农妇在庄稼成熟的时候被遍地蝗虫吞噬了成果；看到了渔民的孩子冻饿在船上；看到了命运凄惨的下层妇女哭泣着跑去投河的不幸遭遇。这一切都被稻草人看到了，听到了，但他既不能呼喊，又不能跑去拯救，唯一能做的是挥动他的破扇子，而这把破扇子还需借助风的外力才能舞动。这就非常深刻地写出了稻草人内心的焦虑和痛苦。如果他没有看到、没有听到，就不会难过，但是他看到了、听到了，但他无所作为。最后的结局只能是无奈地、痛苦地倒下了，倒在了一片黄土地上。"稻草人"是一个象征性的童话人物形象。这个人物有良知、想作为，但是他的手、足都是被捆住的，只能默默地插在田中央，静止，不能动。这就是稻草人的痛苦与定位。《稻草人》写出了中国近现代知识分子巨大的精神痛苦和焦虑。1982 年，叶圣陶曾"夫子自道"，解析了"稻草人"的象征意义。他说，他写的"稻草人"正是一个富有同情心，却又没有力量、没有办法可以改变环境、帮助别人的人，是旧中国有良心的知识分子的典型，他是不自觉地写出了中国知识分子的苦恼（见 1982 年 6 月 15 日《文汇报》）。——这就是"稻草人"深刻的象征意义、文化意义：现代中国有良知的知识分子既有服务社会、解救民族生存困境的社会责任担当意识而又无能为力、心有余而力不足，内心痛苦焦虑的矛盾纠结，在"稻草人"身上找到了最好的诠释。《稻草人》体现的正是中国几千年来所传承的一种"家国文化"思想影响下的知识分子精神传统与文学传统。

  因之，我们要很好地理解"稻草人"这一形象，这是了不起的艺术形象，代表着二十世纪中国知识分子经典的形象。二十世纪中国知识分子是什么样的性格，有什么样的担当、什么样的痛苦，我们都可以从这个形象中找到诠释。

第一章　现实主义：现代中国儿童文学的发展主潮

中国的文化传统与文学传统所体现的现实主义精神和价值取向，直接影响着二十世纪中国儿童文学的创作。《稻草人》的审美创造指向显然是现实主义的，这一选择得到了鲁迅的充分肯定。鲁迅在1937年为其翻译的苏联中篇童话《表》所作的序言中，明确指出："十来年前，叶绍钧先生的《稻草人》是给中国的童话开了一条自己创作的路的。"[①] 开了一条什么路？我认为鲁迅肯定的这条"路"包含着以下三个方面的内容：

第一，叶圣陶开辟了二十世纪中国儿童文学现实主义的创作道路。这条创作道路是关注现实民生、关注社会问题，要解救人民大众的苦难，要实现知识分子经世致用、解民于倒悬的抱负。

第二，叶圣陶开创了中国原创儿童文学的道路。叶圣陶在中国儿童文学史上的地位，类似于世界儿童文学史上的安徒生。安徒生完成了世界儿童文学史上从民间童话到作家原创童话的转型，而叶圣陶则完成了中国儿童文学史上从民间童话到作家原创童话的转型，因为在他之前，我们找不到一个中国原创童话作家。正是经过叶圣陶的努力，经过其有充分艺术价值的作品的典范性启示以后，中国原创儿童文学作品才越来越多。

第三，叶圣陶为中国作家原创童话积累了新鲜艺术经验。比如童话的题材内容、人物形象、创作技巧、文学语言，尤其是"为人生而艺术"的儿童文学取向等，都在《稻草人》中充分地体现出来。

所以，要研究二十世纪中国儿童文学，《稻草人》是绕不开的。《稻草人》是中国儿童文学现实主义传统的一个开端。

自叶圣陶之后，中国原创童话的第一个代表作家应推张天翼。张天翼继承并传扬了叶圣陶的儿童文学原创传统，把现实主义精神推向了一个新的高度。这个新高度是什么？如果说叶圣陶还是从凡俗生活的层面，从社会人生的层面去关注、开拓现实主义儿童文学的话，那么张天翼则是把社会的变革尤其是现实的社会关系与斗争直接写入了作品之中。

[①] 鲁迅.《表》译者的话[A].鲁迅全集（第10卷）[M].北京：人民文学出版社2005年版第437页。

张天翼的代表作品有长篇童话《大林和小林》、《秃秃大王》，还有《金鸭帝国》。他的《金鸭帝国》原来雄心勃勃，他要写什么呢？他要通过《金鸭帝国》这部系列长篇童话，用文学的形式揭示人类社会发展史。第一部写原始社会，第二部写奴隶社会，第三部写封建社会，第四部写资本主义社会。张天翼的本意是用童话艺术揭示各种类型的人类社会，因为当时（上世纪30年代）思想界、政治界正在展开对中国社会历史性质的大讨论，他是用童话来参与这场讨论，可见他是非常自觉地将其文学创造与社会变革、斗争紧密地融合在一起。

从上世纪30年代以后，中国儿童文学以童话、小说为核心，越来越紧密地与现实结合起来。中国儿童文学从整体上说，取得重要文学成就的是小说与童话这两类叙事性文学作品，它们所张扬的正是现实主义精神，这已是为文学史所验证了的不争的事实。

以上就是形成二十世纪初叶以来中国儿童文学现实主义主潮的原因之一。当然，这不是说中国文学没有浪漫精神，没有张扬飞升天国的内容。但从整体上看，中国文学更多的是关注现实，脚踏黄土地，背负民族的期待。这与中国文化的特性紧密联系在一起。

二、中国儿童文学缺乏神话、古典童话的传统资源

第二个原因，中国儿童文学与西方儿童文学相比较，有两个"先天不足"。

二十世纪初叶中国现代性儿童文学起步的时候，所借鉴与参照的艺术范式主要是"拿来"的外国的东西。我们不能说中国古代文学没有适合儿童的内容或为儿童接受的元素、样式，民族自身的儿童文学传统当然是有的。但与西方儿童文学相比，二十世纪初叶的中国儿童文学有两个"先天不足"。

第一是缺乏神话的传统。

神话是人类对世界和自我的最早认知，是有关神祇、始祖、文化英雄或神圣动物及其活动的叙事，由此解释宇宙、人类和文化的最初起源，以及现时世界秩序的最初奠定，其中蕴涵着人类最深层的思维和心理。神话不是真正的历

第一章 现实主义：现代中国儿童文学的发展主潮

史，但是每一个民族的历史都是从神话时代开始的。自然，中国也有自己的神话与神话时代。在中国文化的源头，似乎也不缺乏酒神精神，夸父逐日、女娲补天的神话，都体现了反抗绝望和痛苦的英雄气概。世界神话有几大类型，一类是古希腊、古罗马的神话，一类是古印度的神话，一类是古印第安人的神话，再一类就是古中国的神话。但是如果把东方的中国神话与西方的古希腊、古罗马神话相比较，我们会发现这是两种不同类型的神话，至少有以下几方面的区别。

第一，西方神话有一显著特点，它有自己的神话人物谱系，神话人物互相关联。比如普罗米修斯、爱神、太阳神、月亮女神等等，这些神话人物有的是家属亲戚关系，有的是上下级之间的关系，有的是爱恨情仇的关系，总之相互之间都有关联。西方神话人物还各有分工，有酒神，有爱神，有日神等，神话人物都有自己具体的职位和岗位，不会下岗，都有事情做，而且这个事情好像永远做不完。普罗米修斯从天上盗取天火，日神、爱神各司其职。

中国神话就不一样了。最早有盘古开天地、女娲补天、夸父逐日、后羿射日、嫦娥奔月、愚公移山等神话传说。但中国神话里的人物都是彼此独立的，互相之间没有联系，如果说有联系的话，后羿与嫦娥算是有联系，精卫填海与夸父逐日就没有什么联系，盘古开天地与愚公移山也没有什么联系。这就造成了中国神话没有人物谱系，不成系统，不成规模，虽有故事，但人物关系比较简单。

第二，西方神话人物似乎具有丰富的世俗"人性"，甚至可以把他们当作人间凡尘中的人来看待。里面的人物有优点、有缺点，有强大的一面，也有像阿喀琉斯的脚后跟一样的弱点。而且更重要的，神话人物居然同现实尘世中的凡人一样也有爱恨情仇、有阴谋、有梦想，好像是现实人世的翻版。这就使其故事有血有肉有温度，充满着蓬勃的生机与生命的活力。

中国的神话人物是重"神性"，更多的是愿望的化身、理想的化身，是伦理道德的象征，为世人树立一个榜样，具有象征性意义。你可以崇拜他，但要追求他们的作为那就太难了。这使中国神话故事有点高悬在空中的感觉，而西

方神话可以落到人间。

第三，西方神话有人物性格发展的历史即情节，故事情节是人物性格充分发展的过程。重要神话人物如宙斯、海伦、阿波罗、波塞冬、哈得斯、潘多拉等等，都有自己的故事，而这个故事是他们自身性格发展的逻辑线索，所以我们可以从故事中看到他们的性格变化，看到他们为什么这样做。因此，每个西方神话故事内容都相对比较丰富。

中国神话相对而言缺少人物性格的发展历史，故事情节较为简单，有的仅三言两语，当然这与文言文的表述也有关系。比如《山海经》对很多人物形象的表述都不会超过几百个字，我们看到的是他们的行动与结果，无法看到他们为什么会这样做，为什么会发生这种行为的动机与动力。

此外，与西方神话相比，中国神话中的自然神话比较缺乏，而自然神话往往体现了原始初民丰富的想象力。同时，中国神话中反映天灾、关注现实的神话较多，如反映洪灾的"女娲补天"、反映旱灾的"后羿射日"等。

正因为中西方神话有这些重要区别，因此相对来说，当二十世纪初叶中国现代性儿童文学开始萌生时，就很难从民族本土文化的神话里找到可资借鉴的传统资源。当时也有现代儿童文学的开创者如郑振铎、茅盾等试图整理我们民族自己的神话传统，从中寻找儿童文学资源，包括题材内容、人物形象等。但中国神话似乎比较缺乏这种资源，因而需要转过去到西方的神话当中去挖掘。茅盾翻译的《希腊神话》（1924）、《北欧神话》（1925），郑振铎翻译的《英国的神话故事》（1932）、《希腊神话》（1935）的影响明显大于他们整理的中国神话，而且这些西方神话最初都是发表在《儿童世界》杂志上，作为适合儿童阅读的文学推荐给中国孩子的，显然它们自然也对中国现代儿童文学的建设产生过实质性的影响。

这是中国儿童文学较之西方儿童文学的第一个缺乏：神话传统的缺乏。

第二个缺乏，二十世纪初叶中国儿童文学没有像西方儿童文学所拥有的那种古典童话传统。但这并不是说中国古代没有传统童话，我们同样有自己民族的民间童话。但古代传统童话大量地夹杂在志怪小说里面，如魏晋志怪、唐宋

第一章　现实主义：现代中国儿童文学的发展主潮

传奇、明清笔记小说等。古人更多地把它们作为一种茶余饭后的猎奇、寻趣，作为谈论奇怪事情的一种资源。用我们今天的文学眼光去分析，可以从中找到相当不错的民间童话，如《白水素女》、《李寄斩蛇》、《叶限》等。但遗憾的是，我们的祖先并没有把它们作为一种文学，更没有作为适合儿童的"文学资源"来加以利用。相对而言，西方古典童话的"自觉"程度似乎更早。

西方童话文学从缓慢发生到发展大体经历了三个阶段。第一个阶段是童话的原发阶段：童话在神话和民间故事的沃土中生长发育，在漫长的岁月里逐渐向文学童话发展，其基本轨迹表现为从神话叙事逐渐走向童话叙述，从古希腊神话到意大利斯特拉帕罗拉的故事集《欢乐之夜》和巴西耳的故事集《五日谈》的问世，以基本成型的"睡美人"、"白雪公主"、"灰姑娘"、"穿靴子的猫"、"小红帽"、"美女和野兽"等原型童话故事的文字记述作为标志；第二个阶段是童话的继发阶段：17世纪以来，在人们开始关注和重视民间文学的大背景下，一些别具慧眼和创造力的学者、作家等相继对民间流传的童话进行收集整理出版，继而在此基础上进行文人的独立创作，从而催生了现代形态的文学童话。发端于欧洲民间文学传统的早期文学童话也称为经典童话，主要包括以多尔诺瓦夫人的童话故事和贝洛的《鹅妈妈故事集》等为代表的法国童话；以格林童话和豪夫童话等为代表的德国童话；以安徒生童话为代表的北欧童话等。这三座童话里程碑的相继出现标志着西方童话的继发阶段的完成。托尔金在《论童话故事》中把童话传统比喻为那些"覆盖着岁月大森林地面的童话故事树"。正是在经历了这两个阶段之后，在岁月大森林的沃土中破土而出的童话嫩芽逐渐长成枝繁叶茂的童话大树，从而进入一个新阶段。这就是童话发展的第三个阶段：童话文体的升华阶段，其标志就是出现在两个民族国家的童话小说创作潮流——18世纪后期出现的德国浪漫派童话运动揭开了童话文学发展史上新的一页，而从19世纪中期以来异军突起的英国童话小说则开创了英国儿童文学的第一个黄金时代，同时确立了文学童话独特的艺术品位。

对于作为童话的"*Märchen*"，《牛津文学术语词典》是这样描述的：

"*Märchen*"是"关于讲述魔法和奇迹故事的德语词语，通常翻译为

'fairytales',尽管在大多数情况下故事里都没有真正出现仙女。人们将 Märchen 分为两种类型:'民间童话'是那种由雅各·格林和威廉·格林收集在《儿童与家庭故事集》(1812)中的民间故事;'艺术童话'乃'艺术故事',即文学创作故事,诸如 E. T. A. 霍夫曼的怪异故事。"[1]

德国文化语境中的这两种童话类型(以格林童话为代表的民间童话和以 E.T.A. 霍夫曼作品为代表的艺术童话或创作童话)实际上代表了世界童话文学的两种普遍形态。民间童话长期以来口耳相传,其特征为丰富的幻想因素,包括超现实的内容(主要有魔法、宝物、仙女、女巫、精灵、魔怪、小矮人,以及会说话的禽鸟兽类及其他动植物等)、奇异怪诞的情节和通常为短小故事的讲述形式。而艺术童话或文人创作童话往往汲取民间童话的母题、精神和手法,加以拓展运用,多通过中长篇小说的形式(当然也包括短篇小说)来隐射和表达作者对当下社会状况和社会问题的探索与批判。

西方古典童话最重要的特点在于它建构了一系列类型化的艺术形象,如上所述,有灰姑娘型,有小精灵、拇指姑娘型,有公主型,有王子型,有皇后型,有巫婆型,有巨人型,有小矮人型,有天鹅型——光是天鹅就有很多种类型,有白天鹅、黑天鹅等等。这样,西方古典童话自身就建构了一个童话王国的人物体系,这个体系构筑起一个虚拟的、幻想的、浪漫的、游戏的儿童文学的精神空间。这个精神空间是和表现现实的成人世界的游戏规则、现世秩序的成人文学完全区别的。

显然,当二十世纪初西方现代性儿童文学那一批原创作家出现的时候,他们就有很多传统的古典童话可以借鉴。从德国的《格林童话》,到安徒生童话,再到英国的卡洛尔童话等,都可从西方的古典童话中得到很多借鉴,有的甚至就是直接从古典童话的题材内容、人物形象中得到启示与资源。

二十世纪初叶中国儿童文学开始萌发的时候,的确是带有某种"先天不足",我们缺乏古代的神话传统,缺乏古典的童话传统。在这种背景之下,二十世纪

---

[1] 舒伟,等. 从工业革命到儿童文学革命:现当代英国童话小说研究[M]. 北京:中国社会科学出版社 2015 年版第 5 页。

第一章 现实主义：现代中国儿童文学的发展主潮

中国儿童文学一开始只能从国外、从西方寻找文学儿童的资源。因而"五四"儿童文学主要做了以下几个方面的工作。

第一，做了清理的工作。对《三字经》、《百家姓》这类传统的启蒙读物做了清理，试图建构适合现代儿童阅读的材料。第二，做了引进、翻译的工作，而且是大量的引进。这是当时儿童文学所做的主要工作。第三，做了发掘的工作。发掘中国文化、文学的传统资源。比如茅盾发掘寓言，把它改编成儿童读物。第四，做了原创的工作，以叶圣陶为代表。

百年现代中国儿童文学在其开创、发生的阶段，曾经大面积地引进、借鉴外来的东西，其原因之一，与我国缺乏古神话、古童话的传统资源有关。这是一个不争的事实。

三、中国儿童文学的时代规范与社会现实语境

如上所述，从某种角度说，现代性中国儿童文学的建设是在一个缺乏传统儿童文学资源的背景下进行的，在一定意义上可以说是白手起家，需要靠自己的打拼才能把它建构起来。

由于我们缺少神话与古典童话的传统，所以现代中国儿童文学的建设者自然就把眼光向外，到外面寻找资源和借鉴。因此，"五四"时期前后，中国儿童义学主要做的一件事情就是大量翻译介绍西方儿童文学。

这种对西方儿童文学的翻译，其集中的兴奋点和关注点主要是一种幻想的、浪漫的、诗性的文学，以童话为主。从文学精神来说，这正是我们缺乏的、不足的部分。所以当时大量翻译的是以幻想性文学为主体的儿童文学。这种翻译可以追溯到晚清时期。晚清时其实已经开始做这种工作。但是晚清时期与"五四"时期的翻译有着"质"的不同。晚清的儿童文学翻译强调的是"救亡图存"的需要，是启蒙与新民的需要，是少年中国的需要。所以当时的翻译大量地把目标锁定在教育、爱国、科学这样几个层面，翻译的手法以意译为主。所谓"意译"，就是为我所取。因而这种翻译难免会对原著加以改造。晚清时期的翻译很大程度上是从成人的功利目的出发，并没有意识到要建构中国现代性的儿童

文学,没有意识到要借鉴西方儿童文学之为"儿童文学"的本原性的、精神性的内涵。

到了"五四",翻译就起了变化了,这就是从"意译"改为"直译",即原封不动地把西方儿童文学翻译过来。为什么要原封不动地翻译呢?其根本目的就在于从儿童出发、从建设我们民族自身的儿童文学出发来借鉴外来文学。采用"直译"的翻译就把西方儿童文学的题材内容、语言方法以及作品所体现出来的其他民族的文化背景、风俗习惯等都原封不动地翻译过来了。有了这种翻译,才算是有了真正意义的外来儿童文学。从西方儿童文学中借鉴儿童文学精神、儿童文学品质以及儿童文学特殊性的东西,从而为建构我们的儿童文学提供一种参照。茅盾在1936年写的《关于"儿童文学"》一文中[①],回顾了"五四"及晚清时的翻译,他认为我们有真正意义上的外国儿童文学翻译是从"五四"才开始的,这种真正意义上的翻译对建构中国现代儿童文学起到了巨大的作用。其中两个作品的翻译非常典型地显现了这两个时期翻译的差异。

第一个就是对安徒生童话的翻译。安徒生童话在"五四"以前就已经翻译过来了,其中有一部翻译童话影响较大,书名是《十之九》,这是用文言文翻译的。用文言文翻译在当时文言向白话转型过程中也是可取的,关键是译者要按照晚清时的背景翻译,即要"为我所取",所以这一译本与安徒生童话原本之间自然会有一定的差距。译者总要在童话里面寻找一种微言大义,寻找一种教育性的作用,这就把安徒生童话的"儿童化"特色有意无意地淡化,甚至抹杀掉了。到了"五四"时期,对安徒生童话的翻译就完全不一样了,那就是尽可能完整地把作品直译过来。周作人在批评晚清翻译的《十之九》时所做的分析很有意义。比如《打火匣》这篇童话,安徒生写得是非常儿童化的:"公路上有一个兵在开步走,一,二!一,二!"形象鲜明,生动传神,而《十之九》的翻译则把这些生动的儿童化口语全部去掉了。

第二个翻译作品,是二十世纪中国儿童文学翻译史上一件非常重要的事件,

---

① 茅盾.关于"儿童文学"[A].茅盾全集(第22卷)[C].北京:人民文学出版社1993年版第361页。

第一章 现实主义：现代中国儿童文学的发展主潮

即意大利艾得蒙多·德·亚米契斯所著的儿童小说《爱的教育》的翻译。

《爱的教育》其实在20年代夏丏尊翻译之前就已经有人翻译了，译者是一位很有影响力的作家包天笑，当时译为《馨儿求学记》，但这个译本完全是"为我所取、为我所用"。更有意思的是，译本还带有某种改写的性质。包天笑为了适合中国的国情，在里面加入了某些中国文化背景的元素，比如清明节上坟，再如中国特色的糖果糕点。这显然不再是意大利的风情了[1]。

上世纪20年代夏丏尊重新翻译时，将书名译为《爱的教育》——作品直译过来为《心》。因为整个作品讲的都是关于爱，师生之间、父母子女之间，尤其是同学之间的爱等等，互相同情、理解、关心、宽容。夏丏尊当时是浙江上虞县春晖中学的一名教师，他在住处"平屋"里含着眼泪完成了这部作品的翻译。《爱的教育》在二三十年代直至四十年代，曾风行大江南北，再版三十多次，成为当时中小学生必读的课外读物，可见其影响之大。《爱的教育》以后长期没有再版。文革结束后，中国少年儿童出版社再次将其出版。当时正是文革刚结束后的80年代初，很多年轻人把它买来，以为这是本关于谈恋爱的书。我曾经在火车上看到几个年轻人很认真地在看《爱的教育》，我有意问他们这本书讲的什么，他们很不好意思，红着脸说，"可能讲的是谈朋友吧"。

夏丏尊是我的上虞老乡，春晖中学现在还在，是百年名校，电影导演谢晋也是从春晖出来的。1949年以前，在中国中学教育史上，有句话叫作"北有南开、南有春晖"。春晖中学在20年代曾经聚集了一批现代文学文化名人，在这里当过教师的有夏丏尊、朱自清、丰子恺，曾经去讲过课的有叶圣陶、朱光潜等。春晖中学位于白马湖畔，这里曾形成了中国现代文学史上一个很有影响的作家群，现代文学研究称之为"白马湖作家群"，他们的创作以散文为主。朱自清的一些散文名篇就是在这里写的，比如《匆匆》、《春》。夏丏尊也在这里创作了很多散文，而最重要的是，他在那里翻译了《爱的教育》。春晖中学校园里至今还有现代文化名人李叔同的"晚晴山房"。李叔同是丰子恺的老师，晚

---

[1] 包天笑 钏影楼回忆录[M]. 北京：中国大百科全书出版社2009年版第384-385页。

年时被丰子恺接过去，住在丰子恺等弟子们为他修建的"晚晴山房"里面。数年前，我曾有机会到春晖中学参观，见到了春晖中学如此多的现代名人旧居遗迹。李叔同的"晚晴山房"、夏丏尊的"平屋"、丰子恺的"小杨柳屋"，朱自清吟咏的"荷塘"……更难得的是，我们从中可以追寻到现代儿童文学的踪迹。我特意在夏丏尊翻译《爱的教育》的"平屋"摄影留念，你只有到了白马湖畔，才能更真切地感受到夏丏尊、朱自清、丰子恺他们的散文风格，平和、冲淡，非常有传统文化韵味的那种风格。你只有到了那种环境，才能够真正地明白他们为什么要这么写，为什么要投入儿童文学。

"五四"时期的翻译是从建设中国儿童文学的目的出发的，只有通过直译才能领会、把握、借鉴外国儿童文学的精神、内涵、形式、风格。为什么要做这项工作呢？因为我们原来很少有自己的儿童文学资源可资利用。借鉴西方儿童文学，主要是吸收、借鉴西方儿童文学中的幻想文学、浪漫主义、游戏精神这一面。在建设中国民族本土儿童文学时，建设者们希望可以与西方的"这种"儿童文学相融合、接轨。

但只是一厢情愿的愿景，持续的时间很短暂。中国儿童文学很快便被另一种思潮所吸引与裹挟，即现实主义思潮。在这方面，叶圣陶的童话创作是很有典型意义的。

叶圣陶自己说过，他创作童话，第一个原因是他在当小学老师的时候，感受到中国没有可供小学生阅读的作品；第二个原因，是他受到了西方儿童文学影响，看了安徒生、格林童话后产生了自己"试一试"的念头[①]。因而他最初创作时模仿、学习西方幻想性的儿童文学的痕迹很重，写的是田园牧歌式的、儿童本位的、有着浓郁浪漫主义色彩的作品。比如他的童话处女作《小白船》：从远远的天边驶来一条船，船是白色的，天是蓝的，水是清的，船上坐着可爱的、纯洁的孩子——他们要去寻梦，要到远方去。叶圣陶描写就是这种意境——诗意的、幻想的、浪漫的、充满理想主义色彩的文学。他早期的童话都充满着

---

① 叶圣陶.叶圣陶集（第9卷）[C].南京：江苏教育出版社2014年版第323-324页。

第一章 现实主义：现代中国儿童文学的发展主潮

作家一厢情愿的理想主义、田园牧歌式的弹唱。但是很快，他就被另一种文学思潮所吸引，那就是现实主义。

叶圣陶是文学研究会发起人之一，也是文学研究会的主要干将。他在创作童话的同时还在写小说，如《潘先生在难中》，都是以现实人生的不幸遭遇为主题，以社会底层的民众、中小学教师生活为对象进行描述。所以，他当时的创作状态是分裂的。创作小说时，他直面现实，不断揭露人世间的丑恶、痛苦；但当他创作童话时，又要建构一个梦幻的、田园牧歌式的王国。创作的分裂体现出他内心的分裂与痛苦、纠结。但是他很快就被"为人生而艺术"的文艺思想所规范，他的童话也很快就走向了现实主义。典型之作就是我们上面论述过的《稻草人》。当然，以后他试图寻找浪漫天国的童话不是没有，但是他的主要创作风格已经发生了转变，转向了现实。

中国儿童文学选择现实主义不是偶然的，不是兴之所至，而是一种时代规范与社会演变的必然选择——现代中国儿童文学从一起步就面对着一个非常严峻的问题，那就是，面对的二十世纪的中国是个多灾多难的中国，二十世纪的天下是个战乱频仍的天下。

中华文明五千年，雄居天下之中，万国来朝，厘定天下，传承不衰。但自1840年鸦片战争以来，国门洞开，外敌肆虐，天朝沦为乱邦，百姓频遭荼毒，遭遇所有帝国主义国家的联合宰割。1894年甲午战争爆发，北洋水师全军覆灭，大中华居然敌不过小日本。古老的中华仿佛走入漫漫长夜，不知何时重见光明。前人惊呼，这是中国"五千年未有之大变局"。

20世纪一开局，中国就如一条行驶在惊涛骇浪中的破船，列强入侵，神州陆沉，风雨交加。八国联军火烧圆明园（1900），中国被迫签订丧权辱国的不平等《辛丑条约》（1901）。紧接着两个外来的强盗在东北开打"日俄战争"（1904）。武昌首义，辛亥革命爆发，推翻清政府，结束帝制，试图建立民主共和的新秩序（1911）。但在多难的中国只是短暂一梦，先是袁世凯称帝（1913），紧接着张勋复辟，抬出故宫中的小皇帝（1917）。辛亥革命后的中国政体进入走马灯般的北洋政府时期（1912—1928），直系、皖系、奉系

三大派系，军阀混战，争雄称霸，生灵涂炭。十月革命一声炮响，给中国送来马克思主义，"五四"新文化运动呼唤科学民主（1919）。第一次国共合作（1924—1927），联手北伐革命，中国实现了形式上的统一。但人心叵测，蒋介石制造四一二政变，汪精卫制造七一五政变，国共合作宣告破裂，轰轰烈烈的第一次国内大革命失败（1927）。二三十年代之交，中国似乎有过短暂的平静，有所谓"黄金十年"的建设（1927—1937），但这十年同时也是"十年内战"时期，各派政治势力竞逐争斗，并导致中原大战（1935）与围剿中共领导的工农红军和红色革命根据地的国共内战等战事发生于山东、江西等地。与此同时，日本对华威胁与日俱增，侵华日军发动九一八事变（1931），完全侵占中国东北，并成立伪满洲国，此后陆续在华北、上海等地挑起战争冲突，国民政府则采取妥协政策避免冲突扩大。七七卢沟桥事变（1937），中日战争全面爆发。1937年12月13日，当中国的国都被日本占领，四十天南京大屠杀，30万无辜同胞的生命遇难，中华民族到了最危险的时候。"西安事变"（1936）突发，国共两党暂时放弃敌对，再度合作，一致抗日。日本发动太平洋战争（1941）后，美国正式对日宣战，中国战场成为第二次世界大战的主战场之一。全民族十四年抗战，中国伤亡3600万人（日军伤亡81万人），凤凰涅槃，浴火重生，日本投降（1945），一洗耻辱。但国共重庆谈判（1947）签订的"双十协定"很快又被战火取代，辽沈、淮海、平津三大战役，人民解放战争在全国节节胜利。1949年4月，人民解放军渡江作战，23日解放南京。毛泽东发表"钟山风雨起苍黄，百万雄师过大江"的诗篇，那神旺的气势远超周武王当年誓师孟津。多灾多难的中国终于迎来1949年10月1日新中国的伟大诞辰。

百年中国现代儿童文学正是在这么一种社会背景与文化语境中生成的，"启蒙、救亡、革命、战争"是观察百年现代中国社会的全景式视角与关键词。1949年新中国成立之前，面对战乱、炮火、天灾、人祸不断的现状，儿童文学能像当年叶圣陶《小白船》希冀的田园牧歌吗？能够寻找到幻想的、诗性的、浪漫的天国吗？显然不现实。在民族生死存亡的关头，地不分南北、人不分老幼都在呼喊中华民族到了最危险的时候，当此之时，文学自然而然要服务于民

第一章 现实主义：现代中国儿童文学的发展主潮

族、文化的大目标。中国儿童文学自然也不得不选择"直面现实"告诉孩子们"真的人真的世界真的道理"（张天翼语）的现实主义道路。所以我们看上世纪三四十年代的文学，那是战争年代的文学，儿童文学最发达的文体、最有影响的文体都是直面现实、能够最快捷地反映现实问题的文体，比如小说、报告文学、儿童戏剧。离现实比较远的文体，比如童话，相对比较薄弱。30年代，有的作家甚至对安徒生童话产生质疑，写文章称安徒生童话是有害的，我们中国的孩子不需要它[①]。显然这与当时面临"亡国灭种"的背景有关。而被看好的、受欢迎的则是那些直面现实的作品，小说如《鸡毛信》、《小英雄雨来》，童话如《大林和小林》。

这就是我们要探讨的形成现代中国儿童文学现实主义主潮第三方面的原因：那是与民族危亡、革命启蒙、社会变革密切相连的。

四、中国儿童文学的实用主义与作家使命

第四方面的原因与我们中国儿童文学的实用主义价值取向相联系。

如果说，处在战争动荡年代的儿童文学创作选择现实主义，直面现实，反映战争年代少年儿童的生存境遇与抗争有合理性的话，那么到了上世纪五六十年代的和平时期，儿童文学创作理应转向以儿童为本位、为儿童服务，转到幻想的、诗性的、浪漫的文学中来。但是，上世纪五六十年代的儿童文学还是以现实主义为主，以成年人的兴趣为兴趣，以成年人的意志为意志。这又是为什么呢？我认为这要与那个时期的文学观联系起来。

当时的文学观有某种实用主义甚至是功利主义的倾向，这自然也会影响到儿童文学。实用主义、功利主义与儿童文学相联系，有两个比较典型的现象。

第一是科学文艺、科幻文学的创作。当然，科幻文学是另一种类型的文学，不能等同于儿童文学。但科幻文学与儿童文学密切地联系在一起。在中国，科幻文学如果离开了儿童文学，将会失去很大的生存空间和发展平台。重要原因

[①] 范泉.新儿童文学的起点[N].大公报，1947－04－06.

在于这两种文学有着根本的、精神上的联系——都是张扬幻想、强调诗性，都是指向未来的文学；而且，这两种文学的主体读者对象都是青少年儿童。上世纪五六十年代的科幻文学和科学文艺有一个价值取向，即以科幻文学和科学文艺作为普及科学知识的手段。"科幻科普化"就是一种典型的实用主义，希望通过科幻文学向少年儿童普及科学知识，科幻文学需要承担普及科学知识的功能。显然，这是与科幻小说的本质特性相悖的。

科幻小说是科学与未来双重进入现实的文学，是面对未来的文学，而且与科学和科学精神密切联系在一起。从"时间"维度而言，一般的文学创作将兴趣与兴奋点集中在"今天"或"昨天"，即或是直面现实，或是回顾历史，但从整体而言科幻文学的兴奋点是在"明天"，面向未来——未来的科技发展、未来的社会发展将会如何？所以这种文学有显明的前瞻性，是典型的后现代文学、先锋文学。但中国的文学理论界似乎有点"怪哉"，由于不了解科幻文学，因而总把科幻文学等同于通俗文学或青少年文学，对通俗文学和青少年文学又不屑一顾。实际上科幻文学是真正意义上的先锋文学、后现代文学、未来文学。但是后现代文学研究竟然无视科幻文学，这无论如何也是很搞笑的一件事情。什么是后现代？科幻才是后现代。2004年北师大曾召开过"后现代与科幻文学研讨会"，产生了很大影响。

实用主义的再一个现象，就是上世纪五六十年代儿童文学创作与少年先锋队的工作联系在一起。

当时有人提出把儿童文学称作"少先队文学"。儿童文学要配合少年先锋队的工作任务、表现少年儿童在少先队中的生活。当然这有合理性，因为广大少年儿童的生活与少先队有很大的联系。同时，少先队文学中也出现了一批优秀的儿童文学作品。但问题在于，将文学与少先队工作直接挂钩，显示出了实用主义的倾向，文学变成了为少先队服务的工具。

上世纪五六十年代的儿童文学创作中有个关键词，那就是"少先队"。但我们看新时期的儿童文学，则很少有"少先队"。这显然与文学观念有关。50年代张天翼创作的小说《罗文应的故事》就是关于少先队的文学。五六十

第一章　现实主义：现代中国儿童文学的发展主潮

年代的儿童文学中经常会出现解放军叔叔、少先队辅导员等形象。少先队文学是五六十年代儿童文学创作中重要的板块，当时的很多诗歌也是以表现少先队生活为主，比如金近的《小队长的烦恼》等。这都与实用主义的文学理念有关。

新时期儿童文学的创作从整体上说还是现实主义思潮，强调关注现实，只不过这个"现实"由成年人的现实转移为少年儿童生存状况的现实，以及他们精神生命成长的现实——尤其是所谓的成长小说，关注的是少年儿童成长中的苦恼、憧憬、追求、理想等等，这些都是儿童的问题。这是一个重大的转变。

为什么新时期儿童文学创作还是走的现实主义道路？关键就在于中国儿童文学作家天生具有的历史责任感与文学使命感，这也是形成我国儿童文学现实主义思潮的原因。

中国作家，尤其是儿童文学作家，一直有一种社会责任感，除了引导、教育、提升下一代的健康成长，向他们提供超过他们父辈的生长环境这种良好的动机愿望以外，总是希望自己的作品能告诉儿童些什么、帮助他们认识些什么、希望他们得到些什么，这种意识一直存活于他们的创作里面。

从叶圣陶他们那一代要教育、帮助儿童认识人生所体现出来的"为人生而艺术"、"为儿童认识人生而艺术"的社会责任感出发，一直延续到八十年代以曹文轩为代表的那一代作家倡导的"儿童文学作家是未来民族性格的塑造者"——儿童文学关系到我们民族未来的性格，把儿童文学与这样的重任联系了起来——可以看到儿童文学作家的文化担当意识非常强烈。正是因为有这样一种社会责任意识、社会文化关怀，所以上世纪八九十年代的儿童文学所打出来的旗号还是回到"五四"、回归现实。一大批有才华的儿童文学作家，他们的精力所投射的还是关注现实、关注人生、关注人性，从事的还是写实的小说创作。他们所关注的是儿童的现实，关注儿童问题：儿童的生存、儿童的权利、儿童的现状、儿童的情感、儿童的未来。儿童文学中的报告文学涉及到很多具体的问题：升学问题、单亲家庭的问题、独生子女的问题、流浪儿问题、农村留守儿童问题等等。

除了小说、报告文学，儿童诗创作也同样关注现实问题——如生态环境、

地球村意识等。四川作家邱易东的儿童诗集《地球的孩子，早上好》，所描写的是两伊战争所造成的空气污染，喜马拉雅山上降下了一场黑颜色的雪。诗人灵感迸发，通过诗的语言呼喊拯救地球，呼吁关心环境，呼唤和平，表现出了强烈的现实感。二十世纪初叶以来中国儿童文学主要体现的是一种现实主义的创作思潮，而中国作家与生俱来的社会责任感、文学使命感也是形成这一现实主义创作思潮的重要原因之一。

以上四个方面、四种维度是我对"百年中国儿童文学整体观"的一个大问题：关于中国儿童文学的现实主义主潮及其形成原因的看法。希望抛砖引玉，有助于中国儿童文学史的研究。

第二章
儿童的发现与儿童文学的发现

众所周知，儿童文学是成年人为吸引、提高少年儿童鉴赏文学的需要而创制的一种特殊文体，其最大的特殊性在于：它的生产者（创作、编辑、批评）是居于社会统治地位的成年人，而消费者（购买、阅读、接受）则是在社会上处于被支配、被照顾地位的孩子。这种由上而下的单向给定方式，势必提出了这样的问题：成年人是怎样看待和对待儿童的？也即成年人心目中的"儿童观"如何；成年人持有什么样的儿童观，不但直接决定着少年儿童的社会地位和对他们的人格独立性、自主性、自尊心、自信心的尊重与理解，而且也决定着儿童文学的发生、发展，决定着儿童文学的创作思想、美学追求、表现形式乃至用词造句等等。从某种意义上说，一部儿童文学发展史，就是成年人"儿童观"的演变史。有什么样的"儿童观"就有什么样的儿童命运、地位、待遇，也就有什么样的儿童文学艺术精神与美学品性。我们可以毋庸置疑地说，儿童解放的根本问题是成年人的"儿童观"问题，儿童文学的根本问题是成人作家的"儿童观"问题，儿童文学审美创造、追求的根本问题也是"儿童观"问题。

无论从世界儿童文学发展史还是中国儿童文学发展史考察，"儿童观"在任何情况下都起着决定性的作用。

一、人的发现与儿童的发现

儿童文学的发现来自儿童的发现，儿童的发现直接与"人的发现"紧密相联。

人类对自身的发现经历了漫长的探索历程。如果说图腾崇拜是人类在幼年时期将那些威猛强大的动植物和无生物（如熊、虎、大树、巨石）误认为自己的祖先、父亲与保护神的话，那么，古希腊的《俄底浦斯王》则深刻地反映了人类在童年时期连自己的母亲都不认识的巨大精神悲剧。当西方阿波罗神庙上镌刻下苏格拉底的名言"认识你自己"时，东方的释迦牟尼正在菩提树下顿悟解脱人生苦难的"四谛"要义。从文艺复兴时期蒙台涅发出"我思考我自己"与莎士比亚疾呼"人是一件多么了不得的杰作"，到现代弗洛伊德的精神分析哲学和皮亚杰的发生认识论等等，这些智识精英所探索的无一不是关于"人"的课题，关于人的位置和价值，人与自然、人与人、人与社会的关系问题。人类对自己的认识，过去没有弄清，现在还在探寻，在将来的长时期里也不一定能完全认识清楚。至于人类对自身生命个体的初始阶段——儿童的认识，那就更为朦胧、困惑与迷乱了。

当婴儿离开母亲子宫降临人世时发出的那一声动人心魄的哭叫，与其说是一曲新生命诞生的乐章，毋宁说是一支弱者无以逃遁的悲歌：从此，这个小生命不但要经受疾病、饥寒、烦恼、忧虑、生离死别等种种磨难，而且还要承受来自支配这个世界的成年人对他的种种不公正、不合理的待遇。人类的"儿童观"越落后，这支悲歌的悲剧色彩也就越浓重。在欧洲的奴隶社会和前奴隶社会，曾存在杀婴、弃婴、卖婴的现象。虽然公元一世纪时期出现的基督教已禁止杀婴，但却提出了"原罪"(originalsin)的说法：人类始祖亚当因违背上帝命令吃了禁果，遗罪于后世子孙，于是儿童生来有罪，必须通过鞭笞来使他们尽早赎罪。《旧约圣经》就明确宣布："你鞭笞他，就可以从地狱深渊中救出他的灵魂。"当原罪的观点统治一切，人走到上帝之奴的可怜地位时，对儿童

第二章 儿童的发现与儿童文学的发现

施以鞭笞、体罚等肉体的虐待或精神折磨也就自然是合情合法的。直到14世纪以后出现的文艺复兴运动，才使人的太阳重新升了起来，使人在上帝面前伸直了双膝，回到他在宇宙中本来应有的伟大位置上。人的发现必然促使人去反思自己的童年阶段。人作为一件大自然的"了不得的杰作"，正是从他的生命初始时期就已开始在精雕细琢了。自从法国思想家卢梭在《爱弥尔》中提出"归于自然"的教育方法，呼吁教育要适应儿童年龄、个性、两性的特征以后，儿童问题受到了人类越来越普遍的重视。到本世纪初叶，"瑞典的雅典娜"凯伊发出"20世纪是儿童的世纪"的召唤，影响所及，举世风从。随着全社会"儿童观"的不断进步，种种关心、保护儿童利益的实际措施和设施，种种探究儿童问题的学科和门类，开始蓬蓬勃勃地发展起来。前者如儿童节、儿童年、儿童福利、儿童图书馆、儿童出版社、儿童剧院、儿童医院、儿童公园、保护儿童的法律，后者如儿童学、儿童心理学、儿童教育学、儿童社会学，等等。其中，直接关系到儿童精神文明建设的儿童报刊、儿童读物更如雨后春笋，出现了空前兴盛的局面。以知、意、情三方面同时作用于儿童心灵的"儿童文学"（它同时也是儿童读物的一支）正是伴随着人类"儿童观"的进步破土萌生，不断发展生长起来的。

二、儿童的发现与儿童文学的发现

儿童文学发展的历史，在很大程度上是人类社会"儿童观"变迁的历史。如果我们的儿童文学研究能清醒地把握这一点，我们便会更深刻地把握儿童文学的特殊精神与美学品性。无论什么时代、什么国家、什么民族的儿童文学，在其背后都有一只无形的巨手在操纵和导演着它，这就是无所不在的成年人看待和对待儿童的观点。某一历史时期的社会中，既有占主导地位或指导地位的新的儿童观，同时又存在一定的乃至大量的旧时代儿童观的残余。儿童文学思潮的分歧，创作流派的嬗变，审美观念的更新，其内核就是对于儿童观念的差异与分化。不懂得这一点，我们就不可能理解已有的儿童文学历史，也很难创造比以往历史更为绚丽多姿的未来史。为了说明这一点，我们有必要引述《简

明不列颠百科全书》"儿童文学"条目①中的有关论断，来简要回顾一下世界儿童文学发现与发生的历程：

18世纪下半叶，儿童文学第一次以一种明显和独立的文学形式出现。在此之前，它还只处在萌芽时期，到了20世纪，才发展得绚丽多彩。

……儿童文学虽属文学中的支流，但也有其可辨认的历史。在某种程度上，它是某些有迹可循的社会运动的产物，最明显的是"发现"了儿童；它又是独立的，必须达到成人文学的许多标准，因此，它也发展出可以据以判断它自身的美学标准。儿童文学的其他成熟尺度包括很广，如注释、知识、评论、历史、传记、书目；以及创作的美学理论或哲学原理等；此外，还要有发展自己机构的设施的能力：出版社、剧场、图书馆、巡回故事员、评论员、期刊、"图书周"、展览会和奖金等。

接近工业革命前夕时，儿童文学仍处于不太明显的地位，主要原因可能是：儿童虽然存在，可是人们却视而不见，所谓视而不见，指不把他当儿童看待。在史前社会，人们是从他与部落的社会、经济和宗教的关系去考察。儿童一直是当作未来的成人看待，因此，经典文学作品，要么看不见儿童，要么就是误解了他。整个中世纪以迄文艺复兴晚期，儿童仍然像以前一样，是一个未知之域。1568年是一个转折点，当年，摩拉维亚教育家夸美纽斯出版了第一本儿童画册《世界图解》。他体现出一种新的洞察力：儿童读物应属于一个特殊的级别，因为儿童不是缩小了的成人。但对这种洞察力进行有意识的、系统的和成功的利用却过了一个世纪才开始。一般认为，把儿童当作值得加以特别考虑的个人和值得加以思考的观念始

---

① 《简明不列颠百科全书》第二卷第794页，中国大百科全书出版社1985年版。

第二章 儿童的发现与儿童文学的发现

于18世纪下半叶。儿童的出现及适合其需要的文学的出现，与许多历史因素联系在一起，其中有思想启蒙运动、中产阶级的兴起、妇女解放运动的开始和浪漫主义运动。与此同时还出现了几个无法预言的天才如W.布莱克、E.利尔、L.卡洛尔、马克·吐温、柯罗迪、安徒生等。如果没有他们，儿童还是不被发现。儿童一旦被认为是独立的人，一种适于他的文学便应运而生；因此，到了18世纪中叶，儿童文学终于开始发展起来。

与世界儿童文学发达地区（欧美）的历史相比，在中国，把儿童当作独立的人、出现现代意义上的"儿童的发现"与"儿童文学的发现"的局面似乎要晚到一些时候。这与中国社会的"特殊国情"密切相关，也与中国传统文化对待人（包括对待儿童）的价值观念密不可分。

中国的传统社会是一个最完善、稳定的结构，是以封建宗法关系为整个社会的支撑点。这种封建宗法关系的内容主要包括两个方面：一是以血缘纽带为基础的宗法伦理关系。中国是一个以农业立国的社会，以农业文化为背景的家庭的最大特点是聚族而居，因此其伦理也是以家族（国家是家族的放大，家族是家庭的放大）为本位。儒家所创造的亲亲原则和由此产生的尊尊卑卑、长幼有序即按辈分（祖—父—子—孙）构成的等级关系，不仅把"家"提高到人生中最重要的生活群体的地位，而且形成了子孙对于家长的血缘、经济和人身隶属三方面的依附关系，并由这种关系拧成的合力强化着家长对子孙的凝聚力与控制性。二是以封建土地所有制为基础的依附关系，即农民对地主、奴仆对主人的人身依附。由这种关系建立起来的等级结构，既反映着封建经济制度的等级结构，又强化了封建官僚制度的等级结构，即强化了封建国家政治统治力量。封建专制主义的国家机器正是通过宗法制家族家庭与封建等级的人身依附关系来实现其专制制度的。统治了中国社会千百年的"儒家三纲之说"——君为臣纲、夫为妻纲、父为子纲像一股无形的绳索，牢牢地束缚着人的自由，影响着人的思想、人的观念以及儿童的观念。

中国传统的人生价值观念与西方有很大不同。西方文化中的人生价值理论，往往把价值之源追溯到上帝，人的价值是上帝赋予的。直到近代，作为价值之源的基督教精神仍然弥漫在西方文化的各个领域，而中国传统的人生价值理论则把人的个体价值归结为社会价值和道德价值。所谓社会价值就是以社会标示个人，强调人的社会义务和责任，强调人对社会的服从与责任和贡献。在崇尚共性至上、群体至上、祖宗至上、皇权至上的中国传统文化结构中，人对社会的服从明确地说就是子对父、妻对夫、臣对君、下对上的服从。儒家三纲之说的"纲"就是处于支配地位与统治地位的准则。所谓道德价值即是以道德伦理标示个人，强调个人对道德的遵守与认同。具体地说，人只能在封建伦理道德规定的范围内活动，否则就是"犯上作乱"。什么"饿死事小，失节事大"、"非礼勿视，非礼勿听，非礼勿言，非礼勿动"等"大棒"随时可以向人打去。在这样的文化环境中，要作一个合乎道德伦理的"顺民"，唯一的办法就是忠君、敬上、克己、去欲、驯良，就是把活生生的生命价值转化为叫干什么就干什么的纯粹道德性的"机器人"。显而易见，以人的社会价值和道德价值取代人的个体价值的结果，势必忽略对人的个体考察，抹杀人的个性，否认人的权利和尊严，蔑视人的物质利益与自然属性，全然不顾整个人群中人与人的差异，当然更不会顾及人在身心发展不同阶段（儿童—青年—成年—老年）的不同特征。由这种人生价值观念派生出来的对儿童社会化的唯一要求，只能是使儿童成为封建专制制度的"小奴才"、"小顺民"。儿童从出生吃奶的时候起，就必须接受这种奴才和顺民的训练。封建专制制度"根本蔑视有所谓儿童时代，有所谓适合于儿童时代的特殊教育"。"假如说是有'教育'的话，不过是注入式的教育，顺民或忠臣孝子的教育而已。以养成顺民或忠臣孝子为目的，而以注入式的教育方法为一成不变的方法"。"他们把'成人'所应知道的东西，全都在这个儿童时代具体而微的给了他们"："在社会上要做一个洁身自好的良民；在专制朝廷的统辖之下，要做一个十足驯良的奴隶，而且要'忠则尽命'；在腐败的家庭里则要做一个'孝当竭力'的孝子顺孙。甚至，连成人们的'荣枯得失'之感也太早熟的全盘的给了他

第二章 儿童的发现与儿童文学的发现

们。"①

——以上诸说虽不免偏激,但也从中可以窥见中国传统社会"儿童观"的某种特色。对此,鲁迅作了精辟的概括:"往昔的欧人,对于孩子的误解,是以为成人的预备;中国人的误解,是以为缩小的成人。"②周作人则认为:"中国向来对于儿童,没有正当的理解","不是将他当作缩小的成人,拿'圣经贤传'尽量的灌下去,便将他看作不完全的小人;说小孩懂得什么,一笔抹杀,不去理他"。③郑振铎的看法也大致相同:"对于儿童,旧式的教育家视之无殊成人,取用的方法,也全是施之于成人的,不过程度略略浅些而已。他们要将儿童变成了'小大人'。那种'小大人',正像我们在新年的时候在街上看见走过的那些头戴瓜皮帽(帽结是红绒的),身穿长袍马褂,足蹬薄底缎鞋,缩小的成人型的儿童一般无二。"④

显然,如果用这种儿童观去对待儿童教育,儿童自然成了"小大人"即"缩小的成人"。他们一进学堂,就被享有成年人的待遇,念的四书五经、子曰诗云,学的是三纲五常、礼仪规范等成人社会与成人文化的东西,用"修身、齐家、治国、平天下"的"圣贤大道理"和"莫测高深的道学家的哲学和人生观,来统辖茫无所知的儿童"⑤,其结果,就有可能过早地消逝童年,使儿童"在不知不觉之中,逐渐的丧失了自己,丧失了个性",丧失了儿童的天真童趣与童心,丧失了属于儿童时代的幻想世界与精神乐园。如果用这种儿童观去做儿童读物,自然儿童也会被视之为"缩小的成人",因而中国古代被视为适合儿童阅读的"儿童读物",自然不免以成人心理取代儿童心理,以成人意志左右儿童意志,以成人的阅读经验支配儿童的阅读经验,强调"文以载道"、"有助王化"与道德训诲,忽视审美作用与娱乐作用了。诸如什么《小学》、《圣谕广训》、《三字经》、《神童诗》、《幼学琼林》、《高厚蒙求》之类的读物,一股脑儿硬塞给儿童;再加之科举教育制度的影响,使古代儿童从接触书

---

① 郑振铎:《中国儿童读物的分析》,见1936年7月《文学》第7卷第1号。
② 《鲁迅全集·我们现在怎样做父亲》,《鲁迅全集》第1卷,人民文学出版社2005年版,第140页。
③ 周作人:《儿童的文学》,见1920年12月《新青年》第8卷第4号。
④ 郑振铎:《中国儿童读物的分析》,见1936年7月《文学》第7卷第1号。
⑤ 郑振铎:《中国儿童读物的分析》,见1936年7月《文学》第7卷第1号。

本开始就背上了沉重的科举包袱。这些"儿童读物"对于儿童来说,"往往的成了符咒式的韵语,除了注入些'方块字'的形象之外,大都是使他们茫然不知所谓"①。"中国向来以为儿童只应该念那经书的,以外并不给预备一点东西,让他们自己去挣扎,止那精神上的饥饿"②!

中国古代虽没有"儿童文学"之词,中国古代的教育读物虽违背儿童心理,但这并不等于中国古代儿童缺失文学接受,享受不到文学的滋养。实际上,古代儿童的文学接受是多维度、多渠道的,主要是通过原生态非主流的文学类型,民间的而非庙堂的途径。具体考察,这有以下三条途径与三种类型:

一是民间口耳相传的民间口头文学,这在漫长的农业文明社会尤其显得突出。这有儿歌(童谣)、童话、传说、寓言、故事等,其中尤以民间童话最为丰富,如田螺姑娘、蛇郎、老虎外婆、蚁王、牛郎织女等,世代流传,感染、影响了一代又一代的儿童。

二是散布在古代传奇志怪等非主流文学中的作品,这在魏晋传奇、唐宋志怪、明清笔记小说,如《搜神记》《酉阳杂俎》《齐谐记》《古今谭概》《聊斋志异》中,就有大量童话、神话、幻想文学等传统儿童文学文本,只不过古代并不叫"童话"而已。周作人认为:"中国古代虽无童话之名,然实固有成文之童话,见晋唐小说,特多归诸志怪之中,莫为辨别尔。"(周作人《古童话释义》,1914年)这是很有见识的观念。

历史文献表明:早在9世纪的唐代,我国就已出现了西方"灰姑娘"式的童话故事,这就是唐代作家段成式写的《酉阳杂俎》一书中的《叶限》。叶限姑娘的故事比17世纪法国贝洛写的《鹅妈妈的故事》中的灰姑娘,还要早出七八百年。历史文献还表明:《酉阳杂俎》中的《龟兹国王降毒龙》,是欧洲著名史诗《尼伯龙根之歌》的来源。南朝《高僧传》中的《虚空细缕》,与18世纪安徒生写的《皇帝的新装》简直如出一辙,但前者比后者要早出一千三百多年。历史文献还表明:16世纪的明代嘉靖年间,我国就有了世界

---

① 郑振铎:《中国儿童读物的分析》,见1936年7月《文学》第7卷第1号。
② 周作人:《儿童的书》,见1923年6月21日《晨报》附刊《文学旬刊》3号。

第二章　儿童的发现与儿童文学的发现

上最早的儿童图画故事书，这就是《日记故事》。《日记故事》采用上图下文的形式，描写了曹冲称象、灌水浮球、司马光破缸等古代儿童的智慧故事，这比捷克夸美纽斯编写的儿童插图读物《世界图解》还要早。

中国本土传统神话、童话、幻想文学等，是一笔丰厚的民族文化遗产，同时也是一笔丰厚的中国儿童文学传统遗产。这些传统儿童文学，既保存在丰富的口头文学遗产之中，同时也蕴含在历代文献典籍之中。古代有很多作家、学者，从小爱听故事，长大了还是这样，如晋代的干宝，唐代的段成式、李公佐，宋代的苏东坡、洪迈，明代的冯梦龙、瞿佑，清代的蒲松龄、沈起凤等等。正是这一大批"青春在眼童心热"的有识之士，把他们听到的、采风来的故事记录了下来，并写进了他们著述之中。"文锦织成便不磨"。于是这就有了《搜神记》《酉阳杂俎》《齐谐记》《古今谭概》《聊斋志异》。

三是古代成人文学中某些适合儿童接受机制与审美情趣的作品，例如《西游记》中的"大闹天宫"、"哪吒闹海"、"大战红孩儿"，《水浒》中的"武松打虎"，《聊斋》、《镜花缘》中那些富于幻想色彩的故事等。古代儿童对精神食粮饥渴的需求，时常从这类读物中得到某种程度的补充，这种现象直到清末民初依然存在，我们只要读一读鲁迅兄弟、郭沫若、茅盾等有关童年回忆的文章，就可发现。

但是，使人遗憾的是，由于我们的祖先视儿童为"缩小的成人"，忽视了儿童对文学的精神需求与接受心理这些特殊现象，更多地只是通过民间文学的形式与途径，让孩子们自己去发现、去选择，即使有《搜神记》《酉阳杂俎》《齐谐记》等的采风记载，但主要目的也不全是为了儿童，有的是出于"猎奇""志怪"而已。

诚如鲁迅所说："可惜的是中国的旧见解，……本位应在幼者，却反在长者；置重应在将来，却反在过去。"[1] 视儿童为"缩小的成人"的儿童观，势必导致儿童教育、儿童读物的成人化、功利化，而儿童文学也只在民间的与非

---

[1] 《鲁迅全集·我们现在怎样做父亲》。

主流文学那里才有生存与发展的空间。归根究底，儿童观的误区在于没有发现儿童与童年；儿童的被忽视则在于还没有发现人自己！从某种角度说，一部儿童文学的全部历史就是从"人的发现"发生和开始的：

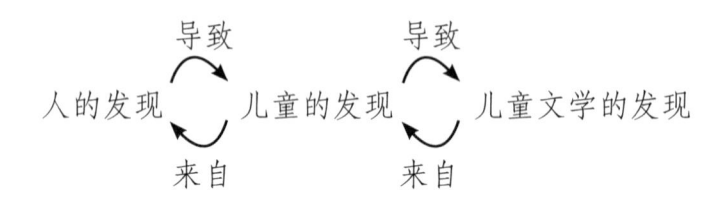

$$\text{人的发现} \underset{\text{来自}}{\overset{\text{导致}}{\rightleftarrows}} \text{儿童的发现} \underset{\text{来自}}{\overset{\text{导致}}{\rightleftarrows}} \text{儿童文学的发现}$$

在"五四"新文学运动中，第一次提出"人的文学"的口号的周作人，在回顾了中国的历史和现状之后，曾感叹地说："中国还未曾发见了儿童，——其实连个人与女子也还未发见，所以真的为儿童的文学也自然没有。"[①] 周作人的感叹是值得人们去思索的。

三、中国儿童文学的发现

"'儿童文学'这名称，始于'五四'时代。"（茅盾语）中国儿童文学的真正发现与发展，是从"五四"新文学运动开始的。这是因为，在中国这样的"特殊国情"之下，对儿童的发现一直要等到"五四"新文化运动的到来。

"五四"时代，首先是思想解放的时代，是"收纳新潮，脱离旧套"（鲁迅语）的时代。"五四"时代的启蒙主义者，高扬"民主"与"科学"两大旗帜，向封建主义发起猛烈进攻，鼓吹个性解放，要求人格独立，一时形成汹涌的时代思潮。由陈独秀、鲁迅、李大钊等主持编辑的《新青年》发出反对旧道德旧思想、提倡新道德新思想的召唤，并引进、介绍了西方各种新思潮，在思想文化界和知识青年中吹响了思想解放运动的号角。鲁迅最先呐喊："救救孩子"，指斥几千年来在中国封建价值体系中被视为最神圣的"仁义道德"正是最不道

---

① 周作人：《儿童的书》，见1923年6月21日《晨报》附刊《文学旬刊》3号。

第二章 儿童的发现与儿童文学的发现

德的"吃人"的东西。周作人发表的《人的文学》，主张以人道主义为本，对于人生诸问题加以记录研究，极力排斥非人的文学。"人的发见，即发展个性，即个人主义，成为'五四'时期新文学运动的主要目标；当时的文学批评和创作都是有意识的或下意识的向着这个目标①。""五四"时期出现的一些思潮，例如妇女解放的思潮，婚姻自由的思潮，表现自我的思潮，表现"爱"的思潮，再如关于父权、人生，国民性、个性解放、人格独立、青年、家庭、婚姻、贞烈观等问题的社会大讨论，无一不是向着"人的发现"这个总思潮的。正是在这一总思潮的冲击下，"儒家三纲"之说土崩瓦解，其中的"父为子纲"奄奄一息，作为祖国之未来的儿童问题终于得到了全社会的普遍重视。新文化运动的先驱者不但高擎着"人的解放"的大纛，而且肩负起了"儿童的解放"的使命。鲁迅在《我们现在怎样做父亲》、《随感录二十五》、《二十四孝图》等杂文中，发表了一系列关于儿童问题的观点。他提出社会对于儿童"应该健全的产生，尽力的教育，完全的解放"，"一切设施，都应该以孩子为本位"；儿童解放"这是一件极伟大要紧的事，也是一种极困苦艰难的事"②。他认为这有三方面的工作要做："开宗第一，便是理解"，理解孩子的心理、生理特征与精神世界，这是发现儿童的先提；"第二，便是指导"，使孩子"将来成为一个完全的人"，"第三，便是解放"，社会要为他们"开辟新路"，使他们"全部为他们自己所有，成为一个独立的人"③。

儿童一旦真的被人"发现"，深刻影响儿童教育、儿童精神的儿童读物与儿童文学立刻得到了一代"五四"精英的极大关注。陈独秀曾明确指出："'儿童文学'应该是儿童问题之一"④。鲁迅、胡适、周作人、沈尹默、刘半农等先后在《新青年》发表了以儿童生活为题材的白话诗；《新青年》还破格为儿童文学提供园地，在全国各大报刊中，率先登载了安徒生、托尔斯泰、梭罗古勃等的童话，并发表周作人热情鼓吹儿童文学的文章《读安徒生童话〈十之九〉》

---

① 茅盾：《关于创作》，见《茅盾文艺杂论集》上集第298页，上海文艺出版社。
② 《鲁迅全集·我们现在怎样做父亲》。
③ 《鲁迅全集·我们现在怎样做父亲》。
④ 转引自茅盾《关于"儿童文学"》，见1935年2月《文学》第4卷第2号。

(1918年9月)与《儿童的文学》(1920年12月)。由于《新青年》的大力倡导，教育界、文学界，新闻界、妇女界普遍开展了儿童教育新途径的探讨，反思中国传统教育对儿童的蔑视与"虐杀"，呼吁人们把年幼一代从封建樊篱中解放出来，强调"儿童一样的爱好文学，需要文学，我们应当把儿童的文学给予儿童"。① 《教育杂志》、《妇女杂志》、《东方杂志》以及著名的四大副刊（《晨报·副刊》、《京报·副刊》、《民国日报·觉悟》，《时事新报·学灯》）纷纷发表文章，热烈探讨儿童问题与儿童文学，刊登儿童文学作品；有的还开辟了专栏，如《晨报》的《儿童世界》，《京报》的《儿童周刊》。

　　一切都是应运而生的。从世界儿童文学发展的历史考察，一个国家与民族儿童文学的发生与发展，必然和这个国家与民族的思想启蒙运动、妇女解放运动的高涨，儿童的发现、儿童问题、儿童教育、儿童读物的重视以及整个社会重视人、尊重人、解放人的思潮与整个文学的发展有着直接的联系。证诸中国的情况，正是由于得力于"五四"新文化运动的伟力，中国才能出现发现人→发现儿童→发现儿童文学的新生面，中国的儿童文学才能破土萌生，蓬蓬勃勃地生长起来；中国文坛才能出现对儿童学与儿童文学少有的理论兴趣，出现大量为儿童而创作的作品、为儿童而翻译的译作与为儿童而采集、整理的民间文学，甚至在"五四"文学作品中出现"小儿崇拜"的倾向。时代的呼唤，儿童的发现，"五四"新文化运动的哺育与催化，这就是中国现代意义上的儿童文学发现与发生的全部原因，同时为它的发展打破了坚冰，开辟了航向，加足了马力。距"五四"不久，叶圣陶出版了我国第一部短篇童话集《稻草人》(1923)，冰心献出了整整影响几代小读者的散文《寄小读者》(1922)，郑振铎在上海创办了中国现代最有影响的儿童刊物《儿童世界》(1922)，黎锦晖创作的《麻雀与小孩》等12部儿童歌舞剧开始风行全国(1922)，安徒生童话、《爱的教育》、《木偶奇遇记》、《阿丽思漫游奇境记》等世界著名儿童文学蜂拥而入，传遍各地。我国第一部《儿童文学概论》(1923，魏寿镛等著)、第一部儿童文学论

---

① 周作人：《儿童的文学》，见1920年12月《新青年》第8卷第4号。

第二章　儿童的发现与儿童文学的发现

文集《童话评论》（1924，赵景深编）、第一部童话学专著《童话概要》(1927，赵景深编著)在上海出版，我国的大学、师范第一次开设了"儿童文学"课程（二十年代中期）……

　　儿童一经被看作独立的存在，一种适合他们需要的文学便得到了全社会的普遍承认与重视。从社会史方面说，儿童文学的发现已被认作中国进入现代社会的一个因素与标尺；从文化人类学方面说，只有有了儿童的发现，我们才可以说：人类真正发现了"人"自己。儿童的发现乃是人的最后发现之发现，儿童文学的发现乃是人类文化的最后觉悟之觉悟！

第三章
中国儿童文学的历史资源与古代儿童接受文学的途径

一、考察儿童文学历史资源的角度与方法

众所周知,在人类文学史上,儿童文学的发现与独立艺术形式的出现要远远晚于成人文学。人类社会早期是没有成人世界与儿童世界的严格区分的,人类群体童年时期的思维特征与生命个体童年阶段的思维特征具有几乎一致的同构对应关系,此即"儿童／原始思维",万物有灵、非逻辑思维等是这种关系的最具体表现,因而原始时代人类的图腾崇拜、巫术、神话等,都一致地为成人世界与儿童世界所理解和激动。儿童的文学接受与成人的文学接受在人类由野蛮进入文明以及漫长的农业文明岁月里具有几乎完全的一致性。成年人的神话、传说以及魔幻、幻想型等民间故事,如欧洲的女巫、菲灵(小精灵)类故事,中国的《白衣素女》、《吴洞》等等,也同样是儿童最适宜的文学接受形式。人类文学接受的这种一致性在由农业文明进入工业文明的历史大转型时期

第三章　中国儿童文学的历史资源与古代儿童接受文学的途径

这才产生了严重的分裂。中世纪晚期以降，在西欧出现了一系列旨在不断瓦解农业文明并进而直接影响到人类文明走向的重大事件，这些事件包括：文艺复兴、宗教改革、地理大发现、工业革命等，并最终导致了人类向工业文明的转型。工业文明创造出了一个全新的生产力与一种全新的文明。伴随着这一系列人类文明演变的巨大历史事件与工业文明的世界性扩张，人类的理性思维、科学主义、功利主义等观念急剧膨胀。人类童年时期那些充满感性思维与整体观念的神话传说终于被成人世界所彻底放弃，而只成了儿童世界几乎独享的文学资源。成人世界与儿童世界的思维距离（现代理性思维与儿童原始思维）已是遥遥几千年乃至几十万年了。

工业文明使人类世界最终形成成人世界与儿童世界的两极客观分离。正是由于这种分离，才能见出区别、对立乃至代沟，人类只有在这个时候才意识到了儿童的独立存在，儿童世界的问题这才日渐引起了成人世界的关注。经过文艺复兴运动及其持续不断的思想启蒙与解放运动，人类在发现人、解放人，进而发现妇女、解放妇女的同时最后终于发现了儿童。儿童的发现直接导致了人类重新认识自己的童年，认识生命个体的童年世界的存在意义与在精神生命上的特殊需求。这一次发现经由十七、十八世纪包括卢梭、夸美纽斯等一大批杰出思想家、教育家、心理学家对儿童世界问题殚精竭虑的探究和奔走呼吁，再经由十八、十九世纪包括安徒生、卡洛尔、科洛迪、马克·吐温等一大批天才作家的创造性文学成果，终于使儿童的发现直接孕育出了"儿童文学的发现"这一伟大的人类精神文明成果。世界儿童文学的太阳首先从欧洲的地平线上升起，进入二十世纪放射出了绚丽多姿的光芒。今天，人类不但通过《联合国儿童权利公约》等国际性规则，确立了普世遵守的儿童不可被侵犯和剥夺的各种权利，而且通过国际儿童读物联盟（IBBY）、国际儿童文学研究会（IRSCL）、国际安徒生奖、国际格林奖等机构和奖项，将儿童文学、儿童读物的生产、研究与社会化推广应用做成了一个全球性的文化事业。儿童文学、儿童读物已经成为考察现代化国家的重要指标与文明尺度，联合国儿童基金会官员曾明确宣布："看一个国家儿童读物出版的情况，可以看出这个国家的未来。"

当我们在对"儿童文学"的这种全球性演进的文化人类学意义上的普遍规律形成共识之后，我们再来看中国儿童文学的传统资源就容易找到源流与线索了。显然，我们需要讨论的不是中国儿童文学具体"诞生"于何朝何代何时何氏之手，而是要从整体文化精神上去梳理、把握与认识中国儿童文学的脉络与走向。

关于如何理解中国儿童文学，我们认为以下三个维度必须同时考量：

——是先有"文学"这一概念，后有"文学"？

文学的概念是发展的，如同人不可能是搞清了"人"的定义之后才做人一样，文学也不是先有了"文学"这一定义，才出现文学。文学的要义是渐进的、发展的，不同时代会有不同的理解。

——文学是一个"类"词，如同"水果"是一个类词一样。水果包含着苹果、桃子、李子、杨梅、樱桃等种种具体的果品，因而只要有具体的果品存在，就有水果存在。文学也是如此，文学包含着小说、散文、诗歌、童话、寓言等多种具体文体，因而只要有具体的文体存在，就有文学的存在。由此观察中国儿童文学，中国古代有童谣、童话的存在，自然有儿童文学的存在。

——文学的发展，从民间文学到作家文学是必然途径。对文学的理解，既有作家文学，也有民间文学，民间文学是整个文学的组成部分。因而可以说，只要有民间文学的存在，就有文学的存在。中国儿童文学也是如此，只要有民间儿童文学的存在，就有中国儿童文学的存在与发展的前提。

本章正是在建构起对"文学—儿童文学"以上理解与判断的基础上，进入对"中国儿童文学史"的探究的。

二、中国儿童文学历史资源的特色与形态

我们认为，从整体上说，中国儿童文学的历史资源来自于古代民间文化累积起来的民间资源，具有两个明显的特点：一是民间创作的适合儿童接受的口头文学十分丰富；二是文人著作的适合儿童接受的书面文学非常稀少。为了表述的方便，我们把前者称为"口头儿童文学"，把后者称为"书面儿童文学"。

第三章　中国儿童文学的历史资源与古代儿童接受文学的途径

前者是民间的口头创作，具众人之特色，它主要通过口耳相传，也有一小部分用文字记录下来通过书面流传；后者是文人的书面创作，具作家个人之特色，它完全是通过书面流传的。如是我们说中国儿童文学的历史资源源远流长，这显然是指千百年来民间流传的口头儿童文学。如上所述，这实际上是指上古时代华夏先民的图腾崇拜、巫术、神话等，都曾一致地为成人世界与儿童世界所理解和激动。

在漫长的文化演进过程中，华夏先民为了教化与娱乐孩子的需要，为了能使孩子们听得懂、喜欢听，将口耳相传的民间文学作了简化、美化、通俗化，专门创作了一类适合儿童需要的或以儿童形象为角色的口头儿童文学。按其押韵与否，可以分作韵文与散文两大类。

韵文类主要是儿歌童谣，古籍中有童谣、孺子歌、童儿歌、儿谣、女谣、小儿谣、婴儿谣、儿童谣、孺歌、小儿语、女童谣等不同名称。这在2000多年前的《左传》、《国语》、《孟子》、《列子》等古籍中就已有了记载。如《孟子·离娄上》："沧浪之水清兮，可以濯我缨。沧浪之水浊兮，可以濯我足。"据记载这是孔子经过楚国时听到一个"孺子"（小孩子）所唱的歌，一般都认为这是一首地道的楚国儿歌。又如《国语·郑语》："檿弧箕服，实亡周国。"这首童谣虽只有短短两句，却很有名气，因其被认为是我国历史上最早用文字记载下来的童谣之一。周作人引日本中根淑《歌谣字数考》说："周宣王时童女歌'檿弧箕服，实亡周国'，为童谣之起源。"中国最早的诗歌总集《诗经》，其中有不少是周王室派专人采风所得的民间歌谣。据有的学者研究，《诗经·卫风·芄兰》是我国最早的儿童诗歌。其诗曰（右为意译）：

芄兰之支	柔弱蔓生芄兰枝，
童子佩觿	儿童佩戴当骨锥！
虽则佩觿	虽然佩戴当骨锥，
能不我知	怎能装出大人智。
容兮遂兮	摇摇摆摆装得像，

垂带悸兮	飘带下垂天真相!

芄兰之叶	柔弱蔓生芄兰叶,
童子佩韘	儿童佩戴当骨玦!
虽则佩韘	虽然佩戴当骨玦,
能不我甲	无奈没有大人高。
容兮遂兮	摇摇摆摆装得像,
垂带悸兮	飘带下垂天真相!

这首诗形象地描写了一个淘气孩子佩挂作为成人标志的饰物骨锥和骨玦，装出一副大人模样的天趣憨态。它以幽默、戏谑的笔触，生动刻绘了儿童天真烂漫、稚气可掬的生活情趣和心理，表现出大人对孩子的一种似嗔实喜、明责暗怜的天伦乐趣。

韵文类口头儿童文学在明清时期有较多的文字记载。明代杨慎（1488—1559）的《古今风谣》收录了不少童谣。吕坤（1536—1618）的《演小儿语》（1593年跋）是我国古代第一部儿歌专集，共收儿歌童谣46首，这是吕坤根据他在河北、河南、陕西、山西等地收集到的民间儿歌改编而成的，所谓"借小儿原语而演之"。清代又有郑旭旦的《天籁集》、悟痴生的《广天籁集》、范寅的《越谚》、意大利韦大利的《北京儿歌》、美国何德兰的《孺子歌图》等，它们搜集整理了数百首民间儿歌童谣，使我们得以管见古代儿歌的风貌。如郑旭旦的《天籁集》收江浙儿歌46首，其中多数出于杭州、绍兴一带。就内容看，大致可分为四类：或反映社会现实生活，如"大雪纷纷下，柴米都涨价，乌鸦满地飞，板凳当柴烧，吓得床儿怕"；或重在训练儿童的语言能力，如"一颗星，挂油瓶，油瓶漏，炒黑豆，黑豆香，卖生姜"；或为娱乐儿童游戏玩耍，如"摇呀摇，摇到外婆桥"、"火焰虫，的的飞"；也有以自然山水景物与农事耕作为内容的儿歌，如"月光堂堂，照见汪洋，汪洋水，漫过菱塘，风吹莲子香"等。

第三章　中国儿童文学的历史资源与古代儿童接受文学的途径

古代散文类口头儿童文学品种多样，这有民间神话、童话、笑话、传说、寓言等，其中尤以民间童话最为丰富多彩，对历代儿童的影响也最大。民间童话是最古老的口头创作形式之一，具有丰富的想象与浪漫色彩，十分契合少年儿童喜欢幻想的心理特征。由于民间童话通常表现超自然的英雄故事，以及巫术手法、动物崇拜、植物崇拜、灵物崇拜等观念，这又与原始思维同构对应的儿童思维机制十分贴近。因之，民间童话一直是古代儿童喜闻乐见的主要口头文学形式。但是，这一重要文学现象长期未能得到学人的关注，直到1914年周作人发表《古童话释义》一文，这才引起文坛重视。周作人认为："中国虽古无童话之名，然实固有成文之童话，见晋唐小说，特多归诸志怪之中，莫为辨别耳。今略举数例，附以解说，俾知其本来意旨，与荒唐造作之言，固自有别。"他列举唐代段成式撰《酉阳杂俎·支诺皋》中的《吴洞》、《旁㐌》与晋代郭璞撰《玄中记》中的《女雀》三篇作品，证明我国早已有"成文之童话"，并提出发掘古代民间童话遗产"当上采古籍之遗留，下集口碑所传道，次更远求异文，补其缺少，庶为富足"。周作人在1914年发掘的这些"古童话"，虽然还不是真正最古老的童话，但由于是一千多年前文人记载下来的中古时期的民间童话作品，所以显得特别珍贵，并已为世界各国学者所注目。

诸如《吴洞》、《旁㐌》、《女雀》之类的古童话，在古代志怪、笔记小说中曾有数量可观的记载，只要我们认真发掘，不难找出闪光的珠贝。据初步考察，尤以魏晋南北朝时期的志怪小说为多，如晋郭璞的《玄中记》、干宝的《搜神记》、旧题东晋陶渊撰的《搜神后记》、荀氏撰的《灵鬼志》、南朝宋刘义庆的《幽明录》、晋末宋初无名氏的《齐谐记》、南朝祖冲之的《述异记》、南朝梁吴均的《续齐谐记》等，都有精彩的民间童话文本。其中最值得称道的著名童话有《吴洞》、《李寄斩蛇》、《白水素女》。

《吴洞》是世界上最早见于文字记载的灰姑娘型童话，载于唐段成式的《酉阳杂俎》续集卷之一《支诺皋》（中华书局1981年出有新版）。故事描写南方吴洞孤女叶限的神奇经历。叶限是一位聪慧勤劳而又富于同情心的少女，但她备受后母虐待，被她救获的一条神鱼竟被后母凶残地诱杀。有一次叶限穿上

向鱼骨祈祷而得的翠衣金鞋，悄悄出去参加洞人的节日集会，但被后母觉察，慌乱之中失落一只金鞋。这只金鞋后来传到毗邻海岛上的陀汗国王手上。国王命令一国女子试穿金鞋，借以寻找它的主人，最后终于找到了叶限，并与她成婚。孤女叶限这只得而忽失、失而复得的金鞋，正是世界各地"灰姑娘型"童话故事的关键情节，并以此区别于一般后母虐待孤女的故事的特殊标志。叶限是世界上最早用文字记录下来的"灰姑娘"形象，但她比法国贝洛尔所采辑的《玻璃鞋》（灰姑娘故事）要早1200多年，比意大利巴西尔的记载则要早七八百年①，这已为许多学者所认定。《李寄斩蛇》是晋干宝《搜神记》中的名篇。童话由三个主要情节"蛇妖为害、李寄应祭、穴口斩蛇"组成一个完整、曲折的故事，并突出使用对比手法和细节描写，如将"头大如斗，目如二尺镜"的大蛇与十二三岁的弱小少女形成对照，将李寄引蛇出洞的机智沉着与洞内被害九女的怯弱形成对照，产生强烈的艺术感染力。作品以不到400字的短小篇幅，生动刻绘了一个智斩蛇妖、为民除害的少年女英雄形象，热情歌颂了她的聪颖、智慧、勇敢和善良的品质，令人难以忘怀。《白水素女》是著名童话《田螺姑娘》的原型，见《搜神后记》，其本事又见晋束皙的《发蒙记》。故事描写青年农民谢端在溪间得一白色大田螺，放在水缸养着。居不料田螺壳内竟藏着天河仙女，每日为他"守舍炊烹"。当他窥破这个秘密后，天河仙女也就离他而去，留下的田螺壳，常贮米谷，使谢端娶妻立室，过上了小康生活。古代民间童话凝聚着历代劳动者的智慧与情感，经过千百年的口耳相传，已成为千锤百炼的精美艺术品，同时也感染、教育了一代又一代的少年儿童。正如鲁迅所说："乡民的本领并不亚于大文豪"②，"到现在，到处还有民谣、山歌、渔歌等，这就是不识字的诗人的作品；也传述着童话和故事，这就是不识字的小说家的作品；他们，就都是不识字的作家"③，也是古代不识字的儿童文学家。

我国古代的口头儿童文学虽然丰富多彩，但还有另一面。首先，始终没有地位，始终被占统治地位的封建上层文学排斥在文学殿堂之外，偶有形诸笔墨

---

① 参见刘守华《中国民间童话概说》第235页，四川民族出版社1985年8月版。
② 鲁迅：《准风月谈·偶成》。
③ 鲁迅：《且介亭杂文·门外文谈之七》。

第三章　中国儿童文学的历史资源与古代儿童接受文学的途径

者，也被斥为引车卖浆者言，加以摒弃。至于"小狗叫，小猫跳"之类为儿童服务的"小玩意"更是不值一提，所以极少有人搜集整事。迄今为止，我国还没有发现过一部如同 17 世纪末法国的《鹅妈妈的故事》或 19 世纪初德国的《儿童和家庭童话集》那样的专为古代儿童采辑适合他们阅读的采风专集，同样也未曾发现有像贝洛尔或格林兄弟那样的热心民间口头儿童文学采风工作的古代作家。这是一个使人十分遗憾的事实。其次，即使有的口头创作被搜集辑录了，但那也不是为了儿童。如干宝的《搜神记》便自言是为了"演八略之旨，成其微说"，以"发明神道之不诬"。因之，不少作品或讲神仙道术，或夸殊方异物，或谈巫鬼妖怪，皆以述奇志异为务，使被采辑的民间童话、传说，染上了神异、怪诞的色彩，袭用了迷信落后的形式，"特多归诸志怪之中，莫为辨别"，窒息了古代口头儿童文学的开发利用。直到"五四"时期，还有不少人对民间童话抱有偏见，认为"童话里多有荒唐乖谬的思想，恐于儿童有害"。再次，统治阶级还对口头儿童文学进行歪曲、篡改，最明显的莫过于古代童谣。在漫长的封建社会里，童谣的实质被阴阳五行学说作了极其荒诞的歪曲，说什么它是由天上的"荧惑星"（即金星）降凡，"感童儿歌谣嬉戏而成"，能预示人间的灾异祸福。故童谣长期以来成了各种政治力量蛊惑人心、制造舆论的神学工具，以作为"顺乎天心，合乎民意"的证明。古代民间的口头儿童文学，就是这样长期处于极不公正的地位，自生自灭，散逸既多，又复少人采辑，几将荡然。直到"五四"以后，搜集、整理民间文学也包括口头儿童文学的工作，才在我国得到了真正的重视与发展。

我们再来看古代文人专为孩子们编写的书面儿童文学的情况。

古代书面儿童文学主要见之于古典儿童读物。儿童读物与儿童文学是两个既有联系又有区别的概念。其联系指的是它们都是为儿童编写的，中心读者是儿童；其区别在于：儿童读物的范围比较宽泛，它包括所有适合孩子们阅读欣赏的启蒙识字读物、百科知识读物、游戏娱乐读物、美术图画读物与文学读物等。可见，儿童文学作品只是儿童读物中的一类，它的最大特点是：借助形象思维，通过语言塑造形象，用以感染、美育年幼一代。我国古典儿童读物按其

内容与作用不同，大致有以下几类。

一是启蒙识字用的普及读物。代表作有西汉元帝时黄门令史游所编的《急就篇》，南北朝梁武帝敕周兴嗣编的《千字文》，相传为宋朝王应麟编的《三字经》与同出宋人之手的《百家姓》等。这类读物通过易诵易记的简短韵文，既教会孩子们认识常用字，又巧妙地传授一些天文、史地、博物、人伦方面的知识，以达启蒙之目的。但它们都不具备文学的一般特征，充其量只能归为"儿童百科知识读物"，故不能算作儿童文学作品。

二是预备将来应科举考试用的或注重于"修身养性"方面的读物，如《四书》、《五经》、《史鉴》、《古文辞》、《圣谕广训》等。这一类连成年人也读不好的读物，所讲的全是"修身齐家治国平天下"的"圣贤大道理"，或"以莫测高深的道学家的哲学和人生观，来统辖茫无所知的儿童"[①]，因之，当然不是儿童文学。

三是富于文学色彩用以陶冶、教育、娱乐孩子的读物。古代书面儿童文学主要就是这一类。最著名的有元代卢韶的《日记故事》、明代萧良有的《龙文鞭影》（又名《蒙养故事》）与清代程允升的《幼学琼林》等。这类读物在今天看来似乎内容过于简单，有的只不过是用四言对偶写成的"典故大全"，但我们不能以今衡古，在古代它们确是比较通俗的易为孩子们接受的文学读物。它们一般都有人物，有单纯、明晰的故事情节，或教之以事，以事悟理，或以文引趣，以趣入情，比较契合儿童性情。如《日记故事》大都是描写儿童智慧、聪明的小故事，有曹冲称象、灌水浮球、司马光破缸等。兹举其《与客戏笑》一则为例，以见其文采：

> 魏杨修，九岁聪慧。孔君平诣其父，父不在，乃呼儿出。设果，果有杨梅，孔君平曰："此是尔家果？"修答曰："未闻孔雀是夫子家禽也。"

[①] 郑振铎：《中国儿童读物的分析（上篇）》，1936年7月《文学》第7卷第1号。

第三章　中国儿童文学的历史资源与古代儿童接受文学的途径

　　值得一提的是，明代嘉靖年间（1522—1566）所刊印的《日记故事》，已用插图来说明故事，上半截为插图，下半截是浅显文字。这可说是世界上最早有插图的儿童读物，比之捷克杨·夸美纽斯（1592—1670）编写的儿童插图读物《世界图解》还要早。

　　此外，还有一类经过编纂的硬塞给儿童看的成人文学读物，如《千家诗》等。尽管这些读物是标准的文学作品，但它们的思想情趣远离儿童心理，中心读者是成人而非儿童，因而也不能算作儿童文学。应当指出，在古代成人文学读物中，确实存在着某些适合儿童欣赏情趣的作品，例如《西游记》中的"大闹天宫"、"哪吒闹海"，《水浒》中的"武松打虎"，以及《聊斋》、《镜花缘》中那些富于幻想色彩的故事。古代儿童对精神食粮饥渴的需求，时常从这类读物中得到某种程度的补充（这种现象直到上世纪末、本世纪初依然存在，我们只要读一读鲁迅兄弟、郭沫若、茅盾等有关回忆童年的文章，就可发现）。遗憾的是，我们的祖先忽视了这些特殊现象，他们只是让孩子们自己去发现、去选择，没有做过像我们今天专为孩子们辑录、改写古典作品中适合他们阅读的作品的工作。

　　上述所谓《西游记》、《镜花缘》中某些适合儿童接受机制与审美情趣的作品，我把它称之为"非儿童本位的儿童文学"。"非儿童本位的儿童文学"是与"儿童本位的儿童文学"相比较而言的（详见本书第二十六章），这类文学作品的中心读者是成年人而非孩子，它是以表现成年人眼光中的现实世界或心灵中的幻想世界为中心内容，以再现和提升成年人的审美意识为重要美学特征的文学。但是，由于这类文学作品的某些艺术因素吸引了小读者——如童年回忆、少年心态、魔幻手法、变形组合、动物形象、拟人方式、荒诞情调、游戏精神、喜剧色彩、超前意识等，于是就被小读者"拿来"当作了自己的读物。按照这样的理解，我们还可以把古代诗歌中某些回忆童年生活、描写儿童形象、激励儿童上进的作品以及某些动物诗、山水诗等也"拿来"作为"非儿童本位的儿童文学"——当然这类作品所反映的主要是成人审美意识与成人心态，并

非是为儿童而写。如汉乐府中的《孤儿行》、《长歌行》，唐诗中的《少年行》（王维）、《游子吟》（孟郊）、《回乡偶书》（贺知章）、《蜂》（罗隐），宋诗中的《画眉鸟》（欧阳修）、《四时田园杂兴》（范成大）等。汉乐府《长歌行》中激励少年儿童珍惜光阴奋发努力的名句"百川东到海，何日复西归？少壮不努力，老大徒伤悲"，为历代小读者所传诵，这样的作品显然是儿童喜吟爱诵的。古诗中另有一类古代小诗人（所谓神童）创作的作品，由于表现的是儿童眼光中的世界，反映的是儿童思维与儿童观念，故往往具有一种活泼清新的童稚天趣（当然，也有一些小诗人的作品故作少年老成，为赋新诗强说愁，一腔儿童"成人化"，则自当别论），显然，这类作品也可以作为"儿童文学"来看待。如唐诗中的《咏鹅》（骆宾王7岁作）、《咏兔》（苏颋幼年作）、《咏王大娘戴竿》（刘晏10岁作）、《赋新月》（缪氏子7岁作）、《咏梧桐》（薛涛8岁作）、《赋得古原草送别》（白居易少年作），宋诗中的《咏莲》（王禹偁5岁作）、《牧童》（黄庭坚7岁作）、《述志》（汪洙童年作）、《栀子花》（蒋堂6岁作）等。骆宾王《咏鹅》一诗历来为人称道，诗曰："鹅，鹅，鹅，曲项向天歌。白毛浮绿水，红掌拨清波。"这首小诗把鹅儿戏水的情态，写得活灵活现。诗一开头，小诗人连用三个"鹅"字，真切地摹拟出鹅的欢叫。接着用"曲项"的特写镜头，描写"向天歌"的得意神态；再用"白毛"、"绿水"、"红掌"、"清波"的色彩对比，从上至下鲜活地刻绘出鹅儿嬉戏的情形。从这幅有声有色的白鹅戏水图可以看出，小诗人对事物的观察是多么认真，多么细致！

如上所述，我国儿童文学的历史资源主要来自两个方面：一是民间口耳相传的适合儿童听赏要求的口头儿童文学，这有儿歌（童谣）、童话、传说、寓言、笑话等，其中尤以儿歌、童话为富；二是古代文人著作中某些适合儿童接受机制与审美情趣的作品，这包括专为儿童写的文学读物（如《日记故事》）、儿童自我选择的读物（如《西游记》）以及儿童自己创作的某些精彩之作（如《咏鹅》）。"文学性"的概念是历史的、动态的，文学的发展有一个从不完善到逐步完善、从不成熟到逐步成熟的过程，儿童文学也是如此。从古代儿童文学（包

第三章　中国儿童文学的历史资源与古代儿童接受文学的途径

括口头与书面两大类）整体现象考察，我们可以得出这样的结论：（1）古代口头儿童文学十分丰富，但被保存记录下来的不多；（2）古代书面儿童文学非常稀少，尽管我们扩大了儿童文学的"范围"，但成功之作毕竟不多。我国古代儿童文学从总体上来说是落后的，它长期处于一种缓慢发展的与年幼一代对精神食粮的需求很不相适应的状态。与同时代的古典成人文学相比较——古代儿童文学比之文学样式完备、内容包罗万象、作家诗人济济、巨著名作成林的古典成人文学，它所取得的实绩实在是太小太小了，这是一个使人十分遗憾而又不能不承认的事实。而且以其与同时代的外国儿童文学相比，也有一定的距离。

三、中国古代儿童文学滞后的三重原因

中国古代儿童文学之所以长期得不到应有的发展，这有多方面的原因。

首先，从中国文化背景考察，祖先崇拜、老者本位与父为子纲的民族文化心理造成了儿童观的错误及对儿童世界的蔑视。中国文化是一种具有自己特殊品格的文化，宗法制度是延续数千年的中国封建社会的重要文化现象。中国的宗法制度早在氏族社会即已初步形成，由于我们的先民跨入阶级社会的门槛，是由氏族首领直接转化为奴隶主贵族，因而氏族社会的解体完成得很不充分。氏族社会的宗法制度以及意识形态被大量地遗存下来，并经过后代统治阶级及儒家的加工改造而获得很大发展。其中家族观念的不断加强使得早期华夏先民的祖先崇拜心理在社会组织形态上物化为祭祖敬宗的仪式，在社会意识形态上则逐渐演变为具有文明形态与自觉要求的老者本位观念。中国自古以来就是一个典型的农业社会，建立在农业经济基础之上的父权家长制家庭和夫权制婚姻制度一直是中国宗法社会的基础。中国封建宗法社会的恒久与固滞以及我们民族生存活动的地理环境的封闭自足性正是使得祖先崇拜、老者本位的观念得以扎根发展的适宜土壤，这种观念经由父权制家庭渗透到社会生活的各个方面，成为中国文化的一种遗传基因，深刻影响到中国人的国民性格。儒家三纲之说——君为臣纲、夫为妻纲、父为子纲，是封建宗法制度在政治伦理方面的最

高体现，它像无形的精神枷锁，牢牢地禁锢着人的思想，束缚着人的自由，压抑着人的个性。祖先崇拜、老者本位与父为子纲三方面拧成的合力，势必虐杀幼者的人格与天性，蔑视幼者的社会地位及对其身心特征的尊重与理解。当整个民族都浸淫在这种普泛的集体心态中，由成年人统治的这个社会在看待和对待儿童的观念方面（即"儿童观"）就不可能会是正确的，儿童世界的被放逐乃是一种必然的定势。鲁迅说："往昔的欧人，对于孩子的误解，是以为成人的预备；中国人的误解，是以为缩小的成人。"[①] 周作人说："中国向来对于儿童，没有正当的理解"，从古以来儿童"只是父母的所有品，又不认他是一个未长成的人，却当他作具体而微的人，因此又不知演了多少家庭的与教育的悲剧"[②]。在儿童的社会地位与独立人格不被承认，儿童的身心特征与自然天性不受尊重的情况下，他们的精神世界与精神食粮自然得不到应有的重视，为儿童服务的文学艺术也就不可能获得应有的发展。

其次，从中国的文学传统考察，"文以载道"的实用主义说教是束缚古代儿童文学发展的重要原因。中国文学源于五经，"文以载道"一直是中国文学的基础理论，只不过道的性质因时而异罢了。在漫长的封建社会中，文学从来没有真正获得过独立的品格，长期以来被视为一种达到政治、道德、伦理、教化目的的实用主义工具。所谓要"事父事君"、"有助王化"，"况不载物之车，不载道之文，虽美其饰，亦何为首？"（《朱子语类》）深受儒家功名意识与入世精神影响的中国古代文学作家，总是将自己的视野过多地凝聚于政治与化理方面，形成了一种关心和热衷政治的习惯定势，有关治国之道、安邦之策、为君之方、牧民之术、道德人际、纲常伦理以及一旦失落后的清净无为、超世游仙、山水隐逸一直是文学表现与张扬的切身命题，而文学的一个重要功能——对人类生存与发展的一些本体性与永恒性的命题作象征的表现和形而上的思考——却被相对忽视了。在这样的文学观念、文学传统制约下，放弃对最富于人类自由天性与最接近人类自然灵性的儿童精神世界的关注与展示，放弃

---

① 鲁迅：《我们现在怎样做父亲》。
② 周作人：《人的文学》，1918年12月《新青年》第5卷第6期。

第三章　中国儿童文学的历史资源与古代儿童接受文学的途径

对契合儿童精神需要的文学作品的创造,则是很自然的事。"中国向来以为儿童只应该念那经书的(经书正是'载道之文'——引者注),以外并不给预备一点东西,让他们自己挣扎,止那精神上的饥饿!"①

再次,从中国的教育传统考察,封建教育的弊端也是窒息古代儿童文学发展的原因之一。对此,鲁迅、郑振铎等"五四"时代奋力拓展现代儿童文学的一代先驱曾作过十分深刻的揭示。鲁迅一再强调社会对于儿童"应该健全的产生,尽力的教育,完全的解放"②,批判封建教育将儿童弄得"低眉顺眼,唯唯诺诺"③,"满脸装出死相"④,这不但是对儿童精神的虐杀,也是对民族精神、民族未来的虐杀。郑振铎尖锐地指出,封建教育是"以养成顺民或忠臣孝子为目的,而以注入式的教育方法为一成不变的方法。对于儿童,旧式教育家视之无殊成人,取用的方法,也全是施之于成人的","他们根本蔑视有所谓儿童时代,有所谓适合于儿童时代的特殊教育";根本无视儿童的精神世界与接受能力,而把"'成人'所应知道的东西","太早熟的全盘的给了他们"⑤。其结果,使天真活泼的儿童训练得"少年老成",成为"早熟半僵的果子"。这种过错全抹杀儿童心理,束缚儿童个性的弊端,严重地影响到与儿童教育关系最为密切的古典儿童读物,以致造成极大多数读物的思想内容远离儿童情趣,很不适合儿童年龄的心理特征;加之又常常以一种居高临下的教训口气板着脸把"圣贤大道理"硬灌给儿童,故而生硬枯燥,充满教条,味同嚼蜡。同时,由于封建科举制度的影响,使古代儿童从接触书本开始就背上了沉重的科举包袱,从小所接受的四书五经、子曰诗云的教育,都是为将来的科举作准备,儿童的活泼天性、想象世界、游戏精神被抹得一干二净。在这样的教育目的与教育制度统辖下,自然谈不上对儿童精神领域、儿童所需要的文学作品的重视与创造了。凡此种种,使我国古典儿童读物的内容与形式受到了严重的窒息与局限,被束缚在壁垒森严的封建伦理与封建教育的樊篱中。作为古典儿童读物之

---

① 周作人:《儿童的书》,1923 年 6 月 21 日《晨报》副刊《文学旬刊》3 号。
② 鲁迅:《我们现在怎样做父亲》。
③ 鲁迅:《且介亭杂文·从孩子的照相说起》。
④ 鲁迅:《华盖集·忽然想到》。
⑤ 郑振铎:《中国儿童读物的分析(上篇)》,1936 年 7 月《文学》第 7 卷第 1 号。

一种的古代儿童文学,也就命途多舛,举步艰难了。

四、近代儿童文学景观

文学是随着社会生活的发展而发展的,儿童文学是随着儿童的被"发现"而产生的。从世界文学史的范围看,真正意义上的儿童文学只是在近代社会里才诞生的。这是因为,"根据一定的社会政治和经济对儿童教育的要求,根据儿童年龄特征的要求而专为儿童创作的儿童文学,它的产生,必然与人文主义的提出,启蒙运动的发展,资产阶级的崛起,妇女解放、个性解放的开始,儿童教育科学、儿童心理科学的确立有着直接的关系"①。只有冲破了封建的宗法专制、禁欲主义等的樊篱,人的个性得到解放,"人"的存在才可能受到重视与承认,于是才有可能发现儿童,并进而发现与发展专门为儿童服务的儿童文学。正如日本儿童文学研究家上笙一郎所说:"儿童文学这种为儿童的文学,只能产生于有着承认儿童作为一个完全的人的资格并保障他们作人的诸项权利的儿童观的社会。根据历史所表明的那样,这种儿童观,并不存在于原始社会、古代社会和封建社会等各社会,而只有在进入近代社会以后才可能出现。"②

从19世纪末开始,随着西方文艺复兴以来各种思潮在中国的传播与民族资本主义的勃兴,近代中国文化逐步发生根本性变化,社会精神文明有了新的进步,妇女解放、个性解放初露端倪,儿童教育开始受到资产阶级有识之士的关注,与儿童教育紧密相关的儿童读物与儿童文学开始出现引人瞩目的变化。这一变化是十分令人鼓舞的。

第一,出现了译介外国儿童读物的热潮。晚清文坛曾有过"翻译多于创作"的局面。据阿英统计,从光绪元年(1875年)到辛亥革命(1911年)近40年间,各种翻译"小说"多达600余部,包括英、法、俄、德、日、美等许多国家的作品。这里面就有不少外国儿童文学读物,如林纾译的《爱国二童子传》、《海外轩渠录》(即《格林佛游记》)、《鲁滨逊漂流记》,周桂笙根据格林

---

① 《儿童文学概论》第438页,四川少年儿童出版社1982年5月版。
② [日]上笙一郎:《儿童文学引论》第56页,四川少年儿童出版社1983年10月版。

第三章 中国儿童文学的历史资源与古代儿童接受文学的途径

童话、伊索寓言、阿拉伯民间故事翻译的《新谐谭》,梁启超译的《十五小豪杰》,包天笑译的《馨儿就学记》(即《爱的教育》),孙毓修编译的《无猫国》、《大拇指》,等等。其时还出现了"凡尔纳热"。法国凡尔纳的科幻小说一开始就被作为儿童读物的新品种被大量译介进来。鲁迅先生早在1903与1906年就翻译了凡尔纳的《月界旅行》与《地底旅行》。晚清时期翻译外国儿童读物曾盛极一时。一般而言,早先的译介受了"西学为用"的影响,是为了"开发民智","冀我同胞警醒",以改良社会,促进启蒙,因而当时科学、爱国、教育等题材译得很多;而后则发展为对儿童文学本身价值的认识,注重于儿童读物的文学价值与儿童情趣,开始有意识地吸纳外国儿童文学的营养。中国儿童文学接受和消化外国儿童文学的胃口无疑是强健的。

第二,出现了耳目一新的鼓吹倡导儿童教育与儿童读物的舆论宣传。近代资产阶级报刊《杭州白话报》在1902年发表的题为《儿童教育》的专论中指出:"儿童譬如花木,儿童智识初开的时候,就譬如花木萌芽初发的时候,花木匠栽培花木,就譬如训蒙师教导儿童。""儿童幼时智识,至老未忘,教师最好把这些爱国的故事,为人的箴言,替儿童演说,才可以养成儿童爱国心,陶铸儿童天良性。"[1] 该报还大声疾呼:"少年乃为国之宝,儿童教育休草草!"[2] 这种把少年儿童看作是国家的宝贵财富并提出要像育花一样注重儿童教育的主张,确是振聋发聩的,对数千年来极端蔑视儿童束缚儿童的封建思想无疑是一种有力的声讨。1908年,著名翻译家徐念慈发表《余之小说观》,呼吁当时的"译著家,所当留意,宜专出一种小说",供给"高等小学以下"的"学生之观摩。其形式,则华而近朴,冠以木刻套印之花面,面积较寻常者稍小。其体裁,则若笔记或短篇小说。或记一事,或兼数事。其文字,则用浅近之官话,倘有难字,则加音释。全体不逾万字,辅之以木刻之图画。其旨趣则取积极的,毋取消极的,以足鼓舞儿童之兴趣,启发儿童之智识,培养儿童之德性为主。……如是

---
[1] 《儿童教育》,原载1902年《杭州白话报》第二年上册论说卷;参见王泉根评选《中国现代儿童文学文论选》第7页,广西人民出版社1989年8月版。
[2] 参见胡从经《晚清儿童文学钩沉》第139页,上海少年儿童出版社1983年4月版。

则足辅教育之不及"①。这可以说是近代文学史上第一次公开号召要专为年幼一代提供文学作品,第一次比较全面地提出了儿童文学读物的教育作用及其在形式、体裁、情节、文字、篇幅、插图、装帧等方面的特殊要求。以上舆论宣传说明了近代儿童教育与儿童读物已被资产阶级有识之士提上了议事日程,越来越受到社会的关注,这无疑是勃兴中国儿童文学的可喜迹象。

第三,出现了一批热心儿童读物编译、创作的作家。中国近代知名的思想家、文学家、艺术家、翻译家诸如梁启超、黄遵宪、吴趼人、周桂笙、曾志忞、林纾、李叔同、沈心工、徐念慈、孙毓修等,都十分关心年幼一代的精神食粮,他们以各自独特的文学实绩为拓展近代儿童文学作出了不可磨灭的贡献。基于国难日重、神州陆沉的危机和推翻帝制、振兴中华的需要,他们的编译与创作十分注重思想内容,爱国与教育的题材最为突出。梁启超的《爱国歌》,黄遵宪的儿童诗,曾志忞、李叔同的儿童歌曲,在各地城乡尤其是在小学校里广泛传诵,产生了深刻影响。近代资产阶级创办的《中国白话报》、《童子世界》、《杭州白话报》等报刊,发表了不少旨在向少年儿童灌输爱国主义、民主主义思想的作品,为资产阶级革命作舆论宣传。近代儿童文学有一个特殊现象,即谣曲歌诗等儿童韵文类作品多系创作,而童话、小说、寓言等散文类作品则主要来自译作。有的是为适合国情对译作进行改写,有的是模仿译作并融入自己的创作,有的直接根据外国时事史料或名人轶事加以编译。这与当时的翻译界并不恪守忠实原著,而根据国情予以增删的译风是分不开的。"五四"以前广有影响的由商务印书馆与中华书局出版的儿童文学读物如《童话》丛书、《少年杂志》,就有不少是根据外国儿童文学作品编译改写而成的。茅盾在 1935 年曾对此现象作过这样的评述:"五四"以前的儿童文学读物,"我们是曾经老老实实翻译了来的,虽然翻译的时候不免稍稍改头换面,因为我们那时候是很记得应该'中学为体'的"②。

第四,出现了专为儿童服务的报刊丛书。中国近代最早的儿童刊物是

---

① 徐念慈:《余之小说观》,原载 1908 年《小说林》第 9、10 册,参见《中国现代儿童文学文论选》第 13 页。
② 茅盾:《关于"儿童文学"》,1935 年 2 月《文学》第 4 卷第 2 号。

第三章　中国儿童文学的历史资源与古代儿童接受文学的途径

1875年在上海创刊的《小孩月报》，最早的儿童报纸是1903年出版的《童子世界》。随着近代出版业、印刷业的发展，专供孩子们阅读欣赏的儿童报刊、丛书不断涌现，其中尤以商务印书馆与中华书局的出版物影响最大。特别应提出的是由商务印书馆孙毓修主编的《童话》丛书。我国虽然很早就有丛书，但专供儿童阅读的丛书则始于孙毓修的劳作。这套丛书自1909年创刊，至1916年共出版了102种，内容主要是编译外国儿童文学读物与改写适合儿童欣赏情趣的古典作品，包括童话、寓言、小小说、传记等多种文体。由于选材得体，行文活泼，格式新颖因而深受儿童喜爱，其中不少篇目以后被数以百计的儿童书刊转载，产生了深广的影响。故在当时对中国古代儿童文学的遗产缺乏研究的情况下，不少人都把《童话》丛书中的外国童话《无猫国》看成了"中国的第一本童话"。

一切都是应运而生的。中国的儿童文学走过了数千年缓慢演进的道路。在近代中国政治、经济、文化发生急剧变革的时代潮流中，在民族民主革命思想的冲击与"欧风美雨"的影响下，它终于在近代中国文坛开始勃兴。先驱者们筚路蓝缕的草创之功，促成了近代儿童文学令人鼓舞的进展。虽然从历史演进的角度考察，它还是处于实验性阶段，在艰难的探索中起步。尽管当时的儿童文学翻译多于创作、宣教重于审美，但它毕竟丰富了晚清一代少年儿童的精神食粮，丰富了中国原生状态的儿童文学的内涵与艺术品格，并在一定程度上冲击了当时的封建正统文化，为"五四"以后迅猛发展的现代性儿童文学作了必要的准备。

第四章
"五四"时期与中国儿童文学的现代转型

一、中国人儿童观的转变与儿童文学的发现

"五四"时代,首先是思想解放的时代,是"收纳新潮,脱离旧套"(鲁迅语)的时候,这是一个摧毁偶像冲破桎梏唤德先生、赛先生的时代,也是发现人进而发现儿童"救救孩子"(鲁迅语)的时代。历史为改变中国人的传统"儿童观"提供了最好的契机。"人的发见,即发展个性,即个人主义,成为'五四'新文学运动的主要目标;当时的文学批评和创作都是有意识或下意识的向着这个目标。"[1] "五四"时期出现的一些思潮,例如妇女解放的思潮,婚姻自由的思潮,表现自我的思潮,表现"爱"的思潮,再如关于父权、人生、国民性、个性解放、人格独立、青年、家庭、婚姻、贞烈观等问题的社会大讨论,无一不是向着"人的发现"这个总思潮的。正是在这一前所未有的总思潮的冲击下,"儒家三纲"之说土崩瓦解,其中的"父为子纲"奄奄一息,"老

---

[1] 茅盾:《关于创作》。

第四章 "五四"时期与中国儿童文学的现代转型

者本位"、"祖先崇拜"的否定与"儿童本位"、"小儿崇拜"的肯定使作为民族之未来的儿童问题终于得到了思想界、文化界、教育界的普遍重视。新文化运动的先驱者不但擎起了"人的解放"的大纛,而且肩负起了"儿童的解放"的使命。文学革命主将鲁迅发表了一系列关于儿童问题的观点。他提出社会对于儿童"应该健全的产生,尽力的教育,完全的解放","一切设施,都应该以孩子为本位";儿童解放"这是一件极伟大要紧的事,也是一种极困苦艰难的事"。他认为这有三方面的工作要做:"开宗第一,便是理解",理解儿童的心理、生理特征与精神世界,这是发现儿童的前提;"第二,便是指导",使孩子"将来成为一个完全的人";"第三,便是解放",社会要为他们"开辟新路",使他们"全部为他们的自己所有,成为一个独立的人"[①]。

儿童一旦真的被人"发现",深刻影响儿童教育、儿童精神的儿童读物与儿童文学立刻得到了一代"五四"精英的极大关注。陈独秀曾明确指出:"'儿童文学'应该是儿童问题之一"[②]。鲁迅、胡适、周作人、沈尹默、刘半农等先后在《新青年》发表了以儿童生活为题材的白话诗;《新青年》还破格为儿童文学提供园地,在全国各大报刊中,率先登载了安徒生、托尔斯泰、梭罗古勃等的童话译作,并发表周作人热情鼓吹儿童文学的文章《读安徒生童话〈十之九〉》(1918年9月)与《儿童的文学》(1920年12月)。由于《新青年》的大力倡导,文学界、教育界、新闻界、妇女界普遍开展了儿童教育新途径的探讨,呼吁人们改变传统"儿童观",强调"儿童一样爱好文学,需要文学,我们应当把儿童的文学给予儿童"[③]。《教育杂志》、《妇女杂志》、《东方杂志》以及著名的四大副刊(《晨报·副刊》《京报·副刊》《民国日报·觉悟》《时事新报·学灯》)纷纷发表文章,热烈探讨儿童读物与儿童文学,刊登儿童文学作品;有的还开辟了专栏,如《晨报》的《儿童世界》,《京报》的《儿童周刊》。叶圣陶在《晨报·副刊》发表的《文艺谈》(1921年3月)中大声呼吁:新文学战士应当"为最可宝爱的后来者着想,为将来的世界着想,赶紧

---
① 鲁迅:《我们现在怎样做父亲》。
② 转引自茅盾《关于"儿童文学"》。
③ 吴研因:《清末以来我国小学教科书概观》,全国儿童实施委员会印行《儿童问题讲演集》,1936年10月版。

创作适于儿童的文艺品",这是新文学面临的"重要事件之一","这也是伟大的事业啊!"冰心以强烈的社会责任感,用诗的语言热切的呼唤:"万千的天使/要起来歌颂小孩子;/小孩子!/他细小的身躯里,/含着伟大的灵魂。"①

"五四"儿童文学的总特点是以理论发其端,实践继其后的。在当时的历史背景下,理论建设的首要之务是努力改变中国人传统"儿童观"的误区,唯如此,中国儿童文学才能走出自缚的樊篱,复归自然的新绿。现代儿童文学的先驱者,为此目的,曾上下求索,并"别求新声于异邦",从西方教育思想中借鉴了"儿童本位论"的合理内核。"儿童本位论"最先由美国教育家杜威提出,由杜威于1919年来华讲学时系统阐释。这一理论一反传统教育视教师、教科书为中心的做法,提出了"在整个教育中,儿童是起点,是中心,而且是目的"的命题;教育者"必须站在儿童的立场上,并且以儿童为自己的出发点"。照此办理,于是"儿童变成了太阳,而教育的一切措施,则围绕着他们转动;儿童是中心,教育的措施便围绕着他们而组织起来"②。杜威的这套理论曾极大地影响了"五四"时期的中国小学教育界与儿童文学领域。"儿童本位论"代表了本世纪初期一种崭新的儿童观,它一经出现在古老滞重的中国,便以不可阻挡的凌厉之势,冲击着统治了中国几千年的以"父为子纲"为核心的传统儿童观,并引起了思想敏锐的新文化先驱者的极大注意。就在杜威来华讲学五个月之后,鲁迅便于1919年10月写下了《我们现在怎样做父亲》的重要文章。鲁迅在批评传统儿童观的误区之后,深刻地指出:"直到近来,经过许多学者的研究,才知道孩子的世界,与成人截然不同,倘不先行理解,一味蛮做,便大碍于孩子的发达。所以一切设施,都应该以孩子为本位","此后觉醒的人,应该先洗净了东方古传的谬误思想,对于子女,义务思想须加多,而权利思想却大可切实核减,以准备改作幼者本位的道德"。儿童的发现,儿童世界的发现,这是20世纪初期的中国文化一件了不起的大事,也是"五四"新文化运动的一个重要成果。鲁迅把"孩子本位"作为一个口号正式提了出来,这是其

---

① 冰心:《繁星》。
② 参见陈元晖著《中国现代教育史》第1章第3节,人民教育出版社1979年7月版。

第四章 "五四"时期与中国儿童文学的现代转型

在1918年《狂人日记》中发出的"救救孩子"的呐喊的延续与生发,其目的都是为了人类"去上那发展的长途",努力"肩住了黑暗的闸门","放后起的生命","到宽阔光明的地方去"①。从这一使命出发,鲁迅以极大的热情关注着作为儿童生命成长重要环节的儿童读物,并在以后的文学理论中,对儿童文学提出了一系列精辟见解,而且还在自己创作的《故乡》、《社戏》、《药》、《明天》等小说中,塑造了一批鲜活的少年形象,通过对农家少年(闰土、双喜等)的热情赞颂来表达对幼者深沉的爱,通过对摧残幼者(华小栓、宝儿等)的恶势力的鞭挞,以警醒全社会都来"救救孩子"。在鲁迅眼里,"童年的情形,便是将来的命运"②,儿童文学直接联系着民族未来一代国民性格的塑造。

在"五四"文坛,与鲁迅一起并称为"兄弟作家"的周作人,也曾以很大的热情从事过儿童文学。早在1913年,周作人就发表了《童话研究》、《儿歌之研究》等文章,后在《新青年》上不断刊登安徒生、托尔斯泰等的童话译作。"五四"时期,周作人的反传统意识十分明显,在儿童观上也是如此。从1918年12月在《新青年》上发表《人的文学》,1920年12月发表《儿童的文学》,1923年发表《儿童的书》、《关于儿童的书》等文章中,周作人站在人道主义的立场,提出了一系列儿童教育、儿童文学的新观点。他认为"我们对于教育的希望是把儿童养成一个正当的'人'"③,凡是"违反人性"的虐杀儿童精神的"习惯制度"都应加以"排斥"。他强调必须尊重儿童的社会地位与独立人格,"儿童在生理心理上,虽然和大人有点不同,但他仍是完全的个人,有他自己的内外两面的生活","儿童教育,是应当依了他内外两面生活的需要,适如其分的供给他,使他生活满足丰富"④。周作人还批评传统教育与旧文学漠视儿童的精神食粮,感叹"中国还未曾发见了儿童,——其实连个人与女子也还未发现,所以真的为儿童的文学也自然没有"⑤。他认为"儿童同成人一样的需要文艺",新文学有"供给他们文艺作品的义务"。从事儿

---

① 鲁迅:《我们现在怎样做父亲》。
② 鲁迅:《南腔北调集·上海的儿童》。
③ 周作人:《关于儿童的书》,见《谈虎集(下卷)》,北新书局1934年4月版。
④ 周作人:《儿童的文学》,1920年12月《新青年》第8卷第4号。
⑤ 周作人:《儿童的书》,1923年6月21日《晨报》副刊《文学旬刊》第3号。

童文学的人应当注重理解"儿童的世界","迎合儿童心理供给他们文艺作品";并根据不同年龄阶段儿童的特征,对三至六岁、六至十岁、十至十五岁三个时期的孩子对儿童文学的不同需要作了分析①。周作人认为:"儿童的文学只是儿童本位的,此外更没有什么标准"②,儿童文学应当"顺应满足儿童之本能的兴趣与趣味"③,"顺应自然,助长发达,使各期之儿童得保其自然之本相"④。

在现代儿童文学的初创阶段,"儿童本位论"几乎成了许多儿童文学文论的立论依据,直接间接地吸收过其中的合理内容。郭沫若在《儿童文学之管见》(1922年1月)中提出了儿童文学是"儿童本位的文学"的看法:"儿童文学,无论采用何种形式(童话、童谣、剧曲),是用儿童本位的文字,由儿童的感官以直诉于其精神堂奥,准依儿童心理的想象与感情之艺术。"郑振铎在《〈儿童世界〉宣言》(1921年9月)中明确宣布,要以美国麦克林冬在《小学校的文学》中提出的三条原则作为办刊方针,这就是:"一要适合儿童乡土的本能的兴趣和嗜好;二要培养并指导这种趣味和嗜好;三要引起儿童新的或已失去的嗜好和趣味。"以后,他又在《儿童文学的教授法》(1922年7月)中给儿童文学下了如下定义:"儿童文学是儿童的——便是以儿童为本位,儿童所喜看所能看的文学。"严既澄的《儿童文学在儿童教育上之价值》(1921年7月)一文认为,儿童教育必须"顾全儿童的时期,用适当的教材,来谋他内部的发展";"儿童文学,就是专为儿童用的文学",它所包含的,是"能唤起儿童的兴趣和想象的东西"。冯国华在《儿歌底研究》(1923年11月)中也发表了类似的见解:"我以为儿童文学,就是儿童的文学;详细地说:用儿童本位的文字组成的文学,由儿童底感官可以直接诉于其精神之堂奥者;换句话说,就是明白浅显,富有兴趣,一方面投儿童的心理所好,一方面儿童能够自己欣赏的,就是儿童文学。"⑤

---

① 周作人:《儿童的文学》,1920年12月《新青年》第8卷第4号。
② 周作人:《儿童的书》,1923年6月21日《晨报》副刊《文学旬刊》第3号。
③ 周作人:《童话的讨论》,见赵景深编《童话评论》,上海新文化书社1924年版。
④ 周作人:《童话概论》,原载1913年9月《教育部编纂处月刊》第1卷第8期;参见王泉根编《周作人与儿童文学》,浙江少年儿童出版社1985年8月版。
⑤ 以上郭沫若、郑振铎、严既澄、冯国华等文参见王泉根评选《中国现代儿童文学论选》,广西人民出版社1989年8月版。

第四章 "五四"时期与中国儿童文学的现代转型

以上诸家的意见正是"五四"前后最有影响的儿童文学观,尽管表述的方式不同,但都指出了同一问题:儿童文学必须以儿童为本位,"迎合儿童心理",服务于儿童。强调儿童文学应以儿童为本位,即以儿童为中心、儿童为主体,强调儿童文学应迎合儿童心理,即以儿童的心理特征及其认识水平、接受能力、精神需求为准绳,使之成为儿童所喜看、所能看的文学,这实在是中国儿童文学一个划时代的变革,一个重大的进步!"五四"儿童文学的观念更新已成定势,中国现代儿童文学史在这里举行了隆重的奠基礼。

二、现代性中国儿童文学建设的必由之路:清理与引进

中国的儿童文学领域,自从出现了"儿童本位"的崭新观点以后,随着传统儿童观误区的纠正,由此产生了许多重大的革新。根据"儿童本位"的新型观点,中国现代最早的一批热心儿童文学的作家、理论家,展开了对旧儿童读物的检讨与反思,并在新的基础上开始了作为文学大系统中一个独立分支的新儿童文学的探索与建设。

首先,从反"载道"始,宣布四书五经、《三字经》、《千字文》等体现儒家思想文化的读物已不适应现代儿童的需求,并顺理成章将它们清理出了儿童读物园地。

"五四"文学革命的先驱者,在成人文学方面都一致反对"文以载道"的古文传统,在儿童文学领域也是如此,"文以载道"的观点同样遭到了大张旗鼓地抨击。郑振铎尖锐地批评说:"科举未废止以前的儿童读物……简直是一种罪孽深重的玩意儿,除了维护传统的权威和伦理观念以外,别无其他的目的和利用,……在这样的不健全的训练之下,我们民族怎么会成为健全的民族呢?"[①] 周作人批评过那种"对儿童讲一句话,眨一眨眼,都非含有意义不可","把儿童故事当作法句警喻看待"的做法[②]。他反对有的翻译者"抱定老本领旧思想"不放,把外国童话"都变作班马文章,孔孟道德","全是用古文来

---
① 郑振铎:《中国儿童读物的分析》。
② 周作人:《儿童的书》。

讲大道理"①；反对《各省童谣集》的编者将儿歌"处处用心穿凿"，"加上教训"，使之"成为三百篇的续编"②。叶圣陶在《文艺谈》中也深刻地抨击过当时小学校里充眼所见的那些"古典主义的、传道统的，或是山林隐逸、叹老嗟贫的文艺品"，感叹"欲选没有缺憾，可供孩子们欣赏的作品，竟不可得"。他以作家和教师的双重责任感，呼吁作家赶紧创作新儿童文学，来取代这些旧的"载道"读物。现代儿童文学的拓荒者都一致指出，旧时代那些少得可怜的"儿童读物"，绝大部分都已不适合现代儿童阅读。"中国向来缺少为儿童的文学，就是有了一点编纂的著述，也以教训为主，很少艺术的价值"③，忽视儿童的精神世界，局限于"尊君、卫道、孝亲"等儒家文化规范，这与"五四"时代需要未来一辈"养成他们有耐劳作的体力，纯洁高尚的道德，广博自由能容纳新潮流的精神"④的要求完全是格格不入的。"儿童本位"的观点则对儿童文学提出了要以儿童精神特征与需要为出发点，而不是以"载道"为目的的要求，宣布只有像童话、神话、儿歌、故事之类被传统观念视为"小猫叫小狗跳"的"荒唐乖谬"的"无意思之意思"的作品才是儿童的恩物。正是从"五四"开始，统治了中国儿童教育、儿童读物领域数千年的四书五经、《圣谕广训》、《三字经》、《千字文》等"载道"读物才退出了历史舞台，小百花园地迎来了童话、儿歌、寓言、儿童诗、儿童剧、儿童小说、科学文艺等崭新的品种，出现了一派欣欣向荣的早春生气。

现代儿童文学拓荒者不但通过吸纳"儿童本位论"的合理因素，从理性上认识到了儿童文学必须以儿童为出发点、理解和服务儿童的重要性，而且通过"五四"时期大量引进的外国儿童文学作品，从感性上体验到了这种样式的新儿童文学的品格和风貌。虽然，"五四"以前我国已经开始译介外国儿童读物，晚清时期曾盛极一时，但是，当时的译介在主观上并不全是为了儿童，不是以儿童的需求为出发点，而在很大程度上只是为了成人的文化理想与功利主义的

---

① 周作人：《读安徒生童话〈十之九〉》，1918年9月《新青年》第5卷第3期"随感录"。此文发表时原无标题，周在收入文集时再加。
② 周作人：《读〈各省童谣集〉》，见《谈龙集》，开明书店1927年版。
③ 周作人：《吕坤的〈演小儿语〉》，见《儿童文学小论》，儿童书局1932年版。
④ 鲁迅：《我们现在怎样做父亲》。

第四章 "五四"时期与中国儿童文学的现代转型

需要，旨在"开发民智"、"冀我同胞警醒"。因而翻译者无论在选题和翻译手法上，主要是按照成年人的意志与价值尺度，按照"国情"，任意增删、改写，致使极大多数译作都成了改头换面、不中不西的改译或编译，有的甚至在译作中随意加添自己的创作，这种情况在"五四"以前相当严重[①]。以"载道"为主要目的的翻译，无疑削弱了外国儿童文学的真实思想内容与艺术特色，削弱了异国作品的民族情调与独特风格，削弱了作为儿童文学必须具备的"儿童化"特色，自然也因此削弱了这些译作的影响、借鉴作用。但是，到了"五四"时代，根据"儿童本位"的观点，翻译不再是为了"载道"而是为了儿童，于是出现了焕然一新的变化。不少译者重新回过头来，从儿童的需要和鉴赏水平出发，把人们原先任意改译过的作品又作了一次重译，恢复了它们的本来面目。如周作人将刘半农改译的安徒生童话《洋迷小影》（1914年译）重译为《皇帝的新衣》，夏丏尊将包天笑改译的《馨儿就学记》重译为《爱的教育》，赵景深、徐调孚、顾均正等重译了许多被孙毓修、陈家麟等改译、编译过的安徒生、格林童话，林纾译的《海外轩渠录》也被人重译为《格列佛游记》与《大人国和小人国》等等。茅盾在考察"五四"时期儿童文学的翻译状况时说过这样的话："我们有真正的翻译的西洋'童话'，是从那时候起的"[②]。这是对晚清以来中国儿童文学的翻译历史作了周密研究之后所得出的正确结论。

　　除了重译以外，从儿童的需要与情趣出发，"五四"时期和"五四"以后，西方大量讲述"仙女精灵，小猫小狗"之类的"无意思之意思"的童话、小说、故事都被直译进来，安徒生、格林兄弟、王尔德、贝洛尔、科洛迪、爱罗先珂、小川未明等世界著名童话家的作品都来到了中国的孩子们中间。其中尤以"照着对孩子说话一样写下来"安徒生童话以及《阿丽丝漫游奇境记》、《鹅妈妈的故事》、《木偶奇遇记》等最有影响。郑振铎与茅盾的以下两段话最能概括经过"五四"洗礼的中国儿童文学界译介外国儿童文学的目的与态度：

---

① 例如，包天笑就说过，他在1906年翻译意大利儿童小说《馨儿就学记》（即《爱的教育》）时，就将原作"一切都改变为中国化。……有数节，全是我的创作，写到我的家事了。如有一节写清明节的'扫墓'，全以我家为蓝本。……这都与《爱的教育》原书原文无关的，类此者尚有好多节"。见包天笑《钏影楼回忆录》，香港大华出版社1971年版。
② 茅盾·《关于"儿童文学"》。

"一切世界各国里的儿童文学的材料,如果是适合于中国儿童的,我们却是要尽量采用的。因为他们是'外国货'而不用,这完全是蒙昧无知的话。有许多许多儿童的读物,都是没有国界的。存了排斥'外国货'的心理去拒绝格林、安徒生的童话,是很可笑的、很有害的举动。我们希望社会上能够去除这个见解。"①"现在文学家的责任是将西洋的东西一毫不变动的介绍过来。"②"翻译'儿童文学'真不容易。译文既须简洁平易,又得生动活泼;还得'美',而这所谓'美'……是要从'简洁平易'中映射出来。"③这种"简平易"的"美"的外国儿童文学,在"五四"时期几乎占领了整个儿童文学领域。茅盾作过这样的结论:"'五四'时代的儿童文学运动,大体说来,就是把从前孙毓修先生所已经'改编'(retold)过的或者他未曾用过的西洋的现成'童话'再来一次所谓'直译'。"④

三、建设民族自己的儿童文学:整理与原创

外国儿童文学的大量输入,一方面填补了"五四"时期清理旧"儿童读物"后留下的空白,另一方面对建设新儿童文学起到了启发和借鉴的作用,促使现代儿童文学的拓荒者们产生了"自己来试一试的想头"⑤。

这种"试一试"的实践突出地表现在两个方面:一是借了外国儿童文学的榜样,开始整理、开发民间儿童文学;二是进行原创生产。这是"五四"时期出现的崭新气象。

先来看第一种情况。

叶圣陶在 1921 年就认为:"介绍外国的文学作品、文艺理论、文学源流和文学批评等等所以重要,所以有价值,乃在唤起我们的感受性,养成我们的创作力,也就是促醒我们对文学的觉悟!"⑥外国儿童文学的大量译介引起了

---

① 郑振铎:《〈儿童世界〉第三卷的本志》,1922 年 7 月《儿童世界》第 2 卷第 13 期。
② 茅盾:《现在文学家的责任是什么?》,1920 年《东方杂志》第 17 卷第 1 期。
③ 茅盾:《关于"儿童文学"》。
④ 茅盾:《关于"儿童文学"》。
⑤ 叶圣陶在回忆自己的童话创作道路时,曾这样说过:"我写童话,当然是受了西方的影响,'五四'前后,格林、安徒生、王尔德的童话陆续介绍过来了,……对这种适宜给儿童的文学形式当然会注意,于是有了自己来试一试的想头。"见《我和儿童文学》第 3 页,上海少年儿童出版社 1980 年版。
⑥ 叶圣陶:《文艺谈》,1921 年 3 月至 6 月《晨报》副刊连载。

第四章　"五四"时期与中国儿童文学的现代转型

儿童文学拓荒者的深深思索：既然外国的《灰姑娘》、《丑小鸭》、《伊索寓言》之类讲猫讲狗讲精灵的"荒诞"读物如此受到小读者的欢迎，那我们民间流传的以及传统读物中类似的东西不也可以发掘整理出来，供给孩子们欣赏吗？在"尽量采用"外来东西的同时，现代儿童文学的拓荒者们迅即将目光投射于本国的遗产，开始了儿童文学新途径的探索。

研究童话，采集儿歌，这是"五四"时期起始的一项很有实绩的工作。由于受到西方民俗学、文化人类学、教育学、儿童学等的影响，"五四"时期的童话研究有三种不同的目的与途径。一是从民俗学、文化人类学的角度出发，研究"民间的童话"（Folk Tales），主要是探讨民间童话所保存和反映的民俗风情、社会世态、文化遗产。这种研究以《妇女杂志》为主要阵地，该刊从7卷1期起开辟了"民间文学"专栏，在1920年至1921年间发表了《论民间文学》（胡愈之）、《论童话》（张梓生）、《童话与空想》（冯飞）等重要文章，还刊登了《蛇郎》、《老虎外婆》等民间童话及儿歌、谜语等作品。二是从教育学、儿童学的角度研究儿童适用的"教育的童话"（Home Tales）。赵景深在1924年写的《研究童话的途径》[①]一文中认为："我国努力最大而成效显著的自然要算是教育童话"，"民间童话是注重研究学问，而教育童话的对象却是儿童，所以处处在儿童方面着想"。这类童话既有从民间采风所得，也有作家创作，但它们都是从儿童出发，"不带有成人的气息"，因而"采集的童话虽然和民间童话并无二致，字句却更浅显明白，……有一番相当的选择，大约以仙子和太子公主的故事最合宜"，讲鬼怪的恐怖故事则在"排斥之列"；"创作方面物话（即动植物故事——引者注）为多，还有一种是介于创作和采集之间的，那便是加过艺术修饰的传说"。安徒生童话、《阿丽丝漫游奇境记》、《木偶奇遇记》、《金河王》等就"五四"以来最为人称道的"教育的童话"。商务印书馆、中华书局、北新书局等在当时大量印行了此类作品，杂志方面以《儿童世界》、《小朋友》的努力较为突出。第三种研究途径是探

---

① 赵景深：《研究童话的途径》，1924年2月《文学》第108期。

讨"童话体的小说",""五四"时期称其为"文学的童话"(Literary Fairy Tales)。这类童话的最大特点是：作家创作的"目的是在社会，并不是想把这东西给儿童看，或者更切当地说，他们的目的只是表现他们自己"，因此作品内容大都"带着成人的悲哀"，是一种用创作童话的手法写成的小说，如王尔德、孟代、爱罗先珂的某些童话即是。"五四"时期开始的童话研究虽有这三种不同的路向，但它们"殊途同归"，其结果都直接间接地促进了现代童话的发展与繁荣，为小读者提供了更多的精神食粮。"教育童话"自不待言："民间童话"敞开了一座尚未发掘的儿童文学宝库——大量适合儿童阅读欣赏的民间口头创作亟待开发；对"文学童话"的研究则向作家提出了这样的警示——如果是为孩子写作，那就必须尽量地"不带有成人的气息"。1924年，赵景深收录了"五四"期间散见于全国各地报刊的18位作者的30篇儿童文学文论，结集为《童话评论》一书出版，其中23篇都是探讨童话的。《童话评论》是中国第一部儿童文学文论集，集中反映了"五四"时期以童话研究为中心的儿童文学理论成果。

对传统儿歌的开发研究，与"五四"时期兴起的歌谣学运动密切相关。1918年2月，当时在北京大学任教的刘半农、周作人、沈尹默等，设立了一个歌谣征集处，发起在全国范围内征集民间歌谣。1920年冬，成立了歌谣研究会。1922年，又创办了《歌谣》周刊。这一运动的结果，在全国收录到了13000多首民歌，其中有大量的传统儿歌童谣。周作人、褚东郊、冯国华等撰写了研究儿歌的文章[1]，分析了儿歌的起源、分类、特征及其在儿童文学中的地位作用。这些文章批判了儿歌童谣是由天上的"荧惑星"（即火星）降凡"感童儿歌谣嬉戏"预示人间灾异祸福的阴阳家谬论[2]，认为传统儿歌"音韵流利，趣味丰富"，"思想新奇"，"不仅对于练习发音非常注意，并且富有文学意味，迎合儿童心理，实在是儿童文学里不可多得的好材料"[3]。并对创作、采

---

[1] 这些文章如：周作人《儿歌之研究》、《吕坤的〈演小儿语〉》、《读〈童谣大观〉》、《读〈各省童谣集〉》，褚东郊《中国儿歌的研究》，冯国华《儿歌的研究》等。参见王泉根评选《中国现代儿童文学文论选》、《周作人与儿童文学》。
[2] 周作人：《儿歌之研究》。
[3] 褚东郊：《中国儿歌的研究》。

第四章 "五四"时期与中国儿童文学的现代转型

集儿童歌谣提出了严格的要求:"一、顺应儿童心理";"二、取材要在儿童生活里的";"三、音节要自然";"四、命意有趣而不鄙陋"①。1919年由"少年学会"创办的《少年》半月刊也很重视儿歌的采集工作,该刊除发表童谣、儿歌、故事外,还刊登了《〈中国的儿歌〉序》、《〈北京的歌谣〉序》、《帮助研究近世歌谣的朋友》等文章。传统儿歌的采集研究,使"五四"时期的小百花园地呈现出日益丰富多彩的格局。

把寓言引入儿童文学领域,这也是"五四"时期的事。1917年,茅盾从27种先秦诸子、两汉经史子集等典籍中,博览广搜,沙里淘金,编写了中国文学史上第一部专供少年儿童阅读的寓言集——《中国寓言初编》。1921年9月,郑振铎在《〈儿童世界〉宣言》中确定把"寓言"列为儿童文学的主要文体。自此,寓言作为一种别具特色的文体在小百花园里扎下了根。为了倡导这种新的儿童文学样式,郑振铎亲自翻译了《印度寓言》与《莱森寓言》,并在理论方面对寓言的起源、发展、特征、作用等作了全面探讨。他认为寓言这种形式十分符合儿童心理与欣赏要求,"其故事却为儿童所最愉悦",把寓言供给儿童,实在是"很相宜的",他们必定"十分欢迎","可以不大费力"就能理解鉴赏②。由于拓荒者们的热情倡导与耕耘,使寓言很快成了少年儿童喜闻乐见的儿童文学新文体。

"五四"时期的儿童文学,除了大量的外国译作,其他几乎就是通过采风所得的民间口头创作,诸如童话、神话、童谣(儿歌)、故事、传说等;再一种情况就是改编古典传统读物中比较适合儿童的东西,但这一类读物数量不多,影响也不大(主要有中华书局从《三国演义》、《水浒传》、《西游记》、《镜花缘》等古典小说中节选,用白话文改写的《儿童小小说》一百种;根据《左传》、《史记》、《世说新语》等书改编的《儿童古今通丛书》等),更多的还是翻译与采风这两类。借了外国儿童文学尤其是格林童话的榜样,长期深埋"地下"的民间童话、故事以及童谣、儿歌等都被发掘了出来,并很快作为"儿

---

① 冯国华:《儿歌的研究》。
② 郑振铎:《〈印度寓言〉序》。

童读物"印行出版。童谣儿歌方面比较重要的有：《各省童谣集》（朱天民编）、《儿童歌谣百首》（葛承训辑）、《儿童歌谣》（潘伯英编）、《小朋友山歌》（林兰编）、《越歌百典》（娄子匡编）、《广州儿歌甲集》等。童话故事方面有《故事的坛子》（刘大白编）、《中国童话》4册（吕伯攸编）、《大黑狼的故事》（谷万川编）、《熊家婆》（唐幼峰编）、《鸟的故事》（林兰编）等。长期流传在民间的老虎外婆、熊家婆、蛇郎、十兄弟等童话故事都被收录整理出来，成为小读者喜闻乐见的"乡土读物"。据1935年生活书店印行的《全国总书目》统计，自"五四"以来，各地出版的专供儿童阅读的"中国民间故事"多达91种。不少热心儿童文学的作家曾从民间童话故事中吸取过养料，有的还直接参加过采风编写的工作。例如赵景深从"五四"时期开始共编写了50多种儿童图画故事，其中不少都是来源于民间口头创作。创办《小朋友》的黎锦晖根据民间流传的"十兄弟型"童话，编写了《十姐妹》、《十兄弟》、《十个顽童》、《十家村》等作品。

　　"五四"时期的儿童文学主要是翻译外国作品与采集改编民间口头创作或改编某些适合儿童的传统作品，甚少作家原创之作。纯粹由作家原创的儿童文学，在当时还处于起步阶段，数量不多，成功的作品不多。但当时有一个突出的现象，即不少新文学的先行者在从事成人文学创作的同时，也肩负起了儿童文学创作的使命，有的甚至是从儿童文学步入文坛的。他们的原创有多种情况：一种是写儿童生活，或借助儿童文学的样式，表现的却是成人情感。如《新青年》发表的周作人的诗《路上所见》、《儿歌》，刘半农的诗《学徒苦》、《奶娘》、《一个小农家的暮》，又如刘大白的儿歌体诗作《卖布谣之群十首》与《新禽言之群十二首》。这些诗作或以儿童生活为引子，或以儿歌体为形式，表达作者对现实社会的评价与对儿童的挚爱之情。另一类作品是直接为孩子们写的，儿童化的味道相当浓，茅盾的童话与叶圣陶的童话诗堪为"五四"时期儿童文学创作的主要收获。从1917年下半年起至1920年，作为商务印书馆编译所编辑的茅盾，为孙毓修主编的《童话》丛刊第一、二集编写了27篇童话，其中《书呆子》、《一段麻》、《寻快乐》、《风雪云》、《学由瓜得》系茅

第四章 "五四"时期与中国儿童文学的现代转型

盾的独立创作,其余20多篇均取材于外国的或古典的读物,经改译、改写而成。茅盾的这5篇创作童话明显地记录了中国艺术童话萌芽时期的基本风貌:一、作品内容反映的是儿童生活或与儿童亲近的世界,人物形象以儿童为主。如《书呆子》描写勤奋好学的南散与贪玩好耍的万尔在蜜蜂分房时的一段有趣经历,说明知识就是力量。《一段麻》通过罗伦、罗理两兄弟对一段旧麻绳的不同态度与后来需要绳索的对比描写,启迪小读者懂得勤俭节约与有备无患的重要性。二、文体界限模糊。这5篇"童话",有的实质上是儿童小说,如《书呆子》与《一段麻》;有的是寓言,如《学由瓜得》。只有《寻快乐》与《风雪云》具有浓郁的童话艺术要素。三、由于受古典小说起承转合等手法的影响,作者常常在文内加入自己的插话和评述,如"在下也来说句话","看官读至下文,便知端的",有些评说太长太多,冲淡了作品的艺术效果。"五四"时期还是童话创作的尝试阶段,一切都要经过拓荒者的艰辛探索,后人明智,自然不应苛求前人的实验。较早关注过童话创作的还有陈衡哲。当"五四"文学革命蓬勃兴起的时候,"首先响应拿起笔写小说的作家最先是鲁迅,第二个就是陈衡哲。她实是新文学运动的第一个女作家"[①]。"五四"时期,她创作的《小雨点》、《西风》、《运河与扬子江》是融合寓言、童话及天候气象知识于一体的作品,在描写自然之中寄寓了女作家对于社会人生的深意,是当时不可多得的童话作品。

在"五四"时期出现的儿童诗中,最能生动形象地描写儿童形象的,当推叶圣陶的作品。从1920年12月到1921年9月,他先后写了《儿和影了》、《拜菩萨》、《两个孩子》、《成功的喜悦》等篇,稍后又在《儿童世界》上发表了《蝴蝶歌》、《小鱼》、《白》等。由于叶圣陶长期从事小学教育,熟知儿童心理,对孩子们怜爱不已,因此他笔下的儿童形象总是洋溢着活泼欢乐的童趣,富于形象美、童真美。例如《拜菩萨》:

[①] 司马长风:《中国新文学史(中卷)》,香港昭明出版公司1978年版。

儿学拜菩萨，

拉爹上坐作菩萨。

他自己作种种姿势；

上了烛，

插了香，

合十深深膜拜。

菩萨拜过了，

他站起来，

拔去了香，

吹灭了烛，

便举起了小手掌说：

"推倒你这个菩萨！"

  这首诗刻画了一个天真烂漫而又虎虎有生气的儿童形象。从"儿"敢于推倒菩萨、反对偶像崇拜的举动中，可以体验到"五四"新文化、新思潮对当时儿童精神面貌的深刻影响。作者通过"儿"拉爹当菩萨，先拜后推倒的游戏性行为来抒写儿童内心萌发的新潮思想，可谓匠心独具，构思巧妙，而又满蕴着炽烈的儿童情趣。

  "五四"时期的儿童小说创作并不多，但它一出现便把目光投射于现实生活，与童话、儿童诗等相比，更富于浓郁的时代气息，完全是现实主义之作。发表于《每周评论》第23期（1919年4月）上的短篇《白旗子》（署名"程生"）描写了一个12岁的儿童——二儿在天安门前的亲见亲闻，塑造了经受"五四"运动洗礼的爱国儿童形象。庐隐的短篇《两个小学生》写的是北京学生国枢、坚生与师生们一起去总统府请愿惨遭镇压，但他们没有屈服，反帝反封建的"五四"精神已在年幼一代心里播下了不灭的火种，他们在血与火的斗争中迅速成熟起来。这两个短篇从一个侧面反映了"五四"时代风云，在早期

第四章　"五四"时期与中国儿童文学的现代转型

儿童小说创作中是十分难得的。直面社会人生的"五四"儿童小说为以后儿童小说的现实主义倾向起了开拓的作用。

综观"五四"时期的儿童文学现象，可以看出，翻译（重译与直译）外国儿童文学、采集民间口头创作、改编传统读物，这三者构成了"五四"文坛儿童文学的基本内容；而创作儿童文学，则刚刚起步，显得较为稚嫩。"五四"儿童文学是作为中国儿童文学的现代转型而显示其巨大的历史意义。转型包括两方面：旧文化背景的解体与新文化背景的建构。中国数千年来传统"儿童观"的误区在这一时期经受了彻底的清理，使国人对儿童的认识向科学大大迈进了一大步——虽然"武器"是向外国借来的。儿童一经被看作独立的存在，一种适合他们需要的文学便得到了全社会的承认与重视，从社会史方面说，儿童文学已被认作中国进入现代社会的一个重要因素与标尺。儿童观的改变，儿童的"发现"与儿童文学的"发现"，这是"五四"新文化运动一个了不起的功绩，一个划时代的革新，这也是现代儿童文学的一个良好开端！翻译外来作品与采集、改编本民族的传统文学，这两方面的工作在现代儿童文学的初创阶段都是不可或缺的。横的借鉴与纵的传承，世界各国文学的相互交流影响与民族传统文化的吸纳继承，这两者的结合催生与哺育了完全独创的新儿童文学的发生发展——虽然，这种文学的发展还需要一个孕育的时期，但它的发展已属历史的必然。世界各国儿童文学的一个普遍现象是儿童文学的发生发展晚于成人文学。与中国现代文学中的成人文学相比，作为独立分支的现代儿童文学的成长壮大——大规模创作热潮的到来，作家队伍的建立，第一流作品的问世，也要晚到一步，还需要等待一些时候。但是，这个时期一经到来，就掀起了中国儿童文学的洪波巨澜，这就是以文学研究会作家群的"儿童文学运动"为核心，以《稻草人》、《寄小读者》的出现为标志的20年代现代儿童文学的"成长期"。

第五章
20世纪20年代文学研究会的"儿童文学运动"

20年代以茅盾（沈雁冰）、郑振铎、叶圣陶（叶绍钧）、冰心等为代表的文学研究会诸作家发起的"儿童文学运动"，是现代中国的重要文化事件与文学现象。对于这场运动，朱自清于1929年在清华大学执教新文学时，就已在其编写的《中国新文学研究纲要》中明确提出，并在"文学研究会"的栏目里，特别标明了"儿童文学运动"六个大字。《纲要》虽只是一份纲目性的章节提要，尚未形成完整的文字，但从中却可以看出一个"五四"新文学运动的参加者和早期学者，对文学研究会发起的"儿童文学运动"的特别关注与高度评价。

一、团结在文学研究会旗帜下的文学青年

文学研究会作为新文学史上第一个完备而成熟的文学社团，有着比较统一的文学主张（"为人生而艺术"）和创作方法（"写实主义"）。"为人生"的精神方向使他们以清醒的目光关注着丰富复杂的社会百态，关注着"当代人

第五章　20 年代文学研究会的"儿童文学运动"

类的苦痛与期望"、"奋抗与呼吁"①，并促使他们必然把目光投向人生的初步、民族的希望——年幼一代，极端关心与重视年幼一代的社会地位与精神食粮。他们看到了中国儿童长期被遗忘在社会最底层，既没有社会地位也没有独立人格，许多人甚至还"未曾发现儿童"②；"蔑视有所谓儿童时代，有所谓适合儿童时代的特殊教育"③。他们看到了中国儿童精神食粮的严重匮乏，"儿童读书的福气，在我们中国是最坏"④；"中国向来以为儿童只应该念那经书的，以外并不给预备一点东西，让他们自己去挣扎，忍那精神上的饥饿"⑤。"为人生"的文学理想决定了文学研究会关心儿童、重视儿童文学的必然性，促使他们自觉承担起"为儿童而艺术"的神圣使命。就在文学研究会筹备之际，该会发起者一、《文学研究会宣言》的起草者周作人（入会号数第 3 号，以下出现的文学研究会成员入会号数均标明号码），即在《新青年》上发表了新文学史上第一篇系统论述儿童文学的重要文章《儿童的文学》，热情鼓吹倡导儿童文学，"希望有热心的人，结合一个小团体，起手研究"儿童文学，并提出建设儿童文学应从采集民间童话歌谣、改编传统读物、翻译外国作品三方面入手。1921 年 3 月，文学研究会刚刚成立两个月，该会另一位发起者叶圣陶（第 6 号）在《晨报》副刊发表的系列文章《文艺谈》中，多次谈到创作儿童文学作品的重要性与必要性，认为这是新文学面临的"重要事件之一"，"是伟大的事业！"他用自己当小学教师的切身体验，强调儿童对于文学作品饥渴的需求，指出新文学有供给孩子们文学作品的义务与责任。是年 7 月，文学研究会成员严既澄（第 57 号）在上海国语讲习所暑假专修班上，向来自全国 15 个省的 500 多位教师作了《儿童文学在儿童教育上之价值》的演讲，强调"真正的儿童教育，应当首先著重这儿童文学"，呼吁学校教育都来重视儿童文学⑥。时隔一年，1922 年 7 月，文学研究会的两位中心人物茅盾（第 9 号）与郑振铎（第 10 号）

---

① 茅盾：《新文学研究者的责任与努力》，《小说月报》1921 年第 12 卷第 2 期。
② 周作人：《儿童的书》，1923 年 6 月 21 日《晨报》副刊之《文学旬刊》第 3 号。
③ 郑振铎：《中国儿童读物的分析》，1936 年《文学》第 7 卷第 1 期。
④ 转引自《郑振铎和儿童文学》第 577 页，上海少年儿童出版社 1983 年版。
⑤ 周作人：《儿童的书》，1923 年 6 月 21 日《晨报》副刊之《文学旬刊》第 3 号。
⑥ 严既澄：《儿童文学在儿童教育上之价值》，1921 年《教育杂志》第 13 卷第 11 号。

应邀去浙江宁波暑假教师讲习所讲学，郑振铎讲演了《儿童文学的教授法》①，对儿童文学的性质、作用、特点、原则等作了全面论述。他认为"文学是普遍的，成人和小孩子都有这种需要，不过儿童期似乎更需要些"。他特别强调儿童文学应当与社会人生密切结合，认为"儿童文学为传达道德训条和儿童期必要知识的最好的工具"。同年1至4月，赵景深（第81号）与周作人以书信的形式在《晨报》副刊展开了一场童话讨论②，这场讨论扩大了童话的地位与影响，纠正了当时文坛对童话的一些错误看法。为后来者着想，为将来的世界着想，这是与文学研究会"为人生而艺术"的思想完全一致的。茅盾明确提出：儿童文学的一个重要作用就是"要能给儿童认识人生"，"构成了他将来做一个怎样的人的观念"，引导未来一代"到生活之路去"③。正是这种清醒的文学意识与强烈的社会责任感，激励他们高度关注着年幼一代的精神食粮，也是他们发起"儿童文学运动"的重要思想根因与精神资源。

文学是对世界的艺术把握。作为一种社会现象和精神现象的文学创作，虽然是由各种广阔的社会过程决定的，但是任何一个作家的文学实践，总是这样或那样地跟自己的生活经历、精神气质有着密切联系。对于儿童文学实践，也是如此。文学研究会的不少成员，尤其是骨干作家的生活经历、创作道路以至年龄特征，都与儿童文学有着非常直接的密切联系，为他们投身"儿童文学运动"提供了特别的有利的因素。文学研究会两大台柱——茅盾和郑振铎最早从事的文学活动都是儿童文学，他们先后进入商务印书馆，担任《童话》丛书的编辑工作，从而走上文学道路。从1916年到1920年，茅盾为少年儿童编纂了《中国寓言初编》、《童话》丛书第一、二两集近百种，并亲自动笔写了27篇童话，还有科幻读物、传记故事等。1921年1月，茅盾接手主编《小说月报》后，郑振铎续编了《童话》丛书第三集；次年1月，他着手创办了中国第一家纯文学的儿童周刊——《儿童世界》。中国艺术童话的奠基者叶圣陶，曾在江苏

---

① 郑振铎：《儿童文学的教授法》一文，刊于宁波《时事公报》1922年8月10日至12日。
② 赵景深与周作人讨论童话的书信分别发表于《晨报》副刊1922年1月25日、2月12日、3月28日、29日、4月9日，其中赵致周书信五件，周复赵四件。
③ 茅盾：《关于"儿童文学"》。

第五章　20年代文学研究会的"儿童文学运动"

乡镇当过 10 年小学教师,由于长期生活在孩子们中间,他熟谙儿童心理,深切体验到儿童对文学的兴味与需求,教师和作家的双重责任感促使他拿起笔来,为孩子们写作。后来成为文学研究会重要成员的赵景深,最初从事的文学活动就是翻译西方童话,从翻译入手,走上了创作、研究儿童文学的道路,撰写了《童话论集》(1927)、《童话概论》(1927)、《童话学 ABC》(1929)等著作。女性与儿童文学有着情感上的天然联系。文学研究会女作家冰心(第 74 号)、庐隐(第 13 号)、高君箴(第 131 号)、张近芬(第 83 号)等,都十分喜爱儿童文学,以女性特有的温柔和爱心,努力为孩子们写作。冰心还多次写信建议《晨报》副刊设立"儿童世界"专栏,该报正是采纳了冰心的意见,才于 1923 年 7 月开设这一专栏的。尤应指出的是,当文学研究会发起"儿童文学运动"时,他们都相当年轻。1921 年,茅盾 25 岁,郑振铎 23 岁,叶圣陶 27 岁,冰心 21 岁,王统照(第 8 号)24 岁,俞平伯(第 53 号)21 岁,赵景深 19 岁。青年时代那炽烈的青春情感,活跃的形象思维,丰富的想象和好动的性格,都十分适合于从事儿童文学。正由于他们同声相应,同气相求,有着共同的"为人生"的文学理想与"为后来者"的文化担当,又加之在生活经历、文学道路、精神气质上有着许多共同之处,因此,当他们集合在文学研究会的旗帜下,自然更能联络感情,协同协作,集中力量,推动儿童文学向前发展。这批青年作家的集聚,为"儿童文学运动"作了充分的人才准备与组织准备,在 1922 年与 1925 年文学研究会鼎盛时期掀起了一场以创作为中心,以《儿童世界》、《小说月报》为阵地,译介、研究、编辑同步发展的"儿童文学运动",迈上了拓展中国现代儿童文学的"光荣的荆棘路"。

二、郑振铎的核心作用与三次重要举措

文学研究会"儿童文学运动"的直接组织者是文学研究会的核心人物、"本性酷爱着童话"(叶圣陶语)的郑振铎。

郑振铎在文学研究会中有着特别重要的地位与影响。他既是该会的发起者与书记干事,又是全力支持该会的出版机构——商务印书馆编译所长高梦旦的

女婿。他曾在商务印务馆从事编辑生涯10年之外(1921—1932),先后主编《童话》丛书、《儿童世界》、《小说月报》、《文学研究地丛书》等。在20年代初期,郑振铎的文学活动,除了编辑主要就是儿童文学。他先后写了童话、故事44篇,低幼读物46篇,儿童诗30首,儿童文学文论21篇,翻译了24篇童话,2部寓言以及《高加索民间故事》,还与夫人高君箴(也是文学研究会成员)合译了一本《天鹅》童话集,并翻译了被誉为"描写儿童心理、儿童生活最好的诗歌集"——印度泰戈尔的《新月集》;特别是他用优美文笔编译的洋洋数十万言的《希腊罗马神话传说中的恋爱故事》与《希腊神话》,在当时产生了广泛影响。由这样一位极端热爱儿童与儿童文学的作家来主持文学研究会的活动与刊物编辑工作,儿童文学自然受到了高度重视。20年代文学研究会的"儿童文学运动"正是通过郑振铎与其主编的刊物掀起热潮的。这一运动集中体现在郑振铎组织的三次重要文学活动中。

一是1922年《儿童世界》创刊。该刊第一年由郑振铎主编,他紧紧依靠文学研究会同人的全力支持,向他们组稿、约稿,1至4卷共52期的绝大多数作品均由文学研究会成员撰写。其中主要有叶圣陶、郑振铎、赵景深创作的童话和幼儿园故事,胡愈之(第48号)、谢六逸(第24号)、耿济之(第11号)、耿式之(第25号)、高君箴编译的外国童话;俞平伯、许地山(第4号)、严既澄、顾颉刚(第51号)、齐锡琛(第127号)写的儿童诗和儿歌,王统照的儿童小说,周建人(第65号)的自然故事,徐调孚(第106号)的谜语等。叶圣陶最初是写小说的,由于郑振铎约请他为《儿童世界》写稿,他才写作童话。叶圣陶说过:"郑振铎兄创办《儿童世界》,要我作童话,我才作童话,集拢就是题名为《稻草人》的那一本。"[①]他的第一篇童话《小白船》发表在《儿童世界》第1卷第9期上。1922年,他共在该刊发表了19篇童话,以后又写过20多篇,这些作品奠定了中国艺术童话创作的基础。周建人为孩子们创作的《蜘蛛的生活》、《蚂蚁》、《甲虫的故事》等"自然故事",寓

---

① 叶圣陶:《杂谈我的写作》,见《叶圣陶论创作》,上海文艺出版社1982年1月版。

第五章　20年代文学研究会的"儿童文学运动"

知识于情趣，浅显易懂，为儿童科学散文创作起了开拓作用。茅盾曾在1924年9月至1925年4月之间，译述了16篇希腊神话与北欧神话故事，全部刊登在《儿童世界》上，这是现代儿童文学史上系统介绍神话故事的开端。郑振铎认为："把成人的'读物'全盘的喂给了儿童，那是不合理的；即把它们'缩小'了给儿童，也还是不合理的。"[①] "儿童文学是儿童的——便是以儿童为本位，儿童所喜看所能看的文学。"[②] 郑振铎主编的《儿童世界》始终贯彻了这一原则，加之又有文学研究会作家作后盾，终于一扫过去儿童刊物成人化、低质量的局面，以其崭新的内容、多样化的形式、生动活泼的版面，赢得了小读者的广泛欢迎，不但风行全国，而且流传到日本、新加坡等地，创造了20年代儿童刊物从未有过的景观。

1921年1月，经过革新的《小说月报》以全新的面貌出现于现代文坛。《小说月报》一贯重视儿童文学，念念不忘为孩子们提供"精美的营养料"。文学研究会作家的儿童文学作品除了《儿童世界》，主要就发表在《小说月报》上。茅盾主编期间（第12卷至第13卷，1921—1922），刊载过庐隐、冰心的儿童小说、郑振铎翻译的克雷洛夫寓言、沈泽民（第45号）的《王尔德评传》。茅盾还在《海外文坛消息》中对外国儿童文学作过两次综述评论。他的《神的故事集汇志》（1921）一文，介绍了捷克、波兰、印度、爱尔兰的七种童话读物；《最近的儿童文学》（1924），述评了以英为主的多种外国儿童文学读物与信息。

1923年，郑振铎接编《小说月报》之后，该刊调整版面，使儿童文学进一步得到增强，尤其是从第15卷第1期（1924）起，专为孩子们开辟了"儿童文学"专栏，这是文学研究会"儿童文学运动"的第二方面的重要活动。儿童文学在当时还处于文坛末流地位，20年代由于文学研究会的倡导，它终于理直气壮地登上了中国权威性的大型文学刊物，地位为之大变，引起文坛广泛瞩目，影响极为深广。主编郑振铎发布声明："儿童读书的福气，在我们中国

---

① 郑振铎：《儿童读物问题》。
② 郑振铎：《儿童文学的教授法》。

是最坏，除了一二百种一刻可读毕的童话及短小如中国蹩脚的下等小说外，还有什么给他们读？""我们将特辟一栏'儿童文学'，每期都介绍些新的东西给我们的教师们和儿童们"。这是 20 年代文坛的一大创举，是其他任何文学社团所不能比拟的。《小说月报》开辟"儿童文学"专栏后，主要取得了以下几方面的实绩：

大量刊载外国儿童文学作品。主要有俄国爱罗先珂童话（鲁迅译），莱森寓言、印度寓言、高加索寓言（郑振铎译），意大利科洛狄长篇童话《木偶的奇遇》（徐调孚译），英国爱特加华士的长篇儿童小说《天真的沙珊》（高君箴译），日本小川未明的童话（张晓天译），日本民间童话十种（谢六逸译），拉·封丹寓言（张若谷译）等。

重视发表儿童生活题材的创作作品。如在小说方面有叶圣陶的《小铜匠》，赵景深的《红肿的手》，徐玉诺（第 56 号）的《在摇篮里》、《到何处去》，许志行的《师弟》，废名的《小五放羊》等；在散文方面有丰子恺（第 125 号）的《华瞻的日记》，许地山的《落花生》，冰心专为孩子们写作的《山中杂记》等；童话作品数量更多，重要的有《牧羊儿》（叶圣陶）、《春天的归去》（严既澄）、《蛇郎》（徐蔚南）、《朝霞》、《七星》（郑振铎）、《皇太子》（敬隐渔）、《喜鹊教造窠》（褚东郊）等；儿童诗有《摇篮歌》、《猫诰》（朱湘）；儿童剧本有《讲道》、《用功》（顾仲彝）等。此外，后起的儿童文学新秀张天翼的儿童小说《小彼得》、老舍（第 167 号）的长篇儿童小说《小坡的生日》，也最先刊登在《小说月报》上。

注重介绍海外儿童文学信息资料。最重要的是第 17 卷（1926 年）分九期连载顾均正的长篇文章《世界童话名著介绍》，详细评价了《鹅母亲的故事》（法）、《镜里世界》（英）、《匹诺契奥的奇遇》（意大利）、《空想的故事》（美）等 12 种世界著名的童话。像这样大规模地连续介绍外国儿童文学名著，在中国现代文坛还是第一次。

此外，《小说月报》的专号也不忘给儿童们提供席位。《小说月报·俄国文学研究》专号（1921）登载过夏丏尊（第 55 号）编译的《俄国的童话文学》，

第五章 20年代文学研究会的"儿童文学运动"

介绍了克雷洛夫寓言，普希金童话诗，托尔斯泰、契诃夫、特米托利哀夫等的童话与儿童小说。《小说月报·中国文学研究》专号（1927）发表了褚东郊（第107号）的长篇论文《中国儿歌的研究》，褚文从儿童心理特征与欣赏情趣出发，对中国传统儿歌的内容和形式作了比较科学的分类与具体探讨，这在中国现代儿童文学史上也是第一次。《小说月报》的版面设计、装帧，颇具"为后来者"着想的特色。由丰子恺绘制的童趣洋溢的儿童漫画、插图、封面等，使这家权威性的成人文学刊物充满了活跃的童心美。

文学研究会"儿童文学运动"第三方面影响较大的活动，是1925年《小说月报》8、9两期连续刊出《安徒生号》。安徒生是从丹麦升起的世界儿童文学太阳。文学研究会同人一直注重对这位世界童话大师的连续介绍。赵景深译了《安徒生童话集》、《月的话》两种单行本，张近芬与人合译过《旅伴》单行本。据郑振铎在1925年统计，截至《安徒生号》出版之前，当时全国共翻译了安徒生童话43种共68篇，其中文学研究会成员的译作有25种48篇；全国共有评价安徒生生平与作品的论文15篇，全部刊登在文学研究会的刊物上。为了纪念安徒生诞生120周年与逝世50周年，《安徒生号》共刊载了安徒生童话译作22篇，评论与史料13篇，照片与插图21幅。这些译作与文论的作者绝大多数为文学研究会成员，其中《安徒生传》（顾均正）、《安徒生作品介绍》（郑振铎）、《安徒生童话的艺术》（赵景深）、《安徒生年谱》（顾均正、徐调孚）等，都是首次发表的重要研究成果。主编郑振铎在"案头语"中对安徒生推崇备至，认为"安徒生是世界最伟大的童话作家。他的伟大就在于以他的童心与诗才开辟了一个童话的天地，给文学以一个新的样式与新的珠宝"。文学研究会以特殊规格，大规模地介绍一位外国儿童文学作家，这在中国文学史上是史无前例的。从此，安徒生的名字与童话得以在中国家喻户晓，中国的儿童认识了"丑小鸭"、"海的女儿"和"卖火柴的小女孩"，中国的儿童文学作家有了可资借鉴的艺术精品。

除了茅盾、郑振铎主编的《小说月报》关切儿童文学外，由郑振铎、谢六逸、徐调孚、赵景深先后主编的文学研究会另一种机关刊物《文学周报》（1921—

1927）也同样注重儿童文学。该刊曾登载过《〈稻草人〉序》（郑振铎）、《儿童文学的翻译问题》（署名"春"）、《〈天鹅〉序》（叶圣陶）、《研究童话的途径》、《中西童话的比较》（赵景深）、《儿童与想象》、《童话的起源》（顾均正）等重要文论以及不少儿童文学翻译和创作作品。"文学研究会丛书"出版了包括鲁迅《爱罗先珂童话集》、叶圣陶《稻草人》、赵景深《天鹅歌剧》在内的八种儿童文学作品集。"文学周报丛书"也有《东方寓言集》（胡愈之译）、《列那狐的故事》（郑振铎译）和《童话论集》（赵景深著）三种儿童文学出版物。数字与史料的罗列难免枯燥，但没有这一切，就无以说明文学研究会"儿童文学运动"的赫赫硕果。

三、儿童文学原创生产的全面跃进：叶圣陶、冰心、俞平伯

重视儿童文学原创生产始终是文学研究会"儿童文学运动"的中心环节，他们在童话、儿童散文、儿童诗、儿童小说、儿童戏剧、幼儿文学等领域都作出了筚路蓝缕的贡献，产生了自己的代表性作家与代表性作品，充分显示了"儿童文学运动"的巨大成绩，为现代儿童文学的发展奠定了坚实的基础。

叶圣陶童话集《稻草人》是20年代儿童文学的扛鼎之作。他的早期作品，多以儿童生活为题材，充满着对孩子温馨的慈爱和浓郁的儿童情趣，向他们施以爱、善、美的教化。当作家更深入地剖析了人生与社会之后，便很快意识到在当时的环境里，这种理想的"孩提梦""几乎是个不可能的企图"，他迅即把笔触转向现实社会，直面人生，解剖人生，"希望引起孩子们对现实生活的兴趣，并关心周围发生的事"。他的后期童话，正是现实主义的杰作。鲁迅曾高度评价叶圣陶的短篇童话集《稻草人》是"给中国的童话开了一条自己创作的路"[1]。鲁迅的这一赞语包容了这样三重含义：第一，叶圣陶的童话是真正意义上的作家创作的艺术童话；第二，叶圣陶的童话为中国现代童话创作奠定了基础，提供了范式，积累了新鲜经验；第三，也是最重要的——叶圣陶童话

---

[1] 鲁迅：《〈表〉译者的话》。

第五章　20 年代文学研究会的"儿童文学运动"

开辟了中国童话创作的现实主义道路。（关于叶圣陶童话研究，详见本书中编的叶圣陶专论。）

在文学研究会诸作家中，郑振铎也是一位重要的童话作家。与叶圣陶完全独创的艺术童话不同，郑振铎童话深受外来影响，他的作品主要是"译述"，即熔翻译、创作于一炉，在不改变原作精神的情况下，进行加工改制，以适应中国儿童的欣赏情趣。这类童话占了绝大多数，主要有《竹公主》、《花架之下》、《聪明的审判官》等。郑振铎也独创过《小人国》、《七星》等童话。他的创作成绩主要是在幼儿童话故事，代表作有《河马幼稚园》、《两个小猴子的冒险》等。《河马幼稚园》通过河马夫人开办幼稚园的经历，惟妙惟肖地描绘了虎儿、猪儿等小动物在园内外的各种生活趣事，十分符合幼儿的心理特征与欣赏情趣。这是中国现代较早的长篇童话，在《儿童世界》连载以后，大受小读者欢迎。

冰心是文学研究会最重要的女作家，也是现代中国最重要的儿童文学女作家。自 1923 年 7 月 29 日起，冰心陆续在北京《晨报副刊》发表了 29 篇旅美通讯，后于 1926 年结集为《寄小读者》一书由北新书局出版。这本温柔优美的散文集至 1941 年共印行了 36 版，成为"五四"以来最畅销的儿童文学读物，由此也奠定了冰心在中国儿童文学史上的地位。《寄小读者》是作家赴美留学途中和在美国时的所见所闻所感所忆的随笔式通讯，作品细致地描写了异国的山川风光，介绍了许多有益的知识，纵情地歌颂了母爱、童稚美与自然美，抒发了作家对祖国、对亲人的一腔深情和对真、善、美的热烈向往。"爱的哲学"像一根红线贯穿始终，成为全书的基本内容与思想基调。

冰心是一位热烈的童心崇拜者。她把儿童引为知己，用女性特有的温柔细腻的感情同天趣可掬的儿童作着心声的交流，告诉小读者她在异国他乡的种种见闻，引导他们要同情弱小、怜念贫病，要爱护动物，爱护生命。她用清丽飘逸的文笔，描写了一个个活泼天真的儿童形象：有想用长竹竿戳穿地球瞧瞧远在异国的姐姐胖瘦面容的小弟弟；有把小木鹿放进小靴子里一跛一跛地走路的淘气的小妹妹；有许多金发蓝眼活泼可爱的异国少午……她还以一腔热情，描

写给童心以温暖的可爱家庭：父亲是"早晨勇敢的灿烂的太阳"，母亲是月夜中"静美的月亮"，三个小弟弟是星空中"三颗最明亮的星星"。童心在这里得到了妥帖的保护，享受着亲密无间、和睦融洽的天伦之乐。她向往是"我在母亲的怀里，母亲在小舟里，小舟在月明的大海里"这种和谐、静美的境界，愿可爱的儿童永在纯洁如洗的情感和优美的大自然的包裹之中健康地向上生长。

冰心是一位至诚的母爱讴歌者。她用炽热如火的感情和委婉动人的语言，虔诚地讴歌母爱，颂扬母爱。在冰心心中，母爱是"这样深浓、这样沉挚"，这是"开天辟地的爱情呵！愿普天下一切有知，都来颂赞！"母爱，这是建立在人类血缘关系之上的母亲对子女的天然感情，是普天之下一种最真挚、最细腻、最富牺牲精神的骨肉之情。冰心通过对母爱的讴歌，为生活在陈腐滞重的社会里的小读者带来了绵绵暖意，她安慰了千千万万颗幼小的心灵，使他们感受到母爱的温暖，生命的光彩。正如巴金所说："过去我们都是孤寂的孩子。从她的作品里我们得到了不少的温暖和安慰。我们知道了爱星、爱海，而且我们从那些亲切而美丽的语句里重温了我们永久失去的母爱。"[①]这种感情不仅在当时曾"惊动过读者万千"，而且于今读之，依然撩人情思，暖人心怀。

冰心曾宣称"最难忘的是自然美"。歌唱自然美，描写大自然的奇光异彩，这是《寄小读者》的又一重要内容。冰心用那豪情如潮，柔情似水的笔调，描写了大海和峻岭，明月和星辰，朝霞和晚霞；她歌颂星之光，花之香，波涛之清响；她从春风春鸟、夏云暑雨、秋月秋蝉、冬雪银霜中寻找心灵的慰藉，思考人生的意义。她尤以满腔热情赞美"温柔而沉静"、"超越而威严"、"神秘而有容"的大海。她笔下的海有着丰富的人的感情：温暖、宽厚、博大。这海就是母亲。她说："海好像我的母亲，……海是深阔无际，不着一字，她的爱是神秘而伟大的。我对她的爱是归心低首的。"（《通讯七》）面对着浩瀚无垠的大海，冰心激情地唱道："母亲，你是大海，我只是刹那间溅跃的浪花。"

---

① 巴金《〈冰心著作集〉后记》，见《冰心著作集》，重庆开明书店1943年版。

第五章　20年代文学研究会的"儿童文学运动"

作家对大海的爱正是出于对母亲的爱。她把海拟人化了,把母爱夸大了、诗化了。

冰心礼赞童心,讴歌母爱,颂扬自然美,这一方面是本于作家特别富于女性性格的温柔、细腻、多情,但更重要的,这里寄托着她对祖国"一一欲抽"的无限深挚的热爱。走在去国离乡之途,身为异国他乡之客,冰心的笔端无时不流露出"牵不断的离情"。那"容起的乡思,如同一个波涛怒翻的海",时时奔涌在她那颗注满了"爱"的心中。她无时不在忆念慈母、幼弟,怀念故国、故土。正如母亲"因着爱我,她也爱了天下的儿女"一样,作家因着爱慈母、幼弟,也爱了天下的母亲与儿童。她在迢迢万里之外的异国,殷殷寄语小朋友,向他们报告"温柔的消息";她对生活在苦难中的普天之下的母亲与儿童寄予深切的同情:"这些痛苦的心灵,需要无限的同情与怜念。""见此而不动心呵,空负了上天与我们的一腔热烈的爱!"为了安慰这些"痛苦的心灵",她尽她之所能,努力用"爱的哲学"去感化社会,启迪人生,用晶莹的文笔,洒下一行行"爱"的泪水,洗去人们心灵中"憎"的灰尘,搭起"人和万物种种一切的互助和同情"的桥梁。爱祖国怎能不爱生活在祖国大地上的千千万万的母亲和儿童?冰心对母亲的爱,对儿童的爱,正是她的爱国主义思想的具体显现。她尤以不绝如缕的万般相思,抒发着她对祖国深深的思恋。无论是在海天苍茫的巨轮上,还是在凄清寂寞的病榻里,她的心中时时起伏着对祖国万分依恋的细腻而真切的感情潮汐。她抒写着"离开了可爱的海棠形的祖国,在太平洋舟中"的凄楚别绪;她叙说在日本"游就馆"中看到日本把侵华罪证当战利品展出,心中涌起的"如泉怒沸"般的"军人之血";她在异国时时诵读古人"乡梦不曾休"的词句,心应虫鸟,情感林泉,怀念着"可爱可敬的五千年的故国";她虽然身处资本主义高度发达的美国,但没有一句赞扬这个金元世界的"物质文明",而是反复写着"美国不是我的家,沙穰不是我的家",发誓"只要湖水不枯、湖石不烂,我的一片寄托此中的乡心,也永古不能磨灭的!"她甚至假设,故国"纵是一无所有,然已有了我的爱。有我的爱,便有了一切"。祖国啊,母亲!你令游子"起一种'仰首欲攀低首拜'之思",身在异国游学的冰心,有哪一天不在思念祖国的乡愁中度过?她写道:"乡愁麻痹到全身,

我掠着头发，发上掠到了乡愁；我捏着指尖，指上捏着了乡愁。是实实在在的躯壳上感着的痛苦，不是灵魂上浮泛流动的悲哀！"（《往事（二）》）正是这种思国思家、忧国忧家、爱国爱家的赤子之心，像一根红线贯穿于《寄小读者》的始终，把对童心的礼赞、母爱的讴歌、大自然的诗化都统一于强烈的爱国主义思想之中。这是《寄小读者》最可珍贵的情愫，也是它的思想核心。这部专门写给小读者的散文集是对年幼一代进行感情教育、审美教育与爱国主义思想教育的形象人文，从它问世以来，不知感染、激动和温暖了多少颗幼小纯洁的童心！至于《寄小读者》清新倩丽的文笔、温柔亲切的情调、如诗如画的意境、优美生动的语言，长期以来，更是受到广大小读者和大读者的喜爱。难怪郁达夫对冰心散文的风采推崇备至："冰心女士散文的倩丽，文字的典雅，思想的纯洁，在中国好算是独一无二的作家了。"[①]《寄小读者》是文学研究会"儿童文学运动"的重要收获之一，它的出现，标志着中国儿童散文的崛起与奇迹般的成熟。虽然，它不是时代的鼓声与号角，但却是一支陶冶人生心灵的独奏曲。它流荡着迷人感人的诗趣、理趣与童趣，塑造了由母爱、童真和自然美交融而成的幽雅澄澈的意境，显示出生活中具体的、形象的美，从整体性的高度，为万千小读者提供了生命力奔放与灵魂提升的艺术精品。

在文学研究会散文作家中，与冰心一样特别喜爱儿童、赞美童真的还有丰子恺与许地山。丰子恺长期坚持为孩子们绘制亲切风趣的儿童漫画，同时又以自己"小燕子似的一群儿女"为对象，创作了《华瞻的日记》、《给我的孩子们》、《儿女》、《儿戏》等作品，处处流露出一个善良温厚的慈父对孩子无比深切的慈爱，对儿童心理、儿童情趣的刻画十分传神。他向往的，是孩子们的那种天趣纯情和真诚任性，那种率意为人互不设防的自然境界。收录在许地山散文集《空山灵雨》（1923）中的一些篇章，如《落花生》、《桥边》、《梨花》、《春底林野》等，富于浪漫色彩与儿童化的特色，满含深情地表现童心童趣，是20年代初期十分难得的儿童散文佳作。著名的《落花生》历来被选

[①] 郁达夫：《〈中国新文学大系〉散文二集导言》。

第五章　20年代文学研究会的"儿童文学运动"

入小学语文课本。

在现代儿童文学史上，与《稻草人》、《寄小读者》具有同样重要地位的还有俞平伯创作的中国第一部描写儿童生活的新诗集——《忆》（1925年12月北京朴社出版社出版）。这是一部新文学史上十分难得的艺术精品，全书共收诗36篇，由朱自清作跋，丰子恺作漫画插图，俞平伯毛笔手书，连史纸影纸，丝线装订，堪称诗书画"三绝"。《忆》是回忆已经飘逝的童年梦。"飞去的梦因为飞去的缘故，一例是甜蜜蜜的，但又酸溜溜的。"俞平伯"老老实实的，像春日的轻风在绿树间微语一般，低低的，密密的将他回忆而不可捉的'儿时'诉给您了"[①]。如第11首：

爸爸有个顶大的斗篷，
天冷了，他张着大口欢迎我们进去。

谁都不知道我们在哪里。
他们永找不着这样一个好地方。

斗篷裏得漆黑的，
又在爸爸的腋窝下。
我们格格的笑：
"爸爸真个好。
怎么会有了这个又暖又大的斗篷呢？"

这场景，这情趣，这笑声，这问话，无一不是从孩子心中自然流出。天性可掬的儿童情趣，生动细腻的童心刻绘，温暖真切的亲情追怀，是《忆》的显著特色。无论是骑竹马、捉迷藏、喝糖粥，还是讲故事、做游戏、过除夕，这

---

① 朱自清：《〈忆〉跋》。

些极平凡的儿童生活，一经诗美符号的脉动，都有一种炽烈的童趣燃烧似的倾露，令小读者沉湎其中，大读者再温旧梦。朱自清在为《忆》作的跋中热情地赞扬了诗人童心的纯美，诗作的优雅，而丰子恺的插图，则使此书成了诗画"双美"的佳作[①]。

在20年代的中国文坛，与同时期的其他文学社团（例如创造社）相比，文学研究会诸作家大都有着一种或隐或显的"儿童崇拜"倾向，其中冰心、叶圣陶、郑振铎、丰子恺、俞平伯、许地山以及周作人似乎尤为明显。丰子恺曾直言不讳自称是"儿童的崇拜者"，他在《儿女》（1928）中说："我的心为四事所占据了：天上的神明与星星，人间的艺术与儿童。"冰心认定："除了宇宙，最可爱的只有孩子。"（《可爱的》）周作人则再三再四强调"人的发现"的三个阶段：人的发现——妇女的发现——儿童的发现。在苦难太多的时代，童心往往成了作家躲避社会风雨寻求精神解脱的港湾，而同时也是寻求超越尘世追索生命真谛的驿站。这是一种通过观照童心进而观照人生的生命关怀，是儿童文学的创作主体（成人作家）看取人生的一种哲学姿态。在"崇拜"童心的后面，有着种种殊为复杂的人生哲学课题。作家与作家的根本区别之一，在于精神气质、艺术感受等先天因素。为什么冰心、叶圣陶、丰子恺等这一批作家都能在"五四"以后不约而同地集合在"文学研究会"的旗帜下，自觉或不自觉地投入"儿童文学运动"？除了其他原因，对儿童的"崇拜"，不能不说是一个重要的精神因素。

文学研究会在儿童戏剧方面也作出了独特的贡献。郑振铎主编的《儿童世界》经常为孩子们提供"可演可诵"的剧本，该刊第一年就发表了20部剧本，郑振铎亲自创作了儿童诗剧《风之歌》。叶圣陶的两部儿童歌剧《风浪》、《蜜蜂》，赵景深的童话剧《天鹅歌剧》，顾仲彝（第134号）的两部独幕儿童剧《讲道》、《用功》等，都曾获得过小观众的极大喜爱。尤其是黎锦晖（第68号），他从1922年到1927年创作的《麻雀与小孩》、《月明之夜》、《小小画家》

[①] 朱自清：《〈忆〉跋》。

第五章　20年代文学研究会的"儿童文学运动"

等12部儿童歌舞剧，曾在20年代风行全国，各地学校争相上演，并流传到海外，产生了很大影响。黎锦晖的儿童歌舞剧重在表现"爱的哲学"：爱人生、爱儿童、爱动物，同情幼者和弱者，闪烁着新鲜温情的亮色，流荡着感人的艺术魅力。当时的评论认为：黎的这些作品"在中国的小学教育上或者说儿童界里开辟了一个新纪元。从来在社会上没有地位和不引人注意的儿童，现在也有了一个新大陆了"；甚至认为他的这一开创性贡献具有安徒生对世界艺术童话的贡献同样重要的意义[①]。儿童小说是现代文坛的薄弱环节，但文学研究会作家王统照写的《湖畔儿语》、《雪后》，徐玉诺写的《在摇篮里》、《到何处去》，赵景深写的《红肿的手》，叶圣陶写的《小铜匠》，冰心写的《冬儿姑娘》等作品，通过反映年幼一代的不幸生活开拓题材，"从微小事件上透出时代暗影"（王统照语），描写了多样的苦难儿童的生活图画，使这些作品成为"五四"以来第一批有影响的儿童小说，为现代儿童文学增添了新的色彩。

在现代中国文坛，文学研究会被称之为"人生派"作家。他们从一涉足儿童文学，就十分强调儿童文学"要能给儿童认识人生"（茅盾语）的社会效果，始终注重儿童文学与社会人生的联系。郑振铎在1923年为叶圣陶的童话集《稻草人》所写的序言，是阐释"人生派"作家儿童文学观的纲领性文字。郑振铎明确宣称：儿童不是生活在真空里，他们"需要知道人间社会的现状，正如需要知道地理和博物的知识一样"重要，儿童文学应当"把成人的悲哀显示给儿童"[②]。文学研究会诸作家的儿童文学创作有着大体一致的风格和特色，这就是：坚持儿童文学直面人生、反映社会生活特别是社会形态发展变化的特点，始终高扬现实主义精神的旗帜，直接把人间百态引入创作视野，使儿童文学与时代脉搏和现代人的思想感情息息相通，直接或间接地揭示出中国社会"有关人生的一般的问题"（茅盾语）。一般而言，他们的作品写实多于幻想，思索多于笑语，凝重多于轻灵，关注当下世俗生活，甚少神游于浪漫主义的梦幻天国。但由于强调表现社会人生，有的作品对儿童的生活经验与理解能力把握不

[①] 王人路：《儿童读物的研究》，中华书局1933年版。
[②] 郑振铎：《〈稻草人〉序》。

准，存在着偏重作家主体意识而忽视小读者接受机制的"成人化"气息。赵景深在1927年就指出过："我以为叶绍钧的《稻草人》前半或尚可给儿童看，而后半却只能给成人看了。"①茅盾也对冰心的儿童散文作过类似的批评，他在《冰心论》中说："指名是给小朋友的《寄小读者》和《山中杂记》，实在是要'少年老成'的小孩子或者'犹有童心'的'大孩子'方才读去有味儿。在这里，我们又觉得冰心女士又以她的小范围的标准去衡量一般的小孩子。"这说明儿童文学要真正服务儿童、契合儿童心理是多么不易。尽管如此，文学研究会作家在儿童文学创作方面的实绩无疑是巨大的，是当时任何一个文学社团望尘莫及的。20年代的中国儿童文学主要是依靠文学研究会支撑着局面。

历史的实践已经雄辩地证明：正是文学研究会的作家们，最为热忱地响应鲁迅"救救孩子"的时代号令，积极投身于服务儿童、垦辟儿童文学的光荣事业，用自己切切实实的努力尤其是在儿童文学创作方面的卓越成绩，彻底改变了中国几千年来儿童文学的落后面貌，加快了现代儿童文学的发展步伐；他们所开辟的现实主义儿童文学道路，不仅成为20年代中国儿童文学的创作主潮，而且对三四十年代乃至1949年以后的当代中国儿童文学都产生了极其深刻的影响。当然，20年代的儿童文学也有其他文学社团与作家的参与。如创造社丛书中就有《世界儿童文学选集》，包括《王尔德童话》（1922）、《蜜蜂》（1923）等多种儿童文学译著。而周全平的《烦恼的网》、《呆子与俊杰》等，也是童话寓言故事。在童话创作方面，还有徐志摩的《小赌婆儿的大话》（1924）、敬隐渔的《皇太子》（1926）、汪静之的《地球上的砖》（1927）等，彭家煌写过《牧童的过失》（1929）等多篇儿童小说。儿童文学在20年代受到普遍的重视，也是一个不争的事实。

---

① 赵景深：《研究童话的途径》，见《童话论集》，上海开明书店1927年版。

第六章
20世纪30年代儿童文学的左翼潮汐与"革命范式"

文学研究会作为新文学第一个十年气度最为开阔的一个流派，曾在20年代——尤其是1927年以前的文学版图包括其中的儿童文学版图上，留下了浓墨重彩的篇章。1927年大革命失败后，由于中国社会形势的急剧变化，中国文坛各个流派出现新的分化与组合，现代文学及儿童文学随之出现了复杂多变的格局。进入30年代，随着"左联"成立，左翼文学形成浩大的声势；"一·二八事变"后，抗日救亡的题材日渐增多，儿童文学也出现了新的进展与变化。综观30年代的中国儿童文学，其突出现象主要有如下三方面：一是左翼文艺运动给儿童文学注入新鲜血液，儿童文学以前所未有的激进姿态参与了历史的进程；二是张天翼创作的《大林和小林》等三部长篇童话把现实主义儿童文学创作推向了新的高度，成为继叶圣陶《稻草人》之后第二座童话高峰；三是伴随着"科学救国"的社会思潮而出现的科学文艺热，促进了科学文艺创作的发展。

一、左翼儿童文学与配合"一切革命的斗争"

儿童文学作为由成人作家专为小读者而创作的一种特殊文学，在其发生发

展的背后，总是深潜着一定的社会文化动因，在很大程度上受制于时代规范和文化选择。在现代中国社会，儿童文学不是也不可能是与世隔绝的"独立王国"。1927 年大革命失败，中国各阶级力量重新组合，中国文化与中国文学出现新的格局。这时期的儿童文学大致有两种倾向：一是倒退的倾向，一是激进的倾向。关于前者，鲁迅在 1935、1936 年曾作过这样的描述："十来年前，叶绍钧先生的《稻草人》是给中国的童话开了一条自己创作的路的。不料此后不但并无蜕变，而且也没有人追踪，倒是拼命地在向后转。看现在新印出来的儿童书，依然是司马温公敲水缸，依然是岳武穆王脊梁上刺字；甚而至于'仙人下棋'，'山中方七日，世上已千年'；还有《龙文鞭影》里的故事的白话译。这些故事的出世的时候，岂但儿童们的父母还没有出世呢，连高祖父母也没有出世，那么，那'有益'和'有味'之处，也就可想而知了。"[①] 又说："关于少年读物，诚然是一个大问题；偶然看到一点印出来的东西，内容和文章，都没有生气，受了这样的教育，少年的前途可悲。"[②] 周作人在 1935 年也发表过类似的意见："在中国革新与复古总是循环的来，正如水车之翻转，读经的空气现在十分浓厚，童话是新东西，此刻自然要吃点苦，而且左右夹攻，更有难以招架之势。他们积极的方面是要叫童话去传道，一边想他鼓吹纲常名教……消极的方面则齐声骂现今童话的落伍，只讲猫狗说话，不能羽翼传经。"[③] 训斥童话"只讲猫狗说话，不能羽翼传经"的是 30 年代的湖南省主席何键。1931 年 3 月 5 日，上海《申报》发表了何键《咨请教育部改良学校课程》一文，咨文全面否定"五四"新文化运动的成就，声言"民八（即民国八年，1919 年——引者注）以前，各学校国文课本，犹有文理"，而"近日"小学课本中"狗说"、"猫说"、"牛公公"之词"充溢行间，禽兽能作人言，尊称加诸兽类，鄙俚怪诞，莫可言状"，描写工农群众"天天帮人造屋，自己没有屋住"，"拳头大，臂膀粗"等语，"不啻鼓吹共产，引诱暴行"；宣称此类儿童读物与教科书"不切实用，切宜焚毁"，需另选"中外先哲格言"充作教材，"查改良课

---

① 鲁迅：《〈表〉译者的话》。
② 鲁迅：《复杨晋豪信》（1936.3.11），转引自《天津师范学院学报》1976 年第 3 期。
③ 周作人：《〈儿童故事〉序》。

第六章　20世纪30年代儿童文学的左翼潮汐与"革命范式"

本,为现时切要之图"[1]。国民党政府教育部接受何键"咨请",竟下令查禁"鸟言兽语"类童话,以及左翼儿童读物。儿童文学遭到了严重阻抑。

以何键的咨文为引线在儿童文学界造成的混乱和倒退现象立即遭到了鲁迅以及吴研因、陈鹤琴等一大批儿童文学工作者的反击。鲁迅在1931年4月1日写的《〈勇敢的约翰〉校后记》中,尖锐地批驳了"文武官员"发明的关于童话的"高见",指出童话的作用对儿童是"有益无害"的,因为孩子的心"它会进化";所以谓猫说狗说将会"失去人类的体统"等昏话,只属"杞人之忧"。围绕童话的"鸟言兽语"问题,1931年的儿童文学和教育界展开了一场激烈论争,《儿童教育》、《申报》、《世界杂志》等报刊先后发表了吴研因《应否用鸟言兽语的故事》、《读尚仲衣君〈再论儿童读物〉乃知"鸟言兽语"确实不必打破》、陈鹤琴《"鸟言兽语的读物"应当打破吗?》、魏冰心《童话故材的商榷》、张匡《儿童读物的探讨》、儿童文艺研究社《童话与儿童读物》等文[2]。这场中国儿童文学史上著名的"鸟言兽语之争",肯定了童话幻想艺术的价值功能,维护了儿童文学的生存权益,有力地反击了儿童文学领域的复旧倒退现象。

1930年前后的中国儿童文学在自身价值功能的选择上是一个极其重要的历史性时刻。这一选择主要体现在两个方面:一方面,右翼势力试图让儿童文学"羽翼传经"重开历史倒车的逆流遭到了批判,儿童文学的文学地位、现代精神与艺术个性进一步得到了巩固与加强;另一方面,左翼文坛则从阶级斗争、民族振兴的角度出发,要求儿童文学与整个左翼文学一样注入"革命范式"的理想主义激情,强化文学与时代、文学与革命的关系。最早用文学语言阐释这一观点的是郭沫若的中篇政治童话《一只手》[3]。这篇副题为"献给新时代的小朋友"的童话,讲述了这样一个故事:童工小普罗(英语"无产阶级")在尼匀更迭岛(德语"没有的地方")上一家帝国主义开办的工厂做工时,被轧断了右手,厂方不仅不予救治,反而鞭打抢救小普罗的工人领袖克培(德语

---

[1] 参见王泉根评选《中国现代儿童文学文论选》。
[2] 参见王泉根评选《中国现代儿童文学文论选》。
[3] 连载于1928年2—4月《创造月刊》第9—11期。

"共产党")。小普罗和工人们忍无可忍,奋起反抗,但遭到失败。后来克培组织了更大规模的全岛工人总罢工,终于推翻了资本家统治,建立起了工人阶级当家作主的新政权,但小普罗却因伤重而英勇牺牲了。工人们为纪念小普罗和穷苦人,建造了一座有红色铁拳的纪念碑。这篇童话的情节设计以至细节描写,都与现实生活中城市工人武装暴动夺取政权的斗争直接相联,作者以昂扬的斗志描绘了工人的反抗和团结的力量,结尾处"铁拳万岁!铁拳万岁!铁拳万岁!"的口号声,使作品显得气势磅礴,具有很强的政治倾向性和鼓动作用。但在童话艺术上,作品虽充满激情然未能将此审美化,不免显出图解情绪的粗糙。作为政治童话的发轫之作,《一只手》的成功与不足,都对以后的左翼儿童文学创作产生了影响。

1930年3月,中国左翼作家联盟(以下简称"左联")在上海宣告成立。左翼文艺运动始终关注着儿童文学,就在左联刚成立半个月之后的3月29日,左联机关刊物《大众文艺》便在上海举行了如何建设儿童文学及《少年大众》(《大众文艺》新设的专栏)的编辑方针的专题讨论会。与会的蒋光慈、冯乃超、洪灵菲、田汉、华汉(阳翰笙)、钱杏邨(阿英)、孟超、潘汉年、戴平万、白薇等左联作家,对儿童文学的价值功能、题材内容、创作方法及大众化等问题,提出了许多建设性意见。他们认为:儿童文学应"给少年们以阶级认识,帮助并鼓动他们,使他们了解并参加斗争之必要,组织之必要";在"题材方面应该容纳讽刺,暴露,鼓动,教育等几种","应该尽可能地利用富于宣传性和鼓动性的文字、插图等样式,来形成他们先入的观念,……竭力和一切革命的斗争配合起来"[①]。

竭力配合"一切革命的斗争",这是左翼文艺运动在30年代上半期的特定历史背景下对儿童文学价值功能的一种必然选择,是对"五四"时期倡导的"儿童本位"的儿童文学观的一次重大调整,也是将儿童文学纳入政治斗争轨道的第一个路标。中国儿童文学以前所未有的激进姿态从一个方面参与了历史

---

① 这次座谈会的全文发表于1930年5月《大众文艺》第2卷第4期。

第六章　20世纪30年代儿童文学的左翼潮汐与"革命范式"

的进程。茅盾、柔石、胡也频、应修人、洪灵菲、冯铿、阿英、沙汀、艾芜、草明、戴平万、于伶、王鲁彦、王统照、宋之的、杨骚、蒲风、蒋牧良、舒群、叶刚等许多左联成员，都从不同角度参与了左翼儿童文学的建设，创作了一大批富于战斗性、倾向性的作品。左翼文艺社团的刊物除《大众文艺》设立的《少年大众》专栏外，其他如《创造月刊》、《太阳月刊》、《萌芽月刊》、《拓荒者》、《北斗》、《文学》、《小说家》、《文学丛报》、《文化月报》、《文学界》、《光明》、《中流》、《译文》等，也都发表了各种体裁的儿童文学作品及文论。

　　左翼作家的儿童文学创作，始终紧贴着中国现实的地面运行，直接切入社会生活题材的少儿小说成为他们首选的文体。出现在他们笔下的少儿形象主要有两类：一是在风雨岁月中挣扎的苦难儿童，一是在革命洪流里成长的红色少年。前者如，小说有洪灵菲的《女孩》、草明的《小玲妹》、沙汀的《码头上》、艾芜的《爸爸》、王鲁彦的《童年的悲哀》、戴平万的《小丰》、阿英的《小林禽》，散文有柔石的《人间杂记》，儿童诗有杨骚的《小兄弟的歌》、蒲风的《摇篮》，儿童剧有于伶的《蹄下》、董每戡的《给我们需要的》等。阿英还发表了专论《德国的劳动儿童故事》[①]，评介了德国女作家创作的《玫瑰花》、《为什么》等反映德国"工人阶级和奴隶们的真实"的童话，这些童话"告诉孩子们：在这个世界上穷人们是最痛苦的"，"要免除痛苦只有打倒穷人们的敌人"。描写红色少年和苏区生活的代表性作品有冯铿的小说《小阿强》、胡也频的《黑骨头》、应修人的童话《金宝塔银宝塔》等。《小阿强》是最早反映苏区革命斗争和红色少年的作品。作者根据1930年5月出席全国苏维埃代表大会时搜集到的一位湖南苏区少年的素材，与柔石的长诗《血在沸》一样，向小读者展示了一个"中国那一片在地图上已经染成红色的一个村子里的少年先锋队长"，一个真正的小布尔什维克的英勇事迹。《黑骨头》以上海工人第三次武装起义为背景，记叙了一个14岁的童工阿上如何不屈不挠英勇无畏投

[①] 刊于1928年3月《小说月报》第19卷第3号。

身革命洪流的经过，最后在一次示威游行中不幸被捕壮烈牺牲。当伙伴把他从死人坑里拖出来时，发现"他的身上有三个窟窿"。小说写得激情洋溢，充满英雄主义色彩。

二、鲁迅、茅盾、叶圣陶、巴金等的儿童文学实践

30年代是继"五四"以后，译介外国儿童文学的第二个高潮期，这一时期的译介重点逐步倾向苏联社会主义的儿童文学。鲁迅一直注重外国儿童文学的翻译介绍，"五四"以后曾译介过俄国《爱罗先珂童话集》、爱罗先珂童话剧《桃色的云》（1922）、荷兰望·蔼覃的童话《小约翰》（1926）、匈牙利至尔妙伦的童话《小彼得》（1929）等"传播被虐待者的苦痛的呼声和激发国人对于强权者的憎恶和愤怒"[①]的现实主义儿童文学作品。1935年，鲁迅又翻译了苏联作家班台莱耶夫的中篇儿童小说《表》和高尔基的《俄罗斯童话》。1936年在生命的最后一年，鲁迅还校印了曹靖华等翻译的反映苏联和平建设时期儿童生活的小说《远方》。这些作品的译介，对现代儿童文学产生过重要影响，其中尤以《表》的影响最大。

《表》是苏联现实主义儿童小说的杰作。作品首次将生活在社会最底层的流浪儿命运多侧面地展现在小读者面前：一个曾经偷过金表、四处漂流的少年，如何在苏联社会新生活的感召下，逐步转变为新人的心路历程——从金表的得而复失到失而复得，从彼奇卡的不能逃走而想逃走，到能够逃走却又不想再逃走，悬念迭出、峰回路转的故事情节，揭示出彼奇卡性格变化的内在逻辑和发展过程，新生活正把他送上十月革命开辟的道路。这部"内容簇新，非常有趣"的小说引起了鲁迅的极大兴趣，他在《表·译者的话》中表明了自己译介的目的："要将这样的崭新的童话，介绍一点进中国来，以供孩子们的父母、师长，以及教育家、童话作家来参考。""所以我想，为了新的孩子们，是一定要给他新作品，使他向着变化不停的新世界，不断的发荣滋长的。"

[①] 鲁迅：《杂忆》。

第六章　20世纪30年代儿童文学的左翼潮汐与"革命范式"

《表》与鲁迅的译序发表后，在儿童文学界引起很大反响，并直接导致了30年代中期中国儿童文学思想内容与人物题材的变化。胡风发表的评论认为：《表》的"最基本的特色"就是"对于传统儿童文学的最有力的反抗"——它既不描写王子公主、妖魔精灵，使儿童沉湎在"一个超现实的世界里面"；也不是把儿童"屈伏"在作家"特定的道德世界里面"，成为作家主观精神的被动接受者。《表》所描写的是儿童作为"现实生活底参加者"，儿童的精神世界与"现实生活纠葛"在一起的真实的人生。胡风强调："儿童文学必须是反映人生真实的艺术品"，"同时又必须用的是切合儿童底心理状态和知识水准的取材法和表现法"[①]。《表》与鲁迅的译序无疑是给"儿童文学注射了一针新的血液，从而产生了新的蓬勃生长的力量"。"儿童文学作品中的人物，不再是常见的家庭的好儿子、学校里的好学生了，而以无产阶级的工人子弟，以及被'三座大山'压垮了家庭的流浪儿童，还有生活在鞭挞下、饥饿线上挣扎的童工等，作为表现作品主题的小主人公了"[②]。这类作品中影响较大的有茅盾的《大鼻子的故事》、叶圣陶的《一个练习生》、张天翼的《奇怪的地方》、王统照的《小红灯笼的梦》等儿童小说。电影导演蔡楚生被《表》感动，原拟改拍成电影，后根据上海流浪儿童的生活，编导了儿童电影《迷途的羔羊》（1936）[③]。作为中国第一部以"儿童问题"为题材并由儿童演员主演的影片，《迷途的羔羊》具有以儿童的眼光来观察世界的特点，成功地塑造了小三子、小翠等流浪儿形象，涵盖着丰富的社会学含量，成为左翼电影运动在儿童影片创作方面的重要收获。

茅盾在1932年完成长篇小说《子夜》之后，又腾出时间和精力来关注儿童文学，这一阶段是茅盾继"五四"前后投入儿童文学的第二个重要时期，先后发表了《连环图画小说》（1932）、《孩子们要求新鲜》、《论儿童读物》、《对于〈小学生文库〉的意见》（1933）、《关于"儿童文学"》、《读安徒生》（1935）、《再谈儿童文学》、《儿童文学在苏联》（1936）等重要文章，

---
① 胡风：《〈表〉与儿童文学》，见1936年胡风文艺论集《文艺笔谈》。
② 陈伯吹：《谈外国儿童文学作品在中国》，见《儿童文学简论》，长江文艺出版社1956年版。
③ 蔡楚生：《关于电影〈迷途的羔羊〉》（1936），参见王泉根评选《中国现代儿童文学文论选》。

以一个"战斗的批评家"的姿态自觉地站在儿童文学阵地。这些文章的内容可分为三类：一是批评国内流行的儿童书刊；二是探讨中国儿童文学的理论建设与发展方向；三是介绍外国儿童文学尤其是苏联儿童文学的新景象。作为左翼文坛成熟的作家的茅盾，曾多次尖锐地批评了当时儿童读物存在的弊端[①]：低幼读物粗制滥造，缺乏创意，高层次读物依赖翻译，文字欧化，沉闷难懂，这就给那些格调低下的迷信、通俗读物提供了可乘之机。茅盾呼吁"热心儿童文学的朋友"都来关心儿童读物的质量，他提出[②]：一、儿童文学"要能给儿童认识人生"，对小读者实施正确的教育作用，特别是生活理想的教育，"构成了他将来做一个怎样的人的观念"。二、儿童文学"必须是很有价值的文艺作品"，必须扩大作品的题材范围，从"宇宙的起源"，"人类怎样征服自然"到"地球上各种人民生活状况"以及"太平天国，义和团，鸦片战争"等，都应纳入儿童文学的创作范畴，拓宽小读者的阅读经验和思维空间。三、儿童文学"应当助长儿童本性上的美质"，提高儿童的审美趣味。

基于这样的认识，茅盾的儿童文学创作十分注重题材的选择和对小读者精神人格的提升。1936年茅盾接连写了《少年印刷工》、《大鼻子的故事》、《儿子开会去了》等作品，成为30年代儿童小说创作中不可多得的佳构。茅盾将这些小说的背景都置于1937年抗日战争全面爆发的前夕，而其上线则伸展到"一·二八"上海事变。战火使大批儿童失去家园和父母，也使大批儿童失去读书机会与小康生活，前者的典型是少年印刷工赵元生，后者的典型是上海滩流浪儿大鼻子。《少年印刷工》是长达五六万字的中篇。失学的痛苦和学徒生活的艰辛并没有泯灭赵元生强烈的求知欲与自强不息的追求，但他力图自学成才的信念不断被严酷的现实击碎，只能像大石底下压着的小草，曲曲弯弯地挣扎着生长。小说背景宏阔，将学校、家庭、工厂、社会联系在一起，从一个侧面反映了"一·二八"战火带给中国人民的苦难，塑造出一个特殊时代背景中坚持自我奋斗而又向往光明的穷苦少年形象，为当时的少年树立了一个榜样。

[①] 茅盾：《给他们看什么好呢》。
[②] 茅盾：《关于"儿童文学"》、《再谈儿童文学》、《论儿童读物》。

第六章　20世纪30年代儿童文学的左翼潮汐与"革命范式"

《大鼻子的故事》其实是一个压缩的中篇，作者怀着深切的同情，描写了一个在"一·二八"战火中失去双亲流落上海滩的"小瘪三"大鼻子一段较长的生活经历。求生的欲望迫使流浪儿沾染上了坏习惯，从伸手向人乞讨到伸手"到人家口袋里去挖"，这似乎成了他们必然的命运。然而，出人意料的转折出现了：浩浩荡荡纪念"一·二八"事件的反帝示威游行把大鼻子也裹挟了进去，失去家园和双亲的惨痛记忆使他懂得要报仇要自强，从而克服偷钱的欲念，开始走向希望的明天。《儿子开会去了》以简洁传神的笔触，描写中学生阿向参加"五卅"反帝游行前后和父母的对话以及父亲对儿子行为的支持，表现出"中国革命的接力赛"的寓意。茅盾的儿童小说既是儿童生活的素描，又是时代精神的素描，这些素描充分展示了反帝爱国的时代洪流对年幼一代的精神召唤。作家通过儿童小说同时代对话，使小说与民族的命运、时代的进程紧密相联，深深影响着一代少年"要做一个怎样的人的观念"。这些作品并不会由于时代的变迁而褪色，因为它们跳跃着鲜活的童心与诗心。

叶圣陶的童话创作可分为两个时期：1921年年底至1922年上半年共写了23篇童话，于1923年结集为《稻草人》出版，此为第一期；自1929年下半年至1930年为第二期，这一时期的9篇作品于1931年结集为《古代英雄的石像》一书出版。1936年，叶圣陶又发表了《鸟言兽语》与《火车头的经历》等童话，还创作了《一桶水》、《邻居》、《儿童节》、《寒假的一天》等多篇儿童小说。叶圣陶后期的童话创作，现实主义精神更为明显，艺术技巧也更为圆熟。《古代英雄的石像》通过高高在上自视尊贵的石像最后倒塌成为人们铺路石的故事，揭示了这样的意蕴：摒弃一切虚荣，同民众结合在一起，实实在在地在人民前进的道路上谋些切实的利益。作者在浑沌无言的石头上，驰骋想象，营造出一个极具哲理性的故事，深刻的思想性与精巧的艺术性使这篇作品成为叶圣陶后期童话的代表作。《蚕和蚂蚁》提出异化劳动的主题，作家不仅指出异化条件下人们厌恶工作的必然性和合理性，而一旦克服异化，劳动又会成为诗意和欢乐的源泉。类似这样从深层次上对社会人生进行理性思考的童话还有《含羞草》、《书的夜话》、《慈儿》等。叶圣陶在这一时期还创作了

另一类直接反映现实问题、具有鲜明倾向性的童话，这有《鸟言兽语》和《火车头的经历》等。前者以小麻雀、小松鼠的眼睛为观照视角，揭露了侵略者的罪行；后者以拟人手法，通过火车头"眼睛"的目睹和"心理"的思考，记录了1935年"一二·九"运动时上海爱国学生北上南京请愿的历史场面。

30年代一批已经成名的青年小说作家如巴金、老舍、丁玲等，也都以满腔热情投入过儿童文学，创作了一批别具特色的作品。巴金的短篇集《长生塔》，收录了作者1934—1936年间写的《长生塔》、《塔的秘密》、《隐身珠》、《能言树》等4篇短篇童话。这些作品深受俄国盲诗人爱罗先珂的影响，是用童话形式写的小说，重在抒发创作主体的情感，传达出"帮助，同情，爱"一切被压迫的人民、诅咒一切压迫者必将灭亡的思想，燃烧着一颗忧国忧民的赤诚之心。老舍写于新加坡的长篇儿童小说《小坡的生日》，反映了聚居在南洋地区东方民族的不同文化心态与生存方式，表现出"世界上弱小民族共同奋斗"的精神与南洋华侨热烈的爱国主义思想。这部充满异国情调的作品还在儿童小说语言的运用方面积累了丰富经验，作者最感"得意的地方是文字的浅明简确"，"用最简单的话，几乎是儿童的话，描写一切了"[①]。丁玲的中篇童话《给孩子们》，将美好的幻想境界与充满矛盾的现实世界糅合在一起，通过七个小朋友攻打强盗胡克的一系列"战斗"场景，暗示出30年代严酷的现实斗争，童话中还出现了儿童团员的形象。《没有祖国的孩子》是舒群的代表作。小说以日本侵占中国东北为背景，描写没有祖国的朝鲜小孩果里的苦难遭遇，以及与三个不同国籍的孩子悲欢离合的故事，着意刻画了小主人公决不当"亡国奴"的坚强性格与不屈的反抗。洋溢在作品中的爱国主义与国际主义思想内容使这一作品赢得了较高声誉，当时曾有评论认为："它和田军、萧红的许多作品一样，也真实地表现着沦亡的东北局面，读了足以使读者于悲痛中奋起的。"[②]

---

① 老舍：《我怎样写〈小坡的生日〉》，见《老年破车》，人间书屋1937年版。
② 梅雨：《创作月评》，1936年《文学界》创刊号。

第六章　20世纪30年代儿童文学的左翼潮汐与"革命范式"

三、张天翼的现实主义长篇童话创作

注重反映"现实生活底参加者",描写风雨岁月中一代少年儿童尤其是工农大众子弟生存的艰难及与命运的抗争,引导小读者多角度地透视当下社会的生存百态与人生命运的起伏跌宕,经过左翼文艺运动的倡导,成了30年代儿童文学的主体内容与创作倾向;随着"一·二八"事件之后,有关抗战的题材越来越受到儿童文学界的重视。时代造就着作家,张天翼的出现将30年代儿童文学创作推向了高潮。

张天翼的长篇童话《大林和小林》(1932)、《秃秃大王》(1933)、《金鸭帝国》(1933)与中篇儿童小说《奇怪的地方》(1936)等,都是现实主义的杰作。尤其是写于抗战烽火中的《金鸭帝国》,作者以无比的激愤,有力地抨击了日本帝国主义。与叶圣陶针砭现代中国诸种人世相的童话创作相比,张天翼的作品则是紧紧地结合社会现实斗争,更加贴近时代,体现出作家追踪现代精神的自觉意识和把"真的人、真的世界、真的道理"告诉年幼一代的谆谆责任感,从而把叶圣陶开辟的现实主义推到了一个新的高度。张天翼的长篇形式的童话,融进中国政治童话的内容和讽刺艺术、游戏精神、极度夸张等创作经验,"他底新奇的想象和跳跃的笔法所传达的内容是以儿童底兴味的理解力为基础的社会批判"[1],提供了童话艺术的新鲜经验,从而成为30年代儿童文学的扛鼎之作,与叶圣陶的短篇童话一起构成现代童话创作的双子星座。

作为30年代左翼文坛"新的战士"的张天翼,从一开始涉足童话,就大步迈向现实主义,直截了当地把现实送给儿童,实践着自己已经认定的文学要"表现出真实的人生来"的文艺思想。他充分利用长篇童话的优势,以粗线条的形态勾勒出宏大开阔的社会生活画面,力图从较高层次向小读者展示出一个具有现实社会宏观框架与本质矛盾特征的艺术世界。《大林和小林》以兄弟俩的两种经历、两种命运为发展线索,巧妙地刻画了上层社会与下层社会、资产

---

[1] 胡风:《关于儿童文学》,1936年胡风文艺论集《文艺笔谈》。

者与无产者、压迫者与被压迫者各自的精神面貌及其他们的矛盾斗争，通过富于典型的生活画面，来显现中国苦难社会的现实主义的广阔背景。《秃秃大王》则用强烈夸张和闹剧型的全息性构思大面积地折射人生，观照人生，作品既写了统治者欺诈弱小百姓的种种罪恶与荒淫的寄生生活，也写了人民群众奋起反抗、大战"秃秃宫"的感人场景，人、物穿插交汇，时、空无羁组合，构建出一幅汪洋恣肆的全景式社会图画。如果说，《大林和小林》、《秃秃大王》采取的是截取生活长河中的横断面来大胸襟地拥抱人世的话，那么，《金鸭帝国》则力图对生活作纵断面的剖示，追求着一种史诗格局，具有时空跨度大、情节丰富、卷帙浩繁的特点。《金鸭帝国》正文开头的"引子"由三篇独特的"书"组成：《山兔之书》写创世纪与氏族社会；《鸭宠儿之书》写奴隶社会；《金蛋之书》写封建社会。而其正文则围绕着"大粪王"的发迹史与金鸭帝国的种种阴谋史，串连起一个个荒诞生动的故事，揭示出资本主义由原始积累向垄断资本进而向帝国主义发展的历史进程。这的确是一部"奇书"。像这种"史诗式"的长篇童话，在中国还是第一部，在世界童话史上也是罕见的。遗憾的是后因作者病贫交迫，未能完成。

与这种"全景式"、"史诗式"的"宏观"结构相适应，张天翼往往通过鲜活生动、足以撼动小读者心灵的场景与闹剧来展开情节。如《大林和小林》中的出门遇险、鸡蛋变人、火车司机罢工、列车掉进大海、富翁饿死金银岛；《秃秃大王》中的逼债抢人、大王审案、大战狼兵、攻打"秃秃宫"。至于《金鸭帝国》则通篇激荡着热闹喧嚣的氛围，流贯着迸奔突发的冲力。这种大开大阖、快节奏的手法，在开拓生活的广度与深度方面，显然更有助于加强童话文学的现实主义精神的浓度，扩大作品的内涵辐射面与现实涵括力。

张天翼是一位善于运用速写手法写作战时小说的快手，他曾把抗战时期创作的最有影响的一组短篇（《华威先生》等）总名为"速写三篇"。他的童话也往往含有速写成分，《金鸭帝国》尤为明显。速写来自作家对生活内在节奏急促性的感应。战地烽火限制了张天翼从容地品味、构筑童话的心境，他以一种急促的笔调，向读者报告着这个世界已经发生和正在发生的事情：金鸭帝国

第六章 20世纪30年代儿童文学的左翼潮汐与"革命范式"

的诞生、发展，帝国内部矛盾的纠葛，大粪王的暴发致富，肥肥公司和香喷喷公司的合并、垄断……形形色色的阴谋活动，曲曲折折的大小事件，急匆匆地展示在小读者眼前，有的是与生活的快节奏形成一致的节律，难得有从容、深沉的揣摩与均衡。这种建构具有一种迅速推移、转化和突进的速度感，并由此拓宽了童话艺术的时空，它既切合当时少年的接受心理，也适应战争年代动荡生活的总体需要。诚然，过于"明显"与"敏锐"地紧逼现实，似使作品疏于雕琢，留有粗线条勾勒的某种不足。但这并不妨碍《金鸭帝国》现实主义精神的显现，比之《大林与小林》、《秃秃大王》，恰是更加强化与浓重了。在战争年代的特殊环境里，这种用速写手法构筑的童话，能使小读者更迅速地感应到世界的风云雷电，认识了解急剧变化的生活节奏，从而激发起他们对侵略者的仇恨心理和"反抗、斗争精神"。

四、科学文艺的兴起

30年代是科学文艺得到较快发展的时期。科学文艺作为文学性与科学性有机结合的一种独特文体，其发生发展都与现代科学文明有着直接关联。30年代中国科学文艺创作的发展还与救亡图存的特殊时代语境密切相关。陈伯吹认为："自民国20年沈阳事变，接着21年淞沪抗日血战以后，全国朝野都有一致的呼声：'科学救国！''迎头赶上！'文学是时代的反映；而儿童读物的转变到注重科学常识，一半也由时代的浪潮冲激的罢。"[1] 30年代科学文艺的译介具有"科普救国"倾向，影响最大的有苏联伊林的《五年计划的故事》、《十万个为什么》，法国法布尔的《科学的故事》等。受外国科学文艺的影响，30年代出现了高士其、周建人、董纯才、顾均正、贾祖璋等一批年轻而活跃的科学文艺作家。他们的作品从整体上看是用文学形式传播科普知识，呼唤国人尊重科学，提倡科学，用科学强国、科学救国，努力探索文学性、科学性相结合的创作道路。虽然30年代的科学文艺创作还显得比较单薄，但它们在对

---

[1] 陈伯吹：《儿童读物的检讨与展望》，1948年4月1日《大公报》。

少年儿童传播现代科学文明、培养科学精神与幻想精神方面，发挥了有力的作用。

30年代的科学文艺创作受到了整个儿童文学发展思潮的影响，在注重科学性与文学性的同时，还比较注重作品的现实意义，有的甚至隐含着深刻的政治倾向。高士其、董纯才是这一时期科学文艺创作的代表性作家。

高士其（1905—1988）是一位研究化学与细菌学的科学家，原名高仕琪。1935年，李公朴等在上海主编《读书生活》半月刊，约高写科学小品，自此，他便以"高士其"为笔名，走上了科学文艺的创作道路。1935至1937年，他写了上百篇科学小品和文章，后结集为《我们的抗敌英雄》（1935）、《细菌与人》（1936）、《菌儿自传》（1941）等集子出版。高士其的科学小品构思新颖，融科学、文艺、思想于一体，既是科学知识的普及读物，又是文学性、思想性很强的儿童文学佳作。写于1935年的《我们的抗敌英雄》，在形象地介绍人体血液中有关白血球的种类、分布、功能等科学知识的同时，又巧妙地生发出议论，文笔犀利，针砭现实，如："白血球，这就是我们所敬慕的抗敌英雄。这群小英雄们是一向不知道什么叫做无抵抗主义的，他们遇到敌人入侵，总是挺身站在最前线的！"作品经此喻彼，饱蕴激情，既颂扬了勇敢的抗敌英雄，又无情地鞭挞了侵略者与"不抵抗主义者"，具有很强的现实意义。

董纯才（1905—1990）30年代初在上海与教育家陶行知一起从事科学大众化运动，参与编写《儿童科学丛书》等读物，在翻译伊林、法布尔作品的过程中，深受译作影响，写出了一系列科学文艺作品，其中以科学童话《凤蝶外传》、《狐狸夫妇历险记》等较为成功。《凤蝶外传》形象地描写了凤蝶的一生，从雌凤蝶选址产卵，直到与雄凤蝶双双化入泥土，将原本枯燥难懂的生物学知识演绎成优美通俗而又不乏幽默风趣的故事。《狐狸夫妇历险记》中的公狐和母狐在外出捕食时遭到猎狗追捕，公狐机警地把狐臭挨到羊群身上，母狐利用火车经过的铁轨热能消灭狐臭，终于双双摆脱了危险。动物的物性与科学知识有机地融入紧张曲折的故事情节，使这篇作品赢得了小读者的欢迎。

30年代是中国儿童文学取得较快发展的时期，也是一个选择的时期、更

第六章　20世纪30年代儿童文学的左翼潮汐与"革命范式"

新的时期。这一时期的儿童文学观、儿童文学创作现象较之20年代而言，体现出进一步强化文学与现实、文学与社会进程的倾向，并注入了"革命范式"的理想主义激情，关切文本与现实生活节奏的合辙，张扬作品激发小读者同构效应的精神提升，而对"五四"时期倡导的"儿童本位"作了及时调整。这一时期的儿童文学创作显出异彩纷呈的景观，儿童文学的现代意识与文体意识得到了增强，涌现出张天翼这样的天才童话家；但动荡不定的文学外部环境以及对文学效用的急于求成，也使这一时期的创作留有某种图式化和粗糙、仓促现象，缺乏审美化的从容环境与心境。穿过30年代的时光隧道，中国儿童文学将以更新更丰富的面貌跻身于现代文学之林。

第七章
战争年代儿童文学的时代规范与救亡主题

　　1937年"七·七事变"后爆发的抗日战争，是20世纪中国最重大的历史事件之一，战争使整个社会生活发生了根本的变化，也使整个中国文化、中国文学及其儿童文学发生了根本性转变。战争的炮火轰毁了空灵的童话梦。中国现代的民族战争及与之有关的救亡思想，成为超于一切之上的时代主题。处于战争年代的少年儿童更需要的是号角，是鼓点，是救亡图存的真的生活与真的道理。紧扣时代脉搏的现代儿童文学在这一时期显出新的特点：民族战争成了儿童文学的主要题材，爱国主义是整个儿童文学认同与高扬主题，现实主义精神进一步得以发扬；在艺术体裁方面，直接与小观众对话的儿童剧和广阔及时地反映现实生活的少年小说、童话得到了较大发展，儿童诗也有长足进步。儿童文学工作者增强了使命意识，他们的儿童文学实践是与时代的救亡意识紧密联系在一起的，或者说，他们的救亡意识正是具体表现为对中国未来、中国未来一代命运的深切关注，并将这种关注转化在切切实实的儿童文学实践之中。

一、抗战救亡题材的儿童文学与陈伯吹

　　以抗战救亡为题材的儿童文学创作在30年代初即已出现。1931年沈阳

第七章　战争年代儿童文学的时代规范与救亡主题

"九·一八事变"后,日本侵占中国东北三省;1932年"一·二八事变",上海又遭到日本炮火的侵袭。侵略者步步紧逼,民族危机日渐加重。针对国民党政府奉行的不抵抗政策,许多作家拿起笔来纷纷谴责这种倒行逆施的行为,以唤起同胞,一致对外,救亡图存。以抗战为题材或以抗战为背景的创作,越来越受到儿童文学界的重视。上节所述茅盾的小说《大鼻子的故事》、《少年印刷工》、张天翼的童话《金鸭帝国》、舒群的小说《没有祖国的孩子》等都是这种社会思潮的产物。丁玲写于抗战前夕的儿童小说《一颗未出膛的枪弹》,较好地体现了当时"一致对外"的民族心声。小说主人公是一个13岁的红军小马,因空袭掉队隐蔽乡间,但他不失时机地向群众宣传红军的抗日主张,唤起人们觉悟。后来他被追捕的东北军士兵搜出,仍临危不惧,大义凛然,继续宣传抗日救国。东北军连长在孩子义正词严的辩驳面前,羞愧得无地自容,把上膛的子弹退了下去,毅然放走了小红军,并萌发了投身抗战的信念。小说气氛紧张,扣人心弦,结尾既出人意料之外,又入情入理,较好地刻画了人物性格的逻辑发展,给人留下了难忘印象。借助文学作品传达民族的抗日要求,揭露侵略者的侵华罪行,这已成为全民抗战中儿童文学创作的主要路向。上海文坛的陈伯吹,正是这一背景下成长起来的重要儿童文学作家。

陈伯吹(1906—1997),原名陈汝埙,号伯吹。江苏宝山人。自16岁在当地乡村小学任教期间,即开始儿童文学创作,第一部作品8万字的儿童纪实小说《学校生活记》,于1927年由上海商务印书馆出版。小说赞美同学间相亲相爱、互学互助的良好学风,也反映了20年代一般乡村小学校教学的特色。1928年陈伯吹到上海半工半读,得到郑振铎的鼓励,走上专业儿童文学创作的道路,"首先叩开的是儿童诗歌的门,应声而出的是《小朋友诗歌》与《小朋友谣曲》。出版了两册以后,转向写童话和小说"[1]。从1930年起,陈伯吹先后担任北新书局《小学生》、儿童书局《儿童杂志》等刊物的主编,并在

---

[1] 陈伯吹:《我的小传》,见《中国当代儿童文学作家小传》,湖南少年出版社1992年版。

上海大夏大学执教儿童文学，撰写出版了《儿童故事研究》（1932）等论著。"九·一八"事变后，陈伯吹写了一系列具有鲜明现实精神的作品，其中以《阿丽丝小姐》（1931）、《华家儿子》（1933）、《火线上的孩子们》（1933）等影响较大。中篇童话《阿丽丝小姐》借用英国童话名著《阿丽丝漫游奇境记》中的阿丽丝印象，让她在风雨如晦的中国社会作了一次并不浪漫的"漫游"。童话托名"虫国"，通过阿丽丝漫游昆虫世界的梦幻情节，在充满游戏精神的氛围中，折射出现实生活形形色色的荒诞现象。作品写到一半，适逢"九·一八"事变，作家迅即转换笔调，设计了九月十八日夜小毛虫乘机攻打进来，阿丽丝奋起反抗入侵者、撕碎不平等条约等情节，具有很强的现实针对性。中篇儿童小说《华家的儿子》、《火线上的孩子们》直接把小读者带到了正在发生着的血与火的严酷现实中去，作品中的小主人公经历了从空想到务实，从忍让屈服到奋起反抗的性格发展过程，成为"誓以全力反抗压迫我们的敌人直到他们埋葬在他们自己掘着的坟墓中为止"的无畏小英雄。1934年，陈伯吹又出版了中篇童话《波罗乔少爷》，作品描写富家孩子不讲卫生、生活懒散等不良习惯，漫画式的讽喻中隐含着对中国式儿童教育的检讨。陈伯吹的创作始终投注于有关人与社会、人的生存和命运等一些根本性的课题。从表面看，他的作品有一股上海滩的"洋味"，而其底蕴则是充满"生命之悲凉"的苦难中国社会人世相的写照。注重作品的教育性与人物形象的动感性，以及象征手法、夸张手法对刻画人物的作用，这是陈伯吹创作的一大特色；而长期的小学教师、儿童刊物编辑生涯，又使作家对儿童心理、儿童生活有着较为圆熟的把握。因此，陈伯吹的作品充满比较浓郁的"儿童味"，比较容易走向小读者。但也有的作品留有"观点加形象"的操作痕迹，结构较松散，语言较拖沓。作为小学教师出身而将毕生心力贡献于儿童文学事业的作家，在现代中国，陈伯吹是第一人。他的实践涉及到儿童文学创作、研究、编辑、教学等各个领域。从上海起步，伴随着三四十年代苦难中国的硝烟烽火，陈伯吹一直没有放下那一支"为孩子而写作"的笔。

第七章 战争年代儿童文学的时代规范与救亡主题

二、以重庆为中心的大后方儿童文学

"七·七事变"后，日寇入侵的暴虐与遍地战火，曾使中国文学及其儿童文学遭到严重挫折，战前的繁盛一度为沉滞萧条所取代。随着抗日统一战线的形成与抗战文艺运动的兴起，儿童文学也逐渐出现了转机。原先主要集中在上海等沿海大都市的儿童文学队伍及报刊出版机构，由于战争四处星散，结合当地力量，日渐形成以重庆为中心的大后方、"孤岛"上海和延安根据地（解放区）等不同区域的抗战儿童文学新格局。民族救亡的共同目标使儿童文学的主题风格表现出空前的一致性，不同地域的作家共同讴歌民族未来一代的觉醒和奋起，讴歌抗战大时代中成长的小英雄、小战士和新的民族性格，呈现出一种少有的昂扬激奋气氛与慷慨悲壮的英雄主义色彩。

大后方儿童文学是抗战时期大后方文学的一个重要组成部分，其活动范围包括重庆、昆明、桂林、成都、贵阳以及香港等文坛，而以重庆文坛为重心。战时大后方先后创办了《少年先锋》（1938年创办，以下出现的年份均为创办时间）、《少年战线》（1939）、《西南儿童》（1939）、《抗战儿童画报》、《抗战儿童》（1940）、《少年之友》（1941）、《新儿童》（1941）、《儿童生活》、《儿童漫画》（1944）、《儿童世界》（1944）、《开明少年》（1945）以及《儿童月刊》、《儿童工作》、《抗战儿童旬刊》等刊物。这些刊物虽综合性较多，但也有不少以儿童文学为主体，发表旨在推进抗日救亡的小说、童话等作品。茅盾、叶圣陶、楼适夷、宋云彬等主编的《少年先锋》，曾连载过张天翼的长篇童话《帝国主义的故事》（即《金鸭帝国》的前身），叶圣陶、郭沫若、丰子恺、丁玲、王鲁彦、冰心、夏衍、田间以及冯玉祥等都在上面发表过作品，此外还登载过日本进步作家鹿地亘写的《给中国少年诸君》等文章。由郭沫若题署封面、孩子剧团创办的《抗战儿童》，刊登过张天翼的《大林和小林》、安徒生、爱罗先珂的童话、伊林的科学文艺，开辟有指导儿童阅读文艺作品的专栏。1945年4月，被战火中断七年之久的著名儿童刊物《小朋友》从上海转移到重庆复刊。在大后方继续坚持儿童文学创作的主编陈伯吹，即在

该刊连载了长篇童话《黑衣人》、长篇译作《吹牛大王历险记》，还发表了《嘉陵江上纤夫曲》等诗歌。老舍、何公超、李长之、黄衣青、仇重等也都为《小朋友》写过作品。除了专门的少儿报刊外，由中华全国文艺界抗敌协会主编的《抗敌文艺》、茅盾主编的《文艺阵地》、王鲁彦主编的《文艺杂志》、司马文森主编的《文艺生活》等大后方成人文学刊物，也发表过不少儿童文学作品，如碧野的《儿童队员之死》（报告文学）、靳以的《给孩子们》（散文）、臧克家的《十六岁游击队员》（报告文学）等。这一时期大后方的出版机构也印行了不少儿童文学读物，重要者如文化生活出版社的"少年读物丛刊"，出版过张天翼的《秃秃大王》、《两兄弟》、《奇怪的地方》，苏联盖达尔的《远方》、《第四避难室》等；文化供应社的"少年文库"，出版过聂志礼的《火线上的孩子们》、邵荃麟的《喜酒》、白兮翻译的《幸运鱼》等；建国书店的"少年文艺丛书"，收有王亚平的《小白马》、丰村的《太阳出来了》、曾卓的《小罗宾汉的一天》等；作家书屋的"儿童文库"，有丰子恺的《文明国》、彭子岗的《儿童日记》等。大后方儿童文学的兴盛局面，打破了原先儿童文学偏于东部沿海的格局，开始了向中西部的转移。

描写抗战大时代中小英雄的成长，歌颂未来一代新的民族性格的孕育和形成，是整个抗战救亡时期儿童文学的基本主题，大后方儿童文学也不例外。谢冰莹的报告文学《汉奸的儿子：纪念一个英勇孩子的死》（1938），真实地报道了卢沟桥事变后不久，安徽无为县一位热血少年大义灭亲，火焚汉奸父亲的悲壮事迹，作品写得惊心动魄，富于艺术感染力。萧红的儿童小说《孩子的讲演》（1938），细腻地描绘了一位战地服务团9岁的勤务员在欢迎会上即席讲演时的心理感受，会场上的友好笑声与掌声反使他产生了孩子特有的误会。小说通过一种典型的氛围刻绘了抗战期间年幼一代急切盼望自己快快成熟起来，"变作大人"为国献身的心理情绪，洋溢着高昂的爱国主义精神。司马文森的少年小说《吹号手》（1945）讲的是一位少年号兵的抗日战斗生活，笔墨集中铺叙了他与30岁的寡妇妻子在病房的会面以及伤愈归队不当号兵班长，坚决要当扛枪列兵的经过，作品记录了一位抗日小英雄爱憎分明的心路历

第七章　战争年代儿童文学的时代规范与救亡主题

程，从不同寻常的举动中折射出崇高的人格。这一时期大后方的童话创作也有长足进步，老舍的《小木头人》（1943）、郭以实的《太阳请假了》（1941）是突出代表。中篇童话《小木头人》中，这位浑身是胆的童话小英雄，深入敌营，把日寇飞机烧得一干二净，形象地表现了战时民族情绪，洋溢着一种昂扬奋发的英雄主义色彩。《太阳请假了》是结合当时国际形势写的一篇别具特色的科学童话：当德国法西斯军队进攻莫斯科时，太阳突然请假消失了，于是在德国境内出现了物质处于绝对零度以下时的种种奇迹，"请假"的太阳逼使战争狂人最终走向灭亡。这篇作品不但提供了科学童话配合抗战的成功经验，而且还探索了童话创作中"极端激发"的艺术手法。大后方儿童诗创作也有一定发展。重庆《新华日报》注重刊登描写前线儿童生活以及敌后小英雄在战斗中成长的诗歌，如高敏夫的《哥哥骑马打东洋》，戈矛的《小哨兵》、《给幼小者》，田工的《小哨兵》，张高峰的《儿童哨》，陆绍祥的《孩子们的恨》以及王亚平的叙事长诗《小白马》、雷石榆的长篇童话诗《小蛮牛》等。这些诗作的发表，极大地鼓舞了大后方的万千儿童。梅志的长篇童话小说《小面人求仙记》（1942）是当时较有影响的作品，诗人以拟人手法描写小面人在冒险游历过程中被花言巧语的狐狸欺骗，后幸为真理老公公营救的故事，告诫那些离乡背井独自在人生道路上摸索的流浪儿童，要特别警惕狐狸式的欺骗，寄托着深刻的寓意。大后方儿童诗创作最有影响的当推陶行知。他的诗，句句明白，朗朗上口，平易近人，音韵铿锵，并善于采用传统俚语，甚至将民间谚语、灯谜也写入诗中，形成别具风味的"行知体"。这位著名"平民教育家"曾为儿童先后创作了一百多首诗歌，八年抗战在重庆创办"育才学校"期间，又写下了《一·二八儿歌》、《三万里路歌》、《儿童节歌》、《八位顾问》、《育才学校校歌》、《民主到哪里去？》等大量贴近现实的诗作。抗战时期，儿童剧的创作演出与儿童剧团的组建，曾蔚为大观，令人十分鼓舞，出现了中国儿童文学史、戏剧文学史上前所未有的景象。各地儿童剧团的活动多种多样，尤以大后方坚持最久，实绩也较显著。

儿童剧是具有专为吸引儿童及供儿童娱乐欣赏的内容与表现手法的剧作。

中国古代儿童戏剧十分缺乏,更谈不上有供儿童可演可诵的剧本。20世纪初,受西方教育思想影响,在引进欧美学校设置的体育、音乐、美术等课程的同时,作为开展学校文娱活动与学生审美活动重要形式的儿童戏剧也开始搬上了中国舞台。20年代黎锦晖创作编导的《小小画家》、《麻雀与小孩》、《葡萄仙子》等12部儿童歌舞剧,曾以浩瀚秋水之势,从上海出发,影响海内外,使儿童剧的编演出现了第一个高潮。但黎锦晖的剧作"多数是童话式的,剧情多数是美丽、圆满的,中国的穷苦的小孩子们看了之后,只觉得好玩"而已[1]。在救亡图存的战争年代,这些剧作显然已与少年儿童的需求拉开了距离。"神圣的民族解放斗争,实在是一切艺术的宝藏",战争给戏剧包括儿童剧创作提供了丰富的素材与新的时代规范。儿童剧作家许幸之认为:"一切儿童文学,应当在抗战中发芽,一切儿童艺术,也应当在解放斗争中开花","一切现实的对抗战直接间接有利的题材,一切因这次解放斗争中产生的故事或罗曼斯""都可以把它们编制成完美的儿童戏剧"[2]。由于儿童剧"最容易感动人,最易于激动"小观众和大观众[3],因而振奋全民抗战情绪的儿童剧编演一时形成了热潮;各地儿童剧团演出的急需则向儿童剧作家提出了更新更快更高的要求。据不完全统计,1937年"八·一三事件"后,中国各地先后出现了长沙儿童剧团、厦门救国儿童剧团、上海团囡剧团、广州儿童剧团、长沙育英儿童工作团、沅陵孩子歌咏队、河南开封孩子剧团、汉口七七少年剧团、重庆儿童演出队、昆明儿童剧团、桂林儿童剧团等,其中尤以周恩来十分关心的"孩子剧团"和实践陶行知"生活教育"思想为宗旨的"新安旅行团"的活动影响最大。它们都是"抗战血泪中"开放出的"奇花",被誉为"大时代的小战鼓"。

直接从抗战现实中取材,直接服务于现实的抗日战争,这是战时儿童剧创作的基本特色。熊佛西、许幸之、吴祖光、石凌鹤、董林肯、吴新稼、塞克、丁克等一大批剧作家,为孩子们创作了大量优秀剧作。为了适应战时演出环境与条件,儿童剧创作因地制宜形式多样,既有适合街头、工矿、农村演出的短剧、

---

[1] 新安旅行团集体讨论、张早执笔《抗战中的儿童戏剧》,1940年11月《戏剧春秋》第1期。
[2] 许幸之:《论抗战中的儿童戏剧》,见《小英雄》,光明书局1939年11月版。
[3] 新安旅行团集体讨论、张早执笔《抗战中的儿童戏剧》,1940年11月《戏剧春秋》第1期。

第七章　战争年代儿童文学的时代规范与救亡主题

活报剧、小歌剧，也有适合学校、剧场舞台演出的独幕剧、童话剧以至大型多幕剧。1938年，熊佛西在为其创作的《儿童世界》在成都公演时，发表文章认为：在面临民族生死存亡的"全面抗战"时期，儿童戏剧必须直面现实，发挥其组织儿童、动员儿童，"教他们仇日，教他们抗日"的战斗作用，"儿童今日的表演，不是一个寻常的戏剧表演，而是一个新的教育活动"，这是"中国儿童抗敌示威的一个大运动"[①]。许幸之在《论抗战中的儿童戏剧》一文中，强调剧作家"必须有深刻的社会认识"与对新时代的坚定信心，必须喜欢和熟悉儿童；儿童戏剧的题材，"应当采取最积极的，最现实的，最有教育意味的，最能引起儿童关心和儿童兴趣的"，在神圣的抗日战争时期，这就是现实的战斗生活，以及那些"巾帼女儿们的为国捐献，民间志士们的为国殉身"、表现"尽忠报国的壮烈精神"的"最积极而具有历史性的题材"。

抗战时期，各地儿童剧团演出的剧作主要有《帮助咱们游击队》（吴新稼编剧）、《捉汉奸》（塞克）、《街头》（丁克）、《仁丹胡子》（塞克）、《古庙钟声》、《最后一课》（许幸之）以及《炮火下的孩子》、《敌人打退了》等。武汉失陷以后，"抗战进入第二期的时候，儿童戏剧有着飞快的进步，尤其是在艺术的水准上提高了很多，在创作方面，有归来的《两年来》（四幕）及《反攻》、《打日本》（佚名），舒强的《为了大家》，厦门儿童剧团的《我们是一群小瘪三》、《铁蹄下的孩子》（三幕），孩子剧团的《把孩子怎么办》……新安旅行团的《敌后孩子》、《谁拿的》、《支那孩子》（三幕），《帮助大哥哥打游击》，还有许幸之的《小英雄》、《七夕》，吴祖光的《孩子军》，张季纯的《上海小同胞》，熊佛西的《儿童世界》"[②]，等等。活跃在大后方的昆明儿童剧团、桂林儿童剧团，尤其是经过数千里艰苦跋涉，从上海、安徽来到重庆、桂林的孩子剧团、新安旅行团等，编创、演出了一系列儿童剧新作，在大后方产生了广泛影响。特别是1941年，孩子剧团在重庆演出的六幕儿童剧《乐园进行曲》（石凌鹤编导）和根据张天翼童话《秃秃大王》改编的人型

[①] 熊佛西：《〈儿童世界〉公演感言》，1938年4月，《战时戏剧》第10卷第8期。
[②] 新安旅行团集体讨论、张牛执笔，《抗战中的儿童戏剧》，1940年11月《戏剧春秋》第1期。

多幕童话讽刺剧《猴儿大王》（石凌鹤编导），由于直接反映少年儿童的抗日救亡活动，表达向往建设新中国的心情，具有极强的现实针对性，因而一时轰动山城；《乐园进行曲》持续演出一个多月，场场爆满，创造了中国话剧史上的奇迹。《新华日报》及重庆其他报刊多次发表评论，称赞孩子剧团的演出是破天荒的创举。新安旅行团在总结抗战儿童剧运动的专文[①]中，充分肯定了广大儿童戏剧工作者与各地儿童剧团的成绩，认为"抗战促进了儿童戏剧"，"儿童戏剧帮助了抗战也很大，在抗战中成群的儿童们组织起来了，他们利用戏剧宣传民众"，"影响了成千万的百姓，参加到抗战阵营中来"。但同时也指出儿童剧创作存在的"成人化"与"千篇一律，差不多都是汉奸，聪明的小孩，和最后的胜利"等公式化的倾向。抗战儿童剧运动在中国现代儿童文学史上写下了闪光而凝重的篇章。由儿童文学的接受对象最广泛、最直接地投入到作品的编创与传播中来，通过自己的表演和语言直接与小观众进行精神对话，一起完成作品的最终创作，这对普及儿童文学，提高儿童戏剧的艺术品位，无疑都是一种极有意义的实践与促进。

三、"孤岛"上海的儿童文学

与大后方儿童文学遥相呼应的沦陷区儿童文学，在极其艰难的环境中顽强生长。特别在上海，儿童文学工作者在被称为"孤岛"的外国租界，从1937年11月上海四周沦陷直到1941年12月"珍珠港事变"爆发，在长达四年多的时间里，以各种公开的或秘密的方式，坚持抗日爱国宣传和儿童文学活动，先后形成了少年出版社与《少年读物》两个主要阵地。少年出版社系由苏苏主编的《儿童读物》发展而成，成立于1939年，尽管条件极端艰难，但还是团结了一大批进步儿童文学工作者，到1941年年底太平洋战争爆发停办止，在两年多时间里共编辑出版了25种儿童文学集子。贺宜的童话《凯旋门》、《木头人》，苏苏的童话《新木偶奇遇记》、小说《小癞痢》，笑苹的图画故事《小

---

① 新安旅行团集体讨论、张早执笔《抗战中的儿童戏剧》，1940年11月《戏剧春秋》第1期。

第七章　战争年代儿童文学的时代规范与救亡主题

牛》、童话《牛皮阿狼》,包蕾的剧作《祖国的女儿》、《雪夜梦》,乐观的儿童集《晨钟之歌》,戈章的《少年歌集》,以及少年习作选《永不忘记的一天》、苏苏编辑的《少年文艺丛刊》等,都经少年出版社出版,通过上海地下党的外围组织"小学教师进修会"在中小学校散发,有的还通过各种渠道发行外地。苏苏在《少年出版社缘起》(1938)中宣布的"为着维护我们祖国的幼芽""写一些切实的儿童读物",告诉炮火中的孩子们"血淋淋的现实"的出版方针,正是该社一以贯之的现实主义战斗精神。《少年读物》的主编是曾写过《囚绿记》、《海星》等以风格清丽著称的散文作家陆蠡(1908—1942)。这是一份大32开本的半月刊,由上海文化生活出版社出版,创办于1938年9月。巴金是该刊的主要撰稿人,先后发表过《做一个战士》、《别广州》、《"重进罗马"的精神》、《最后的消息》等散文,对国难深重的少年朋友,寄予殷殷期望,热诚要求他们做一名"追逐时代洪流"的战士。靳以仿照当年冰心写的《寄小读者》那样情意绵绵的文笔,从大后方重庆寄来《寄小朋友们》、《短简:寄弟弟》等一篇篇散文,抒写着他对沦陷区故土故乡的眷念,鼓励少年朋友树立起抗战必胜的信心。《少年读物》还发表了萧乾的《贵阳书简》,李健吾的《北平》,芦焚的《河》、《春之歌》等散文,这些作品或忆旧或怀乡,但都以高亢的情调,表达着强烈的爱国情怀。作为《少年读物》主编的陆蠡也以"圣泉"为笔名,在该刊发表过《檐榴》、《尘》等科学文艺作品。1942年,《少年读物》被日本侵略者查封,陆蠡被捕后惨死狱中,为抗战儿童文学献出了宝贵的生命。

"孤岛"儿童文学工作者面对恶劣的文学外部环境,克服重重困难,曾开展过儿童戏剧的编演活动。如囡囡剧社演出过龚炯的《少年笔耕》、《懒小姐》、《儿童节》,曾惠的《家庭教育》、《猩猩王》,骆印的《校长先生》,宋越的《消化不良》等剧作。此外中国模范儿童剧团、忠艺剧团儿童组、女子剧团等也演出过一些儿童戏剧。但总的说来,"孤岛"时期的儿童剧创作演出情况比较复杂,大多反映的是学校教育、家庭教育问题,而不能像大后方儿童剧那样直接呼唤抗日打击敌人。处于敌、特、顽政治势力错综复杂的情况下,"孤

岛"儿童文学只能采用间接、曲折的形式，巧妙地开展抗战儿童文学，因而虚虚实实、折光反映现实的童话文学成了"孤岛"以及整个沦陷区儿童文学的首选文体。苏苏、贺宜、仇重等就是在这种背景下出现的现代童话作家。

苏苏（1910—1984），原名杜也牧，又名钟望阳。江苏吴县人。从1933年在《无名文艺》上发表童话《雪人》开始，一直坚持童话、儿童小说创作，先后出版了《小捣蛋》、《小癞痢》（1938）、《安利》（1939）、《新木偶奇遇记》、《巧巧》（1940）、《小学徒》、《汉奸的儿子》（1941）以及《小难童》、《小奸细》、《小报童》等十多部中长篇童话、小说，成为"孤岛"时期最有成绩的儿童文学作家。苏苏的作品紧扣一个"小"字，里面的人物很多是他的儿时或是小伙伴的影子，生活气息浓郁，跳动着强烈的时代脉搏。1938年发表的小说《小癞痢》，被誉为该年度"孤岛"最佳儿童文学作品，多次重印，均销售一空。小癞痢是出生在江西农村的一位贫苦儿童，日寇的轰炸夺去了他的母亲，逃难途中又和父亲失散，成了四处流浪的孤儿。最后他找到了抗日游击队，战争的锻炼不但使他成长为出色的小侦察兵，而且经过苦学文化，懂得了许多革命道理。战斗中，小癞痢还意外地找到了也加入游击队的父亲，父子一起并肩站在为祖国而战的最前线。小癞痢是抗日战争中成长起来的中国苦难儿童的一个典型，他从一个不懂事的流浪儿迅速成为抗日小英雄，这是民族救亡的正义战争锻炼和教育了他。作品从一个侧面真实地再现了抗战时期中国儿童的精神风采，揭示出个人命运与民族命运的密切联系。小说塑造的人物形象是真实而可信的，作品的口语化特色较好地展现了战时生活图景，引领小读者一道去观察和审思整个民族生存的境况与命运。

贺宜（1914—1987），原名朱篆园，上海金山人。30年代初在上海求学时即开始童话创作，第一本童话集是1936年以"草芽书屋"名义自费印行的《小草》，作品富于时代生活气息，以幻想手法折射现实人生的阶级矛盾和斗争。抗战爆发后，贺宜先留在"孤岛"，以后又去江西泰和等地执教幼稚师范，因战乱多次随校迁徙。但他一直以极大的热情坚持儿童文学创作，先后出版了长篇儿童小说《野小鬼》（1939），中篇童话《凯旋门》（1939），童话集《隐

第七章　战争年代儿童文学的时代规范与救亡主题

士的胡须》（1940）、《仙人的故事》（1943）、《孩儿桥》（1945）等。这些作品紧贴着血与火交织中的现实土壤，强烈谴责侵略者的罪行与卖国者的无耻，歌颂人民大众的英勇抵抗，贯穿着一片爱国主义炽情。时评称贺宜和苏苏"是把战争和血泪的现实，表现在儿童文学作品里的勇敢的尝试者"[①]。代表作《凯旋门》是以漫画手法揭露日本侵华罪行的中篇童话。米米国的国王、将相们发动了对大华国的侵略战争，这伙战争狂人不但在本国横征暴敛，强迫老百姓充当炮灰，甚至别出心裁地用最新"材料"——用前线士兵的尸灰和后方百姓的血泪互相混合，在首都建造一座"凯旋门"，以迎接预期中"胜利"归来的远征军。但由于大华国军民的奋勇抵抗，米米国惨遭失败。从前线溃退回国的士兵和国内忍无可忍的老百姓联合起来，冲进皇宫，抓住元帅、大臣和皇帝，将他们吊死在原本为庆祝他们"胜利"的凯旋门上。作品以丰富的想象和辛辣的讽刺，抨击了日本侵略者的非正义战争，并指出日本人民也在反对这场战争，在中国人民艰苦抗战的年头预言了抗战必胜、战犯必亡的光明前景。作品运用夸张、变形等漫画手法深化艺术形象，将反面人物的凶残、愚蠢和丑恶刻画得入木三分，收到了较好的艺术效果。

仇重（1914—？），原名刘显启。浙江黄岩人，三四十年代活动于赣、浙、沪一带，当过中小学教师和儿童刊物编辑，也是一位重要的儿童文学作家，主要作品有长篇童话《苹儿的梦》、《歼魔记》、《有尾巴的人》，儿童小说集《春风这样说》等。《有尾巴的人》写于抗战胜利之后。和当时许多同类型的反侵略题材作品不同的是，这部长篇童话并不寻求作品与现实表层次的对应，而是以人文思想为精神后援，通过兽国与人国之间侵略和反侵略的斗争，揭示出"侵略是人类的堕落、兽化的表现"的深刻主题，从人类文明史的高度强调反侵略的正义性与符合人性，而侵略者则是一群"因堕落而长出兽的尾巴"的人，是"退化的人，是人类失去人性，走向野蛮的人"。《春风这样说》包括《大惨案》、《谁是区长》、《娃娃兵日记》、《加藤的女儿》等7个短篇。

[①] 范泉．《新儿童文学的起点》，1947年4月6日，《大公报》。

以"春风"给孩子讲故事的形式,巧妙地联缀各篇,从不同侧面真实而深刻地记录了中国人民可歌可泣的抗日斗争,特别是少年一代英勇无畏的斗志和高昂的爱国主义精神。如《谁是区长》,描写一个手无寸铁的孩子硬是迎着鬼子的刺刀,把区长当作自己的父亲认领了回去,用血肉之躯保护了抗日领导者,挫败了敌人的嚣张气焰。这部小说集写得激情充沛,真实感人,富于艺术穿透力,是抗战儿童小说的重要收获之一。

抗战时期沦陷区的儿童文学主要活跃于沪、浙、苏、闽等东南沿海地区。投笔从戎的"中国诗歌会"发起人、青年诗人蒲风(1911—1942)随新四军转战于华东各地,以战士的激情和火热的童心,创作了儿童诗集《儿童亲卫队》(1939)。诗集中的《小义勇军》、《小小儿童》、《儿童亲卫队》、《七·七谣》、《小打铁》等30多首诗作,热情歌颂抗战中勇敢成长的年幼一代,留下了一笔30多首诗作,热情歌颂抗战中勇敢成长的年幼一代,留下了一笔珍贵的儿童文学遗产。蒲风还发表过《关于儿童诗歌》(1939)等文章,提出在诗歌大众化运动中,必须重视儿童诗的创作价值,建立起"适应于大时代的进化",有利于"目前的抗战建国"的新儿童诗。浙江作家吕漠野(1912—)创作的长篇童话《一只小公鸡的故事》,曾连载于1936至1937年间的《小朋友》杂志。作品描写小公鸡到人世间寻找幸福,但看到的却是种种不合理现象,最后连它自己也被侵略者杀害。抗战爆发后,吕漠野又在《战时中学生》杂志上连载了这部童话的续篇,他让小公鸡重新复活,与大家一起投入抗战,打败了入侵的强盗。作品所表现的反侵略主题和某种演绎、影射手法,曾是战时许多同类童话的共同特点。吕漠野写的《燕子》(1938)是抗战期间有较大影响的儿童诗。作品借助春天飞回江南的燕子所见的满目疮痍,抒发了作者对被迫离开的锦绣江南的无限思念和忧伤之情,并表达了中国人民抗战必胜的信念:"我们牵起了手,/保卫我们全心所爱的中华,/替世界祈求永久的和平,/替人类除掉盗贼。""我们宣誓要用生命再造起/春的江南,锦绣的河山,/那时候我们将张开两臂欢迎/你,燕子,鸟类中的鲜花!"这首诗曾被选入战时的中学国文课本,在东南一带传诵一时。

第七章　战争年代儿童文学的时代规范与救亡主题

四、延安根据地的儿童文学

抗战爆发后，大批文艺工作者先后从上海、武汉、重庆等地来到中国共产党领导下的延安和各个抗日民主根据地，他们与当地的文艺工作者、与群众性的文艺活动相结合，使根据地的抗战文艺运动得到蓬勃发展，这里面也包括根据地的抗战儿童文学活动。

根据地（抗战后期称解放区）的儿童文学承续着第二次国内革命战争期间江西苏区"红色儿歌"的革命传统，在延安的土壤里，又直接得到毛泽东文艺思想的指导和陕北民间文艺的浸润，从一开始就体现出昂扬的生命活力与奋发向上的精神面貌。1938年6月16日，由陕甘宁边区教育厅创办的根据地第一份儿童刊物《边区儿童》（董纯才、刘御主编）在延安问世，毛泽东亲笔题词："儿童们团结起来，学习做一个自由解放的中国国民，学习从日本帝国主义压迫下争取自由解放的方法，把自己变成新时代的主人翁。"1942年又在《解放日报》的"儿童节纪念专号"上发出号召："儿童们团结起来，学习做新中国的新主人！"尽管陕甘宁边区和各抗日民主根据地的条件十分艰苦，但为儿童服务的报刊却层出不穷。据不完全统计，延安有《边区儿童》、《青年与儿童》、《新少年》、《少年之友》。各根据地的儿童刊物先后出版的有：《西北儿童》（西北），《华北少年与儿童》（晋察冀），《新儿童》、《儿童之友》（山东），《华中少年》、《江海儿童》、《儿童之友》（华中）等。1941年新安旅行团撤退到苏北根据地后，也创办了多种儿童报刊，苏中地区有《苏中儿童报》，苏北盐阜地区有《儿童生活》、《儿童画报》、《儿童文娱》等。以上报刊受战时印刷、纸张等物质条件限制，既有铅印，也有油印、石印，存世时间长短不一。但所有报刊，一样地重视儿童文学，为发展根据地儿童文学起了重要作用。

根据地儿童文学植根于解放了的土地，体现出与同时期的大后方、沦陷区儿童文学明显不同的特色：注重描写新的人、新的世界、新的儿童精神，充满明朗向上的色调，同时也受到苏联社会主义儿童文学的影响。曾任陕甘宁边区和延安文协主任的诗人萧三，热情地为孩子们写过《抗战剧团团歌》、《儿童

节》、《敌后催眠曲》等诗作,同时著文呼吁根据地的作家诗人们,应当学习苏联文坛重视儿童文学的精神,拿起笔来描写"作着不少英勇的动人的抗战建国事业"的"八路军的'小鬼'",描写根据地新的儿童生活和儿童世界:"希望作家、诗人们在下决心面向工农兵大众的时候,不忘掉这一年少的读者层。希望中国也有许多真正的儿童文学专家!"[①] 长期在晋察冀根据地从事文艺工作的作家孙犁,在《谈儿童文艺的创作》[②]一文中,也提出过同样的看法,他认为"边区的孩子们已经参中了战斗,需要对他们进行政治的、战斗的科学教育。今天用艺术来帮助他们,使他们思想感情加速健康地成长,是我们艺术工作者的迫切任务之一"。这些意见正是根据地儿童文学创作的重要特色与艺术追求。

儿童诗创作在根据地儿童文学中显得较为活跃,延安的刘御、田间、萧三、韩作黎、贺敬之、柯岗等都写过精彩诗章。刘御(1912—1988),原名杨春瑜,云南临沧人。早年在上海、北平求学,1937年秋到延安,长期在边区政府教育厅从事中小学教科书编写与儿童读物创作。1939年边区教育厅石印出版了他的儿歌和儿童诗集《新歌谣》,这是延安出版的第一本儿童文学作品集。延安还出版过他的《边区儿童的故事》(1940)、《儿童歌谣》(1946)等。刘御的作品与延安诗人保持着大体一致的风格,善于借鉴陕北民歌和传统儿歌的艺术形式,句式整齐,押韵易诵,诗的语言充满生活气息的新鲜单纯和儿童情趣,突出表现了根据地儿童乐观向上的精神风采。如《礼拜六》:"一二三,/一二三,/一走走到王家滩。/王家滩有个王大娘,/她的儿子抗战在前方。/叫一声,王大娘,/今天又是礼拜六,/我们给你来帮忙。/要挑水,/挑得满瓮又满缸。/要推磨,/磨儿推得呼呼响。/要写信,/我们带着笔墨和纸张,/要听前方的好消息,/我们个个都会讲。"

刘御的其他诗作《这小鬼》、《两个小鬼》、《小脚苦》、《少年队队歌》,田间的《儿童节》、《菠菜》,韩作黎的《小朋友》,贺敬之的长篇儿童叙事

[①] 萧三:《略谈儿童文学》,1942年12月17日延安《解放日报》。
[②] 此文写于1940年10月,转引自1982年百花文艺出版社出版的《孙犁文集》第4卷。

第七章　战争年代儿童文学的时代规范与救亡主题

诗《牛》，柯岗的《红高粱》等，都是延安儿童诗创作的重要收获。

与延安儿童诗深受陕北民歌等民间文化的影响不同，活跃在晋察冀根据地的诗人作品，大多接受了"五四"以来新诗的影响，诗的形式自由奔放，诗的语言洗练灵动，追求意境的营造与抒写的力度。如邵子南的《中国儿童团》，高展恩的《游击队的小鬼》，陈辉的《妈妈的孩子》、《到柳沱去望望》，姚远的《小木枪》、《边区儿童团》，陈垅的《金星星》，孙犁的长篇叙事诗《儿童团长》，郭小川的《滹沱河上的儿童团员》，卞之琳的《放哨的儿童》，田子的《孩子哨兵》，高光的《小侦察员》等。试看邵子南的《中国儿童团》：

　　这里
　　我们农村的小鬼
　　当夜深如海的时候
　　把标语贴到
　　临近的
　　敌人的据点去
　　——城是我们的！

　　下面署着：
　　——中国儿童团！

作品以洗练的笔触，勾勒了儿童团员深入敌营的战斗画面，充满自豪的激情，凸现出抗日少年蓬勃的英气与灵气。

根据地儿童诗流传最广的是阮章竞的《牧羊儿》（1940）和方明的《歌唱二小放牛郎》（1940）。前者以民歌体的回环复迭形式，很有韵味地抒发了牧童的艰难生存环境和对自由解放的渴望；后者用质朴沉郁的语言，塑造了一个为了人民大众的生命安全，机智地把日寇引到八路军埋伏圈而英勇献身的抗日小英雄形象，全诗感情强烈，撼人心弦。这两首诗被谱上曲子后，一直广

为传诵，与同时期安娥在上海创作的《卖报歌》（1939）一起，成为中国现代最有影响的儿童歌曲。

根据地民主自由的空气和重视儿童教育的氛围，造就了一批新的儿童文学工作者，严文井即是其中最有实绩的作家之一。严文井（1915—2005），原名严文锦，湖北武昌人。30年代在北平图书馆工作时即开始发表散文作品，1937年出版第一本散文集《山寺暮》。1938年到延安，先在抗日军政大学学习，后到鲁迅艺术学院任教。1945年冬去东北，从事《东北日报》的总编辑工作。严文井的儿童文学创作以童话寓言为主，在延安期间写了《四季的风》、《胆小的青蛙》、《红嘴鸦和小鹿》、《小松鼠》、《南南和胡子伯伯》、《风机》、《大雁和鸭子》等9篇童话，1941年以《南南和胡子伯伯》为书名，交由桂林华华书店出版。和当时许多童话创作的模式不同，严文井童话不直接切入当下社会问题，也不简单地配合政治，而是坚持从儿童的思维特征出发，从儿童文学的艺术规律出发，审美化地表现作家对社会生活的评价和对儿童世界的关注。在童话艺术方面，强调"运动中的美"，在动与静、虚与实、美与丑的对比描写中来展开情节刻画人物性格。"风"与"病孩"是《四季的风》中两个不同的形象，一动一静，一实一虚。流动的风在春夏秋冬四季照顾与安慰病榻上的苦孩子，两条线索、四次相会营造出一种情挚意切的氛围，充分表现了人与人之间的同情和爱。作家之所以这样描写，正是由于苦难中的现实太少"爱"了，孤儿的遭遇尤其如此。《南南和胡子伯伯》讲述了一个叫南南的孩子在梦中的经历。梦中的南南听一位胡子伯伯讲述如何进入"快乐谷"，如何在不断的呵欠声中愉快地磨完了麦子，环环相扣、不断展开的运动过程很好地满足了小读者"后来呢／后来呢？"的急于知道故事结局的心理。作家赞美了劳动，肯定了尊重人、帮助人、助人为乐的行为方式，想象的奇特与盎然的情趣，使作品充满活跃的童心美。《丁丁的一次奇怪的经历》是严文井在1948年写的作品，这篇童话在幻想的空间里展开一个寻找"勇气"、不断"探索"故事，用童话人物的行动象征中国人民英勇奋斗即将获得光明未来的结局。严文井童话是继叶圣陶、张天翼、陈伯吹、贺宜之后出现的另一种童话创作模式，同样

第七章　战争年代儿童文学的时代规范与救亡主题

沉潜着"五四"以来童话艺术的现实主义精神，而又体现出自己的特色，这就是注重作品的审美化、象征性与哲理意蕴，强调在运动中表现美。这种特色来自作家对社会人生的深入思考，来自对儿童思维与儿童精神的熟悉把握，也来自对童话艺术的不断革新和求索。

根据地、解放区的儿童小说创作大多取材于儿童的斗争生活，格调高昂向上，在整个40年代的儿童小说中占有突出位置。诸如孙犁的《一天的工作》、秦兆阳的《小英雄黑旦子》、周而复的《小英雄》、萧平的《小路子》、胡海的《侯疙瘩和他的少先队》、柯蓝的《一只胳臂的孩子》、董均伦的《村童》、刘克的《太行山孩子们的故事》、韩作黎的《小胖子》、苏冬的《儿童团的故事》、吴蓟的《人民的儿子》、曹汗的《袁小鬼》等。尤其是华山的《鸡毛信》、峻青的《小侦察员》、管桦的《雨来没有死》，把根据地、解放区的儿童小说创作推向了新高度。这些小说都是以抗日战争为背景，描写根据地少年儿童机智勇敢的战斗故事，但各有特色。华山的《鸡毛信》情节曲折，结构严密，充满悬念，具有传奇色彩。小说以14岁的牧羊娃、儿童团长海娃为八路军送信为线索，全部情节围绕着鸡毛信而展开：海娃赶着羊群，要在第二天傍晚前把信送到三十里外的八路军指挥部，不料半路上遇到了进山抢粮的鬼子兵；海娃急中生智把信拴在老绵羊的大尾巴后面，侥幸躲了过去。但一路上又发生鬼子杀羊饱腹——丢失鸡毛信——寻找鸡毛信——逃离敌人魔掌——又被敌人逮住等一系列意想不到的事情。整个故事环环推进，一波九折，险象丛生，吸引小读者非一口气读完不可。小说突出刻画了海娃大胆机智、沉着镇定、随机应变的性格特征，但同时也描写了他的幼稚、好玩与冒失。他是英雄，也是孩子，是一个不失孩子特征的英雄；正是严酷的战争环境，才使稚气未脱的孩子迅速成熟了起来。这样的儿童形象，真实可信，亲切自然，因而能赢得小读者的广泛喜爱和崇敬。

同样是塑造机智勇敢的抗日小英雄形象，峻青的《小侦察员》和管桦的《雨来没有死》则是另一种风格。这两篇小说不以故事情节取胜，甚至说不上有多少情节，而是选取生活中的几个富于典型意义的横断面，精心刻绘人物的性格

和成长。《小侦察员》突出描写了儿童团员小信子的"小"字。小信子刚满十岁,最爱去海滩捉螃蟹,最爱吃杏子,鬼子的"扫荡"毁灭了他的童年梦,仇恨使他决心要像"打死螃蟹那样打死个鬼子"。这个平日不引人注意的"光着腚的孩子",蹦跳着满街跑,满屋钻,暗暗记住鬼子的枪支和岗哨,把情报送给八路军。特别是有一次当鬼子大队人马出去"清剿"时,竟突然奇怪地倒下了一大片,原来是小信子将从八路军那里带回的毒药撒在鬼子的面里。小光腚成了"皇军"肚子里的一颗炸弹,成了真正的小侦察员。《雨来没有死》一开头就铺叙了晋察冀还乡河芦苇遍地的景色,突出描写了雨来"像个小泥鳅"似的游泳本领。在不长的篇幅里,通过雨来夜校上课——淘气跳水——智救侦察员——潜入还乡河等几个片断,把一个机智勇敢、活泼可爱、"有志不在年高"的小雨来形象表现得栩栩如生,给人留下难忘印象。根据地、解放区的儿童小说实践,不但丰富了现代儿童文学新的人物形象,而且也为儿童小说创作提供了新的经验与新的发展方向。

五、四十年代后期的儿童文学

1945年8月抗日战争胜利之后,中国历史与中国文学翻开了新的一页。由于形势改变,原在延安和晋察冀,后来转至东北的文艺工作者,先后结队南下;而大后方如重庆、桂林等地的作家,也都陆续东进复员,上海、北平、广州等沿海都市重又成为文学活动的中心。现代儿童文学也不例外,尤其是上海,再次成为中国儿童文学的"大本营"。随着东进复员,原先在大后方重庆创办或复刊的一大批少儿刊物,先后迁移到上海。其中影响最大的有:叶圣陶主编的《开明少年》月刊,1945年7月在重庆创刊,1946年7月第13期起迁至上海出版;陈伯吹主编的《小朋友》周刊,1945年4月在重庆复刊,1946年4月第803期起迁回上海;何公超主编的《儿童世界》,1944年在重庆创刊,抗战胜利后也迁至上海,并由月刊改为半月刊。上海作为现代中国的最大都市与文化中心,这时期还先后出现了《少年读物》(1946.1复刊)、《新少年报》(1946.2)、《大公报·现代儿童》周刊(1947.5,陈伯吹主编)、《童话连

第七章　战争年代儿童文学的时代规范与救亡主题

丛》（1947.10，贺宜主编）以及《儿童故事》（陈鹤琴主编）等儿童文学园地。1930 年在浙江绍兴创刊、抗战期间辗转金华与福建永安的《中国儿童时报》，也于 1947 年 1 月迁至杭州继续出版。以上报刊组成了 1946—1949 年期间中国儿童文学的主要阵地，这一时期的重要儿童文学现象、新人新作的出现均与这些报刊密切相关。1946 年 5 月，"中国儿童读物作者联谊会"在上海成立。这是接受中国共产党上海地下党组织影响而筹组起来的一个战斗的民间儿童文学团体。其成员大部分在上海，包括陈伯吹、李楚材、何公超、仇重、贺宜、沈百英、金近、黄衣青等，少数在北平、南京、杭州、重庆、福州、香港等地。当时"整个中国的儿童读物——计有三种报纸，十余种杂志，数百种单行本，以及许多次儿童戏剧的演出，游艺会的表演，几乎全部出于该会会员之手"[①]。在 40 年代末期，"中国儿童读物作者联谊会"像一面旗帜，团结着国内（主要是上海）一大批进步的儿童文学工作者，迎着现代中国历史大变动、大转型前夜的风风雨雨，为推进儿童文学建设，进行了不懈的努力。该社团在筹备之际，通过热烈讨论，即"对抗日胜利后的儿童文学，提出了必须反映时代，指导儿童注意政治，注意社会等主张，同时还要求用儿童的口语来传达儿童所能了解的意念"[②]。以后又召开了多次涉及现代儿童文学发展方向的座谈会：1948 年 4 月"儿童读物问题"座谈会（此次座谈会由陈伯吹主编的《大公报·现代儿童》周刊主办）[③]；10 月 9 日"儿童读物的用字和用语问题"座谈会；12 月 27 日"关于儿童戏剧《小主人》及儿童教育问题"座谈会[④]。这些活动是 40 年代后期中国文坛最重要的儿童文学理论批评现象。此外，该社团还在上海举办过"儿童读物展览会"（1947.4），编制出版了《一九四八年儿童文学创作选集》，并在《大公报》、《时代日报》、《文汇报》等媒体组织多次"儿童文学特刊"。

[①]　关于"中国儿童读物作者联谊会"的详情，可参见王泉根评选《中国现代儿童文学文论选》第 409 页《中国儿童读物作者协会简史》（1949）一文。
[②]　见《中国儿童读物作者协会简史》（1949）。
[③]　这两次座谈会的文字先后发表于 1948 年 4 月 5 日上海《大公报》、1949 年 4 月 15 日与 5 月 15 日出刊的《中华教育界》（复刊）第 3 卷第 4、5 期。出席讨论会的有范泉、陈伯吹、陈鹤琴、贺宜、金近、严冰儿、黄衣青、龚炯、孔十穗、陆静山等上海儿童文学、儿童教育工作者。参见王泉根评选《中国现代儿童文学文论选》。
[④]　这两次座谈会的文字先后发表于 1948 年 4 月 5 日上海《大公报》、1949 年 4 月 15 日与 5 月 15 日出刊的《中华教育界》（复刊）第 3 卷第 4、5 期。出席讨论会的有范泉、陈伯吹、陈鹤琴、贺宜、金近、严冰儿、黄衣青、龚炯、孔十穗、陆静山等上海儿童文学、儿童教育工作者。参见王泉根评选《中国现代儿童文学文论选》。

其中1948年4月1日在上海《大公报》和《时代日报》上发表的"儿童节特刊"影响较大，所有文章都有一个共同的主题，即主张目前的儿童文学必须具有能使孩子们直面现实与丑恶的现实作斗争的勇气和决心，预示黑暗即将过去，光明就要到来。

从抗战胜利到1949年中华人民共和国成立，现代儿童文学合着时代步伐，与整个文学一起，在追求光明、呼唤自由解放的时代潮流中不断迈向新的台阶。现实主义依然是整个儿童文学创作的主旋律。这一时期的一个突出现象是涌现了一大批立志献身儿童文学事业的中青年作家，除了陈伯吹、严文井、贺宜等外，又有金近、仇重、何公超、黄庆云、包蕾、田地、严冰儿（鲁兵）、圣野等。这支年轻而执着的队伍，在中华人民共和国成立以后，迅即成了当代儿童文学的主干力量。"五四"以来，现代儿童文学的一个重要特点是"双肩挑"，即那些关心民族未来、关心儿童文学建设的成人文学作家，如叶圣陶、谢冰心、张天翼等，同时也是杰出的儿童文学作家。进入40年代，自上海的陈伯吹始，出现了一批"专职"的毕业从事儿童文学的作家。这是现代文学的一个重大进步，也是中国儿童文学走向成熟的标志之一。

金近（1915—1989），原名金知温，浙江上虞人。抗战期间在重庆流浪儿童教养院工作时，接触并了解到许多流浪儿的不幸身世，激起他为国难中的儿童写作的决心。1945年4月首次以"金近"为笔名在重庆《新华日报》上发表反映小女佣生活的儿童小说《这一天》。启用笔名"金近"，表明他要亲近苦难儿童、亲近为儿童服务的儿童文学事业。金近的儿童文学创作主要是童话和诗歌，作品大都收入童话集《红鬼脸壳》（1947）、《顽皮的轮子》（1949）、儿童诗集《小毛的生活》（1948）、《小河唱歌》（1949）等。金近的童话"富于幻想和夸张的形式"，"多数是属于讽刺性的"[①]，揭露和批判社会黑暗势力、向往自由光明是其作品的主要主题。《红鬼脸壳》虚构了一个荒诞的马虎国，马虎国有一条荒诞的法律：每年举行一次抽签得奖大会，大小臣子都可通过抽

[①] 参见金近《春风吹来的童话·开头的话》，人民文学出版社1979年版。

第七章　战争年代儿童文学的时代规范与救亡主题

签得到不同颜色的鬼脸壳（面具），戴上这些鬼脸壳，即可鱼肉百姓，为所欲为，享受各种不同的特权。作品描写文臣针眼儿大臣与武将螳螂大将为争夺最有特权的红鬼脸壳大打出手，两人满脸鼻血，因而都成了"红鬼脸壳"。处于饥荒中的百姓才不理会这一套，他们联合起来进行反抗，戴着各种鬼脸壳的臣子最后都被压死在倒塌的高楼下。这篇短篇童话是金近的代表作，其深刻的寓意、现实针对性和强烈的夸张、讽刺艺术，都充分体现了40年代后期中国童话的战斗风格。

与金近童话类似的有陈伯吹的《甲虫的下场》、《亲爱的山姆大叔》，范泉的《哈巴国》（中篇）、《幸福岛》（中篇），何公超的《老兵和桃树》、《救火记》，吕漠野的《狐狸吃鸡》，严冰儿的《掉到月宫里去的富翁》，黄衣青的《财神来了以后》，方轶群的《我是一张钞票》等。与童话同步的儿童小说也深蕴着类似的主题和风格，如仇重的《数米记》、施雁冰的《爸爸回来了》、方轶群的《为什么我们没有》、钟子芒的《婴孩》、胡伯周的《蛋糕的梦》、吕漠野的《爸爸抽鸦片啦》、揭祥麟的《小歌女》等。这些作品都是直接间接地切入当下社会世相，揭示抗战后国统区的种种"世纪末"现象，表现了反饥饿反内战、争取自由民主等重大的时代主题。特别应提到的是丰子恺。这位在二三十年代以"童心崇拜者"自称的作家，在40年代后期一改风格，写出了《伍圆的话》、《明心国》、《赤心国》、《大人国》、《续大人国》等多篇直面社会人生、针砭时下世风的童话。《伍圆的话》出色地运用了白描讽刺手法，通过一张伍圆钞票几经周折最后落到只有垫桌脚的价值的故事，凸现出国统区通货膨胀、物价飞涨、民不聊生的社会现状。丰子恺的童话注意借鉴民间文学的特色，清新自然，娓娓道来，于不动声色之中透露出作家那一颗忧国忧民的沉沉之心。

抗战后的儿童戏剧活动主要集中在上海。反映社会世相的现实题材依然是儿童剧创作的重心，此外也有一些表现儿童生活题材的作品。1947年，何公超发表独幕话剧《狼逃到哪里去了》和两幕童话剧《种瓜》。同年4月，由董林肯根据苏联著名儿童小说改编的多幕剧《表》在上海上演，引起很大轰动。

1948年10月，上海成立了"儿童戏剧工作者联谊社"，以"多创作短小精悍的作品，便于广泛传播"①为宗旨，推出了一批作品，主要有《压岁钱》、《小红灯笼》、《卖火柴的女孩》、《玻璃门》、《人面蜘蛛》、《新渔光曲》等。包蕾（1918—1989）是一位长期坚持儿童剧创作的作家，抗战期间写的反映流浪儿悲惨遭遇的多幕剧《雪夜梦》（1939）是其代表作。1946年后在上海创作了《胡子和驼子》、《巨人的花园》、《瓶里的魔鬼》、《寒衣曲》、《求仙记》、《玻璃门》等十多种儿童剧。这些剧作大多反映社会现实矛盾与不平，把握着时代脉搏。《玻璃门》以一扇透明的大饭店玻璃门为背景，折射出门里门外两个贫富不同的世界，有形的门与无形的门使人与人之间"各不关心，各不相干"，显示出贫苦儿童发自心灵的不平之鸣及对新生活的向往。由董林肯创作的儿童剧《小主人》一度饮誉上海戏剧舞台，感动过无数小观众和大观众。"中国儿童读物作者联谊会"特在1948年12月举行座谈会加以探讨。陈伯吹认为："《小主人》一剧中所描写的，是抗战时期的悲剧，同时也是现时内战的悲剧。此时此地，仍然可以看见无数的小主人，正在受苦受难，过着颠沛流离的非人生活，到现在还没有终止。当剧演到高潮时，许多小观众的泣声和台上演员的哭声遥相应和……"②与《小主人》产生同样轰动效应的还有根据张乐平1947年创作的连环漫画改编拍摄的同名电影《三毛流浪记》（阳翰笙、陈白尘等编剧。上海昆仑影业公司1948年10月开拍，1949年8月完成，12月公映）。《三毛流浪记》以幽默机智的笔触，精心结撰了一组组笑中含泪的画幅，描写瘦弱的流浪儿三毛，怎样做报童、擦皮鞋、当学徒……在十里洋场的上海滩受尽人间折磨和凌辱，同时也培养起聪明机智、坚强不屈的性格。张乐平的漫画和同名电影真实地反映了40年代末期广大贫困儿童的艰难生存环境及与命运的搏斗，成功地塑造了一个流浪儿童的典型形象，成为中国现代最有影响的儿童人物形象之一。

郭风、黄庆云、田间、严冰儿、圣野等是活跃在东南沿海的一批儿童文学

---

① 转引自盛巽昌等编《中国现代儿童文学选·诗歌戏剧卷》第478页，江苏人民出版社1982年版。
② 陈伯吹等：《儿童戏剧与儿童教育问题座谈发言》，1949年2月《中华教育界》（复刊）第3卷第2期。

第七章　战争年代儿童文学的时代规范与救亡主题

新人。福建的郭风（1918—2010）长于儿童散文与儿童诗的创作。1945年由福建改进出版社出版的《木偶戏》一书，收入了《油菜花的童话》、《小郭在林中写生》、《菌的旅行》、《小野花的茶会》、《豌豆的三姐妹》等佳作。1948年又在《星闽日报》上连载中篇童话《豌豆仙子》。浓郁的乡土气息、活跃的儿童情趣与自然飘逸的风格，透视出作家对新生活的热烈向往和对真善美的执着追求。黎烈文认为郭风"以一个可贵的童稚心灵，给我们眼前所见的万事万物，一草一木，赋予了一种纯真的生命，写来自然而贴切，充满着蓬勃的清新气息"。[1] 广东的黄庆云（1920—）曾获美国哥伦比亚大学师范学院文学硕士学位，1941年在香港创办《新儿童》半月刊，以"云姊姊"的笔名与小读者通信，这份刊物的读者远及东南亚及美、加等国。黄庆云的作品主要有《庆云童话集》五册，这些作品大都取材于民间文学或是在对民间故事的选择、改写中体现自己的主体意识，充满向往民主自由、反对独裁专制的理想主义色彩。浙江的田地（1927—）、严冰儿（即鲁兵，1924—2006）、圣野（1922—）是三位年轻的儿童诗人，作品大多发表在杭州的《中国儿童时报》和上海的《小朋友》、《新少年报》等报刊上。他们的诗作短小清新，注重儿童情趣，并深深关注着旋转的现实社会，显示出诗人接受社会实界和自然实界投射的敏感性、多样性与丰富性。如圣野的代表作《欢迎小雨点》：

来一点，/不要太多。//来一点，/不要太少。//来一点，/小菊们撑着小伞来等。//来一点，/荷叶站出水面来等。//小水塘笑了，/一点一个笑涡。//小野菊来了，/一点敬一个礼。

诗的语言洗练、活泼、亮丽，犹如滚动在雨后荷叶上的水珠。诗的情感热烈、真挚、奔放，青春的激情脉动在诗的一切符号里，充满着对新生活、新世界的强烈向往。

---

[1] 黎烈文：《〈木偶戏〉序言》。

这一批 40 年代后期成长起来的儿童文学新人,正站在两个世界之交的转捩点上。过不了多久,伴随着中华人民共和国诞生的隆隆礼炮,穿过 30 多年时光隧道的中国现代儿童文学,就将大踏步地走进当代,走向未来。

第八章
现代中国儿童文学的外来影响与对外交流

1949 年以前

一、域外来风

外国儿童文学与中国儿童文学的关系，在"五四"以前已相当密切。远在明朝天启五年（公元1625），我国就出版了第一种伊索寓言的中译本《况义》。19世纪后期，随着西方新学的传入与"开发民智"的急需，我国文坛译风大开，出现了"翻译多于创作"的局面。据不完全统计，到辛亥革命前夕，各种译本多达一千余种，包括英、法、俄、德、日、美等许多国家的作品。这里面就有不少著名的外国儿童读物，如格林童话、伊索寓言、凡尔纳科学幻想小说、《无猫国》、《天方夜谭》、《鲁滨逊漂流记》等等。梁启超、林纾、周桂笙、徐念慈、孙毓修、包天笑等是当时外国儿童读物的热心译介者。外国儿童读物的大量引进，不仅丰富了晚清一代少年儿童的精神食粮，而且直接促进了我国近

代儿童文学的发展。徐念慈在1908年就曾著文呼吁当时的译著家，应当专门编译一类适合少年儿童阅读作品，"以足鼓舞儿童之兴趣，启发儿童之智识，培养儿童之德性……辅教育之不及"①。近代一些热爱儿童的文学家、翻译家，从外国儿童读物中得到有益的启发和借鉴，开始有意识地来为儿童编写读物。当时除谣曲歌诗等儿童韵文类作品系独创的以外，儿童散文类作品主要来自译作，有的是为适合国情对译作进行改写，有的对译作进行模仿融入自己的创作，有的直接根据外国的时事史料或名人轶事加以编写。"五四"以前广有影响的由商务印书馆孙毓修编撰的《童话》丛书、《少年》丛书，就有不少是根据外国儿童文学作品编译改写而成的。茅盾在1935年曾对此现象作过这样的评述："五四"以前的儿童文学读物，"我们是曾经老老实实翻译了来的，虽然翻译的时候不免稍稍改头换面，因为我们那时候很记得应该'中学为体'的"②。

　　波澜壮阔的"五四"文学革命，催生了中国现代儿童文学的萌芽。茅盾曾断言：在现代中国，"'儿童文学'这名称，始于'五四'"时代"③。"五四"以后，随着新文学运动的蓬勃发展，译介外国儿童文学又出现了一个新的高潮。《新青年》、《小说月报》、《妇女杂志》、《儿童世界》以及著名的"四大副刊"等报刊，发表了不少外国儿童文学作品。安徒生、王尔德、爱罗先珂童话，拉·封丹、莱辛、克雷洛夫寓言，《爱丽思漫游奇境记》、《格列佛游记》、《爱的教育》、《鹅妈妈的故事》等等世界著名儿童文学作品源源涌入。当时成绩卓著的译介者有鲁迅、郑振铎、赵景深、赵元任、周作人、顾均正、徐调孚、夏丏尊等。从30年代开始，外国儿童文学的译介逐渐转向以苏联为主，盖达尔、班台莱耶夫、伊林等的作品最有影响。科学文艺的译介也盛极一时。陈伯吹、曹靖华、董纯才、叶君健等是这一阶段外国儿童文学的主要译介者。"五四"以来，大规模地译介外国儿童文学，这是中国现代儿童文学史上一个十分重要的内容，它不仅丰富了孩子们的精神食粮，而且对中国现代儿童文学产生了广泛、深刻的影响。这种影响对于加快现代儿童文学的建设速度与发展步伐，曾

---

① 转引自胡从经《晚清儿童文学钩沉》77页，105页，上海少年儿童出版社1982年4月版。
② 茅盾：《关于"儿童文学"》，见《文学》第4卷第2号，1935年2月1日。
③ 茅盾：《关于"儿童文学"》，见《文学》第4卷第2号，1935年2月1日。

第八章　现代中国儿童文学的外来影响与对外交流

经起过积极的作用。

二、输入火种：新的内容与题材

外国儿童文学对中国现代儿童文学产生的影响是多方面的，首先明显表现在思想内容方面。鲁迅指出：翻译的重要目的就是"在输入新的内容"[①]。叶圣陶认为："读别国的文艺品，最重要的在领略他们的思想和感染他们的情绪。"[②]"五四"以来，不少作家从外国儿童文学"新的内容"中得到有益的启发与感染，并吸取过来促进自己的创作，从而使现代儿童文学的思想内容出现了全新的特色，这就是：立足现实，直面人生，告诉孩子们"真的人"、"真的世界"与"真的道理"。[③]

（一）暴露社会罪恶，描写"血与泪的人生"，同情下层人民及其少年儿童的不幸与苦难，这是现代儿童文学的一个重要主题。这与接受外国儿童文学尤其是批判现实主义作品的影响密切相关。

"五四"以来外国儿童读物的翻译有着强烈的现实针对性，一般而言，在不同国别和时代多元的作品中，更多地倾向于欧洲近代批判现实主义儿童文学，尤其注重"被损害民族"的作品。其原因正如鲁迅在阐述他翻译爱罗先珂童话的原因时所指出："不过要传播被虐待者的苦痛的呼声和激发国人对于强权者的憎恶和愤怒"[④]，"引那叫喊和反抗的作者为同调"[⑤]。早在20世纪初，由鲁迅与周作人合译的《域外小说集》就译刊了英国王尔德暴露社会黑暗的童话《快乐王子》。1918年《新青年》专题介绍了丹麦批判现实主义童话大师安徒生，次年译刊了他的名作《卖火柴的小女孩》。以后文学研究会又在机关刊物《小说月报》出刊"安徒生专号"，全面系统地介绍了安徒生童话。"五四"以后，一大批直接揭露社会罪恶，反映社会下层人民与子女苦难生活的外国儿童读物被陆续介绍进来，影响较大的有鲁迅翻译的俄国《爱罗先珂童话集》、奥地利

---

① 鲁迅：《二心集·关于翻译的通信》。
② 叶圣陶：《文艺谈·二十》，《叶圣陶论创作》39页，上海文艺出版社1982年1月版。
③ 张天翼：《〈奇怪的地方〉序》。
④ 鲁迅：《坟·杂记》。
⑤ 鲁迅：《南腔北调集·我怎么做起小说来》。

至尔·妙伦的《小彼得》、荷兰望·蔼覃的《小约翰》，茅盾翻译的俄国契诃夫的《万卡》等小说，郑振铎翻译的俄国克雷洛夫寓言诗，以及法国金斯莱的《水孩子》、都德的《最后一课》、艾克多·马洛的《苦儿流浪记》与英国狄更斯的《大卫·科波菲尔》等等。充满于这类作品中的对异国社会黑暗的抗争和"被虐待者的苦痛的呼声"，不仅影响着中国读者，而且深深地刺激着中国作家。他们同样生活在长夜难眠的时代，遇到过相类似的社会问题，对社会罪恶同样有着切肤之痛，这就自然与之"深深印合"，得到感染与启示，并"有了自己来试一试的想头"。而事实也正是如此。著名童话作家贺宜说过，他读了《小彼得》和《表》以后深受启发，"感到像这样的作品才叫做儿童文学，它能帮助儿童认识现实"，并"意识到要不不写，写就写这样的"[1]。贺宜的童话创作正是遵循着这条现实主义的道路，他曾被当时的评论者称为"是把战争和血泪的现实，表现在儿童文学作品里的勇敢的尝试者"[2]。巴金回忆说："我是爱罗先珂童话的爱读者"，他的童话"在我的思想上留下了很深刻的烙印"，"我四篇童话中至少有三篇是在他的影响下写出来的"。巴金这里说的四篇童话中至少有三篇童话，就是他"激发国人对于强权者的憎恶和愤怒"，诅咒反动统治"像长生塔那样一定要垮下来"的童话集《长生塔》"[3]。契诃夫小说《万卡》与安徒生童话《卖火柴的小女孩》，满怀深厚的同情，描写城市贫苦儿童的不幸遭遇。这种内容对中国作家的启发是很大的。由于他们中的不少人也出生于贫困的城镇，自己同样身受社会欺凌，熟悉这种凄凉黯淡的生活，因此最容易受到这类作品的感染，并且写来都得心应手。例如，与《万卡》同类型的作品就有叶圣陶的《阿凤》、赵景深的《红肿的手》、许志行的《师弟》等。苏苏的《雪人》描写除夕雪夜一个流浪儿冻死在富人的台阶下，作品中流浪儿童遭遇、环境、冻饿时的心理梦幻完全与"卖火柴的小女孩"相似。包蕾说过，他的儿童剧《雪夜梦》就"是受了安徒生《卖火柴的小女孩》的影响而写成的"，

---

[1] 转引自北京师范大学编《文学论文集及鲁迅珍藏有关北师大史料》234页，北师大出版社1981年5月版。
[2] 范泉：《新儿童文学的起点》，见《大公报》1947年4月6日。
[3] 巴金：《谈〈长生塔〉》，见《收获》1979年版第1期。

第八章　现代中国儿童文学的外来影响与对外交流

"内容是描写因国难而家破人亡，流落街头儿童的悲惨遭遇"[①]。1935年，鲁迅翻译了苏联班台莱耶夫反映流浪儿新旧两种生活的儿童小说《表》。这部作品一经出版，立即产生了强烈反响，并直接导致了30年代儿童文学的思想内容与人物、题材的深刻变革。陈伯吹认为，由于受《表》的影响，使"儿童文学作品中的人物，不再是常见的家庭里的好儿子、学校里的好学生了；而以无产阶级的工人子弟，以及被'三座大山'压垮了家庭的流浪儿童，还有生活鞭挞下、饥饿线上挣扎的童工等，作为表现作品主题的小主人公了"。《表》的译介，"无疑地，这是向儿童文学注射了一针新的血液，从而产生了新的蓬勃生长的力量"[②]。正是在《表》的启发与影响下，中国作家很快写出了以工农子弟与流浪儿童苦难生活为题材的作品，影响较大的有茅盾的《少年印刷工》、《大鼻子的故事》、叶圣陶的《一个练习生》、张天翼的《奇怪的地方》、王鲁彦的《小红灯笼的故事》等。电影导演蔡楚生被《表》感动，他根据我国流浪儿童的生活，编导了儿童影片《迷途的羔羊》。董林肯又将《表》改编成五幕儿童剧。在外国儿童文学的有益影响下，现代儿童文学坚持"为人生"的方向，直面社会人生，同情"被损害和被侮辱"的人，帮助少年儿童认识血泪现实，这成了"五四"以后不少作品的思想基调。

（二）紧扣时代脉搏，反映社会现实斗争，激励少年儿童的爱国热情与革命精神，这是现代儿童文学又一方面的主题，这与接受外国儿童文学尤其是苏联的影响是分不开的。

随着时代的进展，外国儿童读物的译介由"五四"前后以欧洲为主逐渐转变到30年代以后以苏联为主。其原因正如毛泽东同志所指出："中国有许多事情和十月革命以前的俄国相同，或者近似。"[③]而十月革命又为中国革命开辟了道路，"俄罗斯及苏联文学因而成为中国新文学来自世界文学中的最重要的养料和源泉"[④]，也成了中国现代儿童文学的重要借鉴。第二次国内革命战

[①] 见《我和儿童文学》180页、3页、314页、215页、31页，上海少年儿童出版社1980年8月版。
[②] 陈伯吹：《儿童文学简论》70、71、85、151页，长江文艺出版社1982年版。
[③] 毛泽东：《论人民民主专政》。
[④] 冯雪峰：《鲁迅和俄罗斯文学的关系》，转引自《中国现代文学研究丛刊》1981年第2期286页。

争时期，在苏联无产阶级文学的影响下，随着"左联"的成立和无产阶级文学的倡导，一些热心儿童文学的左翼作家，力图在儿童文学中反映时代风云与革命斗争，塑造新的儿童形象。郭沫若的《一只手》、张天翼的《大林和小林》、《秃秃大王》、蒋光慈的《疯儿》、应修人的《金宝塔银宝塔》等是早期革命儿童文学的主要收获，为现代儿童文学增添了新的色彩。从 30 年代开始，苏联早期儿童文学被广泛介绍进来，并一发而不可收，成为以后数十年中译介的外国儿童文学的主要品种。其中影响最大的有盖达尔的《远方》、《第四座避弹室》、《铁木尔及其伙伴》，班台莱耶夫的《表》、《文件》，卡达耶夫的《团的儿子》，莫吉列夫斯卡雅的《小夏伯阳》，等等。这些作品不仅使中国小读者看到了新的世界中的新的儿童形象，同时也给当时的儿童文学创作带来新的影响。陈伯吹认为苏联儿童文学给予中国的影响，"不仅直接对小读者灌输革命斗争思想，进行爱国主义教育，也对儿童文学的创作方向有所启示，有所鼓舞"。他说过他自己就是由于受到这种"启示"与"鼓舞"，在抗战的炮火声中，写出了《华家的儿子》、《火线上的孩子们》、《少年英雄》等"以抗击敌人为内容的作品"[1]。1942 年 12 月，萧三在延安《解放日报》著文介绍苏联重视儿童文学的情况，特别指出苏联在卫国战争时期，"描写儿童参加抗战的作品和给儿童出版的读物非常之多"，他号召中国作家也来描写抗日战争中的儿童生活，反映"八路军的'小鬼'在前方和后方做过、做着不少英勇的动人的抗战建国的事业"[2]。根据地与解放区的儿童文学十分注重这类题材。华山的《鸡毛信》、管桦的《雨来没有死》可称是这方面的代表作。在苏联儿童文学革命思想内容的启示与鼓舞下，现代作家紧扣时代脉搏，与人民的呼声相应答，创作出许多直接反映中国人民革命斗争的儿童文学作品，极大地激发了少年一代的爱国热情与革命精神。

（三）歌颂真善美，鼓吹精神文明，对少年儿童进行德智美的教育，这是现代儿童文学的一大重要内容。鲁迅指出，儿童文学应努力使小读者"开拓眼

---

[1] 陈伯吹：《儿童文学简论》70、71、85、151 页，长江文艺出版社 1982 年版。
[2] 萧三：《略谈儿童文学》，见《解放日报》1942 年 12 月 17 日。

第八章　现代中国儿童文学的外来影响与对外交流

界，增加知识"①。郭沫若认为："人的根本改造应当从儿童的感情教育、美的教育着手。"② 现代儿童文学在这方面所做的工作也曾受到过外国儿童文学的广泛影响。

印度诗人泰戈尔的《新月集》被郑振铎誉为是"一部叙述儿童心理、儿童生活的最好的诗歌集"③。"五四"时代不少热心儿童文学的作家都曾受到过泰戈尔作品的影响。郭沫若因为喜爱《新月集》因而"成为泰戈尔的崇拜者"④。他回忆说，"民国四年的上半年"，"我便和泰戈尔的诗结了不解缘"⑤。在这样的"不解缘"的影响下，他写了《新月》、《晴朝》、《两个大星》、《天上的市街》等富于童心美的儿童诗。郭沫若还在《儿童文学之管见》中，以《新月集·孩子的世界》为典范，来论述儿童文学的创作原则。郑振铎说他喜欢《新月集》正如喜欢安徒生童话一样，《新月集》有一种"不可测的魔力"，能"把我们从怀疑贪婪的成人的世界，带到秀嫩天真的儿童的新月之国里去"⑥。就在他翻译《新月集》期间，他写下了《河马幼稚园》、《兔子的故事》、《竹公主》等富于儿童情趣的优美童话。泰戈尔给予冰心的影响尤为深刻。冰心这样写道："泰戈尔是青年时代所最爱慕的外国诗人。……他的诗中喷溢着他对于祖国的热恋，对于妇女的同情和对于儿童的喜爱。"泰戈尔的诗使冰心"游历了他的美丽富饶的国土，认识了他的坚韧温柔的妇女，接触了他的天真活泼的儿童"⑦。洋溢在泰戈尔诗中对大自然、对祖国、对儿童和对妇女——母亲们的爱，恰巧也构成了冰心写给孩子们的散文集《寄小读者》的主题。她激情地歌颂大自然的美，倾心地热恋祖国，以无限的柔情倾吐着她对儿童的爱。她尤以最大的热情、最动听的音符，歌颂"普天下的母亲的爱"。冰心的诗集《春水》与《繁星》也同样以母爱、儿童爱、自然爱为主要内容。她所追求的是"我在母亲的怀里，母亲在小舟里，小舟在月明的大海里"这样的爱与美融合的境

---

① 鲁迅：《致罗清桢》。
② 郭沫若：《儿童文学之管见》，见《1913—1949儿童文学论文选集》34页、40页，少年儿童出版社1982年12月版。
③ 郑振铎：《〈新月集〉译者自序》，见《泰戈尔诗选·新月集·飞鸟集》61页，湖南人民出版社1981年3月版。
④ 郭沫若：《序我的诗》，见《郭沫若文集》第13卷。
⑤ 郭沫若：《我的作诗经过》。
⑥ 郑振铎：《〈新月集〉译者自序》，见《泰戈尔诗选·新月集·飞鸟集》61页，湖南人民出版社1981年3月版。
⑦ 冰心：《〈泰戈尔诗选〉译者序》，见《泰戈尔诗选·吉檀迦利·园丁集》1页，湖南人民出版社1982年5月版。

界。我们从冰心这些描写温柔的母爱、纯真的童心、优美的自然的作品里，完全可以看到泰戈尔对她的影响的鲜明印记。冰心自己也说过："我自己写《繁星》和《春水》的时候，并不是在写诗，只是受了泰戈尔《飞鸟集》的影响，把自己许多零碎的思想，收集在一个集子里而已。"①

对少年儿童进行爱的教育，一直是现代儿童文学比较注重的主题。1909年与1923年，包天笑、夏丏尊曾根据意大利亚米契斯的儿童小说《心》先后翻译成《馨儿就学记》与《爱的教育》出版。《爱的教育》风行20余年，再版30多次，是"五四"以来除安徒生童话以外的影响最大的外国儿童文学作品。此书以浓烈的感情，教育小读者从小就爱祖国、爱人民、爱师长、爱父母兄妹、爱劳动、爱真善美，这一主题不仅产生了纯洁少年和儿童品德情感的巨大精神力量，而且也直接影响到现代儿童文学的思想内容。茅盾在论述儿童文学的任务时就指出：儿童文学"应当助长儿童本性上的美质：——天真纯洁，爱护动物，憎恨强暴与同情弱小，爱真爱美……等等"②。我们从"五四"以来不少注重爱的教育的作品，诸如叶圣陶的早期童话《小白船》、《芳儿的梦》、许地山的散文《落花生》、陈伯吹的小说《学校生活记》、丰子恺的散文《华瞻的日记》、黎锦晖的儿童歌舞剧等作品中，都可以看到"爱的教育"的思想闪光。1930年开明书店还出版过一本由小学教师写的《爱的教育实施记》。

扩大儿童知识领域，加强儿童文学的知识教育作用也一直为现代儿童文学所注重。在这方面取得的实绩主要是科学文艺。科学文艺是直接从外来文化"进口"的，并且一开始就是作为儿童文学的一个新品种介绍给我国少年儿童。译介外国科学文艺始于晚清出现的"凡尔纳热"，最早翻译进来的凡尔纳科幻小说是1900年由"逸儒译，秀玉笔记"的《八十日环游记》。鲁迅是我国科学文艺的先驱。早在1903年与1906年他就翻译了凡尔纳的《月界旅行》与《地底旅行》。鲁迅认为科学文艺具有"改良思想，补助文明"③的特殊作用，他

---

① 冰心：《我是怎样写〈繁星〉和〈春水〉的》，见《诗刊》1959年第4期。
② 茅盾：《再谈儿童文学》，见《文学》第6卷第1号，1936年1月11日。
③ 鲁迅：《〈月界旅行〉序言》。

第八章　现代中国儿童文学的外来影响与对外交流

批评当时的创作"独于科学小说，乃如麟角。智识荒隘"①的状况，并身体力行，写下了《人之历史》、《科学史教篇》等文章。正是在鲁迅的倡导下，我国科学文艺开始了崭新的起步。30年代是科学文艺创作大发展的时期。陈伯吹认为："自民国20年沈阳事变，接着21年淞沪抗日血战以后，全国朝野都有一致的呼声：'科学救国！''迎头赶上！'文学是时代的反映；而儿童读物的转变到注重科学常识，一半也由时代的浪潮冲激的罢。"②在这样的历史背景下，外国科学文艺被大量介绍进来，影响最大的有苏联伊林的《五年计划的故事》、《十万个为什么》，法国法布尔的《科学的故事》等等。这些作品"对我国科学文艺起着榜样的作用"③。不少科学文艺的翻译者由于深受译作的影响，很快成了我国科学文艺创作的先行者。董纯才回忆说："1937年在上海翻译伊林和法布尔的作品，在这两位杰出的作家的影响下，笔者就一面翻译，另一方面，就学习写作。""《凤蝶外传》、《狐狸夫妇历险记》几篇作品，就是这时期的产物。"④在外国科学文艺的积极影响下，我国现代文坛出现了一支强有力的科学文艺队伍。高士其、周建人、董纯才、顾均正、贾祖璋等都为孩子们写下了不少优秀之作，为现代儿童文学增添了新的品种。科学文艺所强调的知识教育，与上面论述的感情教育、爱的教育，构成了"五四"以来儿童文学的一个重要内容。它们在对少年儿童实施德智美的教育，纯洁心灵，扩大眼界方面，发挥了积极的作用。

如上所述，我们从现代儿童文学思想内容的三个方面论述了外国儿童文学的影响。当然，这并不能包括这种影响的全部。文学发展的规律表明：一个国家民族的文学给予另一个国家民族的文学影响，它的思想内容——包括政治倾向、题材选择、反映生活的深广程度，总是居于首要的、主导的地位。当不同国家、不同民族在大体相同的历史阶段或是遇到相类似的社会问题时，文学思想内容的影响就更为直接、更为鲜明。正是由于外国儿童文学，尤其是民主主

---

① 鲁迅：《〈月界旅行〉序言》。
② 陈伯吹：《儿童读物的检讨与展望》，见《大公报》1948年4月1日。
③ 叶永烈：《论科学文艺》51页，科学普及出版社1980年6月版。
④ 董纯才：《〈凤蝶外传〉序》。

义国家和"被损害民族"的文学的思想内容，符合于"五四"以来现代中国社会的国情，符合于现代儿童文学反映现实、呼唤未来的光荣使命，符合于培养教育一代新人的需要，因此它才能对中国现代儿童文学的发展，对众多作家的创作思想、创作实践产生积极的影响。这种影响，直接间接地丰富了中国现代儿童文学的思想内容，加快了它的发展步伐。

三、文体革新：横的借鉴与纵的传承

世界各族的文学都有其独特的艺术形式。各民族文学在相互交流和影响中，必然要引起艺术形式的演变与更新，使其更加丰富多样。儿童文学也是如此。"五四"以来由于受到各种形式的外国儿童文学的影响，使中国儿童文学的文学样式日益丰富完备，发生了深刻的变化。

中国古代儿童文学不仅发展速度缓慢，而且文学样式也很单调。郑振铎在 1935 年写的《中国儿童读物的分析》一文，将古代儿童读物归纳为诸如《圣谕广训》、《三字经》、《千字文》、《日记故事》、《高厚蒙求》、《神童诗》之类的伦理书、识字书、故事书、史地博物常识书以及"陶冶性情"的诗歌等五大类。不难看出，中国古代"儿童读物"中属于真正意义上的儿童文学的文体实在是太少了。"五四"以后，儿童文学在儿童教育中的重要性越来越受到社会的重视；社会生活的发展不仅给儿童文学提供了新的表现对象、新的社会内容和生态环境，同时迫切要求它的文学样式随着思想内容的发展也来一番革新改造。这就使先驱者们自然而然地把眼光注意到了国外，向先进的外国儿童文学的文学样式学习、借鉴。初创时期的中国现代儿童文学，本着"拿来主义"的态度，放开眼光，及时采用一切适用的先进的外国儿童文学的文学样式，并结合本民族的传统形式，加以改造制作，从而创造出了具有中国作风与中国气派的儿童文学新文体，使儿童文学小百花园地呈现出丰富多彩的簇新景象。

中国现代儿童文学在文学样式方面学习、借鉴外国儿童文学，主要有以下三种情况。

*第一种情况：直接向外国儿童文学"引进"。*这有艺术童话、儿童戏剧和

第八章　现代中国儿童文学的外来影响与对外交流

科学文艺。

　　"童话"这个名词，据周作人考证是从日本引进的[①]，本世纪初始流行于我国。童话按其作者不同，可以分为民间口头创作的民间童话和作家专为孩子们创作的艺术童话。中国古代虽无"童话"一词，但民间童话却是古已有之，而且源远流长，只是由于传统文学观念的漠视，古代不仅没有出现过如同法国《鹅妈妈的故事》、德国《格林童话》那样的采风专集，而且因为与传统的神话、传说混杂交错，"特多归诸志怪之中，莫为辨别"[②]，因而长期没有得到开发。初创时期的现代儿童文学，为了建设新文体的急需，从外来童话中得到启发，一方面开始注意收集整理民间童话，另一方面直接向外国儿童文学引进艺术童话。在中国文学史上，纯粹由作家为孩子们创作艺术童话，正是从"五四"以后才出现的。鲁迅对外国童话的影响作过这样的论述："凡学习外国文字的，开手不久便选读童话。"[③]"五四"以来不少作家正是从爱读童话、翻译童话到学习童话、创作童话而走上儿童文学的道路。中国艺术童话的奠基者叶圣陶回忆说："我写童话，当然是受了西方的影响。'五四'前后，格林、安徒生、王尔德的童话陆续介绍过来了"，"对这种适宜给儿童阅读的文学形式当然会注意，于是有了自己来试一试的想头"。[④]他的早期童话就是在这种"试一试"的情况下问世的。从1921年11月15日至12月30日，在不到两个月时间里，他就写了《小白船》、《一粒种子》、《芳儿的梦》等9篇童话。作为世界童话大师与世界文学史上艺术童话奠基者的安徒生[⑤]对中国现代童话作家产生的影响最为深刻。周作人认为："今欧土人为童话唯丹麦安兑尔然（即安徒生）为最工"，"今用人为童话者，亦多以安氏为限"[⑥]。郑振铎对安徒生推崇备至，称他是"世界最伟大的童话作家，他的伟大就在于以他的童心与诗才开辟了一个童话的天地，给文学以一个新的式样与新的珠宝"[⑦]。叶君健从1946年起

[①] 见赵景深《童话评论》一书中赵景深与周作人的通信《童话的讨论》，新文化书社1934年1月版。
[②] 周作人：《儿童文学小论·古童话释义》，儿童书局1932年3月版。
[③] 鲁迅：《〈小彼得〉序言》。
[④] 见《我和儿童文学》180页、3页、314页、215页、31页，上海少年儿童出版社1980年8月版。
[⑤] 参见笔者拙文《安徒生童话的艺术》第二部分，见《西南师范学院学报》1981年第1期。
[⑥] 周作人：《儿童文学小论·童话略论》。
[⑦] 见《小说月报》第16卷第8号卷头语。

就系统翻译安徒生童话,他的译本被一些欧洲、丹麦学者称为是有权威性的"最好的翻译"。由于受到安徒生童话的影响,叶君健开始从事儿童文学创作。他这样说:翻译安徒生童话"使我更深入进入他的作品境界,从而我本人对于儿童文学创作的欲望也就更迫切了。我就是这样以翻译安徒生的作品进入儿童文学创作这个领域的"[1]。严文井充满激情地写道:"最触动我心灵的是安徒生",他的童话"以一种强烈的、优美的诗意感动了我,引起我的思索"[2]。安徒生"对很多人都是给与者"[3]。可以这样说,中国现代童话作家几乎很少有人不受外国童话影响的。学习外国童话是他们的童话文学修养的一个重要方面,他们的创作实践直接间接地从外国童话中吸取过养料,或思想,或形式,或技巧,或兼而有之。在外国童话尤其是安徒生童话的启示与影响之下,才使我国儿童文学出现了"艺术童话"这一崭新的文体,并形成了一支专门从事童话创作的作家队伍。叶圣陶的《稻草人》被鲁迅誉为"给中国的童话开了一条自己创作的路"[4]。张天翼的《大林和小林》、《秃秃大王》为长篇童话创作提供了新鲜经验。郑振铎、巴金、陈伯吹、贺宜、苏苏、严文井、叶君健、何公超、金近、鲁兵、仇重、包蕾等的创作实践,使童话形式更臻丰富完善,最后洪炉化雪,跳出外国童话的窠臼,创造出具有中国作风与中国气派的新童话。这里还应指出,"五四"以后我国现代童话理论在外来文化的影响下,也开始从无到有地建立起来。周作人的《童话研究》、赵景深的《童话论集》、冯飞的《童话与空想》、张梓生的《论童话》等专论,是我国现代童话理论研究的第一批成果。虽然它们主要是受了西方文化人类学派的童话研究方法的影响,话语重心不在文学,但毕竟对发展我国童话理论有着开拓性的意义。

一部现代儿童文学发展史,狭义地说就是童话史。正由于先驱者们及时引进外来的"艺术童话",又努力发掘本民族传统的"民间童话",这两方面工作的结合,使童话这一古老而年轻的文体在中国文坛大放异彩,从而有力地促

---

[1] 见《我和儿童文学》180页、3页、314页、215页、31页,上海少年儿童出版社1980年8月版。
[2] 见《我和儿童文学》180页、3页、314页、215页、31页,上海少年儿童出版社1980年8月版。
[3] 转引自《中国现代儿童文学选集·童话》628页,江苏人民出版社1980年5月版。
[4] 鲁迅:《〈表〉译者的话》。

第八章　现代中国儿童文学的外来影响与对外交流

进了现代儿童文学事业。

儿童戏剧是现代儿童文学的一种重要形式，它也是从外国引进的。虽然我国传统的戏剧形式丰富多样，唱腔流派各领风骚，但遗憾的是几乎找不到儿童戏剧。民间流传的皮影戏、木偶戏固然为孩子们所喜爱，而这毕竟不能算作文学意义上的儿童戏剧。现代儿童戏剧是在"五四"前后随着话剧的兴起而出现的，而话剧这种"最现代进步的戏剧形式"，则"是从西洋输入，并且作为中国旧剧的彻底否定者而兴起来的"[①]。郭沫若在1921年就说过："儿童文学采取剧曲形式的，恐怕是近代欧洲的创举。"[②] 随着话剧的输入，儿童戏剧这一崭新的形式也同时被输入进来，介绍给我国的小观众。早期的儿童戏剧主要来自译作，如根据西方童话改编的五幕儿童剧《狱中王子》、鲁迅翻译的爱罗先珂童话剧《桃色的云》、赵景深根据安徒生童话改编的《天鹅》、周作人编译的《儿童剧》等。受外国儿童戏剧的启示，现代作家也开始尝试这一新的儿童文学形式，并与学校教育密切配合，成为学生课外活动的重要内容。郭沫若在1920年写的儿童诗舞剧《黎明》是我国早期儿童剧的代表作。郑振铎、叶圣陶、赵景深、顾仲彝等都是早期儿童剧的热心编写者。尤其是黎锦晖，他融合中西音乐舞蹈艺术创作的《葡萄仙子》、《月明之夜》、《麻雀与小孩》等十部儿童歌舞剧和《苹果醒来》等两部小歌剧，由于富于儿童情趣，形式生动活泼，曾在20年代风行全国，各地学校争相上演。抗日战争时期，儿童剧得到了蓬勃发展，成为激励鼓舞少年一代献身抗日救亡的有力武器。包蕾、董林肯、何公超、鲁兵等是后期儿童戏剧的热心作者。儿童戏剧的引进与发展，使现代儿童文学呈现出更加丰富多彩的局面。

在现代儿童文学史上，直接从外来文化引进的文学样式，最显著的莫过于科学文艺。本章对此已在前文从不同角度作过论述，这里不再赘述了。

艺术童话、儿童戏剧与科学文艺的输入，使我国儿童文学的文体更臻丰富多样，为孩子们提供了更多的喜闻乐见的文学形式。

[①] 周扬：《表现新的群众的时代》，转引自《江西大学学报》1979年第2期82页。
[②] 郭沫若：《儿童文学之管见》，见《1913—1949儿童文学论文选集》34页、40页，少年儿童出版社1982年12月版。

第二种情况：参照外国儿童文学的文体，对已有的中国儿童旧文体加以更新改造。这有儿童小说与儿童诗。

儿童小说是小说的一种，它要服从小说的一般艺术规律，小说的地位命运直接决定着它的地位命运。"在中国，小说是向来不算文学的。"① 儿童小说更无地位可言。儿童小说真正被发现并得到发展是在"五四"时代，它得力于"五四"文学革命将"白话小说升为文学正宗"（茅盾）的成功。随着小说地位的提高，儿童小说也就理所当然地在儿童文学中取得了正宗地位，与童话一起成为现代儿童文学的主要文体。

现代儿童小说在自身的发展进程中，受到过外国儿童小说的有益影响。"五四"以前的儿童小说主要是改写译作，或对译作进行仿作。这就必然使编译者深受原著的影响，以至在改写过程中按捺不住冲动，进行模仿、创作。例如包天笑译写的《馨儿就学记》正是这样。此书的原作就是意大利亚米契斯的儿童小说《心》（即《爱的教育》）。包天笑回忆说："我是从日文本转译得来的，……一切都改变为中国化。此书本为日记体，而我又改为我们中国的夏历（出版在辛亥革命以前）。有数节，全是我的创作，写到我的家事了。如有一节写清明时节的'扫墓'，全以我家为蓝本，……这都与《爱的教育》原书原文无关的，类此者尚有好多节。"② 这种模仿性的创作，对于催生完全独创性的中国现代儿童小说，具有不可忽视的桥梁作用。一方面，它开始自觉不自觉地把小说引进儿童文学领域；另一方面，从外国儿童小说中受到启示与借鉴，开始注重作品的儿童化。如采用对儿童富有吸引力的传奇形式，情节比较曲折生动，所使用的文学语言比之当时的成人小说更接近于白话。随着"五四"文学革命儿童小说地位的提高，又由于""五四"，以来《万卡》、《最后一课》、《格列佛游记》等外国优秀儿童小说的大量译介，现代作家吸取外来经验，使儿童小说的艺术形式更臻成熟。这主要体现在：语言完全采用白话，内容直接取材于现实，人物逐渐以儿童为主，表现手法注重儿童欣赏要求。此外，标点

---

① 鲁迅：《〈草鞋脚〉（英译中国短篇小说集）小引》。
② 转引自胡从经《晚清儿童文学钩沉》77页，105页，上海少年儿童出版社1982年4月版。

第八章　现代中国儿童文学的外来影响与对外交流

符号的运用，段落的划分，欧化文句的出现等，也与外来影响有关。

下面再简单谈谈儿童诗接受外来影响的情况。

儿童诗我国古已有之，它可谓中国儿童文学出现最早与最完整的文体。古代儿童诗有两种形式，一是活跃在民间的儿歌童谣，二是诗人创作中富于儿童情趣的作品。古代儿童诗主要是格律诗，这种形式在"五四"文学革命中受到了冲击。"五四"文学革命以倡导白话诗与白话小说为序幕，经过这场运动，使白话诗代替格律诗，并取得正宗地位。新诗创作接受外来诗体的影响，在内容与形式上出现了根本性的变革。作为新诗独特组成部分的现代儿童诗，也自然受到这场变革的深刻影响，呈现出完全不同于旧式儿童诗的面貌，主要是：打破文言，采用白话；打破格律诗，采用自由诗；打破传统，引进外来诗体（例如冰心与"湖畔诗人"的小诗创作，明显地受到过泰戈尔诗歌与日本俳句的影响，他们的小诗中有一部分就是很好的儿童诗。这种灵活机巧的儿童诗体为后起的儿童诗人所接受，形式更臻完善。随着西欧散文诗传入中国诗坛，现代儿童诗又逐渐产生了散文诗的形式，郭风是现代儿童散文诗的主要作者）。

从儿童小说与儿童诗的更新改造中，我们可以看到外来影响的鲜明印记。这种影响一经与自己的传统相结合，就使原有的儿童文学形式更臻新境，更趋成熟。

第三种情况：受外国儿童文学的启发，将古老的传统文体发掘出来，移植到儿童文学园地。这就是寓言。

中国的传统寓言历史悠久，丰富多彩。早在三千多年前的《周易》中，就有"羝羊触藩"、"窒井碎瓶"等初具雏形的寓言。春秋战国是寓言创作的黄金时代，散见于诸子百家的寓言已相当成熟。在以后历代的笔记文学与笑话著录中也不乏深湛精辟的寓言。但是，古代寓言并非是为儿童创作的。先秦寓言只是"纵横家"游说人主、战胜论敌的一种论辩手法。先秦以后的历代寓言主要是作者用来针砭时弊、宣泄怨愤的。这就使中国古代寓言形成了自己鲜明的特色：一是以人物寓言为主，动物寓言较少。二是有比较强烈的说理论辩性与针砭时弊的政治倾向性。三是寓意隐晦简奥。寓言作为一种别具特色的文体被

移植到儿童文学园地，这是"五四"前后的事。本世纪初，由于新文化新思想的冲击，原先的教育制度有了较多的改革，编写儿童教科书与儿童读物成了一时之急，而其时《三字经》、《神童诗》之类的旧读物已不宜充作教材。在这种旧读物被摈弃、新作品一时接不上来的特定情况下，"不得不另辟途径了。于是，《伊索寓言》由于它的寓意浅，篇幅短，适合儿童阅读，首先幸运地作了被恭请光临的贵宾"，引入到儿童教材与读物中去。"这把'金钥匙'被发现以后，大门一开，采用外国儿童作品作为小学语文教科书里的课文的道路就逐渐地畅通了。"[①] 这一现象给当时的儿童读物编辑以很大的启发。既然外国的寓言作品深受小读者欢迎，那么我们自己古老的传统寓言不也可以发掘出来，移植到儿童文学园地去么？于是他们开始了有益的尝试。1917年，茅盾从27种先秦诸子、两汉经史子部的典籍中，博览广搜，沙里淘金，编写了我国现代儿童文学史上第一部专供少年儿童阅读的寓言集——《中国寓言初编》。茅盾的这一工作是值得大书一笔的。正是他首次将中国寓言这一古老文体发掘出来，引入儿童文学领域，并对筛选与改编古代寓言作了有益的实践。自茅盾始，改编古代寓言引起了更多的儿童文学工作者的注意。从此，寓言作为儿童文学的一种独特文体，在小百花园里扎下了根。

现代寓言在发展过程中，借鉴过外国寓言的写作经验。这主要有：（一）以动物为主人公的动物寓言大大增加，人物寓言相对减少。冯雪峰是现代寓言创作的主要作家。《雪峰文集》收录了他的200篇寓言，其中，动物寓言就有141篇，其他寓言20篇，人物寓言仅39篇，前两项占五分之四。马卡连柯说："儿童是永远喜爱阅读动物故事的。"[②] "雪峰寓言"虽不全是为儿童写的，但由于极大部分采用拟人手法，叙述动物故事，这就自然深受小读者的喜爱。（二）表现手法上的改变。外国寓言大多由故事本身与"点题话"两部分组成，例如著名的伊索寓言与克雷洛夫寓言就是这样。中国古代寓言由于用作论辩而与别的情节混杂交错，或因针砭时弊，不敢斥言，因而寓意往往十分

---

① 陈伯吹：《儿童文学简论》70、71、85、151页，长江文艺出版社1982年版。
② 陈伯吹：《儿童文学简论》70、71、85、151页，长江文艺出版社1982年版。

第八章　现代中国儿童文学的外来影响与对外交流

隐蔽，极少有"点题话"出现。由于寓言篇幅简短，含意深刻，这对于涉世未深、缺乏知识经验的小读者来说，理解起来就很吃力，而加上"点题话"这条"尾巴"，则能使他们豁然开朗，正确理解寓意。现代作家写给孩子们阅读的寓言，借鉴了外国寓言创作中"点题话"与故事本身分开的写作手法，取得了较好的效果，更适应于小读者的欣赏要求。"雪峰寓言"的写法就是如此。

以上本章从三种不同的情况试就中国现代儿童文学的文学样式——艺术童话、儿童戏剧、科学文艺、儿童小说、儿童诗、寓言等，接受外国儿童文学的影响所发生的深刻变化，提出了一些皮相的意见。我们不难看出，正是在外国儿童文学的有益影响下，中国现代儿童文学才在短时期内完成了文体形式的更新改造，使数千年来的落后状况，产生了质的飞跃，完满地实现了文学样式的现代转型。从此，中国儿童文学以完全崭新的面貌出现于世界儿童文学之林。

四、观念转变：心理学与本位论的影响

中国现代儿童文学不仅在思想内容、文体形式方面深受外来文化与文学的影响，而且在对儿童文学特殊性的认识与实践方面也受到过外来文化思潮的影响，这种影响对于改变中国人传统"儿童观"的误区，加快现代儿童文学的文体成熟与现代性进程，具有特殊的意义。

儿童文学是文学的一个组成部分，它要遵循文学的一般规律。但是，儿童文学又是作为文学的一个独立部分而存在，自成一系，有着不同于一般文学的特殊性，这就是儿童文学的创作必须考虑到它的服务对象——少年儿童的年龄特征、心理特征、思维特征与接受特征。高尔基指出："有志于儿童文学的作家，必须考虑到读者年龄的一切特点。违背这些特点，他的著作就会成为没有对象的，对儿童和大人都无用的东西。"[1] 儿童文学是为儿童服务的文学，是不是尊重服务对象的特殊性，即是不是考虑到少年儿童成长发展中的年龄特征

---

[1] 转引自蒋风《儿童文学概论》第10页，湖南少儿出版社1982年版。

等,这是衡量一种文学是不是成为真正意义上的"儿童文学"的根本标志,也是儿童文学同成人文学的根本区别。我国古代儿童文学之所以发展极度缓慢,正是在这一根本性的问题上长期存在着认识误区,而其根源则在于传统"儿童观"忽视或者漠视了儿童文化与儿童心理世界。虽然,我们不应"以今苛古",要求古人也具备现代儿童心理学等的认知水平,但传统社会文化心理长期积淀所形成的"父为子纲"、"祖宗崇拜"、"老者本位"等观念,无疑影响和助长了漠视儿童世界的"儿童观"误区。表现在儿童教育上,就是不考虑儿童年龄的心理特征与理解接受能力,"把成人所应知道的东西","太早熟的全盘的给了他们"①,其结果,使天真的儿童训练得"少年老成",成为"早熟半僵的果子"②,"不知演了多少家庭的与教育的悲剧"③。我们只要将古代几本影响最大而且一直作为标准儿童启蒙读物的集子诸如《三字经》、《千字文》、《龙文鞭影》、《幼学琼林》等,与同样是影响很大的古代外国儿童读物,诸如法国贝洛尔的《鹅妈妈的故事》、英国埃·拉斯别的《敏豪生奇遇记》、丹麦安徒生童话、德国格林兄弟童话、意大利亚米契斯的《爱的教育》等作一比较,就不难找出其中的差距。事实上中国古代儿童对精神食粮饥渴的需求更多地还是通过民间口头创作以及《西游记》、《镜花缘》、《聊斋志异》等老幼皆爱莫能舍的幻想文学中得到一定程度的补充的。

正因为中国儿童教育与儿童读物存在着这样一种误区,因此在"五四"新文化运动中,当先驱者发出"救救孩子"的呐喊,并着手进行现代儿童文学的拓荒工作时,就首先明确地提出了理解儿童心理、尊重儿童人格与社会地位、改变传统"儿童观"的重要性和紧迫性。鲁迅一再强调:"孩子的世界与成人截然不同:倘不先行理解一味蛮做,便大碍于孩子的发达"④,自然也便大碍于儿童文学的发展。叶圣陶认为儿童文学创作应"对准儿童内发之感情而为之响应,使益丰富而纯美"⑤。初创时期的现代儿童文学听从先驱者的将令,在"先

---

① 郑振铎:《中国儿童读物的分析》,1936年7月《文学》第7卷第1号。
② 周作人:《谈虎集·读〈各省童谣集〉》。
③ 周作人:《人的文学》。
④ 鲁迅:《我们现在怎样做父亲》。
⑤ 叶圣陶:《文艺谈·七》,《晨报》副刊1921年3月12日。

第八章　现代中国儿童文学的外来影响与对外交流

行理解"儿童世界与儿童心理的过程中，不断加深对儿童文学特殊性的认识，同时及时吸取外来文化中的有益养分，为我所用，这主要是接受西方儿童心理学与"儿童本位论"（或儿童中心论）的影响。

儿童心理学是研究儿童心理和行为的发展规律与儿童各个年龄阶段的心理特征的科学。1882年德国普莱尔的《儿童心理》一书出版，标志着这门学科的正式出现。20世纪初期A. 比奈、E. 莫依曼、E. L. 索代克、A. 格塞尔以及J. 皮亚杰等都为儿童心理学作出重要研究与贡献。虽然在我国古代典籍中有着丰富的心理学思想，其中也不乏儿童心理学的思想，但儿童心理学作为一门独立学科在我国出现则是本世纪初的事情。"五四"前后，随着西方《儿童心理》、《儿童心理学纲要》等专著传入我国，这门崭新的学科由于陈琴鹤、黄翼、葛承训等早期儿童心理学家的努力，才开始出现在师范教育与儿童教育，而后又通过师范教育、儿童教育与儿童文学天然联系的渠道直接影响到儿童文学。这种影响集中地体现在：从儿童心理学的科学角度，对儿童文学创作提出了必须正确理解儿童、考虑儿童心理发展的年龄特征与接受特征的要求。这一问题一直为现代儿童文学的先驱者们所注重。早在1913年与1914年，鲁迅就翻译了日本的两篇儿童心理学专论：上野田一的《儿童之好奇心》与高岛平三郎的《儿童观念界之研究》，后者是我国最早见到的探讨儿童年龄特征的系统材料。鲁迅还对孩子们的心理特征与独特情趣做过细致入微的观察，作了如下精彩的表述："孩子是可以敬服的，他常常想到星月以上的境界，想到地面下的情形，想到花卉的用处，想到昆虫的言语；他想飞上天空，他想潜入蚁穴。"又说："凡一个人即使到了中年以至暮年，倘一和孩子接近，便会踏进久经忘却了的孩子世界的边疆去，想到月亮怎么会跟着人走，星星究竟是怎么嵌在天空中。但孩子在他的世界里，是好像鱼之在水，游泳自如，忘其所以。成人却有如人的凫水一样，虽然也觉到水的柔滑和清凉，不过总不免吃力，为难，非上陆地不可了。"[①] 基于对儿童心理这样深刻透辟的理解与认识，鲁迅指出，

[①] 鲁迅：《且介亭杂文·〈看图识字〉》。

要写出儿童欢迎的作品，非"先行理解"儿童心理不可，并对儿童文学的创作提出了一系列具体要求：（一）要"有益和有味"[①]；（二）"要浅显而且有趣"[②]；（三）"不用什么难字"[③]；（四）"插图不但有趣，且亦有益"[④]。鲁迅的这些精辟见解为现代儿童文学理论奠定了初步的基础，一直影响着现代儿童文学创作。郭沫若写于1922年的《儿童文学之管见》也十分强调理解儿童心理特征对儿童文学创作的重要意义，认为："创作儿童文学者，必先体会儿童心理"，"就创作方面而言，必熟悉儿童心理或赤子之心未失的人，如化身而为婴儿自由地表现其情感与想象；就鉴赏方面而言，必使儿童感识之之时，如出自自家心坎，于不识不知之间而与之起浑然化一的作用"。并依据儿童心理特征，对儿童文学创作提出了三方面的要求：（一）"不是些干燥辛刻的教训文字"；（二）"不是些平板浅薄的通俗文字"；（三）"不是些鬼画桃符的妖怪文字"。

"五四"以后的儿童文学论著，由于接受儿童心理的科学知识，还十分重视"儿童文学当跟着儿童心理转移"[⑤]，对不同年龄阶段的儿童心理特征及其对读物的要求作过具体的分析。周作人在1920年写的《儿童的文学》将儿童分为幼儿前期（3至6岁）、幼儿后期（6至10岁）与少年期（10至15岁），根据这三个年龄阶段儿童的心理特征，具体分析了适合于他们阅读的文体样式及其要求。他认为幼儿前期的诗歌，"第一要注意的是声调，最好是用现有的儿歌"；寓言应注重"故事的内容"；"过于悲哀、苦痛、残酷"的童话，在这一时期"不宜采用"。幼儿后期诗歌"不只是形式重要，内容也很重要"，"要好听，还要有意思，有趣味"；由于这一时期"儿童辨别力渐强，对于现实与虚幻已经分出界限，所以童话里的想象也不可太与现实分离"；"儿童在这时期好奇心很是旺盛，又对于牲畜及园艺极热心"，因此应向他们提供叙述"动物生活"的"天然故事"。少年期的孩子"对于

---

① 鲁迅：《〈表〉译者的话》。
② 鲁迅：《华盖集·通讯》。
③ 鲁迅：《〈表〉译者的话》。
④ 鲁迅：《"连环图画"辩护》。
⑤ 冯国华：《儿歌底研究》，1923年11月23日《民国日报》副刊"觉悟"。

第八章　现代中国儿童文学的外来影响与对外交流

普通的儿歌，大抵已经没有什么趣味了"，"奇异而有趣味的，或真切合于人情的"传说故事"都可采用"；"写实的故事"应注意"不要有玩世的口气，也不可有夸张或感伤为'杂剧的'气味"；这时期的寓言应"注意在意义，助成儿童理智的发达"；同时还应供给他们儿童戏剧，使"他们能够发扬模仿的及构成想象的作用，得到团体游戏的快乐"。周作人在这里虽然主要是针对儿童教育而言，但这些观点对于儿童文学创作无疑也有着很好的启示。冯国华在1923年写的《儿歌底研究》，专有一节"儿童心理略述"。作者通过分析3岁到6岁、6岁至10岁这两个年龄阶段的儿童心理在"想象、好奇、注意、记忆、言语"等方面的特点，提出儿歌的内容应当是："一、顺应儿童心理"，"按照了儿童心理发达底顺序，一步一步地灌输知识进去"；"二、取材要在儿童生活里的"，"教材当从儿童现在发达的经验中去求"；"三、音节要自然"，"用韵是第一要紧的事"；"四、命意有趣而不鄙陋"，"要造成儿童有高尚的人格"[①]。这些意见对于儿童文学创作是有着积极作用的。由于接受儿童心理学影响，现代儿童文学越是走向成熟就越注重儿童心理的年龄特征，不但在内容题材的取舍、文体形式的选择、表现手法的运用方面，努力适合于孩子们的需求，而且还注意到了不同年龄阶段的儿童心理对读物的接受有不同要求。儿童心理学体现着儿童世界的特殊规律与要求，从心理学与接受美学的角度为现代儿童文学最终从文学大系统中独立出来，自成一系，提供了科学性与客观性的依据。

与儿童心理学一起，对初创时期的现代儿童文学发生过影响的外来思想文化中还有"儿童本位论"。"儿童本位论"渊源于美国现代哲学家、教育家杜威（1859—1957）的实用主义教育思想。1919年，《新教育》第1卷第3期出版"杜威号"专刊，发表了胡适、蒋梦麟、刘经庶等介绍杜威哲学与教育思想的文章。同年5月，杜威来华讲学。在两年多时间里，先后到直隶、奉天、山东、山西、江苏、江西、湖北、湖南、浙江、福建、广东等11省的城市和

[①] 冯国华，《儿歌底研究》，1923年11月25日《民国日报》副刊"觉悟"。

高校演讲，传播实用主义教育思想。自此，杜威的实用主义教育思想在中国传播开来，他的主要观点如"儿童中心"、"生活教育"、"从操作中学"等流行一时；而其中的"儿童中心"即"儿童本位论"则直接影响着与儿童教育密切相关的儿童文学。

  "儿童本位论"是杜威创立的实用方义教育思想的一个重要内容。自19世纪上半期以来，美国公众教育已有了迅速发展，但学校制度、课程设置和教育方法等，依然沿袭欧洲大陆和英国旧学校的"传统教育"，严重脱离社会实际生活，形式主义的呆板的教育仍占统治地位。杜威的实用主义教育理论是经过他所创办的芝加哥实验学校的长期试验，加以不断更新、丰富而形成的，其目的在于改造旧学校，使新的一代具有现代社会所需要的素质，能顺利地投入现代化生产过程中去，并适应急剧变化的社会生活挑战。儿童本位论是针对"传统教育"的缺点与弊端提出来的。杜威认为："传统教育"的重心是教师、教科书以及诸如此类的东西，而不是儿童本身的直接本能的活动。他自己所设计的"进步教育"最突出的改变就是"重心的转移"，即把学校的重心放在儿童身上，提高了儿童的地位。他说："儿童的世界是一个具有他们个人兴趣的人的世界，而不是一个事实和规律的世界。儿童世界的主要特征，不是什么与外界事物相符合这个意义的真理，而是感情和同情"。从这一基本点出发，杜威认为"进步教育"的特点应当是"在整个教育过程中，儿童是起点，是中心，而且是目的"；"在学校里，儿童的生活成为决定一切的目的，凡促进儿童成长的必要措施都集中在这个方面"。因此，各门学科处于从属地位，教师是儿童的同情者和追随者，教育"对儿童永远不是从外面灌进去"，而要根据儿童的兴趣和经验，把潜伏在儿童身体内部的能力及其幼芽"很小心、很巧妙地""逐步地'引出'来"，"它包含着心理的积极开展，它包括着从心理内部开始的有机的同化作用。毫不夸张地说，我们必须站在儿童的立场上，并且以儿童为自己的出发点"。他宣称"进步教育"把这个重心转移到儿童身上的革命"是和哥白尼把天文学的中心从地球转到太阳一样的那种革命。这里，儿童变成了太阳，而教育的一切措施则围绕着他们转动，儿童是中心，教育的措施便围绕

第八章　现代中国儿童文学的外来影响与对外交流

着他们而组织起来"[①]。以上就是杜威的儿童本位论的主要论点。我们只要实事求是地加以分析，就可以看出，儿童本位论有着积极的与消极的两面性；第一，明确提出在教育过程中教育者必须考虑到儿童心理特点及其活动的意义，尊重儿童在教育中的主体地位，了解他们对事物的理解能力与兴趣、需要，增强他们学习的独立性和创造性，使教育者的要求转化为儿童自身内在的需要。这对于压制学生、束缚儿童个性发展的"传统教育"无疑是一种有力的反驳，对于提高儿童的社会地位、尊重儿童独立人格与个性，具有充分的进步意义与作用。但第二，由于它片面强调儿童生活中的直接经验，过高估计儿童自我教育和自动性的作用与价值，忽视间接经验在课程中的地位和作用，贬低教师的教育作用，这就不免放纵儿童性格，降低智力训练标准，削弱基础知识，使教学放任自流，难免误人子弟，甚至贻误整个教学。由此可见，杜威的儿童本位论在哲学上的错误，就是从一个极端走向另一个极端。当在彻底否定"传统教育"压制学生，束缚儿童个性发展的弊端时，片面强调发挥儿童主观能动性的意义与作用。杜威的儿童本位论主张提高儿童的社会地位，尊重儿童的独立人格与个性，主张教育者应当充分了解、熟悉儿童的心理特征，这是其"合理的内核"，也是影响现代中国教育与儿童文学的主要方面。

历史资料显示，就在"五四"运动发生的前三天，杜威来华讲学，时间长达两年之久（1919年5月1日至1921年7月11日）。胡适认为，自中国与西洋文化接触以来，没有一个外国学者在中国思想界的影响有杜威那样大[②]。当时新文化运动正在激烈地批判传统伦理道德，大力倡导妇女解放运动与儿童教育，大声疾呼"救救孩子！"杜威的儿童本位论关于提高儿童社会地位、尊重儿童独立人格、把儿童从"传统教育"中解放出来的合理因素，自然会直接间接地影响到正在勃兴的中国儿童教育与儿童文学新潮，引起目光敏锐的思想精英与儿童文学拓荒者们的注意。下面摘录几段当时的重要言论：

[①] 参见赵祥麟、王永绪编译《杜威教育论著选》，华东师范大学出版社1981年版。
[②] 见《胡适文存》第1集卷2第199页至200页。

往昔的欧人对于孩子的误解，是以为缩小的成人。直到近来，经过许多学者的研究，才知道孩子的世界，与成人截然不同；倘不先行理解，一味蛮做，便大碍于孩子的发达。所以一切设施，都应该以孩子为本位（着重号系引者所加，下同），日本近来，觉悟的也很不少；对于儿童的设施，研究儿童的事业，都非常兴盛了。

可惜的是，中国的旧见解，又恰恰与这道理完全相反。本位应在幼者，却反在长者；置重应在将来，却反在过去。

欧美家庭，大抵以幼者弱者为本位，便是最合这生物学的真理的办法。便在中国，只要心思纯白，未曾经过"圣人之徒"作践的人，也都自然而然的能发现这一种天性。

——鲁迅《我们现在怎样做父亲》，1919年10月

以前的人对于儿童多不能正当理解，不是将他当作缩小的成人，拿"圣经贤传"尽量的灌下去，便将他看作不完全的小人，说小孩懂得甚么，一笔抹杀，不去理他。近来才知道儿童在生理心理上，虽然和大人有点不同，但他仍是完全的个人，有他自己的内外两面的生活。

所以我们对于误认儿童为缩小的成人的教法，固然完全反对，就是那不承认儿童的独立生活的意见，我们也不以为然。

——周作人《儿童的文学》，1920年10月

儿童文学，无论采用何种形式（童话、童谣、剧曲），是用儿童本位的文字，由儿童的感官以直诉于其精神堂奥，准依儿童心理的创造性的想象与感情之艺术，儿童文学其重感情与想象二者，大抵与诗的性质相同；其所不同者特以儿童心理为主体，以儿童智力为标准而已。

——郭沫若《儿童文学之管见》，1922年1月

第八章　现代中国儿童文学的外来影响与对外交流

赶紧创作适于儿童的文艺品，……对准儿童内发的感情而为之响应，使益丰富而纯美。

文艺家有个未开拓的世界而又最美妙的世界，就是童心。儿童不能自为抒写，文艺家观察其内在的生命而表现之；或者文艺家自己永葆其赤子之心，都可以开拓这个最灵妙的世界。

——叶圣陶《文艺谈·七·十》，1921年

儿童文学有两个要素：一、儿童文学是文学，不是科学的叙述，也不是传导的文字。二、儿童文学是儿童的——便是以儿童为本位，儿童所喜看所能看的文学。

——郑振铎《中国儿童读物的分析》，1922年8月

通过以上论者对儿童本位论的态度与评述，既说明这观点在"五四"时代所产生的广泛影响，又说明了它在当时"救救孩子"这样一个"非常时"中对中国现代儿童教育与儿童文学所具有的不可忽视的积极意义。中国数千年的传统文化心理与习惯势力，一贯主张"父为子纲"、"老者本位"、"祖宗崇拜"，忽视乃至漠视儿童，不尊重儿童的社会地位与独立人格，"五四"时期却忽然出来一个"儿童本位论"，而且还大声疾呼"一切设施，都应该以孩子为本位"，"本位应在幼者"而不在"长者"，这不是乱了几千年来神圣不可触犯的"父为子纲"的套？这不是对传统伦理纲常与教育模式的有力挑战？显然，先驱者们从西方文化那里拿来"儿童本位论"，把它作为一个行动口号用于"五四"反传统的文化选择，着实起了振聋发聩的作用，它对于漠视儿童世界与儿童精神、束缚儿童个性发展的传统"儿童观"无疑是一个有力的反驳，对于提高儿童的社会地位、重视儿童教育与儿童文学有着重大的现实意义。

如果说西方儿童心理学与儿童本位论是从观念方面影响着中国现代儿童文学的话，那么外国儿童文学作品则从创作实践方面为中国作家提供了有益的借鉴。

各民族文学的艺术表现手法总是各有所长，通过相互学习来相互促进的。外国儿童文学在表现手法与艺术技巧方面比较注重儿童心理与接受特点，主张以儿童为主体，这给中国作家的创作提供了经验与启示。郑振铎认为安徒生之所以能写出不朽的童话作品，就在于他对儿童心理有着深刻的理解，"当他动手写童话之前，先把这童话告诉给小孩子听，然后才写在纸上，所以能创出一种特异的真朴而可爱的文体"[1]。安徒生童话曾给严文井许多启示，他说，安徒生童话"虽然富于幻想性，却没有特别离奇古怪的故事，它们以一种强烈的优美的诗意感动了我，引起我思索"[2]。我们从严文井富于哲理与诗意的童话中，可以看出接受安徒生童话影响的鲜明印记。陈伯吹的童话《阿丽思小姐》是由于受英国道奇森的《阿丽思漫游奇境记》的丰富幻想的启示而动笔的。他在回忆中这样说："一个喜欢幻想有点想象的青年人，他给这书的艺术感染力感染了，也在这篇童话作品的本身得到了启发。至此，像一台蒸汽机的引擎，推动了我那创作的冲动与欲望。"[3]1935年，茅盾在《关于"儿童文学"》一文中，针对当时"科学的儿童读物大半不太注意'文艺化'，叙述的文字太干燥"的毛病，援引苏联马尔夏克的创作经验，指出儿童文学创作必须考虑到孩子们的心理特征与欣赏要求，它应当是："文字简易而明快"；"有趣而且活泼"；"必须有明白的故事（结构）"，"而且这故事又必须是热闹的……有英雄色彩的"；"必须有幽默"，"是活泼的天真和朴质的动作"[4]。现代儿童文学作家在创作实践中都曾直接间接地吸取过外国儿童文学注重儿童特点，以儿童为本位的成功经验，或受丰富幻想的启发，或是艺术技巧的借鉴，或受故事情节的暗示，或是语言文字的学习，等等。

　　考察一种文学是不是成为真正意义上的儿童文学，就是看它是不是尊重儿童文学自身的特殊艺术规律，即是不是考虑到读者对象——少年儿童成长发展进程中的年龄特征、心理特征、思维特征与接受特征，是不是真心实意地为儿

---

[1] 郑振铎语，见《小说月报》第16卷第8号卷头语。
[2] 见《我和儿童文学》180页、3页、314页、215页、31页，上海少年儿童出版社1980年8月版。
[3] 见《我和儿童文学》180页、3页、314页、215页、31页，上海少年儿童出版社1980年8月版。
[4] 茅盾：《关于"儿童文学"》，见《文学》第4卷第2号，1935年2月1日。

第八章　现代中国儿童文学的外来影响与对外交流

童的健康成长服务，舍此没有第二个标准。"五四"以来的儿童文学，由于受到西方儿童心理学关于儿童心理发展规律的科学知识的影响，受到儿童本位论所包含的合理因素的影响，受到外国儿童文学作品富于儿童情趣的影响，这些影响从观念上、实践上直接间接地影响着中国现代儿童文学作家的艺术修养与创作实践，被他们消化利用，从而使现代儿童文学加快了文体自觉的进程，并最终与一般文学相区别，自成一系，独立发展成为具有中国特色的现代意义上的儿童文学。

中国现代儿童文学——尤其是在它的早期阶段——虽然受到过外国儿童文学与外来文化的深刻影响，但它绝不是"欧化"的产物，它对外来的东西是立足洋为中用，目光四射，大胆"拿来"，消化吸收，它是一株牢牢地根植于中国现实土壤之中的充满生命力的榕树。但是，正如鲁迅所说："没有拿来的，人不能自成为新人，没有拿来的，文艺不能自成为新文艺。"[1]正是由于敢于大胆拿来，才加快了现代儿童文学的建设速度与发展步伐。这是我们在研究中国现代儿童文学史的发展轨迹时应当加以注意的一个重要问题。

1949 年以后

中国当代文学及其独立组成部分的当代儿童文学是一个开放性的整体。这里的"开放性"有两层含义：一是指其作为一种仍在发展运动着的活的文学现象，在文学史的概念上不存在明确的下限时间界定；二是指其作为世界性文学的组成部分，由于当代世界交通信息的快速发展所导致的频繁的经济、文化交流及全球意识，已使每个国家的发展包括文学艺术，都已无法游离于世界文化大潮之外。就当代文学开放性的后一含义而言，这种开放不是单向的消极接受外来文化影响，而是双向互动的，既有积极"引进"的一面，也有努力"输出"的一面。

---

[1] 鲁迅：《且介亭杂文·拿来主义》。

当代中国儿童文学与外国儿童文学的关系，从来就是一个开放交流、双向互动的关系。但就与具体国家、民族的儿童文学交流的密切程度与所受影响而言，则受制于1949年以后共和国特定时期的意识形态、对外关系与文学思潮；具体考察则可分为以下三个方面，也即三种交流路向：一是50年代与苏联、东欧儿童文学的交往；二是八九十年代与欧美国家为主流的西方儿童文学的交往；三是八九十年代与东南亚华人文化圈为主体的世界华文儿童文学的交往，以及与日本等亚洲国家儿童文学的交往。

儿童是人类的共同希望，儿童文学总是强调表现全人类共通的、最基础的精神要求与基本美德，因而儿童文学是没有国界的。相对于成人文学而言，当代中外儿童文学的交往所受非文学因素的干扰，比之中外成人文学的交往要少得多。

一、俄苏儿童文学：50年代的强势影响

由于90年代初期苏联社会的激烈变化致使"苏联"已成为历史，苏联儿童文学也为俄罗斯儿童文学所取代，不过从文学史考察，苏联儿童文学成就的96%以上是由俄罗斯作家所建立的，因此当我们谈论俄罗斯儿童文学时，实际上也就涵盖了本来意义上的苏联儿童文学[①]。为了论述的方便，本文有时将苏联儿童文学与俄罗斯儿童文学，统称为"俄苏儿童文学"。

苏联曾是世界儿童文学的重要创作基地与"出口"大国。据80年代统计，苏联国内有70多家出版社，用各民族52种语言出版少儿读物。数量已超过100亿册，并大量向国外译介，俄苏优秀儿童文学作品几乎都被译成世界所有语言出版[②]。苏联儿童文学对中国儿童文学一直有着广泛而深刻的影响，从20世纪20年代末至50年代，苏联政治文化对中国社会的影响越来越大，苏联文学及其儿童文学也是如此。三四十年代，苏联儿童文学与理论话语逐渐进入中国，高尔基、马尔夏克、盖达尔、班台莱耶夫等人的著述深受中国儿童文学

---

① 参见韦苇《俄罗斯儿童文学论谭》第2、3页，湖南少年儿童出版社1994年版。
② 参见北京师范大学苏联文学研究所译《苏联时期儿童文学精选》前言，中国少年儿童出版社1993年版。

第八章　现代中国儿童文学的外来影响与对外交流

界的欢迎。50 年代，由于中国奉行"学习苏联老大哥"的一边倒政策，苏联社会主义现实主义儿童文学蜂拥而入，大量翻译俄苏作品几乎成了一种浩大的运动。苏联儿童文学不但深刻影响着当代中国少年儿童的精神成长，而且几乎左右着中国儿童文学的发展走向。

史料显示，大量译介俄苏儿童文学是 50 年代中国少儿出版界、翻译界一道最为生动抢眼的风景线。共和国成立之初，有关部门曾对少儿读物作过多次较大规模的清理，认为有不少读物存在这样那样的问题，不适合新中国儿童阅读。清理后所出现的阅读空白与当时向苏联学习的一整套决策相适应，于是大量译介俄苏儿童文学以解中国儿童的精神饥渴，自然成为 50 年代中国儿童文学的重要活动。50 年代的俄苏儿童文学翻译、出版，以上海、北京为基地，而 1952 年成立的新中国第一家少儿读物专业出版社——少年儿童出版社（上海）则是其时的译介中心。主要翻译家有任溶溶、陈伯吹、李俍民、曹靖华、汝龙、草婴、黄衣青、戈宝权、梦海、吴墨兰、鲍倏萍、吕漠野、穆木天、楼适夷、张广英等，经过短短几年努力，就将俄苏儿童文学的主要作品译入了进来，用任溶溶的话说是"眼前展现了一个新世界"。这种翻译热情虽然后来在六七十年代因"反修防修"及"文化大革命"而中断，但"文革"后又被很快接续。

在俄苏儿童文学创作中，以张扬现实主义精神的少年儿童小说取得的成就最大，盖达尔、尼·诺索夫、阿列克辛是三位最具代表性的小说作家，60 年代后的重要小说作家则有阿列克赛耶夫、巴鲁兹金、热列兹尼科夫、雷巴科夫、李哈诺夫、波戈廷等。"人与大自然"一向是俄苏儿童文学的传统内容，也是出版量最大最稳定的少儿读物。被誉为"动物文学大师"的比安基、曾与肖洛霍夫一起作为诺贝尔文学奖候选人提名的帕乌斯托夫斯基，以及酷爱旅行、探险、农艺的普里什文是俄苏大自然文学的三位巨匠。近 20 年来，大自然文学的主题已由征服自然转向保护自然，向少年儿童传达"大自然是慈母"的观念。俄苏儿童文学中的诗歌与幼儿文学创作也有相当成就，普希金、马雅可夫斯基、马尔夏克、米哈尔科夫等都为孩子们写过优秀的诗歌。相对而言，俄苏童话创

作比较薄弱，这与庸俗社会学对儿童文学的干扰有关，但在七八十年代，由于摈弃左倾影响，童话创作生产力已被极大地激发出来。

经过几十年持续不断的努力，俄苏儿童文学已被广泛译介进来，从普希金的童话诗《渔夫和金鱼的故事》到比安基的《森林报》，从卡塔耶夫描写卫国战争的少年小说《团的儿子》到盖达尔的《远方》、《丘克和盖克》，从阿·托尔斯泰为儿童编写的俄罗斯民间童话到曾被苏联禁止发表作品的作家如安·普拉东诺夫的小说《还有个妈妈》等，都走进了中国孩子中间。外国儿童文学研究专家韦苇认为："论及外国儿童文学对中国儿童文学影响之深广，是没有第二个国家可与俄罗斯相匹比的。1985年前，第一流和接近第一流的俄罗斯儿童文学作品大都被译成汉文出版。外国儿童文学作品汉译工作做到这一步的，唯俄罗斯一国而已。"[1] 为了弥补六七十年代俄苏儿童文学译介的空缺，北京师范大学苏联文学研究所程正民等，又特意在90年代初，系统翻译了一部囊括苏联儿童文学发展史上各个时期的作品选集，包括从十月革命胜利初期直至90年代的新作，结集为《苏联时期儿童文学精选》，由中国少年儿童出版社于1993年出版。

如果我们将《钢铁是怎样炼成的》(奥斯特洛夫斯基)、《卓娅和舒拉的故事》(柯斯莫杰敏斯卡)、《普通一兵》(茹尔巴)、《古丽娅的道路》(伊林娜)、《儿子的故事》(柯舍娃娅)等描写苏联红军战士、青年英雄的青年文学读物包括在内，苏联青少年文学的汉译书籍出版几乎是一个天文数字！五六十年代的中国少年儿童可以说是在苏联青少年儿童文学的影响下成长起来的。当时不少学校里有"卓娅班"、"保尔·柯察金班"、"铁木尔小组"等班组[2]，其中对中国青少年影响最大的是长篇小说《钢铁是怎样炼成的》。在血与火考验中成长起来的穷苦家庭出身的作家奥斯特洛夫斯基，用深刻、细腻的笔触塑造了红军战士保尔·柯察金的生动形象。保尔最根本的人生主张与理想是为全人类的

---

[1] 参见韦苇《俄罗斯儿童文学论谭》第2、3页，湖南少年儿童出版社1994年版。
[2] 例如，据2000年3月3日《北京晚报》第一版报道，50年代北京男五中、女二中就有两个"保尔"英雄班，各三届学生，共300多人。"当年能进'保尔班'是一件最荣誉的事，选拔十分严格，全校进行评选，德、智、体都得一流。班上的同学都以集体为荣，努力在各方面为集体争光。"

第八章　现代中国儿童文学的外来影响与对外交流

解放而奋斗献身，他那战胜困难、战胜自我、不屈不挠、奋发向上的人格魅力以及在坚持信念、坚持真理上表现出的超越死亡的钢铁般意志的"保尔精神"，深深感动了几代读者。据资料，这部小说自1945年译入中国后，从1952年至1995年的44年间共印刷57次，光是人民文学出版社就发行了近300万册。1999年国庆50周年前夕，在北京举办的"感动共和国的50本书"群众投票评选活动中，该书位居第一[①]。2000年3月，由中国人编导诠释、乌克兰演员担纲的20集电视连续剧《钢铁是怎样炼成的》在中央电视台播出，与电视剧同步推出的还有近10个版本的原著新版与连环画册等。保尔的故事与形象再次风靡了中国。

众所周知，当代中国的文学理论曾深受"苏式文论"的影响。"苏式文论"既有哲学基础，又有基本范畴和成套概念（如本体论、作家论、作品论、创作论、文体论、批评鉴赏论等），同时又有严格的逻辑程序和相对完备的体例，有可供阐释和验证的经典文学作品，因而"苏式文论"有很长一个历史时期为中国文坛，尤其是高校的"文学概论"课所吸纳接受，甚至全盘照搬。有意味的是，"苏式儿童文学文论"也是如此，而且由于中国儿童文学理论基础本身的薄弱，更为儿童文学界看好。50年代，我国出版了15种左右的苏联儿童文学理论书籍，重要者如密德魏杰娃编的《高尔基论儿童文学》（中国青年出版社1956年版）、柯恩编的《苏联儿童文学论文集（第一集）》（中国青年出版社1954年版）、格列奇什尼科娃的《苏联儿童文学》（中国青年出版社1956年版）、凯洛尔等的《论苏联儿童文学的教育意义》（人民教育出版社1954年版）、杜伯罗维娜的《从儿童共产主义教育的任务看苏维埃儿童文学》（中国青年出版社1954年版）、伊林的《论儿童的科学读物》（中国青年出版社1953年版）、费·爱宾的《盖达尔的生平和创作》（少年儿童出版社1959年版）等，此外北京师范大学中文系穆木天等编的两卷本《儿童文学参考资料》（北师大1966年出版）也以3/5的篇幅收了苏联儿童文学重要论文。

[①] 据《光明日报》2000年2月24日、26日的有关报道。

这些翻译的理论著作在当时整个中国儿童文学界有着极其深刻的影响,并一直延续到 80 年代初期。

俄苏儿童文学忠实于由别林斯基建立起来的,后经高尔基、盖达尔等完善的传统。构成俄苏儿童文学理论体系的四大基本话语——坚持儿童文学的共产主义教育方向性原则;主张文学作品应适应少年儿童的年龄特征;强调儿童文学的教育作用必须通过"巨大的艺术感染力",用艺术的力量去"撬动少年儿童心理上的巨石";张扬现实主义的创作道路,帮助少年儿童树立正确的生活理想——不但在很大程度上规范着中国儿童文学的基本观念与理论框架,而且在很长一段时期里被内化为中国儿童文学的价值判断与审美尺度。如果说五六十年代由于中国儿童文学理论研究的薄弱,基本上是照搬照抄苏式儿童文学文论的话,那么到了 70 年代末 80 年代初,则是对苏式文论进行加工改制,以建构自己的理论体系,但在大框架上依然没有摆脱苏式文论的格局。例如,1982 年出版的北师大等五院校合著《儿童文学概论》(四川少儿出版社出版)以及蒋风著的《儿童文学概论》(湖南少儿出版社出版),仍然把"教育的方向性"和"儿童年龄特征"作为儿童文学的两大基本特征。与此同时,鲁兵的《教育儿童的文学》(上海少儿出版社 1982 年版)与贺宜的《小百花园丁杂说》(上海少儿出版社 1979 年版),也依然坚守着教育主义的命题:"儿童文学是教育儿童的文学","儿童文学担负的任务跟儿童教育是完全一致的","儿童文学作为一种教育工具,它辅助学校教育,成为对广大少年儿童进行全面教育的完整的系统的教育部署的一个重要环节。"

在这里,我们一方面看到了"苏式文论"对中国儿童文学的强势性和支配性,但另一方面也说明我们自身理论的孱弱与文化身份的缺失,在过分依赖外来文论话语的背后,暴露出儿童文学理论的僵化与滞后。问题的严重性还在于,俄苏儿童文学虽然在前进的道路上也曾出现过某些偏颇,但自六七十年代以来,他们已逐步摆脱某种美化生活和枯燥说教的陈套,开始进入一个新的探索时期,在坚持儿童文学教育性的同时,更加强和重视审美性、趣味性以及作品的幽默性,亦即"寓教于乐"。当俄苏儿童文学已经随着时代变化而发生着适应性变

第八章　现代中国儿童文学的外来影响与对外交流

化时，中国儿童文学却在相当长一个时期里与"阶级斗争工具论"相契合，将儿童文学视为教育工具，滑向宣传，滑向非文学，这在十年"文革"中达至极点。"文革"后的70年代末、80年代初也未见有多少改观。而俄苏儿童文学一贯强调的艺术形象一定要有强有力的思想来支撑，强调作家应当用人民的悲欢苦乐、人间的五色百味来磨炼自己的思想，强调作品中要"注入作家的心血"，人物要有生活的真实和性格的真实，这些俄苏儿童文学的基本观念却没有在我们的理论中发生多少影响。这种局面一直要在80年中期由于新潮儿童文学的冲击与挑战，这才有了根本转变。

俄苏儿童文学对中国当代儿童文学的这种强势、复杂、胶着状态的影响关系，是其他任何国家的儿童文学所不能匹比的。

二、西方儿童文学：全球意识中的东西对话

中国当代儿童文学的对外交流，曾在六七十年代由于"反修防修"与"文化大革命"，而与整个中国当代文学的对外交流一样，受到严重干扰，甚至停顿。资料表明[①]，自1962年11月上海少年儿童出版社出版苏联作家别利亚耶夫的科幻小说《平格尔的奇遇》以后，整整18年间，我国整体上很少出版外国儿童文学单行本，一直到1981年这才开始恢复出版。如果说俄苏儿童文学的译介只是在六七十年代受到干扰的话，那么西方儿童文学的译介则就长期不如人意，甚至出现了很长时间的空白。

中国人过去称"西方"为"西洋"，指大西洋两岸，也即欧、美各国，因而典型涵义上的"西方"不包括俄苏与东欧。以欧美国家为主流的西方儿童文学译介，曾在"五四"前后与20年代盛极一时，对此本章已有前述。从30年代开始，由于中国新文学的发展同中国革命一样奉行"以俄为师"，"俄国文学就成了中国文学家的目标"[②]，以高尔基为代表的社会主义现实主义文学成为中国作家特别是左翼作家向往和学习的楷模，因而外国文学包括外国儿童

[①] 参见韦苇编著《世界儿童文学史概述》一书附录《中华人民共和国新中国成立后出版的儿童文学译作主要书目》，浙江少儿出版社1986年版。
[②] 瞿秋白：《〈俄罗斯名家短篇小说集〉序》，北京新中国杂志社1920年7月版。

文学的译介也就自然转向以俄苏为主。进入50年代，在一切以苏联为榜样的国情下，俄苏作品大倡特倡，而西方作品大为核减，除了一些西方古典童话与揭露西方世界阴暗面的批判现实主义儿童小说偶有出版外，20世纪的现代性儿童文学则几乎是一片空白。据北京国家图书馆所藏1949年以后出版的外国儿童文学出版书目统计[①]，50年代我国出版的西方儿童文学单行本数量情况是：英国童话3种，小说7种，诗歌1种，计11种；法国童话11种，小说3种，诗歌1种，动物故事4种，计19种；美国童话2种，小说3种，诗歌无，计5种；德国童话8种，小说9种，诗歌无，动物故事2种，计19种；意大利、丹麦、瑞典、挪威、芬兰等国童话8种，小说2种，诗歌无，计10种。以上英、法、美、德、意及北欧诸国，在五六十年代总共只有64种儿童文学汉译单行本，这与当时俄苏及东欧儿童文学汉译作品的铺天盖地之势形成鲜明对照。

进入改革开放的八九十年代，译介西方儿童文学再一次形成热潮，而且其翻译数量之多，门类之广，对中国儿童文学影响之深，远胜于"五四"前后与20年代的第一次译介热潮。综观这次热潮的译介与传播、影响状况，可以看出如下一些特点。

第一，译介走向多元化、系统化、序列化。

二战以后，特别是八九十年代，世界经济已经走向国际化整体化，信息高速公路、电脑网络、数字化时代的到来已使整个地球连成一个整体（"地球村"），任何一种民族文化与民族文学都已卷入世界潮流之中而不可能孤立存在。未来世界的发展将不会出现一个单一的普世文化，而是将有许多不同文化和文明相互并存。在人类历史上，全球政治将出现多极的和多元化的。历史与现实告诉人们：从民族文学走向世界文学，从中国儿童文学走向世界儿童文学，已是大势所趋。这种趋势使中国文学包括儿童文学从30年代至50年代单一的"以俄为师"的一元模式中走了出来，把眼光投向更为广阔的世界各国、各民族文化的多元文学格局。由于俄苏文学在中国长期受到特殊重视并已有过广泛影响，

[①] 参见韦苇编著《世界儿童文学史概述》一书附录《中华人民共和国新中国成立后出版的儿童文学译作主要书目》，浙江少儿出版社1986年版。

第八章　现代中国儿童文学的外来影响与对外交流

相对降低了西方文学及西方儿童文学在国人与儿童心目中的地位，因而进入改革开放八面来风的八九十年代，增大西方文学与儿童文学的译介，也就自然成了一种必然趋势。八九十年代的打开国门，面向世界，主要是面向西方世界。

译介西方儿童文学的多元化、系统化、序列化趋向在 80 年代最重要的事件，当数由北京师范大学中文系儿童文学教研室策划，张美妮、浦漫汀等主编的《世界儿童小说名著文库》与《世界童话名著文库》两套大型丛书（新蕾出版社 1982、1989 年版）。小说文库共 12 卷，440 余万字，童话文库也是 12 卷，440 余万字。这两套将近 1000 万字的大型丛书，基本上囊括了世界儿童文学的代表性作品，而且大多是五六十年代被搁置的西方儿童文学作品，这无论在中国出版史上还是儿童文学对外交流史上，都是第一次。为了说明这次译介事件对中国当代儿童文学对外交流多元取向的影响与整合，我们不厌其烦，特将其中之一的《世界儿童小说名著文库》各卷目录辑要如下：

第 1 卷为英国作品，有狄更斯的长篇《雾都孤儿》，格林伍德的长篇《流浪儿》，斯蒂文生的长篇《金银岛》。第 2 卷为法国作品，有雨果长篇《悲惨世界》节选《法兰西小英雄》，都德《最后一课》等短篇三题，莫泊桑的短篇《西蒙的爸爸》，菲利伯的短篇二题，巴比塞的短篇《小学教师》，马洛的长篇《苦儿流浪记》，凡尔纳的长篇《孤岛历险记》。第 3 卷有瑞士威思的长篇《新鲁滨逊漂流记》，施比丽的长篇《海蒂》，意大利亚米契斯的长篇《爱的教育》。第 4 卷收入了俄罗斯屠格涅夫、托尔斯泰、马明·西比利亚克、柯罗连科、契诃夫、高尔基、库普林、安德列耶夫等的 19 篇短篇，波兰显克微支，罗马尼亚弗拉胡查，匈牙利莫里兹、费伦茨的 6 篇短篇，以及南斯拉夫布尔里奇·马佐兰尼奇的长篇《拉比齐出走记》，塞利什克尔的长篇《蓝色海鸥号》等。第 5、第 6 卷主要为美国作品，有马克·吐温的长篇《汤姆·索亚历险记》，肖洛姆·阿莱汉姆的中篇《莫吐儿》，槐尔特的长篇《大草原上的小房子》，伯内特的长篇《秘密花园》，沃克的长篇《纽约少年》，狄杨的长篇《校舍上的车轮》与中篇《小古姆与他的大卷心菜》，以及杰克·伦敦、辛格、休士、奥台尔的短篇，加拿大蒙哥马利的长篇《绿山墙的安妮》，豪斯顿、奥布尔的短篇，阿根廷荣

凯的短篇等。第 7 卷有英国哈纳特的长篇《羊毛包的秘密》，塞拉利尔的长篇《银剑》，法国多戴尔的长篇《谁也到不了的地方》与博斯科的中篇《大河的魅力》，戈西尼的中篇《小尼科拉和小伙伴们》等。第 8 卷有德国凯斯特纳的长篇《两个小路特》，里希特的长篇《喇叭里的鸡蛋》以及意大利马尔科内、菲奥拉尔的短篇等。第 9 卷均是瑞士作家作品，有林格伦的中篇《淘气包艾米尔》、《大侦探小卡莱》，林德的长篇《一块石头子》，海尔堡的中篇《幸福帽》，格里普的中篇《艾尔韦斯和他的秘密》。第 10 卷收了东欧国家波兰、捷克、匈牙利、罗马尼亚、南斯拉夫、保加利亚、阿尔巴亚尼等 21 位作家的中短篇小说 40 篇，重要者有罗马尼亚米·森廷布里亚努的《为什么》等 15 篇短篇，南斯拉夫安·英戈利奇的中篇《我的作文——PGC 秘密协会的历史》，保加利亚兰·博希别克的中篇《苦孩子》等。第 11 卷为苏联时期作家作品，有班台莱耶夫的中篇《表》，盖达尔的中篇《丘克和盖克》，诺索夫的中篇《马列耶夫在学校和家里》，热列兹尼科夫的中篇《"稻草人"》，以及德拉贡斯基与波戈廷的短篇等。第 12 卷主要为日本作家作品，有黑柳彻子的长篇《窗边的小姑娘》，古田足日的中篇《鼹鼠原野的小伙伴》，加藤多一的中篇《白围裙和白山羊》与有岛武郎的短篇，另有澳大利亚拉伊森的中篇《我是跑马场老板》。

新蕾版《世界童话名著文库》12 卷，涉及到亚、欧、美等众多国家的童话名作，从古印度的《五卷书》、阿拉伯的《卡里来和笛木乃》到《一千零一夜》、《阿里巴巴和四十大盗》、《神灯》，从法国古典童话玛·希的《狐狸列那的故事》、夏尔·贝洛的《鹅妈妈的故事》到英国斯威夫特的《格列佛游记》，德国毕尔洛的《吹牛男爵历险记》、格林兄弟的《格林童话》、豪夫的《豪夫童话》，从丹麦童话大师安徒生的《安徒生童话》到美国鲍姆的《绿野仙踪》、怀特的《夏洛的网》、哈里斯·佐尔的《白兔和他的敌人》，从意大利罗大里的《假话国历险记》、瑞典林格伦的《小飞人》到日本松谷美代子的《龙子太郎》、中川李枝子的《不不园》，从俄罗斯普希金童话、高尔基童话、比安基童话到墨西哥米莱亚·古埃多米勒，乌拉圭基罗加的童话等，将如此丰富多彩的世界童话名作荟萃在一起，可说是给中国儿童上了一道特别丰盛的佳

第八章　现代中国儿童文学的外来影响与对外交流

筵。

八九十年代外国儿童文学的译介除了开放胸襟多元输入外，还体现出系统化、序列化的特点。系统化表现在：对某一文体（如小说、童话）、某一地区（如欧洲）、某一经典作家作品（如《安徒生童话全集》）的系统性翻译，以求成龙配套，形成系列，甚至"一网打尽"。在这方面，由著名翻译家、儿童文学作家叶君健根据丹麦原文重译的《安徒生童话全集》与中国少年儿童出版社从美国原版直接引进的"纽伯瑞儿童文学丛书"是两个突出的例证。

作为世界儿童文学经典巨著与世界名著的安徒生童话，早在20世纪20年代初，就已开始介绍到中国，对中国现代儿童文学的发展产生过深刻影响。但很长一个时期，中国的译者全是通过英文或其他语种的转译，而作为丹麦作家安徒生则是用其母语丹麦文创作的。叶君健自1947年在英国剑桥大学从事欧洲文学研究时起，就开始了直接从丹麦文本翻译安徒生童话全集的工作，回国后全部译完，并于1953年起陆续出版。80年代初，叶君健又作了校订，并由中国少年儿童出版社一次性出齐多卷本《安徒生童话全集》，这是安徒生童话在中国最完整系统的经典版本。根据丹麦哥本哈根大学东亚研究所所长、汉学家埃格罗教授在"丹麦挪威瑞典东方学会"会刊《东方世界》上所发表的有关叶君健的中译本的评论认为，叶的译本可以与美国珍·赫叔尔特女士的译本并列，是"当今世界上的两个最好的译本"[1]。在中外儿童文学交流史上作出了非凡的贡献。纽伯瑞（1713—1767）是英国著名出版家，因开创现代英美儿童文学出版业，而被西方誉为"儿童文学之父"。为纪念纽伯瑞，美国图书馆协会自1922年起特设立"纽伯瑞奖"，奖励上一年度的优秀儿童文学作品。此奖一直延续至今，从未空缺，因而成为美国最著名的儿童文学大奖，也是世界历史最悠久的儿童文学大奖。"纽伯瑞儿童文学丛书"，所收录的均系该奖获奖作品，反映着现代儿童的生活世界，折射出时代精神的七彩强光，因为这是不同于安徒生、格林等古典童话的西方现代儿童文学佳作。1998年，中国

---

[1] 叶君健：《我和安徒生童话的翻译》，1990年6月7日上海《文学报》。

少年儿童出版社直接从美国引进了这套丛书的 21 种，分为"探险·奇遇系列"、"亲情·友爱系列"、"童话·幻想系列"、"动物·自然系列"，译介给中国小读者，同时也让中国儿童文学界感受到了西方现代儿童文学的精神风貌。

序列化是指有意识有计划投入外国儿童文学译介工程的整体建设，分门别类，协同互补，除了翻译作品，又有外国儿童文学资料工具书、西方儿童文学史、西方儿童文学研究专著的编撰出版。在资料工具书建设方面，以下两种图书特别具有意义与价值，不能不专门提出（有关文学史与研究专著将在下文详论）。

蒋风主编《世界儿童文学事典》——这是第一部由中国人编撰的世界性儿童文学百科类辞书，总计 190 万字，山西希望出版社 1992 年出版。全书分为九大部分：一、儿童文学理论及相关知识：又分为儿童文学的特征、本质及作用（收 68 则词条），儿童文学的创作与构成（59 则），儿童文学的种类和体裁（121 则），儿童文学的欣赏与批评（30 则），与儿童文学有关的知识（158 则）。二、儿童文学作家：分别介绍亚、欧、非、大洋洲、北美洲、南美洲 60 个国家约 1350 位作家，其中入选作家最多的有中国 395 人、日本 67 人、苏联 99 人、英国 255 人、美国 164 人。三、儿童文学作品及形象：按国家介绍重要作品、论著及文学形象，共约 950 则词条。四、儿童文学概貌：分别介绍中、日、英、德、法、苏联、美、澳大利亚等 61 个国家的儿童文学概况。五、儿童文学学术团体研究机构（60 则）。六、儿童文学奖：介绍了 181 种各国儿童文学奖。七、儿童读物出版者及机构：介绍了 76 家中外儿童读物出版社、公司等。八、儿童报刊杂志丛书文库选本（232 则）。九、儿童文学史料拾零（73 则）。另有中国儿童文学的足迹及里程碑、外国儿童文学的足迹及里程碑、中国儿童文学研究文献、外国儿童文学中译文献、名家论儿童文学等 5 个附录。

张美妮主编《世界儿童文学名著大典》——中国文史出版社 1991 年出版，全书分上下两卷，共 117 万字。上卷外国部分，介绍了（按该卷顺序）英国、法国、德国、意大利、丹麦、瑞典、挪威、芬兰、波兰、捷克斯洛伐克、匈牙利、罗马尼亚、南斯拉夫、保加利亚、希腊、西班牙、葡萄牙、瑞士、奥地利、比

第八章　现代中国儿童文学的外来影响与对外交流

利时、荷兰、以色列、俄罗斯、苏联、日本、印度、巴基斯坦、孟加拉、斯里兰卡、尼泊尔、缅甸、泰国、菲律宾、马来西亚、印度尼西亚、土耳其、伊朗、黎巴嫩、阿拉伯、埃及、尼日利亚、坦桑尼亚、美国、加拿大、古巴、智利、巴西、阿根廷、澳大利亚等 49 个国家和地区的 1135 篇（部）儿童文学作品，其中英、法、德、俄苏、美、日、印度等 7 国约占了 4/5 的篇幅。下卷为中国部分。

多元化、系统化、序列化，一直是八九十年代中外儿童文学交流、译介工作所努力追求的目标，同时也成为少年儿童读物最重要、最稳定的出版工程之一。90 年代尤其是进入世纪之交的后半期，这方面的工作又相对加大了力度，国内 30 余家专业少儿读物出版社几乎都程度不同地推出了自己形成一定规模的世界儿童文学出版品。其中最重要的有：上海少年儿童出版社的"世界名著金库" 25 种，北京少儿出版社的"世界少年文学精选丛书" 53 种，广西接力出版社的"世界著名小说系列"少儿版 20 种，河北少儿出版社的"世界儿童名著传世本" 16 种，重庆出版社的"外国童话名家精品文库" 20 种，广东新世纪出版社的"世界经典儿童小说·故事珍藏文库" 16 种，山东明天出版社的"漂流瓶丛书·外国最新少年小说、童话译丛" 34 种，安徽少儿出版社的"世界著名童话丛书" 20 种，北方妇女儿童出版社的"诺贝尔文学奖获奖作家儿童文学作品丛书" 7 种；此外，中国妇女出版社也出版了"世界经典童话寓言珍藏本库" 20 种、"卡尔·麦系列世界探险丛书"少儿版 22 种。以上举例只是笔者于 2000 年 1 月在"北京图书订货会"上所了解到的出版信息。虽然这些丛书里面不免有选题重复、资源浪费的现象，但如此铺天盖地的外国儿童文学作品大举引入中国，这无疑为中国 3 亿多少年儿童提供了无限丰富的可供选择的精种食粮，同时也说明世纪之交的中国儿童文学已真正和世界儿童文学融为了一体。

第二，注重现代意识与全球意识，激扬中国儿童文学的创新精神。

文学的现代意识本质上是时代意识，是体现我们这个正在发展变化着的时代所产生的价值观念、文化心理、审美风尚和创新精神。文学之需要现代意识，

根本目的是为了使我们的文学不断获得时代的哺育与催化,激活创造性思维与创作生产力,体现今日风范,具有一种不断向上的生命气象。毋庸赘言,我们的外国儿童文学译介,在很长一个时期是比较偏重于"过去式"的,即偏重于西方古典童话寓言(如安徒生、格林、贝洛童话与伊索寓言等)与19世纪至20世纪初的批判现实主义儿童小说(如狄更斯的《雾都孤儿》、马洛的《苦儿流浪记》、格林伍德的《流浪儿》等)。诚然,西方古典童话所体现的人生基本精神要求与批判现实主义小说对人生和社会的独特感悟与关怀,都是少年儿童精神生命成长所需要吸取的养分。但是,文学的发展离不开对现代人生存的言说,尤其是对现代人的心绪的具有"生命精神化"的价值追问,离不开以富于个性的活生生的艺术形象去有力地和有效地表现现代人生存体验及其根本的历史缘由,离不开对新的叙事模式的探索,对新的文体形式的实验与对新的审美经验的追求,因而一味沉溺于文学的"过去式"对文学的发展并非良策;更何况作为民族希望与人类生命延续的儿童文学接受对象——亿万少年儿童本身生命的成长更需要经历一个认识现世、体味人生的"社会化"过程。因而儿童文学尤其需要张扬现代意识,体现时代精神。八九十年代中国儿童文学的发展观念正是在这一点上明显高于五六十年代,优于五六十年代,由此出发,对外国儿童文学的译介也就必然将重心由古典转向现代,由批判现实主义的一元取向转向20世纪世界儿童文学的现实主义、现代主义、浪漫主义、游戏精神、绿色文化、科学创新乃至全球意识等的多元输入,注重多方位、多角度地介绍当代外国儿童文学作品本身所包含的时代精神、情感因素、审美趣味和文化内涵。

考察八九十年代中外儿童文学的译介、交流,最引人瞩目而且对新时期儿童文学产生实质性影响最大的,是以下三类作品:

第一类是有关体现现代世界教育潮流所倡扬的"学会做人"的理念,充分肯定具有创造性思维和鲜明个性的少儿形象的作品,这主要是少儿小说、童话等叙事性文学。

21世纪是知识经济的时代、高科技的时代,也是各国人力资源激烈竞争

第八章　现代中国儿童文学的外来影响与对外交流

的时代。联合国教科文组织"国际 21 世纪教育委员会"针对整个人类的发展前景,郑重提出了 21 世纪教育的四大支柱,即"学会求知、学会做事、学会共处和学会做人"。四大支柱的核心与根本目的是学会做人。学会做人在这里已超越了单纯的道德、伦理意义上的"做人",而是包括了适合个人和社会需要的情感、精神、交际、亲和、合作、审美、体能、想象、创造、独立判断、批判精神等方面相对全面而充分的素质发展[1]。现代社会的素质教育承认受教育者的个性差异,并肯定每个人的存在价值,使受教育者发现自己,了解自己,对自己充满信心。人的充分发展体现在个性发展、才智发展和素质发展三方面。个性的教育和个性化的教育观念正冲击着传统的集体化、标准化的教育体制。当代西方儿童文学尤其是小说类叙事性作品,围绕如何学会做人(现代人)、学会生存(社会化)的总主题,进行了长时期多方位的探索,并形成了一种广泛的创作潮流。这一潮流将关注的焦点集中在少年儿童精神生命的成长与个性的发展上,并将成长的过程置于广阔的现实社会背景之中,着力描写人际之间的沟通与理解,两代人之间关系的改善,青春期的困惑与烦恼,以及社会病灶(如酗酒、吸毒、暴力、谋杀、同性恋、未婚先孕、色情、家庭破碎、种族歧视等)、教育弊端对少年儿童身心的影响,以求深入地揭示人类精神世界中的某些共同问题,引导未来一代的精神生命尽可能不受挫折地成长。

　　属于这一主潮的代表性作家作品,在美国有被誉为"当代哈克"的塞林格描写"一个年轻孩子浪迹在不太友好的成人世界里"的新现实主义小说(问题小说)《麦田里的守望者》;女作家 S. E. 辛顿塑造的虽犯有过失却从烈火中救出几个孩子的现实少年英雄小说《世外顽童》;汤姆·E. 克拉克关于一个问题少年在荒凉的阿拉斯加接受挑战、走上正道的传奇故事《阿拉斯加的挑战》;曾经 3 次荣获"纽伯瑞奖"的美国著名家庭小说和少女小说作家凯瑟琳·佩特森的《古莉的选择》、《通向泰雷比莎之桥》(中译本译为《飞桥》)、《孪生姐妹》;杰出的犹太作家赫尔曼·沃克的《纽约少年》,诺贝尔文学奖

---

[1] 参见北京出版社 1999 年版"走进学习时代丛书"主编周南照序言。

获得者辛格的《山羊兹拉特》等。二次世界大战后，英国儿童文学中出现了一大批用写实手法呼唤真情、信任和理解，呼唤人们承担起"被战争糟蹋得满目疮痍的世界"的责任感的作品，代表性儿童小说有伊恩·塞拉利尔的《银剑》、约翰·汤森的《冈布尔的院子》、夏娃·加尼特的《街头一家人的奇遇》、莱拉·伯特的《贝尼的盒子》等；七八十年代因直面少年现实问题而产生强烈社会反响的则有伯纳德·拉什利的长篇《墙头上的特里》、威廉·梅因的校园小说《唱诗班歌手的蛋糕》等。在法国、德国，塑造独立自由地去认识社会人生、了解当代世界种种风景的作品也十分受到重视，如皮埃尔·加马拉的《春队长》、《羽蛇的故事》，博斯科的《大河的魅力》，凯斯特纳的《埃米尔和侦探》、《5月35日》等。而在北欧，这种创作思潮不断受到鼓舞，涌起高潮，特别是瑞典林格伦、挪威埃格纳、芬兰杨森笔下涌现的那一群活蹦乱跳、毫无顾忌地挑战现存教育体制的淘气包，以他们充满幻想和创造性的生命力向整个世界儿童文坛宣告了教训主义的结束和"儿童世纪"的到来。北欧作家所张扬的"儿童视角"与"游戏精神"为当代世界儿童文学注入了一股昂扬的生命活力。

以上这些充满现代意识与变革精神的西方作品，在八九十年代先后被译介到了中国；有的还有多种译本，多家出版社出版。如瑞典林格伦的童话、小说《长袜子皮皮》三部曲、《小飞人》三部曲、《淘气包艾米尔》三部曲与《疯丫头玛迪琴》等。流贯在林格伦作品中的独特的反传统少儿形象、充分的游戏精神与热闹风格、深刻理解与把握儿童心理的写作姿态以及大胆的童话文体改革等，曾带给80年代中国儿童文坛旋风般的影响。"童话大王"郑渊洁作品的走红，"热闹型"童话的迅速崛起，游戏精神美学旗帜的高扬，都与林格伦进入中国直接相关。80年代一大批标榜"新潮儿童文学"的中青年作家所热情呼唤的"塑造小小男子汉"、"阳刚气质"的口号，所塑造的个性鲜明的"自立型"、"断乳型"、"成长型"少儿形象，所探索和表现青春期烦恼与憧憬的少男少女心理小说，都从不同方面受到当代西方儿童文学的精神感召与变革意识的冲击。汤锐在比较新时期中西儿童文学的创作现象后认为，西方当代儿童文学名著如塞林格的《麦田里的守望者》、林格伦的《长袜子皮皮》等，曾"使中国的儿

第八章　现代中国儿童文学的外来影响与对外交流

童文学作家受到极大的震动",这些充满现代意识的作品"从儿童生存现状中透视整个人类生活本质的方式,以及它们因此而产生的超越童年的哲学生命力,都强烈地吸引着当代中国一些年轻的儿童文学作家们。他们果然乐而忘返,并在自己的创作中尝试把个体童年和成长看作整个人类生活及发展的缩影"[①]。

吴其南在考察新时期少儿文学所体现的少儿精神成长的价值取向后,明显地感到"在整个新时期少儿文学中,人们的价值取向一直是偏向有独立个性的少年儿童这一边的","从强调阶级性社会性到相对地强调个体的充实与完满"。这一成长主题"反映出现代中国人的成长观念与西方的成长观念正在有着某种程度的接近",并由此导致了新时期少儿文学人物形象和整个人格结构、成长目标的深刻变化与更新[②]。我以为,汤、吴的见解是符合八九十年代中国儿童文学发展现状的,这一现状的突出之处就是从西方儿童文学那里"拿来"了作为面向未来一代的儿童文学所不能或缺的现代意识、变革精神。

第二类是有关体现现代科技创新,以人类科技文明与无边幻想烛照未来一代精神天地的作品,这就是科幻小说。

二战以后,人类在科学技术方面有了突飞猛进的发展,作为现代科技创新的审美意识物态化产物的科幻小说创作因而也空前繁荣,正如现代科幻小说泰斗艾萨克·阿西莫夫所曾指出的那样:我们正生活在科幻小说的世界里。西方科幻小说发展经历了五个阶段:19世纪末至20世纪初为萌芽初创时期,法国的儒勒·凡尔纳和英国的赫伯特·乔治·威尔斯是这时期的代表,他们从不同的方面开拓出了古典科幻小说的两个主要流派,即技术派和社会派,并确立了后世科幻小说的主要题材,这主要有太空探险、时间旅行、奇异生物、战争与大灾难、技术进步与未来文明走向等。20世纪30至60年代为黄金时期,涌现出如美国的艾萨克·阿西莫夫、罗伯特·安森·海因来因、英国的阿瑟·C.克拉克等一大批优秀科幻作家,创作空前繁荣。这一时期人们对科幻小说的认识也有了比较一致的看法。一般都认为科幻小说是表现科学对人类影响的作品,

---

[①] 汤锐:《比较儿童文学初探》第153页,湖北少儿出版社1990年版。
[②] 吴其南:《新时期少儿文学中的成长主题》,《温州师范学院学报》1994年第1期。

同时创作也形成了一定模式：必须有一个带悬念的与科学发展或科学家工作有关的好故事；故事应有几个恢弘的奇异场面；无论是乐观还是悲观的结尾都应给人以思考。六七十年代是西方科幻的"新浪潮时期"，英国人米切尔·莫考克发起了一场刻意求新、将科幻融入主流文学的改革运动，其主要特点是：抛弃传统科幻小说的套路，由通俗向文学靠拢，进而进入严肃文学领域；不再把物理学等正统科学当成主要内容，而是重视心理学、社会学、政治学甚至神学等；强调作品的意象性、隐喻性与心理性，并开拓了有关性爱和政治等方面的新题材；嘲弄传统科幻对未来世界的预测主题，认为未来是不确定的，因而充满悲观色彩，科幻小说的公式也由过去的"技术成就——未来"改成了"假如这样——未来"。70年代中期以后，西方科幻进入回归传统的"塞伯朋克时期"，中心人物是美国威廉·吉布森和布鲁斯·斯特灵。"塞伯朋克"的意思是指具有超越传统和极端未来主义观点的电脑技师。他们呼唤科幻小说从"新浪潮"回归传统，回到人们熟悉的高科技场景，因而"塞伯朋克"派的创作热衷于引入现代高科技，尤其是关于电脑和生物工程等新兴科技知识。但文化价值观常常是反传统的，具有某些颓废特征，乐于写作暴力、药物、堕胎及形形色色的"灰色事物"。八九十年代，西方科幻呈现出多流派并存的多元时期，传统派继续存在，新浪潮的后继者仍在努力，人文主义、女性主义科幻小说顺势而起，塞伯朋克则已融入主流科幻文学。创作景观异彩纷呈，其内容几乎覆盖了当代世界的全部前沿学科领域，诸如生命科学、海洋生物、宇宙天地、航天技术、电子信息、大气环境等。新科幻小说着力表现宇宙探险、太空开发、生命基因、未来世界、人类与外星智能生物群种的对话交流等，以其无边的幻想和丰富多彩的景观吸引着无数读者。

科幻小说的译介是我国当代儿童文学对外交流的重要内容之一，50年代渐成气候，六七十年代因"文革"等原因被迫停顿，八九十年代勃然而兴，成为翻译界、出版界的突出现象和兴奋点。各地少儿出版社都曾出版过相关的科幻文学译作丛书，福建少儿出版社还把科幻小说作为出版特色，即使在80年代中期以后我国科幻创作大消退的时候，也依然不放弃译介。1990年至1995

第八章　现代中国儿童文学的外来影响与对外交流

年，该社每年推出一辑《世界科幻小说精品丛书》，已出 6 辑 36 种，发行达数百万册，并多次被评为"最畅销的文艺类图书"。1997 年该社推出了美国著名科幻小说作家詹姆斯·冈恩主编的 4 卷本《科幻之路》，以后又出版了一套展现五大洲变幻莫测异彩纷呈的未来前景的最新西方译作"2066 年环球风暴世纪科幻小说丛书"。福建少儿社只是一个小社，却在译介出版外国科幻方面业绩非凡，如果加上中国少年儿童出版社、少年儿童出版社（上海）、天津新蕾出版社等专业大社，业绩自然就更可观了。如中国少儿出版社的《凡尔纳经典科幻探险小说珍藏文库》15 种，四川少儿出版社的《外国科幻名家精品丛书》6 种等。

中国当代以科幻小说为主体的科学文艺创作呈现出时断时续的马鞍形特点。50 至 60 年代初，发展势头较好，除高士其、顾均正等老一代作家外，还涌现出郑文光、童恩正、刘兴诗、于止、萧建亨、鄂华、鲁克等一支富有生机的中青年创作队伍，但以后开始滑坡，1964、1965 两年作品近乎绝迹，而接下去的十年"文革"则是一段完全荒芜的岁月。在 70 年代末迎接"科学的春天"的时代精神鼓舞下，科学文艺创作也迎来了前所未有的高潮，尤其是科幻小说更是直线上升。据统计，1981 年各地发表的科幻小说就有 300 余篇，约为 1976 年至 1980 年五年的总和，作者队伍也从 1978 年的 30 多人扩大到 200 多人[①]。郑文光、童恩正、刘兴诗、萧建亨等老将以及叶永烈、吴岩、尤异、金涛、魏雅华等新秀是这一阶段的重要代表。但令人遗憾的是，从 1982 年以后，由于科幻小说自身和来自非文学的因素等多种原因却跌入了低谷，全国科幻类杂志也只剩下四川《科学文艺》（后改名为《科幻世界》）一种。

关于 1982 年以后我国科幻文学创作衰落的原因，叶永烈、郑文光曾在 1996 年接受《中国青年》杂志记者采访时，发表过直言不讳的看法[②]。叶永烈认为衰落的原因"主要是来自科学界的压力，他们不理解科幻文学，却以科学论义的眼光来挑剔科幻小说。……一些文章指责我的科幻创作是伪科学。他

---

① 据蒋风主编《中国当代儿童文学史》第 499 页，河北少儿出版社 1991 年版。
② 参见《中国青年》1996 年第 2 期记者骆爽的专访。

们搞不清科学幻想小说与现实世界是有距离的,并且许多人为的因素制约了科幻小说的发展"。郑文光也有同感:"有些人先是找科学问题;科学问题找不到,找社会问题。对科幻小说的细节更是手执放大镜,质问其科学上的可靠性和未来发展的可能性。如此种种,挫伤了科幻作者的积极性,也偏离了科幻小说创作主旨。进入90年代以后,来自科学同行、行政干预的压力随市场经济的来临逐渐减少,因为关注科幻文学的人已不多,科幻作者们仅在一些少儿、教育类出版社出版作品,声音已十分微弱,主流文学界对此也不予关注。"叶、郑的批评对我们考察八九十年代我国科幻创作一直不景气的原因提供了某种参考。一个不争的事实是,在中国作家协会举办的四届"全国优秀儿童文学奖"中,科学文艺已连续三届出现空缺,这三届的评奖范围时间是从1986年至1997年。

由于中国当代科幻小说创作存在如此特殊的衰落现象,因而外国科幻小说的引进就有了特别重要的意义,这就是直接填补了中国科幻退场后而出现的空白。相对于外国儿童文学其他文体如小说、童话对中国文坛的影响而言,外国当代科幻在中国当代文坛就有了一种强势性、霸权性与支配性的意味。中国当代科幻小说创作一直要到90年代末由于"科教兴国"战略的提倡,这才有所起色。90年代后半期与世纪之交的科幻小说创作,明显受到西方新科幻的影响。一是在题材上,几乎与西方亦步亦趋,着力表现现代高新科技影响下的人间百态,以及有关电脑网络、生物克隆、外星人探寻、未来世界预测等内容。二是在表现手法与文化观念上,同样也有与西方科幻相类似的两种类型:一是通过现代科技的最高成果和预期结果,来展现人类未来生活画卷的"未来世界型"的作品;二是以眼前的人类社会现实生活为基础,观照历史,去对未来的社会格局作出种种预测,并以此来幻想、建构未来社会的"政治寓言型"作品。但无论是前者还是后者,人类新的文明意识的形成必须有人文精神的关怀,以人为本的中心思想是不能移也不可能改变的,因而新科幻小说的创作都无一例外地预示着人文精神在未来世界的艰难跋涉中所取得的最终胜利[①]。世纪之交我

---

① 参见徐崇亮《现代科幻小说与人类社会生活》,《中华读书报》1999年2月24日。

第八章　现代中国儿童文学的外来影响与对外交流

国科幻小说创作终于走出了低谷,一批具有现代意识与高科技知识修养的新人开始崭露头角,各地也及时出版了他们的原创性作品。如:江苏少儿出版社出版的"中华当代科幻小说丛书",有《克隆总统》、《网络游戏联军》、《生死第六天》等6种;四川少儿社推出了由《星际旅行》、《地球上最后一家人》、《献给索尼亚的玫瑰》等10种科幻新作组成的《中国著名科幻作家丛书》;甘肃少儿出版社有以沙漠为背景的《金科幻丛书》4种,河北少儿出版社有《中国长篇科幻小说新作》3种等。在2000年年初公布的第五届"宋庆龄儿童文学奖"获奖作品中,科幻界终于有了星河的《星际勇士》、牧铃的《梦幻牧场》、马铭的《幽灵海湾》等作品获奖的喜讯。

第三类是有关体现人类面对的共同生存困境与拯救,传导守护地球家园、增进全球意识与可持续发展观念的作品,这主要是与环保、生态、动植物、大自然相关的读物。

联合国环境计划署决定,从1998年起将每年6月5日的世界环境日主题锁定在"为了地球上的生命"而不再改变。当今少年儿童不仅身处信息时代、克隆技术、网上人生,而且身处环保的世纪、可持续发展的世纪,与他们的父辈一起面临着由于人类过分热衷于"战胜自然"所造成的生态破坏、环境污染、物种灭绝、资源匮乏等一系列严峻问题;而且少年儿童作为未来世界的主人,这些问题的严重性、紧迫性与切身利害关系更甚于他们的父辈。因而向全人类的下一代传导守护地球家园、共建绿色文化、树立全球意识与可持续发展观念等这些全人类的共同课题,也就成了世界儿童文化与儿童文学的共同主题。人类不仅需要绿化地球家园,而且需要"绿化"自己的心灵,特别需要从孩子抓起,"绿化"青少年的精神世界。

应当说,有关"人与自然"这一重大主题的创作,在世界儿童文坛不是现在才提出来的,而是有着自己的传统。这说明人类的自审意识已经积累有年,只不过"于今为烈"罢了。从法国法布尔的科学诗篇《昆虫记》到俄罗斯比安基的大自然百科全书《森林报》,从法国古典动物童话《列那狐的故事》到加拿大博物家西顿的现代动物小说《动物英雄》,从印第安人作家灰枭记录原始

森林动物变迁的故事《消逝的游猎部落》到西欧作家"重返大自然"题材的小说，从英国作家笛福名著《鲁滨逊漂流记》到后起竞相模仿鲁滨逊故事、向往伊甸园生活的续写之作（如法国阿兰·埃尔维的长篇《鲁滨逊》），从美国作家杰克·伦敦的动物小说惊世名作《荒野的呼唤》到英国作家考林·达恩愤怒谴责人类破坏生态迫使动物大逃亡的长篇杰作《动物远征队》等等，就这样，世界儿童文学润物无声地不断地向下一代讲述着与人类息息相关的另一类世界——动物世界及其生存、发展与困境，讲述着大自然原生状态的种种美丽可爱之处。这些作品带领小读者走进了一个未知的广阔的世界，在表现对大自然的认识、礼赞甚至是崇尚之后，获得了描写人的文学所无法替代的独特人文关怀与审美感动。

译介有关"人与自然"类的作品，这在20世纪初就得到了中国文坛的重视。鲁迅在"五四"以前就已经在文章里提到法布尔的《昆虫记》，周作人在1923年出版的《自己的园地》一书中，专有一文叫《法布尔〈昆虫记〉》。二三十年代翻译工作陆续开展起来以后，世界大自然文学尤其是俄苏的作品如《十万个为什么》等陆续进入了中国，但大规模的译介尤其是对西方作品的译介，则要进入80年代以后（五六十年代，我国仅翻译过27种此类读物，其中多数为俄苏作品）。《昆虫记》、《森林报》等经典名作在八九十年代一版再版，光是作家出版社出版的《昆虫记》至1999年5月就7次印刷，发行76000多册。这部将区区小虫的话题描写成如此富于人文精神、融通人性与虫性的鸿篇巨制，深深感动了中国的小读者，也为无数的大读者所陶醉。译介当代西方作家"人与自然"的新作，更得到中国少儿文坛的重视。例如，光是湖北少儿出版社从国外引进的《走进大自然丛书》就多达47种，其中讲花草的就有《高山花卉》、《田野花卉》、《森林花卉》、《淡水花草》等。此外，该社还出版了中国作者自己创制的《中国保护动物画库丛书》、《海洋博览丛书》、《动物知识大世界丛书》等多种读物。

八九十年代中国儿童文学创作有一个突出现象，这就是有关描写动物与大自然的作品越来越多，而且已形成了一支稳定的卓有成绩的作家队伍。如被誉为"中国动物小说大王"的云南作家沈石溪，已创作了包括《第七条猎狗》、

第八章　现代中国儿童文学的外来影响与对外交流

《红奶羊》、《一只猎雕的遭遇》等佳作在内的数百万字的动物小说。执着于动物小说创作的还有李子玉、蔺瑾、朱新望、金曾豪、梁泊、车培晶、肖显志、崔晓勇、牧铃、方敏等。我们还应特别提出，安徽作家刘先平数十年如一日跋涉在群山莽原之间，他创作的《云海探奇》、《呦呦鹿鸣》、《千鸟谷追踪》、《大熊猫传奇》等"大自然探险小说"，以其强烈的动物关怀精神引起国际儿童文学界的关注，作家本身不但应邀参加了多次国际儿童文学研讨大会，其作品也被英国文坛翻译了过去。云南作家乔传藻、吴然、辛勤等创作的以"太阳鸟"名义结集的绿色散文集，重庆作家有关三峡库区移民与保护长江母亲河题材的纪实文学作品，四川诗人邱易东站在"全人类"高度用少年视角反思地球村种种病灶的长篇诗集《中国的少男少女》，广东作家饶远创作的长篇"绿色童话"《蓝天小卫士》、《马乔乔的童话》，东北满族作家陈玉谦疾呼保护青蛙的长篇小说《蛙鸣》，北京新秀保冬妮的昆虫童话三部曲《屎克郎先生波比拉》等，都给当代少儿文坛留下深刻印象。这些作品以其热爱大自然、保护地球母亲的国际性主题，汇入了世界性儿童文学的长河。广东作家班马在其散文集《星球的细语》中深挚地刻绘人和自然万物种种的一切对话、同情与理解之后，动情地说："我的大自然呀，如果没有你的存在，我将像一只盲目的甲虫，在这世界上撞得昏头昏脑之后，默然消失。"[①]

——当代中国儿童文学在有关守护人类共同家园、建设人类绿色文化和绿色文明方面，已经完全融入了世界儿童文学的艺术版图。

三、双向互动：儿童文学是没有国界的

儿童是全人类的希望，儿童文学是没有国界的，只要有益于儿童文学的发展，我们都不妨大胆"拿来"。

拿来是为了借鉴，借鉴是为着创造。随着八九十年代西方儿童文学译介的深入，同时也由于受到有关现代西方文论新潮及其哲学、美学、心理学等理论

[①] 班马：《星球的细语》，福建少儿出版社1991年版。

译著的影响，我国儿童文学理论工作者特别是一批中青年学者，由此拓宽了视野，增长了见识，激动起变革的勇气与智慧，从西方现代文化和文论中，吸取有益的养分与借鉴，积极地投入新时期儿童文学理论观念的更新与建构，从而使儿童文学理论有了大踏步的进展。

首先引起儿童文学理论界浓厚兴趣的是瑞士心理学家皮亚杰的发生认识论与儿童心理学理论。皮亚杰关于作为生命个体的儿童时代的儿童意识不同于现代文明意识而与人类群体童年时代即原始时代意识同构对应的观点，关于"发生认识论"将儿童思维的发展过程区分为感知运动阶段、前运算阶段、具体运算阶段、形式运算阶段的学说，关于外部刺激只能被主体同化于其认识结构之中主体才能作出反应也即顺化的结论，深深地启发了一批年轻学者。班马在其50余万字的专著《前艺术思想——中国当代少年文学艺术论》（福建少儿出版社1996年版）以及其他专题论文中，提出了"儿童反儿童化"、"儿童审美发生论"、"儿童审美发生态与原始文化发生态的关系"、"前审美"、"前艺术"等具有儿童文学本体意味的话语。笔者拙作《儿童文学的审美指令》（湖北少儿出版社1991年版）一书，专有一章运用皮亚杰观点，论述"儿童—原始思维与和儿童文学审美创造"的关系。此外，方卫平的论文《从发生认识论看儿童文学的特殊性》也明显接受了皮亚杰的影响。

与皮亚杰理论一起深刻影响新时期儿童文学理论的，还有西方文论中关于"接受美学"的学说。儿童文学因其特殊的接受对象——少年儿童对文学接受有其自身的独特规律，因而接受美学关于将作品的创作、传达与接受看成是一个连续过程，并特别把接受者置于重要地位的观点，关于文学的接受是一个读者以自己的审美感受与作家一起进行创作的看法，对于儿童文学具有特别深刻的启发意义。本人受接受美学影响，在1984年发表的《论少年儿童年龄特征的差异性与多层次的儿童文学分类》论文中，提出依据少年儿童的年龄特征、思维特征、接受特征将儿童文学区分为少年文学、童年文学、幼年文学三个层次的观点，以后又提出少年儿童审美趣味的自我选择致使某些成人文学作品因其具备适合儿童接受的艺术因素，因而也被儿童拿来作为自己的读物，因此儿

第八章　现代中国儿童文学的外来影响与对外交流

童文学实际上存在着"儿童本位的儿童文学"与"非儿童本位的儿童文学"两大门类。这些见解现在已成为中国儿童文学界的共识。方卫平在其专著《儿童文学接受之维》（湖北少儿出版社 1995 年版）中，对儿童文学创作者与接受者之间的关系，接受与当代儿童文学艺术实践等作了精细分析，提出了具有个性化色彩的见解。

随着西方儿童文学的广泛译介，使我们有了一种比较中西儿童文学差异性与共同性可能。汤锐运用比较文学方法，完成了《比较儿童文学初探》的研究（湖北少儿出版社 1989 年版），试图在史论结合的中西比较儿童文学研究中，考察中西方儿童文学差异性的深层次原因。汤锐得出的结论是：中西儿童文学的差异正是中西文化差异性的生动艺术体现。而刘绪源的《儿童文学的三大母题》（上海少儿出版社 1995 年版）则在对中西儿童文学的创作题材作了充分梳理以后认为：世界儿童文学有三方面的共同艺术母题，这就是爱的母题、顽童的母题与自然的母题，刘绪源的这一发现对于丰富儿童文学本体话语而言是极富创造性和建设性的，同时也对促进儿童文学创作具有启发意义。当彭懿从日本留学归来之后，便急不可待地将在日本学到的"幻想文学"理论搬到了中国。彭懿首先完成了一本《西方现代幻想文学论》（上海少年儿童出版社 1997 年版）的专著，接着又与班马、张秋林联手在江西 21 世纪出版社的支持下，策划了一场"大幻想文学"的出版运作。"大幻想文学"如今已成为 21 世纪出版社的品牌，包括德国幻想文学扛鼎之作《鬼磨坊》（奥得弗雷德·普鲁士勒著）在内的《大幻想文学外国小说丛书》和由中国作家班马、韦伶、薛涛、秦文君、张之路、殷健灵等创作的《大幻想文学中国小说丛书》的出版，使幻想文学一夜之间传遍中国儿童文坛。"大幻想文学"意在激活浪漫气息和幻想精神，改换以往儿童文学较重的实用气息，进一步切入和推动儿童文学本性的深层艺术复归，因而成为世纪之交一道生动亮丽的创作风景线。

八九十年代的中国儿童文学不仅在接受世界儿童文学现代意识影响的同时，认真从事着自身文学观念的更新与建构，而且站在本体文化与全球意识的立场上，审视着世界各地的儿童文学，评析研究，比较对话，在世界儿童文坛

发出来自东方的声音。

第一部力图系统评述世界儿童文学优长得失的专书，是由韦苇编著的63万字的《世界儿童文学史概述》（浙江少儿出版社1986年版）。韦苇主要借助俄文的资料（他是学俄文出身），集中梳理了19世纪与20世纪的欧美诸国儿童文学，也有专章涉及亚洲、非洲、拉丁美洲的儿童文学；同时这也为中国认识外国儿童文学提供了第一个比较完备的读本。以后韦苇又写了《外国童话史》（江苏少儿出版社1991年版）、《西方儿童文学史》（湖北少儿出版社1994年版）。与韦苇著作形成同一系列的研究成果还有马力的《世界童话史》（辽宁少儿出版社1990年版）、吴秋林的《世界寓言史》（辽宁少儿出版社1994年版）、陈蒲清的《世界寓言通论》（湖南教育出版社1990年版）以及台湾学者叶咏俐的《西洋儿童文学史》（台湾东大图书公司1982年版）。90年代，湖南少儿出版社组织了一批实力派中青年学者，经过艰苦努力，先后出版了由9本专题研究著作组成的"世界儿童文学研究丛书"，它们是王泉根著《中国儿童文学现象研究》（1992），韦苇著《俄罗斯儿童文学论谭》（1994），张锡昌、朱自强合著《日本儿童文学面面观》（1994），吴其南著《德国儿童文学纵横》（1996），金燕玉著《美国儿童文学初探》（1996），张美妮著《英国儿童文学概略》（1999），方卫平著《法国儿童文学导论》（1999），孙建江著《意大利儿童文学概述》（1999），汤锐著《北欧儿童文学述略》（1999）。这套丛书的出版体现了中国学者对世界儿童文学的一个总看法，也是中国"世界儿童文学研究"逐步走向规范化、系统化的一次集体预演。

据史料考察，中国学者第一次走出国门参加国际儿童文学交流活动，是1986年蒋风应邀到日本大阪出席的一个小型"儿童文学国际研究会"，与会者仅20人，却代表了17个国家。随着改革开放的深入发展，中国儿童文学作家、理论家走出国门交流的机会越来越多，中国儿童文学的声音在国际文坛越来越显出应有的重要性。朱自强、梅沙、季颖等以访问学者身份先后赴日本大阪国际儿童文学馆访学。谭元亨、刘先平及笔者等先后参加了在法国、瑞士、英国、加拿大召开的第11至第14届国际儿童文学研讨大会，并发表论文。1990年

第八章　现代中国儿童文学的外来影响与对外交流

5月，我国儿童文学界在湖南长沙—衡山成功举办了"首届世界华文儿童文学笔会"；1995年11月，又在上海成功地举办了"第三届亚洲儿童文学大会"。这两次国际性会议有来自美国、日本、韩国、新加坡、马来西亚、菲律宾、泰国以及台湾、香港地区的众多作家、学者参加。1990年，我国正式参加1953年创立的素有"小联合国"之称的"国际儿童读物联盟"（IBBY）。以后，我国代表每两年出席一次在世界各国轮流召开的代表大会，以及在每年4月2日（安徒生诞生日）举办的国际儿童图书节活动。国际儿童读物联盟还在中国设立了分会，著名儿童文学作家严文井出任首任会长，现会长为中国少年儿童出版社社长海飞。

交流是双向的。拥有12亿人口、3亿少年儿童的中国，以其五千年文明史的哺育作为厚实根底的儿童文学，正越来越受到世界文坛的关注和重视。从"五四"一代的叶圣陶、冰心开始，到张天翼、陈伯吹、严文井，一直到曹文轩、秦文君、沈石溪、班马、董宏猷等等，20世纪中国儿童文学的五代作家，都有自己的代表性作品被译成多国文字，传向海外。陈伯吹、蒋风先后担任国际格林儿童文学奖评委。孙幼军、金波先后获国际安徒生儿童文学奖提名。北京师范大学中文系儿童文学教研究室还培养了来自日本、新加坡的儿童文学硕士研究生，并与美国、日本、瑞士、芬兰、新加坡、马来西亚等多国学者进行学术交流。中国的少儿读物出版物，正在源源不断地走向世界。1999年4月，在意大利举行的"第36届博洛尼亚国际儿童读物展"上，中国21世纪出版社的幼儿读物"手脚书"（将书做成辣椒、白菜、冬瓜等长手长脚的蔬菜模样），以其独特的创意和精美印制，在会上引起轰动，开展两天，就有法国、意大利、荷兰的3家公司提出购买版权并委托加工，总量达4万套32万本。

从20世纪初的1909年，由商务印书馆出版第一本西方儿童文学读物《无猫国》开始，到1999年由21世纪出版社输出30多万本中国特色的儿童读物，20世纪的中外儿童文学交流经历了一个翻天覆地的变化。但万变不离其宗，这宗就是为了中华民族的下一代，为了人类更加美好的未来。

【附记】

关于 20 世纪中国儿童文学的外来影响与对外交流问题的专题研究，笔者先后做了 17 年始告煞尾。1982 年 12 月 4 日，笔者开始动笔撰写 20 世纪前半期（1949 年以前）的内容，即本章上编，于 1983 年 3 月 6 日写讫，全文 35000 余字。因文章太长，经压缩为 13000 余字，以《论外国儿童文学对中国现代儿童文学的影响》为题，在《浙江师范大学学报》1983 年第 3 期发表。此文先后被收入《中国儿童文学理论年鉴（1983 卷）》（浙江少儿出版社 1985 年版）、《中国儿童文学大系·理论卷》（希望出版社 1988 年版），同时被《高等学校文科学报文摘》1984 年创刊号摘要刊载。摘刊此文的上海外国语大学外国语言文学研究所远浩一教授，在《中国社会科学》1985 年第 4 期发表的《比较文学的两个支柱——平行研究与影响研究》一文中认为："影响研究在我国似乎没有像平行研究那样，引起特别的关注和讨论，它悄无声息地取得了一些不容忽视的成就。从数量上看，它在前述两次调查中所占比例分别为 60.4% 和 44.8%，远高于平行研究。从质量上看，已有若干带突破性质的成果问世，如关于尼采对中国新文学的影响、孙悟空形象中的中外合成、《灰阑记》的五种文化交流、外国儿童文学对中国现代儿童文学的影响等问题的探讨，都分别达到了新水平，或开拓了新领域。"

1999 年，北京师范大学中文系李岫教授主持的教育部博士点人文社科研究基金项目《20 世纪中外文学交流史》邀笔者撰写中外儿童文学交流部分的内容，于是中断 17 年后又重新拾起了从前的题目；同时，对 20 世纪中外儿童文学交流、影响问题的研究，也是本书必须探讨的重要内容之一。2000 年 2 月 24 日开始动笔撰写 20 世纪后半期（1949 年以后）中外儿童文学交流与影响部分，也即本章下编的内容，断断续续于 3 月 5 日凌晨 4:15 写讫。以后又对 17 年前所写"1949 年以前"部分内容（即本章上编）作了补充，即将 1983 年《浙江师范大学学报》发表时被删压的上编第四节"观念转变：心理学与本位论的影响"重新补入，最后形成了本章的整体内容。对一个文学问题的思考先后延续了 17 年之久，这才得以煞尾，这在笔者是第一次，故特写此"附记"记存于后（2000 年 3 月 14 日）。

第九章
"十七年"儿童文学的教育方向性

　　1949 年 10 月新中国的诞生,为古老的中华民族带来了新生与青春。中国文化、中国文学及其独立组成部分中国儿童文学翻开了崭新的篇章。

　　中国历史的巨大转型与变型,带给当代中国文学新的思想内涵、新的题材内容、新的描写对象与新的创作力量。"十七年"(1949—1966)儿童文学作为十七年整个文学的组成部分,其发展思潮、文化语境、文学气脉、创作流变乃至顺逆曲直,与整个大文学既合辙同构,又显示出儿童文学自身的特殊性。考察"十七年"儿童文学,最能显示其作为"儿童的"文学的特殊发展规律与顺逆曲直的,是这样三种现象:少年队的文学与"共产主义的教育方向性";教育儿童的文学与配合各项"中心"、"运动";阶级斗争工具的文学与审美向度的缺席。前一种现象以十年儿童文学创作的第一个高峰期(1950—1956)为主要景观;后两种现象互相交织、互相影响,从 50 年代末直至"文化大革命"。

一、少年队的文学与"共产主义的教育方向性"

　　儿童文学是一种特殊文学,其最大的特殊性在于:它的生产者(创作、编

辑、出版、评论乃至讲解）是主宰现世社会运转的成年人，而消费者（购买、阅读、接受）则是天真未凿的孩子。一件儿童文学作品，只有经过成年人接二连三地用文化规范的味觉和理性判断的筛子过滤之后，才能最终送到孩子手里。这种由上而下的单向给定方式，势必受制于成年人心目中的"儿童观"，也即成年人怎样看待和对待儿童的观念。一部儿童文学史，在很大程度上就是成年人"儿童观"的演变史。有什么样的儿童观，就有什么样的儿童生命命运与社会地位，也就有什么样的儿童文学价值尺度与美学判断。"十七年"儿童文学，突出体现了社会主义中国完全不同于以往时代的"儿童观"及其影响下的"儿童文学观"。

新中国崭新的社会制度把少年儿童看作"祖国的花朵"、"民族的希望"，国家主流意识形态更把少年儿童作为"共产主义事业的接班人"，要求他们"好好学习，天天向上"，"成为有社会主义觉悟的有文化的劳动者"。50年代前期儿童文学创作第一个高峰期（1950—1956），正是在这样的基本文化语境中出现的，而共青团（共产主义青年团）与少年队（中国少年先锋队）组织则在当时发挥了特殊的作用。50年代中国儿童文学的主要传媒《中国少年报》、《中学生》、《红领巾》、《少先队员》、《儿童时代》以及全国两家专业少儿读物出版社——上海的少年儿童出版社（1952年成立）与北京的中国少年儿童出版社（1953年成立）均隶属于共青团组织，其中的两社一报（《中国少年报》）则是团中央的直属单位。共青团以此作为依托和基地，实施一系列直接影响50年代儿童文学建设的举措[①]，同时接受苏联儿童文学的思想影响，奠定了少先队的文学与儿童文学创作的"共产主义教育方向性"原则。

少年队组织是影响当代中国儿童精神生命成长的最广泛、最深刻的组织。可以说，当代中国儿童从一入学开始，就全面接受少年队组织的教育、引导与开展的各项活动。"十七年"儿童文学集中笔调，浓墨重彩地描绘了队旗下的

---

① 共青团中央在50年代为促进儿童文学发展推出了一系列举措，最有影响的是：1955年，由团中央所属《中国少年报》提出并起草，以团中央的名义给中央写了一份《关于儿童读物奇缺的报告》。经中共中央批准后，1955年9月16日《人民日报》发表了《大量创作、出版、发行少年儿童读物》的社论，国务院第八办公室并为此召开了专门会议部署有关单位采取措施。同年10月，中国作家协会召开第十四次理事会主席团会议（扩大），专题讨论了发展少年儿童文学创作的问题，会后向全国各地的分会发出了《关于发展少年儿童文学的指示》，并制订了1955—1956的有关发展儿童文学创作的具体计划。

第九章 "十七年"儿童文学的教育方向性

生活,力图形象地艺术地揭示"儿童组织"在儿童生活和儿童教育方面"不可取代"的作用。"少先队的文学"是当代中国儿童文学极其重要的文学现象,既以其鲜明的时代生活内容区别于以往重"革命范式"的儿童文学(如30年代的左翼儿童文学创作),也有别于八九十年代改革开放文化语境中的校园文化与校园文学。

以充满感激、崇拜、青春的激情,歌颂中国共产党,歌颂新中国,歌颂新人新事新社会,立志做共产主义事业接班人,这是少年队活动的主要内容之一,同时这也是"十七年"儿童文学尤其是50年代儿童文学创作的突出特点。阳光、春天、鲜花、海浪、骏马、燕子、和平鸽、小树苗、向日葵……这些洋溢着蓬勃生命意蕴与朝气的词汇,是50年代儿童文学最常见的诗歌意象。诗人们一往深情地歌颂祖国的春天与青春的祖国:"春天,/她像一个美丽、幸福小姑娘,/快乐地走遍了/祖国的每一个地方。"(田地《祖国的春天》1954)诗人们用诚挚、朴素的感情"吹出了对故土的深沉眷恋,/吹出了对于故乡景色的激越赞美,/吹出了对于生活的爱,/吹出了自由的歌、劳动的歌、火焰似的燃烧着青春的歌。"(郭风《叶笛》1955)袁鹰的《在陶然亭,有一棵小松树》一诗,是50年代儿童文学突出"主旋律",体现当代中国社会对民族未来一代进行文化设计与文化规范的典型之作:"在陶然亭,有一棵小树苗,/这棵小树苗是我亲手栽下。/我把它插在小坡上,/用清清的湖水灌溉它。//在陶然亭,有一棵小树苗,/太阳呀,你要多多照着它。今天它是一棵幼苗,/明天就会开一树鲜花。//在陶然亭,有一棵小树苗,/我时时刻刻想念它,/昨夜里有一场秋雨,/你又该长高了些吧!//陶然亭的小树苗,/快快跟我一同长大,/绿化首都,建设首都,/每天都在催着咱们哪!""小树苗"在党和人民的阳光雨露沐浴之下,迅速成长,成为建设首都、建设新中国的栋梁。"小树苗"是一种意象,一种期待,一种喻体,同时也是50年代儿童文学写作姿态与美学风格的缩影。共和国成立之初的第一个十年,一大批有影响的儿童文学作品尤其是诗与童话,以颂歌般的满腔激情,昂奋乐观的格调,清新浏亮的风格,营造了当代中国儿童文学创作第一个高峰期的基本旋律与审美意象。这些作品有：郭沫若的《中国少年先锋队队歌》，袁鹰的《丁丁游历北京城》、《篝火燃烧的时候》、《我也要红领巾》，郭风的《火柴盒的火车》、《叶笛集》《月亮的船》，田地的《和志愿军叔叔一样》、《明天》、《他在阳光下走》，贺宜的《四季儿歌》、《仙乐》，田间的《向日葵》，韩笑的《战士和孩子》，金近的《我真想入队》、《在我们的村子里》，李季的《幸福的钥匙》，刘御的《小青蛙》，刘饶民的《打钟》，鲁兵的《不落的太阳》，熊塞声的《马莲花》，邵燕祥的《八月的营火》，圣野的《欢迎小雨点》（诗集），柯岩的《"小迷糊"阿姨》、《帽子的秘密》等。

50 年代儿童文学中的小说创作题材，大致集中在两个方面：一是革命历史题材，二是少先队校园内外生活题材（主要是校内），加强革命传统教育、表现英雄主义、理想主义、爱国主义，是这一时期少儿小说创作的主脉。作者既有参加过革命与救亡的过来人，也有长在红旗下的年轻作者。亲历与体验、想象与虚构的交织，革命传统内容与现实教育意义的合奏，将现代中国一幕幕波澜壮阔的历史演绎成充满传奇色彩、英雄主义、乐观精神的生动文本，成为对少年队员和广大儿童进行革命传统教育、忆苦思甜教育、政治思想教育的形象教材。影响较大的作品有：徐光耀的《小兵张嘎》，胡奇的《小马枪》，刘真的《我和小荣》、《好大娘》，郭墟的《杨司令的少先队》，王愿坚的《小游击队员》，杨朔的《雪花飘飘》，王世镇的《枪》，杨大群的《小矿工》，萧平的《三月雪》，李伯宁的《铁娃娃》等。

小兵张嘎是"十七年"儿童文学塑造的一个突出的典型形象。小说再现了抗日战争时最残酷年代冀中平原的斗争场景，以"枪"为线索结构故事，从游击队老钟叔送给张嘎一支木头手枪始，到区队长亲自颁奖真枪终，中间经历了嘎子爱枪、护枪、缴枪、藏枪、送枪等一系列情节，突出描写了村公所遭遇战、青纱帐伏击战与鬼不灵围歼战等三次对敌斗争高潮。作品将人物放在严酷的生存环境中，正面描写战争的艰苦性、复杂性，在运动中塑造了张嘎这样一位既机智、勇敢、敢爱敢恨，又顽皮不驯、野性十足、满身"嘎"气的少年英雄形象。真实可信的人物性格与环环相扣、一气呵成的故事情节，使《小兵张嘎》

第九章 "十七年"儿童文学的教育方向性

赢得了小读者的广泛喜爱。小说改编成电影后，更传遍全国，五六十年代成长的一代儿童几乎没有不知道嘎子的。

与《小兵张嘎》强调故事性可读性不同，刘真的《我和小荣》、《好大娘》，胡奇的《小马枪》、《琴声响叮咚》以及萧平的《三月雪》等，一般都不正面描写战争，以一种抒情化、散文化的笔调，注重人物心理刻画，抒发少年儿童对战争与革命、革命队伍中同志之爱与群众之情的感受与感动及其精神成长，在充满人情味的艺术氛围中，表现出革命战士的人格魅力。尽管战争残酷无情，但依然流动着乐观昂奋的基调，并不失儿童世界的天真、单纯与稚拙。

浓墨重彩描写少年队生活，描写新中国一代儿童在"队旗下"的精神成长，这是50年代儿童小说的主要景观。诗人袁鹰的经验可以概括少先队小说的美学目的，他说他的作品"都是为红领巾而写的，写的也是少先队的生活，少先队员的欢欣和苦恼、希望和追求"，用以"反映我们祖国新一代的生活和理想、爱和憎"[①]。

热情投入这一题材创作的主要是50年代出现的一批年轻作者，他们熟悉学校生活，深入少先队活动，有的本身就是教师或少先队辅导员。这些作品多角度、多层次、多侧面地描写了50年代儿童的生活世界，具有鲜明的时代烙印。代表作有张天翼的《罗文应的故事》，冰心的《陶奇的暑假日记》，萧平的《海滨的孩子》，呆向真的《小胖和小松》，马烽的《韩梅梅》，张有德的《五分》，王蒙的《小豆儿》，任大星的《吕小钢和他的妹妹》，魏金枝的《越早越好》，任大霖的《蟋蟀》等，推出了罗文应、陶奇、陈步高、韩梅梅、大虎、吕小钢等一批人物形象。

对集体与集体主义精神的歌颂，是少先队文学的一个重要主题。描写少年儿童在集体（少先队、班集体、合作社、公社）生活中所接受的教育和帮助，克服缺点，进步成长，关心集体，热爱集体，为集体做好事，向破坏集体（如合作社、生产队的财产）的行为作斗争等，是儿童文学小说创作中不断被演绎、

---

① 参见袁鹰《我的绿色道路》、《我和儿童文学》。

深化、重复、张扬的基本内容。例如，爱占小便宜的小学生陈步高在教师的耐心启发和解放军叔叔的模范行为教育下，终于认识和改正了缺点（《越早越好》）。淘气贪玩不爱学习的小学生吕小朵，也是在集体的教育与哥哥吕小钢的影响下，有了上进心，得到了进步（《吕小钢和他的妹妹》）。决心做合作社新农民而又贪玩爱斗蟋蟀的小学毕业生吕力喧，在小伙伴和大人的帮助下，终于扔掉心爱的蟋蟀，挑起助理会计的担子（《蟋蟀》）。如何在集体的帮助教育下，克服种种"缺点"，最后得到进步，这似乎成了50年代儿童文学"问题小说"的一种创作"模式"。类似的作品还可以找出很多，而且都是当时产生较大影响被作为优秀作品来评价的。甚至反映少先队生活的儿童诗也不例外。如管桦的《在果园里》，通过老爷爷的教诲，使孩子懂得"有了友谊才有团结"的道理。汪静之的《少先队员满海滩》，教育孩子要有大海一样宽广的胸怀，而孩子身上的缺点和错误，则在诗化语言的善意批评中得到了消解。金近的《小队长的苦恼》，说明脱离同学，自以为是的工作方法搞不好少先队工作。影响最大的作品是张天翼的短篇小说《罗文应的故事》。六年级学生罗文应具有通常男孩一样的好奇、好动、好玩、好看热闹的天性，经常被各种有趣的事情吸引，因此分散了精力，影响了学习。在解放军叔叔的期待和同学们的集体帮助下，罗文应终于"管住了"自己，学习成绩进步了，最后加入了少先队。罗文应的转变得益于集体的力量和少先队的帮助。这篇被誉为50年代儿童文学典范之作的小说，由于作家纯熟的表现技巧与对儿童心理、儿童语言的生动刻画，因而避免了"十七年"儿童小说创作中常见的"说教"模式。但把好奇、好玩的儿童天性作为一种"缺点"加以批评，正是"十七年"儿童文学忽视儿童精神世界与人格个性的反映。由于《罗文应的故事》影响巨大，因而这篇作品的成功与不足对当代儿童文学产生的影响也是双重的、多义的。中篇童话《宝葫芦的秘密》（1957）是张天翼在"十七年"的又一力作，童话主角小男孩王葆性格的双重性（追求进步而又想不劳而获）与最后的转变（丢弃宝葫芦），艺术地体现了张天翼的儿童文学观：对孩子"有益"并且看了"有味"。

张天翼的《宝葫芦的秘密》与同一时期严文井的《小溪流的歌》（1956），

第九章 "十七年"儿童文学的教育方向性

《"下次开船"港》(1957),陈伯吹的《一只想飞的猫》(1955),贺宜的《小公鸡历险记》(1956),金近的《小猫钓鱼》、《小鲤鱼跳龙门》(1958),包蕾的《火萤与金鱼》(1959),洪汛涛的《神笔马良》(1954),葛翠琳的《野葡萄》(1956),黄庆云的《奇异的红星》(1956),任溶溶的《天才杂技演员》、《"没头脑"和"不高兴"》等,是50年代童话创作的重要收获。相对而言,童话作品较少"说教"倾向,注意张扬幻想空间、童话艺术、游戏精神以及营造作品整体的审美效果,同时吸收民间文学的营养。作品各有特色,各有追求。严文井的作品善于在运动中创造美,较好地把握了运动的美学观点和儿童思维不稳定的特点。《小溪流的歌》、《"下次开船"港》、《蚯蚓和蜜蜂的故事》等,都是通过"在运动变化中进行对比"来完成童话人物性格发展的。这里有动与静的对比,动的形象与静的形象的对比,虚与实的对比,美与丑的对比等,让小读者感受到童话的幻想魅力与艺术形象的亲切感、真实性。

50年代(主要是1957年以前)为当代儿童文学创作提供了良好的生态环境,尽管当时已出现某种为"赶任务"而写的公式化、说教化的倾向,但从总体上看50年代儿童文学的基本精神是健康的、向上的,充满青春、乐观、清新、浏亮的基调;50年代儿童文学的写作姿态是认真的、严肃的,张天翼提出儿童文学的两个标准:一要对孩子"有益";二作品要"有味"[1],代表了这一时期儿童文学的主体观念与审美走向。

二、教育儿童的文学与配合各项"中心"、"运动"

教育儿童的文学与配合各项"中心"、"运动",这是"十七年"儿童文学进入60年代以后的一个不断被强化的基本理论话语。关于对儿童文学的教育功能的认识与理解,50年代就已作过讨论。严文井在《〈1954—1955儿童文学选〉序言》(1956)中提出:"为了教育少年儿童,应该告诉他们多方面的生活,特别是当前的各种重大斗争",但必须克服"由乏味的说教代替生

---

[1] 参见张天翼:《给孩子们》第一版序,写于1958年。

动的形象"的倾向,"不应该在作品里只见议论,不见形象,不应该用概念代替形象"。冰心在《1956 儿童文学选》序言(1957)中强调"童心"之于儿童文学的意义。所谓童心,冰心认为"就是儿童的心理特征",这些特征包括:天真活泼,强烈的正义感,深厚的同情心,崇拜名人英雄,模仿性,乐群,爱美,充满好奇心等。只有针对儿童心理特征,用"他们所熟悉,能接受,能欣赏的语言",才能写出小读者喜闻乐见的好作品,而那种为着"赶任务"而"拼凑"的作品,"不可避免地就会枯燥、生硬,人物没有性格,以说教代替感染"。陈伯吹在《谈儿童文学创作上的几个问题》(1956)一文中,提出了著名的"童心论":"一个有成就的作家,愿意和儿童站在一起,善于从儿童的角度出发,以儿童的耳朵去听,以儿童的眼睛去看,特别以儿童的心灵去体会,就必然会写出儿童能看得懂、喜欢看的作品来。"50 年代中期,严文井、冰心、陈伯吹三位儿童文学前辈先后一致提出了"童心"的重要性,对于当时儿童文学创作中那种已露苗头,脱离儿童世界,以说教代替形象的现象进行了严肃批评。然而,好景不长,三位前辈力倡的儿童文学精神并未形成气候,相反倒是不愿被看到的东西愈演愈烈。

  1958 年的"大跃进",1959 年的"反右倾",接踵而来是"三年困难时期",当代中国人对这段历史留下了太深的记忆。从 1961 年开始,各个领域出现了反思 1958 年以来的成就与失误的议论。在儿童文学领域,作为当时文化部负责人的茅盾,于 1961 年 6 月写下了中国当代儿童文学理论批评史上的著名反思文章——《六零年少年儿童文学漫谈》。茅盾在阅读了有关 1960 年批判陈伯吹"童心论"的大部分争辩论文,及几乎全部的少儿文学作品和读物之后,直截了当地指出:"1960 年是少年儿童文学理论斗争最热烈的一年",但也是"创作歉收的一年"。儿童文学创作存在着诸多问题:一是题材单一。为了配合各项政治运动,内容"几乎全是描写少年儿童们怎样支援工业,农业,参加各种具有思想教育作用的活动",脱离儿童,尤其是低幼儿童的理解接受能力。二是用概念、说教代替形象。虽然从表现上看,似乎"五花八门,实质上大同小异;看起来政治挂帅,思想性强,实质上却是说教过多,文采不足,

第九章 "十七年"儿童文学的教育方向性

是'填鸭'式的灌输"。三是由于批判"童心论",使儿童文学的特殊性丧失殆尽,无论是人物形象、语言,写出来都"不免令人啼笑皆非"。茅盾尖锐地批评说:这些作品"绝大部分可以用下列的五句话来概括:政治挂了帅,艺术脱了班,故事公式化,人物概念化,文字干巴巴"。造成当时儿童文学这种局面的原因固然是多方面的,如儿童诗"大都'脱胎'于1958、1959年盛极一时"的由"豪言壮语"堆砌的"新民歌",但主要原因,则"牵连到1960年所进行的少年儿童文学理论的争论",即批判陈伯吹的"童心论","这一场大辩论(几乎所有的中央级和省级的文学刊物都加入了),有人称之为少年儿童文学的两条道路的斗争"。茅盾就"童心论"、"儿童情趣"问题,按照当时的理解发表了自己的看法,虽然不适当地将其归结为"资产阶级儿童文学理论"、"还是资产阶级的世界观",但同时指出:"我们要反对资产阶级儿童文学理论家的虚伪的儿童超阶级论,可是我们也应当吸收他们的工作经验——按照儿童、少年的智力发展的不同阶段该喂奶的时候就喂奶,该搭点细粮时就搭点细粮,而不能不管三七二十一,一开头就硬塞高粱饼子。"不应该将盆中的脏水和孩子一起泼掉。但60年代初期的儿童文学,出现了用政治热情掩盖现实生活的倾向,文学创作日趋脱离儿童现实世界而出现某种"假、大、空"。《六零年少年儿童文学漫谈》充分体现了茅盾直面现实、敢讲真话的理论勇气与清醒目光,对当时处于昏热状态中的儿童文学界,不啻是清热的良药,对于我们认识60年代前期的儿童文学思潮具有借鉴意义。

第十章
20世纪八九十年代儿童文学系统工程的建设

中国当代儿童文学与整个中国当代文学一样，走过了风风雨雨50年的曲折道路，并正在继续行进之中。在前二十七年（1949—1976），由于各种不可抗拒的文学外部和内部的原因，曾时大时小地干扰制约着中国当代文学的发展。从70年代末起，中国进入改革开放的历史新时期，大文化、大环境、大气候的变化，使整个中国当代文学包括它的独立组成部分中国当代儿童文学，获得了宽广的发展空间与蓬勃的生机活力，呈现出百花齐放、百家争鸣的态势，以其开放性、创造性和丰富性将中国当代文学推入了一个全新的发展阶段，这就是被人们习称为"新时期"的文学。

对中国新时期儿童文学进行宏观考察，理所当然，应对它的"外部因素"作一番扫描。这不仅因为："流传极广、盛行各处的种种文学研究的方法都关系到文学的背景、文学的环境、文学的外因。这些对文学外在因素的研究方法，并不限用于研究过去的文学，同样可用于研究今天的文学"（雷·韦勒克《文学理论》）；而且因为基本事实是：新时期儿童文学的发展得力于改革开放的时代背景、知识界气氛或舆论"环境"，得力于整个大文化、大文学的哺育与

第十章　20世纪八九十年代儿童文学系统工程的建设

催化。

我们毋庸再对这些外在因素促进儿童文学发展的重要意义进行理论上的重复，这已由无数研究文章作了详尽论述。我们需要考察的是，进入新时期以来，中国儿童文学生态环境的实质性改善情况，以及作为精神生产系统工程建设的有关"配套项目"的具体实施情况，这是确保儿童文学发皇伸展的必不可少的基本条件。整体性（或曰总体性）是系统论的一个最基本的原则。在文学系统工程中，作家与批评家，著作家与出版家，文学作品的社会输入、传播（出版、发表）、社会评估（评奖）、社会反馈，以及作品作为社会精神财富的积累（丛书、集成的编印）、收藏（图书馆）与研究、教学等，是整体性原则对文学系统工程所必须考察的重要方面。开放性是文学系统工程的特点。这是因为，文学的对象无论是作艺术的客体（读者等），还是作为艺术的主体（作者等）都是社会中的人，因之文学活动实际是关于人际精神活动的科学。它不仅要研究这一群人（作家群体）对另一群人（社会群体）精神领域的输入和干涉，而且还要研究社会整体对作家群体的反馈和再生产的影响作用，这种由此及彼与由彼及此的循环往复过程呈现一种不间断的、回旋上升的运动，很难界定它的终点。

以下，本章将从整体性与开放性的角度，对新时期儿童文学系统工程的建设作一个系统而概略的考察。

一、政府职能部门的重视

1978年10月，由国家出版局、教育部、文化部、全国文联、全国科协等中央部门在江西庐山联合召开的"全国少年儿童读物出版工作会议"（庐山会议），是中国当代儿童文学发展的转折点，预示着一个生机勃勃的新局面的到来。接着，1980年1月，中国作家协会举行主席团会议，决定成立儿童文学委员会，推选严文井担任委员会主任委员。同年"六一"前夕，由中国人民保卫儿童全国委员会、中国作家协会、文化部、教育部、国家出版局等中央有关部门联合举办的"第二次全国少年儿童文艺创作评奖（1954—1979）"在北京举行。

这次评奖是对 1954 年第一次评奖后 25 年间儿童文学艺术创作实绩的大检阅，获奖作品大都是"文革"前的优秀之作，包括儿童文学、儿童戏剧、电影、音乐、美术创作等。这对于当时儿童文学艺术界的拨乱反正、鼓励创作、振奋精神起了巨大的推动作用。同年 10 月，文化部宣布成立"文化部少年儿童文化艺术委员会"。1981 年 5 月，"全国少年儿童文化艺术委员会"成立；同年 6 月，文化部专门设立了少年儿童文化艺术司，作为这个委员会的办事机构。也在同年，国家出版局再次在山东泰安召开"全国少年儿童出版工作会议"（泰安会议），根据庐山会议提出的要求，具体部署落实出版工作规划。几乎与此同时，各省、市、自治区也先后在本地区组建了相应的地区性"少年儿童文化艺术委员会"，并在文化厅（局）内设立了"少年儿童文化艺术处（科）"等办事机构。中国作家协会在各地的分会，则成立了分会的儿童文学委员会。这样从中央到地方，从政府机关到作家群众团体，开始形成一个专门负责主管少年儿童文化艺术工作（儿童文学显然是其中的重头戏）的职能部门，在思想认识、行政组织方面初步理顺了少年儿童文化艺术的体制问题。

80 年代初期的这些重要举措，无疑是中国社会、中国文化、中国文学迈向现代化的一个全新的推展，它标志着儿童精神食粮问题再度受到全社会的重视。显然，这一次的"发现"与"五四"新文化运动时期的"发现"有着完全不同的文化背景与内涵。"五四"时期的"发现"是基于民主与科学的目标，把儿童从封建桎梏的压制下解放出来，使之享有作为一个正当的"人"的权利；新时期的"发现"则是从改革开放、振兴中华的目标出发，塑造中华民族未来一代崭新的精神性格，培养造就千百万"有理想、有道德、有文化、有纪律"（邓小平语）的一代"四有"新人。儿童与儿童文学的再发现，无论从何种角度考察，都是儿童文学发展史上的重大事件，是中国当代儿童文学的生态环境得以改善与儿童文学系统工程建设得以顺利进行的根本保证。

进入 90 年代，特别是 1992 年以后，中国社会由奉行了数十年的计划经济转变为市场经济。社会主义市场经济体制的建立，深刻影响着中国社会的方方面面、各行各业，包括文化与文学事业。由于突如其来的市场经济的冲击与

第十章　20世纪八九十年代儿童文学系统工程的建设

电子音响、电脑网络、游戏机，加之外国卡通、通俗文学等多元传媒的挑战，90年代前期的文学及儿童文学，一度跌入了低谷，过去初版即可印行上万数万册的童话读物，锐减到数千甚至千余册，大量安徒生童话的小书迷转而成了痴迷外国卡通与游戏机的卡通迷、小机迷。针对市场经济与多元传媒影响下的文学现状，1994年底，时任国家主席的江泽民作出了繁荣长篇小说、儿童文学、影视文学"三大件"的重要指示，以后又作了"创作出我们自己的、为少年儿童所喜闻乐见的、富有艺术魅力的儿童文艺作品"的重要讲话。儿童文学又一次被作为精神文明建设的重头戏列入了政府有关职能部门特别是文学主管部门的重要工作日程。中国作家协会为此采取了一系列卓有成效的举措。首先重新组建了新一届儿童文学委员会，由束沛德担任委员会主任，委员会自1997年起每年举行全委会会议，讨论、指导、开展了一系列具有全局性影响的儿童文学的活动。其次，作为中国具有最高荣誉的中国作家文学五大奖之一的"全国优秀儿童文学奖"进入规范化的操作，每三年评奖一次。1996、1999年成功举办了第三、第四届的评奖工作，评出各类优秀儿童文学作品37部（篇）。再次，中国作协儿童文学委员会、鲁迅文学院与《儿童文学》杂志社联合，分别于1997、1998年在北京、北戴河举办了两期"全国儿童文学青年作家班"，以培养、造就90年代涌现出来的中国最年轻的一代儿童文学作家，全国各地有50余位青年作家接受培养。

卡通（即动画连环画）在中国少儿图书市场成为"热点"始于90年代初。为抵制国外（尤其是日本）引进版卡通对我国少年儿童的不良影响及对图书市场的冲击，有关政府职能部门（新闻出版署和中宣部）于1996年起开始实施名为"5115"的中国儿童动画图书出版工程。经过数年努力，"5115"工程已达到预期目标，发展前景喜人。一是先后建立了京津、上海、广西、四川、辽宁等5个卡通出版基地；二是《神脑聪仔卡通系列》（100种）、《中国少年奇才》彩色卡通连环画、《地球保卫战》（10集）、《中华五千年历史故事》（250集）等15套重点大型系列卡通图书已陆续出版；三是创办了5家卡通杂志，分别是：北京出版社的《北京卡通》，人民美术出版总社的《少年漫画》、

《漫画大王》，中国少儿出版社的《中国卡通》，少年儿童出版社（上海）的《卡通先锋》。

儿童文学作为一种需要由主宰社会运行的成年人特别关注与扶持的弱势文学，政府职能部门的有效投入与采取相应的举措，无疑是新时期儿童文学发展繁荣的根本前提，也是儿童文学系统工程建设得以"可持续发展"的根本保障。

二、作家队伍的建设

作家队伍的建设是文学系统工程建设的重中之重。作家是文学作品的直接生产者，没有作家创作就没有作品，也就没有文学系统工程的其他诸多活动。社会对作家及其劳动的肯定包括三方面：一、肯定作家是我们社会群体中的一员；二、肯定他们和我们广大的社会财富生产者有共同的预定的目标；三、肯定作家们生产劳动的特殊性及其一般性。有了这三方面的肯定，社会还应对作家有正确的对待，这就是对他们的关心和培养。作家需要天赋，但更需要社会的培养。作家不是超人，但也不是工匠，他们需要社会的理解和关照。

新时期儿童文学系统工程的建设，一直把作家队伍的培养作为重要工作。1978年12月1—20日，中国少年儿童出版社《儿童文学》杂志与《中国少年报》社在北京联合举办了"文革"结束后的第一次全国"儿童文学创作学习会"。茅盾、冰心、张天翼、严文井、冯牧等19位著名作家向来自全国23个省、市、自治区的47位青年作者作了有关儿童文学与文学的系列讲座与讲话。茅盾发表了《中国儿童文学是大有希望的》讲话，提出"繁荣儿童文学之道，首先还是解放思想，这才能使儿童文学园地来个百花齐放"。1978年12月，国务院批转《关于加强少年儿童读物出版工作的报告》，该报告强调指出："发展壮大作者队伍，大力繁荣少儿读物的创作"，全国文联各协会及各地分会都应"建立相应的组织，负责研究、指导、组织少年儿童读物的创作"；"要大力发挥专业作家的作用，同时积极发展业余创作，大力发现和培养新作者"。这一项大规模培养儿童文学新人的活动，在70年代末、80年代初迅速开展起来，除了各地省、市文联、作协、出版社的相关培训活动外，全国性的培训主要由文

第十章　20世纪八九十年代儿童文学系统工程的建设

化部少儿司承担。

80年代初，文化部少儿司与有关省、市联合举办了多次儿童文学讲习班，每次半个月或一个月不等。计有"东北、华北地区儿童文学讲习班"（1982.6 沈阳）、"西南、西北地区儿童文学讲习班"（1982.6 成都）、"全国低幼文学讲习班"（1983.7 西安）、广东、广西、湖南儿童文学讲习班（1983.6 广州、1983.7 南宁、1983.7 长沙）等。讲习班邀请国内一些著名儿童文学家前往讲课，与学员共聚一堂，交流创作经验，探讨理论课题，对培养儿童文学新人起了重要作用。如"沈阳班"先后有陈子君、陈伯吹、陈模、萧平、刘厚明、胡景芳、蒋风、郭风、任溶溶、郑文光、黄庆云、洪汛涛、葛翠琳、浦漫汀等讲课。参加讲习班学习的各地学员，以后很多都成为儿童文学创作的重要骨干力量。

各地作协为培养本地区的儿童文学新人，开展了形式多样的活动。如北京作家协会儿童文学委员会举办了多期"北京市中小幼教儿童文学作家班"，学员达150余人。重庆作家协会儿童文学委员会，从80年代初开始，一直坚持每年"六一"前后举办全市性的"巴蜀（后改巴渝）儿童诗会"征文活动，帮助作者改稿、荐稿，从中发现和培养了一批儿童诗新人，如钟代华、杜虹、谭小乔等。中国作家协会鲁迅文学院举办的青年作家班，也注意吸收儿童文学新人参加学习。1997、1998年，中国作协儿童文学委员会、鲁迅文学院等还联合举办了两期"全国儿童文学青年作家班"，此见前述。

新时期儿童文学拥有一支老中青结合、五代同堂的儿童文学作家队伍。既有如叶圣陶（1894—1988）、冰心（1900—1999）等"五四"时期成名的先驱者，也有三四十年代就献身儿童文学事业的老一辈作家，如张天翼（1906—1985）、陈伯吹（1906—1997）、高士其（1905—1988）、严文井（1915—2005）、叶君健（1914—1999）、贺宜（1915—1987）、何公超（1905—1986）、金近（1915—1987）、包蕾（1918—1989）、郭风、韩作黎、方轶群、黄衣青、鲁兵、圣野、田地等；还有五六十年代成长起来而后成为儿童文学主力军的一批作家，如袁鹰、任溶溶、秦牧（1919—1992）、任大星、任大霖（1929—

1995）、郑文光、葛翠琳、洪汛涛、刘真、刘厚明（1933—1989）、柯岩、胡奇、萧平、邱勋、徐光耀、吴梦起、杲向真、颜一烟、黄庆云、任德耀、管桦、胡景芳（1931—1999）、刘饶民、金波、孙幼军、王一地、尹世霖、张秋生、金江、沈虎根、谢璞、张继楼、杨啸、赵燕翼、文牧、张有德、梁泊、叶永烈、童恩正、刘兴诗、李少白、倪树根、邬朝祝、于之、宗璞、谷斯涌、路展、崔坪、鄂华、萧建亨等。尤其是进入 80 年代，大批经历过"文革"、插队的知青，再进城就业或考上大学，因有着对当代中国社会的特殊体验与生活积累，迅速崛起，并成为八九十年代儿童文学创作的中坚力量。这有：曹文轩、秦文君、沈石溪、董宏猷、高洪波、张之路、班马、郑渊洁、周锐、刘健屏、陈丹燕、梅子涵、冰波、白冰、孙云晓、郑春华、黄蓓佳、张成新、关夕芝、金曾豪、邱易东、薛卫民、张品成、车培晶、郑允钦、程玮、彭懿、董天柚、谢华、刘海栖、刘丙钧、刘保法、庄大伟、常新港、王慧骐、杨楠、张明照、朱效文、武玉桂、陆弘、周基亭、李国伟、金逸铭、范锡林、朱新望、李子玉、东达、宁珍志、董恒波、任哥舒、夏辇生、袁丽娟、王业伦、韦伶、黄一辉、王晓晴、方圆等。八十年代还有一批出生于三四十年代，其经历虽不同于前者但同样也有着坚持的人生追求与文学追求的作家，他们与前者一起组成了新时期最为重要的儿童文学作家方阵，如樊发稼、夏有志、罗辰生、刘先平、陈丽、常瑞、王路遥、佟希仁、孙幼忱、宗介华、赵惠中、关登瀛、乔传藻、吴然、庄之明、李建树、李凤杰、何群英、葛冰、谷应、詹岱尔、丁阿虎、郭明志、康复昆、饶远、韩辉光、张微、余通化、蒲华清、郑开慧、马光复、孙海浪、聪聪、尤异、金振林、尤凤伟、姚业涌、野军、陈秋影、赵立中、卢振中、王宜振等。90 年代一批更年轻的既不同于五六十年代、也与 80 年代作家有着不同特色的儿童文学新生代作家开始成长起来，并逐渐引起文坛关注，他们是：祁智、彭学军、汤素兰、庞敏、肖显志、杨鹏、钟代华、殷健灵、张洁、谢倩霓、邓湘子、萧萍、牟坚、牧铃、章红、玉清、薛涛、星河、保冬妮、老臣、郁秀、肖铁等。据统计，1999 年中国作家协会有 5200 余位会员，其中有 100 多位儿童文学会员作家，加上各省、市、自治区作家协会中的儿童文学会员作家，已经达到

第十章　20世纪八九十年代儿童文学系统工程的建设

500 余人，其中骨干作家有 200 余人。这是新时期儿童文学的强大创作力量，也是促进跨世纪儿童文学发展繁荣的根本智力资源。

三、传播媒介的发展

作为文学大系统中的一个独立组成部的儿童文学，从由作家的创作转化为广大小读者的接受，需要经过的流程是：作家→作品→出版等部门的传播→读者。具体地说，它包括：作家到作品的创作过程；作品问世的扩散与传播过程；读者的接受过程；由读者的反馈到文学作品再生产的过程。在这整个传播过程中，社会出版的传播扩散是诸环节中非常重要的中介层次，没有出版的传播扩散，一切文学作品的社会功用与美学价值就无从谈起。司马迁的《史记》，也要"得其人而后传"。"文化大革命"造成中国文学出版的停顿与报刊的锐减。据 1977 年的统计，当时全国 2 亿多小读者只有 20 个有影响的儿童文学作家，200 个儿童读物编辑，每年仅出 200 种读物。书荒的严重正是传播媒介急剧衰退的结果。新时期儿童文学系统工程的建设，顺理成章地把出版等传播手段置于重要地位。这项建设包括出版机构与报章杂志两个方面。

从 1978 年"庐山会议"以后，我国的少年儿童读物出版社得到迅速发展，除老资格的中国少年儿童出版社（北京）与少年儿童出版社（上海）外，各地先后成立的专业性少儿读物出版机构有（以成立时间先后为序）新蕾出版社（1979.9）、四川少年儿童出版社（1980.10）、湖南少年儿童出版社（1981.12）、内蒙古少年儿童出版社（1982.7）、海燕出版社（1982.11，曾名河南少年儿童出版社）、辽宁少年儿童出版社（1982）、湖北少年儿童出版社（1982.12）、浙江少年儿童出版社（1983.3）、未来出版社（1983.5，曾名陕西少年儿童出版社）、江苏少年儿童出版社（1983）、北京少年儿童出版社（1983）、北方妇女儿童出版社（1984）、福建少年儿童出版社（1984.8）、安徽少年儿童出版社（1984.9）、黑龙江少年儿童出版社（1984）、中国和平出版社（1985）、河北少年儿童出版社（1985.1）、希望出版社（1985.2）、明天出版社（1985，曾名山东少年儿童出版社）、晨光出版社（1985.6，曾名云南少年儿童出版社）、

新世纪出版社（1985）、21世纪出版社（1985，曾名江西少年儿童出版社）、甘肃少年儿童出版社（1985）、新疆青少年出版社（1985，曾名新疆青年出版社）、接力出版社（1989.7）、宁夏少年儿童出版社、北京童趣出版公司、海豚出版社、朝花少年儿童出版社（1999）等。这31家专业性少年儿童读物出版机构，遍布全国各地，其中东部沿海地区从北到南每个省（市、自治区）都有一家。据统计，到90年代末，全国除31家专业少儿读物出版社外，另有130多家出版社（如重庆出版社、青岛出版社、海天出版社）尤其是各地的教育出版社，都设有少儿读物编辑室出版少儿图书。我国出版的少儿图书年产量已从1977年的20种发展到90年代末的600余种，年出版1.5亿册以上，已成为少儿读物出版大国。正是依托于出版事业的大发展，我们的儿童文学作家才有了广阔的耕耘园地，亿万小读者每年才有成千上万种源源不断的新读物到手。

少年儿童报刊的发展是新时期儿童文学传播媒介建设的又一重要方面。据不完全统计，90年代全国共有综合性或专业性少儿报纸70余种，少儿期刊100余种，其主办单位分属作家协会、少儿出版社、教育部门、共青团四大系统。其中最有影响的以发表儿童文学作品为主的报刊有：

《儿童文学》（北京）、《少年文艺》（上海）、《少年文艺》（南京）、《少年小说》（天津）、《东方少年》（北京）、《少男少女》（广州）、《中外少年》（南宁）、《少年人生》（贵阳）、《世界儿童》（重庆）、《少年世界》（武汉）、《小溪流》（长沙）、《文学少年》（沈阳）、《小朋友》（上海）、《幼儿文学报》（上海）、《小蜜蜂》（长沙）、《童话报》（上海）、《少年报》（上海）、《少年儿童故事报》（杭州）、《当代少年》（杭州）、《童话王国》（天津）、《童话大王》（太原）、《故事大王》（上海）、《幼儿故事》（杭州）等。先后发行过的大型儿童文学刊物有《朝花》（北京）、《巨人》（上海）、《未来》（南京）、《明天》（济南）等。集中发表精选之作的有《儿童文学选刊》（上海）。这些报刊已组成了少年文学—童年文学—幼年文学的一条龙系列载体，这是中国儿童文学史上前所未有的景观。

第十章 20世纪八九十年代儿童文学系统工程的建设

四、文学评奖的设立

文学评奖是文艺界总结实绩、标榜突破、扶掖新秀、发布新说的重要举措。每一次评奖活动总要推出一批文学新人，奖励一批优秀新作，这对于鼓舞士气、振奋精神、引导创作倾向、吸引社会对文学的关注具有重要意义。80年代以来的儿童文学评奖，除了各地作家协会、有关出版单位或报刊不定期举办的地区性、年度性、单项性等的评奖（如《儿童文学》、《少年文艺》、《东方少年》的评奖）外，属于全国性、常设性、综合性的重大评奖活动，有下列数项：

第二次全国少年儿童文艺创作评奖（1954—1979） 1980年"六一"前夕在北京举行，此见前述。

全国优秀儿童文学奖 中国作家协会主办。系中国具有最高荣誉的中国作家文学五大奖之一。首届评奖范围为1980—1985年间的作品，获奖作品篇目于1988年公布，分列长篇儿童小说、中篇儿童小说、短篇儿童小说、中篇童话、短篇童话、诗歌、散文、寓言、报告文学和科幻小说等多种文体奖。这次评奖集中反映了新时期前期儿童文学创作的优秀成果，坚持时代性、文学性、可读性，热情鼓励艺术探索与创新。推出了曹文轩、关夕芝、刘健屏、常新港、沈石溪、陈丹燕、罗辰生、方国荣、郑渊洁、高洪波、程玮、郑春华、董宏猷等一批80年代崭露头角的青年作家的新锐之作，同时也表彰了严阵、颜一烟、柯岩、邱勋、刘心武、葛翠琳、孙幼军、吴梦起、洪汛涛、田地、金波、樊发稼、胡景芳、蔺瑾、张岐等中、壮年作家的优秀作品。中国作家协会首届全国优秀儿童文学奖的颁布，标志着我国儿童文学评奖开始走向科学化、民主化和经常化，在儿童文学界产生了广泛影响。第二届评奖范围为1986—1991年，于1992年公布评奖结果，有《今年你七岁》（刘健屏）、《一只猎雕的遭遇》（沈石溪）、《少女罗薇》（秦文君）、《第三军团》（张之路）、《小巴掌童话》（张秋生）、《扣子老三》（周锐）、《怪老头儿》（孙幼军）等29部作品获奖。从本届起，只评已出版的作品集子，不再评单篇作品。第三届（1992—1994）、第四届（1995—1997）评奖先后于1996、1999年揭晓，共有37部作品获奖。在这四届评奖中，荣获"三连冠"殊荣的作家有：孙幼军、沈石溪、

金波、曹文轩、秦文君、董宏猷、张之路、金曾豪、郑春华；荣获"双连冠"的作家有：高洪波、刘健屏、罗辰生、张秋生、周锐、葛翠琳、程玮、邱勋、冰波、常新港、关登瀛、薛卫民、郑允钦。

宋庆龄儿童文学奖　中国宋庆龄基金会会同文化部、教育部、国家广播电影电视总局、共青团中央、全国妇联、中国作家协会、中国科学技术协会等于1986年6月设立，从1987年起开始颁奖。奖金由冰心、巴金、丁玲等著名作家和社会各界捐助提供。1987、1990、1992年已举办三届，先后作为评奖范围的有儿童电视剧本、儿童戏剧剧本、科学文艺、中长篇儿童小说、童话等。该奖重在扶助、鼓励儿童文学创作中急需但又比较薄弱的艺术门类。1999年举办的第五届宋庆龄儿童文学奖将作品评奖范围扩大为1994年至1998年间发表的中长篇儿童小说、童话、科学文艺与幼儿文学，并首次增设了"新人奖"。曹文轩的《草房子》、班马的《绿人》、葛冰的《梅花鹿的角树》分别获小说、童话、幼儿文学类大奖，沈石溪的《混血豺王》、秦文君的《男生贾里全传》等几部作品获提名奖，向民胜、张洁、杨鹏、薛涛、郁秀5人获新人奖。据2000年5月29日在京举办的"第五届宋庆龄儿童文学奖"和"第四届全国优秀儿童文学奖"联合颁奖大会宣布：从2000年起，由宋庆龄基金会等单位主办的"宋庆龄儿童文学奖"和由中国作家协会主办的"全国优秀儿童文学奖"合并为一个奖项，全称为"宋庆龄全国优秀儿童文学奖"，简称"宋庆龄儿童文学奖"，这是中国儿童文学的最高奖项。

冰心儿童图书奖　该奖由儿童文学作家葛翠琳于1990年在北京设立，以冰心老人的名字命名，成立以著名英籍华裔女作家韩素音为名誉主席、老舍夫人胡絜青为副主席的评奖委员会。该奖注重奖励鼓舞边远地区、少数民族地区儿童文学与儿童读物的新人佳作。每届获奖作品结集为《冰心儿童图书新作奖获奖作品集》，由浙江少年儿童出版社出版。

陈伯吹儿童文学奖（1988年以前名为"儿童文学园丁奖"）　这是目前中国唯一的一项儿童文学年度奖，由著名儿童文学泰斗陈伯吹老人倡议并捐款，于1981年5月在上海创设。评奖范围是上一年度在上海地区公开发表、出版

第十章　20世纪八九十年代儿童文学系统工程的建设

的各类儿童文学作品，每届获奖作品均由评奖委员会编成《陈伯吹儿童文学奖获奖作品集刊》由（上海）少年儿童出版社出版。该奖的创设为推进新时期儿童文学尤其是作为中国儿童文学"大本营"之一的上海地区儿童文学创作的繁荣，作出了独特的贡献。

新时期优秀少年儿童文艺读物评奖（1979—1988） 全国少年儿童文化艺术委员会举办。该奖于1989年5月在北京颁发，评奖范围是由全国20家少年儿童出版社和部分综合性出版社推荐的近200种儿童文艺读物，有17种获一等奖，43种获二等奖。这次评奖通过鼓励、奖掖新时期以来的优秀作品，再一次向文坛推出了一批富于创新精神的新人新作。

首届全国儿童文学理论评奖 中国儿童文学研究会举办。该奖于1988年11月颁发，有20部专著与40篇论文获奖，这是中国儿童文学史上第一次全国性的理论评奖。

五、学会、笔会、研讨会的活动

进入80年代以来，儿童文学界的横向交流活动空前活跃，学会的组建，笔会、研讨会、作品讨论会、评奖会等的不断举办，使儿童文学界进行理论探讨、信息交流、佳作观摩、平等对话的机会越来越多，作家与评论家、作家与编辑、作家与读者、老中青作家之间的沟通与联系，越来越趋于密切、和谐。

目前国内已有4个全国性的从事儿童文学研究的民间团体。它们是：中国儿童文学研究会（1980年6月成立于北京），全国儿童文学教学研究会（1982年6月成立于北京），中国出版工作者协会幼儿读物研究会（1986年3月成立于石家庄），全国幼师、普师儿童文学教学研究会（1984年10月成立于金华）。这些民间学术团体不定期举行全国性的研究讨会，交流研究成果，活跃学术空气，已先后召开过多次会议。

中国儿童文学研究联合有关省的文联、作协、出版社等单位召开过"当代儿童文学新趋向讨论会"（1986.10贵州黄果树）、"90年代中国儿童文

学展形研讨会"（1990.5 云南昆明）、"全国儿童文学创作分析会"（1991.7 河北承德）。全国儿童文学教学研究会结合高等师范、中等师范的儿童文学课教学实践，先后在吉林省吉林市（1983.8）、甘肃兰州（1984.8）、辽宁大连（1985.8）开过三届年会。中国出版工作者协会幼儿读物研究会自 1986 年 3 月召开成立大会后，坚持年年开展活动。该学会侧重于幼儿读物文学、美术的编辑研究与经验交流，先后召开过"第一次全国幼儿读物美术研讨会"（1986.11 云南昆明）、"第一次幼儿期刊研讨会"（1987.10 山东烟台）、"第二次幼儿读物美术研讨会"（1987.11 四川金堂）、"第一次幼儿文学研讨会"（1988.10 湖南长沙）、"全国第一次少数民族文字幼儿读物研讨会"（1989.8 新疆乌鲁木齐）、"幼儿读物研究会第二次代表大会"（1990.10 广西桂林）、"第二次幼儿文学研讨会"（1992.4 江苏扬州）、"第四次全国幼儿读物美术研究会"（1992.9 山东烟台）、"全国第二次少数民族文字幼儿读物研讨会"（1993.9 吉林延边）、"全国婴儿读物研讨会"（1993.10 湖北宜昌）、"幼儿读物研究会第三次代表大会"（1995.9 北京）、"96 幼儿文学研讨会"（1996.5 陕西西安）、"98 幼儿读物展暨幼儿读物研讨会"（1998.5 广东深圳）；此外还在 1987 年 5 月、1990 年 3 月，举办过两次"全国幼儿图书奖"的评选工作，1991 年 5 月与上海出版协会在上海联合举办了"幼儿读物编辑培训班"，1991 年 7 月与国际儿童读物联盟中国分会和日本分会在北京联合举办"幼儿图书研讨班"，并出版有会刊《幼儿读物研究》（1986 年 11 月创刊，至 1998 年已出版 24 期）。全国幼师、普师儿童文学教学研究会曾先后在西安（1986.7）、天津（1990）、贵阳（1993.7）、成都（1995.8）、内蒙古包头（1997.8）、重庆（1999.8）等地召开过七届年会暨幼儿文学教学研讨会，组织力量编写出版了《幼儿文学教学大纲》、《幼儿文学选萃点评》、《当代儿童文学教学论文集》等，并进行幼儿文学教材、论文的评奖，有力地促进了幼儿文学教学。

上述四个民间学术团体均由清一色的儿童文学、儿童读物工作者组成。此外，国内还有一个以成人文学工作者为主体组成的"中国寓言文学研究会"。

第十章　20世纪八九十年代儿童文学系统工程的建设

该学会于1984年7月在吉林长春成立，成员大多是从事古典寓言、外国寓言研究的大学教师与学者，也有樊发稼、韶华、金江、凝溪等当代儿童文学寓言作家，已举办过数次全国性的学术讨论会，出版过《寓言辞典》（1988）、《中国寓言文学史》（凝溪）、《世界寓言史》（吴秋林）等引人瞩目的成果。

新时期以来的全国性重大儿童文学活动与会议主要是由文化部、中国作家协会、全国少年儿童文化艺术工作委员会与文化部少年儿童文化艺术司（以下简称少儿司，以后改为社会文化司少儿处）等中央有关部门举办的。由文化部召开的"全国儿童文学理论座谈会"（1984.6 石家庄）、"全国儿童文学理论规划会议"（1985.7 昆明），由中国作家协会召开的"全国儿童文学创作会议"（1986.5 烟台）、"儿童文学发展新趋势讨论会"（1988.10 烟台），由全国少年儿童文化艺术工作委员会委托四川外语学院召开的"外国儿童文学座谈会"（1986.11 重庆）等，是80年代最重要的五次全国性儿童文学会议。这五次会议紧密结合当时儿童文学的创作现状、理论热点、文学思潮、发展趋向等，就儿童文学的本质特征与价值功能问题、如何繁荣儿童文学创作与理论研究、怎样正确评估新时期儿童文学的发展趋向、怎样推进中外儿童文学翻译交流等重大问题，展开了热烈讨论，并制定了一些切实的措施。这几次会议对于引导新时期儿童文学的创作走向、理论兴趣，对于儿童文学界贯彻"百花齐放、百家争鸣"的方针，对于推动儿童文学创作、理论、翻译的繁荣，产生了广泛的影响。束沛德（中国作家协会）、罗英、陈子君（文化部、全国少年儿童文化艺术委员会）等是这些会议的主要策划者与组织者。

新时期儿童文学的研讨会、笔会、评奖会等之所以搞得有声有色，还有另一个重要因素，即各地作家协会普遍举办过有关儿童文学的活动，尤以80年代初较为频繁。其中浙江作家协会自1980年起，坚持每年暑假召开全省性的儿童文学创作会议，这是浙江儿童文学创作一直搞得比较活跃的重要原因。湖南作家协会、四川作家协会、江苏作家协会、辽宁作家协会、云南作家协会，也是举行儿童文学活动比较多的部门，如湖南作协曾于1990年5月承办过"首届世界华文儿童文学笔会"。作为儿童文学作家人才济济的上海作家协会、北

京作家协会，活动就更普遍、频繁了。上海除了常年性的"陈伯吹儿童文学奖"评奖活动、创作笔会外，还热衷于展开对外交流，曾举办过"首届沪港儿童文学交流会"（1987.7）、"中日儿童文学研讨会"（1989.12）、上海、台湾儿童文学作家交流活动（1989.8）等。

我们必须提及全国31家少儿读物专业出版社举办儿童文学活动的积极性。少儿出版社举办的笔会、研讨会、评奖会、作品大奖赛、作品讨论会之类，大都有着明确的选题组稿与联系、扶持作者的目的，因之，在培养文学新人、发现人才、奖掖新秀方面，具有特别重要的作用。不少儿童文学新人，正是经由少儿社的扶持脱颖而出的；同时，一些具有探索性、前瞻性的作品也往往需要有眼光、有气魄的出版家的大胆支持（包括经济上的支持），才有可能与读者见面。在这方面，湖北少年儿童出版社通过"神农架笔会"（1987.10）组稿出版的《儿童文学新论丛书》（7种），21世纪出版社通过"庐山笔会"（1987）组稿出版的《新潮儿童文学丛书》（10种），是两个成功的范例。这两套丛书分别代表了新时期儿童文学理论探索与创作探索的最新成果，没有这两家少儿社敏锐的目光与出版家的气度，那就碍难问世。此外，湖南少年儿童出版社通过"张家界笔会"（1992.8）组稿出版的《世界儿童文学研究丛书》（9种），（上海）少年儿童出版社通过"上海会议"（1995.8）组稿出版的《跨世纪儿童文学论丛》（已出6种）也取得了成功。这两套丛书拓宽了90年代儿童文学研究的理论空间与学术视野。

我们还要以敬佩的心情介绍（上海）少年儿童出版社1990年11月召开的"'90上海儿童文学研讨会"。参加这次会议的有来自全国22个省市的130余位卓有建树的儿童文学作家、理论家，会议还邀请了12位德国、日本、捷克斯洛伐克的儿童文学专家。这次研讨会是一次四世同堂的盛会，被誉为是继1986年中国作家协会在烟台召开的"全国儿童文学创作会议"之后新时期中国儿童文学界的第二次大会师。会议出版的论文集《眼中有孩子，心中有未来》，收录了72篇论文，涉及到儿童文学的主旋律、创作艺术、探索性儿童小说、儿童文学与环境保护等多种论题，反映了90年代初的儿童文学理论探

第十章　20世纪八九十年代儿童文学系统工程的建设

讨的新特点与新热点。

六、高等学校儿童文学教学的提升

关于儿童文学教学事业的重要性，陈伯吹先生早在1947年撰写的《儿童读物的编著与供应》一文中发表了很好的意见，他认为："编著儿童读物是一种专门的工作，所以需要专门的人才……人才的培养，已经到了急不可待的时机。我个人以为高中师范，专科师范，大学教育学院，师范大学，亟应添设'儿童文学'或'儿童读物'一学程，并且规定为'必修科目'，这样，数十年后，也许会得人才辈出，而优秀的儿童读物，也琳琅满目，美不胜收了。"从二三十年代开始，我国的师范院校（如上海、江苏等地）已逐渐设立了"儿童文学"或"青少年读物"的课程。最早的一批儿童文学论著，如1923年商务印书馆版《儿童文学概论》（魏寿镛、周侯予著）、1924年中华书局版《儿童文学概论》（朱鼎元著）、1928年商务印书馆版《儿童文学研究》（张圣瑜著）等，都是作为师范学校儿童文学课的教材而编写出版的。50年代，各地师范学院、师范大学的中文系、教育系，曾普遍开设过"儿童文学"，并作为学生的必修课。其中北京师范大学、华东师范学院（今华东师范大学）、东北师范大学、西南师范学院（今西南师范大学）、浙江师范学院（今浙江师范大学）等校，都有相当的师资力量，儿童文学的教学研究搞得有声有色。曾兼任过北京师范大学儿童文学教授的陈伯吹，还公开出版过《师范学校儿童文学讲授提纲》（1957）。北京师范大学编印过两卷本《儿童文学参考资料》（穆木天、张中义等编，1956），主办过一期儿童文学进修班。东北师范大学的锡金教授曾招收过儿童文学研究生。上海、吉林等地也分别编印过作为普遍师范学校儿童文学教材的《儿童文学》（1956上海）与《儿童文学课本》（1957吉林）。但从50年代末开始，因为"学制要缩短，教育要革命"，儿童文学课程便被不明不白地取消了。这一大段空白，一直要等到二十年后，才得以填补。

1978年，教育部在武汉召开教材工作会议后，北京师范大学因钟敬文先生等的倡议率先恢复了儿童文学专业，并在中文系单独成立儿童文学教研室。

1982年，该校受教育部委托，举办了"全国高校儿童文学教师进修班"，有35名教师参加了为期一年的学习。这批教师以后大多成为各地高校儿童文学课的骨干教学力量。几乎与此同时，南方的浙江师范大学也闻风而动，积极推展儿童文学教学。1979年，该校中文系成立了儿童文学研究室，招收了第一届儿童文学研究方向的硕士研究生，并创建了专业资料室。从1982年开始，还为全国幼儿师范学校、普通师范学校举办了三期儿童文学师资进修班，共计学员130人。自此，我国形成北京师范大学与浙江师范大学南北两个儿童文学教学中心。

进入80年代以后，随着儿童文学事业的发展与教学改革的深入，儿童文学学科的重要性已在高等师范系统形成一种共识，儿童文学教学逐步走上了正轨，并出现了新的突破。这表现在：

1. 各地有师资条件的师范院校，以及部分综合性大学，普遍在中文系、教育系恢复了儿童文学课程，或作为必修课，或作为选修课。有的大学（如北京师大）还在全校范围内开设了跨系儿童文学选修课。其中华北地区的北京（北京师大、首都师大），东北地区的吉林、辽宁、黑龙江（东北师大、沈阳师院、吉林师院、哈尔滨师大），华东、华中地区的浙江、上海、江苏（浙江师大、杭州师院、上海师大、南京师大、湖北大学），西南地区的重庆、四川、云南（西南师大、重庆师院、四川师大、云南师大），西北地区的甘肃、新疆（西北师大、新疆师大）等地的高校，开课比较正常，开展的活动也较多。

2. 儿童文学的教材建设有了突破。1982年5月，北京师大、华中师院（今华中师大）、河南师大（今河南大学）、杭州大学、浙江师院（今浙江师大）等五院校合作的《儿童文学概论》由四川少年儿童出版社出版，这是新时期第一部有较大影响的儿童文学基础教程。几乎与此同时，浙江师大的蒋风教授也公开出版了一部个人著作的《儿童文学概论》（1982.5 湖南人民出版社）。1991年5月，北京师大浦漫汀教授主编、该校4位教师合著的《儿童文学教程》以及与之配套的《中国儿童文学作品选》、《外国儿童文学作品选》，由山东文艺出版社出版。这套教材被列入国家教委"七五"规划的高等学校文科教材

第十章　20世纪八九十年代儿童文学系统工程的建设

之中。此外，由广州师院陈子典主编的《儿童文学大全》（广西人民出版社1988年11月版）、新疆师范大学冉红著的《儿童文学写作概说》（福建少年儿童出版社1989年5月版）、南京师范大学郁炳隆等主编的《儿童文学理论基础》（南京大学出版社1990年版）、杭州师范学院李标晶著的《儿童文学原理》（希望出版社1991年1月版）、浙江师大蒋风主编的《儿童文学教程》（希望出版社1993年6月版）、首都师范大学吴继路著的《少年文学论稿》（首都师范大学出版社1994年4月版）、浙江师大黄云生主编的《儿童文学教程》（杭州大学出版社1995年版）、蒋风主编的《儿童文学原理》（安徽教育出版社1998年4月版）等，都是新时期高校儿童文学教材建设的重要收获。值得一提的是，幼儿师范的儿童文学教材也有了新的起色，这方面的成果有：成都幼儿师范学校郑光中编著的《幼儿文学ABC》（四川少年儿童出版社1988年6月版）、华东七省市与四川省幼儿园教师进修教材协作编写委员会主编的《幼儿文学》（上海教育出版社1987年6月版）、杭州师范学院章红、李标晶等合著的《幼儿文学教程》（浙江少年儿童出版社1991年9月版）、浙江师大黄云生著的《幼儿文学原理》（江苏教育出版社1995年版）、北京师范大学张美妮等合著的《幼儿文学概论》（重庆出版社1997年版）、四川省教委师范处策划、郑光中主编的《幼儿文学教程》（四川民族出版社1998年8月版）等。

3. 研究生教学的起步。研究生教学是培养科学研究人员、高等学校师资或其他高级专门人才的重要途径。我国儿童文学学科的研究生培养，在80年代出现了新的突破。1979年，浙江师范大学儿童文学研究室率先招收中国现代文学专业儿童文学研究方向的硕士研究生；1984年12月，吴其南、汤锐、王泉根三人通过杭州大学硕士学位论文答辩，成为我国第一批获得文学硕士学位的儿童文学研究方向硕士毕业生。从1986年起，北京师范大学中文系儿童文学教研室也开始招收硕士研究生。以后陆续招收研究生的有华中师范大学、东北师范大学、南京师范大学、西南师范大学、上海师范大学、重庆师范学院、沈阳师范学院等。从2000年起，北京师范大学开始招收儿童文学方向的博士研究生。北京师范大学还招收了日本、新加坡等国的儿童文学研究生与留学生。

目前，国内已有 40 多名研究生毕业，他们大多成为高校儿童文学专业教师或少儿出版社文学编辑，为儿童文学的教学与理论研究增添了一支生机勃勃的力量。

1985 年，四川外语学院（重庆）成立了我国第一个儿童文学研究机构——外国儿童文学研究所（以下简称四川所），并创办了专业理论刊物《外国儿童文学研究》。1989 年，浙江师范大学中文系儿童文学研究室扩大建制，改为儿童文学研究所（以下简称浙江所）。1987 年 12 月，广州师范学院中文系也组建了儿童文学研究室（以下简称广州室）。这三个研究机构各具特色，各有所重。四川所重点研究外国儿童文学，浙江所偏重于基础理论与文学史，广州室则以台港海外华文儿童文学为主要研究对象，并均推出了一批研究成果，其中尤以浙江所成绩最为显著，已出版有《世界儿童文学事典》、《中国现代儿童文学史》、《中国当代儿童文学史》、《世界儿童文学史概述》等。由于多种原因，进入 90 年代，四川所已不复存在。所幸重庆师范学院中文系已于 1998 年成立了西部儿童文学研究所，弥补了四川所停办的遗憾。

七、儿童文学丛书"出版热"

丛书是一种集多种单独的著作成为一套冠以总书名的出版物，有综合性与专门性之分。有的一次性出齐，有的则逐册连续多年出版。由于丛书集中了同一类型题材的多种单本读物，具有系统性、整体性、连续性、大量等特点，故对于图书市场、读者兴趣具有很大的影响作用；甚至左右正在发生、运作着的读者阅读思潮与作者创作走向。丛书的编著出版，又是文化积累的重要手段，也是检验文化发达与否的一项重要尺度。我国儿童文学丛书的编著出版，早在"五四"以前就已开始起步，如《童话》丛书 102 种（商务印书馆 1909—1921 年版）、《少年丛书》30 种（商务印书馆 1908 年开始出版）、儿童《小小说》100 种（中华书局版）等。二三十年代丛书出版就更多了，据不完全统计，先后出版的丛书有：《儿童基本文库》（大东书局版）、《儿童万有文库》（中华书局 1930 年版）、《小朋友丛书》（北新书局 1930 年版）、《世界少年文库》（世

第十章　20世纪八九十年代儿童文学系统工程的建设

界书局1931年版)、《中华儿童丛书》(儿童书局1933年版)、《儿童文学创作丛书》(北新书局1933年版)、《幼童文库》(商务印书馆1934年版)、《小朋友文库》(中华书局1936年版)等。这些读物大多是综合性的,如由王云五和徐应昶主编的商务版《小学生文库》,内容涉及政治、史地、文艺、科学常识等,共计500种;文艺部分又分童话、神话、小说、诗歌、故事、戏剧等,小说、童话还包括《列那狐的故事》、《豪夫童话》、《安徒生童话》、《最后一课》等,此外还有经过改写的古典名著少儿版《岳飞传》、《水浒传》、《西游记》等。

出版儿童文学丛书、儿童读物丛书,一直是我国少儿图书出版事业的热门。新时期更出现了一个持续不衰的"丛书热",不少出版社都把丛书作为"拳头产品"与"传统项目"。(上海)少年儿童出版社先后推出的《少年文库》(300种图书)、《童年文库》、《彩色世界名著100集》、《十万个为什么》系列丛书、《365夜》系列丛书,中国少年儿童出版社的《少年百科丛书》、《世界名著少年文库》、《中学生丛书》、《中华人物故事大全》,新蕾出版社的《童年文库》、《世界童话名著文库》、《世界儿童小说名著文库》、《故事大王画库》、《童话丛刊》,四川少年儿童出版社的《小图书馆丛书》、《小作家丛书》等,都是80年代很有影响的少儿读物丛书,其中多数属于综合性。新时期以来,影响较大的纯儿童文学丛书主要有下列数种:

《中国儿童文学大系》,山西希望出版社1988年版,收录本世纪中国儿童文学的重要作品,分为理论、童话、小说、散文、诗歌、儿童剧等十卷。

《中国幼儿文学集成》,重庆出版社1991年版,收录1910—1989年70年间中国幼儿文学的重要作品,分为理论、童话、儿歌、儿童诗、故事、散文、戏剧等十卷。

《新潮儿童文学丛书》,江西少年儿童出版社(今21世纪出版社)1987—1989年版,荟萃新时期以来反映中国儿童文学新的发展思潮、新的美学追求、新的创作手法的代表性作品,极大多数出自青年作家之手。分为小说、童话、诗歌三种类型,包括《八十年代小说选》、《八十年代童话选》、《八十

年代诗选》、《探索作品集》、《中国少女心理小说集》、《中国少年探险小说集》、《一百个中国孩子的梦》、《八十年代乡村小说集》、《中国少年诗人诗选》等。

《中国著名作家儿童文学作品选》丛书，中国少年儿童出版社自 1979 年起陆续出版。该丛书以作品选的形式，集中介绍现当代著名中国作家的儿童文学佳作，已出（以出版时间先后为序）鲁迅、严文井、贺宜、金近、胡奇、叶君健、张天翼、冰心、柯岩、袁鹰、郭风、孙幼军、管桦、叶圣陶、陈伯吹、秦牧、任大星等 20 余种作品选。

《全国少年儿童文化艺术委员会儿童文学理论丛书》。这套丛书是根据 1985 年 7 月昆明"全国儿童文学理论规划会议"制定的选题，由各地出版社陆续出版的。现已出版《中国当代儿童文学史》（陈子君主编，明天出版社 1991 年 2 月版）、《中国现代儿童文学文论选》（王泉根评选，广西人民出版社 1988 年 8 月版）、《论当代中国儿童文学》（陈子君等编，下同，湖南少年儿童出版社 1989 年 10 月版）、《论儿童诗》（广西人民出版社 1988 年 12 月版）、《论童话寓言》（新蕾出版社 1989 年 1 月版）、《论儿童小说》（江苏少年儿童出版社 1993 年 12 月版）等。

《儿童文学新论丛书》，湖北少年儿童出版社自 1989 年起陆续出版。该丛书以专题研究的形式，集中推出一批 80 年代成长起来的年轻理论工作者的最新研究成果，富于当代意识与探索精神。已出版《中国儿童文学理论批评与构想》（班马）、《比较儿童文学初探》（汤锐）、《童话艺术空间论》（孙建江）、《儿童文学的审美指令》（王泉根）、《异彩纷呈的多元格局》（彭斯远）、《儿童文学接受之维》（方卫平）、《儿童小说叙事式论》（梅子涵）等。

《文学大师和儿童文学丛书》，（上海）少年儿童出版社自 1983 年起陆续出版。集中反映现代著名文学家、教育家关心、从事儿童文学的实践，收集、整理他们与儿童文学有关的全部作品和文论。已出版《茅盾和儿童文学》、《郭沫若和儿童文学》、《冰心和儿童文学》、《郑振铎和儿童文学》、《叶圣陶和儿童文学》、《巴金和儿童文学》、《陶行知和儿童文学》、《黎锦晖和儿

第十章　20 世纪八九十年代儿童文学系统工程的建设

童文学》等。

《中国儿童文学艺术丛书》，海燕出版社 1989 年 7 月出版。该丛书分为 11 种，系统介绍了当代中国儿童文学艺术领域 110 位有较大成就的儿童文学作家、艺术家。因每种介绍十家，故又称"十家丛书"，分为儿童小说、科幻小说、儿童诗、童话、科学童话、散文、寓言、儿童剧、民间故事、儿童画、连环画等。

《世界儿童文学研究丛书》，湖南少年儿童出版社自 1992 年起陆续出版，至 1999 年出齐，共九种：《中国儿童文学现象研究》（王泉根）、《日本儿童文学面面观》（朱自强、张锡昌）、《俄罗斯儿童文学论谭》（韦苇）、《美国儿童文学初探》（金燕玉）、《德国儿童文学纵横》（吴其南）、《英国儿童文学概略》（张美妮）、《法国儿童文学导论》（方卫平）、《意大利儿童文学概述》（孙建江）、《北欧儿童文学述略》（汤锐）。这是中国学者第一套全方位研究世界儿童文学的专著，对于中外儿童文学交流、中国儿童文学理论走向世界都有积极意义。

新时期儿童文学的丛书"出版热"，除了注重文化积累与理论、文献的研究、整理外，在对原创作品生产方面投入了特别的关注与精力；尤其是进入 90 年代，这方面的成绩更为明显，不少出版社在抓原创读物的生产方面舍得花时间、花精力、花成本，既推出了一大批新作，又培养造就了一大批新人。

（上海）少年儿童出版社从 90 年代初就开始调整出版部署，下大力气抓原创作品。该社的《巨人丛书》专门用来扶持中长篇少儿小说、童话、科幻，现已出至第 5 辑。其中第 3 至 5 辑 26 种作品中，秦文君的《男生贾里》、梅子涵的《女儿的故事》、张品成的《赤色小子》等荣获中国作协全国优秀儿童文学奖。江苏、浙江、湖北三省的少儿社在抓原创作品方面也业绩不凡。江苏少儿出版社已出版《少年小说精品丛书》5 种，《中华少年文学创作丛书》20 种，《中华当代童话新作丛书》10 种，《中华当代科幻小说丛书》6 种，其中曹文轩的《草房子》、黄蓓佳的《我要做好孩子》等 7 种获全国优秀儿童文学奖。浙江少儿出版社已出版《中国幽默儿童文学创作丛书》16 种，《红帆船儿童诗丛》

6 种，《寄小读者散文丛书》8 种；湖北少儿出版社推出了《鸽子树长篇儿童小说丛书》7 种，《红蜻蜓少年随笔丛书》15 种，《中国当代儿童诗丛》8 种，《少儿教育纪实文学丛书》3 种。这两家出版社也分别有原创作品获全国优秀儿童文学奖。

90 年代后期，各地出版社纷纷亮出自己的原创力作，而且均以丛书形式面世，以求更大的出版效应，重要者有：21 世纪出版社的《大幻想文学中国小说丛书》7 种；北京少儿出版社的《自画青春小说丛书》9 种；天津新蕾出版社的《金狮王动物小说丛书》6 种，《郑春华大头儿子幼儿文学系列》4 种；福建少儿出版社的《花季小说丛书》8 种；明天出版社的《金犀牛小说丛书》6 种，《猎豹小说丛书》8 种；湖南少儿出版社的《中国最新动物小说丛书》8 种，《红辣椒长篇儿童文学创作丛书》9 种；甘肃少儿出版社的《少年绝境自救故事丛书》10 种；安徽少儿出版社的《青春口哨少儿小说丛书》4 种；沈阳出版社的《棒槌鸟儿童文学丛书》6 种；重庆出版社的《蒲公英儿童文学丛书重庆作家专辑》4 种；中国青年出版社的《刘先平大自然探险系列》5 种；辽宁春风文艺出版社的《小布老虎丛书》4 种；云南晨光出版社的《蓝宝石少儿长篇小说丛书》6 种。

以上 26 套丛书共 224 种原创作品，基本上代表了 90 年代后期我国儿童文学创作的最新成果与总体水平，成为跨世纪儿童文学的重要艺术积累。它们既是研究中国儿童文学现象的主要参考资料，也是研究新时期儿童文学发展思潮、美学追求、读者心理的重要依据；当然，它们更是为丰富广大少年儿童的精神食粮、提升他们的文学修养作出了重要贡献。这是新时期儿童文学系统工程建设的重点项目之一，理应大书一笔。

八、海峡两岸儿童文学的交流

台湾文学是中国文学的一个重要支脉，台湾儿童文学是中国儿童文学不可或缺的组成部分。当代台湾文坛涌现了一大批儿童文学作家，创作了许多具有鲜明民族风格和浓郁的台湾地方特色、风格流派异彩纷呈的优秀作品，大大丰

第十章　20世纪八九十年代儿童文学系统工程的建设

富了中国儿童文学。但是，由于历史的原因，40年来海峡两岸阻隔，两岸的小读者都不能读到彼岸的儿童文学。40年的阻隔终于在80年代开始解冻。随着两岸往来的进展，海峡两岸的儿童文学交流呈现出日趋频繁的势头，无论在出版、评论、评奖、征文、访问等方面，都有明显的推展。"中国儿童文学要提升，两岸儿童文学要交流，世界华文儿童文学要发展。"这已成为两岸儿童文学界越来越强烈的共识。通过海峡两岸儿童文学的交流传播，引导两岸少年儿童到同文同源的万里长风中，到同根同脉的历史苍穹下，去感应中华文化生生不息的脉搏，在由甲骨文字传承下来的民族历史长河里得到精神的洗礼，使他们拥有一份共同的关于中华民族的文化情结，关于龙的传人的审美把握，从而加强与加深两岸少年儿童的精神对话和心理沟通——这是自80年代初海峡两岸开放以来所进行的文学交流活动的一个非常突出的现象，同时也是新时期儿童文学系统工程建设的重要内容。两岸儿童文学交流具有以下特点：

一是延续时间长，年年都见面。

1989年8月，以著名诗人、儿童文学家林焕彰先生为领队的台湾儿童文学作家一行七人，飞赴大陆访问。短短数天内，他们在京沪拜会冰心、陈伯吹等当代儿童文学泰斗，并与皖、沪、京等地的儿童文学界进行学术对话。"1989夏季之旅"，无疑是海峡两岸儿童文学界的历史性聚会。自此以后，两岸儿童文学界又先后在长沙（1990）、海口（1991）、北京、天津（1992）、昆明、广州（1992）、成都（1993）、金华、杭州（1996）举行了较大规模的学术交流和理论研讨活动，同时还在北京（1992）、上海（1996）分别举行了台湾儿童文学家林焕彰、桂文亚作品的专题研讨会。1999年9月，"首届海峡两岸儿童文学教学研讨会"在北京师范大学召开，使两岸儿童文学教学交流与研究走向深入。1994年5—6月间，大陆儿童文学界一行14人，首次飞越海峡，前往台北参加两岸儿童文学学术研讨会，并作环岛之旅。1998年，又有8人组成的团队再次到达台湾。这些活动都在两岸文学界、文化界、教育界产生了十分积极的影响，甚至常有成人文学作家羡慕儿童文学这一行，称赞竟有如此频繁的两岸互访和交流活动，这在成人文学界是不多见的。

二是举办活动多，内容门类广。

交流是一种对话，一种探寻。共同的文化情结和文学课题，已将两岸儿童文学界紧密地联系在一起。两岸不但合作出版了《中国当代儿童文学作家小传》（1992 湖南）、《海峡两岸儿童文学选集》（1993 台北、四川），而且还在对方的少儿报刊开辟了相关的专栏，如北京《东方少年》月刊开设的"台湾儿童文学作品专辑"（桂文亚策划主编）、台北《民生报·儿童天地》开辟的大陆儿童文学作品介绍等。特别是《民生报》桂文亚女士，经她之手，大陆儿童文学作品频频在《民生报》、美国《世界日报》等报刊载，至今已发表了上百位大陆作家的儿童文学佳作。由马景贤先生主编的《儿童日报·儿童文学花园》以及林良先生担纲的《国语日报》，也连续不断地刊出大陆儿童文学作品与理论文章。此外，两岸儿童文学界还展开多项颁奖活动，表彰对儿童文学事业作出特别贡献的作家与优秀之作。例如，大陆已先后有洪汛涛、周锐、王泉根、沈石溪、金波、秦文君、樊发稼、韦苇、张秋生、郭风、任溶溶、孙幼军、班马、蒋风等十余人获台湾"杨唤儿童文学奖"或"特殊贡献奖"，北京小作者葛竞还获得该奖的"评审委员奖"；而台湾也先后有林焕彰、桂文亚、谢武彰、李潼等多人分获"宋庆龄儿童文学奖"、"陈伯吹儿童文学奖"等多种奖项。

三是成效显著，影响深远。

随着两岸儿童文学交流的日渐深入，《人民文学》、《世界华文文学》、《儿童文学》、《东方少年》、《儿童文学选刊》、《台湾文学选刊》等大陆多家报刊相继刊发了大量台湾儿童文学精彩之作；大陆的一些中小学语文、作文类杂志，也发表了不少台湾小学生的优秀作文。《文艺报》、《儿童文学研究》、《台湾研究集刊》及一些大学学报，发表了一系列探讨台湾儿童文学的论文，如《台湾儿童文学鸟瞰》、《台湾儿童诗创作概况》、《困惑的现代与现代的困惑——当今台湾童话创作现象研究》等。林良、林海音、林焕彰、林文宝、谢武彰、陈木城、桂文亚、马景贤、杜荣琛、邱各容、方素珍、李潼、沙白、林武宪、林加春、邱阿涂、郑雪玫、洪文珍、曾西霸、薛林、管家琪、徐守涛、洪文琼、陈正治、潘人木、木子、邱杰、黄海、黄基博、王淑芬、陈

第十章　20世纪八九十年代儿童文学系统工程的建设

卫平、李雀美、陈玉珠、洪志明、郁化清、张子樟、张湘君、傅林统、曹俊彦、卜京、陈启淦、丁淑卿、夏婉云、林月娥、洪中周、帅崇义、苏尚耀、赵天仪、雷侨云……一个个陌生的名字，逐渐为大陆儿童文学界与小读者所熟悉。

儿童文学面对的是中华民族未来的一代，两岸作家作品的交流、发表、传播，直接影响着海峡两岸亿万小读者的精神对话、心理沟通与文化传递。优秀的儿童文学作品更会深入孩子心田，终生难忘。常常一位台湾作家的作品在大陆发表，其读者之广，影响之大，是台湾岛内无法想象的。例如，桂文亚的《班长下台》等散文在上海《少年文艺》发表后，编辑部接到大量小读者的来信，"桂阿姨"一下子成了小读者关注的热点，而作家本人也连获1993、1994年《少年文艺》小读者票选最受欢迎散文作品第一名。谈到两岸儿童文学交流的影响，不能不提到1992年的征文活动。由台北《民生报》、河南海燕出版社、北京《东方少年》杂志社联合举办的"1992年海峡两岸少年小说、童话征文"，是两岸文教交流中最具影响力的活动之一。是年5月11日，征文活动的新闻发布会在北京建国饭店隆重热烈举行，全国人民代表大会常务委员会副委员长雷洁琼到会并接见三方负责人，北京新闻界、文教界、出版界200余人参加，各大报刊很快报道了这一消息。经过两岸儿童文学作家的共同努力，共有800多件作品入选，最后经两岸资深作家、评论家举成的评委会投票表决，于11月13日在北京公布评奖结果，所有获奖作品均由两岸同步出版。这次活动的影响之广，参加人数之多，不但在两岸儿童文学界，而且在两岸文教交流中也是最为成功、最引人瞩目的活动之一。

共建两岸少年儿童的文学殿堂与精神家园，首先是由于两岸儿童文学界都有着共同的文化情结。共同的文化情结来自于共同的文化传统和关切民族未来一代精神生命的文化担当，两岸儿童文学有着共同的以文学育人、树人、立人的目标；而当代两岸儿童文学的发展态势与走向又有着许多相同相通之处，这些都使两岸儿童文学不约而同地共处于一种对话、沟通的诉求与探索、创新的激情之中。

儿童文学系统工程的建设，是促进儿童文学发展的重要条件与基本保证，是与儿童文学的生态环境、社会重视、文化语境、经济投入等诸种外在因素密切相关的。没有新时期以来改革开放的社会文化大背景，就没有一系列儿童文学良性循环的运作，也不可能会有以上这些系统工程的卓有成效的建设。世纪之交的中国社会正在由长期奉行的计划经济向市场经济转轨。社会主义市场经济体制的逐步建立与完善，必将影响整个中国社会生活——从物质生活到精神生活的方方面面，市场经济对文学事业包括儿童文学系统工程的建设必将产生越来越深广的影响。21世纪的中国儿童文学，将在市场经济的全新外部文学环境中开展其系统工程的全新建设。

（写于1999年）

第十一章
20世纪八九十年代儿童文学的转型与儿童本位

1978年，中国进入"改革开放"的历史时期，中国当代文学包括儿童文学进入了一个完全崭新的时代。

1978年10月，由当时的国家出版局、教育部、文化部等中央单位在江西庐山联合召开"全国少年儿童出版工作座谈会"。据那次会议统计，十年"文革"结束后的1977年，全国仅有两家少儿出版社，二十多个儿童读物编辑，全年总共出版了192种少儿图书，而且多数是旧版重印，其中属于儿童文学的寥寥无几。三十年后的2008年，我国已拥有34家专业少年儿童出版社，国内570余家出版社中有520多家争相出版少儿读物，并有140多种少儿期刊和110多种少儿报纸；少儿图书的年出版品种已由三十年前的不到200种发展到现在每年一万多种，年总印数由三千万册发展到六亿多册，也就是现在杨红樱一个作家作品的总印数三千多万册就等同于三十年前全国的少儿图书总印数。文学的生产力是作家，我国儿童文学作家队伍已由三十年前的二十位发展到今天拥有老中青500多人、骨干作家200多人的庞大生力军。今日中国已成为名副其实的儿童文学、儿童读物生产、出版大国，并正在向强国迈进！

穿越这一组三十年的数字对比，改革开放折射出儿童文学的七色之光组成的绚丽画卷，让我们深深地为之鼓舞与感动。

如果说新时期的成人文学是奔腾激荡的大江，那么新时期的儿童文学就像欢快淌流的小河。小河虽然没有大江那般的壮阔、雄浑，但它也在不断地奔涌，不时掀起属于自己的新潮。它毕竟前进了，毕竟勇敢地超越了自我，开始倾注于多维的、自为的文学品格和自我价值的建构。

新时期的儿童文学，冲破了先前公式化、概念化、工具论的樊篱，经过十余年的锻造，它终于获得了满蕴时代精神的美学素质，并催化为具有思辨特征的观念成果。新时期的儿童文学，也不再是先前那种"小狗叫，小猫跳"的"猫狗文学"，它已是一个适应不同年龄阶段的少年儿童同化机能的多层次的艺术载体，肩负着培育我们民族未来一代精神性格的神圣使命。中国的儿童文学从未感受过这一时期那样幸运的喧闹与变革，亢奋与困惑，创新与求索，它在走向少儿世界的同时稳健地走向自我价值的实现与艺术个性的自觉。

一、走向多元价值的儿童文学探索

八九十年代儿童文学拓展之一：突破了"教育工具论"的束缚，确认儿童文学具有多元的价值功能和美学目的，提升作家的使命意识与人文关怀。

过去的儿童文学观念，长期习惯于以某种过于机械的、单向的线性眼光来扫描文学现象。作为我们这个东方古国的传统信条之一，"树人"的观念是根深蒂固的，而我们的民族对于教育的理解从来就是单向的输入——"教化"。这种传统信条一经移入儿童文学，就被普遍看作是启蒙读物，其功能唯在"教化"儿童（汤锐《中国儿童文学的生动标本》）。传统的"教化"信条与共和国特定时期视文学从属于政治的"阶级斗争的工具"相默契，儿童文学就简单地成了功利性的教育儿童的工具，甚至认为这是儿童文学的唯一价值与本质特征。"教育的方向性"与"中心任务配合论"长期左右着儿童文学的创作走向，造成如同茅盾在60年代初所批评的那种"政治挂了帅，艺术脱了班，故事公式化，人物概念化，语言干巴巴"的局面。

第十一章　20世纪八九十年代儿童文学的转型与儿童本位

八九十年代儿童文学的第一回合是回归文学与回归"五四"。新时期刚开始时，儿童文学的新潮理论将重心放在力纠儿童文学是"教育儿童"的工具论的束缚，当时提出的一个具有儿童文学自身特色的新潮命题是："儿童文学是文学。"儿童文学应"返本归位"，回到文学版图中来，正如曹文轩在《〈新潮儿童文学丛书〉总序》所说："所谓'新潮'，只是指文学要从艺术的歧路回归艺术的正道。"以后理论界又重新评价了陈伯吹的"童心定律"，并展开了诸如儿童文学的趣味性与教育性、成人化与儿童化、少年小说与少年性心理等一系列理论问题的探讨。与此同时，还考察了"五四"新文化运动中风行一时的"儿童本位论"的历史真相，提出实事求是评价周作人儿童文学观的问题。这些在今天看来平常稀松的话语，在当时却被视为匪夷所思的"新潮"。80年中后期出版的《周作人与儿童文学》（1985）、《中国现代儿童文学史》（1986）、《现代儿童文学的先驱》（1987）、《中国现代儿童文学文论选》（1989）等现代儿童文学文献与史著，在当时的特定背景下，其价值主要是为了从"五四"新文化运动那里寻找理论资源，寻找中国儿童文学的传统精神。这些著作的出版，一方面向学术界揭示了现代儿童文学丰富的理论内涵与艺术积累，让人们看到中国的儿童文学理论传统决不是某些鄙视者心目中的"小儿科"，也不是后来的理论简约到"语言浅显，情节生动"、"教育儿童的文学"所能比拟。另一方面也为新潮理论的新观念、新方法、新话语提供了有益的启示与参照，例如关于儿童文学是"属于第三的世界"的观点，关于童话的文化人类学研究等都曾从中获得过启发。经过一大批儿童文学新锐作家、理论家的合力拓展，旧有的思维定式终于得到转变，他们不再臣服于单纯的教化信条与偏狭的创作模式，而是直接从生活的感性、知性的层面上升到文化的、哲学的深层结构，向未来公民的精神性格和民族心理的积淀层次作深广的探究与开掘。新时期儿童文学强化了对文化背景的兴趣，对认识功能、审美意识、代沟调和、人格形塑、游戏精神乃至未来民族国民性的探求和深思。儿童文学的状况如何，儿童文学作家张扬什么，追求什么，直接关系到中华民族未来一代的"国民性"。儿童文学

应当担负起改造国民性、提高未来公民精神素质的重任。在突破"教育工具论"的进程中，儿童文学的创作"生产力"不断得到释放。因循守旧的板块结构终于被总体骚动、局部深入的艺术新格局所取代，统率这种新格局奔突向前的则是少年小说与新潮童话两股热流。

率先破门而出冲击儿童文学保守苟安局面的是少年小说。在刘心武《班主任》的冲击波影响下，一批年轻的作者以感应生活的敏锐与执着求真的精神，为刚刚复苏的小百花园地催生了一派生意盎然的新绿。1979年，王安忆的小说《谁是未来的中队长》以其主题的深刻与毫不吞吞吐吐的写作姿态，引起了儿童文学界的第一阵骚动。这篇"问题小说"在少年读者以及家长、教师中所激起的异乎寻常的反响，将儿童文学由描写"伤痕"而直接拉入了"反思"。紧跟着，《泥泞的春天》（王一地长篇）、《乱世少年》（萧育轩长篇）、《吃拖拉机的故事》（罗辰生）、《弯弯的小河》（程远）、《被扭曲了的树秧》（刘岩）、《失去旋律的琴声》（方国荣）、《再见了，我的星星》（曹文轩）、《台阶上的孩子》（明连君）……竞相推出。这些作品一反以往的虚饰与陈套，直面人生，拥抱现实，引起了小读者和他们家长的广泛兴趣。

儿童文学的新生之光，终于在小说领域首先点燃起来，并一发而不可收，流布成奇文郁起的景观，并很快催化出象征手法、哲理反思、心理体验、悲剧意识以及散文化、荒谬感、意识流等创作现象。在这片活泼轩昂的领域，既有大胆触及时弊、针砭现实，帮助小读者认识和评价"初级阶段"社会世相的"问题小说"，如丁阿虎的《祭蛇》、王路遥的《破案记》、汪黔初的《在县委食堂打饭的孩子们》，也有在广阔的历史背景上反映过去艰苦革命岁月的"战争小说"，如严阵的《荒漠奇踪》、陈模的《奇花》（长篇）与《失去祖国的孩子》、王一地的《少年爆破队》（长篇）、张映文的《扶我上战马的人》；既有通过儿童的视角，着力描绘两代人心灵碰撞和理解的"代沟小说"，如关夕芝的《五虎将和他们的教练》、刘霆燕的《老人和黑帽子》、庄之明的《美》、刘心武的《我可不怕十三岁》，也有引导少男少女认识"心理性断乳"所带来的身心剧变，平衡青春期紧张、倾斜情结的"身边小说"，

第十一章　20世纪八九十年代儿童文学的转型与儿童本位

如陈丹燕的《上锁的抽屉》、秦文君的《少女罗薇》、张成新的《啊，少男少女》、肖复兴的《中学生三部曲》（长篇）；既有礼赞少年朋友自立、自强的阳刚气质勇敢走向人生之路的"小小男子汉小说"，如曹文轩的《弓》、陈丽的《遥遥黄河源》、蔡玉明的《脚下的路》，也有剖析失足少年的命运，拯救迷途羔羊的"工读生小说"，如刘厚明的《绿色钱包》、《黑箭》，柯岩的《寻找回来的世界》、任大霖的《喀戎在挣扎》；既有追求小说手法的艺术创新，倾心于超前探索的"探索小说"，如班马的《鱼幻》、《迷失在深夏古镇中》，梅子涵的《双人茶座》、《蓝鸟》，也有注重表达作者对生活的独特感受，寓哲理、情理、伦理于一炉的"哲理小说"，如程玮的《白色的塔》、《孩子、老人和雕塑》；既有直面成人世界的精神创伤带给孩子世界不幸痛苦、令人警悟的"悲剧小说"，如常新港的《独船》、刘汉一的《毛茸茸的胡须》，也有表现人与动物的关系，借助艺术化的动物形象艺术地体现人的本质的动物小说，如蔺瑾的《冰河上的激战》、沈石溪的《第七条猎狗》、乌热尔图的《老人和鹿》、刘先平的《呦呦鹿鸣》、朱新望的《小狐狸花背》、李晓海的《热合买提家的狗》，等等。

中国的儿童文学小说创作，从来没有出现过这般的热闹、这般的精彩、这般主题多元与艺术手法多样的景观。奇葩纷呈的小说创作直接铸就了新时期儿童文学"杂树生花，群莺乱飞"的局面，其艺术实绩是不可低估的。中国作家协会主办的"首届全国优秀儿童文学奖（1980—1985）"评委们一致认为：小说创作是新时期儿童文学成绩最为显著的门类，"其中一些作品足以与我国目前成人文学中的优秀作品媲美"，以往儿童文学创作中的单一的教育性传统与偏狭保守的局面终于被彻底打破，"它体现了作家对我们民族精神新的理解与追求"，体现了儿童文学新的美学理想与艺术性格（1987年11月21日《文艺报》）。

新时期的童话创作突破了"二段式"、"兔子必须吃素"之类的封闭性故事程式与逻辑规范，以其迥异于传统的主题、情节、结构、形象乃至语言，显示出新的美学意识。新潮童话在一个完全开放的、动态的艺术空间中不断

寻觅自我，充实个性，营造新的幻想艺术与审美意向。代表新潮童话创作的风格迥异的两大流派——"热闹派"与"抒情派"风靡了千万小读者。属于前者的有郑渊洁、彭懿、周锐、朱奎、金逸铭等的童话，以其天马行空、"走火入魔"式的无羁人物组合和时空安排，建构起一种情节离奇、形象夸张、节奏跳跃、变化多端的艺术模式。《皮皮鲁外传》、《舒克和贝塔历险记》、《女孩子城来了大盗贼》、《阿嗡大夫》、《约克先生全传》、《长河一少年》等都写得洒脱自如、汪洋恣肆，它们既符合少年儿童的接受心理与释放欲念，也适应现代节奏、现代色彩、现代生活方式与现代情感表达的总体氛围。属于后者的以冰波作品为典范的"抒情派"童话，则注重刻绘人物形象的心理、梦幻与情结，传达一种艺术氛围，描写一种情绪体验，感受一种审美愉悦，以表达作者对人生的思考与对孩子世界的温馨关爱。冰波的《窗下的树皮小屋》、《秋千，秋千……》、《小青虫的梦》等，简直可以与安徒生的《小意达的花儿》相媲美。

新时期还有另一种风格的童话创作：将幻想艺术与人类文明发展史结合起来，使童话成为"琥珀"那般的积淀历史文化信息的艺术载体。例如，宗璞的《总鳍鱼的故事》，胡世晨的《导蜜鸟和人的故事》，班马的《它们》。新的探索还体现在对童话形象单一性格的反拨，着力塑造圆形的立体化的艺术形象，如洪汛涛《狼毫笔的来历》中那只想做好事而不被人理解的悲剧性的黄鼠狼，彭万洲《一只不愿掉尾巴的狗》所刻绘的那只大胆越轨、敢于冲破传统樊篱的喜剧性的狗。新时期的童话创作，中壮年作家依照是中坚与翘楚，北有孙幼军，南有张秋生。孙幼军的《小狗的小房子》、《怪老头儿》、张秋生的《小巴掌童话》以及吴梦起的《老鼠看下棋》、赵燕翼的《小燕子和它的三邻居》等，曾荣获中国作协第一、二届全国优秀儿童文学奖。

新潮童话以其张扬游戏精神的审美目的和某种超越童年经验的写作立场，结束了童年作为一种隐喻教训或图释概念的形象化教育工具的时代，使千万小读者像小鹿斑比一样，步入一个华特狄斯奈营造的卡通世界，开开心心地享受属于童年时代的梦幻和梦幻般的童话。

第十一章 20世纪八九十年代儿童文学的转型与儿童本位

二、儿童本位的儿童文学建构

新时期儿童文学拓展之二：摆脱了"成人中心论"的羁縻，确认儿童文学必须以切合少年儿童的精神世界与思维特征为基准的主体性原则，重建人的意识，塑造未来民族性格。

一种文学样式的悲哀莫过于艺术个性的泯灭。一种文学样式的幸运莫过于本体意识的自觉。

儿童文学，说到底就是为儿童服务的文学，这是一个强烈地意识到接受对象的规定性与接受对象对文学自身特殊需求的概念。按理说来，这本是一个简单的、无须申明更不用证明的问题。可是，我们在很长一段时间里不敢提也不能提为儿童服务，而只能与整个当代成人文学一起跟着"为工农兵服务"、为"政治"服务，大写成人社会的斗争生活与政治运动，纳入配合成人需要、成人意志的政治轨道。虽然从未有人颁布过儿童文学要"为成人服务"的艺术纲领，但特定时期的历史文化背景与文化语境，早已将它捆绑在以成人意志为走向、以成人运动为中心的功利性、实用性上了。为成人政治服务的"儿童文学观"，使儿童文学创作不断为了一致的政治目标而朝成人文学相同的艺术范式靠拢，无论在题材选择、创作方法，还是艺术构思、语言运用等方面，整个创作变得越来越近似，而与儿童世界则越来越远。

进入新时期的中国儿童文学，审视了自己被扭曲的形象，清醒地扬弃了既成的"成人中心主义"及其由此带来的苦果，在不断寻找自我的进程中，再造形象，使曾经失落的儿童本体观念得到复归，把颠倒了的服务关系重新颠倒了过来。这种复归直接体现在对儿童文学的接受对象——少年儿童精神世界的深层把握与多维表现上，体现在对少年儿童的人格独立性、自主性、自尊心、自信心的尊重与理解上。"走向少儿"已成了新时期儿童文学创作思想与审美意识嬗变的最重要的特征，下面，试从历时性的角度考察一下少年小说系列形象的嬗变过程，这对我们理解新时期儿童文学"走向少儿"的本体意识是有认识意义的。

第 系列："扭曲型"。其特征是使人们看到斗争哲学与"初级阶段"某

些腐败现象的市侩哲学留给下一代的心理创伤，以及医治这种创伤的严重性与紧迫性。属于这类形象的，有不自觉地当了"帮凶"、伤害同龄人人格尊严的露姐（黄蓓佳《阿兔》）；有受庸俗的"关系学"影响心灵变丑而自以为乖巧的金莹莹（刘岩《被扭曲了的树秧》）；有以紧俏商品作为交换代价，替同学的妈妈搞到大套间的"精通广大"的关小龙（王路遥《破案记》）；有以父母官职高低调整组合小伙伴关系的"精通世故"的干部子女（汪黔初《在县委食堂打饭的孩子们》）等等。

第二系列："迷途型"。这一系列的小说提出的命题是：请求社会—学校—家庭理解、信任与关怀正处于转化、迷失或孤独状态中的孩子，而不应冷落、歧视，更不应伤害他们。这实际上是在呼唤孩子世界同样的需要人情、人性、人道精神，谴责蔑视少儿人格的某种社会偏见。中年作家刘厚明的《绿色钱包》、邱勋的《三色圆珠笔》、柯岩的《寻找回来的世界》（长篇）、罗辰生的《白脖儿》，最先提出这一问题，在儿童文学领域高扬了人性的旗帜。青年作家常新港的《独船》，通过一个船家独子"独立的心灵世界"遭到父亲蔑视而造成悲剧的故事向社会大声呼吁：请理解我们的下一代，多给他们一些维系人类群体自身的爱吧！安徒生说过："爱和同情——这是每个人心里应该具有的最重要的感情。"处于幼者、弱者、被动者地位的少年儿童，较之成人，更需要人类群体的爱；作为感化、纯化、美化孩子心灵的儿童文学，较之成人文学，更需要高扬温暖的人道精神。

第三系列："自立型"。比之前二类，"自立型"小说对少儿"内世界"的理解与探究进入了更深层次。作家比较正确地把握了处于新的自我开始觉醒阶段的少年的独具心态，并将这种心态置于被心理学家称为"亲子关系隔阂"即所谓"代沟"的矛盾之中，在社会文化背景下，观照少年个性的发展与精神的提纯。刘心武《我可不怕十三岁》中的"我"，力图用自己的价值观和掌握的知识去规范行为，对成年人的指令不再盲目相信与无条件执行。曹文轩的《古堡》塑造了两个完全按照自己意志行事、自己的问题自己判断解决的具有鲜明自立精神的"小小男子汉"形象。属于同样性格系列的还有《遥遥黄河源》（陈

第十一章　20世纪八九十年代儿童文学的转型与儿童本位

丽）中孤单一人万里寻父、初步接触到人生复杂课题的 17 岁少年路晔；《弓》（曹文轩）中不要他人施舍、宁可自谋其食的温州弹棉花孩子；《蓝军越过防线》（李建树）中敢于表现自我、摒除形式主义而在野营活动中率先冲上贡戈尔峰的"蓝军"少年张汉光；《从山野吹来的风》（夏有志）中过早经受生活摔打、泼泼辣辣地与风雨搏斗的乡村姑娘秀芸，等等。作家热情地支持了小说主人公初萌的自立、自强意识，表现了当代少年新的健全的文化心理与昂奋进取的阳刚气质。如果说，这些作品是对具有创造性思维的少年自立精神的热情肯定，那么《猪屁股带来的烦恼》（苏曼华）、《我要我的雕刻刀》（刘健屏）、《墨浓力劲的一笔》（张微）、《罗森塔尔效应》（小民）表现的则是此种精神如何在缺乏理解与信任的生活环境中遭受的委屈、压抑与困惑。怎样正确对待当代少年的人格独立性、思维创造性、行动自主性，这无疑是引导他们健全地走向成熟、走向社会的重要课题，对于培育、强化我们民族未来一代精神性格中的竞争因素、开拓能力、阳刚气质，克服柔弱、驯良等某种阴性基因有着重要意义。因之，"自立型"少年系列形象的出现及其提出的问题，具有特殊的审美价值。

　　第四系列："断乳型"。若说以上三类小说的系列形象侧重于通过人物与外部世界的关系来抒写少年精神的话，那么"断乳型"系列则是切入到处于身心发育突变阶段的少男少女"内世界"的深刻裂变，直接揭示人生黎明风景线的种种隐秘、困惑与求索。现代心理学认为：人的一生有两个断乳期，一是婴儿长大不再吃奶的"生理性断乳"，二是正在走向成熟进程中的少年渴求个体独立的"心理性断乳"。他们开始寻求父母影响不到的小天地，力图脱离大人的"势力范围"，并对其监视作出种种虚张声势的反抗（如陈丹燕《上锁的抽屉》、茅晓群《为了没有失去的》）；表现出对异性少年的朦胧情愫，表面回避而内心憧憬的悖反现象（如丁阿虎《今夜月儿明》、任大霖《人生的青果》、罗辰生《少年的心》）；探寻走向人生黎明风景时将会遇到什么样的生活之谜（如韦玲《出门》）。"断乳型"小说把对少儿主体人格的尊重推向了每一个个体，每一个独立存在的精神领域。作家倾心于对天真纯情的少年丰富心理世

界的把握，致力于充分个性化和生活多样化的艺术刻绘，恰如吹过少年心域的一阵绿风，给人以温暖的人道精神和悠悠不尽的美的遐思。

新时期的儿童文学——尤其是小说，已经把创作视野直接拓展到了人物的"内宇宙"，将审美意识、当代意识与小读者的接受心理互相融合沟通，沉着和执着地加快向"人学"的回归，加快走进人（少儿）的领域，帮助引导着年幼一辈完成从"自然的人"到"社会的人"的和谐转化，用以培育出人格崭新、素质优秀的一代国民。——这是在摆脱了"成人中心论"的羁縻，确认以少儿内心精神机制为基准的具有本体意识的儿童文学审美尺度以后所带来的必然变化。中国当代儿童文学在修复了自身扭曲的形象之后，终于回到了三亿六千万颗天趣澎湃的童心海洋之中，获得了自身的价值、位置与艺术生命。

重建人的意识，塑造未来民族性格，这是新时期文坛不断高扬的一种儿童文学美学原则。曹文轩在《中国八十年代文学现象研究》（1988）一书中特列专章探讨儿童文学，力倡"儿童文学承担着塑造未来民族性格的天职"；与此相呼应，汤锐在《比较儿童文学初探》（1990）一书中，也特别探讨了有关新时期儿童文学"人的主题"问题。他们认为，塑造未来民族的性格是新时期儿童文学"主题的核心"。"只有站在塑造未来民族性格这个高度，儿童文学才有可能出现蕴涵深厚的历史内容、富有全新精神和具有强度力度的作品。"（曹文轩）"这是一个充满忧患情绪、强调社会责任感、具有功利性质的观念，是传统儿童文学之主旋律'树人'观念的延伸和变奏，具有鲜明的民族文化特征。"（汤锐）在"人的主题"的旗帜下，"儿童的一切均指向未来，儿童的存在和意义与民族的生存和意义是融为一体的。"儿童文学作家正在从事与未来民族性格的重要对接，从事儿童文学与人类命运之间的重要对话。

吴其南关于儿童文学"成长"主题及探索性少儿小说之探索，也属于这一范畴的理论思考（吴其南：《新时期儿童文学中的成长主题》、《"探索性"少儿文学之探索》）。"希望是在于将来。"（鲁迅语）在人类的文化中，子女的存在，儿童的成长，往往是被看作自己生命的延续。作为社会、成人与少年儿童进行文化对话、精神沟通的儿童文学，"不仅反映着现实的社会生活，

第十一章　20世纪八九十年代儿童文学的转型与儿童本位

更反映着社会、成人对下一代，也即自己的未来的愿望和设计"。于是，如何造就未来一代的"成长"就成了儿童文学的"永恒主题"。吴其南认为，"在整个新时期少儿文学中，人们的价值取向一直是偏向有独立个性的少年儿童这一边的"，这一成长主题的变化，"反映出现代中国人的成长观念与西方的成长观念正在有着某种程度的接近"，并由此导致了新时期儿童文学（尤其是少年小说）人物形象和整个人格结构、成长目标的深刻变化与更新。80年代以来儿童文学界不时出现的关于塑造"小小男子汉"形象，儿童文学需要"叔叔"型硬汉、需要"阳刚之气"的呼唤，尤其是一大批多角度、多层次描写当代少年成长主题的小说的出现，直接将"人的主题"、"塑造未来民族性格"这一旗帜插上了当代儿童文学创作的峰巅。这些作品是直接对准"承认人的多方面发展的可能性，承认社会应是由丰富完满的人格结构的个体构成的社会，人的全面和谐发展是成长的首要目标"的（吴其南）。此外，沈石溪动物小说所张扬的生命意识，刘先平大自然探险系列作品所力倡的绿色环保意识，云南"太阳鸟"作家群、辽宁"棒槌岛"作家群所倾心营造的健美风格与边地特色，其美学追求的总趋向也是指向这一"成长的首要目标"的。我们还应特别提到班马对"儿童性"——儿童生命世界的执着探索，他的小说《鱼幻》、《迷失在深夏古镇中》、散文集《星球的细语》以及理论专著《前艺术思想》等，就艺术地再现描绘儿童生命状态、儿童原始思维、儿童生命与原始人类生命的幽秘联系，并从学理层面加以探讨提炼而言，其所作出的努力和所提出的议题，已成为当代儿童文学的一个必须面对和研究的现象，轻易绕不过去。

正是以上种种新潮理论与创作实验的合力作用，才极大地提升了儿童文学的价值功能，增强了作家的使命意识、人文担当与社会责任感。这一股南北呼应、东西合流的不容抗拒的新潮之风，正鼓荡起中国儿童文学美学精神的风帆，向着21世纪破浪行进！

三、细分读者与儿童文学的三个层次

新时期儿童文学拓展之三：校正了儿童文学标准单一性与创作现象丰富性

之间的矛盾错位，确认以少年儿童年龄特征的差异性与接受心理来建构多层次的儿童文学分类，以推进儿童文学创作的发展繁荣。

从50年代初以来，儿童文学理论界曾围绕着儿童文学的定义、特点、功能等问题进行过无休止的论争，并随着文化背景的变化，与政治问题扭结在一起。进入80年代，当成人文学已突破许多陈腐观念的束缚，取得突飞猛进的发展，出现诸如"方法热"、"文化热"等现象时，儿童文学界还在为一些纠缠不清的"问题"搞得不可开交，比如儿童文学的成人化与儿童化，儿童文学可不可以反映生活的阴暗面，可不可以表现少年人的朦胧情愫等等，依然"禁区"重重，左顾右盼，创作生产力受到严重束缚。这说明儿童文学肯定还有一个根本性的理论课题没有得到解决——这就是长期以来我国儿童文学界存在的"儿童文学标准单一性"与"创作现象丰富性"之间的矛盾错位。具体地说，就是分别从不同接受对象的角度（如从幼儿的接受能力与审美情趣）出发，以此作为立论依据，去统率、涵盖、要求整个儿童文学的本质特征、价值功能与艺术创造。这就好像"比着箍箍买鸭蛋"，凡是不符合我认定的标尺，就不是"儿童文学"。由此造成了一系列问题的混乱，大家各吹各的号，各定各的调，互不买账，互相指责，使儿童文学发展在这个"瓶颈"上卡了壳。

理论的窘态使人们一度担忧80年代的儿童文学是否会再次陷入"白马非马"的命题纠葛而阻遏自身的超越。然而，历史毕竟前进了。改革开放的时代趋势，东西文化的八面来风，当代文坛的迭出新潮，为儿童文学工作者提供了前所未有的新的参照系，并形成了自身的主体思维方式和全方位、多维度接纳美学信息的网络结构。接受美学与皮亚杰的发生认识论，是这一网络结构中最富于理论价值和启迪意义的变革资源。

接受美学明确提出，文学作品只是为读者而创作、为读者而存在的，只有能被读者理解和接受，才能实现其美学价值和社会功能，变成活生生的艺术。作为儿童文学的接受对象——千百万小读者与大读者一样，他们不是消极的被动的反应环节，而是实现作品功能潜力的主体，是促进儿童文学发展的一个决定性因素。儿童文学对少年儿童来说，并非是被给定的客观认识对象，其价值

第十一章　20世纪八九十年代儿童文学的转型与儿童本位

也不是一个超越时空的常数，而只是一种外部刺激。皮亚杰认为，任何外部刺激，只能通过"同化"与"顺化"两种机能才能得以实现：只有当外部刺激被主体同化于他的认识结构之中，主体才能对此作出反应，从而发生某种改变，即作出某种顺化；如果外部刺激超出了主体结构同化的范围，那么同化和顺化就都无法进行，也即无法整合于主体已有的结构之中。在这里，外部刺激与主体反应之间的关系不是简单的 S—R（刺激—反应），而应当是：S—AT（主体 A 同化刺激 S 于结构 T）—R。

很显然，作为外部刺激一个方面的儿童文学作品，只能在适应接受对象主体结构同化机能的状况下，才能进入其审美视野；反之，如果作品与接受对象不具有同构性，也即超出了少年儿童主体结构的同化能力，那么，艺术符号就不能整合于他们已有的智慧结构之中，死信息无法转化为活艺术。由于儿童文学的接受对象是包括了从学龄前的幼儿（3—6岁）到14—15岁的少年乃至16—17岁的"准青年"这样一个复杂的未来公民集合群体，由于这个集合群体中的各个年龄阶段的孩子（小孩子和大孩子）对各自所需的文学在内容、形式、表现手法等方面有着明显的差异（例如：少年不爱看"奶声奶气"的幼儿读物，幼儿看不懂少年小说、报告文学），因之，儿童文学必须适应各个年龄阶段的少年儿童主体结构的同化机能，必须在各个方面切合"阶段性"读者对象的接受心理与领悟力。这就规定了建立多层次儿童文学分类的必然性与科学性。正是在这样的理论背景下，80年代中期，一个完全不同于传统观点的"新概念儿童文学"登上了新时期文坛。

儿童文学是幼年文学、童年文学、少年文学三个层次文学的集合体。不同年龄阶段少年儿童的心理差异与接受机制，决定并制约着幼年文学、童年文学、少年文学各自具有的美学特征及思想、艺术上的要求。这三个层次的文学都有维护自己独立的创作规律与艺术个性的权利，它们都以其自身的文学价值——认识、教育、审美、娱乐与平衡心理的作用，将少年儿童培育引导成为具有健全的文化心理与高雅的精神性格的一代新人为最终目的。

将儿童文学从文学大系统中分离出来，自成一系（在中国，这一工作完成

于"五四"新文化运动时期),这是儿童文学本体意识的第一次自觉;将儿童文学具体区分为幼年文学—童年文学—少年文学三个层次,并界定其各自的审美特征和艺术使命,这是儿童文学本体意识的第二次自觉,是新时期儿童文学观念更新的质的飞跃。在中国儿童文学理论批评史上,这是一个变革,一大进步!

自此,我们的作家有了更为明确的服务对象及不同服务对象对具体文学的审美要求,从而使创作更有针对性与内驱力,激活儿童文学的创作生长点。证诸80年代中后期的创作现状,这一变革越来越显示出它的合理性。在少年文学方面,我们既有少年小说的大面积丰收,又有少年报告文学的异军突起,如孙云晓的《十六岁的思索》、《一个少女和三千封信》,刘保法的《"一片云"心中的阴云》、《星期日的苦恼》,庄大伟的《出路》,秦文君的《失群的中学生》,谷应的《大世界中的小孩子》等;散文创作也迭出新作,如全国优秀儿童文学奖获奖作品:陈丹燕的《中国少女》,班马的《星球的细语》,吴然的《小鸟在歌唱》,郭风的《孙悟空在我们村子里》等。在童年文学方面,以新潮童话为主流的童话创作突破了旧有的思维模式与落俗陈套,通过天马行空般的想象、夸张,魔术似的变形组合,从荒诞的角度切入现实生活,向着真正属于童年时代的童话迈出了一大步。儿童诗创作虽然不如童话那般引人瞩目,但一批执着耕耘的出色诗人及时献出了坚挺的成果,其中金波的《在我和你之间》、《妈妈的爱》,樊发稼的《春雨的悄悄话》与寓言诗集《大树和蘑菇》,高洪波的《喊泉的秘密》、《飞龙与神鸽》以及徐鲁的《我们这个年纪的梦》,刘丙钧的《绿蚂蚁》等,荣获中国作家协会全国优秀儿童文学奖或其他奖项。在幼年文学方面(儿歌、幼儿诗、低幼童话故事等),形成了一支老中青三代协力并进的队伍,他们携着幼者的梦、成年的悟,给生活在《紫罗兰幼儿园》(郑春华)和《呱呱幼儿园》(谭小乔)的小朋友们送去《365夜故事》(鲁兵主编)的玫瑰梦,《黑猫警长》(诸志祥)追捕《开直升飞机的小老鼠》(郑渊洁),《翻跟头的小木偶》(葛翠琳)经历了一场类似《小蛋壳历险记》(冰子)的遭遇,《小猪奴尼》(鲁兵)带着《快乐的小动物》(薛卫民)、《虎娃》(鲁

第十一章　20世纪八九十年代儿童文学的转型与儿童本位

兵）和《岩石上的蝌蚪》（谢华）去看《东家西家蒸馍馍》（张继楼）……在这片天趣可掬的温馨园地，人们同样感受到了新时期变幻多姿的社会生活带给幼儿天地的新素质，感受到了儿童文学观念变革的穿透力与美学追求的新维度。

随着新时期儿童文学创作的发展与理论探讨的不断深入，"儿童文学必须适应接受对象主体结构的同化机能及阶段性发展水平，儿童文学根据不同年龄的接受对象应区分为幼年文学—童年文学—少年文学三个层次"的理论终于深入人心，并成为儿童文学界的普遍共识。虽然关于儿童文学接受对象的年龄段问题早已有人提出过（例如周作人《儿童的文学》），但对不同年龄阶段少年儿童的接受特征及多层次的儿童文学分类，作系统的理论阐释与学术宣言，则是 80 年代中期的事。于此前后，围绕儿童文学的"多层次说"及"本体论"这一命题，又出现了诸家争鸣、新见迭出的景观。广州的班马立足儿童精神世界，以原生性的心态为基点寻找儿童文学特殊的存在空间；北京的汤锐在其专著《现代儿童文学本性论》中提出"以成人—儿童双逻辑支点"为基础的开放式的儿童文学理论；浙江的方卫平与东北的朱自强意见大致相同，认为"童年是儿童文学的原点"，"童年是一切有关儿童文学的理论思考的出发点"；上海的刘绪源论证"母爱"、"自然"、"顽童"是儿童文学的三大艺术母题，他不认为儿童文学有区别于成人文学的特殊本质，而更侧重看待儿童文学与成人文学的相同、相通之处。以上诸说，既相互交错，又各有主见，和而不同，同中有异，有力地开阔了人们的理论思维，加深了人们对儿童文学本质特征的理解。

这些新潮理论的出现，极大地活跃了儿童文学的思维空间与学术话语，更为重要的意义是：为儿童文学作家的创作找到了自己的美学定位——无论幼年文学、童年文学、少年文学，都是整个文学不可分割的组成部分，都有其自身的独特的创作规律与艺术章法，都有用自己的理论来保护自己按照自身文学的特殊规律办事的权利，在文学之林中完全有着自己不允被蔑视、不可被剥夺的文学地位与存在价值。这就直接激活了儿童文学被压抑的生产力，直接促发了儿童文学创作多元并存的景观。进入 90 年代，三个层次的儿童文学创作互为

呼应，各领风骚，而少年文学更是异军突起，一枝独秀。我们欣喜地看到，以秦文君《男生贾里》、《女生贾梅》为代表的少男少女校园小说，以曹文轩《草房子》、《红瓦》为代表的现代少年成长小说，以董宏猷《一百个中国孩子的梦》为代表的跨文体开放小说，以沈石溪《一只猎雕的遭遇》、《红奶羊》为代表的动物小说，以班马《六年级大逃亡》、《没劲》为代表的写实小说等，已构成一道绚丽夺目的文学风景线；而专题研究著作《少年文学论稿》（吴继路著）、《少年报告文学论文集》（《儿童文学研究》编辑室编）等也已出版。与此同时，作为三个层次之一的幼年文学，也在自身的理论建设与艺术追求方面取得了突破性的进展。张美妮、巢扬合著《幼儿文学概论》、黄云生新著《人之初文学解析》，代表着90年代幼儿文学研究的新水平；"中国出版工作者协会幼儿读物研究会"坚持十多年的理论研讨年会及编印的《幼儿读物研究》杂志（已出24期），完整记录了新时期幼儿文学的发展历程与学术积累。比较而言，处于三个层次中间层的"童年文学"研究，似乎稍显薄弱，尚待垦辟于健者。

新时期儿童文学以上三方面的拓展及由此而生的发展态势，不是一种偶然的、孤立的现象。它的外部动因在于宽松、和谐的文化生态与开放、搞活的社会背景。正是这种局面与背景对儿童文学提出了在当今世界激烈竞争的严峻现实中，注重培育我们民族未来一代健全的文化心理与崭新的精神素质的使命，要求为实践这一使命充分发挥儿童文学多功能、多层次的作用，并为其提供了多维度接受美的信息的参照系数。从文学的内部动因来说，作为新时期中国一个重要组成部分的儿童文学，它的价值观念、思维方式、审美趣味、文化品位、研究手段的变化与追求，与整个文学完全是同步的。"小儿科"得力于大文学的哺育与催化，反过来又以自身的发展推进着整个当代文学蔚为壮观的新潮。

茅盾说过："'儿童文学'这名称，始于'五四'时代。"（茅盾：《关于"儿童文学"》）在中国，具有现代意识的儿童文学是在"五四"新文学运动中起步的。"五四"时代，是中国儿童文学的第一次变革，其伟大实践的突出成就，在于儿童观的转变与儿童世界的发现，在于儿童文学第一次从文学大系统中分离出来，成为自觉服务儿童的一种崭新艺术载体。以周氏兄弟（鲁迅、周作人）

第十一章 20世纪八九十年代儿童文学的转型与儿童本位

与文学研究会作家群（茅盾、郑振铎、叶圣陶、冰心等）为主将的一大批拓荒者与建设者，直接开辟了儿童文学的现实主义道路，奉献了中国儿童文学的第一批创作硕果与理论收获。站在历史的高度鸟瞰现实，笔者认为，新时期是中国儿童文学的第二次重大变革，它的实践成果与美学尺度，在于儿童世界的再发现与儿童文学主体特征的再确立，在于将儿童文学一分为三——幼年文学、童年文学、少年文学多层次观念的界定与实践。"走向少儿"的新时期儿童文学，必将在实现自我价值与艺术个性自觉的进程中，对培育中华民族未来一辈健全的精神性格、文化心理、国民素质产生日益深广的影响。——八九十年代中国儿童文学深层拓展的全部价值与深刻意义即在于此。

第十二章
20 世纪 90 年代与跨世纪儿童文学的斑斓图景

跨世纪儿童文学，在经历了 90 年代计划经济向市场经济转型的阵痛、调整以后，从不适应到逐渐适应，从出版滑坡到逐渐走出低谷，终于迎来了良性发展的新阶段。新时期的儿童文学由于起步于"文革"十年后的文学荒漠与重建儿童文学价值观念，因而将主要精力用于突围、创新、探索以及培养文学新人、建构理论话语，充满变革的激情与众声喧哗的亢奋。进入 90 年代，中国儿童文学明显地呈现出一种"稳步前行"的态势，不断走向自身的文体自觉。这种"自觉"突出体现在对儿童文学的价值功能、服务意识、审美特征有了更为清醒与理性的理解和把握。

一、书写儿童精神成长与曹文轩的《草房子》

儿童文学有其独特的接受对象和服务群体（少年儿童），这是一种重在表现少儿生活世界及其精神生命成长的文学，是少儿喜欢看、看了长精神的文学。"成长"是儿童的永远追求，也是儿童文学的永恒话语与艺术母题。如本书前章所述，进入 80 年代的儿童文学的创作症候，有一种跟着成人文学感觉走的

第十二章　20世纪90年代与跨世纪儿童文学的斑斓图景

印迹,成人文学创作经历了"伤痕"—"改革"—"寻根"—"实验"等过程,儿童文学在少儿系列形象的塑造上,则经历了"扭曲型"—"迷途型"—"自立型"—"断乳型"的嬗变,重在揭示变革中的成人社会与儿童生存状态的关系,演绎成人文化对儿童世界居高临下的投影和整合。进入90年代,尤其是中后期,儿童文学的美学兴趣已由描写儿童世界与成人文化的关系,明显地转移到了儿童世界与儿童文化自身,注重刻画年幼一代在生命成长过程中所必然经历的心路历程和所关心与感兴趣的话题,及其凸显其中的社会文化文脉。表现成长,表现儿童世界与儿童文化自身的课题,这已成为90年代与跨世纪儿童文学最为生动的创作景观与美学目的。一批实力派儿童文学作家,几乎都将"成长"作为自己创作的主攻目标,北京作家曹文轩就干脆将其长篇小说三部曲《草房子》、《红瓦》、《根鸟》统称为"成长小说"。

曹文轩(1954——),江苏盐城人。1977年北京大学中文系毕业留校任教,90年代后任教授、博士生导师,北京作家协会副主席。主要从事当代文学研究与小说创作。长篇小说有《山羊不吃天堂草》、《草房子》、《红瓦》、《细米》、《根鸟》、《天瓢》、《青铜葵花》等,主要学术著作有《中国80年代文学现象研究》、《第二世界——对文学艺术的哲学解释》、《20世纪末中国文学现象研究》、《小说门》等。多部作品被翻译为英、法、日、韩等文字,荣获国际安徒生奖、宋庆龄儿童文学奖等40多种奖项。《草房子》以60年代江南水乡为背景,以乡下男孩桑桑刻骨铭心、终生难忘的六年小学生活为线索,描写了他亲眼目睹或直接参与的一连串看似寻常但又催人泪下、撼动人心的故事:少男少女之间毫无瑕疵的纯情,不幸少年与厄运相拼时的悲怆与优雅,貌丑男孩对自身尊严的执着坚守,垂暮老人在最后一瞬所闪耀的人格光彩,在死亡体验中对生命的深切而优美的领悟,大人们之间扑朔迷离且又充满诗情画意的情感纠葛……这一切,既清晰又朦胧地烙印在少年桑桑的童心世界里。《草房子》远离城市生活,把孩子们拉到贫穷的"油麻地"乡村。透过桑桑的眼睛,一起望见这里的悲喜人生。油麻地的人们尽情与大自然亲近,他们的快乐倍显真实,苦难中允满自足的欢悦,虽然生活也有困惑痛苦,但人际间的紧

张冲突最终趋和解。作品淋漓尽致地描写了人性的丰富与多样，以纸月为代表的纯美人物的塑造，让人们仿佛捡拾起一个久远的失落。"草房子"则化作美的意象，成为生命的象征。油麻地人的生活犹如这坚韧茅草，朴素而华贵。桑桑等少年人具有疼痛感的成长，使《草房子》成为童年世界的一次盛大回归。《草房子》出版后大受欢迎，并被改编成同名影片。曹文轩的作品生动地刻画了童年生命在成长过程中真实的憧憬、烦恼、困惑、挫折，甚至于苦难，以道义的力量、情感的力量、智慧的力量和美的力量深深地震撼着小读者，同时也感动了成年人，因而被评论界称为"古典主义的胜利"。

成长是一个复杂的身心两面系统工程建设的过程。上海女作家秦文君的校园儿童群像系列四部曲《男生贾里》、《女生贾梅》、《小鬼鲁智胜》、《小丫林晓梅》，江苏女作家黄蓓佳的校园长篇《我要做好孩子》、《今天我是升旗手》，重庆女作家谭小乔的校园长篇《小船飘摇》，河北作家北董（董天柚）的北方少年长篇《纸风车》，以及由王小民、仝慧铭、黄喆生、代士晓、秦润华、詹国强等6位清一式中学教师撰写的深层次反映校园生活与素质教育的"蓝宝石"少儿长篇小说丛书等，将成长放在当下经济改革、社会文化转型的大背景下加以观照，通过少儿的成长折射出社会生活的现代强光，充分地展示了当代少儿生气勃勃、健康向上、富有个性的精神特征，表现了他们的人生观、理想观、道德观、审美观以及走向成熟、走向人生的必然态势。而以深圳特区高中生郁秀创作的校园长篇《花季·雨季》，上海殷健灵、萧萍、张洁、简平以及章红、曾小春、老臣、王蔚等创作的花季小说丛书，则用"现在进行时"的写作方式，带着露珠般的生活，叩响着如梦岁月的人生之门。这些具有青春自叙传色彩的作品，由于几乎是同步描写同龄人成长历程中的多思情感与生活故事，因而风靡校园，赢得同龄人的广泛欢迎。《花季·雨季》一印再印，总数超过100万册，并获得多项全国奖，创下90年代儿童文学的奇迹。

与以上作品的写作姿态不同，武汉作家董宏猷的梦幻体儿童小说《一百个中国孩子的梦》，以独特的艺术构思，全方位、多角度地描写了一百个不同年龄、地域、民族、家庭背景的孩子们所拥有的成长梦、童年梦、理想梦，

第十二章　20世纪90年代与跨世纪儿童文学的斑斓图景

构筑了一个宏大而神奇的儿童艺术世界。天津女作家谷应创作的系列散文集《中国孩子的梦》，耗时12年，遍访全国56个民族的少年儿童，饱含深情地刻绘了56个民族少年儿童的多彩生活与向往、快乐与困扰、想象与创造，以及他们巧手制作的艺术作品，闪烁着绚丽多彩的民族风情，展现了各民族对自己往昔的怀恋和对未来的憧憬。这两部作品无论想象与结构、意境与笔力，都可称90年代儿童文学的大手笔，将不断高扬的"成长"文学推向一个新高度。

二、多元创作状态与秦文君的"贾里贾梅"

90年代的儿童文学不再像80年代那样大声喧哗（如80年代童话创作就有"热闹型"一派），而更多地呈现出一种平静状态，大家几乎都在那里默默劳作，各忙各的，打造"自己的美学"的艺术品。这一方面固然受惠于80年代儿童文学的观念重建与艺术积累，另一方面也是儿童文学在市场经济环境下日渐走向成熟的标志。试以90年代创作实力最为强劲的少儿小说为例，来瞭望一下这种多元共生、各标一帜的景观。

曾在80年代力倡"儿童文学作家是未来民族性格塑造者"的曹文轩，一直坚守着"追随永恒"的美学承诺，反对咀嚼庸常的创作现实，通过自己的作品体证着人性智慧的高贵永恒。曹文轩的小说以其优美的诗化语言、优雅的写作姿态、忧郁悲悯的人文关怀，执着于古典主义的审美情趣。他追求艺术感染的震撼效果，追求文学的永恒魅力，同时也汲取了西方古典儿童文学以安徒生童话为代表的悲剧精神，因而使作品超越儿童生活题材，进入人的本质生活领域，闪耀着生命人格的灼人光焰。曹文轩的追求告诉人们：真正具有文学品位的"小儿科"，也同样能在文学之林中长成参天大树。

被誉为"雕塑当代少儿群像高手"的秦文君，一直自信地行进在现实主义创作之路上。秦文君（1954—），祖籍山东莱阳，生于上海。曾在黑龙江大兴安岭插队落户当"知青"，80年代初回上海，在少年儿童出版社、中国福利会出版社任编辑、社长等。1980年开始文学创作。主要作品有长篇小说《男

生贾里》、《女生贾梅》、《小鬼鲁智胜》、《小丫林晓梅》和《花彩少女的事儿》等。秦文君将作品的美学目标定位在"感动当下",将描写对象定格在小学五六年级与初中这一学生群体。她的作品紧贴当下校园生活,流动着一股清新活泼、幽默风趣的灵气,主要人物形象(如贾里、贾梅、鲁智胜、林晓梅)同时在几部小说里穿插交互,分别担当主角,意在营造一种网状式的人物群像艺术新格局。

董宏猷所创造的梦幻体儿童小说又是另一种艺术追求。《一百个中国孩子的梦》在确立以小说叙事作为基础文体特征的艺术前提下,充分借鉴和调动童话的幻想、夸张、荒诞、变形,散文的抒情,诗化的语言以及纪实文学的写作风格等诸多文学要素,突破了通常儿童小说的文体边界,构建起一个开放的小说艺术空间,为儿童文学的文体实验提供了新鲜经验。

90年代儿童文学创作持续不竭的生机活力正是得力于一大批执着艺术追求的作家。我们还应提到,广州作家班马小说童话对"儿童—原始思维"的把握与对"力—游戏"的张扬,北京作家张之路透视生活的洞察力与轩昂流畅的叙述风格,孙云晓少年纪实文学敏感教育弊端的睿智目光与力透纸背的理想主义,上海作家彭懿对大幻想文学的热情鼓吹与实践,海南作家张品成革命历史题材小说塑造的"赤色小子"形象,黑龙江作家常新港小说中的歌哭人生与悲情冲击力,北京作家孙幼军童话的智慧与章法,上海作家周锐童话的幽默与哲思,张秋生童话的精巧与深邃,浙江作家冰波童话的典雅与唯美,北京诗人高洪波经营儿童诗的诗艺功力与对幽默风格的机智把握,老诗人金波、尹世霖对"十四行"儿童诗与校园朗诵诗的倾心投注与诗艺探索,湖北诗人徐鲁,四川诗人邱易东,上海诗人朱效文、东达对儿童诗创作的现代艺术与人文内涵的刻意追求,始终坚持幼儿文学不动摇的上海女作家郑春华创作的"大头儿子"系列作品、浙江女作家谢华创作的幼儿散文集《星星信》等,都给人留下深刻印象。当人们向穿行在云南西双版纳原始森林的"动物小说大王"沈石溪和数十年跋涉大自然探险文学王国的刘先平表示敬意时,得风气之先的江南儿童文学又将两面崭新的美学旗帜插上了儿童文学的艺术峰巅,这就是1998年江西21

第十二章 20世纪90年代与跨世纪儿童文学的斑斓图景

世纪出版社出版的大幻想文学中国小说丛书与1999年浙江少儿出版的中国幽默儿童文学创作丛书。幻想与幽默，无疑是儿童文学的两大当行本色，但在很长一个时期，却关注得不够，至少没有把它作为儿童文学自身的基本美学品格加以张扬。这两套丛书集中了任溶溶、孙幼军、高洪波、张之路、秦文君、董宏猷、班马、彭懿、梅子涵、周锐、庄大伟、葛冰、李建树、金曾豪、韩辉光、任哥舒等一批老中青实力派作家以及更年轻的韦伶、汤素兰、薛涛、左泓、杨红樱等新秀的最新创作成果，它们所力倡的美学精神与不断进取的姿态，已经给世纪之交的儿童文学产生了不小的冲击力，同时必将影响到下一世纪儿童文学的审美追求与艺术格局。

秀华光发的文学大厦是需要依靠思想艺术均属上乘的精品力作来支撑的。共和国成立50周年期间，中宣部、文化部、中国作协等部门向全国推出了"50周年国庆重点献礼文艺项目"，其中的10部长篇小说里面，就有两部少儿长篇，即曹文轩的《草房子》与秦文君的《男生贾里全传》，占推荐长篇的五分之一。这意味着儿童文学小说创作的艺术水准的全面成熟，丝毫不亚于成人文学小说创作。

三、走向多层次、多渠道的儿童文学建设

如何增加儿童文学新的创作生长点，尽一切努力激活创作生产力，这是90年代儿童文学与整个文学一样面对令人目眩的市场经济、多元传媒的冲击所需不断探索的课题。激活创作生产力的根本是充分调动广大作家的生产积极性与原创力。90年代儿童文学在努力抓好自身作家队伍建设、保持"水土"不被流失的同时，还切实采取了一些卓有新意的举措。

首先是面对自己的服务对象，引导小读者一起参与文学创作，从中发现和培养文学新人。"少儿参与"是90年代儿童文学创作的一个重要现象。北京的《儿童文学》、《东方少年》、上海的《少年文艺》、《巨人》、《儿童时代》、天津的《少年小说》、江苏的《少年文艺》、辽宁的《文学少年》、广州的《少男少女》、广西的《中外少年》、湖北的《少年世界》、湖南的

《小溪流》等刊物，经常举办各种征文活动与文学夏令营、讲习班，从中发现文学新苗，为儿童文学输送新鲜血液。甘肃少儿出版社组织的少年绝境自救故事丛书（10种）与北京少儿出版社策划的自画青春丛书（9种）在激发"少儿参与"方面是一成功的创造性举措。前者将绝境故事的梗概公布出来，广泛征求、吸引小读者自己设计自救方案，每个故事都须由一个作家和一百位小读者共同参与方可最终完成；后者采取"一帮一"的形式，让肖铁、陈朗等九位北京小作者在陈建功、毕淑敏、肖复兴等九位名家的指导下，修改完成自己的校园青春故事。这两套丛书的运作过程与出版，有效地推进了校园文学活动，激发了少年朋友对文学的热情与期待，也在少年心田播下了儿童文学的种子。

几乎与"少儿参与"同步实施的另一项重要举措是热情邀请成人文学作家加盟儿童文学，已有几套大型创作丛书问世，此即1997年山东明天出版社猎豹丛书、金犀牛丛书与1999年湖北少儿出版社的鸽子树少儿长篇小说丛书、湖南少儿社的红辣椒长篇儿童小说创作丛书等。山东的两套丛书分别有沈石溪、周大新、阎连科、简嘉、陶纯、于波、苗长水等七位军旅作家和王安忆、毕淑敏、池莉、张炜、迟子建、刘毅然等六位实力派小说作家加盟，湖北丛书有方方、竹林、赵玫、蒋子丹、林白、唐敏等六位清一色女作家参加；而湖南丛书则是清一色的湘军作家，包括彭见明、骆晓戈、向本贵、蔡测海、叶梦等九人。1998、1999年，河北少儿社又出版了两套大型少儿长篇小说创作丛书——金太阳丛书与黑头发丛书，前者包括陆星儿、王小鹰、竹林、谭元亨、肖复兴、成一、蒋韵、冯苓植、刘兴邦等九位著名作家，后者则有北董（董天柚）、朱新望、玉清、闻潇、姚彩霞、查岭、曹舰、刘晓滨、赵金山等九位河北作家，这是河北作家关注儿童文学的一次集体亮相。虽然由于写惯了成人生活世界的成人文学作家突然转向儿童文学，对当代儿童精神世界与阅读兴趣的把握难免会有一定的"隔"，但成名作家大举进军儿童文学，这毕竟是一件好事、幸事，正如中国作协儿童文学委员会主任束沛德所说："成人文学作家为儿童文学写作，这是近年来的突出现象。中国儿童文学在经历新时期以来的第二次高潮之

第十二章　20世纪90年代与跨世纪儿童文学的斑斓图景

后，也许会迎来第三次高潮。"

四、儿童文学的国际对话

80年代的儿童是在电视前长大的一代，90年代的儿童则是伴随着电脑、网络、卡通长大的一代。当今世界出现经济全球化、政治多元化的新格局，飞速发展的高科技、信息高速公路已经使世界变得越来越小。有关战争与和平、生态环境与可持续发展、现代人的生存困境与拯救、青少年犯罪激增等这些折腾人类的共同问题，已日益成为世界文学与儿童文学关注的焦点、热点与难点。儿童文学是没有边界的。90年代儿童文学的视野，已从中华大地走向亚洲儿童文学，走向世界华文儿童文学，走向更为广阔的世界儿童文学的交流与对话。那些折腾全人类、为全人类所关切的话题，也同样成了中国儿童文学创作的新的题材与重要主题。在这方面，安徽作家刘先平的"大自然探险长篇系列"四部曲《大熊猫传奇》、《呦呦鹿鸣》、《云海探险》、《千鸟谷追踪》以及探险纪实散文集《山野寻趣》，四川诗人邱易东站在"全人类"高度用少年人视角反思地球村种种病灶的长篇诗集《中国的少男少女》，陕西作家李凤杰在痛苦与挚爱交织中写成的长篇失足少年教育纪实文学《还你一片蓝天》，显得尤为精彩感人。刘先平与李凤杰的作品已荣获第四届中国作家协会"全国优秀儿童文学奖"，而刘先平的大自然探险长篇系列，因其强烈的地球家园意识还被英国文坛翻译了过去。

向年幼一代传递生态环保意识、人类自审意识，呼唤绿色文化，用文学参与人类可持续发展战略，成为90年代儿童文学一种方兴未艾的创作走向。素有"植物王国"之称并成功举办世界园艺博览会的云南省，在这方面走在前列。以乔传藻、吴然、沈石溪、辛勤、钟宽洪等为中坚的云南"太阳鸟"儿童文学作家群，早在80年代中期就开始投入这一课题的创作，他们在绿色散文、多民族边疆童话、动物题材的创作方面取得了引人瞩目的成绩。乔传藻的《醉麂》、吴然的《小鸟在歌唱》分获中国作协第一、二届全国优秀儿童文学奖，而沈石溪的动物小说《第七条猎狗》、《一只猎雕的遭遇》、《红奶羊》更连中三元，

荣获"三连冠"的殊荣。以生态环保、动物题材多次获得全国性文学大奖，云南作家当数第一。此外，重庆儿童文学作家有关长江三峡题材的作品，广东作家饶远力倡绿色环保梦的长篇《马乔乔的童话》、《蓝天小卫士》，黑龙江满族作家陈玉谦疾呼保护青蛙的长篇小说《蛙鸣》，北京新秀保冬妮昆虫童话三部曲《屎壳郎先生波比拉》等，以及湖南少儿出版社的中国最新动物小说丛书、天津新蕾出版社的金狮王动物小说丛书等，其旨归都在培养下一代的地球家园意识，生发起对大自然的由衷热爱。这些作犹如三春草原，蓬茸鲜活，辐射出世纪之交的文化新绿，传达了热爱大自然、保护地球母亲的国际性儿童文学主题。广州作家班马创作的、荣获第五届宋庆龄儿童文学奖童话类大奖的长篇《绿人》，是90年代不可多得的童话佳作。"绿人"是生活在西南大森林绿叶上的"小型绿色隐形智能生物"，每一片绿叶里都住着一个绿人。但他们在现代社会却遭遇到了灭顶之灾，尽管科学考察队已经揭示了他们的秘密生活史，并正在努力设法营救，但绿人家族始终不肯向人类发出求救信号。作品在亦真亦幻、悬念迭出的情节中，演绎了一场"绿人"大逃亡的悲情故事。强烈的人类自审意识、生态环保意识与可持续发展意识，使《绿人》这一部充满神奇魅力的童话具有了深刻的国际主义意味。

　　90年代儿童文学是整个20世纪儿童文学的最后延续与总结，也是开启新世纪儿童文学的珍贵精神资源与艺术积累。90年代儿童文学的整体走向带给21世纪儿童文学许多有益的启示。

第十三章
资本市场与互联网双重影响的新世纪儿童文学(一)

考察新世纪中国儿童文学的原创生产与发展思潮，首先应将今天的文学外部生态环境与20世纪八九十年代文学的外部生态环境作一比较。今日中国文学外部生态环境最大的变化有以下三点：

第一是充分的市场化。今天的文学是在充分市场化的社会环境下进行的，包括作品生产、编辑出版、传播推广，以至读者的选择与阅读等，都深受资本市场的影响。试以出版为例，现在所有少儿读物出版社都已改制为企业公司，而在八九十年代，中国还是计划经济的体制。今日世界"市场的逻辑"正在缜密地对接着"欲望的逻辑"。资本集团通过虚拟化更加集中，大众则通过虚拟化日益成为"无差别的大众"。

第二是传媒手段的多样化。纸质媒介和印刷文化的发展曾使人类的文学创作达到了高峰。八九十年代的主流传播媒体是纸质的图书报刊，而今天已进入互联网时代，图像、影视、网络、手机、音像、网络游戏及数字化新媒介等"视觉革命"极大冲击和改变着人们的阅读习惯，文学作品的文学性遭遇商业化的侵蚀，肤浅化、娱乐化、碎片化、平庸化、快餐化成为包括儿童文学在内的

切文学创作所面临的巨大挑战。同时,资本经济与文化产业又在拉动着文学生产,文学产品,尤其是儿童文学作品以前所未有的速度与规模走向广大的阅读群体。

第三,更为宽松自由的外部社会文化生态环境,使作家的创作有了更多的审美选择与自由。70后、80后中出现的新一代作家对文学价值、文学观念有他们自己的理解,个人化写作、自由撰稿人已成为一种常态,这在20世纪80年代是不可想象的。新世纪文学包括儿童文学正是在对以上这些文学外部生态环境的种种变化由不理解而逐渐理解,由不适应而逐渐适应,由不习惯而习以为常的过程中,一步步走出困境,走出一条新路的。面临这种新的格局,对儿童文学作品价值功能的认识日益多元,儿童文学批评如何发挥评论引导的力量,是我们必须正视的问题。一时代有一时代的文学。我们应当用发展的眼光、与时俱进的姿态来观察和审视今天新世纪的儿童文学。

一、原创儿童文学的逆势上扬与第五代作家的崛起

90年代后期至新世纪初,中国儿童文学的出版状况一直是引进大于原创,《哈利·波特》、《鸡皮疙瘩》以及日本、韩国的动漫、卡通,还有口袋书,可谓铺天盖地,国内原创作品出版艰难,儿童文学一度面临迷茫,不知风从哪里来,该往哪里去。经过广大儿童文学工作者的艰苦打拼,从2003年起,这一局面终于得到了扭转。据国内权威的图书发行调查机构"北京开卷信息技术有限公司"的统计(开卷公司的"开卷全国图书零售市场观测系统",涵盖了全国绝大多数大中型书店,每月动销图书品种40多万种。开卷公司的每月全国畅销书排行榜由这些书店的所有图书零售数据汇总整合而成,具有很强的权威性、代表性、完整性和中立性),现在国内本土原创少儿类图书在中国内地小读者中受欢迎的程度已高于国外引进版,国内原创儿童文学的图书码洋已经占到整个少儿图书市场近半的比例。"东风压倒西风",这并不意味着中国原创儿童文学的质量也已经超过西方,但没有一定的数量也就没有所谓的质量。在原创作品数量持续攀升的情况下,追求质量自然应是我们持之以恒的方向,

第十三章　资本市场与互联网双重影响的新世纪儿童文学（一）

儿童文学作家尤其是那些畅销书作家，特别需要集中力量，精心打磨经得起时间检验的精品之作。

综观百年中国儿童文学的发展历程、时代规范与审美嬗变，我们大致可以将儿童文学作家分为五代：第一代是"五四"新文化运动前后文学启蒙的一代，代表人物有叶圣陶、冰心、茅盾、郑振铎等，第一代主要是开创之功、奠基之功，而且一开局就是大手笔。第二代是三四十年代战争环境中革命和救亡的一代，代表人物有张天翼、陈伯吹、严文井、贺宜等，他们用文学直接切入现代中国的社会形态和革命救亡等时代命题。第三代是共和国"十七年"运动语境中的一代，代表人物有任大霖、葛翠琳、洪汛涛、鲁兵以及孙幼军、金波等。他们创造了当代中国儿童文学原创生产的第一个黄金时期,同时在文学配合"中心"、"运动"的复杂背景下进行着不懈的探索与民族化追求。第四代是经历过"文革"、"上山下乡"终于迎来改革开放的一代，代表人物有曹文轩、秦文君、张之路、黄蓓佳、沈石溪、班马、常新港、董宏猷、周锐、冰波、郑春华等，他们的特殊人生经历铸就了他们对儿童文学的文化担当与美学品格的执着坚守，无论是"追求永恒"还是"感动当下"，他们都在努力地践行用文学塑造未来民族性格，打造少年儿童良好的人性基础，他们是20世纪八九十年代，也是新世纪初叶中国儿童文学的中坚与核心力量。

建构新世纪儿童文学繁荣发展的新局面需要后起之秀与后备力量源源不断的补充。使我们深感欣慰的是，那些"60后"、"70后"、"80后"以及在"低龄化写作"中涌现出来的年轻作家，正在踊跃加入到儿童文学中来，有的已是儿童文学界响当当的"品牌"、"大腕"，他们正是中国儿童文学的第五代作家。第五代作家的创作大致是在20世纪90年代出道的，如今正在成为中国儿童文学最具创造力、影响力与号召力的群体。他们的成长经历和文学道路与前四代作家截然不同，他们是在一个安定和开放的社会环境当中，是在市场经济、传媒多样化的环境中长大的。他们的成长岁月正值中国改革开放的年代。

新世纪以来一些儿童文学创作实力强劲的地区，已形成了自己的第五代年轻作家方阵，其中最具影响力和特色的是：由殷健灵、陆梅、张洁、萧萍、李

学斌、郁雨君、唐池子、张弘、周晴、周桥、金建华等上海作家群（又以女作家居多）以及祁智、韩青辰、王巨成、李志伟、胡继风、饶雪漫、苏梅、顾鹰、徐玲、龚房芳、沈习武等江苏作家群，汤汤、毛芦芦、吴洲星等浙江作家群组成的"江南方阵"；由杨鹏、李东华、孙卫卫、保冬妮、张国龙、汪月琦、翌平、葛竞、吕丽娜、英娃、左昡、韦枫、熊磊等组成的"北京方阵"；由薛涛、黑鹤、老臣、车培晶、刘东、王立春、于立极、常星儿、满涛、萧显志、李丽萍、商晓娜、许迎坡、宋晓杰等组成的"东北方阵"；由汤素兰、牧铃、邓湘子、林彦、谢乐军、皮朝晖、萧袤、陶永喜、陶永灿、毛云尔、邓一光、陈静、唐樱、周静、宋庆莲等组成的"楚湘方阵"；由张玉清、肖定丽、周志勇、赵静、兰兰、翟英琴等组成的"燕赵方阵"；由郝月梅、张晓楠、李岫青、鲁冰、刘北、刘青梅、周习、杨绍军、代士晓、王倩等组成的"齐鲁方阵"；由杨红樱、钟代华、汤萍、余雷、湘女、曾维惠、蒋蓓、简梅梅、李珊珊、雷旦旦、肖体高、骆平等组成的"西南方阵"；由李利芳、赵剑云、曹雪纯、张琳、张佳羽、苟天晓、刘虎、张元等组成的"甘肃儿童文学八骏"以及赵华、刘乃亭等西北作家群。2007年5月8日至8月8日，中国作家协会鲁迅文学院举办第六届中青年作家高级研讨班（儿童文学班），来自全国各地的53名中青年儿童文学作家参加培训，他们正是第五代儿童文学作家中的佼佼者。第五代作家中的杨红樱，以其将近3000万册的图书发行量与全球全语种版权的输出，创下中国当代文学的神话，为中国原创儿童文学走向世界赢得了巨大声誉。

从整体上看，第五代作家正处于创作的攀升阶段，未来前景十分看好。他们的创作紧贴时代社会生活，紧贴当代少年儿童的精神生命成长与审美接受心理，注重作品的时代性、可读性以及作品被转化为其他艺术产品（如影视、动漫）的衍生性。由于他们大多接受过高等教育，同时又是网络写手，有着比前几代作家更为突出的知识优势、信息优势、传媒优势，从而使他们的创作能及时与世界儿童文学潮流融为一体，具有明显的先锋性、时尚性与创新性。但是另一方面，由于他们是在市场经济环境下长大的，因而容易滑向商业写作，容易浮躁，缺乏精雕细刻，和前几代作家那种具有使命感意识的写作相比有一定

第十三章　资本市场与互联网双重影响的新世纪儿童文学（一）

距离。当然第五代作家有他们的优势、特色。他们带着更为青春、滋润的灵气，更富先锋、张力的姿态，更加紧贴、把握新世纪少儿世界的行动，正在日益成为新世纪儿童文学创作新的生力军。在他们中间，寄予着中国儿童文学的希望。

二、童年文学与杨红樱的《淘气包马小跳》

儿童文学是为18岁以下少年儿童精神生命健康成长服务并适应他们在不同年龄阶段审美接受需要的文学，因而在这个文学内部又可以分为：为中学生年龄段服务的少年文学，为小学生年龄段服务的童年文学，以及为幼儿园小朋友服务的幼儿文学。但长期以来，中国儿童文学创作存在着"两头大、中间小"的不平衡现象，即少年文学与幼年文学创作势头强劲，作家较多，优秀作品也多，而适合小学生年龄段阅读的童年文学则相对要薄弱得多，尤其是儿童小说可谓长期稀缺。值得庆幸的是，进入新世纪以来，童年文学原创生产出现了重大突破，这集中体现在以第五代作家杨红樱的"淘气包马小跳系列"为代表的儿童小说创作的大面积收获上。杨红樱的"马小跳"已成为"既叫好又叫座"的品牌儿童小说，先后入选新闻出版总署向青少年推荐的优秀图书（2004）、首届"三个一百"原创出版工程（2007），其中《巨人的城堡》获得中宣部第十届"五个一工程"入选作品奖、首届中国出版政府奖（2007）等。杨红樱为小学生年龄段孩子们创作的小说《女生日记》、《男生日记》、《漂亮老师和坏小子》以及系列童话《笑猫日记》等，也都深受小读者欢迎。杨红樱为新世纪儿童文学塑造了一个叫"马小跳"的鲜明形象，与马小跳一起，还有唐飞、毛超、张达、路曼曼、夏林果等系列儿童形象。这与90年代后期秦文君塑造的男生贾里、女生贾梅以及小鬼鲁智胜、小丫林晓梅等系列儿童形象颇有相似之处，他们都是属于"热热闹闹，开开心心一天天长大"（秦文君）的当代孩子。

或许是受秦文君、杨红樱作品走红的影响，或许是儿童文学界已经意识到服务"小学生年龄段"的童年文学巨大的审美空间与阅读需求，这几年为小学生年龄段的孩子们"量身定做"作品越来越多，最有影响的如：河南周志勇的"臭小子一大帮丛书"，赵静的"捣蛋头唐达奇系列"，湖南汤素兰、河北肖

定丽的"小学生校园派丛书"。曾经以创作幼儿系列故事"大头儿子与小头爸爸"饮誉文坛的上海女作家郑春华，最近也推出了以小学生为对象的"非常小子马鸣加系列"。我曾在一篇文章里这样评论杨红樱等作家的小学生题材儿童小说："这些作品基调明朗、向上，作品风格追求幽默的、快乐的、轻松的，在好读好玩的故事情节中向孩子们传达一些浅近的立身、处事、为学的人生道理，同时倡导正面的精神价值，因而广受小学生年龄段孩子们的欢迎。"但同时我们也应警惕，这类作品已出现了某种雷同化、脸谱化倾向，如写男孩必是淘气包、调皮蛋，而女孩则是鬼精灵、小辣妹。同时，几乎百分之百都是城市衣食无忧的孩子生活，看不到农村孩子，更看不到农村留守儿童、城里农民工子女、下岗工人子女等"苦难儿童"形象。因而如何拓宽题材、深化当代儿童生活的宽度与广度，塑造性格更为丰富的儿童形象，已成为当下童年文学创作的一个重要课题。

三、互联网时期的幻想文学

幻想文学创作方兴未艾，未来的发展势头将有可能扭转中国儿童文学长期形成的现实主义一元独尊的格局。

幻想文学，媒体称为玄幻文学、奇幻文学，那是为吸引眼球进行的炒作，其实指的都是以超现实的创造性想象为基本审美手段的文学。中国现代原创儿童文学从"五四"新文化运动以来，由于受时代规范与自身文学资源、艺术选择等多种因素的综合影响，形成了以叶圣陶《稻草人》、张天翼《大林和小林》等为代表的现实主义创作格局与思潮，并一直持续至今。这一文学润滋了数代中国孩子的精神生命，积累了丰富的艺术经验，对中国儿童文学作出了巨大贡献。但同时也存在着凝重多于轻灵、写实大于想象、成人意志重于儿童经验的另一面，与西方儿童文学相比，最大的差异是很难飞起来。

新时期以来尤其是进入 21 世纪以后，由于受到以《哈利·波特》、《魔戒》等为代表的全球性幻想文学风暴的冲击与互联网时代的到来，中国幻想文学创作正出现方兴未艾的势头，极大地拓展了儿童文学的艺术空间与想象世界。当

第十三章　资本市场与互联网双重影响的新世纪儿童文学（一）

今我国幻想文学创作有以下四方面的特点：

一是主体作家是 70 后、80 后甚至 90 后的年轻人，其中大多又是在校的大中学生，现在也有部分有影响的儿童文学作家开始投入到幻想文学创作中来。

二是以网络写作为主。从某种角度说，今天国内的幻想文学还是属于年轻人的事情，他们深受网络的虚拟空间、动漫的画面节奏以及美国好莱坞大片的影响。大量原创幻想文学作品都是由网络写手先在网络上线上写作、在线张贴，读者网上阅读走红以后，再由出版社出版的，因而也可以说是"网络幻想文学"，如点击率很高的《诛仙》、《小兵传奇》等。

三是与西方幻想文学相比，中国的幻想文学已开始与本土传统文化融合，更倾向于把奇幻、科幻、武侠甚至神仙文化、道家文化结合起来，骑士变成了游侠，巫术化为了道法，从而形成更加复杂而充满张力的中国化幻想文学世界。

四是如同任何新生事物一样，在其发展初期难免泥沙俱下，良莠混杂。当前幻想文学存在的主要问题是：商业化、快餐化写作倾向导致某些作品善恶不分，价值观混乱，有的缺乏艺术性，只有幻想而没有文学。

我们认为，幻想文学将成为中国当代文学／儿童文学的一种重要文类，并将产生越来越大的影响，这已是一种可以预见的必然趋势，根本原因在于喜欢这种文学，从事这种文学创作的主体是 70 后、80 后的第五代年轻群体，他们的文学观念、艺术兴趣、审美选择势必影响未来的中国文学格局，因为再过十年、二十年，中国文坛就是他们的天下。因而我们必须充分重视幻想文学。但现在的问题是：主流文学似乎还放不下架子，不予理睬，或是情绪化批评，简单地将幻想文学指认为"装神弄鬼"，缺少真正有说服力的学理批评。而其根子，则在于我们的主流文学观念一向看重的是现实型文学，而视幻想型文学为时尚文学、大众文学或少年儿童文学，从心底里漠视甚至蔑视它们。在这方面，西方文学对幻想文学的重视态度可以作为我们的一个借鉴。据报道：全世界规模最大的《哈利·波特》学术研讨会于 2007 年 7 月下旬在加拿大多伦多市中心的喜来登中心召开，1500 余位各国学者在连续 4 天的会议中对《哈利·波特》进行了多种角度的学术探讨（《中华读书报》2007. 8. 8）。同样在西方，

由哈佛大学、牛津大学等名校教授学者创办的《托尔金研究》年刊，已成为研究幻想文学的重要学术平台。

四、多元共生的儿童文学新格局

多元共生的儿童文学新格局，更需要我们的作家践行多种艺术创作手法，多样文学门类的审美创造，为小读者们提供丰富的而不是单一的艺术作品。新世纪儿童文学在这方面已经表现出了出色的作为。这具体体现在：追求深度阅读体验的精品性儿童文学与注重当下阅读效应的类型化儿童文学，直面现实、书写少年严峻生存状态的现实性儿童文学与张扬幻想、重在虚幻世界建构的幻想性儿童文学，交相辉映，互补共荣，出现了一批有影响的作品。

曹文轩的长篇小说新作《青铜葵花》，黄蓓佳的长篇小说新作《亲亲我的妈妈》，金波的长篇童话新作《追踪小绿人》，谷应纪念唐山大地震30周年的长篇小说《二蛮漂流记》，张品成的革命历史题材小说《十五岁的长征》，黑鹤的长篇动物小说《黑焰》，张洁等年轻作家的小桔灯·美文系列等，是近年精品性儿童文学创作的重要文本。这些作品坚守文学的高雅格调与人文内涵，注重人物形象的典型刻绘，讲究文学语言的精雕细琢，力求艺术性、时代性与可读性的有机融合，为打造精品儿童文学提供了新鲜经验。在这里，我们还必须提及由湖北少年儿童出版社出版的"百年百部中国儿童文学经典书系"、中国少年儿童出版社出版的"《儿童文学》典藏书库"、湖南少年儿童出版社出版的"中国当代儿童散文诗精品丛书"，江苏少年儿童出版社出版的"浅浅的海峡：两岸儿童文学佳作丛书"等4种意在使儿童文学精品艺术资源重塑新生的整合性书系。这4种书系无疑都是坚持精品性儿童文学的路子，出版以后效绩显著，尤其是"百年百部"与"典藏书库"发行量十分喜人。

精品性儿童文学大多集中在少年文学（中学生）的层面。相对而言，类型化儿童文学的主体读者对象则是小学生阶段的孩子。杨红樱的"马小跳系列"是一个突出的典型，因而杨红樱的"粉丝"也主要是小学生。此外，上文所述的周志勇、赵静等的作品，以及由饶雪漫、郁雨君、伍美珍三位江南女作家组

第十三章　资本市场与互联网双重影响的新世纪儿童文学（一）

合创作的中学生"花衣裳丛书"，从整体上看也属于这一范畴。类型化儿童文学十分强调作品的可读性、幽默性、时尚性、校园、网络、情感、时尚文化是这类作品锁定的重要元素。杨红樱的"马小跳系列"中的某些单本，杨鹏的科幻《校园三剑客》，郁雨君的花衣裳新作《男生米戈》，周晴的"QQ宝贝"网络小说《紫衣云梦》等，是这类作品中的代表性文本，他们的创作姿态是需要加以重视和肯定的。

　　直面现实，直面少年儿童的现实生存状态，紧贴中国土地，这是百年现代中国儿童文学的重要传统。新世纪以来，有一批作家依然倾情于现实性儿童文学的创作，引领小读者展开对社会人生与精神成长的思考。这方面的重要成果是2006年出版的"辽宁小虎队儿童文学丛书"。薛涛、董恒波、车培晶、常星儿、刘冬、于立极、许迎波等7位辽宁男性儿童文学作家的7部小说，涉及到当下农民工、下岗职工子弟，市场经济背景下的校园生态，当今社会人在金钱与信仰、道德与良知之间的拷问和选择，同时具有浓郁的东北地域文化特征。七位作家不同的叙事风格形成了东北少儿小说一个非常有意味的多重叙事空间。近年少儿题材的纪实文学与报告文学也出现了一批现实性力作。如江苏韩青辰的长篇报告文学《飞翔，哪怕翅膀断了心》，以未成年人的成长危机与挫折乃至扭曲人生为题材，满蕴着作家对这些未成年人"特殊群体"的深深关爱与期待，写得十分感人。上海简平的长篇纪实文学《阳光校园拒绝暴力》，以纪实的手法，详细记录了16起校园发生的暴力事件，简略记述达50余起，作品多角度多层次地揭示与反思了当下的校园暴力问题，堪称是一部不可多得的重磅现实性少儿文学。

　　幻想性儿童文学是新世纪原创儿童文学的一道特殊风景线，如上文所说其主体作家是"70后"、"80后"、"90后"的年轻群体。一个十分喜人的现象是，当前已有一批儿童文学作家投入到幻想文学创作中来，其中不乏成功之作，如上海殷健灵的4卷本长篇《风中之樱》，辽宁薛涛根据本土传统神话演绎的《精卫鸟与女娃》、《夸父与小菊仙》、《盘古与透明女孩》，云南汤萍的"魔界系列"、"魔法小女妖童话系列"。特别是一向以现实主义儿童

小说见长的著名作家曹文轩，最近也倾情投入了多卷本幻想小说《大王书》的创作，其中的第一卷《黄琉璃》已由接力出版社出版。这些作品为新世纪原创儿童文学注入了一股飞翔、透明的诗性元素。

以上就是对新世纪中国儿童文学发展现状的一个基本看法与审视。多元共生的新世纪儿童文学，必将为构建和谐社会、引领未来一代精神生命的健康成长作出更大的贡献，而第五代作家的崛起以及他们走向更为深广的审美世界的追求，则让人们看到了新世纪中国儿童文学繁荣的可能。

第十四章
资本市场与互联网双重影响的新世纪儿童文学（二）

进入新世纪，我国儿童文学的原创生产与出版传播进入了跨越式发展的阶段，我国正在从童书出版大国向强国迈进。我国儿童文学原创作品呈现出良性发展、多元共生的态势，作家们辛勤耕耘的业绩应予充分肯定。机会与挑战并存，一切靠我们的自励自律，不断创新！观察和审视新世纪近些年的儿童文学，我以为以下七个方面最为引人瞩目，需要我们加以关注与评析。

一、"双轨并进"的创作态势

在传媒多元、网络游戏动漫影视争抢读者的当下，文学生产包括儿童文学必须将文学品质与读者接受作为自己的目标，坚持文学的多样化与艺术性，"双轨并进"正是当下儿童文学选择的清醒策略。所谓"双轨"，一是指主要为中学生年龄段服务的典型化文学，二是指主要为小学生年龄段服务的类型化文学。当然两者之间没有绝对的区分，但儿童文学作家与出版人"为谁写"、"为谁出"的读者定位意识已是越来越明确。

所谓"典型化"的儿童文学，实际上坚持的是我们久已习惯了的"传统"

精致化创作路数，以坚守作家主体意识为标榜，以文学素养较高的初中学生为主要读者对象，青春、校园、成长、情感是其主要艺术元素。近年原创出版物中，下述作品都曾产生过较大影响，有的发行量已超过数十万册。长篇小说有张之路的《千雯之舞》、黄蓓佳的《你是我的宝贝》、秦文君的《贾梅日记》、王巨成的《震动》、谷应的《奇遇淡路梦》、张国龙的《梧桐街上的梅子》、陈柳环的《萝铃的魔力》、牧铃的《影子行动》、邓湘子的《像风一样奔跑》、程玮的《少女的红衬衣》、汪玥含的《乍放的玫瑰》、翌平的《少年摔跤王》以及位梦华的《独闯北极》、刘先平的《美丽的西沙群岛》等。长篇童话如张之路《小猪大侠莫跑跑》、金波的《开开的门》、刘海栖的《没尾巴的烦恼》、汤素兰的《奇迹花园》、李东华的《猪笨笨的幸福时光》、汤汤的《汤汤缤纷成长童话集》、左昡的《住在房梁上的必必》、萧袤的《住在先生小姐城》等，均是可以圈点之作。

明天出版社打造的"独角兽丛书"已推出常新港的《五头蒜》、薛涛的《虚狐》、张品成的《有风掠过》、翌平的《早安，跆拳道》等；河北少儿出版社推出的"当代儿童文学作家原创书系"中张玉清的《地下室的猫》、李东华的《花儿与少年》、韦枫的《银杏树下》、袁枫的《火烈马》等；晨光出版社组编的"风铃树丛书"，包括张国龙的《离开是为了回来》、曾小春的《送你一棵三叶草》、苏梅的《打中一颗星星》、邓湘子的《溪头的读书声》等原创小说、童话；此外，彭学军的"男孩不哭"三部曲（包括《浮桥边的汤木》、《戴面具的海》、《森林里的小火车》），均有新的艺术追求与题材开拓，也值得关注。曹文轩的长篇系列新作《丁丁当当》（中国少儿出版社），围绕一对农村傻兄弟在失散后的漫长寻找，演绎出的一段段动人故事，并由此兄弟俩展开绵长揪心的生活画卷，故事、语言、思想、情感并重，作家力图用纯正的精神图腾在恶俗世相中高擎大善大美旗帜的"文章报国"，良苦用心力透纸背。儿童文学的一头接通童心世界，而另一头则连接着世道人心。《丁丁当当》系列获得了2015年博洛尼亚国际童书展颁发的以残障儿童为主角的全球最优秀儿童图书奖。

第十四章　资本市场与互联网双重影响的新世纪儿童文学（二）

近年，儿童诗界推出了一批内涵深邃、力图拓宽儿童诗艺空间与审美表达的诗集，比如任溶溶的《我成了个隐身人》、商泽军的《飞翔的中国》、王宜振的《21世纪校园先锋诗》、安武林的《月光下的蝈蝈》、钱万成的《青春歌谣》、冬婴的《课本外的蓝天》、老柯的《指尖上的童年》等。明天出版社出版的一批年轻作家的诗集，如萧萍的《狂欢节，女王一岁了》、薛涛的《四季小猪》、王立春的《写给老菜园子的信》等，也堪称上乘。

以小学生为主体接受对象的类型化作品有两种主要形式，一是"校园接龙类"，这类作品紧贴小学生的校园生活与心灵世界，注重"感动当下"的时代性、可读性、艺术性的融合，阳光、情趣、幽默、互动是其重要艺术元素，其特征是"糖葫芦串"的故事结构，围绕一个主角展开的"众星捧月式"的人物谱系，以多部连续性作品"接龙组合"的系列"小长篇"小说形式呈现。这方面的作品主要有：河北少儿出版社的"郝月梅幽默儿童小说系列"、外研社郁雨君的"辫子姐姐男孩系列"、葛冰的"异能小子乐小天系列"、王勇英的"捣蛋双胞胎系列"、赵静的"闹都是小别扭系列"、福建少儿出版社的商晓娜"拇指班长系列"，二十一世纪出版社的杨筱艳"绿绿的小蚂蚱系列"、海豚出版社的张菱儿"糗事一箩筐：卜卜丫丫系列"，济南出版社出版的李岫青"贪玩大王李奔奔系列"等。

类型化作品的第二种形式是"题材规范类"，近年的代表性出版行为是中国轻工业出版社倾力打造的"中国原创冒险文学书系"。该书系将"原创冒险、魔幻、侦探、推理、探险、悬疑、科幻等多种类型文学作品"汇于一体，以"激发少年儿童的想象力，增强推断力，提升阅读兴趣，砥砺胆识勇气"为目标，已出版"李志伟冒险小说系列"4种、"萧袤魔幻小说系列"4种、"牧铃惊险小说系列"2种等。北京作家杨鹏和以"杨鹏工作室"名义创作出版的多种系列作品，也属于这一范畴。

必须提出的是，2009年为迎接共和国成立60周年而出版的一批儿童文学作品，由于其精品性、精致化、精制作的出版理念，因而有不少取得了社会效益与经济效益的"双赢"。其中属于"重塑整合"性质的，以外研社出版的

《中国儿童文学 60 周年典藏》6 卷本最为成功,该书系已连续加印数万套,被新闻出版总署评为"向青少年推荐的百种优秀读物",并列入"农家书屋工程"。属于原创性质的,以张海迪的长篇纪实文学《我的祖国》(湖南少儿出版社)、商泽军的抒情长诗《飞翔的中国》(安徽少儿出版社)最具影响,文质兼美,激情四射,充满飞翔的灵动。由湖北少儿出版社出版的 350 万的《中国儿童文学六十年(1949—2009)》,是一部多维度、全方位梳理、评价、反思当代中国儿童文学发展历程、艺术成就与诗学内涵的大型理论文献专书,已成为研究中国儿童文学"绕不开"的必读著作。

近年各地出版社在整合优质出版资源方面,推出了一批令人瞩目的系列图书,如海豚出版社的"中国儿童文学走向世界精品书系",现代出版社的"百年中国儿童文学名家点评书系",湖北少儿出版社的"中国动物文学大系"、"全国优秀儿童文学奖获作家书系"等。

二、现实主义精神与"农民工子弟文学"

现实主义是百年中国儿童文学的主要创作思潮,这一精神即使在《哈里·波特》、《鸡皮疙瘩》、《冒险小虎队》等充满魔幻、惊悚、刺激元素的西方幻想类作品风行的当下,依然被坚定地定格在中国儿童文学的美学坐标上。当下现实主义儿童文学创作的亮点有二:一是关注重大生存灾难,二是关注"三农"问题,前者为"地震儿童文学",后者为"农民工子弟文学"。

以震惊全球的四川汶川大地震、青海玉树大地震为背景的儿童文学作品,最初有高洪波、金波、王宜振、商泽军等的儿童诗与散文,诗歌发挥了快速反映重大题材的文学"轻骑兵"作用。经过时间积淀,小说与童话等叙事性文学接了上来。近年已有秦文君的《云棠》(春风文艺出版社)、谷应的《一个孩子的大地震》(天津社科出版社)两部长篇小说。来自四川地震灾区的杨红樱,接连创作了小说《小英雄与芭蕾公主》(接力出版社)、童话《那个黑色的下午》、《一头灵魂出窍的猪》(明天出版社)。前一部是杨红樱"淘气包马小跳"系列小说的收官之作,后二部则是"笑猫日记"系列童话中的原创新作。以童话

第十四章　资本市场与互联网双重影响的新世纪儿童文学（二）

的幻想艺术直接表现地震灾难、阐释当代中国的重大现实题材，杨红樱是第一人。

"农民工子弟文学"可以分为"农村留守儿童"与"进城务工的农民工子弟"两大类。"留守类"作品关注仍在农村的孩子的教育问题、生活问题、心理孤独问题乃至由此诱发的社会问题，这有湖南牧铃的长篇小说《影子行动》（中国少年儿童新闻出版总社）、广东曾小春的长篇小说《手掌阳光》（明天出版社）、上海陆梅的长篇小说《当着落叶纷飞》（接力出版社）、江苏胡继风的短篇小说集《鸟背上的故乡》（黑龙江少年儿童出版社）、四川邱易东的报告文学《空巢十二月——留守中学生的成长故事》（上海少儿出版社）、重庆刘泽安的儿童诗集《守望乡村的孩子》（重庆出版社）以及长沙中学生唐天用笔和相机记录下来的长篇纪实文学《我的乡村伙伴——一个城市少年的乡村纪行》（湖南少年儿童出版社）等。这些作品紧贴现实的中国土地，揭示留守儿童的生存困境与精神挣扎，与他们一起歌哭嬉笑，有苦难，有困惑，有憧憬，有希望，也有温暖与阳光。牧铃的《影子行动》是一部接地气、有灵气、扬正气的农村少年成长小说，作品着力刻画一对家境贫困的孪生兄弟在艰苦的农业劳动中直面艰辛，用稚嫩的双肩撑起一片蓝天，在汗水中感悟幸福，在刻苦求学中励志向上。含泪的笑声力透纸背，劳动的神圣直指人心。2013年荣获"全国优秀儿童文学奖"。

"进城类"作品更多关注进城务工的农民工子弟的教育问题，从教育机会的获得到教育资源的公平配置，从打工子弟学校的艰难生存到社会各界的无私援助。安徽伍美珍等的长篇报告文学《蓝天下的课桌》（福建少儿出版社）、江苏徐州农民工子弟学校女教师徐玲的长篇小说《流动的花朵》（希望出版社），是"进城类"作品的优秀之作，2009年荣获中宣部"五个一工程奖"。"农民工子弟文学"是新世纪独具特色的励志读物，正在化为砥砺农村孩子意志的利器与奋发进取的动力。

三、"抗战儿童小说"的艺术自觉

关于现实主义儿童文学创作，近年还涌现了一大批表现抗日战争题材的作

品，重要的有：曹文轩以一匹战马为主角展开战地烽火的长篇小说《火印》，薛涛以东北名将杨靖宇浴血抗战为背景的长篇小说《满山打鬼子》《情报鸟》，毛芦芦以江南水乡抗战为背景的《柳哑子》、《绝响》、《小城花开》小说三部曲，殷健灵以上海滩为背景的长篇小说《1937，少年夏之秋》，张品成以南京大屠杀为背景的长篇小说《觉醒》，史雷以北京为背景的长篇小说《将军胡同》，李秋沅以抗战生活为背景的长篇小说《木棉·流年》，吴林以抗战时期犹太人在上海的传奇经历为背景的长篇小说《犹太女孩在上海》，童喜喜以南京大屠杀为背景的长篇童话《影之翼》。赖尔的《我和爷爷是战友》是一部别具一格的"红色穿越"抗战小说。作品以今日中国与1938年抗战时期战火纷飞的中国为"穿越"时空，以南京"90后"高三学生与浴血奋战的新四军为"穿越"人物，勾画出了一幅气壮山河的"红色穿越"场景。两个"90后"，一个成了抗日战士，一个为国捐躯，赋予"红色穿越"以感人的艺术力量。

　　李东华的抗战题材长篇小说《少年的荣耀》，是一部承接地气、品质厚重，描写在苦难岁月励志成长、血荐轩辕、报效中华民族的优秀小说，2014年荣获中宣部"五个一工程奖"。《少年的荣耀》突出的价值在于写出了抗战年代少年成长的某种真实的灵魂状态。作品以齐鲁大地的大木吉古镇、汪子洼古村为背景，浓墨重彩地刻绘了一群贫富家境不同、生存环境不同（城镇与乡野）、身份处境不同（抗战家庭与汉奸家庭）的少年，如何在国仇家恨、民族危亡的岁月中走到了一起。尽管他们还是孩子，但战争的残酷性与突变性，使他们很快经历了"天真—受挫—迷惘—顿悟—长大成人"的心路历程，并将这种心路历程艺术地演绎为全书的叙述结构，在"棉槐林伏击战"中推向高潮。作品力图呈现齐鲁地域民俗生活的原生态与"全民抗战"的历史整体性，既具有生活的力量与丰厚的质感，但同时又是用儿童视角切入，塑造了沙良、沙吉、潘阿在、阿山、阿河、三水等少男少女的艺术群像，写出了"抗战孩子"在和平—战争状态中性格发展的丰富性与真实性。

　　2015年是世界反法西斯战争胜利七十周年、中国抗日战争胜利七十周年。为了纪念这个伟大而神圣的日子，由北京师范大学中国儿童文学研究中心策划、

第十四章　资本市场与互联网双重影响的新世纪儿童文学（二）

长江少年儿童出版集团出版的"烽火燎原原创少年小说"首批八部作品集体登场。这八部长篇小说是：肖显志的《天火》、张品成的《水巷口》、牧铃的《少年战俘营》、汪玥含的《大地歌声》、王巨成的《看你们往哪里跑》、毛云尔的《走出野人山》、毛芦芦的《如菊如月》、赵华的《魔血》。八位儿童文学作家，八部抗战题材小说，跨越半个多世纪反思中华民族的抗战史，在抗战小说的题材内容、人物形象、叙事视角、艺术手法等方面，都作了新的突破与探索，意在关注当下少年儿童精神生命的健康成长，体现了新世纪抗战题材儿童文学的艺术自觉。

值得关注的是，以上这些作品的作者大多为 70 后、80 后，虽然抗日战争早已远离了我们，但中华民族坚不可摧、凤凰涅槃的民族精神永远鲜活地流贯在儿童文学的艺术版图中，成为激励民族下一代精神成人的动力。同时也说明，爱国主义一直是中国儿童文学贯穿始终的思想主脉。

四、生态文明背景下动物小说的升温

动物文学、生态文学的创作与出版近年受到高度关注，湖北少儿出版社正在力推原创版"中国动物文学大系"与引进版"全球动物文学典藏书系"。人民文学出版社、天天出版社 2011 年在推出湘女"自然文学精品系列"的同时，还在云南挂牌成立了"儿童文学领域生态文学创作基地"。动物小说创作主要由一批实力派作家在支撑着艺术格局。

儿童文学界流传有一个沈石溪"第二春"的美谈。1997 年，沈石溪的动物小说被江苏少儿出版社独家买断未来十年版权，一气推出了十卷本《中国动物小说大王沈石溪作品集》，此举成为 20 世纪 90 年代文坛的一件大事。但进入新世纪，由于童书市场受《哈利·波特》、《冒险小虎队》、《淘气包马小跳》"三分天下"的冲击，动物小说几乎滑向低谷，沈石溪也沉寂了下来。有意味的是，近年沈石溪仿佛一夜蹿红，他的作品由浙江少儿出版社、中国少儿出版社等竞相出版，代表作《狼王梦》虽有多个版本，依然供不应求。2012 年元月，浙江少儿出版社特地在北京举办了"沈石溪作品亿万庆典暨《狼

王梦》百万销量盛大发布会"。沈石溪近年还有《乌凤和赤莲》、《雪豹也有后爸》、《白天鹅红珊瑚》、《黑天鹅紫水晶》等新作问世。沈石溪的"第二春",说明了动物小说在当今受到高度关注的事实。

近年动物小说原创新作佳构不断,重要者有:牧铃的《荒野之王》、《艰难的归程》、《丛林守护神》三部曲,黑鹤的《草地上的牧羊犬》、《驯鹿之国》、《黑狗哈拉诺亥》、《狼谷的孩子》等,杨保中的《闯进高原动物圈》,毛云尔的《狼山厄运》、《最后的狼群》。中国轻工业出版社还推出了系列动物小说,包括金曾豪的《义犬》、乔传藻的《丑狗》、朱新望的《傻熊》、牧铃的《兔王》等。其中《义犬》还是国内第一部图书、网络、手机同步发行上线的"全媒体动物小说"。

动物小说是动物文学的重要品种,较之其他文学样式,动物文学更直接更有力地指向生命存在的价值、奥秘和瑰丽,指向关于竞争、共生、再生、自生等天人关系的生态思维,指向关于生命、关于生存、关于地球等"人与自然的和谐发展",指向关于力量、意志、挫折、磨砺等少年儿童精神成人的根本性命题。因而动物文学是少年儿童的重要精神钙质,发展繁荣包括动物小说、大自然文学、少年环境文学在内的生态文学创作,正在成为新世纪儿童文学的重要趋向。

五、读者定位的"下移"与本土原创图画书

20世纪八九十年代,在儿童文学三个层次(少年文学/童年文学/幼年文学)的创作中,少年文学(以少年小说、少年报告文学为重心)一马当先,名著名篇层出不穷,幼年文学也佳作可观。但服务于小学生年龄段的童年文学,却十分低迷,因而呈现出"两头大、中间小"的哑铃状态。进入新世纪尤其是近年,整个儿童文学原创与出版有明显的"定位下移"趋向,即服务小学生的童年文学与幼儿园小朋友的幼年文学,从原创、引进到出版,已越做越大、越做越强。

这种"定位下移"的趋向,体现在三个方面。首先是作家的目光下移,主

第十四章　资本市场与互联网双重影响的新世纪儿童文学（二）

动转身。当年一批擅长少年文学的实力派作家，近年创作了一批品质不俗的小学生题材作品，如曹文轩的"我的儿子皮卡系列"，张之路的《弯弯》、彭学军的《奔跑的女孩》。其次是幼儿文学创作佳作不断，郑春华的低幼童话《风铃小屋》、《香喷喷的村庄》，董宏猷的长篇幼儿小说《"好大胆"与"好小胆"》、《一年级的小豆包》，苏梅的《恐龙妈妈藏蛋》等"小花仙系列"作品，李珊珊的幼儿散文《丘奥德》、《今天明天》以及吕丽娜、肖定丽、英娃等作品，在拓展幼儿文学的艺术空间与审美表达方面下了不少功夫，丰富了幼儿文学的创作经验。

最后，我们特别需要提出的是，作为幼儿读物重要载体的图画书，近年除了继续引进国外产品外，在打造本土原创读本方面出现了转机，甚至突破。其中贡献最大的是中国少儿出版社低幼中心推出的《中国原创图画书》100种，作品精选100位中国当代儿童文学作家的佳作，从题材、构画、人物造型到色彩运用，完全是十足的中国文化、中国题材、中国风格。此外，由保冬妮策划、撰文，一批年轻画家绘画的两种原创图画书"虎年贺岁"系列（海燕出版社）与"中国原创图画书精品"系列（重庆出版社），也有上佳的创意。海燕版有《神奇的虎头帽》、《虎妞妞》、《小小虎头鞋》3种，重庆版有《元宵灯》、《花娘谷》、《荷灯照夜人》、《满月》等5种，也是十足的中国风味。由苏梅撰文、中国城市出版社出版的数学童话、科学童话、自然童话等系列图画书，则开辟了图画书新的题材和领域。国内一批图画书年轻创造者，包括熊磊、熊亮兄弟、保冬妮等的雄心是：要让中国孩子从小看着完全中国本土化的图画化长大，而不是只有欧风美雨，他们的作品力图体现中国图画书与西方审美标准不一样的特质，即"注重神而忘形、万物有情，注重内在的音律节奏、气韵生动、虚实相生"。这是颇有艺术见地的。由余丽琼撰文、朱成梁绘画的《团圆》，还登上了美国《纽约时报》的2011年最佳儿童图画书的榜单，殊为难得。

关于原创图画书的出版，我们还应特别关注长江少儿出版社精心创编、高质推出的"杨红樱画本馆"系列。长江少儿社以"中国制作——打造本土原创儿童文学精品"的理念，组建了一支包括数十位专业儿童插画家加盟的制作团

队,并由最富经验的图画书专家担任美术总监,专门负责指导《杨红樱画本》的绘画部分。已出版的"杨红樱画本——科学童话系列"8 册、"杨红樱画本——好性格亲爱的笨笨猪系列"10 册以及"杨红樱画本——蜜儿系列"等,深受小读者的喜爱,并长期占据儿童图书排行榜前列,引起了国外同行的关注。长江少儿社的《杨红樱画本馆》,以六大系列、64 本图画书的规模,使中国原创图画书真正成为可与国外图画书一争高下的精品。继"杨红樱画本馆"之后,长江少儿出版社又推出了"曹文轩画本馆"、"沈石溪画本馆"。

六、原创幻想文学的四种类型

在中国,尽管世纪之交曾有过"大幻想文学"的旗号与出版品,但真正出现幻想文学的创作热,则是在最近五六年间。其重要原因是互联网的超常规发展所带动的网络文学的勃兴,网络的虚拟性、互动性、即时性为如同夏雨后疯长的野草般生成的幻想文学找到了最合适的平台与契机。这也是为什么"大幻想文学"在世纪之交难成气候的原因,因为当时网络写作还处于起步与尝试阶段。

文学与时俱进。当今正是幻想儿童文学得以一展身手、大展宏图的时候。互联网搭建的网络幻想平台,西方《魔戒》、《哈利·波特》等的多年持续影响,新世纪儿童文学在童话、幻想小说、儿童科幻小说、动物小说等文体积聚起来的创作经验与艺术更新,尤其是儿童文学的受众——广大少年儿童对幻想性文学作品饥渴的需求,文学界、教育界、出版界呼唤儿童精神素质并倡扬"保卫想象力"。当这些因素叠加在一起,幻想儿童文学的出道与出彩已是呼之欲出、水到渠成、顺理成章的事了。

为倡导"保卫想象力",鼓励为保卫儿童想象力创作更多的优秀幻想儿童文学作品,推动我国原创幻想儿童文学的发展与繁荣,促进儿童想象力的培养和激发,中国儿童文学研究会、北京师范大学中国儿童文学研究中心、大连出版社于 2013 年共同创设"大白鲸世界杯"原创幻想儿童文学奖,并于同年 9 月 13 在哈尔滨举行首届"大白鲸世界杯"奖的启动仪式。按照计划与已有的

第十四章　资本市场与互联网双重影响的新世纪儿童文学（二）

条件，这个奖项将一年一年持续办下去。

2014年4月，"首届大白鲸世界杯原创幻想儿童文学奖"在大连举行颁奖，获奖的19部作品集中展示了当今幻想儿童文学创作的艺术追求与观念更新，体现出老中青三代作家在同一时段中对幻想儿童文学的主题内容与审美形式相同或相近的艺术勘探与实验，全方位呈现了当今幻想儿童文学的四种基本艺术形式及其审美特征：

一是以科学和未来双重进入现实为特征的科学幻想，这有《最后三颗核弹》《未来拯救》等；二是将幻想直接瞄准社会百态与现实情绪的人文幻想，这有《七色幸运骰子》、《我爸我妈的外星儿子》等；三是以原始/儿童思维为幻想基准的童话幻想，这有《点点虫虫飞》、《现在是雪人时间》等；四是以远古神祇、始祖、文化英雄或神圣动物及其活动为叙事的神话幻想，荣获特等奖的王晋康的长篇神话小说《古蜀》正是当今神话幻想的重要收获。作品以超凡的想象、精湛的文字，将一段朦胧的神话，真实地艺术地构建、还原为远古时期蜀国的历史传奇与世间百态，塑造了杜宇、鳖灵、娥灵、凤鸟、朱雀、羲和、西王母等天界与凡间的艺术形象。以实写虚，幻极而真，大气磅礴，深具艺术魅力与思想力度。《古蜀》将幻想文学深植于中国文化的民族之根，是新世纪幻想文学创作新的艺术突破与重要收获。这些获奖作品虽然幻想思维的模式不同，艺术表现手法不同，题材内容不同，但它们的创作目标都是一致的：为儿童，服务儿童，优秀的幻想儿童文学作品自然也能直达成年人的精神领域。

大连出版社将荣获2014年首届大白鲸世界杯原创幻想儿童文学奖的19部作品，以及部分因名额所限未能获奖但质量属于上乘的作品，一并结集为《大白鲸幻想儿童文学读库》出版，这是2014年中国儿童文学与童书出版的一件大事，可喜可贺之事。人们期待着中国原创幻想儿童文学在实现中国梦的新世纪新常态中，取得更大的艺术成就！

七、儿童文学作家进军网络游戏

网络游戏，简称"网游"，这是数字化时代通过信息网络传播实现多人同

时参加的互动娱乐游戏新玩意。由于参与网游的大多是 6 岁至 14 岁的少年儿童，因而游戏商家专为少年儿童开发研制的儿童网络游戏（儿童网游），更是网游的主打产品。对于网游，商家关注利润，学校和家长关注"妈妈放心，孩子喜欢"，有良知的儿童文学工作者则更关注"真善美"、"精气神"。使人欣喜的是，最近一批优秀儿童文学作家已经责无旁贷地进军儿童网游，为儿童写网游，用儿童文学改变网游。

最先投入儿童网游创作的是南方的一批作家，如上海的周锐，江苏的苏梅、李志伟，安徽的伍美珍，他们签约的网游商家是上海淘米与童石公司。周锐执笔"功夫派"系列，苏梅执笔"小花仙"系列，李志伟执笔"赛尔号"系列，伍美珍执笔"惜呆兔咪"系列，此外还有北京的杨鹏执笔"精灵星球"系列，河北的翟英琴执笔"植物大战僵尸学校"系列。他们的作品不但给少年儿童的网络游戏带来互动娱乐的即时快乐，同时还以图书的形式，为孩子们所津津乐道与传阅，而且每个品种印量都很大，如伍美珍的"惜呆兔咪"系列首印即为 20 万册。

儿童文学深度进军网游是在北京，其中的标志性产品是中国少年儿童出版社 2012 年 1 月出版的"植物大战僵尸·武器秘密故事"系列，作者包括金波、高洪波、葛冰、白冰、刘丙钧等著名儿童文学作家。由这几位作家组成的"男婴笔会"，在儿童文学界久已闻名，以前他们主要为中少社的《幼儿画报》撰写专栏，当然每位作家都有其他繁重的创作任务。但当他们应中少社低幼中心力邀，一旦进入儿童网游，而且自己也成为网游高手时，社会责任意识与儿童文学作家的天性使他们毅然拿起笔来，热情投入网游作品创作。首度开发的《植物大战僵尸·武器秘密故事》12 册，共 48 个故事。植物王国的玉米加农炮、豌豆射手、西瓜投手、带刺仙人掌、变身茄子、卷心菜投手、高坚果兵团、火爆辣椒等战士们，个个都有秘密武器与绝活，他们与僵尸斗智斗勇，纵横驰骋。或短兵相见，各出奇招；或攻其不备，突出奇兵；或围城打援，里应外合，而所有"战斗"都是儿童式的、游戏好玩的。作为诗人的金波与高洪波，还在行文中不时出现儿歌味十足的语句，更增添了网游的风趣与快乐。

第十四章　资本市场与互联网双重影响的新世纪儿童文学（二）

优秀儿童文学作家直接参与儿童网游创作，从根本上保证了网游产品的道德底线与文化品质，远离儿童不宜的因子，更多地在作品中融入了宽容、尊重、友谊、信任、爱心、为善等做人做事的正面价值观与行为方式。由于儿童文学作家熟悉儿童心理，有娴熟的创作技巧与丰富的想象力，因而他们的作品更能赢得孩子们的喜欢。更重要的是，儿童文学作家进军网游，从根本上改变了以前"网游写手"的粗糙混乱的格局，有力地提升了儿童网游的精气神，从而使"妈妈放心，老师安心"，这也是为什么现在网游商家更看好儿童文学作家的原因。

由于儿童网游作品是一种完全意义上的儿童视角、儿童本位的写作，注重儿童情趣、儿童参与与游戏精神，因而深受孩子们喜爱，同时也开发了新世纪原创儿童文学的一个新品种——儿童网游文学（更多地以童话形式呈现），对于改变当下网络游戏的荒杂局面、提升网游特别是儿童网游的品质和艺术，都是一件需要充分肯定的文学行为。希望有更多的儿童文学作家，关注儿童网游，投身儿童网游；同时更期待出现我们民族自己的具有自主知识产权的儿童网游品牌。

余论：问题与挑战

从整体上看，近年我国儿童文学原创生产呈现出良性发展、多元共生的态势，作家们辛勤耕耘的业绩应予充分肯定；但也存在着不少问题。首先是同质化、平庸化倾向，有些"类型化"作品一动笔就是四五本，难免注水、速成。其次是文学的个性化艺术风格欠缺，一些作品在语言和叙述上惊人的相似，陷入套路，缺失"自己的美学"。再次是近年难得一见让人拍案叫好、可称"经典"的大作品，难觅"出头鸟"。儿童文学同样存在有数量缺质量、有"高原"缺"高峰"的现象，存在跟风模仿、千篇一律、速成、注水的现象。有的作品以低俗为趣味，以恶搞为卖点，把童年的无忧快乐曲解为随心所欲、恶搞淘气、不求上进、我行我素。儿童文学的价值在哪里？儿童文学作家的力量又在哪里？这已成为儿童文学界必须正视和对待的问题。还是那句老话，机会与挑战并存。一切靠我们的自强、自励、自律，为了新世纪儿童文学的发展繁荣，让我们努力加油，再立新功。

第十五章
新世纪儿童文学的外来影响与对外交流

辞旧迎新，人类迎来崭新的 21 世纪。新世纪已进入真正的网络时代，网络时代的新媒体文化——互联网、电子邮件、电视、电影、博客、播客、手机、音像、网络游戏、数码摄影等，极大地改变着人们的生活与交流，也改变与影响着人们的阅读与思考。虽然网络阅读、手机阅读、图画阅读已成为不少青少年的选择，但传统纸媒体（图书报刊）阅读依然是新世纪的重要阅读形式，而且更是低龄儿童唯一的阅读形式与手段——因为第一，孩子不可能从小就上网阅读，他们需要等到长大以后，至少上了小学、初中，才能学习电脑知识；第二，家长不放心。孩子如过早上网、接触游戏机，不但会严重影响视力，更会因浏览那些"儿童不宜"的东西而严重影响心理健康，而"网瘾"的泛滥已成为不少家长心头挥之不去的痛。因而世界上许多国家都对什么年龄的孩子才可以接触网络电脑，都有明确的"国家规定"。

正因如此，在当今成人读物包括成人文学受到多媒体急剧冲击、读者锐减而"数字化出版"节节攀升的背景下，少年儿童读物尤其是儿童文学，不但未受影响，反而呈现出蓬勃上升的趋势。因而有精明的出版家断言：如果说传统

第十五章　新世纪儿童文学的外来影响与对外交流

出版业已成为"夕阳产业",那只是指成人图书出版,而少儿图书出版则是永远的"朝阳产业"。事实正是如此,试看今日之中国,少儿出版业正迎来难得的"黄金"发展时期。据2008年统计,现在全国有34家专业少儿出版社,260多家少儿报刊社,而且国内570多家出版社中有520多家争相出版少儿读物。更使人深思的是,那些名牌大社如人民文学出版社、商务印书馆、外研社等,也开始瞄准少儿出版。2009年8月,经国家新闻出版总署批准,人民文学出版社将原有副牌外国文学出版社更名为专业少儿出版机构——天天出版社,大举进军少儿出版,此举引起业内震动。完全可以预言,一个以儿童读物出版为核心的儿童文化产业正在我国崛起。新世纪中国儿童文学的外来影响与对外交流正是乘着这一强烈东风不断上扬并呈现出多元共生、多渠道并进的态势。

一、国外优秀儿童文学与畅销书快速甚至同步引进出版,已成为新世纪少儿出版业的常态

进入新世纪,随着中国加入世界贸易组织、中国经济在抵御世界性经济危机中表现出来的强劲实力,中国的大国地位越来越受到世界重视,中国巨大的童书市场自然也受到国际少儿出版业的高度重视,中国少儿出版已迅速进入世界少儿出版圈。因而借助现代出版与传媒的先进手段,与国际接轨,快速甚至同步引进出版国外优秀少儿文学与畅销书,已成为新世纪少儿出版业的常态。各地少儿出版社以及人民文学出版社等,都曾先后引进出版过众多外国儿童文学作品,其中最具影响力与效应的有:

人民文学出版社于2000年至2007年引进出版风靡全球的英国J·K罗琳长篇幻想文学系列《哈利·波特》1~7册,连续27个月居全国销售排行榜榜首;

中国少年儿童出版社引进出版的比利时《丁丁历险记》和瑞典《林格伦作品集》两大系列;

浙江少儿出版社引进出版的奥地利布热齐纳的《冒险小虎队》系列;

湖南少年儿童出版社由国际儿童读物联盟主席、国际安徒生奖评委会主席、亚洲儿童文学学会会长等组成的顾问委员会联袂推荐，出版的《全球儿童文学典藏书系》，2008年至2009年已引进出版75种；

二十一世纪出版社引进出版的以德语文学为主的《大幻想文学精品译丛》；

河北少儿出版社引进出版的《国际安徒生奖获奖作家书系》；

新蕾出版社引进出版的《国际大奖小说》书系；

接力出版社引进出版的美国作家斯坦的《鸡皮疙瘩系列丛书》；

希望出版社引进出版的《史努比》系列；

童趣出版公司引进出版的美国《米老鼠》、《小熊维尼》、《小公主》、《芭比》等迪士尼产品系列。

应当指出的是，在传统经典外国儿童文学的出版方面，不少出版社如人民文学出版社、中国少年儿童出版社、少年儿童出版社（上海）、浙江少年儿童出版社、北京少儿出版社、晨光出版社、同心出版社等，都在新世纪出版过系列丛书，动辄就是二三十种，甚至五六十种之多，有的是翻译本，也有的是改写本。尤其是安徒生童话、格林童话，更是各地少儿出版社瞄准的畅销书。据统计，在2005年安徒生诞生二百周年之际，全国已出版了二百多种不同版本的安徒生童话图书，发行量高达一千多万册。

二、幻想文学的译介已成为新世纪外国儿童文学译介的重头戏，并对中国本土原创儿童文学产生实质性影响

虽然西方幻想文学名著如英国托尔金的长篇《指环王》（又译为《魔戒》）在20世纪七八十年代已有中译本，但并未产生大的影响。进入新世纪，随着风靡全球的"《哈利·波特》热"、美国幻想大片《魔戒三部曲》的热播，以及受此影响而出现的网络幻想文学的兴起，国内儿童文学界似乎一夜之间开始把目光投向了幻想文学，并且使20世纪90年代班马、彭懿等不遗余力倡导但并未尽如人意的"大幻想文学"，终于在新世纪找到了突破的灵感。诚如有论者所说："对中国儿童文学而言，这种灵感在很大程度上重构了本土作家对

第十五章　新世纪儿童文学的外来影响与对外交流

想象力的理解，并由此激发起他们对幻想小说的这一文体的实践热情。""中国的原创童书正逐渐在突破传统的艺术规范和话语表现方式中呈现出生动而开放的面貌，巫师、精灵、魔法……这些带有异域色彩、纯粹来自想象世界的语词，在中国童书写者们越来越熟练的运用中变得亲切和日常起来。"（陈恩黎《穿越神话的迷魅空间》，《中国儿童文学》2004年第3期）包括英国幻想文学三大系列托尔金的《魔戒》、C.S刘易斯的《纳尼亚王国传奇》、J.K罗琳的《哈利·波特》，以及美国幻想文学大家苏珊·库珀的《黑暗蔓延》传奇系列等的译介（有的是重译如《魔戒》）与热销，西方幻想文学文体本身的艺术质地以及文体以外的与时代文化、与市场运作共谋等的行为，已对中国儿童文学作家产生了十分明显的影响。

一是刺激了中国幻想型儿童文学创作。从"五四"时期的《稻草人》开始，中国的儿童文学原创传统一直是以现实型为主，强调直面人生与零距离反映社会现实生活。《哈利·波特》等引进后，文坛看到了幻想型文学巨大的精神空间与阅读需求，促使一批实力派儿童文学作家投身到幻想型文学的创作中来，试图在打造中国特色的幻想文学、提升幻想文学艺术质量与精神内涵方面有新的突破与作为。如北京曹文轩的作品风格近年来了个180度的大转身，其计划写作四卷的系列幻想小说《大王书》现已出版《黄琉璃》、《红纱灯》两卷；上海女作家殷健灵是擅写青春校园情感小说的高手，但她在2007年出版的《风中之樱》四卷本则是典型的凌虚蹈空的幻想小说；辽宁作家薛涛从本土传统神话中吸取灵感，重新演绎创作了四卷本神话题材小说《夸父与小菊仙》、《精卫鸟与女娃》等。在年轻儿童文学作家中也出现了擅写幻想小说的人才，如云南的汤萍、福建的晓玲叮当等。

二是对儿童阅读接受心理的重视。现在的儿童文学作家很难再关起门来"闭门造车"，只顾挥洒自己的主体意识而不问读者接受，儿童文学创作更加强调少年儿童的阅读鉴赏兴趣与接受心理。这与《哈利·波特》等的艺术章法也有一定关系。《哈利·波特》创作的重要思想是儿童本位，作家是站在儿童立场，以儿童的视角进行叙事，为儿童说话，为儿童争取权利。这对国内儿童文学也

有一定影响。现在一批成功的儿童文学作家，十分重视儿童教育、儿童心理、儿童阅读甚至儿童流行文化与用语，直接走到孩子们中间去，与他们面对面交流对话。有的作家还通过"义工"、"家教"等形式，千方百计深入校园社区。

三是促使作家具有打造畅销书的观念，并激发出打造可以与《哈利·波特》相抗衡的原创儿童文学的信心。受《哈利·波特》等的刺激，一种自强不息、不甘人后的民族精神在儿童文苑潜滋暗长。《哈利·波特》引进以后，国内出现了几种影响很大的儿童文学作品，最典型的是杨红樱的《淘气包马小跳》与《笑猫日记》系列，杨红樱的作品在国内的总印数已超过三千万册，并被国外买走版权，译介到英法等国。曹文轩的《草房子》，光是江苏少儿出版社一家就已重印100次。在《哈利·波特》引进之前，国内多数儿童文学作家不太关注图书的发行量，也羞谈版税，现在则完全不同了，作家十分重视图书发行，注意保护自己的劳动权益，并乐意配合出版社去各地中小学校签名售书。

三、图画书的引进热已经开始影响到我国少儿图书的出版格局，并拉动了原创图画书的生产

儿童图画书是现代印刷技术和现代美术艺术结合的一种独特的"视觉化的"儿童读物，它以富有吸引力的画面与简洁亲切的文字，通过"用绘画来讲述故事"的形式，把识字不多的儿童带向广阔的未知领域和社会生活，从而得到最初的直观认知体验和审美愉悦。图画书的概念来自异域，英文叫"Picture Book"，日本称为"绘本"。国际上以欧美国家的图画书最为发达，以后影响到日本、韩国、东南亚，世纪之交经由中国台湾、香港地区进入内地。国际上有多种图画书奖项，如英国于1938年设立的凯迪克奖、1955年设立的格林威大奖，国际儿童读物联盟（IBBY）于1966年设立的国际安徒生奖的图画奖。

现代中国少儿出版史上没有"图画书"一说，只有"图画故事"。但无论从图画与文字的配制关系（不同于图书的插图，也不同于"看图识字"）、受众对象（以低幼儿童为主），还是从产品制作（以图的审美为主）、阅读价值（视

第十五章　新世纪儿童文学的外来影响与对外交流

觉化读物）考察，中国的图画故事与国外图画书有许多相似之处，或者可以说是"准图画书"。郑振铎是图画故事的有力倡导者和实践者。他于 1922 年 1 月创办了《儿童世界》周刊，并在该刊发表了《两个小猴子的冒险》、《河马幼稚园》等 46 篇图画故事（均有画家绘制彩色图画），开启了视觉化儿童读物的先河。赵景深在 30 年代创作了《哭哭笑笑》、《一粒豌豆》等 54 种图画故事。1949 年以后，我国图画故事的出版有过两次热点。一是 20 世纪 50 年代，出版了《小马过河》、《蜗牛看花》等图画故事。二是 80 年代，由于学前教育普遍受到重视，加上欧美、日本等的影响，我国图画故事的质量有所提升。从 90 年代开始，"图画书"的说法经由日本逐渐传入我国。这一时期，中日两国曾合办了两届"小松树"儿童图画书奖，鼓励国内原创图画书，获奖作品有《贝加的樱桃班》（郑春华 / 文、沈苑苑 / 画）、《贝贝流浪记》（孙幼军 / 文、周翔 / 画）、《小兔小兔当了大侦探》（俞理 / 文并图）等。1997 年湖南少儿出版社还出版了日本松居直的图画书论著《我的图画书论》（季颖译）。但与欧美、日韩等比较，长期以来，我国图画书在整个少儿读物中所占比例很小，大众对图画书的购买兴趣不大。由于图画书的制作成本大、书价普遍偏高，一般大众愿意为孩子购买文字书而不愿花钱去买翻上数页就看完了的图画书，对那些没有文字的"无字图画书"更是兴趣索然。又由于受传统美术的影响，人们更熟悉连环画而不谙异域色彩的图画书。

　　进入 21 世纪，社会经济的提升拉动市场购买力，而那些在七八十年代出生从小受到儿童读物影响的年轻父母们（主要是城市白领阶层），普遍重视孩子教育，看好图画书，这就为国内图画书市场锁定了基本的读者群。图画书的概念与独特的艺术美质经由一批热心的阅读推广人如彭懿、方卫平、王林、朱自强等的热情鼓吹，加之伴随着所谓"读画时代"的到来而出现的台湾幾米的《月亮忘记了》、《向左走，向右走》系列图画书、朱德庸《绝对小孩》等漫画书的热销，图画书这一概念（或者说法）终于逐渐为国人所熟悉，并首先为一些具有前瞻出版理念的出版社看好。2006 年，二十一世纪出版社出版了彭懿编著的《图画书：阅读与经典》，介绍了国外 64 种经典图画书，通过实例告诉

读者如何从头到尾阅读一本图画书的经验,对普及图画书知识发挥了特殊作用。于是,一个引进、推广、原创三位一体的"图画书运动"日渐成为21世纪的一道独特的儿童文化风景。

1999年,春风文艺出版社出版了德国雅诺什编绘的10种图画书,有《小老虎,你的信》、《兔孩子一点也不笨》。从2000年起,二十一世纪出版社开始有系统地引进出版包括米切尔·恩德的图画书系列、"彩乌鸦"系列等德语图画书。此后,北京的童趣出版公司、上海译文出版社、少儿出版社、中国少儿出版社、明天出版社、接力出版社、外研社、湖南少儿出版社、南京师范大学出版社、南海出版公司、河北教育出版社、中国电力出版社、贵州人民出版社、浙江少儿出版社、新疆青少年出版社、上海人民美术出版社、中国连环画出版社、湖北美术出版社、电子工业出版社等,也竞相引进出版英国、美国、德国、法国、瑞士、加拿大、澳大利亚、俄罗斯、荷兰、丹麦、奥地利、日本、韩国等国的图画书。内地出版社还与台湾出版机构密切合作,两岸联手运作图画书的引进译介。如上海的少儿出版社与台湾信谊基金会合作出版了多种外国与及台湾地区的优秀图画书。河北教育出版社与台湾麦克有限公司合作出版的"启发精选世界优秀图画书系列",自2007年起,已出版了《我爸爸》、《我妈妈》、《花婆婆》、《大猩猩》、《大卫,不可以》、《让我安静五分钟》等数十种世界著名图画书作品,从编辑、导读到印刷制作都堪称一流。

当引进译介达到一定"热度"以后,如何建设我们民族自己的本土原创图画书自然被提上了议事日程。国内一大批专业少儿出版社都曾先后推出过本土图画书,如北京少儿出版社的"冠冠图书",江苏少儿出版社的"我真棒"儿童成长图画书,明天出版社的"小企鹅心灵成长故事",中国少儿出版社的《嘟嘟熊》系列,浙江少儿社的《笨狼的故事》系列,湖南少儿出版社的《儿童心灵成长图画书》系列,贵州人民出版社的《蒲公英图画书馆》系列,外研社的《聪明豆绘本》系列,教育科学出版社的《冰波童话》系列等。江苏少儿社、明天出版社、中国连环画出版社是新世纪打造原创图画书的重镇,而江苏画家周翔、北京熊磊熊亮兄弟等则是创作本土图画书的高手。周翔编文绘图的《荷

第十五章 新世纪儿童文学的外来影响与对外交流

花镇的早市》（二十一世纪出版社）被曹文轩誉为"中国绘本的优美开端"，另一本周翔据北方童谣改编并绘图的《一园青菜成了精》（明天出版社）也堪称佳构。熊磊、熊亮兄弟创作的"绘本中国"系列中的《京剧猫》、《小石狮》、《年》、《灶王爷》（明天出版社2007）以及"情韵中国图画书系列"中的《京剧猫·长坂坡》、《京剧猫·武松打虎》、《苏武牧羊》、《荷花回来了》、《我的小马》、《纸马》，均是充满浓郁中国文化元素的上佳之作。熊磊、熊亮在《中国美学看绘本》一文中认为，中国图画书应该有与西方审美标准不一样的特质，即"注重神而忘形、万物有情，注重内在的音律节奏、气韵生动、虚实相生"。

在打造本土图画书方面，江苏少儿出版社的《东方娃娃》（周翔主编）、全国妇联于2006年创刊的《超级宝宝》（保冬妮主编），是两家以发表图画故事作品为主的杂志。而以《东方娃娃》周翔、朱成梁、蔡皋与南京信谊组合的创作群体，以熊磊、熊亮兄弟与中央美院杨忠、北航庄庄等组合的"五色土原创图画书研究中心"，则是南北两个活跃的图画书创作群体。

近些年，图画书与图画阅读研究也已出现了一些成果，除彭懿的《图画书：阅读与经典》外，还有北京师范大学康长运的博士学位论文《幼儿图画故事阅读过程研究》（教育科学出版社2007年版）、赵萍的博士学位论文《论图画书语言》以及上海谢芳群的《文字和图画中的叙事者》（湖北少年儿童出版社2003年版）。2007年8月，全国妇联《超级宝宝》杂志社与浙江师范大学儿童文学研究所在北京举办"中国本土原创图画书研讨交流会"，就图画书的文学、美术、出版等专题进行研讨，会后编印了由方卫平、保冬妮主编的《图画书的中国想象》一书（内部印行）。2008年5月，中国作家协会儿童文学委员会主办、明天出版社承办的首届"中国原创图画书发展论坛"在济南举行。高洪波、金波、樊发稼、方卫平、朱自强、曹文轩、王泉根、汤锐、彭懿、周翔、熊磊、保冬妮等出席论坛并作演讲，各地少儿出版社、山东儿童文学作家等近百人与会。这次研讨会对于认识本土图画书现状、推动本土原创图画书的发展意义重大，标志着新世纪图画书引进出版热，正逐步走向自觉的本土原创

图画书理性建设时期。

四、加强中外儿童文学理论交流,引进国外儿童文学学术资源,这是新世纪中外儿童文学交流的一个亮点

由于多种原因,我国译介外国儿童文学论著甚少。据资料,1949年以后第一本翻译进来的外国儿童文学论著是1953年中国青年出版社出版的苏联阿·尼叶查夫著的《论儿童读物中的俄罗斯民间童话》(和甫译)。20世纪五十年代,由于受苏俄文学一边倒的影响,译介的4种论著全来自苏联,均由中国青年出版社出版,除上述的一种外,另三种是:阿恩编的《苏联儿童文学论文集》(1954年)、格列奇什尼科娃的《苏联儿童文学》(张翠英等译,1956年)、密德魏杰娃编的《高尔基论儿童文学》(1956年)。从50年代至70年代,我国一共出版了以上4种外国儿童文学论著。进入80年代的改革开放时期,外国儿童文学理论译介虽有所加强,但步子依然不大。据现有资料统计,从1981年至1999年将近20年间,总共只译介了10余种论著,其中安徒生传记与研究论文多达4种,小啦(周均功)翻译的丹麦约翰·迪米留斯主编的《丹麦安徒生研究论文选》(安徽少儿出版社1999年)是国外安徒生研究最重要的成果。另有4种论著出自日本学者之手,其中以日本上笙一郎著的《儿童文学引论》(郎璎等译,四川少儿出版社1982年)最具影响,该书有关儿童文学性质、特征等的观点,经常被八九十年代的儿童文学研究者引用。这一时期有3种欧美译著,以舒伟等翻译的美国布鲁诺·贝特尔海姆的《永恒的魅力——童话世界与童心世界》(西南师范大学出版社1991年)最为重要。这是一部世界儿童文学理论名著,西方评论家认为:"对于那些关心儿童成长,关心儿童文学的人,它是一部必不可少的案头书;而对于任何关心人类内心世界的人,它又是一本令人振奋和神往的读物。"

20世纪80年代中后期,正是我国学术界思想活跃、中西文化交流碰撞最为热络的时期,"美学热"、"方法热"、"文化热"此起彼伏,新概念、新方法、新名词狂轰滥炸。由于当时版权管理尚不规范,拿来就可翻译出版,因

第十五章　新世纪儿童文学的外来影响与对外交流

而大量外国文艺理论著作都被翻译进来，而且动辄就印数万册。然而遗憾的是，儿童文学理论译著却微乎其微，整个八九十年代仅有上述列举的 10 余种而已。我曾在一篇文章中谈道："我国儿童文学理论界很少与国外交流，长期以来几乎是在一种'与世隔离'的状态下，独立特行，自说自话。""因而当人们在激烈批评当今文论界'恶性西化'，言必'解构'，文必'后殖'，造成'失语症'时，儿童文学文论似乎鲜有此类现象。"这当然不是说我们的儿童文学理论界未卜先知，早有防范西化、失语的先见之明，而是说，实际上我们已经错失了与西方儿童文学理论界进行交流对话的整整一个"八九十年代"。原因是多方面的，既有儿童文学理论界自身的，如缺乏既精通外语又精深儿童文学素养的专门人才，也有外部的，如专业少儿出版社普遍不愿意出版理论译著，将其视为成本大、印量少的赔本买卖。

进入新世纪，外国儿童文学理论译介的局面终于有了起色，据不完全统计，自 2002 年至 2007 年，国内已出版了包括美国波兹曼的《童年的消逝》（广西师范大学出版社 2004 年）、德国莱普曼等的《长满书的树》（湖北少儿出版社 2005 年）、日本松居直的《幸福的种子：亲子共读图画书》（明天出版社 2007 年）等 11 种外国儿童文学论著。新世纪之所以能"有所突破"，其原因一是出版社的投入与重视，二是国内南北两家儿童文学研究重镇——北师大与浙江师大的艰苦努力。

2008 年，由浙江师范大学儿童文学研究所方卫平主编的四卷本"风信子儿童文学理论译丛"由（上海）少年儿童出版社出版，包括加拿大佩里·诺德曼、梅维丝·雷默著的《儿童文学的乐趣》（陈中美译），美国杰克·齐普斯著的《作为神话的童话／作为童话的神话》（赵霞译），美国蒂姆·莫里斯著的《你只年轻两回——儿童文学与电影》（张浩月译），英国彼得·亨特主编的《理解儿童文学》。方卫平在序言中认为："今天中国儿童文学的学术提升和知识增长，同样离不开对于传统学术路径的依赖，对于现实文学生活的关怀，以及对于外来思想资源的学习和借鉴。""在这一过程中，如何面对和处理来自西方的儿童文学学术资源，同样是中国当代儿童文学理论界必须面对的任务

和挑战。"

2009年,由北京师范大学王泉根与澳大利亚麦考利大学约翰·史蒂芬斯教授共同主编的六卷本"当代西方儿童文学新论译丛"由安徽少儿出版社出版。本套丛书早在2002年就开始策划,全部书目由约翰·史蒂芬斯推荐并联系作者授权。约翰·史蒂芬斯教授是西方著名儿童文学理论家、国际儿童文学研究会前会长,现任国际儿童文学研究会会刊《国际儿童文学研究》主编,对当代西方儿童文学有精深把握,因而这6种译本可以说是近十年来西方儿童文学学术前沿的代表性论著,涉及到文化学、修辞学、传播学、女性主义、精神分析、拉康的主体理论、巴赫金的主体性、语言和叙事理论等。这6种译本分别是:澳大利亚约翰·史蒂芬斯著的《儿童小说的语言与意识形态》(黄惠玲译),美国罗伯塔·塞林格·特瑞兹著的《唤醒睡美人:儿童小说中的女性主义声音》(李丽译),澳大利亚罗宾·麦考伦著的《青少年小说中身份认同的观念:对话主义建构主体性》(李英译),瑞典玛丽亚·尼古拉耶娃著的《儿童文学中的人物修辞》(刘洊波、杨春丽译),美国杰克·齐普斯著的《冲破魔法符咒:探索民间故事和童话故事中的激进理论》(舒伟译),美国卡伦·科茨著的《镜子与永无岛:拉康、欲望及儿童文学主体》(赵萍译)。

约翰·史蒂芬斯教授在序言中对这套丛书作了如下介绍:"在西方,儿童图书的数量一直持续增长,这为中文翻译提供了丰富的内容,无论是对这些图书本身进行研究阅读,还是把它们作为比较文学的对象,学者们都要洞悉其创作语境和阅读语境。为了培养这种洞察力,西方儿童文学发展了众多的研究途径和方法,讨论图书、图书所反应的社会问题和促使这些问题形成的文化习俗之间的复杂关系。北京师范大学王泉根教授是本领域的杰出学者,他体察到一种紧迫性,即加强对图书的深度阅读、促进各学术领域的学者们进行更密切交流的迫切需要。于是,他构思将文学批评各个领域的代表性著作译成中文,随之与安徽少儿出版社达成协议,这个系列译著遂与读者见面。这些译著为中国学者提供了西方学者阐释儿童文学的方法,不失为成功的阐释范例。选择这些著作,是因为它们从不同的理论视角阐释一个重复性问题,即在调停或者挑战

第十五章　新世纪儿童文学的外来影响与对外交流

霸权、种族和性别的文化话语时，儿童文学的潜在影响是什么？这些问题在构建儿童的自我意识中至关重要。每本书都从根本上关注文学理解的原则，而侧重点则各不相同，它们分别研究语言、叙事形式、类别、性别、心理和文化影响，例如，社区在儿童成长过程中的重要性。作为一个整体，丛书表现了不同的理论和阐释立场，希望读者对比它们的不同之处，从不同的方法论和理论基础中获得启发。"

2008 年，北京师范大学吴岩主编的"科幻理论经典译丛"由安徽文艺出版社出版，分别是：英国艾萨克·阿西莫夫著的《阿西莫夫论科幻》（杨蓓、尹传红等译），英国布赖恩·奥尔迪斯、戴维·温格罗夫著的《亿万年大狂欢：西方科幻小说史》（舒伟、孙法理等译），英国詹明信等著的《作为寓言和乌托邦的科幻》（王逢振等译），加拿大达科·苏恩文著的《科幻小说变形记：科幻小说的诗学和文学类型史》（丁素萍等译），达科·苏恩文著的《科幻小说的观点与预设》（郝琳、李庆涛等译）。

"科幻理论经典译丛"选择了当代国际上最有影响力的科幻学者和作家的理论名著，其中有世界科幻大师阿西莫夫的论集，英国科幻新浪潮代表作家奥尔迪斯的科幻史名作，加拿大马克思主义文学理论家苏恩文的科幻理论"奠基石"，也有美国后现代文学理论家詹明信（或译詹姆逊）的科幻论著。可以说这套译丛较为完整地体现了当代西方科幻研究的前沿成果，无论对于科幻文学、儿童文学、幻想文学，还是乌托邦文学、外国文学、比较文学研究等都有着重要意义；由于科幻文学与儿童文学的艺术精神有着密切联系，而少儿科幻又是儿童文学的一翼，因而这套译丛的出版无疑对科幻文学与儿童文学研究提供了重要的学术资源、知识谱系和研究方法的参照。

五、举办儿童文学高端学术会议，对话中外儿童文学前沿话题

进入新世纪，中国已成为名副其实的少儿图书出版大国。谓其大，一是童书市场大，全国 3 亿多少年儿童都是少儿读物的服务对象；二是出版量大，经过改革开放三十年的跨越式发展，现在我国少儿图书的年出版品种已达一万多

种，年总印数达 6 亿多册。当然我国还不是少儿出版的强国，距强国还有相当距离。东方少儿图书大国地位的崛起，越来越受到全球的关注，新世纪以来，已有多种国际性儿童文学与儿童读物会议选择在我国举办。2002 年 8 月在大连召开的"第六届亚洲儿童文学大会"，共有来自中国、日本、韩国、新加坡、马来西亚、蒙古、哈萨克斯坦以及中国台湾、香港地区的二百多位儿童文学工作者参加。"第十届亚洲儿童文学大会"正在积极筹备中，2010 年将在浙江金华召开。2005 年是世界童话大师安徒生诞生 200 周年纪念，丹麦首相安纳斯·弗格·拉斯穆于是年 2 月 27 日亲临北京参加安徒生诞辰 200 周年全球庆典揭幕仪式——"安徒生和中国正式发布会"，公布了庆典活动中丹合作的重大项目，包括在中国举办现代视觉艺术展、儿童绘画比赛、演出童话音乐剧和出版最新版的《安徒生童话全集》等 30 余项活动。纪念活动在中国延续一年。2005 年 12 月 20 日，由宋庆龄基金会中国和平出版社、中国作家协会儿童文学委员会、北京师范大学中国儿童文学研究中心共同举办的"安徒生童话的当代价值——纪念安徒生诞辰 200 周年学术研讨会"在北京师范大学举行，来自北京儿童文学、现代文学、比较文学、研究界和出版界的专家学者近百人与会。这次研讨会是中国文坛与学术界对"2005 安徒生年"的集中回应，也是安徒生诞辰 200 周年中国地区纪念活动圆满结束的标志。为配合"2005 安徒生年"，中国和平出版社特地出版了两种安徒生研究著作：一是王泉根主编的《中国安徒生研究一百年》，一是李红叶专著《安徒生童话的中国阐释》。

新世纪在中国召开的最重要的国际性儿童文学会议无疑是 2006 年 9 月 20 日至 23 日，在中国澳门举行的"国际儿童读物联盟（IBBY）第 30 届世界大会"。这是继日本、印度之后 IBBY 第三次在亚洲举办的世界大会，共有来自全球 54 个国家的五百多位代表出席会议。大会主题是"儿童文学与社会发展"，并分别设置以"我们的文学——儿童论坛"、"国际少儿出版高峰论坛"、"儿童文学与道德规范"、"儿童文学与理想世界"、"儿童的自由与空间"、"儿童读物与多媒体时代"、"儿童图画书的发展趋势"、"哈利·波特现象的思考"、"弱势儿童的阅读"为议题的九个分会场。会议还举行了国际安徒生奖

第十五章 新世纪儿童文学的外来影响与对外交流

颁奖仪式以及亚洲儿童图书展、中国少儿精品图书展等十个展览。这次大会被誉为 IBBY 历史上"最成功"的大会，有力地展示了中国少儿出版在全球的大国地位的形象与实力，是中国真正走向少儿出版大国并挺进强国的重要标志。

在加强中外儿童文学学术交流方面，我们还应提到北京师范大学、浙江师范大学在新世纪举办的一系列重要会议和学术活动。北京师范大学中国儿童文学研究中心曾先后邀请来自美国（2000、2009）、瑞典（2000）、芬兰（2001）、日本（2000、2006）、澳大利亚（2002、2005）、马来西亚（2007）等国的著名儿童文学专家学者，包括原国际儿童文学学会会长玛丽亚·尼古拉耶娃、约翰·史蒂芬斯等，到北师大进行学术交流和为儿童文学专业研究生授课。北师大还先后举办了多次中外儿童文学学术会议：2000 年 10 月"中日儿童文学交流研讨会"，2005 年 6 月"美国科幻创作和现状研讨会"，2005 年 12 月"中东（约旦、巴勒斯坦）儿童文学研讨会"，2006 年 11 月"中日图画书交流研讨会"，2007 年 7 月"中美科幻北京峰会"，2008 年 3 月"诺贝尔文学奖得主多丽丝·莱辛科幻小说学术研讨会"等。2006 年 10 月，浙江师范大学儿童文化研究院成立，这是儿童文学与多学科整合研究的重要标志。该院成立以来，已举办了多次重要国际儿童文学与文化学术会议，如 2008 年 10 月举办的"2008 媒介与儿童文化国际高峰论坛"，来自中国大陆及台湾、香港地区和英国、新西兰、意大利、南非、美国、澳大利亚等国家共三十多位专家学者出席。

2007 年 5 月，由宁波大学外语学院主办，华中师大《外国文学研究》编辑部、北师大中国儿童文学研究中心、加拿大驻沪总领事馆、浙江省外国文学学会等协办的"青少年文学国际研讨会"在宁波大学召开，来自澳大利亚、加拿大、瑞典和国内高校的近百名学者、研究生出席。大会共收到论文 48 篇，论题集中在青少年与成长小说、各国的青少年文学研究、青少年文学主题个案研究等方面。这次研讨会也是儿童文学界与外国文学界的一次很有意义的学术合作。宁波大学外语学院芮渝萍教授的《美国成长小说研究》（中国社会科学出版社 2004 年版）是国内第一部有分量的成长小说研究专著，对新世纪国内

兴起的成长小说研究很有影响。成长小说也是儿童文学关注的研究对象，王泉根主动与芮渝萍联系，并与国外同行专家邮件往返，最后终于有了儿童文学与外国文学"亲密握手"的这次国际会议。

六、实施儿童文学"走出去"的战略，扩大中国儿童文学的国际影响

举凡大国之崛起，不仅仅只是商品之输出、物质之富庶，更重要的是国家和民族的文化观、价值观能为世界所认同，成为引领世界的主流价值理念与文化坐标；而图书，作为价值观的重要载体，无疑是"走出去"进行文化交流的最好形式之一。少儿图书是最适宜"走出去"的图书品种。我在一篇文章中认为："童心总是相通的，儿童文学是没有国界的，儿童文学是最能沟通人类共同的文化理想与利益诉求的真正意义上的世界性文学。"同时，相对来说，儿童文学的翻译比较容易，很多童书又是图文并茂，图画和音乐一样，是世界性的语言，在文化沟通中更少障碍。因而儿童文学应当成为中国图书"走出去"的重要产品。

虽然我国优秀儿童文学作品在 20 世纪也在"走出去"，但总体份额不大，我们更多的是引进，是"请进来"。进入新世纪，随着原创儿童文学质量的提升，同时也是现代中国百年儿童文学积淀使然，中国儿童文学与少儿图书终于打响了"走出去"的战役。据国家新闻出版总署提供的数据，"2006 年，我国少儿读物出口 67750 种次，50.74 万册，122.51 万美元；全国少儿读物进口 19646 种次，32.52 万册，241.43 万美元"。出现"走出去"比"请进来"多的局面。另据中国出版工作者协会少儿读物工作委员会主任海飞的统计："改革开放三十年来，我国有两千多种少儿图书实现了海外版权输出，其中上少社六百多种，中少社四百九十多种，浙少社二百一十多种。同时，少儿图书对外开放正朝着多元共赢的方向发展，如版权投入分成合作、出版投资分成、合作出版同持版权、合作出版系列开发、版权代理合作等，合作开放，百花齐放，多姿多彩。"（海飞《改革开放三十年中国少儿出版的四大变化》，《中国少儿出版》2008 年第 1 期）

第十五章　新世纪儿童文学的外来影响与对外交流

在中国少儿图书"走出去"的战役中，原创儿童文学显然是一大亮点。一大批优秀长篇小说、童话作品都被译介到欧美、日本、韩国、东南亚等地，如曹文轩的《草房子》，秦文君的《男生贾里》、《女生贾梅》，黄蓓佳的《我要做好孩子》、杨红樱的《淘气包马小跳》、《笑猫日记》，黑鹤的《黑焰》，郑春华的《大头儿子和小头爸爸》等。曹文轩的不少中短篇小说也被翻译出去，有的还进了韩国中小学的教科书。杨红樱的《淘气包马小跳》、《笑猫日记》被全球最大的英语读物出版集团之一的哈珀·柯林斯出版集团签走多语种版权。该集团中国市场发展部总经理周爱兰在分析中国儿童文学被世界看好的原因时指出："中国作为全球成长速度最快的经济体与文化大国，早已成为哈珀·柯林斯全球战略体系的重要组成部分。在英文世界推出中国优秀的作家作品，帮助中国作家成长为真正的国际作家，让世界听到中国人民的声音，是哈珀·柯林斯出版集团中国公司的核心工作之一。杨红樱女士作为最具代表性的中国儿童文学作家，成为哈珀·柯林斯中国当代作家出版计划的开路先锋。我们认为，全世界的孩子对儿童读物的需求是相似的，杨红樱作品所反映出的中国儿童生活现实与心理现实，能够打破东西方的文化障碍。书中表现出的张扬的孩子天性、舒展的童心童趣、成人世界与儿童世界之间的隔膜能打动全世界的儿童。这就是哈珀·柯林斯出版集团相继签下'淘气包马小跳'系列《四个调皮蛋》、《同桌冤家》、《暑假奇遇》、《天真妈妈》、《漂亮女生夏林果》、《丁克舅舅》、《宠物集中营》、《小大人丁文涛》8本图书的多种语言版权，以及'笑猫日记'系列的英文以及其他部分语种版权的原因。我们希望，说英语的孩子们能够通过阅读杨红樱女士的作品，通过那些生动幽默、简单易懂、引人入胜，而又极富时代感的故事，来了解当代中国儿童的生活现状，打开一扇了解中国的窗口。"（周爱兰《杨红樱作品的成功之处及其走向世界的意义》，《中国少儿出版》2008年第4期）。

七、中国儿童文学走向世界的意义

"人事有代谢，往来成古今。江山留胜迹，我辈复登临。"（唐·孟浩然）

现代中国文学已有百年历史，现代中国儿童文学也有百年历史。百年文学为我们留下了无数精神领域的"胜迹"，引领我辈"登临"其上，一览文学"江山"的无限风光。

在今天这样一个全球化、网络化、信息化的时代，百年中国文学融入世界文学、走向世界，不但成为可能，而且已经十分必要。进入21世纪，随着中国成为世界第二大经济体，中国越来越受到世界的聚焦与重视，持续升温的"中国热"、"东方热"、"汉学热"，正说明中国文化在世界文化中越来越显出其应有的地位与价值。在每年举办的国际法兰克福书展、北京国际图书博览会上，特别是童书专业的意大利博洛尼亚国际童书展、中国上海国际童书展（2013年举办首届）上，中国文学与儿童文学的翻译介绍与版权输出，都是其中的重头戏；中国作家协会每年都会组织多批次的作家访问团，以文学的名义到世界各地交流文学；中国的著名高校如北京大学、北京师范大学、北京外国语大学、复旦大学、南京大学等，每年都会举办各种类型的世界文学、比较文学研讨会，同时派出教授、专家出去访学；遍布世界各国的"孔子学院"，已成为传播中国文化的友好使者……所有这一切，都将"向世界介绍中国文化、中国文学"作为关键词，其中也包括中国儿童文学。

中国儿童文学深深植根于由甲骨文字传承下来的五千年中华民族的文化沃土，远接"夸父逐日"、"精卫填海"等太古先民的神话图腾，承续秦汉以来农耕文明色彩斑斓的民间童话、童谣宝库，进入近现代，又以开放兼容的胸襟，吸纳以欧美为典型的外国儿童文学新元素、新样式，从而形成现代性的中国儿童文学。从20世纪初叶开始，经过叶圣陶、冰心、茅盾、郑振铎、丰子恺（第一代），张天翼、严文井、陈伯吹、贺宜、金近（第二代），任溶溶、任大霖、洪汛涛、葛翠琳、孙幼军、金波（第三代），葛冰、张之路、高洪波、曹文轩、秦文君、沈石溪、黄蓓佳（第四代），杨红樱、汤素兰、薛涛（第五代）等五代儿童文学作家的艰苦努力和智慧创造，今日中国儿童文学已蔚为大观，气象万千。

今日中国，以每年出版6亿册童书、零售市场动销品种8万多种、年销

第十五章　新世纪儿童文学的外来影响与对外交流

售额 80 多亿元人民币的骄人业绩，铸就了儿童读物出版大国的地位。这里面，儿童文学读物是其中的主要产品。中国优秀儿童文学作品，深受广大小读者的喜爱。如曹文轩的长篇小说《草房子》，10 年间印刷了 130 次；杨红樱的校园系列小说《淘气包马小跳》，累计发行 2000 多万册；北京的《儿童文学》杂志，月发行量高达 110 万册，成为中国发行量最大的纯文学刊物。可以肯定地说，现在是中国儿童文学创作和出版的"黄金时期"，中国正从儿童文学大国向儿童文学强国迈进。

尤其需要指出的是，儿童文学与儿童读物的传播形式，除了传统的纸媒图书，现在更有网络、电子书、音响、视频等多种形式。新世纪以来，各地开展的以儿童文学阅读为中心的"儿童阅读运动"方兴未艾，包括经典阅读、早期阅读、亲子阅读、分级阅读、班级阅读、图画书阅读以及"书香校园"建设等多种儿童文学传播途径与方法，使儿童文学真正走进亿万儿童的精神世界（中国现有 3.67 亿未成年人），极大地满足了孩子们选择、接受文学的途径和需要，享受到了阅读的自由和快乐。

开放的中国需要融入世界，世界需要认识中国。别具特色的现代性中国儿童文学需要走向世界，世界不同肤色的儿童也需要认识和感染中国儿童文学。正是在这样的背景下，选编、出版、推广集合了最具原创力、影响力、号召力的当今中国儿童文学代表性作家作品的《中国儿童文学走向世界精品书系》（中、外文版），就显得十分必要，而且已经完全具备了条件与可能。本丛书的出版，对于中国儿童文学"走出去"无疑有着多方面的现实意义与文化价值。

首先是世界认识中国的意义。

认识今日中国，当然既可以通过长城、故宫、兵马俑，通过京剧、武术、大熊猫，也可以通过鸟巢、水立方、三峡大坝，通过两弹一星、高速铁路、载人飞船。但这还远远不够，还应通过深刻表现当今中国人的现实生活和思想、感情、心理的中国文学；而要认识中国的未来发展，最好的方法则是通过中国儿童文学。儿童文学是"大人写给小孩看的文学"，儿童文学蕴含着两代人之间的精神对话和价值期待。因而通过阅读当今中国一流的儿童文学作品，既可

以让世界看到今日中国儿童的现实生活与精神面貌，他们的理想、追求、梦幻、情感与生存现状；又可以看到中国文化、中国社会如何通过儿童文学作品，体现出今日中国对民族下一代的要求、期待和愿景，今日中国多样的文化和社会变革，对养成民族下一代人性基础的影响、濡染和意义。鲁迅说："童年的情况，便是将来的命运。"阅读今日中国的儿童文学，自然可以折光地看出将来中国的趋势。

其次是世界儿童彼此打量、熟悉、牵手的意义。

童心是没有国界的。儿童文学是一种真正意义上的世界性文学，因为这种文学是一种基于童心的写作，基于"共通性的语言"的写作。因之，儿童文学既是全球视野的，又是立足本民族文化的，既是时代性的，又是民族性的，既是艺术性的，又是儿童性的。儿童文学作为世界文学的重要意义是显而易见的，世界各地不同肤色、不同民族、不同语言、不同文化背景的孩子们，正是在儿童文学的广阔天地里，一起享受到了童年的快乐、梦想与自由。中国孩子通过阅读古希腊神话、伊索寓言、安徒生童话、《汤姆·索亚历险记》、《长袜子皮皮》、《哈里·波特》……认识了五洲四海不同地域文化的神秘、丰富和美丽；同样，世界各地的儿童，如果能有机会阅读中国的儿童文学，也一样能够认识和感受到古老中国的青春、深厚和美丽。这一套《中国儿童文学走向世界精品书系》（中、外文版），无疑为世界各地的孩子们打开了一道认识中国儿童文学的七彩之门，勾勒出了一条通往中国儿童精神天地的发现之路。

再次是世界各国儿童文学互相理解、认识、交流的意义，同时也为国内外比较儿童文学研究提供了作品范本。

现代中国儿童文学，体现出自身鲜明的民族特色、审美追求与时代规范，以审美的力量、情感的力量、语言的力量滋润感染了数代中国孩子，成为他们在"多梦的年代"、"多思的年代"最好的精神伴侣、精神钙质与精神食粮。与此同时，各国儿童文学虽有各自的文化背景与发展路径，但也有相当的一致性，毕竟儿童文学是为儿童服务的文学，而儿童问题最能显现出人类共同的利益诉求与基本倾向。尤其是在今天这样一个全球化、网络化的时代，世界各国

第十五章　新世纪儿童文学的外来影响与对外交流

所面临的问题几乎都是你中有我、我中有你。例如战争与和平，生态环境恶化与可持续发展，现代人的生存困境与拯救，青少年犯罪率上升与素质教育，高科技带给人类的正面作用与负面影响等，不但是世界文学也是世界儿童文学所共同面临和所需要共同表现的当代性主题。中国儿童文学同样也把这些当代性的世界文学主题作为自己重要的表现内容，这在战争题材小说、成长小说、动物小说、大自然文学中，都有充分的刻绘。

美国著名童话作家I.B.辛格认为：今天"虽然成人文学没落了，但儿童文学仍旧在为文学的传统、家庭的信念以及人性和伦理在苦苦做些许的保存"。坚守儿童文学"以善为美"的美学理念，通过艺术的形象化的审美愉悦来陶冶和优化儿童的精神生命世界，形成人之为人的那些最基本的价值观、人生观、道德观、审美观，打下良好的人性基础，塑造民族未来性格，这是中国儿童文学根本的审美追求与价值期待，也是中国儿童文学能够走向世界、走进世界各国少年儿童精神领域的基础和前提。

儿童文学是一种世界性的文学，因为这种文学是一种基于童心的写作，因而儿童文学作家则有可能以一种村上春树所说的"共通性的语言"来写作。"共通性的语言"首先是一种全球化视野，同时又有本民族文化特质，既是时代性的，又是民族性的，既是艺术性的，又是儿童性的。中国儿童文学走向世界并不是一个遥远的梦，中国正在从儿童文学大国向儿童文学强国迈进。在充满希望的二十一世纪，中国文化、中国文学与最容易"走出去"的中国儿童文学，理应为人类做出更大的贡献。

童心无界，文学有情。中国儿童文学走向世界正当其时，优秀作品必然能超越时空、惠泽四海！

中 编

个案研究论

第十六章
现代童话的双子星座：叶圣陶、张天翼合论

一、叶圣陶童话的历史意义

1. 童话泰斗的实绩

叶圣陶（1894—1988）是中国现代儿童文学光荣的开拓者与创建者之一，现代童话文学的泰斗。1921年1月，叶圣陶与沈雁冰、郑振铎、周作人等人发起组织"为人生而艺术"的文学研究会，并掀起了"儿童文学运动"的热潮。在文学研究会诸作家的创作中，最能体现该社团现实主义精神的，是叶圣陶20年代创作的小说；最能代表该社团儿童文学实绩的，是叶圣陶的两部短篇童话集——《稻草人》（1923）与《古代英雄的石像》（1931）。当然，叶圣陶的童话创作不只这两部集子，30年代他还写过《鸟言兽语》、《火车头的经历》等作品，此外还创作过《风浪》（1928）、《蜜蜂》（1933）两部童话剧。40年代，他为上海开明出版社编写的《开明小学国语课本》中，曾对现成的童话、寓言、小说、民间故事等进行了再创作，这里面同样浸透着叶圣陶对童话文学倾注的心血。但纵观叶圣陶的整个童话创作历程，20年代

文学研究会时期，则是他从事童话文学达到高潮并最有成就的时期。本章探讨叶圣陶童话对中国儿童文学的历史贡献，所考察的也主要是这一时期的作品。

由于现代儿童文学资料的散失远比成人文学严重，最初发表叶圣陶童话作品的刊物，现在都已很难找到了。笔者经过多方努力，终于搞清楚了叶圣陶全部童话作品的发表情况，在进入本章的正题以前，我们先介绍《叶圣陶童话创作年表》，这对于本章论题的深入以及进一步开展"叶圣陶童话研究"，无疑都是必要的。下面刊载的年表，以作品写作的先后时间为序，先列篇名，次记写作时间（括号内的月、日），再记最初发表的刊物名称与期数、日期（括号内的年、月）：

【1921年】小白船（11·15）刊《儿童世界》1卷9期（1922·3）傻子（11·16）刊《儿童世界》1卷11期（1922·3）燕子（11·17）刊《儿童世界》2卷1期（1922·4）一粒种子（11·20）刊《儿童世界》1卷8期（1922·2）地球（12·25）刊《儿童世界》卷12期（1922·3）芳儿的梦（12·26）刊《儿童世界》1卷13期（1922·4）新的表（12·27）刊《儿童世界》2卷3期（1922·4）梧桐子（12·28）刊《儿童世界》2卷7期（1922·5）大喉咙（12·30）刊《儿童世界》2卷2期（1922·4）。

【1922年】旅行家（1·4）刊《儿童世界》2卷5期（1922.5）富翁（1·9）刊《儿童世界》2卷9期（1922·6）鲤鱼的遇险（1·14）刊《儿童世界》2卷6期（1922·5）眼泪（3·19）刊《儿童世界》2卷13期（1922·7）画眉鸟（3·24，后改题为《画眉》）刊《儿童世界》2卷11期（1922·6）玫瑰和金鱼（3·26）刊《儿童世界》2卷12期（1922·6）花园之外（3·27）收入童话集《稻草人》（1923）祥歌的胡琴（4·3）刊《儿童世界》3卷3期（1922·7）瞎子和聋子（4·10）刊《儿童世界》3卷1期（1922·7）克宜的经历（4·12）刊《儿

第十六章　现代童话的双子星座：叶圣陶、张天翼合论

童世界》3卷8期（1922·8）跛乞丐（4·14）刊《儿童世界》3卷9期（1922·9）快乐的人（5·24）刊《儿童世界》3卷7期（1922·8）小黄猫恋爱的故事（5·27）收入《稻草人》（1923）稻草人（6·7）刊《儿童世界》5卷1期（1923·1）。

【1923年】阿秋的中秋夜（8.12）刊《儿童世界》7卷12期（1923·9）童话集《稻草人》于本年11月由上海商务印书馆出版，郑振铎作《序》，许敦谷插图。1929年4月第5版，1932年开明书店初版。收入上列23篇童话（《阿秋的中秋夜》未收入）。

【1924年】牧羊儿　刊　《小说月报》15卷1号（1924·1）菁儿的故事　刊《儿童世界》9卷8期、9期、11期（1924·2）牛奶　刊《儿童世界》10卷1期（1924·4）聪明的野牛　刊《儿童世界》10卷7期（1924·5）。

【1925年】甜　刊《儿童世界》14卷6期（1925·5）。

【1928年】童话剧《风浪》于本年5月由上海商务印书馆初版。

【1929年】古代英雄的石像（9·5）刊《中学生》创刊号（1930·1）毛贼　刊《文学周报》9卷5号（1929.12）。

【1930年】皇帝的新衣　刊《教育杂志》22卷1月号（1930·1）书的夜话　刊《中学生》第2号（1930·2）含羞草　刊《教育杂志》22卷2月号（1930·2）蚕和蚂蚁（12·17）刊《文学生活》1卷1期慈儿（年底作）刊《新学生》1卷2期。

【1931年】熊大人幼稚园　刊《中学生》12号（1931·2）绝了种的人　刊《青年界》创刊号（1931·4）将做些什么　刊《儿童世界》28卷17期（1931.10）童话集《古代英雄的石像》于本年6月由开明书店出版，1940年至1947年间，再版7次。收童话9篇：《古代英雄的石像》、《书的夜话》、《皇帝的新衣》、《含羞草》、《毛贼》、《蚕和蚂蚁》、《绝了种的人》、《熊夫人幼稚园》、《慈儿》。丰子恺插图，书后有丰子恺的《读

后感》。

【1933年】童话剧《蜜蜂》于本年10月由商务印书馆初版。

【1936年】鸟言兽语 刊《新少年》创刊号（1936·1）火车头的经历 刊《新少年》1卷4期（1936·2）童话集《小白船》于本年9月由上海艺术书店出版，署叶绍钧等著，收入叶圣陶、巴金、米星如、陈衡哲等所作童话11篇，其中叶圣陶6篇：《小白船》、《画眉鸟》、《克宜的经历》、《古代英雄的石像》、《皇帝的新衣》、《鸟言兽语》。

以上43篇作品就是叶圣陶创作的全部童话。我们可以看出，1921年年底与1922年上半年，是叶圣陶创作童话的第一个高峰期。自1921年11月15日创作第一篇童话《小白船》至次年6月7日写成《稻草人》止，共完成了23篇短篇童话，结集为《稻草人》。1929年下半年与1930年是叶圣陶童话创作的第二个高峰期，这一时期的作品结集为《古代英雄的石像》。这两部短篇童话集，集中体现了叶圣陶童话文学的创作思想与艺术成就，是中国现代儿童文学史上的扛鼎之作。这是叶圣陶的光荣，也是中国童话文学的光荣。

2. 艺术童话：创新与突破

叶圣陶童话全系作家独创。鲁迅曾赞誉《稻草人》"是给中国的童话开了一条自己创作的路的"[1]；郑振铎认为《稻草人》"在描写一方面，全集中几乎没有一篇不是成功之作"[2]。叶圣陶童话正是内容与形式双美的杰作，它的出现是中国艺术童话成熟的标志。叶圣陶自己也对郑振铎这样说过："我之喜欢《稻草人》较《隔膜》（叶圣陶的第一个短篇小说集——引者注）为甚，所以我希望《稻草人》的出版，也较《隔膜》为切。"[3]叶圣陶之所以如此偏爱他的童话，因为这是他献给"最可宝爱的后来者"的一份厚礼，也是他探索童话艺术的心血之作。从现代童话创作发展的历史考察，叶圣陶童话取得了多方面的成就。

---

[1] 鲁迅：《〈表〉译者的话》。
[2] 郑振铎：《〈稻草人〉序》。
[3] 郑振铎：《〈稻草人〉序》。

第十六章　现代童话的双子星座：叶圣陶、张天翼合论

第一，直面人生，扩大题材，把现实世界引进童话创作的领域。

叶圣陶的童话创作思想有一条清晰的发展线索。他早期写的童话大都是"孩提的梦"，色彩绚丽，充满幻想，用理想主义的弹唱编织着童话世界的光环。这与作家的生活经历和创作思想是分不开的。叶圣陶曾当过 10 年小学教师，由于长期生活在孩子们中间，他熟知儿童心理，深切地了解儿童的感情世界与精神需求。他从自己十一二岁的学生们喜欢阅读《项羽本纪》（司马迁）、《最后一课》（都德）、《两个朋友》（莫泊桑）等充满"无限悲壮的热情"的战争文学的现象中，体验到"儿童心理无不有一种浓厚的感情燃烧似的倾露"，他们同成人一样需要文艺作品。由此，他感到教育者从中"可以得一个扼要的宗旨。以为后来者造福，就是'应当顺他们自己的要求，多多给他们文艺品，做他们精神上的食料'"。但他又为孩子们只能阅读战争文学而无别的作品"引起了无限的不如意和忧虑"，因为，"在儿童心里本没有战争是怎么一回事，当然没有深切的同情"，这类作品是"不宜选"给孩子们看的。但当时的儿童文学又是奇缺，"欲选没有缺憾而也可以使他们欣赏的文艺品，竟不可得"，充眼所见的"只是些古典主义的，传道统的，或是山林隐逸、叹老嗟贫的文艺品"，他只好"无可奈何，强抑"着"不满的心思"，"选了以上所举几篇"给儿童阅读。教师与作家的双重责任感和对孩子深深的慈爱，促使叶圣陶拿起笔来创作儿童文学。他认定儿童文学要"对准儿童内发的感情而为响应，使益丰富而纯美"。叶圣陶的以上见解发表于 1921 年 3 月的《晨报》副刊[①]。这些话正是我们了解叶圣陶早期童话创作思想的一把钥匙，也为他的童话思想内容定下了基调：他要用自己的笔勾画"一个美丽的童话的人生，一个儿童的天真的国土"[②]。使纯洁的童心不受到战争、苦难、血泪这不幸的人生悲剧的损伤。就在这一年的 11 月和 12 月，他一口气写了《小白船》、《傻子》、《燕子》、《一粒种子》等 9 篇童话。叶圣陶的这些早期童话，充满着对"爱"与"善"的热烈向往，努力把人生描写成适合孩子们纯洁心灵生存的世界。他的第一篇

[①] 叶圣陶：《文艺谈·七》，见《叶圣陶论创作》。
[②] 郑振铎：《〈稻草人〉序》。

童话《小白船》写两个可爱的孩子乘坐的小白船迷了航，有一位陌生人愿送他们回去，但先得回答三个问题。这三问三答既富童趣又深寓哲理：

"鸟为什么要歌唱？"因为"要唱给爱他们的人听"。

"花为什么芳香？"因为"芳香就是善，花是善的符号"。

"为什么小白船是你们所乘的？""因为我们的纯洁，惟有小白船合配装载。"

爱与善正是作家希望于人生的，世上只有可爱的孩子们最纯洁。他告诉人们：只要大家本着爱、善之心，世界就会安宁，纯洁的孩子就可乘着小白船快乐远航了。为什么世上会有不善不爱的不合理现象呢？《眼泪》作了解答：因为人们丢失了同情心。于是作品中的那人在得到了儿童同情的眼泪后，"他还要遍游各地，将他最宝贵的礼物给一切人"，希望人人都有同情之心。工厂里的"大喉咙"（《大喉咙》），正是被感化而产生同情心的形象。原先，每天早上大喉咙一叫，母亲不得不扔下吃奶的娃娃，少年不得不离开"梦仙"，老头不得不告别瞎眼老太，一齐匆忙地跑向工厂去做工，人间的这种痛苦显然是刺伤小读者的心灵的。于是作家设计了一个工人家属与大喉咙谈判的情节。大喉咙终于产生了同情心，不再吼叫了，生活于是复归安宁。我们在叶圣陶笔下看到了一系列充满人道主义的童话形象：有不顾自己得失处处为别人着想的傻子（《傻子》），有跋山涉水为人们传递书信而自己不幸残废的绿衣人（《跛乞丐》），有以自己的歌声来抚慰受苦人寂寞心灵的画眉鸟（《画眉鸟》）。他希望出现一个没有"伤害"而"遇到的都是好意"的世界（《燕子》），他要用爱与善来陶冶孩子，使"受之者必能富有高尚纯美的感情"。[①] 作家的这种追求和理想，无疑是进步的，无可非议的。但是，这毕竟只是童话世界，现实的人生又是如何呢？作为一个"为人生而艺术"的现实主义作家，他怎能无视现实？叶圣陶的笔触在矛盾之中痛苦徘徊：这时期的小说是用沉重的笔调抚摸着不幸的人生，而童话却是用理想主义的弹唱编织着梦幻般的光环。他的心

[①] 叶圣陶：《文艺谈·七》，见《叶圣陶论创作》。

第十六章　现代童话的双子星座：叶圣陶、张天翼合论

失去了平衡："在成人的灰色云雾里，想重现儿童的天真写儿童的超越一切的心理，几乎是个不可能的企图"①。经过痛苦的思考，叶圣陶终于转换了笔调，他决定要咒诅了："我们起先赞美世界，说他满载着真的快乐，现在懂了，他实在包含着悲哀和痛苦，我们应当咒诅呵！""咒诅那些强盗……，更咒诅……有那些强盗的世界"（《鲤鱼的遇险》）。这是一个重大的创作思想转机。从此，叶圣陶的笔触伸向了广阔的现实世界，把真实的血泪人生展露在孩子们眼前：从遥远的星球来到地球的旅行家，触目所及的是贫富悬殊的不合理现象（《旅行家》）；蚕农日夜辛劳，织女终年纺纱，生活却饥寒交迫（《快乐的人》）；一个瞎子和一个聋子互相调换生理缺陷，他们终于第一次看到和听到了世界，但这世界上的不幸与杀戮反使他们感到痛苦和失望（《瞎子和聋子》）；一个孩子得到了一面可以窥见未来的神镜，而他见到的人都是皮包着骨，脸上没有血色（《克宜的经历》）。在一系列"咒诅"现实的童话中，最深刻最有影响的是代表作《稻草人》。这篇童话通过一个富有同情心而又无能为力的稻草人的所见所闻所思，真实地描写了20年代中国农村风雨飘摇的人间百态：可怜的老妇人亡夫丧子，辛劳终年，用血汗换来了快要成熟的稻谷，却遭到了遍地虫灾的一场浩劫；困苦的渔妇在寒夜好不容易捕到了一条鱼，而丢在船舱中的病孩却病得更重了；一个走投无路的弱女子不甘心被赌鬼丈夫卖掉，在暗夜中悲愤地投河自尽。作家告诉孩子们："不幸的东西填满了世界，都市里有，山林里有，小屋里有，高楼大厦里有……"（《画眉鸟》）。他希望自己的童话能"引起孩子们对现实生活的兴趣，并关心周围发生的事"。②从梦幻的世界走向现实的人生，把血泪的现实告诉应当知道现实的孩子们——这就是叶圣陶童话创作思想的发展线索。正是这一转变，不仅加深了叶圣陶童话的思想意义和文化内涵，而且对促进中国现代童话创作产生了特别深刻的推动作用。

首先，由于从梦幻走向现实，这就使童话的人物形象发生了根本性变化。在叶圣陶童话出现之前，我国流行的童话读物大多是依赖外国童话或古典读物

---

① 郑振铎：《〈稻草人〉序言》。
② 叶圣陶：《〈稻草人〉序言》，见英文版《稻草人》。

改编，因此，往往是原封不动地套用国王、王后、王子、公主、神仙、妖魔、巨人、美人鱼等传统童话形象，袭用天鹅型、灰姑娘型、大拇指型、睡美人型、三兄弟型、三姊妹型等固定模式，公式化、类型化的倾向比较严重。叶圣陶童话独树一帜，别开生面，它使小读者看到了当时中国社会各阶层的各类人物：工人、农民、知识分子、商人、军人、富翁、蚕农、渔民、厨子、警察、邮递员、青年学生、人力车夫、卖唱艺人、纺织女工、小木匠、童工、乞丐等等。看到了由这些人物和人物之间的关系所构成的错综复杂的社会生活与阶级矛盾。正是从叶圣陶开始，中国的童话创作才跳出了"不写王子，便写公主"的西方模式，把笔触直接对准了丰富多彩的现实人生。

其次，由于从梦幻走向现实，从而扩大了童话题材范围，使人间百态进入了作家的创作视野。《稻草人》反映了20年代中国破产农民的不幸与苦难，《大喉咙》、《快乐的人》揭露了资本主义造成了工人生存困境，《画眉鸟》展示了城市下层人民的血泪生活，《火车头的经历》再现了"九·一八"事变后中国学生的示威请愿运动，《皇帝的新衣》则是中国人民反抗专制独裁统治的战斗呐喊。这些作品及时地将人们关心的生活现象和其中的矛盾斗争加以艺术概括，用童话形式作了出色的表现，"把成人的悲哀显示给儿童"，[1]从而大大加深了童话作品的思想意义和对少年儿童的认识作用、教化作用；同时也对当时以至以后的整个现代儿童文学的创作思想起到了惊醒、感奋的作用。

叶圣陶童话之所以最终走向了现实主义道路，这一方面是由于"为人生而艺术"的文艺思想促使他去正视现实，帮助他敏锐地发现和分析复杂的社会现象；另一方面也是人道主义思想使他以关切的目光注视着劳苦大众的不幸与苦难，倾注自己的深切同情。他说过，他写的"稻草人"正是一个富有同情心，却又没有力量、没有办法可以改变环境、帮助别人的人，是旧中国有良心的知识分子的典型，他是不自觉地写出了旧时代知识分子的苦恼。[2]随着叶圣陶思想的不断飞跃，他后期的童话与整个创作一样，批判力量和人文内涵大大增强，

---

[1] 郑振铎：《〈稻草人〉序言》。
[2] 见1982年6月15日上海《文汇报》通讯《叶圣陶谈科学童话创作》。

第十六章　现代童话的双子星座：叶圣陶、张天翼合论

现实主义精神也随之不断加深并日趋稳定了。

第二，着眼儿童，张扬幻想，注重儿童情趣，不断探索和完善童话创作的艺术形式，这是叶圣陶对发展现代童话创作又一方面的重要贡献。

叶圣陶还没写童话以前就这样说过："创作儿童文艺的文艺家，当然着眼于儿童，要给他们精美的营养。"① 为着实现这一既定目标，他从创作第一篇童话开始，就一直在孜孜不倦地探索着尽可能完美的艺术形式，努力供给年幼一代"精美"的作品。他的 43 篇童话，以其独特鲜明的艺术特色，为现代童话创作提供了新鲜经验。

诗意的幻想，诗化的意境，是叶圣陶童话重要的艺术特色之一。小学教师出身的叶圣陶深谙儿童心理，熟知"儿童于幼小时候就陶醉于想象的世界，一事一物都认为有内在的生命"，"文艺家于此处若能深深体会写入篇章，这是何等地美妙"。② 为了迎合儿童的想象世界，叶圣陶童话十分注重幻想色彩，而又特融于诗化的意境，给人们以悠悠不尽的美的遐想。美的大自然、梦的月宫与神秘的蚂蚁国，这三者是叶圣陶写得最出色的诗化的幻想境界。

《小白船》的境界是美的大自然。请看："一条小溪是各种可爱东西的家。小红花站在那里只是微笑，有时做很好看的舞蹈。绿草上滴了露珠，好像仙人的衣服，耀人眼睛。"红花绿草，蓝天白云，微风和煦，春光荡漾，就在这如诗如梦的意境里，两个可爱的少年驾着白色的小船从天边驶来了……这是何等美妙的童话世界！美的大自然拥抱着纯洁的儿童，一切是那么和谐而悦目。再请看梦的月宫境界：月宫里有一群可爱的小天使，她们穿着极薄极轻的白衣裳，上面缀着星星般闪亮的饰物，她们的脸美而甜，手白而柔，有鲜花，有糖果，她们快乐地跳舞、唱歌、变戏法，到树林里去采集野果子（《阿秋的中秋夜》）。生活在月宫里的人们，个个起劲干活。原来，他们是为着喜欢而干活的，他们的心是那么甜，所以收获的果实也是甜的，就连辣椒也变成甜的了（《甜》）。这是一片多么令人神往的乐土呵！而神秘的蚂蚁国又是另一种意境：这里个个

---

① 叶圣陶：《文艺谈·八》，见《叶圣陶论创作》。
② 叶圣陶：《文艺谈·八》，见《叶圣陶论创作》。

都在紧张工作，人人为大家，大家为人人，蚂蚁们唱着心中欢乐的歌："我们赞美工作，／工作就是生命。／它给我们丰富的报酬，／它使我们热烈地高兴。／……"这是叶圣陶式的童话世界：想象丰富，诗意盎然，它似乎远离人间，却实在是真实的人生理想；似乎虚无飘渺，但根植于现实的土壤。它用儿童的眼光，儿童的幻想，寄托了作家对美好未来的憧憬和对和平生活的向往。

童话幻想的重要途径是把一切非人的东西加以拟人化。在叶圣陶笔下，无论是天上的飞鸟，水里的游鱼，地上的走兽，桑田陌上的花儿、草儿、树儿，还是无生命的稻草人、石像、书籍以至汽笛、火车头和"梦仙"等等，全都被赋予了人的性格、人的行动。作家把他们统一在一个和谐的童话世界里，纯熟地、巧妙地导演着他们，演出了一幕幕有声有色、神奇多姿的话剧。这种拟人手法，完全是为了迎合儿童的欣赏情趣，也是为了更好地表现作品的思想内涵。例如《跛乞丐》，描写绿衣人不远万里，远涉重洋为小燕子和小孩子传递书信；为了解救一群将被猎人包围的动物，他翻山越岭，及时把小兔子交给他的急信送到了森林中。作品通过拟人手法，把绿衣人舍己为人的崇高精神与小燕子、小兔子等动物世界的活动巧妙地联系起来，意趣盎然，引人入胜，十分符合孩子们的想象世界，使他们感到真实而可信，有趣而有味，在不知不觉中受到作品思想的陶冶。

叶圣陶的童话无论是描写神奇的幻想世界，还是表现上的强烈夸张，都注重符合童话的事理逻辑性，即符合童话推理上的逻辑，符合客观世界事物的属性。《稻草人》是这方面的典型。当稻草人看到害虫正在吞食稻叶，他心如刀割，要想告诉"可怜的主人"，于是"摇动扇子更勤，扇子拍着他的身躯，作啪啪的声响。他不能喊叫，这是他唯一的警告主人的法子了"。当他看到有人投河时，他连忙"将扇子重重拍着，希望唤醒那疲困的渔妇"去抢救。但无论怎样也叫不醒，而他自己又"像树木一样，栽定在那里，半步也不得移动"。请看叶圣陶设计得多么合情合理，丝丝入扣！他是严格按照用稻草扎成的、栽定在田里的"稻草人"这种独特事物的特性来展开故事情节的。如果把稻草人写成既能大喊大叫报告农妇虫灾消息，又能大步跑去拯救跳河的人，那就违反

第十六章　现代童话的双子星座：叶圣陶、张天翼合论

了"稻草人"的物的属性，就会漏洞百出，即使最轻信的小读者也会说这故事是"假造"出来的了。事物的逻辑性是童话的重要艺术要素。正由于叶圣陶童话深谙逻辑性的奥秘，因此才能经得起故事的逻辑推理，使小读者感到真实可信，富于艺术感染力。

叶圣陶童话在语言方面具有明显的民族化与儿童化的特色，它是民族的活的语言，既无欧化句式，又无文言词语；同时具有童话作品必需的明白、晓畅、生动、活泼的儿童化特点。如《鲤鱼的遇险》开头的描写："温柔而清净的河是鲤鱼们的家乡。日里头太阳像金子一般，照在河面上：又细又软的波纹仿佛印度的细纱。到晚上，银色的月光、宝石似的星光盖着河面的一切：一切稳稳地睡去了，连梦也十分甜蜜。大的小的鲤鱼们自然也被盖在细纱和月光、星光底下，生活十分安逸，梦儿十分甜蜜。"这简直是一首散文诗！充满着儿童温馨的梦，散发着孩子天真愉快的口语芳香，使人不禁想起安徒生童话《海的女儿》描写的海底世界的意境。叶圣陶对童话的艺术要素——丰富的幻想性、表现的夸张性、事理的逻辑性以及童话语言特色等，进行了认真有效的探索实践，现代童话艺术，经过他的创造性劳动，已经体现出良好的艺术感觉与审美内蕴的多重把握。

第三，鲜明浓郁的中国风格与中国气派，这是叶圣陶童话又一方面的重要特色，也是他对发展现代童话创作的又一贡献。这里简略地谈谈笔者对此问题的看法。

叶圣陶开始从事童话创作时，自然借鉴过西洋童话，他自己也说过，他是由于受到安徒生、王尔德、格林兄弟童话的影响才"有了自己来试一试的想头"。[1] 他的早期童话风格明显地受到了安徒生童话风格的影响；有的还在创作思想上得到过启示，如1930年写的《皇帝的新衣》。但是，叶圣陶决不是拜倒在西洋童话面前，他说："对于外国文学，模仿或袭取是自堕魔道。但感受而消化之，却是极关重要。"[2] 他对外来东西是消化吸收，为我所用。他的

---
[1] 见《我和儿童文学》第5页，上海少年儿童出版社1980年8月版。
[2] 叶圣陶：《文艺谈·二十七》，见《叶圣陶论创作》。

童话显然不是"西化"的产物，而是牢牢地根植于中国的现实土壤，有着自己浓郁鲜明的中国作风与中国气派，完全是"中国化"的童话。

首先，叶圣陶童话的题材来源于中国的现实生活，主题是从民族土壤中发掘出来的，与过去那种袭用外国题材的童话完全不同。无论是《大喉咙》、《画眉鸟》反映的城市工人阶级与下层市民的血泪生活，还是《稻草人》描写的破产农民的悲惨遭遇；无论是《火车头的经历》记载下来的爱国学生的示威请愿运动，还是《蚕和蚂蚁》、《一粒种子》中表现出来的"劳工神圣"思想，无一不是当时中国社会生活在童话中的折光反映。即使是直接受到安徒生童话的启示而写成的《皇帝的新衣》，我们感受到的也完全是中国人民争民主、争自由、反抗专制独裁统治的时代呐喊。透过《小白船》、《甜》、《芳儿的梦》、《阿秋的中秋夜》等浪漫主义色彩相当浓厚的童话帷幕，完全可以体验到我们民族素来有之的对美好未来所作的向往和对于光明的呼唤。这些作品已经成了"时代的生活和情绪的历史"（高尔基），在过去，它是引导少年儿童认识现实人生，追求美好理想的形象文本；在今天，则是帮助孩子们了解旧中国历史特点和社会状况的生动读物，同样具有社会认识意义。叶圣陶童话正是通过广泛丰富的民族生活及其所揭示的主题，清楚地显现了鲜明的民族特色。

其次，叶圣陶童话所描写的人物的生活环境与乡土风光、民间风俗、时令节序、道德观念、民族建筑、服饰饮食等风景画、风俗画，完全是"中国式"的，完全是我们民族特有的文化传统和心理素质的具体表现，充满着浓郁的社会生活内容和民族生活气息。例如，《快乐的人》、《蚕和蚂蚁》描写的"矮敦敦绿油油的桑树"，"撒，撒，撒。像秋天细雨"般的蚕食桑叶的声音；《稻草人》中的田野风光和渔妇捕鱼用的"罾"；《克宜的经历》中克宜所见到的学校、医院、戏院的场景；《画眉鸟》中出现的"弯弯曲曲的胡同"和"悠悠荡荡"的三弦声；《阿秋的中秋夜》、《甜》中的月宫描写及《慈儿》中老乞丐对慈儿"小官人"的称呼等等，这一切无不体现了鲜明的民族色彩，散发着浓郁的吴越文化气息。叶圣陶童话还继承了中国民间文学的一些传统表现手法，其中以"三段式"描写用得较多。如稻草人看到的老妇人、渔家女、弱女子的

第十六章　现代童话的双子星座：叶圣陶、张天翼合论

三种不同遭遇（《稻草人》），绿衣人帮助小姑娘、小燕子、小兔子三次送信的情节（《跛乞丐》），蚂蚁反复歌唱的赞美工作的歌（《蚕和蚂蚁》）等。此外，《瞎子和聋子》中互相调换生理缺陷（瞎变聋，聋变瞎）的设计，《祥哥的胡琴》中泉水、风、鸟儿教祥哥新的乐调的描写，也都具有中国的民族风味。由于叶圣陶在童话创作中努力追求民族特色与民族风格，他的作品才能为中国的孩子们喜闻乐见，广为传诵。

《大英百科全书》"儿童文学"条目认为：看一个国家民族的儿童文学是否发达的一条重要标准，就是看其对外国儿童文学的依赖程度如何。如果只是一味消极地依赖模仿外来东西，而没有自己的独立创作，没有反映自己民族的与时代的特色的作品，那样的儿童文学显然是落后的，不景气的；反之，则是进步的，发展的。通过以上对叶圣陶童话思想内容、艺术形式与民族风格等三个方面的初步考察，我们不难看出，中国的艺术童话经过茅盾的开创、郑振铎的培植，到了叶圣陶手上，已经完全跳出外国童话的窠臼，创造出了具有中国作风与中国气派的新童话。现实主义的思想精神、浪漫色彩的艺术手法、鲜明浓郁的民族特色，这三者的有机结合，使叶圣陶童话达到了全新的境地，开创了中国童话创作的新局面。鲁迅先生高度赞誉叶圣陶的《稻草人》是"给中国的童话开了一条自己创作的路"。笔者认为，鲁迅先生的这一赞语包容了这样三重含义：

第一，叶圣陶的童话是真正意义上的作家创作的艺术童话。

第二，叶圣陶的童话为中国现代童话创作奠定了基础，提供了新鲜经验。

第三，也是最重要的——叶圣陶童话开辟了中国童话创作的现实主义道路。

可以毫不含糊地说，正是从叶圣陶的童话集《稻草人》开始，中国才有了标准的作家创作的艺术童话。叶圣陶的这个功绩将永远载入中国文学史册，全中国的少年儿童和他们的家长将永远感谢他！

二、张天翼早期的长篇童话

中国现代儿童文学的发展走过了一条"光荣的荆棘路"。当我们回顾先驱

者筚路蓝缕、锲而不舍的文学历程时，就会发现一座闪光的丰碑——这就是张天翼（1906—1985）早期的长篇童话。

张天翼是30年代初崭露头角时。他不仅以其精彩而多产的小说创作，丰富了中国现代文学的宝库，而且继承和发展了由叶圣陶开创的现实主义童话创作的道路，以其别具特色的长篇童话，为中国现代儿童文学增添了新的光彩。1932年，26岁的张天翼写成第一部长篇童话《大林和小林》，在《北斗》第二卷连载。1933年，第二部长篇童话《秃秃大王》在《现代儿童》发表，后因当局查禁，没有登载完。1936年，他为《秃秃大王》作序。1938年，《帝国主义的故事》在武汉《少年先锋》连载，但也没登完。这部童话实际上是《金鸭帝国》的前身。1942年，长达21万字的《金鸭帝国》在桂林的《文艺杂志》一卷一期至二卷六期连载，遗憾的是因病未能完篇[①]。《帝国主义的故事》与《金鸭帝国》实际上是同一内容的童话，因此从严格意义上说，张天翼早期写成的长篇童话应为三部。这些作品受到了半个世纪以来孩子们的广泛欢迎，曾多次出版。1981年湖南人民出版社又将《大林和小林》、《秃秃大王》与1949年后写的《宝葫芦的秘密》结集为《张天翼童话选》出版，并重印了《金鸭帝国》（湖南少年儿童出版社）。

1. 真的人，真的世界

张天翼早期的长篇童话，有一个显著的特色：真。作家立足现实，面对人生，用童话的形式来讽喻、针砭现实社会，广阔地、巧妙地反映了时代和生活的真实。张天翼曾明确地告诉孩子们："只要不是一个洋娃娃，是一个真的人，在真的世界上过活，就要知道一些真的道理。"[②] 真，就是张天翼童话的艺术生命。

30年代初的中国儿童文学，弥漫着倒退的气氛。当时的儿童读物，或从故纸堆中寻找题材，或是摹拟外国的儿童文学，充满着神奇怪诞的迷雾。那些灰色的、有毒的读物，则如洪水似的吞噬着天真的小读者。正是在这样的背景下，张天翼的长篇童话独树一帜，脱颖而出，给灰色的文坛带来了耀眼的闪光。

---

① 据1981年《新文学史料》第2期，沈承宽等《张天翼文学活动年表》。
② 张天翼：《〈奇怪的地方〉序》。

第十六章　现代童话的双子星座：叶圣陶、张天翼合论

其时张天翼风华正茂，他以青年人的锐气，一反当时童话创作"神仙"、"精怪"垄断的局面，响亮地提出要把童话由"从前"拉回到"现实"中来。他告诉孩子们：那些灰色的、有毒的儿童读物，是"欺侮人的人做的"，是想拍欺侮人的人的马屁的人做的[①]，"全是瞎想出来骗人的"[②]。他的童话要向孩子们讲"真的人"、"真的世界"，帮助他们知道一些"真的道理"。这种清醒的现实主义精神使他以敏锐的目光，洞悉着严峻的人生，使他怀着真挚的感情，关注着被压迫、被损害的劳动人民的命运与抗争。也正是这种清醒的现实主义精神使他的童话容纳着丰富的社会生活主题，反映了广阔而复杂的社会生活图画，从而形成了他童话创作的显著特色——真。这种"真"体现在以下几个方面。

首先，作家描写了"真的人"。在张天翼笔下，我们几乎看不到神仙、精怪这类在别的童话中经常充当主角的形象，而全是一些活生生的"真的人"。只不过，他们有的戴着一副动物的面具，有的有一个怪里怪气的名字，更多的则是灵与肉都是普普通通的"凡人"。在《秃秃大王》中，我们看到吃人血的最高统治者秃秃大王，百般巴结上司、出谋划策的百巴扑唧、"——"、二七十四、招摇撞骗的骗子大狮、团结农民起来反抗的小明、冬哥儿等。在《大林和小林》中，有英勇不屈的工人小林、乔乔，有追求享乐终于堕落的大林，有穷奢极欲、穷凶极恶的富翁叭哈、老板四四格，有愚蠢无知、莫名其妙的国王、王子、公主，还有剥削者的爪牙皮皮、包包、怪物等。《金鸭帝国》的篇幅最长，描写的人物也最丰富，里面有靠谋财害命起家、用阴谋诡计暴发的垄断资本家大粪王，阴险毒辣、出谋划策的格隆冬，专靠吹牛皮做广告的保不穿泡，企图复辟、愚蠢顽固的格儿男爵、枯井男爵，还有卖身投靠、老谋深算的瓶博士、黑龟教授，以及丑态百出的老郡主、剥虾太太、玫瑰小姐等等。张天翼的童话描写了作家所处时代的各个阶级形形色色的真实典型，他们既有鲜明独特的个性，又有所属阶级的共性特征，通过这些人物和人物之间的关系，构

---
① 张天翼：《〈奇怪的地方〉序》。
② 张天翼：《〈秃秃大王〉序》。

成了错综复杂的社会阶级矛盾。张天翼正是导演着这些"真的人",演出一幕幕真的活剧,从而巧妙地反映出一个"真的世界"。

"真的世界"是张天翼童话所要着力表现的重要方面。揭开童话王国那一层神奇的雾纱,出现在孩子眼前的,就是一个具体复杂而又触目惊心的现实世界。在《大林和小林》、《秃秃大王》中,一方面使孩子们看到了旧中国劳动人民及其子女的生存困境:咕噜公司的童工辛苦干活,最后被老板变成"鸡蛋"吃掉;海滨的农民快要饿死了,可是拉救济粮的列车却被卡住去拉富翁旅行。向秃秃大王借一个铜子,就要还一百块钱的利息;农家少女干干被秃秃大王强行抢走……另一方面,也使孩子们看到了剥削阶级的穷奢极欲与肮脏灵魂:叭哈的臭虫生病,有18个护士护理,死后还举行隆重的追悼会;唧唧有200人为他服务;秃秃大王关着2700多个妻子……诚然,作家在这里用了夸张的笔调,但正是通过夸张,才使小读者形象地感受到了社会恶势力的存在形态及其恶的本质。《金鸭帝国》写于抗日战争的烽火中,作家以无比的激愤,通过金鸭帝国的诞生、发展,垄断资本家大粪王的暴发史以及上流社会形形色色的黑幕,把资本主义世界的罪恶,形象而又逼真地展现在小读者面前,有力地抨击了日本帝国主义。张天翼笔下的童话世界,总有一股反抗的激流在激荡:小林联合工人打死老板四四格,后来又举行罢工斗争;小明、冬哥儿与农民打进"秃秃宫",消灭了穷凶极恶的秃秃大王。张天翼童话包涵着丰富的社会学含量,既写了阶级压迫,又写了阶级斗争;既写了上层统治阶级的罪恶与黑幕,又写了下层劳动人民的不幸与反抗;既写了城市的工人阶级,又写了农村的劳苦农民。他把小读者带到现实的生活中,去认识、理解"真的道理"。

"真的道理",正是张天翼童话所要努力揭示的思想内涵。

首先,它要告诉小读者的是:旧中国的黑暗、落后,社会恶势力的穷凶极恶而又不会自动灭亡,工农大众只有团结起来进行不屈不挠的反抗斗争,才能捣毁"秃秃宫",最后拯救自己。它让孩子们看到了那个"真的世界"的黑暗面,也看到那个"真的世界"的光明面,体验到中国人民对于光明未来的强烈呼唤和坚强不屈的斗争精神。

第十六章　现代童话的双子星座：叶圣陶、张天翼合论

其次，张天翼童话深刻揭示了私有制度和"拜金主义"的罪恶。大狮为了金钱，竟然卖掉老母（《秃秃大王》）；唧唧为了金钱，甘心饿死在遍地财宝的富翁岛（《大林和小林》）；大粪王为了金钱，杀死兄弟、耍尽骗术（《金鸭帝国》）。这桩桩件件的勾当，实在令人发指。

再次，张天翼童话还表现了作家心目中的新的儿童形象。小林、乔乔、小明、冬哥儿等，他们热爱劳动和劳动人民，惩恶扬善，机智勇敢，具有强烈的正义感，并富于斗争精神。他希望这些形象能使小读者受到感染与教育。

真的人、真的世界、真的道理，这三者的有机统一，使张天翼早期的长篇童话成了"时代的生活和情绪的历史"（高尔基），有着鲜明的政治倾向性和深刻的现实针对性。作为30年代左翼作家的张天翼，通过富于个性的童话表达方式，体现出作家对强权统治的批判与对强权统治下人的命运的关注，并表达了对中国社会进展的独特感悟和把握，从而使他的作品成为30年代中国社会的一面折光的"镜子"。

2. 奇人奇事奇思

"奇"是张天翼早期长篇童话的第二个显著特色，下面简要谈谈"奇"的三种主要艺术手法。

第一，漫画式的人物形象。

张天翼笔下的童话人物有一个显著的特点：反面角色总是丑化、怪化的，而正面形象总是灵肉正常的人。早年曾专攻过绘画的张天翼有着漫画家的本领。如同他的小说创作一样，他的长篇童话描写得最成功的也是反面人物，他善于运用漫画式的笔调，勾勒出奇特的人物形象，给小读者以深刻的印象。

首先，这些人物的外貌奇丑。如秃秃大王身高仅三尺，红眼睛，满脸绿毛，秃头放光可当灯。更怪的是他的牙齿能随着喜怒自由伸缩：生气时，牙齿长得像旗杆，身体就像旗子似的挂在空中；高兴时牙齿缩短，直至看不见。这是一个面目多么狰狞、猥琐的坏蛋！另外如肚子大得吓人的富翁叭哈，小眼大嘴硬皮钢发的鳄鱼小姐，吊眼跛足矮得出奇的蔷薇小姐，个子高过屋顶易偷东西的红鼻头王子，长头短脚活像鸭子的金鸭帝国权贵，等等。儿童认识事物总是依

赖于形象的。这些脸谱化的漫画形象，不仅能使孩子们感到新奇，从而加深印象，并能从感情上产生厌恶的情绪，对他们加以鄙视。

其次，这些人物的名字奇怪，如秃秃大王、大粪王、四四格、叭哈、格隆冬、保不穿泡、百巴扑唧、二七十四等。秃秃大王一个谋士的名字竟叫做"——"，"原来他的名字是没有字的，也发不出声音。你只要把嘴闭那么一会，就是喊了他的名字了"。《大林和小林》中有一个亲王的名字更为古怪，叫做"从前有个国王他有三个儿子后来国王老了就叫三个儿子到外面去冒险后来三个儿子都冒过了险回来了后来国王快活极了后来这故事就完了亲王"。这种奇特的名字增加了童话色调的浓度，能使孩子们在笑声中得到幽默的愉快，并认清他们可憎的面目。

再次，这些人物的癖好奇特。有的是兴趣怪癖，如秃秃大王最喜欢苍蝇，叭哈最爱养臭虫，国王动不动就哭，鳄鱼小姐一停下来就往硬皮脸上拍粉，金鸭帝国的上流社会热衷于撞屁股的"鸭斗"。有的是语癖，如四四格一句话要重复说两次，原因是"鼻孔太大了，说起话来鼻孔里就有回声"；蔷薇公主说话含糊不清，像个"奶娃儿"；秃秃大王牙齿缩短后，老是说"呼呼"。这种怪癖成了区别人物的一个特别标记，也是对反面人物丑态的一种嘲讽。

张天翼通过漫画的笔调，描绘出一帮面目可憎的群丑形象，一幅无比有趣的社会讽刺画。这种脸谱化、特征化、漫画化的童话人物形象，既滑稽可笑，使人忍俊不禁，满足了儿童读者有趣与好奇的欣赏要求，又能使他们在笑声中产生对反面人物厌恶的感觉，从而收到了无情鞭挞的艺术效果。

第二，强烈的夸张。

张天翼的童话或者通过漫画手法来刻画人物形象，或者通过强烈的夸张，来突出人物的性格本质，借以增强作品的讽刺力量和艺术感染力。夸张像一面放大镜，它能使小读者对反面人物的假恶丑本质看得更加清楚。例如咕噜公司的老板四四格，只要喊一声"一二三，变鸡蛋"，那些终日为他卖命的童工就立刻变成鸡蛋，被他当做小菜吃下去。剥削阶级"吃人"的本质，原是抽象的概念，张天翼却巧妙地通过"变鸡蛋"的动作夸张，把它化成了形象，容易使

第十六章　现代童话的双子星座：叶圣陶、张天翼合论

小读者理解和接受。《大林和小林》中对唧唧（大林）形象的夸张是极为成功的。唧唧当上富翁后，他住在用冰糖做地板、胡桃糖做桌椅、奶酪做垫子的书房里，有200个听差为他做事，什么都用不着自己动手。他要吃饭，听差们就扶着他的上颚与下巴，上下合动，帮他嚼碎食物，然后再用棍子戳下食道去。他胖得笑不动，听差就拉开他的脸皮，左右牵动。他参加皇家小学运动会，5米赛跑居然花了5个半钟头，比乌龟与蜗牛还慢，名列第三。他长得实在恶心，以至于鲸鱼把他吞进肚里后，马上反胃，赶紧吐了出来。这里既有环境夸张、动作夸张，又有遭遇夸张、形象夸张。作家以犀利的笔触，尖刻地揭露了剥削阶级不劳而获、穷奢极侈的寄生生活与愚蠢无能、臭不可闻的丑恶嘴脸，收到入木三分的刻画与无情鞭挞的讽刺效果。由此可见，张天翼善于把孩子的感觉加以形象化的夸张，巧妙地抓住人物富有特征性的动作、语言、音容笑貌，从而增强了童话"奇"的色调与趣味感。

第三，奇巧的构思。

张天翼十分熟悉儿童心理，他懂得给孩子讲故事必须出"奇"制胜。他的童话大都有着奇特丰富的想象，构思奇巧，落笔入妙，情节曲折，引人入胜。《大林和小林》就是这样的作品。

这篇童话一开头就抓住了小读者：大林和小林出去逃荒，半路突然遇到叭哈派来的妖怪，要吃掉他们，他们又急又怕，分做两路逃散了。由于分做两路，这就自然引出了两种遭遇、两条不同的故事发展线索。先写小林，他被坏蛋捉住，当做商品出卖，被迫去做童工，后来联合工人打死老板，逃出魔爪。最后他成为火车司机，为了灾民的利益，团结工人进行罢工斗争。这是一个劳动者的经历，充满着不幸与苦难，但却激荡着呐喊与抗争。再写大林，由于偶然的机会，他成了富翁的儿子，从此过着荒唐的寄生生活，变得既懒且贪又蠢。他与蔷薇公主去海滨旅行结婚，列车掉进海里，最后他漂流到遍地金银的富翁岛，甘心情愿地躺在金元堆上饿死了。这是一个剥削者的奇遇，充满着奇迹与荒诞，但最终逃脱不了幻灭的命运。这部童话用两条线索，描写出两种尖锐对立的阶级不同的道路与命运，勾勒出一个黑暗、动荡的社会，深刻暴露了剥削阶级的罪

恶，热情讴歌了工人阶级的斗争，反映出作家所处时代的某种"本质的真实"。作品的思想内容，不是靠观念的说教，而是通过一系列奇巧的构思，将人物放在奇特的环境与不断出现的奇遇中，用形象本身自然地表现出来的。这说明张天翼不是为奇而写奇，为寻找噱头而猎奇，而是为了服从作品思想内容与刻画人物的需要，同时也是为了满足儿童读者好奇的心理特点。

童话是一种"奇书"，无奇即无童话。张天翼童话充满着浓郁的奇妙色彩。他善于用漫画式的笔调，刻画出新奇的人物形象，用精当的夸张，揭示出人物的性格本质，并借助奇巧的艺术构思，通过曲折生动的情节来完成人物性格发展的历史。张天翼所具有的丰富的幻想才能与独特的艺术技巧，正好在奇妙的童话世界里找到了用武之地。他所创造的完全崭新的具有独创意义的童话境界，正是他创作个性在童话领域中的体现，流动着流畅的智慧与灵动的艺术潜质。

3. 张天翼的幽默

张天翼早期的长篇童话之所以具有艺术生命，原因当然是多方面的，洋溢在他童话中的毫不蹈袭别人，并使别人也无从蹈袭的独创性的幽默风格，不能不说是其中的重要原因。

高尔基一贯强调"向孩子说话必须惹人发笑"，他认为"用枯燥无味的语言向儿童讲话，就会在他们心中引起烦闷和对于说教的主题本身产生内心的厌恶"，"我们需要发展那种充满儿童幽默感的，愉快和谐的"、"轻松的"、"惹人发笑的"儿童文学作品[①]。张天翼深谙此理。他是一位杰出的幽默家，他的作品无论什么题材，也无论他用怎样的笔调，总不乏幽默的风格。为了照顾孩子们的心理与欣赏要求，他笔下的童话比之小说则来得更为幽默，更显得妙趣横生。首先在童话的语言上，他采用的是纯粹大众的语言，符合儿童情趣的语言，简练、朴实、形象，而又极为幽默，似乎信手拈来，三言两语就能把孩子逗乐。这类例子不胜枚举。如写大林过上富翁日子后，胖得连"指甲上都长着肉"，他一笑"牙床的肉就马上挤了出来"。而小林却冷得"连牙齿上也

[①] 转引自1980年兰州《社会科学》第2期资料《高尔基对儿童文学的论述》。

第十六章　现代童话的双子星座：叶圣陶、张天翼合论

生了冻疮"，"说话的时候一不小心，就得碰着牙齿上的冻疮，——啊哟，可真疼！"这些幽默的语言，对贫富悬殊的现实作了形象的对比，能给孩子留下深刻的印象。张天翼还善于用儿童的口吻编写韵文，如皮皮在晚会上朗诵的诗：松树上结个大南瓜。蔷薇公主满身的花。我吃完了饭就回家，其实我可巴——

最后一句皮皮解释说："那意思就是：'其实我可巴不得留在这儿不走'。因为要叶韵，就只好省略些。"这种引人发笑的韵文只能出现在孩子口中，孩子们也最能理解，由于张天翼语言的幽默感尽情地表达了孩子们的情趣，因此他的童话才能为孩子们接受。

但是，张天翼童话的幽默更多地还是表现在人物的行动上，这是作家有意要"幽默"一下的部分。例如金鸭帝国的资本家、贵族经常举行传统的"鸭斗"比赛，方法是比赛者一面学着鸭子"呷呷呷"的叫声，"一面那么蹲着倒退着走。身子摇摇摆摆，屁股拱呀拱的，……两个人已经靠得不到一尺远了，于是各人把屁股一拱，两个臀部互相一撞。谁要是倒到了地下，就输一分，裁判员就吹哨子"。读到这里，谁都忍不住发出笑声。这种笑是对剥削阶级那种精神空虚、闲得无聊、以庸俗为高尚的丑态的嘲笑。《大林和小林》写小林等被公司巡警捉到"足刑室"受刑，"足刑是什么呢？原来是——搔脚板！他们三个都给绑得紧紧的，一动都不能动。巡警们就用手在他们脚板上很重地搔着。他们都痒得要命，难过极了，又挣不脱。三个人都笑得喘不过气来，笑出了眼泪。他们三个人又想哭，搔脚板搔了一个钟头。"这段描写也同样引人发笑，但这种笑是"哭不得只好笑"的笑，是"含泪的笑"。前者你读时一定要笑，读过后也觉得好笑；而后者你读时想笑，但读过后就一定笑不出。张天翼童话就有着这样两种幽默的风格！

应当指出，这种幽默决不是哗众取宠，制造"噱头"，而是实现作品严肃主题的一种必要手段。张天翼是一个有着自己美学追求的作家，面对着所处时代的严酷的现实，他既没有用伤感的情调和沉重的笔触来抚摸不幸的人生，也没有用美化的梦幻与理想主义的弹唱来编织童话世界的光环，他是采用孩子们能够理解和接受的方式，在笑声中提出严肃的主题，揭露严酷的现实，进行严

正的社会批判。他的幽默是为了更好地揭露，更有力地鞭挞。张天翼对孩子怀着真挚的慈爱之心，他在暴露社会的黑暗时，不愿损伤小读者天真、幼稚的心灵；他既要描写严酷的现实，但又不能使作品充斥恐怖与目不忍睹的惨相。因此，当可爱的小林被公司巡警抓住受刑时，他是有意识地精心设计了一个"搔一小时脚板心"的刑罚。大凡孩子，都喜欢以搔痒来"惩罚"别人，但要整整搔"一小时"脚板心，同时身子又被紧紧地绑着，这当然不好受了。孩子们看（听）到这里，自然会感到这样的刑罚实在太"残酷"了！但这种感受是在"幽默的笑声"中得到的，这种"残酷"的刑罚是孩子们完全能够体验的。这正是张天翼的高妙之处！

张天翼是带着严肃的态度去给孩子们揭露生活的悲剧，而又抑制着心底的泪水，用"含泪的微笑"去告诉他们。"幽默而不失严肃，滑稽而不轻佻，是张天翼创作的特色和长处"[1]，正是这种特色和长处，保证了他的童话"天才地、巧妙地、以容易被接受的形式来表现"[2]严肃的深刻的主题。

当然，张天翼的童话并非完美无缺。有的地方似嫌冗长，也有的描写失之油滑，这在《金鸭帝国》中更为明显。例如，关于肥肥公司与香喷喷公司钩心斗角的吞并过程，帝国工业博览会上大粪的广告和游行等。这部童话作家原拟重写，可惜因病不仅没能改写，也终未完篇，这不能不说是一件遗憾的事[3]。

在中国儿童文学史上，现实主义童话创作的道路并非张天翼所开创，第一部长篇童话也并非出自张天翼之手[4]。但是，张天翼早期的长篇童话却在两种意义上有着不可磨灭的贡献——第一，在现代儿童文学发展史上，他继承并发展了由叶圣陶的《稻草人》所开创的现实主义童话创作的道路，在30年代儿童文学"拼命向后转"（鲁迅语）的情况下，把现实主义童话创作大大地推向了新的阶段。正是张天翼对童话创作进行了种种新的探索，在他的作品影响下，中国现实主义的童话创作得到了进一步的发展；第二，在儿童文学作品的体裁

---

[1] 唐弢主编《中国现代文学史》（二）第236页，人民文学出版社1979年11月版。
[2] 转引自1980年兰州《社会科学》第2期资料《高尔基对儿童文学的论述》。
[3] 转引自1981年《新文学史料》第2期，沈承宽等《张天翼文学活动年表》。
[4] 据上海《文学报》第19期叔迁《我国第一部长篇童话》与第22期盛巽昌《我国早期的长篇童话》介绍，在张天翼发表《大林和小林》之前，已有郑振铎的《河马幼稚园》、沈从文的《阿丽思中国游记》与陈伯吹的《阿丽思小姐》等长篇童话问世。

第十六章　现代童话的双子星座：叶圣陶、张天翼合论

上，他的长篇形式的童话，给中国的童话创作开创了一个奇异的新境界，成为30年代儿童文学的扛鼎之作，同时也是整个中国现代童话创作不可多得的收获。它给长篇童话创作从内容题材到艺术形式方面都提供了新的经验，无论过去和现在，都发生着应有的影响。

三、叶圣陶、张天翼童话之比较

无论从何角度考察，童话这种在艺术上进行天马行空式的人、物组合和时、空无羁排列的文体，无疑浸透着浓郁的浪漫色彩。但是，无论观照何种体式的童话——常人体、拟人体抑或超人体，归根结蒂，它们都是写人的，都没有离开生活在现实土壤上的人。文学是人学，童话同样也是人学，同样能够表现现实主义精神：直面社会，反映人生。现实主义精神在幻想艺术中的显现，不是看作家采用了何种表现手法，也不是看作品模拟现实生活色调的浓度，而是看其在多大程度上揭示了社会生活的内在本质并提出了作家对现实人生的美学评价。在这里，沟通童话的浪漫色彩与现实主义精神的，不是别的，正是真实的生活。正如车尔尼雪夫斯基所指出：就艺术作品是作家的倾向、思想、热情的表现而言，"现实中没有和艺术作品相当的东西，——但只是在形式上；至于内容，至于艺术所提出或解决的问题本身，这些全都可以在现实生活中找到"[1]。

在中国，这个经验，早已由现代文学史上两位童话大师的作品——20年代叶圣陶40篇短篇和30年代张天翼的3部长篇童话[2]所提供和证明了。他们的作品无疑是拥抱幻想艺术的杰作，但却都具有文学上的现实主义精神：折光地反映出作家所处时代的现代人的精神性格和人世相，表现出对生活富于个性的表达方式。当然，由于作家的气质、性格、思维角度的不同，出现在他们笔下的童话形象及沉淀其中的现实主义精神自会有某种区别。正是这种区别，铸

---

[1] 见《西方文论选》下册第414页，上海译文出版社1979年11月版。
[2] 据商金林编《叶圣陶年谱》（《新文学史料》1981年第1至4期）史料统计，叶圣陶有少数童话写于30年代，此取其大部分童话写于20年代而言之。又据沈承宽等编《张天翼文学活动年表》（《新文学史料》1981年第2期）介绍，张天翼的《金鸭帝国》第一、二卷于1942年在《文艺杂志》上发表，但此书的前身《帝国主义的故事》则是在1938年《少年先锋》上连载的，故张天翼早期的3部童话主要写于30年代。

成了这两座童话丰碑各自的艺术个性与历史地位,显现出他们独特的艺术追求和面对孩子世界的永恒微笑。

1. 微与宏

叶圣陶在成为童话家之前,已是一位成熟的小说家,也是一位有着将近10年教龄的小学教员。长期的"教书匠"生涯与对社会下层民众的熟谙了解,使其早期小说形成了一种独具的倾向:注重反映当时教育界的现状以及半封建半殖民地制度下城乡人们的生活和心态,"从微小事件上透出时代的暗影"(王统照语)。或提出值得思考的社会问题,或表现自己对生活的感受;也有的作品(如《春游》、《潜心的爱》)则抒发了作家不满现实而又无可奈何的心情,把主观理想寄托在"爱"和"美"的空想上。这种思想倾向必然要深刻影响作家同时期的童话创作。如同他的小说多以"平凡人的生活故事"为题材一样,他的不少童话所写的也是童话世界中"平凡人"的"微小事件"。例如:一对迷路的少男少女在一个奇怪的陌生人帮助下乘坐小白船回了家(《小白船》);芳儿梦见自己把用星星做成的光环作为生日礼物献给慈母(《芳儿的梦》);乐于为他人挨打、受饿、做好事的"傻子",自我感觉良好(《傻子》);工厂的"大喉咙"为了不吵醒大人小孩的睡梦清晨不再吼叫了(《大喉咙》)。这些作品大都弹唱着梦幻般的童话牧歌,向小读者细语着温情脉脉的人生理想;作家虽已注意到下层人民的不幸命运并极表同情(《画眉鸟》),但他却幻想让受苦人在"爱"和"美"的氛围中得到精神上的慰藉,因而不能不影响作品的现实主义精神。文学研究会同人对叶圣陶的创作思想有着比较深切的理解,茅盾指出:"在最初期,叶绍钧对于人生是抱着一个'理想'的——他不是那么'客观'的……他以为'美'(自然)和'爱'(心和心相印的了解)是人生的最大的意义,而且是'灰色'的人生转化为'光明'的必要条件。'美'和'爱'就是他对于生活的理想。"[①] 郑振铎认为:读叶圣陶的早期童话,"显然可以看出他努力想把自己沉浸在孩提的梦境里,又想把这种美丽的梦境表现

---

① 茅盾:《中国新文学大系·小说一集导言》,见《中国新文学大系》,上海良友图书公司1935年版。

第十六章 现代童话的双子星座：叶圣陶、张天翼合论

在纸面"，他要用自己的笔去描画"一个美丽的童话的人生，一个儿童的天真的国土"①。

但是，叶圣陶毕竟是一个追求着崇高人类理想的作家，他始终立足于极高的精神层次去俯视生活，观照和反思人类的精神存在。他一直都在苦苦地上下求索，燃烧着骚动不宁的心绪。他发起并投身"为人生而艺术"的文学研究会就是他入世、忧世的象征。超脱和介入曾一度构成了叶圣陶心态的两面，也构成了他笔下童话世界的两面，它们往往交织在一起，组合成杂色的画面：既有憧憬"美"与"爱"的诗化意境（《小白船》、《甜》），也有用沉重的笔调抚摸不幸人生的冷峻图画（如《克宜的经历》、《稻草人》），甚至有对"强盗的世界"发出愤懑"咒诅"的骚动场面（《鲤鱼的遇险》）。他善于通过动植物的眼睛，从微观的角度，多侧面、多层次地描摹具体、真切的社会生活；透过童话王国的种种"微小事件"，曲折地展示现代人生的诸种问题，表现出作家对生活的一种忧患意识和对下层民众命运的深切关注。随着时代发展与作家世界观的转变，叶圣陶的童话越到后来，对现实人生的哀切呼号就越"浓厚而且增加重要"②，而"美"与"爱"的主观思想则日渐淡化。到他后期的童话，如《皇帝的新衣》（1929）、《熊夫人幼稚园》（1931）、《火车头的经历》（1936）等，更进而暴露和讽刺现实，以战斗者的姿态，奋力批判这个"强盗的世界"，使作品有了更大的思想容量与现实涵括力。这种复杂的现象融会交并，构成了叶圣陶童话文学的复杂情绪。从梦幻的世界走向现实人生，"把成人的悲哀显示给儿童"③——这就是叶圣陶童话思想的发展轨迹。犹如淙淙小溪聚合汇流而成洪波大浪一样，叶圣陶童话是以无数平凡人的"微小事件"聚合成日益浓重的现实主义精神，对社会现实作出日益有力的"咒诅"与批判，从而"给中国的童话开了一条自己创作的路"④——一条现实主义的童话创作道路。

与叶圣陶的童话创作道路不同，作为 30 年代左翼文坛"新的战士"的张

---

① 郑振铎：《〈稻草人〉序》。
② 郑振铎：《〈稻草人〉序》。
③ 郑振铎：《〈稻草人〉序》。
④ 鲁迅：《〈表〉译者的话》。

天翼，从一开始涉足童话，就大步迈向现实主义，直截了当地把现实送给儿童，实践着自己已经认定的文学要"表现出真实的人生来"的文艺思想。他充分利用长篇童话的优势，以粗线条的形态勾勒出宏大开阔的社会生活画面，力图从较高层次向小读者展示出一个具有现实社会宏观框架与本质矛盾特征的艺术世界。《大林和小林》以兄弟俩的两种经历、两种命运为发展线索，巧妙地刻画了上层社会与下层社会、资产者与无产者、压迫者与被压迫者各自的精神面貌及其他们的矛盾斗争，通过富于典型的生活画面，来显现中国苦难社会的现实主义的广阔背景。《秃秃大王》则用强烈夸张和闹剧型的全息性构思大面积地折射人生，观照人生，作品既写了统治者欺诈弱小百姓的种种罪恶与荒淫的寄生生活，也写了人民群众奋起反抗、大战"秃秃宫"的感人场景，人、物穿插交汇，时、空无羁组合，构建出一幅汪洋恣肆的全景式社会图画。如果说，《大林和小林》、《秃秃大王》采取的是截取生活长河中的横断面来大胸襟地拥抱人世的话，那么，《金鸭帝国》则力图对生活作纵断面的剖示，追求着一种史诗格局，具有时空跨度大、情节丰富、卷帙浩繁的特点。《金鸭帝国》正文开头的"引子"由三篇独特的"书"组成：《山兔之书》写创世纪与氏族社会；《鸭宠儿之书》写奴隶社会；《金蛋之书》写封建社会。而其正文则围绕着"大粪王"的发迹史与金鸭帝国的种种阴谋史，串连起一个个荒诞生动的故事，揭示出资本主义由原始积累向垄断资本进而向帝国主义发展的历史进程。这的确是一部"奇书"。像这种"史诗式"的长篇童话，在中国还是第一部，在世界童话史上也是罕见的。（张天翼十分欣赏这部作品，1940年10月，他在给友人的信中说：近已"写了一个长篇童话《金鸭帝国》，即《帝国主义的故事》之第一部，约30几万字"，"我自己很喜爱这部稿子，觉得可以破童话界的记录"[①]。遗憾的是后因作者病贫交迫，未能完成。）

与这种"全景式"、"史诗式"的"宏观"结构相适应，张天翼往往通过鲜活生动、足以撼动小读者心灵的场景与闹剧来展开情节。如《大林和小林》

[①] 张天翼书信：《致叶以群》，沈承宽等编《张天翼研究资料》，中国社会科学出版社1982年版。

第十六章　现代童话的双子星座：叶圣陶、张天翼合论

中的出门遇险、鸡蛋变人、火车司机罢工、列车掉进大海、富翁饿死金银岛；《秃秃大王》中的逼债抢人、大王审案、大战狼兵、攻打"秃秃宫"。至于《金鸭帝国》则通篇激荡着热闹喧嚣的氛围，流贯着迸奔突发的冲力。这种大开大合、快节奏的手法，在开拓生活的广度与深度方面，显然更有助于加强童话文学的现实主义精神的浓度，扩大作品的内涵辐射面与现实涵括力。

应当指出，张天翼童话的这种艺术追求与作家的生活经历有着密切的关系。张天翼从小就跟随命途多舛的父亲走南闯北，成人后又干过职员、教员、记者、编辑等多种职业，生活阅历的丰富使其有机会广泛地接触各阶层的各类人物，并得以熟谙世风民俗、方言土语。这种经历较之青年时代长期隔于江苏乡镇执教小学的叶圣陶，自然要丰富复杂得多。作为一个作家，这种丰富复杂显然是大有好处的。当他一旦找到一种可以充分发挥自己的想象力并自由消化生活积累的艺术形式时，就会把对社会人生的思考、观照，把积压的时代的苦闷，借助幻想艺术（童话）这个突破口宣泄而出，流布成为斑斓奇异的文学现象。比之小说，童话可以来得更为大胆、自由，上天入地、纵横捭阖。自然，长篇童话这种特定的形式也为作家"全景式"、"史诗式"的写法提供了某种方便；或者说，张天翼正是明智地看到了"长篇"更有助于表现现实生活的丰富多彩，有助于小读者认识、观照这个复杂多变的宏观世界，他才采用这种形式的。为什么张天翼早期的童话创作都是长篇而无短制？这确是引人深思的。

2. 讽与刺

叶圣陶在谈到自己的小说创作时，曾多次说过"讽"这个字："当时仿佛觉得对于不满意不顺眼的现象总得'讽他一下'，讽了这一面，我期望的是那一面，就可以不言而喻。所以我的期望常常包含在没有说出来的部分里。"[①] "讽"是叶圣陶小说创作现实主义精神的重要显现与特色。这里的"讽"有讥讽、嘲讽、讽喻、讽刺。他讥讽小市民庸俗、守旧、冷漠、无聊的灰色生活（《一个朋友》、《外国旗》）；嘲讽某些知识分子卑怯自私、随遇而安的

---

① 叶圣陶：《〈叶圣陶选集〉自序》。

病态心理；讽喻那些空有理想而又顾虑重重、不敢与旧势力抗争的人（《校长》）；也有尖锐地讽刺和抨击旧教育的弊端腐败与不合理社会种种世相的作品。流贯于叶圣陶小说创作中"讽他一下"的思想特色也同样流贯于他的童话作品，在其后期童话中尤为明显。

"讽"来自作家对生活鲜明的爱憎。《古代英雄的石像》讥讽了那些脱离民众、根基不稳、迟早势必垮台的"英雄"；《熊夫人幼稚园》借助虎儿、鸡儿、猴儿、猪儿之口，讽喻了弱肉强食的现实社会对幼小一代心灵的扭曲；《富翁》所嘲讽的是拜金主义的精神病毒：人人发了大财不再劳动的结果，反使食品断绝、饿殍遍野。取材于安徒生同名童话的《皇帝的新衣》则辛辣地讽刺和抨击了独裁专制、压制民主不堪一击的统治者形象。"讽"也来自作家深厚的人道精神。含羞草为什么要"含羞"？《含羞草》这样告诉小读者：原来它是在"代替不合理的世间羞愧"：病人进了医院的门，却得不到应有的治疗；当局要修壮丽的市场，却把穷人撵出草屋。透过这株"羞愧"的含羞草，不正可以感受到人道主义思想的震荡？我们与其说作家在这里抨击世道人心，倒不如说他主要是意在讽喻：讽喻不能解民于倒悬、不能改变现状而只能默默地感到"羞愧"的知识分子。这种带有"自我批判"性质的"讽"，无疑是作家对人类存在的超越性思考所流露的人道主义思想的显现。这种思想在《稻草人》中体现得尤为强烈：亲眼目睹老农妇、渔家妇、弱女子不幸遭遇的"稻草人"，徒有一番同情心，它既不能向老农妇报告虫灾蔓延的消息，也不能跑去拯救跳河的弱女，而只能"像树木一样，栽定在那里，半步也不能移动"，最多只是"摇动扇子更勤"。在这里，作家是用冷峻的笔，讽喻了对改变现状无能为力的知识分子的困惑心理。叶圣陶曾说过：他写的"稻草人"正是一个富有同情心，却又没有力量和办法可以改变环境、帮助别人的人，他是不自觉地写出了旧社会知识分子的苦恼[①]。讽了这一面，作家所希望的正是在"没有说出来的这部分里"；希望有力量变革这不合理的世道，解民于苦难深渊。这种力量我们在《皇帝的

[①] 1982年6月15日上海《文汇报》通讯《叶圣陶谈科学童话创作》。

第十六章　现代童话的双子星座：叶圣陶、张天翼合论

新衣》、《火车头的经历》中看到了，这就是觉醒了的人民大众的力量。"讽"使叶圣陶童话深化了现实主义精神。读他的童话，尤其是后期"成人的灰色云雾"较为浓重的作品，给人的感觉是：凝重多于轻灵，微叹多于奋争，哭泣多于笑语，有时甚至流露出无可奈何的忧患感。但正是在这种氛围中，不知不觉地"把成人的悲哀"显示给了儿童，从而"引起孩子们对现实生活的兴趣，并关心周围发生的事"[①]。

如果说，叶圣陶童话对"世间种种不合理而且丑恶的状态"是偏重于"讽他一下"，那么，张天翼童话则是偏重于"刺他一下"。这种"刺"，既有对假恶丑现象的冲刺、讽刺，也有对黑暗势力的劈刺、拼刺。于涉世未深的小读者观之，他的作品是一种深刻的"刺激"因素——透过幻想世界的帷幕，看到活生生的现实；而对于涂炭民众的统治者，他的作品则如芒刺在背，有着极强的战斗性。《秃秃大王》、《大林与小林》曾数次被禁即是明证[②]。

张天翼在谈到自己从事儿童文学创作的动因时，这样说过："当时不论是给孩子们写童话，还是写小说，都是为了使少年儿童读者认识、了解那个黑暗的旧社会，激发他们的反抗、斗争精神"，同时也"使他们感到做一个不劳而获的剥削者、寄生虫是多么可耻与无聊"[③]。鲜明的政治倾向性与教育性决定了张天翼童话现实主义精神的力度。在他的笔下，正面人物总是灵肉正常的形象；对于反面人物，则用漫画式的笔调，勾勒出他们丑化、怪化的嘴脸，刻画出这帮群丑们的肮脏灵魂与罪恶勾当，并不时投以愤怒的一击，以匕首般锋利的笔触，直刺他们的心脏。他让小林用神异的铁球砸死两个把工人当鸡蛋吞吃的老板四四格；他使堕落为寄生虫的大林（唧唧）先是掉进大海挣扎，继而饿死在遍地金银的富翁岛；他召唤铁路工人起来罢工，组织浩浩荡荡的群众队伍冲进"秃秃宫"……在张天翼笔下，反面形象从脸谱到灵魂都是极端丑恶的，他们的结局都没有好下场。有人说这种"类型化"的人物是张天翼"没有采用

[①] 见英文版《〈稻草人〉序言》。
[②] 据沈承宽等编《张天翼文学活动年表》介绍：1933年，国民党当局以"鼓吹阶级斗争"为名查禁《大林和小林》；同年，《秃秃大王》在现代儿童发表后，也被当局查禁，没有登载完。1941年，孩子剧团在重庆演出据张天翼同名童话改编的《秃秃大王》，也遭当局查禁。后改名为《猴儿大王》才又上演。
[③] 张天翼：《······切为了使孩子们受益和爱看》，见《张天翼作品选》，中国少年儿童出版社1980年6月版。

现实主义的手法来描写童话人物"的结果,而我认为,这正是张天翼童话强化现实主义精神战斗品格的重要特色。没有"刺"就没有张天翼童话的个性。诚然,统观这种"刺"的描写,某些地方或有"图式化"、"失之油滑"之嫌。但当作家以一种战斗的激情,运用童话的特殊艺术手法,所向披靡地向旧世界冲刺之时,面对这样激动人心的艺术氛围,小读者(和大读者)的注意力自然更多地集中于真与假、善与恶、美与丑的搏击和较量,集中于幻想艺术所折射的现实生活的新的信息、新的动势,集中于人物的命运、斗争的成败和沉淀其中的时代精神。笔者认为,在30年代的童话创作中,张天翼作品的现实主义精神确实达到了现代童话创作所未能企及的地步,这就是使童话具有鲜明的政治倾向性和社会功利性,成为激励、教育少年一代的爱国热情与革命精神的鲜活文本。

3. 潜与显

"冷静的观察"和"客观的描写"是叶圣陶创作的一个显著特色。他一般不在作品中直接表露自己的思想观点,更少有议论或说教的文字,而只是"冷静地谛视人生","诚恳的,严肃的"写着世间的人和事,把自己的思想意识、审美情趣沉潜在真实的、深厚的客观叙述中,或表现在对人物的内心精神心理的批判上。用他自己的话来说,就是努力"把自己表示主张的部分减到最少的限度"[1],自己的观点"常常包含在没有说出来的部分里","寄托在不著文字的处所"[2]。这种"潜"的内向个性形成了叶圣陶作品的一种独特风格:表面冷静,中心热烈,看似朴素平淡,却又含蓄深远,给人以回味与思考。他的童话创作也同样具有"潜"的特色。他认为写给儿童看的作品,切忌居高临下、耳提面命地说教:"教训在教育上是一个愚笨寡效的法子,在文艺上也是一种不高明的手段","儿童文艺里更须有一种质素,其作用和教训不同,就是感情[3]。他是以一个大朋友的身份,向小读者娓娓动听地讲述着童话世界发生的故事,把自己的感情和见解沉潜在生动丰富的叙述中,启迪小读者去思考、领

---

[1] 叶圣陶:《随便谈谈我的写小说》。
[2] 叶圣陶:《〈叶圣陶选集〉自序》。
[3] 叶圣陶:《文艺谈·八》,见1921年3月22日《晨报副刊》。

第十六章　现代童话的双子星座：叶圣陶、张天翼合论

会其中的内涵。如前所述，叶圣陶的前期童话大多沉潜着"美"与"爱"的主题。他认为只要大家本着爱、善之心待人处事，生活中的难题就会迎刃而解（《小白船》、《傻子》）。世上之所以有种种不合理的现象，就是因为人们丢失了友爱之心（《眼泪》）；有了心心相印的同情与理解，生活就会复归安宁，大人孩子就可再做好梦（《大喉咙》）。大致从《鲤鱼的遇险》以后，他的童话旨在启迪孩子们认识、关心"周围发生的事"，了解现实生活中"成人的悲哀"。《稻草人》、《克宜的经历》让孩子们看到了 20 年代工农大众的苦难命运；《慈儿》揭露了"战之罪恶"；《瞎子和聋子》写人与人之间关系的冷漠；《蚕和蚂蚁》体现了"劳工神圣"的思想；《火车头的经历》通过拟人化的火车头形象，再现了"九·一八"事变后青年学生高涨的爱国热情。当叶圣陶有意识地把与现实斗争有关的重大题材引入童话创作时，他也不是以抽象的说教去演绎主题，而是善于通过童话形象自身的行动和情节发展来体现作品的思想倾向。从某种角度说，读叶圣陶的童话似乎更要有生活经验与思辨能力，对于年长一点的孩子，更为适宜。文如其人。叶圣陶作品的这种特色与作家个性不无关系，夏丏尊曾这样说过："只要与作者（指叶圣陶——引者注）相识，谁都知道他是一个心中热烈而表面冷静默然寡言的人吧。中心热烈，表面冷静，这貌似矛盾的性格是文艺创作上的重要素地。因为要热烈才会有创作的动因，要冷静才能看得清一切"。[1] 这话是颇有道理的。

　　与叶圣陶的个性不同，张天翼是一位富于机趣、幽默、外倾性格的作家。他的友人说他"有一肚子笑话和故事"，"毫无保留地敞露出全部心灵，使你感觉到在你面前的简直是个天真无邪的小孩子。"[2] 人格即文格。张天翼的这种外倾气质与活跃心灵一旦倾注到被称为"快乐的文学"的儿童文学创作之中，势必凸现出作家的鲜明个性，留下他审美情趣的独特印记，从而形成主题明晰、形象明朗、文笔明快的特色。张天翼不喜欢向小读者潜藏自己的观点，他认准童话文学一要有益孩子，二要使他们"爱看，看得进，能够领会"[3]。"显"

---

[1] 夏丏尊：《关于〈倪焕之〉》。
[2] 见《张天翼研究资料》第 87 页蒋天佐文与第 104 页王西彦文。
[3] 见张天翼《一切为了使孩子们受益和爱看》。

正是他达此效应的机智手段，对于小年龄的读者尤为切合。这种"显"渗透在针对性与速写性两个方面。他的童话有着明确的针砭社会现实生活的指向意识，敏感着时代跳动的脉搏，因时而发，有的放矢，以导引小读者认识"真的人"、"真的世界"与"真的生活"。[1]《大林和小林》、《秃秃大王》旨在呼唤着未来一代"起来反抗、消灭所有的'四四格'以及他们的狐朋狗党"[2]，鲜明的政治倾向性使这两部童话成了30年代左翼文坛儿童文学的代表作。写于抗战烽火中的《金鸭帝国》，其批判矛头直指日本帝国主义，凝聚着作家对侵略强盗的满腔愤怒与仇恨心理。像这种运用幻想艺术迅速反映重大的社会事件、表明作家倾向性的作品，在中外童话史上是一个创举。

张天翼是一位善于运用速写手法写作战时小说的快手，他曾把抗战时期创作的最有影响的一组短篇（《华威先生》等）总名为"速写三篇"。他的童话也往往含有速写成分，《金鸭帝国》尤为明显。速写来自作家对生活内在节奏急促性的感应。战地烽火限制了张天翼从容地品味、构筑童话的心境，他以一种急促的笔调，向小读者报告着这个世界已经发生和正在发生的事情：金鸭帝国的诞生、发展，帝国内部矛盾的纠葛，大粪王的暴发致富，肥肥公司和香喷喷公司的合并、垄断……形形式式的阴谋活动，曲曲折折的大小事件，急匆匆地展示在小读者眼前，有的是与生活的快节奏形成一致的节律，难得有从容、深沉的揣摩与均衡。这种建构具有一种迅速推移、转化和突进的速度感，并由此拓宽了童话艺术的时空，它既切合当时少年的接受心理，也适应战争年代动荡生活的总体需要。诚然，过于"明显"与"敏锐"地紧逼现实，似使作品疏于雕琢，留有粗线条勾勒的某种不足。但这并不妨碍《金鸭帝国》现实主义精神的显现，比之《大林与小林》、《秃秃大王》，恰是更加强化与浓重了。在战争年代的特殊环境里，这种用"速写"手法构筑的童话，能使小读者更迅速地感应到世界的风云雷电，认识了解急剧变化的生活节奏，从而"激发"起他们对侵略者的仇恨心理和"反抗、斗争精神"。

---

[1] 张天翼：《〈秃秃大王〉序》，见《秃秃大王》，上海文化生活出版社1937年版。
[2] 张天翼：《〈奇怪的地方〉序》，见《奇怪的地方》，上海文化生活出版社1937年版。

第十六章　现代童话的双子星座：叶圣陶、张天翼合论

现实主义的一个基本要求，就是直面人生，忠于现实，反映出生活的真实。运用童话这种特殊的幻想艺术来拥抱文学上的现实主义精神、折射半封建半殖民地中国社会的诸种矛盾及其新生的光明面和腐朽的阴暗面的交替斗争，告诉小读者"真的人"、"真的世界"与"真的道理"，这是中国现代童话创作的一个显著特色与重要收获。叶圣陶、张天翼的童话正是这方面的典型，他们的追求与努力为后起的作家提供了艺术资源与新鲜经验。如果说，20 年代叶圣陶的短篇童话是以满蕴着"讽他一下"的冷峻笔触，通过"微小事件"来暴露、针砭现代中国的诸种人世相、社会相，以反映下层民众的痛苦和愿望开辟了童话创作的现实主义道路，那么，30 年代张天翼的长篇童话，则是以"刺他一下"的战斗激情，紧密结合当时社会的重大斗争，与祖国的命运和人民的呼声相应答，显示出自觉追踪时代精神的主体意识，从而把现实主义的童话创作推向了新的阶段。微与宏，讽与刺，潜与显，这两者的交融、互补、综合，构成了二三十年代童话文学现实主义精神丰富多样的格局，从多方面帮助、引导着新生一代认识人生，认识世界。他们的作品不但折射出作家对所处时代社会生活的独特感悟和审美把握，而且对当时以至以后的整个中国儿童文学的创作思想产生了深远的影响，这就是在幻想艺术中激扬，紧贴人地的现实主义精神。

【附记】

本章第一节《叶圣陶童话的历史意义》写于 1983 年。第二节《张天翼早期的长篇童话》写于 1982 年，曾刊载于《浙江师范大学学报》1982 年第 4 期，署名"俞渝"。第三节《叶圣陶、张天翼童话之比较》，写于 1986 年，曾在 1986 年 6 月中国社会科学院文学研究所召开的"张天翼学术讨论会"（北京）上宣读过，后被收入这次会议的论文集《张天翼论》（湖南文艺出版社 1987 年版，吴福辉、张大明等编）。

第十七章
周作人儿童文学观研究

一、早年的儿童文学活动

周作人（1885—1967）很早就开始接触儿童文学。据《周作人回忆录》载，1906年他东渡日本留学不久，就"得到高岛平三郎编的《歌咏儿童的文学》及所著《儿童研究》，才对于这方面感到兴趣。其时儿童文学在日本也刚开始发展"[①]。1913年至1914年，他对儿童文学的热衷达到高潮。这期间他购买和阅读了大量外国的关于儿童和儿童文学的著作以及与儿童文学密切相关的民间文学、民俗学方面的著作，如日文的《儿童学纲要》、《童话之研究》、《儿歌之研究》、《儿童之文学》、《日本民谣集》、《日本传说集》、《歌谣字数考》等，英文的《伊索寓言》、《格林童话集》和英国学者著的《儿歌比较研究》等。他还收集和研究了当时国内商务印书馆出版的《童话》丛书，中华书局出版的《中华童话》、《世界童话》等书刊。难能可贵的是，周作人对儿

---

① 见《周作人回忆录》654页、378页、375页，湖南人民出版社1982年1月版。

第十七章　周作人儿童文学观研究

童文学的兴趣至老不减，到了晚年，还在兴致勃勃地编选绍兴儿歌。据笔者见到的有关资料表明，周作人对儿童与儿童文学的热爱，几乎纵贯其一生，在中国现代儿童文学史上曾经做过一些切切实实的工作，在当时产生过一定的影响。

周作人是外国儿童文学的热心译介者。1909 年，由鲁迅与周作人合译的《域外小说集》就刊载了周译的英国准尔特（今译王尔德）童话《安乐王子》，篇后缀以"著者事略"。这是我国最早的王尔德童话的中译文，若干年之后始有穆木天与巴金的译本。"使安徒生被中国人清楚的认识的是周作人"（郑振铎语）。1913 年 9 月，周作人在《教育部编纂处月刊》上发表的《童话略论》中就介绍说："今欧土人为童话唯丹麦安兑尔然（今译安徒生——引者注）为最工，即因其天性自然，行年七十，不改童心，故能如此，自郐以下皆无讥矣。故今用人为童话者，亦多以安氏为限。"同年 12 月，他又在绍兴《叒社丛刊》创刊号上发表《丹麦诗人安兑尔然传》，全文约三千言，向中国读者第一次详细介绍了安徒生的生平与创作，赞其童话"取民间传说，加以融铸，皆温雅美妙，为世稀有"。周还较早翻译了安徒生的名作《皇帝之新衣》、《卖火柴的女儿》，后者刊登在 1919 年 1 月的《新青年》上，由于《新青年》影响广大，安徒生童话很快引起了国人的注意。周还在《新青年》上发表了《读〈十之九〉》，批评陈家麟、陈大镫的文言译作《十之九》，把"照着对孩子说话一样写下来"的安徒生童话，全都变成了"用古文来讲大道理"的"班马文章，孔孟道德"，使安徒生童话"最合儿童心理的"艺术特征都"'不幸'因此完全抹杀"，他为这位"声名遍满文明各国，单在中国不能得到正确理解"的童话大师深感"伤心"，为之"叫屈"。郑振铎在《安徒生的作品及关于安徒生的参考书籍》（1925）一文中认为，由于周作人在《新青年》上的这一批评，"此后，安徒生便为我们所认识，所注意，安徒生的作品也陆续的有人译了"，安徒生童话的思想内容与艺术特色才在中国得到了真实的传播。

周作人早期的译作还有《空大鼓》、《冥土旅行》、《陀螺》。前两书包括托尔斯泰、法布尔、斯威夫特、梭罗古勃等 19 位作家的 26 篇童话、小说，后一书收有数十首法、日、英、希腊、捷克等国的儿歌、民歌。1923 年 7、8

月及 1924 年 1 月，北京《晨报副报》曾刊载了周作人翻译的外国儿童文学译作《土之盘筵》，包括德国格林童话《稻草与煤与蚕豆》、日本坪内逍遥的儿童剧《老鼠的会议》、法国法布尔的科学文艺《蝙蝠与癞蛤蟆》、美国房龙的历史故事《上古的人》等 10 篇作品。1932 年，他还编译过一部《儿童剧》，交由上海儿童书局出版，内收美国、日本的 6 出童话剧：《老鼠会议》、《乡间的老鼠和京城的老鼠》、《卖纱帽的与猴子》（日本坪内逍遥原著）、《乡鼠与城鼠》（美国诺依思等原著）、《青蛙教授的讲演》、《公鸡与母鸡》（美国斯庚那原著）。周在序文中说："我们很希望于儿歌童话之外，有美而健全的儿童剧本出现于中国"。像这样集中介绍外国童话剧的专书，在二三十年代的中国还是第一次。此外，周作人还写过介绍《阿丽丝漫游奇境记》、《王尔德童话》、《明译伊索寓言》、《法布尔（昆虫记）》、《希腊的神与英雄与人》、《（朝鲜童话集）序》、《（两条腿）序》等介绍外国儿童文学的文章，向中国文学界和小读者热情推荐世界优秀儿童文学作家作品。

周作人不但热心译介外国儿童文学，而且还是一位中国传统儿歌童话与民间故事的热情鼓吹者，收集者。他在《（绍兴儿歌述略）序》中说："辛亥秋天我从东京回绍兴，开始搜集本地的儿歌童话，民国二年任县教育会长，利用会报作文鼓吹。"周作人所说的"鼓吹"一事，发生在 1914 年。这一年，他印了《征求绍兴儿歌童话启》1500 张，随《越铎日报》四处分发，并在 1914 年农历正月 20 日刊行的《绍兴县教育会月刊》第四号上发表了启事全文。根据考察，这份启事是我国第一次公开征集民间儿童文学作品的重要文献。该文开头部分如下：

> 作人今欲采集儿歌童话，录为一编，以存越国土风之特色，为民俗研究、儿童教育之资材。即大人读之，如闻天籁，起怀旧之思。儿时钓游故地，风雨异时，朋侪之游戏，母姊之语言，犹景象宛在，颜色可亲，亦一乐也。第兹事体繁重，非一人才力所能及，尚希当世方闻之士，举其所知，曲赐教益，得以有成，实为大幸。

第十七章　周作人儿童文学观研究

从 1913 年至 1915 年初春，周作人共搜集了 200 余首绍兴儿歌，并对儿歌中的绍兴方言、名物、风俗作了笺注。这本儿歌的序言《〈绍兴儿歌述略〉序》发表于 1936 年 4 月的北京大学《歌谣》杂志上，大概当时已有出版的机会。他搜集绍兴儿歌的工作"直到 1958 年 9 月这才完成"。这卷《绍兴儿歌集》计有传统儿歌 223 篇，其中 73 篇是他亲自搜集所得[①]，然因各种原因此书未见出版。周作人还从古籍中抄录了大量古代歌谣、儿童谜语，仅《孺子歌图》中就抄了 50 首之多，总计抄录数百首。他还从《酉阳杂俎》、《支诺皋》、《玄中记》等古籍中抄录古代童话，搜集绍兴民间童话《雀折足》、《螺女》、《蛇郎》等，与西方古典童话加以比较，写成《古童话释义》（1914）一文。

但是，周作人在儿童文学方面的工作，最有实绩、最有影响的则是儿童文学理论研究。1917 年以后的"五四"新文学运动时期，是周作人热衷儿童文学的第二个高潮期，这期间，他撰写了《儿童的文学》、《儿童的书》等一系列理论文章。据笔者的不完全统计，从 1912 年到 1923 年间，他发表的有关理论文章约有 25 篇。这些文章内容丰富，涉及面广，既有对儿童文学的性质、特征、作用、创作方法等基本理论的探讨，又有对童话、儿歌、儿童剧等多种文体的研究。周的这些文章主要收录在 1923 年北新书局出版的《自己的园地》与 1932 年儿童书局出版的《儿童文学小论》两书中（赵景深在 1933 年专门编写过一本《〈儿童文学小论〉参考资料》）。周作人还与赵景深在 1922 年以通信方式展开过童话讨论，其书信见之于赵编的《童话评论》一书。

应当指出，周作人的以上这些儿童文学活动主要是在 1909—1923 年间进行的。这一时期正是周作人一生中思想发展最明亮的时期，也是他对新文学最有贡献的时期。鲁迅曾对周作人的儿童文学活动给以热情的支持与帮助。当周最早写成的两篇童话专论（《童话研究》与《童话略论》）无处发表时，都经鲁迅推荐，分载于 1913 年 8 月与 9 月号的《教育部编纂处月刊》上[③]。周作

---

① 见《周作人回忆录》654 页、378 页、375 页，湖南人民出版社 1982 年 1 月版。
② 见《周作人回忆录》654 页、378 页、375 页，湖南人民出版社 1982 年 1 月版。

人回忆说，鲁迅还"特别支持我收集歌谣的工作，大概因为比较易于记录的关系吧，他曾从友人们听了些地方儿歌，抄了寄给我做参考"[①]。

二、丰富驳杂的儿童文学理论

周作人早年热心儿童文学并不是偶然的，这与他当时所处的中国特定历史时期的文化背景紧密相关，也与他早期的思想倾向与文学主张有着密切的联系。

周作人早年从事儿童文学的时期，正是现代中国发生巨大社会变革的时代。在 1915 年陈独秀创办的《新青年》上，一批接受西方新思潮影响的先进知识分子，高举"民主"与"科学"两大旗帜，向封建主义发起猛烈进攻，掀起了现代中国的第一次思想解放运动——"五四"新文化运动。这场运动唤醒了整整一代人的大觉醒。与思想解放和个性觉醒的时代呼声相应答，作为祖国之未来的儿童问题与妇女解放运动一起受到了全社会的关注，鲁迅最先呐喊："救救孩子！""一切设施，都应该以孩子为本位"[②]。许多报刊展开了儿童教育新途径的探讨，呼吁把孩子从封建桎梏下解放出来。与此同时，有识之士还强调儿童也需要文学，要求"将儿童的文学给予儿童"[③]。正是得力于"五四"新文化运动的伟力，现代儿童文学才破土萌生，蓬蓬勃勃地生长起来。"五四"文学革命的发展有力地促进了儿童文学事业，新文学社团普遍关心儿童文学，其中尤以"为人生而艺术"的文学研究会最为热心，最有实绩。它曾在中国文学史上首倡"儿童文学运动"[④]，它的主要成员如沈雁冰（茅盾）、郑振铎、叶圣陶、赵景深、谢冰心、王统照、夏丏尊等都以各自独特的文学实绩为建设现代儿童文学作出了开创性的贡献。作为文学研究会发起人之一的周作人，在这场"儿童文学运动"中表现也十分活跃，他不但竭力鼓吹倡导儿童文学，而且对儿童文学的建设提出了不少新鲜见解，在当时一新耳目，广有影响。周作人的儿童文学观涉及面广，情况也较复杂，大致说来，有以下几个方面。

[①] 周作人：《鲁迅与歌谣》，见《民间文学》1956 年 10 月号。
[②] 鲁迅：《我们现在怎样做父亲》。
[③] 见《儿童文学概论》175 页，四川少年儿童出版社 1982 年 5 月版。
[④] 朱自清：《中国新文学研究纲要》，见《文艺论丛》第 14 辑，上海文艺出版社 1982 年 2 月版。

第十七章　周作人儿童文学观研究

第一，以人道主义为武器，批判封建主义虐杀儿童的罪恶，从儿童解放着眼，热情倡导"为儿童的文学"。

1918年12月，周作人在《新青年》上发表《人的文学》，提出了新文学就是"人的文学"的著名主张①。胡适曾指出，《人的文学》"是当时关于改革文学内容的一篇最重要的宣言"②。在《人的文学》中，周作人提出新文学要"讲人的意义，从新要发见'人'"。怎样才是"发见人"呢？他认为一要"提倡一点人道主义思想"，"用这人道主义为本，对于人生诸问题，加以记录研究"；二是尊重人性："我们相信人的一切生活的本能，都是美的善的，应得完全满足。凡有违反人性不自然的习惯制度，都应排斥改正。""人的文学"强调以人为本位，肯定人的价值，维护人的权利，反对"非人的"兽性和神性，而它用以观察现实人生的准绳，始终是灵肉一致的"人类的本性"。从这样的主张出发，周作人把"女人与小儿的发见"看作是"'人'的真理的发见"的延续和生发，是人道主义的一个重要内容。他激烈批判封建主义"违反人性"虐杀妇女与儿童的罪恶，他说："古来女人的位置，不过是男子的器具和奴隶。中古时代，教会里还曾讨论女子有无灵魂，算不算得一个人呢，小儿也只是父母的所有品，又不认他是一个未长成的人，却当他作具体而微的成人，因此又不知演了多少家庭的与教育的悲剧。"他指责那种"将子女当作所有品，牛马一般养育，以为养大以后，可以随便吃他骑他"的封建父权思想是"退化的谬误思想"，强调"亲子之爱"应当建立"父母爱重子女，子女爱敬父母"的新型关系，彻底抛弃"郭巨埋儿"那样的封建"孝道"。周作人的儿童文学观正是这种以人道主义为思想基础的"人的文学"的主张的体现与发挥，他已明确地意识到了儿童还没有进入根据人道主义确立起来的"人"的行列。

周作人在以后发表的《儿童的文学》（1920）、《儿童的书》（1923）、《关于儿童的书》（1923）等文中，进一步发挥了这种思想。他认为"我们对于教育的希望是把儿童养成一个正当的'人'"③，因此凡是"违反人性"的虐

---
① 周作人：《人的文学》，见《新青年》第5卷第6号，1918年12月15日。
② 见《中国新文学大系·建设理论集·导言》。
③ 周作人：《关于儿童的书》，周在篇末注写于1923年8月。见《谈虎集（下卷）》，北新书局1934年4月版。

杀儿童的"习惯制度",都应加以"排斥"。他激烈抨击封建伦理道德对少年儿童精神上的束缚与残害:"中国向来对于儿童,没有正当的理解","不是将他当作缩小的成人,拿'圣经贤传'尽量地灌下去,便将他看作不完全的小人,说小孩懂得什么,一笔抹杀,不去理他"。他强调必须尊重儿童的社会地位与独立人格,指出"儿童在生理心理上,虽然和大人有点不同,但他仍是完全的个人,有他自己的内外两面的生活","自有独立的意义与价值";认为"儿童教育,是应当依了他内外两面生活的需要,恰如其分的供给他,使他生活满足丰富",既要"承认儿童有独立的生活,就是说他们内面的生活与大人不同,我们应当客观地理解他们,并加以相当的尊重",又要"知道儿童的生活,是转变的生长的",要用发展的眼光看待儿童①。周作人的这些观点对于数千年来极端蔑视儿童、压制儿童、唯"父为子纲"是重的封建伦理道德,无疑是一种有力的声讨。周作人还指责封建教育与封建旧文学漠视儿童精神生活的特殊需求。他说:"中国向来以为儿童只应该念那经书的,此外并不给预备一点东西,让他们自己去挣扎,止那精神上的饥饿。"②感叹"中国还未曾发见了儿童,——其实连个人与女子也还未发见,所以真的为儿童的文学也自然没有"③,虽然能为儿童喜爱的东西在"民间口头流传的也不少,古书中也有可用的材料,不过没有人采集或修订了,拿来应用",以致造成孩子们的精神处于长期"饥饿"的状态。周作人提出"儿童同成人一样的需要文艺",新文学有"供给他们文艺作品的义务",他热切地呼吁知识界的志士仁人"结合一个小团体,起手研究"儿童文学,并提出了建设儿童文学的具体途径:"收集各地歌谣故事,修订古书里的材料,翻译外国的著作",既要有供家庭、学校教育儿童所用的书籍,又要有"用了优美的装饰"与"插图"专供儿童阅读的读物④。他认为从事儿童文学的人需要严格要求,他们应当是"对儿童有爱与理解的人",特别

---

① 周作人:《儿童的文学》,此文作者题记"1920年10月26日在北京孔德学校所讲"。见《新青年》第8卷第4号,1920年12月1日。
② 周作人:《儿童的书》,见《自己的园地》,北新书局1923年9月版。
③ 周作人:《儿童的书》,见《自己的园地》,北新书局1923年9月版。
④ 周作人:《儿童的文学》,此文作者题记"1920年10月26日在北京孔德学校所讲"。见《新青年》第8卷第4号,1920年12月1日。

第十七章　周作人儿童文学观研究

热望知识妇女从事这一工作,因为她们"本于温柔的母性,加上学理的知识与艺术的修养,便能比男子更为胜任"[①]。他还"希望有十个弄科学,哲学,文学,美术,人类学,儿童心理,精神分析诸学,理解而又爱儿童的人,合办一种为儿童的定期刊"[②]。这就是说,从事儿童文学应当具有丰富的知识修养与科学态度,而决不能把它当做"小儿科"胡编杜撰。事实证明,周作人对儿童文学建设的这些意见是有眼光,有创见的。

第二,强调理解"儿童的世界",尊重儿童心理发展的年龄特征,主张"迎合儿童心理供给他们文艺作品"。

儿童文学是为儿童服务的文学,它有着自身的特殊艺术规律,即儿童文学创作必须尊重它的服务对象——少年儿童心理发展的年龄特征。这是衡量一种文学是不是成为真正意义上的儿童文学的根本标志,也是儿童文学成熟发展的重要因素。我国古代儿童文学之所以发展缓慢,究其根源正是对此问题长期认识不足。当然我们不能苛求古人,但封建专制与传统教育漠视乃至压制束缚儿童心理个性则是症结之所在。传统教育"以养成顺民或忠臣孝子为目的,而以注入式的教育方法为一成不变的方法","根本蔑视有所谓儿童时代,有所谓适合于儿童时期的特殊教育",而是"把成人所应知道的东西","太早熟地全盘地给了他们";[③]"中国向来缺少为儿童的文学。就是有了一点编纂的著述,也以教训为主,很少艺术价值"[④]。其结果,把儿童训练得"少年老成",成为"早熟半僵的果子,只适于做遗少的材料"[⑤]。由于中国旧式的儿童教育与儿童读物存在着这样一种严重的弊端,因此在"五四"新文化运动中,当先驱者发出"救救孩子"的呐喊,并着手进行现代儿童文学的拓荒工作时,就首先明确提出了理解与尊重儿童心理个性的极端重要性。鲁迅指出:"孩子的世界,与成人截然不同;倘不先行理解,一味蛮做,便大碍于孩子的发达。所以一切

[①] 周作人:《儿童的书》,见《自己的园地》,北新书局1923年9月版。
[②] 周作人:《关于儿童的书》,周在篇末注写于1923年8月。见《谈虎集(下卷)》,北新书局1934年4月版。
[③] 郑振铎:《中国古代儿童读物的分析(上篇)》,见《文学》第7卷第1号,1936年7月1日。
[④] 周作人:《吕坤的〈演小儿语〉》,周在篇末注写于1923年4月。见《谈龙集》,开明书店1927年版。
[⑤] 周作人:《读〈各省童谣集〉》,周在篇末注写于1923年5月。见《谈龙集》。

设施，都应该以孩子为本位。"①郭沫若认为："儿童文学，无论采用何种形式（童话、童谣、剧曲），是用儿童本位的文字，由儿童的感官以直诉于其精神堂奥，准依儿童心理的创造性的想象与感情之艺术。"②周作人对此问题也较早发表过一些类似的见解。他认为儿童文学应当从儿童的角度出发，"第一须注意于'儿童的'这一点，其次才是效果，如读书的趣味，智情与想象的修养等"；同时"还应当注意文学的价值"，"因为儿童所需要的是文学，并不是商人杜撰的各种文章"。他对儿童文学创作提出了这样的标准："文章单纯、明了、匀整；思想真实、普遍"③。他反对儿童文学创作中的两种不同倾向："一是太教育的，即偏于教训；一是太艺术的，即偏于玄美"，认为这"两者都不对，因为他们不承认儿童的世界"④。怎样才能写出符合"儿童的世界"的作品呢？周作人提出"根据儿童心理学来讲童话的应用，这个方向总是不错的"⑤。他认为创作儿童文学"非熟通儿童心理者不能试，非自具儿童心理者不能善"⑥，要"本儿童心理发达之之序，即以所固有之文学（儿歌童话等）为之解喻，所以启发其性灵，使顺应自然，发达具足，然后进以道德宗信深密之教"。总之，"逆性之教育，非今日所宜有也"⑦。从这里我们可以看出，周作人的儿童文学观一以贯之的是顺应儿童，理解儿童，围绕儿童，"迎合儿童心理供给他们文艺作品"⑧。

周作人曾对儿童心理做过细致入微的观察，在《儿童的文学》中，他将儿童划分为幼儿前期（3岁至6岁）、幼儿后期（6岁至10岁）、少年期（10岁至15岁），根据这三个年龄阶段孩子的心理特征，详细探讨了迎合于他们阅读的各类文体及其要求。他认为幼儿前期的诗歌，"第一要注意的是声调，最好是用现有的儿歌"；寓言应重在"故事的内容"；"过于悲哀、苦痛、残

---

① 鲁迅：《我们现在怎样做父亲》。
② 郭沫若：《儿童文学之管见》，见《沫若文集》第10卷，人民文学出版社。
③ 周作人：《儿童的文学》，此文作者题记"1920年10月26日在北京孔德学校所讲"。见《新青年》第8卷第4号，1920年12月1日。
④ 周作人：《儿童的书》，见《自己的园地》，北新书局1923年9月版。
⑤ 周作人：《儿童文学小论序》，见《儿童文学小论》，儿童书局1932年3月版。
⑥ 周作人：《童话略论》，见1913年9月《教育部编纂处月刊》第1卷第8期；又见《儿童文学小论》。
⑦ 周作人：《童话研究》，见《教育部编纂处月刊》第1卷第7期，1913年8月；又见《儿童文学小论》。
⑧ 周作人：《儿童剧》，见《自己的园地》。

第十七章　周作人儿童文学观研究

酷"的童话,在这一时期"不宜采用"。幼儿后期的诗歌"不只是形式重要,内容也很重要","要好听,还要有意思,有趣味";由于这一时期"儿童辨别力渐强,对于现实与虚幻已经分出界限,所以童话里的想象也不可太与现实分离";"儿童在这时期好奇心很是旺盛,又对于牧畜及园艺极热心",因此应向他们提供叙述"动物生活"的"天然故事"。少年期的孩子"对于普遍的儿歌,大抵已经没有什么趣味了","奇异而有趣味的,或真切而合于人情的"传说故事"都可采用";"写实的故事"应注意"不要有玩世的口气,也不可有夸张或感伤为'杂剧的'气味";这时期的寓言应"注意在意义,助成儿童理智的发达";同时还应向他们提供可演可诵的儿童剧。周作人的这些见解对当时的儿童文学创作无疑是有着启发意义的。

为了"迎合儿童心理",周作人还提出儿童文学创作应寓教于乐,做到"趣味与教训并重"。他说:"艺术里未尝不可寓意,不过须得如做果汁冰酪一样,要把果子味混透在酪里,决不可只把一块果子皮放在上面就算了事。"[1]供给孩子们的读物"须用理知与想象串合起来,不是只凭空的说几句感情话便可成文"[2]。他认为明代吕坤编的《演小儿语》"知道利用儿童的歌词,能够趣味与感情并重",值得借鉴[3]。他反对那种"对儿童讲一句话,眨一眨眼,都非含有意义不可的""把儿童故事当作法句譬喻看待"的做法[4]。批评有的翻译者"抱定老本领旧思想"不放,把外国儿童文学作品"都变作班马文章,孔孟道德","全是用古文来讲大道理"[5]。对于编写传统儿童读物,他反对《各省童谣集》的编者将儿童喜吟爱唱的儿歌"处处用心穿凿","加上教训","成为三百篇的续编"[6],如果让这种"少年老成"主义侵入儿童文学,那只会有害于儿童。

儿童文学的发展规律表明:任何国家民族的儿童文学在走向自身成熟的进

---

[1] 周作人:《儿童的书》,见《自己的园地》,北新书局1923年9月版。
[2] 周作人:《关于儿童的书》,周在篇末注写于1923年8月。见《谈虎集(下卷)》,北新书局1934年4月版。
[3] 周作人:《吕坤的〈演小儿语〉》,周在篇末注写于1923年4月。见《谈龙集》,开明书店1927年版。
[4] 周作人:《儿童的书》,见《自己的园地》,北新书局1923年9月版。
[5] 周作人《读〈十之九〉》,见赵景深编《童话评论》,上海新文化书社1924年4月版。
[6] 周作人:《读〈各省童谣集〉》,周在篇末注写于1923年5月。见《谈龙集》。

程中，总是由不自觉到自觉并越来越深入地注重儿童心理，尊重儿童个性。从这个意义说，我认为，周作人关于"迎合儿童心理供给他们文艺品"的见解，对于改变过去那种居高临下地只知教训儿童而不知理解与尊重儿童心理的弊端，对于初创时期现代儿童文学重视儿童心理的理论探讨与创作实践，是适时的，也是有益的，其中的某些合理因素，今天仍有参考的价值。

第三，提倡儿童文学文体多样化，比较全面地探讨了儿童文学的文学样式，并肯定它们在儿童教育中的作用。

我国古代儿童文学不仅发展缓慢，而且文学样式甚为单调。郑振铎在1935年写的《中国儿童读物的分析》一文，将古代儿童读物归纳为诸如《圣谕广训》、《三字经》、《千字文》、《日记故事》、《高厚蒙求》、《神童诗》之类的伦理书、识字书、故事书、史地博物常识书以及"陶冶性情"的诗歌等五大类。不难看出，古代"儿童读物"中属于真正意义上的儿童文学的文体实在太少了。"五四"前后，现代儿童文学的拓荒者们为了建设新文体的急需，一方面从外来文化中引进新的文学样式，另一方面开始注重儿童文学文体的探讨研究，发掘本国的传统遗产。周作人在这方面所做的工作较早，成绩也较显著，其中尤以童话研究为甚。

1913年至1914年，周作人用文言写了《童话略论》、《童话研究》与《古童话释义》，这是现代中国最早的童话专论。周作人的童话理论内容比较丰富，对童话的分类、起源、性质、特征、作用等提出了崭新的见解。他最先将童话按照作者不同划分为两类：一是由民间口头创作的"天然童话"即民间童话，二是"由文人著作"的"人为童话，亦言艺术童话"。前者"自然而成，具种人之特色"，后者因是作家个人创作，故"具个人之特色"[1]。周作人的童话理论主要就是探讨民间童话。据周作人考证，"童话"一词是从日本引进的[2]。民间童话我国早已有之，但由于旧文学的漠视，"中国向来不曾有人搜

---

[1] 周作人：《童话略论》，见1913年9月《教育部编纂处月刊》第1卷第8期；又见《儿童文学小论》。
[2] 见赵景深编《童话评论》一书中周作人与赵景深关于《童话的讨论》之书信。

第十七章 周作人儿童文学观研究

集童话"①,致使"久经散逸","几将荡然"②。20世纪初,我国流行的童话读物几乎都是译作。当时还没有人研究童话,不少人以为童话是从外国"进口"的,商务印书馆的编者就说:"《无猫国》要算中国第一本童话","世界上第一本童话要推这本《玻璃鞋》。"周作人别有见识,他提出此说"实乃不然,中国虽古无童话之名,然实固有成文之童话,见晋唐小说"③。他采取比较文学的研究方法,将唐代《酉阳杂俎·吴洞》篇所载少女叶限备受后母虐待,后因足适金履和国王成婚的故事与法国贝洛尔童话《玻璃鞋》中灰姑娘的故事作了对比,指出两者"本末则合一","中国童话当以此为最早"④,却比《玻璃鞋》要早出1200多年。其他如《旁𧥣》、《女雀》、《螺女》、《蛇郎》、《老虎外婆》等都是很好的古代民间童话。他断言在"中国许多的所谓札记小说"中,一定有不少"可以采用的童话材料","很值得一番整理研究"⑤。为什么人们对中国自己的童话遗产视而不见呢?周作人指出原因就在于古代童话与神话、传说混杂交错,"特多归诸志怪之中,莫为辨别"⑥,使之蒙上了一层"荒唐"怪诞的色彩。因此要发掘民间童话,首先就要将它与神话、传说区别开来,正确阐明童话的起源与特征。

周作人认为童话的起源与神话、传说有着密切的渊源关系,它们都起源于人类远古时期,反映了原始人对客观世界的认识。他说:"上古之时,宗教初萌,民皆拜物,其教以为天下万物各有生气,故天神地祇,物魅人鬼,皆有定作,不异生人,本其时之信仰,演为故事,而神话兴焉。其次亦述神人之事,为众所信,但尊而不威,敬而不畏者,则为世说。童话者,与此同物,但意主传奇,其时代人地皆无定名,以供娱乐为主,是其区别。盖约言之,神话者原人之宗教,世说者其历史,而童话则其文学也。"⑦又说:"世说载事,信如固有,时地人物,咸具定名,童话则漠然无所指尺,此其大别。"⑧后来他在

---
① 见赵景深编《童话评论》一书中周作人与赵景深关于《童话的讨论》之书信。
② 周作人:《童话研究》,见《教育部编纂处月刊》第1卷第7期,1913年8月;又见《儿童文学小论》。
③ 周作人:《古童话释义》,见《儿童文学小论》。
④ 周作人:《古童话释义》,见《儿童文学小论》。
⑤ 见赵景深编《童话评论》一书中周作人与赵景深关于《童话的讨论》之书信。
⑥ 周作人:《古童话释义》,见《儿童文学小论》。
⑦ 周作人:《童话略论》,见1913年9月《教育部编纂处月刊》第1卷第8期;又见《儿童文学小论》。
⑧ 周作人:《童话研究》,见1913年8月《教育部编纂处月刊》第1卷第7期;又见《儿童文学小论》。

给赵景深的信中，表述得更为明确："神话是创世以及神的故事，可以说是宗教的；传说是英雄的战争与冒险的故事，可以说是历史的"；"童话没有时与地的明确的指示，又其重心不在人物而在事件，因此可以说是文学的"[①]。周作人的这番研究，在中国文学史上第一次肯定了童话的文学性质，清除了蒙在它身上的神秘荒诞色彩，揭示了童话的特征是：主人公类型化"无所指尺"，时、地、人名比较含混"皆无定名"，以故事情节为本"意主传奇"，从而将童话与混杂交错在一起的神话、传说区别了开来。周作人还认为民间童话不是"儿童好奇多问，大人造作故事以应其求"[②]的主观心理的产物，而是来源于生活，是特定时代的民族的思想与生活的反映。他指出"童话者，本于原始宗教以及相关之习俗以成"，"童话中事实既与民族思想及习俗相合"[③]，故"征其礼俗，诡异相类，取以印证，一一弥合，乃知神话真诠，原本风习，今所谓无稽之言，其在当时，乃实文明之信史也"[④]。所以在古代童话中保存了不少古老的观念、艺术形象与情节：有的反映了氏族制度下民主生活的特点，如帝王"躬亲操作，不异常人"，"王子牧豕于野"，"王女浣衣河干"；有的反映了当时的制度、习俗及原始人的信仰与特殊心理，如图腾崇拜、魔法观念、杀人祭祀、抢婚物婚、赘婿继位、少子能干等等。童话既是特定时代的产物，童话的内容就要随时代的变化而变化，"顾时代既遥，亦因自然生诸变化，如放逸之思想，怪恶之习俗，或凶残丑恶之事实，与当代人心相抵触者，自就删汰，以成新式"[⑤]。周作人指出民间童话"优劣杂出"，并不都适合于儿童教育之用，而要"删繁去秽"、"抉择取之"。他提出了这样的取舍标准："（一）优美。以艺术论童话，则美为重，但其美不在藻饰而重自然"。"（二）新奇"。"（三）单纯"。结构、人物、叙述都要单纯，以"合于儿童心理"，"若事情复杂，敷叙冗长，又寄意深奥，则甚所忌"。"（四）匀齐。谓段落整饬，无所偏倚，

[①] 周作人：《古童话释义》，见《儿童文学小论》。
[②] 周作人：《童话略论》，见1913年9月《教育部编纂处月刊》第1卷第8期；又见《儿童文学小论》。
[③] 周作人：《童话略论》，见1913年9月《教育部编纂处月刊》第1卷第8期；又见《儿童文学小论》。
[④] 周作人：《童话研究》，见1913年8月《教育部编纂处月刊》第1卷第7期；又见《儿童文学小论》。
[⑤] 周作人：《童话略论》，见1913年9月《教育部编纂处月刊》第1卷第8期；又见《儿童文学小论》。

第十七章　周作人儿童文学观研究

若次序凌乱，首尾不称，皆所不取"[1]。他特别强调"要淘汰不合于儿童身心的发达及有害于人类的道德的分子"[2]。周作人在这里说的虽是民间童话的取舍标准，但对于作家创作艺术童话也是同样很有启发意义的。难能可贵的是，周作人较早批判了那种认为"童话里多有荒唐乖谬的思想，恐于儿童有害"的错误观点，肯定了童话在儿童文学中的地位及对儿童的陶冶作用。他明确宣称："童话者，幼稚时代之文学"[3]，"亦即儿童之文学"[4]。"童话在儿童生活上之必要，因为这是他们精神上的最自然的食物。倘若不供给他，这个缺损永远无物能够弥补，正如使小孩单吃淀粉质的东西，生理上所受的饿不是后来给予乳汁所能补救的一样"[5]。他认为童话在儿童教育中的价值在于：一、童话中丰富的幻想有益于发展儿童的想象能力。"小儿最富空想，童话内容正与相合"，尤其对于三岁至十岁的幼儿，"用以长养其想象，使即于繁富，感受之力亦渐敏疾"[6]。二、童话的内容有助于儿童认识世界。"童话所言社会生活，大旨都具，而特化以单纯，观察之方亦至简单，故闻其事即得了知人生大意，为入世之资"[7]。三、童话中所言万事万物有利于儿童开阔视野，增长知识，培养美感。由于"童话所言实物，多系习见，用以教示儿童，使多识名言，则有益于诵习，且以多述鸟兽草木之事，因与天物相亲，而知自然之大且美"[8]。周作人是现代中国研究童话理论并取得成绩的第一人，自他之后，热心此学者日益见增，主要有赵景深、顾均正、张梓生、冯飞、徐如泰等。

周作人还对儿歌进行过较为深入的探讨。儿歌是儿童喜吟爱唱的一种简短诗歌，我国古代一般称作童谣。但在漫长的封建社会里，童谣的实质却被阴阳五行学说作了极其荒诞的歪曲，说什么童谣是由天上的"荧惑星"（即火星）降凡，"感童儿歌谣嬉戏"而成，能预示人间灾异祸福。故长期以来，童谣被各种政治力量杜撰、篡改、利用，成了蛊惑人心、制造舆论的神学工具。周作

---

[1] 周作人：《童话略论》，见 1913 年 9 月《教育部编纂处月刊》第 1 卷第 8 期；又见《儿童文学小论》。
[2] 见赵景深编纂《童话评论》一书中周作人与赵景深关于《童话的讨论》之书信。
[3] 周作人：《童话研究》，见 1913 年 8 月《教育部编纂处月刊》第 1 卷第 7 期；又见《儿童文学小论》。
[4] 周作人：《童话研究》，见 1913 年 8 月《教育部编纂处月刊》第 1 卷第 7 期；又见《儿童文学小论》。
[5] 周作人：《科学小说》，周在篇末注写于 1924 年 9 月 1 日。见《雨天的书》，北京新潮社 1925 年 12 月版。
[6] 周作人：《童话略论》，见 1913 年 9 月《教育部编纂处月刊》第 1 卷第 8 期；又见《儿童文学小论》。
[7] 周作人：《童话研究》，见 1913 年 8 月《教育部编纂处月刊》第 1 卷第 7 期；又见《儿童文学小论》。
[8] 周作人：《童话研究》，见 1913 年 8 月《教育部编纂处月刊》第 1 卷第 7 期；又见《儿童文学小论》。

人在 1914 年写的《儿歌之研究》就对童谣的起源作了正确分析，驳斥了"荧惑说"的谬论。他认为"儿歌起源约有二端，或其歌词为儿童所自造，或本大人所作，而儿童歌之者。若古之童谣，即属于后者"，"故童谣云者，殆当世有心人之作，流行于世，驯至为童子之所歌者耳"①，根本不是天上"荧惑星""惑童儿"所致。为什么有的传统童谣令人费解呢？他指出这既是由于"其歌皆咏当时事实，寄兴他物，隐晦其词，后世之人鲜能会解"，又因"儿歌重在音节，多随韵接合，义不相贯"，"儿童闻之，但就一二名物，涉想成趣，自感愉悦，不求会通，童谣难解，多以此故"②。这就揭开了蒙在童谣上面的神秘乖谬外衣，恢复了它的本来面目。周作人还肯定了儿歌在儿童教育中的作用："在教育方面，儿歌之与蒙养利尤近切"，能"应儿童身心发达之度，以满足其喜音多语之性"③，帮助他们学习语言，提高表达能力；同时儿歌中的人事之歌、传说之歌、体物之歌等能促进孩子们观察事物、认识世界。他还对儿歌的特殊形式——谜语作了充分肯定：谜语"体物入微，惟思奇巧。幼儿知识初启，索隐推寻，足以开发其心思，且所述皆习见事物，象形疏状，深切著明，在幼稚时代，不啻一部天物志疏"④。此外，周作人还对儿歌作了比较合理的分类。

儿童戏剧在我国出现较迟，大概辛亥革命前后，由于受西方文化影响，始有儿童剧作。值得一提的是，周作人较早提倡过这种新的儿童文艺样式。他认为儿童剧对孩子们具有特殊的魅力，"儿童的游戏中本含有戏曲的原质"，儿童剧则将其"伸张综合了，适应他们的需要"，使孩子们"能够发扬模仿的及构成的想象作用，得到团体游戏的快乐"⑤。他"很感到"儿童须有"儿童剧的必要"，"很希望于儿歌童话以外，有美而健全的儿童剧本出现于中国，使他们得在院子里树荫下或唱或读，或演扮浪漫的故事，正当地享受他们应得的

---

① 周作人：《儿歌之研究》，周在《谈龙集·读〈童谣大观〉》中说"我在民国二年所作的《儿歌之研究》……"，故此文应写于 1912 年。见《儿童文学小论》。
② 周作人：《儿歌之研究》，周在《谈龙集·读〈童谣大观〉》中说"我在民国二年所作的《儿歌之研究》……"，故此文应写于 1912 年。见《儿童文学小论》。
③ 周作人：《儿歌之研究》，周在《谈龙集·读〈童谣大观〉》中说"我在民国二年所作的《儿歌之研究》……"，故此文应写于 1912 年。见《儿童文学小论》。
④ 周作人：《儿歌之研究》，周在《谈龙集·读〈童谣大观〉》中说"我在民国二年所作的《儿歌之研究》……"，故此文应写于 1912 年。见《儿童文学小论》。
⑤ 周作人：《儿童的文学》，此文作者题记"1920 年 10 月 26 日在北京孔德学校所讲"。见《新青年》第 8 卷第 4 号，1920 年 12 月 1 日。

第十七章　周作人儿童文学观研究

悦乐"。对于儿童剧的创作，周作人提出"第一要紧的是一个童话的世界"，"以现实的事物为材"，而富于浪漫色彩，作者"要复活他的童心，照着心奥的镜里的影子"进行创作，以"迎合儿童心理"①。

周作人除了对童话、儿歌、儿童剧作过研究外，还对与儿童文学有着密切渊源关系的民间文学中的神话、传说等作过探讨，这里恕不作赘述了。

第四，周作人的儿童文学观也存在着明显的历史局限性，这种局限曾对中国现代儿童文学的发展产生过某种消极的影响。

周作人是"五四"时期典型的人道主义作家。人道主义的一个根本缺陷就在于否认人的社会性，它们讲的人是超时空、超社会的抽象的人。周作人也不例外，他对于儿童的现实认识有点天真，他心目中的儿童只是超时空、超社会，生活在"童话天国"里的儿童。他说："照进化说讲来，人类的个体发生原来和系统发生的程序相同：胚胎时代经过生物进化的历程，儿童时代又经过文明发达的历程；所以儿童学（Paidoloy）上的许多事项，可以借了人类学（Anthropology）上的事项来说明。……儿童的精神生活本与原人相似，他的文学是儿歌童话，内容形式不但多与原人的文学相同，而且有许多还是原始社会的遗物，常含有野蛮或荒唐的思想。"②很明显，周作人是从生物学与人类学而不是从社会学的观点来观察儿童的，他只把儿童理解为孤立于社会之外的单个存在物，儿童的精神生活只与原始人"相似"而不与现实人相通，这就割裂了儿童与现实社会生活的联系，否定了儿童的社会属性。从这一观点出发，周作人视"儿童是小野蛮，喜欢荒唐乖谬的故事"③，"儿歌之诘屈，童话之荒唐，皆有取焉，比尔时小儿心思，亦尔诘屈，亦尔荒唐，乃与二者正相适合"④，故儿童文学应当"顺应满足儿童之本能的兴趣与趣味"⑤，"顺应自然，助长

---

① 周作人：《儿童剧》，见《自己的园地》。
② 周作人：《儿童的文学》，此文作者题记"1920年10月26日在北京孔德学校所讲"。见《新青年》第8卷第4号，1920年12月1日。
③ 周作人：《儿童的文学》，此文作者题记"1920年10月26日在北京孔德学校所讲"。见《新青年》第8卷第4号，1920年12月1日。
④ 周作人：《儿童的文学》，此文作者题记"1920年10月26日在北京孔德学校所讲"。见《新青年》第8卷第4号，1920年12月1日。
⑤ 见赵景深编《童话评论》一书中周作人与赵景深关于《童话的讨论》之书信。

发达，使各期之儿童得保其自然之本相"①。至于"内容意义不甚紧要"②，"寄寓教训，尤在其次"③，"最有趣的是那无意思之意思的作品"④。总之，"儿童的文学只是儿童本位的，此外更没有什么标准"⑤。

  周作人的这些观点，明显地受到了杜威的"儿童本位论"的影响。杜威就说过："儿童的世界是一个具有他们个人兴趣的人的世界，而不是一个事实和规律的世界。儿童世界的主要特征，不是什么与外界事物相符合这个意义的真理，而是感情和同情。"因此在"整个教育过程中，儿童是起点，是中心，而且是目的"。"在学校里，儿童的生活成为决定一切的目的"，各门学科处于从属地位，"学校科目相互联系的真正中心，……是儿童本身的社会活动"⑥。杜威的"儿童本位论"虽然有着提高儿童社会地位、理解与尊重儿童心理个性的合理的因素，但由于片面强调儿童生活中的直接经验，过高估计儿童自我教育和自动性的作用与价值，这就贬低了教师的教育作用，一味顺应儿童，其结果是放纵儿童性格，降低教育标准，使教学放任自流，难免误人子弟，贻误整个教学。周作人儿童文学观的历史局限性也正在这里。"五四"时期，周作人曾激烈地批判过封建伦理道德压制、虐杀儿童心理个性的罪恶，但由于他片面强调儿童心理个性，强调儿童文学"务在顺应自然"，这就从一个极端走向另一个极端，陷入了"儿童本位论"的天真观念的泥沼，致使他的有些观点自相矛盾。从人道主义与"儿童本位论"出发，凡是不合"人性"的，不能"顺应自然"的，不符合儿童心理与趣味的，他都排斥反对。他尤其反对儿童文学的教育功利性与社会功能，他说："在诗歌里鼓吹合群，在故事里提倡爱国，专为将来设想，不顾现在儿童生活的需要的办法，也不免浪费了儿童的时间，缺损了儿童的生活。"⑦"五四"运动退潮以后，周作人的思想逐步停顿，他的文学主张也逐步背叛了自己原先的主张，否认文学的社会作用，提倡性灵、趣

---

① 周作人：《童话略论》，见1913年9月《教育部编纂处月刊》第1卷第8期；又见《儿童文学小论》。
② 见赵景深编《童话评论》一书中周作人与赵景深关于《童话的讨论》之书信。
③ 周作人：《童话略论》，见1913年9月《教育部编纂处月刊》第1卷第8期；又见《儿童文学小论》。
④ 周作人：《儿童的书》，见《自己的园地》，北新书局1923年9月版，下同。
⑤ 周作人：《儿童的书》，见《自己的园地》，北新书局1923年9月版，下同。
⑥ 参见杜威《明日之学校》、《学校与社会》。
⑦ 周作人：《儿童的文学》，此文作者题记"1920年10月26日在北京孔德学校所讲"。见《新青年》第8卷第4号，1920年12月1日。

第十七章　周作人儿童文学观研究

味、闲适以至文学无用论。为此,他更加反对儿童文学的社会作用。1923年,当他看到《小朋友》第7期出刊《提倡国货专号》时,他这样说:"我很反对学校把政治上的偏见注入小学儿童,我更反对儿童文学的书报也来提倡这些事。以前见北京的《儿童报》有过什么国耻号,我就觉得有点疑惑,现在《小朋友》又大吹大擂的出国货号,我读了那篇宣言,真不解这些既非儿童的复非文学的东西在什么地方有给小朋友看的价值"[①]。周作人的这些观点,显然是与现代儿童文学的发展方向背道而驰的,在当时以至后来的较长时间曾发生过消极的影响作用。这就自然遭到了提倡"血与泪的文学"与"为人生而文艺"的沈雁冰、郑振铎、叶圣陶、张天翼等一大批热心儿童文学的作家的批评,他们在二三十年代,都曾以自己的理论主张或创作实践,从不同角度给予反对,从而保证了中国现代儿童文学沿着现实主义的方向发展前进!

三、属于拓荒者

在中国现代文学史上,周作人是一个比较复杂而有影响的人物,在中国现代儿童文学史上,他同样也是一个比较复杂而有影响的人物。如上所述,我们对周作人早年的儿童文学活动及其理论主张作了一个概略的透视。从历史演进着眼,本着实事求是的精神,我们认为周作人对中国现代儿童文学——主要是在它的初创时期,是有过一定贡献的,我们不能因为他后来的变化而否定了他早年所做的工作;同样,他的消极影响也是不允否认的。笔者的看法是:

第一,在本世纪初风雨如晦的动荡年代,面对着一片荒漠而又极少有人开垦的儿童文学领域,周作人能够较早出来热心倡导并从事至今仍然被某些人视为"小儿科"的儿童文学,还切切实实做了一些有益的工作,其精神确是难能可贵。他关于提高儿童社会地位、尊重儿童独立人格等的观点,在客观上配合了鲁迅"救救孩子"的呐喊,顺应了反封建的"五四"时代精神。

第二,周作人的儿童文学论著是现代儿童文学初创时期的重要理论收获。

---

① 周作人:《关于儿童的书》,周在篇末注写于1923年8月,见《谈虎集(下卷)》,北新书局1934年4月版。

341

他对儿童文学理论作了比较全面的探讨，提出了不少新鲜见解，尤其是他的童话专论，对我国的童话研究有着开创性的意义。他强调关于"迎合儿童心理供给他们文艺作品"的观点也存在着某些可以借鉴的合理因素。

第三，周作人受到杜威"儿童本位论"中某些天真观念的影响，片面强调"顺应儿童"，反对儿童文学的教育功利性与社会作用，对现代儿童文学产生过某些消极的影响作用，这一事实是抹杀不了的。

总之，我们认为周作人应当属于中国现代儿童文学拓荒者的行列，在儿童文学史上应有其应有的地位，先前那种把他一棍子打死的做法是不够实事求是的。

【附记】

本文最先在《浙江师范大学学报》1984年第2期发表，后作为序言收入浙江少年儿童出版社1985年出版的《周作人与儿童文学》（本人编）一书。中国社会科学院文学研究所主编的《1986中国文学研究年鉴》有如下述评："关于周作人与儿童文学：在中国现代文学史上，周作人是一个比较复杂的人物。他早年曾积极参加'五四'新文化运动，后来又丧失气节，沦为民族败类。如果本着历史唯物主义的观点，不因人废言、因人废史，那么对他早期的文学活动包括他在儿童文学领域的工作及其一系列理论主张，还应作实事求是的肯定。本年出版的《周作人与儿童文学》一书（王泉根编），辑录了周作人有关儿童文学的文论近五十篇，对于研究周作人的儿童文学观及其对中国现代儿童文学的影响，具有重要参考价值。编者王泉根在以《论周作人与中国现代儿童文学》为题的'代前言'中，以翔实的资料，说明周作人是外国儿童文学最早的热心译介者之一，是儿歌童谣与民间故事的热心搜集者，而他在儿童文学方面的工作，最有实绩、最有影响的则是儿童文学理论研究；指出周作人的'儿童文学活动主要是在1909年至1923年间进行的。这一时期正是周作人一生中思想发展最明亮的时期，也是他对新文学最有贡献的时期'。在详细介绍和分析周作人的儿童文学观和在当时历史条件所起的作用后，王泉根认为：'从历史演进着眼，本着实事求是的精神，我们认为周作人对中国现代儿童文学——主要是在它的初创时期，是有过一定贡献的。我们不能因他后来的变化而否定他早年所做的工作；同样，他的消极影响也是不容否

第十七章　周作人儿童文学观研究

认的。'"我们认为周作人应当属于中国现代儿童文学拓荒者的行列,在儿童文学史上应有其应有的地位,先前那种把他一棍子打死的做法是不够实事求是的。'"

《中国文学研究》1995年第1期刊载的《"周作人与儿童文学"研究述评》,一文认为:"周作人的儿童文学活动长期以来几乎无人提及,似乎在中国的儿童文学史上,压根儿没有发生过这回事,偶尔能见到的文字,也是口诛笔伐,全盘否定。周作人被重新发现,始于80年代初。十一届三中全会后,新思想启蒙运动与改革开放的潮流,极大地拓展了中国儿童文学研究的空间。在关于如何提高中国儿童文学研究水准的思考中,谈论最多是尊重历史,坚持实事求是的问题,在这种思辨气氛中,重新回忆起周作人,便是很自然的。首先发难的是一些敢想敢干又有敏锐头脑、有志于儿童文学事业的年轻人。例如王泉根先生就是其中的代表。他在浙江师大攻读文学硕士学位时,就极具史家胆识地将目光投向了周氏兄弟。他认为:'早年的周氏兄弟还有一个共同之处:他们都十分关心儿童教育与儿童文学,为中国现代儿童文学作出了筚路蓝缕的贡献。可以毫不含糊地说,中国现代儿童文学的最早篇章,主要是由周氏兄弟书写的……周作人在中国现代儿童文学的早期阶段曾经做过不少有益的工作,在当时产生了不小的影响。对于周作人这样的人物,我们不能因人废言、因人废史,而应当严格地从史实与资料出发,反复地分析研究,具体地实事求是地评价其人其文,以恢复这类历史人物在文学史上的本来面目。'这是代表了80年代学术精神的一种心声。本着这种精神,他编选了《周作人与儿童文学》(资料本),在'代前言'《论周作人与中国现代儿童文学》中,对周作人的儿童文学活动,儿童观与儿童文学观都作了有史以来第一次较详细中肯的概观,集中表达了如下重要观点:(一)周作人早在1906年就涉猎到儿童文学。他不仅是外国儿童文学的热心译介者,还是儿歌童谣与民间故事的热心搜集者,而他在儿童文学理论方面的研究则最有实绩、最有影响。(二)周作人的儿童文学观包含三个方面的内容:(1)批判封建的旧儿童观,鼓吹尊重儿童独立人格的新儿童观。(2)强调理解'儿童的世界',尊重儿童心理发展的年龄特征,主张迎合儿童心理供给他们文艺作品。(3)提倡儿童文学文体多样化,肯定它们在儿童教育中的作用。(三)周作人是现代中国研究童话理论并取得成绩的第一人;还对儿歌、儿童戏剧等作过较为深入地探讨。(四)周作人的儿童文学观也存在着明显的历史局限性,受到杜威'儿童本位论'的消极因素的影响,片面强调'顺应儿童',反对儿童文学的教育方向性

与社会作用，对现代儿童文学产生过十分不良的影响。结论是：周作人应当属于中国现代儿童文学拓荒者的行列，在中国文学史上应有其一定的地位。这是中国文学批评史上第一篇比较全面系统地阐述周作人的儿童文学主张并肯定其在中国儿童文学发展史上的地位的重要文论，它的出现翻开了周作人研究中被历史尘封已久的厚厚的一页，具有划时代的意义。此后，王泉根在他毕业论文基础上著就的《现代儿童文学的先驱》、评选本《中国现代儿童文学文论选》及著作《中国儿童文学现象研究》中，更是继承与实践了这一学术精神，积极地介绍与评注周作人的儿童观与儿童文学观，为周作人儿童文学理论的重新发现作出了突出的他人无可替代的重大贡献。"

第十八章
丰子恺作品的佛心、童心与诗心

丰子恺的散文与同时代的作家相比，有独特的文品。诚如他本人在《儿女》一文中所说："近来我的心为四事所占据了：天上的神明和星辰，人间的艺术与儿童。"佛心、童心、诗心，三心构织成其艺术追求上的三昧境界。"艺术三昧"就是"多样的统一"，即"在一笔中已经表出全体，在一笔中可以看出全体，而全体只有一个"。[①] 三心交织，使丰子恺的散文在千姿攒动、万态纷呈的现代文学史上成为了鲜明独特的"这一个"。

一

春秋代序，星移斗转，流光瞬变，人世沧桑，这世界尽在不停地变化中。面对这外在世界的变幻，人们很容易引发遐想，进行反观人生的哲学诘问，只是各人因着先天或后天的影响，这种哲学思考程度不同罢了。佛教，在中国对大多数人而言，与其说是一种宗教信仰，毋宁说是一种哲学思考方式。印度佛

---
① 《艺术三昧》，见《丰子恺散文全编》第152页，浙江文艺出版社1992年版。

教传入中国,被"中国化"以后,已经具有了强烈的生活意味,一种充满世间安乐情趣的"乐道生活"。[①] 在现代,"五四"退潮以后,许多文人学者也走近了佛教,其中有一部分人秉着天赋的慧根,欲以反思人生,诘问己身。他们吸收了佛教佛义,并在日常生活中自觉遵守,在文艺创作中贯穿落实,成为了"不僧不俗,亦僧亦俗"的在家居士。丰子恺即属此类文人之列。

丰子恺出生于浙江省崇德县(今桐乡县)石门湾的一个小康之家,自小便具慧根。稍至年长,目睹人世种种生老病死,聚散离合,他深感世事无常,造化弄人。可以说在成长的岁月中,他是带着与生俱来的非自觉的佛教关怀,去寻绎零星事物中的佛理。长大成人后,恰逢动荡年代,政治黑暗,国家凋敝,于是,很自然的,丰子恺如诸多青年人一样,迫切需要寻求一种能超越不可为的现实,解决人生终极问题,从而获得精神上的绝对自由与自在解脱的生命支柱。终于在他的老师李叔同(弘一法师)的影响和带动下,他接受了佛教,并于1928年在上海江湾永义里住所缘缘堂举行了仪式,正式皈依佛法,成为了一名佛教的居士。

细究丰子恺的文学作品,不难发现他的佛教思想其实相当驳杂。禅宗、唯识宗、净土宗、律宗在他身上巧妙地结合起来,最终体现出一种关注现实的倾向和悲天悯人的情怀。在这一点上,他与"广大化教主"的白居易颇为相近。我们可将纷呈存在于丰子恺文章中的佛教思想概括为三个渐次展开的层次,此三层渗透交叉,不断扩大其涟漪和波浪,影响了许多人。

位于首位的即是"诸行无常"观。"诸行无常"是佛教的一个基本观点。"无常"就是不恒常、变化无定。佛教认为世间一切事物都是变化无常的,都是一个生、住、异、灭的过程。佛典中的《无常经》就特别强调:"未曾有一事不被无常吞"。"无常"意味着事物刹那生灭,永恒不变的实体都是不存在的。这种变幻不定的客观现实与希望顺境永远存在的主观意图之间的矛盾对立,就会给人带来痛苦。佛教这种人生无常、人生如梦的观念对丰子恺的人生观产生

---

① 罗成琰:《论丰子恺散文的佛教意蕴》,《湖南师大学报》,1990年第6期。

第十八章　丰子恺作品的佛心、童心与诗心

了深刻的影响,因而在他的文学作品中,尤其是早期的散文中很明显地渗透着对人生无常生发出的伤感情绪。丰子恺曾写过一篇《晨梦》的散文,直接抒发了"人生如梦"的慨叹:"儿时的欢笑,青年的憧憬,中年的哀乐,以及名誉、财产、恋爱……在当时何等认真,何等郑重,然而到了脆弱的躯壳损坏而朽腐的时候,全一去无迹,永远没有这回事了,哀哉,人生如梦!"此外在《秋》中,沉醉于宁静萧瑟的秋风秋雨秋色秋光之中的丰子恺,在佛教无常观的影响下竟发出极为悲观的声音:"生荣不足道,我宁愿欢喜赞叹一切的死灭";在《法味》、《银窖》中,他更是感叹造化弄人;在《看残菊有感》、《不惑之礼》中,则表现出一种强烈的时间迁逝感;而在《无常之恸》一文中,则阐发了佛教"诸行无常,是生灭法,生灭灭已,寂灭为乐"的思想,流露出因人世和自然界种种哀荣兴废所产生的惆怅和伤感。

丰子恺在散文中似乎将自己的悲观情绪流露得淋漓尽致,但细究起来,我们不难发现他的无常观并不完全等同于佛教的无常观,由于各种复杂因素,其无常观更显复杂并还有积极色彩。丰子恺在思想深处的确存在一定程度上真实反映宇宙人生客观变化的"无常观",但是这并不妨碍他在实际生活中强调人的主观能动性。他在《晨梦》中警醒人们不要因为世事无常,而提不起穷究人生根本的勇气。在《大人》一文中他更指出虽然人生有尽,生命有涯,虽然自然伟大,人力微薄,但我们仍要"以有涯攻无涯",仍要"知其不可而为之",追求一种超越时空的瞬间永恒,做一个"明道"的人。可见,丰子恺并没有否定生,他认识到世事皆变的客观现实,在自我悲观情绪渲泻无遗之后,他更认识到了要对自己有限的生命作真正必要的创造,珍惜生命,珍惜生活,步步去找寻人生的真谛和自己的"真我"。[①]

在对人生终极目的的汲汲进取中,丰子恺已渐渐不能满足于对佛教感性层次上的把握,而进入了更深一层的理性探索。由于他坚信自己的一生是由无数个偶然机遇而造成的,这种由生活经历而引发的感受使他很容易就接受了唯识

[①] 罗成琰:《论丰子恺散文的佛教意蕴》,《湖南师大学报》,1990年第6期。

宗的因果论思想，并自觉运用它来解释无常论。因果论，便是丰子恺佛教思想中的第二个层次。

在熊十力《佛教名相通释》中释因果为："因为能生，果为所生。""又经部计前法为后法因，致因果异对。大乘说种生现，现生种，彼此俱有，故因果同时。"意思是说万事万物的生起都是有原因的。大千世界，森罗万象，形形色色，生生化化，无一不是因缘和合而生，世上的一切事物和现象都是互相联系，互相依存，互为条件的，都必须互相依持，互相作用才能得以生存。这就是说，一切事物都是互为因果的，都处在因果相续相联的关系中。丰子恺在年幼时便不自觉地本能地产生出对事物因果关系的疑问：如自己乘船时不慎掉到水里的不倒翁；去郊外游玩时偶然看到的一根树枝；吃饭时一颗掉在衣襟上的米粒；一支翻落到痰盂中的大美丽牌香烟……对这些事物的结果，他总会思索半天，在怅然间他感到这一切固然是偶然的，但其中又有必然，这必然就是因缘。推而广之，他似乎看见世间有一册极大极大的"账簿"，簿中详细记载着宇宙间世界上一切事物的过去、现在和未来三世的因因果果。①

丰子恺还将因果论文学化、通俗化。他创作的童话《猫叫一声的结果》，讲述了因为一声猫叫，最终产生出一个强盛公正的"模范国"的故事。作者通过层层推导，环环相剥，将表面上看似荒诞不经的因果关系深入浅出地用具体的情节加以演绎，从而让普通读者获得有因必有果、由因生果、因果必然这一深奥的义理。他的另一篇随笔式的奇闻逸事录《蜀道奇遇记》，通过战争时期有母女二人的一家与有父子二人的一家，由于时局动荡，骨肉离散，阴差阳错各种原因作用下，最终导致那家儿子娶了这家母亲，而那家父亲又娶了这家女儿的尴尬结局。不仅因果论在这奇事中得到演绎，同时也深刻含蓄地表达了作者的反战思想。佛教的因果论让人意识到必然存在的因果关系对现实人生的巨大影响力与约束力，任何一个因都可能产生意想不到的果。因此每个人都要对自己的行为负责，充分意识到自己的做与说会带来何种结果。佛教的因果论可

---

① 丰子恺：《大账簿》。

第十八章　丰子恺作品的佛心、童心与诗心

以对信奉者产生一种强大的道德结束力，使他们自觉做到"修身"，做到"诸恶莫作，诸善奉行"。这一点在丰子恺的文品与人品中都有所体现。

丰子恺在感性与理性地把握佛教义理后，并没有就此做一个安于在家的闲逸居士。虽然他的确曾将自己的心搁在那虚无缥缈的理想世界中，追求一种无拘无束、自然适意的日常生活境界，以"无益"之事遣有涯之生，可谓是"吃茶吃饭随时过，看水看山实畅情"；他也曾在《告缘缘堂在天之灵》中描写了他一家在故乡石门湾的生活情景。在那里他可以静听流莺鸣啭，细看花影慢移，饮春醪，赏明月，从而感受人生的真谛，体悟生命的乐趣。但是当国破与家仇共痛、怒火与炮火齐烧之时，他便不再孜孜于充满"趣味"的自我生活天地。他创作的《还我缘缘堂》、《告缘缘堂在天之灵》、《辞缘缘堂》等散文名篇，似喷火，似飞矢，痛快淋漓，义愤填膺。这时的丰子恺的佛教思想可谓进入了第三个层次，即"自觉觉人"、"自利利人"，把个人利益与社会利益相统一，个人解脱与一切众生的解脱相统一。

其实，抗战前的丰子恺面对黑暗动荡的现代中国也并非无动于衷熟视无睹的，他曾加入"为人生而艺术"的文学研究会，曾多次引用苏东坡的诗句："恶岁诗人无好语"；在《邻人》、《吃瓜子》、《作客者言》、《穷小孩的跷跷板》、《肉腿》等散文随笔中，也描写了社会上的苦难相、悲惨相、丑恶相、残酷相。只是他采取的是一种心不动念、万事俱如、旁眼观察世事流转的"斥妄"方式，对社会黑暗予以冷静的剖析和抨击，其时的"自觉觉人"、"自利利人"的意识还不够明显罢了。抗战爆发后，丰子恺则在其文章中直接地表现出自己对外来侵略者、对时局的强烈不满和愤恨。在《还我缘缘堂》中作家直泄怒愤地写道："东战场，西战场，北战场，无数同胞因暴敌侵略所受的损失，大家先估计一下，将来我们一起同他算账！"火山爆发似的抗战激情由此可见一斑。1936 年以后，丰子恺散文中的诸多篇什都可见其对时局的直接抨击:《防空洞见闻》和《胜利还乡记》，控诉了日本鬼子滥炸平民的罪行；《贪污的猫》讽喻了现时的贪官污吏；《伍圆的话》反映了通货膨胀、民不聊生的苦难现实；《口中剿匪记》更把贪官污吏比作"匪"来剿歼，认为只有把他们"连根拔起，

满门抄斩"，加以"肃清"，"另行物色一批人才来"，国家才得太平，民生才得幸福。真是愤慨之情，溢于言表。

丰子恺佛教思想的这三个层次，如同扇形平原那样，渐次展开其旖旎，且愈往后愈显宏阔的山光水色。这其中作者本人正经历着一个在思想境界上不断涤虑和调整、不断加深和拓宽其胸襟的过程。

二

"儿童"在中国传统文学中一直没有地位，更遑论讴歌童心。但从"五四"时期开始，儿童与童心普遍得到新文学的尊重与赞美，这构成了现代中国一个非常引人注目的文学现象。这种对童心的重视固然受了外移而来的西方浪漫主义文学与儿童文学的影响，更主要的是由于黑暗冰冷的现实使童心成为了美好人性的象征，成为了七彩理想的幻境，人们期待着它能抚慰生活在灰色现实中的心灵。很多论者都将丰子恺的童心思想单一地从这一角度加以审视，认为他也是为逃避现实、追求理想而讴歌童心的。但是，问题并非如此简单。丰子恺的童心思想也可以从三个方面加以探讨。

丰子恺散文的童心更多的是一种本真童心的体现。首先他在心理上始终保留着比一般人远为强烈的儿童般的天性。丰子恺秉持一颗赤诚的童心，对儿童世界倾注了极大的兴趣与关注，这种意识可以说是自觉与非自觉相结合的。他把孩子们的喜怒哀乐，把他们心目中的奇妙世界惟妙惟肖地展现于作品中。

《给我的孩子们》是丰子恺天赋童心体现无遗的典型代表作。这篇以作为《子恺画集》的"代序"，叙述了自己一群"小燕子般的儿女"瞻瞻、阿宝、软软们的天真相：他们要皮球停在墙壁上不掉下来；要唤月亮出来；要天停止下雨；为小猫不肯吃糕哭得死去活来；因父亲的腋毛而大惊大恐伤心大恸……如果不是真正地理解了孩子的所思所想，是绝不会如此真实地表现出他们的"真率、自然与热情"的。在《有情世界》中，丰子恺将阿田梦中的世界创造得尽是童趣与遐想，十分真实地切近孩子心中美好世界的幻境，而并非大人眼中的儿童世界。此外在《华瞻的日记》中，作者写了瞻瞻和邻居小女孩郑德菱之间

第十八章　丰子恺作品的佛心、童心与诗心

青梅竹马、两小无猜的友谊和无拘无束的感情抒发。瞻瞻怨恨干吗一定要用"家"这个概念，把他们时不时分开，在他看来，"像我们这样的同志，天天在一起吃饭，在一起睡觉，多好呢？何必分两家？即使要分作两家，反正爸爸同郑德菱的爸爸很要好，妈妈也和郑德菱的妈妈常常谈笑，尽可你们大人作一块，我们小孩作一块，不更好吗？""这家的分配法，不知是谁家的，真是无理极了，想来总是大人们弄出来的。"孩子们天真美好的意愿是那么有趣可爱，这只有真正有天赋童心的大人才能这样真切的理解并真切地加以刻绘。

同时丰子恺本真的童心还与其童年经历有关。他一出生便被家人视为掌上明珠，极为宠爱。在这样的氛围下长大的孩子自然少几分同时代生活在困境下的同龄人的早熟的悲哀，多几分真正的童年乐趣。而且丰子恺自幼喜爱画画，更喜爱与画颇有联系的各种玩具和花灯。这种种童趣一直延伸进他成年后的岁月中。20年代中期，丰子恺在学校教书时曾将挂在墙上的钟加以改造，用油画工具将表盘绘成了一幅画。后来当他对这幅画看够了，便干脆将表盘完全涂白，改成了"没字钟"。这一趣事让人不由觉出子恺先生身上几分童真似的顽皮在跃动。同时丰子恺之所以创作出幽默生动的"子恺漫画"这一艺术新形式，也是因着自身溢动着的强烈童趣的影响。

但是丰子恺文章中的童趣并非只是自我童真单纯的表现，在其童心深处还漾动着佛教思想的底蕴。《坛经》云"世人性净，犹如青天"。八指头陀诗云"吾爱童子身，莲花不染尘……可慨年既长，物欲蔽天真"。佛教重视人的本性的探讨，认为众生先天地具有一种与尘世染污不同的"清净心"，即"佛性"，而这种"佛性"又集中体现在儿童身上。因为童心绝对纯真，是最初一念之本心，没有受到世俗尘埃的蒙翳。丰子恺的"童心说"自然也受着佛教这一观点的影响。

在丰子恺看来，童心没有虚伪残忍的腐蚀，没有名利缰索的羁绊，没有怀疑妒忌的压抑，儿童的世界是一天真无邪的世界。在《华瞻的日记》、《给我的孩子们》、《儿女》、《谈自己的画》等作品中，丰子恺对儿童极尽赞美之能事。他赞美孩子们是"身心全部公开的真人"，"有着天地间最健全的心眼"，

"世间的人群结合永远没有像你们样的彻底真实而纯洁"。他认定儿童在他的心目中占有与神明、星辰、艺术同等的地位。在赞美儿童世界的同时,丰子恺将世俗社会的成人世界与儿童世界进行对比,用后者映衬前者的虚伪、卑劣、病态和不自由。在《谈自己的画》中,他写道:"成人的世界,因为受实际的生活和世间的习俗的限制,所以非常狭小苦闷。孩子们的世界不受这种限制,因此非常广大自由。"他认为,成人们大都热衷于名利,萦心于社会问题、政治问题、经济问题、实业问题等,没有注意身边琐事,细嚼人生滋味的余暇与余力,认识不了世间事物的真相,忘却了人类的自然本性,变得"虚伪化"、"冷酷化"、"实利化","失去了做孩子的资格"。他还把自己的生活同儿女们进行比较:"我那种生活,或枯坐,默想,或钻研,搜求,或敷衍,应酬,比较起他们的天真、健全、活跃的生活来,明明是变态的、病的、残废的。"(《儿女》)其实丰子恺这样的笔端也充满了佛理。佛教的佛性论认为"心性本净,客尘所染"。六祖惠能也说:"于外著境,妄念浮云盖覆,自性不能明。"佛教认为人性本佛性,但为外界妄念所迷,遂堕入世相虚妄之中,受到世智尘劳的拘束。佛教对世俗社会的"妄念浮云"、"客尘"是持抨击态度的。

带着浓厚佛教色彩的儿童崇拜情结使丰子恺时时陷入痛苦的境地。他认为孩子越小,受社会世俗的影响就越小,越容易保持"清净本然"的本性,因而就越可爱;而当他们长大以后,就不复像昔日那样快乐自由,"一个个退缩、顺从、妥协、屈服起来,到像绵羊的地步"。[①] 有时甚至偏颇而痛苦地认为小孩一生下来就应该死掉,这样才能保持纯真和聪慧(《阿难》)。

丰子恺这种有着佛教底蕴的儿童崇拜使他自然而然地与影响着当时中国的西方近现代哲学和文学中普遍存在的异化主题相契合。这一契合使丰子恺的童心思想在某种程度上表现出一定的现代意识和现代眼光。在西方浪漫主义者的文化构想中,天真烂漫的童心,较之野性未泯的生命强力和淳厚质朴的风俗人情,更具有人类初民时代的原生性与纯洁性,它是一种未经文明社会和成人世

[①] 丰子恺:《给我的孩子们》。

第十八章　丰子恺作品的佛心、童心与诗心

界浸染的人的自然本能与自然情感。现代中国作家接受了西方浪漫主义者的自然人性的观念，他们正是从这一视角来观照和赞美儿童与童心的。作为中国现代作家中的一分子，丰子恺受西方童心说的影响是可以理解的。他曾说过："大家不失去童心，则家庭、社会、国家、世界，一定温暖、和平而幸福。"他深切地感到在成人世界中一切属于人的冲动和情感都受到了压抑，人沦为知识、名誉、商品、金钱和自身功利欲望的奴隶，被世俗价值和世俗社会所紧紧束缚，从而丧失了自己的个性，丧失了自己作为人的本质存在。因此他寄希望于童心能促使人们返璞归真，尽可能地保留一些童年时代纯真、自在的天性。

但是并非如许多论者所说的那样，儿童世界成为了丰子恺逃避现实的"避风港"[①]，童心成为他追求的美好幻境的象征[②]。如前所述，丰子恺作品中的童心思想是比较复杂的，可用本真层面、佛教层面及现代意识层面（即西方浪漫主义童心说）这三层来进行把握，而且此童心思想并没有使丰子恺选择消极出世、耽于遗世独立的生活态度。他始终对儿童怀着一颗赤诚之心，不仅创作了众多的、栩栩如生的儿童漫画，而且创作了不少别具一格的儿童故事、童话和散文，留下了写儿童和为儿童而写的优秀篇章，对中国儿童文学的发展作出了积极的贡献。他对人生采取的是一种积极的入世态度。

三

我们说丰子恺散文具有诗心，此"诗"是从广义来理解的，即泛指艺术，所谓诗心即是从丰子恺散文的艺术特征这一总角度来把握的。丰子恺不但是一位散文家，更是一位出色的画家、音乐家。绘画与音乐对子恺散文的艺术风格无疑有着深刻影响。

周作人说过："文章的理想境界我想应该是禅，是个不立文字，以心传心的境界。"丰子恺的散文确有以心传心的境界。他的文章并非笔力雄健、意气超拔，也非凄清哀怨、字字若缨络敲冰，更非镂金错彩、征古引今；而是流动

[①] 张劲：《论丰子恺的散文》，《贵州文史丛刊》1985年第2期。
[②] 曹万生：《朱自清与丰子恺：传统余脉的变形与延伸》，《文学评论》1992年第2期。

着淡泊蕴藉的色彩，贯穿着轻徐舒缓的节奏，浅淡中见深味，疏放中见灵机，真是言为心声，笔随心转，其文品与人品是一致的。丰子恺曾称道过湖山名胜一些名不见经传的人物的题咏，说它们具备一种"直率简劲的美，为金碧辉煌的作品所不能见"（《读书》）。他也曾赞扬过数学家苏步青的诗，说它"直直落落，明明白白，天真自然，纯正朴茂，可爱得很"（《湖上夜饮》）。这种褒扬之词，无疑与其作品风格有异曲同工之妙。

请看《山中避雨》，对雨天拉琴解闷的描写："在山中小茶店里的雨窗下，我用胡琴从容地（因为快了要拉错）拉了种种西洋小曲。两女孩和着了歌唱。好像是西湖上卖唱的，引得三家村里的人都来看。一个女孩唱着'渔光曲'，要我用胡琴去和她。我和着她拉，三家村里的青年们也齐唱起来，一时把这苦雨荒山闹得十分温暖。"这幅山中避雨的画面可谓是"子恺漫画"的文字演绎篇。作者既没有细写拉琴者、歌唱者的具体相貌神情，也没有微观描绘那琴声、歌音是如何地悠扬动听，他只是朴实无华地、舒徐自如地写出了那一种温婉疏朗的情致，那一种撩人遐思的氛围，虽寥寥数笔却有为人所不能及的美致。

"子恺漫画"的风格处处体现在丰子恺的文学创作中。前人有谓"绘画不能绘其馨，绘水不能绘其声，绘人不能绘其情。"（笪重光《画筌》）花之馨，水之声，人之情，虽不能直接表现于纸面上，但艺术形式能传其精神，则给人以"有"的感觉。丰子恺正是深谙个中三昧，作画如此，作文亦如此。他追求的是以"形"传"神"，"形""神"兼备。请试看《儿女》一文中，对孩子们夏夜纳凉的描写："最初是三岁的小孩的音乐表现，他满足之余，笑嘻嘻摇摆着身子，口中一面嚼西瓜，一面发出一种像花猫偷食时候的'ngam，ngam'的声音来。这音乐的表现立刻唤起来了五岁的瞻瞻的共鸣，他接着发表他的诗：'瞻瞻吃西瓜，宝姊姊吃西瓜，妞妞吃西瓜，阿韦吃西瓜。'这诗的表现又立刻引起了七岁与九岁的孩子们散文的、数学的兴味，他们立刻把瞻瞻的诗句的意义归纳起来，报告其结果是：'四个人吃西瓜。'"作者以白描的手法，练达的文字，将小孩子们的可爱、稚气表现得淋漓尽致。实际上丰子恺此处也借鉴了自己的漫画创作手法，即注意抓住对象的特征，以简洁的笔法

第十八章　丰子恺作品的佛心、童心与诗心

将画意显露无遗。夏夜纳凉的场景正是抓住了最能表现孩子们稚气之处的语言，从而表现出孩子们可爱的面影与洋溢在家庭生活中的天伦情趣。

丰子恺还将漫画创作的其他诸多艺术手法也恰当地运用在文学作品中。如在童话《伍圆的话》里，作者出色地运用了讽刺白描的手法，通过一张伍圆钞票几经周折最后落到只有垫桌脚的价值的故事，尖锐地讽刺了物价飞涨、民不聊生的社会现状。丰子恺散文不仅运用了漫画的艺术创作手法，还借鉴了漫画取材的独特视角：即从小处着眼，以求小中能见大。作者虽然在《谈自己的画》中说自己作文"喜欢谈与人生根本问题有关的话"，但他并非为达此目的而直接采用带有特意进行理性思考痕迹的阐发式议论手法，或者用一些警句式的概括。他善于运用独特的"漫画之眼"，常从自己眼前所见、耳中所闻的平凡细小事物中引发自己对人生、对社会的看法，或者借此稍带一定的佛理。这种"最喜小中能见大，还求弦外有余音"的取材方式，使其作品在平易、亲切中涵含着深刻的人生哲理。

丰子恺常从微细的"世间相"中，开掘出某种不为人注意的事理。比如对于吃瓜子，这一中国人日常生活中最常见的细事，他也能就此发一番"闲谈"："而能尽量享用瓜子的中国人，在消闲一道上，真是了不起的积极的实行家，试看糖食店、南货店里的瓜子的畅销，试看茶楼、酒店、家庭中满地的瓜子壳，便可想见中国人在'格，呸'、'的，的'的声音中消磨去的时间，每年统计起来为数一定可惊。将来必定发展起来，恐怕是全中国也可消灭在'格，呸'、'的，的'的声音中呢。"文章虽幽默灵动，读来使人忍俊不禁，哑然失笑，但笑过之后，作者对"有闲阶级"的讥讽，对旧中国前途的担心，则会引发人们深深的思索。又如《随笔六则》（之六），写一群走向屠场的羊。其中有只每次都用来专门引导群羊上船的老羊却能安然回归围栏。作者由此想到："这不杀的老羊，原来是该死的'羊奸'。"写的是羊，寓指是人。于是启示读者去思考社会中的奸佞之徒，去联想"世间种种的不幸"。另外在《邻人》中，他又从都市式的住家楼房屋前的尖尖"铁扇骨"和各色各样的"锁"，联想到邻居家的彼此防范，联想到"人类的丑恶与羞耻"。文章虽无刻意宣示，却实

有深刻的哲理寓藏其中，有弦外余音之妙。

此外，丰子恺在音乐上的造诣，也帮助他在文学作品中显示出独特的风格。《有情世界》是一篇充满想象力和优美境界的童话。它通过阿因的爸爸白天给他谈诗，晚上阿因就由这些诗的意境做了美丽的梦。在梦中他遨游在"有情世界"里，他遇到了漂亮而又心地善良的月亮姐姐、蒲公英、松树、杜鹃花、白云伯伯、溪涧……他们和他一起玩耍、谈心，给了他无私的友谊和帮助。作者充分利用音乐的旋律和舒缓自如的节奏感，使这个美丽的童话世界充满了诗情画意。

综上所述，正如本文开篇所言：佛心、童心、诗心，使丰子恺的文品与人品在中国现代文学史上显示出如此这般独特鲜明的风格，于是这就有了永具魅力的子恺散文与子恺散文的永恒魅力。

（写于2001年）

第十九章
当代儿童文学作家十人论

本章探讨了当代 10 位儿童文学作家，有老有少，有男有女，有东部也有西部。这 10 位作家的创作成就艺术风格与主攻文体虽各不相同，但从中可以约略窥见当代儿童文学创作的时代规范、艺术变革、审美追求与探索实践精神。本章有意把这 10 位作家邀聚在一起，进行一番别开生面的对话交流。他们是：上海的陈伯吹，北京的金波，北京的曹文轩，昆明的沈石溪，北京的张之路，上海的周锐，成都的杨红樱，上海的郑春华，长沙的汤素兰，重庆的张继楼。

陈伯吹

2006 年 8 月是中国儿童文学泰斗陈伯吹诞辰 100 周年，北京、上海相继举行了一系列纪念活动。这些活动为的是纪念一颗心，这是一颗仁慈而博大的心，这颗心从开始跳动起，就一直保持着纯正的童心状态。老了将生命的最高境界视为"赤子"与"婴儿"。《道德经》说"常德不离，复归于婴儿。""圣人皆孩之。""专气致柔，能婴儿乎？"李贽将文学创作的审美尺度界定在"绝

假纯正"与保持童心："若失却童心，便失却真心；失却真心，便失却真人，人而非真，全不复有初矣。"陈伯吹先生对现代中国文化与儿童文学贡献卓殊，我们用不着再去寻找那些炫目的形容词和桂冠。我认为，陈伯吹先生留给20世纪中国文化与儿童文学的最深刻、最感动人的就是他始终是以一个"真人"的姿态，做着他所能做的、喜欢做的事情。这位和蔼可亲、温文尔雅的智者和真人，为20世纪中国文化与儿童文学留下了许多个第一，作出了多方面的贡献。

——陈伯吹先生是中国第一个全职儿童文学家。在他之前，作为现代中国儿童文学拓荒者和创新者的叶圣陶、冰心等，都是既从事儿童文学也从事成人文学的双栖型作家。而陈伯吹则是从一步入文坛直至晚年，始终是以一个全职儿童文学家的身份存在的，虽然他也写过《魔鬼吞下了炸弹》（1944年）等成人文学，但那样的作品数量不多，他始终将自己贞定在儿童文学的岗位上，专心致志，目标始终如一。一个人一辈子，如果能集中精力真正做好一两件贡献于中国文化建设的事情，就足以使生命不朽，更何况是为中国的下一代做事。这是陈伯吹先生留给我们的宝贵启示。

——陈伯吹先生为现代中国儿童文学系统工程的建设作出了全方位的超常人的贡献。文学是一项系统工程，儿童文学也是如此。儿童文学的系统工程建设包括儿童文学创作生产、编辑出版、理论批评、教学传授、翻译交流、阅读推广等环节。陈伯吹先生为推进发展20世纪中国儿童文学承担了常人难以想象和胜任的工作，在儿童文学系统工程建设的各个环节，都留下了他的辛劳、智慧与成就。首先他是一位作家，他的创作涉及到小说、童话、诗歌、散文、寓言、科学文艺等儿童文学的几乎所有文体，他留下的《阿丽思小姐》、《一只想飞的猫》、《骆驼寻宝记》等数百万字的作品，不但是研究现代中国儿童文学史的宝贵文献，更是滋养了数代中国儿童的精神财富。其次，他是一位理论家、批评家。早在1932年，陈伯吹先生就出版了《儿童故事研究》，他的代表性论著《儿童文学简论》是中国儿童文学理论批评史上最重要的著作之一。研究中国儿童文学理论批评，尤其是当代批评，无法绕开它。再次，陈伯吹先生还是一位卓越的儿童文学翻译家，他翻译的《绿野仙踪》、《海蒂》等世界

第十九章　当代儿童文学作家十人论

儿童文学经典，极大地促进了中西文化与儿童文学的交流。当然，陈伯吹先生更是一位辛勤而杰出的出版家。从 30 年代的北新书局、儿童书局，到抗战时期的国立编译馆（重庆），到 50 年代的人民教育出版社（北京），直到在少年儿童出版社（上海）的岗位上走完他的一生，陈伯吹先生为中国少儿读物与儿童文学的出版事业探索了一生，耕耘了一生，奉献了一生。

最让我们难忘的是，陈伯吹先生还是一位儿童文学教育家。早在 1931 年，他就在上海大夏大学附设女子幼稚师范科讲授儿童文学。1954 年，陈伯吹先生应北京师范大学校长陈恒之邀，担任中国高等教育史上第一个儿童文学教研机构——北京师范大学中文系儿童文学教研室的兼职教授，并出版了《师范学校儿童文学讲授提纲》。

陈伯吹先生集儿童文学作家、理论家、翻译家、出版家、教育家于一身，像这样完全彻底的全方位的儿童文学工作者，在 20 世纪中国，除了陈伯吹，我们再也找不出第二人了。

——陈伯吹先生提出了一系列儿童文学的新观念、新思维，极大地丰富和促进了中国儿童文学的理论建设。作为一位作家、翻译家、理论家，他的理论思维既是其创作实践的提炼和深化，也是其不断探索具有中国特色、原创价值、问题意识的儿童文学理论体系的思维结晶，同时为 20 世纪中国儿童文学理论批评后来者的观念更新和继续探索提供了珍贵的精神资源和借鉴。在陈伯吹先生的一系列儿童文学论述中，他所提出并坚持的关于儿童文学作家要"善于从儿童的角度出发，以儿童的耳朵去听，以儿童的眼睛去看，特别以儿童的心灵去体会"的儿童本位的创作视角的主张，关于"儿童文学主要是写儿童"、"要以同辈人教育同辈人"的儿童文学基本观念，关于培养儿童文学人才必须抓住高等学校开设儿童文学课程这一根本环节入手的儿童文学教育思想等，至今依然闪烁着思想光彩，对于促进 21 世纪中国儿童文学的发展具有积极的现实意义和理论价值。由于历史的原因，尽管陈伯吹先生的某些理论观念存在着多种阐释的可能性，但他的理论对于中国儿童文学整体所产生的积极的、建设性的贡献和影响是谁也否定不了的。

有的人死了，世人不再说他。有的人死了，世人还在不断地念叨他，纪念他，阅读他。100岁的陈伯吹正是这样一位被世人广泛念叨、纪念、阅读的人，而且念叨、阅读他的主体是一代又一代的少年儿童。活在孩子心中的人是永远年轻的、快乐的、幸福的，永远不会消失的，正如童话不会消失，童年不会消失一样。

（写于2006年）

金 波

金波在漫漫的人生道路上，始终把生命坐标定格在为儿童的艺术事业上，以其50多年的创作实践，在儿童文学与儿童世界之间架设起了艺术美、幻想美、人性美的桥梁，他的作品滋养了至少两代中国孩子，并成为中小学语文教学的重要课程资源。"金波爷爷"也由此成为"美"与"善"的形象大使，带给民族未来一代无尽的温暖、诗性与感动。中国文学因为有金波的存在，金波童话的存在，金波散文的存在，美丽与善良便化成了永恒的精神标本。金波——中国儿童文学的一张金色名片。

一、老而弥坚的创新与突破

金波是儿童文学领域的多面手，儿童诗、儿童散文、童话、评论等多种文体著作颇丰。在新世纪之前，金波的童话创作主要集中在低幼童话领域，作品短小精悍，以《花瓣儿鱼》《影子人》《雨人》为代表的短篇抒情童话作品，以其轻盈的幻想、优美的意境、隽永的哲思、灵动的意象成为90年代短篇童话的经典之作。90年代中期以后，在热闹派童话持续走红的背景下，抒情童话逐渐淡出了读者的视野，而金波作为诗人出身的童话作家，仍然坚守着诗意童话、抒情童话的创作，执着于对自然美、童心美和诗意美的追求。

金波的短篇童话通常篇幅简短，明显带有诗歌凝练的特征，他善于撷取生活中富有情趣的片段或者温馨的画面，将其置于自然界之中，以自然界纯真稚

第十九章　当代儿童文学作家十人论

嫩、活泼灵动的形象为主人公，构思精巧，结构紧凑，叙事流畅，虽然没有跌宕起伏的情节，却以抒情写意形成的独特张力感染读者。由于以诗的语言进入童话，因而干净凝练，笔触清新，读起来朗朗上口，而童话中不时穿插的童谣也强化了作品的音乐性。新世纪以来，金波的短篇童话创作如《小松鼠和小红叶》（2001）、《大树城堡》（2005）、《寻找第七颗星》（2006年）等依然呈现出上述特点，创造出如诗般悠远的意境、温馨的氛围，保持了独特的艺术个性，这种纯真、纯美的童话品格正是新世纪过于追捧热闹的儿童文学所或缺的。

进入新世纪，金波虽已是古稀之年，但却老当益壮，如同年轻人般锐意进取，呈现出一种"创新／突破"的新态势，令儿童文学界惊叹；在其50余年的创作生涯中，他首次尝试了长篇童话和系列童话的创作；首次实现了小说技巧与童话艺术的对接；他不断探索并深化了生态题材童话的主题意蕴，坚守童话的民族性，并将诗体童话创作推进到新的高度。

金波新世纪童话创作最重要的收获是四部长篇童话的出版。这位一直以短小精悍的作品著称的老作家，开始了向长篇进军的新征程，先后出版了《乌丢丢奇遇记》与《追踪小绿人》《又见小绿人》《我们都是小绿人》（"小绿人三部曲"），显露出当代儿童文学的经典气质。

金波在新世纪的童话创作中，不仅突破了篇幅的限制，创作出堪称经典的长篇童话，而且在主题意蕴方面深入开掘，在以"寻找"为主线的双线交织结构中形成了对生命、对自然、对童心的广博之爱，以"赤子之心"探寻死亡、本真、执着的价值，实现了短篇童话难以达到的审美张力。在诗歌与童话的水乳交融中，作者突破了诗歌在意境营造和气氛渲染上的单纯作用，在跨文体写作和诗歌帮助建构内容方面表现出新倾向，并以此区别于新世纪其他童话作家的创作。

二、主题意蕴的深入拓展

1."寻找"主题与双线索结构

在思想内容方面，融入自然、呵护童心、体会人与人之间、人与物之间无

私的爱在长篇作品中依然有着突出的体现，而在长篇作品中，这些意蕴在"寻找"的主题中向更深处开掘。长篇童话较之短篇作品更能够表达这样一个主题，"寻找"是文学中历久弥新的主题，需要较长的篇幅来展开情节，丰富人物性格和形成作品的审美张力。

《乌丢丢奇遇记》讲述的是一只叫乌丢丢的独脚娃娃在老诗人的帮助下，寻找自己的心灵，探寻生命的意义的旅程。乌丢丢在旅行中成长，学会感恩与回报，学会遵守承诺，学会责任与付出，也愈加明白自己找寻的不仅是给了自己生命的人，更是寻找生命的意义，寻找一颗心，寻找具有人的特征，如何成为一个真正的人。从这条线索出发，我们会发现一个与《木偶奇遇记》类似的故事：市井的狂欢、困难的克服、多种情绪体验和最终在勇于为爱牺牲的自我中成长为人的蜕变……所不同的是金波笔下的这条线索更具抒情特色，更有童话世界的诗意美，而区别于意大利式的热闹、充满喜剧气氛、市井气息的氛围。

这条线索叙述的旅行和成长的故事我们并不陌生，让我们感慨万千的是老诗人寻找童心的旅程。因为屋子里一排滑稽的左脚脚印，老诗人和一个孩子同行，踏上寻找心的旅程，老诗人感觉自己在护送一个流浪的孩子回家，而这趟旅程，对于他来说才是真正的"回家"，正如作者借老诗人之口吟诵的诗篇："重温童年游戏的情景／你，在我的记忆中／又一一复活了／源于童年／又超越童年／带给我的是／生命的滋养／你和我／一起长大／直到永恒[①]"。帮助乌丢丢寻找的旅程中，老诗人不断重新找回童年的记忆，不断审视自己作为成人已经孤独和苍老的内心世界，寻找本真的赤子之心。帮助乌丢丢的旅程也是自我回归的过程，他说"你看我也是大人，对不对？可是，我走了一圈，现在又回来了，又变成一个小孩子了。"[②]或者我们可以认为从"诗篓子"里冒出来的独脚娃娃乌丢丢其实是诗人在岁月磨洗中淡漠了的童心。诗人是孤独的，他和保存了童年记忆的那些小物件生活在一起，却觉得没有人陪伴，甚至希望有个鬼来陪他喝喝酒聊聊天，这样一种长大之后的孤独，是每个成人都有的情

---

① 金波. 乌丢丢奇遇记[M]. 北京：中国少年儿童出版社 2010：26。
② 金波. 乌丢丢奇遇记[M]. 北京：中国少年儿童出版社 2010：54。

第十九章 当代儿童文学作家十人论

绪体验。为了告别孤独,诗人开始了这次旅程。如果说充满童年回忆的宴会让诗人从成人的角度出发去审视儿童,那么在这次旅行中,在一次次保护了童心的经历之后,在布袋爷爷的墓碑前,老诗人和那些木偶娃娃、孩子们一起舞蹈,一起体会生命最本真的情感,他已经找回了童心,找到了童年的梦想。当他重新审视那一叠诗稿,他开始明白他的写作一直是在重塑一个童年世界,他做到了,于是可人姑娘从记忆深处走来了。

两条线索的交织让作品充满了一种对话的复调特征,乌丢丢从一开始就具有独立的自我意识,掌握着自己的话语权,他和诗人处于平等的位置上。诗人对乌丢丢在生命意义上的引导,乌丢丢对老人在时间观上的启发都让作品呈现出对话的氛围。乌丢丢对生命意义的寻找构成了作品的一个声部,而诗人的童年寻找作为另一个声部是在旅程进行过程中逐渐明晰的,两条线索似乎是背道而驰的,一条旨在成长,而一条旨在重拾童心,但它们最终统一于爱,因为找到了纯真,纯真的童心,纯真的向善向美之心,两条线索殊途同归,两个声部共同完成了人性的交响,也形成了作品浪漫、凄美、庄严、醇厚、忧郁相融合而成绚丽多姿、摇曳生花的审美特质。

寻找同样是"小绿人三部曲"的主题,寻找与自然和谐相处的状态与潜在的回归童心的线索交相辉映。如果说生态主题的小说是一种基于成人视角的理性思考,是人类通过成长到达与自然和谐的平衡状态,是一种"进步",那么童话更多表现为一种"回归"到儿童状态,回归到本真状态的自然而然,呈现一种相反的路径。在三部曲中,《追踪小绿人》是发现小绿人的过程,小叶子觉得小绿人是新奇的,尽管是朋友,也是不一样的朋友,他不断对小晓的神秘身份发问。《又见小绿人》的时候,小叶子思念小绿人朋友,他希望小晓和爷爷都尽可能保持人类的样子,让他能够获得安慰,不会感到孤独,他用力倾听小绿人树的心跳,用力倾听自然界的声音,却一无所获。《我们都是小绿人》中的小叶子终于明白,当他认为小绿人和人类不一样的时候,当他认为小绿人的世界和人类世界彼此隔绝的时候,当他刻意去追求变成和自己不一样的小绿人的时候,他都无法变成小绿人,只有将小绿人视为自然而然的存在,视为一

种生命的延续方式或者轮回,才能成为小绿人。变成小绿人,是对自然的膜拜,更是对生命本真的回归,回归到一种沉寂的、自然的状态。

一个值得玩味的细节是最先发现小绿人的是小孩而最先变成小绿人的是两个老人。小叶子是个天真的孩子,但在叔叔开小绿人饭店的提议下,他首先想到这将是世界上独一无二的饭店,"你想啊,吃饭的时候,能有小绿人为你服务,多么新鲜、多么有情调!"①他眼中的小绿人和人类是两个完全不同的物种,正如他在文中屡次追问小晓"你到底是谁",小绿人可以在人类的保护下为人类服务,他们的对话并不平等,人类是凌驾于小绿人之上的。而两个老人却不同,他们是一生都保持着天真童心的老小孩,拒绝参与人类社会的喧嚣,满心惦念的是童年的花园、大叔和蛐蛐,对城市急速扩张感到无所适从和紧张,对商业化的到来表现出愤怒和恐惧。最为重要的是,在他们眼中,小绿人和人类同样有着选择自己生活的权利,如果它们需要的是最本真自然的生活状态,那么人类就不应当去打扰和改变这一切。与人类世界相比,他们更向往也更习惯小绿人世界的生活,对自然更为亲近和崇拜。这是一种比小叶子这个儿童更为接近儿童本真的纯真状态,因而他们能够先于小叶子变成小绿人。最终,所有的孩子都能变成小绿人,孩子们和小绿人比邻而居,两个世界完全融合为一个,人类重新回归到自然之中。

90年代班马的幻想作品《绿人》中也有相似的寻找主题,但人类最终以拯救者的身份帮助小绿人重返家园,人类与绿人的地位是不平等的,作品中掌握话语权的始终是人类。与此相较,小绿人三部曲的寻找和回归的双线索让作品中小绿人和人类实现了对话的可能,人类与小绿人处于平等的位置上,有平等的立场和选择的机会,从而超越了《绿人》的主题深度。寻找小绿人是为了回归自然,表达出人类与自然对话的强烈愿望、对自然的膜拜。吴其南认为,以生态为题的作品容易走向形而下的对具体、实际生态问题、环境恶化问题的揭示,而不容易形成精神上、形而上的对生态和人类命运的关怀。②从这个意

---

① 金波. 追踪小绿人 [M]. 南京:江苏少年儿童出版社 2007:107。
② 吴其南. 守望明天——当代少儿文学作家作品研究 [M]. 银川:宁夏人民出版社 2006:181。

第十九章　当代儿童文学作家十人论

义上说,"小绿人三部曲"更具有一种平和的、回归到质朴状态的诗意。

2. 仪式性狂欢与回归本真的蜕变

作品中往往出现类似童话歌舞剧的欢聚场景,童年回忆的联欢,市井中的比赛,人与物共同参加的木偶戏,小绿人和人类的晚会,小绿人和人类的合唱,"人与人之间形成了一种新型的相互关系,通过具体感性的形式、半现实半游戏的形式表现出来。……人的行为、姿态、语言,从在非狂欢式生活里完全左右着人们一切的种种等级地位(阶层、官衔、年龄、财产状况)中解放出来。"[①] 老年与童年,成人与儿童,人类与自然之间的不同在每一次的狂欢中变得模糊,外在形式逐渐剥落,只剩下纯真之心、向善向美的人之本性愈加清晰澄澈。

此外,作品中的每一次狂欢都具有仪式性,乌丢丢在每一次"狂欢"之后都向着"成人"之路迈进了一步,更加深刻理解人类的感情,直到最后成为珍儿身体的一部分,实现了生命的价值,最终完成"成人"仪式。

这种仪式特性在"小绿人三部曲"中同样存在,人类和小绿人每次"狂欢"之后,人与自然之间的界限都再次消弭,直到人类的儿童能够变成小绿人,人类世界与小绿人世界之间的隔绝被彻底打破,仪式才最终完成。这正是对本真自我的回归,而本真的自我就存在于童年的赤子之心中,抛却了成人世界的物欲追求,摒弃了成人强加于儿童的固执偏见,才能重获童年曾经拥有的"绝假纯真"的"最初一念之本心",向善向美。狂欢的仪式是蜕变,是成长,也是回归,是一步步靠近生命的本真状态,寻找到生命最核心的意义。

3. 对死亡的静默思考

除了对人性美的赞颂、对童心的追逐和人与自然和谐相处的主题之外,作品还涉及到了对衰老和死亡的审美思考。在老诗人的声部中,我们还能听到在重拾童心的寻找中,诗人与身处没有时间的国度里的可人的对话:"我不想舍弃我的年龄,它给了我衰老,也给了我阅历和智慧,我感受过欢乐与悲伤、爱

---
① [俄]巴赫金. 陀思妥耶夫斯基诗学问题[M]. 北京:三联书店,1988:176.

与被爱，这就是年龄老去的收获。对逝去的岁月我毫无遗憾。"[1]重拾了童心，重塑了童年，但也正是因为重拾童心的诗人更加明白自己与童年的距离，明白让童年停留在记忆和诗作里是最好的祭奠，他拒绝跟随可人姑娘而去，选择留下。这不同于乌丢丢牺牲在火灾中而实现灵魂重生的死亡，是成年人面对岁月流逝和死亡的坦然。

浪漫的抒情对于淡化死亡的恐惧有着十分重要的作用。在"小绿人系列"中，死亡也因为叙事技巧和情感延宕而以一种安详的方式呈现。在进入对宫爷爷变成小绿人树的叙述之前，作者有意荡开一笔，加入了两个浓郁抒情的章节，让小叶子和小晓的情绪自然流露。《我们为宫爷爷流泪》中加入了大段的回忆与内心独白，勾勒了宫爷爷与小叶子一家人之间的亲密情感。也正是因为怀念的存在，死亡才变成了一场能够让儿童接受的告别。即便变成小绿人树，宫爷爷依然活在亲人的心中。

《有诗的日子很快乐》是两个孩子借助诗歌的力量缓解内心的焦虑和悲伤，在两个孩子你一句我一句的诗歌接龙中，对死亡的恐惧融入对绿园生活的美好回忆之中。小晓不仅无法接受宫爷爷离世的现实，更担忧亲人离世后自己的孤单境地。小叶子以激烈的争辩传达出令小晓心安的情感：小绿人和人类永远在一起，不会孤单。在充分完成情感铺垫之后，作者又回到了死亡的情节。大段唯美、浪漫景物描写的加入，让死亡又残酷的瞬间变成融入自然的仪式，宫爷爷走向死亡的场景是那样悲壮而庄严，他在灿烂的光芒中走进一棵树，树有了心跳，与漫山遍野的树一起发出自然的韵律，生命以另一种方式轮回。由人类变成小绿人，再变成一棵小绿人树，融入自然，生命以不同的方式延续轮回，在对自然、对世界的虔诚中达到一种寂静的生命状态，远离尘嚣，葆有本真。死去，只有一颗纯真的、跳动的心保留下来，却是一种重生，甚至有一种严肃的喜悦。自然成为人类最终安详的归宿，最终的精神家园。

---

[1] 金波. 乌丢丢奇遇记[M]. 北京：中国少年儿童出版社2010：110。

第十九章　当代儿童文学作家十人论

三、跨文体写作的独特风格

1. 现代小说叙事技巧的运用

第一人称的叙事在金波以往的短篇童话创作中比较罕见，而"小绿人三部曲"就是通过小学生"我"的经历和讲述完成叙事的。"第一人称叙事对于读者的最大优点便是弥合了叙述者与接受者的疏离与隔膜。"[1] 而这个"我"又是一个读者的同龄人，一个和读者一样充满幻想和渴望的儿童。叙事人称和叙事视角的选择让读者感到亲切、真实，拉近了与读者距离，使读者毫无阻碍地进入'我'这个角色，和"我"一起发现小绿人、追踪小绿人、变成小绿人，和小叶子一起快乐、悲伤、愤怒和思念。

情节的曲折生动不仅在情节设置本身，也在叙事视角的选择。第一人称视角还造成了阅读心理的紧张，随着情节的展开，追踪小绿人的过程一波三折，小读者会和"我"一起为小绿人担忧，尤其在"我"的小叔试图以小绿人发财致富的章节中，第一人称的限知视角让小读者无法预知事情的结局，紧张感骤然升起，而事件的完满解决又让小读者松一口气。

"第一人称叙事以有缺陷的或反面的角色出现，让人物自我暴露，更增加了作品的可信度。"[2] 第一人称叙事也暴露了"我"的问题和缺点，在叔叔提出拿小绿人做文章的时候，"我"被吸引了，"真的，如果有这样一家餐馆开业，在全世界也是独此一家""你想啊，吃饭的时候，能有小绿人为你服务，多么新鲜，多么有情调！"[3] 通过心理独白和与读者"你"的对话，主人公对小绿人的态度表露得十分清晰：小绿人是与人类不同的稀奇生物，人类有着决定小绿人命运的权力。而这实际上正与作品人物和自然其他生物毫无二致，自然是人类永恒归属的主题意蕴背离。从这个角度而言，对小绿人的寻找实际上是以"我"为代表的人类对自身思考方式的反思，"寻找"不仅有表面的意义，更在深层体现为对童真状态、赤子之心的回归。通过暴露主人公观念上的偏差，

---
[1] 林树明. 叙事人称与读者反应 [J]. 山花, 1991 (03)：72-74。
[2] 林树明. 叙事人称与读者反应 [J]. 山花, 1991 (03)：72-74。
[3] 金波. 追踪小绿人 [M]. 南京：江苏少年儿童出版社 2007：107。

作品自然而然地让"我"跟小晓之间产生隔膜，让"我"百般努力才拥有了变成小绿人的能力。

叙事顺序的变化：在"小绿人三部曲"中，不同于童话单线索顺序叙事，也出现了插叙和蒙太奇手法的借用。作者在正向叙事之中突然插入了对小晓身世的回忆，增加了环绕在小晓身上的神秘感，暗示了小晓与小绿人之间千丝万缕的联系，让小晓成为人类与小绿人交往的关键节点，为后文中小晓与小叶子之间的情感变化埋下了伏笔。也让小晓和小叶子这两个人物从简单的自然与人类的象征变为有历史、性格有变化、情感有起伏的个性形象，而有别于童话中简单的类型化形象。

在《乌丢丢的奇遇记》中叙事顺序的变化对人物形象塑造的影响更为明显，如果没有乌丢丢来历的插叙，乌丢丢就是一个单纯的玩具童话形象，更多带有顽童气质。而人物历史的添加，让乌丢丢身上承载了无私的爱与真情，也让乌丢丢的寻找和最终的牺牲有了深层的情感驱动，从而象征了儿童的成长。除了叙事顺序的变化，作品中不断穿插的吟痴老人的童年回忆也让作品层次更加丰富，抒情气息更为浓郁，让情感更为厚重多样，也让回归天真童心的指向更加明确。叙事顺序的多样化是金波新世纪创作的比较大的突破。

大量心理描写的添加使童话更"像"小说，让童话形象更为个性化和典型化。"小绿人三部曲"的第一人称叙事便于进行详细的心理描写，使读者能更真实、具体地感受人物形象，与作者进行对话。作者对儿童的心理有着准确的把握，儿童对神秘事物的向往、拥有秘密的兴奋、对成人世界的不满、对异性朦胧的情感、对自由生活的期待都在心里独白中表现出来。

作者还敏锐把握到了这一代儿童的时代特点，与班马笔下积极帮助绿人保守秘密的儿童不同，小叶子一直希望小绿人和人类能够彼此坦诚、和平相处，他期待过通过传媒和商业让更多人分享小绿人的秘密，显示出对成人社会强烈的自主性关照和参与精神。在证实了此路不通之后，又反复寻找人类觉醒的关键，最终推动和实现了人类与小绿人和谐共生的愿望。大量心理描写又进一步拉近了读者与叙述者的距离，作者让叙述者在作品中自由的发出声音，而不加

第十九章　当代儿童文学作家十人论

干涉，作品就成了读者、叙述者和作者对话共鸣的协奏。

对小说技巧的借鉴在新世纪童话创作，尤其是长篇童话中比较常见，但就金波而言，没有儿童小说的创作经历，首次以大量小说叙事技巧创作童话便获得巨大成功，不能不说是作家深厚写作功力的体现。

2. 诗体童话的实践

无论童话的篇幅长短，金波都能在字里行间告诉读者，他是一位诗人。《花瓣儿鱼》是金波新世纪之前短篇童话的代表作之一，含蓄隽永，短小优美，用词凝练，创造了一种恬静、优美、清新而温馨的童话氛围，充满了童真童趣，读一首儿童诗般朗朗上口又回味无穷，体现出跨文体的特征。在长篇童话创作中，金波依然保持了这种创作风格，而又有所突破。

在《乌丢丢的奇遇》中，金波将自己成就最高的十四行儿童诗嵌入作品每一章的开头，形成十四行花环诗，这十五首十四行花环诗首尾相衔，前一章十四行诗的尾句是后一章十四行诗的首句，尾声部分的十四行诗又是前十四章每章诗歌的首句。而在内容上，每一首诗都与该章的内容水乳交融，诗歌的意境帮助渲染并集中体现了故事内容的氛围和基调，形成了一种诗歌与童话相辅相成、意蕴无穷的浪漫风格。而在作品中俯拾即是的构思精巧的儿歌、儿童诗，语言的音乐性与故事的叙述节奏相一致，在欢庆的氛围中句子紧凑、语调高昂，而在静谧的沉思中，语调平和、轻缓，更是提升了作品的审美品质。

如果说在《乌丢丢的奇遇》中，作者只是保持了一贯的创作风格，那么在"小绿人三部曲"中，诗歌的反复吟唱所产生的一种回环往复、一唱三叹的诗的意蕴，让诗歌具有了新的审美效果。不仅如此，诗歌已经成为作品中不可缺少的关键，"心朝着那方向，拥有一种力量，抱着春天的风，心变成了太阳"，这首诗在三部曲中反复出现，每一次重复吟唱都有新的内涵，从爷爷无意识的吟诵到小叶子努力用心唱响，再到孩子们齐声朗诵，最后人类和小绿人共同欢歌，每一次都意味着一种仪式，一种情感的升华，甚至推动了情节的发展，让小叶子变成了小绿人，让孩子们懂得与小绿人相处之道。在此，诗歌绝不仅仅是营造氛围的点缀，还直接参与了作品内容和审美意蕴的建构，是作品中颇为

重要的部分。

诗歌与童话在形式和内容上的融合使金波的童话呈现出"诗体童话"的个性特征，这是金波一以贯之的风格，同时构成了金波童话区别于新世纪其他作家创作而形成的独特品质，显露出大师不凡的经典气质。

在童话创作数量超多而精品凤毛麟角的背景中，在不少人认为童话创作门槛低而可随意为之的当下，金波始终坚守诗意的、有难度的写作，以精致优美的语言书写真、善、美、爱等人生命题，熨帖童心，呼唤童真，传递出植根于中国诗文传统的含蓄精致、意蕴无穷的典雅品质，更显弥足珍贵。这是金波新世纪童话创作的艺术追求，这既是金波对儿童文学经典品质的追求，也是金波对自己认定的生命价值品质的追求。

（本文与贾彬合写，写于2015年）

曹文轩

发展新世纪原创儿童文学，应取现实型与幻想型形成互补、两只翅膀一起飞翔的路向，用更加丰富多元的文学作品服务于少年儿童。曹文轩儿童文学"模式"是一种现实型构架与幻想型元素、现实主义精神与浪漫主义情怀的有机融合。这种模式对于促进我们今天原创儿童文学的艺术创新与审美表达是很有启发性的。把《草房子》《火印》《大王书》这三种具有不同审美想象特色的作品放在一起进行解读，更能进一步理解"曹文轩模式"的有机建构与艺术探索。

一、中国儿童文学的自信

2016年4月，北京作家曹文轩在意大利博洛尼亚荣获"国际安徒生奖"，这是中国作家首次获得该奖。在我看来，这是中国当代文学的一个"重要事件"，其意义在某种角度说要超过莫言获诺贝尔奖。因为，莫获诺奖还有这样那样的说辞，但曹获安奖几乎上下左右都高兴。评论家胡平认为："曹文轩获安徒生奖，是所有人都服气的。他的创作是平民的，也是贵族的；是儿童的，也是成

第十九章　当代儿童文学作家十人论

人的；是写给读者的，也是写给自己的；是创作的，也是有深厚理论背景的。能同时具备这么多品质，当然有大成就。"①

胡平的看法有一定道理。但我认为，曹文轩从事的儿童文学创作，本身就是一种具有普遍性价值的世界性文学，童心总是相通的，儿童文学最能沟通人类的共同理想与利益需求，在对待孩子的问题上，人类可以找到最大的公约数。正如曹文轩在论及文学审美价值时说："如果今天有人觉得用神圣的目光看待文学是可笑的话，我想是不会有人去嘲笑用神圣的目光看待儿童文学的，如果他是人父人母。"②真正的世界性文学，在这个人世间，只有两种，第一是儿童文学，第二是科幻文学，这两种文学都是直指"明天"与"未来"，都与人类普遍的实存意义与价值重构联系在一起。因而谁如果在这两种文学中做出了扎实的实绩，他的声誉必将是世界性的，而且将影响未来。所以，曹文轩获安徒生奖，刘慈欣的《三体》获美国科幻"雨果奖"，这是中国当代文学真功夫真大家的骄人呈现。

中国孩子几乎从记事看书起，就记住了安徒生、格林童话。如今，中国作家的儿童小说也大踏步地走进了欧美儿童的阅读视野。曹文轩在获奖感言中，充分表达了对中国儿童文学的自信："这个奖项不是颁给我个人，而是颁给中国儿童文学，我更愿意从这个层面去理解获得这个奖项的意义。它将会改变我们对于中国儿童文学的很多看法，譬如长久以来对我们作品的不自信，认为中国的儿童文学跟世界还有巨大的差距……或许可以说，这个奖项的获得终于验证了我多年前的看法是正确的，那就是中国儿童文学的水准就是世界水准。"③

百年中国儿童文学涌现了一批代表性作家，曹文轩无疑是其中的杰出代表。曹文轩的小说，不但将中国的儿童小说，也将当代中国小说的艺术创造推进到了一个新的高度。这个高度就是审美情感的高度，文化品质的高度，语言力量的高度。如果我们能从中西儿童文学创作两种不同形态的维度，来审视曹文轩

---

① 胡平言论见《"大王书"：一部凝结汉文化激情的"幻想文学"大书》，2016-05-24 10:29:25　来源：网易。
② 曹文轩：《文学应给孩子什么？》，《文艺报》2005年6月2日。
③ 曹文轩：《中国儿童文学的水准就是世界水准》http://www.chinawriter.com.cn 2016年04月05日08:27 来源：中国新闻出版广电报 李婧璇、王坤宁。

小说创作的独特艺术追求与经验，或许更能理解曹文轩获安徒生奖的意义。

二、中西儿童文学的两种形式

文学作品是作家审美想象的物态化产物。如果以审美想象的张力而言，现代作家的原创文学包括儿童文学实际上可以分为两种类型：一类是幻想型文学，另一类则是现实型文学。

幻想型文学的特质在于审美幻想。什么是幻想？幻想就是创造，创造就是无中生有。英国著名幻想文学作家托尔金（1892—1973）在其名著《论童话故事》（1946）中认为：幻想就是想象出真实世界中不存在的事物,同时要赋予它们"内心的真实性"。幻想型文学是作家在完全虚构的状态下完成的对文学作品独创性的审美艺术生产，其特征是超越现实，突出主观，具有明显的理想主义、浪漫主义色彩，充分运用夸张、变形、魔幻、穿越等方法，不求生活的真实，而遵循情感与意义的逻辑，通过创造性想象与典型化去逼近本质的真实。因而幻想型文学的创作要求作家具有精骛八极、心游万仞、超越现世、直指无限的无边想象力，同时又要将这种想象用生动传神的艺术转化为文学的审美阅读图像与生命体验。由于现实尘世的人事很难符合幻想型文学的要求，因而神话、传说、民间童话、民间传奇甚至原始巫术、图腾崇拜等这类凌空蹈虚远离尘世的东西常常成为幻想型文学创作的重要素材与借鉴。世界原创幻想型儿童文学中的一流作品大致体现了这些特征。就其文体而言，幻想型文学比较集中于童话、幻想小说，或具有童话小说化倾向的童话以及小说童话化倾向的小说。其代表性作品如丹麦安徒生《海的女儿》等童话，德国霍夫曼的《金罐》、罗斯金的《金河王》，英国卡罗尔的《爱丽斯漫游奇境记》、巴里的《小飞人彼得潘》，意大利科洛狄的《木偶奇遇记》，美国鲍姆的《绿野仙踪》，法国圣埃克絮佩里的《小王子》，英国托尔金的《霍比特人》、《魔戒传奇》，罗琳的《哈利·波特》等。幻想型文学在人们的内心世界开辟一条永无止境的心路之旅，大道妙生化，灵动启慧命，在心路之旅的无限延伸中去感应和体验超验世界的极乐极美。

第十九章　　当代儿童文学作家十人论

现代作家原创儿童文学的第二种类型是现实型文学。现实型文学的特质在于审美联想，这是一种制造性也即再造性想象的精神产品。什么是制造？制造是对已有的东西进行再加工。因而现实型文学的艺术创作过程实际上就是以提供客观事实为出发点，立足于客观现实，面对现实，正视现实，对已有的现实生活进行集中、提炼、概括、加工的过程，所谓"源于生活、高于生活"使之更加典型化。现实性、再现性、写实性是现实型文学的基本特征。现实型文学以描写见长，在描写中尽量达到与现实生活人事的"酷似"，不夸张不变形，即使出现夸张变形也是为着更好地表现现实的目的。

我个人认为：就世界范围的现当代原创儿童文学而言，东方的儿童文学以中国为代表，选择的是现实型文学的路向。这种文学更多地体现为对现实的描摹、反思、评判与想象，追求逼真、传神的艺术效果，侧重于文学的认识作用与教化作用，它主要影响于儿童的意识形态、价值取向、国族认同、人生态度。而西方的儿童文学以欧美为代表，则取向于幻想型儿童文学，更多强调文学的想象与诗性，崇尚人的欲望与情感的释放，追求奇特、神秘的艺术效果，侧重于文学的审美作用与游戏精神，主要影响于少年儿童的精神性格、审美情趣、想象空间。

由于受文化传统和文学传统的影响与制约，中国古代少年儿童所接受的原创文学形式，主要是民间群体生产的口头文学作品，其中大量体现为民间童话与童谣；中国作家个体原创的儿童文学生产起始于上个世纪"五四"新文化运动前后，叶圣陶创作的短篇童话集《稻草人》是中国第一部作家个体生产的原创儿童文学作品，并被鲁迅誉为"给中国的童话开了一条自己创作的路"。这条路实质上就是现实型儿童文学的原创生产道路，也即现实主义文学道路。从上个世纪20年代叶圣陶的《稻草人》到30年代张天翼的《大林和小林》延续至今，中国现实型儿童文学的生产、发展与传播形成了自身鲜明的民族特色、时代规范与审美嬗变。20世纪早中期原创现实型作品主要直面的是成年人的现实生存与现实问题，因而与成年人的革命、救亡、运动、中心等纠结在一起。八九十年代中国原创儿童文学的最深刻的变化是将以前的"成人中心主义"转

向以儿童为中心，直面的现实则由成年人的现实转向儿童的现实生存与现实问题，这是20世纪中国儿童文学的"革命性位移"。从上个世纪20年代郑振铎提出儿童文学要把"成人的悲哀显示给儿童"（《〈稻草人〉序》），30年代茅盾提出儿童文学"要能给儿童认识人生"，"构成了他将来做一个怎样的人的观念"（《关于"儿童文学"》、《再谈儿童文学》），张天翼提出儿童文学要告诉儿童"真的人，真的世界，真的道理"（《〈奇怪的地方〉序》），50年代陈伯吹提出"儿童文学主要是写儿童"，"要以同辈人教育同辈人"（《论儿童文学创作上的几个问题》），到80年代曹文轩提出"儿童文学作家是未来民族性格的塑造者"，"儿童文学承担着塑造未来民族性格的天职"（《觉醒、嬗变、困惑：儿童文学》），深受这些20世纪重要儿童文学观与价值取向的深刻影响，中国现当代原创儿童文学在与社会与时代无法也无须割舍的联系中，一以贯之地承担起了自己对未来一代精神生命健康成长的文化担当与美学责任，并创造出自己的现实型文学体系与文学秩序。

必须申明的是，我在这里提出的现代中西原创儿童文学的这两种形态及其特征，只是试图作出一种事实判断，而不是价值判断，自然更不意味着幻想型儿童文学的价值要高于现实型儿童文学。一种理想的适合于全面提升少年儿童精神生命健康成长的儿童文学原创作品的生产，应该是这两种形态的文学作品的互补和共生，而不是顾此失彼，这两种形态的文学都具有不可替代与缺失的价值意义。正因如此，我很讨厌有的媒体追问"中国为什么没有《哈利·波特》？""中国为什么产生不了安徒生？"在这种质疑的背后所隐含的"中国没有儿童文学""中国产生不了一流儿童文学作品"的论调。我认为，20世纪中国现代原创儿童文学同样有着优秀的、一流的、经典的作品。中国没有安徒生与《哈利·波特》，最多只能说明我们在另一种形态即幻想型儿童文学的创作方面似乎比较欠缺，而在现实型儿童文学即现实主义文学方面，我们丝毫不逊于西方。

我认为，发展新世纪原创儿童文学，第一，应沿现实型与幻想型形成互补、两只翅膀一起飞翔的路向，用更加丰富多元的儿童文学作品服务于我们的少

第十九章　当代儿童文学作家十人论

年儿童；第二，应寻找、探索具有中国特色与民族气派的创作模式和风格，讲好我们民族自己的故事，使之既不同于以往的原创又不同于西方的原创，为新世纪的少年儿童提供优质多样的精神食粮。在这里，我想提出一个"曹文轩模式"。

三、曹文轩模式：《草房子》

曹文轩既是一位小说作家，但他同时又是一位从事当代文学教学与研究的学者，因而他的创作有其自己认定的理论作为根基，或者说，他的小说是其自身文学观、儿童文学观的实践与验证。我们注意到，曹文轩的青少年时期虽然在苏北农村土地上长大，但他以后一直生活在都市与大学校园，远离现实尘世，更远离下层社会的苦难与挣扎。但是，他的小说作品包括《草房子》《山羊不吃天堂草》《红瓦》《根鸟》《青铜葵花》以及系列小说《丁丁当当》与众多中短篇小说，几乎都离不开他的童年、故乡、土地、农家与乡亲故里，很少甚至很难看到他生活时间更长、每时每刻都在影响与裹挟着他与他周围人的都市的浮华与迷茫、资本与罪恶。他似乎在回避什么，又在静默地追寻与守护着什么，在这追寻与守护中锻造着他的儿童文学艺术"模式"，直到炉火纯青，如同干将莫邪的铸剑。

曹文轩的小说显然是扎根现实的，脚踏在中国的黄土地，直接服务于今天少年儿童的精神生命。国际安徒生奖评委会主席柏奇·亚当娜对曹文轩的颁奖词是："曹文轩的作品书写关于悲伤和苦难的童年生活。他的作品也非常美丽，树立了孩子们面对艰苦生活的挑战的榜样，能够赢得广泛的儿童读者的喜爱。"将"苦难"与"美丽"联系在一起，又将"儿童喜爱"联系起来，我以为这一评语是精准到位的，同时也道出了曹文轩儿童文学艺术"模式"的特征与奥秘——他的作品所表现出的现实主义以及现实型文学的构建、方法、意境、情趣、格调，明显地不同于以往中国的现实型儿童文学。在曹文轩的作品中我们还能清楚地看到另一面，那就是张扬幻想，崇尚人的情感与欲望，关注人的精神、灵魂与境界，追求艺术永恒与审美感动。在这种特质背后，隐含着一种幻

想型儿童文学的因素——他把儿童文学的价值取向置于影响人的情感、性格、精神与灵魂，重在打造人性的养成，而不是重在影响人的意识形态、社会认知。简言之，曹文轩儿童文学艺术"模式"是一种现实型构架与幻想型元素、现实主义精神与浪漫主义情怀的有机融合。这种模式对于促进我们今天原创儿童文学的艺术创新与发展是很有启发性的。在这个艺术"模式"中，有两个似乎是需要特别关注的"关键词"：第一是感动，第二是永恒。

儿童文学到底应该如何感动今天的孩子？曹文轩认为："感动今世，并非一定要写今世"，"今天的孩子，其基本欲望、基本情感和基本的行为方式，甚至是基本的生存处境，都一如从前；这一切基本是造物主对人的最底部的结构的预设，因而是永恒的；我们所看到的一切变化，实际上，都只不过是具体情状和具体方式的改变而已。""能感动他们的无非还是那些东西——生死离别、游驻聚散、悲悯情怀、厄运中的相扶、困境中的相助、孤独中的理解、冷漠中的脉脉温情和殷殷情爱……总而言之，自有文学以来，无论是抒情的浪漫主义还是写实的现实主义，它们所用来做'感动'文章的那些东西，依然有效。"曹文轩的代表作《草房子》就是在这种意义追寻的过程中完成的，并且是用一段"从前"的故事企图来感动"今天"和"明天"的孩子。

我们看到，产生这些"感动"的小说的故事背景发生在1962年的江南水乡油麻地，作品通过对小主人公男孩桑桑刻骨铭心而又终生难忘的六年小学生活描写，讲述了五个孩子桑桑、秃鹤、杜小康、细马、纸月和油麻地的老师蒋一轮、白雀关系的纠缠和孩子们的成长历程。

请注意，《草房子》的故事背景是上世纪60年代初，那是中国人刻骨铭心的三年自然灾害时期，物质匮乏，生存艰难，人的精神状态相对比较粗糙。但我们在曹文轩笔下很难看到这一面，而更多地看到的是江南水乡的一种舒缓、温柔、优美的格调与人性向善向美的精神延伸和拓展，这里面显然有曹文轩的理想主义浪漫主义在起着作用。评论家何志云认为，《草房子》"这部小说提供了一个想象的空间，让我们在一个全球化和市场化的世界重温一个业已无法继续存在的温馨美好的田园世界，曹文轩把童年的回忆化为一种真正诗意的同

第十九章　当代儿童文学作家十人论

时,也就使人们所期盼的那种诗意世界展现在我们面前。"①可以说,曹文轩小说的时代背景是"架空"的,他的时间哲学是一种"恒在":从前也能感动今世,并以之作为小说题材的组织纲领。在这里,透露出了曹文轩"模式"中浪漫主义的精粹论与本质论倾向,这种倾向是支撑其小说幻想元素的艺术自信。所谓精粹论,即讲究精神的提炼、灵魂的升华,拒绝庸俗,因而他对"中国当代作家的队伍乃至作品中时刻都能感受到的一种土匪气、农民气、行帮气、流氓气、痞子气"表示出决然的拒斥②。所谓本质论,即注重刻画本体、一切事物的本原,强调所有现象都不过是外在世界的流转,最重要的依旧还是内在世界那绝对不变的东西。在曹文轩看来,那个绝对不变的东西,正是文学尤其是为下一代打下精神底子的儿童文学,所要写的那些感动人心的具有永恒价值的东西,这就是他坚定地相信的,"感动他们的,应是道义的力量、情感的力量、智慧的力量和美的力量,而这一切是永在的"。③这就是曹文轩所要追随的文学的"永恒"。或者极而言之,文学应写的能写的就是那些能够感动人心的具有永恒价值的东西,虽然各人的写法不尽相同。显然,这是浸透了理想主义色彩的文学旗帜。正是基于这样的理念,进入新世纪,曹文轩修正了他在20世纪80年代提出的"儿童文学作家是未来民族性格的塑造者"这一显然更具有现实指向性的观念,而将其修正为:"儿童文学的使命在于为人类提供良好的人性基础。我现在更喜欢这一说法,因为它更广阔,也更能切合儿童文学的精神世界。"曹文轩进一步从道义感、情调、悲悯情怀三方面立论,认为儿童文学的目的"是为人打'精神的底子'"④。

四、曹文轩模式:《火印》《大王书》

将儿童文学定义为"打精神的底子"的文学,显然,这是曹文轩站在更高的精神视野来看待儿童文学的价值取向与美学意义。这是超越了狭隘的民族语

---

① 何志云:《油麻地不灭地歌》,《中华读书报》,1999年4月16日。
② 曹文轩:《荒诞的见识》,《一根燃烧了的绳子》第491页,人民文学出版社2010年版。
③ 曹文轩:《追随永恒——〈草房子〉代跋》,《草房子》第278页,江苏少年儿童出版社1999年版。
④ 曹文轩:《文学应给孩子什么?》,《文艺报》2005年6月2日。

境与直接服务现实的现实型文学观，以一种人类文化大视野融通起中西方两种不同儿童文学形态的优长来重新解读儿童文学的本质。在他的小说创作中，我们可以感受到浪漫的、诗意的、想象的、空灵的、飞翔的东西，这与传统的中国现实型儿童文学作品显然有很大的不同。除了他的《草房子》，使人感动难忘的还有他于 2015 年创作出版的动物题材抗战儿童长篇小说《火印》。

《火印》从一匹马与一个孩子的关系与命运切入进去，展开抗日战争广阔的生存空间与战地风云，将个人的遭际编码为宏大的历史叙事，建构起具有多层阐释空间与多重意义可能的文本。

《火印》的第一个层面，是一匹流浪马"雪儿"和一个放羊娃"坡娃"的故事。这匹流浪马不知从哪里来，神龙见首不见尾，它没有出身，找不到父母，不知来路去向。有一个放羊娃，在群狼包抄对视的紧急关头，把它救下了。小说的第一章就写得惊心动魄，逼得你喘不过气来，也逼着你一口气读完。小说的开局确立了流浪马与放羊娃之间这种生死相依的"命运共同体"关系，因而后面整部作品的叙述逻辑就显得严丝合缝、顺理成章：救马、得马、爱马、失马、盗马、又失马、再盗马，最后在战场上相遇，人依马，马依人，人马与共，天人合一。一匹流浪马和一个放羊娃的故事，真正地血浓于水，感天动地。

《火印》的第二个层面，是一匹战马与一场战争的故事。

抗日战争是我们民族文学创作挖掘不完的题材库，作为结构长篇小说叙事高手的曹文轩，机智地从战马的独特角度来描述这场战争。战争的残酷性从雪儿的命运逆转开始：雪儿被日军强行"征召"，烙上火印，从前它是使坡娃家过上好日子的好帮手、野狐峪村人见人爱的良马，而现在却成了日军指挥官河野的坐骑。但是雪儿是有自己"立场"的，它绝不服从河野的驯马规训，不屈不挠，受尽折磨凌辱，还遭受与小幼马母子分离的痛楚，即使最后被迫沦为拉炮的战马，进犯塞北草原，成为日本强盗屠杀中国人的"帮凶"，但它也依然"本性不改"。

当雪儿的身份发生根本逆转以后，它的命运将会如何？它深爱的作为它生命一部分的坡娃与坡娃父母，以及野狐峪村的乡亲，再见它时将会如何对待？

第十九章　当代儿童文学作家十人论

一匹战马与一场战争的"矛盾"是如此尖锐地悬置在小说上空，压得你喘不过气来。小说的精彩之处是在吊起读者巨大的阅读期待之后，又从容地铺陈开去，写坡娃与小伙伴盗马成功，雪儿重回后山，重新过上了田园牧歌的日子。小说有波澜，有平稳的过渡，几个回合以后才现高潮——一场天崩地裂的大战就在面前。战争给北方的农村带来残酷的、惨烈的破坏与牺牲，战争夺去了坡娃的父母、宠物黑狗还有他的一条腿，更有遍地的烽火与血性的屠杀。雪儿面对这一切，终于被逼到了绝地反击的悬崖，小说的最后以两个章节描写雪儿的"复仇"，将河野踢入山谷而推向全书高潮。雪儿洗雪了耻辱，赢回了作为中国马的尊严。

《火印》的第三个层面，是一匹天马与一个民族的故事。

曹文轩笔下的雪儿不是一般的马，这绝对是一匹天马、神马。中国古代文献有大量关于人与马的传说，关于天马、神骏的记忆，而最好的马必然是忠于主人、献身主人的，古诗有言"至今斫石傍昭陵，始信人间有神马"。雪儿就是这样的神马、天马，它来无踪去无影，小说的开头写雪儿不知从何而来，坡娃一家费了老劲找不到它的母马；而小说的结尾，就像老子出关那样，雪儿不知所踪，坡娃与小伙伴也不再去找它了，它自有它的归宿。神龙见首不见尾，所能见到的，则是弥漫于全书中的雪儿对其真正的主人坡娃的生死相依、忠心耿耿，而对软硬兼施一心要征服它的"新主人"日军河野则至死不从、赢回尊严。

曹文轩在论及动物小说的好处时，曾发过这样一段意味深长的议论："由于其他种种原因而不能放在人间表现的人间问题，却借着动物世界的掩护，不留口实地得到了确切而透彻的表现，从而了却了作家的一份心愿，完成文学应有的庄严而神圣的使命。"显然，《火印》不是动物小说，曹文轩也不必转弯抹角地借动物喻人世，完全可以直抒胸臆，塑造理想的动物本真的艺术形象。这就是雪儿的天马精神——战场上冲锋陷阵、视死如归，对主人至死不渝、忠诚不二。正是从这个意义上说，雪儿这匹天马的故事讲的就是我们民族的故事。我们中华民族，本性上是一个向善的民族，中华民族不被逼到绝路，不会拿起武器投入血色战争，表现在这匹马身上也是一样，雪儿不被逼到绝路，也不会

将河野踢入悬崖。我们从一匹马的身上，也从一个少年身上，看到了民族精神的发扬与砥砺，雪儿从一匹家马到天马的转变，坡娃从12岁的放羊娃到17岁的抗日战士的成长，那是真正的凤凰涅槃，浴火重生。

《火印》的第四个层面，我们读到的是一个作家与一场人类精神对话的故事。

曹文轩一直在追求他文字的不朽，实际上就是追求人类精神的不朽。这种不朽追求，在《火印》这部小说中是通过叙事理想、精神深度体现出来的。小说的艺术价值并不是因为作家写了一个重大题材，而关键在于作家是否具有参透这种重大事件本质的能力，是否对事件本身有它超越于一般历史学家定名的审美发现，是否把这种历史的宏大事件真正地化解到人物的精神世界当中去，并以生动的、真实的生命形象表现出来，构成小说穿越时空的、长久的艺术诉求。

我在读《火印》的时候，时刻感受到这是一场作家与生命的对话。战争的残酷性在哪里？当然，首先是对人的肉体的伤害，但是《火印》又写出了对人类精神的伤害，写出了战争给作为社会的人、历史的人、文化的人与生命的人之间无法拯救的精神痛苦——坡娃被迫失去雪儿的痛苦并从此不再去寻找，河野得不到雪儿的痛苦而且永难理解中国马的本性，雪儿被迫成为日本强盗屠杀救命恩人坡娃在内的中国人的"帮凶"的痛苦，等等。这些痛苦的根源，就是战争。因而《火印》是一部描写战争带给人类生命与精神双重痛苦的作品，而精神的痛苦更像锥子钻心那样让人痛到绝处。

除了《草房子》《火印》这些既叫好又叫座的长篇外，曹文轩还曾历时八年精心构思创作了完全幻想型的系列小说《大王书》，作家自言这是"称得上是迄今为止我最为看重的作品，它的写作对于我来说是一个重大的自我超越。"如果我们把《草房子》《火印》《大王书》这三种具有不同审美想象特色的作品放在一起进行解读，我们更能进一步理解"曹文轩模式"的有机建构与艺术探索。

《大王书》是一部由9卷小说构成的系列幻想长篇，现已出版5卷。《大王书》想象之神奇壮丽，可谓混杂了古今中外的各种神话、史诗原型，延续了

第十九章　当代儿童文学作家十人论

《圣经》《荷马史诗》《楚辞》《庄子》所开辟的想象谱系。但它依然坚守着《草房子》式的唯美格调，无论是人物、意境、景物、语言，一如既往地延续着思想的维度与诗意的神旺。《大王书》描写的是关于一个孩子的成长故事，一个"王者"的成长心路历程。主人公茫从一个放羊娃成长为一个万众之王，除了天机，更重要的是他的善良与得人心的王道。按照小说架构，茫在与魔王熄为代表的恶势力斗争中，依次攻取金、银、铜、铁四座山峰，并从这四座山下分别释放出被魔王熄夺走的人类的"视觉、听觉、语言和灵魂"，还这个世界以文明的秩序与昂扬的活力。《大王书》的史诗性书写，依靠的是古典美学资源所生发的元气和幻想小说所特有的"神"气。作者任由想象力狂放无羁地从人间坠入地狱，又从地狱回到人间，再从人间飞到金色的圣殿。幻想的天空时而黑云密布、狂风大作；时而光亮耀眼、婉转低回；时而雄壮沉重，刀光剑影、危机四伏；时而轻盈曼妙，柳暗花明、绝处逢生。茫是一个英俊、崇高的王，他的身上寄托着人们对理想君王的伦理追求。但茫毕竟是一个少年君王，他的骨子里还是"童心依然""不想长大"。曹文轩很有分寸地把握住了少年君王的成长之路，始终不让他成熟，只让他成长。茫不断成长，但也不断"犯错"，如不断耍小孩子脾气，有时候自己跑掉了，有时候不想再当王，而且身边不能缺少瑶、璇、葵等少年朋友，更不能缺少那一群羊，这就是儿童文学之为儿童文学的"儿童化"魅力。

曹文轩坦言，"在众多读者的眼中，我已被定格为一个写实与唯美的作家，实际上，我在骨子里是一个更倾向于浪漫和幻想的人，这一点，只有我自己知道。"为了写作《大王书》，曹文轩曾研读了三十多种中外人类学、神话学、幻想文学的论著，目的是希望通过人类学专家的思维成果与知识考古，更好地了解早期人类社会，体会先民式的幻想和经验，力图寻找到"原初幻想"，传达出初民幻想的魅力，让想象力更接地气与"神"气。与《草房子》《红瓦》《根鸟》《青铜葵花》《火印》相比，《大王书》显然完全是一种浪漫性的叙述，一场将中西方儿童文学两种不同形态的"精气神"融通交汇之后的艺术实践，期待以一种荒漠大川、天上地下的浪漫性的叙述，召唤汉语史诗叙事的回

归,铸造中国梦与民族风的幻想文学高峰。《大王书》小说的创作还没有完成,我们有理由相信曹文轩在获得安徒生奖之后,对儿童文学,对现实性小说还是幻想性小说的艺术探索与审美表达,会进入一个更新的层次,更高的境界。

(写于2016年6月)

沈石溪

沈石溪无疑是当代中国最重要的动物小说作家。

他的作品曾连续三届获得权威性的中国作家协会"全国优秀儿童文学奖",荣膺三连冠。1997年,江苏少年儿童出版社一次性买断他未来十年动物小说的独家出版权,这在当今作家中殊属罕见。曾有某文抄公将他的作品原封不动抄袭发表出来,不料抄袭之作又被上海《报刊文摘》转载。文抄公的行径固然可恶,但也反证出沈石溪动物小说受欢迎的程度。据说动物小说属于儿童文学"小儿科",然而今日中国发行量最大的成人杂志《读者》却情有独钟,数次选载过沈石溪的作品。——正是基于这样的现象,我在评选《中国当代儿童文学文论选》时,特将沈石溪的动物小说作为重要研究对象,选入"当代作家论"专辑。若以年岁为序,这一专辑只评选了以下九位1949年以后出生的作家,他们是:董宏猷、班马、沈石溪、刘健屏、周锐、曹文轩、秦文君、孙云晓、郑渊洁。

我认为沈石溪的动物小说能够经得起文学史的检验,我把它视为独特而自足的文本。

一、指向生命的拷问

沈石溪的动物小说大面积地切入生命,生命文化意识是其作品的主旋律。宗白华说:"世界上第一流的大诗人凝神冥想,探入灵魂的幽邃,或纵身大化中,于一朵花中窥见天国,一滴露水渗透生命,然后用他们生花之笔,幻现层

第十九章 当代儿童文学作家十人论

层世界,幕幕人生,归根也不外乎启示这生命的真相与意义。"[1]天地是宇宙生命的本始,祖先是个体生命的本始,自然大化是艺术生命的本始。正如《春情》中的雌鹿安妮面对"春风送暖积雪融化野草泛青树枝抽绿"的日曲卡山麓,再也难以抑制强烈的生命原欲一样,当沈石溪把笔触深深扎进那一个由猎雕、象王、牝狼、红奶羊、狼王……纵横驰骋、强悍粗犷、充满生存竞争的动物世界时,表现艺术的最高律令——生命律令就成了作家注定的选择。在沈石溪笔下,动物世界是一个完全意义上的生命世界,动物的生命原色和生命习性得到了充分的揭示与渲染。热爱生命、赞美生命,如一泓清泉汩汩流淌在整个动物王国的绿色原野。因为热爱生命,必然衍化出热爱自然生命,热爱生命的自然形态;因为赞美生命,必然导源出拷问生命的价值,追求生命的质量,表现生命的痛苦。生命意识使作家获得天地生德的流注,获得灵根慧性的启发。

生命诚可贵,价值各不同。生命价值的实现是一个不断抉择、不断汰洗、不断进取的过程。作为万物之灵的人与作为冥顽不化的动物,都有一个生命价值高低贵贱的问题。作为人真正自足的价值信念至少包括以下三方面:一、人不仅活着;二、他还得明白为何而活;三、怎么活才算活出诗意或慰藉,即要找到辨别人生有否意义之尺度或根基。作为动物的生命价值当然不可能有人那样的尺度,但在动物世界事实上也有一个定则,这就是虎是否活得像虎,狼是否活得像狼,也即是否符合它们生命原色的"类命运"、"类属性",是否具有自足的"类价值";倘若虎不像虎,狼不像狼,非狗非猫,非鹿非马,这样的动物在其丛林法则中不但会出现生命力度的递减与异化,甚至丧失生存的权利。借用一句人间的俗语,叫做"人应当活得像个人样"——这是沈石溪动物小说生命意蕴给人的突出印象。

《牝狼》中的母狼白荷尽竭全力,不惜一切所做的,就是如何清除子女身上的狗性,恢复狼之所以为狼的狼性。《狼王梦》中的主角母狼紫岚,倾其一生之努力,就是要在子女身上实现狼王的梦想,培养出一个属于自己"类属性"

---

[1] 转引自《文学评论》1997年第3期李衍柱《宗白华的生命美学新体系》。

的狼王。从西双版纳原始森林走出来的沈石溪,在敏锐地体验生活的同时,更在深邃地体验生命。曾经引起儿童文学界广泛关注与好评的《第七条猎狗》(获首届中国作协全国优秀儿童文学奖)虽是沈石溪的早期作品,但其表现生命价值的意向已十分明显。这篇小说写了一只"忠而见疑,信而见疏"的猎狗赤利,如何在解救主人召盘巴被豺狗包围的殊死搏斗中,以视死如归的勇锐救出了主人,也雪洗了自己的耻辱。赤利作为猎狗在小说中出场,猎狗的"类属性"——忠诚主人勇敢打猎就成了价值自足的当然尺度(难道要猎狗背弃主人软弱无能才算有了"价值"?)。倘若赤利也像那一大群"那么猥琐,那么瘦弱,肚皮瘪得缩进腹内"的豺狗,那就显然失去了作为猎狗出场的意义。所以曾被召盘巴误为孬种的赤利只能有一个选择:用行动洗清"冤案"(为救主人与毒蛇搏斗而无法迎战野猪),赢得猎狗之为猎狗的"尊严"。在这里,召盘巴为维护人——尤其作为一个老猎人的生命尊严,不惜战死在豺狗和"忘恩负义"的赤利面前,与赤利为维护猎狗的生命"尊严",不惜背弃豺狗转而为主人献身,其生命价值的指向具有令人肃然起敬的同一性——为了生命尊严而不屑苟活于世的品格之亮泽。赤利终于以自己的殊死一搏,替自己确认了价值。

生命价值的实现紧密联系着生命的质量,生命的境界。"境界说"是中国人生哲学的一大特色,所谓境界是指追求理想生命之极致的一种精神状态,这是一种精神的天地与气象。作为万物之灵的人类生命境界之追求当然有着丰富的文化内涵(如儒家追求的"立人极"、"仁者以天地万物为一体",道家追求精神的解脱与逍遥,释家追求净化超升的涅槃空如),这是与"低能"的动物界截然不同的。但问题是,人类追求高贵的生命质量、生命境界是一回事,能否达到这种质量与境界又是另一回事。正因为有愿望与现实的反差,才会有不断探寻人生课题与支撑精神撕搏的伟大信念的烛照。沈石溪的动物小说常常有意无意地"不忘提供人类社会一个平行对比的机会","人类社会的种种,在动物社会的对照下,自然产生了一种'折射效果'"[1]。这种"折射效果"最

---

[1] 台湾罗青:《"狼道"与"人道"》,见《云南儿童文学研究》,晨光出版社1996年版。

第十九章　当代儿童文学作家十人论

使人深长思之的,是关于生命质量的递减异化和如何为保持生命质量所作的拼搏。显然,这是关于生命境界问题的一种精神启示录。

还是以《狼王梦》为例。母狼紫岚一心一意诱发和唤醒下一代争当狼王的意识,可谓呕心沥血。动物世界丛林法则的严酷使狼敢于(不得不)食父吞母,真正的狼只能具有这样的"狼性"。充满在紫岚身上的这种内心分裂与悲剧困境,归根结底来自于强烈的生命自审与危机感,来自于如何确保"类生命"的质量与力度的终极追寻。在《牝狼》中,这种意识表现得更为明显:狼如存有狗性,如此不伦不类的东西还有什么保种延族之可能?《红奶羊》所创造的"神羊峰"实际上体现了一种生命境界的意象。母羊茜露儿要到神羊峰去寻找有着"羊脸、虎爪、狼牙、熊胆、豹尾、牛腰的红崖羊",以与这头杰出的大公羊共同繁殖出"新品质的羊种,既有食草类动物的脉脉温情,又有食肉类猛兽的胆识与爪牙"。"种"的质量问题无疑是生命质量的起码保障,强烈的生命意欲使作品生发出一种来自生命本源力量的精神回响。我们还应提到《象冢》。神圣的象冢是野象的永恒归宿,任何一头野象在死神逼近前无论路途多么遥远,也要走到象冢咽下最后一口气,它们绝不肯倒毙在荒野中。那种为生命寻找永恒归宿的坚持与意志,那种"找到故乡就是胜利"的家园情结,使"象冢"这一意象有了"根"的意味,甚至有了"终极关怀"的意味。芸芸众生有多少漂泊无依的生命放逐,物欲横流对人本性的奴役和对生命力度的摧损,使人面对这些荒原丛林中的动物生命景象,不能不"折射"自身,发掘出来自生命底蕴的拷问。我们还应再读一读《春情》。这是一篇十分独特的带有抒情色彩的动物小说。春情萌动中的雌鹿安妮,最终放弃了对雄鹿杰米隆的依恋,身不由己投入强健的公鹿红金背的怀抱,尽管"事与意违",但它只能作此选择:若与孱弱怯懦屡斗屡败的杰米隆结合,不但会带来后代"类生命"质量的递减,而且对自己的生命质量也是一种以苟合了事的斫伤。为了生命质量,安妮别无选择,其所作所为实乃是对一己个体与鹿族群体的生命气象做出的必然回应与解答。曹文轩在论及动物小说的好处时,发过这样一段意味深长的议论:"由于其他种种原因而不能放在人间表现的人间问题,却借着动物世界的掩护,不留

口实地得到了确切而透彻的表现,从而了却了作家的一份心愿,完成文学应有的庄严而神圣的使命。"[1] 沈石溪可谓深谙个中三昧,他让人们从动物世界的生命原色中得到某种灵犀相通的启悟与暗示,以"折射"自身,照亮现存。他纵情地讴歌生命,讴歌一种内在的活力,一种向上的冲动,表现出对人类生命的深切关注和巨大热忱。

二、表现丰富的生命原色

也曾有评论文章认为,沈石溪的动物小说简直不值一提,其一是沈氏作品的主题意蕴"总体上只能在通俗文学的话语系统内操作",跳不出"写义仆,写贤君,写有野心的奋斗者,写不被理解的英雄";其二是艺术上的不足,"其中最主要的,是缺乏感性的深度",因而"不耐读"。文学作品一经推向社会,就已成为受众的公器,见仁见智,自然不妨各存其说。但对沈石溪的作品作出如此判断,似乎也太偏激。如何看待沈石溪的动物小说,研究其文本当然是第一位的,但我们也不妨转到文本的背后,听一听作家自己创作文本时的心声。

沈石溪曾说:"动物小说的题材最容易刺破人类文化的外壳、礼仪的粉饰、道德的束缚和文明社会种种虚伪的现象,可以毫无遮掩地直接表现丑陋与美丽融于一体的原生态的生命。"观察生命,体验生命,表现生命,引导生命,这正是沈石溪执着动物小说创作的最深刻的原因,也是他的作品为什么总是充满着鲜活生动乃至鲜血淋漓的"原生态的生命"的直接注脚(他总喜欢选择那些具有勇猛、凶狠甚至残忍特色的狼、狗、雕、大象、野猪等动物作为主角)。如果主要是从社会学、历史学、伦理学的角度去看待沈氏笔下的动物形象,就容易仅仅读出"义狗"、"义兽"的忠与义、主与奴、君与臣,并顺理成章地将动物世界转换成传统通俗文学中的江湖世界、侠义世界。而我则是从生命的、精神的、自然的角度看待沈氏描绘的虎豹狼狗,我更把它们视为作家观察动物生命进而观察人类生命、体验动物生命进而体验人类生命以重新获得精神烛照

---

[1] 曹文轩:《动物小说:人间的延伸》,《儿童文学研究》1997年第1期。

第十九章　当代儿童文学作家十人论

和表达式之努力的生命结晶。"艺术更重要的意义在于观照生命。科学与文明不断地使生命从自在走向自为,而文学与艺术却努力地将生命从自为复返为自在。"[1] 生命是最辉煌的现象,生命之外别无所有。只有站立在生命存在与发展的基点上,我们才能读出自然大化中的一切平常现象(如朝阳、满月、潮汐、松涛)和平常存在(如飞鸟、走兽、奔马、游鱼)的价值,才能彰显其意义并升华为高妙幽深的意韵,使精神自由漫游进而获得体味自然人生的博大的感喟。沈石溪笔下的动物世界常常带给我们这样的意韵与感喟,有时我们甚至可以触摸到作家那一颗因生命痛苦而焦灼的心的剧烈搏动。

母狼紫岚的生育,居然是在一只大白狗的疯狂追逐下完成的《狼王梦》。生命的诞生与生命的痛苦并生,读来不禁为之捏一把冷汗。为了使断翅尽快长出新翼,猎雕巴萨查不惜用喙将被剪断的硬羽一根根连根拔起(《一只猎雕的遭遇》)。鲜血淋漓的断翅不再是生命痛苦的象征,而成为生命新生的布施。白眉儿由于是狗与豺性爱的产物,于是当其豺母死后,便祸从天降,孤独之苦,逃亡之苦,四面楚歌,危机四伏,惊心动魄(《混血豺白眉儿》)。群雕的死各有风采,各有生命轨迹的动人之处:花水背雕向着太阳而死,蓝顶儿雕为救爱侣甘愿葬身野猪之腹而死,瞎眼雄雕在尽情腾飞搏击后投入深渊化作流星而死,金雕巴萨查为救主人反遭屠戮义无反顾地化作冰柱而死(《一只猎雕的遭遇》)。读着这样滴血的文字,如果还能得出"缺乏感性深度"的结论,断言"这是一些有写作经验的人逛逛动物园看着'动物世界'似也能把握的东西"[2],这样的"感性"判断未免与生命太"隔"了吧。

表现生命之痛苦,这是沈石溪动物小说一以贯之的命题,也是感染读者的重要艺术激素。动物世界的痛苦与人类社会一样,同样形形色色,莫衷一是。既有弱肉强食的丛林法则造成的生活之苦,生存之苦,这是外部原因造成的苦,意愿与现实之间产生冲突的苦。此类痛苦在沈石溪的动物圈中屡见不鲜,但还有另一种生命的痛苦,它不是源于外部,而是源于生命自身的内部原因。这种

---

[1] 参见宋耀良著《艺术家生命自力》第37页,上海社会科学院出版社1988年版。
[2] 吴其南,《沈石溪动物小说的解读与评论》。

痛苦有着更为深刻的生命意蕴。例如关于生命追求与生命自身局限的矛盾所产生的痛苦。残狼灰满是以残疾者身份出场的角色，在充满血淋淋的生存竞争的狼群中，生命自身的局限无疑使它痛苦万分。但正是在痛苦的烧灼中，灰满将苦化成了动力，以它不屈不挠的毅力与智慧，硬是登上了狼王的宝座（《残狼灰满》）。混血豺白眉儿由于是狗与豺结合所生，这一生命的局限注定了它的生存是如此多灾多难。对苦难生存的深刻体验，逼使它不得不寻找生命发展的道路（《混血豺白眉儿》）。在这里，痛苦已不再是生命的否证，而成了追求与创造的动力。这是一种生命的积极的痛苦。痛苦之火，冶炼了生命自身，获得了一种雄健向上的气象。

　　长篇动物小说《一只猎雕的遭遇》可谓写尽了生命痛苦的百般景象。猎雕巴萨查本是一只健壮、俊美的雄雕，但却命运多舛，五年之内，被三易其主，由"猎雕"而"诱雕"而"种雕"而"野雕"，每一次角色转换，就是一次痛苦生命的加剧。巴萨查短暂的一生经历了罕见的生存之苦、罕见的命运摧折之苦与罕见的精神撕搏之苦。但无论遭到因被主人达鲁鲁误解而被遗弃的"冤苦"，还是无意中诱使同类被捕所造成的内心"悔苦"。无论在当种雕时苟且偷生与失去自由的"身苦"，还是苦心养大白唇雕的三只幼雕反而善得恶报的"情苦"，无论为救昏倒的女主人程姐反被剪断双翅落为草鸡的"命苦"，还是最后在营救主人竟遭猎杀的恩将仇报的"恨苦"，都没有击碎巴萨查对生命的无比热爱，对生存价值的不息追求。在与人共处的大起大落中，巴萨查审视人类，观照生命，直逼灵魂。正是不断袭来的痛苦，使生命在对痛苦的体验中升发出腾远向上的超越力量，超越自身的生命惰性与劣根性，超越生命局限，获得整体生命的新境界。痛苦使巴萨查完成了由低到高的生命追求，使它确信生命的价值应该在出生入死中去显现，金雕的生命辉煌就是化作蓝天精英。只有在大疑问大困惑大矛盾大痛苦中寻求大执着大牺牲的地方，才会拷问出真正的生命！巴萨查的形象具有一种人性的穿透力、艺术的震撼力与生命哲理的厚重感，因而成为动物小说中不可多得的典型形象，这是当代动物小说创作与儿童文学史的重要收获。从某种意义上说，沈石溪的动物小说作了超负荷运作，承担了不该由

第十九章　当代儿童文学作家十人论

动物来承担的使命，因而使文本成了人间社会文化反思的载体。所以沈氏的动物关怀也就成了作家的一种人间关怀，成了作家看取人类生命意义的一种解读。

三、关注生命成长的两种向度

文学是人学。文学诞生于人，文学的目的全在于人。儿童文学是人之初的文学。儿童文学诞生于成年人，从根本上说，儿童文学的目的与意义全在于人之初——儿童生命的成长。现代意义的儿童文学对儿童生命成长的关切和具体运作，主要是沿着以下两个向度的拓展。

第一个向度为主向度，即儿童文学的主流文学形态：从社会的、文化的、道德的、教育的多种角度，通过文学作品理性、情感、形象三位一体的复合力量，用以养成和提升儿童的社会人格、文化人格、审美人格，引导儿童生命合理性地进入社会人生，由一个"自然人"生命成长为"社会人"生命。这类作品是大量的，其价值与意义也是显而易见。就 20 世纪的中国儿童文学而言，从世纪初梁启超、黄遵宪倡导的爱国儿童诗、教育小说，到 20 年代沈雁冰（茅盾）、郑振铎、叶圣陶等文学研究会作家群所高扬的"为人生"的儿童文学，从三四十年代体现革命与救亡精神的左翼童话、科学文艺、抗战儿童戏剧，到五六十年代直接反映各项"中心"、"运动"的十七年儿童文学，从新时期勃兴的少男少女小说、少年报告文学、校园文学，到 90 年代异彩纷呈的儿童文学多元创作格局，无一不是殊途同归，奔向这一总主题的。因之，从这个层面上我们可以说：儿童文学是两代人之间进行文化传递（如理想传递、价值观传递、知识传递、道德传递、国情传递）与精神对话的一种特殊形式，是成人社会对未来一代进行文化设计（也即"人化"设计）和文化规范的艺术整合。

儿童文学对儿童生命成长的关注还有另一向度。这一向度主要是从自然的、精神的、心理的、原始思维与原生态的角度，观照儿童的（而不是成人的）生命存在状态与生命向力，力图寻求儿童心灵深处所潜伏的幽远隐秘的原始生命密码与人类往昔生命历史的血脉联系，着眼于对最富于人类自由天性与最接近人类自然灵性的儿童精神世界和自然世界（如动物世界、植物世界、原始人类

世界）的描绘与展示，对人类生命发生与发展的一些本体性与永恒性的命题作象征的表现和艺术的思考，其作品的价值意义在于：从人类整体生命的制高点上，为少年儿童提供生命力奔放与灵魂提升的艺术载体，重在自然人格、生命人格、原始人格的启悟与烛照，使儿童在走向"社会人"生命的同时保有"自然人"生命的基因与力度。这一向度的拓展具有某种风险，不但走向成功的路上布满坎坷，而且因其价值意义较为隐蔽而易被世俗习惯误读乃至曲解，但其关注儿童生命成长的文化性目的和品格则是与前一向度一致的，并作为前一向度的互补而且具其美学意义。

如果再加分析，这一向度下面还有两个亚向度：其一是执着于对"儿童性"——儿童生命世界的探索，艺术地再现和描绘儿童生命状态、儿童原始思维、儿童生命与原始人类生命的幽秘联系。当代中国作家中坚持做着这种探索的，当以班马为代表，他的小说《鱼幻》、《迷失在深夏古镇中》，散文集《星球的细语》，以及理论专著《前艺术思想》等，都是这一探索的难得文本。其二是执着于对"动物性"——与儿童生命世界有着最密切的天然联系的动物世界的探索，艺术地再现和描绘动物世界的生存法则、生命原色，及由描绘动物世界带来的对博大自然界的由衷礼赞。就当代中国作家而言，沈石溪的动物小说无疑是这方面的杰出代表。沈石溪的出现与班马的存在，实在是当代儿童文学的一个异数和惊喜。他们的作品同时从第二种向度关注着儿童生命的成长，拓宽着儿童文学的艺术版图。因为有了他们，中国儿童文学的精神血脉才显得更加勃发健旺，文学版图才不至于单调贫乏。

——站在这样的文化视角，我们找到了沈石溪动物小说的文学定位与价值。这是我自信沈石溪的作品经得起文学史检验的原因。

（写于1997年10月）

张之路

在当代中国儿童文学之路上，张之路无疑站在最有激情的探索者、最杰出

第十九章　当代儿童文学作家十人论

的实践者与最有力的推动者的前卫行列。这位物理学专业出身、做过中学教师、当过电影厂编剧的作家，智慧地穿行于小说、童话、科幻、电影之间，在蒙太奇式的年代重组切换中，在巨大的想象空间中，以极富张力和深度的艺术呈现，刻绘当代儿童的生存现状与生命成长，塑造了一批理想化的当代中国少年儿童形象。他的作品独树一帜，独创一品，深具"京派"作家的气度与内涵，透显出文化中心的美学趣味与坚执的道德力量。下面是笔者在不同时期解读张之路三部代表性小说的读书笔记。

一、《非法智慧》的非常魅力

张之路是八九十年以来国内最有影响的少儿小说作家之一，他的《第三军团》、《霹雳贝贝》等曾饮誉一时，并获"全国优秀儿童文学奖"等多种奖项。由北京少年儿童出版社 2000 年 12 月出版的张之路长篇科幻小说《非法智慧》融思想性、科学性、文学性、先锋性于一炉，充满生动的艺术魅力、丰富的审美内蕴与深刻的思想意义，不但是张之路少儿小说创作的新突破，也是世纪之交我国儿童文学创作的新突破与重要收获。

小说是说故事的艺术。《非法智慧》首先是一部十分注重可读性、文学性，以故事情节见长的"情节小说"。

作品围绕梦九中学女生桑薇"侦破"同班男生梅山（原名陆羽）被植入"七星瓢虫"大脑芯片的经过，演绎出一幕幕跌宕起伏、扣人心弦的活剧，书中有三条明暗互补、回环交叉的线索：第一线索（主线索，显性线索）是桑薇考入梦九中学后，惊讶地发现她以前崇拜的高二男生陆羽不但改名梅山，而且品行、智商、性格判若两人。为解开心中谜团，更为解救陆羽，她不畏艰难与郭周同学一起，最后终于揭开了陆羽被植入大脑芯片（微型计算机）发生变异行为的秘密。第二线索（隐性线索）是医学院脑外科专家陆翔风发明大脑芯片—将芯片植入陆羽腹腔以求改变爱子智商—陆羽失去记忆不认父亲—陆翔风冒名化装俞天明潜入梦九中学—陆羽最终获救恢复记忆，以"爱子—误子—失子—救子"而展开情节。第三线索（潜性线索）是心怀叵测的陌生人与见利忘义的姜地所

实施的"七星瓢虫"阴谋，试图通过大脑芯片，控制高智商的青少年学生进而控制人类精英、控制全世界的罪恶目的。全书以梦九中学校园和神秘的"重新心理研究所"为背景，双向互动，明暗结合，层层推进，最后将全书人物与矛盾焦点集中在破译"七星瓢虫"网址用以抢救陆羽上，以陌生人阴谋破产、陆羽被救为结束。整个故事可谓一波三折，充满悬念，曲折离奇，动人心魄，具有使人不得不一口气读完的强烈艺术效果。

尽管现代小说创作有所谓"无情节、无人物、无主题"的"三无小说"，尽管有后现代对小说艺术的种种解构、颠覆，但作为少儿小说创作，依然需要强调作品的故事性、可读性，否则就会在传媒多元、影视网络大肆冲击书面文学的今天，失去广大小读者，最终也就失去了儿童文学的审美作用与人文化育作用。作为一位有着丰富创作经验的作家，张之路深谙个中三昧，在作品的情节设计、艺术手法上深下功夫，使《非法智慧》的艺术探险能够从容地、自由地展现。故事情节的悬念性、叙事手法的灵活性、文本结构的丰富性和审美内蕴的多重指向，不仅达到了作品"抓人"、深深吸引小读者的艺术效果，而且也为当下儿童文学创作如何在市场经济背景下的商业化操作中坚守纯文学的格调提供了可贵的探索经验。

第二，《非法智慧》又是一部幻想性与现实性、科学性与人文性紧密结合的"成长小说"。

在当代生命科学研究中，信号传导与脑科学，具有极其重要的地位，是处于最前沿的尖端学科之一。小说以脑科学研究为切入点，将高新技术大脑芯片的研制实验与少男少女的校园生活、现实社会生活紧密结合，全景式地展示了一幅幅丰富驳杂的当代少年生活画卷。既有鲜活丰富活泼热闹的校园生活，也有严谨紧张神秘刺激的科学研究，既有青春少年朦胧情愫的诗性表达与细腻刻绘，也有师生之情、同学之谊、父子之爱的多层面描绘，既有揭破"七星瓢虫"计划的斗智斗勇，也有阴谋与罪恶的血腥暴露。作家善于把握和描写校园生活内容，在运动过程中淋漓尽致地诠释少男少女的精神生命状态，表现他们成长岁月中的智慧、勇敢、憧憬、烦恼、困惑与追求，整部作品蕴含着生气勃勃、

第十九章 当代儿童文学作家十人论

健康向上的精神力量。大胆、充沛的科学幻想将小说的审美触角延伸到广阔的艺术空间，给读者的解读和思考提供多种向度、多种可能，而这种想象力并不单纯地表现在故事的编织上，而是表现在对真善美的张扬和对当代少年生命成长的抒发，将对高新科技的思考渗透到现实社会的日常细节，使我们在看到知识改变命运、科学就是力量的同时，更感悟到善的期待、美的生长与人文精神的力量。

第三，这是一部有着深刻思想内涵的作品，对于促进素质教育具有十分积极的现实意义，这也是这部作品最值得推荐之处。

随着竞争日趋激烈的 21 世纪的到来，素质教育已成为世界性的话题。新世纪人的素质可以分为基础层次、智力层次和伦理道德层次，每个层次都有其独特意义与要求。基础层次包括人的体能、情感、技能和能力四个要素；智力层次可分为信息、知识和智慧，其中信息是知识的原料和基础，是建构个人知识基础的基本功，而智慧则是利用知识和能力解决各种问题、迎接各种挑战的才能，是创新精神的表现和综合素质的更高境界。但是，新世纪人的素质构成中的最高层次则是伦理道德层次。伦理是人与人相处的道德规范，对个人来说则是树立正确的人生方向和生活目的，没有正确的人生方向，一个人掌握的技能、信息、知识和智慧将难以发挥作用，甚至会祸害人类，走向反面。

《非法智慧》中的所谓智慧，之所以是"非法"的，就是因为本应造福人类的人脑芯片被坏人所控制和利用。小说中的陌生人与姜地所实施的"七星瓢虫"计划，就是妄图通过将芯片植入高智商的青少年进而实现控制社会精英最后控制世界命运的罪恶阴谋。科学技术是一柄双刃剑，正如小说中的郭周所说："科学没有罪恶，关键是掌握在什么人手里。"陌生人与姜地利用高科技犯罪，利用高科技实施阴谋，这是小说所要揭露的恶的极致。同时，小说也以精彩的细节描写了即使是心地善良的科学家陆翔风由于私欲膨胀也会迷失方向，铸成大错（为了使儿子陆羽在学校"出类拔萃"、"才华横溢"而植入大脑芯片，结果适得其反）；而处于成长过程中的青少年，如果光有智慧、能力、知识而缺乏正确的伦理道德规范，就会变成不近人情、不认父母、辱骂校长、殴打同

学、专横跋扈、自私粗野的"冷血动物"。陆羽在梦呓教室用椅子砸人,宣扬"公平在强权面前没有位置"的狐狸定理等一系列变态、异常行为,正是缺乏伦理道德、素质教育所造成的必然恶果。

《非法智慧》以生动形象的艺术表现,向我们揭示了一个极其深刻的主题:全面推进素质教育是一场深刻的教育革命,是中国在 21 世纪实现强国梦的重要条件,素质教育在注重青少年的基础素质、智力素质的同时,必须花大力气加强伦理道德素质的教育,这是素质教育的关键与核心。正如科学家陆翔风在小说大结局中所言:"人类的知识能不能给人类带来幸福?令人眼花缭乱的崭新的科学技术潮水般地向我们涌来,如果我们没有科学人性化的思考,人类终究会有一天遇到自己制造出来的天大的灾难!尤其当这种技术掌握在阴谋家手中的时候,还有那些极端的个人主义者!"

《非法智慧》体现了作家对民族未来一代素质教育与精神生命成长的深刻思考,表现出勇于直面问题、善于解析问题的忧患意识与智慧品格,是世纪之交中国儿童文学创作的先锋之笔,也是儿童文学弘扬主旋律、注重艺术性的重大突破。总之,这是一部十分难得的少儿小说精品力作,它的出版必将赢得广大小读者的欢迎。

(写于 2001 年 3 月)

二、《千雯之舞》:为少年儿童与中国文化"给力"

2011 年元月,中国少年儿童出版社出版的长篇小说《千雯之舞》,无论对于著作者张之路,对于原创文学,对于弘扬中国文化,都是一个具有重要意义的突破。丰富瑰丽的审美想象,别开生面的艺术形象塑造,"汉字文化小说"的文体实践,使《千雯之舞》成为新世纪第二个十年开篇之际重要的文学收获和文学事件,这是一部"给力"的重量级作品。

首先是激活想象力给力。

阅读《千雯之舞》,脑海中不断浮现出一句话:"想象力比知识更重要"。《千雯之舞》对这句话作了深度的形象的演绎。"想象力比知识更重要",并

第十九章　当代儿童文学作家十人论

不是说知识不重要，而是在强调知识重要的前提下，告诫人们在走向成功的道路上，应当更加重视获取和运用知识的方式、方法、途径和手段，这就需要激活想象力。想象力的特点是，能将预期的目标现实地生动地具体地展现出来，使目标由不可能变成可能，从无到有，从小到大，从大到强。

张之路是一位具有丰沛文学创造力的作家，他的作品涉及小说、童话、科幻、电影。与以往作品的想象思维不同，《千雯之舞》选择的是通过汉字的文字画面与字形结构来营造故事，整部作品展现的是一个"文字王国"，也即作品中的人物形象、人际关系、矛盾冲突、性格命运等，都是围绕文字而展开。显然这是一种难度极大的创作，一种充满风险的想象力挑战。但张之路做到了，而且做得十分到位，他将一堆扁平的干枯的文字演绎成为充满悬念、充满张力、充满情感、充满生命的非常生动好看的故事。

中文系高材生桑南，为了寻找梦中反复出现的女孩，来到千雯图书馆工作。一天深夜，桑南被字仙使法，缩身变体为微型人，闯入了图书世界的汉字王国，于是发生了一连串匪夷所思的事情。桑南原来是三百年前救助莫千雯小姐的青年书生杨天枫，两人并订下了生死之约。桑南又遇见了三百年前受文字迫害而又以文字害人的冤家顾远谋。顾远谋在文字王国化身"谋"字，正在发动一场文字国的战争阴谋。桑南与莫千雯率领以"爽"字为首的蚂蚁兵团，与"谋"字邪恶部落展开了生死较量……

我们不得不佩服张之路超凡的想象力和驾驭这种想象力的智慧与能力，书中所有的人与字、字与字、字与事，都是在特定的汉字世界中展开的，真所谓天马行空，妙造自然，吞吐大荒，张力弥满。显然，《千雯之舞》的重心不在于解析汉字知识，而是巧妙地运用汉字知识，来演绎一个善恶对决、美丑较量、真伪博弈的人间故事。我们从张之路营造的艺术世界里深刻地感受到了想象力之神奇、美妙、重要，想象力把枯燥的文字激活了，使文字有了精气神，有了力量，有了体温与呼吸。

第二是丰富艺术形象给力。

文学作品中的艺术形象塑造，大而言之可分两大类，一类是人的形象，另

一类是非人的形象。非人的形象在儿童文学作品中最为常见，尤其是在童话寓言、幻想小说中，如拟人体的动物、植物、无生物形象，超人体的神魔巫仙形象，智人体的外星人、机器人、克隆人形象等。但将平面符号的文字作为立体的艺术形象加以塑造，《千雯之舞》是第一次，张之路是第一人。这是艺术形象塑造的一个突破，是非常了不起的事情，所以我把这部小说的出版称之为是"新世纪第二个十年开篇之际重要的文学收获和文学事件"。

文学文本的基本样态是由文学语言塑造的生动可感的艺术形象。难得的是，张之路将笔下的"字人物"形象塑造得如此鲜活生动感人，他们既是虚构的幻想形象，也是源于现实生活的真实形象。我们可以把《千雯之舞》解读成科幻小说、幻想小说、穿越小说、历史小说，也可以解读成战争小说、官场小说、爱情小说、成长小说，根本依据就是艺术形象的"抓人"与"活现"。但是我感觉到他里面的幻想性的艺术形象有一个度把握得非常好，之所以这个形象能够成功，他是非常严格地按照事物的规定性来展开符合艺术想象的逻辑推理。他始终没有离开汉字这种特殊的符号的一种规律性，他在设计每一个"字人物"的时候，都是从这个字的本质出发，即要符合这个字的独特的逻辑性的东西。因此我们可以看到，《千雯之舞》里面的情节，即人物性格发展的历史逻辑是经得起推敲的、合辙的。尤其是重要人物"伤"字，他对伤字的想象完全符合字的规律性。文学创作是第二世界，虚构的人物形象如何能够使他活起来，最难的问题是如何使人物性格发展符合其特定身份的逻辑性。张之路在汉字的艺术形象创作中，探索出了自己的经验，显然这与他长期的小说创作经验积累是密切相关的。

第三传承中国文化给力。张之路对中国文化，对由甲骨文传承下来的5000年的汉字，对我们民族的母语充满了难以言说的深情。这种为汉字，为母语，为中国文化立言的精神，通过艺术的形象化生动地得到了表达。《千雯之舞》书写的是汉字之间较量故事，但其背后则以博大精深的中国文化作为坚强的平台，这使小说有了非常深厚的文化意味。相信看过这部小说的读者，都会对汉字、汉文化乃至传统文化产生新的认识，以至于产生深深的敬畏。把这

第十九章　当代儿童文学作家十人论

种情感传达给下一代，这是作为作家和文化人的社会责任与担当。张之路是非常有文化担当的作家，他的这种情怀也是我们所敬佩的。

《千雯之舞》这部小说的创作难度非常之大，如上所述，它是以"字"作为艺术形象来演绎故事情节的。我还记得我与张之路曾多次一起去外地开会，在飞机、火车上互相切磋，他经常会考问我们一些字的写法、读音、奥秘，我们经常会被他难倒。现在才明白，张之路为自己设置了一项难度写作，但他终于成功了，因而我们给《千雯之舞》无论什么样点赞都不为过。我常想，当文学创作的想象力越来越枯萎，甚至连"口述实录"也成为文学时，好在还有儿童文学，还有张之路们这一帮儿童文学作家，还有他们在保卫想象力、激活想象力。如果没有儿童文学，中国文学的想象力将会如何？因而我深深地被《千雯之舞》的想象力所激动。

（写于 2011 年 1 月）

三、《吉祥时光》：再现一代人共有的生命记忆

阅读张之路的自传体儿童长篇小说《吉祥时光》，心生亲切之感，这不仅因为我与他是同辈人（小他几岁），都是生在新社会、长在红旗下，都在童年时代唱过"太阳光金亮亮"的歌谣，而且更是因为，我们这一代人有着太多的相似经历和对时代、对生活的深刻记忆与情怀，这记忆之中就包含着 20 世纪 50 年代充满阳光、希望与和平鸽的童年色彩。

《吉祥时光》首先是一部自传体的童年回忆小说。当然小说里的主人公吉祥不等于是张之路，但是吉祥的成长岁月与生活故事，无疑深深地寄寓着张之路的童年回忆，童年的亲切、快乐、迷茫与追求，蕴含着张之路对已经消逝的童年生活的守望与眷恋。透过童年再现的一帘幽梦，我们一起感受到了张之路的赤子之心。别林斯基曾经说过，"只有童心不泯的作家，才具有用儿童可以理解的诗的语言跟儿童谈心的本领。"童年记忆、童年情结、童年经验，往往是作家创作取之不竭的源泉，尤其是当作家进入中老年以后，童年记忆与情结更能显出珍贵的力量，这既是记忆力的力量、情感的力量、艺术的力量，更是

生命的力量。

《吉祥时光》是一部回望岁月、书写50年代的时光生活与都市社会的历史小说。关于50年代的儿童小说，在当代儿童文学史上，曾经有过任大霖的《蟋蟀》、张有德的《五分》等写合作社少年的小说，有张天翼《罗文应的故事》、任大星的《吕小钢和他的妹妹》等少先队小说，有胡奇的《五彩路》、萧平的《海滨的孩子》等地域特色小说，但似乎缺乏50年代都市儿童的成长小说，特别是长篇。张之路用《吉祥时光》这部小说终于弥补了这一文学阅读经验的遗憾，让我们看到了20世纪50年代孩子们的童年。这既不是饥饿、苦难的记忆，也不是从虚无当中度过的，而是在"点点滴滴的日常小事中，写出了蕴藏其中的人情之美，而这种淳朴的人性，又分明照见了今天世道人心的某种缺失。《吉祥时光》文风冲淡平和，始终笼罩着一种诗意的温情的气氛。它是个体的童年回忆性书写，却并不属于个人的怀旧式的惆怅回望，它试图捕捉住在飞速流转的时光中那些遗落的美好，那些童年的真趣，和今日的孩子一同分享，一同品味，一同守望"。（李东华《往事的馈赠》）

《吉祥时光》这个书名取得又好又巧，它既是小说主人公男孩子吉祥的成长的时光，也象征着50年代新生的共和国充满着希望、上升，这是一个吉祥的时代。这个时代在我们这一代人的记忆中，永远是鲜活的、洒满阳光的，永远难以忘怀"让我们荡起双桨，小船儿冲开波浪"、"六月里花儿香，六一儿童节"这样的校园歌声……

《吉祥时光》也是一部京味十足的地域儿童小说，与肖复兴的《红脸儿》有异曲同工之妙，一样地写北京，写北京西直门的城墙、什刹海的溜冰、四合院里的海棠花开……同时也有张之路、肖复兴他们50年代北京孩子的少先队营火晚会、天安门礼花。《吉祥时光》与《红脸儿》一样，也是双重叙事视角小说。张之路既要回到从前，用50年代孩子的眼光、50年代孩子的心灵来体会和感悟当时的孩子世界与社会人事，但同时这毕竟是出自一位具有丰富创作经验、把握多种文体书写的21世纪作家之手，因而这部小说具有深刻的现实寓意与情感寄托。

第十九章　当代儿童文学作家十人论

《吉祥时光》的写作手法是一种复合型的艺术呈现，首先是小说，但同时是散文，散文化的小说，甚至是往事回忆的"笔记"。全书 38 章，由 38 个独立成篇的故事构成，娓娓道来，冲淡平和，有一种"对面说话"的在场感与亲切味。全书的每一章，拆开看都是小体量，小故事，但却是给人印象深刻的"小细节"。小说最难的就是细节，细节激活历史，细节打磨性格。比如书中写到吉祥同情女同学小新子，从来不喊她的绰号，却又怕淘气的男生们说他俩"相好"，因而当小新子在作文里写喜欢他时，他气急败坏地当众喊出小新子的绰号，表明他对女生"立场坚定"。又比如吉祥长相清秀如女孩，所以生怕人家也把他视为女孩，当幼稚园老师让他演"朱大嫂"时，他既为能上台演出而兴奋，但又因男扮女装很抗拒，这样纠结的心理一直贯穿于吉祥成长的整个历程。正因为有了一个个为数众多且个性鲜活的人物，有了具体而微使人难忘的细节，这才绘就了京味十足且时代色调浓郁的成长小说，成就了我们这一代人 50 年代童年岁月的"笔记"与回忆录。

（写于 2017 年 3 月）

周　锐

周锐是一位勤奋的上海童话作家，他已先后出版了《勇敢理发店》、《拿苍蝇拍的红桃王子》、《阿嗡大夫》、《特别通行证》、《星期天火山》、《阿嗡的奇迹》、《我被枪毙三个月》、《扣子老三》等十余本童话集。最近他又寄给我一本重庆出版社出版的《PP 事变》。如此高产，不由不使人赞叹！我真想问一声周锐：你手里到底握有什么法宝？是神笔，是魔镜，还是宝葫芦？

读周锐的童话总使人忍不住想笑：轻松的笑，悠然神会的笑，搔到痒处的笑，忍着眼泪的笑，笑不出声的笑。且看周锐短篇童话集《PP 事变》的首篇《PP 事变》：两位小学生因争夺乒乓桌引起争吵，双方各不相让。于是学生 R 去找他爸爸，通过电话—自动发报机—军事通讯卫星—微波传真机等现代化通讯网络，学生 L 去找他妈妈，通过牌友—病友—拳友—钓友—咖

啡友等一条龙人际关系网络。各不相让的双方闪电般地扯牵起了两个兴师动众、势均力敌的阵营，"双方均有坚强后盾，直接和间接参与者遍及各界——上至名流显宦，下至贩夫走卒；牵涉面既广，震动力尤烈"。眼看一场大战就要打响，忽然上课铃响了，两位小学生赶紧回到教室，这才使这场"国家级的军事冲突"化险为夷。这篇童话的夸张可谓达至极点：引发这场被联合国安理会列为今年"世界重大事件"的军事冲突的导火线，竟是由于两位小学生在课间十分钟争夺一张乒乓桌！夸张是匪夷所思，构思也是翻空出奇，但它折射出的现实生活却是如此严肃：渗透现代人生活中无处不在、无所不在的人情攻势与关系网！凭借它，你可以左右逢源，八面来风；没有它，会让你处处碰壁，寸步难行。毋庸赘言，这种"关系网"正在锈蚀着社会机器的正常运转，阻碍着时代步伐的前行。君不闻"面子胜过印子"、"人情大于王法"的民谣么？作家对这种不正之风的刺责是严肃而深刻的。作品直面人生，体现出一种清醒的现实主义精神。

属于同样艺术精神的童话，在这本集子中还有不少。《挤呀挤》写的是现代都市的"文明病"——乘车难，车难乘，难乘车。人口爆炸带来的生存危机与生存空间的急剧缩小不由不使人倒抽一口冷气。《机器人坐火车》于不露声色的叙述中，抨击了那种死板僵化、墨守成规、使人哭笑不得的行径。《九重天》中的各层神仙为了一己利益，互相掣肘，互相拆台，结果弄得人人不得安宁。《关节炎气象站》让人看到这样一种畸形现象：有人竟把缺陷"当作长处，甚至当作神通来利用"，在某种气候，缺陷与痼疾竟能使人声誉鹊起。

这些作品无疑涵盖着丰富的社会学含量，倾注着作家对忧患人生与纷繁世象的深切关注。周锐的这种追求，正是"五四"以来由叶圣陶的《稻草人》所开创的中国现代童话文学的现实主义精神。他要借助童话这面"魔镜"，来折射大千世界中的形形色色，引导小读者认识生活，走向真实（而不是虚无），从而更加热爱生活，珍惜现实。

现实主义对现实人生的刻绘决不停留于生活的表象，它还要不倦地向生活的深处掘进。生活是从历史走来的。昨天、今天与明天联结成一个生生不息的

第十九章　当代儿童文学作家十人论

运动过程。历史遗留下来的某些消极东西不会随着历史的消逝而告终，它还会影响与阻碍现代车轮的运转。由于中国几千年封建社会的巨大惰性，严重地造成中国国民性中的消极面，阻碍着中国社会的前进步伐。以鲁迅为代表的"五四"先驱者们，在进行新文学建设的进程中，一直没有放弃过对封建文化的批判，发端于"五四"新文化运动的中国现代儿童文学，也一直没有忘却这一使命。

"五四"前后，鲁迅所进行的文化反省着重在国民性的剖析与批判，新时期文学在自觉地开始文化反省后，也把国民性视为自己的一个重要目标。值得我们注意的是，新时期儿童文学同样自觉地关注着这一问题。这里所说的"国民性"，沿用鲁迅的说法，意指国民的劣根性，即文化心理潜结构中的消极方面。作为现实主义童话作家的周锐，以其周深的思考与敏锐的观察，同样也把笔触切入到了"国民性"这一深层文化问题。属于这方面的作品，在《PP 事变》中就有不少。

《霉气公司》是一篇不到千字的微型童话，它向读者揭示的是一种典型的"东方式"嫉妒：一伙老是倒霉的人组织了一个"倒霉者协会"，他们把自己的霉气悄悄输入"霉气管道"，再接通到幸运者家里。他们看不惯"幸运者为什么那样幸运"，他们的行动纲领是："我们太倒霉了！我们一定要让他们和我们一样倒霉！"如果嫉妒产生竞争，这倒是件好事，有竞争才能激活创造力，才能赢得进步。然而可悲的是，这种嫉妒是要叫大家一起完蛋："我不行，你也别想行！""我吃不到牛奶，就得千方百计把你那份牛奶打翻在地。"这种"降型"的文化心理还有另一种表现：一个人干事，两个人旁观，四个人议论，八个人调查。《显微眼镜》中那位最讲卫生的阿嗡大夫，在卫生检查团显微眼镜的"调查"之下，竟成了不讲卫生的典型。从此，这位著名医学专家不但无法开展正常工作，无法施展自己的才华，而且整天为应付无事生非的调查、议论弄得焦头烂额，精疲力竭。

"阿嗡大夫"是周锐创造的一个童话形象。在有关阿嗡大夫的一组系列童话中，我们看到了种种使人哭笑不得的闹剧。其中，写得最发噱、最使人难忘的是《阿嗡在半公斤五百克共和国》。所谓"半公斤五百克"，是指两

个信奉绝对平均主义的共和国,他们的口号是"如不公平,宁可不要"。作为两个共和国最高长官的联邦总统,凡事都得一碗水端平。"他比杂技演员更懂得平衡,他努力避免厚此薄彼"。万一端不平呢?那么好戏就来了:半公斤方面死了一棵树苗,他们要求总统,五百克方面也得死一棵,五百克不答应,于是双方干架了。战争的进展完全公平合理,双方各出10名士兵,总统给每位士兵各发10颗子弹……但战斗结果却出现了不公平现象:半公斤方面的三位伤员每人各中一弹,而五百克方面则各中二弹。半公斤指挥官认为他们的伤员少中三弹,这事太不公平,为此强烈要求前去抢救伤员的阿嗡大夫必须再向他的伤员补打三枪。平均主义真是公平到了绝点,"要痛一齐痛,要痒一齐痒",要完蛋一齐完蛋,谁也别想占便宜!否则就来胡搅蛮缠这一套。当然,这是发生在童话世界的荒诞行为。然而,童话的幻想毕竟根植于现实的土壤,它让我们看到的不正是现实社会里那种"不患寡而患不均"的平均主义现象么?《PP事变》一书中还有一类童话是直接描写少年儿童的,如《爸爸妈妈吵架俱乐部》、《电子琴密码》、《发明家和阴谋家》、《电影在十年后开映》等。这类童话有一个共同的主题:呼唤理解,拆除人与人之间的隔离。《电子琴密码》呼唤的是同代人之间的理解:代号"大侠"的男生通过电子琴式的收发报机与代号"仙子"的女生经常交谈作业和心事,他们几乎成了密友。但这位"大侠"做梦也没有想到密电中的"仙子"就是坐在他旁边的女生。天真纯情的孩子为什么在现实生活中要互相筑起心灵的围墙,连同桌也不敢"多说话"而只能借助密电沟通心灵呢?掩卷之后,难道不会引起我们做大人的深思么?同代人需要互相理解,互相帮助,两代人之间更需要理解与尊重,拆除有形无形的"代沟"。孩子时代应该让孩子得到应有的精神享受与快乐,不要因为大人的过失剥夺了孩子的童年;当他们不再是孩子时,你再送还他们童年的礼物,已无法激起他们的笑声了(《电影在十年后开映》)。做父母的常常为孩子的事意见不一,吵得鸡飞狗跳,而实际上他们只要能尊重孩子,耐心听一听孩子的意见——就像《爸爸妈妈吵架俱乐部》中的爸爸妈妈,听一听可可的意见那样,那么,一切吵架就会

第十九章 当代儿童文学作家十人论

自觉无聊,一切矛盾也会迎刃而解。让我们一起来欣赏可可朗诵的绕口令吧,那实在是一篇了不起的"告父母书":别以为孩子到底是孩子,有时候孩子会不是孩子!以为孩子只是孩子的人,说不定会比孩子还要孩子!

"希望是在于将来。"(鲁迅)希望是联结两代人之间的绿色纽带。为了希望与未来,请尊重和理解我们的下一代,在我们的心与心之间搭起一座"互相理解"的爱之桥吧!

读周锐的童话,实在是一种享受,对于笑的轻松愉快的享受。但笑过之后,就像嚼过橄榄那样使人回味无穷。日本作家鹤见祐辅曾说:"懂得幽默,是由于深的修养而来的。"幽默的人生态度,便是一种深的修养,一种高的境界,一种对世界、对人类、对生命、对自我的彻底而自觉的认识(徐侗:《话说幽默》)。周锐的童话风格我以为可以概括为四个字:"内庄外谐"。他以幽默的笑意,宽广的心境,圆熟的笔触,面对现实人生的矛盾与困惑,揭示出人类生存的可笑之处。但在悠然泰然地游戏童话世界之时,不失真诚严肃的理性。他写出了真实的人生,坚持着人的尊严与价值,高奏着追求真善美的执着之歌。周锐童话的"内庄外谐"产生于一种智慧的痛苦,却表现为一种智慧的欢乐,更体现出一种智慧的力量。作家强烈的主体意识与对未来一代的谆谆责任感,使他情不自禁地拿起笔来就要呼唤,就要载道——当然,这是一种全新意义的现代意识的"道"。他要借助童话这面魔镜,折光地反映真实的现实,使孩子们在他精心建构的魔镜世界里,一步步成熟,一步步成长,一步步看穿他的把戏,一步步逼近人生,努力认识和把握世界——这就是我对周锐童话的印象,我所理解的周锐童话的幽默精神。不知读者以为然否?

(写于1991年)

杨红樱

杨红樱的成名与成功,不是由于评论、评奖,更不是由于炒作,而是由于得到了广大小读者真心诚意的喜爱。现代中国儿童文学的历史,由于杨红樱的

出现，已被重新改写。杨红樱的创作证明：真正儿童本位的儿童文学不但是属于中国儿童的，也是属于世界儿童的。

一、从当前文学形势看儿童文学与杨红樱

我想在讨论杨红樱之前，把视点稍稍拉远一些，想先谈谈当前的文学形势。

对当前文学形势的判断，评论界虽然众说纷纭，但有一种观点似乎比较集中，即作家群体出现分化与重组。新世纪以来，由于文学环境传播机制的改变与读者的分化，当前文学正被商业化、数字化、复制化、网络化的汪洋大海所包围，从而已使中国作家队伍的构成发生了前所未有的变化。环顾今日之国中，作家队伍主要有四股力量：一是传统意义上的"纯文学"作家队伍，他们依然坚持传统文学的路数并努力创新，作品主要通过传统的文学杂志发表与出版；二是网络写作队伍，作者至少在10万人，主要以博客文章的互动性、开放性、共同性吸引大约超过5000万的网络读者；三是"80后"、"90后"的青春作家，他们以惊人的发行量和全新的文学特征正在改变着传统文坛的状况；四是"自由撰稿人"式的草根作家或"非职业作家"，他们的创作并不面向市场，只是出于情感或爱好的需要、倾吐和呐喊的需要。（参见雷达《作家群体的分化与重组》，《文艺报》2010.6.14）。

面对当前文学形势，有的评论者认为中国文学已进入到最好的发展时期，网络打破了文学的"势力范围"（如陈晓明），也有的认为现在是"文学崩溃，审美断裂"（如谢有顺），更有"文学将死"、"小说将亡"的悲观论调不时在媒体出现，读者正在加速远离文学，转而投向互联网和电视的怀抱。

有意思的是，就在文坛对当前文学捉摸不定、唉声叹气之时，儿童文学却是独树一帜，不但没有被市场与网络边缘化，甚至得到了超常规的发展。当前文学的畅销书作家、发行量超过100万份的文学期刊、发行量超过1000万册的作家，几乎都被儿童文学收入囊中。这一现象引起了主流评论界的高度关注，有评论家提出"要把儿童文学放到前面来提，因为在传统文学版图里，只有它不但没有受到市场化的挤压，反而得到充分发展。儿童文学是传统文学界的'灰

第十九章 当代儿童文学作家十人论

姑娘'，常被边缘化，但它实际上是传统文学中唯一没有被社会边缘化的体裁。今天儿童文学出版码洋已经占到整个图书出版的16%以上，是个惊人的数字"。（胡平《期待从量的规模走向全面繁荣——当前文学发展之我见》，《文艺报》2010.6.9）。

的确，今天我国儿童文学已出现了全方位上扬的局面，甚至在成人文学整体下滑的背景下儿童文学反而逆势上涨。然而我们不会忘记，还在2000年以前，儿童文学却是一片惨淡。当时获得中国作协"全国优秀儿童文学奖"的作品，有的印数不到3000册，因而有评委呼吁，获奖作品不能"叫好不叫座"，还应看发行量。但当时的形势是，儿童文学出版大多处于亏损状态，因而有不少专业少儿出版社干脆撤销了"文学编辑室"。这种局面进入2000年以后，却发生了改变。随着英国罗琳的幻想文学《哈里·波特》系列（2000）、美国斯坦的惊险小说《鸡皮疙瘩》系列（2001）、奥地利布热齐纳的冒险小说《冒险小虎队》系列（2002）等三大畅销儿童文学书系的引进出版，国内儿童文学图书开始迅速攀升，但当时的局面是外国儿童文学一家独大，中国本土原创势单力薄。

是谁打破这一格局？是谁敢和老外叫板、成为第一个中国本土原创畅销书作家？这就是杨红樱。据资料，从2002年起，杨红樱的校园小说系列《女生日记》、《男生日记》、《五三班的坏小子》、《漂亮老师与坏小子》等4部作品不断跻身畅销书榜前10名。2003年至2005年《淘气包马小跳》系列、2006年以后《笑猫日记》系列，几乎长期占领畅销书榜前10名。至2008年，少儿畅销书榜则出现了中国杨红樱、英国罗琳、奥地利布热齐纳"三分天下"的局面，杨红樱甚至多次超过后二位，以她一人的作品占据畅销书半壁江山。可以说，正是杨红樱，只手打退了西方儿童文学独霸中国的格局。有论者称"这是中国出版史和儿童文学史上一座了不起的丰碑"，称杨红樱为"中国罗琳"，这是很有道理的。

杨红樱在当代中国文学与中国儿童文学界创造了多个奇迹：
《淘气包马小跳》系列儿童小说（20种）、《笑猫日记》系列童话（已

出21种)、《女生日记》、《男生日记》等系列校园小说,三大系列总发行量超过4000万册,成为新世纪原创儿童文学发行量最大的作家。

百年中国儿童文学作品汗牛充栋,但能够立得住、留得下的文学形象却只有十多个,如稻草人、大林和小林、神笔马良、宝葫芦和王宝等。杨红樱塑造的"马小跳"和"笑猫"形象赢得了孩子们的广泛喜爱和认同,已成为中国儿童文学史上不可磨灭的文学形象。

杨红樱的作品不但受到千百万少年儿童的喜爱,而且有多部作品荣获全国优秀儿童文学奖(《漂亮老师和坏小子》2004)、中宣部"五个一工程奖"(马小跳系列中的《巨人城堡》2006;《小英雄与芭蕾公主》2009)等奖项,可以说是真正的"叫好又叫座"。

在中国儿童文学上,是杨红樱第一个拿起笔来,将"5·12汶川大地震"这一民族的苦难与大爱写进小说与童话,她已创作了小说《小英雄与芭蕾公主》与童话三部曲《樱桃沟的春天》、《那个黑色的下午》、《一头灵魂出窍的猪》。

杨红樱的作品第一次实现了真正意义上的"中国儿童文学走出去"。我们以前的不少文化产品包括文学是"送出去"的,而杨红樱的作品,则是在英国哈珀·柯林斯集团经过周密调研后,以高额版税购走全球出版发行的英文、法文等版权。可以说这是"卖出去"的。"卖出去"比"送出去"更能使中国文化"走出去"。

二、杨红樱凭什么赢得千百万孩子

杨红樱是一位真正优秀的儿童文学作家。杨红樱的成名,首先不是由于评论、评奖,更不是由于炒作,而是由于得到了广大小读者真心诚意的喜爱,出现了对杨红樱如同明星一般追捧的局面,她的粉丝遍布全国各地,远及新加坡。有人说杨红樱是靠媒体炒作出来的,是靠签售走红的,这实在是信口胡说。实际情况是,直到2008年10月10日北师大召开"多维视野中的杨红樱"研讨会之前,国内评论界、儿童文学界从来没有开过一次杨红樱的作品研讨会,因出版杨红樱作品早已赚了大钱的几家出版社也从来没有在北京的媒体买下版面

第十九章　当代儿童文学作家十人论

包装、炒作过杨红樱。这与当前某些出版商与媒体合谋,为炒红一位作家,先开研讨会、再买版面的做法大相径庭。杨红樱是由于千百万少年儿童的鼓与呼,这才把她推到了中国儿童文学的前台。以至前几年评论界有不少人还不知道杨红樱是谁,更有人以为杨红樱是空降部队一夜爆红的。其实这些都是误读、误解。讲句实话,这与杨红樱的作品持续畅销,在一定程度上遮蔽了某些作家有关;也与某些出版社因争取不到杨红樱的版权,因而产生"酸葡萄"心理,乃至"我吃不到牛奶,也要把你的牛奶打翻在地"的心理有关。2005年5月,在青岛的一次研讨会上,居然出现了"围剿"杨红樱、大吐口水仗的奇观。

我们究竟应当如何评价杨红樱?杨红樱到底是靠什么获得成功的?作为一位严肃的负责任的儿童文学评论者,我可以在这里可以公开告诉大家,我在担任中国作协"全国优秀儿童文学奖"与中宣部"五个一工程奖"评委时,我是力推杨红樱作品的。我认为,如果连杨红樱的作品都不能获奖,作为评委,那是失职,那是对千百万小读者的蔑视,对中国儿童文学的发展历史的蔑视。那么杨红樱到底靠什么获得成功?我认为杨红樱成功的秘诀就是一句话"全心全意为儿童服务",具体地说可以从以下几个方面加以考察。

第一,从作家的人生经历、文学道路看杨红樱。

文学是对人生存的言说,对世界的审美把握,任何一个作家的文学创作实践,总是与他(她)的人生经历、创作道路有着密切联系。作为儿童文学作家,还与他(她)特有的精气神密切相关。俄罗斯批评家别林斯基认为:"儿童文学作家应当是生就的,而不应当是造就的。这是一种天赋。这里不仅仅要求有才能,而且还要求有某种天才……不错,培养一个儿童文学作家需要很多很多的条件:需要有一颗天惠的、博爱的、温和的、安详的和孩提般天真无邪的心灵;需要有高深的智慧、渊博的学识和洞察事物的敏锐目光。不但要有生动的想象力,而且还要有生动活泼的、富有诗意的、能够以活生生的、光彩夺目的形象来表现一切事物的幻想能力。不言而喻,热爱儿童,深刻了解各种年龄儿

童的需要、特点和差异，也是一些极为重要的条件。"[1]

  杨红樱的人生道路与创作经历，是一条不折不扣的儿童文学作家之路。从18岁起，杨红樱担任成都一所小学的语文老师，还兼班主任，一干就是6年。这使她有了全身心融入儿童世界的机会与平台。也就是在全身心熟悉自己学生的过程中，她发现在所有的课文中，孩子们最喜欢的还是像《小蝌蚪找妈妈》那样幻想性与知识性、艺术性与可读性高度融合的科学童话。于是，为了丰富自己学生的课外阅读，她就拿起笔来，创作了科学童话《穿救生衣的种子》，这就是杨红樱1982年的处女作，那年她19岁。如果说六年小学语文教师的生涯使杨红樱熟悉并走进了孩子王国，那么，紧接着十年儿童读物与儿童杂志的编辑生涯，则使她从出版专业的角度，具体而微地把握了如何制作真正文质俱美深受儿童喜欢的读物，如何从社会责任、文化担当、职业道德等角度将最好的精神食粮奉献给孩子们。

  显然，正是六年小学教师和十年儿童读物编辑的人生道路与职场历练，为杨红樱的儿童文学创作奠基下了深厚的精神基石，使她从不自觉到自觉，从感性到理性，建立起了献身儿童文学事业的执着信念。现在有的年轻写手以为杨红樱是偶然成功、一夜走红，将模仿、复制杨红樱的作品视为名利双收的捷径。殊不知，世界上可以复制的东西虽多，而唯有作家的成功是无法复制的，因为作家的文学创作是一种最纯粹的个性化的精神劳作，真正优秀的文学作品乃是作家生命智慧的结晶，是作家用独特的富于个性化的表达方式来展示其生存体验和生命感悟，与作家独特的人生道路紧密联系在一起。如果真有人要想成为第二个杨红樱，那么就请他（她）先去从事小学语文教师，再去从事儿童读物的编辑工作，一个不想了解孩子、不想真心诚意地为孩子服务的人，要想写出真正为孩子喜欢的作品，那只能是南辕北辙、痴人说梦。

  第二，从作家的艺术修炼、创作积淀看杨红樱。

  杨红樱广为文坛所知是她的《女生日记》等长篇小说，以及系列小说《淘

---

[1] 周忠和编译《俄苏作家论儿童文学》第7页，河南少年儿童出版社1983年版。

第十九章　当代儿童文学作家十人论

气包马小跳》、系列童话《笑猫日记》，这给人一个错觉，好像杨红樱与当前那些80后、90后的青年写手和网络写手一样，一出手就是写长篇，大部头的，因为这容易拉长度、赚稿费。有些跟进、模仿杨红樱的年轻儿童文学作家，动不动也是三五本、七八本的系列小说。而当那些低劣的、同质化甚至泡沫化的东西泛滥起来时，有的评论却毫无道理地把这归咎于杨红樱，说是杨红樱开了一个不好的头。这使人感到不公与悲哀。这里除了某些批评不负责任与信口开河外，也与向来低调的杨红樱，她的创作积累、文学基本功修炼不为外人所知有关。

其实，杨红樱的文学创作是从短篇写作而不是从长篇开始的。从1982年至1992年，她整整用了10年时间写了上百篇的短篇童话。搞文学创作，短篇是基本功、童子功，短篇的修炼决定文学创作的内功和"可持续发展"。许多大家都是在短篇修炼炉火纯青后涉足长篇的。老舍甚至认为：写短篇"比长篇还要难写得多……短篇是要极紧凑的，像行云流水那样美好，不容稍微的敷衍一下"。冰心说："一篇好的短篇小说，最能显出作者对于生活的熟悉，对于事物的敏感，对于材料的剪裁。"[①]。杨红樱是在文学创作的基本功、童子功方面下了真功夫，10年持续不断的短篇创作，使她对儿童文学的谋篇布局、结构裁剪、细节打磨、生活捕捉等摸索出了一套得心应手、行之有效的路数，从而打下了以后从事长篇和系列小说创作的坚实基础。

有意味的是，杨红樱最初被儿童文学界看好，最早获奖的作品，正是她的短篇。1992年，杨红樱的短篇童话《寻找快活林》在"首届海岸两岸童话、少年小说征文奖"中脱颖而出，荣获童话类优等奖第一名。台湾著名儿童文学家林良先生高度评价杨红樱的作品，认为杨红樱会有大发展。1993年、1997年，杨红樱的短篇童话再次获得"海峡两岸童话、少年小说征文奖"的佳作奖和一等奖。这是杨红樱的作品最先获得的文坛奖项，可以说是"墙里开花墙外香"，她的创作首先是赢得了海峡对岸——台湾儿童文学界的肯定，而后才引起内地

---

① 参见吴泽永编《文艺格言大全》第761、762页，广西人民出版社1990年版。

关注。自此以后，特别是进入新世纪，她的作品才在内地频频获奖。

　　一切成功者的背后都有艰苦的深挖开掘、厚植根基。如果我们认为杨红樱已是一位成功的儿童文学作家的话，那么，奠基她获得成功的第一块基石，就是坚持10年的短篇写作。为什么杨红樱以后的《女生日记》、《男生日记》等长篇，以后的《淘气包马小跳》系列、《笑猫日记》系列，写得如行云流水般舒展、从容、耐读，写一部是一部，甚至写一部红一部，几乎每一部都冲上过畅销书榜单，如果没有10年的短篇功夫，那是完全不可能的。现在那些试图模仿、甚至扬言要甩下杨红樱的年轻写手，只看到作家成功后的"风光"，而不知道人家十年短篇创作默默耕耘的辛酸与厚植根基。为什么那些模仿"马小跳"的东西犹如过眼烟云，被炒热之后很快成为泡沫？除了别的原因，其中重要的一条就是缺乏文学创作的基本内功。

　　文学作品比拼到最后，只能是它的艺术品质与品位，一切外在的包装、推广只能热闹一时，而不能热败时间，赢得读者。杨红樱的第一部长篇儿童小说《女生日记》自2000年出版至今，每年都以10万册的印数重印，而作家出版社对这部小说没有做过任何包装，至今也没有开过一次研讨会。《女生日记》长销不衰的原因不是很值得我们深思吗？

　　第三，从儿童文学三个层次审美创造的艺术实践看杨红樱。

　　由于多种原因，长期以来我国儿童文学原创生产存在着"两头大、中间小"的局面，即服务中学生年龄段的"少年文学"与服务幼儿园小朋友的"幼年文学"，作家队伍强大，作品产量质量可喜可观，但服务小学生年龄段的"童年文学"，则是势单力薄，佳作寥寥。我在上面谈到，杨红樱之所以能获得成功，其秘诀就是一句话：全心全意为儿童服务，具体地说就是认准"为小学生年龄段服务的童年文学"不动摇。

　　我认为，如果要说杨红樱在童年文学方面已经积累了成功经验的话，倒不如说她是迎难而上，在重重困难甚至是在嘲笑与蔑视中走出了一条属于她自己的路。因为，事实是：在儿童文学三个层次的审美创造中，童年文学最难写，而且在以往最少有人愿意写。

第十九章　当代儿童文学作家十人论

我们先来看幼年文学。幼年文学表面上是为了幼儿，实际上是写给大人（家长、教师）看的。由于幼儿处于启蒙时期，还没有形成独立阅读能力，因而幼儿文学主要是通过"亲子共读"的方式由家长和老师讲读给幼儿听，这是一种以"听"为特色的听赏文学。幼儿文学首先是由大人阅读接受，再经由大人的挑选、理解、过滤之后，转述给幼儿。从这个角度说，幼儿文学的"度"是比较容易把握的。同样，少年文学的"度"也比较容易把握。少年文学以中学生为主体接受对象，中学生已有相当程度的文学阅读鉴赏能力，他们正在快速地成长与成熟，他们的关注兴趣、阅读兴趣正在向成人社会与成人文学靠拢。事实上，已有不少中学生的书包里放的是成人文学作品了。因而少年文学的审美创造整体上已与成人文学互相融通。作家主体意识的诉求、创作手法的多样化、人物形象的典型化，使少年文学最易在儿童文学三个层次中呈现出"纯文学"与"深度文学"的特色。

比较而言，童年文学的"度"最难把握，最难写。因为这是提供给已有一定文学阅读能力但又处于"初级阶段"的小学生接受的文学。小学生接受文学的最大特点是"自主性"——自己选择、自己阅读、自己理解。与幼儿园小朋友相比，他们已不要大人在一旁陪读，已有自我阅读的能力与读完一部长篇后的成就感。但与中学生相比，他们的文学修养与阅读理解能力毕竟还很有限，他们的思维特征还处于对现实和幻想不是分得很清的阶段，社会化程度还相当低。他们的可塑性最大，也是最淘气、最需要大人操心的时期，正如四川民间俗语所说"七（岁）嫌八不爱九臭十难闻"。小学生年龄段孩子的这些特点决定了童年文学写作的难度：深了不行，浅了更不行；完全是虚构幻想，不靠谱；完全是现实生活的投影，又不易理解。同时，在儿童文学圈内，又长期存在着视童年文学为"平庸"、"肤浅"的偏见，认为难以呈现作家的深度主体意识。然而，童年文学对于小学生的意义又非同一般，如果这一时期的孩子不喜欢文学阅读，从不看童话，那就会讨厌读书，害怕作文，甚至终生排斥阅读。

杨红樱深谙童年文学的个中三昧及其所承载的巨大的文化价值与教育意义，她是以一种彻底的奉献精神来对待小学生的文学需求的，她对童年文学创

作有着极高的要求:"我对于自己的要求是:如果有下一本的话,一定要比前一本写得好,绝不硬写,所以写作的时候我常有如履薄冰的感觉。""我写的书是给孩子看的,书中塑造的人物形象或者动物形象,比如马小跳,比如笑猫,还有书中的故事,能成为他们童年的记忆,书中的内涵能成为他们成长的力量,对我而言,这就是一部成功的作品。"①经过多年探索,杨红樱已积累起了童年文学创作的新鲜经验,她说:"我是一个坚持'儿童本位'的作者,我努力想要追求的是在我的作品里能够把对儿童的性情培养、知识传递、有趣的故事有机融合在一起,兼容情商、智商、玩商这三方面的元素,其实这是一种高难度的写作。""好的儿童文学作品,必须具备在读者心中立得起来的形象和引人入胜的故事。"让读者品味出丰富的内涵,这是我一直坚持的观点。"②集中起来就是三点:一是要有好看的故事;二是要有记得住的人物形象;三是看了能感动。这些朴素实在的体验,远胜于那些《文学理论教程》的滔滔宏论。我们的文学作品,如果真有引人入胜、欲罢不能的情节,一读难忘、鲜活丰满的形象,感动人、感染人、感悟人的内涵,怎么会不受读者的欢迎?怎么会不产生文学的精神灯火与生命营养的作用?问题是我们的文学似乎已经丢弃了文学之所以为文学的那些最基本最常态的东西,文学的滑坡乃至"死亡"也就难免了。

从整体上看,杨红樱童年文学的创作基调阳光、健朗、向上,作品风格浏亮、幽默、晓畅,在引人入胜的故事情节中机智地恰到好处地融入一些易于为孩子们理解接受的立人、做事、为学的人生道理,启人思悟,引人向上,导人向善。事实证明,这实在是童年文学创作的高明手法。比如"淘气包马小跳系列"中的《巨人的城堡》,在极具童话氛围、悬念迭出的精彩故事中,演绎了孩子们与有严重心理障碍的"巨人"之间的沟通、同情与友谊,使人一读难忘。杨红樱自己说:"《巨人的城堡》其实就写到了后工业时代出现的问题是人的心理问题,而不是生理、生存问题。我写东西,是要滋养孩子的心灵成长,要展现

---

① 《杨红樱作品精选导读·淘气包马小跳系列》第277、235页,浙江少年儿童出版社2008年版。
② 《杨红樱作品精选导读·优美童话系列》第233页、334页。

第十九章　当代儿童文学作家十人论

一个孩子完整的成长过程。凡是孩子成长中必须要接受的教育，我都要通过马小跳的童心世界来展示出来。"[①] 又比如"笑猫日记系列"中的《塔顶上的猫》：因为妒嫉塔顶上虎皮猫的成功，众猫使尽了坏招："我们上不去，别的猫也休想上去！就算有谁上去了，我们也要把她灭掉！"妒嫉产生的磨擦甚至仇恨，实在令人心悸。但塔顶上那只高贵的、优雅的虎皮猫，在疗救好自己的伤痛以后却悄然地离开了塔顶，她不愿成为被无数的花鹭围绕着的耀眼人物，而对妒嫉她的同类，表现出了超然物外的极大宽容。《笑猫日记》系列童话不但是将现实社会人生与幻想世界巧妙融合的新童话，也是深潜人生哲理的哲学童话，作品所要表达与倡扬的正是有关人之为人的基本的人生要义与精神：待人以真，与人为善，成人之美，人与人之间应有的诚信、理解、同情、友善、帮助、责任、道义、乐观、自信、自强，以心换心，建构起温情脉脉的人性谱系，让人性的光辉战胜邪恶，照彻四方。儿童文学的终极目标是要通过艺术的形象化途径，在下一代心里打下坚实的人之为人的人性基础。杨红樱的童年文学正是努力实践这一美学目的的精彩之作，或者说这正是杨红樱童年文学具有强大艺术魅力、令无数小读者和他们身边的大读者爱不释手的深层次的美学因素。

三、现代中国儿童文学的历史已被杨红樱重新改写

进入新世纪，一个多元共生、百花齐放、百鸟和鸣的儿童文学和谐格局正在形成。以杨红樱为代表的童年文学创作的异军突起，有力而有效地改变了我国儿童文学"两头大、中间小"的艺术格局，童年文学原创生产与出版传播正在日益做强做大，并极有希望成为我国少儿出版业的核心产品。但同时，我们也必须清醒地看到：当前童年文学创作出现了跟风、一窝蜂、同质化、脸谱化，甚至为利所趋胡编乱造的现象，更有甚者还有大量盗印杨红樱名字的伪书，这不仅是对杨红樱本人更是对儿童文学的伤害，对此我们必须予以高度警觉。但我也注意到，有的评论文章不问青红皂白，将这种低俗倾向归咎于杨红樱，说

---

① 《杨红樱作品精选导读·淘气包马小跳系列》第226页。

杨红樱是这些平庸之作的始作俑者，起了不好的领头作用。这对杨红樱显然是极大的不公与污辱。《水浒传》中的李鬼假冒李逵拦路抢劫，该打击的应当是李鬼，口水显然不应吐向李逵。在这里我要呼吁：有关出版管理部门应当加大打击伪书盗版的力度，还儿童文学一个干干净净的身份。

我曾在一篇文章中对杨红樱作过如下评价，现作一转述并以此结束全文："杨红樱是中国儿童文学三个层次（少年文学/童年文学/幼年文学）中童年文学创作的杰出代表。坚守'儿童本位'的写作立场，选择'儿童视角'的叙事方式，倾注'儿童情结'的诗性关怀，践行'儿童话语'的审美追求，向往'儿童教育'的理想形态，使杨红樱的作品水乳大地般地浸透到孩子们的心田，她所创造的'马小跳'与'笑猫'已成为新世纪中国儿童文学的品牌。一个儿童文学作家，难道还有比受孩子们衷心欢迎和喜爱更为荣耀、幸福的事吗？现代中国儿童文学的历史，由于杨红樱的出现，已被重新改写。杨红樱的创作证明：真正儿童本位的儿童文学不但是属于中国儿童的，也是属于世界儿童的。"

（写于 2010 年）

郑春华

一、在鲁迅先生注视的目光下

今天我们济济一堂，在具有百年历史的北京师范大学励耘学术报告厅[①]，在鲁迅、钱玄同等众多大师的注目下，举行"郑春华作品研讨会"。作为主办单位之一，我谨代表北师大文学院和北师大中国儿童文学研究中心，对会议的召开表示由衷的祝贺，对儿童文学界的新老朋友，尤其是从上海远道而来的朋友，表示热烈地欢迎。

北师大创办于 1902 年，其前身是我国第一所大学——京师大学堂的师范

[①] 励耘学术报告厅内挂有曾在北师大中文系执教过的从鲁迅、钱玄同到钟敬文、启功等已故教师的大幅照片。

第十九章　当代儿童文学作家十人论

馆。京师大学堂也是北京大学的前身,因而北大、北师大都已有100余年的历史。"百年师大,中文当先。"中文系是北师大历史最为悠久的系科,鲁迅、钱玄同、黎锦熙、穆木天、李何林、黄药眠、钟敬文、启功等一大批20世纪的中国文化名人、学界巨擘,曾在北师大中文系弘文励教、作育英才。早在1952年,北师大中文系就成立了中国教育史上的第一个儿童文学教研室,并由著名文艺理论家穆木天先生担任教研室主任。1955年,著名儿童文学家陈伯吹先生又应聘担任北师大儿童文学教授。我们今天在这里开会的励耘学术报告厅,是以北师大老校长陈垣先生的书斋"励耘书屋"命名的。励耘学术报告厅虽不大,但却是北师大的一所庄严的学术会堂。北师大中国儿童文学研究中心,曾有幸与中国作家协会儿童文学委员会联合,在北师大,在这里先后举办过纪念安徒生诞生200周年学术研讨会、纪念张天翼先生诞辰100周年座谈会、冰波幼儿文学研讨会,还举办过海峡两岸儿童文学交流十五周年研讨会、中美科幻文学研讨会、中日图画书交流研讨会、澳大利亚儿童文学研讨会等重要学术会议。今天"郑春华作品研讨会"又在这里召开。郑春华是中国第四代儿童文学作家的代表性人物之一,是我国当代低幼文学创作的一面鲜艳旗帜,因而当去年12月,少年儿童出版社周晴副总编与我商量在北师大召开郑春华作品研讨会时,我就毫不犹豫地答应了下来,并向学校和文学院作了汇报。我们认为,郑春华的作品完全应当在励耘学术报告厅这样一座庄严的学术会堂来举行,在这里,我们可以和曾经发出过"救救孩子"的伟大呼声,曾经大力倡导"儿童本位"观念的鲁迅先生心灵感应,在鲁迅先生亲切注视的目光下,探讨中国儿童文学的当代话题。

二、儿童本位、儿童视角、浅语艺术

如果我们把"五四"新文化运动前后叶圣陶、冰心、郑振铎、赵景深等誉为现代中国儿童文学的第一代作家,把活跃于三四十年代及1949年以后的张天翼、严文井、陈伯吹、金近、贺宜等誉为第二代,把五六十年代成名的任大星、任大霖、洪汛涛、任溶溶、葛翠琳以及金波、孙幼军等誉为第二代,那么

崛起于 80 年代的曹文轩、秦文君、高洪波、张之路、沈石溪、董宏猷、冰波、郑春华等一大批当今中国儿童文学的中坚作家，则是中国儿童文学的第四代代表。在第四代作家中，郑春华是唯一一位始终坚持为低幼年龄的儿童执着创作而且取得了重要成就，将中国当代低幼文学推进到一个新的美学高度的作家。

坚持"儿童本位"的写作立场，目标始终如一，二十多年如一日，以激情燃烧的童心、爱心、诗心投入低幼文学创作，这是郑春华难能可贵的写作姿态和文化担当。

儿童文学是为 18 岁以下的未成年人精神生命健康成长服务并适合他们审美接受心理的文学，由于不同年龄段少年儿童的身心差异、思维差异与社会化差异，在广义的儿童文学内部又可具体区分为适合幼儿园小朋友的幼儿文学、适合小学生年龄段的童年文学以及适合中学生年龄段的少年文学。虽然经典的儿童文学作品应当是老少咸宜的，但中外儿童文学史上真正的经典毕竟少之又少，而数以亿计的小读者对儿童文学的需求则是空前的、大量的。为了满足孩子们的这种需求，如何把握不同年龄段孩子的特征，深入体悟他们的现实生活和精神世界，运用恰到好处的艺术手法与语言文字，创造出多层次的作品，这已成为丰富繁荣儿童文学审美创造的重要途径。郑春华的儿童文学创作主要集中在为幼儿园小朋友服务的幼年文学以及为小学生孩子们服务的童年文学，这是一种十分难能可贵的奉献精神。事实上，按照郑春华卓越的文学表达能力，她也同样能够写出少年文学乃至成人文学的上乘之作，但她却始终坚守在低幼年龄段的文学领域，从 1982 年出版幼儿诗集《圆圆和圈圈》、1985 年出版幼儿长篇故事《紫罗兰幼儿园》，到 90 年代的《大头儿子和小头爸爸》，再到新世纪的《非常小子马鸣加系列》，一路下来，不动摇，不气馁，目标始终如一，实在使人感动。在中国儿童文学史上，她自觉地继承了毕身献身低幼儿童文学事业的鲁兵、圣野、张继楼等先辈作家的奉献精神，这种精神在我们今天这个实用主义、拜金主义尘嚣甚上的年代，尤其需要提倡。第四代作家队伍中十分欣慰地出现了一个以郑春华为代表的低幼儿童文学群体，但在当今活跃的第五代儿童文学作家中，我们似乎还很难找到类似郑春华这样的作家。新世

第十九章　当代儿童文学作家十人论

纪三个层次儿童文学共生共荣的局面，需要一大批郑春华这样的作家。因而从这个意义上我们可以说，郑春华作为第四代作家中的一面光彩耀眼的低幼文学旗帜，她的榜样的意义与召感力是十分深刻的。

坚持"儿童视角"的叙事策略，真诚地爱儿童、为儿童、写儿童，努力创造有品位的精神产品，这是郑春华儿童文学创作的一贯格调与品质。

叙事视角的多样化选择是现代中国文学确立起独立品质的标志之一。作为现代中国儿童文学的叙事视角，事实上也有着多样化的选择，例如主张"教育儿童"的作家大致选择"成人视角"，而坚持"儿童本位"的作家则会努力地采用"儿童视角"。儿童文学是大人写给小孩看的文学，成年人选择"儿童视角"的叙事手法，这是一种难度极大的挑战，毕竟童心不可复活。曾经在上海工厂托儿所当过保育员的郑春华，从她涉足儿童文学起，就自觉不自觉地选择了"儿童视角"的叙事策略，这是一种天赋，更是一种悟性，这种天赋与悟性出自她对儿童深深的挚爱与真诚。随着郑春华由保育员到编辑到作家、由未婚到当母亲，这种身份的变化更使她自觉地坚持"儿童视角"的叙事策略，作家、编辑、母亲的多重身份使她更需要使自己重新"回到"童年，与儿童平等地站在一起对话。从《甜甜的托儿所》到《紫罗兰幼儿园》，从大头儿子到马鸣加，郑春华总是努力地以儿童的感受形式、思维方式、叙事手法重新诠释和描绘外在的世界，在题材、立意、人物形象、故事结构等方面，精心打磨，营造出呈现儿童生活本身毛茸茸的原生态情境。她笔下的大头儿子和马鸣加犹如自然生长的树苗，朴素、健康而幸福，已经成为中国当代低幼文学的两个响当当的人物形象。大头儿子和小头爸爸、围裙妈妈那些单调、琐碎、平淡的家庭生活故事，一年级小学生马鸣加"五只书包"、"马口鸟力口"、"戴绿领巾"等荒诞而又真实的学校故事，在儿童视角的观照下，都被涂上了奇异的色彩，让我们惊叹童趣的富丽和想象的烂漫，并从中领悟出儿童日常生活中包含的意义与价值。

坚持"浅语艺术"的审美创造实践，在低幼文学的语言文字下真正舍得下功夫，自然、准确、生动地表现儿童世界，这是郑春华低幼文学创造提供给我

们的重要启示与成功经验。

"浅语艺术"是台湾著名儿童文学作家林良先生对儿童文学审美创造特征的形象概括。从某种意义我们可以说，低幼文学是一种"浅阅读"，但这"浅"不是肤浅的浅，而是切合儿童阅读经验与语言文字能力的深入浅出的浅。面对认字不多，文学阅读经验十分薄弱的低幼儿童，如何写得浅，这是一门大学问。鲁兵、张继楼等先辈作家曾对此作过长期探讨，90年代还出过一本《怎样写得浅》的小册子。

郑春华深谙低幼文学的个中三昧，在低幼文学的用字用词、修辞手法、词语搭配、句式构成等方面，可以说都下了一番真功夫。读她的作品，我们可以看出这样的特点：短句多，极少使用长句；大量地使用名词、动词、象声词，而几乎找不到虚词、连接词；多用对话，用动作、语言去表现人物，极少心理刻画；善于用儿童的口吻表达，使作品满蕴童真天趣。

请看《两座小房子》中关于雨景的描写：

风越刮越大，紧接着，噼里啪啦下起雨来。雨跟豆子一般大，打在树上，打在杂草上，打在小房子上。小房子慢慢湿了……

"下大雨了，我们还是回家住吧！"

"不行，我一定要住在外面！"

渐渐地，小房子越来越湿，越摇越厉害，终于在大风大雨中变软，坍了下去——大头儿子和小头爸爸一动不动地从小房子里露了出来。只见他们头顶上分别顶着一块湿纸板，那是小房子的"窗"。

大头儿子愤怒极了，挥着双拳冲天喊："臭雨！臭风！"

小头爸爸拉起他就往家那儿跑，风和雨在后面拼命追赶……

这段极富趣味的雨中场景，完全是孩子眼中所见，孩子心中的感受，孩子式的叙述口吻。雨势、风声，历历如在目前；房坍、人逃，着实使人紧张。而这所谓两座"小房子"，其实是大头儿子和小头爸爸用洗衣机、电冰箱的

第十九章　当代儿童文学作家十人论

包装纸板箱改装而成，在屋外空地露宿用的。大头儿子有如此好心肠的小头爸爸着实使人感动，小头爸爸和大头儿子有如此惊险的雨夜惊梦，实在使人忍俊不禁。读到这样的文字，无论是孩子还是大人，都会被如此融洽、快乐的亲子关系深深地感染，真希望自己家里也拥有这样两座小房子，一家人都钻进去乐一乐呢。

三、记得住、传得开、留得下的"大头儿子"

郑春华的《大头儿子和小头爸爸》是我国当代儿童文学史上幼儿文学审美创造的一个重大收获，还在 2000 年，《大头儿子和小头爸爸》的第一部合集，就已创下发行 120 万册的业绩，这在当时的出版界绝对是一个奇迹。2001 年 12 月 24 日，我收到郑春华寄给我的《大头儿子和小头爸爸》的第二部合集《新世纪里的故事》（少年儿童出版社 2001 年 12 月版），还有郑春华的一封信和所附的"大头儿子和小头爸爸各种版本印数统计"。我将郑春华的这封来信和印数统计全文辑录如下，以见《大头儿子和小头爸爸》所曾经发生过的"故事"：

《大头儿子和小头爸爸》各种版本出版印数统计

自 1997 年动画片《大头儿子和小头爸爸》前 78 集播放以后，北京华龄出版社根据动画片出版的三本图画书《大头儿子和小头爸爸》（每本 17 元 8 角）在一年时间里再版三次，累计印数达 53 万册。紧接着全国各地出现大量盗版，华龄出版社专程赴十多个省市打击盗版，估计十多种盗版累计印数也在 50 万册左右。

天津新蕾出版社出版的插图版《大头儿子》系列故事四本，累计印数在 13 万册。

上海少年儿童出版社根据剧本改编出版的文字本（三十万字）《大头儿子和小头爸爸全集》累计印数在 5 万 6 千册。

上海少年儿童出版社根据剧本出版的六盘磁带，累计印数在 12 万盘。

除此以外在全国各地还出现过以大头儿子为形象的手帕、冰棍包装纸、小

毯子、拼图、文具用品、填色图画等等。

尊敬的王教授：

您好！

当我将这些有着"大头儿子"的统计数目打进电脑时，我真的为自己感到骄傲！（尽管华龄出版社不付我一分钱稿费。）我骄傲是我的作品会如此受到小孩子的喜爱，连我自己都没有估计到。要不是这次为了宣传第二本《大头儿子》而去打电话了解第一本《大头儿子》的发行数据，我还一直真的以为在中国低幼读物的印数是超不出十万册的。一直在报上看见某成人书和某少年书发行达三五十万册，心里羡慕得不行。现在我也可以骄傲地说：我的《大头儿子》在全国出版的累计印书已达 120 万册！

难道你不为我感到高兴？

写了这儿有点遗憾的是中国永远还只是成人的天下。要是《大头儿子》是本成人书，早就会有记者和评论家去主动把它公布出来。可因为是低幼书，便无人知晓。

你是儿童文学评论界唯一关注过"大头儿子"的成人，我在心里很感激你！尽管我不善表达。

其实默默地写作已经成为我的一种快乐和习惯。每个人的写作目的是不尽相同的。我写作是我回避烦琐复杂的成人世界的一种方式，我只有在那方土地上才会有归宿感，才会在与"孩子"的对话中找到我自己，表达出我的渴望和希望！

可我又毕竟是一个生活在现实中的成人。

明年我向出版社请了半年创作假，出版社希望我不仅要有书在本社出版，还希望有好的印数。

这样我就自然想到了你。

你一定会为我的第二本《大头儿子》写篇文章的，对吗？主要是

第十九章　当代儿童文学作家十人论

为出版社"炒作"一下。

春华 01.12

郑春华的"大头儿子"必将被中国儿童文学史所肯定和记载。她的新作"非常小子马鸣加"系列，虽然正在经受社会和读者的检验，但从已经阅读过的马鸣加系列所获得的审美直觉中，我相信马鸣加也必将走进中国儿童文学史，因为，这系列已经获得了越来越多的孩子们的欢迎和喜爱，作为一个儿童文学作家，孩子们的欢迎就是对他（她）作品的最好评价和肯定。因而少年儿童出版社王一方社长把今天的会议称为是一个儿童文学"史"的事件，这种评价是很到位的。

郑春华的低幼文学创作，从整体上已形成了自己的一种风景：她的作品基调明朗、鲜活、向上，将写作对象与服务对象锁定在幼儿园小朋友与小学低年级儿童身上，以家庭关系、父子关系构成情节张力，由此编织成一张充满快乐的、幽默的、自然的儿童生活之网，在展示当代儿童的生活史、心灵史的同时，传达给孩子一些浅近的为人、处事、为学的人生道理，促进他们精神的丰富和人性的温暖。

中国新世纪儿童文学创作，正在呈现出一种多元共生的新格局。亿万少年儿童不但需要曹文轩、黄蓓佳的纯美与精细，需要秦文君、张之路的感动与倾情，需要杨红樱、杨鹏的类型与流畅，同时也需要郑春华大头儿子和马鸣加的自然和快乐。多元共生的新世纪儿童文学需要更多的郑春华，呼唤真正优质的儿童文学。

（写于 2007 年 6 月）

汤素兰

汤素兰是第五代儿童文学作家中的代表性人物之一，尤以"本土童话作家"

著称。自 20 世纪 90 年代以来，她的一系列原创童话如《笨狼的故事》、《小朵朵和大魔法师》、《住在摩天大楼顶层的马》、《阁楼精灵》等，不但赢得文坛好评，更使她拥有了大批"粉丝"读者。

今日儿童文学正迎来一个多元共生的局面，作家原创呈现出各异的风格，既可以尽情创造神奇的幻境，也可以深入剖析当下现实。由湘少社推出的汤素兰以"小巫婆真美丽"为主角的系列童话，却是一部将神奇幻境与当下生活平行构架、灵动飞翔的作品。

这本《小巫婆真美丽——住在好玩街》，围绕童话主角真美丽在好玩街上发生的离奇事情，包含"好玩街40号"、"自己吓唬自己"，"给牛郎写信"等，犹如冰糖葫芦，串起20多个幽默有趣的故事，而作品语言则一如既往的清澈活泼。"真美丽"这个形象，因有了"小巫婆"这个"类人"身份的定位，与汤素兰以前的"笨狼"和"小朵朵"等相比，可说是捕捉到了更加生活化的童话形象，并借此呈现了更加流畅的童心思维，绘饰了更加天马行空、中西合璧的童稚幻想。

"真美丽"，这个名字起得可谓大胆而成功。虽然凡俗得不能再凡俗，却着实让人过目不忘。一个可爱的、活泼的，大约还有点臭美的小女孩儿就这样坦然地来到小读者面前。

初看到这个题目时，还是有过一丝担心的。在当下市场化的推动下，什么书一畅销，一大批便跟风而上，一个哈利·波特"克隆"出了一大群巫师。这部童话，也要来写巫婆？读毕，欣慰地体会到了作家的生活化思路。这里，QQ 镇的巫师巫婆，并不生活在与伏地魔惊恐的较量中，而是生活在好玩街，生活在市镇、农场、乡下，过着"好玩"而"轻松"而"真实"而"生活"的生活。

生活本是平凡的，儿童文学不必刻意拉开与现实社会人生的距离。这一点，汤素兰是笃定的。这部童话里，生活气息，时尚气息，都得到了坦然地呈现：真美丽和最要好的朋友向日葵会为突如其来的矛盾大打大闹；真美丽见到全世

第十九章　当代儿童文学作家十人论

界最帅气的巫师丁乔木会幸福得说不出话；巫婆妈妈们一生起气来会离家出走，留下满地垃圾交给爸爸和孩子们；巫界也会举办时下火爆的"环球嘉年华"，或"选美大赛"，也会请大家发手机短信参与竞猜。

是啊，就让如在身侧的平凡小女孩"真美丽"带着每个小读者，在童话中，借助作家举重若轻的笔，穿越平凡中无处不在的神奇，去体会生活的本真吧。

这部生活中的童话难能可贵的，是作家成功把握并呈现出来的更加流畅的童心思维。汤素兰的创作，从一开始就具有明确的以儿童为本位的理念，并自然而然地选择"儿童视角"的叙事模式，按照儿童的口味，自由自在地讲述。这部童话尤为通透自然，令人忍俊。

先看"真美丽"的诞生史：有两个好玩的人，一个是在马戏团里变魔术的真不错先生，一个是在QQ镇开爆米花店卖爆米花的黄玉米小姐。黄玉米小姐为了能一辈子看魔术，魔术师为了能一辈子吃上爆米花，两个人就结婚了；因为都喜欢孩子，就生了真美丽。这样的理由看似简单，对儿童来说却已经很充分，着实切合儿童的接受心理。

再看看"真美丽"的淘气史：真美丽掉到了井里，是因为看蛤蟆跳进去了，以为会很好玩——如此重大的"事故"，其实源于孩子无论如何也控制不住的"模仿"的天性。真美丽不想吃南瓜饼，于是用筷子夹起南瓜饼，往上抛，然后张嘴去接……如果南瓜饼掉到了地上，那么理所当然不能再吃，只能捡起来扔到垃圾桶里——活灵活现展现了孩子的"小聪明"，这不恰是孩子正在发展的逻辑思维力？为了转移花园，月季花被种到炒菜的锅子里，泥巴和沙石撒满床前的羊毛地毯，但是真美丽"顾不上"收拾，因为她现在忙得很，还有好多盆花儿等着她搬运——虽然真替家长们捏一把汗，但孩童态的道理听起来是不是也很有道理？

当然，还有"真美丽"的成长史．当消防员把爬到树梢救小鸟的真美丽救下来时，妈妈不许她再爬树，真美丽问："要是小鸟再从树上掉下来，也不能送它回去吗？""要是我从窗台上掉下去，也没有人接着我，送我回家，我也

会被猫吃掉的！我被猫吃掉，你不伤心吗？""鸟妈妈也会伤心的！"

这美妙而纯净的情感，让我们不由得回到那个关于儿童文学审美本源的思索。儿童文学作品虽然以孩子的视角看待问题，却同样描绘了深刻的人生与人性；儿童文学更多的时候，像一面镜子，树在成人的世俗与良知面前。

这部童话最为打动人心，也最令人眼前一亮的，是其中那天马行空、中西合璧的儿童幻想。

提到童话，必然提到童话的表现手段——幻想。童话就是用幻想为手段，表达和满足人类愿望，特别是儿童愿望的作品。在好玩街这片幻想的天地里，汤素兰试图建立一个足以让儿童沉浸其间的童心王国，如同彼得·潘的"永无岛"，并在这里满足"真美丽"——准确地说是孩子们的一串串最不可思议的"梦"。

汤素兰曾自言是一个"捕梦的人"，用"捕梦的网"把梦想捉住。作品中，这样的惊喜比比皆是：真美丽到了外婆家，外婆家的猪便养到了真美丽肚子里，她让鸡游泳、鸭打鸣、狗生蛋，不亦乐乎——这真是一串疯狂的主意；玉米阿姨抱怨真美丽总是装聋作哑，真该把她耳朵揪成兔子耳朵，真美丽真的就想尽办法长了兔子耳朵——天马行空的想象在孩子们头脑里随意舒展，常常令大人猝不及防。

尤其令人欣慰的是，这部巫术童话在借鉴西方幻想资源的同时，做出了"本土化"的尝试，出现了闪亮的"中国元素"。当一头花斑奶牛执着地想要飞天时，真美丽决定把这头奶牛送给天上的"牛郎"。她用大的"弹弓"发信发不到，于是真不错先生用"后羿箭"帮她射到天上，牛郎的回信第二天一早就托"太阳的第一道光芒"送来，文字是用"太阳的光斑"组成的。瞧这一段想象，真可谓"神话"、"传说"加"科幻"，中西合璧，风味十足。

在孩子"万物有灵"的原始思维作用下，孩子的想法使他们的世界变得幽默有趣，轻灵飞扬。面对孩子时，我们常常会吃惊，他们的小脑袋瓜里哪来那

第十九章　当代儿童文学作家十人论

么多鲜活的梦想？

要想捕捉孩子们的梦，真的需要有一张神奇的"捕梦网"才行。

这张网，就是要用对童心世界的真切了解来编织的。

汤素兰的博客就名为"汤素兰的童心世界"。童心，是的，一部好的童话，就是一座烂漫的、神奇的属于孩子们的"秘密花园"，带给孩子自由自在、美妙阳光，从天而降的惊喜和无尽的希望。一部好的童话，是孩子们读了感到快乐的，是能够浸润他们的心灵的。

祝贺最聪明、最漂亮、最善良、最勇敢、最乐于助人的小巫女"真美丽"获得闪闪发光的五星巫女勋章；祝贺孩子们又多了一个贴心的童话伴侣。

当成人成长，梦想消磨的时候，"捕梦的人"就更加可敬。他们所捕捉到的，不仅仅属于孩子，同时属于成人自己。

作为一个捕梦人，汤素兰用一颗真纯的心为孩子写作，为孩子和成人共同描画着美丽的童心世界。

（本文与崔昕平合写，于 2010 年元月）

张继楼

张继楼是我敬重的前辈作家。我敬重他，有多重原因，除了他的人品学品，最主要的是他对儿童文学事业终生不渝的追求与那一份痴心。

一、扎根重庆的"下江人"

1990 年 10 月，我去上海参加"90 上海儿童文学研讨会"。10 月 12 日趁大会组织代表去杭州西湖观光的空隙，我留在沪上，走访了纸帐铜瓶室 96 岁高龄的著名文史专家郑逸梅先生（1895—1992）。郑先生一生痴心于读书明理那份千古情怀，守一盏寂寞孤灯，坐拥书城，寄身瀚墨，笔耕 70 余春秋，终生不渝。当我问到先生何以能自甘寂寞时，他缓缓地说："前人张岱有言云：'人无癖，不可与交，以其无深情也。'的确，癖好为人生深情所注，寄托所

在。我之一生，所癖好者，唯文墨砚耕也。"

我敬重那些将文墨砚耕作为"人生深情所注，寄托所在"的著作家。我尤敬重那些将儿童读物的文墨砚耕作为"人生深情所注，寄托所在"的儿童读物著作家。

其实，张继楼并非重庆人，他从小接受的是地地道道的吴越文化。

1927年7月7日，张继楼出生于江苏省宜兴县杨巷镇附近一个叫"爵坫"的村子。宜兴的陶器闻名天下，宜兴的善卷洞、张公洞、灵谷洞有"洞天世界"之美誉。这是一块美丽富饶的江南土地。

然而，张继楼的童年却是不幸的。在他出生之前，父亲便已去世，按苏南的习俗，他被称为"遗腹子"。母亲是宜兴城里人，进过女子学校。在张继楼牙牙学语时，母亲就给他讲民间故事，教他背诵苏南传统儿歌："萤火虫，夜夜红，公公挑水浇胡葱……"这给孤独的母亲，增加了一点生活的乐趣；也给张继楼幼小的心灵，播种下第一批文学的种子。

聪明好学的张继楼小学未毕业，就考取了初中，以后又考取了江苏省立第五临时中学高师班。由于正值抗战，时局动荡，他只读了一年半就辍学了，在家乡一带小学教书。1947年9月，20岁的张继楼只身闯荡上海滩，他先考入上海美专学校西画系学绘画，但一学期后便以学费高昂而再次辍学；于是，他就在上海教书谋生，有时也给报社写点文稿。

1949年4月，上海解放。同年7月，22岁的张继楼应召参加"西南服务团文艺队"，怀着那个时代年轻人特有的热情与理想，跟随解放大西南的部队，由东而西，奔赴重庆。从此，他就在重庆这座西南最大的都市与历史文化名城扎下根，并深深投入了西部的巴蜀文化圈中。

在重庆，张继楼一直从事文联、作协的创作联络工作和刊物的编辑工作。最初，他在市文管会文艺处；文管会结束后，调到市文化局的戏曲曲艺改进会，担任民间艺人的学习宣导工作。这期间，他与人合写过一本《曲艺的写作和演唱》的小册子。

1951年，作为当时中央直辖市和西南局所在地的重庆成立了市文学艺术

第十九章　当代儿童文学作家十人论

界联合会（市文联），张继楼旋即被选调到市文联的机关刊物《说古唱今》从事编辑工作（自此，他就踏上了文学编辑岗位，直至1966年文化大革命爆发为止）。后来，《说古唱今》改为《群众文艺》。《群众文艺》停刊后，又调到文联机关刊物《红岩》文学月刊。50年代中期，重庆由中央直辖市改为四川省辖市，中国作家协会重庆分会改为四川分会，并迁往成都。此后，重庆市文联又出版了《奔腾》文学月刊，张继楼出任该刊副主任，仍忙他的编务工作。

十年文化大革命，张继楼与广大文学工作者一样，被迫封笔，仅在70年代中期，偶尔写点儿歌童诗。1976年文革结束后，他又回到原先的文学岗位，继续从事复刊后的《红岩》文学编辑，并担任市文联创联部主任。80年代，重庆市成立作家协会。1989年6月，张继楼被选为市作协副主席，评为一级作家。

张继楼的经历是平凡的。这是一个职业文学工作者的经历。没有大起大落，没有峰回路转，更没有石破天惊名噪一时的盛举。但是，张继楼毕竟是一位作家，一位有着自己清醒的文学理论与执着的美学追求的作家。在漫漫40余年的文学生涯中，在繁冗而烦琐的作协创联、刊物编辑工作之余，他选择了儿童文学，他用真诚与爱心浇灌着中国西部的儿童文学园地，默默地拓宽、建构着他为之痴心的文学天地——平和，质朴，如一头驮着冬粮的骆驼，沉沉稳稳地，锲而不舍地，长途跋涉在儿童文学这一条"光荣的荆棘路"（安徒生语）上，没有名利，没有轰动，只有悄悄怀有一颗走向孩子们的沉沉之心，终生不渝，永志无悔……

从1966年出版第一本童话诗集《母鸡和耗子》至今，这位中国西部的卓杰作家已先后出版了《唱个歌儿给外婆听》（1960）、《夏天到来虫虫飞》（1963）、《在农村的田野上》（1964）、《写给孩子们的诗》（1979）、《种子坐飞机》（1983）、《东家西家蒸馍馍》（1986）、《小蚱蜢》（1989）、《新编晚安故事365》（1993）等21种作品集，并主编了《中国当代儿童诗选》、《中国儿歌金库》、《晚安故事365》（分春夏秋冬四集，发行达150万册以上）等33种儿童文学读物。

这是一串何等不平凡的数字!

赛襄纳告诉左拉说:"我本来也想临摹自然,但终究做不到。我不能'再造'太阳,但我能'表现太阳'。"张继楼为发展中国当代儿童文学贡献出了自己的一切。这一串不平凡的数字,就是他再现的太阳,他捧献给中国孩子们的用殷红的血凝成的儿童文学太阳。

然而,这只是他在文学岗位上辛勤耕耘的一面,另一面——他还要投入大量的文学组织、通联、编辑等无论时间与精力都要远远超出自己文学创作的工作!

不妨试举一例。从1986年开始,张继楼每年都要为"巴蜀儿童诗会"(1992年起改为"渝州儿童诗会")忙碌。他苦口婆心,说服、动员了重庆、成都等地川内多家报刊参与其事,最多时达30余家,最少也有20余家。据不完全统计,这一活动总共吸引了四川省内300多位诗歌作者参加,累计发表儿歌、儿童诗、儿童散文诗3000多首(篇)。

这又是一串何等不平凡的数字!在中国当代诗坛,在中国儿童文学史上,都是空前的"第一"!可是,又有谁能知道,张继楼在幕后默默策划、鼓吹、动员、组稿、选稿、改稿、荐稿、评稿……所付出的大量心血。

有人说张继楼是一位儿童文学"传教士"[1]。的确,在张继楼身上,有一种传教士精神。以传教士相喻,这是人们表达对他传播儿童文学福音的感佩。以传教士相喻,这也是一种象征!象征奉献,象征爱心,象征追求目标的执着,象征对事业的虔诚。重庆文坛不会忘记,这位以儿歌童诗创作驰名国内的作家,真以传教士的精神,一点一滴地宣传、动员、感化、组织起了一支重庆地区可观的儿童文学队伍。长年来,他替业余作者们奔走、解难、游说、商调,甚至写状书、打官司、平反冤假错案,从而直接促成了许多儿童文学作者的美事——是他在傅天琳、李晓海的精神危难中帮助他们分别进入文坛;是他一眼识别初露才华的蒲华清,力荐他进入重庆出版社;是他使谭小乔顺利地从工厂

---

[1] 参见1991年1月广州《儿童文学信息专辑》专稿《四川儿童文学印象》。

第十九章　当代儿童文学作家十人论

调入文化单位，有了时间和写作条件；韦伶和邱易东的创作活动也都与他有紧密关联……他还动员、组织基层的儿童文学作者，分别在巴县、江津、沙坪坝、市中区等地成立地区性的儿童文学社团；他策划参与重庆出版社的选题，主编大型《儿歌画库》；帮助市少年宫创办《红岩少年报》……只要有益于儿童文学事业，他都忘情地投入、奔忙。

这样的儿童文学组织活动家在别地可曾见有？

然而各地是否知晓这位"传教士"的奉献？

世人知道"张继楼"的名字，是因为他的文学作品。

张继楼的文学成就是多方面的。首先，他是一位诗人，一位以创作儿歌、儿童诗闻名海内外的儿童文学诗人。

每位诗人都有自己的诗路。

条条诗路都通向艺术的珠峰。

艺术的珠峰，光彩耀眼，张继楼走在自己选择的儿童文学诗路上……

二、"人间烟火味"：真的追求

从 50 年代到 90 年代，张继楼走过了整整 40 余年的儿童文学创作道路，他的儿歌儿童诗穿过时光的隧道，明显地留下了共和国这 40 年中的时代特色与生活印记。

在 50 年代，他歌唱和平、建设与希望："天天盼，夜夜盼，／盼望大桥跨过江。／今天大桥通车了，／要给大桥画张像。……一人只画一孔桥，／接在一起长又长。／桥也长，画也长，／一张图画占垛墙。"（《一张图画占垛墙》）

在 60 年代，他描写《在农村田野上》、《在城市的大街上》的新景物、新建筑。他刻绘"山乡少年"、"红领巾纠察队"的《彩色的童年》，他记叙学雷锋、看社史、支援农业……

在 70 年代，他写《银球传友谊》、《赤脚医生好阿姨》，他写《山城又腾起跃进的马蹄》……

在八九十年代，他满怀激情地讴歌改革开放与四化建设，他像孩子一样真挚地希望："天天迎新年该有多好啊，／我天天都好看龙灯、放鞭炮啦！"(《迎新年》)

从张继楼精心保存的一本本作品剪贴本和单行本中，我们可以看到诗人紧紧追踪时代前进脚步的自觉意识和把丰富多彩的现代生活告诉小读者的谆谆责任感。当然，张继楼也是和我们一样，每天要为柴米油盐操心的普通人，也有他自己的思考与苦恼，在40年的创作生涯中，也难免会出现平庸之作。但可喜的是，张继楼一直没有放弃自己认准的现实主义道路，用他自己的话说，就是"人间烟火味"。他认为"少年儿童和成人一样，都生活在现代社会里，决不是'温室里的花朵'，应该让他们了解生活，了解现实，免得一旦踏入社会，一无所知"。他反对那种把儿童文学当作"避风港"，宣称儿童文学作家"可以不要生活，不问现实，坐在案头单凭灵感、想象"的倾向。他明确宣称："我不希望我的诗千古不朽，但愿能为当代的孩子们认识生活、理解现实时，起到一点诱导作用。""我坚信路子是正确的。我不愿我写的儿童诗没有一丝人间烟火味。"[①]

张继楼的这种追求无疑是可贵的。很明显，他追求的是"五四"以来由叶圣陶的《稻草人》所开创的中国儿童文学直面人生、拥抱生活的现实主义精神，他追求的是中国知识分子经世致用、忧国忧民的积极入世精神和文化传统，他追求的是一个彻底的儿童文学工作者献身祖国未来一代的高度事业心与责任感。正是这种追求，使他把创作视野紧紧定格在丰富复杂的现实生活，使他始终致力于人间百态的详尽观察和深刻体验。于是，他写出了农家孩子寻求温饱的忧伤的歌："一条山溪在我家门前流过，／急匆匆卷起一个个漩涡。／它使劲把古老的木轮推动，／'伊伊哑哑'唱着忧伤的歌。／……爷爷把糠壳舂了又筛，／让妈妈多做几个糠饽饽。／……放学后我到溪边的石墩，／帮妈妈洗着带泥的萝卜。"(《山溪的歌》)于是，他写出了橘乡孩子居然"不知橘子

---

① 张继楼：《〈种子坐飞机〉后记》，重庆出版社1983年2月版。

第十九章 当代儿童文学作家十人论

是甜是苦"的破碎的梦:"上边说:这是资本主义的'尾巴',/是'尾巴'就要连根割除。/爸爸忍痛把橘树砍倒,/我抱树大哭才留下一株。/……队里的橘树也越来越少,/橘乡的孩子不知橘子是甜是苦。/下雨时我看见橘树滴眼泪,/刮风夜我听见橘树'呜呜'在哭。"(《金色的希望》)于是,他写出了批评当今社会娇惯独生子女的不良现象:"宝宝喊声要起床,/全家老小个个忙:/奶奶跑来叠被子,/爷爷跑来牵蚊帐,/爸爸帮他穿袜子/妈妈替他穿衣裳;/……九颗行星忙得团团转,/房里升起一个小太阳。"(《小太阳》)

诗人的观察是细致而真切的,诗人的思考是深刻而严肃的。张继楼常说,他"总觉得在作品里不真实地反映,不告诉孩子们"真实的生活,"心里仿佛有欠了债似的感觉"。《山溪的歌》、《金色的希望》等都是他"亲眼所见,亲耳所听的题材"。[①] 类似的作品我们还可以找出一长串,比如《广安少年:北碚新民间传说》、《赶场》等。当然,张继楼追求的现实主义精神是清醒而充满理想色彩的,他不仅写出了生活中的困惑与矛盾,更写出了激动人心的变革和对美好生活的执着追求。他深深地热爱人生,热爱生活,热爱我们这个多姿多彩、不断向前的时代。请听诗人对新生活的歌唱吧:"冬天过了就是春天,/春风里橘花香飘山谷。/……我家的橘树也压弯了枝条,/金色的希望飞遍家家户户。"

三、"用童心感受":爱的追求

读张继楼的作品,总使人有一种暖烘烘的感觉,字里行间洋溢着一种沁人心脾的爱的情思。他歌唱孩子们的友爱与童真,刻绘孩子们的童心美、行为美、想象美,赞颂人世间一切美好的事物和闪光的思想。有一次,我在中央电视台少儿节目上听到这样一首诗:刮风了,下雨了,幼儿园里放学了,看一看,谁来了?妈妈撑着伞来了。走出门,回头瞧,屋檐下站着张小宝。招招手,笑一

[①] 参见张继楼与樊发稼的通信,见樊发稼著《儿童文学的春天》第202页,河南少年儿童出版社1986年4月版。

笑,伞下多了一双脚。一二、一二齐步走,踏着水花回家了。多美的雨中景色!多美的童心写照!我被屏幕上的诗与画深深感染了。当我看到诗的结尾出现作者的名字"张继楼"时,我怎能不对这位用诗美的语言和音乐精心建筑爱心桥梁的诗人肃然起敬?

爱,对孩子深深的爱,这就是张继楼儿歌儿童诗燃烧着的灵魂。这种爱是那样广博、深厚,全世界的孩子都因为爱而联结在一起了:"小乒乓,跳得远。/一跳跳到美利坚。/美利坚,朋友多,/一请请到墨西哥。/墨西哥种下友谊花,/花香吹到加拿大。/加拿大跳起团结舞,/手拉手儿到秘鲁。/秘鲁架起友谊桥,/五洲万国都来了。"(《乒乓跳得远》)这种爱又是那样真挚、可心,请听一个孩子与一只正在欺侮小鸟的老猫展开的对话:"你这个淘气包,/为啥要欺侮小鸟!/老师没告诉你吗?/这样顽皮可不好。/你要是肚子饿了,/我请你吃奶油蛋糕;/你要是想做游戏,/我来当一次小鸟。"(《快住手》)

张继楼笔下的爱是献给儿童的,是属于儿童世界的。他要用爱心来陶冶与引导未来一代,用爱心来浇灌盛开人间的人道精神。但这种描写并不是"观念的创作",而是"情感的创作",是诗人从情感认识达到理性认识的"典型化"过程。而这个过程的实现则是借助了童心的透视,用张继楼的话说就是"从生活出发,用童心感受"[1]。这句看似平常的话语实在凝聚着丰富的美学意义,它不仅要求作家真心实意地拥抱孩子世界,熟悉儿童,了解儿童,更要求作家契入儿童精神,正确把握与提升儿童思维与儿童审美意识。而这一切都需要作家全身心地热爱儿童,"善于从儿童的角度出发,以儿童的耳朵去听,以儿童的眼睛去看,特别以儿童的心灵去体会"(陈伯吹语),而不是"童年当酒杯,为的浇块垒",或者"生活是儿童的,感情属成人的"[2]。自从踏上儿童文学创作道路以来,张继楼一直没有离开过孩子们,他经常深入中小学校和幼儿园,经常以普通一员的身份,参加孩子们的夏令营和少年宫的活动。正因为有了厚

---

[1] 张继楼:《从生活出发用童心感受》,1983年5月重庆《艺术广场》第36期。
[2] 张继楼:《儿童诗"成人化"的几种类型》,《广东教育学院学报》1984年第2期。

第十九章　当代儿童文学作家十人论

实的生活根底与源头活水，他的创作才能永远紧贴儿童世界，才能写得生动传神，富有儿童情趣。在他的笔下，无论是描写现实生活中的儿童，还是刻绘幻想生活中的儿童化的小狗小猫小动物，总是显得那么朝气蓬勃，天真可爱，稚态可掬。诗人熟悉儿童的思维、语言、生活习性、心理特征和审美情趣，知道孩子们喜欢什么，厌恶什么，此时此地会有什么新鲜玩意和要求，彼时彼地又会出现什么调皮念头和鬼机灵点子……所以他的儿歌儿童诗总是写得那么亲切有趣，生动传神，充满活跃的灵性与幽默的美，使小朋友在不知不觉之中受到艺术陶冶和审美享受。

在张继楼的儿歌作品中，我最喜爱他的《翻跟斗》：小妞妞，围兜兜。兜兜里头装豆豆，吃了豆豆翻跟斗。左边翻个六，漏了九颗豆；右边翻个九，漏了六颗豆。问你翻了几个大跟斗？再问漏了几颗小豆豆？这首儿歌固然有帮助小朋友学习数字的作用和游戏意味，但我更觉得诗人是在精心刻绘一个洋溢着童稚天趣、憨态可掬的幼儿形象。小妞妞也许是从电视屏幕或是连环画上看到了孙悟空、铁臂阿童木的形象，于是好学样的她也来学翻跟斗了。她一边朝左边翻了六个跟斗，又向右边翻了九个跟斗，不料装在口袋里的豆豆稀里哗啦漏了出来，她连忙连滚带爬翘着屁股去捡拾豆豆……寥寥数语，一个活泼、好动、爱学样而又顾前不顾后的幼儿形象，鲜活地矗立在我们面前，凸现出一种带着晨露般透明的天趣浓郁的童稚美，给人以很大的美感体验。试想一下，如果没有对孩子生活的细心观察和深切感受，没有对年幼一代充满全身心的挚爱，能写出这样"传之不朽"（我以为这首儿歌将永久流传下去）的作品么？我觉得，张继楼是真正实践了他自己认准的把握儿童世界与艺术世界的美学原则："用童心去感受"，用全身心的爱去感觉童心，表现童心，赞美童心。

四、"旧瓶装新酒"：美的追求

张继楼深深懂得：最简单的儿歌也应当是艺术品，艺术品只能按照艺术规律去创造，这就需要作家努力强化创造艺术美的睿智机巧与美学素养。在这方面，张继楼是下过一些功夫，积累了一些经验的。譬如，把握儿童特点，注重

作品的儿童化；善于想象，富于幽默色彩；讲究语言的形式美、音乐美、色彩美等等。但纵观张继楼的创作全貌，我认为，诗人最为成功的是对传统儿歌、民歌艺术形式的大胆借鉴、圆熟运用与刻意创新。

前已述及，张继楼从小就接受了苏南地区儿歌童谣的影响，到了重庆以后，他又深入学习了西部巴蜀地区传统儿歌的艺术形式，并把它熔铸于自己的创作实际之中。他认为：传统儿歌之所以深受孩子们的喜爱，"除了内容丰富多彩以外，表现手法的多种多样也很有关系。……在这点上，很值得学习"。但这种学习"不应单纯模仿它的形式，首先要求有新的内容，旧瓶必须装新酒"[①]。这种对待传统文化遗产的态度显然是正确的。事实上，张继楼一直在这种精神指导下探索着新儿歌的审美创造实践。他写得最为成功的一些儿歌，也往往是这种审美实践的结晶。他的作品大量采用了传统儿歌的艺术形式与句法特征，诸如对歌、顶针、颠倒歌、连环歌、急口令、摇篮歌、数字歌、游戏歌等。诗人通过娴熟的艺术技巧，赋予这些传统形式以崭新的当代意识、审美意识与主体意识，表现出了新的时代精神与社会生活内容。譬如《友谊花盛开》采用对歌的形式来反映中日两国人民的情谊："问你樱花哪儿来？／樱花飘洋过海来。／樱花带了啥子来？／樱花带了友谊来……"又譬如深受广大小朋友喜爱的《东家西家蒸馍馍》，大胆吸取20年代四川流传的"大姨妈来接我，猪打柴，狗烧火、猫儿煮饭笑死我"一类的句法形式与口语特点，用生动的对比巧妙地传达出"团结就是力量，分裂就会遭殃"的深刻文化主题：

　　[东家]　　猫上灶，狗烧火，
　　　　　　　鸭子担水下了河。
　　　　　　　白鹅帮它抬回来，
　　　　　　　欢欢喜喜蒸馍馍。
　　　　　　　馍馍香，馍馍甜，

---

① 张继楼：《旧瓶装新酒》，1980年1月重庆《艺术广场》。

第十九章　当代儿童文学作家十人论

　　　　　　　大家吃了笑呵呵。

　［西家］　　鸡又飞，狗又跳，
　　　　　　　翻了蒸笼打了瓢。
　　　　　　　鸭子走来踩两脚，
　　　　　　　猫儿跑来抓一爪。
　　　　　　　吓得馍馍满地滚，
肚子饿得咕咕叫。

　　儿童文学价值尺度的实现离不开审美创造。优秀的儿童文学作品往往具有一种理性、情感和形象三位一体的复合力量，它们不仅帮助小读者深化对社会、人生的认识，获得理性的启迪和思想道德上的教益，而且引导小读者从生动具体的艺术形象和生活画面中分清什么是美，什么是丑，加深对美好事物的热爱和追求，并在强烈的审美共鸣与作品特定氛围的激动下，潜移默化地接受融于其中的情感熏陶和美育优化。为着实现艺术作品这样的价值尺度，我们需要调动多种多样的艺术技巧和表现手法。张继楼对传统儿歌形式的继承与创新，即是其中重要的一种。他追求的"旧瓶装新酒"的审美创造实践，在我国当代新儿歌的创作中具有明显的个性特征与独创风格。他的成功经验是值得我们借鉴的。

五、实践"三结合"：力的追求

　　张继楼不仅是一位诗人，而且也是一位时刻关注着儿童诗坛发展变化的诗论家。我曾读过他一大本有关儿歌童诗创作问题的理论评论剪贴本。我发现，其中写得最长的一篇是发表在1982年《儿童文学研究》第11辑上的《一个新兴的文艺形式：读〈少年科学〉的科学诗》。在这篇五千多字的论文中，张继楼全方位地考察了当时我国儿童科学诗创作的现象与得失，并提出了自己的独特见解。他认为：儿童科学诗的创作应当做到"知识性、文学性、趣味性三

结合","没有知识性,即使文学性强,也不能算科学诗。反之,只有知识性而缺乏文学性,读来枯燥乏味,成了纯知识介绍或知识说教。……还要求有趣味性。这是一切儿童文学创作的特征,儿童科学诗也不可少,况且科学知识本身就充满趣味"。张继楼的以上见解正是我们考察他数量众多的儿童科学诗创作风格的重要参照系。

张继楼的儿童科学诗主要有《小小种子旅行记》、《森林"居民"储粮过冬》、《昆虫自卫经验交流会》、《夏天到来虫虫飞》等组诗。品赏这些作品,我们可以明显地发现诗人努力实践知识性—文学性—趣味性三结合的不倦求索和对"知识就是力量"这一人类理性精神的执着追求。这些科学诗大致有如下特点:

第一,知识的正确性。

科学诗如果不向小读者传授正确的科学知识,那就谈不上知识的力量,甚至会适得其反,误人子弟。张继楼的科学诗都是以科学根据作为诗艺的精神支柱的,无论是描写植物种子的传播媒介途径,森林动物储粮过冬的不同方法,还是介绍蜜蜂、刺蛾、斑蝥、天牛、竹节虫、木叶蝶等昆虫的防敌自卫本领,诗人总是在搜集有关科学资料、经过实物观察、细心比较的基础之上,用诗艺的载体深入浅出、生动形象地介绍给小读者的。例如,同样是借助身上的异臭防敌自卫,斑蝥的武器是从屁股眼放出的"瓦斯炮",即使它被癞蛤蟆吞进嘴里,也能使敌人"痛得四脚直跳。/长长的舌头弹不回嘴里,/舌尖上凸起好大个血泡。"而蝽象的武器则是"藏在胸腹部两边,/它能射出一种难闻的液体,/叫敌人捂着鼻子都不敢近前。"蜉蝣又不同了:"我周身都发出恶臭,/离我老远都能闻到这味道。/哪怕是轻轻碰我一下,/管叫他要打三次香皂。"有比较,有区别,有个性,有特色。这样的描写儿童看得懂,记得牢;更重要的是,它传授的是正确而不是杜撰的科学知识。

第二,鲜明的形象性。

张继楼的科学诗固然能诱发孩子们学科学、爱科学的兴趣,但它首先是作为形象思维而不是逻辑思维而存在的诗艺载体。为了写活形象,诗人常常通过

第十九章　当代儿童文学作家十人论

拟人、比喻、夸张、联想等表现手法，去刻绘动植物的活动和习性。例如，描写榆树靠风传播种子的情景："山顶上有一株老榆树，／它的孩子多得连成串。／一个个都长着小翅膀，／快乐地在树梢荡秋千。"北风起了，天气凉了，成熟的种子该去扎根安家了："孩子们一个个张开翅膀，／乘着风一个劲地滑翔。／最后落在一块林中空地，／找着了它们新的家乡。"何等生动具体，又是何等形象传神！诗人的形象思维在孩子心田播下了科学知识的种子。它是科学，但它首先是具有鲜明形象的诗。

第三，浓郁的趣味性。

"给孩子说话必须惹人发笑。"（高尔基）但要逗笑孩子并非易事，尤其对于负有传达科学知识使命的科学诗。张继楼在趣味性这方面所作的努力，我以为，主要是抓住描写对象的某一特征，加以夸大和强调，以幽默和传神的笔调突出事物的性质，给小读者留下深刻印象。例如，写蚊子，突出蚊子叮吃人血的"针"："蚊子当医生，／出门去打针。／打的什么针？／打的吸血针。／给你一巴掌，／叫你医生当不成。"写蜈蚣，强调脚的多："蜈蚣虫，买鞋穿，／一爬爬到鞋子店。／这一挑，那一选，／满屋鞋子都穿完。"写蚱蜢，夸大其跳高"本领"："小蚱蜢，学跳高。／一跳跳上狗尾草。／腿一弹，／脚一翘，／'哪个有我跳得高！'／草一摇，／摔一跤，／头上跌个大青包。"

读着这样的儿童诗，小朋友既得到了知识的教益，又感受到了诗艺的形象性与趣味性，在会心的微笑声中，享受到了张继楼儿童诗歌艺术精神所具有的独特的美与独创的乐。

张继楼不仅是一位出色的儿童文学诗人，也是一位有成绩的童话作家与评论家。只是他在诗歌创作方面的名声较大，掩盖了他在童话创作等方面的实绩。

张继楼的童话涉及面较广，既有专为低幼儿童写的低幼童话（可以归为幼儿文学范畴），也有一般意义上的文学童话（可以归为童年文学范畴）；同时，他还兴致勃勃地投入科学童话的创作与民间童话的采集、再创作。凡是后者，似乎成果更要突出一些，重庆出版社曾在1988年出版过他的民间童话专集《金佛山下的传说》。

张继楼的童话创作比较明显地倾向于"儿童文学教育主义"思潮。

教育是永远需要的必要的,尤其是对于儿童。侧重从教育的观点看待文学作品的价值功能,强调文学形象对小读者潜移默化的教育作用与思想行为的规范作用,引导他们使之成为符合既定文化模式与国家意识形态所需要的社会成员,这是儿童文学教育主义张扬的美学旗帜。作为一位从五六十年代成长起来的作家,张继楼的创作无疑要受制于时代生活的规范与文学观念的影响,而在那个年代,正是"儿童文学是教育儿童的文学"的观念在儿童文学界享有一元独尊地位的时期。即使到了 80 年代,尽管教育主义受到了新潮美学的挑战与文学多元化的冲击,但它依然还是一种重要的创作理念,依然拥有不小的艺术版图。

我们注意到,张继楼的童话创作,大致出于教育的目的论,怀着对未来一代谆谆的社会责任感与对文学社会效益认真负责的精神,构思情节,营造环境,塑造形象,努力引领小读者一道去观照和体悟关于社会、人生的朴素真理。《"对不起"和"没关系"》描写一对名叫"对不起"和"没关系"的小兄弟,帮助不讲文明礼貌的小朋友懂得了"五讲""四美";《影子的故事》说明影子不能离开主人而独立行动,否则"连个耗子都对付不了";《孔雀毛和鸡毛掸》通过对比,有扬有抑,扬的是鸡毛掸默默无闻的献身精神,抑的是孔雀毛轻佻高傲、盲目自大的行为;《查不到字的字典》塑造了小强、字典公公、三洋机三个形象,小强在作文过程中分别借用字典与三洋(收录机)帮忙,最后还是字典的作用大。这故事让小读者明白即使在有现代学习设备帮助的今天,也还是需要扎扎实实掌握知识,在科学面前来不得半点的花架子。

张继楼的童话朴实平易,注重情趣,满含爱心,作家是怀着一种强烈的社会责任心来写的。他不屑花里胡哨的词藻,没有漫天胡侃的情节,更没有那种晦涩朦胧,故作"新潮"连成年人也难以读懂的东西。他的作品无疑都有文学的教育作用与一定的认识作用,不同程度地影响了小读者的阅读经验,并在一定时期实现了教育的目的论与社会的需要。

应当指出,张继楼的童话创作虽然取得了某种成功,但由于过分拘泥于教

第十九章　当代儿童文学作家十人论

育主义的创作原则，使其童话的想象空间与创作高度受到一定局限，没有能像儿童诗创作那样充分调度自己的生活积累与艺术素养，因而写得比较拘谨、平直，有的作品甚至明显留有"观点加形象"的操作痕迹。文学作为人的本质和情感理想的物化形态，就其创作而言，更应是人的观念与美的观念获得高度统一的典型途径。艺术品毕竟只能根据现实生活塑造出活的艺术形象，而不能从概念出发，借助一个影子般的"形象"来完成某种"观点"的演绎。

我以为，在张继楼的童话作品中，成就更大的还是那些来自生活原生状态的民间童话，如《追鹿得泉》、《石琴响雪》、《蛇吞象》、《金山天麻》、《奇妙的石鼓》等。生活本来是丰富多彩的、活跃的、变动的、多侧面的，这些来自四川民间的原生东西，恰恰为作家提供了丰厚的创作源泉，也为作家的艺术才气与美学理想提供了自由驰骋的天地。在这些作品中，作家显得从容自如，灵活机巧，民间童话的丰富内涵与原生形象，已经突破了那些无形的艺术樊篱。真正的文学创作，实在只能是一种对人生旅程种种生命意绪流泻的体验。在人民大众丰富多彩的生活沃土中，张继楼不仅体验到了生活的真髓，更体验到了提升生命价值的所在——对人的本质力量的追求与对真善美的追求。张继楼笔下的这组童话，让我们感受到童话的幻想魅力与艺术形象的凝重感。这种凝重感，来自作家对生活与人生的深入思索，来自内涵的丰富，来自形象的鲜活，来自审美空间的宽广。

缪斯情深，让我在重庆认识了张继楼——我不仅得到过他的鼓励与关照，还有机会阅读他的几乎全部的作品。

张继楼这个名字，已经深深地镌刻在重庆的，西南的，乃至中国的当代儿童文学史上。历史是公正的，儿童文学的历史更是如此。

从50年代到90年代，张继楼为孩子们辛勤耕耘了40多个春秋。孩子们和他们的家长深深感谢他，社会给了他应有的荣誉。他的作品曾多次荣获全国性的儿童文学奖励，包括第二次全国少年儿童文艺创作评奖三等奖（1980）、全国第二届幼儿图书评奖三等奖（1990）等。作为著名作家，四川省和重庆市曾分别授予他"四川省文学奖"（1988）与"建国40周年重庆文学奖"

（1989）；作为资深编辑，中国作家协会曾授予他"首届全国文学期刊优秀编辑奖"（1988），全国获此殊荣者仅25人。虽然，张继楼如今已年逾花甲，已经离休，但他不停止手中的笔，他还要为孩子们继续耕耘，继续歌唱。

有的人终生瞪大眼睛，寻觅着便宜、白食；有的人终生都在上下求索，追求着价值、事业。

寻觅白食的，生命由此而变得便宜；求索事业的，生命由此而赢得价值。

儿童文学工作者，追求的是奉献与真善美，追求的是将更美更好更多的精神食粮献给未来一代。

这，就是他们倾心的事业。

这，就是他们生命的价值。

张继楼就是这样一位儿童文学工作者，一位将儿童文学事业作为毕生"深情所注，寄托所在"的著作家与诗人。

我深深地敬重他！

（写于1990年）

第二十章
崛起的西南儿童文学

一、致敬西南

"西南"一词代表的是某种相对的方向和方位。就中国地理而言,西南有狭义、广义之分,狭义的西南是指云南、贵州、四川、重庆(从1997年3月起,重庆市已与四川省分家,成立直辖市)三省一市;广义的西南,则还包括西藏、广西两地甚至湖南、湖北西部一些地区,泛称"大西南"或"长江上游"。

本文所涉的"西南",指的是前者即云、贵、川、渝三省一市。当代西南文学是整个当代中国地域文学的重要组成部分,当代西南儿童文学则是整个当代中国儿童文学艺术版图中的独特而恢宏的篇章。一方水土养一方人,一方水土也育一方文。当我们考察西南儿童文学时,我们关注的目光首先不能不投射于生长培育西南儿童文学的这片广袤而神奇的土地。

西南因其地理环境的特殊性,从远古"元谋人"、"巫山人"时代开始,就始终是一个相对封闭而内部统一的地区。秦岭、大巴山、巫山、武夷山、横断山等周边一系列耸峙的山脉形成了西南的天然屏障,而西部岷山、大雪山则

与巨大的青藏高原连为一体，使西南既远离中原政治、文化轴心地区，又远离唐宋后逐渐发达起来的东南沿海经济中心地区。与此同时，西南内部的金沙江、澜沧江、怒江等数条与中原相异的大江大河，一方面隔出了其同境外南亚次大陆的自然界限，另一方面又沟通了西南内部的相互联系。西南一直要到近代，特别是交通工具高速发展的现代，这才真正开始走出封闭，使"蜀道难"、"黔驴技穷"、"夜郎自大"永远成了历史的典故。特别是经过60年代的西南"三线建设"、80年代的"西部开发"，尤其是90年代西南沿江（长江）、沿边（边疆）地区的全方位开放以来，西南的地位和意义日益突出，西南才越来越为世人所认识。

在这片美丽神奇的土地上，四川盆地、云贵高原、边疆热带雨林地区是西南最为夺目耀眼的风景线。物产丰饶、号称"天府之国"的四川盆地，因有成都、重庆两大都市统领气象，故又称成渝地区。在历史上，这里一直是西南经济、文化的中心；在当代，则和京津地区、沪宁杭地区、珠江三角洲地区同为中国人口最密集的区域和工农业生产基地。巴山蜀水既有一马平川、都江堰自流灌溉的沃野，又有风格多样的川东丘陵山地与川西高原雪域，它们与成百条奔流不息的大小河流一起，将巴蜀山川装扮成雄（夔门天下雄）、秀（峨眉天下秀）、幽（青城天下幽）、险（剑阁天下险）之地。山的韧性与水的灵性使巴蜀文化放射出无比耀眼的金色。横亘在滇黔两省的云贵高原，岭谷起伏、星罗棋布的大大小小坝子、梁子，与苗岭、云岭、怒江等高山大川一起，营造出高原地域"天无三日晴，地无三尺平"的万千气象与神秘风韵。这里不仅有举世闻名的黄果树瀑布、路南石林、苍山洱海，并出产被视为极品的茅台、云烟，更孕育出滇文化与黔文化自强不息、实干力行的文化品格。相对于西南内陆腹地较为封闭的地域而言，位于"彩云之南"的边疆热带雨林地区，因与东南亚诸国比邻的独特区位优势，使这里不仅成为古代"南方丝绸之路"的最佳通道，并成为今天大西南对外开放的最活跃的边贸口岸。云南还是我国民族最多的一省，边疆热带雨林风光与多民族生活色彩，使"彩云之南"成了南方又一条旅游热线。

第二十章　崛起的西南儿童文学

——当代西南文学与西南儿童文学正是在这样一方崇山峻岭包裹下的独特地理环境与地域文化中生产出来的精神作品。地理因素是最稳定的，地理环境的稳定性又影响了与之紧密相联的地域文化生态的稳定性与特征。正是这一生存空间与地域文化背景，濡化、组织、干预和引导着当代西南文学包括西南儿童文学作家的性格与思维、情趣与视野、精神气质与艺术感受，从而影响着西南儿童文学的表现世界、精神走向、文化品格、审美追求。

二、西南儿童文学地图

西南儿童文学是中国儿童文学的重要板块。从历史发展看，这一地区的儿童文学曾在八年抗战阶段出现过第一个"黄金时期"，并被郑重记入中国现代儿童文学史。当时，以重庆、成都、昆明等为中心的大后方抗战文坛，曾聚集了一大批以冰心、张天翼、陈伯吹、何公超、刘御等为主干的儿童文学作家队伍；涌现出以《猴儿大王》、《乐园进行曲》、《铁蹄下的孩子》等儿童剧、陶行知的儿童诗等为代表的作品；呈现出以重庆孩子剧团、昆明儿童剧团的演出为重要现象的儿童文学兴旺景观。大后方儿童文学与延安根据地儿童文学、上海孤岛儿童文学一起，共同谱写了抗战儿童文学的精彩乐章，被誉为"大时代中的小战鼓"。虽然西南抗战儿童文学的斐然业绩，主要依靠了外来的文化力量，但它毕竟诞生在西南这片热土上，并为西南播下了现代儿童文学的种子。

50年代是西南儿童文学又一个值得回忆的时期。公刘、白桦、周良沛、顾工等西南边疆军旅诗群和雁翼、梁上泉、傅仇、陆棨、沙鸥等西南和平建设年代的巴蜀诗群，一度饮誉中国文坛。这批年轻诗人在着力营造诗国天地时，也同时关注着儿童诗的创造。如公刘参与了民间长诗《阿诗玛》、《望夫云》的整理和创作（民间文学作品往往又是广受欢迎的少儿读物）。雁翼出版了诗集《紫燕传》，沙鸥结集有《老鼠盗牛》；而梁上泉更是从一登上诗坛，就念念不忘为孩子写作，数十年坚持不懈，先后出版了儿童诗集《从北京唱到边疆》、《小雪花》、《飞吧！信鸽》、《会唱歌的洒水车》以及儿童歌舞剧《小萝卜头望着我》等，为促进西南儿童文学作出了特殊贡献。50年代西南儿童文学

界还出现了小说作家揭祥麟创作的《桂花村的孩子们》、寓言作家谌卢创作的《猴子磨刀》，以后又有张继楼创作的儿歌《夏天到来虫虫飞》等一批优秀作品，为西南文坛赢得了声誉。

西南儿童文学界真正布成阵势走出"西僻之乡"的局限，走向大气，是在八九十年代。这与整个中国社会历史的大变革，整个中国当代文学与当代儿童文学的大进展是同步的。这一时期，西南奇迹般地出现了一大批儿童文学作家，老中青三代合力垦辟，共创风骚，使西南成为与北京、上海互相呼应的中国三大儿童文学创作基地。在重庆，有张继楼、梁上泉、蒲华清、彭斯远、谭小乔、杜虹、李小海、李晓峰、徐国志、成再耕、柯愈勋、江日、刘军、王光池、黄继先、张世钟、王文顺、沈国仁、崔英、曼子、陈晓虹等。在四川，有何群英、丁隆炎、蔺瑾、刘兴诗、童恩正、揭祥麟、邱易东、徐康、韩蓁、黄一辉、杨红樱、赖松廷、蓝星、吕谦、邓元杰、陈官煊、汪黔初、李义兴、马及时、彭万洲、李华、徐华、寄华、曹雷、束惠、段平、卢管、王建平、胡本常、杨笑影、喻德荣、余不疑、干天全、李晋西、沈慕垠等。在云南，我们可以追寻到一批较早从云南民间文学中汲取营养的儿童文学作家刘绮、杨美清、马瑞麟、钟宽洪、赵克雯，以及在各个时期不忘为孩子们写作的李乔、彭荆风、晓雪、李钧龙、张昆华、普飞、杨明渊、孙继斌、朱德普等；而以群体优势亮相的则是 80 年代一批更年轻的"太阳鸟"作家群，他们是乔传藻、沈石溪、吴然、辛勤、张祖渠、吴天、严亭亭、康复昆、张焰铎、马赛、杨玉珍、董祥云、任素芳、菡芳、汪叶菊等，还有白族寓言作家凝溪。在贵州，则有戴明贤、黄瑛、吴秋林、黄鹏先、王泰麟、叶辛、俞伯秋、陈学书、刘大林、钟声威、何永则、余未人等。

以上开列的虽是一份十分不完整的名单，但已可见出西南儿童文学的强大阵势。这些作家几乎都出版过个人作品专集，获得过有影响的不同层次的儿童文学奖，有的还获得过海外文学奖。特别是云南的沈石溪，他曾以《第七条猎狗》、《一只猎雕的遭遇》、《红奶羊》等作品，连续三次荣获中国作家协会第一、二、三届"全国优秀儿童文学奖"。获此三连冠殊荣者，在全国仅有沈

第二十章　崛起的西南儿童文学

石溪与北京诗人金波二人。"全国优秀儿童文学奖"是中国作家最高级别的五大纯文学奖之一。曾获此大奖的，西南还有四川作家蔺瑾的小说《冰河上的激战》，邱易东的诗集《到你的远山去》，云南作家乔传藻的散文《醉麂》、吴然的散文《小鸟在歌唱》。

据我们有限的资料，西南各地都出版过荟萃全省、市儿童文学佳作的选本。如重庆有《第11张贺年卡——川东儿童小说集》（重庆出版社1990年版）、《星星·月亮·太阳——重庆儿童文学作家作品选》（中国三峡出版社1998年版），四川有《黑眼睛孩子——四川儿童文学作品选（1979—1989）》（四川少儿出版社1993年版），云南有《云南儿童文学选》云南人民出版社1984年版）、《太阳鸟——云南十年儿童文学选》（云南少儿出版社1989年版）以及论文集《云南儿童文学研究》（晨光出版社1996年版）等，贵州有《贵州新文学大系·儿童文学卷（1919—1989）》（贵州人民出版社1997年版）。这些作品选本，一方面记录积累了西南地区儿童文学的优秀之作，同时也成了研究西南文学的珍贵文献。

西南儿童文学的理论研究以重庆为中心。西南师范大学中文系、四川师范大学文学院和重庆师范学院中文系，长期开设儿童文学课程，西南师大中文系还招收了多届儿童文学硕士研究生。80年代，四川外语学院（在重庆）创建了外国儿童文学研究所，出版有《外国儿童文学研究》学刊。90年代，重庆师范学院又创建了西部儿童文学研究所，以西南儿童文学为研究重心。重庆江津师范学校因积极倡导儿童文学的突出办学成绩，被命名为"儿童文学校园"，该校还每年举办"儿童文学节"，这在全国中师系统开了一个好头。成都幼儿师范学校的幼儿文学教学，在全国幼师、普师系统居于领先地位。该校编印的《儿童文学信息》内刊，成为联络、团结各地幼儿文学工作者的重要纽带。80年代以来，西南理论界出版了多种儿童文学论著，填补了这方面的理论空白。1985年由重庆出版社出版的彭斯远所著《儿童文学散论》，是西南本土作者较早出现的儿童文学论著。彭斯远以后又陆续出版了《异彩纷呈的多元格局》、《中国儿童文学潮》、《儿童文学导论》、《长跑者的脚印：诗人梁上泉研究》。

成都郑光中著有《幼儿文学 ABC》、《文学与育儿》，昆明吴然著有《儿童文学札记》，贵州黄鹏先出版了《名作赏析与儿童文学创作谈》。西南理论界还推出了寓言文学研究的厚重之作，此即云南凝溪的《中国寓言文学史》、贵州吴秋林的《世界寓言史》。此外，西南一些师范学校还合作编撰了数种儿童文学教材，如由贵阳师范学校牵头、周世盛主编的《儿童文学》（贵州教育出版社 1993 年版），由重庆第一师范学校牵头，陈洁与黄明超主编的《儿童文学基础》（成都科技大学出版社 1993 年版），由成都幼儿师范学校牵头、郑光中主编的《幼儿文学教程》（四川民族出版社 1998 年版）；此外，作为全国幼师普师儿童文学教育研究会理事长的郑光中，还主编了《当代儿童文学教学论文集》（成都天地出版社 1996 年版）等。

由于西南儿童文学的地位不断上升，八九十年代有不少全国性的儿童文学重要会议与活动选择在西南举行。西南的话语越来越引起文坛重视。这些重要会议与活动有：

1982 年 6 月，文化部在成都举办的"西南、西北片区儿童文学讲习班"；

1985 年 7 月，文化部在昆明召开的"全国儿童文学理论规划会议"；

1986 年 10 月，中国儿童文学研究会在贵州黄果树召开的"当代儿童文学新趋向研讨会"；

1986 年 11 月，全国少年儿童文化工作委员会委托四川外语学院在重庆召开的"外国儿童文学座谈会"；

1991 年 5 月，云南省作家协会邀请全国数十位儿童文学作家、理论家参加的"滇西儿童文学笔会"；

1992 年 7 月，云南省作家协会等单位举办的"昆明—台北儿童文学交流会"；

1992 年 10 月，四川少儿出版社等单位邀请全国数十位儿童文学作家、理论家参加的"九寨沟儿童文学笔会"；

1993 年 8 月，四川省作家协会等单位在成都、温江召开的"海峡两岸儿童文学研讨会"。为配合这次活动，四川少儿出版社与台湾联经出版公司还合

第二十章　崛起的西南儿童文学

作在两岸同步出版了《海峡两岸儿童文学选集》丛书。

我们还应特别提到，全国幼师普师儿童文学教学研究会分别与贵阳师范学校、成都幼儿师范学校、重庆幼儿师范学校、重庆江津师范学校联合，先后于1993、1995、1999 年在贵阳、成都、重庆三地召开的三届全国幼儿文学教学研讨会。这三届会议，对当代幼儿文学教学研究与师资培养起了积极的促进作用。据统计，八九十年代全国性儿童文学会议与活动，至少有三分之一是在西南举行的，这充分显示了西南儿童文学在当代儿童文学界的位置。

儿童文学建设是一项系统工程，它包括作家队伍的培养、作品的出版与传播、作品的社会反馈（批评）与社会评估（评奖）、理论研究与人才培养（教学）等。限于篇幅，我们无以对西南儿童文学系统工程建设的方方面面详作描述，但管窥蠡测，从以上简述中，我们已可看到八九十年代西南儿童文学的整体阵势与不凡实绩。中国儿童文学的地平线上，已经崛起了一条西南的"山脉"，这是不争的事实，它已成为当代中国继北京、上海（以及江浙）以后的又一个儿童文学重要基地。

三、西南儿童文学创作观察

西南地区的儿童文学创作，因各地作家队伍的养成、区域文化与文学传统的差异，就川渝云贵三省一市的具体情况而言，又体现出各自不同的创作重心与审美流向。以我的初步观察，大致说来，四川以童话、科学文艺的创作成绩最为明显，小说也有相当分量。重庆以幼儿文学、都市儿童小说为特色，拥有一批实力派作家。四川与重庆同属巴蜀文化圈，巴山蜀水出诗人，川渝两地的儿童诗创作一直走在前列，在全国与京、沪诗人鼎足而三，各领风骚。贵州儿童文学在少数民族题材内容的童话、小说、诗歌创作及民间传统儿童文学的搜集整理方面，显示出自己的特色。云南儿童文学创作在西南大有后来居上之势，尤其是在 90 年代的表现。云南的创作充分体现出边地热带森林和多民族的特点，以动物小说、绿色散文、少数民族童话最具影响。

前已述及，西南由于位处内陆腹地，地理环境的独特与地域文化的丰富性，

濡化、影响着西南儿童文学创作的表现世界、文化品格和美学追求。就西南儿童文学创作的整体景观而言，我认为，取得成绩最大、最能体现西南儿童文学个性并在全国文坛具有实质性影响的，是这样三方面的作品：动物小说，儿童诗与儿歌，童话寓言与科学文艺。

A. 西南动物小说创作

我们完全可以这样说，西南作家的动物小说创作已居于全国领先地位。在今日文坛，如果研究动物小说，不谈西南，根本无法进行。动物小说创作以云南沈石溪为代表，四川蔺瑾居其次。

沈石溪从一开始涉足文坛，就选择动物小说作为主攻文体，迄今已出版了《第七条猎狗》、《红奶羊》、《混血豺王》、《野牛传奇》、《一只猎雕的遭遇》、《象母怨》、《乞丐虎》、《盲孩与弃狗》、《和乌鸦做邻居》、《残狼灰满》等十多部动物小说集，共300多万字，作品被翻译成英、法、日等多种文字。这位从西双版纳原始森林走出来的"中国动物小说大王"，为当代中国儿童文学成功地构建了一个生机盎然、充满蓬勃活力与阳刚精神的动物世界，并塑造了一批动物典型形象。为捍卫生命尊严进行殊死拼搏的猎狗赤利（《第七条猎狗》），为保持下一代生命质量而艰苦追寻的母狼紫岚（《狼王梦》），在出生入死中完成角色转换提升生命意义的猎雕巴萨查（《一只猎雕的遭遇》），将生命残缺化为生命动力终于登上狼王宝座的残狼灰满（《残狼灰满》）等等，都给读者留下深刻印象。沈石溪的小说，善于表现动物世界的生活社会习性，营造丛林法则中的惊险故事情节，描写大自然多姿多彩的童话意境，将动物的物性、故事性、趣味性、知识性融为一体，笔带力度，饱含激情，气势充沛，从而使作品从整体上呈现出一种轩昂奔放、遒劲晓畅的审美风格，流动着一种激扬原色活力与雄健向上的生命气象，并折射出深刻的哲理内涵。我曾在一篇文章中指出，沈石溪动物小说在中国儿童文学史上的意义在于："执着于对'动物性'——与儿童生命世界有着最密切的天然联系的动物世界的探索，艺术地再现和描绘动物世界的生存法则、生命原色及由描绘动物世界而生发的对博大

第二十章　崛起的西南儿童文学

自然界的由衷礼赞。""从人类整体生命的制高点上,为少年儿童提供生命力奔放与灵魂提升的艺术载体。重在自然人格、生命人格、原始人格的启悟与烛照,使儿童在走向'社会人'生命的同时,葆有'自然人'生命的基因与力度。"

四川作家蔺瑾的动物小说,既有与沈石溪相似风格、同样充满生命激情的作品,也有诗意地描写人与动物关系的另一类意境的小说。前者的代表是其成名作《冰河上的激战》。这篇小说以激昂、神奇的笔力,描写了一场发生在青藏高原荒漠冰河上的动物大战。世世代代栖息在雁石河边的野驴群,突然遭遇到一群饥饿凶残的恶狼的袭击,是奋起迎战还是等待灭亡?一场保卫家园与生命的殊死血战在冰河上展开了。小说着力刻画了智勇双全的驴王江颇噶丹和狡诈暴戾的狼酋讷更这两个不同形象。将一场生与死、弱与强、正义与邪恶较量的冰河激战写得一波三折,扣人心弦,惊心动魄,具有强烈的艺术感染力。相对来说,蔺瑾的《狐谷》则换了另一种轻松抒情的笔调。作品通过小狐狸狐二与少年张岳和老猎人之间互相救助、报恩的一连串故事,由衷地赞美了人和动物相互理解、依存的亲和关系,表达出对自然生态和谐景观的向往。蔺瑾还有另一类以西藏雪域高原为背景的动物小说也写得很有特色。

大西南是山之地,林之海,动物之王国。西南作家借助这一独特的地域生态优势,以极大的热情投入动物题材作品的创作,不时有佳作问世。如云南作家张昆华的中篇《蓝色的象鼻湖》,乔传藻的中篇《黑闪》、短篇《哨猴》、《黑雕》,董录的《"牦子山官"之死》,重庆作家李晓海的《热合买提家的狗》,四川作家左人的《斗豹》等,都见出艺术功力。这些内容新奇、情节生动并充满西南地域特色与多民族色彩的动物小说,和沈石溪、蔺瑾的作品一起,构成了西南儿童文学一道最为亮丽的风景线。

B. 西南儿童诗与儿歌创作

仁者乐山,智者乐水。山水出诗人,诗人恋山水。大西南的大山大江大峡大湖大草原大森林,本身就是一个出诗人的地方。西南多诗人,尤其是巴山蜀水间的四川与重庆。川渝两地的儿童文学,以诗的成就最大,最具特色。川

渝诗人纵情地穿行在诗歌王国，为少年儿童为时代生活为西南的山山水水蓝天白云也为自己心中的缪斯。他们写《绿珠里的彩虹》（蓝星诗集）、《晶亮的十二岁》等《山村少年诗》（赖松廷诗集），也写《绿色的小手》抚摸《无花果》（江日诗集）与《纸船》（钟代华诗集）；他们写《树杈上的月亮》（马及时诗集）和《都市布谷鸟》（沈国仁诗集），也写《一个猎人孩子的自白》（吉狄马加）、《春天从哪里来的》（柯愈勋）。他们的诗属于《小孩子的爱，大山的情》（赖松廷诗集），透过《初开的蔷薇》，飞出《红蜻蜓蓝蜻蜓》（徐康诗集）。

但川渝儿童诗人的诗心是开放的，宽阔的。他们向着都市向着网络向着高速公路向着现代文明向着高科技向着跨世纪，于是这就有了另一种超越内陆腹地的现代性儿童诗。他们写《男孩子和女孩子》（柯愈勋诗），《蓝眼睛和黑眼睛》（徐国志诗）、《在孩子和世界之间》（傅天琳诗集），写"艾青、雨果爷爷还未写出的诗句／脸上的吻注释七色情感／翻过语言的栅栏／便是一片橄榄一片绿草地"（徐国志诗）。川渝诗人在儿童诗的形式、表现手法、审美意象上作了全新的探索，在儿童诗的题材内容、言说空间、创作向度上作了机智的拓展。他们的诗是从童心生长的诗花，洋溢着水灵灵的春意，辐射出现代的强光。在这方面，从大巴山深处走出来的邱易东是一个代表。

邱易东出生于大巴山并长期在大巴山耕作诗园，因而他喜欢把对孩子的爱与对缪斯的情深藏在山水草木之间，脉动在露珠轻盈的舞姿和微风吹过的小花之中。他的儿童诗集《五个丫的小树》、《哭泣的蘑菇》、《到你的远山去》，更多地体现出一位敬业的园丁（他是小学特级教师）与一位抒情诗人对童心世界的虔诚守望与温暖祝福，烂漫着校园生活的七色彩光和花季少年的吉他弹唱。他的另一本诗集《地球的孩子，早上好》中的部分篇章也大致属于这一范畴。但邱易东毕竟是一位坚持儿童世界与现实人生的诗人，在与少年儿童的长期接触以及对社会世相的观察中，他发现他的理想童话似乎遇到了某种挑战。他说："我发现，我们的读者不仅与成人生活在同一个空间，与成人一同经历和感受着，而且在学习、成长的过程中，因为未来的召唤，还强烈地有着向往、憧憬、崇拜，渴望知识、智慧、力量、创造，走向丰富、深刻、成熟的自我意识。"

第二十章　崛起的西南儿童文学

面对着跨世纪一代的少年儿童，他不想"再把自己装扮成孩子，去俯就他们，迎合他们，而应当以自身丰富的生活体验和深刻的认识，站在人生的高度，以具体可感、新颖独特、读者又能接受和理解的艺术形象吸引读者，引导读者向上"。（《中国的少男少女·后记》）

邱易东开始真正读懂了中国当代的少年儿童，于是，他写出了另一种类型的诗，这就是诗集《中国的少男少女》与《地球的孩子，早上好》中的后半部分作品（如《漫游神话的孩子》、《宇宙驿站》、《面对星空的小哲人》等）。他的诗开始向更新更广的领域掘进，诗的风格也由清新浏亮转向雄奇深沉。《中国的少男少女》（重庆出版社1996年版）虽然只有一百多页，但它却是邱易东奉献给当代中国少儿与中国儿童文学的一本分量最为厚重的诗集。全书辑入了13首抒情诗，每首均长达二百多行。这是一本气势恢宏、诗风开阔、题材重大、意境高迈的儿童诗集。诗人站在"全人类"的高度，以一种"世界性"、"人类性"的眼光，将人类作为一个整体加以反思，不但上天入地，思古观今，而且诗路指向太空、宇宙、未来以至更为遥远的永恒；有关战争与和平、生态环境与可持续发展、现代人的生存焦虑与拯救等世纪之交世界文学与世界儿童文学的共同主题，都进入了诗人的创作视野。这是一种儿童文学的全球意识，也是中国儿童文学走向世界的自觉行动。面对这样的重大课题，邱易东在诗的意象、句式、气势与韵律等方面，都作了探索。《男孩，关于战争的抒情》、《地球的孩子不要黑雪》、《那个夜晚，面对山洪的村庄》等篇，写得洋洋洒洒，汪洋恣肆，想象奇特，意象新鲜，既放得很开，而又能将丰富的画面凝聚在一个焦点上。诗人善于调动童话、神话的艺术魅力，运用现代影视蒙太奇的表现手法，或透过绿叶化石，述说远古丛林里原始人对美的追求和现代社会人类复杂情感的延伸（《绿叶化石：一瞬之前一瞬之后》）；或从采石场金属与岩石的撞击声中，启迪少年努力开掘蕴藏无限能量的人生价值（《寻找采石场》）；或凝视一片树叶，幻化出一个"带着阳光、雨点、生命与爱的种子"驾着红帆船远航的少年水手形象（《男孩、风和画面的树叶》）；或从迁徙的梦鸟中，警示人类再不保护地球就要"赶快准备诺亚方舟"了（《迁徙的梦鸟或寻找的

家园》)。写得最激动人心的是那一首《地球的孩子不要黑雪》。诗人以太阳、雪花、珠穆朗玛峰、地球的孩子互相倾诉的方式,最大限度地拓展开诗的思维空间,对世界最高的山峰居然降下了一场黑雪,表现出刻骨铭心的痛苦,灵魂的战栗变成了诗歌意象的灼刺,人类生存环境恶化之悲凉弥漫在回环往复的诗歌旋律与黑白交叠的色彩撞击之中。诗空广袤而结构紧密,意象丰富而浑然一体,体现出诗人对整个人类文明的现状与未来的深切关注。诗人的真诚与仁心,儿童文学的世界意识与文化关怀,脉动在诗的描绘、意象、韵律、节奏以及断句方式里,甚至存在于诗的一切符号的想象空间。正如有论者所说:"很少有当代少年诗集像这本诗集一样发现并展示了如此辽阔的诗意。"在儿童诗的创新方面,重庆诗人蒲华清也作出了自己的努力,这主要体现在《校园朗诵诗》(沈阳出版社1991年版)。蒲华清的诗着力表现校园生活的多姿多彩,展示成长中的新一代单纯而又丰富的精神世界。诗的风格健朗秀逸犹如天籁和声,给诗坛带来清新之风。蒲华清除了在朗诵诗的节奏美、音乐美方面下功夫外,还在诗歌建行方面有自己的特色,如顿数一定、意义完整、奇偶音顿相间、对偶句的运用等。这种探索,增强了儿童诗的艺术感染力和走向广场朗诵的效果。

儿歌是儿童诗的特殊门类,是一种十分讲究艺术技巧和格律要求同时又十分强调"儿童味儿"的诗体。写儿童诗不易,写儿歌更不易。可贵的是,川渝诗人特别是重庆诗人,在儿歌创作方面,屡屡有佳作创获,如三春草原,只见蓬茸新绿,一派生机。当然,这与重庆拥有一位"中国西部歌孩"张继楼有关。这位一辈子从事儿童诗、儿歌创作的诗人,不但为孩子们写出了《夏天到来虫虫飞》、《东家西家蒸馍馍》、《翻跟头》等脍炙人口的作品,而且以"传教士"般的精神,为扶持、培养、团结、激励重庆儿童文学的发展,付出了大量心血。这里试举一例:张继楼策划、联络成渝两市的报刊,在每年"六一"举办"巴蜀儿童诗会"(以后改为"巴渝儿童诗会"),已坚持十多年,对繁荣川渝儿童诗与儿歌创作,发现、培养新人,起了极大的促进作用。儿童诗会已成了西南儿童文学界一件长年举办的活动。

正是在张继楼的影响下,重庆的儿童文学作家,几乎不约而同地把诗美的

第二十章　崛起的西南儿童文学

目光投向了儿童诗与儿歌。彭斯远教授曾为儿歌伏案青灯，又写又唱陶醉其中，即使以后他将主要精力转向了理论研究，但仍不忘为儿童写点什么。以创作歌词见长的王光池，也为孩子创作了《弯弯月亮坐一桌》等儿歌。成再耕诗路开放敏捷，已出版了《太阳和月亮》、《月亮弯弯月亮圆圆》两本儿歌集。他的《鸽哨飞越远山》、《最初的年轮》、《春去秋来》等诗集中，也有不少儿童诗佳作。成再耕的儿歌善于吸收巴蜀民间童话的特色，讲究句式的整齐，音色的圆润，于精巧的诗行里传达出欢快、机趣的童心与一颗开放、包容的诗心。我们还应提到杜虹。杜虹的创作以幼儿文学（幼儿诗、儿歌、幼儿故事）为主，她写的《顽皮妞丹丹》、《马虎妞遥遥》、《谜语儿歌160首》等都是深受小朋友喜爱的佳作。杜虹的幼儿文学讲究游戏性、动作性、趣味性。她那一本《种下一个秘密》的集子，大概最适合小朋友长声吆吆地朗读了，在富于音乐美、图画美的句式中，跳跃着孩子般的欢乐、幽默、调皮和小机灵。如《捉泥鳅》："捉呀捉／捉泥鳅，／泥鳅泥鳅滑溜溜。／捉来捉去捉不到，／妈妈来了捉住个／小泥猴！"

在儿歌创作方面，四川与贵州也不乏高手。被誉为四川"儿歌大王"的邓元杰先后出版了《老师引我上金桥》等五本儿歌集，陈官煊的儿歌在蜀中也颇有影响。贵州的黄鹏先从50年代就开始儿歌创作，尽管以后他遭遇到了命运的沉重打击，但仍坚持几十年不辍，终于在1997年出版了《小星星，亮晶晶》的儿歌集。刘御是云南儿童文学的老前辈，主要从事儿歌创作，他的儿歌注重知识性、科学性与趣味性的结合，如《鸟兽草木儿歌一百首》是滇中儿歌的力作。

缪斯情深，钟爱着西南，尤其对川渝儿童文学格外青睐，为西南文坛撒下了一片片蓬茸的新绿。

C. 西南童话寓言与科学文艺创作

这三种文体同属于叙事文学，又同属于非写实的以幻想精神为主要审美手段的文学品种。有意味的是，西南儿童文学于这三种文体均有出色的表现，在全国同类文体的创作中，具有自己的优势与特色。这或许是西南的山水更容易

激发人们的自由幻想与浪漫精神吧。

西南作家的童话创作，大致体现出两种审美流向。

一种是执着于民间地域文化与多民族生活的丰富色彩，注重营造作品的自然美、古典美，其代表作为云南钟宽洪的童话集《金葫芦》、《白云公主》。这两部集子中的48篇童话，大多取材于边地森林动物故事和少数民族传说，经作家的再创造，使作品显示出一种优美的民间地域文化风格和故事的生动性、神秘性。如《金沙江边三只鸟》、《芙蓉公主》、《公主河》、《滇池的传说》等。钟宽洪还创作了新童话集《王子和猪八戒》。云南白族作家马瑞麟的童话、寓言也有明显的民族民间文学色彩，如取材于民间传说的《"咕咚"来了》。收集了200多则寓言的《忘了大海的海豹》，是马瑞麟寓言创作的力作。此外，康复昆的《小象努努》、《智慧果》、《好娃寻梦》、《芬芬和芳芳》，张祖渠的《九十九个阿爹》、《寻找火种的孩子》等作品，也属于这一审美流向。

第二种审美流向是执着于幻想艺术和现实生活的紧密联系，以"童话"的眼光展现对社会世相的独特观照，使作品具有一种切近时代脉络的社会美、现实美。代表作如四川杨红樱的《寻找快乐林》（曾获1992年海峡两岸童话征文一等奖）、彭万洲的《不愿断尾巴的狗》（曾被列入中国作协第一届全国优秀儿童文学奖入围篇目）、重庆谭小乔的《火药镇》等。《寻找快乐林》描写狐狸一家出门寻找快乐的经过，当它们处处算计别人损人利己时，虽占便宜却不快乐，结果在被人救助时终于悟到了快乐是什么。台湾著名作家林良一针见血地评论说："心怀恶念，怎能快乐？"这篇充满幽默、诙谐、机趣的童话，告诉读者一个真理：快乐在于人与人之间的理解、同情与爱，在于拆解那一道算计别人的恶之墙。《火药镇》写了一个悲剧，一个报应：急功近利的人们射杀了无数飞鸟，而最终也射杀了自己的孩子。作品的旨意实在令人深长思之：那些为了眼前快快发财而不惜滥杀生灵破坏生态的行为与谋害下一代又有何区别？！童话以"回归原点"而结尾更具哲理与警策：人类若一味和大自然过不去，最终必将空忙一场。创作这篇环保童话的作者谭小乔，同时也是一位幼儿文学高手，她写的《打电话》、《呱呱幼儿园》获得过多种奖项。谭小乔

第二十章　崛起的西南儿童文学

倾十年心血创作的 20 万字的长篇儿童小说《小船飘摇》，是她刚刚推出的一部力作（重庆出版社 1999 年版）。该书责编李晓峰有这样一段评述："作者紧扣时代脉搏，其创作视野注目于校园又不局限于校园，而是以校园生活为视角，辐射到社会生活的若干领域，诸如早恋、下暴、走后门、经济犯罪、社会助学、出国访问、贫富悬殊、教育体制改革、贵族学校的利弊，以及市场经济条件下人际关系的重新组合与感情冲撞……凡此种种，都在一定程度上突破了校园小说的传统模式，为读者拓展出更为广阔的审美空间和认识层面。"这是一曲具有鲜明时代特征的都市童谣，一幅多姿多彩的当代都市儿童的生活画卷。这部长篇的出版，为西南儿童小说增添了浓墨重彩的一笔。

西南童话创作近年出现了几位颇有发展潜力的作家，如四川的黄一辉就很不一般。收录在《梦湖》、《小儿郎，小儿狼》两本短篇集中的作品，是一种融诗美、童心美、幻想美于一体的诗意型童话，讲究童话意境、人物个性与美好的结局。上海童话家洪汛涛认为，黄一辉的童话"有着女性的细腻，母亲的挚爱，是童话中的'工笔画'"，体现出一种"乡野的、民间的、自然的、朴素的抒情写意的风格"。（洪汛涛《她就是黄一辉》）

西南的寓言创作有两位具有全国影响的作家，一是重庆的湛卢，二是云南的凝溪。湛卢的寓言集《猴子磨刀》、《狐狸审案》、《审判伊索的寓言》、《乌鸦开画展》等，体现出一位历练人生风雨的智者，对人与人，人与社会、人与自然的深入观察与思悟，字里行间既有心灵的旅程、睿智的微笑，也有对社会弊端和精神病态的讽喻与抨击，表现出一种对社会和下一代认真负责的精神。凝溪寓言的最大特点是追求创新，追求在精巧的结构中蕴含哲理思辨，显示出一种深思熟虑的机智风格。如《大》：

> "大"字问"人"字："为什么在你'人'字上，画上一横'一'，就是'大'字？""很简单，""人"字说："要作'大'事，'人'的肩上就得时刻挑着人生的重担。"

凝溪大概是西南唯一一位毕生从事寓言文学的作家，他已创作了长长短短二千多篇寓言作品，还写了一本47万字的《中国寓言文学史》。

"文革"结束以后，首先引起国内文坛对西南文学关注的，是四川著名科幻小说作家童恩正的新作《珊瑚岛上的死光》。这篇小说一夜之间就风行大江南北，也激起了人们尤其是少年儿童对科幻文学的浓厚兴趣。童恩正还先后创作了《古峡迷雾》、《在时间的铅幕后面》、《西游新记》等。四川是我国科幻文学创作的重心，以"跨越时空，引爆想象"为特色的《科幻世界》（即原《科学文艺》）是我国目前唯一的一份科幻文学杂志，自80年代创刊以来，克服种种困难，终于坚持了下来。在该刊的影响下，四川科幻创作一直保持着良好势头和创作队伍。如成绩卓著的刘兴诗，已先后出版了《星孩子》、《西天游记》等一系列作品，王晓达、吴显奎、海子等，也常有新作问世。

当代西南儿童文学有着多方面的艺术成就，除了以上论及的几种主要文体外，以云南作家乔传藻、吴然的作品为代表的边地绿色散文，也有斐然可观的实绩。边地绿色散文洋溢着一种自然之美、生活之美、童心之美、民俗之美，将把大山阻隔的西南土地上的太阳鸟、金孔雀、蝴蝶泉、清碧溪、泼水节、火花节、秋千会、走月亮等种种美丽迷人的故事和意境，告诉给千千万万的少年儿童，在用真善美构建的一片片散文艺术绿荫里，传达出热爱自然环境、保护地球家园的世界性儿童文学主题。

西南是一块美丽神奇的土地，尽管由于大山的重重阻隔与历史遗留下来的欠账，至今还有不少贫困县，但其丰富的资源与巨大的创造力，注定西南必将崛起于中国经济的地平线。西南文学以及西南儿童文学是一座尚待理论界垦辟的富矿，由于种种原因，至今进山探宝者还不多见。我们希望有更多的有心人来认识、关心西南儿童文学，更祝愿西南儿童文学大有作为的明天。

（写于1998年）

第二十一章
云南儿童文学的精神风采

当我们审视新时期儿童文学蓬勃发展的宏阔景观，当试图把造成这种景观的焦距集中投射于京沪浙苏等东部沿海地区时，我们总感觉到有一股来自大西南腹地的不容抗拒的风，它来带着凌厉、雄健之气，悄然而起，奔袭而来。它是那样的从容不迫，充满自信，而且大有与东部沿海地区一试身手的逼人之势。

这是一股正在飞升的儿童文学劲风。它起于巴山蜀水、云贵高原的青萍之末，它带着大西南腹地特有的那种民俗风情，那种亚热带绿地的神秘色彩，那种多民族生活的丰富内涵。在这一股折射着儿童文学七色之光的西南劲风中，悄然崛起于红土高原的云南儿童文学显得尤为别致、醒目、多彩。

A.云南地处我国西南边疆，山地高原约占全省面积的93%，地形错综复杂，交通严重阻隔。这种特殊的地理环境既使云南远离全国的政治文化中心与沿海经济发达地区，又在文化传统方面造成了某种相对封闭与因袭守旧的复杂定势。云南儿童文学天生注定要受到自身地域环境的影响与制约。毋庸否定，在中国儿童文学史上，云南长期处于"弱小民族"的地位，在诸多领域排不上轮次，有些方面还是一大空白。这是云南的一个劣势。

云南儿童文学的真正发展与崛起是在新时期。这十年，云南儿童文学奇迹般地推出了沈石溪、乔传藻、吴然、辛勤、凝溪、钟宽洪、张祖渠、严亭亭、吴天、康复昆、赵克雯、张焰铎、董祥云、任素芳、菡芳、马赛、汪叶菊、杨玉珍等一个实力雄厚的作家群体。他们奋力拼搏，佳作迭出，不仅实现了"走出山旮旯，走向京津沪"的目标，而且在海内外儿童文学界产生了实质性的影响。当初的"劣势"，在今天看来却实实在在成了云南儿童文学的一个"优势"：滇军的崛起，正遇上了新时期中国儿童文学发展的大好时机。由于云南儿童文学起步较晚——虽然在五六十年代也有一些作家如刘御、彭荆风、刘琦、普飞等涉足过儿童文学，但毕竟未能形成"大气"——因之，它没有因袭的包袱与足以阻抑前进步伐的羁绊。滇军崛起的十年，正是中国儿童文学的传统定势受到新潮美学的严峻挑战，从"教育工具论"等一套束缚创作生产力的旧框框中冲决出来、一个"儿童文学文学化"的无声运动方兴未艾之时。这是云南儿童文学的幸事！

于是，我们高兴地看到，对儿童文学执着的美学追求与自觉的观念更新，成了云南儿童文学作家群体的一种十分可贵的精神品格，也顺理成章地成了云南儿童文学的一个重要特色。

数年前，吴然在探讨促进云南儿童文学发展的对策时，曾说过这样一段发人深思的话："我觉得所谓观念更新，重要的和首要的是变革制约束缚创作力的'教育工具'论、'主题先行'论等一套儿童文学创作思想体系、观念，正如一些同志呼吁的：增强儿童文学的文学归属意识。"（吴然《儿童文学札记》第142页）云南作家的可贵之处，或曰成功之处，正在于对"儿童文学归属意识"的自觉追求与清醒把握。他们排除了各种非文学因素的干扰，整个创作心态既不是焦躁浮泛，企盼着一夜之间产生什么"轰动效应"的作品；也不是急功近利，立竿见影地去配合什么"任务"或"中心"；更不是固步自封，以那些边疆少数民族的特有题材受人青睐而暗自窃喜。他们是真心诚意地热爱儿童文学事业，真正感觉到了"艺术是一桩伟大的事业"，"艺术家只有在锐意追求，渴望表现的时候，才会产生真正的作品"（托尔斯泰语）。巴尔扎克说得好：

第二十一章　云南儿童文学的精神风采

"艺术是最纯的创造。所以伟大的艺术家与诗人,既不等定货,也不等买主;他们今天,明天,永远在制作,从而养成劳苦的习惯,无时无刻不认识困难;凭了这点认识,他们才和才气,才和他们的创造力打成一片。"(《巴尔扎克妙语录》第157页)在乔传藻的"语言像香醇的美酒,更像热带雨林中的果实,甜美而又有余味"(张祖渠语)的森林题材系列散文与动物小说中,在沈石溪那些具有强烈的人性穿透力、艺术震撼力与厚重的生命哲理的中长篇动物小说中,在吴然的清新婉丽、典雅精工的儿童散文与散文诗作中,在辛勤的"题材又新又奇,细节又惊又险"(陈伯吹语)的表现少数民族世态风情的儿童小说中,在钟宽洪、凝溪、康复昆、马瑞麟那些富于幻想美、童趣美、自然美与哲理美的童话寓言中……我们真切地感受到了滇军作家对艺术执着追求的那一种才气、创造力和劳苦精神,那一种追求"真正的作品"的韧性与气度。他们不能容忍自己的平庸,不能容忍因袭守旧而不思进取。他们在暗中较量,他们崇尚独创性的劳动与脚踏实地的开拓。

在这方面,乔传藻对阳光的美感体验与诗意刻绘可以说是一个极好的例证。曾有人从乔传藻的《醉麂》、《太阳鸟》等儿童散文作品中,发现了30多个有关阳光的不同艺术形象。在他的笔下,阳光是有重量的:"热极了,我竟然能感觉出阳光的重量。"阳光是有声音的:"箐沟里出奇地静,静得似乎听得见阳光落在树叶上的声音。"阳光触手可及:"琥珀色的树胶,黏糊糊的,就像粘住了阳光似的,黄丝丝发亮。"阳光举杯可斟:"攀枝花的形状,长朵长朵的,很像红玛瑙琢成的酒杯,花杯里斟满了阳光,多醉人呐!"辛勤说乔传藻的作品是将每一个字打磨得又亮又纯,然后才安在最恰当的位置上的。

这才是真正的艺术追求!滇军作家正是这样的执着地向少年儿童奉献着他们的一切。奉献他们从红土高原横断山脉的原野上、从边疆少数民族的竹楼火塘边采来的鲜花与甜酒;奉献他们对时代、社会、人生的独特思考与感受;奉献他们以情感、意识、物象、人格、个性、才气、禀赋……所熔铸的具有美学特征的,既在这个世界之中却又超乎这个世界之外的另一世界,即无处不有作家本人独特的审美个性与艺术精神在焉的儿童文学艺术世界。

B. 巴尔扎克曾经说过这样一句意味深长的话："获得全世界闻名的不朽的成功的秘密在于真实。"(《巴尔扎克论艺术》)真实是文学的生命，也是儿童文学的生命。云南儿童文学作家有一种可贵的追求真实的现实主义精神。他们把创作视野直接投射于丰富生动的现实人生，坚持从生活出发、从真实出发的原则，引导少年儿童去认识社会，走向人生，走向成熟。事实证明，越是符合生活真实，越是贴近现实人生，越是渗透了现实人生的深刻内涵的作品，就越能契合广大小读者的精神领域与欣赏情趣，越能使文学的情感穿透力和形象感召力在小读者心灵中产生强烈的审美共鸣。考察滇军作家把握生活真实的现实主义精神，借用云南评论家杨振昆的话，大致可以分为以下三种方式：

一是陌生化方式，即将现实生活折射到想象世界中去。沈石溪、乔传藻的动物题材小说与散文，钟宽洪、凝溪、康复昆等的童话寓言，所采用的主要就是这一方式。沈石溪那些脍炙人口的动物小说佳作，如《第七条猎狗》、《象冢》、《牝狼》、《狼王梦》、《一只猎雕的遭遇》等，通过个性化的动物形象的命运和遭遇，构筑起一个充满奇妙幻想和在精神上完全人化了的动物世界，从而来巧妙地折射出现实人生。艺术化了的动物的形象艺术地体现了人的本质：人性的善，人情的美，和人的精神力量的伟大，高扬起热爱生活、热爱生命、崇尚强者、力求进取的旗帜，这些作品对于塑造我们民族未来一代精神性格中的阳刚气质、竞争意识、开拓精神有着特殊的审美价值。凝溪从 1979 年起已创作了 2000 多篇寓言。他的寓言善于在短小精悍、构思奇巧的动植物故事与幻想故事中，捕捉作家对现实社会、对人生哲理的独特感悟与体验，为小读者展开丰富多彩、启人警醒、充实灵魂的感情天地，在思想的制高点上张扬奔放的生命力与灵魂的提升。

二是理想化方式。读吴然的那些清新明丽、优雅精巧的儿童散文与散文诗，总给人一种饮之太和、独鹤与飞的感觉，使人想到冰心的小诗，想到郭风的风格，甚至想到陶渊明的"采菊东篱下"与泰戈尔的《新月集》。吴然在散文集《歌溪》的后记中说："我想在儿童散文中溶入诗的意境和旋律。……我想用一颗纯真的童心去写作，我还想写得美一点，力求把美化为形象；力求把诗情

第二十一章　云南儿童文学的精神风采

融合在养育我的芬芳的土地上，融合在我们的校园里，融合在孩子们以及他们的生活中。"现实世界不可能为孩子们提供尽善尽美的一切，正因为现实世界有缺陷，才激励起人们去追求更高意境的理想世界。吴然的作品充满自然之美，童趣之美，生活之美，民俗之美，他试图通过理想化的创作方式去寻找自己童年的梦幻，寻找曾经失落的人生价值。读他的那些心应虫声、情感林泉的优秀散文诗作，实在是一种精神上的洗礼与审美的愉悦享受，它既能给少年儿童以某种现实缺陷的精神补偿，又能点燃起他们心中追求理想世界的希望之火。吴然的这些作品代表着云南儿童文学的一种重要风格。在乔传藻的动物题材和大森林题材的散文中（如《醉麂》、《太阳鸟》），在张祖渠、普飞、张焰铎、赵克雯等的一些作品中，我们也能同样感受到这种"吴然式"的追求美好生活的诗意情感与牧歌弹唱。他们的心底有着一种真挚的爱的流脉，这是对生活的爱，对民族的爱，对祖国的爱与对未来一代的爱。

三是生活化方式。这是一种直面人生，拥抱现实，对现实人生进行直接把握与展现的方式，它所继承的正是 20 年代由叶圣陶的《稻草人》所开创的现实主义道路。儿童文学的社会意义、认识作用主要就是体现在这类作品中。进入新时期以来，辛勤以其锲而不舍的辛勤耕耘，向小读者奉献出了《小哥俩猎虎》、《摔跤王》（与人合写）、《鬼谷》、《替身演员》、《绿孔雀与金角龙》等多部中短篇儿童小说。他的作品直接契入边疆少数民族的现实生活，以儿童的眼光来观照和摹写发生在红土高原、崇山峻岭中的世态人情，塑造出具有粗犷强悍个性和鲜明气质的少数民族少年形象。《小哥俩猎虎》将佤族少年的阳刚之美、民族的传统意识与现代意识的冲突融合在一个有关人类生息的生态环境问题的故事框架之中，不仅增加了艺术形象的厚度与张力，而且把小说的思想内涵提到高到了一个有关人类的、历史的高度来表现。《替身演员》、《摔跤王》在描绘"小小男子汉"的雄气、硬气、锐气的同时，不动声色地传达出了现代人生的艰难与困惑，在社会文化背景下观照人物的命运，人的生命环境与人的生命意志，为儿童小说创作提供了一个与众不同的思维框架。

对现实人生的深刻关注与细腻刻绘，这是云南儿童文学创作的一个重要特

色。我们很难用简单的归类来规范滇军作家各自的创作风格，但我们却可以说他们的作品都有一种追求现实主义精神的自觉意识。在沈石溪的《脸色苍白的伙伴》、吴天的《老人箐》、严亭亭的《没有鸟的天空》、董祥云的《拄单拐的孩子》等儿童小说中，我们可以感受到滇军作家对人生思考的一往情深与浓重投影，小说与社会的关系、儿童与现实的关系越来越趋向密切。他们在谆谆告诉着小读者："应该咀嚼体验一下人生的苦涩和人世的艰难，给自己准备一副强健的筋骨，以投入未来的生活。"（吴然《儿童文学札记》第210页）

C. 文学史启示我们，任何一个成功作家总是对本民族独有的民族文化倾注着深深的爱并付诸孜孜不倦的艺术刻绘。云南边疆所具有的多民族的聚居、多色调的民俗风情、多层次的山光水色的特点，注定了云南儿童文学必然要在边疆民族的特色方面大展风采。这是云南儿童文学的一大优势，也是他们合乎逻辑的必然选择，考察中国当代儿童文学，大概没有哪一个地区的儿童文学像云南那样富于地域文化的特色了。他们的作品题材几乎全都浸透着红土高原现实生活的鲜活内涵，甚至在创作导向上与某一座山、某一条江密贴在一起；他们所描写的人物的生活环境与乡土风光、民间习俗、时令节序、民族建筑、服饰饮食、人生礼仪、信仰行为、歌舞音乐、娱乐竞技等风景画、风俗画，全都带着边疆民族的山影树影、花光亮彩。从西双版纳原始森林走来的沈石溪，他的笔下离不开热带雨林的动物形象，他总喜欢选择那些具有勇猛、凶狠甚至残忍特色的狼、狗、鹰、雕、大象等动物来表现他的"丛林法则"，折射出人性的亮点与生命光彩。同样以描写动物题材见长，乔传藻则是通过大森林里那些比较温驯美丽的小动物，如小鸟、小猴、小鹿、小麂子来展开他的娓娓动听的叙说与温情脉脉的主题。生活在滇东北山岭的吴天，似乎喜欢使作品笼罩上一层高原冷雨的悲凉气氛，而吴然与张焰铎，总是一往情深地把对故乡洱海苍山的爱倾注到自己的作品之中。应当说，滇军作家在选择题材与生活画面方面是理智的，因为他们有责任把由大山阻隔的大西南边陲那一块美丽富饶神秘的高原土地上所发生的现代人的种种故事告诉给我们的小读者，有责任把有关太阳鸟、金孔雀、蝴蝶泉、清碧溪、泼水节、火把节、秋千会、走月亮……种种美

第二十一章　云南儿童文学的精神风采

丽迷蒙的故事告诉给当代少年儿童。否则，中国儿童文学的长廊，就会因民族特色的残缺而显得苍白乏味，色调呆板。

关于儿童文学的民族特色问题，我们有必要在这里稍稍作点发挥。众所周知，科学进步的标准在世界性统一尺度，但作为意识形态的文学的进步，却在于它的独创性。"某一作品是世界的，它首先应是民族的。"文学在时间上是时代的，在空间上又是民族的。一个民族只有反映出特定地域的社会生活，才能有别于其他民族文学而存在。但光是这样还不行。因为真正的民族文学不仅需要描绘本民族的生活特色，更需要表现本民族的时代精神；不仅需要刻画具有本民族生存之所有的鲜明的地域文化的风土人情，更需要在此之中凸现本民族的精神个性与历史文化精神。如果我们从一个民族的文学，尤其是儿童文学里，竟然看不到这个民族特有的思维方式、价值观念、审美理想和对事物的特殊态度，那么这个民族的处境便是无限的，也是可悲的，这样的儿童文学作品便是苍白的，也是失败的。我们看到，云南儿童文学作家似乎在追求那一种属于红土高原的特异地域文化情调的同时，已开始意识到了把握与揭示在这地域文化的背景上生长起来的民族个性、精神气质、现代意识的重要性与艰巨性，已开始感悟到了经由美丽动人的文学形象去透显出民族的历史文化背景，传达出一种激动人心、潜移默化于未来一代血脉之中的审美效应与精神启悟的现实意义。这比从表面层次上描写亚热带雨林的神秘富饶、南疆边陲的奇山异水、竹楼火塘的远古传说、阿佤山乡的风俗民情要困难得多，意义也要深远得多。在这方面，我们应当说滇军作家的认识是清醒的，他们公开表明："堪称体现了边疆民族特色的优秀之作，在云南儿童文学创作中并不多。……我们应该丢掉那种过份虚化的神秘感，更不要把某种落后的、保守的、愚昧的东西作为'特色'来炫耀，来歌颂。重要的是，实事求是地全面考察云南的特点，把注意力集中到人物上来，努力地以探索儿童的心理为前提，以描写社会人生为主体，特别应该把握当代少数民族儿童的思想脉搏，体验改革时代各族少年儿童心灵的悸动。"（吴然《儿童文学札记》第145页）

这是"走向大气"的宣言，"走向大家"的气度。滇军作家没有在已有成

绩面前止步，他们正在不断反思，不断进取，不断登攀。他们有信心，也有能力，用自己的双手去捧起云南儿童文学的太阳！

（写于1991年）

第二十二章
动物文学的精神担当与多维建构

一

人类对于动物，实在有着说不尽的永恒话题。

人由动物进化而来的历史，先在地决定了人类与动物的天然亲缘关系和一往情深的亲和力。早在两三万前，动物作为艺术形象就已进入了人类的审美创造视野，原始人遗留下来的史前岩画及其图腾崇拜物，几乎无一例外地都选择了动物。而在漫长的文学史长廊中，动物更是无处不在、无所不在的永恒形象。

人类的祖先早已通过作为东方文学源头的《诗经》、《罗摩衍那》和作为西方文学源头的《荷马史诗》、《古希腊神话》等，提出了一些具有永恒属性的命题及其对这些命题的理解。这些命题包括：人与神，爱与恨，生与死，正义与邪恶，荣誉与耻辱，战争与和平，人生的局限和无奈等，而人与动物的关系，则是其中格外绚丽多彩，别具意蕴的命题。

中国的《诗经》开篇即是"关关雎鸠，在河之洲"。一种叫"雎鸠"的美丽鸟儿，亭亭栖在波光潋滟的河中央，关关地鸣叫着，开启了中国文学的华美篇章。孔子说，诗的作用在于"兴观群怨"，可使人们"多识于鸟兽草木之名"。孔子的诗教，岂只是希望人们熟识鸟兽草木之名而已，而在于引领众生俯仰天地，万物一体，广大心性，到达厚德载物、天人和谐的仁道之境。这就是中国文化/文学的原典精神。

无论是中国文学，还是外国文学，动物作为艺术创造对象与审美表现对象，都曾经历了渔猎时代的动物神话，农耕时代的动物童话、寓言和传说故事，以及现代的动物小说三个阶段。前两个阶段的动物主要是以民间文学的艺术形式承续下来的，而且品类十分丰富。美国学者丁乃通在《中国民间故事类型索型》一书中，列出的中国动物故事类型就多达 299 种。动物小说是现代动物文学的主要文体，或者说现代动物文学的核心是动物小说，此外还有动物散文等。

动物文学不同于以"原始—儿童思维"为特征而创作的动物神话（如《白蛇传》）、动物童话（如《狐狸列那的故事》）、动物寓言（如《伊索寓言》中的动物）、动物传说故事（如《狼外婆》）。动物小说是以动物作为艺术主角，按照动物"物的逻辑性"原则而创造的一种动物题材叙事性文学作品，并严格遵循现代小说艺术的"人物、情节、环境"三要素原则。动物小说最典型的表达方式是以第三人称为主（偶尔也有第二人称），作者以身临其境的"在场感"直接表现动物世界的生存法则和生命意蕴，而且动物都"不开口说话"，即使偶有开口说话的动物（如英国作家理查德·亚当斯的《Watership Down》）也只是动物与动物之间"说话"，而不是与人"说话"。而动物神话、童话、寓言、传说故事中的动物，都能"开口说话"，而且主要是与人"说话"。

动物文学的主要特征集中在以下三方面：

一是动物中心主义。动物文学放弃以人类为中心的理念，强调人与动物的平等地位，呼唤人们关爱动物，尊重动物，树立"动物—生态道德"的观念，并进而从动物世界中反思、寻求人类的精神价值。

二是强烈的荒野意识。这不仅是指动物文学已将目光从人与人、人与社会的视角，转向人与动物、动物与动物的丛林、高山、大海、草原等"荒野"世界，更是指人们希望在荒野中找回曾经失落的精神，寻求拯救地球实际上就是拯救人类自身的途径。正如创作不朽自然文学《瓦尔登湖》的作者梭罗所说"只有在荒野中才能保护这个世界"，而《论自然》的作者爱默生说得更彻底："在丛林中我们重新找回了理智与信仰。"

三是动物文学有自己独特的文学形式和语言。被誉为"中国动物小说大王"

第二十二章　动物文学的精神担当与多维建构

的沈石溪，对动物小说的文学形式提出过这样的观点："一是严格按照动物特征来规范所描写角色的行为；二是沉入动物角色的内心世界，把握住让读者可信的动物心理特点；三是作品中的动物主角不应当是类型化而应当是个性化的，应着力反映动物主角的性格命运；四是作品思想内涵应是艺术所折射而不应当是类比或象征人类社会的某些习俗。"（沈石溪《闯入动物世界》）沈石溪对动物小说审美创造的理解及实践经验具有一定的普遍性。

二

动物文学是当代文学的一个独具艺术魅力并拥有充分自主发展前景的文学门类。进入新世纪以来，这种文学越来越引起全社会的关注，而且极有可能成为未来文学发展的一个重要生长点。动物文学的这种"上升"态势，是与其独特的价值及其这种价值在当今世界所彰显出来的重要性分不开的。对此，我们可以从不同维度加以论析。

首先是生态文明与生态道德的维度。

就在笔者撰写这篇序言时，一行触目惊心的文字正映入眼帘："物种灭绝让人类焦虑。现在地球上平均 1 小时就有一个物种灭绝，这个速度是自 6500 万年前恐龙灭绝时代以来最快的。""《今日美国报》18 日称，全世界 68 亿人口在 2007 年已经消耗了这个星球 50% 以上的生态资源，这意味着到 2030 年，我们将需要第二个地球。英国《自然》杂志称，50 年后 100 多万种陆地生物将从地球上消失。因为人类活动造成的影响，物种灭绝速度比自然灭绝速度快了 1000 倍"。"美国哈佛大学教授威尔森认为，地球上一共发生过 5~6 次大规模物种灭绝，以前几轮是由于地质灾害或者其他星球撞击地球造成，而现在这轮物种灭绝主要是人为的对环境的破坏和不正当的利用。"以上文字见于 2010 年 10 月 20 日《环球时报》。这是该报记者参加 10 月 18 日在日本名古屋召开的"全球《生物多样性公约》第十次缔约方会议"采写的通讯。联合国环境规划署执行主任阿希姆·施泰纳在 18 日的开幕式上大声疾呼："世界无法再承受自然生物的继续消亡了，我们正在摧毁地球生物。"但就在昨天

清晨,中央电视台播报的全球新闻中,我又看到了这样一条使人惊心的消息:由于猎杀一只野生虎可以获得 30 多万美元的暴利,现在东南亚丛林中的野生虎数量已从十年前的 1.2 万只,锐减到现在的 270 只!

人类正在摧毁地球生物,摧毁这个人类赖以生存的星球。人类如何看待人类以外的其他物种?为什么人类曾激情地礼赞、刻绘甚至崇拜过的物种如今却遭到了摧毁的命运?人类究竟要干什么?人类的文学面对这种乱象又能做些什么?

面对全球日益严重的生态危机、生存危机,人类必须反思自身的行为,必须树立生态文明、生态道德的观念,培养人类特别是青少年儿童(因为世界的未来是属于他们的)的生态道德,摒弃人类中心主义,拓展道德共同体的界限,承认自然界的内在价值,赋予自然界特别是动物永续存在的权利,进而从征服自然、灭绝动物的狂热中走上回归自然、天人和谐的道路。大自然文学的实践者刘先平近年力倡生态道德,呼吁新世纪"急需建立对于自然、环境应具有的规范行为,以调节人与自然之间的关系,消解环境危机,建立人与自然的和谐。这是时代向我们提出的重大命题"。"生态道德在全社会的树立,是个艰难和长期的任务,需要启蒙和培养的过程,对一个人说来甚至是终身的,这正需要文化发挥其熏陶的功能。"[①] 而动物文学,正是对全社会特别是对广大少年儿童培养、树立生态道德的最好的中介和读物。

动物文学的重要价值,还深刻地体现在对少年儿童"精神成人"的作用和意义上。

由于少年儿童的精神生命对动物具有天然的亲和力,因而动物形象自然而然地成为儿童文学最重要的艺术形象,动物小说也自然成为儿童文学小说创作中最重要的艺术板块。动物文学对少年儿童的"精神成人"具有其他文学样式不可取代的作用。我曾在《论沈石溪》一文中提出:"儿童文学对儿童生命成长的关注还有一种独特的向度。这一向度主要是从自然的、精神的、心理的、

[①] 见 2010 年 10 月 29 日《文艺报》。

第二十二章　动物文学的精神担当与多维建构

原始思维与原生态的角度，观照儿童的（而不是成人的）生命存在状态与生命向力，力图寻求儿童心灵深处所潜伏的幽远隐秘的原始生命密码与人类往昔生命历史的血脉联系，着眼于对最富于人类自由天性与最接近人类自然灵性的儿童精神世界和自然世界（如动物世界、植物世界、原始人类世界）的描绘与展示，对人类生命发生与发展的一些本体性与永恒性的命题作象征的表现和艺术的思考；其作品的价值意义在于：从人类整体生命的制高点上，为少年儿童提供生命力奔放与灵魂提升的艺术载体，重在自然人格、生命人格、原始人格的启悟与烛照，使儿童在走向'社会人'生命的同时保有'自然人'生命的基因与力度。"这一向度的审美指向之一，"是执着于对'动物性'——与儿童生命世界有着最密切的天然联系的动物世界的探索，艺术地再现和描绘动物世界的生存法则、生命原色，及由描绘动物世界带来的对博大自然界的由衷礼赞"。动物文学直接搭建起作家与少年儿童关于生命、关于生存、关于自然等具有深度意义的话题平台，为少年儿童提供了比其他儿童文学样式更多的关于力量、意志、精神，关于野性、磨砺、挫折、苦难以至生与死、爱与恨等的题材和意蕴。阅读并领悟动物文学所具有的这种独特而深刻的精神内核，对成长中的少年儿童不失为一种"精神补钙"。

三

在中国，现代意义上的动物文学自 20 世纪"五四"新文化运动以后就已开始出现，鲁迅的《鸭的喜剧》、《兔和猫》、周作人的《百廿虫吟》、沈从文的《牛》、叶圣陶的《牛》、丰子恺的《养鸭》、萧红的《小黑狗》、老舍的《小动物们》、巴金的《小狗包弟》等，成为中国现代动物文学初创阶段的重要收获，并形成自身的一些特征：一是以动物散文为主，较少动物小说；二是描写对象以家畜宠物为主，极少野生动物；三是以人的主体性为主，借动物寄寓思考、抒发情感，对动物习性的观察、描写细致准确。现代动物文学的这种"寓言式文体"模式承续了很长时期，直至进入 20 世纪 80 年代，这才出现了根本性的变革，并迎来了"风起云涌"的发展新阶段。这种"风起云涌"

的局面突出体现在动物文学作家队伍的不断壮大，审美追求与艺术重心的不断拓展。新时期以来的动物文学作家队伍主要由下列三股力量组成，并在动物文学创作中呈现出不同的艺术倾向与创作风格：

一是关注生态文明、力倡生态道德的作家。他们秉持新的人与自然观，足迹遍及高山、江河、沙漠、荒野，虽然作品的命名不一，被称为"大自然文学"、"生态文学"、"环境文学"、"生命状态文学"等，但动物始终是这类文学锁定的主要艺术形象。代表作家有徐刚、刘先平、方敏、郭雪波、李青松、哲夫等。刘先平的大自然探险小说如《呦呦鹿鸣》、《大熊猫传奇》、《千鸟谷追踪》等作品，通常被儿童文学界视为适合儿童审美接受与阅读心理的文本。

二是一批以创作人间社会为主业同时也将目光转向动物世界的作家。他们的动物文学过多地包含了社会学的成分，借动物以折射人类，甚至是"事有难言聊志怪，人与吾非更搜神"。"由于其他种种原因而不能放在人间表现的人间问题，却借着动物世界的掩护，不留口实地得到了确切而透彻的表现，从而了却了作家的一份心愿，完成了文学应有的庄严而神圣的使命。"（曹文轩《动物小说：人间的延伸》）这类"人间延伸型"的动物小说，主要集中在20世纪七八十年代，如宗璞的《鲁鲁》、乌热尔图的《七叉犄角的公鹿》、冯苓植的《驼峰上的爱》等。新世纪的代表作有贾平凹的《怀念狼》、姜戎的《狼图腾》、杨志军的《藏獒》等

三是以儿童文学作为自己目标与志业的作家。他们的创作追求与审美取向，不但有力地扩大了中国现代动物文学的艺术版图与艺术成就，而且更是将动物文学的旗帜牢牢地插在了儿童文学领域，一大批优秀作品已成为滋润少年儿童生命成长的精神钙质。代表性作家有：沈石溪、金曾豪、蔺瑾、李子玉、梁泊、牧铃、乔传藻、刘兴诗、朱新望、李迪、刘绮、薛屹峰等，以及更年轻的格日勒其木格·黑鹤。

对于自然生态、动物的态度和重视，儿童文学比之成人文学似乎觉悟得更早。毕竟世界的未来是属于儿童的，而儿童的天性又更接近自然，热爱动物、植物，因而儿童文学也就自然而然地更关注自然万物，将动物世界、植物世界

第二十二章　动物文学的精神担当与多维建构

与人的世界一起纳入创作视野。早在20世纪30年代，作为现代儿童文学先驱之一的茅盾就曾提出：儿童文学"应当助长儿童本性上的美质——天真纯洁，热爱动物，憎恨强暴与同情弱小，爱美爱真"。（茅盾《再谈儿童文学》）。

儿童文学领域范畴的动物小说创作，勃兴于20世纪80年代，其发展轨迹与艺术策略大致经历了三个阶段。第一阶段的动物小说蕴涵着较为明显的社会学含量（这与同时期成人文学中的动物小说有相似之处），重在人的主体性，以人的视角看动物，以人与动物的关系隐喻人间社会，动物形象通常具有象征性和寄寓性，更多地承载着现实人世与文明秩序的道德理想和世俗期待。如沈石溪的《第七条猎狗》、《一只猎雕的遭遇》、《退役军犬黄狐》，朱新望的《小狐狸花背》等。第二阶段的动物取得了艺术"主体"的地位，从动物的视角看动物、看世界；作品的场景完全是动物世界，只有动物与动物的生命较量、冲突与丛林法则，动物的生死离别、爱恨情仇、荣辱悲喜等错综复杂的"兽际"关系成为描写的重点。代表作如沈石溪的《狼王梦》、《红奶羊》，金曾豪的《苍狼》，蔺瑾的《雪山王之死》、《冰河上的激战》，方敏的《大迁徙》、《大绝唱》，黑鹤的《黑焰》等。第三阶段的动物小说延续至今，还在不断探索、实验之中，其特点是力图从动物行为学的"科学考察"角度，深入动物内部本身，还原动物生命的原生状态。这有沈石溪的《鸟奴》，方敏的《熊猫史诗》等。

动物文学（主体是动物小说）已成为当代儿童文学审美创造的重要类型。由于动物文学所具有的思想文化内涵的丰富性、深刻性，艺术呈现方式的神秘性、可读性，艺术形象的鲜明性、独特性，因而赢得了广大少年儿童的喜爱，并成为他们精神补钙的上佳产品。这一现象自然引起了评论界的关注，有关动物文学与儿童生命成长、动物文学与生态道德建设、动物文学与未来社会发展，以及动物文学的叙事艺术、动物文学的形象塑造、中西动物文学的比较等，正在成为文学研究新的课题。与此同时，系统梳理和评鉴现代中国动物文学的代表性成果，将最具原创力、影响力、号召力的一流动物文学主要是动物小说作品，重塑出版，使其在"人与自然和谐生存"与新世纪生态文明建设中发挥更

大的作用,对广大读者尤其是少年儿童产生更为积极的影响,这已成为具有文化担当与社会责任意识的出版人责无旁贷的任务。

(写于 2010 年 11 月)

第二十三章
儿童文学新品种的实验

　　文学体裁是随着文学创作的发展而发展、随着文学接受对象阅读经验的变化而变化的。"五四"以前，我国儿童文学的体裁样式十分单调，大概只有儿歌（童谣）、民间童话的样式尚称完善。经过"五四"新文学运动的洗礼与现代儿童文学先驱者的拓展，大致在二三十年代，我国儿童文学的文体已粗具现代规模，这主要有儿童小说、艺术童话（含寓言）、儿童诗、儿童散文、儿童科学文艺、儿童影剧文学等。经过半个多世纪数代儿童文学作家精心培育，这些文体现在已相当成熟，相当完善。随着当今世界科学文化的突飞猛进，文学创作新观念、新方法、新文体的不断涌现，儿童文学的文体样式也出现了新品种。本章要探讨的少年自我历险小说、新童话、亲子小说与文字诗即是其中的几类。当然，这些所谓"新品种"尚处于实验性阶段，还有一个经受时间与读者对象检验的过程。但是，新品种的出现，无疑给儿童文学领域吹来了一股清新的风，启迪人们对创作现象进行多维多向思考。文体样式的发展更新还有一个继承传统的问题。本章对儿童文学的一种特殊文体——古典名著的"少儿版"改写，所提出的一些看法，即是基于对传统

文学的思考。自然，这些探讨与思考是否合理，正与其探讨的对象一样，也有一个经受时间与读者对象检验的过程。

一、少年自我历险小说

这一新品种是与广东作家李国伟的名字连在一起的。

初识李国伟是1991年10月的"九寨沟金秋笔会"上。此君穿一身茄克、牛仔裤，卷发乌黑，双眼炯炯，一身风尘扮相，很像一位随时准备远行的游侠。果不其然。他告诉我，笔会结束之后，还将去西藏拉萨，机票已预订好了。他说，他最爱好的是旅行与冒险，他曾在边境真刀真枪地打过一仗，这几年已写了6部"少年自我历险小说"。

哗！打过仗，还出了6本书！此君值得引起我的注意。不久，我在《广东作家》上读到一则有关李国伟的文章。

李国伟的本职是广州《少男少女》杂志的编辑部主任，终年忙于看稿、编稿、发稿。但同时又是一位勤奋的儿童文学作家。1985年，广东儿童文学元老黄庆云从香港带回几本"少年自我历险小说"译本，她告诉国伟，这是海外近年出现的一种儿童文学的新品种，很受小读者欢迎。从小喜欢历险，也真有过一些历险经历的李国伟，立刻就被这种新文体迷住了。在黄庆云的鼓励下，1987年他写出了国内第一部自我历险小说《少年警队》。自此一发而不可收，他又一口气写了《连环大追捕》、《藏宝地图》、《C计划行动》、《诺西森林的野人》、《误闯毒窟》等。

"少年自我历险小说"一问世，就得到了小读者的青睐。《少年警队》很快再版，总印数已达35000册，并与《小兵张嘎》等名著一起，被中国少年儿童出版社列入"小学生丛书"。《连环大追捕》也再次印刷，订数过万。而《藏宝地图》、《诺西森林的野人》等曾以四整版、八整版的篇幅在《岭南少年报》上连载。

为什么"少年自我历险小说"能得到孩子们的欢迎？依我之见，成功的秘诀正在于"自我"与"历险"。阅读是一种灵魂的探险，它可以打破单一思维

第二十三章　儿童文学新品种的实验

模式，给人以多种体验与刺激，使人在探险中走向成功，而成功的目击与体验则能使人意识到人的本质力量的伟大。人与生俱来就有一种好奇心理与探索欲。可以说，人类群体从混沌初开到现代文明，人类个体从孩童到成年，一直处于不断探索、不断破译"秘密"的运动过程之中，少年人在这方面表现得最为明显，尤是男孩。历险、冒险、探险、侦探、破案、揭秘……这是他们最为神往、最为津津乐道的开心乐事。正是在不断扩展对外部世界与未知领域的认知过程之中，孩子们才变得越来越聪明机灵，勇敢坚强，才由少不更事逐步走向成熟，走向人生风景线。

但是，人生真正的历险机会毕竟不多，尤其是生活在父母、家庭重点保护之下的少年儿童。于是，没有历险机会的小读者，便只能到历险小说、侦探故事、流浪汉文学以及神话童话中去寻求刺激与宣泄，体验孤舟漂流、闯荡江湖、深入虎穴、秘密追踪、风雨兼程、浪迹尘世、仗义行侠、斗智斗勇等等"历险"经历的情绪震波与心理满足。

传统的历险、流浪题材作品，无论是马克·吐温的《汤姆·索耶历险记》、艾·马洛的《苦儿流浪记》，还是高尔基的自传体三部曲（《童年》、《在人间》、《我的大学》），其叙事视角，都是通过"作者全知观察法（第三人称）"或"作者主观观察法"（第一人称）来铺叙故事、展开情节的；读者始终不能真正进入角色、投入情感，而只能以旁观者的身份来欣赏与分享作品主人公的历险过程和精神愉悦。新品种"自我历险小说"恰恰相反，它是以"读者直接投入法"即用第二人称"你"作为小说叙事视角的。当"你"（小读者）一打开作品，"你"就已成为书中名符其实的主人公了。"你"直接投入到小说所有的情节与细节之中，小说的情节发展必须由"你"来推动，小说的故事结局也必须由"你"来选择。这样，少年人的历险渴望与好奇心理，在这种"直接投入"的特殊结构之中，便得到了很大的满足。读者、作者与作品主人公三者之间浑然一体，你中有我，我中有你，分不清究竟谁在创作作品，谁在导演故事，谁在推动情节。——这就是"少年自我历险小说"与其他小说最大的不同之处，也是为什么称做"自我历险"的原因。

这种别出心裁的小说结构还有另一显著特点，即游戏精神。它既可当作小说解读，一个人细细体验作品的妙处，也可以当作游戏来"玩"，由一个人、几个人，甚至几组人，一起来选择故事的发展趋势，展开故事情节。这类小说的开头都有这样一句话："警告，千万不能按页码顺序一口气读完！"

原来，作品每一关键之处，都如来到三岔路口一样，为"你"设置了一个乃至数个不同的选择。例如《连环大追捕》第3页的结尾处有这样的"选择"："如果你准备冒险去追赶那个嫌疑犯，转第4页。如果你准备打开车门救人，转第5页。如果你不想多管闲事，立刻跑离现场，则转第6页。""你"必须根据自己的兴趣、判断和意志，选定下一步的发展趋向。不同的选择，将会把"你"引向不同的故事结局：或马到成功，或遭致失败，或柳暗花明，或陷入迷阵。这就像玩电子游戏机一样，操纵游戏机的按钮始终掌握在"你"的手里，游戏的进展与结局，完全取决于"你"的兴趣与智慧。于是，小读者便从故事中得到了游戏的真正乐趣，看一本书，也就等于看了许多本情节发展不同、结局也完全不同的书。且看《少年警队》的内容简介：

> 几个潮汕籍孩子被歹徒拐骗到了某边境城市，机智勇敢的少年警队队员们全力营救……
>
> 哗！这是一本多么与众不同的书！你就是故事中的主人公，而且是个队长。你在各种关键时刻所作的抉择，将影响故事的发展和结局。
>
> 开始，你也许会为自己不很明智的选择而懊丧。没关系，你可以从头再读，32条线索，28个结局任你挑选。读这本书，等于读很多本书。
>
> 这部中篇自我历险小说，可以满足你的冒险欲望；可以丰富你的想象；可以锻炼你的判断思维能力；可以使你在娱乐中学会应付现实生活的本领……

自我历险小说为小读者展现了一片广阔的历险领域，又为他们提供了一个智力、道德、人格和素质的综合训练机会：

第二十三章　儿童文学新品种的实验

　　森林中迷路不用惊慌，因为，还有很多辨别方向的办法，就看你有没有这方面的常识。比如，利用月亮作方位物时，它的缺面究竟是指向东面还是指向西面？在自我历险小说中，"你"可以学到天文、地理等各方面的知识。

　　探险中，"你"被愚昧的土人捕捉。突然，看管"你"的土人遭毒蛇咬伤。这时，"你"是乘机摆脱受伤的土人逃跑，还是不顾安危留下来救护伤者？品德高尚、富有同情心的"你"留下了，"你"从此获得了土人们的信任，在土人的帮助下取得了成功。而选择逃跑的"你"很快就会发现，这原是土人为考验你而设置的一个圈套，"你"不但逃跑不成，还把自己推向了绝境……

　　在自我历险小说里，勇敢、聪慧、知识面广的孩子，往往都能获得成功。反之，性格、心理有缺陷，知识贫乏的孩子，很容易走上岔道。（李国伟：《《我写自我历险小说》）

　　"少年自我历险小说"是儿童文学的一个新品种，李国伟是这种新品种的勇敢而有成绩的实践者。他曾不无自信地说："我敢说，在中国写这种少年自我历险小说的，我是第一人。"现在，他已完成了10部这样的小说，每部10余万字，组成了一个"少年自我历险小说系列"。

　　这是一种"敢为天下先"的可贵的探索与开拓精神，也是一种彻底服务儿童、投身儿童文学事业的奉献精神。我们希望李国伟能写出更多更好的具有中国作风与中国气派的为中国小读者津津乐道的优秀"少年自历险小说"，为中国当代儿童文学进一步增添亮彩。（写于1991年）

二、亲子小说：文学与医学的融合

　　童年只有一个。报章的彩色广告提醒我们："童年，不要留白。"多少人在为健康活泼的儿童铺设更美好的环境，而那些经常接触白色——医院、医护

人员、药——的孩子,更需要大家去关心他们,让他们的小生命,不要留"白"。

——这是台湾儿童文学作家陈玉珠在她的亲子小说《无盐岁月》序文中的一段话。我引这段话作为本文的开端,只是想重复同样一句话:"童年,不要留白。"然而遗憾的是,年年岁岁总有那么多的孩子,会在他们的童年时代留下"白"色的记录。这种"白",不仅有看得见的肉体身躯上的疾病,也有看不见的精神心理上的创伤。医治儿童精神心理方面的创伤,主要是儿童精神科医生的职责,需要医护人员多方面的疗理。但是,现在,儿童文学作家也加入到这一疗理行列中来了,他们用爱心为童年留"白"的孩子献上一份特殊的"药物"——亲子小说。

亲子小说是1990年在台湾出现的儿童文学新品种。第一本亲子小说是由台湾幼狮文化事业公司于1990年2月出版的《无盐岁月》(陈玉珠著)。策划"亲子小说系列"的幼狮文化公司编辑部在《编序》中对丛书宗旨作了如下介绍:"随着社会脚步的迈进,儿童和青少年总是已经成为社会问题中极重要的一环;我们相信亲子间的了解与沟通才是解决问题的根本之道,因此策划了'亲子小说系列'这套丛书。'亲子小说系列'的基本构想是,将儿童和青少年在成长过程中可能遇到的问题,加以整理之后,敦请作家以小说形式表达出来,并由专科医师加以解析,指示问题解决之道。经由这种新鲜而富创意的做法,读者一方面在浓厚的文学气氛中,兴味盎然地进入主人翁的心理世界,一方面也由专家处获得了有关问题的知识。……许多孩子得到父母和亲友的关心,却也只能独自面对成长中的青涩和苦闷。社会应当付出更多的爱与参与,开创一个充满容忍和体谅的空间,让孩子除了拥有欢乐的童年,也健康、明朗地度过青少年时期。"

可以明确无误地说,亲子小说实际上是一种纯心理小说,它不同于一般意义上的我们通常所见到的少年儿童小说——那类作品,无论是马克·吐温的《汤姆·索亚历险记》、亚米契斯的《爱的教育》、约翰那·斯比丽的《海蒂》等世界名著,还是茅盾的《大鼻子的故事》、王安忆的《谁是未来的中队长》、刘厚明的《绿色钱包》、沈石溪的《第七条猎狗》等饮誉中国儿童文学界的优

第二十三章　儿童文学新品种的实验

秀之作，其创作意图、价值功能，或在于帮助、引导少年儿童认识社会人生与自然环境，或在于对小读者实施思想、伦理、价值观念等的化育，或注重于审美修养，或倾向于娱乐性情。而亲子小说则不同，它是以各种原因（如身体病痛、家庭问题、学校生活、同学关系等）引发的患有严重心理疾病的孩子作为描写对象，小说的故事情节、人物性格、细节等都是围绕着小主人公的疾病而展开的；作家在引导读者一步步深入作品人物心理世界的过程中，潜移默化地传达出作品的文学精神，在一种特殊的社会文化背景下，观照人物的命运，人的存在环境与人的生命意志。

陈玉珠的《无盐岁月》，通过小哥哥倪大朋的视角，描写患有慢性肾脏病而滴盐不能沾的小妹妹雨燕日常生活中的种种琐细事件。作品围绕着这位可怜女孩的"无盐岁月"，展开了一系列情节与矛盾：在家庭方面，父母怎样对待病弱儿，其他家人怎样与病弱儿相处，医疗方面的困扰、家庭经济的影响、生活方式的适应等；在学校方面，老师怎样与家长配合，健康的师生怎样协助病弱儿，病弱儿怎样适应校园生活等。木子的《妈，求你答应我》描写一个性格内向、十分敏感而又争强好胜的小男孩，由于父母管教态度的不一致——母亲的过分溺爱而父亲对他有较大的压力与排斥，加以转校就读体力难以负荷、不适应激烈竞争的中学生活，以及老师十分不恰当的批评等，使他对学校，尤其对音乐课产生厌倦和恐惧，最终引发各种各样的身体不适，如头晕、头痛、肚子痛等症状，演变成一个患有典型的"惧学症"与"拒学症"的学童。作品的结尾，描写一家人对反锁在房间里的小男孩张清和焦急万分，孩子在里面大声哭喊："妈求你答应我，我不要休——学！我—要—退—学！"在一声声凄楚的请求声中，小说戛然而止，使读者对小主人公的命运产生极大同情与共鸣，掩卷凝思，不禁黯然。

由此可见，亲子小说所提出和试图加以解决的问题是：如何正确对待患有某种严重的精神心理疾病的少年儿童，如何为他们创造一个和谐宽舒充满爱心的环境，使未来一代成为灵肉健全、性格开朗、活泼进取的强者而不是背负人生痛苦的弱者。显然，亲子小说的价值功能是有别于那些以认识社会人生、进

行思想道德教育为主要创作意图的社会性、教育性少儿小说的。这是亲子小说的第一个特点。

亲子小说的第二个特点是：作者与读者的双向互补性。先谈作者。通常我们所见到的小说都是由作家写成的，这似乎是一句多余的话。而亲子小说则不然，它是由两种人——医生与作家共同写成的。据台湾"亲子小说系列"丛书总序作者、台大医院儿童心理卫生中心医师宋维村介绍，这套丛书的写作经过是：先集合全台湾有经验的儿童精神科医生讨论儿童心理疾病的情况，然后选择主题，并向作家提供有关病例资料，再由作家构思，创作故事情节，完成作品；最后，由医生写一篇医疗方面的文章，结合小说人物心理疾病的分析，提出疗理方法，供儿童的父母和老师参考。所以，每一本亲子小说都分成两部分：第一部分是本文，描述该心理疾病的故事；第二部分是附册，系"医生的话"。这是文学与医学的结晶，形象思维与抽象思维的合成。

再说读者。通常儿童文学的读者对象主要是少年儿童，偶尔也有成年人。但亲子小说明确规定是为两类读者——儿童和成人写的。小说的本文主要供少年儿童阅读，使小读者通过观照作品中主人公的故事，有助于了解身旁同伴的心理和行为。而作品附册"医生的话"，则是供父母师长阅读的，使成年人能透彻地了解该心理问题，以及有关与孩子沟通、引导和配合治疗的方法。

显而易见，亲子小说的作者、读者与传统读物有明显不同。（1）作品必须有两种人——作家与医生的共同配合、密切合作才能完成。作家如果离开了医生，作品就会失去医学科学的合理诠释与支撑，成为无的放矢的平庸读物；更何况，有关小说中的病例个案还是由医生提供的。而医生如果离开了作家，理论之树自然也不会开出形象思维的绚丽之花了。（2）作品必须有两种人——儿童与成人的共同阅读才有意义，否则，离开了任何一方的阅读，都会从根本上消减作品的价值作用。其实，"亲子小说"的文体名称，已经揭示了读者的两重性。

亲子小说是一种实验性很强的儿童文学新品种。这类作品到底有多少社会价值与文学意义，还有待于时间的检验。但它却启示我们：儿童文学是一个广

第二十三章　儿童文学新品种的实验

阔的天地，一切真心诚意地献身于这个事业的作家，都可以发现并发挥自己的聪明才智。文学不仅可以与科学结合，产生科学文艺，也可以和医学结合，产生亲子小说。只要善于耕耘，必会有所突破。同时，也让我们看到，儿童文学作家要有所创新、有所作为，必须花功夫真正深入儿童生活，深入到他们的心理世界中去。当代世界儿童文学的分工已越来越趋于细密，不仅有供各个年龄阶段少儿阅读的少年文学、童年文学、幼年文学，而且还有针对某一类孩子的具体问题（例如不同种族、父母离异、战争创伤、独生子女等）而创作的作品。亲子小说的出现，再一次说明了这种趋向。对于儿童心理世界的密切关注与思考，无论过去、现在还是将来，都是儿童文学创作中的一个顺理成章的基本主题。（写于1991年）

二、双媒互动小说

世纪之交，随着科学的发展，一切尽在瞬息万变之中。今日中国，网络技术已渗透进生活的各个领域，文学也不可避免地受其"侵入"。电脑的介入，使文学以纸张为物质媒介的这一传统载体特性受到改变，文学创作与阅读不再固守于印刷纸张，14英寸的电脑屏幕似乎才是当今年轻作者与读者更为钟情的对象。于是，一种崭新的文学模式悄然问世了，这就是网络文学。

网络文学主要指各种发表在互联网上的文学作品。它采取了新的刊发与传播载体——因特网，这一特质媒介的革命必然引发对传统文学诸多观点与理论的挑战，可以说这是一种全新的文学样式，从作者到读者，到处都漾动着新鲜的气息。网络是一个不设防的场地，任何人都可以在上面信手执笔；创作不再是作家的特权，只要你轻轻地敲动键盘，互联网便会为你招来无数读者。同时网络的应用，使作品的文本呈现彻底开放状态，任何读者都可以对此作品进行删改与续写，而且还能立即与原作者进行直接交流，不需要再由编辑们进行一转再转的复杂"工序"了。互动与即时的特性，使网络文学变得如此让人心动，因为在这里每个人都可以成为真正的参与者，文学不再是那样神圣而不可即，它一下变得如此直接而亲近。

但是，存在并非完全合理，网络文学的粗糙之处也不可忽视。网络文学由于摆脱了传统的诸多约束，过分追逐游戏娱乐性是其目前最突出的弊病。国内现在很多文学网络大都名不副实，成了许多文字操作者游戏、聊天的场地，一时良莠纷呈，鱼龙混杂。所以，我认为网络文学与传统文学（即纸张文学）在未来的21世纪，二者并非要斗个你死我活，而是应该互相补充。同时二者会朝着不同的方向发展，网络文学将更加通俗化，传统文学则会更加纯粹，实际上，通俗与经典的并存才是文学完整发展的最佳状态。中国朝花少儿出版社出版的双媒互动小说《你好，花脸道》，就是将网络文学与纸张文学有机结合的有益尝试。

《你好，花脸道》故事内容简单，情节轻松有趣，主要叙述了华裔女孩咪咭在准备去花脸道初中部当插班生的头天下午，从15：56：08 到17：39：07这二个多小时内，花脸道初三（6）班发生的一系列校园幽默情景。作者采用的叙述风格类似漫画故事，节奏明快，语言生动机趣，极富现代气息。同时作者还将电影艺术中的某些叙事技巧运用到作品中，在同一时间下巧妙地安排了两组场景：一组是初三（6）班的活动情景，另一组则是咪咭在公寓里从互联网上查找花脸道中学有关情况的场景，而有机联结这两组场景的中介便是互联网。书中所描绘的校园生活情景虽然更多的是一种具有超前性的虚拟的网络化时代的情景，但通过一系列的细节仍然直接真实地再现了当下中学生的心理。

另外，此书不仅在故事内容、叙事风格上新颖、有趣，同时书中加入的大量网络内容更让人耳目一新。作者除了在小说情节之中通过主人公的活动融入一些电脑操作的实践过程之外，还在每页书的注上增添两个相当有意思的附录。附录一，摘取了中学生们最感兴趣的热门网址，计有音乐、影视、体育、时装、游戏等近20类100多个网址；附录二则是收录了一些电脑入门者必备的操作知识，主要针对Windows98、Outlookexpress、Internet explorer 三种当前最常用的中文操作软件，包括如何进行文件处理，如何收发电子邮件，如何上网浏览等等，共有180多条。这么多丰富的内容已经使本书成为一本具有相当可读性的图书了。可是更为精彩的是该书在以纸张出版的同时，还在互联

第二十三章 儿童文学新品种的实验

网上注册了网址,配合故事情节的电脑网页界面将带给读者全新的心动。高科技确实赋予了传统儿童文学更多的精彩!

《你好,花脸道》作为国内第一部将纸质媒体和电子媒体相结合而出版的青少年图书,开创了少儿图书创作与出版的新观念新形式,即一种体现信息高科技时代特征的、多种媒体互动互补的立体的创作及出版方式。"后现代"的平面化和消费主义时尚性已培养了大批年轻的网络发烧友,纯粹的纸张文学不易激起他们的阅读兴趣,但是过分沉溺于纯粹的网络文学,又不利于培养一定的审美体验,所以将纸张与网络相结合,二者互动互补,又读又上网,逐渐形成一种立体化的阅读方式,这样审美与娱乐都可得到有效的兼顾。

同时,本书运用电子媒体,并非像一般网络小说那样,只是将作品全文发表在网络上,而是使电脑与纸张达到真正意义上的互补对接,网页上的内容与书中的内容不尽相同,更多的是对书中内容的补充。另外,读者不仅能阅读,还能通过网址与作者进行直接的对话,由此,作者不再封闭于自己的作品中,读者也不再拘泥于自我的体验中,高科技使文学作品双向交流更加方便,也更有意义。纸上的内容在电脑上得到了延伸,书中描绘的虚构生活将变为读者能在网络上亲眼见到和参与的虚拟实境。电脑与纸张两种不同媒介议种互动互补的关系的确给文学阅读、创作与出版都带来了一种全新的理念。

再次,《你好,花脸道》还开创了电脑知识技能学习的新途径,即在文学欣赏和游戏娱乐中学习电脑的实用操作技能。据媒介专家调查,当今大城市的学生中使用电脑者占30%—40%,同时随着数字化时代生活方式的发展,将有越来越多的年轻人介入电脑。但是图书市场上的电脑书,还是以面向成人读者的各种操作系统或软件使用的教材为主,而面向少儿的电脑书不仅数量少,而且还停留于一般的教材思路。本书则在编创思路上独辟蹊径,兼容文学娱乐及教辅实用,故事内容与附录中介绍的大量电脑知识,让读者在阅读过程中轻轻松松地接受,这实在是一本融文学作品、电脑知识及游戏娱乐于一体的独特的新型少儿图书。

传统与现代二者并不矛盾,相互补充、相互协调都是大有益处的。所以,

中国的儿童文学要发展绝对不可以拒绝现代化，因为它要面对的读者群已发生很大的变化，现在的孩子们将是21世纪的网络高手，所以儿童文学若拒绝电脑，最后势必会遭到孩子们的拒绝；但是也不能忽视传统文学样式，因为素质培养是需要日积月累，而非用快节奏的游戏可以代替。印刷媒介与电子媒介相结合的立体化出版形式将给21世纪中国儿童文学带来良好的发展前景——这就是《你好，花脸道》带给世纪之交中国儿童文学与青少年读物的深刻启示。（写于1999年）

四、少年旅游小说

法国文学家法朗士说："教学的全部艺术，就是唤起年轻心灵天然好奇心的艺术，它的目的是为了让这种好奇心得到满足。"人类生来就有好奇心与探索欲，遥远的地方总是美丽，未知的领域充满诱惑。正是为了满足和提升小读者的好奇心与探索欲望，丰富他们的地理知识、历史知识，培养他们的探索精神、人文精神，云南晨光出版社经多年精心策划编印、由浦漫汀教授主编的《小霞客游记》丛书，在世纪之交与广大小读者见面了。这套丛书包括《小霞客西南游》（吴然著）、《小霞客西藏游》（蔺瑾著）、《小霞客西北游》（陈自仁著）、《小霞客东北游》（郭大森著）、《小霞客华北游》（金本著）、《小霞客华中游》（肖飞飞著）、《小霞客华南游》（曾应枫著）、《小霞客华东游》（王蜀著）、《小霞客港澳游》（黄庆云著）、《小霞客台湾游》（许延风等著）等共十本。小小旅行家徐小松的足迹遍及神州大地，带领小读者卧游万里，饱览祖国壮美河山，真是远游无处不销魂，旅行永远牵动着少年心。

如果说旅游文学是关于行动的文学，一边是行动，一边是文学，如果说儿童文学是关于儿童成长的文学，一边是成长，一边是文学，那么，我们可以说，少年旅游文学就是关于少年在行动中成长的文学，或者成长中的少年正在行动的文学。因此，这种文学应当而且能够成为广大小读者喜闻乐见的文学样式。但在很长一段时期，我们的少年旅游文学似乎写得比较呆板，或成为走马观花咏山吟水的流水账，或是枯燥的景观介绍与历史知识罗列，只见景物不见人物，

第二十三章　儿童文学新品种的实验

缺少旅游文学应有的人文性、灵动性与可读性。令人欣慰的是,《小霞客游记》丛书却显得那样清新活泼,充满少年生命跃动的鲜活质地,给人以耳目一新之感。

在旅游中注重塑造人物形象,在行动中表现少年精神生命的成长,这是《小霞客游记》丛书的最大特点,徐小松可以说是90年代的小小徐霞客。整套丛书以徐小松的游历行踪为主线,以他不畏艰险锐意进取的精神贯穿始终,十本游记淋漓尽致地叙述了小小旅行家、探险家远游途中的所游所历所见所闻所感所思。作者巧妙地追踪小霞客的足迹所至与意识活动,将天文地理、民俗风情、神话传说、自然景观与历史古迹等融为一体,用人文精神糅和与统摄旅游文学的各种要素,从而使游记文本有了丰富深厚的文化容量。但是,徐小松决不只是游记中的缀饰和串联故事的符号。在小松身上,我们看到了当代少年勇于探索、敢于冒险、不怕吃苦、自觉磨炼意志的精神美质,看到了古代大旅行家、探险家徐霞客热爱祖国大好河山、"不避风雨、不惮虎狼"的锐意进取精神在20世纪90年代少年身上的延续和发扬。但作者并没有去刻意拔高人物,而是将小霞客作为少年来写,努力刻绘徐小松身上原汁原味的孩子天性,观照儿童心理,表现儿童情趣。比如在《小霞客台湾游》中,小松自以为有丰富的旅游经验因此不听导游小姐的劝告非要自己另辟蹊径,结果在雪山中迷了路,被救后终于心悦诚服地接受了教训。

因此,我们所看到的"徐小松"是一个形象鲜明、个性丰满的人物,也是一个在旅游过程中不断探索、不断成长的少年。小松在旅游中走向社会、走向历史、走向自然、走向整个人类文化的深处,而小读者在感受社会、历史、自然与人类文化的同时,也领略了少年游记文学新的写作路数与气象——它们既是游记文学,也是少年小说!用小说的笔法写游记,小说人物、情节、环境三要素处处照应,人物的鲜明性格跃然纸上。

信息量大、涉及面广、内涵丰富是这套丛书又一方面的特色,具体细说有以下几个方面的结合。

一是旅游探险与接受人文精神熏陶相结合。徐小松的整个旅游过程贯穿着

一种尊重历史、尊重知识、尊重先辈的优秀传统和民族文化遗产的精神，始终抱着敬畏、理解、同情的心情去观照历史，体悟民族文化传统。古有"读万卷书，行万里路"之说，小松虽然没有携带万卷书去旅游探险，然而他在行万里路的过程中自觉地挖掘历史文化遗产，感受博大精深的古代文化的濡染。比如，在《小霞客华南游》中介绍了海南许多美丽动人的古老传说，以及随处可见的槟榔、椰子树所具有的独特文化内涵；在《小霞客华中游》中生动形象地描写了广东的饮食文化；在《小霞客华北游》中讲述了成吉思汗的光荣业绩、嘎达梅林的故事；在《小霞客台湾游》中，还专门刻绘彰化的夫子庙以及孔子学识对台湾文化的影响……如此等等，不胜枚举。

二是历史与现实交错。综观整套丛书，我们发现一方面小松不断在现实中旅行，同时又分明是在中国社会历史文化深处自由行走。跟随着小松的脚步，我们能强烈感觉到20世纪90年代整个社会生活的气息和时代脉搏的跳动。从《小霞客华南游》和《小霞客华东游》中，我们看到了沿海地区改革开放的蓬勃生机；在《小霞客港澳游》和《小霞客台湾游》中，我们听到了呼唤祖国统一的迫切心声。当然，书中也揭露了社会转型期所出现的某些令人不快的现象，比如在《小霞客华南游》中，小松就遭到了抢劫事件。但同时，我们又被书中浓郁的中国历史文化氤氲着——从北京的故宫、长城到海南的天涯海角，从巍峨雄壮的珠穆朗玛峰到虚幻迷离的蓬莱仙境——祖国山河的壮美、历史的悠久，自然景观、人文景观的丰厚尽收眼底。这种历史与现实的交错，是对传统游记移步换景写法的巧妙规避，它使得旅游文学拥有了一种纵横开阔的时空感，避免了平板单调，增强了作品的可读性、亲和性。

三是知识性与爱国情的统一。品读这套丛书，小读者跟随着小霞客行走四方，既饱览祖国大好河山的万千气象，又领略到小松所到之地的名胜古迹、风土人情、历史文化，让小读者在不知不觉中感受中华民族历史的悠久和文化的深邃，情不自禁地被祖国大好河山的雄伟壮丽以及源远流长的文明之光所打动。当我们随着小松神游于祖国的每一寸土地，目睹着山河之壮丽、物产之丰美、资源之富饶，自然而然地就会从心底升腾起一股热爱祖国的激情。可以说这套

第二十三章 儿童文学新品种的实验

丛书让小读者在饱览祖国的自然景观和人文景观的同时，也受到了爱国主义精神的熏染，强烈的爱国主义精神正是贯穿这十本游记的一根红线。

第三，《小霞客游记》丛书在表现手法上有着新的探索与追求。

注重在人物的运动中表现美是其成功之处。少儿游记之所以难写，其重要原因之一便是静止的景观与儿童天然地对运动变化的客体充满好奇心和新鲜感之间的矛盾错位。因此，很多游记尽管在大人看来美轮美奂，但儿童却不买账。儿童美感效应的实现需要审美主客体之间通过运动的碰撞、对接来加以融合。由于儿童的思维、想象、注意力等与成人有很大差异，他们希望作品是富于运动变化的，希望审美客体文本具有悬念性、情节性、新奇性、强烈的幻想或极度的夸张等。只有当主客体发生"共振"，双方的运动潜能达到融合时，美感效应的产生才成为可能。《小霞客游记》系列的作者显然注意到了这一点，他们不约而同地关注作品的"运动因子"，比如时空变化、情节的曲折多变、设置悬念等明显的外部运动，以及心理描写等隐逸的内部运动。

这套丛书的每位作者都对表现对象比较熟悉，这不仅体现在他们对于当地的自然景观、名胜古迹了然于胸，而且对当地的风土人情、神话传说也十分熟稔。因此，十本书就呈现了十种不同的地域特色和人文气象。比如蔺瑾的《小霞客西藏游》较多地表现了西藏文化的神秘、深厚；许延风的《小霞客台湾游》则满溢宝岛风情和盼望祖国统一的殷殷深情；《小霞客华南游》以丢皮箱为引子而生发出一系列故事，在有惊无险的故事中让人感受到了经济发达的南方都市生活的驳杂与某种无奈；《小霞客西北游》则根据当地独有的地理景观沙暴，把人物置于生存困境中的考验之中，既介绍了地理气象知识，又巧妙地展示出少年的生存体验和生命感悟，在细腻的临摹中打开灵动的生命潜质。

这套兼具新奇性、趣味性、知识性和思想性，在儿童文学新品种的开拓上进行大胆实验的游记，相信必将得到广大小读者的欢迎，成为他们成长旅途中爱不释手的读物。同时，我们也希望这套书系能引出更多的徐小松般的"小霞客"。当代少年应该生龙活虎般地行走在时代生活的旅途，在时空转移之中，让年轻的生命经历种种成长的喜悦和体验，而不只是仅仅徜徉在家门与校门，

两点之间的连接线上。（写于1999年）

五、新童话

童话是一种非写实的以幻想精神作为主要审美手段的文学品种。童话创作历来是中国儿童文学的主体，其对小读者阅读经验、审美情趣、艺术修养等的影响，在儿童文学诸多文体中一直居于前列；尤其是在丰富和提高少年儿童的幻想力方面，具有特别重要的作用。进入改革开放的历史新时期以来，随着文学观念的更新与东西文化八面来风的影响，我国儿童文学创作经历了极其深刻的变化，其中在童话文学的艺术创造方面，作了不少可贵的探索与创新，出现了一些形式、时空、结构、形象、语言等迥异于传统童话模式的"新品种"。要而言之，有下列诸类。

1. 热闹型童话

这是80年代以来儿童文学界影响最大的童话新品种，其特点是：以夸张、变形、幽默、快节奏、任意组合、时空切割、非逻辑性、非物性等手段，来演绎充满喜剧色彩的场景、人物、事件，诉诸小读者以闹剧般的快感，在一种兴奋热烈的阅读氛围中，得到游戏精神的愉悦与力、蛮野、神秘、白日梦等情绪的释放，从深层次上提升儿童的生命活力，自由地挥洒儿童的精神个性。被誉为当代"童话大王"的北京作家郑渊洁是创作热闹型童语的"大腕"，他在"皮皮鲁系列"、"十二生肖系列"等童话中塑造的皮皮鲁、鲁西西、花生米、田莉、马小丹、苏宇等儿童形象，赢得了广大小读者尤其是小男孩的喜爱。可以说，当今儿童没有不知道"童话大王"郑渊洁的。郑渊洁笔下的儿童形象，绝不低眉顺眼、唯唯喏喏、丧失个性，他们爱玩、爱闹、爱动脑，朝气蓬勃，敢想敢干，和大人平起平坐，寻奇探险，上天入地，建功立业，尽情地享受着儿童应该享受的权益，使儿童的委屈、压抑在童话世界中得到了极大释放。如《皮皮鲁全传》中，皮皮鲁不满于旧的教育观念，厌烦过重的作业负担，他组织了"巧克力乐团"和"泡泡糖游行"，坐二踢脚上天，拨动云层上的地球之钟。他热情地帮助受委屈的同学，在坏蛋面前见义勇为。在误入"三眼国"后，他厌恶

第二十三章 儿童文学新品种的实验

溜须拍马，宁死也不当势利眼，并以自己的勇敢、机智，惩罚了坏蛋。显然，热闹型童话的美学指向在于讴歌生命，讴歌一种内在的活力，一种蓬勃向上的跃动，通过幻想世界的人文设计来体证童心的永恒无限。在热闹型童话的创作方面，上海的周锐（如《PP事变》）、彭懿（如《女孩子城来了大盗贼》）、河北的朱奎（如《吹吹历险记》）等作家也写过不少成功的作品。

2. 诗意型童话

这是杭州作家冰波的专力精诣之作。冰波的这类作品，如《窗下的树皮小屋》、《小青虫的梦》、《秋千，秋千……》、《夏夜的梦》，着力营造的是一种抒情诗一般的意境，一种"空山新雨后，天气晚来秋。明月松间照，清泉石上流"的艺术氛围。小花、小草、小虫、小鸟、小兔、小鹿、小女孩是诗意型童话中屡屡出现的角色，而夏夜、梦幻、春光、雨雾、琴弦、波涛则是一再被渲染的童话意境。达类童话的艺术效果恰好与热闹型童话互相补充，它所追求的是舒缓柔和的节奏，随意挥洒的自由，轻灵飘逸的时空，优雅单纯的情感。在一种春风游丝、秋光飞絮的氛围中，不动声色地奔放着生命的张力，深化和亮化着小读者的审美视野、审美情趣。

3. 小巴掌童话

这是上海作家张秋生的"专利"。所谓小巴掌童话，亦即微型童话，这类作品以短小的篇幅、精巧的构思、幽默的意趣、深邃的哲思与诗美的韵味，在当今童话界独树一帜。如刊登在《儿童文学选刊》1988年第6期中的一组小巴掌童话：《一串快乐的音符》，以充满想象的音乐意境，象征乐于助人的孩子形象；《河马先生的结束语》，是对现实生活中"空对空"会议的幽默调侃；《鸭式摇步舞》，重在张扬个性的自由度；《夜晚，在森林里》，热情呼唤人与人之间的沟通与理解。这组作品蕴含着鲜明的当代意识，比较完整地体现了张秋生小巴掌童话的艺术个性。

4. 双面体童话

这类童话的开山之作是江苏《少年文艺》1992年第8期上刊登的上海作家广大伟的《超时空遭遇战》。所谓双面，即古今两面：A面由古代拉到现代，

B 面则由现代回到古代。时空交错的契机是通过主人公钻入或钻出洞穴（或地道、下水道等）来实现的：当一员古代战将出洞之后突然遭遇到现代社会光怪陆离的景物，或当一位现代警察出洞之后竟已置身于古代社会的生活环境，如此这般的空间错位，时光超前或逆转，人、事、物的大幅度跳跃、切割，自会使童话人物茫然不知所措；当他们用古代的（或现代的）习惯定势来对待现代社会（或古代社会）的事物，当然会演绎出一连串荒诞不经的喜剧。正是借助时光隧道造成的童话空间的错位，作家的主观创造性才找到了自由调度的突破口：古人今人的互相对话，人神鬼的互相置换，流布成斑斓的幻想奇观。然而就在这一切的大混乱中，使小读者透视世界有了一个契机，窥测人生有了一个窗口。

5. 魔方体童话

一个小小的魔方，在孩子手中可以玩出无数种组合。魔方童话所追求的恰是要打破传统童话创作的单向叙述模式与"给定"框架，让童话变成孩子手中的一个由印刷文字组装的"魔方"，在孩子们的参与下"玩"出不同的情节发展与组合。这类童话实际上是借鉴了近些年儿童文学界出现的"少年自我历险小说"的创作模式，让小读者以一个"角色"的心理体验，直接步入童话意境，一起去创造情节，使一个故事导演出许许多多不同的变化与结局。浙江嘉兴女作家夏辇生已出版了三部这样的中长篇魔方童话。如《蓝色钟声的诱惑》，写内蒙古草原深处的一座古堡，凡进入者无人生还，少年骑手巴特尔与妹妹闯入古堡探险，引出 15 个趣味迥异的结局。《紧急追踪》，写新少年宇宙馆的两位值班员驾驶宇宙飞船追踪外星飞行物，作品以 17 种不同的情节，多视度多侧面地展示了无限神秘的宇宙空间。

80 年代以来出现的以上这些童话艺术新品种，影响各有大小，情况不尽一致，有的尚处于实验性质阶段（如魔方体童话），但其目的，都是使童话文学努力契合当代少年儿童发展变化中的审美要求，沟通两代人之间的文化对话与精神交流。

十多年的改革开放带来了我国经济的快速增长，也使整个社会生活节奏大

第二十三章　儿童文学新品种的实验

大加快（尤其是沿海）；视听媒介（电视、录像等）、电子游戏机等大众传媒、娱乐的多样化与普及，使作为印刷品传播的儿童文学读物在儿童文化艺术领域中的至尊地位已不复存在。今日儿童所面对的已是多元的文化信息网络，迷恋安徒生童话的小书迷转而成了摆弄电子游戏机的小机迷。儿童文学如不正视这一现实，就会丧失自己的读者对象（而事实上，当今纯儿童文学读物的出版发行量已呈快速下滑趋势，过去初版就能印几万几十万的童话新作，现在只能印上几千册，这在拥有数亿少年儿童的中国，无疑是不成比例的）。新的时代精神、新的现实生活孕育了产生具有新的内容、新的艺术形式的儿童文学的可能。当今一代童话新人及其艺术新品种，正是应信息时代小读者的呼唤脱颖而出的。他们反应灵活，观念新锐，敢于标新立异。他们注重童话的美学感受，张扬作品唤起小读者同构效应的精神愉悦，关切文本与现代生活节奏的合辙。显然，这些童话艺术新品种已有别于传统童话的创作格式与路数。探讨当今童话文学中的创新现象，对其创作实践作出合理合度的理论分析，并对其未来发展趋势作出有说服力的科学预测，这已成为今日童话理论研究的新课题。（写于1993年）

六、文字诗

在繁花吐艳的童诗花苑里，有许多可爱的品种：抒情诗、朗诵诗、叙事诗、童话诗、寓言诗、游戏诗、散文诗、小诗、儿歌童谣，等等。"以童心写的诗叫做童诗。童诗是人籁之最天真和最美妙的声音。童诗是人类心灵的摇篮。"（台湾诗人沙白语）那些满怀着爱心与童心的诗人，在精心浇灌培育童诗花苑的同时，还在不断创造着新的品种。文字诗——徜徉于诗美与字趣之间的一种诗体，正是这样的新品种。

我们中国人创造的汉字是世界上最古老的文字之一，从它的产生到现在，大约已有6000年的历史了。汉字属于表意文字，它用表意体系的符号来表达汉语的词、词素。从汉字的字形看，不论笔画多少，繁简如何，只要印在纸上，总是方方正正，整整齐齐的。这种豆腐干式的方块字，是和拼音字母的写法大

异其趣的。笔画是构成汉字形体的各种形状的基础线条，将点、横、直、竖、撇、挑、捺、钩、折等笔画，按照约定俗成的一定笔顺写出来，一个个方块字就神奇地出现了。由于汉字的特殊构造与丰富内涵，每一个正在学习汉字的儿童，都会对汉字产生神秘而浓郁的兴趣。孩子们如果能懂得汉字的造字方法与形、音、义之间的组合规则，这既能使他们更规范地使用和书写汉字，把字写得准确（真）、合理（善）、好看（美），克服文字混乱与写错别字的现象，又可以使年幼一代明了我们中华民族的祖先在创造和发展汉字这一伟大业绩中所表现出来的无比才能与惊人智慧，更清楚地认识5000年文明古国的灿烂文化。以诗美的形式来表现汉字形、音、义的艺术性和趣味性的文字诗，在对孩子施以审美教育、认识教育、文学教育方面，有着特殊的价值功能，赢得了孩子们的喜爱与欢迎。

文字诗这种新品种最先是在台湾儿童文学界崭露头角的。台湾作家杜荣琛在其专著《拜访童诗花园》中曾对此作了专门介绍。杜荣琛把文字诗分为三类："以字的结构或利用折字、合字、比较字形等方式，所创作的称为'字形诗'。而会意字中因结构看不出是一幅画，及它含着抽象的意思时，则可写成'字义诗'。如果利用同音字或相似音，来创作出充满音韵节奏美的作品，我们就称它为'字音诗'。"

"字形诗"是文字诗中的主要种类。这类诗既要富于诗的形象美、音乐美、节奏美，又要巧妙地传达出汉字的造型结构，给小读者以妙趣天成的想象。有一首题为《出》的诗是这样描摹"出"字字形的：

你看！
你看！
山的背上也有一座山；
是不是山妈妈背着她儿子，
想摘天上的星星啊？

第二十三章　儿童文学新品种的实验

"山的背上也有一座山",这是"出"字的字形结构,同时又是诗的意念,诗的形象,诗的机趣;"山妈妈背着她的儿子",则完全是儿童天真的想象了。妙的是这首诗的作者正是一位儿童——台湾苗栗县海宝国小的学生。

台湾女诗人夏婉云写过不少童趣可掬新奇别致的字形诗,如《回》:

> 终于盼到下班
> 我可以和妈妈说话了
> 她却在厨房里炒炒切切
> 在后院洗洗搓搓
> 听不见我说话
> "快——吃饭,
> 快——洗澡,
> 快快——睡觉!"
> 日复一日
> 要是我的小嘴巴
> 能长在妈的
> 大嘴里
> 跟着她进进出出
> 大嘴对小嘴
> 说说笑笑
> 那该多有趣

的确有趣!大嘴对小嘴,小嘴对大嘴,一大一小两只口,出出进进成了"回"。这是对"回"字字形结构的形象诠释。但透过满蕴着童趣想象的诗行,我们又分明感受到了在快节奏的现代都市生活里,那一颗缺少亲子之爱、家庭温情的寂寞的童心。这种富于童趣美、想象美的字形诗,既使小读者得到了诗美的陶冶,又使枯燥的识字过程充满了活泼的情趣,诗的美感与汉字方块的独特结构

在诗人的形象思维中产生了奇妙的审美效应。

如果说"字形诗"重在对汉字结构造型的诗美规范,那么"字义诗"则是重在对汉字字义的诗美诠释。当然,这种"诠释"不再是枯燥的字义解释,而是诗人的形象思维与审美体验的睿智表达。夏婉云的《瞎》是这样诠释"目受害即瞎,亡目即盲"的"瞎"字字义的:

> 我躺在被窝里,
> 冬夜的巷子传来——
> 盲人的笛声,
> ×——××,
> 想他向前点着拐杖,
> 边走边吹;
> ×——××,
> 他会跌倒吗?
> ㄎ一ㄡ、ㄎ一ㄡ、ㄎ一ㄡ、ㄎ一ㄡ,
> 他会碰壁吗?
> 笛声越远越小了。
> 我翻来覆去,
> 做了一个神奇的梦:
> 我答应睡觉时,
> 把眼睛借给他。
> 他高兴得喊着:
> 我看见啰!
> 我看见啰!

台湾著名儿童文学家林良先生对《瞎》作过以下评语:"1. 有足够的描绘和现象,具有诗的美质。2. 运用情境,对'同情'有动人的刻画,具有诗

第二十三章　儿童文学新品种的实验

的特质。3. 相信儿童有能力欣赏这首诗，足见作者对语言的驾驭很有分寸。"此诗曾获得台湾第二届布谷鸟纪念奖、杨唤童诗奖。

台湾台中市小学生秦美君创作的字义诗《好》，亦是一首诗美与童趣结合得较好的诗：

谁说做女人不好
你看
"女子"很"好"
不是啦
"女"人生儿"子"
才"好"啦

这首诗在形象地诠释"好"字的字义时，传达出一种儿童特有的幽默感，以善意的嘲弄＋轻微的责备＋天真的调侃，批评了成人社会"重男轻女"的偏见，读后使人忍俊不禁，回味无穷。

"字音诗"是把发音相同或相近的文字巧妙地组织在诗里，在帮助小读者欣赏诗美童趣的同时，得到正音辨字的教益。这种诗有点类似传统童诗"急口令"的艺术特色，但急口令需要联缀大量的同音字或近音字，其价值作用重在正音辨字（如《洞庭山上一根藤》之类），而字音诗出现的同音字或近音字相对来说并不多，作品重在营造诗的形象与儿童情趣。例如，台湾诗人谢武彰的《柯伯伯嗑瓜子》：

柯伯伯，
嗑瓜子儿。
嗑，嗑，嗑！
咬开瓜子壳。
柯伯伯，

嗑瓜子儿,

嗑,嗑,嗑!

越嗑越口渴。

这首诗只用了"柯"、"嗑"、"壳"、"渴"四个近音字,却惟妙惟肖地画出一个爱嗑瓜子的馋嘴伯伯形象,颇有丰子恺笔下儿童漫画中的那种人物神韵。

文字诗是近年台湾诗人推出的一种童诗新品种,在大陆诗坛尚不多见,较为陌生。"他山之石,可以攻玉"。本文的这则文字,希望能引起儿童文学界尤其是童诗作家的关注,用我们的爱心与童心,一起来浇灌、培育童诗花苑里更多更美的新品种。

(写于1991年)

七、古典名著"少儿版"

我国的古典文学灿若星海,源远流长。诗经、楚辞、汉赋、魏晋志怪、唐诗、宋词、元曲、明清小说,异彩纷呈,各领风骚;《西游记》、《水浒传》、《三国演义》、《红楼梦》,家喻户晓,妇稚皆知。它们像睿智而神秘的历史老人,站在生活的门槛上,迎接一代又一代的大读者和小读者。将古典文学名著改写为少儿读物,这是儿童文学建设的一项重要工程。古典文学名著所塑造的一系列不朽的典型人物,所展示的恢宏壮阔的历史画卷,所铺陈的曲折生动的故事情节与神秘色彩,所积淀的驳杂多姿的民族传统生活与文化心理结构,对于帮助少年儿童认识历史,评价过去,提高他们的审美情趣与文学修养,丰富他们的精神生活和视读经验,都有着十分重要的意义。高尔基一贯强调改写古典文学和民间文学的重要性,他认为儿童文学"应该向儿童们真实而简单地叙述过去的伟大的故事","讲述我们祖先的苦恼或胜利,痛苦或欢乐",应当慎重地选择"世界古典作家的作品",帮助小读者"打开通到另一种生活的窗子"(见《高尔基对儿童文学的论述》)。

第二十三章　儿童文学新品种的实验

重视古典名著的改写，这在我国儿童文学出版界有着长期传统。早在本世纪初叶现代儿童文学起步阶段，作为拓荒者的茅盾就曾根据《唐人传奇》、《古今小说》改写过《大槐国》、《树中饿》等童话。上海中华书局、商务印书馆以很大的热情，组织作家编写过成百种切合当时少儿阅读经验的古典名著改写本，如《庄子童话》、《列子童话》等。当代儿童文学出版界也十分重视这一工作，如中国少年儿童出版社出版的《岳飞传》、《镜花缘》，上海少年儿童出版社出版的《中国古典文学小丛书》等，都取得了一定成绩。但是，我们应看到，对于古典名著的改写工作并非尽如人意，近年来似有"放弃"的迹象，尚有大量应当改写、可以改写的名著还未进入小读者的视野。据我看来，这除了认识上的差异外，改写工作之艰难无疑是重要原因。的确，如果没有充分的学养准备与丰富的文字经验，改写古典名著很有可能"画虎不成反类犬"，弄成大读者不屑看小读者不喜看的"四不像"，这方面的教训不是没有的。我以为，改写古典名著的关键在于组织好一支"称职"的作者队伍。他们既要有较深的古典文学修养，又要懂得儿童文学的艺术规律，熟谙小读者的欣赏习惯。古典名著的改写是一种融改编、创作于一炉的创造性劳动，它是改写者在通晓原作的思想内容与艺术精神而又不改变其真意的情况下，所进行的艺术再创造：原作的情节、结构、人物、顺序、篇幅等可能作一定的变动或删削，同时加入了改写者对作品的合乎逻辑的创新；内容的精选性、题材的客观性、思想的准确性、细节的补充性、语言的通俗性，这是改写工作应循的五项原则。因之，古典名著的改写是一种融合了改写者智慧与心血的劳动过程，已不再是原作的简单翻版。在这方面，由复旦大学王永生教授根据《三国演义》改写的《诸葛亮》以及根据《西游记》改写的《孙悟空》，为我们积累了成功经验。《诸葛亮》自三顾茅庐起，至六出祁山、病故五丈原止，集中铺叙了三国故事中的核心部分，再现了诸葛亮的精神风采。改写者在保存原作真意的前提下，对某些缺陷及不适合小读者的内容作了大胆、合适的改补，如对少数民族领袖孟获的性格描写，对"状诸葛之多智而近妖"的神化迷信色彩的处置等，从而使人物形象更为鲜明突出，故事内容更有益于小读者的欣赏与理解。

改写古典文学名著是儿童文学建设事业中的一项长期而艰巨的任务，需要多方面的支持与合作。韦君宜同志不久前曾载文呼吁过这个问题。可是这一有意义的工作，往往未能引起某些专家、作家、编辑家的重视，甚至根本不屑一顾。为了祖国的未来一代与文化建设，我们希望儿童文学出版界能进一步重视古典文学名著的改写与出版，希望有更多的专家、作家、编辑家都来参与这一工作，把更多更好的古典名著普及到少年儿童中去！

（写于1988年）

下 编
观念本体论

第二十四章
论儿童文学的基本美学特征

一

什么是儿童文学的美学特征，或曰儿童文学作为一种具有独特文学价值与艺术规范的文学类型，其在美学意义上的基本特征到底是什么？这无疑是儿童文学研究非常核心的问题，就其理论实质而言，实际上涉及到儿童文学之为儿童文学的本质问题之展开，也就是从"真理"的角度逼近儿童文学的本质。由于这一问题的重要性，在我国儿童文学理论批评史上，不乏积极的探索者，从不同方面提出了一些值得重视的观点。从已有的文献考察，一般都将儿童文学的美学特征与这类文学的接受对象少年儿童的精神特征相联系，提出纯真、稚拙、欢愉、质朴或儿童情趣是儿童文学的基本美学特征。

笔者认为，提出纯真、稚拙、儿童情趣等是儿童文学的美学特征，这都有一定道理，都可以构成我们探讨儿童文学美学特征的一个思路，但这只是枝叶不是树木，还远远不够。儿童文学之所以能作为一种独立的文学门类在人类文学艺术版图中占有不可或缺的重要位置，自然应有其远比纯真、稚拙、儿童情

趣更具丰沛张力的艺术内涵，更为深刻重要的美学原因。

探究儿童文学的美学特征，我以为首先需要从儿童文学发现与发生的"源头"高度加以把握，也就是人类在已经有了一般文学（成人文学）以后为什么还要创造出儿童文学？儿童文学到底承担着什么样的不同于成人文学的特殊美学任务？儿童文学与成人文学比较，它的特殊的目的性使命，即价值又是什么？

众所周知，在人类文学史上，儿童文学的发现与独立艺术形式的出现要远远晚于成人文学。人类社会早期是没有成人世界与儿童世界的严格区分的，人类群体童年时期的思维特征与生命个体童年阶段的思维特征具有几乎一致的同构对应关系，万物有灵、非逻辑思维等是这种关系的最具体表现，因而原始时代人类的图腾崇拜、巫术、神话等，都一致地为成人世界与儿童世界所理解和激动。儿童的文学接受与成人的文学接受在人类由野蛮进入文明以及漫长的农业文明岁月里具有几乎完全的一致性。成年人的神话、传说以及魔幻、幻想型等民间故事，如欧洲的女巫、菲灵（小精灵）类故事，中国的《白衣素女》、《吴洞》等等，也同样是儿童最适宜的文学接受形式。人类文学接受的这种一致性在由农业文明进入工业文明的历史大转型时期这才产生了严重的分裂。中世纪晚期以降，在西欧出现了一系列旨在不断瓦解农业文明并进而直接影响到人类文明走向的重大事件，这些事件包括：文艺复兴、宗教改革、地理大发现、工业革命等，并最终导致了人类向工业文明的转型。工业文明创造出了一个全新的生产力与一种全新的文明。伴随着这一系列人类文明演变的巨大历史事件与工业文明的世界性扩张，人类的理性思维、科学主义、功利主义等观念急剧膨胀。人类童年时期那些充满感性思维与整体观念的神话传说终于被成人世界所彻底放弃，而只成了儿童世界几乎独享的文学资源。成人世界与儿童世界的距离已是遥遥几千年乃至几十万年了。

工业文明使人类世界最终形成成人世界与儿童世界的两极客观分离。正是由于这种分离，才能见出区别、对立乃至代沟，人类只有在这个时候才意识到了儿童的独立存在，儿童世界的问题这才日渐引起了成人世界的关注。经过文艺复兴运动及其持续不断的思想启蒙与解放运动，人类在发现人、解

第二十四章　论儿童文学的基本美学特征

放人，进而发现妇女、解放妇女的同时最后终于发现了儿童。儿童的发现直接导致了人类重新认识自己的童年，认识生命个体的童年世界的存在意义与在精神生命上的特殊需求。这一次发现经由十七、十八世纪包括卢梭、夸美纽斯等一大批杰出思想家、教育家、心理学家对儿童世界问题殚精竭虑的探究和奔走呼吁，再经由十八、十九世纪包括安徒生、卡洛尔、科洛迪、马克·吐温等一大批天才作家的创造性文学成果，终于使儿童的发现直接孕育出了"儿童文学的发现"这一伟大的人类精神文明成果。世界儿童文学的太阳首先从欧洲的地平线上升起，进入二十世纪放射出了绚丽多姿的光芒。今天，人类不但通过《联合国儿童权利公约》等国际性规则，确立了普世遵守的儿童不可被侵犯和剥夺的各种权利，而且设立了国际儿童读物联盟（IBBY）、国际儿童文学研究会（IRSCL）、国际安徒生奖、国际格林奖等机构和奖项，将儿童文学、儿童读物的生产、研究与社会化推广应用做成了一个全球性的文化事业。儿童文学、儿童读物已经成为考察现代化国家的重要指标与文明尺度，联合国儿童基金会官员曾明确宣布："看一个国家儿童读物出版的情况，可以看出这个国家的未来。"

从上所述，我们已经可以看出，儿童文学的发现与发展从根本上说是人类精明文明的伟大进步与收获。人类之所以还要在成人文学之外，再创造出一种专为未成年人服务的文学，创造出一个专门属于儿童的并能为他们的心灵所能愉快感知的语言的世界，其根本原因与价值所在，就是为了充分呈现人类社会（成人世界）尊重儿童的权利与社会地位，充分理解和满足儿童世界具有不同于成人世界的特殊的精神需求与文学接受图式。这就是为什么人类要创造出儿童文学的第一个原因，这既是人类对现实儿童世界的尊重，也是对人类自身曾经经历过的儿童世界的尊重。人类不能没有童年，不能没有儿童世界，不能没有儿童文学。

第二，人类之所以要创造出儿童文学，还在于需要通过这种适合儿童思维特征和乐于接受的文学形式，来与下一代进行精神沟通与对话，在沟通和对话中，传达人类社会对下一代所寄予的文化期待。因此，从这个意义上，我认为

儿童文学是两代人之间进行文化传递与精神对话的一种特殊形式，是现实社会对未来一代进行文化设计（也即人化设计）与文化规范的艺术整合。我曾在1996年发表的《共建具有自身本体精神与学术个性的儿童文学话语空间》一文中表达过这一观点，我至今依然坚持这一观点。我认为我的这一观点是基于儿童文学作为一种人类文化实践本性的需要，并在对更美丽的人类未来发展抱有充分自信这样一种观念中产生的。

儿童文学不是由儿童生产的，这是一种整体上是由"大人写给小孩看"的文学。因而儿童文学从根本上体现了"大人"（成人社会）的文化期待与意志，儿童文学的基本美学特征显然也只有从"大人"为什么需要创造儿童文学这一角度去加以考察。换言之，"大人"必然有认为已有的文学（成人文学）不适合儿童、已有文学有关方面不适宜于儿童接受，因而需要另造出一类文学用于专门为儿童所需的必要性与客观性。据此，探讨成人文学与儿童文学最基本的区别在于什么，正是我们考察儿童文学之为儿童文学的基本美学特征的重要切入点，也就是我们只有在与成人文学基本美学特征相比较之中，才能发现和验证儿童文学的基本美学特征。

那么，成人文学的基本美学特征又是什么呢？对此问题的回答自然是见仁见智的，困难的。但是，我们可以从古希腊柏拉图《理想国》关于文字就好比是一面镜子，可以把面对它的一切东西映照出来的著名的"镜子说"中，从俄国别林斯基关于文学的"显著特色在于对现实的忠实，它不改造生活，而是把生活复制、再现"的著名的"再现说"中[1]，甚至还可以从美国当代批评家 M. H. 艾布拉姆斯的文学理论名著《镜与灯》关于把文学比喻为写实的再现的镜子理论和创造的表现的灯火理论中，找到一些具有共同思辨特征意义的启发，这就是艺术在接通心灵与世界的关系问题上，成人文学更注重于艺术与真实世界、与社会、与人生、与人心的联系，注重于作家的主观认识与客观事物的一致性，注重于艺术在多大程度上穿透了现实尘世的本质，

---

[1] 别林斯基，论俄国中篇小说和果戈理君的中篇小说[A]，《别林斯基选集》第1卷，北京：人民文学出版社 1959。

第二十四章　论儿童文学的基本美学特征

把真实社会的丰富细节以至宏大事件形象化地真正地化解到了文学的精神世界中，以生动而逼真的生命形象与艺术意境表现出来。从这个意义上，我们可以说，成人文学的美学特征更多地体现在（或倾向于）"以真为美"。"真"总是那么情有独钟地伴随着文学生产的历史以及文学理论批评的历史。在这里，我们无须举出恩格斯把巴尔扎克称誉为"法国社会的书记"，举出罗丹"只有真才美，只有真才可爱"，举出鲁迅要求作家"取下假面，真诚地、大胆地、深入地看待人生，并且写出它的血和肉"等经典性的言说，我们只需以普通读者为什么总是那么喜欢把文学作品的"真与假""世上有，戏里有"作为评判作品标准的普世习惯就可以大致说明这一问题了。诚然，艺术的真实不等于生活的真实，艺术中的自然也不等于现实中的自然。但是，艺术的真实总是无法阻断生活的真实，艺术的真实性原则在本质上总是指向文学本质问题的展开，美与真的达于统一，在本质上就是对于文学本质的一种理解和领悟。因为不论怎样，"艺术作为一种精神现象，它总不可能是主观自生的，说到底是直接或间接地对生活的一种反映形式；因而人们在阅读和评价艺术作品时，总不免要拿现实生活作为参照，并把是否符合生活实际看作是艺术作品真实性的一个不可缺少的品格。若是读者在阅读中发现一个作品的生活内容是虚假的、思想情感是造作的、艺术表现是不合情理的，那么，美感也就无从谈起，它也自然无法在读者心目中存活和在社会上流传了。这就是长期以来真实性被许多艺术家视为艺术的生命，并成为许多理论家殚精竭虑地去进行探究的一个问题的原因"。[①]

二

与成人文学大致倾向于"以真为美"的美学取向不同，儿童文学作为一种寄予着成人社会（创作主体是成年人）对未来一代（接受主体是未成年人）文化期待与殷殷希望的专门性文学，其美学取向自然有其不同于成人文学之处，

[①] 王元骧．文学理论与当今时代［C］第27、28、62、38、36页，杭州：浙江大学出版社2002。

我认为，这就是"以善为美"——以善为美是儿童文学的基本美学特征。

以善为美，并不意味着儿童文学要去担当道德教训的使命，或去完成教育工具的任务，恰恰相反，以善为美是断然拒绝"儿童文学是教育儿童的文学"这种狭隘工具论的。以善为美有着自身崇高的目标：从本质上说，以善为美是为了在人类下一代的心灵做好一个人之为人的打底的工作，是为着下一代精神生命的健康成长，是一件涉及到"人的目的"的伟大事业。在关于艺术目的的问题上，黑格尔曾有过这样精辟的论述，他认为"由于艺术在本质上是心灵性的"，所以它的"终极目的也就必须是心灵性的"，是为填补心灵的需要而存在的。"因此，只有改善人类才是艺术的用处，才是艺术的最高目的。"① 在文学艺术的实践性上，人们更把这种"改善人类"的"最高目的"寄厚望于儿童文学艺术。"童年的情况，便是将来的命运"（鲁迅语），儿童是生命的开始，在儿童身上，总是寄托着人类的希望。儿童文学也就是在这一意义上被赋予了比之成人文学更具体、更实际的"改善人类"的"最高目的"的文学实践本性。别林斯基认为："儿童读物的宗旨应当说不单是让儿童有事可做和防止儿童沾染上某种恶习和不良的倾向，而且更重要的是，发扬大自然赋予他们的人类精神的各种因素——发扬他们的博爱感和对无尽事物的感觉。"② 在中国，最早关注儿童文学"改善人类"实践本性是那一批现代儿童文学的开拓者和奠基者。叶圣陶在1921年就明确提出"创作这等文艺品（按：指儿童文学），一、应当将眼光放远一程；二、对准儿童内发的感情而为之响应，使益丰富而纯美"。③ 郭沫若在1922年发表的《儿童文学之管见》一文中认为："人类社会根本改造的步骤之一，应当是人的改造。人的根本改造应当从儿童的感情教育、美的教育着手。"为此他提出儿童文学"是用儿童本位的文字"，"准依儿童心理的创造性的想象与感情之艺术"。④ 在有关儿童文学"改善人类"意义的论述方面，茅盾的见解应该说是最具有深刻性，他在三十年代写的一组儿童文学与

---

① 黑格尔，美学第1卷[M]第63页，北京：商务印书馆，1979。
② 别林斯基，新年礼物：霍夫曼的两篇童话和伊利涅依爷爷的童话[A]，周忠和编译《俄苏作家论儿童文学》[C]，郑州：河南少年儿童出版社1983。
③ 叶圣陶，文学谈·七[N]，《晨报》副刊1921-3-12。
④ 郭沫若，儿童文学之管见[A]，写于1922年1月11日，《沫若文集》[M]第10卷，北京：人民文学出版社。

第二十四章　论儿童文学的基本美学特征

儿童读物的评论文章中，对此作过多方面的思考。他认为：儿童文学"要能给儿童认识人生"，"构成了他将来做一个怎样的人的观念"，儿童文学"应当助长儿童本性上的美质——天真纯洁，爱护动物，憎恨强暴与同情弱小，爱真爱美……等等"。[1] 我认为，茅盾在三十年代提出的这一儿童文学"应当助长儿童本性上的美质"的观点，实际上已经揭起了"以善为美"的儿童文学美学旗帜，特别值得中国儿童文学理论批评史加以重视与探究。

以善为美作为儿童文学的审美价值取向与基本美学特征，有着丰富的艺术内涵。这一内涵直接来源于"人是目的"这一人生实践的坐标与人生价值的最高目标。康德在《道德形而上学的基础》一文中提出了"人是目的"这一口号，他认为道德律令集中地体现在这样一句话上："你的行动，要把人性，不管是你身上的人性，还是任何别人身上的人性，永远当做目的看待，决不仅仅当做手段使用。"[2] 人生在世，自然有为一己生存、欲望等进行努力的目的，但在康德看来，与实现人自身人格的完善和人生的终极目标相比，那只不过是手段，是不足道的。如果人的全部活动只是为了求得自然欲望和个人存活，那就等于把自己当做物质的奴隶，也即意味着把自己降为手段，而不是作为目的本身而存在了。人的生命有一个比个人欲望远为高尚得多的目的，理性的使命就是要达到这个目的，这目的就是人自身所要实现的最终价值。黑格尔高度赞赏康德的这一观点，认为"人是目的"这一口号大大地唤醒了人的自我意识。[3]

在"人是目的"这一问题上，中国古代孟子所提出的"性善说"，在我看来，实际上早已涉及到了"要把人性，不管是你身上的人性，还是任何别人身上的人性，永远当做目的看待"这一人生的价值目标。所谓性善，是说"人之初，性本善"，按孟子的见解人人都具有生来就有的四种善端，即恻隐之心或不忍人之心、善恶之心、恭敬之心或辞让之心、是非之心，其中恻隐之心或不忍人之心是根本的，这四种善端又是仁、义、礼、智四种德行的萌芽和基础。《孟子·公孙丑章句上》说："恻隐之心，仁之端也；羞恶之心，义之端也；辞让

---

[1] 茅盾，再谈儿童文学[J]，《文学》1936(1)。
[2] 康德，道德形而上学的基础[A]，《西方哲学原著选读》（下卷）[C] 第314、318页，北京：商务印书馆，1982。
[3] 王元骧，文学理论与当今时代[C] 第27、28、62、38、36页，杭州：浙江大学出版社 2002。

之心，礼之端也；是非之心，智之端也。人之有是四端也，犹其有四体也。"孟子举例说，当人们看到一个儿童将要落到井里时，无论任何人都会去救他，这决不是为了名利，也不是怕人责备或讨好孩子的父母，而是出于人的一种本性、真心的发现。孟子又认为，既然人性本善，为何社会上还有恶人呢，原因是为物欲所困，人为满足物欲，一会丧失本性，二是自暴自弃。所以要保持人的本性必须克服人的那种违背本性的欲望。人不能将追求物欲作为人生目的，人应有更高尚的目的，这种高尚的人生目的追求能使"人皆可为尧舜"。

人之初，性本善，人性的本善，在很大程度上存在于儿童的精神世界之中。老子《道德经》多次提到童心对于超越人生的意义："含德之厚，比于赤子。"（第五十五章）"常德不离，复归于婴儿。"（第二十八章）"专气致柔，能婴儿乎？"（第十章）"圣人皆孩之。"（第四十九章）李贽在《童心说》中对童心的阐释和肯定更为人性的展开提供了具有精神标本的意义："夫童心者，真心也，若以童心为不可，是以真心为不可也。夫童心者，绝假纯真，最初一念之本心也。若失却童心，便失却真心；失却真心，便失却真人。人而非真，全不复有初矣。童子者，人之初也；童心者，心之初也。夫心之初，曷可失也？"

童心是一片尚未被异化的精神空间，在那里，正保存和生长着人类精神的希望之所在。无论是"改善人类"的"最高目的"，还是实现"人的目的"的终极价值，倘若失去了儿童的精神世界，倘若连童心也被污染熏黑了的话，那才是人类真正的悲哀，哪里还谈什么"最高目的"呢？王富仁对此有一段话说得实在深刻，他在《把儿童世界还给儿童》一文中几乎是用斩钉截铁的语气肯定童心之善对于人类社会的巨大意义："如果你不是一个宗教家，不是一个宿命论者，不是一个认为科学万能、知识万能的科学主义者，你就必须承认，恰恰由于一代代儿童不是在成人实利主义的精神基础上进入成人社会的，而是带着对人生、对世界美丽的幻想走入世界的，才使成人社会的实利主义无法完全控制我们的人类、我们的世界，才使成人社会不会完全堕落下去。我们不能没有儿童世界，不能没有儿童的幻想和梦想，不能用成人社会的原则无情地剥压儿童的乐趣，不能用我们成人的价值观念完全摧毁儿童的懵懂的但纯净的心

第二十四章　论儿童文学的基本美学特征

灵。"①

三

儿童文学在人类文化与文明中的作用在于实现人类社会对下一代的文化期待，这是一种具有生命意义和"改善人类"的"最高目的"的价值期待，也就是希望通过儿童文学这种特殊的艺术形式使下一代建构起应当成为什么样的人，"构成了他将来做一个怎样的人的观念"。儿童文学"以善为美"的内涵正在于人（儿童）自身，在于指向人（儿童）的自身的完善，即通过艺术的形象化的审美愉悦来陶冶和优化儿童的精神生命世界，形成人之为人的那些最基础、最根本的价值观、人生观、道德观、审美观，夯实人性的基础，塑造未来民族性格。

那么，儿童文学应如何坚持"以善为美"的美学理想呢？我认为：首先要通过文学审美的途径来充分地妥帖地保护和珍视儿童精神生命中的本性之美、本善之美，使童心努力地不为恶俗所异化；与此同时，则要将这种儿童精神生命中的本性之美、本善之美艺术地导向现实的人世，建构起一种具有艺术实践本性的儿童文学审美创造形态。在这里，我想提出对这一审美创造形态基本构造的一些想法。

第一，儿童文学的艺术真实不同于成人文学的艺术真实，儿童文学在对待生活真实的问题上，应当与成人文学拉开距离。因为生活真实的某些内容是不适宜于在儿童文学中展现的，如同现实社会的某些场所"儿童不宜"进去一样，儿童文学不必也没有精力朝成人文学相同的生活题材与艺术范式靠拢。苏联作家同时也是杰出的儿童文学作家高尔基说过一段深刻的至今依然引人深思的话："儿童的精神食粮的选择应该极为小心谨慎。父辈的罪过和错误儿童是没有责任的，因而不应当把那些能够向小读者灌输对人抱消极态度的读物放在首要地位，而应当把那些能够在儿童心目中提高人的价值的读物放在首位。真

---

① 康德，道德形而上学的基础 [A]，《西方哲学原著选读》（下卷）[C] 第314、318页，北京，商务印书馆，1982。

实是必须的，但是对于儿童来说，不能和盘托出，因为它会在很大程度上毁掉儿童。"① 高尔基又说："心灵由于过早熟悉生活中的某些东西而受到毒害；为了使人不变得胆小，变得庸俗，不熟悉这些东西倒是一件大幸事。"②

为什么儿童没有必要知道生活真实的全部秘密？根本原因在于儿童自身的特点与精神兴趣，儿童有自己的心灵状态，有自己感知世界的方式。那么，儿童文学应在生活真实的哪些方面与成人文学拉开距离呢？实际上，世界上一切优秀儿童文学作品已经为我们提供了这方面具有艺术实践本性的审美范式，这就是四个远离：第一，远离暴力；第二，远离成人社会的恶俗游戏与刺激；第三，远离成人社会的政治权力斗争；第四，远离成年人的性与两性关系。

暴力是一种杀伤力很强的暴烈性行为，如战争、凶杀、恐怖等，最后导致生命的毁灭。儿童刚来到世上，他们对世界充满了无比美好与光明的想法。人们如果硬要用暴力这种"真实"去打破他们的梦，那就会彻底扭伤儿童心理的正常发育。倘若一个孩子从小接触到的都是那些充满暴力行为与凶杀场景的枪战片、恐怖片、卡通片、图画书，那就会在幼小的心灵种下恶的种子、仇恨的种子，他就会认为这个世界就是充满暴力与仇恨的，人与人之间的关系就是一种暴力的行为关系，就是你死我活的血淋淋的残酷的紧张关系。因而儿童文学是十分忌讳将这种成人社会真实存在着的现象展示给儿童的，如果确实因为作品的情节需要无法回避，那就必须采用一种"淡化"的处理方法，将负面影响降至最低。"成年人的社会也有娱乐，也有享受，也有刺激神经的办法，甚至也有游戏文学，但所有这一切都或多或少地带上了恶俗的性质，吸毒、赌博、卖淫、买淫、战争、暴力、血杀。我们的感觉迟钝了，需要的是强烈的麻醉和刺激。在这时，你不留恋于自己的童年吗？你不亲近于现在的儿童吗？"③ 你又怎么能忍心将成年人的那种恶俗游戏与刺激展现在提供给儿童的作品中呢？尽管那是社会上鲜活地存在着的"真实"。因此，任何负责任的、有良知的儿童文学作家，都会在自己的作品中，让儿童远离龌龊之地，不蹈恶俗之境。成

---

① 高尔基，为外国儿童图书目录作的序[A]，周忠和编译《俄苏作家论儿童文学》[C]，郑州：河南少年儿童出版社1983。
② 高尔基，苦命的巴维尔[A]，《高尔基妙语录》[C]第232页，兰州：甘肃人民出版社1989。
③ 康德，道德形而上学的基础[A]，《西方哲学原著选读》（下卷）[C]第314、318页，北京：商务印书馆，1982。

第二十四章　论儿童文学的基本美学特征

年人的恶俗是不知羞耻，丧失"共同耻感"，儿童文学必须要让儿童懂得羞耻之心，一个灵肉健全的人必须有耻感。

儿童文学为何要远离成年人的政治权力斗争呢？成年人都明白，政治权力斗争是一个极其错综复杂的社会历史现象，它既与体现各种不同价值观念与利益关系的不同历史时期的政治文化纠结在一起，又与特定政治背景与场合下的阴谋诡计有着千丝万缕的联系，这对于从根本上来说还不了解社会，更不了解政治文化的儿童，从根本上还没有形成任何确立的社会目标的能力的儿童来说，显然是无趣的、无益的、难以理解的，如果硬要将这种复杂的政治文化现象强加给儿童，那只会造成儿童心灵的倾斜与紧张。

至于儿童文学为何要远离成年人的性与两性关系，那就更是显而易见的了。儿童的年龄特征与性发育还远不到那个层面，他无法理解与想象这些对儿童来说尚属神秘与遥远的东西。社会上那种"早熟的苹果好卖""性教育要从娃娃抓起"之类似乎是为儿童幸福着想的做法，实质上只是过早地破坏儿童的心灵，剥夺他们的幼年梦、童年梦，骚扰儿童的精神世界。儿童文学当然也要表现男生女生之间的"来往过密"，但那只是在精神层面，而且那是一种十分美好的情窦初开的朦胧吸引，具有本性之美、本善之美的诗意情感展开，这在中外优秀儿童文学主要是少年小说中有着动人心扉的审美表现。自然，这与成人文学中的那些赤裸裸的两性关系、那种厚颜无耻的"恋爱不如做爱"的腔调是根本无涉的。

作为一种精神现象的文学作品的阅读与欣赏是离不开读者的感受和体验的，而这种感受和体验是需要由读者自身的人生阅历、人生经验体悟作为心理背景的。高尔基认为唯有"文学家和读者的经验结合一致才会有艺术真实——语言艺术的特殊魅力"[1]，读者也才能充分地理解和评判作品的内涵与价值。由于少年儿童的人生阅历与心理背景还远没有进入到成年人那样的层次，因而难以理解与体验成人社会错综复杂的人生百态与心理图式，即使天才少年想要

---

[1] 高尔基，给初学写作者[A]，《论文学》[M] 第225页，北京：人民文学出版社 1978。

窥破成人社会的秘密和炎凉，最多也不过是"少年不知愁滋味""为赋新词强说愁"而已。因而儿童文学在题材内容的选择上自然应当而且必须与成人文学有所区别，甚至是"井水不犯河水"，至于上面提到的那四个方面的内容自然更应当是儿童文学需要远离的了。儿童文学的题材内容主要指向少儿生活世界及其内在的精神生命世界，指向儿童思维特别敏感与趣味盎然的幻想世界、动植物世界、大自然世界、英雄世界以至神魔世界（此将在下面详述）。

必须说明的是，我们认为儿童文学的题材内容应当而且必须与成人文学有所区别，应当而且必须坚持四个"远离"的审美取向，这并不是说儿童文学可以回避真实的现实社会人生，对儿童进行"瞒和骗"。恰恰相反，儿童文学从来不主张回避真实人生，更反对对儿童采取"瞒和骗"的做法。真实的现实社会人生有光明也有阴暗，有幸福也有苦难，有春风化雨也有严寒冰霜，儿童文学不但不回避阴暗、苦难与严寒冰霜，而且一贯坚持将这些真实的人生告诉儿童，将丰富驳杂的社会百态纳入儿童文学的创作视野。无论是外国作家安徒生的古典童话《卖火柴的小女孩》、狄更斯与马洛的批判现实主义长篇儿童小说《雾都孤儿》、《苦儿流浪记》，还是中国作家叶圣陶的现代童话《稻草人》、柯岩的当代长篇少年小说《寻找回来的世界》、董宏猷的跨文体小说《一百个中国孩子的梦》等等，都在将真实的社会人生"撕破"给孩子看，用艺术的形象化的审美途径，告诉孩子们"真的人""真的世界""真的道理"（张天翼语）。在中国儿童文学理论批评史上，更有强调"把成人的悲哀显示给儿童，可以说是应该的，他们需要知道人间社会的现状，正如需要知道地理和博物的知识一样"重要的理论主张。这一主张实际上就是对二十世纪中国儿童文学的现实主义发展思潮产生了重大影响的，二十年代以沈雁冰（茅盾）、郑振铎、叶圣陶、谢冰心等为代表的文学研究会发起的"儿童文学运动"的基本理论观念。这一观念经由郑振铎1923年在为现代中国第一部短篇童话集——叶圣陶创作的《稻草人》所作的序言中首次明确提出以后，直接影响和促进了二三十年代儿童文学创作的批判现实主义倾向，以后茅盾又在1933年发表的《论儿童读物》等系列评论中，提出了儿童文学"要能给儿童认识人生"等看法，使

第二十四章　论儿童文学的基本美学特征

这一观念得到了进一步深化。鲁迅在1926年写的《二十四孝图》中，更是旗帜鲜明地反对在儿童读物中对孩子的"诈作"行为，他说："小孩子多不愿意'诈'作，听故事也不喜欢是谣言。"供给孩子的读物必须肃清这一"诈"字，而"诈"——"瞒和骗"正是成人社会典型的恶俗之一。儿童文学一贯反对"瞒和骗"的诈作行为，诈作是一种阴谋诡计，这是与儿童善良的心地和开放升腾的生命绝对悖论的，因而也是儿童文学深恶痛绝的。儿童文学主张告诉孩子们人生的真相，主张"把成人的悲哀显示给儿童"，但绝不是主张把成人的"恶俗"、"诈作"、"暴力"甚至"做爱"显示给儿童看。

苦难与恶俗、诈作、暴力等虽然都是尘世的真实，但它们是完全不同的两回事。苦难是人生的无奈、不幸，需要同情与拯救，而恶俗、诈作、暴力则是人生的污秽与脓疮，需要彻底抛弃与割除，至于做爱对于儿童无论如何是要"远离"的。儿童是人生个体生命的开始，是人类群体希望之所在。不管在什么时代、什么社会、什么民族，儿童总是与希望、未来和理想联系在一起，因而也总是被视为需要特别加以呵护的对象。"虎毒不噬子"，这是人性的底线。"我们只有在儿童时期才没有私有的观念，没有对金钱的崇拜，对权力的渴望，没有残害别人求取个人幸福的意识，而所有这一切恰恰是使人类堕落的根源。人类堕落的根源在成人文化中，而不是在儿童的梦想里。"[①] 正是为着人类未来的健康发展，人类对为下一代服务的儿童文学必须选择小心地、妥帖地保护儿童的本性之美、本善之美这一审美价值取向。

第二，儿童文学的艺术真实是以儿童的精神特征作为审美创造基础的，即要契合儿童的思维特征、心理特征、社会化特征，特别是儿童的思维特征。

在成人文学的审美创造中，真实性的概念是基于艺术是生活的反映这一认识提出来的，是指反映在作品中的作家的主观认识与客观事物的一致性，就其内容来说强调的是"事理之真"与"情意之真"的有机统一，即"既反映了生活的真实关系，又真切地表达了人们的意志、愿望"。艺术真实所反映的生

---

① 康德，道德形而上学的基础[A]，《西方哲学原著选读》（下卷）[C]第314、318页，北京：商务印书馆，1982。

活本质真实,"是通过一些具体人物的关系和行动所体现出来的生活的特殊本质"。①与成人文学不同,儿童文学的艺术真实并不要求作家的主观认识与客观事物的一致性,即不要求反映客观世界生活的真实关系;儿童文学的艺术真实强调的是作家的主观认识与儿童世界的一致性,即作家所创造出来的具体人物的关系和行动是否与儿童的思维特征、儿童的心理图式相一致,只要是符合儿童这些特征的,就能为儿童所理解和接受。要而言之,儿童文学的审美创造是以儿童特征(思维特征、儿童心理等)为出发点的,同时又以是否契合儿童特征作为儿童文学艺术真实的落脚点。别林斯基深有感触地说:"童年时期,幻想乃是儿童心灵的主要本领和力量,乃是心灵的杠杆,是儿童的精神世界和存在于他们自身之外的现实世界之间的首要媒介。孩子们不需要什么辩证法的结论和证据,不需要逻辑上的首尾一致,他需要的是形象、色彩和声响。儿童不喜爱抽象的概念,……他们是多么强烈地追求一切富有幻想性的东西,他们是何等贪婪入迷地听取关于死人、鬼魂和妖魔的故事。这一切说明什么呢?——说明对无穷事物的需求,说明对生活奥秘的预感,说明开始具有审美感;而所有这一切暂时都还只能在一种思想模糊而色彩鲜艳为特点的特殊事物中为自己求得满足。"②古今中外儿童文学作品中存在着层出不穷的变形、魔幻、拟人、荒诞、极度夸张、时空错位、死而复生等情节与描写,这在以理性思维判断世界的成年人眼里,简直是十足的荒谬与不科学,是严重违背客观事物真实性的。但在儿童看来,却是那么真实可信、生动逼真。安徒生童话中那个赤身裸体上街游行的皇帝(《皇帝的新装》),那个皮肤细嫩得能对压在几十床垫被下面的一颗豌豆产生剧痛的公主(《豌豆上的公主》),那位穿上神秘的套鞋就能自由进入他要想去的任何地方甚至可以回到童年时代的幸运儿(《幸运的套鞋》);格林童话中那位被大灰狼吃进肚子又能蹦跳着从狼肚子出来的小姑娘(《小红帽》);毕尔洛童话中那个骑着只有前半段身子的战马却能追歼逃敌,又能骑上正打出炮眼的炮弹进入敌占区的男爵敏豪生(《吹牛大王历险记》)。

---

① 王元骧,文学理论与当今时代 [C] 第27、28、62、38、36页,杭州:浙江大学出版社2002。
② 别林斯基,新年礼物:霍夫曼的两篇童话和伊利涅依爷爷的童话 [A],周忠和编译《俄苏作家论儿童文学》[C],郑州:河南少年儿童出版社1983。

第二十四章　论儿童文学的基本美学特征

还有，中国作家张天翼笔下那个懒到吃饭要由仆人为他上下合动上腭与下巴然后用棍子将食物戳下食道的大富翁（《大林和小林》），那个要想什么就能得到什么，给小主人既带来快乐又惹出麻烦的宝葫芦（《宝葫芦的秘密》）；洪汛涛笔下那支画啥变啥的神笔（《神笔马良》），等等，儿童文学尤其是其中的童话，不但为儿童也为人类文学打造出了一个无比奇特与瑰丽的精神世界。在这方面，儿童文学显然会感到成人文学想象力的贫乏。卡夫卡的《变形记》写了人睡了一夜醒来变成了大甲虫，就不得了，成了现代主义的典范之作。在儿童文学那里，人不但能变大甲虫，还能变大老虎，大老虎也能变人呢。在儿童眼里变形魔幻实在是小菜一碟而已。成人文学根据艺术作品与客观世界真实的关系，分别出很多种主义，比如现实主义、浪漫主义、自然主义、现代主义、后现实主义，还有什么超现实主义、魔幻现实主义等等。儿童文学没有这个主义、那个主义，儿童文学的艺术创造只要契合儿童精神世界，那就是真实的，如果儿童文学一定也要有个主义，那么只有一个主义，即"儿童主义"。

在这里，我们特别需要提出的是，当人们感叹文学将亡、纸质图书风光不再的网络时代，一本《哈里·波特》竟掀起了世界性的"我为书狂"的旋风。戴着圆形眼镜、骑着飞天扫帚的英俊少年哈里·波特的横空出世，征服了世界上千百万不同肤色的少年儿童。少年哈里与魔法学校的同学们一起在半空中飞来飞去打魁地奇球，魔法学校里有会说话的院帽，三个头的大狗，带翅膀的钥匙，照片里的人物会自己眨眼睛，伏地魔的一丝阴魂隐藏在日记本里，还有能使人起死回生的药水，以及巨龙、金蛋、魔眼、咒语、魔杖等等，更奇的是设在伦敦火车站的"九又四分之三站台"，开出的列车竟是从现实世界通向魔幻世界的捷径……这些在成年人看来简直荒唐无稽，甚至还有宣扬"巫术"嫌疑的情节，却使少年儿童读得如痴如醉，同时也让那些犹葆童心的成年人读得忘乎所以。所有这一切，都是无法在客观世界里发生的，但在儿童文学却被演绎得如此生动传神，酣畅淋漓。这是为什么？在这里，我们发现，成人文学关于艺术真实问题的那一套理论比如"于事未必然，于理必可能""事理之真与情

意之真的有机统一"① 等，显然无法解释得通儿童文学中的艺术真实，将成人文学有关艺术真实的论断拿来用在儿童世界几乎都"此路不通"。而当一种理论不能面对客体存在的多样性时，这种理论的普遍性、实践性自然会受到客体的质疑。那么，儿童文学的艺术真实又为什么会与成人文学的艺术真实如此不同呢？在我看来，根本原因就在于儿童文学的主体接受对象——少年儿童的思维特征决定和制约着儿童文学艺术真实的法则。根据瑞士心理学家皮亚杰的发生认识论理论和发展心理学理论，我们知道儿童思维与原始思维具有同构对应关系，由此导致儿童思维中的泛灵论（万物有灵）、人造论（万物皆备于我）、任意结合（前因后果观念）与非逻辑思维等明显区别于现代成人思维模式的思维特征，从而直接导致和影响到儿童对文学作品"艺术真实"问题的接受个性，这就是生命性、同一性与游戏性三大原则"。

所谓生命性，即用儿童的眼睛看世界，一切都是生命的对象化。在儿童的思维中（年龄越小越明显），世界上的万事万物无论花草树木、飞禽走兽，还是桌椅板凳、图书工具等，尤其是他们手上的布娃娃、小泥人、玩具猫、机器狗，都禀赋着人的灵性，与人一样具有生命与七情六欲，与人一样有思想、有情感、有语言。因而儿童思维中的世界是一个充满着鲜活丰沛的生命的世界，而不是冷冰冰的物理世界。他们坚定地相信月亮在对他笑、月亮在跟他走，小鸟在向他招呼、为他歌唱。这就是为什么儿童文学永远是那些小狗、小猫、小花、小草（动植物形象），山精、树怪、蛇郎、魔姑（神魔形象）等拟人化、超人化形象大摇大摆、得意洋洋地活动于天地的原因。在儿童看来，假如狮象虎豹狗狼猫鼠不会讲人话，做人事，假如童话中的英雄不会在空中飞、不会变化，假如小红帽不能从大灰狼肚里活着出来，假如王子不能吻醒已经昏睡一百年的公主，那才是假的，不可信的。正由于儿童思维的生命性原则，才使世界在儿童眼里变得如此美好与光明。在儿童看来，他们想要什么就能得到什么，想要使什么成为什么就能真的成为什么，甚至连"死而复生"这种人类永恒的

---

① 王元骧，文学理论与当今时代 [C] 第27、28、62、38、36页，杭州：浙江大学出版社2002。

第二十四章　论儿童文学的基本美学特征

难题在儿童那里也能轻而易举地解决。世界为他们准备得是如此周到妥帖。因此，儿童的理想（梦想）总是高于天的，只有当他一天天长大最后成为成年人（社会人）时，他的理想这才从云端跌落到地面，成了成年人的思维模式，也就"社会化"化了。

所谓同一性，即儿童的阅读是完全不会去考虑作品中的文学世界与客观世界是否具有一致性的，他是以一种完全"信以为真"的阅读期待与接受心理进入文学作品的，并进而与作品中的人物融为一体，主客不分，歌哭嬉笑，即以己身同化于艺术形象，代替艺术形象，与其同一。所以我们说儿童的阅读是一种真正的情感投入与生命体验，他会为作品人物的有趣遭遇哈哈大笑，也会因作品人物的不幸而难过落泪。因此，优秀文学作品会深深地影响儿童的精神素质，甚至使他终生难忘。儿童思维的这种同一性原则与成年人完全不同。成年人阅读文学作品是在一种"明知是假"的阅读状态下进入作品的，读者之所以把明知是作家虚构的人与事当作真实生活来接受，主要原因在于渗透在艺术形象中的作家的感情的真挚所产生的一种情感说服力深深打动了他们。但是成人读者一旦从作品中脱离出来，就不会再像儿童那样"难以自拔"，成年人走出作品之后也就完成了"明知是假，姑且当真"的阅读带来的审美愉悦与感动，这与儿童思维的同一性原则所带给儿童的阅读的审美愉悦与感动有着生命体验意义上的深浅厚薄之分。我至今依然清楚地记得，当我的女儿与她的小伙伴在她们童年时期看完中央电视台播放的动画片《米老鼠和唐老鸭》，片中说故事已经结束"再见"的时候，她们那种发自心底的难过与号啕大哭，她们已与米老鼠和唐老鸭融为一体，无法接受这两个快活的卡通形象要与孩子们"再见"的事实。一直要过了很久，当中央电视台又播出日本蓝精灵的动画片时，这才把她们的悲伤情绪安慰过来。

所谓游戏性原则，即儿童看取世界有其自己的一套按自己的思维逻辑构建起来的规则。客观世界是一个具有自己内在规律的物理世界，这个世界是被成年人所理解和把握的，成年人按照自己的思维模式与生存本领来适应这个世界，并建立起一套只有成人世界方能理解与运用自如的"游戏规则"和语言（如法

律、制度、等级、政权、货币、交易等等)。因而这个客观的物理世界以及成年人适应这个世界所运用的那些"游戏规则"与语言(成人文化),对儿童世界来说完全是隔膜的、神秘的,儿童既无从了解也根本没有兴致去了解。儿童为了适应这个世界,他们也会按照自己的思维模式与逻辑去建构起一套属于他们自己的游戏规则与语言。这种游戏规则与语言,一方面存在于儿童自己的游戏活动中,另一方面则大量地存在于成年人努力按照儿童的游戏规则与语言所创造的儿童文学中。"在现当代的社会,成人文化占领了整个世界,儿童的梦想在我们的现实世界上几乎没有形成的土壤。真正能够成为它的土壤的几乎只剩下了儿童游戏和儿童文学。只有在儿童文学里,儿童才有可能在自己的心灵中展开一个世界,一个在其中感到有趣味,感到自由,感到如鱼得水般的身心愉悦的世界。也就是这样一个世界中,儿童才自然地、不受干涉地用自己的心灵感知世界,感受事物,感知人,并形成真正属于自己的感知方式。"[1]

儿童思维的生命性、同一性与游戏性三原则,正是我们理解儿童文学艺术真实不同于成人文学艺术真实的区别原因之所在。与成人文学的艺术真实强调作家的主观认识与客观真实世界的一致性不同,儿童文学的艺术真实更注重于作家的主观认识与儿童思维特征所理解的那个幻想世界的一致性,亦即儿童文学的艺术真实更注重与虚拟幻想世界的联系,追求一种幻想世界的艺术真实。只有以儿童思维特征为基准而创作的作品,才有可能实现儿童文学的艺术真实。这既是儿童文学审美创造的一条基本规则,也是儿童文学坚持"以善为美"的美学理想的重要途径。唯有如此,儿童文学才能真正为儿童创造出一个如鱼得水般的身心愉悦的语言的世界。

因此,儿童文学坚持"以善为美"的美学理想,必须而且应当按照儿童思维所规约的艺术真实,去为儿童创造出一个充分张扬幻想精神的、愉快的、充满无限生命力的文学世界。

第三,儿童文学坚持"以善为美"美学理想的艺术创造,在题材内容方面

---

[1] 康德,道德形而上学的基础[A],《西方哲学原著选读》(下卷)[C]第314、318页,北京:商务印书馆,1982。

第二十四章　论儿童文学的基本美学特征

有其不同于成人文学的明显区别。除了我们上面论述的需要远离成人世界的某些内容之外，儿童文学的题材内容有其自身的独特性，这种独特性集中地大量地指向以下两个方面：第一是重在表现少儿生活世界及其内在的精神生命世界，表现儿童思维特别敏感与趣味盎然的幻想世界（动植物世界、大自然世界、英雄世界以至神魔世界等）；第二是重在表现那些体现全人类共同的文化理想，以及直接影响到未来一代普遍人性要求倾向方面的题材内容。

关于第一方面的题材内容之所以为儿童文学所必须首选，其原因正如以上所述，是由儿童文学接受对象少年儿童的特征所决定和规约的。具体细说，第一方面的内容主要体现在以下几方面：

一是表现成长

文学是人学，文学诞生于人，其目的也全在于人。儿童文学是人之初的文学，儿童文学的目的与意义全在于人之初——儿童生命的成长。儿童文学与儿童的成长总是极为紧密地联系在一起的，因而可以说成长是儿童文学的永恒主题。虽然儿童的成长不可避免地主要体现于社会成长，但只要恢复文化的和谐，人的全面发展、人的个性高扬、人的素质优化、人的诗意成长是完全可能的。在这一过程中，儿童文学发挥着极其重要的作用。成长对于生命当然是一个全过程，有人说小孩早在娘胎中就开始成长了，直到他的生命终点。这说法自然有其道理，但儿童文学所要表达的"成长"远比这笼统的成长要深刻具体。成长在儿童文学中，密集地汇聚在"少年人"这一年龄阶段，也即小学高年级以上、成年人以下这一段（大致在十二三岁至十七八岁）。因而儿童文学的成长总是与少男少女在这一年龄阶段巨大的身心变异所带来的困惑、烦恼、憧憬、期待，与青春年少的生命之间朦胧的情感吸引乃至"来往过密"，与自我意识的觉醒和家长、学校、社会之间的"亲子关系隔阂"即所谓"代沟"的出现，与成长中的少年儿童的人格独立性、自主性、自尊性、自信心的尊重与理解等，紧密地交织在一起。成长的艺术主题，大量地出现在儿童文学中的小说创作，主要是那些以少年人为主体艺术形象的少年小说、校园小说里。在当代外国儿童文学中，如《麦田地的守望者》《绿衣亨利》《在轮下》《世外顽童》《阿

拉斯加的挑战》《纽约少年》《古莉的选择》等，在当代中国儿童文学中，如《草房子》（曹文轩）、《非法智慧》（张之路）、《男生贾里全传》（秦文君）、《上锁的抽屉》（陈丹燕）、《六年级大逃亡》（班马）、《我可不怕十三岁》（刘心武）、《寻找回来的世界》（柯岩）、《我要我的雕刻刀》（刘健屏）、《花季·雨季》（郁秀）等，都是探索成长主题的富于创造性的艺术作品，对于成长中的少年儿童产生过广泛的影响。

二是张扬幻想

幻想对于儿童文学来说，犹如鱼之于水。当提到"儿童文学"这四个字时，人们仿佛在冥冥之中就会进入一种特殊的语境，产生一种特殊的交织着浪漫与想象、梦幻与诗意、神秘与瑰丽的意境，这种由特殊的语境与意境创造出的世界，人们常常把它称之为"童话世界"。在现实中，童话世界是既虚无缥缈又令人着迷的海市蜃楼，但在儿童文学中，童话世界则是生动的具象的鲜活的真实存在。如果说文学是作家的白日梦，那么儿童文学则是一个永远清晰的童年梦、童话梦。这梦直接来自于儿童思维，来自于儿童蓬勃生长着的生命世界。

没有幻想，就没有儿童文学。因而儿童文学的审美创造无论在任何时候，总是与幻想世界紧密地联系在一起。大致而言，在广义的儿童文学的三个艺术层次（少年文学、童年文学、幼年文学）中，如果说表现成长主要体现在少年文学，那么张扬幻想则大量地体现在为年龄段偏低的儿童服务的童年文学与幼年文学那里；就文体而言，则比较集中于童话、寓言、科幻、动物小说等。儿童文学幻想世界中的艺术形象，最常见也最易激起小读者连类无穷的想象与阅读快感的是动植物形象，尤其是动物形象。动物形象在儿童文学中大致有这样几种情况：或是直接描写动物世界，动物形象是作品中的完全艺术形象，这类形象最为常见，如安徒生的童话《丑小鸭》、伊索寓言、克雷洛夫寓言、莱辛寓言中的大量动物形象，中国作家沈石溪的动物小说《狼王梦》《一只猎雕的遭遇》《红奶羊》，汤素兰的童话《笨狼的故事》等；或是动物形象与人物形象共生于同一平台，动物与人类交织成无比神奇丰富的互动关系，如格林童话

第二十四章　论儿童文学的基本美学特征

《小红帽》、沈石溪的动物小说《第七条猎狗》等；或是动物形象作为人物形象的一种陪衬与互补，也即在以人类活动为主调的平台上出现动物形象，这类形象相对而言比前两种要少。

儿童文学幻想世界中的艺术形象除了大量的动植物形象外，比较常见的还有神魔形象、超人形象、英雄形象、特异人物（如巨人、小精灵、小矮人）形象等。如果将幻想艺术形象与人类关系作一比较的话，我们可以将其分为这样四类：第一类是拟人体形象，即赋予非人类的形象以人类的性质和本能，大量的动植物形象即属于此，甚至连河流（如严文井《小溪流的歌》）、歌声（如严文井《歌孩》）、风云（如严文井《四季的风》）、纸币（如丰子恺《伍元的话》）、稻草人（如叶圣陶《稻草人》）等自然景物、无生物、意念等也一样可以成为幻想世界中的当然角色。第二类是超人体形象，大量的神魔形象、变形形象、特异人物形象即属于此，这些形象具有超越人类的多种多样的本领，如能在空中飞行（J. K. 罗琳《哈里·波特》）、会变形（安徒生《海的女儿》）、形体特异（斯威夫特《大人国和小人国》即《格列佛游记》）、永不长大（彼得·潘的《永不长大的孩子》、汤素兰的《阁楼精灵》）。在西方童话中，经常出现的小精灵（Elf）、小仙女（Fairy）、小矮人（Dwarf），还有巫婆、巨人、魔法师、幽灵、吸血鬼等这样一些独特的个体和群体，都属于超人体形象范畴。第三类是智人体形象，这类形象既不存在于人类也不存在于动植物，甚至在神魔世界中也难觅踪影，而是存在于科学幻想的四维空间，这主要是科幻文学中的机器人、外星人、克隆人、隐形人形象等。第四类是常人体形象，虽然这类形象就是人类社会中的普通人，但由于经过艺术夸张、加工以后，同样成了幻想世界中才能出现的角色，如安徒生《皇帝的新装》、《豌豆上的公主》，张天翼《大林和小林》等作品中的皇帝、公主、大林、小林等。

儿童文学中的幻想，大量地表现为创造性想象，而非再造性想象，艺术幻想为儿童文学打造了一个神奇无比、无所不能的童话世界。鲁迅说："孩子是可以敬服的，他常常想到星月以上的境界，想到地面下的情形，想到花卉的用

处,想到昆虫的言语;他想飞上天空,他想潜入蚁穴。"[1]只有在儿童文学里,在由艺术幻想创造的语言的世界里,儿童的这种自由天性与想象力才能如鱼得水般的感到全身心愉悦和满足。

三是挥洒人间的爱

儿童的成长不能没有爱。爱的主题总是弥漫在儿童文学的艺术空间,尤其是在散文类作品以及为年龄偏小的孩子欣赏的幼儿文学作品中。人类之"爱"大致可以分为两大类:第一大类是以自我为中心的爱,首先是欲望,如对物质、生存、性的基本要求;其次是审美,如对某种艺术品的欣赏,例如集邮;再次是友谊,具体说有以利益为重的友谊、以兴趣为重的友谊和以道义为重的友谊等。第二大类的爱是超越之爱,博爱,是以他人为中心的爱,是抛弃自我欲望、无所求、无功利目的的爱。浸透在儿童文学中的爱主要是后一种爱,即超越之爱,博爱。这种爱对于儿童人文精神的养成是极其重要的。我们在泰戈尔的《新月集》《飞鸟集》等优美的散文诗中,在冰心抒写的"我在母亲的怀里,母亲在小舟里,小舟在月明的大海里"的小诗,以及架起"人和万物种种一切的互助和同情"的桥梁的散文《寄小读者》中,在当代作家郭风、金波、吴然那些自由灵动、舒缓柔和的儿童诗、儿童散文、儿童散文诗中,甚至在冰波着意渲染的夏夜、梦幻、春光、雨雾、琴弦、虫声的诗意型童话中,都能感受到一种通达人心联系人心的激情澎湃的爱。安徒生说过:"爱和同情——这是每个人心里应该具有的最重要的感情。"中外优秀儿童文学作品正是以这种最温暖人心的感情深化、亮化和美化着少年儿童的精神生命。这是儿童文学"以善为美"价值意义的具体真切的体现。

关于儿童文学坚持"以善为美"美学理想的艺术创造,在题材内容上的第二方面选择,即重在表现那些体现全人类共同的文化理想以及对未来一代的普遍人性要求,这实际上已经成为当今世界儿童文学一个具有普遍性的审美倾向与创作思潮。在这里,我愿引用 2002 年 8 月在中国大连召开的第六届亚洲儿

---

[1] 鲁迅《"连环图画"辩护》。

第二十四章　论儿童文学的基本美学特征

童文学大会上，亚洲儿童文学学会共同会长、韩国著名儿童文学理论家李在彻教授在题为《和平、发展与二十一世纪儿童文学》中的一段话来说明这个问题，他认为："儿童文学是一种原创文学，它将爱和理想植根于儿童心灵来建立人类社会的和平与幸福。因此，儿童文学必须反映如下四个方面，使得此类主题的体裁和所有体裁的文学作品的内容没有区别。第一，我们必须结束战争，并以拒绝任何名义的暴力的方式来达到真正的和平。第二，我们必须用爱心超越国界、宗教和等级的界线，我们也需更加用爱心接受那些残疾人和被疏远的儿童。……通过对生活的思考而感到对动植物的爱的重要性。第三，我们必须正确地在文学作品中反映过去的历史，以此来分享邻居的快乐与悲哀。……我们应该把东西方文化巧妙地融合在一起，创造出真正的带有普遍意义的世界文化来。第四，现在，全球正在进入物质文明和技术第一的时代。然而，这也导致了支撑人类社会的宝贵的精神、伦理价值正在荒废；维护一切生命体的尊严，保护自由和平等权利的信念正在动摇，我们应该确保把这样的信念作为文学作品的基础，并通过艺术的形象化，把这样的信念生动地传达给儿童们。"①

二十一世纪的世界儿童文学，在经济全球化、政治多元化、交通立体化、信息网络化的"全球化"浪潮中，承担着比以往时期更为重要而实际的关心、化育人类未来一代精神生命健康成长的使命。这个世界变得越来越小。有关战争与和平，生态环境与灾害防范，动物保护与可持续发展，现代人的生存困境与拯救，伦理道德的荒废与青少年犯罪激增等，这些折腾人类的共同问题，已日益成为世界文学与儿童文学关注的焦点、热点与难点。儿童是没有仇恨的，童心总是相通的。儿童文学是没有国界的，儿童文学是最能沟通人类共同的文化理想与利益诉求的真正意义上的世界性文学。因而，在这样一种背景下，当我们提出儿童文学"以善为美"的美学特征与价值理念，当我们期待着通过艺术形象化的审美途径，用儿童文学这种普世都能被接受的文学载体，把以善为美——劝人向善、与人为善、避恶趋善、惩恶扬善、择善而从，这样的信念生

---

① 韩国李在彻，《和平、发展与二十一世纪儿童文学》[A]，《当代儿童文学的精神指向：第六届亚洲儿童文学大会文选》[C]，沈阳，辽宁少年儿童出版社 2002。

动地传达给儿童们,当我们重新提出20世纪30年代一位中国作家茅盾所呼吁的"儿童文学要助长儿童本性上的美质——天真纯洁,爱护动物,憎恨强暴与同情弱小,爱真爱美"的观念时,我们认为这是及时的,必需的。"科学在思想上给我们以秩序,道德在行动中给我们以秩序,艺术则在对可见、可触、可听的外观把握中给我们以秩序。"二十一世纪的世界文明秩序依然需要儿童文学,需要儿童文学高扬"以善为美"的美学旗帜。

(写于2003年)

第二十五章
论少年儿童年龄特征的差异性与多层次的儿童文学分类

【提要】本文在回顾"五四"以来有关儿童文学的种种界说之后，对几十年一贯制的研究方法提出了质疑，指出离开了少年儿童年龄特征的差异性这个根本之点去探讨儿童文学的本质特征，容易导致以偏概全的失误。文章认为儿童文学是幼年文学—童年文学—少年文学三个层次文学的集合体，少年儿童年龄特征的差异性及其对文学的不同需求决定并制约着幼年文学、童年文学、少年文学各自具有的本质特征与思想、艺术上的要求。文章探讨了这三种文学的本质特征，论证了按照少年儿童的年龄差异进行多层次儿童文学分类的必要性与现实意义，对儿童文学理论界长期以来意见分歧的一些问题——关于教育性与趣味性、成人化与儿童化、写光明与写阴暗、类型与典型作了分析，提出了作者的独立见解与思考。

本文旨在以一种新的角度探讨儿童文学的本质特征，抛砖引玉，

以期就教于同行。

凡是值得思考的事情，没有不是被人思考过的；我们必须做的只是试图重新加以思考而已。

——歌德

一、回顾

关于儿童文学的本质特征，一直是儿童文学理论界至为关注的问题，也是长期以来混沌一团的问题之一。茅盾说过："'儿童文学'这名称，始于'五四'时代。"[①] 自从中国在"五四"时期出现了"儿童文学"这一崭新的文学门类之后，对儿童文学本质特征的理解，一直有着种种界说。大致说来，"五四"至1949年前，以"本位说"居多；1949年后，以"教育说"居多。最近几年出现了新的思考，争鸣的锣鼓越敲越热闹。"本位说"注重的是儿童心理、儿童的情趣与需要。鲁迅先生早在1919年10月就说过："孩子的世界，与成人截然不同；倘不先行理解，一味蛮做，便大碍于孩子的发达。所以一切设施，都应该以孩子为本位。"（着重号系引者所加）[②] 这里的"一切设施"自然也应包括为孩子服务的儿童文学。郭沫若认为："儿童文学，无论采用何种形式（童话、童谣、剧曲），是用儿童本位的文字，由儿童的感官以直诉于其精神堂奥，准依儿童心理的创造性的想象与感情之艺术。"[③] 郑振铎给儿童文学下过明确的定义："儿童文学是儿童的——便是以儿童为本位，儿童所喜看所能看的文学。"[④] 叶圣陶认为，创作儿童文学应"对准儿童内发的感情而为之响应，使益丰富而纯美"。[⑤] 周作人的表述尤为明白："儿童文学只是儿童本位的，此外便没有什么标准"，主张"迎合儿童心理供给他们文艺作品"[⑥]。中国第一部《儿童文学概论》（魏寿镛、周侯予著，

---

① 茅盾：《关于"儿童文学"》，原载《文学》第4卷第2号，1935年2月。
② 鲁迅：《我们现在怎样做父亲》，见《鲁迅全集》第1卷。
③ 郭沫若：《儿童文学之管见》，见《沫若文集》第10卷。
④ 郑振铎：《儿童文学的教授法》，原载浙江宁波《时事公报》1922年8月10日至21日。
⑤ 叶圣陶：《文艺谈·七》，原载《晨报》副刊1921年3月至6月。
⑥ 周作人：《儿童的书》、《儿童剧》，见《自己的园地》，北新书局1923年9月版。

第二十五章　论少年儿童年龄特征的差异性与多层次的儿童文学分类

商务印书馆1923年版）也有同样的表述："儿童文学就是儿童本位组成的文学"，"是由儿童的感官可以直诉于其精神堂奥的，拿来表示准依儿童心理所生之创造的想象与感情之艺术"。我们只要翻开"五四"以来的儿童文学论著或教科书就会发现，几乎所有阐述儿童文学本质特征的文章，都是以"儿童本位"作为立论依据的。从50年代起情况起了变化，"本位说"受到了大张旗鼓的批判。对"本位说"的批判都是以胡适、周作人作为靶子，因为胡适曾是杜威的弟子，对儿童文学也说过类似"本位"的话[1]；周作人就更应批判了。至于鲁迅、郭沫若、郑振铎、叶圣陶等赞同过"本位说"的文字，则统统视而不见，讳莫如深，似乎他们压根儿没有提过"本位"的观点。在批判"本位说"的同时，陈伯吹先生的"童心说"也在60年代被大批一通。"童心说"现在已经平反了，这是一件好事。形成于五六十年代批判"本位说"、"童心说"的基础上出现的"教育说"，其特点是强调成人功利，把儿童文学作为成人对儿童实施教育的一种工具。我们不妨试看几种影响较大的"儿童文学"定义。四川少年儿童出版社出版的五院校《儿童文学概论》说："儿童文学是根据教育儿童的需要而专为少年儿童创作、编写的，适合他们阅读的文学作品。"有的同志认为："儿童文学担负的任务跟儿童教育是完全一致的""儿童文学作为一种教育工具，它辅助学校教育，成为对广大少年儿童进行全面教育的完整的系统的教育部署的一个重要环节"。[2] 有的同志还提出过一个著名的定义："儿童文学就是教育儿童的文学。"[3] 最近几年，随着儿童文学创作实践的发展与理论探讨的深入，人们对儿童文学的本质特征又作了许多新的思考。有的同志提出儿童文学的特征是"导思、染情、益智、添趣"[4]。有的认为当前妨碍进一步提高儿童文学艺术质量的关键，在于不适当地强调了"儿童文学的教育特点"，而忽视了儿童文学的文学素质。

---

[1] 胡适曾这样说过："儿童的生活，颇有和原始人类相似之处，童话神话，当然是他们独有的恩物；各种故事，也在他们欢喜之列。有兴趣了，能够看的，不妨尽搜罗这些东西给他们，尽听他们自己去看，用不着教师来教。……过了一个时候，他们自会领悟，思想自会改变，自会进步的——这不是我个人的私意，是一般教育家的公论。"原文载赵景深编《童话评论》，新文化书社1924年版。
[2] 贺宜：《小百花园丁杂说·一百三十九》，上海少年儿童出版社1979年9月版。
[3] 鲁兵：《教育儿童的文学》，上海少年儿童出版社1982年9月版。
[4] 刘厚明：《试谈儿童文学的功能》，见《文艺研究》1981年第4期。

也有的认为儿童情趣是儿童文学的一个很重要的特征。比较多的同志认为儿童文学和成人文学一样，应具有教育、认识、审美的多种功能[1]。这几年对一些有争议的儿童小说如《祭蛇》《我要我的雕刻刀》《今夜月儿明》等的讨论中，也关涉到对儿童文学本质特征的理解。

本文无意对"本位说""教育说""情趣说""多功能说"等加以评议，也无意别出心裁提出儿童文学的新界说。本文只是想提出一个问题，请读者诸君思考：为什么大家搞了这么久的儿童文学，反而对"儿童文学"的本质特征找不到共同的易于普遍接受的语言呢？是不是需要对我们几十年一贯制的研究方法作一番检讨？是不是有什么问题卡了壳？我看，是的，是被一个问题卡了壳，这就是少年儿童年龄特征的差异性与儿童文学标准单一性之间的矛盾。下面，具体剖析一下这个矛盾问题。

二、质疑

众所周知，所谓儿童文学，是指为3岁的幼儿到十六七岁的少年服务的文学，它是以读者对象为依据区别于成人文学而自成一系的。3岁至17岁这个年龄阶段的孩子可以分为幼年、童年、少年三个层次。他们的共同特点是：在成人眼里，他们都是孩子，都是不懂事的要大人操心、大人供养的小人；在封建时代，他们都没有独立的人格与社会地位，被看作"缩小的成人"（鲁迅语）；在精神文明高度发达的现代社会，他们都被看成"祖国的花朵"，"人类的希望"。这是他们的共性。但从儿童心理学的科学角度考察，这三个层次的孩子无论在生理、心理、智能、性意识还是社会阅历、生活经验、兴趣爱好等方面，都存在着很大的差异。下面我们且以权威性的著作——朱智贤著《儿童心理学》（1980年版）与新版《辞海》为依据来看看这种差异。

先谈幼年。幼年时期（3岁至6—7岁）又叫学前期（进入学校以前的时期）或幼儿期（进入幼儿园时期），其特征是：（一）具有从事独立活动的愿望，

---

[1] 见《全国儿童文学理论座谈会综述》，原文载四川少年儿童出版社《少年书友》第10期，1984年8月10日。

第二十五章　论少年儿童年龄特征的差异性与多层次的儿童文学分类

但这种愿望与能否从事独立活动的经验及能力之间存在着重大的矛盾。解决这一矛盾的根本方式就是游戏，游戏推动幼儿心理的不断发展。因此游戏是幼儿的主导活动。（二）幼儿的各种心理过程带有明显的具体形象性和不随意性，抽象概括性和随意性只是刚刚开始发展。他们的语言水平低，第二信号系统不够发达，因而主要是以直观表象的形式来认识外界事物。（三）幼儿已开始形成最初的个性倾向。

再看童年。童年时期（6—7岁至11—12岁）相当于小学教育阶段，又称学龄初期。其特点是：（一）开始进入学校从事正规的有系统的学习，学习逐步成为他们的主导活动。（二）大脑机能（兴奋性、抑制性、第一和第二信号系统的相互关系）发展迅速，生活中充满幻想。逐步掌握书面语言，从具体形象思维逐步向抽象逻辑思维过渡。（三）开始有意识地参加集体生活。

再来看少年。少年期、（11—12岁至16—17岁）大致相当于初中阶段，亦"青春期"。这是一个从儿童期（幼稚期）向青年期（成熟期）发展的过渡时期，是一个半幼稚、半成熟、独立性和依赖性、自觉性和幼稚性错综矛盾的时期。其突出特点是：（一）有广泛的兴趣，但知识尚未成熟，情绪亦不稳定。（二）独立性，对外界反映的敏感性增强，抽象逻辑思维迅速发展。（三）生理上的性发育是少年期的重要特点，第二性征日见明显，开始意识到两性关系等。这是幼年期与童年期根本不可能有的。

通过以上分析，我们可以看出：幼年—童年—少年这三个层次的孩子在心理、生理上存在着很大的差异，尤其是少年与幼年的差异更为悬殊，有些甚至是风马牛不相及的"代沟般"的差异，如性意识。少年儿童心理发展的年龄差异性决定了他们对文学的爱好、取舍、理解接受能力也存在着很大的差异。例如，十四五岁的少年喜欢的读物，七八岁的儿童就接受不了，至于三四岁的幼儿就更不用说了；同样，适宜给七八岁的儿童看的读物也不适宜给三四岁的幼儿。少年喜欢看有一定深度的小说，儿童热衷于童话，而幼儿的恩物则是儿歌和短小的故事。这是显而易见的，毋庸再作赘述。

既然幼年、童年、少年这三个层次的孩子存在着如此众多的差异，有的甚至是"代沟般"的差异，这就向我们提出了一个必须思考的问题：我们要不要研究少年儿童的年龄差异对他们吸收文学作品有着怎样的影响？要不要对以往只有一个统一提法（而且根据我国的现状往往只是根据适合幼年特征的情况而提出）的儿童文学标准重新加以思考？这种方法是不是科学的？要不要按照少年儿童的年龄差异来建立适应这种差异性的多层次的儿童文学？要不要探讨这种多层次的儿童文学各自在思想、艺术上应有怎样的要求？集中到一点，即我们有没有必要去探讨为三岁到十六岁这一整个年龄阶段的孩子服务的文学（儿童文学）的本质特征？

我认为，正如儿童心理学只注重研究幼年—童年—少年的不同心理特征而从来不研究三岁到十七岁这一整个年龄阶段的少年儿童有什么共通的心理特征一样，我们的儿童文学也完全没有必要去探讨为三岁到十六岁的整个少年儿童服务的文学有什么统一的本质特征，而应当集中精力去探讨为幼年—童年—少年这三个层次的孩子们服务的文学各有什么本质特征，及其思想、艺术上的要求。用不着再把它们生拉活扯捆绑在一起，试图提出一个统一的而结果又往往是混沌一团、各说各有理的标准。换言之，我们应当做的是：第一，把"儿童文学"一分为三，明确提出并肯定幼年文学、童年文学、少年文学的概念，把它们从"儿童文学"这个单一概念中独立出来，自成一系；第二，然后再去探讨这三种文学各自的本质特征与思想、艺术上应有怎样的要求。当然，为了适应约定俗成的历史习惯，我们仍然可以把这三种文学总称为儿童文学，就像我们把幼儿、儿童、少年总称为孩子一样。据此，我对儿童文学的理解是：

儿童文学是成年人为适应三岁到十七岁的少年儿童的健康成长而创造的文学，是幼年文学、童年文学、少年文学三个层次文学的集合体。少年儿童年龄特征的差异性及其对文学的不同要求决定并制约着幼年文学、童年文学、少年文学各自具有的本质特征与思想、艺术上的要求，这三个层次的文学都以其作品的文学价值——认识、教育、审美、娱乐等作用，将少年儿童培育引导成为

第二十五章　论少年儿童年龄特征的差异性与多层次的儿童文学分类

灵肉健全的社会一员为最终目的。

三、思辨

也许有人会说我的这个意见是荒谬可笑的，但我希望读者诸君能坚持看完我提出这个意见的如下理由。

首先谈谈把儿童文学分为三个层次的文学（幼年文学、童年文学、少年文学）进行研究的必要性。

第一，这样做可以明确不同层次的儿童文学的不同服务对象与思想、艺术上的要求，从而使我们的创作更有针对性。

我的理解是：

幼年文学（或幼儿文学）是为三岁到六七岁的幼儿服务的文学。由于幼年期的生活是以游戏为主导，知识极端贫乏，故幼儿文学应特别注重娱乐与趣味，顺应满足幼儿心理发展的需要，培养幼儿的学习能力，丰富幼儿的语言。应强调正面教育，创作方法以浪漫主义为主，人物形象多系类型。主要文体有儿歌、短小生动的童话与故事，也可以有"无意思之意思"的作品。

童年文学是为六七岁到十一二岁的儿童服务的文学。由于童年期是以学习为其主导活动，富于幻想，求知欲旺盛，故童年文学应注重想象与认知，培养发展儿童的想象能力与认识世界的知识。应强调正面教育，创作方法以浪漫主义与现实主义相结合为其特色，人物形象多系类型，也应注重塑造典型形象。主要文体为适合儿童发展想象力的童话、科学文艺及小说、儿童诗等。

少年文学是为十一二岁至十六七岁的少年服务的文学。由于少年期是从幼稚向成熟发展的过渡时期，情绪的不稳定与性发育为其突出特点，故少年文学必须重视美育与引导，帮助少年健康地走向青年，走向人生。少年文学在强调正面教育的同时，应注意描写生活的真实，帮助少年正确把握和评价社会生活的各个方面。创作方法以现实主义为主，亦可引入意识流、浪漫主义等多种多样的手法，允许有成人化的因素，应努力塑造典型形象。主要文体为少年小说（这是因为小说最能广泛地、细致地、多方面地反映社会生活的真实面貌）与

散文、诗歌。

如果我们真能明确地认识到幼年文学、童年文学、少年文学的不同特征——它们的目的、功能、形式、创作手法等等，如果我们能科学地把握这些特征并付诸创作实践，那么，完全可以预期，由于这三类文学服务对象明确、针对性明确、创作思想与艺术上的要求明确，因之我们的儿童文学必将有一个较大的革新与发展。这是必然的，毫无疑义的。

第二，这样做可以提高儿童文学的文学地位。

以前我们不是经常听到有人抱怨幼儿（幼年）文学地位太低了吗？仿佛为幼儿写的作品都算不上是儿童文学，即使勉强"挤"进去了，也要低人一等。现在，通过分类，我们可以理直气壮地说：幼儿（幼年）文学是整个文学不可分割的一个组成部分，有其自身的独特的创作规律与思想、艺术上的要求。幼儿文学完全有用自己的理论来保护自己按照幼儿文学的特殊规律办事的权利！在文学之林完全有着自己不允被蔑视、不可被剥夺的地位！同样，童年文学与少年文学也有着自己不允被蔑视、不可被剥夺的地位，有着在文学之林中存在的价值！

第三，这样做可以回答和澄清儿童文学理论方面一些长期纠缠不清、混沌一团的问题，可以划清一些"政策界限"。这个问题需要用较多的篇幅加以论述。

1. 关于教育性与趣味性

儿童文学要不要坚持教育的功利性，要不要富于趣味性？对此问题一直是有分歧的。强调教育性的同志多是从文学的社会功利立论，认为"古往今来，无论封建社会，还是资本主义社会，儿童文学都是教育工具"。他们也承认儿童文学需要趣味，但这趣味只是一种手段，其目的是使儿童"通过有趣的故事使他们在欢乐中接受教育[1]，就像儿童不愿吃药一样，我们要加一些糖，或者包上一层糖衣"；强调趣味性的同志一方面以高尔基的名言"向孩子说话必须惹人发笑"、"游戏是儿童认识知识的方法，也是他们认识世界的工具"[2]作

---

[1] 鲁兵：《教育儿童的文学》第25页。
[2] 见《高尔基对儿童文学的论述》，原载兰州《社会科学》1980年第3期。

第二十五章　论少年儿童年龄特征的差异性与多层次的儿童文学分类

为立论依据，另一方面又联系过去儿童文学创作中"政治挂了帅，艺术脱了班，故事公式化，人物概念化，文字干巴巴"[①]的现象来论证注重趣味性的重要意义。这两种意见对不对？有没有道理？我认为都对，都言之有理。问题是要看你强调的教育或趣味是针对哪一个层次的儿童文学？如果你是针对少年文学强调作品的教育作用，这无疑是正确的。少年文学担负着帮助少年健康成长，引导他们成为健全的社会一员的任务，从这个意义上说，少年文学就是教育少年的文学。但如果对幼年文学、童年文学也一味强调教育作用，那就需要商榷了。幼年、童年期的孩子尚未到考虑社会人生、"四化"建设等大问题的年龄，他们关心的只是玩耍（幼儿）与学习（儿童），你的作品内容再好，教育性再大，如果脱离孩子的实际，那么孩子们是不会欢迎的。这在我们过去的创作实践中还少见吗？再说说趣味性，如果你强调的趣味性是针对幼年文学、童年文学而言，这无疑是正确的。但如果对少年文学也一味强调趣味而不注重教育意义，那就成问题了。这种倾向如果侵入少年文学，势必影响文学的社会作用与对少年读者的认识、教育功能。

2. 关于成人化与儿童化

对儿童文学的成人化倾向，文坛时有批评。有的同志认为"成人化"是"儿童文学创作的一种疑难杂症"，"既不利于儿童文学创作的正常发展，也不利于对儿童的教育"，儿童文学必须摒弃成人化，紧紧拥抱儿童化，儿童化乃是"儿童文学创作的一个关键问题"[②]。可是成人化的倾向却始终像幽灵一样游荡在儿童文学领域，过去有，现在同样存在，而且大有愈演愈烈之势，尤其是儿童小说的创作。上海《儿童文学选刊》1986年第2期选登了一篇题为《独船》的小说，同期发表的评论文章对《独船》推崇备至，认为这是一篇"带有浓重的悲剧性，甚至会使成人产生战栗感的作品"。小说通过一个船家儿子的心灵世界不被父亲理解最终造成失子悲剧的描写，向成人提出了鲁迅先生早在"五四"时期就提出过的严重问题："我们现在怎样做父亲？"显然，《独船》

[①] 茅盾：《六〇年少年儿童文学漫谈》，见《上海文学》1961年第8期。
[②] 贺宜：《儿童文学创作的一个关键问题——儿童化》，见《1949—1979儿童文学论文选》，中国少年儿童出版社1981年2月版。

表现的是"似乎只有成年人才能理解的深邃的人生内容"。像这种成人化倾向相当浓重的小说是不是属于儿童文学？适宜给小读者看吗？这一期的评论文章试图回答这个问题，但又吞吞吐吐，不够理直气壮。我的回答是：《独船》属于儿童文学，而且是很好的儿童文学作品。因为儿童文学可以有成人化，而且应当有成人化的因素。我们应当怎样看待儿童文学中的"成人化"呢？这一问题的关键是：成人化出现在哪一个层次的儿童文学作品？如果出现在幼儿文学、童年文学，那是不适当的，幼年、童年期的孩子所关心和理解的主要是属于他们自己的儿童世界、幻想世界及他们亲近的家庭生活、学校生活；他们未涉人世，没有道德观念或只有道德观念的初步表现，不可能对成人心理、成人社会产生兴趣，因此创作幼年、童年文学的一个关键问题是要特别注重儿童化，尽力避免成人化。与之相反，少年文学倒是需要有一点成人化的因素。少年期正在由人生的幼稚期走向成熟期。根据心理学的研究，少年已经对人的内部世界、内心品质发生了兴趣，开始要求了解别人和自己的个性特点，了解自己的体验和评价自己，同时也希望别人尤其是成人能够了解他；少年的道德信念、道德理想已初步形成，世界观也开始萌芽。他们既懂事，又不懂事；既能独立思考，又往往看问题不全面、不深刻；既有很大的独立性，要求大人把他们也当成"大人"看待，但又不善于监督（管住）自己，在行动上常常表现出不稳定与稚气；既渴望了解成人世界同时也有了一定的了解，但又是片面的、表面的。一句话他们真是既像大人，又像小孩，既有了一点成人的因素，又还停留在儿童世界。他们正在做着种种努力，迈步青年，走向成熟。少年期的这些特点要求我们必须用很大的机智来对待少年文学的创作，一方面不要把少年再当作幼年、童年期的"小孩"来看待，而应当适当地在作品中渗入一些成人世界的东西，有意识地"拔高"作品的深度与难度，有那么一种"成人化"的味道，使少年读者感觉他们在作家心目中已经是"大人"了，他们正在通过作品走向成人世界；但另一方面，也不要把少年当作成熟的青年来看待，成人化宜淡不宜浓，我们的笔触还须较多地投射于少年正在留恋着的儿童世界，机智而巧妙地把儿童化与适度的成人化因素结合起来。少年期的特点给儿童文学创作带来

第二十五章　论少年儿童年龄特征的差异性与多层次的儿童文学分类

了一定的困难。从某种意义上说，少年文学是最难把握、最不易写好的一种文学。因为它的服务对象处于由幼稚向成熟转化的过渡时期，少年文学可以说是由儿童文学（指更偏重于小年龄读者的儿童文学）向成人文学转化的"过渡文学"。过渡时期总是各种矛盾错综交叉的复杂时期，也是较难把握的时期，这也就是为什么儿童文学的争议大多集中在少年文学的原因。例如，这几年争鸣较大的小说《谁是未来的中队长》、《我要我的雕刻刀》、《祭蛇》、《新星女队一号》、《今夜月明》等，无一不是供少年阅读的作品；又如儿童文学理论界争鸣过的或正在争鸣的许多问题，如儿童文学可不可以揭露生活的阴暗面、可不可以描写少年朦胧的性爱意识等，也无一不是集中在少年文学的范畴。

我认为，少年文学可以有成人化的因素，那种不分作品的读者对象，一味批评指责成人化，这是不公正、不恰当的。儿童文学作家用不着畏首畏尾，瞻前顾后，而应当理直气壮地在作品中加入成人化的佐料——只要认准你的作品是为少年读者创作的就行了。少年文学完全有保护自己的作品促使少年读者走向成熟的成人化的权利！

3. 关于写光明与写阴暗

这实际上是儿童文学如何反映生活真实的问题。总是有同志不赞成儿童文学也来干预生活，认为小读者天真纯洁，儿童文学作品应当尽量写得单纯一些，不要告诉他们本来尚不知道的复杂和消极阴暗的东西，他们往往以高尔基的下列一段话作为立论依据：儿童文学"放在首要地位的，不是在小读者心里灌输对人的否定态度，而是要在儿童们的观念中提高人的地位。不真实是不对的。但是，对儿童必要的并非真实的全部，因为真实的某些部分对儿童是有害的"[1]。有的同志则认为，儿童文学应当直面人生，描写生活的真实，"生活中有光明，也有阴暗面，把它真实地反映出来，可以引导孩子们全面地思考和认识生活"，"孩子们需要多方面的精神养料，通过文学作品对人生的酸甜苦辣都品尝一下，对教育和培养他们健全的思想认识能力是

---

[1] 见《高尔基对儿童文学的论述》。

必要的"①，其目的是为了"培养孩子们在复杂事物面前的分辨是非的能力"，引导他们满怀信心地走向未来②。当代儿童文学创作（主要是小说）出现了不少敢于触及成人社会的时弊、引导小读者思考的作品，如《吃拖拉机的故事》（罗辰生）、《被扭曲了的树秧》（刘岩）、《破案记》（王路遥）、《我发誓……》（张微）、《弓》（曹文轩）、《祭蛇》（丁阿虎）、《独船》（常新港）等。这些作品引起了小读者的强烈反响，也引起了儿童文学理论界的不断反思：儿童文学到底应如何把握生活的真实？如何理解写光明与写阴暗？我认为，对此问题的理解也与少年儿童年龄特征的差异性紧密相关。儿童文学是文学，文学是人学，是研究人、写人的。既然人类社会存在着光明面与阴暗面，既然成人文学可以两者都写，为什么儿童文学就不可以呢？儿童文学应当写光明但也用不着回避阴暗。问题的关键是：你写的阴暗是出现在哪一个层次的儿童文学。如果是少年文学，适度的描写那是合适的；如果是幼年、童年文学，那就需要商榷了。幼年、童年期的孩子既不熟悉社会人生，更不理解成人世界种种复杂微妙的矛盾纠葛，体验不了人生的酸甜苦辣。因此如果对幼年与童年期的小读者也来谈什么"阴暗面"，写什么不正之风、社会弊端等等，这只能是"对牛弹琴"，既无益也无效。幼年文学、童年文学需要强调的是描写光明与正面教育，需要在幼儿、儿童心目中"提高人的地位"，对他们来说，真实的某些部分倒是确实有害的。他们刚刚来到这个世界上，睁着兴奋、好奇的眼睛，望着蓝天白云，探求着一切，他们需要挚爱与温暖，阳光与雨露。为什么非要把那些压抑心灵的、使人酸鼻的东西过早地告诉他们，损伤他们稚嫩纯洁的心灵呢？反之，对于少年文学来说，我们倒是应当谨慎地在作品中把握生活的各个方面，力求使少年读者通过作品折光地看到这个真实的世界：既看到这个世界光明灿烂，振奋人心的一面，也不应当回避客观存在的落后消极的因素，让他们通过作品间接地接触到社会的深层，了解现实，洞悉人生。这样，当他们一旦走向社会，就不

---

① 黄云生、蒋风：《谈儿童文学如何反映现实生活》，见《儿童文学研究》第10辑。
② 陈子君：《〈新星女队一号〉引起的杂想》，见《儿童文学选刊》1982年第3期。

第二十五章　论少年儿童年龄特征的差异性与多层次的儿童文学分类

会对复杂的社会生活感到茫然无措。事实证明，这样做对少年读者的精神发展是有好处的，一些作家的作品已经在这方面作了有益的尝试。因之，我认为，对少年文学来说，需要讨论的不是可不可以写阴暗面的问题，而是如何正确把握生活，引导少年读者正确认识人生，评价社会，健康地走向成熟的问题。

4. 关于类型与典型

有的同志抱怨儿童文学创作的典型化不够，翻来覆去就是那么一些类型化的人物，认为这是儿童文学之所以被人瞧不起、之所以不景气的一个重要原因，他们要求儿童文学向成人文学看齐，努力塑造新的儿童典型形象。的确，与成人文学相比，儿童文学的典型是太少了。优秀的成人文学作品曾经塑造了一系列不朽的艺术典型，如唐·吉诃德、哈姆莱特、葛朗台、林黛玉、阿Q、孔乙己……都给人留下难忘的印象。可是，中外古今的儿童文学又出现了多少个典型呢？我们应当如何理解这种现象？为什么儿童文学的人物大都是类型化的？儿童文学的典型塑造应如何突破？我觉得这个问题需要从少年儿童年龄特征的差异性、理解文学形象的差异性中去寻找答案。

出现在文学作品中的人物无论是类型还是典型，他们都是文学形象。文学形象具有两大特点：第一，文学形象是以语言作为造型工具，具有间接造型的性质，它不像表现艺术（如戏剧）、造型艺术（如绘画）、综合艺术（如电影）的形象那样具有强烈的直观可视性。第二，文学形象可以从多方面用多种多样的方式来展示广阔而复杂的社会生活，乃至于表现社会生活的发展过程，展示人与人之间的错综复杂的社会关系和人物内心的精神世界。读者的阅读，总是以作品所提供的形象为根据产生的感受、体验和认识来理解作品，同时又根据自己的思想水平、生活经验来理解、解释以至丰富和补充形象的内涵。正由于文学形象具有这样两个特点，因此如何理解文学形象和形象所揭示的审美意义，直接取决于读者的思想水平与生活经验。读者的思想水平愈高，生活经验愈丰富，艺术的接受能力和理解能力愈强，就愈能透彻地了解作品形象的意义与美学价值，从中得到思想上的启发与艺术上的陶冶。而少年儿童恰恰在理解文学形象的"基本功"——生活经验与思想水平方面存在着严重的局限性与

差异性，年龄愈小这种局限与差异也就愈大。处于幼年与童年时期的孩子他们的生活天地狭小，主要是家庭与幼儿园、学校，生活经验十分贫乏；幼儿由于第二信号系统还不够发达，主要以直观表象的形象来认识外界事物；儿童在心理发展方面虽然有意性和抽象概括性已开始发展，但无意性和具体形象仍占主要地位。这就必然给他们认识文学形象与理解形象带来了相当的困难。一般地说，他们认识形象往往只停留于表象，比较简单，也比较肤浅（比如，通过人物的脸谱、服装、动作来判别"好人"与"坏人"），年龄愈小，愈是如此。他们还不善于通过自己的感受、认识和体验来理解文学形象，更谈不上对形象进行丰富和补充了。正是在理解文学形象的局限性与差异性上，类型化的形象恰恰可以适应与满足幼儿与儿童的认识水平。所谓类型，是指文学作品中具有某些共同或类似特征的人物形象，英国当代小说家佛斯特称之为"扁平人物"。"扁平人物"的好处是形象的鲜明性，第一，"易于识别，只要他一出现即为读者的感情之眼所觉察"；第二"易为读者所记忆，他们一成不变地存留在读者心目中，因为他们的性格固定不为环境所动，而各种不同的环境更显出他们性格的固定"[1]。这种类型化的人物在供幼儿、儿童阅读的童话、故事、小说等叙事性作品中十分突出，人物形象描写的类型化差不多成为一种通例。人物的共性掩盖了个性，有的人物的出现只是作为某种思想的图解；人物的生活和细节趋于单一化往往只是为了说明人物某一方面的品质；同一类型人物之间的区别，往往只在于职业、地位、称谓、习惯动作等，看不见特定环境中特定的行为心理的具体描写[2]。恰恰是这些类型化的形象最为儿童所喜爱，最适合他们的理解接受能力。无论是安徒生、格林童话，还是叶圣陶、张天翼、严文井、贺宜、金近、鲁兵等的童话中，我们都可以用"感情之眼"觉察出这类形象。

但是，对少年读者来说，类型化的形象已不能适应和满足他们的理解鉴赏水平了，少年的性格正在日趋丰富复杂，他们的生活经验与思想水平正在逐渐成熟，对社会人生的理解也正在逐渐积累感性知识，他们需要比类型化更高级、

---

[1] 见佛斯特著《小说面面观》，花城出版社1981年7月版。
[2] 陈道林：《论张天翼的童话创作》，见《华中师范学院学报》1984年第2期。

第二十五章　论少年儿童年龄特征的差异性与多层次的儿童文学分类

更复杂、更有集中性与概括性的形象，这就是典型形象。典型的性格是丰富的、多侧面、多层次的，佛斯特称之为"圆形人物"。"圆形人物"是无法用一句话将他"描绘殆尽"，他们"消长互见，复杂多面，与真人相去无几，而不是一个概念而已"[1]。这种具有高度概括性的形象比较适宜于有一定的生活经验与思想水平的少年阅读，也为他们所理解和接受。例如安徒生笔下的小人鱼（《海的女儿》），张天翼笔下的王宝（《宝葫芦的秘密》），王安忆笔下的李铁锚和张莎莎（《谁是未来的中队长》），铁凝笔下的安然（《没有纽扣的红衬衫》）等。我认为，儿童文学如果要塑造新的典型形象，那就得从少年文学中去突破，尤其是少年小说，至于幼年文学与童年文学，就让类型化的人物去占据吧。我们需要讨论的一个重要课题应当是：如何在少年文学中塑造出富有时代特点的足以振奋读者心灵的新的典型形象，而没有必要，也用不着去指责与期待幼年文学、童年文学为什么不爆出一串典型形象来。

以上这些问题——教育性与趣味性、成人化与儿童化、写光明与写阴暗、类型与典型，都是儿童文学理论界长期以来颇有分歧的问题。对具体事物进行具体分析，这是马克思主义活的灵魂。我们对儿童文学本质特征的探讨，也应当做一番具体事物——不同年龄的读者对象对文学的不同要求——具体分析的工作，切忌"一刀切"。事实证明，以往那种离开了少年儿童年龄特征的差异性这个最根本之点去谈什么儿童文学的本质特征，容易导致以偏概全，陷入片面性的泥沼。

最后，简单谈谈按照少年儿童年龄特征的差异性进行多层次儿童文学分类的现实意义。

为什么过去我们的儿童文学老是受到干扰，无所适从。讲童心挨批，谈趣味不对，写真实为难，接触朦胧的"爱情"更是大忌……可谓禁区重重，关卡道道，比之成人文学，儿童文学的禁区更多。我认为，除了"左"的干扰以外，不重视、不研究少年儿童的年龄差异对他们吸收文学有怎样的影响，不重视、

---

[1] 见佛斯特《小说面面观》。

不研究少年儿童的年龄差异对各类儿童文学在思想、艺术上应有怎样的要求，这不能不说是一个重要原因。"儿童文学"这名词从"五四"时期出现至今已有六十多年了，六十多年来，我们很少看到专门探讨少年儿童心理发展的年龄差异性与各类儿童文学关系的论著。这一问题，钱光培同志曾在1980年提出过（见《儿童文学研究》第6辑），但没有引起应有的重视。今天，随着文学春天的到来与思想解放的促进，我们的整个文学研究领域——无论是现代文学、古典文学、外国文学，还是民间文学、影视文学、比较文学等，都呈现出一派蓬蓬勃勃、开拓前进的可喜局面。独有儿童文学，还是几十年一贯制，抱住旧本领、旧观念不放。难怪儿童文学理论被人看不起了。儿童文学的研究现状必须革新，不革新是没有出路的。要革新，就应当从研究少年儿童的年龄差异性对各类儿童文学的要求这一根本点入手。这是一个突破口，牵一发而动全身。各种争论不休、混沌一团的问题无不与这问题相关。当然，这是一道难关，需要有心人以革新的精神去开拓、求索。

按照少年儿童的年龄特征来研究、创作各类儿童文学，这并非我的发明，国外早已在这样做了。当今欧美、日本等发达国家的儿童文学都十分强调少年儿童的年龄差异对文学的不同要求，有的还注意到性别、家庭、民族、遭遇等的差异对吸收文学的影响。各种年龄、学年的儿童都有自己相应的文学读物，而且分类越来越细，不但有供幼儿、儿童、少年阅读的各类读物，还出现了以独生子女、父母离了婚的孩子、女孩子、初中快要毕业的少年等为特定服务对象的读物。世界儿童文学发展的这种新趋势不能不引起我们的关注与深思。如果我们的儿童文学作家、理论研究者，如果我们的儿童文学报刊、出版机构，大家都有自己比较明确的服务对象与创作研究方向，你专搞幼儿文学，我注重童年文学，他主攻少年文学（当然这三种文学也是互相联系互相影响的），那我们的各类儿童文学创作、研究、编辑工作将会出现一种令人振奋的景象！由于服务对象明确，分工明确，对各类儿童文学思想、艺术上的要求明确，我们就能为孩子们提供多种层次、多种多样的儿童文学读物。小河有水大河满，各类儿童文学都搞上去了，整个儿童文学事业自然是兴旺发达、欣欣向荣，这难

第二十五章　论少年儿童年龄特征的差异性与多层次的儿童文学分类

道还用怀疑吗？在这方面，上海的《幼儿文学报》已经做出了样子，取得了实绩。《幼儿文学》作为一个层次的儿童文学园地，由于它的服务对象与思想、艺术上的要求十分明确，因此受到了成千上万的幼儿与家长的热烈欢迎！这个成功的先例在鼓舞、召唤着我们，"为最可宝爱的后来者着想，为将来的世界着想"（叶圣陶语），让我们赶紧创作、研究适合少年儿童年龄差异性的多层次的儿童文学吧！

1984年5月13日构思提纲于浙江师范学院（今浙江师范大学）研究生学习室

1985年7月23日—27日匆草于西南师范大学（今西南大学）梅园二舍寓所

【附记】

本文最先于1985年8月在大连召开的"全国儿童文学教育研究会第三届年会"上宣读、交流，后刊于《浙江师范大学学报》1986年"儿童文学研究专辑"。1985年9月21日《青年晚报》发表晏苏的题为《儿童文学研究要跟上时代步伐》的报道："今年8月，在大连召开的全国儿童文学教学研究会第三届年会上，一批从事儿童文学教学、理论研究及编辑工作的青年，以其新颖独特的观点和研究方法，引起了各方面的关注。这些青年们认为，当前，我国成人文学已突破了许多陈腐观念的束缚，取得了可喜的成绩，而儿童文学界由于'左'的影响犹存，理论研究及创作远远落后于时代。他们指出，我国儿童文学研究一直处在浅层次，理论工作者本身素养的欠缺不能不说是一个重要原因。要改变现状，须加强自身的学习，提高在美学、哲学、儿童心理学诸方面的理论素养。有的青年已做了一些有益的尝试。如浙江少儿出版社青年编辑孙建江的论文《在运动中表现美》，从运动美学和接受美学的角度研究儿童文学的规律和特点。他们反对用成人文学的模式来套儿童文学，也反对用一个固定不变的定义和概念来套儿童文学，限制儿童文学的发展。西南师范学院青年讲师王泉根，在题为《论少年儿童年龄特征的差异性与多层次的儿童文学分类》的论文中，第一次明确提出按照少年

儿童年龄特征的差异，将儿童文学分为幼年文学、童年文学、少年文学三大类。指出儿童文学创作和理论研究领域里禁区重重，'讲童心挨批，谈趣味不对，写真实为难，接触朦胧爱情更是大忌'的症结所在，就是无视少年儿童的年龄差异所造成的阅读层次的不同，用幼年文学套少年文学，用少年文学套童年文学。这篇论文成为大会讨论的主要议题。显然，这些从事儿童文学教学、研究和出版事业的青年们，努力探索，将会成为推动儿童文学事业迅速发展的崛起的一代。"

1989年4月7日《中学生导报》发表晏苏的"儿童文学沙龙讲座（二）"《王泉根的层次说》，文章认为："儿童文学的读者涵盖面是极大的，它包括了幼年、童年、少年三个具有重大意义的发展阶段，这就要求我们的儿童文学根据不同发展阶段的读者心理、生理特征进行创作。然而，令人遗憾的是，儿童文学理论界似乎比较迟钝，几十年来，并没有自觉地区分三个发展阶段的不同特点，常常眉毛胡子一把抓，用一种尺度来衡量所有的作品……严重影响着儿童文学创作和理论研究的深入发展。理论界在少年儿童发展阶段方面的顿悟是在1985年，它的标志是王泉根的儿童文学层次说的正式提出。王泉根对儿童文学的发展历史和现状作过精深研究，针对儿童文学理论研究的混乱状态，他的儿童文学层次说，起到了拨开迷雾、廓清发展道路的重要作用。王泉根在他的学术论文《论少年儿童年龄特征的差异性与多层次的儿童文学分类》中提出：儿童文学应当根据少年儿童年龄特征，从幼年、童年、少年三个阶段研究文学的不同特点。为此，不妨将儿童文学划分为三个层次，即：幼年文学、童年文学、少年文学……王泉根的学说出现以后，儿童文学理论研究有了长足进步，推动了文学发展。"

1991年6月四川少年儿童出版社出版的《儿童文学辞典》在"多层次的儿童文学分类"条目中作了如下诠释："多层次的儿童文学分类是关于儿童文学基本原理的一种观点。于1985年8月全国高校儿童文学教学研究会第三届年会上由王泉根较系统地提出。这一观点是从接受美学与儿童心理学立论的，强调儿童文学必须适应接受对象主体结构的同化机能及阶段性发展水平。（下略）"

上海《儿童文学研究》1993年第1期发表的朱自强《新时期儿童文学理论的误区》一文中认为："整个新时期的儿童文学理论研究与创作一样是呈向前发展趋势的。人们对儿童文学的理解、认识越来越具有开放的世界性。1986年王泉根发表了《论少年儿童年龄特征的差异性与多层次的儿童文学分类》一文，率先（我所知范围内）借鉴

第二十五章　论少年儿童年龄特征的差异性与多层次的儿童文学分类

国外的儿童文学研究方法和成果，系统地论述了将儿童文学一分为三（幼年文学、童年文学、少年文学）的必要性、合理性，并以此有效地回答了一些处于争论中的问题。比如关于'成人化'和'儿童化'……王泉根提倡的将儿童文学一分为三的方法，是一个很大的进步，推动了儿童文学理论研究的发展。……'一分为三'的观点提出以来，很快便得到了儿童文学界的认同。'儿童小说实际上是少年小说'的说法便是少年文学自身意识回归的表现。（下略）"

1995年2月江苏少年儿童出版社出版的孙建江著《二十世纪中国儿童文学导论》第三编第四章第二节"儿童文学层次的明确划分"中有如下述评："真正对儿童文学年龄层次的划分作深入探讨的是进入八十年代。""应该着重提到的是八十年代中期王泉根发表的《论少年儿童年龄特征的差异性与多层次的儿童文学分类》一文。王泉根认为：正如儿童心理学只注重研究幼年—童年—少年的不同心理特征而从来不研究三岁至十七岁这一整个年龄阶段的少年儿童有什么共通的心理特征一样，我们的儿童文学也完全没有必要探讨为三岁至十七岁的少年儿童服务的文学有什么统一的本质特征，而应当集中精力去探讨为幼年—童年—少年这三个层次的孩子们服务的文学各有什么本质特征，及其思想、艺术上的要求。用不着再把它们生拉活扯捆绑在一起，试图提出一个统一的而结果又往往是混沌一团、各说各有理的标准。换言之，我们应当做的是：第一，'儿童文学'一分为三，明确提出并肯定幼年文学、童年文学、少年文学的概念。把它们从'儿童文学'这个单一概念中独立出来，自成一系；第二，然后再去探讨这三种文学各自的本质特征与思想、艺术应有怎样的要求。王所谓的三个层次，也即（一）为三岁至六七岁幼儿服务的幼儿文学，（二）为六七岁到十一二岁儿童服务的童年文学，（三）为十一二岁到十六七岁少年服务的少年文学。"

"王泉根的意义在于，他将这一问题的讨论深入化、系统化了。王泉根从儿童文学的本质'找不到共同的易于普遍接受的语言''少年儿童年龄的差异性与儿童文学标准单一性'之间存在着矛盾这一事实的检讨入手，以儿童心理学将儿童分为不同层次为依据，提出儿童文学应该一分为三。进而，着重谈了儿童文学分为幼年、童年、少年三个层次的必要性（这也是王泉根论述最见分量的地方）。他从三个方面论述了儿童文学分为三个层次的必要性。第一，三层次的划分，可以明确不同层次儿童文学的不同服务对象与思想、艺术上的要求，从而使我们的创作更有针对性。第二，三层

次的划分,可以提高儿童文学的地位。第三,三层次的划分,可以回答和澄清儿童文学理论方面一些长期纠缠不清、混沌一团的问题,可以划清一些'政策界限'。其中,他较详细地讨论了第三个问题中的四组关系。一是关于教育性与趣味性的关系。他认为少年文学应多强调教育性,幼年、童年文学应多强调趣味性。二是关于成人化与儿童化的关系。他认为儿童文学可以有成人化,而且应当有成人化的因素。关键的问题是,成人化出现在哪个层次的儿童文学中。成人化出现在幼儿文学、童年文学中是不合适的,幼年文学、童年文学应该注重儿童化。成人化出现在少年文学中则是必要的。三是关于写光明与写阴暗的关系。他认为'儿童文学是文学,文学是人学,是研究人,写人的。既然人类社会存在着光明与阴暗面',儿童文学'也用不着回避阴暗。问题的关键是:你写的阴暗是在哪一个层次的儿童文学。如果是少年文学,适度的描写那是合适的;如果是幼年、童年文学,那就需要商榷了'。四是关于类型与典型的关系。他认为'儿童文学如果要塑造新的典型形象,那就得从少年文学中去突破,尤其是少年小说,至于幼儿文学与童年文学,就让类型化的人物去占据吧。我们需要讨论的一个重要课题应当是:如何在少年文学中塑造出富有八十年代特点的足以振奋读者心灵的新的典型形象,而没有必要,也用不着去指责与期待幼年文学、童年文学为什么不爆出一串典型来'。此外,王泉根还谈了儿童文学层次划分的现实意义。王泉根的具体论述、他所使用的具体概念是否十分准确这我们可另作讨论,但我以为,王泉根对儿童文学层次划分深入化、系统化,进而理论化研究的努力是十分难能可贵,而且也是卓有成效的。事实上,儿童文学的层次划分说,也是在进入八十年代,特别是八十年代中期以来才为人们所普遍重视并获得共识的。"(孙建江此论后又发表于《当代文坛》1996年第3期专文)

上海《儿童文学研究》1997年第4期"理论信息综汇"在《台湾儿童文学研究生招生》一文中报道:"今年九月,台东师范学院儿童文学研究所招收的第一届十多位儿童文学研究生正式开学,这表明台湾儿童文学教学研究进入一个新阶段。据有关资料,台湾高校招收儿童文学研究生共考四门课程:一是儿童文学,二是儿童学,三是国文,四是英文。'儿童文学'是考试的主课,其中有五道论述题,第二题为'儿童文学有三个层次与两部类之说,试论之'。此题系出自大陆学者王泉根的一篇论文。这一现象充分说明两岸儿童文学交流带来的互动与影响。"

第二十六章
三个层次与两大门类：儿童文学的新界说

童年是寻求信息的时期。人生的童年需要契合童年时代审美特征与视读经验的儿童文学。童年时代是由幼年、童年（狭义的）、少年三个年龄阶段组成的，儿童文学应当是为处于这些不同年龄阶段少年儿童服务的艺术载体。

接受美学认为，文学作品只是为读者而创作、为读者而存在的，只有被读者理解和接受，才能实现其美学价值和社会功能，变成活生生的艺术。作为儿童文学的接受对象——千万小读者与大读者一样，他们不是消极的被动的反应环节，而是实现作品功能潜力的主体，是促进儿童文学发展的一个决定性因素。儿童文学对少年儿童来说，并非是被给定的客观认识对象，其价值也不是一个超越时空的常数，而只是一种外部刺激。皮亚杰认为，任何外部刺激只能通过"同化"与"顺化"两种机能才能得以实现：只有当外部刺激被主体同化于他的认识结构之中，主体才能对此作出反应，从而发生某种改变，即作出某种顺化；如果外部刺激超出了主体结构同化的范围，那么同化和顺化都无法进行，也即无法整合于主体已有的结构之中。由于儿童文学的接受对象是包括了从学龄前的幼儿（3—6岁）到14—15岁的少年乃至

16—17岁的"准青年"这样一个复杂的未来公民集合群，由于这个集合群中的各个年龄阶段的孩子（小孩子和大孩子）对各自所需的文学在内容、形式、表现手法等方面有着明显的差异（例如：少年不喜看奶声奶气的幼儿读物，幼儿看不懂少年小说、报告文学），因之，儿童文学必须适应各个年龄阶段的少年儿童主体结构的同化机能，必须在各个方面契合"阶段性"读者对象的接受心理与领悟力。这就规定了建立多层次儿童文学——幼年文学、童年文学、少年文学分类的必然性与科学性，具体地说，这三类文学各自具有鲜明的艺术个性与独特使命：

幼年文学（或称"幼儿文学"）是为3岁至6—7岁的幼儿（幼儿园阶段）服务的文学。由于幼年期的生活是以游戏为主导，处于启蒙阶段，故幼年文学应特别注重娱乐与趣味，顺应满足幼儿心理发展的需要，培养幼儿的学习能力，丰富幼儿的语言知识；应强调正面教育；创作方法以浪漫主义为特色；人物形象多系类型；主要文体有儿歌、幼儿诗、低幼童话故事，也有"无意思之意思"的作品。

童年文学（或称狭义的"儿童文学"）是为6—7岁到11—12岁的儿童（小学阶段）服务的文学。由于童年期是以学习为主导，富于幻想，求知欲旺盛，故童年文学应注重想象与认知，顺应满足儿童发展想象的能力，开阔认识世界的视野；应强调正面教育；创作方法以浪漫主义与现实主义互补为特色。人物形象既有类型，也有性格丰满的典型；主要文体为童话、科学文艺及短篇儿童小说、儿童诗等。

少年文学是为11—12岁到16—17岁的少年（中学阶段）服务的文学。由于少年期是从幼稚期向青年期过渡的一个近乎突变的时期（人称"危险期"），情绪的不稳定与性发育为其突出特点，故少年文学必须特别重视美育与引导，帮助少男少女健全地走向青年，走向成熟；少年文学在强调正面教育的同时，应注重全景式的生活描写，引导少年正确把握和评价社会人生的各个方面；创作方法以现实主义为主，亦应引入意识流、纪实体、散文化、象征化、哲理化等多种传达方式；主要文体为少年小说与少年诗、寓言、散文、

第二十六章　三个层次与两大门类：儿童文学的新界说

报告文学等。

必须指出，幼年文学、童年文学、少年文学这三者是互补渗透、相辅相成的，而不是各成一体、互相割裂的封闭块结。

儿童文学是一种特殊样式的文学。与成人文学相比，其最大的特殊性在于：它的创作者、购买者乃至讲解者都是成年人，而接受对象是少不更事的孩子。这就在儿童文学的"生产"领域与"消费"领域之间产生了明显的"代沟"：成年人的审美趣味、文化心理、价值观念等与孩子们的接受机制是如此地不相协调，除了极少数的天才（如安徒生）以外，成年人无法再复归到孩子的心理状态与想象世界中去，因此，诚如茅盾所说："儿童文学最难写。试问自古至今，全世界有名的作者有多少，其中儿童文学作家却只有寥寥可数的几个"；然而这个世界是由成年人统治的，成年人又总是力图处处——包括借助创作"儿童文学"这种特殊形式——影响、左右以至主宰少年儿童。自从世界上有了"儿童文学"，它的生产者总是处于居高临下、君临一切的地位，生产什么、怎么生产，全由自己作主；而它的消费者却始终只能充任被动的接受者——小读者既无权力对成年人的审美趣味提出异议，也无能力批评成年人为他们创作的或硬塞给他们的作品。于是，由成年人创作的"儿童文学"势必出现两种悖反现象：一种是处处以儿童为中心（本位），"善于从儿童的角度出发，以儿童的耳朵去听，以儿童的眼睛去看，特别以儿童的心灵去体会"（陈伯吹语）的契合小读者审美趣味与接受心理的纯粹的儿童文学，例如丹麦安徒生的童话，国内郑渊洁的童话，另一种是出于成年人某种宣教、传道、惑众的政治需要或其他需要，用来演绎教义或图释概念的形式上的儿童文学，例如西方某些用以宣传基督教教义的"儿童文学"，我国"文化大革命"时期标语口号式的"儿歌"。小读者虽不能对成年人写的"儿童文学"说这说那，但他们却有权力作出接受或不接受的抉择。真正为孩子们服务的作品，不但能影响人的一生，留下终生难忘的印记，而且被一代又一代的小读者流传下去；而那些出于其他目的名义上的"儿童文学"，虽然有的也能鼓噪一时，但过不多久就烟消云散，在小读者心里留不下半点痕迹。纵观中国的现、当代儿童文学史，这种教训难道还少

吗？

　　与以上情形相映成趣的是，少年儿童的文学鉴赏兴趣，并不恪守于成年人为他们主观划定的"儿童文学"圈子，他们还从成人文学中找寻适合自己审美趣味的作品。于是，一些为大读者创作的作品就出现在小读者——尤其是正在走向青年阶段的少年读者的书包里、课桌上。产生这种现象大致有如下原因：第一，孩子是变化的、生长的，他们的文学修养、视读经验、审美理想也时时在变化、生长着；第二，孩子总是好奇的，他们虽然迷恋于花的世界、鸟的世界，但对这个广阔而复杂的由成年人主宰的人的世界，尤其充满洞悉一切的好奇心。于是，少年儿童实际上认定和阅读的"儿童文学"就有了这两大门类：一是"儿童本位的儿童文学"，即上文所论及的以儿童为本位而创作的、契合小读者审美趣味与接受心理的文学，用郑振铎的话说就是："儿童文学是儿童的——便是以儿童为本位，儿童所喜看所能看的文学。"这里的儿童本位，即是儿童中心：作品的中心读者是少年儿童，它是以表现少年儿童眼光中的现实世界或心灵中的幻想世界为中心内容、以再现和提升少年儿童的审美意识为重要美学特征的文学。很明显，这一部类的儿童文学断然排除了那些以宣教、传道、惑众为目的的名义上的"儿童文学"。第二类是"非儿童本位的儿童文学"。这类文学的中心读者是成年人而非孩子，它是以表现成年人眼光中的现实世界或心灵中的幻想世界为中心内容、以再现和提升成年人的审美意识为重要美学特征的文学。但是，由于这类文学作品的某些艺术因素吸引了小读者——如童年记忆、少年心态、魔幻手法、变形组合、动物形象、拟人方式、荒诞情调、游戏精神、喜剧意识等，于是就被小读者"拿来"当作了自己的读物。在中国文学中，最典型的例子莫过于《西游记》（这是一部标准的成人小说）中孙悟空、猪八戒的故事对孩子们的吸引力了。因之，我以为：儿童文学实际上是一种"模糊"文学，儿童文学与成人文学之间没有泾渭分明的界限；只有比较意义上的相对独立的儿童文学，没有严格意义上的绝对完善的儿童文学。

　　麻雀虽小，五脏俱全。作为文学大系中的"小儿科"，儿童文学与整

第二十六章　三个层次与两大门类：儿童文学的新界说

个文学具有不可分割的一致性。凡是文学具有的——性质、特征、功能等，儿童文学也同样具备；凡是成人文学所拥有的一切文体——小说、散文、诗歌、戏剧、科学文艺等，儿童文学也无所不包。除此之外，它还有两类只在自己园地扎根的文体——童话与儿歌。因此，儿童文学可以分为六大体裁：童话（含寓言）、小说、散文、诗歌、戏剧、科学文艺。童话是儿童文学的专利品；小说主要是契合少年读者视读经验的少年小说；诗歌有少年诗、儿童诗及其特殊体裁——符合幼儿听赏要求、顺口易记的儿歌；科学文艺的主要读者是少年儿童。

综上所述，我认为：作为文学大系统中的一个相对独立的组成部分的儿童文学，是成年人为吸引、提高3岁至16—17岁的少年儿童鉴赏文学的需要而创作的一种专门文体。它既是由少年文学、童年文学、幼年文学三个层次的文学所组成的集合体，又是由"儿童本位的儿童文学"与"非儿童本位的儿童文学"两大部类所构成的整一体。不同年龄阶段少年儿童的心理差异与接受能力，决定并制约着少年文学、童年文学、幼年文学各自具有的审美特征及思想、艺术上的要求；少年儿童审美趣味的自我选择与生长、变化着的视读经验的自我调节，则规定了"儿童本位的儿童文学"与"非儿童本位的儿童文学"存在的客观性与科学性。无论是"三个层次"还是"两大门类"的文学，它们都有维护自己独立的创作规律与艺术个性的权利，都以其自身的文学价值——认识、教育、审美、怡情与平衡心理的作用，通过童话、小说、散文、诗歌、戏剧与科学文艺等体裁，将少年儿童培育引导成为具有健全的文化心理、理想的精神人格、高雅的文学修养、优渥的审美意识的社会成员为最终目的。——这就是我对儿童文学的理解。试以图表简示如下：

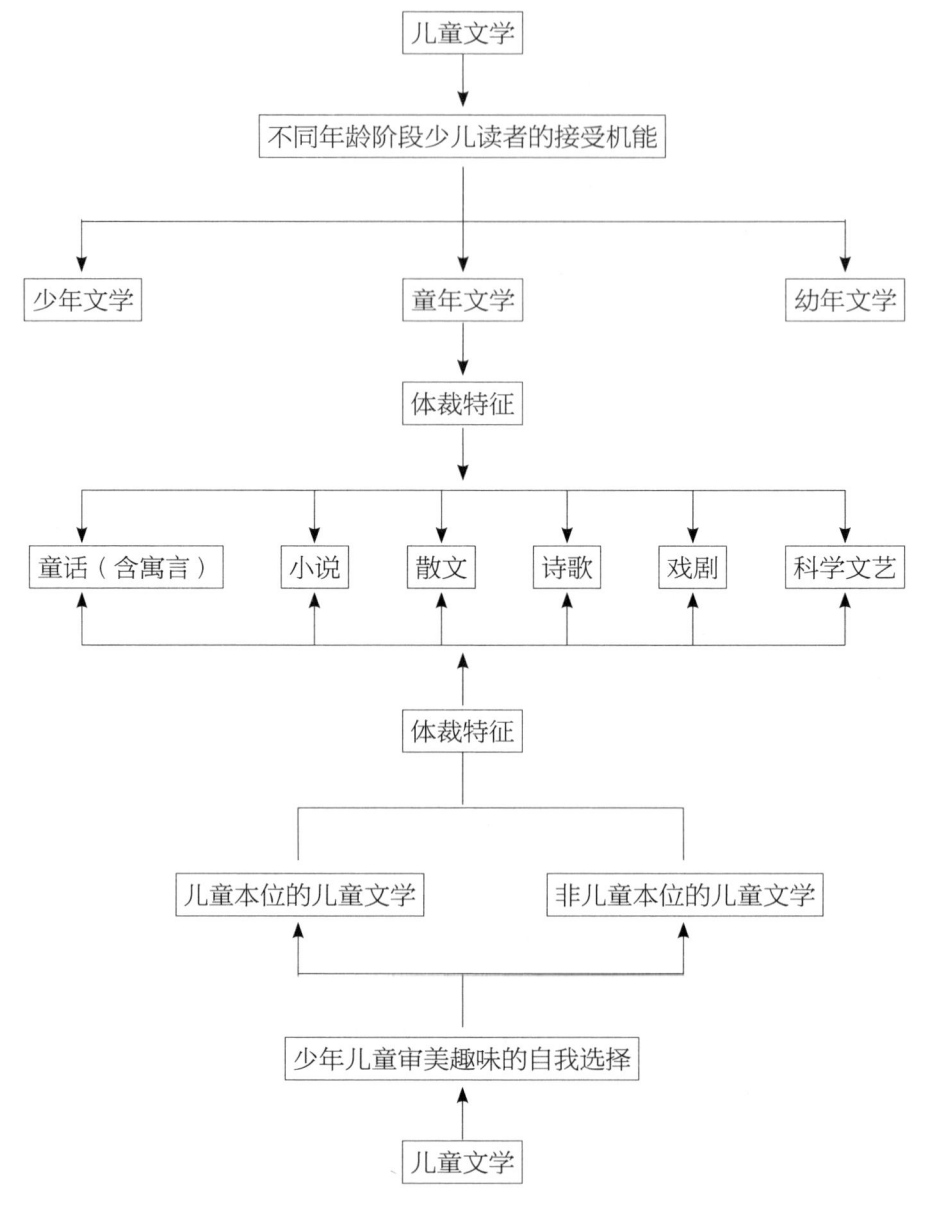

```
                        ┌──────────┐
                        │ 儿童文学  │
                        └────┬─────┘
                             ↓
                ┌──────────────────────────┐
                │ 不同年龄阶段少儿读者的接受机能 │
                └────────────┬─────────────┘
         ┌───────────────────┼───────────────────┐
         ↓                   ↓                   ↓
    ┌─────────┐         ┌─────────┐         ┌─────────┐
    │ 少年文学 │         │ 童年文学 │         │ 幼年文学 │
    └─────────┘         └────┬────┘         └─────────┘
                             ↓
                        ┌──────────┐
                        │ 体裁特征  │
                        └────┬─────┘
   ┌──────────┬─────────┬────┼────┬─────────┬──────────┐
   ↓          ↓         ↓    ↓    ↓         ↓          ↓
┌────────────┐┌─────┐┌──────┐┌──────┐┌──────┐┌──────────┐
│童话(含寓言)││ 小说 ││ 散文 ││ 诗歌 ││ 戏剧 ││ 科学文艺 │
└────────────┘└─────┘└──────┘└──────┘└──────┘└──────────┘
       ↑        ↑       ↑       ↑       ↑        ↑
                        ┌──────────┐
                        │ 体裁特征  │
                        └────┬─────┘
              ┌──────────────┴──────────────┐
              ↓                             ↓
     ┌──────────────────┐         ┌────────────────────┐
     │ 儿童本位的儿童文学 │         │ 非儿童本位的儿童文学 │
     └─────────┬────────┘         └──────────┬─────────┘
               ↑                             ↑
               └──────────────┬──────────────┘
                              │
              ┌──────────────────────────────┐
              │ 少年儿童审美趣味的自我选择     │
              └──────────────┬───────────────┘
                             ↑
                        ┌──────────┐
                        │ 儿童文学  │
                        └──────────┘
```

（写于 1988 年）

第二十七章
论原始思维与儿童文学审美创造

作为发生认识论创始人的皮亚杰（J. P. Piaget，1896—1980），其影响早已超越了瑞士本国，闻名全世界。他对幼年到少年的儿童思维发展作过详尽的研究，第一个提出了作为"自我调节"结构系统的精神视觉理论，从而回答了主观想象与周围环境相互作用的问题。他的儿童心理学理论在心理学界赢得了最高声誉，被称为心理学领域中独树一帜而又经受了考验的里程碑。他的学说不但影响了整个心理学的发展方向，而且还直接导致了儿童教育、学校教学与儿童文学的深刻变革。皮亚杰的学说与儿童文学有着十分密切的联系，这不仅因为这个学说的研究对象与儿童文学的接受对象具有一致性，而且由于它对考察带有原始思维精神的儿童文学及其接受对象的审美心理结构有着哲学认识论上的意义，同时还对儿童文学的创作实践与理论建构发生着实质性的影响与启迪。皮亚杰的学说对儿童文学的启迪是多方面的，下列几点尤为值得我们注意。

一

皮亚杰认为，儿童的思维是一种处于"我向思维"与社会化思维之间的思

维，谓之"自我中心的思维"。这种思维的基本特征是主客体不分。同原始人一样，儿童缺乏自我意识与对象意识，不能区分主体与客体，把主观情感与客观认识融合为一，即把主观的东西客观化，把世界人格化。这在处于"前运算阶段"的儿童身上表现得尤为明显。皮亚杰把儿童意识中物我不分、主客不分时，客体对主体的依赖关系称作依附（adherence）。随着儿童智力的发展，主体与客体就逐渐分化，这种依附也就逐渐减弱；不同程度的"依附"有不同的表现形式[①]，儿童的"泛灵论"即是最重要的一种。

儿童意识中的"泛灵论"是与原始意识中的"万物有灵论"同构对应的。这种观念认为大自然的万事万物由于各种看不见的精灵而具有生命；不但许多无生命的东西有生命，而且还和人一样有感觉与意识。在生产力水平极为低下的洪荒时代，当赤身裸体的原始人面对喜怒无常的自然现象，惊恐和疑惧就同时笼罩着他们。天上有日月星辰、风云雷电，地面有滔滔洪水、森林大火、毒蛇猛兽……原始人无法理解这一切，便只好求诸幻想和虚构，按照人的面貌，把自然万物人格化，这就产生了"万物有灵"的观念。这种观念的进一步发展，就衍化为图腾崇拜、神话与巫术。图腾崇拜是人类在最低级的社会中对安全期望的非理性投影；神话是"人类最初发展阶段的体验的遗产"，是使人"胆战心惊"的诗（荣格语）；而巫术则是人类童年时代任意组合的逻辑思维所产生的神秘交感。作为生命黎明时期的儿童，他们的思维对外在物理世界的把握与原始人一样处于模糊的混沌状态，分不清物理世界与心理世界，分不清思维的主体与思维的对象，所以也分不清现实的与想象的东西，这就导致了儿童的泛灵观念。在儿童眼里，太阳会对人笑，月亮会跟人走，夜空闪烁的星星是在调皮地眨眼睛，闪电惊雷、狂风大雨是天公在发怒；如果儿童不小心跌倒在地，大人只要用脚狠狠地踩几下地面，再批评几句，他就以为土地已遭到了惩罚，就满足了。儿童正是这样通过泛灵观念把情感和意识赋予整个世界，使活动着的有机世界更加活跃昂扬，使僵死的无机世界充满蓬勃的生命力。

---

① 参见雷永生等著《皮亚杰发生认识论述评》第202页，人民出版社1987年版。

第二十七章　论原始思维与儿童文学审美创造

泛灵观念在由儿童自己创作的艺术品中常常有极生动的反应。他们总喜欢把太阳画成笑脸，再添上两撇胡子，给气球画顶草帽，给小鸟在树杈上画间小屋。在儿童编写的儿歌故事中，泛灵观念更是大显身手，奇特的想象经这个突破口宣泄而出，流布成斑斓奇妙的文学画面。请看鲁迅先生早年搜集的一首北京儿歌《羊羊羊》：

羊羊羊，跳花墙。／花墙破，驴推磨。／猪挑柴，狗弄火，／小猫儿上炕捏饽饽。

再请看四川大巴山区一个 11 岁的小学生写的诗《太阳下山了》[①]：

太阳下山了／但它没忘记／刚才它在天空卜看见的——／花儿在笑／百灵鸟唱着快乐的歌／白云像手帕一样／不断地擦洗着天蓝的玻璃／孩子们也在树林里悄悄地／与树上的鸟儿对话／太阳下山了／它含笑地下山了

透过这两件不同年代的儿童作品，我们不可以看到儿童泛灵观念所折射出的那一幅充满生命力的天然图景？不可以看到一种带着晨露般透明的、天趣可掬的童趣美吗？

正确理解与把握儿童自我中心思维中的泛灵观念，对于认识和表现儿童的审美情趣、审美意识，强化儿童文学的审美功能，具有重要意义。事实上，一些有作为的作家对此早已"心有灵犀"。老资格的浙江儿童诗人田地，曾写过一首别出心裁的儿童诗《寻梦》：

我一睡着／梦就来了／我一醒来／梦就去了／梦从哪儿来的／又

[①] 此诗由四川省儿童文学作家邱易东向笔者提供。

到哪儿去的／我多么想知道／多么想把它找到／／在枕头里吗／我看看——没有／在被窝中吗／我看看——没有／关上门也好／关上窗也好／只要一合眼／梦就又来了

梦怎么可以寻呢？但在幼儿的心目中——就像在原始人的心目中一样，梦同样是有生命、有意识的，他们还不懂得梦是一种生理现象。既然梦是有生命的，那就可视可触，就一定能找到："在枕头里吗／我看看——没有／在被窝中吗／我看看——没有。""看看"两字，逗人传神，简直把儿童的泛灵观念写神了！要说"诗眼"的话，这就是"诗眼"。枕头、被窝里都没有梦，那梦一定是从外面进来的。于是他关上门窗，不让梦跑出去。孩子寻梦的举动是多么认真焦灼，他完全沉浸在泛灵观念构建的虚幻世界之中，思维的对象完全被思维的主体同化了。

游移在儿童意识中的泛灵论是童话、神话之所以具有永久魅力的哲学依据，是儿童文学之所以特别需要幻想、拟人、夸张、变形等艺术手法的根本原因，也是"小儿科"永远充满小狗小猫小花小草（动植物形象）、蛇郎鹿姑、山精树怪（神魔形象）的直接注脚。成年人已不能再回归到儿童时代去，他们常常惊叹儿童世界的美好自由，赞美儿童情趣的纯真无邪。殊不知，酿成儿童世界甜酒的酵母正是泛灵观念的元素所组合成的。泛灵观念的"发现"为我们把握儿童的审美意识与接受心理开启了一条具有永久价值的通路。

二

除泛灵论以外，皮亚杰认为主客不分的儿童自我中心"依附"关系还有另一种重要表现形式，即"人造论"。由于儿童是从自我出发来观察事物的，于是产生了这种观念：万事万物都是人造出来的，为人服务的，一切都安排得于人有利。在儿童看来，山是供他爬的，河是为他玩水用的，太阳给他温暖，和风为他送凉，鸟儿为他歌唱，星星送他进入梦乡。一句话，"万物皆备于我"！这种自我中心的思维突出地表现在儿童的"象征性游戏"中。儿童显然不是生

第二十七章　论原始思维与儿童文学审美创造

活在真空里,他不得不使自己适应社会,但是这个社会是由成年人的意志和习惯组成的;他还不得不使自己适应物理世界,但是这个世界对他却是那么难以理解与把握。现实无情地制约了儿童不可能像成人那样充分有效地满足自己理性上与感性上的需求,为了实现理性上和感性上的平衡,儿童就必须另辟一个属于他们自己的活动领域,这就是游戏。游戏需要借助语言与规则,但这些都是社会传授,而不是儿童自己创造的;为了充分表达儿童自己的意愿、经验和情感,他们"需要一种自我表现的工具,需要一个由他创造并服从于他的意愿的信号系统,这个信号系统就是象征性游戏。在象征性游戏中,儿童按照自己的想象来改造现实,以满足自己的需要。在这里,就不是儿童顺应现实,而是把现实同化于自我"[1]。因此,按照皮亚杰的解释,儿童是生活在他自己构想的童话世界(象征性游戏)中,而不是生活在现实世界中。

"万物皆备于我"是儿童在象征性游戏中必然采用的法则,这种法则使他们的自由意志和愿望在理性上和感性上达到最佳平衡状态。他们可以呼风唤雨,要啥有啥,想怎样就怎样,指挥一切,调遣一切,改变一切,创造一切。月亮不但能跟着自己走,而且还必须跟着自己走。有一首儿歌这样唱道:

月亮走,我也走;/我和月亮手拉手。/星星哭,我不哭,/我给星星盖瓦屋。

月亮和星星都成了臣服于他的"乖娃娃",不但要听他的话,而且要由他来安排归宿。在儿童看来,世界本来就是如此,万物本来就安排得于他有利。这就是为什么童话(尤其是民间童话)、神话故事中各种神奇的宝物形象最使儿童入迷、最具有吸引力的原因。藏族民间童话《神奇的必旺》中的小王子,手托金瓶,只要说一声:"金瓶,金瓶,我要一座宫殿。"话音刚落,自己就已经坐在九层高的黄金殿里了。《猎人海力布》中的那块宝石只要含在嘴里,

---

[1] 参见雷永生等著《皮亚杰发生认识论述评》第187页、193页、210页。

就能听懂世上各种动物的话，知道天上人间的许多秘密。① 诸如此类的宝物还有能治百病的泉水，能屙金子的毛驴，能使瞎子重见光明的夜明珠，以及飞毯、魔镜、宝盒、仙草等等。它们可以随主人的意愿变出金银珠宝、美味佳肴、奇花异卉，当然只要主人需要，也可以变出各种玩具、画片、刀枪；它们还能随心所欲地满足主人的运行要求，比如上天入地、来去无踪、穿墙而过，甚至能产生一种神秘的力量扬善惩恶。儿童意识中的"人造论"在这些宝物形象所建构的童话世界得到了充分的宣泄，获得了极大的满足。

机智地利用儿童的"人造论"意识，借助幻想、夸张等艺术手法，塑造契合儿童审美心理结构的文学形象，是实现儿童文学价值尺度的又一条重要途径。18世纪的德国作家埃·拉斯别创作的《敏豪生奇游记》（我国译为《吹牛大王历险记》）是这方面的成功范例。在作家笔下，敏豪生这位"吹牛大王"经历了一系列世界上荒诞却又奇妙无比的事情：在没有发火石的情况下，敏豪生急中生智，利用眼睛里爆出的火星去点燃猎枪的火药，一枪竟打死了10只从苇塘里飞起的水鸟；将一块生火腿油串上铅丝作子弹，一枪就串住了一群野鸭；飞走的野鸭竟自动掉进烟囱，进入炉膛把自己烤成了美肴；用樱桃当子弹射进了鹿的脑门，一年以后鹿的两只犄角之间居然长出一棵枝叶繁茂的樱桃树，供敏豪生打猎途中尝果；敌军放落的要塞闸门，把战马切成前后两半，敏豪生骑着前半匹马继续追歼逃敌大获全胜，直到给马饮水时，才发现马嘴里喝进的水都从后面哗哗流走了；一条被钉住尾巴的狐狸因为受不了鞭打的疼痛，从皮里蹿出去光着肉身子逃跑，于是敏豪生得到了一张完好无损的狐皮。还有，骑上正打出炮筒的炮弹进入敌占区，攀着豆藤上月亮去取回一把银斧，把一只猛扑过来的恶狼像翻手套似的把它翻了个里朝外……随心所欲、无所不能的敏豪生把小读者带进了一个彻头彻尾的按照"人造论"原则建构起来的荒诞世界，在吹牛大王的"象征性游戏"中，自然界的万事万物都同化于人的自由意志和愿望了。行笔至此，我们自然会想到中国作家创造的"人造论"形象。张天翼笔

---

① 参见刘守华著《中国民间童话概说》第169页，四川民族出版社1985年版。

第二十七章　论原始思维与儿童文学审美创造

下的那个要啥有啥的宝葫芦（《宝葫芦的秘密》），给小主人王宝带来了那么多意想不到的快乐，也惹出了那么多丢人脸面的麻烦；洪汛涛笔下的那支画啥变啥的神笔（《神笔马良》），帮助穷人解脱了苦难，把贪官污吏葬入了大海。中国当代儿童文学创作曾推出过数以千计的童话，但这两篇作品却一直为孩子们所津津乐道，这里的奥秘难道不值得我们深思吗？我们还要自豪地提到古典名著《西游记》塑造的孙悟空形象的巨大魅力。孙悟空既迎合了儿童的泛灵观念，也符合儿童的人造论精神。变化腾挪、幽默开朗、乐观勇敢、机智灵活的孙猴子已成为充满民族特性的独创形象，它是以神性、人性、动物性三者融合的方式塑造而成的儿童文学的永恒典范。孙悟空之所以吸引儿童，完全在于这个形象契合了儿童意识中"自我中心思维"的敏感神经，契合了儿童审美经验中的那些最富有特征的东西。

三

皮亚杰指出："自我中心的思维必然是任意结合的。"[①] 自我中心思维使儿童从自己的感觉出发，以自己的感觉为尺度，根据自己的看法来判断一切事物。儿童不习惯受别人看法的支配，因而不能适应别人的看法；越是不适应别人的看法，就越把自己的看法看成是绝对的。同时，自我中心思维使儿童的感觉不能忠实地反映客观现实，不能细察客观的关系，而把现实同化于自我，把主观的图式强加于外在世界，把过去的图式同化于新的经验，用同化于自我来代替对外在世界的适应。这就势必使儿童产生任意结合的逻辑思维。所谓"任意结合"，即不懂得事物的联系有其内在根据，把两件毫不相干的事物（或现象）按照主观意愿任意联系在一起。儿童意识的这一特点同样可以在原始意识中找到对应关系。原始人看待事物是按照接近、类似、对比等原则发生联想，再进行组合、调配，产生新的意象。例如著名的埃及狮身人面像（即司芬克斯），就是原始人根据主观意愿把人的智慧（人面）与狮的力量（狮身）结合在一起

[①] 参见雷永生等著《皮亚杰发生认识论述评》第187页、193页、210页。

的复合物。在古希腊和西亚,另有一种与此成对的"狮身鸟首兽",这也是一种复合怪物,起保护神的作用。在中国,"龙"的形象显然是上古先民任意结合的杰作了。根据学者们的研究,大概在我国原始社会末期,夏人和他们的部落联盟,战胜了其他以兽类为图腾和以鸟类为图腾的部落,成为一个强大的部族。为了表现这一事实,便把兽的角和鸟的爪等,组合在夏人自己的图腾崇拜物蛇的身上,于是就复合成了"龙",成为夏人图腾崇拜的新神物。由于夏代文化为后人所继承,于是龙的形象就发展成为华夏文化的象征。

  任意结合的逻辑思维犹如"推波助澜""火上加油",使本来因"泛灵论""人造论"作用而沉湎于幻想的儿童,又加添了"荒诞"的羽翼,世上的一切在他们眼里变得更加随心所欲、任人摆布了:一件事物可以与另一件毫无关系的事物联系起来,一个现象可以用另一个意想不到的现象来加以说明,甚至可以用某种风马牛不相及的理由和假设来回答任何问题与解决任何困难。他们可以给太阳画上胡子,给月亮画上眼镜,在杂乱无章的涂鸦中指出那是小花、小树和小鸟;屏幕上无所不能的米老鼠、唐老鸭、七十二变的孙悟空、猪首人身的猪八戒、力量超人的铁臂阿童木……是他们最喜欢、最崇敬、最熟悉的形象;他们即兴创作的儿歌、故事可以毫不费力地应付各种问题。苏联作家诺索夫的《幻想家》叙述两个孩子在一起编故事,其中有这样一段对白:

  "有一次我在海里洗澡",小米沙说,"忽然给一条鲨鱼撞上了。我捶了它一拳,它一口咬住我脑袋,嚓地给咬断了"。

  "你撒谎!"

  "不,不撒谎!"

  "那你怎么没有死?"

  "我干吗要死?我游到岸边,走回家来了。"

  "你不是没有脑袋了吗?!"

  "当然没有脑袋。我要脑袋干什么?"

  "没有脑袋怎么走呀?"

第二十七章 论原始思维与儿童文学审美创造

"就是这么走的。没有脑袋又不是不好走路!"

"那你现在怎么有脑袋的呢?"

"另外长的。"

想得太妙了!没有脑袋照样走路,需要脑袋可以另长一个!这就是孩子的逻辑,任意结合使他们无所不能,无往不胜。世界在孩子眼里实在太微不足道了。

我们的作家如能正确认识儿童"任意结合"的逻辑思维,把握儿童意识结构中的这一特征,可以写出很美的作品来。李其美的低幼故事《鸟树》可谓深得个中三昧。幼儿园的冬冬和扬扬偶然捉住了一只小鸟,他们十分疼它,又是喂食,又是抚爱,可是不知为什么小鸟却默默地死了。这使孩子非常难过,他们从"花生埋在泥里就能长出好多花生来"得到启示,认为把小鸟埋在泥土里,也一定会长出好多小鸟的。于是就把死去的小鸟埋在泥里,并在土堆上插了一根葡萄藤。"有意栽花花不发,无心插柳柳成荫",小鸟当然不会复活,那根枝条却在春天长出了绿芽。"这就是鸟树呀!冬冬和扬扬告诉他们的朋友:这棵树长大了,会开出很多很多的鸟花,鸟花又会结成很多很多的鸟果,鸟果熟了,裂开来就跳出了很多很多的小鸟。到那时候,小鸟每天从树上飞下来和我们玩。"

孩子的心地是多么纯洁美好,孩子的想象又是多么荒诞奇特!任意结合的逻辑思维使他们把毫不相干的花生结果与小鸟复生沟通了起来,轻而易举地解决了"死而复生"这一成年人的永恒难题,演出了一幕"种鸟树"的喜剧。正是这种在成人看来荒诞无稽而在儿童眼里却十分自然的行为,凸现出了孩子们的那一片甜美纯真,细腻地传达出童心世界的天真、善良,使整个作品洋溢着一种诗意的美,给人以强烈的艺术感染和审美体验。

在儿童的天性中实在有着几分"荒诞"的基因,儿童意识深层结构的"任意结合"正是他们实践荒诞心理的内驱力,也是某些具有荒诞因素的文学作品对他们具有巨大吸引力的直接原因。懂得这一点,我们就可以理解为什么精彩的民间故事从古至今总是那么深受孩子们的青睐,为什么中外儿童文学作家对

塑造具有"特异功能"的超人体形象总是那么兴趣十足。无论是丹麦安徒生笔下那个追求不灭灵魂的鱼尾人身的小人鱼(《海的女儿》),还是瑞典作家林格伦笔下背上有螺旋桨的小飞人(《小飞人三曲》),美国作家笔下以美妙演奏轰动全纽约的蟋蟀齐斯特(《蟋蟀在时代广场》),以及中国作家笔下长出榨菜鼻子的偏食小公主(方圆《榨菜公主》)、移植了老虎胆和人工心脏的猫王国国王小白鼠(郑渊洁《舒克和贝塔历险记》)……无一不是契合儿童"任意结合"意识的成功形象。儿童的审美情趣与审美观念在这里找到了自由发挥的广阔天地。它启示我们:美的表现形式,是多元的而不是一元的;儿童文学的美,有着多种传达方式,包括通过"荒诞"的中介来契合儿童"任意结合"的逻辑思维。

四

皮亚杰曾仔细研究过儿童的因果观念,他把儿童的因果观念的发展分为三个主要时期[①]:第一时期,因果观念是心理的、现象主义的,最后目的的和魔术的;第二时期的因果观念是人造论的、泛灵论的和动力学的;第三时期的因果观念才是反映事物真实因果联系的物理因果观念。皮亚杰把前两个时期的因果观念称为"前因果观念"。所谓"前因果观念",即是一种不反映事物之间真实因果关系的因果观念。儿童的前因果观念与原始人的因果观念是对应的。

原始人没有"偶然"观念,认为原因与结果的联系是普遍的,一事物与相邻或相随的事物必发生因果联系,一切事件的发生都由于某种神秘力量的作用。在原始人看来,某人突然生病死去,与他曾经冒犯了某物(如打死过一只熊、砍倒过一棵树)有关,他的死是这些事物的神秘力量在起作用。神秘力量无所不在,无时不在。所以世界上根本没有什么偶然的事件,而是神秘力量在起作用,是某种天意的表现。列维·布留尔在《原始思维》一书中,列举过不少非洲原始部落土人的这种"荒唐"因果观。例如,1908 年发生在南非巴苏陀人

[①] 参见雷永生等著《皮亚杰发生认识论述评》第 187 页、193 页、210 页。

第二十七章　论原始思维与儿童文学审美创造

（Basutos）中的一次偶然雷击事故：

"闪电击中了我的一个熟识土人的住宅，击死了他的妻子，击伤了他的孩子，烧毁了他的全部财产。他清楚地知道闪电是从云里来的，而云又是人的手摸不到的。但是有人告诉他说，这闪电是由一个怀着恶意预谋反对他的邻人指引它到那里去的。他相信了这一点，现在还相信，将来也永远相信[①]"。这就是原始思维对因果关系的理解。列维·布留尔认为："一般地说，对这种思维来说，没有也不可能有任何偶然的东西。这并不是因为它相信严格的现象决定论。相反的，它对这种决定没有丝毫观念，它对因果关系是不关心的，它给任何使它惊奇的事物都凭空添上神秘的原因。"[②] 儿童思维的前因果观念恰好与原始人的这种因果观念同构对应。在儿童心目中，也同样没有"偶然"的观念，他并不知道客观的因果联系，认为一切事物都是有目的的，都是按照一个既定的计划事先安排好了的。既然一切都是安排好了的，那么一切事物的发生就都必须有其原因，就一定能找出其中的"为什么"。——这就是儿童式的"好奇心"的基本特征，也是他们一个劲地问"为什么"的直接契机（他要给自己在经验中遇到的现象找出原因）。儿童的好奇心与成年人的好奇心的根本差异即在于此。从思维角度考察，儿童式的好奇心来自他的前因果观念；前因果观念显然是儿童任意结合的逻辑思维的一种重要表现形式，而"任意结合"的逻辑思维则是儿童"自我中心思维"的产物。我们可以将这种关系用图作如下表示：

儿童自我中心思维→任意结合的逻辑思维→前因果观念→儿童式的好奇心

研究儿童式好奇心的产生原因及其特征是我们把握儿童审美意识的重要一环，对于儿童文学创作同样有着不可忽视的意义。

[①] 列维·布留尔《原始思维》第363页、359页，商务印书馆1987年版。
[②] 列维·布留尔《原始思维》第363页、359页，商务印书馆1987年版。

第一,儿童有着极强的好奇心(探索欲),而这种好奇心往往是"荒唐"的,不合逻辑的。对此,我们一方面应采取理智的顺应与巧妙的引导,使儿童的好奇心得到充分满足,并在满足过程中得到知识的营养与审美的提升。另一方面,儿童的好奇心固然"荒唐",但却包含着丰富的创造性与敏锐的直觉观察力,这种"异想天开"的激情往往是成年人所缺少的。为使自己的作品契合接受对象的审美心理结构,成人作家同样需要熟悉儿童的好奇心,把握之,吸纳之,以丰富和充实自己的想象力。鲁迅先生说过:"孩子是可以敬服的,他常常想到星月以上的境界,想到地面下的情形,想到花卉的用处,想到昆虫的言语;他想飞上天空,他想潜入蚁穴。"①孩子的这种强烈探索欲正是儿童文学创作的源头活水,也是开启作家想象闸门的钥匙。

第二,儿童文学需要出奇制胜,以"奇"见长,满足儿童的好奇心理。没有上帝,创造他一个;没有神仙,创造他一批;没有龙,把蛇和兽凑起来;没有凤,把孔雀和鸳鸯加在一起。儿童文学的新奇包括:一、异国风情、幻想世界、奇人奇事、超人神物之类的故事;二、神秘离奇、悬念迭出、探险破案、上天入地之类的情节;三、魔幻变形、荒诞夸张、想象独特、设计新颖的手法。这类作品能使小读者从沉重的课堂作业和平庸的读物中解脱出来,张开自由的翅膀,做一个异想天开的"梦"。他们可以和星星打电话:"喂喂,你离我们有多远?你那上面有点啥?"(张秋生《我给星星打电话》)也可以和皮皮鲁一起坐上"二踢脚"飞升天空,拨动控制地球转速大钟的指针,好让地球加快转动(郑渊洁《皮皮鲁全传》)。他们体验到尼尔斯骑鹅旅行的惊险与愉快(拉格洛芙《骑鹅旅行记》),领略了宝葫芦带给王宝的各种滋味(张天翼《宝葫芦的秘密》),也理解了为什么小人鱼宁愿放弃可活300岁的生命,忍受巨大的痛苦而追求一个不灭的人的灵魂(安徒生《海的女儿》)。当然,他们也可以跟着小茉莉去假话国历险(罗大里《假话国历险记》),或者和林格伦一起去会见长袜子皮皮(林格伦《长袜子皮皮的故事》)。

---

① 鲁迅《看图识字》,见《鲁迅全集》。

第二十七章　论原始思维与儿童文学审美创造

第三，儿童文学的"新奇"想象应契合儿童"前因果观念"。毋庸赘言，前因果观念是违反客观真实的，不科学的；但是在儿童思维作用下的特殊王国，不科学有时就是"科学"，荒诞有时就是"美"。明乎此，我们就能上天入地，纵横捭阖，乃至打破时空界线、改变循序渐进的时间流程，依据"主观时序"自由调度人物，倒插、跳跃、切割情节，使故事的发生与发展，一事物与它事物的组合，一现象与它现象的关联，完全按照儿童的"前因果观念"原则，将它们"生拉硬扯"地和"因果"联结在一起，通过小读者的主观理解去建构一个新的艺术载体。

五

皮亚杰的研究就像阿里巴巴"芝麻开门"的秘语一样，为我们洞开了通向儿童审美意识迷宫的大门。透过皮亚杰学说的"神镜"，我们可以从诸多视角去感悟和把握儿童文学的审美创造。

第一，儿童文学要实现其审美功能，最大限度地赢得接受对象真心实意的欢迎，必须熟悉和把握儿童思维与审美意识的特点。叶圣陶曾勉励"有志献身于儿童文学的人不要脱离少年儿童""要给少年儿童写好东西，必须先了解少年儿童，向少年儿童学习"[①]。熟悉儿童、了解儿童，这个口号在儿童文学界可谓老生常谈了。但是，过去我们往往只满足于熟悉儿童的日常生活与心理发展的一般规律等表层的东西，还没有意识到探索儿童思维特征和审美意识结构等深层问题的重要意义，至于具体的理论研究成果就更缺乏了。然而，如果对儿童世界的这些最深刻、最基本、最隐秘的精神实质缺乏认识的话，我们就不能从哲学的高度把握儿童文学的艺术精神，不能造就儿童文学的深厚文化意识与使多层次读者感奋不已的艺术力量，也不能实现理论对实践的指导和验证功能。皮亚杰的学说使我们懂得了儿童思维与原始思维的同构对应关系，从哲学认识论的角度明确了儿童的泛灵论、人造论、非逻辑性与前因果观念等思维特

---

① 叶圣陶《给少年儿童写东西》，见《东方少年》创刊号。

征对形成儿童审美心理机制的作用。从文化人类学的观点来看，作为个体生命初始的儿童时代与人类整体初始的原始时代一样，更接近自然，更接近生命的源头。人类的文化原型，总是更多地在原始先民及与之对应的儿童生命中保存着。从原型批评的角度来说，一种文学越接近儿童，就是越接近自然，越接近人类生命的源头，也就是越接近民族文化的"根"。正是在这个意义上，我们认为皮亚杰关于原始思维与儿童思维关系的论断，为我们弄清儿童审美意识的本原及其历史发生，把握儿童文学的审美本质提供了新的参照系，也为打破儿童文学研究长期处于一个平面上的简单作业的局面，进而从文化学、审美学的角度构筑儿童文学理论的立体框架提供了一个新的支撑点。这是皮亚杰给予我们的第一点启示。

第二，读者选择文学，文学也选择读者，作为儿童文学创作主体的成人作家对儿童思维、儿童审美意识的把握应当是一种"高层次的"自觉把握，即既要敢于"蹲下来"，真正熟悉和理解儿童世界的深层精神，又不能把自己封闭在儿童王国，局限于儿童的认识水平；而应充分发挥创作主体的主导作用，通过自己的审美意识来暗示、引导和提升儿童的审美活动。这是因为，作为现代艺术家，他的意识乃是一种文明人的意识，即是从根本上区别于原始意识和儿童意识的现实意识。反思能力与自我意识是文明人与原始人、成年人和儿童在意识方面的根本区别。所谓"反思"是指对非自觉意识进行整理、抽象和重新构造，从而形成自觉意识体系。所谓"自我意识"即自觉意识，它一旦形成，原始—儿童意识即自行消解，同时便产生现实意识系统。由于原始人和儿童思维水平的局限，不具有反思能力与自我意识，故视自然万物为有生命、有意识的存在，这完全是自发的，是人类思维在那个时代、那个阶段所不能逾越的。因而由儿童"自我中心思维"所释放出来的泛灵论、人造论、非逻辑性与前因果观念等建构的虚幻图景，在儿童眼里就被认为是一种完全真实的、实在的存在。从这个意义上，我们说，儿童是生活在他自己构造的童话世界当中，而不是生活在现实世界当中。儿童文学接受对象的审美意识就是从这一基准出发放射与延伸开来的。与此相对，作为创作主体的成人作家所接受和理解的是一种

第二十七章　论原始思维与儿童文学审美创造

代表着文明人类现实意识最高水平的自觉意识，它摆脱了原始思维状态，由人类社会文化心理素质的历史积淀，与后天形成的智力结构、不断发展着的社会生活的印记结合在一起。因此，他们创作的儿童文学从一开始就是一种不同于原始艺术的现代社会的艺术品。作家把客体对象人格化，完全是出于一种现实意识上的自觉，出于一种艺术表现和艺术感染的需要。在这里，人格化实际上是一种拟人化，是一种受理智支配的、在理智上对艺术画面的真实虚假一清二楚的艺术操作。正是在这一点上，将儿童文学的两种不同审美意识——成人作家的审美意识和儿童读者的审美意识区别了开来：创作主体的审美意识是现代人通过自我体验模式的对世界的自觉把握；接受主体的审美意识则是与原始意识相通的、通过自我体验模式的对世界的不自觉的认同。于是，我们的结论也就清晰跃出：儿童文学作家既要真正地认识和把握儿童思维、儿童审美意识的特点，把心紧紧贴近儿童，又必须超越儿童，引导儿童，提升儿童，发挥创作主体对儿童文学的主导作用。

应当指出，长期以来我们只强调创作主体顺应儿童心理、满足社会对儿童的教育要求，把儿童文学的创作秘诀归结为"以儿童的眼睛去看，以儿童的耳朵去听"的"童心"复活。这种观点固然重视了接受对象的心理机智，但却排斥了作家的主体意识，忽视了创作主体的思想情感、审美理想、观察力、想象力、幻想力及其激情、气质、禀赋、灵感等诸多主观因素对完成艺术作品的作用。如果我们不在理论上将童心与艺术家之心加以区别，将儿童—原始意识的非科学性、非逻辑性、虚幻性等特征与成人—现实意识的科学性、合逻辑性、真实性等特征区别开来，那就容易滑入对"童心"的盲目崇拜，影响到儿童文学价值尺度的实现，阻碍真正艺术品的诞生。而真正的儿童文学艺术品应是既扎根于儿童又超越于儿童，既紧紧把握住了儿童审美意识又自觉地引导与升华这种意识；这类作品"大抵是属于第三世界的，这可以说是超过成人与儿童的世界，也可以说是融合成人与儿童的世界"（周作人语），它是充满童趣的别一番"诗的意境"，充满生命的另一种"象外之象"。

【附记】

本章曾作为单篇论文发表于《西南师范大学学报》1990年第1期。本章的观点引起学界注意，安徽教育出版社1998年4月出版的《儿童文学原理》（蒋风主编）一书第七编第三章《儿童文学研究方法论的实施》有如下述评："皮亚杰独创的发生认识论，以儿童智力的发生发展为研究对象，这与儿童文学的接受对象有了直接的联系，率先引起儿童文学研究者的关注。皮亚杰解决了主体认识结构的发展问题，其学说的关键在于：认识的发生，是在主体与客体相互作用中逐渐建立起来的一套结构，认识不是别的什么，而是一种继续不断的建构。皮亚杰学说与儿童文学的联系更在于对考察带有原始思维精神的儿童文学及其接受对象的审美心理结构有着认识论上的意义，同时还对儿童文学的创作实践与理论发生着实质性的影响与启迪。王泉根在《论原始思维与儿童文学审美创造》一文中曾对这个问题作了深入的考察。皮亚杰认为，儿童思维是一种'自我思维'与社会化思维之间的思维，称之为'自我中心的思维'。儿童意识中'泛灵论'是与原始意识中的'万物有灵论'同构对应的。王泉根肯定了正确理解与把握儿童自我中心思维中的泛灵观念，对于认识和表现儿童的审美情趣、审美意识，强化儿童文学的审美功能有着重要意义。从皮亚杰'自我中心的思维必然是任意结合的'这一论断里，王泉根找到了儿童式的好奇心产生的心理动因，同时也就把握住了儿童审美意识的重要环节。皮亚杰的理论可以启迪我们从多视角感悟和把握儿童文学的创作。首先，儿童文学要实现其审美功能，最大限度地赢得接受者真心实意的欢迎，就必须熟悉和掌握儿童思维和意识的特点。其次，读者与文学是互为选择的。作家对儿童思维、审美意识的把握应该是'高层次'的自觉把握。因为成人作家和儿童接受者的审美意识是不同的：创作主体的审美意识是现代人通过自我体验模式对世界的自觉把握，接受主体的审美意识则是与原始思维相通，通过自我体验模式来达到对世界的不自觉的认同。于是儿童文学作家既要真正地认识和把握儿童思维、审美意识的特点，把心紧紧地贴近儿童，又必须引导儿童，提升儿童，发挥创作主体对儿童文学的主导作用。"

第二十八章
论儿童文学审美创造中的艺术形象、艺术视角

　　文学作品是作家审美意识物态化的产物。儿童文学是"大人写给小孩看的文学",有其自己审美创造的特殊性:就儿童文学创作者而言,他们既需要彰显成人的主体审美意识,又必须自觉地从接受对象那里吸纳儿童的审美意识;就儿童文学的接受者而言,他们既兴致勃勃地咀嚼和体味文本中属于自身的儿童审美意识,又潜移默化地体验和接受文本机智地传达出的陌生的成人审美意识。成人审美意识与儿童审美意识是构成儿童文学审美意识系统的基本要素,这两种审美意识的对话沟通、互补调适与交融提升,是儿童文学审美创造成功与否的关键所在,也是理解与实现儿童文学审美创造的"阿基米德点"。

　　本文拟就儿童文学审美创造中的艺术形象、艺术视角等问题作一探讨,以期有助于认识与透析当今儿童文学的创作症候。

上篇　儿童文学中的类型形象与典型形象是分层次的

　　艺术形象亦称文学形象,是作家以语言为手段而形成的一种诉诸感觉的、体验的形式,是作家的美学观念在文学作品中的创造性体现。一部文学作品,

是由许多个别形象所组成的形象的有机系统。广义的艺术形象泛指文学作品中的整个形象性表现、形象体系、生活图景。狭义的艺术形象只指人物形象,别林斯基所说"诗的本质在于给不具形的思想以生动的、感性的、美丽的形象"(《别林斯基论文学》),便是指狭义的文学形象。本文所讨论的即是狭义的文学形象。狭义的文学形象一般分为类型形象与典型形象。与成人文学相比,儿童文学中的艺术形象大多是类型形象,典型形象则少之又少。如何看待"类型"与"典型"问题,这是儿童文学审美创造实践的又一课题。

有论者抱怨儿童文学审美创造的典型化不够,翻来覆去就是那么一些类型化人物,认为这是儿童文学"浅""薄""缺乏深度"的重要原因。也有论者把典型化视为艺术的儿童文学,给类型化贴上通俗儿童文学的标签。的确,与成人文学相比,儿童文学的典型形象实在是太少了。优秀的成人文学作品曾经塑造了一系列不朽的艺术典型,如大战风车的唐·吉诃德、克服优柔付诸行动的哈姆莱特、独立自尊的简·爱、贪婪自私的葛朗台、心比天高命比纸薄的林黛玉、精神胜利的阿Q等等。可是,中外古今的儿童文学又出现了多少典型呢?为什么儿童文学的人物大都是类型化的?儿童文学的典型创造又应如何突破?我认为,这些问题需要从少年儿童年龄特征的差异性对理解文学形象的差异性中去寻找答案。

出现在文学作品中的人物无论是类型还是典型,他们都是文学形象。文学形象具有两大特点:第一,文学形象是以语言作为造型工具,具有间接造型的性质,它不像表现艺术(如舞蹈)、造型艺术(如绘画)、综合艺术(如戏剧电影)的人物形象那样具有强烈的直观可视性。由于文学形象具有间接造型的性质,因而需要读者通过自主阅读去思考、体验、想象、完善和补充文学形象。不同读者对同一文学形象的理解是不尽相同的,所谓"一千个读者就有一千个哈姆莱特"。即使是同一读者在生命的不同阶段阅读同一作品,也会对同一个文学形象有不同的理解。第二,文学形象可以从多方面用多种多样的方式来展示广阔而复杂的社会生活,乃至于表现社会生活的发展过程,细致入微地刻画人与人之间的错综复杂的社会关系和人物内心的精神世界。读者的阅读,总是

第二十八章 论儿童文学审美创造中的艺术形象、艺术视角

以作品所提供的文学形象为根据产生的感受、体验和认识来理解作品，同时又根据自己的思想水平、生活经验，来理解、阐释以至丰富和补充文学形象的内涵。

正由于文学形象具有这样两个特点，因此如何理解文学形象所揭示的审美意义，直接取决于读者的思想水平、生活经验与文学鉴赏能力。读者的思想水平愈高，生活经验愈丰富，文学鉴赏能力和理解能力愈强，就愈能透彻地了解作品形象的意义与美学价值，从中得到思想上的启发、情智上的感染与艺术上的陶冶。而少年儿童恰恰在理解文学形象的"基本功"——思想水平、生活经验、文学鉴赏能力和理解能力方面存在着严重的局限性与差异性，年龄愈小这种局限性与差异性也就愈大。

处于幼年与童年时期的孩子，他们的社会化活动十分有限，局限在家庭与学校，因而生活经验十分肤浅贫乏，更遑论人生历练与处世经验。幼儿由于第二信号系统还不够发达，主要以直观表象的形象来认识外界事物；儿童在心理发展方面虽然有意识性和抽象概括性已开始发展，但无意识性和具体形象仍占主要地位，这就必然给他们认识文学形象与理解形象带来了相当的难度。一般而言，他们认识形象往往只停留于表象，比较简单、直观，也比较肤浅（比如，通过人物的脸谱、服装、动作来判断"好人"与"坏人"），年龄愈小愈是如此。他们还不善于通过自己的感受、认识和体验来理解文学形象，更谈不上对文学形象进行丰富和补充了。正是在理解文学形象的局限性与差异性上，类型化的形象恰恰可以适应与满足幼儿与儿童的认识水平与理解能力。

我们知道典型形象是由类型形象发展而来的。所谓类型，是指文学作品中具有某些共同或类似特征的人物形象，类型往往以"类"的特征来淹没个性，使人物成为一种"类"的样本，英国当代著名小说家佛斯特将其称之为"扁平人物"。"扁平人物"（类型）的最大特征是形象的鲜明性：第一，"易于识别，只要他一出现即为读者的感情之眼所察觉"；第二，"易为读者所记忆，他们 成不变地存留在读者心目中，因为他们的性格固定，不为环境所动，而各种不同的环境更显出他们性格的固定"（佛斯特《小说面面观》）。这种类型化的人物形象在供幼儿园小朋友、小学校儿童阅读的童话、故事、小说等叙

事性作品中十分突出，人物形象的类型化几乎成为一种通例。例如，小红帽是幼稚、单纯的类型，狼外婆是凶狠、狡诈的类型，狗熊是愚笨、憨厚的类型，狮子是勇猛、狂妄的类型，灰姑娘是美丽、勤劳、善良的类型，王子是英俊、智慧、超群的类型。在类型化形象中，人物的共性掩盖了个性，或美或丑，或好或坏，或善或恶，两极鲜明；有的人物的出现只是作为某种道德的化身，或某种事物的象征；人物的生活、细节趋于单一化，其行动往往只是为了说明人物某一方面的品质；同一类型人物之间的区别，通常只在于称谓、地位、习惯语和习惯动作等，看不见特定环境中特定行为心理机制的具体描写。佛斯特除了称类型形象为"扁平人物"外，还赋予他们一个更有特色的称谓，叫做"体液化人物"，虽然类型人物不具有一定的理性深度，但他们却使人的气质性格鲜明可见，令人印象深刻。正如佛斯特所例举的狄更斯的作品。狄更斯对其笔下的人物形象没有进行深度挖掘，而是以极类型化的形象出场，是典型的"扁平人物"，但由于他们个性鲜明，特点突出，因而使人过目不忘。经验证明，低龄孩子的文学阅读需要的正是那些个性鲜明、特点突出的类型化形象，恰恰是这些类型化的形象最为幼儿园小朋友与小学校的儿童所喜爱，也最适合他们的理解接受能力。

但是，对中学生，对少年读者来说，类型化的形象显然已不能适应和满足他们的审美需求和理解鉴赏水平了。按照皮亚杰发生认识论的理论，少年已具有"形式运算阶段"的思维能力，抽象逻辑思维迅速发展，性格与情感正在日趋丰富复杂，他们的审美意识、生活经验与思想水平正在逐渐成熟与提升，对社会人世的理解也正在逐渐积累感性认识，因而他们需要文学作品中比类型化更高级、更复杂、更有集中性与概括性的形象，这就是典型形象。典型是指既能反映现实生活某些方面的本质规律、具有特定环境下的共性，而又具有极其鲜明独特的个性特征的艺术形象。在西方文学理论史上，典型是美学的最高范畴。典型形象的性格是丰富的、多侧面多层次的，佛斯特将其称之为"圆形人物"，也即立体人物。"圆形人物"是无法用一句话将他"描绘殆尽"，他们"消长互见，复杂多面，与真人相去无几，而不是一个概念而已"（佛斯特《小

第二十八章　论儿童文学审美创造中的艺术形象、艺术视角

说面面观》)。这种具有高度概括性的形象比较地适宜于已有一定的生活经验、思想水平与文学鉴赏能力的少年阅读，也容易为他们所理解和接受。事实上，中外儿童文学在典型形象的艺术创造上，主要集中在少年文学层次。因而儿童文学如果需要塑造新的典型形象，那就得从少年文学中去突破，尤其是少年小说、成长小说、动物小说。至于幼年文学与童年文学，就让类型化的人物去扮演主角吧。

"什么年龄段的孩子看什么书"，这是儿童阅读推广的一条黄金定律。儿童阅读的首要之义是兴趣与喜欢，有了兴趣与喜欢才能让孩子爱上阅读、爱书。阅读"典型"那是以后的事。试来一个极端的做法：如果我们要求儿童文学作家写给幼儿园小朋友与小学校儿童的作品中的人物形象，必须是共性与个性高度统一、显示现实社会某些本质规律的"典型环境中的典型人物"，那显然是滑稽的。让一个按照皮亚杰发生认识论的观念只具有"前运算阶段"思维能力的幼儿，去从文学形象中"透过现象看本质"，那只会让幼儿目瞪口呆！同样，对于具有"具体运算阶段"思维能力的小学校儿童而言，他们的思维水平也还没有进入足以做出进行高度抽象的逻辑判断、进行自主反思的层次，对他们来说，文学作品中的成长、快乐、幽默、幻想、探险、寻秘、游戏等是具有无穷的艺术魅力的。大英百科全书"儿童文学"条目引了一句孩子的话用来阐释儿童文学的特征："我们希望出事——而且要快。"他们需要的作品中的人物形象是个性鲜明、特点突出、使人过目不忘，这正是类型化形象，也正是古典的灰姑娘、小王子，今天的大头儿子、马小跳。要相信孩子是会长大的，他喜欢看小王子、马小跳就让他去看好了，过了这个年龄段，他就会去看《麦田里的守望者》、《青铜葵花》，以后还会去看鲁迅、莎士比亚，大可不必在孩子爱看类型的时候，硬要他去看什么大人自以为是的"典型"。这样做不但会使孩子害怕阅读（看不懂、无兴趣），甚至还会厌烦阅读。正是中外儿童文学史上无数个性鲜明、特点突出、使人过目不忘的类型化形象与他们的故事，才让千百万孩子获得了童年的快乐，也让他们由此爱上了阅读。当他们以后成了中学生、大学生、研究生，自然会去阅读曹雪芹、鲁迅、莎士比亚、托尔斯

泰，自然而然会向灰姑娘、小王子说声再见。但须知，他们阅读习惯的养成正是从阅读类型，从阅读并非"深度写作"的幼年文学、童年文学开始的。这就是"儿童阅读"的客观规律与辩证法。

综上所述，对待儿童文学中的"类型"与"典型"问题，我们必须实事求是，不能抛开不同年龄阶段少年儿童的特点与阅读接受心理，不能用"典型化"的一刀切去苛求为不同年龄段孩子服务的所有作品。儿童文学审美创造艺术实践的一个重要课题应当是：如何在少年文学尤其是在少年小说、成长小说中塑造出富有当代意识的共性与个性高度统一的新的典型形象，而没有必要，更用不着去指责为什么幼年文学、童年文学总是由类型形象在那里唱主角。我们期待着新世纪少年小说、成长小说塑造出更新更多的典型形象，同时也期待着为幼儿园小朋友服务的幼年文学与为小学生服务的童年文学创造出更多的为孩子们由衷欢迎的鲜明的类型形象，从而用以满足不同年龄阶段少年儿童的阅读兴趣与审美接受心理，共建多元共生、百鸟和鸣的良性儿童文学生态环境。

下篇　儿童文学审美创造的儿童视角与成人视角

艺术视角也称叙事视角。任何叙事都是为了产生影响——或说服、或劝戒、或告知、或控制、或感染受众。为了取得预期的影响效果，作家作为文本故事的叙事者，必然会选择特定的立场、语气、语言、结构等进行叙事，这就是叙事视角，也称叙事观点、叙事角。叙事视角在现代叙事学中被表述为一个聚焦问题，即"我们通过谁的眼光来观察故事事件"。"视角"是指叙事者在叙述故事时所持的立场与方式，它反映了叙事者同他所讲述的故事之间的位置关系，从而决定了事件的被叙述策略和层次；"叙事视角"是叙事者从什么角度去观察并传递有关事件的信息，它是特定叙事文本看取世界的特殊眼光和角度，是作者和文本的心灵结合点，也是文学语言的透视镜或文字的过滤网。

叙事视角最早由美国小说家亨利·詹姆斯作为小说批评的一个概念提出来的，之后引起了小说理论家的重视。珀西·卢鲍克在其《小说写作技巧》里把叙事视角看作是在错综复杂的小说写作技巧中起支配作用的一个问题，认为只

第二十八章　论儿童文学审美创造中的艺术形象、艺术视角

是在持什么叙事视角（叙事观点）的基础上，叙事者才得以发展他的故事。一般认为小说叙事视角的选择和运用也会影响到小说的思想性和艺术性，关系到艺术构思的巧妙与拙劣，成功与失败，全局与基础。叙事视角能使叙事者有效地叙述故事，描画场景，刻绘人物，升华思想。因而叙事视角既是统一作品形象的枢纽，又是显示作家艺术个性与写作立场的手段。

叙事视角的多样化选择是现代文学包括现代性儿童文学确立起独立品质的标志之一。现代性儿童文学的叙事视角主要有这样两种：儿童视角、成人视角。儿童文学不同叙事视角的选择与运用，既与叙事者的儿童观、儿童文学观密切相关，又与创作技巧和艺术趣味不可分离。叙事视角的运用集中体现在少儿小说、童话、少儿散文等叙事性文学中。

1. 儿童视角

儿童视角是儿童文学的核心叙事视角、主视角。选择儿童视角的叙事者（创作主体）是成人作家。由于身心的变化与人生经历的复杂，成人作家实际上已不可能复归到纯真的儿童状态。因而成人作家在儿童文学创作中选取"儿童视角"，首先必须使自己来一番"角色转换"，努力地使自己重新"回到"童年状态，以儿童的感受形式、思维方式、叙事策略和语言句式，去重新诠释和表现所在的对象世界。对此，陈伯吹曾作过非常形象的表述："一个有成就的作家，愿意和儿童站在一起，善于从儿童的角度出发，以儿童的耳朵去听，以儿童的眼睛去看，特别以儿童的心灵去体会，就必然会写出儿童能看得懂、喜欢看的作品来"（陈伯吹《关于儿童文学创作的几个问题》）。陈伯吹在这里说的实际上正是他积数十年创作经验所得出的一条定律：真正为儿童写作就必须选择与坚持"儿童视角"。

为儿童写作是一门艺术，这既是一门语言的艺术，更是一门检验作家儿童观与写作立场的艺术。英国格尔姆在《怎样为孩子写书》中认为："想开采这个矿脉的诸君，必须留心的是，绝对不可以认为是小孩的东西嘛，随便写写就可以了，或者以为有诚意写作，就会获得儿童的感激，这种自我陶醉或随便的想法是很严重的错误。如果你想成功，必须有相反的态度，也就是放弃命令的

姿态，准备一切服从小孩，因为小孩是在支配你的写作。"（保尔·亚哲尔《书·儿童·成人》）"准备一切服从小孩"，这就明白无误地说明了为儿童写作必须转变角色与立场，必须从"成人中心"转变为"儿童本位""回归童年状态"。儿童对现实生活有自己的感悟，唯有与他们平等对话才能真正传达出他们的所思所想，笔下的世界才能成为真正的儿童世界，或者说儿童憧憬的世界。忽视或轻视儿童的感情、感悟，或想当然地以成人的经验取代儿童的经验，其所创造的世界只能是成人的儿童世界，而不是儿童的儿童世界。

儿童文学作家大多是人生经历丰富的成年人，这就要求作家应该沉潜于儿童的心灵世界中，同儿童的精神息息相通。儿童世界和成人世界有不一样的判断尺度，也少有成人社会中的功利主义色彩，因而更能表现出人性的真实一面。儿童文学作家要表现的是儿童"绝假存真"的生命本真，而不是只对儿童的稚态童真作表面的叙写。自从儿童文学作为一个独立的门类出现以来，所有经典的、传世的儿童文学作品无不包含着作家对儿童独特精神状态的认识和把握，我们常说的儿童文学作家的"童心"也即此意。因此，以儿童视角创作的作品常常以"卫护童年"的主题出现。一般说来，在儿童文学创作中，作家从儿童自身生活层面与儿童经验世界入手直接描写的儿童生活、关注儿童心灵的作品，大多属于儿童视角；同时，不少作品都以"第一人称"切入，而且以儿童"代言人"的身份出场。

应当指出，"儿童视角"并非是儿童文学的专利，实际上成人文学创作（主要是小说创作）中也有不少选取儿童视角的精彩之作，如肖红的《呼兰河传》、林海音的《城南旧事》、汪曾祺的《黄油烙饼》、余华的《在细雨中呼喊》、迟子建的《北极村童话》等。由于儿童视角以儿童的另一种眼光去观察和打量陌生的成人生活世界，呈现不易为成人所体察的原生态的生命情境和生存世界的他种面貌，以儿童的鲜活感受建构人们对世界的崭新体验，因而给成人文学带来了别具一格的灵动气象，甚至重新塑造全新的艺术感觉和艺术空间，因而儿童视角的叙事策略不但为现代作家所重视，也为评论家所激赏，如赵园在《论小说十家》就认为"萧红的作品提供了真正美学意义上的'童心世界'"。

第二十八章　论儿童文学审美创造中的艺术形象、艺术视角

王富仁甚至认为："所有杰出的小说作品中的'叙述者'，都是一个儿童或有类于儿童心灵状态的成年人。"（王富仁《鲁迅小说的叙事艺术》）有意味的是，这些以儿童视角叙事的作品也往往成了少年儿童审美意识自我选择锁定的对象，成了他们实际上喜欢阅读的"非儿童本位的儿童文学"。林海音的《城南旧事》赢得少年儿童的广泛喜爱就是一个典型的例子。

2. 成人视角

成人视角的叙事者显然是成人作家。这种视角是儿童文学经常出现的叙事策略之一，其特点是：叙事者站在成人经验世界的立场，以成人的眼光来看待和描写现实世界，叙述少年儿童的现实生活，想象与建构少年儿童的经验世界，重在体现作家的"主体意识"，体现成年人的人生感悟与生命经验，并以此来引导、影响乃至规范小读者。这类作品的叙事大致有以下三个维度：

第一，作家向少年儿童传达作为过来人的人生经验和生命感受，强调文学作品要"告诉儿童真的世界和真的生活"，表现出成人社会现实尘世的沉重和丰富驳杂，并反映出时代和社会的发展变化，因而他们的儿童文学创作总是和特定时代的社会思潮与成人文学流脉趋于一致。

这方面的典型例子是"五四"新文化运动后崛起的文学研究会作家群，他们高举"为人生"的旗帜，强调作品"要能给儿童认识人生"（茅盾语），这一艺术特征在叶圣陶的短篇童话集《稻草人》中表现得尤为明显。《稻草人》被认为是中国现代童话现实主义精神的开篇之作。作家站在成人立场，选取观察社会、批判社会的视角，通过一个富有同情心而又无能为力的稻草人的所见所思，真实地描写了二十年代中国社会的人间百态与破产农民的艰难生存，抒发了作家对社会不公的批判与对下层民众的同情，体现了现代中国知识分子"解民于倒悬"的社会良知和心有余而力不足的精神痛苦，从而引领小读者关心现实人生，在社会历练中长大成人。这种叙事策略在以现实主义创作思潮为主导的中国现当代儿童文学中具有重要地位，他们的儿童文学创作有着大体一致的风格和特色，这就是：坚持儿童文学直面人生、反映社会生活特别是社会形态发展变化的特点，始终高扬现实主义精神的旗帜，直接把人间百态引入创作视

野，使儿童文学与时代脉搏和现代人的思想感情息息相通，直接或间接地揭示出中国社会"有关人生一般的问题"（茅盾语）；一般而言，他们笔下的文学世界表现为写实多于幻想，思考多于抒怀，凝重多于灵动，脚踏当下世俗生活，甚少神游于浪漫主义的幻想天国。但由于强调表现社会人生，有的作品对儿童的生活经验与理解能力把握不准，存在着偏重作家主体意识而忽视小读者接受心理的"成人化"气息。

第二，童年记忆、童年情结内化为儿童文学叙事的重要资源与途径，以亲历者身份与角度直接叙述自己的童年生活，或以童年生活作为创作素材，表现出对童年、故乡、母亲和土地深深的热爱和留恋，具有强烈的寻根色彩与生命意识。

童年情结是童年时代埋下的长期萦绕在成年人心田的感情纠葛，潜滋暗长，终生挥之不去，如恋父（母）情结、祖孙隔代亲情情结、同胞手足情结、童伴游乐情结、保姆养育情结、故土乡音情结、民风习俗情结、家乡特产饮食情结、民间节庆岁时情结、山川风物情结等。作家的叙事与童年经验往往紧密相连，而童年情结则是构成童年经验的重要基础与表现。冰心曾说："提到童年，总使人有些向往，不论童年生活是快乐、悲哀，人们总觉得都是生活中最深刻的一段；有许多印象，许多习惯，顽固地刻画在他的人格及气质上，而影响他的一生。"童年是人生中重要的发展阶段，童年经验是人生今后知识积累中的重要组成部分，写作这类题材的作家通常都有一个难忘的童年，童年的生活情景成为他们的创作取之不尽的灵感源泉，因而带有明显的自传体色彩，常常见于散文作品，如鲁迅《朝花夕拾》中的若干篇章、冰心《寄小读者》、巴金《我的幼年》等。有时作家还会把这类作品的主旨强调到极致，以至于形成"童心崇拜"的创作倾向。这类作家把童心作为逃避丑恶的成人世界的"净土"，把回到童心本真作为解决社会问题的"良方"。如丰子恺的散文及印度大诗人泰戈尔的散文和诗歌就有明显的"童心崇拜"的创作倾向。

第三，作家站在教育主义的立场，在文学作品中极力张扬文学对儿童的教化功能。

文学具有认识作用、教育作用、审美作用、娱乐作用、调适心理作用等多

第二十八章　论儿童文学审美创造中的艺术形象、艺术视角

种功能。教育是永远需要的，尤其是对于少年儿童。我们不能想象，要是人人都按照"法廉美修道院"（拉伯雷《巨人传》中描写的乌托邦）的院规"干你所愿干的事"来进行社会活动，那世界将会怎样？教育的重要性在成年人心目中是如此牢不可破，因此，教育主义也就自然成了儿童文学创作实践中历时最长、势力甚大的一种倾向。一方面，它谆谆告诫儿童在社会化过程中应该遵循怎样的规则、怎样形成社会群体的共识；另一方面，它又随时提醒儿童在社会生活中不应该这样那样。"本我""超我"只能遵循"他我"的"现实原则"，而不能仅仅追求"快乐原则"的实现。然而，正如许多具体的事物一样，文学作品是一个整体，"是许多规定的综合，因而是多样性的统一"。文学的功能是多质的、综合的。文学当然具有教育作用，排拒了教育作用的文学自然是不完善的文学。但是，文学并非只有教育作用，这是常识。如果我们把教育性强调到绝对化的程度，乃至推向　元独尊的地位，如果我们把教育性看成是儿童文学的唯一属性，过分追求道义灌输与宣教功能，乃至不适当地移用教育学的原则与方法来取代文学自身的艺术规律，那么，作为儿童文学接受对象的儿童读者的接受机能与生长、变化着的审美意识（审美理想、审美趣味、审美观念）、阅读经验，就有可能被挤压到偏狭的角落，甚至遭到蔑视与排斥；作为儿童文学创作主体的成人作家的主体意识、审美理想、艺术个性、才气、禀赋、追求等，也有可能被教化的使命感规范而加以冷冻。这种倾向如果推向极致，儿童文学的思维空间与审美空间必然会受到严重局限，安徒生那样的天才就会在"主题先行""重大题材"面前束手无策。新时期儿童文学从不同的角度，对儿童文学的本质特征与价值功能进行了严肃认真的文化反思与美学审视，不满足和不满意于儿童文学单一的教化功能，已经成为新时期儿童文学界的一种普遍认同。但与此同时，我们也应警惕另一种"矫枉过正"的现象：一味张扬儿童文学的游戏精神与快乐原则，甚至容忍庸俗、恶搞、粗劣，价值观混乱，是非不清，制造文字泡沫，误导读者。郭沫若认为："文学于人性之熏陶，本有宏伟的效力，而儿童文学尤能于不识不知之间，导引儿童向上，启发其良知良能。"郭沫若的这一观点见于他1922年发表的《儿童文学之管见》一文，虽然距今

已快一个世纪了,但对于我们如何全面理解与把握儿童文学的审美价值功能,依然具有现实意义。

(写于 2009 年)

第二十九章
少年小说的心理学研究

人生有许多的"谜"。少男少女的心路历程就是一个斯芬克斯之谜，这也是儿童文学审美创造实践中众说纷纭、颇难破译的一大"哑谜"。

这个"谜"来自少年本身。较之儿童，少年在思想上离开成人的距离比儿童要远得多。因为儿童离开成人就不能生活，而少年却在试图脱离成人，寻找自我。由于思春期身心的逐渐成熟与迅速发展，少年在心理上出现了摆脱父母的所谓心理性断乳及其由此而生的心理的"闭锁性"特点，于是他们的"反常"行为（比如要求有单独的房间，想有能上锁的抽屉，悄悄地记日记等）引起了周围环境的猜测与警惕，由此又反过来引起了少年自身精神上的无序与不安——而他们对这种情绪变化却是完全缺乏心理学的知识与必要的精神准备的。

这个"谜"也来自成人那里。其实，少年心理的闭锁性只是某种形式的虚张声势而已，他们更希望被成人理解与接受。没有任何人会像青少年那样深陷于孤独的精神泥沼，一声声地呼唤着理解，呼唤着爱与被爱。然而作为主宰这个世界的成年人（尽管他们也曾有过相同的心路历程），却往往忽视了这一点。

沉重的文化积淀、世俗习惯与出于良好愿望的"干涉",常常遗憾地一次次地剥夺了少年对思春期身心奥秘的知情权;男女同学之间的纯洁情愫,青梅竹马的朦胧憧憬,柏拉图式的精神之恋,不但得不到成年人应有的理解与同情,甚至连文学作品的审美鉴赏与思春期的知识教育,也长期地"暂付阙如"。于是,少年心理就成了玄乎又玄的"险滩",成了莫名其妙的难解之谜。

这种现象显然是不正常的。精神分析学家弗洛伊德早在半个世纪之前就对此作过深刻的剖析:"诚然,如果教育者的目的是尽早地抑制儿童的独立思考能力,以便产生非常高价的'好的行为',那么,只有在性的问题上欺骗他们,用宗教的手段恐吓他们。诚然,性格较强的人抵得住这些影响;他们会反叛父母的权威,然后反叛其他权威。但是当儿童不接受这些解释时,便会转而求助哥哥姐姐,他们会继续私下用这些问题折磨自己,试图解决这个问题,会猜测,性的真相是以最不寻常的方式与荒诞的虚构混合在一起;他们还会彼此悄悄说心里话,因为他们在探索中有一种负罪感,认为每一件与性有关的东西都是可怕的和令人厌恶的。"(弗洛伊德《儿童的性启蒙》)

当少年人一旦被无知和愚昧牵走鼻子,真的认为有关思春期的性心理"有一种负罪感"的话,那么,令人啼笑皆非的污水和悲剧就会向他们身上泼去。《傍晚的天池山》(朱效文)中的阿龙虽然勇敢地撵跑了小流氓,保护了女同学的安全,但仅仅因为他无意中看到了"碧绿的池塘里,泡着一大群正在洗澡的女孩子",他就"臊得不敢抬头了""他觉得自己的品德并不高尚,而且还做了不尊重女生的羞耻事,不应该受到表扬"。阿龙的自责已够悲凉了,然而还有更使人悲凉的:那群原来七嘴八舌敦促阿龙接受老师表扬的女生,一经知道阿龙"偷看了"之后,都一致认为他是"这么下流的人,到哪脏哪",夏令营的每个小组都不要他,"刚才人们还把他当作英雄,可现在却把他看成了一堆屎"。反差如此之大,实在令人震惊!陈腐滞重的封建思想如此堂而皇之、大摇大摆地毒害着20世纪80年代的少年,实在令人扼腕!朱效文这篇小说的题材无疑具有某种典型性,透过纸背,我们仿佛感到了作家那一颗"救救孩子"的真诚而痛苦的心!

第二十九章　少年小说的心理学研究

心理学家认为，孩子的成长需要三种食品：一是营养食品；二是大脑的食品（知识）；三是爱和情感。处于身心急剧变化发展阶段的少年，他们需要的爱和情感，主要是指理解与同情。由于自我在思春期的觉醒并逐渐确立，少年不再向往年龄和能力与自己过于悬殊的人（小弟弟小妹妹），而是向往能够理解和同情自己的人——同性朋友；年岁稍长、具有更丰富的经验并能从旁帮助自己的同性友人。例如《黑发》（陈丹燕）中的那位帮助何以佳梳理了一个"神秘的直发"从而使她发现了少女黑发之美的姑姑，《哦，我的坏女孩》（陈丹燕）中一心一意向着美妮的那位"精神母亲"，《啊，夏天送走了秋天》（谷应）中与孩子们结义的北斗哥哥。而对于罚不服气的以佳绕操场跑20圈的"旧社会"，少年们只有关闭自己思想情感的大门，本能地把自己隐蔽起来。——所谓的"代沟"其实是因人而异的，在理解与同情面前，代沟将会自动消失；在冷漠与训斥面前，代沟只会加深。

现代心理学的研究表明，当少年在经过对同性友人或年长的同性人的向往阶段之后，对异性的向往就开始萌芽了。这种向往是建立在心心相印的理解与同情基础之上的精神吸引，是人生黎明觉醒时刻试奏出的第一个音符。如果说王小曼与裔凡的神秘通信（秦文君《告别裔凡》）还是属于少男少女互相渴望理解的一种大胆尝试的话，那么，田亮敢于向唐丽蓉（任大霖《人生的青果》）直接表白自己的"男子气"，则是互相理解催化出的精神之"恋"了。这两篇小说都写得细腻传神，有一种情采芬芳、委婉动人的艺术魅力。建立在同龄少年朋友理解基础之上的真心碰撞是如此使人激动不已。但这种友谊已不同于幼儿园、小学校时的青梅竹马，而是夹带着一种对异性的朦胧幽思，尤其是在发现了异性之美以后才"定格"的。《人生的青果》中有这样一段细节描写：

> 游泳池里人也不多，他俩游得挺痛快。……田亮仔细地又瞧了一下，忽然感到唐丽蓉的样子有点变了，不是过去那个细手细腿的小女孩子，那件紫红色的旧游泳衣绷在她那白皙的身上，已经显得有点紧小。田亮觉得她有点像体育宫门口那个拿着藤圈的少女雕像，有一种

让人想多看几眼的吸引力。

日本心理学家依田新指出："当意识到异性美之时，人就得到了新生。"性心理的本能发动是思春期人格再造的一种契机，它广泛地影响着少年的价值观、世界观、人生观的形成。田亮正是在发现了唐丽蓉的少女美之后，才升华了自己的"男子气"人格；即使唐丽蓉已身患绝症，他也要和她"一起上学，一起温课，……一直到大学，还是这样。"同情与理解——作家对作品主人公的同情与理解，作品主人公的互相同情与理解，在这里是那么卓有成效地艺术地引导着少男少女把对异性的向往升华为一种纯洁、高尚的价值理想，一种互相激励、共同前进的美好情愫。任大霖为少年朋友摘下的这颗"青果"固然有一点苦涩，但却其味无穷，它包含的更多的是渗透心扉的美的享受。

美的憧憬、美的体验是人类在思春期的一种重要心理现象。我们未曾发现感到憧憬的儿童，但却容易找到怀有憧憬的少年。少年正处于儿童与青年之间的过渡阶段，在从幼稚（儿童）向成熟（青年）的过渡阶段中，如果没有少年期的憧憬就突然一步跃入现实生活，那么，丰富的精神生活的发展是难以期待的。少年的憧憬乃是一种朦胧的情绪体验与思春讯号。人类在思春期，身心的发展会使其本能地产生特殊的兴奋、焦躁、爱打扮（如铁凝《今年流行黄裙子》中的芳芳）、自我厌恶感（如倪赪《我不美丽》中的少女）及对异性的憧憬等，这种伴随成熟而出现的现象，是对于个体生命发展的一种必要的补充。正由于这种奇特的变化，才使少年由过去只关心自己变为开始关心别人、注意别人，只关心同性变为开始注意异性。作为高等动物的人类，在思春期最初产生的对异性的憧憬只是一种纯粹的精神向往活动，在这里，爱和性是分离的，不搭界的。虽然思春期的男子对少女的处女之美的憧憬是很强烈的，但他对所崇敬的对象，只是在远处悄悄怀着一种"看她几眼"的向往之情，尽管这是基于生物学的"补充要求"，但却是一种柏拉图式的"精神之恋"。谁如果否认了这一点，硬要把少年纯洁无瑕的精神吸引与性的欲求生拉活扯起来，那就无疑是把自己的阴暗心理强加到少年身上，或是一种向少年随便泼扔污水的无聊行径。

第二十九章　少年小说的心理学研究

请读一读《小百合》（玉清）中的少年精神之恋（还有《麦山的黄昏》中那两位少年）吧，那实在是一种优美的艺术享受：两位师范学校男生被一位新入学的女生的美突然吸引住了，"她就像一枝柔弱洁美的小百合"，像"梦里见到的一尊女孩雕像"，为了能看上几眼这位"诗一般的女孩"，他们怀着一种几乎是崇拜与敬畏的心情，常带在晚上远远地去看一看坐在路灯下读书的她，没有企求，没有目的，当然更没有半点"性"的因素，"只是朦胧地觉得有一种愿望""只是非常非常想每天都看上她一眼，别无他求"。这种纯粹的精神之恋是单向而优雅的，恰是在少年纯直观地、完全超越对世俗生活的一切欲念专心致志地把精神归依到对象的美之时，一种美的情愫同时就在他们心中升腾了：他们要"远远地护卫她"，他们不准其他男生俗气地称她为"丽妹"；他们感到"应该多看些文学方面的书：诗、小说、散文"，以提高自己的气质与审美修养。审美静观的移情作用使两位少年产生了带有理性的沉静高尚的情操，这种美的情操乃是构成人生价值观的基础，也是构成人格和品行的重要因素。

　　优秀的少年小说往往能使读者得到丰富的心理体验，即审美愉悦。借用一个概念来表达，即"有意味的形式"中的那个"意味"，这是一种由多种心理功能综合而成的包含着真善统一的自由感受。审美体验主要表现为自然体验与艺术体验。当少年遇到喜悦或遭受挫折，把自己的心情投向自然景物时，这时对自然的鉴赏就带有一种强烈的主观色彩,自然景物就会变成多情或是感伤了。《今年流行黄裙子》（铁凝）中的芳芳，在老师的画布上发现了自身的美之后，她的心绪变得十分振奋和骄傲，这时，在她眼里的景物就成了一种纯自然美的审美体验·

　　　　夕阳宁静地照在画室的小窗上。窗口被牵牛花藤蔓密密地缠绕和包围着。我深深地看一眼那开放着的淡紫色的牵牛花，心里宁静得像刚刚从甜睡中醒来一样。空气的每个分子都在唱着那宁静圣洁的旋律，心也在和它们共鸣着。

有意思的是，谷应的《啊，夏天送走了秋天》，则给我们提供了一个少年对艺术美体验的典型细节。楚依柯夫的名画《七月》中母性的美和北斗哥哥女朋友的美交相辉映，使12岁的"我"产生了莫名的迷乱：原先鼓足起来的勇气土崩瓦解，答词既不高傲甚至还有点虚怯。作家在这里巧妙地刻绘出了一位青春萌发的少年对异性美的刹那意识和对艺术美的愉快体验所交织成的生命的跃动感，这是一种"孩童对成人的不由自主的、带着人的最初美感的关注"（见谷应与周晓的通信，《少年儿童研究》1989年第4期）。像这样明确地把自己摆进绘画作品中去的艺术体验，在思春期前的儿童身上是绝对不会发生的（例如在雨儿、肥子、花妞身上）；而且随着今后思春期的消逝，这种强烈的艺术体验，在成人那里则会逐渐转变成一种冷静的纯艺术鉴赏。因之，只有处于思春期的青少年，才有可能达此境界。谷应是一位画家出身的女作家，有过较好的艺术修养与美学修养，她对少年审美心理的准确把握的确令人服膺。

心理性断乳是少年人最重要的生命现象之一。这时少年人身上已经有了两个自我：一是主体的我（I），一是客体的我（Me），即"作为知觉者的我"和"被知觉者的我"。"主我"是指知觉、认识、行为的主体性自己，"客我"是指作为被知觉、被认识的对象的客观性自己。少年较之儿童，由于知识增长、视野开阔、兴趣多样、伙伴交际范围扩大、现代影视文化与传播媒体的冲击，尤其是身心发展的急剧变化等多种因素，使他们开始要求作为一个独立的"人"的意识逐渐高涨起来。这是一个"新的自我开始觉醒"的时期，这种觉醒强烈地体现在以下两个方面：

第一，在"主我"与外界的关系上，出现了"主我"和"他人"的分化，并由此产生了自我的认识。"主我"不再是完全通过家长的爱抚或责备，老师的表扬或批评，小伙伴的喜欢或讨厌以及周围环境的认同或否定来规范自己的行为，估量自己的对错，指导自己的行动了，"主我"变得爱与"他人"抬杠，爱问为什么，爱提怪问题，爱发表自己的高见；对周围成人的指令、命令、结论式的言语，再也不像过去那样"理解的要执行，不理解的也要执行"了。然而，少年人虽然在向成人的水平发展、成熟，但是他们在心理上、社会上却还远远

第二十九章　少年小说的心理学研究

没有被当作一个完全的成人看待（他们还被普遍地看成是"孩子"），"主我"的自主和独立意识虽增强了，而成人社会却还不肯予以承认。于是"主我"会感到过去一直是依靠和崇拜对象的父母和老师，现在似乎变成了压力和束缚，并逐渐显露出一种对"他人"的反抗情绪。这就造成了父母和子女、老师和学生之间，各自对于对方作用的期待常常对不上号，以致引起某种"错位性冲突"。"主我"对外界（他人）的这一倾向大约从 12 岁左右开始，在 15 岁前后的二三年间尤为明显。我们只要读一读《黑发》（陈丹燕）、《双人茶座》（梅子涵）、《哦，我的坏女孩》（陈丹燕），还有《上锁的抽屉》（陈丹燕）、《我可不怕十三岁》（刘心武）、《猪屁股带来的烦恼》（苏曼华）、《我要我的雕刻刀》（刘健屏）等小说，就能明显地感受到这一点。

　　第二，在"主我"和自身的关系上，出现了"主我"和"客我"的分化，从只是主观地感觉到自己存在的状态，发展到试图客观地观察自己，即将行为主体的自我（"观察的自我"）作为对象（"被观察的自我"）来加以观察和认识。现代心理学认为，当作为"主我"的自我开始观察"客我"的自己，当自我开始反思、批评自己并试图统一自己的时候，青少年才算进入了自己的生活。心理学上把思春期称为人的"第二次诞生"，其道理就在这里。"第二次诞生"是人格结构上极为重要的重新组织时期。这一时期的少年人情绪极不稳定，充满莫名其妙的苦恼甚至"危机"。如男生感到自己身材矮小，女生感到自己不如别人长得美，或者如生理缺陷、成绩差、父母离婚、家庭贫穷与破碎、讽刺性外号、体育运动笨等等，都可以构成少年人性格的不稳定因素，即"主我"对"客我"的观察结果，会产生强烈的自我否定感。这种自我否定感平时潜伏于无意识过程之中，处于隐性状态，但是，只要一旦受到外界的某种刺激，例如一句讽刺、揶揄性的话，就会深深地伤及那颗敏感的少年之心（尤其是少女），导致极端的情感反应和反抗性态度，或者产生更深的自我否定，甚至引起攻击性或逃避性的行为。倪赪的《我不美丽》所写的正是这种"主我"和"客我"的分化所带来的情绪波动，艺术地再现了一个敏感、困惑的少女的心路历程。我觉得近几年少年心理小说的创作，对第一类心理现象（即"主我"和"他

人"的分化）比较重视，佳作也较多，而对第二类心理现象（即"主我"和"客我"的分化）似乎关注不够。我们希望作家们能注意一下这类课题，因为这是少年心理最深层、最细致、最敏感的领域。当然文学不能代替心理学，文学作品不能包医百病，但用文学作品来帮助、提升、美化、优化少男少女的精神世界，却是我们义不容辞的责任。

让我们向进入金色年华的少男少女伸出理解之手吧，关心他们，祝福他们！

（写于1990年）

第三十章
高扬儿童文学幽默精神的美学旗帜

幽默属于审美范畴。幽默是"笑的艺术",是人生的智慧之花,是一种高贵的精神素质,一种轻喜剧风格的优雅姿态,也是现代人的心理"按摩"。

就幽默的美学特征和人的天性而言,幽默需要葆有一颗不老的童心,或者换言之,童心乃是产生幽默的天然温床。按照皮亚杰发生认识论和现代儿童心理学理论,儿童思维是一种"我向思维"和社会化思维之间的思维,谓之"自我中心思维"。儿童的自我中心思维导致他们产生诸如泛灵论、人造论、任意结合、非逻辑思维等不同于文明时代成年人的思维模式而与原始思维模式同构对应的"儿童—原始思维"。当儿童以这种思维方式去观察外部的客观世界,并进而去认识事物、解释现象时,就必然会与真实的客体世界产生程度不等的错位、反差、逆转、任意结合、概念混杂等现象,并从非逻辑、不协调中得出似是而非、悖理反常的结果,这就不免会产生笑与幽默。因之,我们可以说,儿童特殊的思维机制及其认识世界、解释世界的特殊方式,已经有意无意地造成了产生幽默的重要因素。从这一角度说,幽默实在是儿童的一种天性,一种最富于人类自由意志和最接近人类思维原初特征的活生生的本质精神。注重在

"男生贾里"系列小说张扬幽默精神的秦文君,曾就幽默与童心的关系发表过颇有见解的看法:"其实幽默不是一种现代派的东西,幽默是一种古典精神,说到底是和儿童的游戏精神紧密联系在一起的。它在中国传统的文学里比较缺乏,但在西方一直是儿童文学的精髓之一。幽默一般都是针对人的弱点的,其实人所有的弱点孩子都有,而成长中的受挫又特别会产生喜剧效果,人只要用宽容的心情去看待这一切,就会产生幽默。"(见1999年5月29日《文汇报》)

幽默需要童心,幽默呼唤童心的长存。童心呵护幽默,童心本能地要求儿童文学张扬幽默精神与机智的快乐原则。

但是,儿童毕竟不是生活在游戏世界而是生活在物理世界,现实事实却是:在强大的理性社会中,不但成年人的童心已被泯灭,就是儿童的童心也因理性社会的成人文化规范而过早地萎缩。对此,鲁迅、郑振铎等一批"五四"新文化运动的先驱者和现代儿童文学的开拓者早就作过批评,他们一针见血地指出:中国传统儿童观的误区在于对"儿童的误解",即不把儿童当儿童看,而是看成"缩小的成人","对儿童讲一句话,眨一眨眼,都非含有意义不可"。在中国传统社会"老者本位""父为子纲"的习惯定势和"文以载道""事父事君"的实用主义文学观念下,古代传统儿童读物普遍存在一种"拔苗助长"的成人化倾向,把"成人所应知道的东西""太早熟的全盘的给了他们",忽视乃至放弃最符合儿童天性的儿童读物所亟须的快乐原则和幽默精神。——中国人还没有想到要让孩子发笑,这恐怕是传统儿童读物诸如《三字经》、《百家姓》、《幼学琼林》、《龙文鞭影》之类的一个共同特点。

"五四"以后,与新文学同步成长的现代儿童文学,虽然经过文体现代化的转型,从而日益显示出儿童文学自身的独立品格和艺术范式,并曾一度尝试将"儿童本位"作为自身的美学目标;但在"中华民族到了最危险的时候"这样一个特殊背景下,当整个大时代的救亡局势和动荡不安的社会局面要求现代文学世界都能朝向一个总主流,即为国家、民族和人民的生存而呼号奔忙时,作为新文学一翼的现代儿童文学自然也就不可能将快乐和幽默作为自身重要的美学品格。正如鲁迅指出,中国的现实世道"实在是难以幽默的时候"(《伪

第三十章　高扬儿童文学幽默精神的美学旗帜

自由书·从讽刺到幽默》），即使偶有幽默的喷溅，也是类似于张天翼的童话《大林和小林》《秃秃大王》那种带刺的幽默和含泪的搞笑，或者进一步如同张乐平漫画《三毛流浪记》那样的苦涩的幽默和哭比笑好的苦笑。——中国的孩子还不需要发笑，这就是现代儿童文学留给我们的深刻印象。

1949 年以后，由于历史与政治文化的规范，中国当代儿童文学曾在相当长的时间里将"教育性"作为自己根本的价值尺度，并由此引导着整个儿童文学的精神走向。文学的教育功能当然是极其重要的功能，尤其是对于儿童的文学。但当这种判断和选择在特定的社会思潮下走向极端就不免出现始料不及的反差，甚至遭遇苦涩的后果，这就如同茅盾在 60 年代初所尖锐地批评过的："政治挂了帅，艺术脱了班，故事公式化，人物概念化，语言干巴巴。"（《六〇年少年儿童文学漫谈》）在这种格局下，幽默自然与儿童文学拉开了相当的距离。我们的儿童文学虽然想让孩子们发笑，但还是笑不起来。尽管以后也有作家（如上海的任溶溶、包蕾）作过思考周密的努力，甚至迸发出了几束富于个性色彩的幽默火花（如《"没头脑"和"不高兴"》《猪八戒吃西瓜》），但在强大的教育主义和配合"中心""运动"的任务面前，儿童文学还是笑得左顾右盼，十分勉强，而且不久，连这样的笑也不能继续下去了。

八九十年代是中国儿童文学真正走向繁荣的时期，无论儿童文学的理论观念、表现手法、艺术形式等都发生了很大变化。按理说来，现在应该是张扬儿童文学幽默精神的最好时候了，然而，一个不争的事实却是：幽默依然姗姗来迟。尽管我们的作家满怀深情地呼唤"儿童文学是快乐的文学"，然而我们的儿童似乎还没有想到或者没有过剩的精力要从儿童文学读物中来寻找幽默的关怀。另一方面，今天的孩子确实有着比他们的父辈优越得多的物质条件；但另一方面，他们所承受的无奈压力与无形包围也是他们的父辈所没有过的，这个世界变得实在太快。

第一，他们承受着比以往任何时代的儿童不知要强大多少倍的理性社会的习惯定势的包围。高科技、电子网络、动物克隆、数字化时代的到来，正使人类面临失去生动的感性和有机整体而被进一步异化的无奈。现代工业文明的双

重性所导致的技术全能主义、工具理性主义、功利主义，已使传统文明中形成的人对自然万物种种诗意的、愉快的、人格化的理解几将荡然无存。如果今天的孩子都坚定不移地相信：月亮只不过是一个冷冰冰的围绕地球旋转的巨大石块，那上面根本没有嫦娥、玉兔，更没有什么吴刚会捧出桂花酒，那真不知该怎样来评价现代科技的"福音"。面对天上的月亮，今天的孩子已经不会笑了！

第二，他们正被充斥于电子游戏机、外国卡通等各种打斗、凶杀、怪诞、恐怖、光怪陆离的形象和闹剧所包围。那一颗颗被惊恐的尖叫和强烈的声光电所刺激的童心，还能接受白雪公主和七个矮人那样的古典幽默吗？

第三，他们还被应试教育左右下的种种实用主义的教材教辅和试卷题海所包围。当孩子们望着考题上写的"同心协力"与"齐心协力"这两个意义完全一致的词语而标准答案只能有一个的语文试卷两眼发呆时，他们还会笑出声来么？当然，他们更不会想到世界上还有一种东西，叫做"幽默儿童文学"。

正是在这样一种使人感慨万千的情况下，我们看到了浙江少儿出版社为孩子们精心策划制作的《中国幽默儿童文学创作丛书》的出版。这是一种使人多么感动的文学壮举，又是一件多么了不起的文化工程！

我之所以这样说，是因为我坚信：人文科学对于人类的生命精神，儿童文学对于民族未来一代的国民素质，负有不容置疑的重要作用与责任。

人文科学以"仁者乐山，智者乐水"的情怀，构筑着人的更丰富的心灵世界，守护着人类的精神家园。文学的熏陶可以使人们加深对人生的意义、生命的质量的认识。文学不只是对人生存的言说，而且是对人心绪的具有"生命精神化"的价值追问。鲁迅说得很明白："童年的情况，便是将来的命运。"儿童文学关系着未来民族的生命精神与国民素质。艺术是为了造就完整的个性。文学作品通过理性、情感和形象三位一体的复合作用，在引导人们"按照美的规律"诗意地栖居、"按照美的规律"升华精神人格方面具有特殊作用，从而使生命在精神超越中臻达永恒，这是其他任何东西所无法比拟的。正是基于这样的理解，《中国幽默儿童文学创作丛书》站在提升整个中华民族未来一代精神素质的制高点上，理直气壮地将幽默精神这一美学旗帜插上了当代儿童文学创作的

第三十章　高扬儿童文学幽默精神的美学旗帜

巅峰。我认为，这是一种具有深刻的人文精神与文化眼光的出版理念和行为哲学。一个民族的下一代，如果缺乏想象，不会笑，更谈不上幽默，而是像鲁迅批评的那样，呆头呆脑、麻木、死相，那将是多么的悲哀！只有对自己的命运与未来前景充满无限自信力的民族，才会把儿童文学作为头等重要的文化事业，才会将培养未来一代包括幽默精神在内的高尚的人格要素、健康的心理素质提上重要的议事日程。《中国幽默儿童文学创作丛书》将张扬、丰富、提升少年儿童的幽默精神与健全人格作为儿童文学的重要文化品格和美学目的，郑重地提了出来，这不仅对当前正在大力倡导的素质教育具有积极的促进作用，而且我相信，也将对世纪之交乃至已经到来的新世纪的儿童文学的文化品位和审美走向产生实质性影响。

我们还需要进一步提出的是，这套丛书的问世固然有着明显的社会效益（一万套丛书在3个月后即重印）和文学史上的创新意义，同时还在于对幽默儿童文学的创作路数、艺术把握等作了多角度、多层面的开掘与探索。

首先，在幽默儿童文学的创作实践方面，这套丛书可以说是幽默作家总动员，各类文体总出击，全面行动，布成阵势。我们注意到，参与创作的16位作家，均是当今儿童文学界的实力派人物，而且都曾有过创作幽默文学的体验与积累。如任溶溶曾在五六十年代以《一个天才的杂技演员》《"没头脑"和"不高兴"》饮誉一时。孙幼军与周锐的童话创作一向讲究幽默风格。自由出入于成人文学与儿童文学、创作与评论之间的高洪波，无论写诗、写散文、写评论，都有一种幽默味儿力透纸背，他还曾大力倡导"儿童文学是快乐的文学"，提出儿童文学应当成为适合9岁至99岁的公民阅读的精品文学。

在文体方面，这套丛书既有幽默小说、幽默故事、幽默童话，还有幽默儿童诗以及幽默动物诗。我认为，这一做法体现了一种前瞻性的编辑策划眼光。通过动员、组织各类文体的作家参与各种样式的幽默儿童文学创作实践，一方面可以营造出一种各路人马都来关心幽默、倡导幽默、创作幽默的整体效应，以求加大对儿童文学界影响的冲击力；另一方面，这样做自然也会影响到加盟作家的个人审美情趣与创作兴趣，从而进一步影响到他们各自所从事的具体文

学门类对幽默的投入热情与关照。

其次，在幽默儿童文学的艺术创新方面，这套丛书体现出一种各显神通、各领风骚的活跃格局，为幽默儿童文学的创作提供了一定的启发与借鉴，同时也有一些问题需要探讨，这里试谈三点。

其一，关于幽默精神的艺术把握。

应该说这套丛书的每位作家都是把幽默精神作为一种整体性的艺术风格努力贯穿于创作的全过程，同时又把它作为一种具有儿童文学独特功能的美学目的来加以追求。这有两方面的体现：

幽默文学与文学幽默的区别。"幽默文学"中的幽默显然已不再仅仅只是作为"文学幽默"中的某种表现手法或修辞手段，而是把它作为一种整体性的艺术风格来加以营造和把握。如汤素兰《笨狼的故事》，一改以往狼在童话中只能扮演反派角色的套路，以33个既独立成篇又贯通一气的小故事，刻绘了一只可爱的小笨狼。小笨狼笨得天真，笨得善良，笨得滑稽，笨得逗人喜爱。在一系列悖理反常、不合逻辑、弄巧成拙、好心帮倒忙的情节中，满溢着幽默的生趣与光彩。小笨狼是一个还没长大的孩子，他对周围世界有着强烈的好奇，又有着太多的弄不明白，而小小的心又是那么容易获得满足，轻信、自以为是，这就不免上当受骗，聪明办傻事。当作家用一种宽容的心来看待孩子身上的这些"弱点"时，就自然会产生幽默。汤素兰善于把握儿童的思维方式，善于从孩子日常生活中发现喜剧因素，整部作品体现出一种轻松、风趣、自然的幽默风格，满蕴着母亲笑对孩子一切"弱点"和傻气（谁不是从傻傻的孩子长大的呢？）的宽容心态，营造出一种"童趣型"幽默。又如杨红樱的童话《那个骑轮箱来的蜜儿》，在虚虚实实、亦真亦幻中展开学校生活故事，作者调动了诸如夸大其词（如"优点放大镜"）、悖理反常（如"出租时间的小孩子"）、标新立异（如"周末大逃亡"）、连锁游戏（如"往事泡泡"）、极端荒诞（如"换脸皮"）等一系列幽默方法，生动地刻画了当代儿童成长的烦恼与困惑、失落与进步。这部作品的整体幽默风格所体现的审美感受是：善意的嘲弄＋温暖的爱意＋轻微的责备，显现出女性作家那种特有的幽默姿态。

第三十章　高扬儿童文学幽默精神的美学旗帜

幽默儿童文学与游戏儿童文学的区别。从总体上说，这两者都追求一种欢乐情趣与游戏精神，但又有明显区别，其重点即是审美风格——幽默儿童文学追求的是一种轻喜剧般的艺术效果，注重的是微言解颐，恰到好处，挠准了人的痒痒肉；而游戏儿童文学则力求营造出一种类似于"热闹型"童话那样的效果，具有比较强烈的力度感。我认为，对幽默儿童文学的这种轻喜剧式风格的把握，正是浙少社这套丛书所要努力追求的一种整体风格。这种风格在任溶溶的《我是一个可大可小的人》和高洪波的《懒的辩护》这两本短诗集中，体现得尤为明显。这就是：亲切、自然、轻快；不刻意做诗，却炉火纯青；不刻意幽默，却使人忍俊不禁；虽有轻微的讽刺，但不像冷嘲热讽那样刺人，而又略强于诙谐，体现出诗人经营诗艺的功力与对幽默风格的机智把握。

其二，关于幽默人物的艺术塑造。

丛书作家运用多样幽默手段，调动多种幽默技巧，在幽默中凸现人物个性，渗透审美理想。如董宏猷的小说《胖叔叔》，描写初三"慢班"班主任老师，如何费尽心血将"慢班"建设成全校优秀班级。庞老师的风趣形象和鲜明个性是通过一系列幽默情节来刻画的：既有形体幽默（胖而矮），又有身态幽默（动作夸张），既有语言幽默（自我调侃解嘲），又有行为幽默（如让学生在"胡思乱想大奖赛"与给老师画像中激发作文灵感），将人物性格的诸多要素交合为一种机智而风趣的形式外化出来，体现出庞老师对人生的乐观态度、自信心和对学生的一片深情，整部作品流动着灵活的喜剧色彩与人生智慧。阅读《胖叔叔》，不由使人想起谢冕的一段话："文学是一种让人变得高雅、变得聪明、变得有情趣的精神劳作。"（《读者》1998年第2期）。

其三，关于幽默文学创作中存在的若干问题。

我们无意对《中国幽默儿童文学创作丛书》一味叫好，这是一套由16位作家合力创作的丛书，难免会存在这样那样的问题，甚至败笔。探讨个中得失，对于张扬儿童文学幽默精神无疑是必要的。

幽默不是一厢情愿的单方面表白，它还包括接受者的回应，而在回应过程中，真诚性是产生幽默必不可少的条件。鲁迅把幽默比喻为"含泪的微笑"，

便已指出幽默所包含的感动人心的力量，而这种力量则主要来自"幽默体现者"自身的真诚性。浙少社这套幽默丛书的某些篇什，似乎缺少了这种真诚性，距幽默尚有一步之遥。如《校园明星孙天达》对于有生理缺陷者似乎少了一点尊重。小说中的男1号、男2号两位小主人公均是略有小疾之人，一个眼睛斜，一个说话结巴，但小说不时将他们拿到台面上来搞笑。孙天达同学已有外号"斜眼达达"，然后又借女生之口称之为"缺德斜眼"，如此还不过瘾，又借好友李小亮之笔锦上添花，谓之"自古华山一条道"。小说还异想天开，让"结巴"李小亮同学上台去说相声。虽然在演出大功告成之际，我们也禁不住和作者为这位同学长出了一口气，但洋相已经出够，还有谁会想到什么"幽默"呢？两个活蹦乱跳的孩子，可挖掘的优点或缺点满身都是，何必紧盯着这点生理缺陷不放呢！

幽默往往是旁逸斜出，游离于事件的主题之外，对事件本身进行一种否定和超越也能构成幽默效果。因而幽默需要强调突出、奇特、兀然之类的氛围，只有在这种氛围里，适当的夸张变形才显得合情合理，否则便有格格不入或过火之嫌。但幽默的超越性不等于巧合误会。巧合、误会所导致的是游戏性、偶然性或闹剧，而幽默则是一种恰到好处的轻喜剧；而且，即使是作为游戏的巧合误会也不能一再使用，否则便会露出刻意编造的尾巴。《敬个礼呀笑嘻嘻》在塑造儿童顽皮、贪玩、直率、自由、纯朴的天性方面，不乏成功之处，使人读来饶有趣味，对幽默的把握也还是有相当新意的。但小说在对事件的叙述上似乎太偏爱使用误会与巧合了。误会如："掩护华老师"一节中金一快受了"重伤"；当上"替补教授"的金一快给华老师判了不及格。巧合如："关夜学的吉尼斯纪录"产生的直接原因是金一快把安眠药掉进了杯子，金一快和小伙伴正好坐在生日餐桌上因而挨宰，等等。这并不是说小说创作不需要借助误会与巧合，而事实上这是两种重要的"游戏规则"，但误会与巧合毕竟距真正的幽默隔了一层，前者体现的是一种游戏性、偶然性，而后者则是一种智慧，一种精神素质。

当代美学家宗白华在《艺境》一书中指出："以广博的智慧照瞩宇宙间的

第三十章　高扬儿童文学幽默精神的美学旗帜

复杂关系，以深挚的同情了解人生内部的矛盾冲突，在伟大处发现它的渺小，在渺小里却也看到它的深厚，在圆满里发现它的缺憾，但在缺憾里也找到它的意义，这是一种幽默的态度。"儿童文学要承担如此深刻的意义显然是相当不易的，但这不等于我们的儿童文学可以放弃幽默的态度。还是秦文君说得好："理想主义、游戏精神、幻想，这些都是儿童文学最基本的法宝。儿童文学还是要以儿童为本位。当我尝试着用了一些幽默诙谐的笔调，没想到这么受欢迎。"（1999年5月29日《文汇报》）幽默是儿童文学重要的审美范畴，也是儿童文学浪漫主义精神气质的具体体现形式，这一长期被儿童文学史有意无意地搁置的美学旗帜，如今已由《中国幽默儿童文学创作丛书》，已由秦文君的"男生贾里"系列小说，已由包括《周锐童话选》、《唏哩呼噜历险记》（孙幼军）、《笨狼的故事》（汤素兰）等当下幽默童话精品在内的一大批儿童文学新作高高地举了起来。在世纪之交的儿童文学进程中，它必将成为一面耀眼的美学旗帜，走向少年儿童的精神世界，带给孩子们更多的欢乐与智慧！

（写于1999年）

第三十一章
共建具有自身本体精神与学术个性的儿童文学话语空间

　　临去北京参加"中国当代少儿散文暨桂文亚作品研讨会"前夕，忽然接到《儿童文学研究》（以下简称《儿研》）唐兵从上海打来的电话，问我对《儿研》96年一、二期上班马、刘绪源、方卫平等的"热点争鸣"有何看法，能否撰文谈谈自己的意见。我毫不犹豫地答应了下来。因为，我正欲直抒己见，一吐为快。

一

　　首先我必须表明自己的观点：我赞同班马在《缺失本体根基的浮游与无奈靠泊》和《开发自身本体的"儿童美学"艺术价值》两文（以下简称班文）中所体现的学术智慧与理论勇气。虽然我们不能企图通过一番论辩就能回答我们面对的复杂现实，但理论探索的慧性总是让人们觉察到思想螺纹不断上升的信息脉冲，从不同角度提供理解复杂现实的途径。班马的存在与行动，无论昨天

第三十一章　共建具有自身本体精神与学术个性的儿童文学话语空间

抑或今天，对中国儿童文学都有一种"激活"的意义——假如没有班马这匹"马"，我们的儿童文学理论空间与创作版图将会显得何其寂寞与没劲！

《儿研》改版以来的这几期，将学术研究与形上思辨置于首要之义，这是十分到位的眼光。偌大中国仅此一家儿童文学研究的专业理论刊物，其编辑思想、学术理念、文化关怀，对于整个中国儿童文学发展演进所系之重任，实在大矣哉！《儿研》策划的这次"热点争鸣"，十分必要，也十分及时，因为争鸣所涉皆是当今儿童文学面临的一些关键性问题，要而言之，有以下四项：

第一，怎样理解儿童文学的本质特征；

第二，怎样看待儿童文学自身的"特殊性"以及与成人文学的"关系性"，儿童文学是否应向成人文学靠泊、同一；

第三，今天和未来的儿童文学研究应如何深化；

第四，如何评估 90 年代涌现的年轻儿童文学创作群体。

此四项均属儿童文学研究范畴的"重大题材"，非一篇小文可以尽述己见。我愿引用班马的下列这段文字，以作为我这篇文章的旨意："让我们崇尚希腊哲人的智性光芒，效仿现代法国和德国学术争论之中的自身构建行为。论辩中少纠缠，而各自阐清各自的主张和思路，这样，将'辨析'留给读者。"

二

我曾在"江南散文之旅"的夜谈中戏说，我们的儿童文学，每次讨论到最后，都会牵涉到"什么是儿童文学？"《儿研》的这一轮"热点争鸣"也不例外，还未讨论到最后，一交锋就涉及到了"什么是儿童文学？""儿童文学的本质特征是什么？"这一老生常谈而又愈久弥新的话题。对此，方卫平在《儿童文学的本体建构与 90 年代创作走势》一文（以下简称方文）中，试图从哲学本体论、认识本体论、文学本体论、审美本体论四个层次提出自己的见解，而刘绪源则在《明天的研究向哪里深化》（以下简称刘文）中提出了"儿童文学就是成人文学"的命题。见仁见智，均有深入的理论思考作后盾。

什么是儿童文学？儿童文学的本质特征是什么？提出这一问题，如同提出

"什么是文化?""什么是文学?""美的本质是什么?"一样,可以引来种种表述与答案(比如关于"文化"的经典性定义就已有一二百种之多)。见仁见智,能够自圆其说并能在一定时空取得一定共识,就已足矣。但对一事物本质之考察,有一点则是必须把握的,即必须从该事物之"特殊性"——即除了事物之"类"的共性外还必须考察该事物之"个性"——入手。当我们说"儿童文学"时,正如其词面所示其语义本身已经蕴涵了"文学"这个类的所有共性(文学大于儿童文学,儿童文学属于文学大系统中的一个独特组成部分)。这就如同我们所说白人、黑人或上海人、北京人一样,其本身已经蕴涵了"人"这个类所有的一切共性——人与非人(动物)的所有区别。"文革"结束之初,为拨乱反正,儿童文学界曾提出过一个"儿童文学是文学"的口号,那是时代所使,不得已而为之,足见我们的儿童文学在当时已经混乱到了何等地步。——说"儿童文学是文学"这就如同说"白人是人""上海人是人"一样地没劲:说了等于没说。但在"文革"结束之初,我们不得不这样说,而且说一遍还不行,还得反复说,郑重其事地说,理直气壮地说。

然而使我大感不解的是,绪源为何还会在 90 年代的中期再度提出"儿童文学就是成人文学,或者更准确点说,儿童文学就是文学"这样的命题,这就如同强调"小孩儿就是人"一样地使人莫名惊诧!诚如班文所言:"位别有没有搞错?""得出'儿童文学就是成人文学'这一定论,起码已经等于一笔消除了儿童心理学、儿童生理机能学、社会学、教育学、人类学以及中国和世界儿童文学所进行的研究和实证的成果。"也等于一笔消除了新时期以来中国老中青三辈儿童文学工作者合力打拼所已取得的实绩。难道我们今天的儿童文学现状果真如刘文想象的那样混乱、浅薄、落后到了"文革"之初的那个样子,还要再来一番"儿童文学是文学"的拨乱反正和文学基础知识的"启蒙"与补课吗?

刘文甚至还怀疑儿童文学是否有存在之合理性与必要性。这里我们不得不引录刘文下列一节文字(虽然引文长了一些,但为了避免有"误读"之虞只得如此):

第三十一章　共建具有自身本体精神与学术个性的儿童文学话语空间

只有强调儿童文学也是成人文学的一部分，强调儿童文学就是成人文学，这一儿童特征问题才会真正得以解决。原因很简单："成人文学"的概念其实也是虚假的，不存在的。文学界从来（着重号系引者所加，下同）不称除儿童文学以外的文学为"成人文学"（果真如此吗？建议绪源读一下中文版《简明不列颠百科全书》中的"儿童文学"条目——泉根注）。这是儿童文学界创造出来的词汇（恰恰相反，这应是成人文学界创造出来的词汇，例如周作人在"五四"新文学时期发表的《儿童的文学》——泉根注），其目的则只是为着将自己与之区别开来（正是有了这一"区别"，才有了儿童文学的发现——泉根注）。多年的事实证明，这样区别的好处是强调了儿童特征，坏处便是儿童文学渐渐远离了文学（应读作"好处便是儿童文学渐渐丰富了文学世界，深化了文学精神"——泉根注）。儿童文学会被人称为"二等文学"，与这一区别不无关系（"二等文学"之谓，实系中国文化之负面因素所致，有着殊为复杂的文化根因，而非绪源之这一"区别"——泉根注）。到后来，仿佛儿童文学作品可以有自己的另一种评判标准：以文学的尺度来衡量是属于低水平的作品，以儿童文学的尺度却可以发现是上好的佳作（什么时候儿童文学界有过这种"双重评判标准"？实证何在？——泉根注）。这是一种怪现象，毋宁说，这是一种自欺欺人的现象（悲哉，中国儿童文学岂不完了！——泉根注）。

刘文此论关涉到儿童文学的不少重大问题，尤是其存在的"合法性"与生存权利。对此，我们不得不加以论辩。为了避免讨论中的纠缠，也由于篇幅所限，在这里我不想纵探源流横诠诸说，从文化史、文学史、儿童文学史等多重角度加以阐释；我只想表明我对"儿童文学"的理解，通过"自身构建行为"，用以证明儿童文学在文学版图、人文科学领域中有其自身的至尊地位、生命特征与生存权利。

首先，我认为，古今中外林林总总的一切文学现象，都可以按下列两种角度加以规范与分类，从中我们已足可见儿童文学自成一系之必然性与存在之合理性、科学性、客观性（为节省行文，兹不赘述，只以图表示之）：

A. 按文学的时空界度区分

时间界度
（文学的时间性即时代性特征）
- 古代文学（如中国文学又可细分为先秦文学、秦汉魏晋文学、隋唐文学、元明清文学）
- 近代文学
- 现代文学（现代文学、当代文学）

空间界度
（文学的地域性即民族性特征）
- 中国文学（当代中国文学又可分为大陆文学、台港文学）
- 外国文学（又可分为欧美文学、东方文学、非洲文学等）

B. 按文学的生产者与消费者界度区分

生产者
（即创作主体不同）
- 作家文学（又称文人文学，系文人独创，作品具个人风格、个人特色）
- 民间文学（民间集体口头创作，作品具集体性、口头性、传承性、变异性等特色）

消费者
（即接受主体不同）
- 成人文学（以成年人为消费、接受对象的文学）
- 儿童文学（以儿童为主要消费、接受对象的文学，由成人作家专为儿童所生产）

其次，我想表述一下我对"儿童文学"的界说，同样也是通过"自身构建行为"以表明我对这次"热点争鸣"中的各方高见之臧否取舍：

我认为，在文学艺术领域，举凡专为吸引、提升少年儿童鉴赏文学的需要

第三十一章　共建具有自身本体精神与学术个性的儿童文学话语空间

而创作的且具有适应儿童本体审美意识之艺术精神的文学，谓之儿童文学。

我的这一界说蕴涵了以下几层意思：

第一，儿童文学的创作主体是成人作家，这是一种由成年人所生产、所创造的文学。既由成年人所创造，就有一个成年人如何看待和对待儿童的问题，也即"儿童观"。一件儿童文学作品，只有经过成年人理性判断的筛子和文化规范的味觉加以层层过滤之后，才能最终送到孩子手里。有什么样的儿童观，就有什么样的儿童社会地位与生存状态，也就有什么样的儿童文学艺术精神、什么样的儿童文学价值判断与美学追求。例如：儿童文学"要能给儿童认识人生"（茅盾语）；儿童文学"只能是儿童本位的"（周作人语）；儿童文学是"教育儿童的文学"（鲁兵语）；儿童文学是"塑造民族未来性格的文学"（曹文轩语），等等。

第二，儿童文学的接受主体是儿童读者，这是一种由成人作家专供少年儿童的消费而创造的文学。儿童文学之发生、发展，充分体现了现世社会对少年儿童独立人格的尊重与生命状态、精神需求的理解。从文化人类学阐释，儿童文学乃是两代人之间进行文化传递与精神对话的一种特殊形式，是现世社会对未来一代进行文化设计（也即人化设计）与文化规范的艺术整合。因之，现代意义上的儿童文学，只能是现代社会的产物，在以"老者本位""父为子纲""祖宗崇拜"为习惯定势的时代，这种文学的被放逐乃是一种必然。

第三，儿童文学有着自己明确的服务原则，这是一种专为吸引、提升少年儿童鉴赏文学的需要而创造的文学。儿童文学的服务对象是少年儿童，而这个群体是分层次的（幼儿—童年—少年），为着吸引、提升少年儿童鉴赏文学的需要，儿童文学工作者就必须研究和把握不同层次的少年儿童年龄特征的差异性及其对文学作品的不同需求，研究和把握为着适应不同年龄阶段少年儿童的生命特征与接受机制而创作的多层次儿童文学（幼年文学—童年文学—少年文学）各自的艺术规律与价值功能。

第四，儿童文学又有着自己明确的美学原则，这是一种具有适应少年儿童的生命特征及其本体审美意识之艺术精神的文学。作为文学大系统中的一种特

殊门类的儿童文学的审美创造,其最大的特殊性(也是最大的困难)在于创作主体与接受主体在审美意识方面客观存在的"代"的差异,这两种审美意识既不能互相置换,也不能互相排斥,而应当互相调适与交融提升。儿童文学作家既要真正认识和把握儿童思维(这种思维不同于成年人的现代思维模式,而与原始思维具有同构对应关系)、儿童审美意识的特点,把心紧紧地贴近儿童;又必须超越儿童,引导儿童,提升儿童,发挥创作主体对儿童文学审美创造的主导作用。所以,真正的儿童文学作品"大抵是属于第三世界的,这可以说是超过成人与儿童的世界,也可以说是融合成人与儿童的世界"(周作人语)。它是充满童心的另一番"诗的意境",充满生命的别一种"象外之象"。

三

如上所述,儿童文学之所以要从整个文学大系统中独立出来,自成一系,这是人类文明进步的象征,文学发展的必然规律,也是现代文化高度重视儿童生命特征也即人类自身生命特征的结果。儿童文学在文学版图中的生存地位与权利是无可动摇也无法动摇的。

因之,我始终认为,作为关注儿童生命存在状态的属于人文科学领域的儿童文学研究,其首要之务与重心所在自应定位在儿童文学之为儿童文学的特殊性上。这就如同小儿科大夫的医学实践与研究重心自应定位在"小儿"而非一般的人身上一样。强调儿童文学的特殊性,就是从根本上强调儿童文学的生存意义与价值所在。在这方面,班文与刘文所持的显然是两种倾向:班文倾向于儿童文学自身的"特殊性",其视角在于儿童—儿童性—儿童生命特征(此点将在下文再述);而刘文则倾向于儿童文学与成人文学的"关系性",其视角在于成人—成人性—向成人文学靠泊,"认为儿童文学就是成人文学,要解决儿童文学的特征和艺术价值正要更强调与成人文学的关系"(此引自班文)。倘若我们的儿童文学果真按刘文所"启蒙"的那样,向成人文学靠泊、回归,那将会是一种什么情形呢?不必多说,一句话,那就将从根本上取消了儿童文学。这就如同小儿科大夫向成人医学靠泊、回归一样,还有什么"小儿科"的

第三十一章　共建具有自身本体精神与学术个性的儿童文学话语空间

位置可言？！（儿童文学经常被人贬为"小儿科"、"二等文学"，故也就聊以"小儿科"医学作比拟吧。）

正是在卫护儿童文学的生存权利与艺术精神方面，班马的研究及其此次争鸣文章，有着重要的学术价值与现实意义。

我是这样看待班马的研究的：班马从 80 年代初起始的儿童文学研究是一种清醒而睿智的投入——从一开始，他和他们（指班马们——儿童文学理论探索的年轻群体）就把自己的理论视野界定在儿童审美、儿童思维、儿童哲学、儿童文化，他和他们找到了突破儿童文学研究的最本质、最核心的理论视点。自此，中国的儿童文学理论开始变得热闹起来，厚重起来，学术化起来。

在对儿童性、儿童生命特征、儿童文学应重视体察并表现儿童的原始生命力感觉方面的研究中，班马的努力是艰难困苦的，甚至具有悲剧色彩。他的努力包括创作与理论两个方面，其创造往往是其理论观念的直接体现与个案实验，其理论除了诉诸学界同时具有总结、提升创作实践甘苦的意味。班马的作品（如《鱼幻》）与理论（如"儿童反儿童化"）已成了当今儿童文学的一道独特风景线，轻易绕不过去。尽管他的努力由于种种原因——包括其独特的带有"巫"气（"巫"属于哲学范畴，具有原始思维特征）而易被人误读且读来并不轻松的语言风格——不时引起争议、不屑甚至诋毁。但他仍一意孤行，大有"我不入地狱谁入地狱"的悲壮意味。为儿童与儿童文学执着献身，其言其行不能不令人感佩！

中国的儿童文学缺乏的是什么？缺乏的不是对儿童文学的一般文学精神的关怀和研究。对此，人们可以从一般文学（或曰成人文学）那里"拿来"，诸如文学的本质特征、价值判断、社会性、现实主义等等。"拿来"是轻松而愉快的，不但可以立竿见影，而且可以挥手导向，站在一个足够的制高点上，鸟瞰小儿科（或曰二等文学）的浅与薄，顺便也就显出了"拿来者"的深与厚（这并不意味着儿童文学不需要从一般文学那里"拿来"，请勿误会）。我们有太多的这样聪明的"拿来者"。恰恰相反，中国儿童文学缺少的是对儿童文学之为儿童文学的特殊性——儿童文学的特殊文学精神的关怀与研究，缺少的是"创

造者"，缺少的是班马与班马精神。

班马在此次讨论中最值得引起我们注意的是他作为一个"创造者"继续坚持儿童文学的"视角研究""儿童性"研究，也即对儿童文学的特殊文学精神的关照和研究的那一种学术立场与文化担当。多年来，他已就此问题发表了"儿童反儿童化""儿童文学双向结构交叉的美学对话""儿童游戏精神""儿童的操作型思维""儿童前审美范畴与前审美器官"等一系列见解，并完成了具有拓荒意味的《前审美艺术》一书。此次讨论，班马突出强调"儿童性"，强调儿童的"原始生命力"以及儿童"前审美"的种种特征（诸如野性、幻想、动物性、游戏性、非现实性、荒唐、生长力等等），力主这些特征正是构成儿童文学的"独特性和本体魅力所在"，"一俟更多地、完全地同化于社会，一俟儿童文学基本社会化和现实化了，它便也就日益与成人文学缩小距离，无甚区别，直至消解了自己"。班马此言虽不无"矫枉过正"之处，表述还不够严密，但我们完全可以读出他对深入儿童生命世界、探求儿童文学特殊文学精神的执着与良苦用心。他的这一研究已使研究本身成为自己个人的生命存在与活动的方式，因而自然也更容易引起共处于同一精神空间的人们的共鸣。

儿童文学作为两代人之间的精神对话与文化传递的特殊形式，作为现世社会对民族未来一代进行文化规范与文化设计的艺术整合，其终极目的，都是向着人——向着儿童的生命力、儿童精神生命的提升。

文化即人化。

文学即人学。

美在于生命。

哲学思考人生，宗教超越人生，艺术眷恋人生。文学是人生的象征，生命的优化；人类社会生存发展的一切外显迹象的内含意义或内含意义的外显迹象，都是人们精神内化或物形外化的结果，都是人类历时进化或共时播化的结果，都无一例外地构成为人生的象征，构成为本质上属于人化的文化[1]。文学

---

[1] 参见中国人民大学复印报刊资料《文化研究》1995年第6期程达《文化即人化》。

第三十一章　共建具有自身本体精神与学术个性的儿童文学话语空间

诞生于人，文学的目的也在于人，在于人的生命。文学活动从来都是属于生命活动的层次，属于对生命的价值判断，出发在人生，归着在人生。鲍列夫说："艺术是为了造就完整的人性。"[①] 也即完整的个体精神世界。艺术之所以能影响作用于人的精神生命，乃在于内中蕴含的人文精神与审美价值，在于艺术对人所产生的艺术情感——形象、理念与感性三位一体的复合力量。但是，正如苏珊·朗格在《哲学新解》中说，艺术情感"并不直接表达艺术家个人的情感，而是表现他领会的某些人类情感的本质"。当作家的艺术情感既作为文学创作的动力又作为表现对象时，这里最重要的是作家个人情感（个性化）与人类情感（公众性）的联系，具体落实到儿童文学创作，则是作家个人情感与接受对象——少年儿童情感的联系，具体细说，就是与少年儿童的生命特征、思维模式、审美机制以及班马所论的儿童的原始生命力感觉等的联系。因此，儿童文学创作成败与否，并不在于题材，并不在于形象（如以成人形象为主），而在于作品在多大层面、多深程度上与儿童的生命情感息息相联。这是实现儿童文学两代人精神对话与文化传递的一条根本通道。虽然，这一通道的视角是立足于儿童的，但从根本上说，这种"儿童文学的美学味，发散的足超越'儿童水平'的文学追求，在召唤中所升起的将是'文化基因'的审美意识"（此引班马《中国儿童文学理论批评与构想》）。这种情感联系的实现，乃是一种既关注于作为接受主体的少年儿童的生命特征也关注于作为创作主体的成人作家的社会关怀的一种双向结构的精神沟通。

但是，对于已经历练了人世沧桑和生理、心理等的巨大蜕变的成人作家来说，少年儿童的生命特征、精神世界对他们无疑已成了一个越来越陌生的"黑箱"。按照皮亚杰的"发生认识论"学说，儿童思维是一种处于"我向思维"与社会化思维之间的思维，谓之"自我中心思维"。由"自我中心思维"模式所衍射出来的泛灵论、人造论、非逻辑因素与前因果观念等建构起来的虚幻图景，使儿童生活在他们的实践游戏（婴儿期）→象征游戏（幼儿期）→规则游

---

① ［俄］鲍列夫《美学》，中国文联出版公司1980年版。

戏（儿童期）等所构造的童话世界中，而不是生活在现实世界（即物理世界、符号世界）中。除了少数真正童心未泯的"天才"（如安徒生）以外，成人作家要"复归"童心，实现与儿童生命特征的情感沟通，实在太难了。但这又是一个不得不面对、不得不付诸实践的课题——除非你从儿童文学领域中抽身而去。因之，真正的儿童文学工作者，总是认同立足儿童世界，关注儿童生命状态，服务儿童生命成长的。当然他们不会低能到将自己等同于儿童（因为实际上也根本无法"等同"），被童稚牵着鼻子走。事实是，当作家开始捕捉儿童世界的吉光片羽时，已经将他们的人文精神、价值观念、审美理想、文化关怀，将他们的社会责任感与社会实践品格，注入了字里行间——毕竟儿童文学的创作者是成年人而非儿童，他们的创作从一开始就是一种代表着文明人类现实意识最高水平的自觉意识，也即从根本上区别于原始意识和儿童意识（此两者具同构对应关系）的由人类社会文化心理素质的历史积淀与后天形成的智力结构及不断发展变化着的社会生活实践的印记有机结合在一起的现代意识的结晶品。

所以，我一直认为，一个真正到位的儿童文学作家成理论家，他同时也是一个儿童心理学家、儿童问题专家；或者是，要想成为一个真正的儿童文学作家或理论家，他首先必须将自己的"视角"关注、立足于儿童生命世界。班文正是在这一关涉到儿童文学的根本之点上，坚持了自己鲜明的学术立场。也正是在这一关节之处，他看出了90年代这一批年轻儿童文学创作群体缺少"儿童视角"关怀与研究的"本体根基"的浮游和向成人文学深度取向的"无奈靠泊"的悲哀与尴尬；敏感到了90年代以后的儿童文学主流评论界缺失自身本体的"儿童美学"根基，存在有以"成人文学"的文学评论意识而产生的对儿童文学"误导"倾向的严重后果。——班马的批评是真诚而清醒的，这是一位具有悲剧意味的儿童文学"传教士"向儿童文学界发出的"嘤其鸣兮，求其友声"。这是一位海派批评家批评风格的再次亮相，"以'冷眼向洋'之态，喊出一些异样的声音，有些问题的思考也许并不成熟，但那'在野'的警世之语，常使人兴奋与新奇"（《中华读书报1996.8.21》）。

——"所谓'无视儿童'的指责，实际上可作另解的透视，那就是指责者

第三十一章　共建具有自身本体精神与学术个性的儿童文学话语空间

本身的'无识儿童'。"（班马）

四

为了论辩的深入，也出于学理层面的考量，我们还需对班文的所谓"童年性"与"儿童性"作一阐释。对此两性，刘文表示不解，需要"猜测"。这里略陈管见，以作对话。

以我之见，班文所谓的"童年性"是指成人作家的童年记忆（情结）与童心观照，而童年记忆常常可以成为艺术母题，但其视角显然是成年人反观生命的视角，是成年人通过观照童年、童心、童趣（同时势必联系到土地、故园、母爱）进而观照人生的一种自慰、怀旧与排遣，一种"审美感怀，感应，或者心理释放与投射"，一种朝花夕拾晨思晚语夜半钟声到客船；更确切点说，是成年人看取人生的一种哲学态度。在成人作家的"童年性"作品背后，有着种种殊为复杂的人生社会课题。因之，班马才认为"'童年性'艺术观照力并不构成'儿童文学'的本体艺术根基及其审美心理原则"，这是有道理的。"但'童年性'范畴却极易吸引、混淆、颠倒并离逸儿童文学的艺术深度追求。"人们不是常常将那些以成人视角回忆童年、以老气暮景之心感慨人生苦短、童心可贵的作品"混淆"为儿童文学的吗？

而"儿童性"则是指儿童内在的生命特征，是生长着的儿童审美心理机制，其视角是在儿童生命的本身，包括儿童思维、儿童心理、儿童原始生命力感觉等。所以班文才说，"童年性"与"儿童性"两者精神性向的区别在于："生命"态度——前者是成年人的生命，历经人世沧桑后的生命；而后者则是新生的生命，充满无限生机活力的青春的生命。儿童文学创作显然应以"儿童性"作为"本体艺术表现"的主要视角，而"童年性"则应退而居其次（不是取消，不是说没有价值）。纵观中外儿童文学史上，那些超越时空、能使小读者刻骨铭心的作品，可以说无一不是立足于"儿童性"——儿童生命特征、无一不是实现了作家的艺术情感与儿童的生命特征成功联系的作品。例如安徒生的童话、《爱丽斯漫游奇境记》、《木偶奇遇记》、《吹牛大王历险记》，等等。而将

"童年性"——童年记忆作为艺术母题的作品，所感动的主要是成人读者，例如高尔基的《童年》、《人间》、《我的大学》三部曲。这里的根本仍在于班文所说的那个"生命"的区别。

应当指出，班文对"儿童性"的定位确有不够严密之处，正如方文所批评的那样，仅仅锁定在儿童的"原始生命力""原始心灵"上是不够准确的。儿童毕竟也是社会的人——虽然他们生活在他们的想象世界和游戏世界中，但儿童性不应忽视"其'自然性'与'社会性'的互融互动"，以及"由自然人向社会人演进的生长性"。

方卫平在"热点争鸣"中委婉地表示对班文的"儿童性"是否会滑向"儿童本位性"的担心，"儿童文学的本位根基能够仅仅建立在'儿童性'范畴的基础上吗？"对此，我也想提出一点看法。

我认为，方文的"担心"虽然出于善意但却是不必的。

第一，所谓"儿童本位"无非是指儿童中心、为儿童服务。用鲁迅的话说就是"一切设施，都应该以孩子为本位"，社会对于儿童"应该健全的产生，尽力的教育，完全的解放"[①]。我们今天讲儿童本位，已与当年杜威、胡适讲的"儿童本位"的文化语境、文学外部环境发生了根本性变化，其语义内涵显然已不再含有胡适当年那个"儿童本位论"的负面影响。"儿童本位论"作为一个文学史上的观念的任务已经终结，只是在史的研究上还有其文献意义。我们今天大可不必一见"本位"就顿时色变。如果今天有文章也在使用"儿童本位"，那无非是要表示如何更好地为儿童服务，而不必将此与胡适的"本位论"加以联想。联合国儿童基金会宣称："要建设一个和平安乐的世界，实在应该由小孩子开始。"联合国儿童基金会特使孟罗·李夫说："看一个国家儿童读物出版的情况，可以看出这个国家的未来。"国际儿童图书日的海报上大写着："没有儿童文学的文化，不能称为真正的文化。"何其慷慨激昂，何其神采飞扬，何其"儿童本位"！

---

① 鲁迅：《我们现在怎样做父亲》。

第三十一章　共建具有自身本体精神与学术个性的儿童文学话语空间

第二，以儿童为中心或曰以儿童为本位，为儿童服务，这实在是一个国家、一个民族对自己的命运与未来前景充满自信力的体现，是一个国家、一个民族走向现代化的必然行动哲学。试想，在以"父为子纲""老者本位""祖宗崇拜"为习惯定势的传统社会，能出现"儿童本位"吗？在战乱动荡、经济崩溃、文化劫难的年代，能奢谈什么"儿童本位"吗？

第三，讲儿童文学的"儿童性"是不是就排斥了"社会性""现实性"呢？我的看法正好相反，讲"儿童性"正是为了"社会性""现实性"的目的。试问，儿童的生命存在状态、儿童生命力的发展，是不是一个"现实"的"社会存在"？儿童的精神、思维、心理、个性等的养成与提升是不是一个"社会性"的问题？是不是很有"现实意义"？当代人类社会办了那么多的儿童报刊、儿童读物，搞了那么多的儿童设施、儿童福利事业，其终极目的还不是为了改善儿童的生命存在状态与生存条件，促使他们的生命力（包括心与身的两面）更好地生长吗？为什么我们的儿童文学只要一提"儿童性"就成了脱离社会、浮游现实？难道不关注、不反映、不表现儿童的生命存在状态反而就更有"社会性""现实性"了吗？

第四，"儿童性"不过是强调理解、把握以及艺术地表现儿童生命特征的重要性而已，并不等于排斥、否定儿童文学的社会性。当人们说萝卜富于营养时，并不等于说青菜没有价值。事实上，我们的儿童文学无论从历史还是现状看，确实存在着过分强调文学的社会性而将儿童性挤压到了偏仄的角落，以致长期没有位置。班马云："中国儿童文学理论界的重大盲区之一就是没有自己的哲学立足点。"这里的哲学自然也包括儿童生命哲学、儿童文化哲学。个中的激情与疾呼，值得细思。

这次"热点争鸣"需要我们加以细思的问题委实不少。限于篇幅，无法一一展开，但下文所述的话题则是我们必须面对的。

五

这就是刘绪源在论辩中提出的一个十分迫切的话题，如同刘文标题所示：

"明天的研究向哪里深化？"这是一个建设性的话题，富于学术味的话题。

明天的儿童文学研究究竟应该向哪里深化呢？

我以为，其重心似应关注于班马所取的那个"儿童视角"。

如同前述，有关文学的一般精神的研究，我们完全可以借助整个大文学与人文科学所已取得并正在不断深化的研究成果，及时丰富和提升我们的文学质量。儿童文学研究所能提供给整个文学王国、文学史以及人文科学领域的成果，主要还是我们最具自身学术个性的关于儿童文学的特殊精神之研究。从整个文学研究来看，强化了儿童文学自身的学术个性，也就同时确定和扩大了儿童文学研究在整个人文科学领域中的生存地位与发展空间。我们不必担心儿童文学是否就会由此出现与一般文学的对立、游离，因为事实上，我们的研究者都是一批训练有素的文学理论工作者，不可能也不会出现对文学的一般精神的漠视与无识，不可能也不会作茧自缚保守到与整个文学采取封闭主义的态势。活跃于中国儿童文学史上的五代批评家（此按方卫平的说法）都具有深入的文学修养与功底，历史证明他们是整个文学建设的一支不可缺少的生力军。因之，今天我们需要努力去做的，正是整个人文科学领域中最薄弱的环节——对儿童文学特殊精神之关照与研究。我们迫切需要建立具有学理深度与学术规范的儿童文学话语空间。我们需要强调独特的学术品格，高扬生命的主体哲学。

所谓"话语"，是指一种特定的言说方式或符号表达系统。中国的儿童文学理论长期以来往往是成人文学理论的翻版制作，缺乏独特的理论发现与研究个性（方卫平曾就此写过专文），更遑论建立自己的话语空间。因而在相关的学术批评与著作中长期存在着某种套用、滥用、浅用（简化）成人文学话语的情形，最常见的现象就是在一大堆常人皆知的文学理论话语之后加上诸如"语言浅显，情节生动，充满儿童情趣"之类文字的批评模式，既滞呆又乏味，简直败坏儿童文学研究的形象。因之，这就有一个"话语转换"的问题。"话语转换"决不是以前那种将成人文学理论的话语套用、滥用、浅用于儿童文学，而是指将一般文学艺术、一般人文科学（如文化学、心理学、人类学、思维科学等）的话语有机地转换为契合儿童文学之特殊精神的科学的话语，即以科学

第三十一章　共建具有自身本体精神与学术个性的儿童文学话语空间

的言说方式来阐释儿童文学，使儿童文学理论研究的言说方式或符号表达系统从内容到形式都具有自身的学术规范和科学性。

表征某种理论发展与否一般可以有三方面的考量：一看思想容量是否增添了新的理论概念、理论命题；二看是否扩大了具有自身学术个性的话语空间；三看逻辑表述是否达到了更高的明晰度。由此反观我们的儿童文学研究，我以为理论界尤是 80 年代以来的第五代年轻理论群体，已经做了一些切切实实的工作，这包括具有儿童文学学术个性的新的理论概念、理论命题的发现与提出，新的话语体系的逐渐建立等。例如班马提出的关于"儿童反儿童化""儿童视角研究""游戏精神""前审美艺术"等；孙建江提出关于"童话幻想的空间艺术""童话的运动美"等；汤锐提出的关于"中西儿童文学的比较与研究"等；方卫平提出的关于儿童文学的"文体"与"接受之维"等；刘绪源提出的关于"儿童文学的三大母题"等；吴其南提出的关于儿童文学的"成长"主题等；笔者也曾不揣陋见，提出过"儿童文学的三个层次与两大部类"，儿童—原始思维、创作主体的儿童观、接受主体的年龄特征与儿童文学的审美创造关系等。尽管第五代批评家的理论发现还极其有限，个案研究还不够完善，但却表明了建立儿童文学话语空间的可能性和充满乐观自信的未来前景，显示着儿童文学学科同样有着与一般学术研究所共有的探索性、创造性、累积性特征以及彼此激发、相互参与所形成的学术层圈和各家之说。

历史正在走向世纪之交。今日中国社会正处于由计划经济向市场经济转轨的历史性转型时期。面对这一切，我们的儿童文学实在太需要冷静思考，深入探讨新环境下儿童文学的特殊精神之新的进行时态。

我们需要研究市场经济、电子传媒、外国卡通、独生子女、升学竞争等诸多文化现象、社会现象对儿童及其整个儿童读物的创作、传播、接受等的冲击与影响；

研究以上影响所必然发生的少年儿童生命状态的变化及其对儿童文学价值承诺、审美特性的新的变化与需求；

研究为适应这种变化与需求的跨世纪儿童文学的新特点、新内容、新形式、

新的美学追求与民族风格以及适应不同年龄阶段少年儿童接受机制的多层次儿童文学（幼年文学—童年文学—少年文学）独特的艺术规律与价值功能；

研究 90 年代以来儿童文学创作所出现的新景观、新特点以及存在的新问题与对策；

研究市场经济氛围中儿童文学的人学尺度、美学判断、生态环境以及如何进一步拓宽思路，促进儿童文学在与社会、历史、电子传媒、各种艺术形式的结合中获得更为广泛的发展与艺术生命力，等等。

世纪之交，我们沉思。为着中华民族的未来一代，为着 21 世纪的儿童文学与儿童文化，我们深感共建具有自身本体精神与学术个性的儿童文学话语空间的紧迫性与艰巨性。

创发于文化灵根，落实于当代关怀。我坚信，人文花果总在灵根自植中，才不会在滚滚红尘里飘零散落。

【附记】

本章系应上海《儿童文学研究》编辑部之约而写，改定于 1996 年 9 月 21 日 72 次渝沪特快列车上，刊发于《儿童文学研究》1996 年第 4 期，有删节。文中所涉诸家争鸣文章，均见于《儿童文学研究》1996 年各期，分别是：班马《缺失本体根基的浮游与无奈靠泊》，刘绪源《明天的研究向哪里深化：与诗人班马对话》，方卫平《儿童文学本体建构与 90 年代创作走势》，班马《开发自身本体的"儿童美学"艺术价值：与刘绪源对话"成人文学"评论意识》，刘绪源《再说"双重标准"：兼论研究现状并致班马学兄》。

第三十二章
共建世界华文儿童文学的精神家园

马来西亚《南洋商报》专刊"南洋文艺"特约记者年红与王泉根教授的访谈记录。原载1995年5月5日、9日《南洋商报》。

问：您主编的《世界华文儿童文学大系》已经出版，这真是华文儿童文学界的一大喜讯。您能说说主编这套丛书的出发点吗？

答：在走向21世纪的进程中，有两种意识正影响着人类，一种是全球意识，一种是寻根意识。当今世界以和平、发展为主潮，随着中国大陆开放政策的实施与东西文化交流的八面来风，中华文化在东南亚乃至全球正在日益重放异彩。台湾以及海外华人尤其是东南亚华人纷纷到大陆寻根追祖，世纪末的"寻根热"正方兴未艾；与此同时，一个全球性的华文文化—文学研究热也已经悄然到来。在中国大陆，从80年代新时期以来，已召开过多次海外华文文学研讨会，还成立有"中华台湾暨海外华文文学研究会"。令人欣慰的是，华文儿童文学的交流与研究也已开始热络起来，自1990年5月在中国湖南召开"首届世界华文儿童文学笔会"以来，已先后在中国湖南、台湾以及马来西亚召开过"华文

幼儿文学研讨会"（1992.3）、"亚洲华文儿童文学现况探讨会"（1992.11）、"亚洲华文儿童文学研讨会"（1994.11）等，这些活动对世界华文儿童文学的发展是一种有力的促进。但应当看到，与华文成人文学相比，我们儿童文学界的交流还是比较寂寞的，基本上处于一种"分散经营"的状态，彼此之间缺少联系，更没有形成一个整体性"协同动作"的局面。例如，我们至今还没有一个类似"世界华文儿童文学研究会"这样的学术社团。

建设世界华文儿童文学，有许多切切实实的工作要做。首先是如何联络、团结我们这一行的作家、研究家，使大家彼此能够互相认识、了解，假如同行之间互不相知，那还谈什么交流与研究呢？认识、了解有多种方式，最好的方式当然是开一个盛大的会议，把同行们都聚到一起来。但这不可能，也不现实。作品是作家的"身份证"，认识作家最终也是最佳途径还是通过作品。从作品出发，认识世界华文儿童文学作家群，来一个同行大聚会——这就是我主编这套《世界华文儿童文学大系》的出发点。我希望这套丛书的出版，一方面能使世界华文儿童文学作家、研究家之间彼此相识相知，沟通声气；另一方面，也能让社会上的大读者和小读者都能充分认识、了解在世界华文文学中，还有我们这一行当，我们这一群体的存在！

问：这个理想能实现就太好了！我想，全球华文儿童文学工作者和作家一定认同您的时代使命。

请问，您编选这套丛书的目标又是什么呢？

答：这目标有二：一是为成人的，一是为儿童的。这套丛书的选编与出版，将在世界华文文学的交流与研究中别开生面，既有利于集中展示各个国家、地区华文儿童文学多姿多彩的多元风貌，从世界性的角度，浏览与检阅华文儿童文学的发展概况与美学精神，以体现出华文儿童文学的"全球意识"；同时，又有益于促进世界华文儿童文学的提升与整合，通过华文儿童文学所反映的全球性炎黄子孙的广阔生活，看到五千年中华文化源远流长的深厚根基和巨大的文化凝聚力，从而适应人们的"寻根情结"。这可以说是为成人的。

当然，选编、出版这套丛书的最终目的是为了儿童，为了全体炎黄子孙的

第三十二章　共建世界华文儿童文学的精神家园

未来一代。希望他们在阅读丰富多彩的华文儿童文学作品的过程中，得到真善美的艺术陶冶，成长为既具有现代意识和国际眼光，同时又具有中华文化精神和东方文明修养的新一代。当然，我们深知文学的作用没有那么伟大，但春风化雨，滋兰树蕙，则是全体华文儿童文学工作者的共同心愿和善良期望。

问：这套丛书所收入的作品，包括了哪些国家？依您看，哪些国家在华文儿童文学发展方面比较蓬勃；而在文体方面，哪些国家比较全面发展呢？

答：由于资讯的原因，以及凭我一人之力选编这套丛书所面对的困难，目前所选录的作品包括中国台湾、香港，新加坡，马来西亚，泰国，菲律宾，文莱，印度尼西亚，日本，越南，美国，英国，法国，澳大利亚等14个国家和地区。从总的发展水平看，中国（包括大陆、台湾、香港）的儿童文学当然是最蓬勃兴旺的。这也很自然，因为华文儿童文学之根在中国大陆。除了中国，我认为马来西亚与新加坡的发展势头十分好。主要体现：一是作家较多，而且素质较高，因而优秀作品也多；二是各类文体发展比较齐全，这在这套丛书的各卷中均可见出；三是拥有自己的发表园地（报刊），出版物的数量和品种也颇可观。

问：我感到奇怪的是，这套书名为《世界华文儿童文学大系》，却没有收入中国大陆的作品，原因何在？

答：我刚才说过，世界华文儿童文学之根在中国大陆。大陆儿童文学自80年代以来发展势头十分强劲，无论是创作还是理论研究都取得了前所未有的实绩；同时，还出现了一些新的创作现象，在大陆颇具影响。如突破传统模式，在创作手法上标新立异的"新潮童话"；重在反映少年人黎明觉醒时期种种困惑与求索的"少男少女心理小说"；直面现实人生、敏锐感知未来一代精神世界脉动的"少年题材报告文学"以及一些立意在变革、旨归在艺术的"探索性作品"等。与这种状态相适应大陆出版了多种多样的少年儿童文学读物，不但有个人的作品集，还有形形色色的选本、丛书、大系，如《新潮儿童文学丛书》《新时期儿童文学佳作鉴赏丛书》《中国儿童文学大系》《中国幼儿文学集成》等。我主编的这套《世界华文儿童文学丛书》，因其发行范围与读者市场主要是在中国大陆，由于篇幅有限，考虑到大陆儿童文学作品已有多种多

样的出版物，广为读者熟知，因而这套丛书没有选录大陆地区的作品，这是需要加以说明的。当然，如果今后出版条件成熟，这套丛书的发行范围主要是海外图书市场，那自然就得增补大陆的儿童文学佳作。

问：请问王教授，这套丛书所收入的作品，有什么共同点？

答：总的特点可以概括为：同源多元。世界华文儿童文学是以华文（汉语）作为表达工具的超越国界的同文同源儿童文学。五千年灿烂辉煌的中华民族文化是世界华文儿童文学共同的文化渊源与精神支柱。在这基础上，各国、各地区的华文儿童文学由于不同的社会背景、生活环境、风俗习惯等所提供的不同文学土壤以及受西方文化的影响，在有选择地吸纳中华传统文化精华的同时，表现出各自独特的本土文化个性与现代文明取向，以多姿多彩的多元风貌，共同丰富着世界华文儿童文学的艺术宝库。共同的文化渊源和道德审美理想（就儒学文化圈而言），决定了华文儿童文学作家在儿童文学创作方面具有一些共同的追求和特点，概括起来有六个方面：1. 强调民族化和现代化的统一，中国风格和时代精神的统一；2. 关注现实人生，追求幻想艺术与现实精神的有机结合；3. 注重整体精神，体现出个人对大群社会、民族贡献为人生意义的价值观；4. 提倡尊长爱幼、尊师重道、谦恭礼让、和合贯通的人际观；5. 崇尚自然，着力表现人和自然和谐的环境观；6. 强调寓教于乐，悉心刻绘童心天趣，努力用适合儿童审美阅读心理和思维特征的方式来进行创作的儿童观与儿童文学观。

问：全套书一共收入了多少篇文章和多少首诗歌？在比较上，以哪几个国家的作品为多？

答：这套丛书共收入 290 位华文作家、诗人的 686 篇（首）儿童文学佳作，分别编为小说卷、童话卷、诗歌卷、散文卷、儿童戏剧卷、科学文艺卷共约 130 万字。除中国台湾、香港地区以外，以新加坡、马来西亚所收作品为多，其次是美国。

问：在创作水平方面，您有什么批评？

答：这个问题需要用一篇长文章来回答，这里只能简单谈谈我的印象。总

第三十二章　共建世界华文儿童文学的精神家园

的感觉是：诗歌创作的成就最引人瞩目，并已成为华文儿童文学艺苑中的主要文体，不但创作手法多样，流派纷呈，而且勇于探索创新，出现了一些在大陆诗坛也未见到过的新诗体（如"文字诗"）。童话与小说的成绩也颇可观，童话历来是儿童文学的大宗，但与中国大陆比较，海外童话创作的手法似乎还较多地保留着"传统"。散文的成绩好像要稍逊一些，这在大陆儿童文学界也是同样。大概散文这种文体包容量太多太宽，反而不易把握艺术精神。但也有例外，如台湾作家桂文亚、谢武彰的作品，无论气势与笔力，意境与感觉，都颇见出功夫，是儿童散文中的成功之作，因而"散文卷"中选入较多。选编"儿童戏剧卷"时，使我有一个意外的惊喜，这就是马来西亚年红先生和爱薇女士创作的"少儿广播剧"，十分成功，童趣盎然。这种文体在中国大陆儿童文学界较少见到。

问：马来西亚华文儿童文学作者当中，有哪几位的作品被收入？在文体方面，会不会偏向某一种文体？还有，创作水平如何？

答：据我看，马来西亚华文儿童文学是世界华文儿童文学中的一支劲旅。这套丛书收入了年红、爱薇、梁志庆、碧枝、唐林等诸位作家的作品，尤以年红、爱薇两位为多。马来西亚尚有一批有影响、富实力的儿童文学作家，但遗憾的是一因资讯上的原因联系不上，二是有的作家虽联系上了但没有寄作品来，因而遗珠甚多。这也说明交流与了解的重要。总的印象，马来西亚华文儿童文学的文体发展比较整齐，年红、爱薇两位作家都是创作上的多面手，他们的作品在很大程度上代表着马来西亚华文儿童文学的创作水平与美学追求，尤其是年红先生。他所创作的小说《一把大雨伞》、童话《金山公主》以及现代寓言、少儿广播剧等，体现了他多方面的艺术素养，体现了作家对人的本质力量的追求与对真善美的追求，具有一种理性、情感和形象三位一体的艺术感染力。我已与我的一位研究生作了计划，打算对年红先生的作品作一些更深入的研究。

问：王教授，据我所知，您在儿童文学理论方面的成就卓越，为什么在这套丛书中没有《理论卷》呢？

答：说我"成就卓越"那还谈不上，但对理论研究的兴趣则是一直保持着

的。这套丛书之所以没有《理论卷》，原因是出版上的困难。而事实上我已在开始作理论选本资料收集工作。我可以告诉您一些情况：我一直有个愿望，要为20世纪中国儿童文学评选一套经典、系列的理论丛书，为全方位考察中国儿童文学现象开出新路。这套理论丛书包括：《中国现代儿童文学文论选》《中国当代儿童文学文论选》《台湾地区儿童文学文论选》《海外儿童文学研究论丛》《20世纪中国儿童文学论文目录索引》。其中，第一、二种已经出版，各70多万字。第四种主要属于世界华文儿童文学理论研究，计划包括两个方面，一是海外华文儿童文学理论家写的论文，二是中国学者研究海外华文儿童文学的论文。但由于出版经费方面的困难，第三至五种今后能否出版尚难预估。

问：您以为东南亚华文儿童文学发展应走的该是哪个路向？该加强的应是哪几个方面？

答：东南亚的华文儿童文学是世界华文儿童文学艺术蓝图中的重要板块，在这个地区，拥有2000多万华人，无论是华文儿童文学作家群还是读者群，都具有很大优势。因此，东南亚的华文儿童文学发展状态如何，直接关系、影响着整个世界的华文儿童文学。以我的拙见，我以为东南亚华文儿童文学的发展应取"立足本国，面向世界"的路向。所谓立足本国，就是要充分发掘与发挥自己文学的民族特色、题材特色与文化特色。我们知道，科学进步的标准有世界性统一尺度，而作为人的本质和审美理想的物化形态的文学的进步，却在于它的独特性。"某一作品是世界的，它首先应是民族的。"文学在时间上是时代的，在空间上又是民族的。一种文学只有反映出特定地域的社会生活与文化精神，才能有别于其他民族文学而自立于世界文学之林。但这还只是问题的一个方面，问题的另一方面是——毕竟华文儿童文学是一种世界性的同文同源文学，因而在"立足本国"的同时，又需要"面向世界"——面向世界华文儿童文学与华文儿童文学的世界。这就需要展开各国华文儿童文学之间的横向交流，尤其需要与"根"之所系的中华本土文化的儿童文学加强横向交流。互相沟通，互相启发，互相激励，以促进整个世界华文儿童文学品位的提升与创作、研究的繁荣。——这只是我的一点拙见，提出来仅供参考。

第三十二章　共建世界华文儿童文学的精神家园

但无论是"立足"还是"面向",首先都得有自己的文学园地。没有文学园地,缺少报刊的支持,那一切都无从谈起。台湾林焕彰先生花费不少精力与财力,创办了一份《儿童文学家》季刊,现在已实质上成了世界华文儿童文学对话的一个重要窗口。我对他献身儿童文学的事业与精神,深表敬意!

问:最后,请问王教授,对世界华文儿童文学的前景和展望有什么看法?

答:十六个字:"前景远大,道路曲折,联合起来,共创辉煌!"我希望在不远的将来,成立一个世界性的华文儿童文学研究会,共建我们世界华文儿童文学的精神家园!

外 编

20 世纪中国儿童文学论点透视

第三十三章
1902—1949年的理论作品（156篇点评）

20世纪中国儿童文学的学术研究与理论批评，有其不同于一般文学理论的独特性、累积性与学科建设意义的自身话语空间。本章与下章，选择290篇在20世纪中国儿童文学史上具有某种代表性的理论文章或有重要文献意义的文章，加以点评，以探索20世纪中国儿童文学理论的丰富内涵。现代部分（1902—1949）分为7节，当代部分（1950—1999）分为8节。现代部分7节为：

儿童文学理论建设—儿童文学问题论争—儿童文学的教育推广—中国儿童文学发展史论—儿童文学文体研究—作家作品与书刊评论—外国儿童文学评价

一、儿童文学理论建设（43篇）

1. 儿童教育（黄海锋郎）

本文原载1902年（清光绪二十八年）出版的《杭州白话报》第二年上册论说卷。《杭州白话报》创刊于1901年6月，发起者为陈叔通、汪叔明、林琴南、孙江东及项兰生（项藻馨）数人。系中国近代资产阶级民主革命时期的

宣传阵地之一,也是较早倡导白话文的刊物。《杭州白话报》以白话文为载体,以民族意识、民权意识、科学意识为主要内容对民众进行启蒙宣传。该报系旬刊,线装,初为木刻印本,一年后改用铅印,由杭州白话报馆编辑发行。主持编务者先后有林獬(宣樊子)、孙翼中(独头山人)、陈叔通(谞者)等人。1904年1月停刊,为时两年半,出版82期。本文原无标点,此文标点系评选者所加。

作者黄海锋郎,显系笔名,原名为谁,无以考之。

我国的儿童文学理论批评发轫于何时?有哪些遗产与传统?对此问题,一直无人研究。文学理论批评是与文学现象同步发生与发展的。中国的儿童文学走过了数千年曲折缓慢的道路,直到20世纪初叶,在中国政治、经济、文化发生急剧变革的时代潮流中,在民族民主革命思想的冲击与外来文化的影响下,开始在现代文坛勃兴。儿童文学的生长壮大是现代社会高度重视儿童的独立人格、重视儿童教育与儿童的文学欣赏情趣的产物;自从有了儿童文学的发生与发展,才有对于这种文学现象进行探讨研究的儿童文学理论批评的发生与发展。中国现代早期的儿童文学理论批评大抵是从教育观立论,十分强调儿童文学的社会功利作用与对年幼一代的教育作用,这与当时开发民智,改良社会,振兴中华,推翻帝制的资产阶级民主革命思潮紧密相关。这篇专论正是在这种背景下产生的,它所谈的虽主要是儿童教育问题,但已关涉到儿童文学。作者从中国前途着眼,提出加强儿童教育与深刻影响年幼一代成长的儿童读物的重要性,明确反对将四书五经、《三字经》、《千字文》等作为儿童读物,提出应把"爱国的故事,为人的箴言,替儿童演说",以"养成儿童爱国心,陶铸儿童天良性"。文章旗帜鲜明地批判了旧教育压制儿童个性的严重弊端,呼吁要像"花儿匠栽培花木"一样地精心教育下一代。这种观点,在20世纪初风雨如晦的动荡年代,确是振聋发聩的,对数千年来漠视儿童精神、束缚儿童个性发展的封建思想,无疑是一种有力的声讨。从现有资料考察,《儿童教育》是最早一篇关涉到儿童文学的教育作用与社会功利作用的专论。

2.《教育唱歌集》序(曾志忞)

第三十三章　1902—1949 年的理论代表作（156 篇点评）

本文系 1904 年曾志忞为其编辑出版的《教育唱歌集》一书所作的序言。

曾志忞（1879—1929）音乐教育家，上海人。1901 年赴日留学，在东京音乐学校研习音乐，参加沈心工发起组织的"音乐讲习会"。1903 年在东京编印出版的《江苏》杂志上发表的以简谱和五线谱对照由其填词的乐歌《练兵》、《游春》、《扬子江》、《海战》、《新》、《秋虫》等 6 首歌曲，是我国目前发现的较早公开发表的"学堂乐歌"，也是现在能见到的中国人正式使用简谱的早期记录之一。后曾出版《教育唱歌集》。1908 年至 1912 年在上海创办中国贫儿院，任院长。毕生注重儿童音乐的研究与创作。

19 世纪末，在变法维新思潮影响下，"创办新式学堂，引进西方教育体制，开展现代科学教育"的潮流开始兴起。1904 年，清廷颁布《奏定学堂章程》，1905 年，废除科举。新式学堂纷纷建立，学校教育开始引入了音乐、体育、美术等课程，音乐作为美育在当时占有重要地位。学校开设的音乐课时称"乐歌"科，"学堂乐歌"就是各地新式学校中音乐课广为传唱的原创歌曲。这些歌曲多以简谱记谱，运用外国的曲子，填上中国的歌词（选曲填词）。学堂乐歌的倡导、推广者以沈心工、李叔同、曾志忞等启蒙音乐教育家为代表。学堂乐歌为中国近现代音乐史贡献了一批早期的优秀声乐作品，开"新音乐"创作之先河；同时使"集体歌唱"这一歌唱形式深入人心，为后来的群众歌咏运动打下了基础。

音乐教育的提倡与重视，不仅关系到年幼一代的美学教育，而且直接影响到儿童文学。提供给儿童唱歌用的歌词，本来就是清新雅训的儿童诗，儿童歌词的创作方法与儿童诗存在着许多共同之处；而有的儿童诗经过作曲家谱曲则直接变成了孩子们欢迎的儿童歌曲。20 世纪初叶，我国学校的"学堂乐歌"音乐教育尚在初创、探索时期，其时习用的一些儿童歌曲大都"词意深曲，不宜小学""其文之高深，十倍于课本"。作为中国现代儿童音乐教育先驱者的曾志忞，积极提倡"学堂乐歌"，提出了不少建设性意见。他根据自己的教学与创作实践，认为"学校唱歌"应"以他国小学唱歌为标本"，大胆吸收欧美、日本的成功经验，即"以最浅之文字，存以深意，发为文章"。主张儿童歌词

的创作要"俗""直""自然""流利",摈弃"文""曲""填砌""高古",使"童稚习之,浅而有味"。作者在本文所讨论的虽是儿童歌词的创作问题,但在客观上却对儿童诗——儿童文学更具建设意义。像这样充满开放意识与为年幼者着想的艺术观,在当时是非常难能可贵的。

3. 请为儿童写作小说(徐念慈)

本文辑录于 1908 年《小说林》第 9、10 册刊载的《余之小说观》(徐念慈著)第八节《小说今后之改良》,标题系评选者所加。

徐念慈(1875—1908),原名蒸乂,字念慈,别号觉我,东海觉我。江苏常熟人。小说家、理论家。曾就读于无锡南菁讲舍,后在家乡创办竞化女学和尚公小学校,又任教于上海文学师范讲习所,主持宏文所编辑。1904 年与曾朴、丁祖荫在上海创办《小说林》社,任编辑主任、译述编辑,热衷小说创作与理论研究。翻译有科幻小说《黑行星》等,并创作科幻小说《新法螺先生谭》,被视为中国近代科幻小说的先行者,对近代小说美学理论亦有重要贡献。

20 世纪初叶,一些具有现代意识的文艺批评家在文坛掀起了一场"小说界革命"运动。他们重视小说的社会作用,提倡小说为社会现实服务。作为小说理论家的徐念慈,在 1908 年第九、十期《小说林》杂志上,发表了《余之小说观》,系统地阐述了他对当时小说创作的看法。

从小说改革的观点出发,呼吁当时的"著译家"都来为孩子们写作适合他们特点的小说,并就此类小说的形式、体裁、文字、作用、插图等提出了自己的见解。作者所谈的虽是小说改革问题,但实际上却是倡导儿童小说创作的热切呼唤。他提出创作这类小说是为了"鼓舞儿童之兴趣,启发儿童之智识,培养儿童之德性"的观点,显然已涉及到儿童文学的教化作用问题。本文是现代儿童文学氤氲时期的一篇重要论文,显示了当时小说界、理论界重视儿童文学的新景象。

4. 儿童读书之心理(节选)(无名氏)

本文节选自 1909 年(清宣统元年)11 月刊行的《教育杂志》第一年第 12 期《儿童读书之心理》一文。原文未署作者名。

第三十三章　1902—1949年的理论代表作（156篇点评）

儿童教育的重视必然促进教育界、文化界都来关心、探讨儿童读物及儿童的读书心理。本文有两点值得注意：一是认为儿童读物应贴近人生，帮助儿童认识生活。儿童读物"以言日常生活之事，又富有趣味者为佳"，对生活中的阴暗面用不着回避，不如使儿童"知之，俾能辨别其是非"。二是编辑儿童读物应遵循儿童心理发展的特征，"欲求有益于儿童，则不可不视儿童之意见行之"，做到"亲切儿童深知其性质"。并对儿童读物提出了三方面的要求：道德感化，智力开发，美育感染。这些意见对氤氲时期的现代儿童文学创作无疑是有启发意义的。

5.《童话》序（孙毓修）

本文原载1909年2月刊行的《教育杂志》第一年第2期。原文无标点，此文标点系评选者所加。

孙毓修（1871—1922），目录学家、图书馆学家、儿童读物编辑专家。字星如，别署东吴旧孙。江苏无锡人。清末秀才。早年在江苏南菁书院执教，得到缪荃孙指教，目录学根底颇深。1907年进入上海商务印书馆编译所，得到张元济赏识，任其筹建图书室。1908年，商务印书馆购得绍兴徐氏、太仓顾氏、长洲蒋氏之书，设图书馆于编译所，即世称"涵芬楼"。后主持影印《四部丛刊》等，著有《永乐大典考》1卷、《中国雕版源流考》等。从1909年起，孙毓修在国文部负责儿童读物的编辑，先后主编《童话》丛书、《少年杂志》、《少年丛书》。《童话》丛书从1909年创编，到1916年共出102种，孙毓修编写了77种（后由茅盾、郑振铎续编），他参照《泰西五十轶事》等西欧童话传说，编写的《无猫国》、《人拇指》等众多作品在当时深受小读者欢迎。孙毓修主编的《少年杂志》、《少年丛书》介绍中外名人的传略和轶事，"记事简明，议论正大，阅之足以增长见识，坚定志气"，也深受读者欢迎。《童话》丛书、《少年杂志》、《少年丛书》是"五四"以前我国影响最大的儿童文学读物。茅盾称孙毓修是"中国有童话的开山祖师"（《我走过的道路》），"中国编辑儿童读物的第一人"（《关于"儿童文学"》）。

"五四"时期前后的童话含义较广，大凡寓于幻想色彩的供小读者阅读鉴

赏的散文类作品，均属"童话"范畴，当时的"童话"几乎就是"儿童文学"的同义词，两者没有严格的界说。孙毓修编辑的《童话》丛书，实际上就是儿童文学。他在本文所阐述的关于编撰《童话》的用意、取材（寓言、故事、科学三类）、体例、要求等观点，正是"五四"以前知识界对于儿童文学的模糊认识与一般主张的代表性文字。因此，本文是我们认识研究现代儿童文学早期风貌与理论见解的重要文献。

6. 征求绍兴儿歌童话启（周作人）

本文原载1914年农历正月20日刊行的《绍兴县教育会月刊》第4号。原文无标点，此文标点系评选者所加。

周作人（1885—1967），现代著名作家、文艺理论家。原名周遐寿，字启明，号知堂。浙江绍兴人，曾留学日本，历任北京大学、燕京大学等校教授，为文学研究会发起者之一。"五四"时期，积极参与新文化运动，广有影响。抗战时任伪华北政务委员会教育总署督办。共有著述五十余种，主要有《自己的园地》、《雨天的书》、《谈龙集》、《谈虎集》、《中国新文学源流》、《艺术与生活》等。2002年河北教育出版社出版的《周作人自编文集》，收录了周作人所著诗文别集共36种。

周作人是我国现代最早从事儿童文学研究的理论者之一。1911年，他从日本留学归来在家乡绍兴任教时，就开始搜集儿歌童话，并进行研究。根据已知材料，本文是我国第一次公开征集民间儿童文学作品的重要文献。但当时缺少儿童文学的热心者，到年底，周作人只收到了一件来稿。

7. 我们现在怎样做父亲（鲁迅）

本文写于1919年10月，最初发表于1919年11月《新青年》月刊第6卷第6号，署名唐俟。现选自1981年人民文学出版社出版的《鲁迅全集》。

鲁迅（1881—1936），伟大的文学家、思想家、革命家，中国现代文学的奠基人。浙江绍兴人，本名周樟寿，字豫才，后又取名周树人。"鲁迅"是1918年发表《狂人日记》时开始用的笔名。1902年赴日留学，1906年开始译介俄国、东欧和其他一些被压迫民族的文学作品，写有《摩罗诗力说》等论文。

第三十三章　1902—1949 年的理论代表作（156 篇点评）

1909 年回国，先后在杭州、绍兴任教。1912 年去南京教育部任职，后迁北京。1918 年 1 月参加改组后的《新青年》编委会，5 月发表新文学史上第一篇划时代的白话小说《狂人日记》。1920 年以后，一边从事新文学创作，一边在北京大学、北京师范大学、厦门大学、广州中山大学等高校任教。1927 年底到上海，开始了一生中最光辉的战斗历程。1930 年参与筹备并领导了中国左翼作家联盟，在血与火的洗礼中成了伟大的文化巨人、民族之魂。1936 年 10 月 19 日，在上海与世长辞。鲁迅的文学创作，涉及到短篇小说、杂文、诗歌等众多领域。1981 年人民文学出版社出版的《鲁迅全集》16 卷，包括了他的全部作品。

作为中国新文化运动主将的鲁迅，从祖国和民族的前途着眼，一贯高度重视儿童问题与深刻影响年幼一代成长的儿童文学。他不但以自己不屈的战斗为中国现代文学奠定了坚固的基础，而且以无比挚爱的赤诚之心，身体力行，开拓着中国现代儿童文学，为它的发展倾注了大量心血。当青年时代的鲁迅自觉地肩负起推翻封建制度的重任时，他便敏锐地看到了儿童的情形与祖国未来命运休戚相联的关系，他意识到要为下一代、为祖国的未来开创一种全新的生活，必须彻底根除统治了中国人几千年的错误的儿童观。他把这种思考与观点写进了《我们现在怎样做父亲》一文。鲁迅在抨击封建伦常虐杀幼者的罪恶，批评昔时错误的儿童观之后，深刻地指出："直到近来，经过许多学者的研究，才知道孩子的世界，与成人截然不同；倘不先行理解，一味蛮做，便大碍于孩子的发达。所以一切设施，都应该以孩子为本位"。"此后觉醒的人，应该先洗净了东方古传的谬误思想，对于子女，义务思想须加多，而权利思想却大可切实核减，以准备改作幼者本位的道德"。儿童的发现，儿童世界的发现，这是二十世纪初叶的中国一件了不起的大事，也是"五四"新文化运动的一个重要成果。鲁迅把"幼者本位"作为一个口号正式提了出来，这是他在 1918 年《狂人日记》中发出的"救救孩子"的呐喊的延续与生发，其目的都是为了人类"去上那发展的长途"，努力"肩住了黑暗的闸门""放后起的生命""到宽阔光明的地方去"。从这一使命出发，鲁迅以极大的热情关注着作为儿童教育重要

环节的儿童读物,并在以后的文学理论中,对儿童文学提出了一系列精辟见解。他呼吁"为了新的孩子们,是一定要给他们新作品";他还在自己创作的《故乡》《社戏》《药》《明天》等小说中,通过对农家少年(闰土,双喜等)的热情赞颂来表达对幼者深挚的爱,通过对摧残幼者(华小栓、宝儿)的黑暗势力的诅咒,来发泄对罪恶社会切齿的憎。鲁迅的这种"幼者本位"思想,在"五四"反封建的战斗中,着实起了振聋发聩的作用,它对于提高儿童与儿童文学的地位,加速现代儿童文学的发展进程,在当时中国的特定历史时期,具有重大的思想指导意义。

8. 儿童的文学(周作人)

本文系1920年10月26日周作人在北京孔德学校所作的演讲,原载1920年12月出刊的《新青年》第8卷第4号。

"五四"时期,周作人的反封建精神表现得十分明显,在儿童观上也是如此,这种思想明显地流贯在《人的文学》(1918年12月《新青年》第5卷第6期)及《儿童的文学》、《儿童的书》等文论中。《儿童的文学》是现代中国最早鼓吹倡导与系统论述儿童文学重要性的文论之一。作者高扬人道主义旗帜,激烈抨击封建主义虐杀儿童的罪恶,鼓吹尊重儿童的独立人格,提高儿童的社会地位。由于"中国向来对于儿童,没有正当的理解",因而"不是将他当作缩小的成人,拿'圣经贤传'尽量地灌下去,便将他看作不完全的小人,说小孩懂得甚么,一笔抹杀,不去理他"。这种虐杀儿童个性的谬误导致了封建旧教育与旧文化极端漠视儿童精神食粮,造成了儿童文学的荒芜局面。周作人认为,"儿童生活上有文学的需要",新文学有"供给他们文艺作品的义务"(《儿童剧》),他热切地呼吁新文学的志士仁人应当"结合一个小团体,起手研究"儿童文学;提出了建设儿童文学的具体途径:民间采风,整理传统读物,译介外国作品。并提出儿童文学应尊重少年儿童发展的年龄差异性,过细探讨了幼儿前期、幼儿后期与少年期这三个年龄阶段孩子的心理特征及对诗歌、寓言、童话、故事、戏剧等各类文体在思想、艺术上的不同要求。这些见解对初创时期现代儿童文学的建设起了积极的作用。应当提及的是:在中国,"儿童文学"

第三十三章 1902—1949年的理论代表作（156篇点评）

这一概念的出现，正是从本文开始的。由于周作人在《新青年》上提出了"儿童的文学"的口号，以后才逐渐演变、简化成了"儿童文学"。

9. 赶紧创作适于儿童的文艺品（叶圣陶）

本文原载1921年3月12日《晨报》副刊，标题系评选者所加。

叶圣陶（1894—1988），江苏苏州人。原名叶绍钧，字秉臣，后改圣陶。现代著名作家、教育家。长期从事教育工作，先后在苏州的乡镇小学及北京、上海、重庆、武汉等地的大、中专学校任教，并担任过多年上海商务印书馆、开明书店的编辑。新中国成立后历任出版总署副署长、人民教育出版社社长、教育部副部长等职。系全国政协副主席，中国民主促进会中央主席。著作等身。1987年江苏教育出版社开始出版《叶圣陶集》。

叶圣陶是中国现代儿童文学光荣的开拓者与创建者之一，现代童话创作的泰斗。1921年1月，叶圣陶与茅盾、郑振铎、周作人等人发起组织了"为人生而艺术"的文学研究会，并掀起了"儿童文学运动"的热潮。在文学研究会诸作家的创作中，最能体现该社团现实主义精神的，是叶圣陶二十年代创作的小说；最能代表该社团儿童文学实绩的，是叶圣陶的两部童话集——《稻草人》（1923）与《古代英雄的石像》（1931）。叶圣陶的儿童文学观主要体现在1921年写的《文艺谈》中，从1921年3月5日起，北京的《晨报》副刊连续刊登叶圣陶的《文艺谈》，全文共四十则，每星期刊载四至六则，有时一则分两天登出，到是年6月25日登完。《文艺谈》中的七、八、十、十四、三十九则都是探讨儿童文学与儿童教育的。本文即是《文艺谈·七》。

"五四"文学革命时期，全国各地蜂起的新文学社团普通关注儿童文学建设，热情为未来一代创作、编译作品，使儿童文学出现了崭新气象，其中尤以文学研究会最有实绩、最具影响。就在文学研究会成立二个月之际，叶圣陶在《文艺谈·七》中大声呼吁：新文学应当"为最可宝爱的后来者着想，为将来的世界着想，赶紧创作适于儿童的文艺品"，这是新文学面临的"重要事件之一"。他用自己当小学教师的切身体验，强调儿童对于文学作品的饥渴的需求，他们"心里无不有一种浓厚的感情燃烧似地倾露"，"对于文艺、文艺的灵魂

感情——极热望地要求"；激烈抨击封建旧文学对儿童文学的束缚与压抑，致使教师"欲选没有缺憾"可供儿童阅读"欣赏的文艺品，竟不可得"。他认为向少年儿童提供新的文艺品已是刻不容缓的事了，而"创作这等文艺品，一、应当将眼光放远一程；二、对准儿童内发的感情而为之响应，使益丰富而纯美"。正是这种自觉的"为后来者""为将来着想"的文学方向与强烈的社会责任感，把文学研究会（包括叶圣陶）推上了拓展现代儿童文学的光荣道路。本文以及下面所选《多多为儿童创作》《儿童的想象和感情》两文，体现了叶圣陶早期的儿童文学观，也是了解叶圣陶早期童话创作思想的一把钥匙。就在《文艺谈》发表后不到半年，他就满腔热情投入了童话创作，用自己的作品去实践他为未来一代提供新儿童文学的"崇高的使命"。

10. 儿童的想象和感情（叶圣陶）

本文原载 1921 年 8 月 22 日《晨报》副刊，系《文艺谈·八》，标题为评选者所加。

叶圣陶在本文提出了一个重要的儿童文学观点：儿童文学创作应适合读者对象——少年儿童的心理特征与接受机能，"儿童文艺里须含有儿童的想象和感情"，切忌板起面孔"教训"。"教训于儿童，冷酷而疏远。感情于儿童，则有共鸣似的作用"。这一观点在现代儿童文学的初创时期，对于消除以往的传统"儿童读物"那种用成人心理取代儿童心理，只知教训儿童，否认儿童精神世界等弊端，有着十分积极的意义。

11. 多多为儿童创作（叶圣陶）

本文原载 1921 年 6 月 24 日《晨报》副刊，系《文艺谈·三十九》。标题为评选者所加。

叶圣陶在本文热情鼓吹倡导创作儿童文学的重要性，认定要振兴中国的儿童文学，必须"改换新路，立定在新的基础上"。这就是摒弃"陈腐束缚的境遇"对儿童身心的摧残，创造出一个"儿童的一切本能都让他们自由发展，更帮助他们发展"的环境，为他们提供"新鲜的滋养的食料"。这些意见显示了作家高度关心民族未来一代精神食粮的社会责任感和远大目光，对于推进"五四"

第三十三章 1902—1949 年的理论代表作（156 篇点评）

时期儿童文学的发展具有重要意义。

12. 儿童文学在儿童教育上之价值（严既澄）

1921 年，商务印书馆在上海举办讲习所，在为期三个月的师范班毕业之时，正值暑假，于是又续办了五个星期的"暑假专修班"，听讲者多达五百余人，来自全国十五个省。这个专修班除了讲习国语外，还举办了多次演讲会，讲演者都是当时文化界、教育界的人或新从欧美考察回国的学者、教授，如胡适、黄炎培、马寅初、陈鹤琴等。讲演内容涉及欧美教育新潮，哲学、经济学、心理学、教育学等。本文即系严既澄在这个专修班上的讲演稿，原文载 1921 年 11 月出刊的《教育杂志·讲演号》。

严既澄（1899—？），名锲，又名慨忱，笔名严素。广东四会县人。文学研究会成员。上海明诚中学毕业后去日本横滨。后进入北京高等正业学校化学科及北京大学英文系、哲学系旁听。1921 年进入上海商务印书馆。1925 年任文治大学、上海大学教授，1927 年任杭州盐务学校及浙江省立第一中学教员。1929 年后任北京大学、北京师范大学讲师，中法大学教授，杭州《三五日报》副刊编辑等。著有《苏轼词》《拊掌录》《进化论发见史》等。在二十年代写过一些儿童诗与童话，主要发表在《儿童世界》与《小说月报》上。

本文论述了近代西方先进的儿童教育对中国的影响，提出从科学的儿童观出发，儿童教育必须适应儿童内部的心理发展规律；肯定儿童文学在儿童教育中的重要地位，呼吁学校教育都来重视儿童文学。作者认为："人生在小学的时期内，他的内部生命，对于现世，都没有甚么重要的要求，只有儿童的文学，是这时期内最不可缺的精神上的食料。"因此，"真正的儿童教育，应当首先着重这儿童文学"。严既澄的这番讲演，对于当时的学校教育重视儿童文学起了积极的促进作用，同时对于丰富"五四"时期现代儿童文学的理论建设也具有一定的意义。

13.《儿童世界》宣言（郑振铎）

本文是中国现代儿童文学史上的重要文献。

郑振铎（1898—1958），现代著名作家、学者，文学史研究专家。福建长乐人，

出生于浙江永嘉。1921年与茅盾等发起成立文学研究会,并主编《文学周报》,1923年又主编《小说月报》。1927年旅居巴黎。1929年回国后主编《世界文库》,并任燕京大学教授、暨南大学文学院院长。新中国成立后,历任文化部副部长、中国科学院文学研究所及考古研究所所长等职。一生著述宏富,主要有《文学大纲》《中国文学论集》《插图本中国文学史》等。

郑振铎是中国现代儿童文学光荣的开拓者与创建者之一。二十年代,他不仅是文学研究会的重要台柱,也是该会掀起"儿童文学运动"的中心人物与组织者,写了大量的童话、儿童诗与低幼故事,还发表了二十多篇儿童文学文论。1922年1月,由郑振铎主编的《儿童世界》周刊在上海创刊,这是我国第一个以发表儿童文学作品为主的期刊。在此以前,我国的各类儿童刊物,内容包罗万象,没有专门的文学性期刊。儿童读物的推荐、选择,需要依靠家长与教师的媒介。为了扩大《儿童世界》的影响,郑振铎特将介绍《儿童世界》办刊内容、宗旨、方针、对象的《宣言》先在成人报刊发表,以引世人瞩目。本文写于1921年9月22日,先后刊登于1921年12月28日的《时事新报》副刊《学灯》、12月30日的《晨报副刊》及《妇女杂志》,而未刊登在《儿童世界》创刊号上。

本文体现了郑振铎创办儿童期刊的思想与早期的儿童文学观。他认为儿童期刊应注重文体多样化,供给小读者丰富的精神食粮;明确宣布要以美国麦克·林东的三条原则作为办刊宗旨,即儿童文学必须切合读者对象的阅读欣赏情趣;所采用的稿件既从国外大胆"拿来",也要"求合于乡土的兴趣",适应民族特点。《儿童世界》的问世,彻底改变了我国儿童刊物的面貌,一扫过去儿童刊物"成人化"的弊端,以崭新的内容、浓郁的儿童化与文学性、生动活泼的形式,赢得了小读者的广泛欢迎,不但风行全国,而且流传海外,达到了儿童刊物从未有过的繁荣局面。

14.《儿童世界》第三卷的本志(郑振铎)

本文原载1922年7月1日出刊的《儿童世界》第二卷第13期。

作为文学研究会中心人物之一的郑振铎,始终认定文学要"为人生而且要

第三十三章　1902—1949 年的理论代表作（156 篇点评）

改良这人生"的方向，同时也将这一思想贯穿在儿童刊物的编辑中。他十分注重儿童刊物的思想性，也十分重视小读者的欣赏情趣与理解能力，努力把《儿童世界》办成富于儿童特色的"为人生"与"为儿童"服务的健全期刊。本文所表白的编例的变更与声明的办刊宗旨正是郑振铎儿童文学观的具体体现。

15. 儿童文学之管见（郭沫若）

本文写于 1922 年 1 月 11 日，原载《民铎》月刊第 2 卷第 4 期。现选自人民文学出版社出版的《沫若文集》第十卷。

郭沫若（1892—1978），现代著名诗人、作家、戏剧家和历史学家、古文字学家。四川乐山人。原名郭开贞，笔名沫若，曾用笔名麦克昂、易坎人等。1914 年去日本留学，在新思潮影响下积极投身新文化运动，诗集《女神》成为中国新诗的奠基作。1921 年回国，与郁达夫等发起成立创造社，出版《创造季刊》。1923 年提出"革命文学"的主张。1926 年去广州中山大学任文学院院长，同年参加北伐。1927 年参加"八一"南昌起义并加入中国共产党，后到上海从事文艺活动。1928 年流亡日本，开始从事中国历史研究。抗战爆发后回国，在汉口、重庆积极从事抗日救亡运动，出任军委政治部第三厅厅长和文化工作委员会主任。1943 年去解放区。新中国成立后，先后任全国文联主席、政务院副总理、中国科学院院长、中共中央委员、全国人大副委员长等职。他一生著述极多，涉及到诗歌、戏剧、小说、文艺评论、历史、考古、文字研究等领域，重要的均收入 1957 年至 1963 年由人民文学出版社出版的《沫若文集》十七卷。自 1982 年起陆续出版《郭沫若全集》，分为《文学编》、《历史编》、《考古编》，分别由人民文学出版社、人民出版社和科学出版社出版。《文学编》编为 20 卷，1982 年出第一卷，前 5 卷均为诗歌，6—8 卷是戏剧，9、10 两卷收小说与散文，11—14 卷为自传，15—17 卷是文艺论著，18—20 卷收杂文。《历史编》8 卷、《考古编》10 卷。

郭沫若与鲁迅，茅盾一样，为早期的中国现代儿童文学作出过不朽贡献，是现代儿童文学光荣的开拓者之一。本文集中体现了郭沫若早期的儿童文学观。郭沫若是从儿童文学对于社会改造和国民改造所起重要作用的高度来重视现代

儿童文学创建工作的，他认为"人类社会根本改造的步骤之一，应当是人的改造。人的根本改造应当从儿童的感情教育、美的教育着手"。文章在分析了儿童文学的重要性之后，就儿童文学的本质特征、创作原则及具体建设等问题，提出了一系列精深见解。关于儿童文学的本质、特征，郭沫若认为：儿童文学"是用儿童本位的文字""准依儿童心理的创造性的想象与感情之艺术"。他所张扬的"儿童本位"说，与鲁迅提出的"幼者本位"说含义是一致的，其目的都是为了克服中国人传统儿童观的错误，提高儿童的社会地位，尊重儿童的独立人格与精神世界，强调儿童"不是成人的缩影"。从这一观念出发，郭沫若认为儿童文学的创作应"以儿童心理为主体，以儿童智力为标准"；而从理念出发的"儿童文学"很难走向儿童。这些见解对于早期儿童文学的理论建设产生过深刻影响，是中国现代儿童文学理论批评史上的重要文献。

16.《晨报副刊》创办《儿童世界》启事

本文原载 1923 年 7 月 24 日《晨报副刊》，署名"记者"。此标题系评选者所加。

经过"五四"新文化运动的洗礼，儿童教育与深刻影响年幼一代成长的儿童文学作为反对旧思想、旧道德、旧文学，提倡新思想、新道德、新文学的一个重要内容，受到了全社会的普遍关注。文学界、教育界开展了儿童教育与儿童读物问题的探讨，报章杂志纷纷刊载有关文章及儿童文学作品，其中尤以《新青年》、《教育杂志》、《妇女杂志》、《东方杂志》以及当时著名的四大副刊《晨报副刊》、《京报副刊》、《时事新报·学灯》、《民国日报·觉悟》等最为热心。

本文是《晨报副刊》在采纳女作家冰心的建议之后，决定在该报创办《儿童世界》专栏的启事。该专栏最先登载的是周作人翻译的外国童话故事《土之盘筵》，分 10 次连载完。从设专栏的第二天起，就开始连载冰心寄自美国的散文名作《寄〈儿童世界〉的小读者》（后在结集出版时改为《寄小读者》）。本文是现代儿童文学开始发展时期有关报章杂志关心儿童文学情况的一份重要史料。

第三十三章 1902—1949年的理论代表作（156篇点评）

17. 儿童有没有文学的需要（魏寿镛 周侯予）

本文原载1923年8月上海商务印书馆出版的《儿童文学概论》（魏寿镛、周侯予合著）一书。

魏寿镛，江苏常熟人；周侯予，江苏江阴人。生卒年均不可考。他们编写《儿童文学概论》时，均在无锡任教。《儿童文学概论》是我国第一部探讨儿童文学原理的专著。全书计6章，分别论述了儿童文学的性质、要素、来源、分类、教育法以及儿童对文学的需要等问题。本文即是此文的第二章。作者从两方面论证了儿童对文学有着热切的需要：第一，从儿童的内部心理发展与外部生活分析，儿童需要文学的涵养；第二，从教育儿童的角度分析，认为文学对于儿童具有丰富想象、发展思想、培养情感、养成读书兴味等作用。本文强调了儿童文学的重要性与现实意义，并批评了当时某些人蔑视儿童文学的错误观点，对于促进二十年代初期儿童文学的发展起了积极的推动作用与舆论鼓动作用。

18. 儿童文学的来源（魏寿镛 周侯予）

本文系1923年8月商务印书馆出版的《儿童文学概论》（魏寿镛、周侯予合著）一书的第四章。

本文根据"五四"时期前后我国儿童文学的现状，提出了进一步繁荣儿童文学的具体意见，认为儿童文学来自收集、翻，译、创作三方面的途径。收集的对象有民间口耳相传的儿歌、神话、故事等，古典传统读物及当代文坛的各类儿童刊物、译本与成人报刊中的有关内容。作者在这里所谈的"收集"，其实只是这一工作的第一步，无疑地，还有一个改编为儿童适用的读物的过程。翻译的内容有二个方面：一是将古典传统读物的文言译成儿童看得懂的白话，二是直接翻译外国文学。值得注意的是，作者在本文提出了翻译的具体原则：要采用白话不用文言；要用"直译法"不用"意译法"。这些意见反映了"五四"以后我国儿童文学界"译风"的明显转变，已不再是以前那种改译、改编、改头换面式的翻译法了。作者在本文还强调了创作儿童文学的重要性，认为只有有了"适合时代，切配儿童性情"的创作，才能使儿童文学真正繁荣起来，出现"宝藏兴焉""用之不竭"的景观。创作儿童文学的重要步骤之一就是要"先

入于儿童之境",只有懂得儿童,理解儿童,才能写出儿童欢迎的作品。本文既是作者对"五四"时期前后我国儿童文学现状所作的总结,也是促进当时儿童文学进一步发展的建设性意见,其实践意义无疑是积极的,富于启迪性的。

19. 儿童文学的定义与本质(节选)(朱鼎元)

本文选自 1924 年 10 月上海中华书局出版的《儿童文学概论》一书。作者朱鼎元,当时系江苏无锡第三师范学校附属小学教师。

"五四"以后,中国的儿童文学逐渐得到了发展,与这种趋向相一致,儿童文学理论研究也不断推出了新成果。1923 年 8 月上海商务印书馆出版了第一种《儿童文学概论》(魏寿镛、周侯予合著);不久,朱鼎元的《儿童文学概论》、张圣瑜的《儿童文学研究》(商务印书馆 1928 年 9 月出版)又相继问世。这些理论专著就儿童文学的性质、作用、建设、创作、教育法等问题,作了比较系统的理论阐述,丰富了二十年代儿童文学的理论成果。本文的观点正是当时教育界对儿童文学的定义与性质的一种比较普遍的理论表述。文章的某些观点明显地受到西方文化的影响(例如儿童与原始人的心理相类似的观点),同时汲取了郭沫若的一些儿童文学观。透过本文,亦可见当时儿童文学界与教育界深受"儿童文学本位论"影响的情况。

20. 儿童文学的哲学观(戴渭清)

本文选自 1924 年上海新文化书社出版的《童话评论》(赵景深编)一书,原载《初等教育》杂志。作者戴渭清,生平不详。出版工作者,编著有《小书家》、《幼稚算术》等多种儿童读物以及《新文学研究法》等。

儿童文学对涵养儿童性情有什么作用?儿童文学的艺术特征是什么?这是"五四"以后儿童文学界所关注的问题。作者认为,儿童文学对儿童的涵养体现在三个方面:真情共鸣;陶冶理性;精神享乐。儿童文学的创作"必定要适应现代文学思潮和儿童心理",就其内容而言,应做到"三化":儿童化——适合儿童特有的八种心理状态;自然化——应多描写自然界的景物;人群化——儿童文学不能脱离社会人生。作者明确提出:儿童文学应引导儿童"不知不觉,感知自身与人群社会的关系,养成献身社会,改造社会的习性,完成

第三十三章　　1902—1949年的理论代表作（156篇点评）

儿童的社会人格"。这一观点正是与现代儿童文学所高扬的现实主义精神相一致的。

21. 儿童文学问题（陈学伽）

本文选自1924年上海新文化书社出版的《童话评论》一书，原载《出版界》。作者陈学伽，生平不详。

本文着重探讨了儿童文学的创作原则，认为儿童文学不能"逆儿童的天性"，应当注重"引起儿童优美的感想""养成儿童活泼的精神""提起儿童求知的兴趣"。注重儿童文学对儿童美感经验的培养，这是现代儿童文学一贯坚持的美学原则。这一精神于此可见一斑。

22.《小说月报·安徒生号（上）》卷头语

本文原载1925年8月《小说月报》第16卷第8号《安徒生号》，系由《小说月报》主编郑振铎撰写。

《小说月报》是文学研究会的重要文学阵地。二十年代文学研究会发起的"儿童文学运动"十分注重翻译介绍外国儿童文学。安徒生是从丹麦升起的世界儿童文学太阳。1925年，为了纪念安徒生（1805—1875）诞生120周年与逝世50周年，《小说月报》在第16卷第8、9号连续出刊两期《安徒生号》，共刊载安徒生童话译作22篇，评论与史料13篇，照片与插图21幅。其中《安徒生传》（顾均正）、《安徒生作品介绍》（郑振铎）、《安徒生童话的艺术》（赵景深）、《安徒生年谱》（顾均正、徐调孚）等，都是首次发表的重要研究成果。本文系由主编郑振铎撰写，他对安徒生推崇备至，认为"安徒生是世界最伟大的童话作家。他的伟大就在于以他的童心与诗才开辟一个童话的天地，给文学以一个新的式样与新的珠宝"。文学研究会以特殊的规格，大规模地介绍一位儿童文学作家，这在中国文学史上是史无前例的。从此，安徒生的名字与童话得以在中国家喻户晓，中国的儿童认识了"丑小鸭"、"海的女儿"和"卖火柴的小女孩"，中国的儿童文学作家有了最好的可资借鉴的艺术精品。本文为我们保留了文学研究会"儿童文学运动"的一项重要文献史料。

23.《二十四孝图》（鲁迅）

本文最初发表于 1926 年 5 月 25 日《莽原》半月刊第 1 卷 10 期。现选自 1981 年人民文学出版社出版的《鲁迅全集》。

"五四"文学革命所进行的反对文言、提倡白话的运动，带来了文学语言形式的大革新、大解放，并最终使白话文取得了文坛的正宗地位。白话文的应用，直接为儿童文学找到了一个通俗浅显、更易为孩子们接受的语言工具，这就使儿童文学在语言形式上向广大小读者接近了一大步。鲁迅在本文充分肯定了"五四"文学革命以来儿童文学的这一可喜变化，为孩子们有了"可以懂得"的读物感到欣喜；旗帜鲜明地"诅咒一切反对白话，妨害白话者"，表示对这股逆流的憎恨与愤怒。

鲁迅还在本文用较多笔墨回忆了儿时无书可读，只能看"下图上说，鬼少人多"的《二十四孝图》的情形，以锋利的笔触，剖析了封建道德对儿童心灵的束缚与毒害，揭露了封建礼教"将肉麻当作有趣"的"诈"的本质。而"诈"正是与儿童世界相对立的，"小孩子多不愿意'诈'作，听故事也不喜欢是谣言"。供给儿童的读物必须肃清这一"诈"字。

本文传达了鲁迅儿童文学思想中的二个重要观点：第一，儿童文学必须采用少年儿童能够接受与理解的语言；第二，儿童文学必须强调真善的统一，对孩子"诈作"是没有价值的。鲁迅的这些思想对今天的儿童文学创作仍有现实意义，尤其是不能"诈作"，更给人以警策。

24.《大众文艺》第二次座谈会

本文原载 1930 年 5 月 1 日《大众文艺》第 2 卷第 4 期，该期为《新兴文学专号》下册。

1930 年 3 月，中国左翼作家联盟（简称"左联"）在上海宣告成立。自此，从"五四"开始的新文艺进入了新的发展历程。左翼文艺运动始终关注着儿童文学，以其新的思想、新的精神给儿童文学注入了新鲜血液，推动着它的不断进步。1930 年 8 月 29 日，即在左联刚成立半个月之际，左联机关刊物之一的《大众文艺》便举行了第二次座谈会，就如何建设儿童文学及《少年大众》（《大众文艺》的专栏）的编辑方针进行了专题讨论。本文就是这次

第三十三章 1902—1949年的理论代表作（156篇点评）

座谈会的讨论记录。与会者有蒋光慈、冯乃超、洪灵菲、田汉、华汉、钱杏邨（阿英）、孟超、潘汉年、戴平万、白薇、邱韵铎等左翼作家、诗人和批评家，由龚冰庐主持会议。这次座谈会讨论的虽是《少年大众》的编辑问题，但却涉及到儿童文学领域中的诸多重大问题。大家对儿童文学的教育作用、创作方法、内容、题材以及大众化等，提出了许多建设性的意见，取得了一致的看法。主要意见大致有这样几点：（1）坚持儿童文学的教育方向性。儿童文学应"给少年以阶级的认识，并且要鼓动他们，使他们了解，并参加斗争之必要，组织之必要"，要努力给少年们"新的""有益的东西"，帮助他们抵抗"封建的思想"。（2）按照儿童文学自身的艺术规律办事。"儿童读的东西与成人读的不同，儿童读物应该要有趣味"，所以"《少年大众》应该是大众化而且要少年化"，要"时时征集小朋友们的意见"。（3）扩大儿童文学的题材、内容。"题材方面应该容纳讽刺、暴露、鼓动、教育等几种"，应吸收"歌谣、传说故事中"有关"农村和工厂的材料"，使儿童文学"竭力和一切革命的斗争配合起来"。这次座谈会的召开及其提出的崭新的理论原则，充分表现了左翼文艺运动对儿童文学的重视，对于促进三十年代初期革命儿童文学的发展，起到了指导性的作用。

25. 给新时代的弟妹们（《大众文艺》编者）

本文系《少年大众》发刊词，原载1930年5月1日《大众文艺》第2卷第4期。

《少年大众》是左联机关刊物《大众文艺》特为少年读者开辟的专栏，发表儿童文学作品。本文充分体现了1930年3月左翼作家在"《大众文艺》第二次座谈会"上提出的建设新型儿童文学的理论原则及办刊宗旨。告诉孩子们现实社会正在经历的、已经过去的、将要来临的"真的事情"，这是左翼文艺运动所要坚持的现实主义精神在儿童文学领域的延续与发展。《少年大众》以其鲜明的革命性、现实性为特色，在三十年代儿童文学界树起了自己的旗帜，为推进现代儿童文学的进程作出了独特的贡献。

26. 论儿童读物（茅盾）

本文原载 1933 年 6 月 17 日《申报》副刊《自由谈》。署名"珠"。

茅盾（1896—1981），我国现代进步文化的先驱者，现代文学巨匠。文学研究会的主要发起人。浙江桐乡人，原名沈德鸿，字雁冰。1917 年毕业于北京大学预科，进入上海商务印书馆编译所工作，开始从事文学活动。第一次国内革命战争时期，积极参加革命活动，是中国共产党最早一批党员之一。大革命失败后，东渡日本。1930 年回上海，参加中国左翼作家联盟的领导工作。1940 年 5 月去延安，后到重庆、香港、桂林等地，从事文学创作和革命文艺活动。新中国成立后历任全国文联副主席，中国作家协会主席、文化部长、全国政协副主席等职。一生著述极丰，包括小说、散文、剧本、童话、文学评论、译作等。人民文学出版社从 1984 年起陆续出版《茅盾全集》43 卷，至 2006 年全部出齐。正编共计 40 卷，第 1—9 卷收长、中、短篇小说。第 10 卷收神话、童话、诗词作品，以及剧本《清明前后》。第 11—17 卷收散文作品。第 18—27 卷收中国文论。第 28 卷收中外神话研究文章。第 29—33 卷收外国文论。第 34—35 卷收回忆录《我走过的道路》。第 36—38 卷收书信。第 39—40 卷收日记。另有补遗两卷，资料索引一卷。总计 43 卷。这是规模最大、收集最全的总集，是研究茅盾著作的十分完备的材料。

茅盾是中国现代儿童文学光荣的开拓者和创建者之一。他在 1917 年到 1920 年曾与孙毓修一起编辑《童话》丛书，同时还编辑过《学生杂志》，编写与创作了 27 篇童话，为我国现代童话的发展起了开创作用。茅盾毕生高度关注儿童文学的理论建设，在二、三十年代就发表了 16 篇儿童文学文论，内容可分三类：一是介绍域外儿童文学；二是批评当时国内流行的儿童书刊；三是探讨中国儿童文学的理论建设与发展方向。后一类文论最能体现茅盾的儿童文学思想，其主要观点是：一、儿童文学"要能给儿童认识人生"，对儿童实施正确的教育作用，特别是生活理想教育；二、儿童文学"必须是很有价值的文艺作品"，应做到思想性与艺术性的有机统一，以适应小读者的欣赏特点；三、儿童文学"应当助长儿童本性上的美质"，提高儿童的审美趣味。基于这样的认识，茅盾十分强调扩大儿童文学的题材范围，拓宽小读者的视读经验和

第三十三章　1902—1949年的理论代表作（156篇点评）

思维空间。本文就是茅盾拟定的一个以历史和科学为题材的高级儿童读物的详尽编辑计划，从内容到体裁，都提出了自己的具体意见。茅盾所列举的这些题材，和高尔基在同一年写的《儿童文学的"主题"论》一文中为儿童文学工作者所开列的包罗万象的选题有异曲同工之妙。这个全面的，有纲领意义的儿童读物规划，是茅盾吸取外国儿童文学的精华，融进自己多年编辑儿童文学的经验而形成的，涵蕴着相当丰富的社会学含量。它为现代儿童文学的题材建设提出了一个崭新的，与众不同的思维框架，具有深刻的现实指导意义。

27. 给他们看什么好呢？（茅盾）

本文原载1933年5月11日《申报》副刊《自由谈》，署名"玄"。

三十年代初期，以描写武侠、神怪为内容的"连环图画小说"风靡了儿童读物领域，儿童文学面临着严重的挑战。茅盾敏锐地看出了这一现象的严重性，以深重的忧患意识写下了本文。茅盾根据少年儿童年龄特征的差异性及对读物的不同需求，准确分析了当时儿童读物存在的弊端：低幼读物粗制滥造，缺乏新意，高层次的读物依赖翻译，文字欧化，沉闷难懂。这就为那些有毒素的武侠、迷信读物提供了可乘之机。有鉴于此，茅盾提出了两方面的对策，呼吁"热心儿童文学的朋友"都来关心儿童读物的质量问题。本文体现了茅盾高度关心未来一代精神食粮的社会责任感和无产阶级文化战士的天职。

28. 孩子们要求新鲜（茅盾）

本文原载1933年5月16日《申报》副刊《自由谈》，署名"玄"。

茅盾在发表《给他们看什么好呢？》之后的第五天，紧接着又在《申报》发表了此文。茅盾根据少年儿童年龄特征的差异性及对读物的不同需求，进一步提出了编著适应不同年龄阶段孩子需要的多层次儿童读物的问题。茅盾认为，"连环图画小说"得以风靡"高小五六年生"（十二三岁）的根本原因，就在于他们"简直无书可读"；而低幼读物的内容雷同、辗转抄袭与高层次读物的"突然跳高"、依赖译作则是当时整个儿童读物的通病。根据少年儿童年龄特征的差异性及创建多层次的儿童文学分类，这是儿童文学发展的一个根本性问题。这一问题的重要性，直到八十年代中期才在我国儿童文学界得到重视并付

诸理论与创作的同步实施。而茅盾早在三十年代就已敏感到了，这的确是大作家洞烛幽微的远见卓识。

29.儿童读物问题（郑振铎）

本文原载1934年5月20日《大公报》。

儿童文学，这本身就是一个强烈地意识到自己的服务对象（儿童）与对服务对象特点（儿童特点）的概念；儿童文学，说到底就是为儿童服务的文学。它之所以要从文学中独立出来，自成一系，就是为了更好地适应和满足少年儿童的视读经验与接受心理。曾经作为《儿童世界》主编的郑振铎，对于儿童文学的这一基本特征有着深切体验。他认为"儿童的'读物'和成人的读物并不会是完全相同的"其原因就在于"年龄与智慧"的不同；供给儿童的读物，必须"适合于儿童的年龄与智慧，情绪的发展的程序"，即使是适宜儿童看的读物，也还有一个年龄阶段的问题，不同年龄的孩子对读物有着不同的兴趣与要求。因此，儿童文学比其他一般读物的刊行"更要小心谨慎"。郑振铎提出："凡是儿童读物，必须以儿童为本位。要顺应了儿童的智慧和情绪的发展的程序而给他们以最适当的读物。"这些观点，既是郑振铎长期关注、从事儿童文学的经验之谈，也是他对促进儿童文学发展所提出的理论思考。

30.《看图识字》（鲁迅）

本文写于1934年5月30日，最初发表于1934年7月1日北平《文学季刊》第3期，署名"唐俟"。现选自1981年人民文学出版社出版的《鲁迅全集》。"为了新的孩子们，是一定要给他们新作品"，这是鲁迅一以贯之的儿童文学观。"五四"以后的儿童文学，虽然有过长足进展，出现了以叶圣陶《稻草人》为代表的一批现实主义杰作。但是此后有影响的新作并不多见，充斥儿童读物的"依然是司马温公敲水缸"之类的陈年旧货，甚至还有如鲁迅在本文所批评的"书却成于二十七年前"（1908年）那样"奄奄无生气"的《看图识字》。出于对少年儿童的挚爱，对祖国未来的忧患，鲁迅对于当时儿童读物这种"拼命地在向后转"的现象，深感痛心，惊呼这种落后局面只会使下一代"成了蠢才"。

第三十三章 1902—1949年的理论代表作（156篇点评）

鲁迅认为"给儿童看的图书就必须十分慎重，做起来也十分烦难"，作家应以严肃认真的态度来从事儿童文学创作。这就应做到：深入生活，了解和熟悉所要表现的对象；把握儿童的想象世界；具备各种切实的知识。鲁迅在本文指出的这些儿童文学创作思想，不但在三十年代具有重要意义，今天也同样值得儿童文学工作者汲取与警策。

31. 儿童文学的题材（金星）

本文原载1935年2月出刊的《现代父母》第3卷第2期。作者金星，生平不详。

向外国儿童文学借鉴，这是加快中国现代儿童文学发展步伐的一个重要因素。域外儿童文学引入现代中国，有过二个高潮：一是"五四"时期前后安徒生、格林、爱罗先珂童话等纯文学作品的译介。这些译作既有讴歌真善美的世界，也有描写血与泪的人生。第二个高潮则是三十年代形成的。随着时代发展，译介的重点已由遥远的理想"乐土"，转为现实社会的新世界；由充满幻想色彩的童话，转为给人以"切实知识"的科学文艺、现实小说，其中尤以苏联伊林等的作品影响最大。本文所论述的正是这一现象。苏联科学文艺的引入，不仅给三、四十年代的中国儿童文学注入了新鲜血液，而且直接影响到儿童文学创作题材、表现手法等的变革。本文对于我们认识了解三十年代儿童文学的这一现象有所帮助。

32. 儿童的世界（节选）（丰子恺）

本文节录丁丰子恺1935年2月4日为其儿童漫画集所作的序言《谈自己的画》一文。标题系评选者所加。

丰子恺（1898—1975），现代著名作家、画家、音乐家。浙江桐乡人，原名丰仁。1921年自费赴日留学，研治绘画与音乐。次年归国后在上海专科师范、浙江上虞县春晖中学任教。1928年任开明书店编辑。1930年起在家潜心著书作画。抗战期间在重庆、桂林等地任教。1943年在家从事创作，直到1960年。新中国成立后历任上海美术家协会、作家协会、文联副主席，上海国画院院长。主要文学作品有散文集《缘缘堂随笔》及译作《猎人笔记》等。

丰子恺系文学研究会成员。在他的心目中，儿童占有极重要的位置，他自称是"儿童的崇拜者"，长期坚持为孩子们创作亲切风趣的儿童漫画，同时写了不少儿童文学作品。他的创作分为两个时期：二十年代以儿童生活题材的散文为主，代表作有《华瞻的日记》《给我的孩子们》等；四十年代以直面人生的现实主义童话为主，代表作有《伍元的话》《明心国》等。丰子恺的作品（无论是儿童漫画还是儿童文学）特别富于童真美、童稚趣与童年梦，充满着浓郁的生活情趣，这与他热爱儿童，熟悉儿童心理是分不开的。本文虽立论于儿童漫画的创作经验，但实在是他观察儿童生活、把握儿童心理的精彩记录。正由于作家对儿童有着真挚的慈爱与透彻的了解，他的作品才能赢得小读者的广泛欢迎。这是现代儿童文学传布给我们的一条重要的创作经验。

33.《表》译者的话（鲁迅）

《表》是苏联儿童文学作家班台莱耶夫作于1928年的中篇儿童小说，鲁迅译于1935年1月1日至12日，同年7月由上海生活书店出版单行本。本文连同《表》的译文，最初发表于1935年3月《译文》月刊第2卷第1期；现选自1981年人民文学出版社出版的《鲁迅全集》。

班台莱耶夫（1908—1987）的童年和少年时期适逢国内战争，他13岁与家庭失散，成了孤苦无依的流浪儿。1921年进入以陀思妥耶夫斯基命名的流浪儿学校，1925年开始文学创作。孩提时代的那段屈辱生活成了他创作流浪儿题材小说的直接素材，《表》即是其代表作。《表》描写一个父母双亡的流浪儿，彼蒂加在闹市行窃遭到拘留，他在拘留所里又把一个醉鬼的金壳表骗为己有。后来在少年教养院里，彼蒂加的觉悟提高了，表成了他的一块心病，于是他主动把表送还了原主。这篇"内容簇新，非常有趣"的儿童小说，引起了鲁迅的极大兴趣，亲自把它译成中文，介绍给中国的孩子们和大人们。本文虽是一篇译者序言，但却包含了鲁迅丰富的儿童文学思想。第一，鲁迅尖锐批评了三十年代初期中国儿童文学界出现的那一股"拼命地在向后转"的逆流，认为当时那些"新印出来的儿童书"，对儿童谈不上"有益"和"有味"，传达的尽是不合于现代思潮的"连高祖父母也没有出世"时的旧观念。第二，鲁迅

第三十三章　1902—1949 年的理论代表作（156 篇点评）

借用日本作家的话提出了建设儿童文学的意见："为了新的孩子们，是一定要给他新作品，使他向着变化不停的新世界，不断地发荣滋长"；同时应做到"有益"与"有味"，帮助儿童"以新的眼睛和新的耳朵，来观察动物、植物和人类的世界"。鲁迅充分肯定了1923年叶圣陶创作的童话集《稻草人》所追求的现实主义美学原则，认为"《稻草人》是给中国的童话开了一条自己创作的路"。在这里，鲁迅明确提出了中国儿童文学必须坚持现实主义创作的方向问题。第三，本文还体现了鲁迅的儿童文学翻译原则：一是要介绍内容"崭新"的读物，注重其思想意义；二是要"不用什么难字"，以适应小读者的视读经验。从鲁迅在翻译《表》时，对"不够格的"一词反复推敲中，充分可以看出他努力实践上述原则的严肃认真的精神。

本文与《表》译作发表后，在当时引起了强烈反响，并直接导致了三十年代儿童文学的思想内容与人物、题材的深刻变革。陈伯吹认为，由于受《表》的影响，使"儿童文学作品中的人物，不再是常见的家庭里的好儿子、学校里的好学生了；而以无产阶级的工人子弟，以及被'三座大山'压垮了家庭的流浪儿童，还有生活在鞭挞下、饥饿线上挣扎的童工等，作为表现作品主题的小主人公了"；鲁迅主张的现实主义儿童文学方向与《表》的译介，"无疑地"，这是向三十年代"儿童文学注射了一针新的血液，从而产生了新的蓬勃生长的力量"（陈伯吹：《谈外国儿童文学作品在中国》）。中国作家很快写出了以工农子弟与流浪儿童生活为题材的作品，影响较大的有茅盾的《大鼻子的故事》、叶圣陶的《一个练习生》、张天翼的《奇怪的地方》、王统照的《小红灯笼的梦》。电影导演蔡楚生被《表》感动，他根据我国流浪儿童的生活，编导了儿童电影《迷途的羔羊》。董林肯还将《表》改编成五幕儿童剧。

本文是中国现代儿童文学理论批评史上的重要文献，对于促进三十年代儿童文学坚持现实主义的美学原则，大胆干预生活，暴露社会罪恶，帮助少年儿童认识血泪现实，产生了深远的影响。

34. 关于儿童文学（胡风）

本文原载 1036 年出版的胡风文艺论集《文艺笔谈》一书。

胡风（1902—1986），现代诗人，著名文艺理论家。湖北蕲春县人，原名张光人，又名谷非。早年曾去日本，1933 年回国后参加左翼文艺运动。抗战时期在武汉、桂林、重庆等地主办《七月》《希望》等刊物。1946 年去上海，1949 年 5 月从香港去北京。新中国成立后任中国文联委员、《人民文学》编委、中国作家协会理事等。主要著作有文艺论集《文艺笔谈》《剑·文艺·人民》《论民族形式问题》《论现实主义的路》以及长诗《时间开始了》等。

本文在考察了"五四"以后儿童文学的状况后，认为儿童文学依然是现代文坛的一个薄弱环节，进步作家们不应忘了"五四"时代发出的"救救孩子"的呼声。作者主张儿童文学要引导儿童认识"这个万花缭乱的自然""这个千变万化的人生""养成了对于人生的热爱和勇气""对于黑暗和丑恶的憎恨"，以抵制那些"有毒的神怪故事"与"廉价的幻想世界"。作者充分肯定了叶圣陶的《稻草人》与张天翼的《大林和小林》对于帮助儿童认识社会人生的巨大成功，认为《稻草人》在"整个新文学运动也应该是一部有意义的作品"，《大林和小林》"所传达的内容是以儿童底兴味和理解力为基础的社会的批判"。本文表明了胡风直面人生的现实主义儿童文学观，对促进当时儿童文学的思想建设具有积极意义。

35.《文学》第七卷第一号（儿童文学特辑）编后记（节选）

由傅东华、郑振铎、王统照先后主编的大型文学刊物《文学》于 1936 年 7 月 1 日出版的第 7 卷第 1 号推出了精心编辑的"儿童文学特辑"。本文即节录于该号编后记。

"儿童文学特辑"刊载了茅盾、叶圣陶、王统照、老舍写的四篇反映苦难中国儿童不幸生活的现实主义小说《大鼻子的故事》（茅盾）、《一个练习生》（叶圣陶）、《小红灯笼的梦》（王统照）、《新爱弥耳》（老舍），以及傅东华翻译的描写苏联十月革命后将流浪儿改变为社会主义建设者的童话《筑堤》；同时还发表了三篇力主儿童文学应拥抱人生、表现新的时代与新的生活、从总体上批判封建传统读物的重要论文：《儿童文学的"主题"论》（高尔基）、

第三十三章　1902—1949 年的理论代表作（156 篇点评）

《儿童文学在苏联》（茅盾）、《中国儿童读物的分析》（郑振铎）。该号主编在《编后记》中明确指出："这特辑意在给儿童们与'大人'们一种新的提示，新的社会观。"很显然，从特辑所刊载的作品与论文内容可以看出，这种"新的提示"与"新儿童的社会观"，正是"五四"以来现代儿童文学所高扬的现实主义精神，同时已明显地表现出学习苏联社会主义儿童文学的新趋向。这是三十年代后期中国儿童文学发展的一个引人瞩目的特点。

36. 我们的儿童读物（钟望阳）

此文发表的时间及原载报刊均不详，约写于 1938 年。

钟望阳（1910—1984），现代儿童文学作家，笔名苏苏。江苏吴江人，1933 年参加左联领导下的海燕文艺社。后长期在上海参加抗日救亡运动与中共地下文学工作。抗战胜利后去淮南根据地，曾任淮南解放区党报编辑。新中国成立后历任上海市公安局、文化局、上海音乐学院、上海市文联的领导职务。1933 年开始发表作品。著有长篇儿童小说《小癞痢》《小顽童》，长篇童话《新木偶奇遇记》《把秧歌扭到上海去》等。

抗日战争时期，钟望阳一直在"孤岛"上海，以文艺为武器与侵略者进行斗争，他是中国共产党领导下的少年出版社的主要发起人和领导人之一。战争年代火热的斗争生活，使作家明确地意识到儿童文学所负的时代使命。他在本文回顾了现代儿童文学的发展历程后，认为那些蕴有"自国的封建气味"和"西洋的贵族气味的童话"，不能适应战争年代儿童的需要。经受着敌人炮火的中国儿童，所需要的是紧跟时代步伐、直接反映社会生活的现实主义作品——如同张天翼的童话和苏联社会主义儿童文学那样的作品。

37. 少年出版社缘起（苏苏）

本文刊于抗战时期上海少年出版社所出版的各种儿童读物之扉页，发表时间约在 1938 年。作者苏苏，即钟望阳。

少年出版社于 1938 年成立于日寇铁蹄下的"孤岛"上海，尽管条件极端艰难，但还是出版了一大批进步儿童文学作品，成为敌占区儿童文学的一朵"奇花"。贺宜的童话《野小鬼》《凯旋门》《木头人》，苏苏的儿童小说《小癞痴》《新木偶奇遇记》《安利》，以及包蕾、笑苹等的作品，都经该社出版，通过上海地下党的外围组织"小学教师进修会"在学校里散发，有的还通过各种渠道流向外地。少年出版社出版的儿童读物，始终坚持现实主义方向，告诉炮火中的孩子们"血淋淋的现实"。本文所表述的正是该社所高扬的"为着维护我们祖国的幼芽""写一些切实的儿童读物"的现实主义战斗精神。

38. 谈儿童文艺的创作（孙犁）

本文写于 1940 年 10 月，选自 1982 年百花文艺出版社出版的《孙犁文集》第四卷。

孙犁（1913—2002），现代著名作家。原名孙树勋，河北安平县人。保定中学毕业后，曾在北京当店员，后去白洋淀教小学。抗战期间在冀中抗战学院、华北联大、延安鲁迅艺术学院任教，还曾在晋察冀通讯社、《晋察冀日报》、晋察冀边区文联从事编辑、记者等工作。新中国成立后任中国作协理事、作协天津分会副主席等。2002 年百花文艺出版社出版的《孙犁文集》包括了他笔耕以来的全部作品。

孙犁长期在晋察冀根据地工作。根据地的儿童文学具有十分明确的教育方向，十分重视儿童文学对年幼一代"进行政治的、战斗的科学教育""使他们思想感情加速健康地成长起来"。孙犁在本文分析了苏联儿童文学之所以迅速发展的原因后，认为苏联儿童文学既注重幻想又紧贴现实生活的"原则"，同样"适用于"根据地的儿童文学。孙犁所提出的这一见解，正是战争年代根据地儿童文学的重要特色。

39. 略谈儿童文学（萧三）

本文原载 1942 年 12 月 17 日延安《解放日报》。

萧三（1896—1983），现代著名诗人，文学翻译家。原名萧子暲，湖南湘乡县人。1919 年到北京，入留法预备班学习。1920 年夏赴法国勤工俭学，1922 年到莫斯科东方劳动者大学学习。1924 年夏回国参加第一次国内革命战争。1930 年始任教于莫斯科东方学院。1939 年春回国，在延安先后任鲁迅艺术学院翻译部主任、陕甘宁边区和延安文协主任、中共中央宣传部文委委员等，

第三十三章　1902—1949 年的理论代表作（156 篇点评）

主编《大众文艺》《中国导报》（外文油印）。1946 年任华北文协主任。新中国成立后曾任文化部对外文化联络局局长、中国作协书记处书记等。主要作品有《萧三诗选》、《高尔基的美学观》等。

译介苏联儿童文学，是三十年代中国儿童文学的一个突出内容。这一特点的成因，主要是世界反法西斯统一战线的逐步形成，中苏两国反抗外国侵略的相同命运。苏联儿童文学的内容与形式，给灾难深重的战时中国儿童带来了新的精神食粮。抗战以来，不少作家、翻译家积极参与译介苏联儿童文学的工作。萧三在本文热情介绍"苏联儿童读物是很丰富"的情形，并拿苏联儿童文学的丰富及对儿童文学的重视，来对照中国儿童文学的"太贫乏"和"太不被重视"，呼吁大家都来关心儿童文学。萧三认为根据地的作家诗人们，应当拿起笔来描写"作着不少英勇的动人的抗战建国事业"的"八路军的'小鬼'"，描写新的儿童，新的生活。这一观点对于新儿童文学的建设与创作都具有积极的意义。

40. 春风文艺社题词（陶行知）

本文写于 1946 年 6 月 19 日，现选自 1981 年 7 月三联书店出版的《行知诗歌集》。

陶行知（1891—1946），现代著名教育家，安徽歙县人。原名文濬，后改知行，又改行知。留学美国，曾从实用主义教育家杜威学习。回国后任南京高等师范学校教务主任，继任中华教育改进社总干事，推动平民教育运动，最早注意到乡村教育问题。1927 年创办晓庄学校。1932 年创办生活教育社及山海工学团。抗战时期在重庆创办育才学校和社会大学。陶行知主张生活教育，提倡教学做合一及小先生制，要求教育与实际相结合，为人民大众服务。

陶行知对于儿童教育有着一整套先进的、严密的理论，他的一生都和儿童生活在一起。从二十年代到四十年代，他创作了大量的独具风格的"行知体"儿童诗。作者在本文用诗的语言表达了"为大众写！为小孩写！"的文艺观，提出"向大众小孩学习""钻进大众小孩的队伍里去"的口号，使写出来的东西"大众小孩欢喜"，真正成为表达他们思想感情的作品。本文体现了陶行知直面人生与服务儿童的文艺观，对于促进儿童文学的健康发展具有积极意义。

41. 新儿童文学的起点（范泉）

本文原载 1947 年 4 月 6 日《大公报》。

范泉（1916—2000），现代作家，教授，上海金山县人。原名徐炜。1933 年起开始写作，在黎烈文主编的《申报·自由谈》和洪深、沈起予主编的《光明》半月刊等报刊上发表作品。1937 年主编《作品》半月刊及"燎原文学丛书"。1938 年任复旦大学校刊《复旦》编辑。此后，曾先后主编过《学生生活》半月刊、《中美日报·堡垒》副刊、"生活与实践丛刊""文艺春秋丛刊"等。1945 年后曾主编《文艺春秋》《文艺》日刊、"少年文学故事丛书""一知文学丛书"、香港《星岛日报·文艺》副刊（航空版）等。新中国成立后任上海市新闻出版印刷学校副校长、青海师范大学教授、上海图书公司（上海书店）编审等。主要作品有小说集《浪花》，散文集《绿的北国》《创世纪》，童话集《哈巴国》《幸福岛》等，并翻译有长篇童话集《黑白记》等多部译作，主编有《中国现代文学社团流派词典》等。

本文的第一部分就创作和翻译两方面，概述了现代儿童文学的成绩，认为儿童文学的作者队伍仍需大大加强。

第二部分探讨了在新的社会环境和政治情势下，如何建立具有"中国风格的新儿童文学"的问题。作者认为应从四方面努力：一是高扬现实主义旗帜，以现实社会的内容为题材；二是大踏步走向孩子世界，熟悉服务对象；三是用进步的思想引导小读者，"指示他们未来的路向"；四是继承优秀的民族传统遗产，古为今用。这些意见，是我国儿童文学理论批评史上值得重视的评论文字，对于进一步深化四十年代儿童文学的现实主义精神，曾经产生过积极的影响。

42. 陈旧的"旧瓶盛新酒"——关于儿童读物形式问题（陈伯吹）

本文原载 1947 年 4 月 6 日《大公报》。

陈伯吹（1906—1997），现代著名儿童文学家。江苏宝山县（现属上海）人，原名陈汝埙，曾用笔名夏雷等。曾任大夏大学师范专修科主任，华东大学，北京师范大学教授，中华书局、人民教育出版社编审，中国作协上海分会书记处书记，（上海）少年儿童出版社副社长等。从 1922 年 16 岁起，从事多年

第三十三章　1902—1949年的理论代表作（156篇点评）

小学教育工作，为他创作儿童文学打下了坚实的生活基础。1927年出版第一本儿童文学作品《学校生活记》（报告文学），从此一直辛勤耕耘在儿童文学园地，曾负责编辑过《小朋友》《小学生》半月刊、《儿童杂志》《常识画报》《大公报·现代儿童》等，创作了大量儿童文学作品，涉及儿童文学的各种门类；并对儿童文学研究作出了重要贡献，主要理论著作有《儿童故事研究》《作家和儿童文学》《儿童文学简论》等。1981年创立陈伯吹儿童文学园丁奖（2013年改为陈伯吹国际儿童文学奖）。

儿童文学作品的内容和形式的问题是儿童文学理论建设的重要课题。内容决定形式，形式有其相对的独立性与反作用；两者相互依存、相互制约，是辩证统一的关系。本文对儿童文学作品的内容与形式的关系问题提出了自己独到的见解。关于儿童文学的内容，作者主张"以'社会和自然'为内容"，应注重于儿童"阅读的趣味"；关于形式，作者论述了利用旧形式尤其是民间文学形式的必要性与可行性。他认为，在新的形式还没有形成以前，应当"尽量利用"旧的形式来为表现新的内容服务，充分发挥旧形式的"优点"与"效能"，其目的是为了"依靠文学的形式和艺术的技巧来兼顾与补救"适合儿童心理、激发儿童兴趣的表现"社会与自然"的内容。陈伯吹关于"旧瓶盛新酒"的论述，为儿童文学的形式问题提出了具有建设性意义的理论纲领。对当时展开的讨论起了有益的推动作用。

43. 儿童读物的编著与供应（陈伯吹）

本文原载1947年9月出刊的《教育杂志》第23卷第3号。

四十年代末期，中国正处于光明与黑暗的决战之中，新中国的曙光已将升起。这是现代中国社会大转变的前夜，也是现代的中国儿童文学需要新的变革的时期。陈伯吹敏感时代发展的步伐，热情地呼唤着儿童文学的新生面。本文在分析了战乱带给儿童文学读物"贫血状态"的现状之后，站在"二十世纪是儿童的世纪"、"儿童是未来国家的主人翁"的高度，论述了如何发展儿童文学读物的问题。文章从读者对象、题材选择、表现手法、语言文字、插图装帧、人才培养、出版发行等诸方面，提出了自己的思考与建议。这个全面的具有纲

领意义的计划,是陈伯吹根据中国儿童文学的现状所作出的独特见解与思考,融进了他多年编著、研究儿童文学的经验而写成的,也是陈伯吹长期献身儿童文学所产生的系统意见。因此,本文既寄托了作家对儿童文学新生面的憧憬与希望,也是发展新的儿童文学的崭新蓝图。值得一提的是,作家在四十年代末期已经明确意识到培养儿童文学人才的重要性与紧迫性,建议在高等师范院校开设"儿童文学",或"儿童读物"课程,并应"规定为'必修课目',这样,数年以后,也许会得人才辈出,而优秀的儿童读物,也会琳琅满目,美不胜收了"。这一具有远见卓识的建议至今仍有着深刻的现实意义。

二、儿童文学问题论争(5篇)

44.关于童话的讨论(赵景深 周作人)

本文系赵景深与周作人讨论童话问题的书信,最初发表于《晨报副刊》1922年1月25日,2月12日,3月28、29日,4月9日。后收入1924年新文化书社出版的《童话评论》(赵景深编)一书。

赵景深(1902—1985),现代作家,教授。四川宜宾人。字旭初。1922年毕业于天津棉业专门学校,而志趣完全投向文学。系文学研究会重要成员。长期在中学、师范、大学任教,并担任过开明书店、北新书局的编辑、总编辑。1930年起一直任复旦大学中文系教授。他的著作量多面广,涉及到文学史、诗词戏曲、外国文学、民间文学、现代文学、儿童文学等领域,还翻译有《罗亭》《格林童话集》等作品。

在中国现代文坛,周作人是研究童话的第一人,他在1913年就写了《童话研究》《童话略论》等论文。继周作人之后,赵景深是二十年代出现的一位有成绩的童话研究者。他主要做了三方面的工作:一是介绍外国的童话学理论,曾编译成《童话概要》(1927),《童话学ABC》(1929),写过多篇评介安徒生,王尔德,格林兄弟童话的文章;二是批评外国学者马旦氏、皮特曼、费尔德等研究中国民间童话、故事的文论;三是从比较文学的角度,探讨中外民间童话的异同,提出创建中国儿童文学的意见。他的散篇论文大多收录在《童

第三十三章　1902—1949年的理论代表作（156篇点评）

话论集》（1927）一书中。本文即是赵景深在二十岁时与当时北京大学的教授周作人就童话问题展开的一场讨论。这也是中国现代儿童文学史上第一次展开的学术争鸣。他们以书信的形式，就"童话"一词的由来，童话的定义、性质、演变，童话与神话、传说的区别，童话对儿童的教育作用，中外童话的比较等问题进行了探讨。这场讨论扩大了童话的影响，对于纠正当时文坛对童话的一些错误见解，使"童话"这一古老而新鲜的文体立足于儿童文学领域起了一定作用。但他们的讨论主要是从人类学、民俗学的角度立论，在解释（民间）童话的起源、历史演变、与其他文体的比较等方面较有说服力；而对于童话的文学性、与儿童的联系这一方面则显得单薄了一些。

45. 关于"鸟言兽语"的论辩

A.《〈勇敢的约翰〉校后记》　鲁迅

B.《选择儿童读物的标准》　尚仲衣

C.《致儿童教育社社员讨论儿童读物的一封信
——应否用鸟言兽语的故事》　吴研因

D.《再论儿童读物——附答吴研因先生》　尚仲衣

E.《读尚仲衣君〈再论儿童读物〉乃知"鸟言兽语"确实不必打破》　吴研因

F.《"鸟言兽语的读物"应当打破吗？》　陈鹤琴

G.《童话与儿童读物》　儿童文艺研究社

H.《童话教材的商榷》　魏冰心

I.《儿童读物的探讨》　张匡

J.［附录］《何键咨请教部改良学校课程》

这一组关于"鸟言兽语"的论辩文章及附录，均选自1931年的有关报刊。

关于"鸟言兽语"的讨论，这是发生在三十年代初期的中国儿童文学理论批评史上的一场特殊论战。1931年3月5日，《申报》发表了当时国民党湖南省政府主席何键《咨请教部改良学校课程》一文。咨文全面否定"五四"新文化运动的成就，声言"民八（即民国八年，1919年——引者注）以前，各

学校国文课本,犹有文理",攻击"近日"小学课本中"狗说""猪说""牛公公"之词"充溢行间,禽兽能作人言,尊称加诸兽类,鄙俚怪诞,莫可言状",而描写工农群众"拳头大,臂膀粗"等语"不啻鼓吹共产,引诱暴行";宣称此类书籍"不切实用,切宜焚毁",需另选"中外先哲格言"充作教材。国民党政府教育部为此竟下令查禁"鸟言兽语"的童话,儿童文学遭到了严重抑杀。这场"围剿"童话的荒谬行动,实际上是当时国民党右翼一手策划的"围剿"无产阶级革命文化的阴谋在儿童文学领域的反映。面对中国童话生死存亡的严重时刻,鲁迅第一个拍案而起,奋然予以反击。他在是年4月1日写的《〈勇敢的约翰〉校后记》中,尖锐地批驳了"文武官员"发明的关于童话的"高见",指出童话的幻想作用对儿童是"有益无害"的,因为孩子的心"它会进化";所谓猫狗说话、称作先生将会"失去人类的体统"等"高见",纯属"杞人之虑"。鲁迅不但在理论上卫护着童话这株新苗,而且身体力行,亲自校改、介绍了匈牙利革命诗人裴多菲的代表作——长篇童话叙事诗《勇敢的约翰》,为它的出版奔忙努力。正是鲁迅,以其在中国现代文坛的卓杰影响和无畏的战斗精神,保护了三十年代的童话与整个革命儿童文学。

围绕童话及"鸟言兽语"问题,1931年的儿童文学和初等教育界展开了一场激烈的论争。这场论争的双方都是一些从事实际教育、研究工作的人士。当时的初等教育专家尚仲衣在上海举行的"中华儿童教育社"年会上作了《选择儿童读物的标准》的发言,认为"鸟言兽语"就是神怪,低年级读物采用"鸟言兽语"是"教育中的倒行逆施",并给童话开列了五大罪状。尚仲衣的童话观显然明鲜地倾向于何键"打破鸟言兽语的童话"的谬论。这篇言论在4月20日上海各报披露后,立即遭到了儿童教育家吴研因的批评。吴认为假若"鸟言兽语"都是有害无益的"神怪",以此类推,那么中国的许多古典读物都得"销毁"。他要尚仲衣回答神怪故事与"鸟言兽语"的关系问题。尚仲衣在《再论儿童读物——附答吴研因先生》一文中,依然坚持自己的观点,全面否定了童话对儿童"启发想象,引起兴趣,包含教训"的作用,也即从根本上否定了童话的"幻想性"特征的价值;他并认为童话存在着五大"危机",提出"童

第三十三章　1902—1949年的理论代表作（156篇点评）

话的数量"要"大加删减，格外审慎地选择"，即使"全部流放"也不妨碍儿童读物。尚的这些论调在5月份出刊的《儿童教育》上发表后，迅即引起了儿童文学与初等教育界的普遍愤怒。吴研因、陈鹤琴、魏冰心、张匡及儿童文艺研究社同人等纷纷撰文，批驳尚仲衣的观点。吴研因在题为《读尚仲衣君〈再论儿童读物〉乃知"鸟言兽语"确实不必打破》一文中，用"以子之矛，攻子之盾"的手法，指出了尚仲衣理论上的逻辑混乱及政治上的明显糊涂。著名儿童教育家、中华儿童教育社创立者陈鹤琴教授撰写了《"鸟言兽语的读物"应打破吗？》，他以丰富的儿童心理实践资料，证明"鸟言兽语的读物"是低幼儿童"最喜欢听最喜欢看的"，童话对于儿童教育"自有他的相当地位，相当价值"，谁也"没有权力去剥夺儿童所需要的东西"！魏冰心的《童话教材的商榷》一文，从三个方面批驳了尚仲衣的"童话有害论"，证明"鸟言兽语的童话"是打不破的：第一，描写动植物生活与自然现象的"物话"必然要采用"鸟言兽语"式的拟人手法；第二，"鸟言兽语"的童话最能满足儿童的想象世界与阅读兴趣；第三，儿童阅读童话是有益无害的。署名"张匡"的《儿童读物的探讨》一文"以儿童兴趣为出发点"，从正面对童话的编写、译介工作提出了自己的看法，肯定了童话的价值。"儿童文艺研究社"同人也表示了肯定童话价值、反对尚仲衣谬论的意见。

维护童话的生存权利及其在儿童文学和儿童教育中的地位与价值，这是中国现代儿童文学史与童话史上的一场引人瞩目的论战。这场论战既有政治背景，也是学术争鸣。本书所选辑的这组文章旨在提供这场论战的有关史料，希望能对研究三十年代的儿童文学有所裨益。

［附］本组文章部分作者简介：

吴研因（1886—1975），现代著名教育家。原名辇嬴，江苏江阴人。1906年毕业于上海龙门师范学校，早年曾任江阴县立单级小学校长，上海中华书局、商务印书馆编辑，江苏省立第一师范学校教员兼附属小学主任，尚公学校校长。为小学低年级学生自编油印教材，开小学使用白话文教科书之先河。所编《新法教科书》（1920）、《新学制教科书》（1923）等多种小学课本

和教师用书为当时广泛使用。后任菲律宾华侨中学教员兼教导主任，《公理报》总编辑。1929 年任教育部教育方案编制委员会党义教育组委员。1931 年参加由蔡元培、朱经农等主编的《最近三十五年之中国教育》一书的编写。1935 年任全国义务教育委员会当然委员。同年 9 月与叶圣陶、王志瑞等发起编写《小朋友文库》，旨在为小学生提供合适的课外读物。1947 年 11 月任教育部国民教育司司长。新中国成立后，历任教育部初等教育司司长、中学教育司司长。系中国民主促进会中央委员、全国政协常委。一生致力研究小学教育及教科书编写，主要著作有《小学国语新读本》《基本教育》及教育论文等。

陈鹤琴（1892—1982），现代著名儿童教育家、儿童心理学家、教授。浙江上虞人。1914 年清华大学毕业后去美国留学，1917 年毕业于美国霍普金斯大学。1919 年获哥伦比亚大学硕士学位。回国后任南京高等师范学校教授、东南大学教务长等。1949—1959 年任中央大学师范学院院长、南京师范学院院长。1979 年任中国教育学会名誉会长、全国幼儿教育名誉理事长及江苏省心理学会名誉理事长。陈鹤琴毕生从事儿童教育与儿童心理学研究，从事一系列开创性的幼儿教育研究与实践；提出活教育理论，重视科学实验，主张中国儿童教育的发展要适合国情，符合儿童身心发展规律；呼吁建立儿童教育师资培训体系。编写幼稚园、小学课本及儿童课外读物数十种，设计与推广玩具、教具和幼稚园设备。1925 年出版《儿童心理之研究》《家庭教育》。从二十年代到五十年代，他先后创立幼稚教育研究会、中华儿童教育社、中国幼稚教育社，主编《幼稚教育》《儿童教育》《小学教师》《活教育》等刊物及中国历史故事、小学自然故事、童话连丛等丛书。在其主编的刊物与丛书上，刊载与推荐适宜于儿童教育的诗文；身体力行，为少年儿童创作、编写了不少文学作品；写了一些有关儿童读物与儿童文学的理论文章。

尚仲衣（1902—1939），河南罗山县人。清华大学毕业后去美国留学，获心理学硕士、教育学博士学位。回国后任中央大学教育学院副教授、浙江省立民家教育实验学校校长、北京大学文学院教育系教授等。译著有《普通教育学》《苏联的科学与教育》等。

第三十三章　　1902—1949 年的理论代表作（156 篇点评）

46. 关于"儿童年"谈儿童文学问题

A.　《儿童年献歌之四》陶行知

B.　《"不要你哄"》茅盾

C.　《关于儿童读物》罗荪

D.　《由儿童年的儿童电影谈到〈迷途的羔羊〉》石凌鹤

这一组"儿童年"谈儿童文学问题的文章，均选自 1935—1936 年的有关报刊。

孔罗荪（1912—1996），现代作家，著名文学评论家。曾用笔名罗荪、叶知秋等。上海人。1930 年肄业于哈尔滨政法大学。1931 年后开始文学创作。抗战期间在汉口、重庆主编过《战斗旬刊》《文学月报》，还编辑过《文艺阵地》《文学集成》等，曾任中华全国文艺界抗敌协会理事兼出版部副部长、《抗战文艺》编委。新中国成立后主要从事文艺领导工作及文学评论工作，历任南京文联副主席，上海文联、作家协会秘书长，《文艺报》主编，中国作家协会书记处常务书记、中国现代文学馆名誉馆长等。著有杂文集《野火集》《小雨点》《喜剧世界》等，评论集《文艺漫笔》《文学散论》《罗荪文学论集》，短篇小说集《寂寞》等。

石凌鹤（1906—1995），著名剧作家。原名石联学，字时敏，江西乐平人。曾在上海从事工运工作和戏剧艺术活动，1930 年参加中国左翼戏剧家联盟。抗战期间，主要在重庆周恩来、郭沫若领导下的军委会政治部第三厅及文化工作委员会机关工作，从事救亡演剧、战地演剧工作。编有儿童剧《乐园进行曲》《猴儿大王》（据张天翼童话《秃秃大王》改编）。新中国成立后，任江西省文化局长、省文联主席，中国戏剧家协会上海分会主席等。石凌鹤是集电影、戏剧创作、编辑、导演、表演于一身的剧作家。话剧剧作有《黑地狱》《保卫卢沟桥》《火海中的孤军》《铁蹄下的上海》《法西斯丧钟响了》等，戏曲剧作（含改编）有《还魂记》《西厢记》《西域行》《玉茗花天》等，导演过《扬子江风暴》《赛金花》《棠棣之花》等著名话剧，编过《舞台和银幕》杂志、申报《电影专刊》等。

1933年10月，上海儿童幸福委员会呈准国民党上海市政府定1934年为儿童年。1935年3月，国民党政府又根据中华慈幼协会的呈请，定1935年8月1日开始的一年为全国儿童年。全社会理应关心、爱护幼者。可是在风雨如晦，鸡鸣不已的三十年代，所谓的"儿童年"又是怎样呢？陶行知沉痛地写道："穷孩肚子快饿通，饿死穷孩大不公。"茅盾和凌鹤指出："能够参与儿童节的一场热闹的，不用说只是全国儿童中的最少数"，广大儿童"在外来侵略和天灾兵祸的虐杀之下，连生存权也给掠夺了"，他们哪里有什么"儿童年"？1934、1935、1936这三年都曾有过"儿童年"的活动，在一片似乎"热闹"的气氛中，供给儿童们的精神食粮又是怎样呢？鲁迅曾深表忧虑："不是教科书，就是儿童书，黄河决口似的向孩子们滚过去。但那里面讲的是什么呢？却还没有看见战斗的批评家论及，似乎已经不大有人注意未来了。"（鲁迅：《新秋杂识》）鲁迅的警言使战斗的批评家看出了"儿童年"中的花招，他们相继发表文章，揭示在这种"热闹"的假象下潜伏着的危机与暗流。陶行知对当时那种"哄"与"捧"的做法深表厌恶，他以诗人的激情，发出"不要你哄，不要你捧"的斥责，认为重要的是懂得儿童，理解儿童，关心他们的疾苦，尊重他们的人格。茅盾在分析了《全国儿童少年书目》后，尖锐地批评说：大多数读物是"哄"，"是承袭谬误理论与学识，或者是支离割裂凑搭敷衍"的"哄"。罗荪认为不少"儿童读物""或多或少的含了毒素"。凌鹤指出，将《荒江女侠》这样的影片推荐给儿童实在是一种"罪孽"。针对三十年代儿童文学这种"拼命的在向后转"（鲁迅《〈表〉译者的话》）的状况，革命文艺工作者以高度的社会责任感，对儿童文学的建树与创作发表了许多新锐的意见。他们提出："新的时代要为新的儿童创作新的童话"，儿童文学必须要"注意到今后儿童的身心的健康"（罗荪）；要坚持现实主义的方向，"将地狱中儿童们的非人生活毫不掩饰的用笑和泪暴露出来"（凌鹤）；儿童文学创作既要"明快扼要有趣，又要观点正确"，而不能用"哄"把他们"教成小老翁"（茅盾）。这些见解对于反击三十年代儿童文学界的逆流、促进现代儿童文学朝着正确的方向发展起了重要的作用。

第三十三章　1902—1949年的理论代表作（156篇点评）

47.《大公报·现代儿童》儿童文学问题的讨论（金近、贺宜、陈鹤琴、鲁兵等）

本文原载1948年4月5日上海《大公报》。

金近（1915—1989），著名儿童文学家。原名金知温，浙江上虞人。1939年后历任重庆流浪儿童教养院教师，重庆、上海英国新闻处文学翻译。新中国成立后曾任北京电影局剧本创作所编剧，中国作家协会儿童文学组副组长、作协浙江分会副主席，中国少年儿童出版社顾问，创办《儿童文学》杂志。从三十年代起长期从事儿童文学创作，以写童话为主，代表作有《红鬼脸壳》《小鲤鱼跳龙门》等。

贺宜（1914—1987），著名儿童文学家。上海金山县人。原名朱箓园。1940年到江西泰和实验幼稚师范学校任教。1946年在上海第一师范任教，组织中国少年剧团，任团长。1947年任华华书店《童话连丛》主编。参加发起组织"中国儿童读物作者联谊会"。新中国成立后历任《新少年报》社长兼总编辑、《中国少年报》副总编辑、（上海）少年儿童出版社副社长、中国作家协会上海分会儿童文学委员会负责人等职。1934年开始长期从事儿童文学创作，作品涉及到儿童文学的多个门类，以童话最有影响，代表作有《凯旋门》《小公鸡历险记》等。另有长篇传记体儿童小说《刘文学》《咆哮的石油河》，儿童文学论著《童话的特征、要素及其他》《小百花园丁杂说》等。

鲁兵（1924—2006），著名儿童文学家。浙江金华人。原名严光化。1945—1949年在浙江大学英文系读书，曾参加《中国儿童时报》的编辑。1949年3月参加浙东游击队，6月参加中国人民解放军。1951年参加抗美援朝。1955年转业到（上海）少年儿童出版社，任编辑室主任，编审，中国出版协会幼儿读物研究会会长。1946年开始发表作品。长期从事低幼文学创作及儿童文学理论研究，著述颇丰。著作有童话《鲁兵童话集》、寓言《寓言的寓言》、诗集《神奇的旅行》、论著《教育儿童的文学》等。

1945年抗战胜利后，经过八年离乱散处各地的原上海儿童文学工作者，又重新回到了全国儿童文学的中心城市上海。这支光荣的小百花园丁队伍，迎着黎明前的风风雨雨，组成了一个战斗的团体——中国儿童读物作者联谊会

（1946.6），开展了一系列旨在推进儿童文学健康发展的活动，其中影响较大的有：1948年4月儿童文学问题座谈会；10月9日儿童读物的用字和用语问题座谈；12月27日关于儿童戏剧《小主人》的座谈；1949年年初儿童读物应否描写阴暗面问题座谈。第一次座谈由《大公报》开辟的《现代儿童》周刊（陈伯吹主编）举行。本文即是这次座谈讨论会的发言。

处于历史急剧转变时期的四十年代后半期，作为儿童文学应当如何适应时代赋予的使命，创作出"必须反映时代，重视政治，注意社会"（陈伯吹）的作品，这是儿童文学作家面临的新的课题。本文记录的座谈文字表述了1948年上海儿童文学工作者决心拥抱现实、面向社会、走向孩子世界的信念。他们所讨论的这些问题，对于深化四十年代后期儿童文学的现实主义精神、紧扣时代跳动的脉搏发挥了积极作用。

48. 儿童文学应否描写阴暗面问题的讨论（龚炯、孔士穗、陈伯吹等）

这组文章选自1949年4月15日与5月15日出刊的《中华教育界》（复刊）第3卷第4、5期。

关于儿童文学应否描写阴暗面问题的讨论，这是中国儿童读物作者联谊会于1949年年初举行的座谈会的中心议题。这次讨论的意见颇有分歧，明显地形成对立的两派：一派是教育工作者，如孔士穗、汪国兴、阮纪鹤等。他们从儿童的"心理卫生"着眼，认为儿童涉世尚浅，可塑性大，其模仿心与好奇心更易接受消极因素的影响，因此儿童读物不宜描写阴暗面，而应采取防范措施，"暴露社会阴暗面的作品是残忍的反人道的"，是有害儿童心理健康的。为了使儿童"纯洁的梦做得长些，社会的黑暗，最好让他们知道得少些"。另一派是文学工作者，如龚炯、黄衣青、杨光、黄植基、徐恕等，他们从文学的认识功能立论，认为"文学是生活的反映，生活有阴暗面，就应该暴露""社会上有丑恶的一面，就不能抹煞真实"。儿童不是生活在真空里，他们应当了解这个真实的社会。"瞒和骗"的文学是对儿童的不忠实，"少讲黑暗的事实，把光明太平粉饰现社会，这倒是向儿童不负责任的毒素"。只有把真实的社会告诉儿童才能使他们"健全的生活，健全的做人"，儿童文学不但要暴露阴暗面，

第三十三章　1902—1949年的理论代表作（156篇点评）

而且要向小读者指出光明的出路。如果因为暴露阴暗面对儿童有"反效果"而反对描写，那是"因噎废食"，是不足为训的。陈伯吹对这场论战作了总结，他的结论是："儿童读物应该描写阴暗面，应该从阴暗写到光明。但描写阴暗面应该有个限度，这限度的条件是至少要顾及儿童的年龄（也应该顾到性别），理解的程度，心理的卫生。"这些意见的提出，对于揭露当时行将灭亡的旧中国的社会罪恶，帮助小读者认识社会、呼唤光明的到来，无疑是正确的，其积极作用是十分明显的。

三、儿童文学的教育推广（12篇）

49. 儿童文学的教授法（郑振铎）

本文原载1922年8月10日至12日浙江宁波《时事公报》。郑振铎的这篇重要论文一直未被发现，1983年7月少年儿童出版社（上海）出版的《郑振铎和儿童文学》一书亦未收录。直至《福建论坛》1984年第2期发表《郑振铎〈儿童文学的教授法〉考评》（金燕玉等）一文，才得以晓喻今世。

1922年暑假期间，郑振铎与茅盾应邀去宁波"四明夏期教育讲习会"讲学。这个讲习会自7月24日开始，至8月12日结束，学员系来自宁波及附近鄞县、镇海、奉化、慈溪、余姚等县的中小学教师，共三百多人。茅盾演讲了《文学上各种新派兴起的原因》。当时正在上海主编《儿童世界》的郑振铎，针对学员来自中小学的情况，演讲了《儿童文学的教授法》。"五四"文学革命极大地促进了儿童文学的发展，作为与儿童教育关系最为密切的儿童文学，首先在小学教育界得到了广泛的重视。学习、讲演、探讨儿童文学，当时蔚然成风。郑振铎在本文围绕儿童文学的教学法原则，就儿童文学的意义、特点、功能、选择和讲授等作了全面阐述，热情鼓吹教师们都来传播、讲授儿童文学。他认为"文学是普遍的，成人和小孩子都有这种的需要，不过儿童期似乎更需要些"。儿童文学对于儿童有着三方面的作用：一是满足儿童对文学的需求；二是可做教育儿童的工具；三是使儿童得到文字的进步。他特别强调儿童文学应当与社会、与教育密切结合，与儿童的接受机制互相协调。在现代儿童文学史上，他

第一次给儿童文学下了明确界说:"儿童文学是儿童的——便是以儿童为本位,儿童所喜看所能看的文学。"在郑振铎所有的儿童文学文论中,本文是其阐述儿童文学原理最全面、最重要的一篇。本文的发现,对于我们了解郑振铎的儿童文学观、认识他为创立儿童文学所作的贡献,对于研究中国现代儿童文学理论批评史,具有重要的学术价值与文献价值。

50. 新学制建设中小学儿童用书的编辑问题(吴研因)

[砚边小记]本文原载1922年《新教育》第5卷第1、2期合刊。

20世纪20年代初,教育界开始实行新学制,儿童文学逐渐成为小学国语教材的主要课程资源,因而编写出版儿童(小学生)"适读""宜读"的儿童文学教材用书,无疑引起了各界关注与重视。吴研因本文讨论的"小学儿童用书",实际上就是专门探讨"儿童文学教材用书"的编写问题。教学用书是陪伴学生时间最长、阅读人数最广、影响力最大的图书,教学用书的编订自然成为课程教学与教材编写领域的重中之重,这是关系到教学用书质量的关键问题,从长远看也是关系到民族发展的关键问题。本文围绕"小学儿童用书由谁编辑?怎样编辑,内容应该是什么样的?怎样实验和审定?"四个方面作了系统、深入的探讨,并提出了自己鲜明的观点。这四个方面涉及到儿童文学教材用书的编写主体、编写方法、教材内容的选择与呈现以及教材的实验与审定,这四大问题均是教材编写的焦点与难点问题,因而本文的讨论既充满了挑战性,同时也有前瞻性。

关于小学生教学用书由谁来编,作者认为最合适的是"书坊"即图书编辑出版机构,因为书坊既有专门的编辑资源,又易于发行。但同时也要警惕书坊编辑的儿童文学素养不够、编订程序不科学、自私心重等问题。作者呼吁"除了书坊,著名学校和各省各县组织的教育团体也编书",尽可能多渠道地为儿童提供优质的教学用书,体现出作者思考问题的全面性和责任意识。作者认为最不合适编写儿童用书的是教育部,他们要么"大而无当",要么"总有些官气",而且显得与"民主"精神不合,这是非常有胆识和洞察力的见解。

关于怎样编辑小学生教学用书,作者提出在"范围"上需有"通用""特

第三十三章　1902—1949 年的理论代表作（156 篇点评）

用"和"补助用书"三种。在编法上应当"集思广益"。而就选材问题则需"甄别""整理""引进""创作"，渠道广，信息量大，方法多，流程科学。针对"内容该怎样"的问题，他首先提出"精审"，并"要换一个见解说：教育儿童，要选社会经验中极精粹极经济，儿童极需要并且一定能够学习的材料给他"。这是极为重要和先进的思想，体现出"儿童本位"的教育观。关于儿童用书的内容，本文详尽地提出了七个方面具有很强操作性的建议，这包括要用语体文（即白话文）不用文言文，应当含文学趣味、提倡鼓励、单元少而叙述详，用儿童心理学的方法编排，插图多、想象多，书籍要编订精巧等。

本文针对儿童文学教材用书编写的焦点与难点问题，所提出的具有纲领性、指导性的观点和意见，对于实行新学制后的 20 世纪 20 年代教育界、出版界与儿童文学界有着重要的现实意义与可操作性。因而本文在中小学课程教学与教材编写领域具有重要价值，其影响如同 1920 年周作人发表的《儿童的文学》一文，揭开儿童文学的观念更新和现代性儿童文学建设问题的讨论一样，本文则揭开了儿童文学在学校教育与阅读发展中的作用和儿童文学教材用书的编写原则与方法问题的讨论。

51. 儿童的文学之研究（周邦道）

本文原载 1922 年《中华教育界》第 11 卷第 6 期。

周邦道（1898—1991），教育家、佛学家。字庆光，号龙雾山樵，江西瑞金市黄柏乡直坑村人。21 岁考取国立南京高等师范学校，为第一届高考榜首。历任教育部督学、江西省教育厅长、上海国立暨南大学教授、台湾省台中农学院教授、中国文化大学教授及佛学研究所所长、菩提救济院董事长等职。曾主编《教育年鉴》，此书为教育界之首创，1935 年由开明书店出版发行。

作为教育家并酷爱着儿童文学的周邦道，在本文从七个层面系统地论述了"儿童文学研究"的问题。前三个方面是儿童文学研究的意义和范围，后四个方面是儿童文学研究的具体要求。作者首先从儿童文学的概念界定出发，说明儿童文学必须具备"明白浅近，饶有趣味"两个特征，明白浅近是指迎合儿童的趣味，饶有趣味是指考虑儿童的欣赏水平和能力。由此说明儿童文学对于小

学语文教育有着重要价值与地位，因为儿童文学对于儿童是一种天然的需要，且可以引发儿童的阅读兴趣，发展其想象、思想及情感。而儿童文学材料的来源则是通过现有文学作品、民间文学、翻译以及作家创作四个途径获得。作者提出切不可将儿童读物商业化，商业化不但会造成儿童"识字了，却不能读书"的局面，也会大大削弱儿童文学所应和所能带给儿童的乐趣。

在儿童文学研究的具体要求方面，作者区分了儿童文学的各种文体，然后从选材和引导两个方向展开论述。选材标准主要考虑到儿童具体的成长发展水平，作者采用密勒氏的分类法，将儿童分为入学前（0—3岁）、幼儿园和小学时期（4—7、8岁）和中学（8—12岁）三个阶段，根据不同的年龄阶段来为儿童选择作品。选用的作品要尽量完整，尽量使用白话文而非文言文。而在引导方面，作者对教师的文学素养提出了要求，认为教师应当具备为孩子选择书籍的能力，并同时肩负其长期引导儿童阅读的重担。

本文体现了"五四"新文化运动以后新文学、新教育观念与儿童文学进入小学国文教育领域所带来的变化，儿童文学越来越受到重视，这对教师如何提升自己的儿童文学知识结构、如何为小学生选择"适读"的图书以及如何引导孩子阅读，都提出了要求。本文就此问题所展开的论述及其所提出的主张，至今仍有某种启示意义，因为今天的小学教师尤其是语文教师，说句不客气的话，大多都还欠缺儿童文学素养。

52. 儿童文学读本教学法（周尚志　王芝久）

本文原载《儿童文学读本教学法》第一册，商务印书馆1922年出版。作者生平不详。

儿童文学是儿童重要的精神食粮，当一本好的儿童文学作品或者一本浸润着儿童文学气息的教学读本呈现在教育工作者面前时，怎样教授才能完成儿童与儿童文学之间的精神连接，让儿童呈现出一种完整而健康的发展态势，让儿童文学真正起到引领儿童精神生命健康成长的作用？这是本文的讨论要点，作者从教师素养、教学方式、教学目的、教学过程四个方面做了精密、细致的探讨。

关于教师的儿童文学素养。作者认为全面的准备和热爱的态度是做好教师

第三十三章 1902—1949年的理论代表作（156篇点评）

工作的前提。"教师而能欣赏，儿童自然被你感动了，你所教授的也自然确切而有力了。"当然，做一个好老师，还需要经验和方法，所以作者又提出了一些具体的教学实践细节，比如教学活动的灵活性、标点讲述的合适时段等。最值得一提的是作者认为"文学教学，分科独立固然也尽不妨。不过最好和各教科打成一片，不要有显然的分疆划界"。这是很有启示意义的，因为实际上如果把文学注入到各门学科的教学之中，许多枯燥的学科会立即生动起来，而文学也会因为这些异质因素的加入，而更鲜活更接地气。

关于儿童文学教学过程。作者以教学文本读本作为一个介入方式，呈现了教师在面对崭新的学生时，应当注意的理念与行为："要引导学生过渡到学校生活中来"，"要指引他们熟悉学校生活"，"要指引他们认识学习课程的需要"等。良好的教学方式的采用确然对引导学生进入儿童文学有良好的作用，这不仅是方法论，更因为儿童在这样的过程中自然而然地感受到了文学的美和人文情怀所带出的舒适感。

关于儿童文学教学方法。作者认为刺激并保持儿童阅读文本的动机非常重要，并介绍了"故事引入"、"多材料选择"、"简短讲述"、"反复"等技巧，这是依据儿童接受心理学的基础提出的真知灼见。在具体教学过程中，作者强调文学文本要以"欣赏"为主，在此基础上所需注意的"动机"、"目的"、"朗诵"等方法的采用才更有意义。整个教学过程呈现出一种以学生为本，润物无声、水到渠成的教学美感。

文学在彼岸，儿童在此岸。正如智慧在彼岸，人类在此岸一样。教师就是架构文学与儿童，智慧与人类的桥梁工程师。热爱的态度、精心的准备、灵活的方法、艺术的教学过程融合在一起，才能使这座儿童文学之桥畅通无阻。

53. 儿童图书馆和儿童文学（刘衡如）

本文原载1922年《中华教育界》第11卷第6期。作者刘衡如，生平不详。

本文从儿童书籍对儿童品性养成和成长的重要性引出建立儿童图书馆的重要性和必要性。认为儿童图书馆的作用，一在培养儿童的阅读习惯，二在陶冶儿童的性情。儿童读书较获取知识而言，陶冶性情的作用更为要紧，这就对儿

童书籍的文学性和艺术性提出了较高的要求。除去精神层面的要求，作者还针对图书馆的物质条件展开了细致的讨论，如建议桌椅、书架要针对儿童的身高调得矮些，馆内空气要新鲜。其次，作者还从心理学的角度出发，对图书管理员的素质培养提出了建议，认为管理员首先要性情平和，不要打击孩子们阅读的自信心；同时，图书管理员也是一位重要的图书引导者，为儿童选择书籍是其最重要的职责。书籍的选择要视儿童发展的前儿童期、后儿童期和前青年期这三个生理阶段不同的发展状况而定，并且要兼顾孩子的性别取向。最后，作者倡导"每个学校都预备一间房子作儿童课后看书的处所"，各校的图书还可以流转巡回，当然，建立一支有素质的图书审查队伍是前提。

本文较早将儿童文学与图书馆建设结合起来进行研究，对于通过图书馆加强儿童文学的社会化阅读推广具有积极意义，并有一定的可操作性。

54. 儿童文艺教学法（张九如）

本文原载 1924 年《教育杂志》第 16 卷第 5 期。

张九如（生卒年不可考），江苏武进人，教育家。曾在欧美求学，受活动教学观的影响，提出"协动教学法"，把全部课程分为四类活动：处世活动、愤悱活动、康乐活动和藏修活动。主张"知情意协动不离、身体和精神活动协动不离、个人在团体中的协合动作"、儿童和教师交相互动。著有《协动教学法的尝试》《设计协动教学材料纲要》《小学语文测验法》《新学制小学各科教学法》《儿童故事游戏》等。

本文分为四个板块，分别是："什么是儿童文艺"、"为什么教学儿童文艺"、"教学怎样的文艺材料"和"儿童文艺怎样教学"。对于"什么是儿童文艺"，作者主张那些有思想、有感情、让儿童读了感兴趣的作品才是"儿童文艺"。之所以教学儿童文艺，是基于儿童文艺有满足儿童需要、发展其想象力、培养其美感等价值。在儿童文艺材料的选取方面，不仅有内容、形式的要求，还要符合儿童的身心发展的阶段性特征。在儿童文艺的教学过程中，要根据教学内容布置教学环境、抓住时机展开教学，在教学的过程中，要将欣赏（即感知教学材料）、思考（即理解教学内容）、练习和建造（即实践）相结合。

第三十三章　1902—1949 年的理论代表作（156 篇点评）

本文是将儿童文学，尤其是作为课程教材内容的儿童文学作品应用到教学中的指导性文章。作者不仅对儿童文学的选择标准、教授儿童文学的要求作了详尽的说明，还相应地列举了大量的教学案例，具有较强的可操作性。本文对于认识 20 世纪 20 年代儿童文学在小学教育中的实践应用以及教学经验具有文献价值，对今天儿童文学的课堂教学也有一定参考作用。

55. 小学国语文学读本之研究（李步青）

本文原载 1925 年《中华教育界》第 15 卷第 3 期。

李步青（1880—1958）：湖北京山人，号廉方。日本东京高等师范学校肄业。曾参加武昌起义，任鄂军都督府首席秘书。历任国民政府教育部视学主任、河南省教育厅厅长、武昌师范大学教授、河南大学文学院院长、湖北通志馆副馆长。新中国成立后，历任中央文化教育委员会委员、中南军政委员会委员兼教育部副部长、湖北省第一届政协副主席。著有《廉方教学法》。

作为实践派教育理论家的李步青，有感于以往的小学国语课本形式和内容陈旧，因而力倡创新。认为儿童文学读本选取的原则主要有两个方面：一是适合儿童的学习心理，即符合儿童的成长发展水平；二是可以对儿童起到教育的目的，这里的教育包括美育、德育以及儿童阅读兴趣的培养。围绕适龄和教育的两条方针，作者提出了一系列的改革建议，认为国语课本不是听、看、唱的儿童文学，而重在"引起创作想象"，激发人生情感。作者在进行了儿童语言和国语课本选字方面的研究后，得出规范白话文和简化课本用语等结论；教学结果主要在于"识字"和"作文"两大应用型的领域。

56. 儿童文学的重要（王志成）

本文原载 1926 年《教育杂志》第 18 卷第 3 期。

王志成（1905—1974），原名王蒿基。江苏吴江人。1925 年毕业于江苏省立第一师范学校，后在上海商务印书馆附设尚公小学、新加坡华侨中学任教。1930 年，任上海第一实验小学研究主任，加入中华儿童教育社，试行美国道尔顿制教学方法，提倡天才教育、实验实用主义教育理论。抗日战争爆发后，编著《抗战文选》《到西南去》《到西北去》等教材，向学生进行爱国主义教

育。1954年起任上海市第一师范学校校长。倡导师范学校应"面向小学"，强调培养学生的实际工作能力与情感教育，师范生应具备三才（即能说会道有口才，能写文章有笔才，一技之长有专才）。

本文首先提出做家长的要发现自家的儿童，不要把儿童当作附庸，也不要一味催促孩子成熟世故。其次吁请小学教师也要发现儿童，"要晓得儿童自有儿童独立的生命，他们有他们特殊的需要"。儿童的思维与原始人的思维是同构对应的关系，所以他们爱看的所谓"无稽之谈"的神怪小说、童话、传奇，这是有趣味、有益于他们学习的利器。这些传说、故事、儿歌、神怪小说和童话统称为"儿童文学"，是顺应儿童心理、符合儿童需要、有益于其精神成长的文学。本文呼吁教育要发现儿童、以儿童为本位，论证了儿童文学存在的必要性，是一篇张扬"儿童本位"为儿童文学价值作用正名扬声的文章。

57. 儿童读物的分类与选择（王人路）

本文原载1929年《教育杂志》第21卷第12期。

王人路（？—1956），现代儿童文学作家。湖南浏阳人，系著名电影演员王人美之兄。湖南第一师范学校毕业后，到上海中华书局国语文学部担任职员。1922年4月，协助黎锦晖创办《小朋友》周刊，任编辑。1926年冬，去武汉国民革命军政治部，从事民众宣传工作。1927年7月回上海，在黎锦晖主办的"美美女校"搞布景和服装。1938年复去武汉参加抗日文化救亡活动。1941年回上海主编《中国儿童》月刊。作为长期从事儿童报刊编辑的王人路，一直坚持儿童文学创作，先后在《小朋友》发表诗歌、小说、童话、故事三四百篇，尤擅长于幼儿文学，不少作品被选入中华书局印行的《小朋友文库》《儿童丛画》等丛书。

本文首先明确提出儿童特性的五大特点，即活动性、求知性、模仿性、好奇心以及意志薄弱，因而儿童读物的选择必须契合儿童的这五大特点。作者认为，儿童读物的种类可分为"纯文学"和"文学化的科学"两类，后者主要针对儿童的认知发展，而前者更符合儿童文学的理念。就文体而言，作者将儿童文学读物细分为十八类：韵文体被细分为儿歌、童谣、诗、谜语、

第三十三章　1902—1949 年的理论代表作（156 篇点评）

谚语和民歌；散文体被分为笑话、童话、神话、神仙故事、故事、自然故事、寓言、小说、传记和论说；跨文体则可分为不同媒介的歌剧和剧本两大种类。不同种类的儿童文学读物所选取的标准各不相同。此外，作者根据内容和形式的不同各区分了选择标准，儿童文学读物的内容一定要有"活泼的思想，丰富的想象，曲折的故事，有力的描写"以及切合儿童和时代的环境。而从形式而言，儿童文学读物也要把握好外表和内形两个部分，外表指装帧设计，内形则指版式编辑。

本文体现了 20 世纪 20 年代学界对儿童读物的文体分类及选择标准的看法，说明经过"五四"新文化运动，现代中国儿童文学的文体正在逐渐建设与成熟起来，对今天的儿童文学文体建设与研究也有借鉴意义。

58. 儿童的文学教育（美国 Porter Lander Macclintock）

本文原载 1929 年《教育杂志》第 21 卷第 12 号

本文出自《小学儿童文学》（《Literature in the Elementary School》）第一章。作者 Porter Lander Macclintock，系美国学者，生平不详。

《儿童的文学的教育》采用了关键词分析法。首先作者认为文学是一种特殊的文学样式。"文学是用语言做媒介，使用艺术化的语言表征，它唯一目的在产生艺术上的快感和显示审美学上的美。"很明显这是站在文学的美学功用的角度对文学做出的定义。那么儿童文学在小学校中的地位到底如何呢？作者认为相比较之前儿童文学地位低下，讲述枯燥无力，破坏儿童活泼天性的现状，现在的儿童文学已经渗透到多学科中，内容丰富有趣，起到了良好的推动作用。在美国教育界，儿童文学的教育是必不可少的，因而会安排相关的课程与丰富的文学读物。特别值得一提的是：美国教育并不提倡儿童过早的浸润在纯文学的氛围里，因为这会妨碍儿童其他的能力和才干。

在客观看待文学的价值和功用以后，作者探索了文学的教授方法，提出"教师若根据审美学的原理，从各种文章中，能认识并区别文学乃是艺术，那末，他就得了教授法的基本与必要的步骤。""教师应当将儿童的文学当作艺术来教授，使他们沐浴在活泼的、幻想的空气中，以期渐渐启发而增强他们的本能。"

在教授情境中，作者认为"儿童文学可以当作儿童的整个生活的骨髓，它的一切的幻想，一切的本能的活动，及一切的智慧的发展，几乎全自儿童文学中得来。"因此不应当将儿童文学与其他东西隔离。就选用的教材而言，他讲究"宽泛的、模范的而有兴趣的"。并且这些材料必须经过"儿童化"，在教授过程中，教师要有饱满的态度和方法，"它应该经过一种个人疑问和大众意见的判断"。在理念上，教师要充分认识到"儿童文学是美好的"，"有一颗天真的心"。

《儿童的文学教育》是对美国儿童文学教育的一个总结和反思，作者依存儿童本位观念，在尊重儿童、了解儿童的基础上，探索了关于儿童文学的功用、教授方法等问题。好的方式是到达目的的桥梁，对儿童文学的正确认识和儿童、文学、教育三者关系之间的思辨有助于教师将儿童文学的生命力量和艺术光彩通过教育的桥梁传递到儿童的心中。本文的译介发表，表明20世纪20年代儿童文学与教育界对引进外来儿童文学观念的重视，同时也说明儿童文学的审美研究与教学，在当时已引起了重视。

59. 童话在教育上的价值之研究（钟子岩）

本文原载1930年《教育杂志》第22卷第12期。

钟子岩（1907——1990），浙江上虞人，上虞春晖中学第一届（1922年）学生，毕业后跟随夏丏尊去上海，在其资助下完成了高中学业，后进入上海开明书店和商务印书馆担任翻译和编辑工作。著有《英语句式详解》，翻译《童话与儿童的研究》。

本文以教育要使儿童感到"兴味"为宗旨，将童话运用到各科教学中。首先就童话与道德、童话与地理学、童话与历史、童话与自然科学、童话与文学教育的关系做出了辨析。如在道德教育中，童话的价值能唤起儿童的情绪，使之被人物的善行所感动，厌弃人物的恶行，进而主动模仿人物的善行。进行道德教育的童话应当适应儿童身心发展各阶段、自然不做作、说教成分不能太重。而在其他几方面的关系研究中，作者侧重于让儿童形成更宽广的视野。其次，作者对各科分别适合采取何种形式的童话提出几点要求，并从教育学的角度论

第三十三章　1902—1949年的理论代表作（156篇点评）

述童话的价值，结合各学科的特征和儿童身心发展的特征对童话的应用提出具体的意见。

本文秉持"儿童本位"的儿童观、家庭教育的教育观，对童话的价值功能与教育作用进行多学科、多维度的探究，并将童话与教育实践结合起来，具有一定的可操作性，对今天儿童文学的教育应用与阅读推广也有启发意义。

60. 儿童文学之特质和儿童心理（江应橙）

本文原载1934年《江苏教育》第3卷第10期。作者江应橙，生平不详。

自"儿童文学"在"五四"新文化运动中"登场"以来，关于儿童文学的性质与作用等问题，研究者从不同的角度给予关注和探索。本文认为陈伯吹较早关注到文学作品与儿童接受的同化技能问题，陈伯吹提出"儿童文学的特殊性是在于具有教育的方向性，首先是照顾儿童年龄的特征"，即"了解儿童的心理状态，他们的好奇、求知、思想、感情、意志、行动、注意力和兴趣等等的成长过程"。江应橙则进一步的从儿童心理学角度入手，对儿童文学的本质进行探索，在借鉴国内外儿童心理学的相关研究成果和实验数据后，提出儿童文学的特质应当包含以下六个方面："拟人而神奇的"——因为儿童天生具有"泛灵论"思想，他们眼中的世界就是万物皆灵；"纯情而神奇的"——这是基于儿童与生俱来的丰沛想象力；"革命而统觉的"——儿童文学的内容应当是健康并且合符固有的经验和认知，能引起儿童交互反应的；"唯美而自然的"——儿童文学在艺术上要注重时间美、空间美、节奏美，因为儿童天生对于韵律、色彩、节奏敏感；"具体而瞬变的"——这里强调了儿童文学所塑造的形象或者事物的具体可感和流动性；"单纯而反复的"——则是基于儿童认知心理的要求，他们喜欢在重复中学习，因为重复带来成就感。

本文探讨的儿童文学六个方面的"特质"，充分结合了儿童的接受心理与思维特征，说明20世纪30年代的儿童文学研究已从文学社会学进展到了文学心理学的层面，文中的一些观点今天仍有参考价值。

四、中国儿童文学发展史论（11篇）

（本辑以文学史发展线索为序）

61. 我们怎样教育儿童的？（鲁迅）

本文最初发表于1933年8月18日《申报·自由谈》，现选自1981年人民文学出版社出版的《鲁迅全集》。

儿童是祖国的希望，民族的未来。儿童教育的状况如何直接关系到一个国家民族的兴衰。作为新文化伟大巨人的鲁迅，一贯高度重视儿童教育与深刻影响年幼一代成长的儿童文学。鲁迅在本文回顾了我国传统儿童教科书与"近三十年中"的现代教科书的状况，对"从学校里造成了许多矛盾的人"深感忧虑，提出要研究"中国一向怎样教育儿童"的问题。鲁迅认为：研究"中国历来教育儿童的方法"是件"功德""当不在禹下"的重大事情，应当有"真正的学究"来从事这一工作。鲁迅在这里说的虽是儿童教育史的著述，但在实际上也包括了"历来教育儿童"的重要内容——儿童读物与儿童文学问题。儿童文学本身就具有教育儿童与实施文学熏陶的两栖性质。因之，探讨我国儿童文学发展的历史，无疑是一件意义重大的工作，但又是一件"知易行难"的工作。鲁迅在三十年代就提出了这一课题，并"望垦辟于健者"。鲁迅的愿望对于研究我国儿童文学发展的历史，无论是过去还是现在，都有着重要的指导意义与激励作用。

62. 教科书以前的童蒙读物（中华书局图书馆）

本文原见中华书局图书馆《基本教育展览目录》（1918年以前）。现录自1957年中华书局出版的《中国近代出版史料初编》（张静庐辑注）一书。

欲知"五四"以前中国儿童读物的状况，欲知几千年来中国儿童精神食粮严重饥荒的状况，本文不可不读。虽然，本文所开列的只是一些书目，但通过这个"窗口"，却可以使我们了解到昔时"童蒙读物"之全貌。这是中国文化之悲剧，这是中国儿童之不幸，这也是现代儿童文学的先驱者和创建者们奋然而起、登高呐喊，倾注全力开拓小百花园地的原因之所在：中国的"童蒙读物"再也不能这样继续下去了！时代在发展，现代意识在凝聚，进入二十世纪现代社会的中国，必须要有适应时代潮流的充满现代精神的新的儿童文学与儿童读

第三十三章　1902—1949 年的理论代表作（156 篇点评）

物。

63. 吕坤的《演小儿语》（周作人）

本文写于 1923 年 4 月，收入 1932 年儿童书局出版的《儿童文学小论》。

《儿童文学小论》是周作人在新文学运动第一个十年间的儿童文学论文辑集（其中部分文章写于 1913 年至 1914 年间），收入论文十一篇，本文即是其中之一。

中国古代儿童文学具有两个十分明显的特点：一是民间创作的口头儿童文学（如童话、童谣等）虽然比较丰富，但久经散佚，极少记录成文；二是文人著作的书面儿童文学非常稀少。在这种情况下，明代吕坤的《演小儿语》，就犹如凤毛麟角，难能可贵了。吕坤（1536—1618），字叔简，一字新吾或心吾，号抱独居士。河南宁陵人。系明代学者，官至刑部左、右侍郎。著有《呻吟语》《去伪斋文集》等。吕坤受其父吕得胜（？—1568）影响，在政务之余，曾潜心收集、改编儿歌。《演小儿语》46 首即是他根据从河南、河北、山西、陕西等地采集到的儿歌加以改写而成。这是目前已发现的我国最早的儿歌专集。周作人的这篇文章对《演小儿语》作了比较精当的评介，认为吕坤"知道利用儿童的歌词，能够趣味与教训并重"，这在古代儿童读物中"确是不可多得的"。专门评介古代的儿歌专集，肯定我国传统儿童文学的遗产，自"五四"以来，本文是第一篇。

64. 中国儿童读物的分析（郑振铎）

本文原载 1936 年 7 月出刊的《文学》第 7 卷第 1 号。作者只写了上篇，没有写下篇。

中国古代儿童文学为什么长期得不到应有的发展？究其根源，就在于封建专制主义虐杀儿童精神个性的桎梏。在儿童未被发现，儿童的独立人格与社会地位不被重视的情况下，儿童教育与为儿童服务的文学必然遭到漠视与窒息，得不到应有的发展。历史的经验启示了现代儿童文学的建设者：要振兴中国的儿童文学，首先必须扫清障碍，批判虐杀儿童精神，禁锢儿童文学发展的封建旧教育与旧"习惯制度"，大力提高儿童的社会地位，提高儿童文学的文学地

位，唤起全社会都来关心儿童教育，重视儿童文学。为了实践这一目标，现代儿童文学的建设者们不但在"五四"时期，而且在二三十年代都为此进行了种种努力。郑振铎的这篇文章，从宏观的角度对几千年来中国的传统儿童读物作了纵向的严肃的整体性反思与批判，是一篇史、实、论三者高度结合的重要论文。像这样系统、具体、谨严地检讨中国传统儿童读物的，这是第一篇。本文不仅勾勒了古代儿童读物"史"的框架（虽然是粗线条的），而且论证了古代儿童文学必然薄弱的历史原因。无视儿童的特殊心态与精神世界，把儿童读物变成纯粹的"载道"读物，"以莫测高深的道学家的哲学和人生观，来统辖茫无所知的儿童"，使儿童读物"往往的成了符咒式的韵语，除了注入些'方块字'的形象之外，大都是使他们茫然不知所谓"。——这便是古代儿童读物（包括儿童文学）的整体状况与必然不能适应读者对象同化机能的症结所在。作者在文章结尾提出的创作"适合于时代""适合于'儿童时代'的需要，顺应着儿童生活的发展"的儿童读物的观点，表明了他对新的儿童文学的憧憬和希望。在二十年代，以郑振铎和茅盾、叶圣陶等为代表的文学研究会作家发起的"儿童文学运动"，其努力的实践方向正是为了创建这种具有新的时代精神、新的生活内容的新儿童文学。

65. 清末以来我国小学教科书概观（节选）（吴研因）

本文原载 1935 年 5 月出刊的《中华教育界》第 23 卷第 11 期，又见于 1936 年 10 月全国儿童年实施委员会编印的《儿童问题讲演集》。

中国现代儿童文学的发生、发展与学校教学密切相关。自本世纪初叶以来，尤其是"五四"以后，我国的学校教学，主要是小学国语与幼儿师范、普通师范重视儿童文学日渐成风，儿童文学不但成了小学国语课的主要教材，而且开展了对儿童文学教材、教法的研讨。学习儿童文学，讲演儿童文学，研究儿童文学，这是"五四"以后教育界的一种"时髦"现象。这种"时髦"显然是现代中国的一个进步。本文为我们认识现代儿童文学初创时期学校教学重视儿童文学的状况提供了可信的史料，对研究现代儿童文学史具有重要参考价值。

66. "五四"时期研究童话的途径（赵景深）

第三十三章　1902—1949 年的理论代表作（156 篇点评）

本文写于1924年2月5日，原载1924年2月11日出刊的《文学》第108期，又见1927年9月上海开明书店出版的《童话论集》（赵景深著）。标题系评选者所拟。

"五四"时期，我国现代文坛掀起了研究童话的热潮，取得了多方面的实绩，出现了一种各具特色的生动活泼的学术局面。这与当时重视儿童文学、儿童教育及受西方民俗学、人类学、文艺学等的影响有关。本文旨在总结"五四"时期我国研究童话的状况与方法，并就童话的理论建设提出自己的见解。

作者认为，"五四"时期的童话研究有三种不同的目的与途径。一是从民俗学、人类学的角度出发，研究"民间的童话"，主要是探讨民间童话所保存和反映的民俗风情、社会世态、文化心理，这是一种纯学术的研究。二是从教育学、儿童学的角度，研究儿童适用的"教育的童话"，这是"五四"时期"努力最大而成效最著的"。"民间童话是注重研究学问，而教育童话的对象却是儿童，所以处处从儿童方面着想。"这类童话既有从民间采风所得，又有作家独创，但它们都是从儿童出发，"不带有成人的气息"。第三种研究途径是探讨"童话体的小说"，即"文学的童话"。这类童话的最大特点是：作家创作的"目的是在社会""是表现他们自己"，而不是"给儿童看"的，因此作品内容大都"带着成人的悲哀"，实际上是一种用创作童话的手法写成的小说。"五四"时期的童话研究虽有这三种不同的途径，但它们"殊途同归"，其结果都直接间接地促进了现代童话的发展与繁荣，为孩子们提供了更多的精神食粮。"教育童话"自不待言；"民间童话"敞开了一座尚未发掘的儿童文学宝库——大量适合儿童视读心理的民间口头创作亟待开发利用；对"文学童话"的研究则向作家提出了这样的要求——如果是为孩子们写作，那就必须尽量地"不带有成人的气息"。本文是认识、了解"五四"时期童话研究状况的重要文献，也是研究中国现代儿童文学发展史不可不读的理论文字。

67. 抗战中的儿童戏剧（新安旅行团集体讨论　张旱执笔）

本文原载 1940 年 11 月 1 日出刊的《戏剧春秋》第 1 期。

八年抗战是中国人民战胜日本侵略者、拯救国难的重要历史时期，也是中

国现代儿童文学以其新的特点，新的内容突飞猛进的时期。在"五四"前后的儿童文学中，童话和儿歌一直是其两大支柱，童话更是一枝独秀。抗战的炮火轰毁了空灵的童话梦，处于战争年代的少年儿童更需要的是号角，是呐喊，是真的世界与真的道理。敏感着时代脉搏的现代儿童文学在这时期发生了显著变化：人民群众的苦难与斗争成了儿童文学的主要题材，爱国主义是整个儿童文学认准的主题，现实主义精神得到了空前的高涨；而在艺术样式方面，直接与小观众对话的儿童剧与广阔地反映现实生活的儿童小说出现了迅速发展的势头，其成就与影响已经盖过了童话。由于儿童剧"最容易感动人，最易于激动"小观众，故儿童剧的发展尤为引人瞩目。全国各地涌现了以"孩子剧团"为代表的一大批儿童剧团，本文署名者："新安旅行团"即是当时活跃的儿童剧团之一。儿童剧本的创作无论在内容还是形式上都较之过去出现了质的变化。但是，新的形势也给儿童剧带来了新的问题，这主要是加重了儿童文学原已有之的成人化与公式化的倾向，剧本的缺乏与某些不宜儿童的表演也是亟待解决的问题。认真总结这些经验教训，对于进一步发展抗战儿童戏剧，积极配合民族解放斗争，激励少年儿童的爱国主义精神是十分必要的。本文便是对抗战爆发后将近三年的儿童戏剧运动所作的鸟瞰性的回顾与总结。

  作者简要论述了戏剧对儿童的教育与娱乐作用，叙述了抗战儿童戏剧的历史发展和取得的实绩，对儿童戏剧亟待解决的问题申述了自己的观点，并就如何进一步推进儿童戏剧"繁茂"的问题提出了多方面的建设性意见。文章充分肯定了广大儿童戏剧工作者与各地孩子剧团作出的成绩，认为"抗战促进了儿童戏剧""儿童戏剧帮助于抗战也很大，在抗战中成群的儿童们组织起来了，他们利用戏剧宣传民众""影响了成千万的百姓，参加到抗战阵营中来"。对于儿童戏剧存在的问题，尤其是"太老人气"的"成人化"与"千篇一律"的公式化倾向，文章作出了客观的分析与中肯的批评。这说明当时不少作家已经警惕到了这种弊病对儿童文学建设的潜在危害，并试图努力改变这种局面。关于儿童戏剧的建设，作者提出了提高创作质量、配合学校教育，建立儿童剧场、培养戏剧人才、多为孩子演出、团结各地力量等意见。这些观点不仅促进当年

第三十三章　1902—1949 年的理论代表作（156 篇点评）

抗战儿童剧的发展，即使对于今天儿童剧的建设，也有着深刻的启示意义。本文是研究抗战时期中国儿童文学的重要文论，对于认识我国儿童剧的发展史尤有价值。

68. 关于"儿童文学"（茅盾）

本文原载 1935 年 2 月 1 日刊行的《文学》第 4 卷第 2 号，署名"江"。

从本世纪初现代儿童文学破土萌生，至三十年代初，已经走过了三十年的道路。这三十年里，中国的儿童文学到底是一个什么样的状况？茅盾以高瞻远瞩的目光、卓杰的文学史识，第一次从"史"的角度勾勒和总结了现代儿童文学最初三十年的基本框架及实绩。茅盾把这三十年分为三个十年：第一个十年是中国现代儿童文学的起步阶段，其特点是以"改译"外国儿童文学作为中心内容。第二个十年，"五四"文学革命促进儿童文学的发展，这一时期的儿童文学得到了全社会的普遍重视；译介外国儿童文学仍是主要内容，但已由以前的"改译"转为"直译"。第三个十年有两大特点：一是出现了作家独创的作品；二是科学文艺被引入儿童文学园地。向外国儿童文学学习，这是促进中国现代儿童文学发生、发展的一个重要因素。在中国现代文坛，没有比儿童文学这样深受外来文化影响的文体了。茅盾在本文敏锐地看出了"拿来主义"的重要性，正确地阐明了中国现代儿童文学兴起的缘由，这确是大作家的卓越史识。

三十年代是中国现代文学的一个重要转折点，也是儿童文学转变发展的时期。面对新的时代精神、新的社会信息，作为现代文学重要一环的儿童文学应当采取何种态势？茅盾在本文提出了儿童文学"要能给儿童认识人生"的教化作用问题，提出了建立新型儿童文学的理论设想。这些意见，对于推进三十年代儿童文学追踪时代潮流，引导少年儿童直面社会人生有着重要意义。可以这样说，本文既是探讨现代儿童文学发展史的纲要，也是促进新型儿童文学建设的理论蓝图。

69. 现代儿童文学泛论（吴鼎）

本文原载 1942 年《教育通讯旬刊》第 5 卷第 28 期。

吴鼎（1907—1993），教育家。安徽和县人，字颖吾。早年曾任安庆龙门口小学校长。1938年进入教育部教科用书编辑委员会小学国语科（1942年并入国立编译馆），从此开始编辑和研究教科用书与儿童文学。1942年冬起任职考试院考选委员会。1949年春赴台湾，任省教育厅专门委员。1950年至1952年任台南师范学校（今台南大学）校长。1954年任考选部司长。1960年8月起任国立政治大学教授，1979年退休后移居加拿大多伦多。一生勤于写作，除编辑《国语》《生活与伦理》等教科书外，著有40万字的《儿童文学研究》（台湾教育辅导月刊社1965年版）。

本文写于抗战时期，具有双重价值，既是考察现代中国儿童文学发展史的重要文献，也是儿童文学教育研究方面的论文。作者从中国儿童文学的现状出发，探讨了儿童的文学意义及分类。关于儿童文学的意义：本文基于尊重儿童作为一个独立生命个体以及儿童接受心理的基础上，提出"儿童文学，是适应儿童的生活和心理，为儿童所需要的一群文字，通过了想象和感情，具有正确的思想而用艺术方法所表现出来的东西"。对于儿童而言，"儿童文学是唯一的精神食粮"，儿童需要文学就像婴孩需要母乳一样是一种"本能"，从儿童认知发展的脑科学而言，这样的见解显然是合理的。

本文依据当时教育部颁布的小学课程标准的分类方法，将儿童文学分为"记叙文、实用文、诗歌和戏剧"四大类。关于儿童文学的生产，本文认为有"创作、翻译、搜集、修改"四种途径。作者十分强调作家原创的重要性，认为"只有创作的文学才是适合时代需要的"。翻译包括"把外国的儿童文学译成国文"以及"把本国古代的有趣的故事，译成语体文，使之适合儿童的口味"这样两个方面。就搜集和修改（即改写）而言，作者坚持立足适合"儿童的"与"现代的"眼光，提出应多种渠道搜集，多种方式改写。

本文最大的特色在于时时处处对于适合"儿童的"儿童文学的呼吁和对儿童文学的"时代性"的坚守。作者所谓的"现代"，是指有别于以往时代的"当下"，即作者撰写此文时所处的"抗战建国"这一时期。作者认为自1922年至1937年"卢沟桥事变"前的"这十五年间，儿童文学进步之快，实在可以

第三十三章 1902—1949 年的理论代表作（156 篇点评）

惊人"。无论是在量、质还是品种上都有了很大的发展。但在思想内容方面，仍有许多需要剔除的东西，如"贵族思想的"、"资本主义思想的"等。作者反复强调儿童文学的时代性与现代性问题，呼吁"在抗战建国的大时代中，我们主张儿童文学要变质"，即"依据儿童文学的各种形式，——改变的内容，使之现代化。因为文学本是生活的反映，什么时代的生活，便将反映什么时代的文学，儿童文学当然也不能例外"。因而本文所列举的儿童文学各文体的范例，均与中华民族的神圣抗日战争和爱国主义联系在一起。文学与时代的关系是文学的永恒话题，如何在时代性的前提下尊重儿童性与文学性，这是儿童文学的重要论题之一，本文提供了某种有益的启示和思路。

70. 儿童读物的检讨与展望（陈伯吹）

本文原载 1948 年 4 月 1 日《大公报》。

从本世纪初叶开始萌生、发端的现代儿童文学，到 1948 年，已经走过了曲曲折折、风风雨雨的四十余年历程。本文对这一历程作了整体性的纵向考察。文章所论述的虽是儿童读物，但实际上正是广义意义上的儿童文学。

作者按照儿童文学反映的特定社会内容与所传达的现代生活情绪，将其分为四个时期。文学风味的时期（1919—1925）：可归纳为开放、探索精神、吸收异域文化的健全功能。儿童文学之勃兴，与小学教学革新之关系，与睿智的"拿来主义"之关系，为这一时期的显著特色。教育价值的时期（1926—1931）：其表象是儿童文学的教育价值，其实质却是儿童文学观念的更新：教化、娱乐、审美、认识等功能如何渐臻完善。科学常识的时期（1932—1937）：文学与科学的结合，这无疑是现代生活与物质文明发展的自然结晶，这是文学的必然，也是儿童文学的一种清醒的选择。社会意义的时期（1938年起）：文学（包括儿童文学）与社会生活之密切关联，社会生活对于文学之影响，无论如何是不能断裂的。因之，儿童文学同样需要直面人生，反映现实。"要叫儿童的小眼睛观察着，小头脑思考着这世界上的一切真相！"

考察是一种接近，一种选择。本文的文献价值在于：为研究中国现代儿童文学史提供了一个新的视角，一种新的构架。

71. 中国儿童读物作者协会简史

本文原载 1949 年中华书局印行的《1948 年儿童文学创作选集》。

"中国儿童读物作者协会"原名"中国儿童读物作者联谊会",筹备于 1946 年 5 月,正式成立于是年 6 月。她是在中国共产党的影响下,由上海地下党组织直接参与成立起来的一个战斗的民间儿童文学团体。在四十年代末期,团结着当时国内(主要是上海)一大批进步的儿童文学工作者,迎着黎明前政治、文化的种种逆流,为坚守儿童文学的光荣阵地,为反对社会上及儿童文学界的落后倾向,进行了坚决的斗争。她是一朵开在祖国黎明前的奇葩。她的出现与实绩,在现代儿童文学史上写下了崭新的篇章。

本文所提供的史料信息,是研究四十年代儿童文学战斗历程的重要文献。

五、儿童文学文体研究(35 篇)

72. 童话研究(周作人)

本文原载 1913 年 8 月北京《教育部编纂处月刊》第 1 卷第 7 期,又见于 1932 年 2 月儿童书局出版的《儿童文学小论》(周作人著)。

1911 年,周作人从日本留学归国,在家乡浙江绍兴任教。这期间,他开始搜集本地的儿歌童话,并从事童话的研究。据资料介绍,本文与《童话略论》最先刊载于 1912 年 6 月 6 日、7 日的绍兴《民兴日报》;后经鲁迅推荐,周作人重新修改后,又发表于 1913 年的《教育部编纂处月刊》,由此扩大了这两篇文章的影响。从现有资料考察,本文是中国儿童文学史上第一篇探讨童话的论文。作者从民俗学与比较文化学的角度,考察了童话的起源,具体分析了中国古代的物婚式(《蛇郎》)、食人式(《老虎外婆》)童话及与外国同类型童话的区别,并就童话在民俗学、文学、儿童教育方面的价值提出了自己的见解。作者认为童话的起源与神话、传说有着密切的渊源关系,它们都起源于人类远古时期,反映了史前先民对客观世界的认识。古代童话保存了不少古老的观念、艺术形象与情节,有的反映了氏族制度下民主生活的特点,如帝王"躬亲操作,不异常人""王女浣衣河干";有的反映了当时的制度、习俗、信仰

第三十三章 1902—1949 年的理论代表作（156 篇点评）

与文化心理，如图腾崇拜、魔法观念、抢婚赘婿等。童话与传说（即世说）所反映的都是先民"人事之繁变"，其区别在于：传说所记"信如固有"，时间、地点、人物皆有定名；而童话则"漠然无所指尺"，没有确定性。值得注意的是，本文较早关注到了民间童话的文学价值及对儿童的教化作用。作者认为，童话与民歌一样，都是"原始人之文学"，如果说民歌是诗的"本原"，那么童话就是"小说之胚胎"。童话对儿童有着多方面的教化作用：一、童话充满丰富的幻想，有益于发展儿童的想象力；二、童话的内容有助于儿童认识世界，"了知人生大意，为入世之资"；三、童话中所言万事万物，有利于儿童开阔视野，增长知识，培养美感。作者认为"中国童话自昔有之"，但"未尝有人采录，任之散逸"，呼吁文坛应当重视童话的价值，及早采风，"收拾之功，能无急急也"。应当指出的是，周作人的童话论文，注重的是学术研究，他在本文所考察的童话是，指作为史前文化形式传承下来的民间童话，而不是指后来作家创作的艺术童话。

73. 儿童话释义（周作人）

本文原载 1914 年 7 月《绍兴县教育会月刊》第 7 号。

中国古代究竟有无儿童文学？有哪些遗产与传统？由于国内对儿童文学史缺乏应有的系统研究，这成了一个素有争议的问题。要而言之，有以下三种观点：一是外国"移植说"。此说认为中国儿童文学是从外国移植的，上海商务印书馆在 1909 年出版的由孙毓修编译的"《无猫国》要算中国第一本童话"。二是"《稻草人》说"。此说认为中国的儿童文学是在"五四"新文学运动中产生的，叶圣陶的《稻草人》是中国的第一部儿童文学作品。这二种观点都认为我国古代没有儿童文学。第三种观点与此相反，认为中国古代虽无"儿童文学"之词，但儿童文学则是"古已有之"，而且源远流长。此说最早出处即是本文。周作人采用比较文学的研究方法，通过具体分析中国古典志怪小说、笔记所载《吴洞》《旁㐌》《女雀》三篇民间童话，认为"中国虽古无童话之名，然实固有成文之童话"，由于与传统的神话、传说混杂交错，"特多归诸志怪之中，莫为辨别"，因而长期没有得到开发。唐代《酉阳杂俎》中的《吴洞》

篇所记少女叶限的故事，就是法国贝洛尔所采录的《玻璃鞋》"灰姑娘"一类的世界性民间童话在中国的最早记录，但前者却比后者要早出一千二百多年。

本文的观点对于研究中国古代童话与儿童文学有启示与借鉴意义，应予以重视。

74. 论童话（张梓生）

本文原载 1921 年 7 月出版的《妇女杂志》第 7 卷第 7 号。

张梓生（1892—1967），字君朔。浙江绍兴人。毕业于绍兴山会初级师范学堂，曾在绍兴僧立小学和明道女校任教。1922 年后任上海商务印书馆《东方杂志》编辑。1932 年任上海申报馆《申报年鉴》主编。1934 年 5 月继黎烈文编辑《申报·自由谈》。与鲁迅来往较多。鲁迅在浙江省立第一师范学校任教时，张是该校《礼记》《经学》等古文课程的教师。1919 年鲁迅移家北京时曾将部分藏书存放张梓生处。1973 年绍兴鲁迅纪念馆成立，征集文物，其中最重要的一次收获就是从当时绍兴县皋北乡洋滨村张梓生后人处取回当年鲁迅寄存的三箱藏书，这些藏书中有鲁迅在南京求学时期手抄的《开方》《开方提要》《几何学》《八线》等文物。

"五四"时代的童话研究者，深受西方文化人类学的影响，大多以民俗学的观点研究童话的"真义"与价值。本文既从民俗学的角度，探讨了（民间）童话所保存的原始人类文化因素，童话的变异与形式；又从儿童学的角度，分析了童话在儿童教育上的功能。作者认为："利用童话去教育儿童，必须单纯的讲述他的本事""童话中怪诞不经的事实里面的道理，只可使儿童自己无意中去领会出来"，如若"勉强加上一番大道理"，反而有碍于儿童的接受心理。这种观点与周作人提出的儿童文学对于接受对象"务在顺应自然"，不必灌注教训的主张有着相似之处。

75. 童话与空想（冯飞）

本文原连载于 1922 年 7 月与 8 月出刊的《妇女杂志》第 8 卷第 7、8 号。作者冯飞，生平不详。

想象是艺术的生命，也是童话文学的生命。本文从民俗学的角度，比较分

第三十三章　　1902—1949 年的理论代表作（156 篇点评）

析了东西方童话的五种幻想形式及其不同的国民性对于幻想差异性的影响。作者提出：没有幻想便没有童话，童话的幻想与孩子视幻想为现实的心理是一致的，故童话最适合儿童鉴赏，用以发展、丰富他们的想象力。人生必然要经过孩提时代视幻想为真实的阶段，待其年岁增长，智力开发，此种心理必将自然消退。作者以此立论，认为童话文学应与少年儿童的心理发展步调一致："在他们空想澎湃的时代，便告诉他们以空想的故事；在他们渐近现实的时代，便告诉他们以近于现实的故事，在他们思想完全入于现实的时代，即告诉以一切现实的事物。"唯如此，才能发挥童话文学的多功能作用。这种观点的提出，对于童话文学迎合接受对象心理发展阶段性的特点是有启发意义的。

76. 论寓言——《印度寓言》序（郑振铎）

本文写于 1925 年 7 月 2 日，系郑振铎为他自己所译的《印度寓言》一书所作的序言；此书由上海商务印书馆在 1925 年 8 月出版。本文又见于 1925 年 7 月 12 日出刊的《文学周报》第 181 期。

中国的传统寓言创作，历史悠久，丰富多彩。春秋战国是寓言创作的黄金时代。但是，古代寓言并非是为孩子们写的。把寓言引入儿童文学园地，这是"五四"前后的事。1917 年，茅盾从古代典籍中沙里淘金，编写了我国现代文学史上第一部专供少年儿童阅读的寓言集——《中国寓言初编》。1921 年 9 月，郑振铎在《〈儿童世界〉宣言》中确定把"寓言"列为儿童文学的主要文体。自此，寓言作为一种别具特色的品种，在小百花园里扎下了根。为了倡导这种新的儿童文学样式，郑振铎亲自翻译了《印度寓言》与《莱森寓言》，还在他主编的《小说月报》上不断刊发寓言作品；同时又进行寓言文学的理论研究。本文即是郑振铎研究寓言的初步成果。作者就寓言的性质、创作特色、起源，对儿童的作用等问题进行了探讨。认为"寓言的性质，半与故事相同，又半与比喻相同"；在"叙说故事"的同时"传达教训"，这是寓言创作的重要特色。东方寓言尤其是印度寓言是寓言文学的本原。本文对发展寓言理论、促进寓言创作，具有积极意义，曾为当时儿童文学界所重视。

77.《莱森寓言》序（郑振铎）

本文写于 1925 年 7 月 2 日，系郑振铎为他自己所译的《莱森寓言》一书所作的序言；此书由上海商务印书馆在 1925 年 8 月出版。

本文介绍了德国著名作家莱森及其寓言创作，认为寓言用作小学校的教本，提供儿童阅读，"是很相宜的"。郑振铎为促进中国现代寓言的发展，做了不少切切实实的工作，译介外国优秀寓言，即是其中重要的一项。

78. 童话之研究（徐如泰）

本文原载 1926 年 11 月出版的《中华教育界》第 16 卷第 5 期。

作者徐如泰，当时为江苏省灌云第八师范学校教师。

二十年代中期，童话创作已在我国文坛形成风气，有必要从理论上加以审视和总结这方面的经验。本文详细探讨了童话的多功能、多层次、多意义的作用与多方面的要素，并就创作问题，提出了三十条意见。作者提出童话创作应切合时代精神（"要不背时代精神"）、帮助小读者认识人生（"要能使儿童确定人生观的根基"）这二点尤有启迪意义。值得注意的是，本文所说的"童话"与当代意义上的童话概念有所不同，它的涵盖力较广，包括了神话、故事、寓言、传说、自然童话等多种门类。

79.《童话的研究》（王化周）

本文原载 1926 年《教育杂志》第 18 卷第 2 期。作者王化周，生平不详。

本文论述了童话的意义、范围、起源、种类、要素和在教育上的价值等问题。作者认为，"凡是一种童话，在教育上各具有一种特殊的教义及功用"，故为儿童选择童话，必须适应儿童的年龄特征、性别和所处的环境。对于何为童话，本文认为童话是"以具有超人间的性情、能力之超自然的灵物为中心，而使之在话中出现之故事"。而衡量童话范围的标准，分为实质论（有主知、主情两派）和形式论。对于实质论的两派要取其中，对于形式论（即声音、语言、文字、结构），要以儿童的心理发展决定童话的取舍。童话的起源和发展遵循社会发展的规律，由迷信话、趣话到贵族专享，再到而今回归民间，进入教育。在体裁分类上，童话包含故事、滑稽谈、寓言、传说、神话、历史谈、自然界童话和实事谈。童话的基本要素是要有生活感、与儿童产生亲密性，利

第三十三章　1902—1949 年的理论代表作（156 篇点评）

用儿童的感官印象，用音律、反复和想象引起儿童的兴趣，兼具神秘性、滑稽性和活动冒险精神，此外还要有适宜的知识性渗入前面各项要素中。童话的价值是多方面的。它应当以有兴趣和愉快的方式，满足儿童的好奇心、求知欲，以艺术美的魅力，启导、增进儿童心灵中潜伏的爱美天性，还可以养成儿童正当的道德观念，矫正儿童的不良习惯。

本文在驳斥当时学界有关童话起源的各派意见（如"童话皆发生于印度"）基础上，对童话的定义和范围、童话的发展以及童话的种类、要素和在教育上的价值作了详尽的探讨，是较早全面研究童话的文章。作者提出对于童话的选择不能"一刀切"，要适应儿童所处的环境、所接触的事物以及儿童身心发展各阶段的特征，于今仍有意义存焉。

80. 童话的起源（顾均正）

本文原载 1927 年 1 月 30 日《文学周报》第 260 期。

顾均正（1902—1980），现代科普作家、儿童文学作家、文学翻译家。浙江嘉兴人。笔名振之。1919 年毕业于嘉兴一中，在乡村小学教学 4 年，并自学英文。1923 年考入商务印书馆编译所当编辑。1928 年，到开明书店工作，参加编辑《中学生》《新少年》等杂志。新中国成立后，随开明书店迁往北京，主持开明编务。1952 年，转入中国青年出版社，任副社长兼副总编辑，并任全国科普创作协会负责人。历任民进中央委员、常委，民进北京市委副主任委员，全国政协委员。

顾均正毕生致力于青少年自然科学读物的编辑出版事业，写了大量科普作品与儿童读物，并热衷于儿童文学理论研究。他的科普创作形式多样，有科学小品、科学童话、科学小说、科学相声、科学连环画。主要作品有科普小品集《科学趣味》《电子姑娘》《科学之惊异》《不怕逆风》，科学小说集《和平的梦》等。二十年代，与赵景深、徐调孚等人翻译安徒生童话，编辑《世界少年文学丛刊》。1926 年，应上海大学文学系主任陈望道之邀，在该校讲授世界童话。在文学研究会主办的《小说月报》《文学周报》上发表过《世界童话名著介绍》《安徒生传》《童话与想象》《童话与短篇小说》等重要文论，是一位活跃的

童话理论家。作者在本文介绍了二十年代学术界所流行的有关童话起源问题的四种观点，即神话渣滓说、自然现象记述说、兴味欲求说与印度起源说。本文对于研究民间童话的来源与沿变，具有一定参考价值。

81. 艺术童话的研究（夏文运）

本文写于 1927 年 12 月 23 日，原载 1928 年 1 月出刊的《中华教育界》第 17 卷第 1 期。作者系当时日本广岛高等师范学校的中国留学生。

本文对艺术童话的创作，提出了三点见解：第一，作家应熟悉与理解儿童，"要钻入儿童的精神"之中去；第二，应遵循心理学的原理，按照儿童心理发展的规律，来创作"活泼自由的发展儿童的想象力"的作品；第三，应从民间童话中吸取营养，可引用"未开化"民族即"野蛮人"的口头文学。文章还对"野蛮人"的动物小说、天上小说、运命小说作了详细探讨。这些观点对艺术童话的创作不无启迪意义。但是，作者用"复演说"的观点，生硬地将现代儿童的心理与处于原始状态的"野蛮人"的心理混为一谈，则是片面的，可商榷的。

82. 童话与短篇小说——就小说的观点论童话（顾均正）

本文原载 1928 年 5 月 27 日《文学周报》第 318 期。

作者认为童话是一种特殊的短篇小说，其创作方法与小说有着相通之处。文章从小说创作的角度探讨了童话创作三要素——人物、情节结构、生活环境（处景）的内涵与具体要求及这三者之间的辩证关系。从小说创作的视角探讨童话艺术，这在现代儿童文学史上还属首次。虽然本文的观点主要是从西方文艺论著中摘译的，但对促进我国现代艺术童话的创作无疑具有启发意义。

83. 童话作法之研究（朱文印）

本文原载 1931 年 10 月 1 日出刊的《妇女杂志》第 17 卷第 10 号。作者朱文印，生平不详。

本文是一篇具体探讨童话创作问题的论文。作者认为童话创作是一件困难的事，其所以困难，是因为现代人已完全脱离了那种提供产生神话与原始童话的远古洪荒时代的文化背景与心态；但是，现代人亦可以在现代的文化背景和气氛中创造出现代童话来。因此，童话创作可以分为两种途径：对于现代人已

第三十三章　1902—1949年的理论代表作（156篇点评）

无法创作的传统童话（民间童话），可采用"极艺术的"再表现、模拟与改作；对于现代人有条件创作的现代童话（艺术童话），则应努力遵循童话的艺术规律，紧贴儿童心智，尤应做到"对于儿童们必须有纯真的爱"。文章着重探讨了艺术童话的开头、主体结构、大团圆与结尾等创作技巧问题。作者提出：童话的开头应能唤起小读者的兴趣与好奇心；主体结构应充满悬念，层层推进，人物性格与事件发展保持有机的统一；整篇童话应有使小读者"情绪紧张"的兴奋点即"大团圆"；结尾应给人以满足和美的享受，切忌"含有教训的提示"。本文是一位行家之言，对丰富艺术童话的创作理论有所建树，是现代童话研究中应予注意的文字。

84. 童话研究（陈伯吹）

本文原载1933年5月15日出刊的《儿童教育》第5卷第10期。

处于时代急剧变化的三十年代，童话创作需要有一个大的发展与变革，它需要"保留与改进文学的形式，而替代以科学的社会的内容"。作者在本文一开头，就提出了这一充满革新精神的命题，并以这种精神统率全文。文章用比较文学的手法论述了童话与神话、寓言、故事、小说的区别，对三十年代的童话样式作了精确分类，并就童话的创作技巧问题，提出了与朱文印《童话作法之研究》大体一致的见解。作者关于童话的社会批评作用一节尤有新见，呼吁"现代的童话作家应把握文学的目的，认清儿童将来的责任，启发，暗示，鼓励他们以将来的职责，使他们深深地了解人间的阴暗与悲惨，激发他们对于革命的信心"，并预言"这世界是一定属于劳动者的"。本文高扬了童话文学的现实主义精神，对于指导三十年代的童话创作具有重要意义。

85. 从表演法上研究童话的特殊性（徐子蓉）

本文原载1936年11月出版的上海《光华大学半月刊》第5卷第2期。作者徐子蓉，生平不详。

随着童话译作的大量引入和童话创作的不断发展，如何理解与把握童话艺术的特殊性，这成了三十年代儿童文学理论研究的一个重要课题。本文正是力图解决这一课题的有益尝试。

作者运用比较文学的研究手段，通过考察童话与神话、儿童小说在题材、表现手法等方面的差异，来发掘童话的艺术规律，提出自己的独特见解。文章认为：童话是介于神话与儿童小说之间的一种"边缘"文体，它与神话有着更为密切的联系。与神话相比，童话具有注重"议意"（表现生活、抒写情感）、篇幅短小、结构简捷且多采用截取生活的横断面，注意故事的"真实性"等特点；与儿童小说相比，童话则有着善于运用拟人手法，想象大胆丰富，不受事实羁绊的优势。童话的这些艺术特征正好符合小读者的接受能力与欣赏情趣，因此，它自然能够得到长足发展，并成为儿童文学的主要文体。

值得注意的是，本文根据童话在具体创作中与神话、儿童小说关系的疏密程度，将其分为"神话式的童话"（超人体，远离人世）、"中间层的童话"（拟人体，反映生活）与"现实主义的童话"（常人体，直面人生）三种类型，充分肯定"现实主义的童话"对小读者的认识、教化作用，能在"无形中使他们不与真正的'人生'离得太远"。作者的这些见解，对于童话研究至今仍有启发意义。

本文的出现，标志着三十年代童话理论研究的日益深入与趋向精密。

86. 论寓言与儿童文学——儿童文学研究之一章（陈伯吹）

本文原载 1944 年 11 月 15 日出刊的《东方杂志》第 40 卷第 21 号。

在儿童文学园地，寓言是以其样式的别致与内涵的精深影响小读者的，它介乎童话、小说、格言之间，无论欣赏还是创作寓言都有一定难度。本文比较精辟地探讨了寓言"寓意于言，意在讽劝"的艺术特征；对教师如何选择适合儿童阅读的寓言问题提出了态度审慎、理解曲笔、"配合时代思潮"等三方面的意见；介绍了《伊索寓言》《印度寓言》《土耳其寓言》及西欧拉芳登、莱辛等世界寓言名作；最后就创作新寓言问题，发表了自己的看法。作者认为新寓言的内容应有"新的质料"，应面向现实生活，指向"落伍的道德，不合理的制度"，而其形式则应发挥"匕首"般的作用。很明显，作者在这里强调的是寓言对于批判旧世界的战斗作用，具有明显的政治倾向性与现实针对性。本文是现代儿童文学史上有关寓言理论的重要批评文字。

第三十三章　1902—1949 年的理论代表作（156 篇点评）

87. 儿歌之研究（周作人）

本文原载 1914 年 1 月出刊的《绍兴县教育会月刊》，又见于 1932 年 2 月儿童书局出版的《儿童文学小论》（周作人著）。

儿歌是儿童喜吟爱唱的一种简短诗歌，我国古代一般称作童谣。在漫长的封建社会里，童谣的实质被阴阳五行学说作了极其荒谬的歪曲，说什么童谣是由天上的"荧惑星"降凡，感童儿"歌谣游戏"以证"吉凶之应"，能预示人间的灾异祸福。故长期以来，童谣被各种政治力量篡改、利用，成了蛊惑人心、制造舆论的神学工具。周作人较早就对研究中国童谣产生了兴趣。本文正确分析了童谣的来源，批驳了"荧惑说"的谬论，认为"儿歌起源约有二端，或其歌词为儿童所自造，或本大人所作"，驯至为童子所歌。儿歌对幼儿的智力开发具有重要作用，母亲吟唱的"摇篮曲"是儿童最早接触的口头文学；游戏儿歌、谜语、叙事歌、人事歌等，对于帮助儿童学习语言，娱乐怡情，初知人世有着重要意义。本文对研究中国传统儿歌具有一定参考价值。但作者认为儿歌的作用无非是"应儿童身心发达之度，以满足其喜音多语之性"，忽视儿歌的思想教化功能，则是片面的。

88. 儿歌底研究（冯国华）

本文原载 1923 年 11 月 23 日、27 日、29 日的《民国日报·觉悟》。作者冯国华，生平不详。

儿歌是儿童文学的重要品种。本文在论述了儿歌的地位、价值之后，过细考察了儿童心理发展中的想象、好奇、注意、记忆、言语等能力，及其对接受儿歌的影响，并就儿歌的创作手法与批评提出了自己的意见。文章认为，"儿童文学当跟着儿童心理转移""儿歌为儿童文学之一，当然也要和儿童心理相吻合"，因此创作或选择儿歌，应做到：顺应儿童心理，注重儿童生活，语言合乎儿童需求——音韵化、口语化、通俗化。儿歌批评同样要注意接受对象主体结构的同化机能。这些观点对于当时的儿歌创作与批评显然是有启迪意义的。

89. 中国儿歌的研究（褚东郊）

本文原载 1926 年 6 月出刊的《小说月报》第 17 卷号外《中国文学研究》

专号。

褚东郊（？—？），浙江余杭人。名保鏊，字东郊。系文学研究会成员，曾写过童话，另出版有《深呼吸与冷水浴》《王安石文》等。

中国传统儿歌有着丰富的遗产。本文是继周作人《儿歌之研究》（1914）以后，现代儿童文学史上系统论述传统儿歌的重要文章。作者对儿歌的性质、特征、形式、作用及儿歌与社会环境、儿歌的流传、儿歌在儿童文学中的地位等问题，提出了自己的见解。并从接受对象的心理特征与欣赏情趣出发，按照儿歌内容与形式的不同，对我国传统儿歌作了具体精当的分析。作者认为儿歌对于接受对象具有催眠止哭、游戏快感、增长知识、教化感染、美育情志等作用；儿歌按照押韵情况、表现手法、句式字数的不同，可分为三大类十四小类。这些见解对后起的儿歌研究者有着深刻影响。

90. 关于《孩子们的歌声》——序黄诏年君编的儿歌集（钟敬文）

本文写于 1928 年 6 月 10 日　原载 1928 年出刊的《民俗》第 17、18 期。

钟敬文（1903—2002），著名民俗学家与民间文艺家，散文家，诗人，教授。原名钟谭宗，广东海丰人。1922 年陆安师范毕业后，到岭南大学半工半读。1927 年在中山大学任教，与顾颉刚等人组织了民俗学会，编辑《民间文艺》《民俗》周刊及民俗丛书。二十年代中期开始文学创作，是新文学运动中有成就的散文作家。1928 年秋去浙江大学任教，发起成立中国民俗学会。1934 年赴日本早稻田大学学习，1936 年回国，此后长期在浙江大学、中山大学等校任教，1947 年转任香港达德学院教授。从 1949 年 5 月起，一直任北京师范大学中文系教授兼系主任，博士研究生导师，其间曾兼任北京大学和辅仁大学教授。毕生致力于教育事业和民间文学、民俗学的研究工作，贡献卓著。曾任中国民间文艺家协会主席、中国民俗学会理事长、中华诗词学会副会长等职。2013 年，高等教育出版社出版了《钟敬文全集》，共 42 册 25 卷，1600 余万字。

"五四"时期，以北京大学歌谣征集处为中心在全国范围内掀起了一个广泛搜集、研究民歌童谣的"歌谣学运动"。1920 年冬，成立歌谣研究会。1922 年 12 月，又创办了《歌谣》周刊，这个刊物共收集了一万三千九百零八

第三十三章　1902—1949 年的理论代表作（156 篇点评）

首歌谣，其中有大量儿歌。1927 年末，广州中山大学语言历史学研究所成立了民俗学会，骨干力量有顾颉刚、钟敬文、董作宾、容肇祖、杨成志等。这个学会以搜集、研究民俗与民间文学为己任，创办了《民间文艺》周刊（后改称《民俗》），并举办过一期"民俗传习班"。中山大学民俗学会的工作，极大地促进了民间文艺的研究，对广东的影响尤为深刻。钟敬文为黄诏年作序的《孩子的歌声》一书就是当时搜集民间歌谣的一个成果。

民间文学与儿童文学有着天然的联系。人民口头创作不仅为历代孩子们提供了精神食粮，而且直接孕育了儿童文学。从民间采风所得的大量传统儿歌，本身就是儿童文学的一个重要组成部分。本文着重探讨了传统儿歌的性质，认为儿歌是指"儿童本身所作所唱的及别人为他们而作而唱的一切歌谣"，即既包括儿童自己唱、作的歌，还包括成年人为他们创作的歌，如"母歌"等。但是，并非所有成年人为小孩创作的歌谣都切合儿童精神，某些"投射着成人之生活的阴影"的歌应当归入民歌而不是儿歌。作者批判了阴阳五行学派将儿歌当作"预报人间吉凶的谶语"的谬论，提出了纯洁传统儿歌遗产的问题。本文是研究中国传统儿歌的重要批评文字，在当时曾为儿歌采风、研究者所重视。

91. 关于儿童诗歌（蒲风）

本文写于 1939 年 6 月 12 日，原载 1939 年 6 月 20 日出刊的《中国诗坛岭东刊》第 1 卷第 5、6 期合刊。

蒲风（1911—1943），现代著名诗人。广东梅县人，原名黄日华。青年时代去上海中国公学学习，从小酷爱新诗，1927 年开始诗歌创作。1932 年组织了中国诗学会，积极提倡诗歌的大众化。抗战时期，投笔从戎，随新四军转战华东各地。主要诗集有《茫茫夜》《六月流火》等及诗论集《抗战诗歌讲话》《现代中国诗坛》等。

诗人蒲风的一生虽然短促，但他留下的诗文对研究中国新诗运动的理论和实践都有着重要价值。他重视儿童诗的创作，在抗战期间为孩子们写了不少充满时代生活气息的诗作。诗人在本文论述了儿童文学在抗战中的重要意义，以及在诗歌大众化运动中，必须重视儿童诗的创作价值；提出应在继承传统儿歌

优点的基础上，建立起"适应于大时代的进化"、有利于"目前的抗战建国"的新儿童诗。关于新儿童诗的具体创作问题，诗人结合自己的作品，就教育作用、德性培养、寓言手法、美感享受、儿童天性等问题作了阐述。本文是现代儿童文学史上探讨儿童诗歌创作的重要文章，对于抗战儿童诗的发展起了积极的推进作用。

92. 谈儿童谜语（辛安亭）

本文原载 1948 年 12 月 10 日出刊的延安《边区教育通讯》第 3 卷第 1 期。

辛安亭（1904—1988），著名教育家、出版家、通俗读物作家。字适然，山西离石人。1935 年毕业于北京大学历史系，后在山西太原师范、运城师范任教。1938 年赴延安，曾任陕甘宁边区政府教育厅教材编审科科长。新中国成立后，历任甘肃省文教厅厅长、人民教育出版社副社长兼副总编辑及甘肃教育学院院长、兰州大学副校长等，兼任中国教育学会副会长、甘肃省教育学会会长、甘肃省社科联副主席等。辛安亭是我国普通教材编写的奠基人。1938 年到 1949 年在延安的十一年间，编写了《边区民众读本》《干部文化课本》《农村应用文》《知识课本》《儿童谜语》等一大批教科书和通俗读物，深受陕甘宁边区人们欢迎，以至民间流传"政府的林（伯渠）主席，编书的辛安亭"。1950 年以后著有《辛安亭论教育》《注音儿童三字经》《中国古代史讲话》《中国历史人物》《文言文读本》《精选古诗词背诵手册》等。

儿童谜语是儿歌的一种特殊艺术形式，我国民间流传着丰富多彩的儿童谜语遗产。但是，对儿童谜语的价值与创作问题，一直少有人研究。本文系统探讨了儿童谜语在儿童教育上的作用、儿童谜语的选择与创作标准与教学方法等问题。作者认为，儿童谜语对于孩子们具有增长知识、娱乐怡情、启迪心智、学习语言等作用。儿童谜语的选择与创作应遵循地域性、时代性、阶级性、儿童性与精确性的原则。这些意见对于当时儿童谜语的创作与教学工作起了积极作用。本文是现代儿童文学史上有关儿童谜语理论批评的一篇重要论文，对后起儿童谜语研究者具有启迪意义。

93. 儿童剧（周作人）

第三十三章　1902—1949年的理论代表作（156篇点评）

本文写于1922年，选自1923年9月北新书局出版的《自己的园地》（周作人著）。

儿童戏剧是具有专为吸引儿童及供儿童娱乐欣赏的内容与表现手法的剧作。我国古代儿童戏剧十分缺乏，更谈不上有供儿童与可演可诵的剧本。本世纪初，由于受西方教育思想的影响，我国的中小学在教育改革的同时，引进了欧美学校设置的体育、音乐、美术等课程，并致力于儿童戏剧，把它作为开展学校文娱活动与学生课外活动的重要内容。"五四"以后，儿童戏剧得到了进一步的发展。本文作者通过回忆在"三味书屋"读书时喜欢演剧的趣事，论述了儿童戏剧对于丰富儿童精神、儿童生活的重要意义，并就儿童剧的创作提出了自己的见解。作者认为儿童剧的创作"第一要紧的是一个童话的世界"，应"以现实的事物为材"而富于浪漫色彩；剧作者要"复活他的童心，照着心奥的镜里的影子"进行创作，以"迎合儿童心理"。本文表述了周作人对儿童戏剧的观点。

94.《儿童世界》公演感言（熊佛西）

熊佛西（1900—1965），现代著名剧作家。江西丰城县人。原名熊福禧。1923年毕业于燕京大学，一年后赴美国哥伦比亚大学研究戏剧、文学。1926年回国，长期在北京国立艺术专门学校、燕京大学、北京大学艺术学院、四川省立戏剧音乐实验学校、上海市立实验戏剧学校从事戏剧教学，任教授、系主任等。并与人主编过《戏剧岗位》《戏剧教育》（重庆），创办《当代文艺》（桂林）。新中国成立后历任上海市戏剧专科学校校长、中央戏剧学院华东分院（即今上海戏剧学院）院长等。一生除致力于戏剧教学工作外，还创作了大量剧本。在抗战时期间写有《儿童世界》（1937年）等儿童剧。

本文是熊佛西为其创作的《儿童世界》在成都公演而写的一篇杂感。作者强调了儿童戏剧应直面现实社会，在面临民族生死存亡的"全面抗战"时期，更应该发挥其组织儿童、动员儿童，"教他们仇日，教他们的抗日"的战斗作用，把儿童教育出过去"'死'的教育变成'活'的生活"。作者把自己创作的抗战儿童剧的公演，看成是"中国儿童抗敌示威的大运动"，足见其对儿童戏剧战斗作用的重视。

95. 论抗战中的儿童戏剧（许幸之）

本文写于1938年10月4日，选自1939年11月光明书局出版的《小英雄》。

许幸之（1904—1991），电影导演，剧作家，著名画家、美术评论家。江苏扬州人。1919年进上海美专，后赴日本东京美术学校学画。30年代参加左翼文艺运动，组织"时代美术社"，为左联"美联"主席。后从事电影导演、戏剧编导工作。1935年在上海导演过轰动一时的《风云儿女》，国歌《义勇军进行曲》是该片的主题歌。抗日战争爆发后，和吴印咸摄制了大型抗战记录片《中国万岁》，又改编了《阿Q正传》《天长地久》等多幕剧，还导演了《雷雨》《日出》《原野》等话剧。历任中山大学、上海剧专、南京剧专教授。新中国成立后，曾任苏州市文联主席。1954年起，一直在中央美术学院任教，为美术史研究室主任、油画系教授。出版有《许幸之画集》，论文有《新兴美术运动的任务》《法兰西近代画史》《罗丹的雕刻》等。

抗战期间，许幸之在从事抗日救亡剧编导的同时，为孩子们创作了儿童剧《小英雄》《古庙钟声》《最后一课》《七月》等。本文是作者论述抗战儿童剧的重要文章。作者认为，"神圣的民族解放斗争，实在是一切艺术的宝藏"，战争给戏剧包括儿童剧创作提供了丰富的素材，儿童艺术必将在"解放斗争中开花"，儿童戏剧将"不断地繁茂起来"。文章着重讨论了儿童剧作家的自身修养与儿童剧的题材问题，强调作家"必须有深刻的社会认识"与对新时代的坚定信心，必须喜欢和熟悉儿童；儿童剧的题材"应当采取最积极的，最现实的，最有教育意味的，最能引起儿童关心和儿童兴趣的"，在神圣的抗日战争时期，这就是现实的战斗生活。这些见解对于促进抗战儿童剧的发展与丰富现代儿童剧的理论建设，具有重要的意义。

96. 儿童戏剧的地位与价值（包蕾）

本文节选于1948年9月上海中华书局出版的《儿童读物研究》一书，标题系评选者所拟。

包蕾（1918—1989），现代剧作家，著名儿童文学作家。浙江镇海人。原名倪庆秩。1941年肄业于复旦大学。抗战时期，参加救亡演剧队等工作，

第三十三章 1902—1949年的理论代表作（156篇点评）

兴趣逐渐转移到儿童剧。曾任上海青年救国服务团宣传部副部长、上海国泰影片公司编剧。新中国成立后历任上海少年儿童出版社编辑部主任、上海美术电影制片厂编剧。著有《包蕾童话选》，美术片剧本《金色的海螺》《猪八戒吃西瓜》等。

本文简略回顾了我国儿童戏剧发展的历程，论证了儿童戏剧在儿童文学中的重要地位及其不可忽视的教育价值。作者认为：儿童戏剧对于少年儿童的教化感染作用，主要体现在"'真'的认识，'善'的默化和'美'的熏陶"，较之其他样式的作品，更能切合儿童的"好奇心与模仿心"，"显得更活泼，更容易为儿童所喜爱"。因之，发展儿童戏剧实在是一个"不可漠视的问题"。本文所阐述的观点对于促进现代文坛重视儿童戏剧的发展具有积极意义。

97. 儿童故事的趣味（陈伯吹）

本文选自1932年10月北新书局出版的《儿童故事研究》（陈伯吹著）一书。

1931年，陈伯吹在上海大夏大学附设女子幼稚师范科讲授儿童文学，《儿童故事研究》即系当时的讲义。全书六章，系统论述了儿童故事的价值、趣味、选择、讲述、教学、领域（即范围）等问题，并附有儿童故事的参考书目。本文即是该书的第二章。

儿童故事是儿童文学的重要门类。从形式上看，它可以分为文学故事与图画故事两大类；从内容上则可以分为动物故事、生活故事、历史故事等。广义的文学故事包含了多种样式，陈伯吹在此书列举了神话、童话、物语、史话、笑话、寓言、传说等七种。这些文体作为"故事"的形式介绍给小朋友，应符合讲述的需要，具备形象生动、情节连贯、针对性强、故事性浓等特点。儿童故事对于儿童教育与儿童的文学陶冶具有重要价值。本文着重从创作论的角度探讨了儿童故事的艺术特征，也即编写儿童故事应遵循的具体原则。作者注意从儿童心理的发展规律来观照儿童故事的怡情、审美、益智、养性、添趣等功能，对儿童故事创作中的拟人手法、神秘精神、想象与幻想、细节描写、节奏与重复等问题，作了有益的探讨，并处处结合具体的作品，有着相当新锐的识见，对于促进我国现代儿童故事的创作起了积极的作用。本文的不足是较少理

论的深层开掘，流于一般的介绍。当然这与本书的具体读者对象有关。

98. "连环图画小说"（茅盾）

本文写于 1932 年 12 月 9 日，原载 1932 年 12 月 15 日出刊的《文学月报》第 1 卷第 5、6 期合刊。

"连环图画小说"（又叫连环画、小人书）是少年儿童喜闻乐见的读物之一。中国古代的故事壁画、故事画卷及小说戏曲中的"全相"等，即具有连环图画的性质。我们现在通称的上图下文的连环画，兴起于二三十年代的上海。当时的连环画是一种什么情况呢？作者在本文作了具体评析：其内容，极大多数"都有毒"，或是"尽取神怪的武侠的中国旧小说"，或是胡编乱造，将中国的旧小说与外国影片"改头换面杂凑而成"；但其形式，却是灵活精巧，图文并茂，浅显易懂，对识字不多的读者甚有诱惑力，小人书摊"无形中就成为上海大众最欢迎的活动图书馆"。作者以深切的忧患批评了连环画胡编乱造、有害于小读者的拙劣内容；但对其形式则作了充分肯定，提出应当"巧妙地应用"连环画的形式，改进图画与文字说明，使其成为很好的有益于大众与儿童的"艺术品"。本文清楚地显示了作者对少年儿童精神食粮的深切关注，文中提出的创制新型连环画的设想，对于儿童图画故事读物的建设具有重要的意义。

99. 儿童图画故事论（赵景深）

本文写于 1934 年 1 月 15 日，现选自 1982 年湖南人民出版社出版的《民间文学丛谈》（赵景深著）。

图画故事是供学龄前的小朋友欣赏的一种图文并茂的文学读物。它既有活泼有趣的图画，又有显浅简明、易读易懂的文字脚本。无疑地，图画故事是低幼儿童的恩物。赵景深比较早就注意到了这种文学读物的价值与意义。本文从民间文学的角度分析了图画故事的价值，提出了自己的见解。赵景深认为图画故事对不识字和识字不多的幼儿来说，"实在是一件功德无量的事情"，其价值除了"弥补低年级这个阶段的无课外书可读"的缺失以外，还有帮助幼儿学习识字、认识事物、理解常识等作用。二三十年代的儿童文学领域，郑振铎、赵景深、黎锦晖等都在儿童图画故事的创作方面，付出了不少心血。赵景深曾

第三十三章　1902—1949 年的理论代表作（156 篇点评）

编写出版过《一粒豌豆》《到小人国去》等 54 种儿童图画故事。本文对于我们理解图画故事——特殊的低幼读物品种有所帮助与启发。

100. 关于儿童小说（金近）

本文原载 1948 年 9 月上海中华书局出版的《儿童读物研究》一书，标题系评选者所拟。

儿童小说是中国现代儿童文学创作中比较薄弱的门类，对于儿童小说的理论探讨，较之童话理论等，也要单薄得多。本文是现代儿童文学理论批评史上一篇不可多得的小说文论。作者从特征、种类、作品评析、创作要求等方面较为系统地论述了儿童小说的有关问题，提出了一些属于自己的理论思考。

101.《月界旅行》辩言（鲁迅）

《月界旅行》是法国著名小说家儒勒·凡尔纳（1828—1905）创作的科学幻想小说（当时误译为美国查理士·培伦著），1865 年出版，题为《自地球至月球在九十七小时二十分间》。鲁迅据日本井上勤的译本重译，1903 年 10 月日本东京进化社出版，署"中国教育普及社译印"。本文最初曾印入《月界旅行》。

科学文艺的主要阅读对象是少年儿童，它是儿童文学的重要文体。我国科学文艺的创作是从译介外国优秀科学文艺作品开始的，并深受其影响。凡尔纳、法布尔、伊林等的作品影响尤为深广。鲁迅是我国科学文艺的先驱。1903 年与 1906 年，他先后翻译了凡尔纳的《月界旅行》与《地底旅行》。鲁迅在本文指出：科学文艺具有"改良思想，补助文明"的特殊作用，他批评当时的文坛"独于科学小说，乃如麟角。智识荒陋"的状况，认为"欲弥今日译界之缺点，导中国人群以进行，必自科学小说始"。正是在鲁迅的倡导下，我国科学文艺开始了崭新的起步，并作为儿童文学的一个新品种，首先在小百花园地得到了发展。

本文表达了鲁迅的科学文艺观及大力倡导科学文艺创作的热切呼声，对于促进我国的科学文艺事业具有重要意义，是现代儿童文学史上的一篇珍贵文献。

102. 科学小说（周作人）

本文写于 1924 年 9 月 1 日，选自 1925 年 12 月北京新潮社出版的《雨天的书》（周作人著）。

科学是严谨的，文学是浪漫的。作为供给少年儿童阅读的科学文艺作品，到底应传达严谨的科学知识，还是给人以浪漫的文学想象？作家应如何处理科学与文学的关系？自从科学文艺传入我国的儿童文学园地以后，这一问题就引起了一些理论家的注意。本文传达的正是这一难题。作者断然反对那种认为儿童阅读童话无益的观点，指出"童话在儿童生活上之必要，因为这是他们精神上的最自然的食物"，一个人如果在孩提时代缺乏童话的陶冶，那将有损于精神的发展。作者的这一观点无疑是正确的。但是，他却从维护童话的角度走到了反对科学文艺的极端，认为科学小说如果当作童话来读，那么孩子长大后就会不相信其中的科学知识（因为童话是虚构的），但如果将科学小说当作科学知识读物对待，那就会贻误儿童，因为科学文艺传达的并不是严谨的科学知识。由此，作者对"科学小说"的价值产生了"怀疑"，认为"科学小说做得好的，其结果还是一篇童话"，科学文艺是一种难以两全其美——既传授科学知识，又给人以文学想象的文体。本文提出了科学文艺创作中的一个疑难问题，借用一句当今学者的话，即：科学文艺到底是姓"科"还是姓"文"？科学与文艺的关系应如何处理？

103. 从《有眼与无眼》说起（茅盾）

本文原载 1940 年 2 月 20 日重庆《新华日报》。

三十年代后半期，由于受"科学救国""科学大众化"运动的影响，科学文艺的翻译与创作有了很大的发展，苏联伊林等的作品在当时尤有影响。作者在本文批评了那种认为儿童只需要满足其"好奇心与幻想欲"的童话的偏见，呼吁文坛应当为孩子们翻译外国的新的科学文艺作品，"提倡科学知识乃是一切知识中之最基本的，尤其对于小朋友们"。本文对促进当时科学文艺的译介与发展，起了积极作用，也体现了茅盾重视科学文艺及知识教育作用的儿童文学思想。

104. 论民间文学（胡愈之）

第三十三章　　1902—1949 年的理论代表作（156 篇点评）

本文原载 1921 年 1 月出刊的《妇女杂志》第 7 卷第 1 号。

胡愈之（1896—1986），原名学愚，字子如。浙江上虞人。著名社会活动家，作家、语言学家、翻译家、出版家、媒体人，学识渊博，是新闻出版界少有的"全才"。"五四"时期创建世界语学会，参加文学活动，系文学研究会成员。三十年代是"大众语运动"的积极参与者。1922 年初参加中国民权保障同盟。在上海主持《生活周刊》，创办《世界知识》，主编《东方杂志》。1935 年后参加上海文化界救亡运动，为"救国会"发起人之一。抗战时期在新加坡主办《南洋商报》《南侨日报》。新中国成立后历任《光明日报》总编辑，新中国首任国家出版总署署长，全国人大副委员长和全国政协常委。在儿童文学方面曾译有《东方寓言集》，著有长篇儿童小说《少年航空兵》（1948）。

本文论述的虽是民间文学的研究问题，但作者清醒地看到了民间文学与儿童文学有着天然的联系，民间口头创作中的童话、寓言、儿歌、传说等都是儿童文学的重要组成部分。作者认为，民间文学"和儿童性情最合，所以又是最好的儿童文学"，提出文学界应该热心研究与采集民间口头创作。本文有关论述民间文学与儿童文学关系的文字虽不多，但在二十年代初即已重视到此问题，这是十分难得的，对于民间儿童文学的研究与采集具有现实的促进作用。

105. 神仙在儿童读物上之位置（严既澄）

本文原载 1922 年 11 月 7 日出刊的《教育杂志》第 14 卷第 7 号。

民间流传的神话故事，是儿童文学的重要来源与组成部分，它对于丰富儿童的想象力，满足儿童对神秘精神的补偿有着特殊意义。但在"五四"时期前后，神话故事可否作为儿童读物意见颇有分歧。持反对论者认为，神话故事容易使儿童信神信怪，"养成迷信心"；即使神话真能丰富儿童的幻想，而幻想于人生是无价值的，因为儿童长大后不能凭幻想去解决科学问题与现实问题。本文针对"神话有害论"与"幻想无用论"，从儿童学与儿童心理的角度作了批判，论述了神话故事对儿童的特殊作用及神话在儿童文学中应有的地位。作者具体剖析了这两种论点的根子在于儿童观的错误：一是将儿童看成缩小的成人，不承认儿童的独立精神与社会地位；二是以成人为本位，

用成人的利害标准去束缚儿童自由想象的精神世界。作者用"复演说"解释了儿童精神，认为人的一生犹如人类经历过野蛮—原始—文明三个时期一样，人也要经历同样的心理发展历程，儿童期正处于人生"自野蛮以至于文明"的时期，而神话、童话等幻想性读物正适合于这一时期的心理。儿童富于幻想，"神游天外"，儿童心理中的好奇性、恐惧性、游戏性、同情性等特征必然驱使他们喜欢神话。"儿童读物，第一要以儿童为主体，要按照着他的兴味和要求，去供给适应的材料"，神话正是切合儿童精神的重要读物。本文的积极意义在于肯定了儿童的独立人格与社会地位，肯定了幻想读物对于丰富儿童精神性格的重要性及在儿童文学中的地位。但用"复演说"的观点来解释儿童精神则是需要商榷的。

106. 神话的辩护（周作人）

本文原载 1924 年 1 月 29 日的《晨报副刊》。

神话可否作为儿童鉴赏的读物？这在"五四"以后仍有人持否定态度，认为儿童阅读神话有害无益，只会"养成迷信"。作者在本文分析了产生这种偏见的原因，在于对神话价值的误解，他们把神话传达的信息当成了真的"事实和知识"，儿童读了"就要终身迷信，便是科学知识也可挽救"。其实，神话只是虚构的艺术（原始人或许会把它当真），它的价值只在于"滋养儿童的空想与趣味"，丰富小读者的幻想世界与浪漫精神。作者还论述了神话与传说、童话三者之间的区别。

本文旨在为儿童文学园地争取神话这一品种，为神话在儿童文学中的地位辩护，与严既澄的《神仙在儿童读物上之位置》有异曲同工之妙。

六、作家作品与书刊评论（27 篇）

107. 清末的三种儿童少年书刊（《教育杂志》记者）

本文原载清宣统元年（1909 年）正月 25 日出版的《教育杂志》创刊号（第 1 年第 1 期）"绍介批评"专栏。

本世纪初叶，随着欧风东渐，社会进展，儿童读物问题引起了知识界、出

第三十三章 1902—1949 年的理论代表作（156 篇点评）

版界的关注。这一新风首先在东海岸的上海吹起了涟漪。现代出版史上实力最为雄厚的上海商务印书馆，敏感时代脉搏，率先推出了中国有史以来的第一批儿童少年刊物——《儿童教育画》《童话》丛书与《少年丛书》。为了扩大影响，吸引读者，商务印书馆在《教育杂志》上广作介绍。本文正是当时的介绍文字，也是我国最早的儿童书刊评介文字，具有重要的文献价值。兹将这三种书刊的有关情况补充如下：

《儿童教育画》创刊于 1909 年，由戴克敦编辑，初时为不定期出版，1911 年 2 月起改为月刊。系图文并茂的低幼读物。

《童话》丛书，创办于 1909 年，到 1921 年共出了三集，计 102 种（每种或为一篇作品，或由数篇作品组成）。其中第一、二集的 77 种由孙毓修编写，17 种由茅盾编写，另 4 种由他人执笔；第三集的 4 种主要由郑振铎编写。

《少年丛书》，1908 年 12 月创办，系以介绍中外历史人物故事为主的读物，共出 30 种。主要编撰者为孙毓修、林万里、钱智修。

108.《稻草人》序（郑振铎）

本文最初发表于 1923 年 10 月 15 日出刊的《文学周报》第 92 期，又见于 1923 年 11 月上海商务印书馆出版的叶圣陶童话集《稻草人》。

《稻草人》是中国第一部作家创作的短篇童话集，共收入叶圣陶 1922 年至 1923 年间发表的童话 23 篇；1932 年 8 月，该书又由开明书店作为《世界少年文学丛刊》之一重版。

叶圣陶和郑振铎都是文学研究会的发起者与骨干作家。1922 年 1 月，当郑振铎在上海创办《儿童世界》周刊，着手组织"儿童文学运动"时，叶圣陶曾给以热情支持。他这样说过："郑振铎兄创办《儿童世界》，要我作童话，我才作童话，集拢就是题名为《稻草人》的那一本。"此书出版时，叶圣陶请郑振铎写了这篇序文。本文从思想内容与艺术手法两方面论述了《稻草人》取得的巨大成功，论述的重点是在思想内容方面。郑振铎认为，叶圣陶的童话创作思想有一条清晰的发展线索：他开始写作童话总是"努力想把自己沉浸在孩提的梦境里"，用理想主义的弹唱编织着童话世界的光环，他要用自己的笔去

勾画"一个美丽的童话的人生,一个儿童的天真的国土"。但这种倾向只是短暂的。作为"为人生而艺术"的人生派作家,他怎能无视生活、回避现实?他很快产生了"疑惑":"在成人的灰色云雾里,想重现儿童的天真,写儿童的超越一切的心理,几乎是个不可能的企图。"他迅即转换了笔调,在童话里"不自禁地融化了许多'成人的悲哀'""一天天地浓厚并且增加重要"。从梦幻走向现实,使叶圣陶的童话抛弃了"幼稚的幻想的美满的'大团圆'",从而扩大了童话的题材范围,使人间百态直接进入了作家的创作视野,童话人物形象也由此发生了根本性变化。这一转变不仅加深了叶圣陶童话的思想意义与时代精神,而且对促进中国现代儿童文学的创作产生了深刻影响——"给中国的童话开了一条自己创作的路"(鲁迅语),一条现实主义的儿童文学创作道路。郑振铎通过总结叶圣陶的童话思想,最后得出了这样的结论:"把成人的悲哀显示给儿童,可以说是应该的。他们需要知道人间社会的现状,正如需要知道地理和博物的知识一样"的重要。本文还对《稻草人》的艺术特色作了分析,认为《稻草人》在描写童话环境、儿童口吻与人物的个性方面,"全集中几乎没一篇不是成功之作"。

本文不仅是认识、理解叶圣陶早期童话创作的重要批评文字,而且是中国现代儿童文学史上坚持儿童文学社会批评与教育作用的"社会学派"的重要理论纲领,对于促进"五四"以来的儿童文学高张直面人生、反映社会生活的现实主义方向具有重要的意义。

109. 王统照的儿童小说《雪夜》(蹇先艾)

本文节选于1924年5月21日《晨报副刊》之《文学旬刊》第36号蹇先艾《〈春雨之夜〉所激动的》一文,标题系评选者所加。

蹇先艾(1906—1994),现代著名作家。贵州遵义人。1924年在北京大学附中读书时即开始文学创作,系文学研究会成员。1931至1937年任北京松坡图书馆编纂主任。1937年后任遵义师范学校校长、贵州大学教授。新中国成立后历任中国作家协会重庆分会副主席、中国作家协会贵州分会主席、贵州省文化局局长、民盟贵州省委副主任委员、贵州省文联主席、政协贵州省副

第三十三章　1902—1949年的理论代表作（156篇点评）

主席等职。著有短篇小说集《朝雾》《一位英雄》《倔强的女人》，散文集《城下集》《苗岭集》等。

蹇先艾在本文评论了二十年代文学研究会发起者、著名作家王统照（1897—1957）创作的短篇儿童小说《雪夜》。王统照的作品以反映年幼一代的不幸生活开拓题材，善于截取生活剪影，通过富于典型的儿童生活图画来展望中国苦难生活的现实主义的广阔画面。他所创作的《潮畔儿语》《雪夜》是现代儿童文学史上不可多得的儿童小说杰作。《雪夜》是一个极简单的故事：大雪以后，二位小朋友去村边用雪塑了一座洁白的小楼，这雪楼寄托着他们美丽的童年梦；可是军阀匪徒的一夜枪声却把他们的梦幻捣得粉碎。天亮后，雪地上"只有纵横的马蹄和无数皮靴的痕迹"，雪楼已被践踏净尽。蹇先艾认为，《雪夜》的创作特色在于通过"平淡无奇的事实""隐隐地托出战之罪恶"，表现出现实的美被丑恶毁灭的主题，这种手法不仅是王统照，而且是二十年代不少"人生派"作家（如叶圣陶、冰心、徐玉诺等）创作儿童小说的重要特色。本文有助于了解现代儿童小说创作的问题。

110.《天鹅》序（叶圣陶）

本文原载1924年12月上海商务印书馆出版的《天鹅》一书，又见于1924年12月1日出刊的《文学》第150期。

大作家总是有童心的。作为二十年代文学研究会重要台柱和《小说月报》主编的郑振铎，在繁重的成人文学笔耕的同时，还怀着对年幼一代诚挚的爱，为他们创作、翻译、编写了不少儿童文学作品。《天鹅》即是郑振铎与其夫人高君箴（文学研究会成员）合译的外国童话选集。曾与郑振铎长期共事，一起为文学研究会与"儿童文学运动"作出过重要贡献的叶圣陶，在本文以朋友的身份，亲切、细腻地描写了郑振铎"本性酷爱童话"的"大孩子"性格，热情赞扬了他们夫妇献身儿童文学事业的赤诚之心。本文在"序言"的意义之外，还具有第二个主题：即只有真正热爱儿童、理解儿童的人才能真心实意地献身于儿童文学事业。

111.《忆》跋（朱自清）

本文原载 1925 年 12 月北京朴社出版的俞平伯新诗集《忆》。

朱自清（1898—1948），现代著名作家，教授。江苏东海人。原名朱自华，字佩弦，号秋实。1920 年毕业于北京大学哲学系，曾在浙江上虞县春晖中学等校任教。1925 年起长期任清华大学、西南联合大学教授，其间曾于 1931—1932 年赴英留学。著作有 27 种，主要有散文集《背影》，诗文集《踪迹》，文艺理论《新诗杂话》《论雅俗共赏》等。

朱自清与俞平伯都是"五四"文学革命时期涌现出来的新锐诗人，也是文学研究会成员。俞平伯，1900—1990，浙江德清人。他曾提倡过"诗的平民化"，1922 年 1 月与朱自清、郑振铎、叶圣陶等创办现代文学史上最早的诗刊《诗》月刊，著有新诗集《冬夜》《西还》等。1925 年 12 月，北京朴社出版社出版了俞平伯回忆童年生活的新诗集《忆》。这是一部有着自己鲜明特色的儿童诗集，共收诗 36 篇，由朱自清作跋，丰子恺作插图，全书均由作者毛笔手书。

朱自清曾在 1935 年为《中国新文学大系·诗集》所写的序言中说："《忆》是儿时的追怀，难在还多少保存着那天真烂漫的口吻。作这种尝试的，似乎还没有别人。"天真烂漫的儿童情趣，生动细腻的童心刻绘，这是《忆》的显著特色。品读《忆》，我们可以在诗人随意挥写的诗行里，感受到一颗活泼地跳跃的童心，看到诗人在儿童时代与姊妹相处的愉快生活。骑竹马、捉迷藏、讲故事、做游戏，这些极平凡的儿童生活，在诗人笔下，都有一种炽烈的童趣燃烧似的倾露，使小读者沉湎其中，大读者回忆起飘逝的"儿时的梦"。朱自清在本文热情地赞扬了俞平伯童心的纯美，诗作的优雅，认为《忆》在描写儿童生活与儿童心理方面所进行的"尝试"，取得了新鲜经验，而丰子恺的稚拙插图，则使此书成了诗画"双美"的杰作。

"五四"以来，儿童诗的创作是比较薄弱的环节，《忆》的出现填补了这方面的空白，是中国现代儿童诗创作的重要收获之一。本文对于我们认识、理解《忆》具有重要参考价值。

112.《阿丽思中国游记》后序（沈从文）

第三十三章　1902—1949年的理论代表作（156篇点评）

本文原载1928年出刊的《新月》第1卷第1号。

沈从文（1903—1988），现代著名作家。湖南凤凰县人，原名沈岳焕。小学毕业后即随本乡土著部队在沅水流域各县生活，后正式参加军队，在川、湘、鄂、黔四省边区体验了戎马生涯，养成了沉思默想与体会人生趣味的习惯，由此而怀疑过去、憧憬未来。1926年开始在北京从事文学创作。1928年到上海与胡也频、丁玲编辑《红与黑》，曾参加新月社。此后曾在中国公学、青岛大学、西南联合大学等校任教。新中国成立后，在中国历史博物馆工作。1978年到中国社会科学院历史研究所任研究员。沈从文是一位多产作家，已出版的文学作品达70多种。1927年，他受英国刘易斯·卡洛尔的童话名作《阿丽思漫游奇境记》的影响，花了30天时间，创作了长篇童话《阿丽思中国游记》，这是现代儿童文学史上最早的长篇童话之一。本文叙述了作家创作这部童话的原因及当时的生活与心态，对了解这部长篇童话的创作背景有一定参考作用。

113. 孙毓修童话的来源（赵景深）

本文选自1928年尚志书局出版的赵景深著《民间故事研究》一书。

孙毓修是"五四"以前我国重要的儿童文学工作者，从1909年至1916年，他在上海商务印书馆编译所负责编撰《童话》丛书，他共编写了77册。这些读物曾风靡了"五四"以前的小读者，弥补了当时儿童文学读物的空缺。由于年岁已久，《童话》丛书大多散佚，孙毓修编写童话的情况已很少为儿童文学界所了解。赵景深在这篇文章中根据他在当时收集到的资料，对孙毓修77种童话的来源情况作了详尽考评，为中国现代儿童文学史的研究提供了一份重要文献。

114. 读赵景深的童话论文（江绍原）

本文原载1930年9月出刊的《现代文学》第1卷第8号"批评与介绍"专栏。

江绍原（1898—1983），现代著名民俗学家和比较宗教学家，20世纪中国民俗学界五大核心领袖人物之一（其他四人为顾颉刚、周作人、钟敬文、娄子匡）。安徽旌德人。北京大学毕业后曾两度赴美留学。1923年回国后历任北京大学、中山大学、西北大学等校教授。新中国成立后任山西大学教授。

1956 年起先后任科学出版社和商务印书馆编审。著有《佛家哲学通论》《发须爪——关于它们的迷信》《中国礼俗迷信》《江绍原民俗学论集》等。

赵景深是中国现代儿童文学史上对童话学的研究有所建树的作家。本文介绍了赵景深在二十年代研究童话的主要成绩，并对有些问题提出了商榷。作者认为赵景深"在童话学上的努力"主要做了三方面的工作：一是介绍西方童话学原理，编译了《童话学 ABC》等专著；二是批评外国学者研究中国民间童话的文论；三是从比较文学的角度探讨中西童话之异同。作者指出，在二十年代的社会环境里，赵景深作为一个"为了衣食，到处奔走"的教员，能向中国儿童文学界贡献出这样的成果，确是难能可贵的。本文对于了解赵景深的童话学研究工作具有参考意义。

115.《古代英雄的石像》读后感（丰子恺）

本文选自 1931 年 6 月开明书店出版的《古代英雄的石像》(叶圣陶著)一书。

1931 年 6 月，叶圣陶的第二部短篇童话集《古代英雄的石像》作为"世界少年文学丛刊"之一，由开明书店出版，计收童话 9 篇：《古代英雄的石像》《书的夜话》《皇帝的新衣》《含羞草》《毛贼》《蚕儿和蚂蚁》《绝了种的人》《熊夫人的幼稚园》《慈儿》。叶圣陶在二十年代后期与三十年代初创作的童话，现实主义精神更为强烈。如果说，他前期的《稻草人》旨在为"发抒自己对一切不幸的东西的哀戚而歌唱"，那么，到《古代英雄的石像》，则进而暴露和讽刺现实，以表现自己对生活鲜明的爱憎。本书由叶圣陶的好友丰子恺作插图。丰子恺在作图的同时，写下了这篇《读后感》。作者在本文一再表述了他喜爱叶圣陶童话的心情，洋溢在这部童话中的强烈的现实主义精神，使他看到了"这世间的种种不合理而丑恶的现状"，并憧憬另一个"十全的世界"。本文对认识和理解《古代英雄的石像》提供了有益的启示。

116. 叶绍钧的童话（贺玉波）

本文选自 1932 年 10 月光华书局出版的《现代中国作家论》（贺玉波著）第一卷。

贺玉波（1906—1982），现代文学评论家。原名贺家春。湖南澧县人。

第三十三章　1902—1949 年的理论代表作（156 篇点评）

1927 年毕业于北京师范大学，曾任上海开明书店编辑、光华书局编辑室主任等。1939 年从沦陷区上海回到湖南益阳，在乡村中学任教。1940 年开办澧资中学，任校长。1945 年在益阳式南中学（现为益阳市第十二中学）。1946 年至 1948 年夏在益阳育才中学（现为益阳县一中）任教。1948 年秋到桃江修山的湘山中学（现为桃江县一中）任教。1953 年后一直在益阳市三中任教。

贺玉波是三十年代左翼文坛相当活跃的一位文学批评家。1931 年 1 月，《读书月刊》请贺玉波主持"现代作家评判"的工作，贺玉波以此为平台，发表了《现代作家论》《巴金论》《郁达夫论》《沈从文的作品批判》《叶绍钧访问记》《矛盾论》《中国现代女作家》《文学常识》等近三十万字的评论文章，另著有两卷本《现代中国作家论》《中国现代女作家论》等，以及短篇小说集《她的消息》、长篇小说《残缺的爱》等。

本文是现代儿童文学理论批评史上研究叶圣陶童话的重要论文。全文分为五节：第一节是读者来信，提出叶圣陶童话的评论问题。第二节概述叶圣陶童话创作的总的特征。第三节论述了叶圣陶 1923 年出版的第一部短篇童话集《稻草人》。作者分析了《大喉咙》《旅行家》《富翁》《画眉鸟》诸篇所反映的劳工的苦难、社会的不合理、拜金主义的罪恶等主题，并用较多篇幅将《克宜的经历》与《稻草人》作了对比，认为前者揭示了"对于城市的文明的绝望与痛恨"，反映资本主义带给都市的病态、污浊与罪恶，但作家却幻想着田园牧歌式的乡村生活，"相信将来的田野会比现在的更加美丽而有趣"；后者则是对乡村美梦的破灭，展示出一幅二十年代中国破产农民苦难生活的现实主义的画面。这是叶圣陶童话创作思想的重要转变。第四节论述的是叶圣陶 1931 年出版的第二部短篇童话集《古代英雄的石像》。与《稻草人》相比，这部童话在反映社会现实生活的深度与作品的思想性方面都有新的进展。作者着重分析了《古代英雄的石像》《皇帝的新衣》所表现的"对统治者加以反抗"、"改造现代这种不合理社会"的深刻主题及《含羞草》透露的对"凡间的种种不合理而丑恶的状态"的愤懑之情。第五节探讨了有关叶圣陶童话所"融凝"的"成人的悲哀"问题，亦即"成人化"问题，并就童话创作与成人化发表了自己的

意见。贺玉波认为，从儿童的心理实际出发，如果"作品所含的灰色的悲哀太重"，那是"不适合于幼小的儿童阅读的"，但是对于"一般将近成年的儿童"即少年来说，则是适宜的，"因为他们对于人世间的真相已经渐渐的明白了"，他们已需要这类作品来"帮助他们解释一切社会现象的疑难"。在这里，贺玉波实际上已经注意到了按照不同年龄阶段的孩子特点区别对待儿童文学的"成人化"问题，而不能搞"一刀切"。这一观点是有道理的。总之，本文所揭示的叶圣陶童话的思想意义大体上是符合作品实际的，文章通过分析叶圣陶两部童话集的发展变化与内在联系，记录了作家坚持现实主义、追随时代精神所迈出的前进脚步。

本文的附录《叶绍钧访问记》是现代文学史上十分难得的儿童文学作家实访记录，具有文献意义，故特辑录于后。

117. 《寄小读者》四版自序（冰心）

本文写于1927年3月20日，原载1932年北新书局出版的《寄小读者》（冰心著）。

冰心（1900—1999），现代著名作家，儿童文学家。福建闽侯县人，原名谢婉莹。"五四"时期积极投身学生运动，开始新文学的创作，曾参加文学研究会，实践"为人生"的文学主张。她最初以"问题小说"步入文坛，崭露头角；而后以清新秀逸的小诗《繁星》《春水》在诗界独树一帜，引人瞩目。1923年赴美留学，开始陆续发表总名为《寄小读者》的通讯散文，成为现代儿童文学的奠基之作。1926年回国，先后在燕京大学、清华大学任教。抗战期间，在昆明、重庆等地积极从事创作和文化救亡活动。抗战胜利后，1946年与丈夫去日本，被东京大学聘为第一位外籍女教授，讲授"中国新文学"课程。1951年秋回国，仍致力于创作，写了大量散文和儿童文学作品，同时积极参加对外文化交流活动，多次出国访问，为促进国际间的友谊和文化交流做出了贡献。2012年，海峡文艺出版社出版的《冰心全集（全十册）（第三版）》，采用编年的方法，汇集了冰心从1919年至1999年的全部作品，包括小说、诗歌、散文、儿童文学、翻译和文艺理论等。

第三十三章　1902—1949年的理论代表作（156篇点评）

冰心是中国现代儿童文学光荣的创建者之一。1923年，她在留美期间，多次写信给北京的《晨报副刊》，建议设立"儿童世界"专栏。该报接受了冰心的建议，于同年7月24日开辟了这一专栏，并从第二天起连载冰心的《寄小读者》。《寄小读者》是冰心奉献给"最可爱的"小孩子们的珍贵礼物。这是作家在1923年7月至1926年8月在美国留学时写下的所见所闻所感所忆的随笔式散文，以"通讯"形式陆续发表，共29篇。1927年由北新书局结集出版，至1941年共发行36版，成为现代中国最畅销的儿童散文集。《寄小读者》是陶冶年幼一代心灵美的乐曲，作者以优美、纯情的文笔，热情地礼赞母爱、童真与自然美，并把这种情感贯穿于强烈的爱国主义思想之中，成为二十年代儿童文学园地的一树奇葩，同时也奠定了冰心在现代儿童文学史上的地位。

作者在这篇自序中，向小读者和大读者告白了她在现实人生中"情感的颠簸"和对人生意义的执着探求、对"挚爱恩慈的母亲"的感戴。母爱，使她"由生中求死——要担负别人的痛苦""死中求生——要忘记自己的痛苦"。正是这"不绝如缕，一一欲抽"的爱的情思，给她以力与"不可遏抑的灵感"，并把自己的感情活动与对人生意义的探求、对明媚春光的呼唤凝聚在《寄小读者》之中。本文有助于理解冰心早期儿童文学作品的思想和艺术，也让人们看到作家在迷茫中不断追索人生真谛的一个侧面。

118. **黎锦晖的儿童歌舞剧（王人路）**

本文选自1933年3月上海中华书局出版的《儿童读物的研究》（王人路著）一书。

1928年，王人路应江苏无锡中学师范班的邀请，去讲授儿童读物，由此写成了《儿童读物的研究》一书。此书偏重于师范生的实际应用，理论方面比较简略。在第八章《儿童读物的介绍和批评》中，简介了安徒生、格林童话、《阿丽思漫游奇境记》及中国作家黎锦晖的歌舞剧与吕伯攸的儿童诗。本文即是介绍黎锦晖的一节。

作者充分肯定了作为中国第一个专门为儿童创作剧本与歌曲的剧作家黎锦晖（1903—1965）对儿童文学的巨大贡献，认为他的这开创性功绩具有与

安徒生对艺术童话的贡献同样重要的意义，"在中国的小学教育上或者说儿童世界里辟了一个新纪元。从来在社会上没有地位和不引人注意的儿童，现在也有了一个新大陆了"。本文对认识了解黎锦晖的儿童歌舞剧及其在二十年代的影响有一定参考价值。

119. 吕伯攸的儿童诗（王人路）

本文原载 1933 年 3 月上海中华书局出版的《儿童读物的研究》（王人路著）一书。

吕伯攸是二三十年代一位活跃的儿童诗人，写过不少儿童诗与儿歌，大都发表在《小朋友》杂志上。王人路认为，吕伯攸儿童诗的成功在于他注重生活"在儿童的环境里"，熟悉自己的服务对象；他的作品"合乎儿童的语法，适合儿童的心理"，因此受到了小读者的普遍喜爱。吕伯攸的儿童诗创作情况很少为文学研究者所提及，本文有助于了解这位毕生献身于儿童文学的诗人。

120. 对于《小学生文库》的希望（茅盾）

本文原载 1933 年 10 月 13 日《申报·自由谈》，署名"止水"。

《小学生文库》是上海商务印书馆在 1933 年 10 月—1935 年 4 月编印的一套面向少年儿童读者的小百科全书。主编王云五、徐永昶。共计 500 册，分社会科学、自然科学、史地、文艺等大类；文艺类又分童话、神话、小说、诗歌、故事、戏剧及中国古典名著改写等。茅盾在本文既表示对这套"文库"的出版感到高兴，"在儿童读物贫乏的时候"，它的出现"自是造福万众"；但同时也深感忧患，希望它不要像以前的《少年丛书》那样"大多数不合于现代思潮"，或出现知识性的"疏漏错误"，更不能变成"回汤豆腐干"——重贩旧货。本文表达了茅盾深刻关心少年儿童书刊的强烈责任性，同时对了解《小学生文库》与《少年丛书》的情况也有一定作用。

121. 几本儿童杂志（茅盾）

本文写于 1935 年 1 月 24 日，原载 1935 年 3 月 1 日出刊的《文学》第 4 卷第 3 号，署名"子渔"。

把儿童读物作为社会问题来看待，这是茅盾儿童文学观的一个重要方面，

第三十三章　1902—1949年的理论代表作（156篇点评）

也是他一生倡导的现实主义文学理想的具体显现。由此出发，茅盾一直关注着儿童读物的质量及其对小读者的影响。1935年，茅盾在阅读了当时全国六家主要儿童杂志的最新二期的全部作品之后，在他主持的《文学》杂志"书报述评"专栏内发表了这篇文章。作者从每篇作品的实际出发，以对儿童的影响作用和儿童的接受能力、阅读兴味为标准，运用思想和艺术相统一的批评原则，具体评析了这六家儿童杂志的办刊宗旨、作品质量、各自的特点以及存在问题，并就提高刊物质量与建设儿童文学的问题提出了独到的见解。关于《童年月刊》，作者认为"科学新闻"介绍的知识"太专门"，作为"台柱子"的童话忽视了作品的思想性。《儿童科学杂志》具有注意内容的时间性与儿童的认知性的优点，但行文不够活泼，如同"讲义"。《儿童杂志》所奉行的"四平八稳"的原则使其"流于'平凡'，流于枯燥乏味，既不能刺激起儿童的想象力，也不能满足儿童的好奇心。儿童的天性爱'奇异'，爱'热闹'，爱'变化多'，爱'泼辣'，爱'紧张'"；儿童文学应迎合他们的天性，使其"得到正当的发展"。作为"老牌"儿童杂志的《小朋友》与《儿童世界》，两者各有千秋。《小朋友》注意反映儿童的学校生活与家庭生活，但在注意现实性，"校正西洋旧童话的那种动辄是仙人、妖女、王子、公主、魔鬼、狐狼的毛病"的同时，"不免有点矫枉过正"，失却了儿童文学的浪漫精神。茅盾认为，仙人、妖女一类的"老家伙"可以不用，但却可以用"'幻想'和'荒诞'这两条银线来组织成新的儿童文学"。《儿童世界》比之《小朋友》要丰富得多，如同"什锦菜"，问题是译作太多，"编辑方针还是'九·一八'以前的"。茅盾呼吁儿童文学工作者按照少年儿童的"脾胃"为他们提供"够丰富的多方面的知识""培养他们的文艺的趣味"，用以提高鉴赏能力，抵制"有毒的旧小说"的侵害。

本文既有具体的评析，又有深刻的理论概括，虚实结合，褒贬精当，不仅对提高当时儿童刊物的质量起了有益的指导作用，而且为中国现代儿童报刊史留下了珍贵的史料，丰富了现代儿童文学的思想理论建设。

122.《给少年者》序（叶圣陶）

本文原载 1935 年 9 月生活书店出版的《给少年者》（风沙著）一书。

《给少年者》是风沙专门为少年儿童创作的直接反映抗日救国现实斗争的作品。故事记述一位乡村教师，痛感民族灾难，精心培育少年一代，宣传抗日救国的道理，深受少年读者的喜爱。作者风沙（1909—1942），浙江上虞县曹娥人。原名章维荣，曾改为俞祖祥。毕业于浙江第一师范学校，曾在绍兴和安徽和县任教。后任上海世界书局、生活书店编辑。在上海开办过现实出版社，又在浙江天台开办过广播书店，从事进步书刊的出版发行工作。1942 年夏，在浙江嵊县的一次水灾中被洪水冲走，不知所终。《鲁迅日记》曾有两处提到风沙。

叶圣陶在本文肯定了《给少年者》直面人生的现实主义精神，认为作者"把世间如实描写给儿童看，有许多事都是教科书里找不到的"。他明确表示反对"儿童读物把世间描写得十分简单，非常太平。这是一种诳骗"，其结果只能使儿童"上当"。本文表达了叶圣陶坚持儿童文学应当反映社会人生、帮助小读者认识现实的儿童文学观，同时对了解风沙这位已被历史遗忘了的儿童文学作家也具参考价值。

（注：本文有关风沙的资料系浙江作家杜风先生提供，特此说明并致谢。）

123. 我写科学小品的经过（贾祖璋）

本文写于 1935 年 12 月 20 日，原载 1936 年开明书店出版的《生物素描》（贾祖璋著）。

贾祖璋（1901—1988），现代著名科普作家、编辑家，中国科学小品文的开拓者之一。浙江海宁人。毕业于浙江省立第一师范学校，长期在上海商务印书馆、开明书店担任编辑工作。新中国成立后，随开明书店迁往北京，曾任中国青年出版社副总编辑、科学普及出版社副总编辑。后移居福建平和县农村。系中国科普创作协会副理事长、福建省科普创作协会理事长。

贾祖璋擅长生物学，作品以多姿多彩的文学形式，生动活泼地传播以生物学为主的科学知识。科学小品以花鸟鱼虫为描述对象，涉及人与自然、生态环境。他写的不少科学文艺读物，主要是供少年儿童阅读的，如《鸟类研究》（1928）、

第三十三章　1902—1949 年的理论代表作（156 篇点评）

《普通鸟类》(1931)。另一类科学小品则是老少咸宜，这有《鸟与文学》(1931)、《生物素描》(1936)等。作者在本文回顾了自己创作科学小品的经过，是认识贾祖璋科学文艺创作情况的重要文献。

124.再谈儿童文学（评凌叔华的儿童小说集《小哥儿俩》）（茅盾）

本文原载 1936 年 1 月 11 日出刊的《文学》第 6 卷第 1 号，署名"惕"。

作者对女作家凌叔华创作的儿童短篇小说集《小哥儿俩》表述了自己的意见，肯定了作品中洋溢着的"儿童的天真和纯洁"；并就儿童文学的审美作用问题，提出了自己的观点：儿童文学"应当助长儿童本性上的美质"，陶冶儿童"天真纯洁，爱护动物，憎恨强暴与同情弱小，爱美爱真"的品格；为了美化孩子的心灵，故对于"改编民间故事绝不是可以草率从事的"。本文表现了茅盾儿童文学美育观的深刻涵义，对当时儿童小说创作的健康发展具有指导意义。

125.《秃秃大王》序（张天翼）

本文写于 1936 年 4 月，原载 1936 年 9 月上海多样社出版部出版的《秃秃大王及好兄弟》（张天翼著）一书。

张天翼（1906—1985），现代著名作家，儿童文学家。湖南湘乡县人。生于南京，在杭州读完中学，曾学绘画，也曾进过一年大学，后当过职员、记者和教员。丰富的生活阅历使其以后的创作形成了自己鲜明的特色。1928 年，在鲁迅主编的《奔流》上发表小说《三天半的梦》，从此开始了创作生涯。抗战期间，曾因病移居于四川郫县。新中国成立后，历任中国作家协会书记处书记、中国文联全国委员、《人民文学》主编等。出版有小说创作集 17 种及《张天翼文学评论集》，并写了大量的儿童文学作品，主要有长篇童话《大林和小林》《秃秃大王》《金鸭帝国》《宝葫芦的秘密》等。

张天翼是中国现代儿童文学光荣的创建者之一，是一位优秀的童话作家。从 1932 年起，张天翼为孩子们精心创作了 4 部长篇童话、1 篇短篇童话、3 部中篇儿童小说、15 篇短篇儿童小说、2 部儿童剧、25 篇寓言。这些作品以其深厚的现实主义精神，独特的艺术风格，丰富了中国现代儿童文学的宝库，

成为继叶圣陶童话之后的又一座闪光的丰碑。

《秃秃大王》是张天翼在1933年继《大林和小林》之后创作的第二部长篇童话，最初发表于《现代儿童》，1936年在上海出版单行本。作品描写吃人血肉的统治者秃秃大王和帮凶一起欺压人民，无恶不作，勇敢的小明、冬哥儿团结农民，冲进秃秃宫，捣毁了统治者的魔殿。这部童话波澜起伏，想象丰富，妙趣横生，通过强烈的夸张来突出人物的性格本质，显示了作者独特的艺术匠心。张天翼在本文采用轻松幽默的与小读者对话的形式，表述了他的童话创作思想。他告诉小读者，那些用拙劣的公式化手法编造出来的"故事"，充满着各种毒素，"全是瞎想出来骗人的"。他将告诉孩子们另一种新的故事——反映现实生活的故事。本文对于理解张天翼三十年代的童话思想具有认识价值。

126.《奇怪的地方》序（张天翼）

本文写于1936年9月，选自1937年2月上海文化生活出版社出版的《奇怪的地方》（张天翼著）一书。

《奇怪的地方》是张天翼创作的一部中篇儿童小说。作品描写农家孩子小民子跟随做工的爸爸来到城市里，不习惯城市的生活，感到处处"奇怪"。小说刻画了上流社会与下层劳动者之间的阶级对立和矛盾。

作家在本文用《〈秃秃大王〉序》同样的笔调，在与小读者轻松幽默的对话中，表达了自己的创作意图与认准的现实主义原则。他告诉小读者："只要不是一个洋娃娃，是一个真的人，在真的世界上过活，就要知道一些真的道理。"正是这种清醒的现实主义，才使作家以敏锐的目光，洞悉着严峻的人生，关注着被压迫、被损害的劳苦大众的命运与抗争；也正是这种清醒的现实主义，使他以冲决一切的锐气，一反当时儿童文学领域"神仙""魔鬼""宝物"垄断的局面，响亮地提出要把儿童文学由"从前"拉回到"现实"中来，从而使其作品容纳着丰富的社会生活主题，反映了广阔而复杂的现实生活图画。向孩子们讲"真的人""真的世界"，帮助他们知道一些"真的道理"——这就是张天翼认准的现实主义儿童文学的创作原则。本文有助于理解张天翼的儿童文学观。

第三十三章　1902—1949年的理论代表作（156篇点评）

127. 关于儿童影片《迷途的羔羊》（蔡楚生）

本文作于1936年中秋节，原载石凌鹤主编的《电影·戏剧》杂志第1卷第2、3期。原文标题系《会客室中》，此标题由评选者所拟。

蔡楚生（1906—1968），现代著名电影艺术家，电影导演，被誉为"中国现实主义电影的奠基人"。广东潮阳人。店员出身。1927年参加电影工作，从此毕业献身电影事业。在新中国建立前所拍摄的1300多部电影中，最卖座的4部电影（《一江春水向东流》《渔光曲》《姊妹花》《都会的早晨》），除《姊妹花》是郑正秋所执导外，其他三部均出自蔡楚生之手。与郑君里编导的具有世界最高水准的《一江春水向东流》（1947）曾轰动海内外。法国电影历史学家乔治·萨杜尔曾在其名著《世界电影史》中，将蔡楚生誉为中国最杰出的导演。新中国成立后，历任中国电影联谊会主席、中国电影家协会主席、中国文联副主席等。

《迷途的羔羊》是蔡楚生在1936年编导的儿童故事影片，由联华影业公司出品。影片描写在战争中沦为孤儿的农家孩童小三子曲折、艰难的生活遭遇。小三子从农村流浪到上海，被"慈善家"沈慈航收养，但不久即被沈太太赶走，与一名保护他的老仆为伴。后来老仆在贫病中死去，他又和小伙伴流浪街头。一天因偷吃面包，被警察追捕，他们逃到尚未竣工的摩天大楼顶层，走投无路，放声大哭……

《迷途的羔羊》是左翼电影运动在儿童影片创作领域的产物。编导蔡楚生曾与上海街头的流浪儿童共同生活，并直接选用流浪儿童饰演角色，时代气息十分浓郁。影片大胆地运用喜剧手法来表现悲剧内容，深刻地揭示了社会现实矛盾及产生流浪儿童的社会根源，宣告了"好人救济"等改良主张的破产，从思想上和艺术上都超过了二十年代以郑正秋的创作为主的儿童故事影片。《迷途的羔羊》上映后，批评界反响强烈，意见颇不一致。应石凌鹤之约，蔡楚生特写了这篇旨在"反批评"的文字。作者着重申述了自己的创作思想，道出电影制作的种种难处，指出其着眼点是中国的观众群和具体的国情，对批评者的"求全责备"提出了自己的"反批评"意见。据电影资料表明，蔡楚生原拟着

手将苏联班台莱耶夫反映流浪儿童生活的小说《表》（鲁迅译）改编摄制电影，后因其他同志提请充分考虑具体国情，才放弃《表》的改编计划，而编导了充满民族特色的《迷途的羔羊》。本文对了解三十年代的儿童影片与《迷途的羔羊》有一定作用。

128. 我怎样写《小坡的生日》（老舍）

本文选自 1937 年人间书屋出版的《老牛破车》（老舍著）。

老舍（1899—1966），现代著名作家。北京人，满族。原名舒庆春，字舍予。1917 年毕业于北京师范学校，后在京、津中小学任教。1924 年赴英国，任伦敦大学东方学院华语教员。1929 年夏离英回国，途经新加坡，滞留半年，在一所华侨中学任教，这期间创作了中篇儿童小说《小坡的生日》。1930 年回国，任齐鲁大学、山东大学教授。抗战期间，在重庆主持中华全国文艺界抗敌协会的工作。1946 年赴美国讲学并从事创作。1949 年底回国，先后任中国文联副主席、中国作家协会副主席、北京市文联主席等职。著作有小说、戏剧、诗歌、文艺理论等数十部，代表作有《骆驼祥子》《茶馆》《四世同堂》等。

《小坡的生日》是老舍在 1929 年留居新加坡时创作的中篇儿童小说，约 6 万字。最初在 1930 年《小说月报》第 21 卷 1 至 4 期上连载，曾由上海商务印书馆排成单行本，但在 1932 年"一·二八事变"中被大火烧掉。1934 年 5 月由生活书店初版，为傅东华主编的《创作文库》之一；1944 年 4 月由重庆作家书屋再版。这部作品前半部分是写实的小说，后半部分"描写小孩的梦境，让猫狗们也会说话"，充满绮丽的幻想色彩，又是童话。作者"脚踩两只船，既舍不得小孩的天真，又舍不得我心中那点不属于儿童世界的思想"，"形式因此极不完整"，但一般都把它当作儿童小说。作者用其惯用的那种通俗幽默、富于表现力的笔调，以小主人公小坡为中心，描写了中国孩子、马来孩子、印度孩子等东方弱小民族子女的各种生活故事，通过孩子们彼此间的交往、友谊、所见所闻以及几种不同学校的教育制度的描述，巧妙而自然地反映了聚居在南洋地区的各种东方民族的不同文化心态、

第三十三章　1902—1949年的理论代表作（156篇点评）

精神面貌、风俗习惯与他们的喜怒哀乐、理想追求，表现出"世界上弱小民族共同奋斗"的精神与南洋华侨热烈的爱国主义思想，显示了浓郁的时代色彩和异国情调。小说还精心塑造了小坡这一个善良、活泼、勇敢、可爱的儿童形象。在小坡身上，寄寓了作家的理想，倾注了对儿童无限爱与期望。作者对这部儿童小说最感"最使我得意的地方是文字的浅明简确"，"用最简单的话，几乎是儿童的话，描写一切了"。本文是老舍创作儿童小说的经验之谈，对于认识和理解作家当时的创作背景、精神心态及其大众化语言风格的追求，都有重要的作用。

129. 张天翼的儿童小说《蜜蜂》（汪华）

本文节录于1938年8月16日出刊的《文艺阵地》第1卷第9期汪华著《评〈畸人集〉》一文，标题系评选者所加。作者汪华，生平不详。

《畸人集》是1936年1月上海良友图书印刷公司出版的张天翼小说与剧本选集，共收作品24篇，其中有两篇儿童小说：《蜜蜂》与《搬家后》。《蜜蜂》反映了现实斗争中的儿童生活，塑造了黑牛这个具有崭新个性的少年形象。作者在本文充分肯定了《蜜蜂》在儿童小说创作方面的成就，认为《蜜蜂》"最有意义的处所""在于其创出了活泼进取，然而又严肃坚强的，伟大的儿童典型"。作家不再把儿童与现实生活隔离，而是"使儿童面对现实"，直接描写他们在斗争中的成长过程。本文肯定了张天翼的现实主义儿童文学创作实践，是三十年代研究张天翼儿童小说的一篇重要文章。

130.《儿童亲卫队》后记（蒲风）

本文原载1939年7月15日诗歌出版社出版的《儿童亲卫队》一书。

诗人蒲风曾以战斗的激情与火热的童心在抗战时期创作过儿童诗。《儿童亲卫队》一书，收录了诗人的三十首儿童诗。蒲风在《关于儿童诗歌》中论述了儿童文学在抗战中的重要意义，以及在诗歌大众化运动中，必须重视儿童诗歌的创作。他把从《儿童亲卫队》起的诗歌创作集称为自己的创作进入第二时期，由此可见他对儿童诗的重视。本文对于认识蒲风儿童诗的特色有参考意义。

131.《冰心著作集》后记（巴金）

本文原载 1943 年重庆开明书店出版的《冰心著作集》，现选自 1982 年上海文艺出版社出版的《巴金论创作》。

巴金（1904—2005），现代著名作家。四川成都人，原名李芾甘。1920 年考入成都外语学校。1923 年到上海、南京，1927 年赴法国巴黎学习。在巴黎期间写出了处女作长篇小说《灭亡》。1928 年底回国，在 1931 年"九一八事变"后，积极投入抗日救亡运动。三十年代、四十年代的主要作品有：长篇小说《爱情三部曲》(《雾》《雨》《电》)、《激流三部曲》(《家》《春》《秋》)《火》以及中篇小说《寒夜》《憩园》，同时创作了大量短篇小说及短篇童话《长生塔》《塔的秘密》《隐身珠》《能言树》（后由文化生活出版社结集为《长生塔》出版）。新中国成立后，长期担任全国文联和中国作家协会的领导工作，曾任中国作家协会主席、全国政协副主席等。还不停地进行创作、翻译、撰写回忆录与创作经验谈等。《巴金全集》由人民文学出版社 1986 年开始陆续出版，收录巴金除译文以外的各类作品，1994 年出齐，共 26 卷。

巴金十分喜爱冰心的作品。洋溢在冰心的《寄小读者》《繁星》《春水》等作品中的母爱、童真、自然美的情愫，曾经为生活在陈腐滞重的社会里的大读者和小读者带来了闪闪的亮光，绵绵的暖意；她安慰了千千万万颗需要安慰的小小的心，使他们感受到了母爱的温暖、生活的光彩。冰心著作中的这种美的情愫与魅力，曾给青年巴金及其哥哥以"不少的温暖和安慰"，使他们"懂得了爱星，爱海"，爱一切生活中美的事物，使他们"从那些亲切而美丽的话句里重温了""永久失去了的母爱"。作者在本文以一个普通读者的身份回忆了冰心著作对他的深刻影响，热烈地赞扬了冰心著作对未来一代进行"感情教育""美的教育"所起的重大作用。巴金在本文提到的最爱读的作品，正是冰心《寄小读者》《离家的一年》等儿童文学读物。本文形象地说明了冰心作品的魅力，儿童文学的魅力。

132.《少年航空兵——祖国梦游记》序（叶圣陶）

第三十三章　1902—1949 年的理论代表作（156 篇点评）

本文原载 1948 年 11 月上海文化出版社出版的《少年航空兵——祖国梦游记》一书，署名"翰先"。

《少年航空兵》是沙平（即胡愈之。"沙平"是笔名，意即"印尼之友"的简写）创作的一部长篇儿童小说，厚达 400 多页。作者在扉页写有："献给我们的后一代。"抗战期间，胡愈之在新加坡办报，后流亡到苏门答腊。1945 年 5 月，他住在马棉兰附近的马达山时，开始创作此书。至抗战胜利时已写成 12 章，1946 年 8 月又完成 8 章，先在其主办的新加坡《风下周刊》上连载，1943 年出版单行本。"书中的主人公是一个曾经智杀过日寇的华侨爱国少年陈逊先，他向往祖国，最后终于踏上了渴望已久的祖国故土。在祖国，他遇到很多新鲜事儿，跑了很多地方，经历了旧中国的黑暗，也看到了理想的光明的新中国。书的开首是以章回体小说的形式来写的，作者通过幻想的手法，描绘出一幅理想的新中国的画面，用以对比和讽喻当时旧中国的腐败的现实"（见姜德明《书边草》）。

叶圣陶在本文肯定了《少年航空兵》的现实主义精神及融贯其中的强烈的爱国主义思想和对新中国、新生活的挚着向往、追求。作者认为，这部作品的最大特色是"描摹出新中国的轮廓，尤其重要的，描摹出新中国的少年精神"，这精神就是"为了明日""向着未来"，就是"日新不已""自强不息"。有了这种精神，"新的东西无限的发荣滋长"，新中国的出现就必将成为现实。因此，《少年航空兵》对于当时年幼一代所起的思想教育作用与审美价值是不能低估的。作者还肯定了此书"境界一新，兴趣无穷"的浓郁的浪漫色彩。本文对于认识、理解《少年航空兵》甚有价值——四十年代末胡愈之创作的这一部重要儿童文学作品现在已鲜为人所知了。

133.《凤蝶外传》序（董纯才）

本文原载 1948 年 11 月东北书店出版的科学小品集《凤蝶外传》（董纯才著）。

董纯才（1905—1990），现代教育家，著名科学文艺作家。湖北大冶县人。1919 年毕业于武昌教会学校，后入南方大学、光华大学等校攻读教育专业。

1928年到陶行知创办的晓庄师范学习，后协助陶行知在上海创建"自然科学园"，参与编写《儿童科学丛书》，致力于科学大众化运动。1937年到延安，从事边区教育工作，编写教科书，创办《边区儿童》等报刊，曾任国民教育科科长、陕甘宁边区师范学校副校长等职。1945年到东北，任东北人民政府教育部副部长等职，创办并主持东北实验学校。1951年任东北教育学院（现沈阳师范大学）院长。1952年出任教育部副部长。1976年以后任中央教育科学研究所所长、中国教育工会会长、中国科普创作协会理事长等。

董纯才是中国现代卓有成就的科学文艺作家，他的作品主要是为孩子们创作的。1931年，陶行知倡导中国现代史上第一次大规模的科普活动，此即著名的"科学下嫁运动"。陶行知与董纯才一同筹建了"自然科学园"，科学下嫁运动正式启动。自然科学园的第一件事是编写出版发行100种《儿童科学丛书》，开展儿童科普工作。董纯才当年撰写了《苍蝇与瘟疫》《水族相养器》《螳螂生活观察》《鸟类迎宾馆》《蚯蚓》等6册。1932年，又撰写了10册儿童科学丛书。以后在编写农民知识课本的同时，还创作了《动物大观》《植物大观》《科学新知》《自然研究》等数十种儿童科普读物。1932年，陶行知、董纯才、高士其等创办了函授性质的"儿童科学通讯学校"，对象主要是少年儿童与小学教师。董纯才负责生理卫生知识讲义的编写，完成《儿童生物活页指导》3期。

三十年代，董纯才曾第一个把苏联著名科学文艺作家伊林的作品介绍给中国的小读者，并翻译了法国昆虫学家法布尔的科学文艺作品。他的创作大致经历了三个阶段：早期热衷于知识小品的创作，1935—1936年写出了系统介绍动物知识的《动物漫话》；1936年以后将科学与文艺自觉结合，创作出更富于文学性的《凤蝶外传》。主要作品有《麝牛抗敌记》《凤蝶外传》《狐狸的故事》《马兰纸》《一碗生水的故事》《人和鼠疫的战争》等。《凤蝶外传》明显地带有童话的色彩，里面的小故事有人物，有情节，有景物描写、环境渲染，采用了拟人化等手法，因之更切合小读者的阅读经验。作者在本文简要回顾了他创作科学文艺的经过，有两点特别突出：一是他的创作深受外国科学文

第三十三章　1902—1949年的理论代表作（156篇点评）

艺尤其是苏联作家的影响；二是在延安时期的作品力图将科学知识与现实斗争结合起来。

七、外国儿童文学评介（23篇）

134. 读安徒生的《十之九》（周作人）

本文原载1918年9月15日《新青年》第5卷第3期"随感录"，原文无标题。作者在后来收入集子时，才拟为现题。

"五四"以前，我国文坛曾翻译过不少外国儿童文学读物，但由于受到当时翻译界并不恪守忠实原著，而根据"国情"需要任意增删、篡改的译风影响，因而极大多数译作均系改译、改编，有的甚至在译作中随意加添自己的创作，使原作改头换面，削足适履，弄得不中不西，以致大大削弱了原作的真实思想与艺术特色，削弱了异国作品的民族情调与独特风格，削弱了作为儿童文学必须具备的"儿童化"特色，也因此削弱了这些译作的影响、传播与借鉴作用。1918年1月由中华书局出版的安徒生童话译本《十之九》（陈家麟、陈大镫译述）即是这方面的典型。此书译有安徒生童话6篇：《火绒箧》《飞箱》《大小克劳斯》《翰思之良伴》《国王之新服》及《牧童》。译者将丹麦安徒生误译为"英国安德森"，用的全是古拙的文言。其中最大的问题是把安徒生童话中"最合儿童心理"的思想特色与"照着对小儿说话一样写下来"的语言特色全部"失掉"了，"小儿的言语，变了大家的古文"，安徒生童话的"特点就'不幸'，因此完全抹杀"。本文对当时译界的这种作风提出了尖锐的批评，认为"他们的弊病，就只在'有自己无别人'，抱定老本领旧思想，丝毫不肯融通"，把外国的儿童文学读物"都变成班马文章，孔孟道德"。他为这位"声名已遍满文明各国，单在中国不能得到正确理解"的童话大师感到伤心与愤慨。由于《新青年》影响广大，本文发表后，安徒生童话很快引起了学人的注意。郑振铎在1925年曾指出：周作人在《新青年》上的这一批评刊载后，"此后，安徒生便为我们所认识，所注意，安徒生的作品也陆续地有人译了"。本文体现了"五四"时期一些儿童文学工作者已经认识到了学习吸纳外国儿童文学对

于促进中国儿童文学的重要意义,提出了翻译必须忠实原作、尽传精神的原则。

135. 俄国的童话文学(日本西川勉著　夏丏尊译述)

本文原载 1921 年《小说月报》第 12 卷增刊《俄国文学研究号》。

夏丏尊(1886—1946),现代作家,教育家。浙江上虞人。原名夏铸,字勉旃,号闷庵。1901 年考取秀才。1905 年赴日留学。1907 年回国后,长期在浙江、上海、湖南等地的大、中学任教,曾任暨南大学中文系主任,并任开明书店编辑所长、《新少年》杂志社社长,主编《中学生》。1936 年被文艺界推选为中国文艺家协会主席。1939 年发起组织中国语文教育学会。主要著作有《文心》《文章讲话》《平屋杂文》等。夏丏尊是文学研究会会员,与叶圣陶、朱自清、丰子恺等长期共事,一样爱好儿童文学。他主办的《中学生》《新少年》杂志及翻译的《爱的教育》等外国儿童文学读物,为中国现代儿童文学作出了独特的贡献。

俄罗斯儿童文学是世界儿童文学的重要组成部分,在十九世纪,它贡献出了以克雷洛夫(1769—1844)寓言、普希金(1799—1837)童话诗、列夫·托尔斯泰(1828—1910)儿童故事、契诃夫(1860—1904)的儿童和动物小说等为代表的优秀儿童文学。二十世纪初期,俄罗斯存在着两种儿童文学:一种是那些"以为自己的职责在于粉饰生活,不让娃娃看到任何生活的阴暗,即把沙皇资产阶级的黑暗面掩盖起来"(绥拉费莫维奇语)的作家们炮制的瞒和骗的儿童文学;另一种是俄罗斯现实主义作家创作的把"生活真相一股脑儿端出来"(绥拉费莫维奇语)的直面现实的儿童文学,如高尔基、绥拉费莫维奇、库普林、阿·托尔斯泰等作家的作品。他们忠实地继承别林斯基、车尔尼雪夫斯基和杜勃罗留波夫的美学原则,努力在新一代人身心中培育与劳动人民相一致的爱憎感情与民主革命的信念。"五四"时期前后,俄罗斯的不少现实主义儿童文学曾被译介进来,这些作品为我国的儿童文学界输入了新的内容与新的信息。

本文系根据日本西川勉原著译述,介绍了俄罗斯的克雷洛夫寓言、普希金童话诗及列夫·托尔斯泰、契诃夫、特米托利哀夫、梭罗古勃等的童话与儿童

第三十三章 1902—1949年的理论代表作（156篇点评）

小说的创作情况，对当时儿童文学界吸纳俄罗斯儿童文学的现实主义精神起了促进作用。

136. 法国的儿童小说（胡愈之）

本文原载1921年6月25日出刊的《东方杂志》第18卷12号。

在世界儿童文学史上，法国曾经是文学童话的开创国和奠基国，《列那狐的故事》、拉封丹的《寓言诗》、《鹅妈妈的故事》、多尔诺娃的童话等，曾经风靡了欧洲的儿童读物园地。二十世纪初叶，法国的儿童小说创作有了很大发展，涌现了一批新锐作家。作者在本文介绍了波拉斯佛的《栏杆上的孩子》、伏胜的《小学生季拉》等作品，分析了法国现代儿童小说长于心理分析的特征，认为法国儿童小说的发展及特征与接受柏格·森直觉美学的影响密切相关。本文为当时文坛提供了法国儿童文学的一些信息与研究的参照系，同时也传达了"五四"时期广泛引进、译介不同内容、不同风格的外国儿童文学作品的开放气息。

137.《阿丽思漫游奇境记》（周作人）

本文原载1922年3月12日《晨报副刊》。

英国数学家与童话家刘易斯·卡洛尔创作的《阿丽思漫游奇境记》《爱丽斯镜中奇遇记》（中译名为《镜里世界》），以其善于描写奇特、大胆、非凡的幻想境界著称，受到世界各地儿童们的广泛欢迎。1922年，我国首次出版了由赵元任翻译的《阿丽思漫游奇境记》一书。周作人在这篇书评中热烈称赞了这部"绝世妙文"，认为此书不但对儿童有益，就是对于成人也有价值——能不失"童心"的大人们显然更懂得如何教育好他们的孩子。本文着重讨论了《阿丽思漫游奇境记》中的"无意思"问题，提出了创作"无意思"之儿童文学的价值观。所谓"无意思"，即作品内容并无多大思想意义，但其流贯其中的幻想、夸张、幽默等特质却能丰富小读者尤其是低幼儿童的想象世界与感情性格，而这本身就是有价值的。周作人认为，"就儿童本身上说，在他想象力发展的时代确有这种空想作品的需要"，大人"没有剥夺他们的这需要的权利"，正如"没有剥夺他们衣食的权利一样。人间的智与情应该平均发达才是，否则

便是精神的畸形"。本文体现了周作人儿童文学观中的一个重要思想,即游戏精神、幻想作用在儿童文学中的价值。这一观点有其合理的因素。但如果一味强调儿童文学只在顺应儿童、供给儿童游戏,那就会否定文学的认识、教育功能,导致儿童文学创作思想上的混乱。

138. 童话家之王尔德(赵景深)

本文写于1922年7月7日,原载1922年7月15—16日《晨报副刊》。

王尔德(1854—1900)是英国十九世纪末唯美主义运动的倡导者,重要的戏剧家、小说家,也是一位童话作家。本文扼要介绍了王尔德的9篇童话作品,分析了他创作童话的原因,着重探讨了唯美主义思想对其童话的深刻影响。赵景深认为唯美主义的美学追求是促使王尔德创作童话的直接原因,"他主张人生的艺术化。他注重空想,不重现实,要把世界造成一个美的世界",空想和唯美必然使其倾向于浪漫主义,而童话正是表现"他个人的哲学思想"的合适形式。唯美主义的文艺主张使王尔德与现社会的假恶丑产生了严重冲突,这种冲突直接影响到他童话作品的思想内容。他在童话中谴责了自私、残暴的行为,对受损害、受欺凌的弱者表示深切同情,而且歌颂了他们纯朴、善良的心灵。通过考察王尔德童话与唯美主义的关系,赵景深得出了这样的结论:"唯美主义并不是厌世主义。写实主义主张艺术要人生化,他却主张人生要艺术化,虽是立论不同,究竟都是离不开人生的。"本文所阐述的见解及王尔德的唯美主义文艺思想,对我国二十年代的儿童文学曾产生过一定的影响。

139.《爱罗先珂童话集》序(鲁迅)

本文原载1922年7月上海商务印书馆出版的《文学研究会丛书》之一《爱罗先珂童话集》(鲁迅译),现选自1981年人民文学出版社出版的《鲁迅全集》。

爱罗先珂(1889—1952),俄国诗人、童话作家。童年时因病双目失明。曾先后到过日本、泰国、缅甸、印度。1921年在日本因参加"五一"游行被驱逐出境,后辗转来到我国。1922年从上海到北京,曾在北京大学、北京世界语专门学校任教。1923年回国。他用世界语和日语写作,主要作品有童话剧《桃色的云》和童话集、回忆录等。《爱罗先珂童话集》其中9篇

第三十三章　1902—1949 年的理论代表作（156 篇点评）

由鲁迅翻译，这 9 篇中有 8 篇在收入单行本前都曾在《新青年》《小说月报》等报刊上发表过。

鲁迅是爱罗先珂童话的热心翻译者。他之所以热心译介爱罗先珂的作品，其目的是为了"传播被虐待者的苦痛的呼声和激发国人对于强权者的憎恶和愤怒"（参见本书第六辑《翻译童话的目的》）。鲁迅认为爱罗先珂的童话熔铸着作者"叫彻人间"的"爱"与"不得所爱的悲哀"，包容着童心的美与"真实性的梦"；阅读童话不但要进入作者创造的"童心的美的梦"中，更要"看定了真实的虹"——熔铸其中的真实的现实生活。本文有助于理解鲁迅的儿童文学观及对爱罗先珂童话的认识。

140. 海外文坛消息·最近的儿童文学（茅盾）

本文原载 1924 年 1 月出刊的《小说月报》第 15 卷第 1 号，署名"沈雁冰"。

二十年代由文学研究会主办的《小说月报》不但注重译介外国儿童文学作家作品，而且通过多种形式，介绍世界儿童文学的现状与发展历史，及时向儿童文学界提供有效信息。《小说月报》的"海外文坛消息"专栏曾发表过茅盾的《神仙故事集汇志》（1921）、《最近的儿童文学》（1924），连载过由顾均正编写的长篇史料《世界童话名著介绍》（1926）。

本文是茅盾在考察了英语国家儿童文学的现状后所写的宏观评介文字，介绍了数十种适合低幼儿童的童话故事，适合少年阅读的儿童小说、动物小说、科学小说及儿童诗等。茅盾的介绍工作开阔了当时儿童文学工作者的视野，对于认识和借鉴外国儿童文学，显然是大有裨益的。本文是一篇具有文献价值的外国儿童文学评介文字。

141. 童话家格林弟兄传略（赵景深）

本文选自 1924 年上海新文化书社出版的《童话评论》一书。

德国格林兄弟于 1812—1822 年以《儿童与家庭童话集》为书名发表了三卷本德国民间童话集，对整个欧洲口头文学的搜集工作产生了积极的影响。由于格林童话本身的魅力，它们成了世界儿童文学的瑰宝。我国在本世纪初就已开始译介格林童话。格林童话的输入，无论是对我国民间童话的采风还是"教

育童话"的研究,都起了促进作用。

赵景深是"五四"时期前后一位有成绩的译介格林童话的作家。他在本文介绍了格林兄弟的生平及其童话的流布;"安徒生和格林兄弟的交往;1924年以前我国译介、出版格林童话的情况。这些介绍,对于研究格林童话都有参考价值。但是,本文更有价值的文字是在第一段与第五段。作者在第一段考察了"童话"与"教育童话"二词的来源与界说;第五段分析了格林采集民间童话的三条标准:不荒唐、不恐怖、不粗鄙,赵景深认为这些标准对发展我国的童话文学具有借鉴作用。本文是研究童话问题及我国译介格林童话情况的一份重要文献史料。

142. 安徒生评传(赵景深)

本文写于 1922 年 3 月 1 日,选自 1924 年上海新文化书社出版的《童话评论》一书。

作者在本文介绍了安徒生的生平与文学道路,安徒生童话贴近儿童精神与追求自然美的特质,评述了《丑小鸭》《散沙老人》《白鹄》等数篇作品,并对 1924 年以前我国翻译安徒生童话作品的情况作了统计。本文是二十年代有关研究安徒生童话的一篇重要论文。

143. 翻译童话的目的(鲁迅)

本文节录于 1925 年 6 月 19 日出刊的《莽原》周刊第 9 期鲁迅著《杂忆》一文,现选自 1981 年人民文学出版社出版的《鲁迅全集》。标题系评选者所拟。

"五四"以来,我国对于外国儿童文学读物的翻译有着强烈的现实针对性。一般而言,在不同国别和时代多元的作品中,更多地倾向于欧洲近代批判现实主义儿童文学,尤其注重"被损害民族"的作品。其原因,正是鲁迅在本文所指出的:"不过要传播被虐待者的苦痛的呼声和激发国人对于强权者的憎恶和愤怒""引那叫喊和反抗的作者为同调"(后一语见鲁迅《我怎么做起小说来》)。正是在这一思想指引下,"五四"以后,一大批直接揭露社会问题,反映社会下层人民与子女苦难生活的外国儿童文学被译介进来。例如,经鲁迅翻译的就有《爱罗先珂童话集》、《桃色的云》(俄国)、《小彼得》(匈牙利)、《小

第三十三章 1902—1949 年的理论代表作（156 篇点评）

约翰》（荷兰）、《俄罗斯童话》（苏联）等。这些作品的输入，对于中国现代儿童文学张扬直面人生、反映现实的社会批判主题产生过积极的影响作用。本文体现了鲁迅的儿童文学翻译观，同时也有助于理解现代儿童文学接受外来文化影响的状况。

144. 安徒生童话在中国（郑振铎）

本文节录于 1925 年 8 月 10 日出刊的《小说月报》第 16 卷第 8 号（即《安徒生号》）郑振铎著《安徒生的作品及关于安徒生的参考书籍》。原文共三节，本文即第三节之内容，标题系评选者所拟。

作为世界童话大师与世界文学史上艺术童话奠基者的安徒生，是对中国现代儿童文学产生影响最为深刻的外国作家。学习安徒生童话，是中国现代童话作家文学修养的一个重要内容；译介安徒生童话，成了"五四"前后儿童文学翻译界的一大热门。本文回顾了文学研究会主办的《小说月报》在 1925 年 8 月推出《安徒生号》之前，我国翻译介绍安徒生童话作品及研究安徒生的文学道路与创作思想等情况。作者认为，在介绍安徒生童话方面，孙毓修与周作人所做的努力是应当引起注意的。本文是现代儿童文学史上有关译介安徒生童话的一份重要文献，对研究安徒生与中国儿童文学的关系，甚有价值。

145. 《列那狐的历史》译序（郑振铎）

本文原载 1926 年 8 月 10 日出刊的《小说月报》第 16 卷第 8 号。

郑振铎是我国最早译介欧洲中世纪动物故事代表作《列那狐》的翻译家。这部法国长篇动物叙事诗向来被当作传统儿童文学读物。1922 年，郑振铎曾就其中片断改写为《狐与狼》；1925 年，他又根据歌德的改写本，将它全部译成中文，最初在《小说月报》第 16 卷第 8—12 号上连载，署名"文基译述"。后列入"文学周报丛书"由开明书店出版。

作者在本文扼要介绍了《列那狐的历史》的著作权与成书演变过程，说明了此书在欧洲享有很高的文学声誉。作者认为，《列那狐的历史》是"一部伟大的禽兽史诗"，它"最可爱最特异的一点，便是善于描写禽兽的行动及性格，使之如真的一般"。《列那狐的历史》将动物世界完全拟人化，惟妙惟肖地刻

画了众多动物形象性格，最为成功的是塑造了一个惯于谎骗、诡计多端的动物典型——狐狸列那。郑振铎的译本曾对二三十年代的童话创作产生过深刻影响。由于受"狐狸列那"的影响，从此狐狸这种本来在中国传统动物中情态不一、好坏有之的形象（如《聊斋志异》中的狐狸），就成了童话创作中的一个特定的反面角色；同时，此书还对我国动物故事小说的发展起了促进作用。

146.《爱的教育》译者序言（夏丏尊）

本文原载1924年开明书店出版的《爱的教育》（夏丏尊译）。

"五四"以来，最受孩子们欢迎的外国儿童文学译作除了安徒生童话，当推夏丏尊翻译的意大利亚米契斯的长篇儿童小说《爱的教育》。这是一部以温柔亲切的情调"叙述父子之爱，师生之情，朋友之谊，乡国之感，社会之同情"的世界儿童文学名著。夏丏尊"曾流了泪三日夜读毕"，又忍着亡妹的悲痛，将它译成中文。1923年，先在《东方杂志》上连载，1924年出版单行本。夏译曾风行二十余年，再版三十多次，誉满全国，被当时不少中小学校规定为学生必读的课外书，影响了成千上万的少年儿童。作者在本文认为，学校教育的一个根本问题"就是情，就是爱。教育没有情爱，就成了无水的池""总逃不了一个空虚"；《爱的教育》描写了理想的教育境界，突出了"情育"的主题，正可以用来弥补当时中国教育缺乏情爱之不足。他感到此书的内容不但适宜孩子们阅读，而且还能让父母和教师都流一些"惭愧和感激的眼泪"——夏丏尊认为这比光供给孩子们阅读更为重要，为此，他先将译文交给成人刊物《东方杂志》发表。对少年儿童进行情感教育、美的教育，一直是中国现代儿童文学比较注重的主题，无论是创作还是翻译都不例外。本文传达了现代儿童文学史上的这一重要现象。

147.中西童话的比较——《广东民间文艺集》付印题记（赵景深）

本文写于1927年11月8日，原载1927年11月13日出刊的《文学周报》第290期。

用比较文学的手法研究儿童文学，这在现代儿童文学初创时期就引起了一些作家的注意；到了二三十年代，研究的人就更多了。本文采取平行比较的方

第三十三章　1902—1949年的理论代表作（156篇点评）

法，考察了西方的《小红帽》与中国的《人熊外婆》、《达哈司孔的狒狒》与《呆子做生意》、丘比特故事与《梁山伯与祝英台》之间的关系，指出这些民间童话、神话故事有着不少"相似"与"吻合"之处。本文的比较研究虽然较为简单，但从中却可以看出二十年代比较儿童文学受到重视的情况。顺带说一句：比较儿童文学现在仍是儿童文学理论研究的一个薄弱环节，希望有识者来重视这方面的工作。

148. 德国的《劳动儿童故事》（阿英）

本文节录于1928年3月10日出刊的《小说月报》第19卷第3号阿英著《德国文学漫评》一文，署名"钱杏邨"。标题系评选者所加。

阿英（1900—1977），现代著名作家，戏剧家，文学史家。安徽芜湖人，原名钱杏邨。北伐战争中在全国总工会工作，大革命失败后，在上海进行革命文化活动，和蒋光慈等发起成立太阳社。1930年参加左联的筹备和领导工作。抗战时期从事抗日宣传活动。1941年冬举家赴苏北根据地。新中国成立后曾任华北文联主席、全国文联委员、中国作家协会理事等职务。他的著述丰富，涉及面广，包括文艺创作、文艺评论、文学史与文艺史研究等，尤其对我国近代文学和现代文学资料的搜集、整理和研究，作出了卓越贡献。

本文介绍了德国女作家米伦创作的直接反映社会现实、表现工人阶级与劳动人民思想感情的"劳动儿童故事"，评析了《玫瑰花》《小麻雀》《小灰狗》《为什么》四篇作品的思想内容与艺术特色。作者认为，德国"劳动儿童故事"是一种崭新的儿童文学，它反映了"工人阶级和奴隶们的事实"，表现他们"拼命的挣脱掉压迫，努力的追求光明的心理""在这部童话里作者是很诚挚的慈母似的告诉孩子们：在这个世界上穷人们是最痛苦的""要免除痛苦只有打倒穷人们的敌人"，但要起来革命必须"先有觉悟，能觉悟才有决心，才有打倒敌人的希望"。阿英认为，这部童话提出了"有益于世界问题的解决"的重大课题，这正是它的价值所在，故很有"介绍的必要"。德国"劳动儿童故事"的译介，表明了当时革命文艺工作者主张把革命斗争与现实主义精神直接输入儿童文学的思想，对于以后左翼作家从事革命儿童文学的工作起了促进作用。

149. 托尔斯泰童话论（顾均正）

本文原载 1928 年 9 月 9 日出刊的《文学周报》第 333、334 期《托尔斯泰百年纪念专号》。

作为俄罗斯语言艺术巨匠的列夫·托尔斯泰（1828—1910），不但以其《战争与和平》《复活》《安娜·卡列妮娜》等不朽作品将世界文学的发展推进了一大步，而且，他还作为思想家和慈善教育家的热心倡导者，在家乡创办过农民学校，为孩子们编写过大量读物，留下了一批珍贵的儿童文学作品。列夫·托尔斯泰的童话如《高加索的故事》《空大鼓》等在"五四"时期就已被译介到中国，他的名作《爱说谎的孩子》（即《狼来了》）《狗和自己的影子》等长期被选作小学语文教材。本文介绍了列夫·托尔斯泰创办农民学校、教育杂志及为农家孩子编写读物的情况——这正是他走上童话创作道路的直接原因；评析了他的主要儿童文学作品——《托尔斯泰二十三故事》所包含的文体与内容，并将列夫·托尔斯泰童话与安徒生童话作了比较。作者认为，安徒生童话"是以儿童为本位的"，其特点是"天真朴素，和远离成人的世界"；而托尔斯泰童话则"处处和现实的社会问题相接触而远离着儿童的空想的世界"，因此更富于思想性与教育性。这与他崇尚的"理性"与"爱"的人生哲学密切相关。本文体现了二十年代我国儿童文学批评界对列夫·托尔斯泰儿童文学创作的理解与研究的状况，具有一定文献价值。

150.《幸福的船》编者序（巴金）

本文原载 1931 年 3 月上海开明书店出版的爱罗先珂童话集《幸福的船》（巴金译），现选自 1982 年上海文艺出版社出版的《巴金论创作》。

爱罗先珂的童话曾经广泛地流行于我国，"这个俄罗斯的盲诗人，他以人类的悲哀为自己的悲哀，他爱人类更甚于爱自身""他把他的对于人类的爱和对于现制度的恨谱入了琴弦"，写入了他的童话之中。洋溢在爱罗先珂童话中的"想造一条为全人类乘坐的幸福的船来普救众生"的温暖的人道主义精神与对"现社会制度的恨"，曾经深深地感染了二三十年代的中国年轻一代，也深深地感染过巴金。中国的"孩子的心是和盲诗人的心共鸣的"。本文体现了作

第三十三章　1902—1949年的理论代表作（156篇点评）

者执着地向往光明、追求理想的精神，他愿"把个人的生命拿来为他人而放散，甚至为他人而牺牲"。通过本文，正可以感受到爱罗先珂童话在中国读者中的深刻影响与精神共鸣作用，感受到中国现代儿童文学善于从民族多元的外来文化中吸纳丰富的精神养料的健全功能。

151. 介绍几本儿童读物（陈衡哲）

本文原载1933年3月出版的《图书评论》第1卷第7期。

陈衡哲（1890—1976），笔名莎菲。江苏武进人，祖籍湖南衡山。1914年赴美留学，先后在美国沙瓦女子大学、芝加哥大学学习西洋史、西洋文学，分获学士、硕士学位。1920年被聘为北京大学教授，讲授西洋史；后任职于商务印书馆、东南大学、四川大学。抗战胜利后，定居上海。新中国成立后任上海市政协委员。著有短篇小说集《小雨点》《衡哲散文集》《文艺复兴史》《西洋史》及《一个中国女人的自传》等。

陈衡哲是中国新文学史上最早的作家之一。当文学革命蓬勃兴起的时候，"首先响应拿起笔写小说的作家最先是鲁迅，第二个就是陈衡哲。她实是新文学运动第一个女作家。"（司马长风著《中国新文学史（中卷）》）。《小雨点》是陈衡哲从1917年至1926年间的作品中选出来的十个短篇集。其中的《小雨点》《西风》《运河与扬子江》"是融合寓言、童话及天候气象知识于一炉的作品"，借助于对自然界的描写，寓意颇深，又极富诗情画意，是中国现代儿童文学史上最早出现的一批创作童话。1929年3月，胡适在为陈衡哲《小雨点》所作序言中认为："当我们还在讨论新文学问题的时候，莎菲却已开始用白话做文学了。《一日》便是文学革命讨论初期中的最早的作品。《小雨点》也是《新青年》时期最早的创作的一篇。民国六年（1917年）以后，莎菲也做了不少的白话诗。我们试回想那时期新文学运动的状况，试想鲁迅先生的第一篇创作《狂人日记》是何时发表的，试想当日有意作白话文学的人怎样稀少，便可以了解莎菲的这几篇小说在新文学运动史上的地位了。"

本文的内容体现了陈衡哲用接受美学的观点（虽然当时还未出现"接受美学"的概念）探讨儿童文学创作特征的一些思考。她认为儿童文学不能"天天

板起面孔来给儿童讲道德经",而是应从以下四方面努力：一、兴趣。作者对作品的本身就应当充满着浓郁的兴趣,这样才能感染小读者。二、适合儿童心理,即具有适合儿童想象力的故事情节。三、注重美的感化。四、文字简易流利。她认为她在本文中所推荐的三种外国儿童读物正具有这几方面的优势。

152.《表》与儿童文学（胡风）

本文写于 1935 年 10 月 14 日,原载 1936 年出版的胡风文艺评论集《文艺笔谈》。

作者在本文评析了苏联作家班台莱耶夫的中篇儿童小说《表》的思想内容与艺术特色,并对儿童文学的创作问题提出了自己的明确见解。作者认为《表》的"最基本的特色"就是"对于传统儿童文学的最有力的反抗"——它既不描写王子公主、妖魔精怪,使儿童沉湎在"一个超现实的世界里面"；也不是把儿童"屈伏"在作家"特定的道德世界里面",成为作家主观精神的被动接受者。《表》所描写的是儿童作为"现实生活底参加者",儿童的精神活动与"现实生活纠葛"在一起的真实的人生。胡风提出,"儿童文学必须是反映人生真实的艺术品""同时又必须用的是切合儿童底心理状态和知识水准的取材法和表现法"。本文体现了胡风坚持现实主义道路的儿童文学观,对于促进三十年代儿童文学的创作具有积极意义。但是,他"不承认"描写"公主王子的童话""是有益的儿童文学"；"用文学体裁写科学知识的儿童读物""也不能把那当作真正的儿童文学",这一提法比较片面。因为题材不是决定一切的因素,例如王尔德的童话《快乐王子》、凡尔纳的科学幻想小说,就一直是被当作儿童文学看待的。

153.儿童文学在苏联（茅盾）

本文原载 1936 年 7 月 1 日出刊的《文学》第 7 卷第 1 号。

随着时代进展,我国对外国儿童文学的译介由"五四"前后以欧洲为主,逐渐转变到三十年代以苏联为主,并一发而不可收,成为以后数十年间的主要译介内容。苏联儿童文学不仅使中国小读者看到了新的世界中的新的儿童形象,同时也给当时的儿童文学理论与创作带来了新的影响。三十年代是苏

第三十三章　1902—1949年的理论代表作（156篇点评）

联儿童文学发展的重要阶段。在高尔基的直接领导下，苏联儿童文学界既与忽视儿童文学反映现实生活的倾向作斗争，也与庸俗社会学制造的种种混乱的文艺主张作斗争。努力汲取苏联儿童文学的新的精神，这对于三十年代的中国儿童文学无疑是必要与正确的。本文旨在传达有关苏联儿童文学建设的一些最新信息。作者着重介绍了苏联举国上下重视儿童教育与儿童文学的情况，谈了苏联儿童文学的出版现状，"儿童文学大会"所做的工作，重视"神幻故事"的编写译介，动员作家为孩子们写作，建立起作家与小读者的密切联系，儿童剧院与儿童剧的发展等。文章写得热情洋溢，寄托了茅盾对新儿童文学的憧憬与希望。

154.马尔夏克谈儿童文学（茅盾）

本文写于1947年11月5日，原载1947年11月30日出刊的《今文学丛刊》第二本《我是中国人》，又见于1948年4月开明书店出版的《苏联见闻录》。

马尔夏克（1887—1964）是苏联儿童文学的奠基者之一，杰出的诗人与理论家。他为苏联儿童写下了大量的儿童诗歌，这些诗中的优秀部分已进入了世界儿童文学的宝库；作为理论家，他还为提高儿童文学作品的思想和艺术质量提出了不少新鲜见解。1946年底至1947年春，茅盾应苏联对外文化协会的邀请，访问了苏联。他特地去拜访了马尔夏克，两人就儿童文学问题作了交谈。本文即是这次访问的记录。茅盾认为："苏维埃的儿童文学是世界上从未有过的全新的儿童文学，这全新的儿童文学的创始者和领导者就是马尔夏克。"本文有助于当时的中国文坛了解与认识苏联的儿童文学，作者所记述的马尔夏克对儿童文学的见解为我国儿童文学理论批评提供了借鉴，同时也表明了茅盾对"全新的"儿童文学的肯定与憧憬。

155.《快乐王子集》译后记（巴金）

本文原载1948年3月上海文化生活出版社出版的王尔德童话、散文诗集《快乐王子集》（巴金译），现选自1982年上海文艺出版社出版的《巴金论创作》。

英国王尔德童话曾在我国广为流传。他写的两本短篇童话集《快乐王子》和《石榴之家》被认为"控告现社会制度的两份真正的公诉状""它们中间贯

穿着一种微妙的哲学，一种对社会的控诉，一种为着无产者的呼吁"。这种强烈的现实主义精神与社会批判主题，正是为我国翻译外国儿童文学所需要的。巴金曾为完整地翻译王尔德童话付出了大量劳动。本文体现了巴金翻译外国儿童文学的一丝不苟的极端负责精神和直面现实，为"无产者呼吁"的进步翻译观，同时也有助于理解王尔德童话的思想意义与艺术特色。

156. 儿童文学译作广告选录

本文出于多种文献资料。

外国儿童文学尤其是其中的经典名著的译介出版，对于促进发展中国现代儿童文学，具有重要的借鉴作用，同时更是丰富繁荣童书市场的重要资源。民国时期的童书出版机构与发行商，十分重视图书的推广介绍，图书广告是主要手段之一。本文所选录的外国儿童文学译作广告文字，大多由名家亲自撰写，这有鲁迅、巴金、梁实秋等，也有的是出版机构所为。图书广告作为言简意赅的"书评"，文字大多浅显风趣、生动鲜活，使人产生一睹为快的购书欲望。名家撰写的广告文字，同时也包含着作者的文学理念，如巴金认为英国"王尔德的'童话'并非普通的儿童文学，而是童话体的小说"。这是很有见地的。实际上，欧美儿童文学中的"童话小说"较之一般"童话"，无论思想内涵与艺术章法，都更"高深"，有的甚至有"成人本位"倾向。有关"童话小说"问题，近年出版的舒伟著《从工业革命到儿童文学革命：现当代英国童话小说研究》（中国社会科学出版社 2015 年版）一书，有深入精准的论述，可资参考。——啊，赶紧打住，一不小心，本文也做了一回"图书广告"。

第三十四章
1950—1999年的理论作品（132篇点评）

一、系统工程论

导言

儿童文学是一项系统工程。

儿童义学系统工程的建设，是促进儿童文学发展的重要条件与基本保证，是与儿童文学的生态环境、社会重视、经济投入等诸种外在因素密切相关的；就其内在因素而言，系统工程的建设涉及到文学作品的社会传播（出版）、社会评估（评奖）、社会反馈（批评）以及作品作为社会精神公器的积累、收藏与研究、教学等。举凡儿童文学作家队伍的养成、研究现状的观察、重要决策的发布、重大会议的影响、重点刊物的举措等，也都属于本辑视野关注的范围。

当今中国社会正在由长期奉行的计划经济向市场经济转轨，整个文化领域包括文学领域面临严峻的挑战。在这样一个历史关键时刻，面对文学外部环境的深刻变化，作为儿童文学工作者应如何正视市场经济的影响和挑战？儿童文学的出路何在？这是儿童文学界普遍关注的问题，也是儿童文学系统工程建设

的重大课题。毫无疑问,随着社会主义市场经济的完善和发展,市场经济对儿童文学系统工程的建设必将产生越来越深广的影响。21世纪的中国儿童文学,将在市场经济的全新外部文学环境中展开其系统工程的全新建设。

1. 中国作家协会关于发展少年儿童文学的指示

本文原载北京《文艺报》1955年第22期。

中国当代儿童文学是随着1949年10月中华人民共和国的成立而开其端,随着时代的发展而发展的。50年代初,年轻的共和国生机蓬勃,政通人和,百废俱兴。新的社会生活、新的时代精神及其变化着的少年儿童阅读习惯与审美心理,要求当代儿童文学有一个大的转型与发展。而迅速发展儿童文学事业的关键,则在于大力培养新的创作力量,繁荣创作局面。1955年10月,中国组织和领导作家进行创作、批评、学习等活动的最高文学团体——中国作家协会,召开第十四次理事会主席团会议(扩大),专门讨论了发展少年儿童文学创作的问题,会后向全国各地的分会发出了《关于发展少年儿童文学的指示》,并制订了1955—1956年有关发展儿童文学创作的具体计划。《指示》就发展儿童文学的重要性、现状及繁荣创作应注意的一些问题作了具体部署。《指示》指出:"少年儿童文学是培养年轻一代成为优秀的社会主义事业接班人的强有力的工具;发展少年儿童文学创作,是关系着1亿2000万少年儿童的精神食粮的极其迫切的任务。""各地分会应该把发展少年儿童文学的问题列入自己经常的工作日程,积极组织少年儿童文学创作。"《指示》认为,"文学作品的思想性和政治性是通过活生生的艺术形象表现出来的,不要在作品中千篇一律地对孩子进行说教、训诫,不要生硬地在作品里附加政治口号"。本文充分体现了50年代中国作家关心、支持、参与儿童文学事业的赤诚之心,正是这种赤诚及其切切实实的创作实践,才迎来了当代儿童文学的第一个"黄金时期"——50年代创作的繁荣局面。本文是考察50年代儿童文学系统工程建设的重要文献。

2. 中国儿童文学是大有希望的(茅盾)

本文原载1979年3月26日北京《人民日报》。

第三十四章 1950—1999年的理论代表作（132篇点评）

1966年5月至1976年10月，中国发生的长达10年之久的"文化大革命"运动，"文革"结束之初的数年间，政府职能部门和中国作家协会采取了许多重要举措，努力再造儿童文学的繁荣局面。1978年12月1日至20日，中国少年儿童出版社《儿童文学》编辑部与《中国少年报》社在北京联合举办"文革"后的第一次"儿童文学创作学习会"，茅盾、冰心、张天翼、严文井、冯牧等19位作家向来自全国23个省、市、自治区的47位青年作者作了有关儿童文学的谈话与报告。本文即是12月17日茅盾会见全体学员时的谈话。茅盾认为，儿童文学有着自己独特的艺术规律，"儿童文学最难写。试看自古至今，全世界有名的作家有多少，其中儿童文学作家却只寥寥可数的几个"。要繁荣儿童文学，首先需要"解放思想"，对于过去"作茧自缚"的儿童文学教育性问题、对于过去批评过的"童心论"都应"以争鸣的方法进一步深入探索"。茅盾敏锐地看到了束缚儿童文学发展的症结所在，呼吁"儿童文学的理论建设也要来个百家争鸣"。本文洋溢着茅盾毕生关心儿童文学的满腔热忱，同时也预示着一个解放思想的生机勃勃的儿童文学新局面的到来。

3. 国务院批转《关于加强少年儿童读物出版工作的报告》

本文原载北京《出版工作》1979年第2期。

在文学作品的整个传递过程中，社会出版的传播扩散是诸环节中非常重要的中介层次，没有出版的传播扩散，一切文学作品的社会功用与美学价值就无从谈起。据1977年统计，当时全国2亿多小读者只有20个有影响的儿童文学作家，两家少年儿童出版社，200个儿童读物编辑，每年仅出200种读物。书荒的严重正是出版传播急剧衰退的结果。新时期儿童文学系统工程的建设，顺理成章地把社会出版等传播手段置于重要地位。本文正是这一时期大力加强少年儿童读物包括儿童文学出版工作的历史性文件。《报告》就做好少儿读物的出版工作，提出了五条意见：一是少儿读物出版工作必须为中国共产党在新时期的总任务服务，为提高整个中华民族的科学文化水平贡献力量；二是读物应该具有少儿特点；三是读物应该富有知识性；四是读物还应该富有趣味性；五要提倡题材、体裁多样化。《报告》还就加强少儿读物出版机构、发展壮大

作者队伍繁荣创作、加强印刷力量做好发行工作、办好少儿报刊等问题提出了具体措施。尤为欣慰的是，加强儿童文学理论研究第一次出现在中央政府的文件上，《报告》指出："为了培养创作和理论研究方面的新生力量，建议在有条件的大学和师范学院的中文系，恢复或建立儿童文学专业，并招收儿童文学研究生。"中央政府这一文件的公布及稍早之前的1978年10月由国家出版局等中央部门在江西庐山召开的"全国少年儿童读物出版工作会议"（庐山会议），是中国当代儿童文学发展的历史性转折，预示着一个生机勃勃的全面建设儿童文学系统工作的新局面的到来。

4. 全国儿童文学理论座谈会纪实（会议秘书组）

本文原载1991年12月河北少年儿童出版社出版的《儿童文学探讨》（陈子君编选）一书。

1984年6月16日至29日，文化部在石家庄召开中华人民共和国成立以来第一次"全国儿童文学理论座谈会"。这次会议回顾了"文革"结束以后重振儿童文学所取得的实绩及存在的问题，围绕如何进一步提高儿童文学创作质量，着重讨论了儿童文学的特点和文学的一般规律的关系、儿童文学和教育的关系、80年代少年儿童的特点和如何塑造新的人物形象、童话的时代特色及幻想和现实的结合问题等四个议题。与会者对此四方面的议题提出了自己的见解与思考，认为儿童文学创作的发展及其所遇到的问题，"在客观上突出了加强儿童文学理论批评、研究和指导的重要性和迫切性"。这次会议对于儿童文学贯彻"双百"方针，活跃理论思维、促进学术研究产生过重要影响。本文所记录的会议信息，是考察80年代中国儿童文学理论建设的重要文献。

5. 全国儿童文学创作会议开幕词（束沛德）

本文系作者在1986年5月文化部、中国作家协会联合召开的"全国儿童文学创作会议"上的开幕词，原载1987年上海《儿童文学研究》总第26辑。

束沛德（1931—），江苏丹阳人，笔名舒霈、缚高。1952年毕业于复旦大学新闻系，长期从事文学组织和文学评论工作，曾先后在中国作家协会创作委员会、河北省文联文艺理论研究室等部门任职。1982年后历任中国作家协

第三十四章 1950—1999 年的理论代表作（132 篇点评）

会书记处书记、创作联络部主任、儿童文学委员会主任委员，并兼任国际儿童读物联盟中国分会执行委员、全国少年儿童文化艺术委员会委员等。著有《束沛德文学评论集》等论著。

1986 年 5 月，文化部、中国作家协会在山东烟台联合召开"全国儿童文学创作会议"。这次会议被文坛誉为中华人民共和国成立以来儿童文学界"四世同堂"的盛大集会，200 多位有代表性的作家、评论家、出版家出席，共议新时期儿童文学的发展与面临的挑战，共商进一步繁荣创作、理论、出版的大政方略。本文作者在这次会议上所作的开幕词，体现了中国文坛的最高决策机构与职能部门对当时儿童文学的评估及期待。《开幕词》认为："儿童文学界最迫切的任务是要在提高作品的质量上下功夫，争取儿童文学创作的思想水平、艺术水平有一个新突破。"会议围绕着如何进一步提高儿童文学创作质量这个主题，就儿童文学反映时代精神塑造当代少儿的典型形象、儿童文学的创新、创作队伍的建设等问题展开了热烈讨论。本文传达的信息，是考察 80 年代儿童文学创作现象的重要文献。

6. 中国作家协会关于改进和加强少年儿童文学工作的决议

本文原载 1987 年上海《儿童文学研究》总第 26 辑。

80 年代是中国当代儿童文学的又一个大发展时期，观念更新，创作活跃，新人辈出，成绩卓著，但在创造和理论方面仍有一些不尽如人意的地方。改革开放的时代精神与当代少年儿童的心理特点、审美趣味，要求儿童文学界进一步开拓进取、更新观念，摆脱陈旧的创作思想、模式的束缚，使儿童文学有一个更新更高的跃进。为了促进少年儿童文学的进一步发展和繁荣，1986 年 6 月 14 日，中国作家协会主席团第四次会议通过了《关于改进和加强少年儿童文学工作的决议》。《决议》决定把少年儿童文学工作列为作协重要工作日程、恢复作协儿童文学委员会、设立儿童文学奖、加强理论研究和作品评论，并要求作家积极投入儿童文学创作。这些措施以后都该项得到了落实，尤其是 1987 年举办的第一次中国作协儿童文学奖的评奖、作协机关报《文艺报》开设"儿童文学评论"专版及 1988 年中国作协在烟台召开的"儿童文学发展新

趋势讨论会"等举措,均在文学界产生了重大影响,有力地促进了新时期儿童文学的进一步发展和繁荣。本文是继 1955 年中国作家协会《关于发展少年儿童文学的指示》以来,又一项有关加强儿童文学工作的重大决策,是中国当代儿童文学史上的重要历史文献。

7. 儿童文学理论建设的构想(王俊英)

本文原载开封《河南大学学报》1990 年第 2 期。

王俊英(1948—),女,河南开封人。1978 年就读于河南开封师范专科学校,曾在开封幼儿师范学校、河南大学教育系任教。现在北京市教育科学研究所从事教育研究工作。与人合著有《教育艺术论》《学习方法论》等。

本文分析了造成中国儿童文学理论体系"六十年一贯制"的多方面原因,认为"从'五四'时期强调顺乎儿童之本位心理,到五十至七十年代强调对儿童的社会性要求,以至八十年代在二者之间进行二元选择",其理论体系均是"以'儿童'为该学科的逻辑起点,以教育为宗旨",以"儿童单支点来支撑、构架儿童文学的逻辑体系的"。60 年来,儿童文学"从未爆发过库恩式的'科学革命',从未谋求过变换逻辑起点、研究方法",使儿童文学理论体系"出现理论范式的更新";而"理论研究缺乏哲学意义上的批判精神、变革精神则是造成这种平衡态的主体性原因"。作者提出了建立以"儿童—成人"双支点为逻辑起点的儿童文学理论主体构架的设想,使儿童文学理论体系成为多元结构、控制系统与开放系统。本文生气流动,新见迭出,充满哲思,提出了一些值得儿童文学界重视的理论课题,是一篇难得的创意文字。笔者尤为赞同下列见解:"逻辑起点与思维角度的不同凝聚点与组合方式将产生不同的儿童文学理论体系。譬如:用哲学方法研究儿童文艺观、儿童文艺活动、儿童文艺作品;用心理学方法研究儿童文艺创作心理、儿童文艺欣赏心理、儿童文艺心理评论;用美学方法研究儿童文艺创作美学、儿童文艺接受美学;用人类民俗学方法研究儿童文学与民间文学的关系以及儿童文学的发展性格;用未来学方法研究儿童文艺的未来,展望儿童文学发展的趋势与途径等等。"如果我们的儿童文学理论真能出现这么多的具有不同个性的门类,那么,建立完全崭新的属于儿童

第三十四章 1950—1999 年的理论代表作（132 篇点评）

文学自身结构（而不是套用一般文学原理）的理论体系也就指日可待了！

8.论儿童文学作家的类型（黄云生）

本文原载金华《浙江师范大学学报》1991 年"儿童文学研究专辑"。

黄云生，曾任浙江师范大学儿童文学研究所教授、所长、硕士研究生导师。与人合著有《中国现代儿童文学史》《人之初文学解析》等。

文学艺术的流程是由主体个别人（作家）头脑中产生的精神产品（作品），经过复杂的社会中介层次（出版、发行等）到达众多的消费者（读者）手中的过程，也即作家—作品—中介层次—消费者的四维形式。作家的状况如何，直接关系到文学系统工程建设的一切。本文认为研究儿童文学作家的类型，"应该有自己独特的角度"，即需要从作家"创作儿童文学的内在动力"出发。据此原则，文章将儿童文学作家划分为两大类六小型（自觉类—教育型、社会使命型、娱乐型；自发类—童心型、儿童崇拜型、童年回忆型），并系统考察了不同类型作家的创作动机及对作品的影响。文章还探讨了儿童文学作家类型研究的意义。本文对儿童文学作家类型的探讨，在理论界尚不多见，独出己抒，自成一说，对于进一步开展"作家研究"与培养造就儿童文学新生力量具有现实的启发意义。

9.新时期儿童文学系统工程的建设（王泉根）

本文原载 1992 年 10 月湖南少年儿童出版社出版的《中国儿童文学现象研究》（王泉根著）一书。

本文系统考察了 80 年代以来中国新时期儿童文学系统工程建设的几个主要方面，包括：政府职能部门的重视；传播媒介（出版与报刊）的发展；儿童文学评奖的设立；学会、笔会、研讨会的活动；高等学校儿童文学教学的提升；儿童文学丛书出版情况等。作者认为："儿童文学系统工程的建设，是促进儿童文学发展的重要条件与基本保证，是与儿童文学的生态环境、社会重视、经济投入等诸种外在因素密切相关的。没有新时期以来改革开放的社会文化大背景，就没有一系列儿童文学良性循环的运作，也不可能有以上这些系统工程的有效建设"。文章在分析新时期儿童文学的背景时提出，儿童与儿童文学的再

发现，是"中国当代儿童文学的生态环境得以改善与儿童文学系统工程建设得以顺利进行的根本保证"。"'五四'时期的'发现'是基于民主与科学的目标，把儿童从封建桎梏的压制下解放出来，使之享有作为一个正当的'人'的权利；新时期的'发现'，则是从改革开放、振兴中华的目标出发，塑造中华民族未来一代崭新的精神性格，培养造就千百万'有理想、有道德、有文化、有纪律'（邓小平语）的一代新人。"本文对于研究中国当代儿童文学的发展及系统工程的建设，具有一定文献价值。

10. 《儿童文学研究》的坎坷历程（朱彦）

本文原载上海《儿童文学研究》1992年第6期。

朱彦（1937—），上海人。1956年起长期在少年儿童出版社、上海文艺出版社从事编辑工作，曾主持编辑过《儿童文学研究》《巨人》《故事大王》等刊物。曾任（上海）少年儿童出版社编审室副主任、编审。著有论著《新时期儿童文学》及《小犬外传》《新编杨家将传奇》等多种中长篇儿童小说。

（上海）少年儿童出版社编辑出版的《儿童文学研究》，是中国当代儿童文学史上唯一的理论研究期刊。自1957年创刊起至1959年，作为内部刊物出版了7期；1959年11月起在全国公开发行，但4年期间仅出版了8期，1963年停刊；1979年复刊后改为每季发稿一次，至1987年共编印了28辑；1988年起改版，由原先的大32开不定期丛刊改为16开的双月刊，每年6期。1996年后改为季刊。《儿童文学研究》步履艰难地走过了三十多年历史。本文作者长期参与该刊的编辑工作，以切身体验与感受写下了这篇文情并茂的回忆文章。本文所记录的虽是《儿童文学研究》一个刊物的办刊历程，但由于这个刊物是当代中国唯一的儿童文学理论杂志，又加之处于中国儿童文学"半壁江山"地位的上海，所以正如作者所说，这本刊物所积存的文字信息，实际上已成了"我国当代儿童文学发展状况的历史记录，它们从各个侧面，描绘了这三十多年来我国儿童文学所走过的一条漫长而又崎岖的路"；"儿童文学是个多灾多难的事业，儿童文学理论研究更其如此"。阅读本文，你会深思，你会叹息，你会动情，但你更能感受到儿童文学工作者那一种高度的敬业精神与彻

第三十四章 1950—1999 年的理论代表作（132 篇点评）

底的献身精神。本文对于考察中国当代儿童文学理论研究现象，认识儿童文学理论发展的艰难历程，具有重要文献价值。所憾《儿童文学研究》在编印至总第 102 期后，已于 1999 年年底停刊，在 20 世纪末画上了句号。

11.《儿童文学选刊》十二年（周晓）

本文原载上海《儿童文学选刊》1993 年第 1 期。

周晓（1933—），广东潮阳人，曾用笔名石干。1952 年毕业于上海学院中文专修科，五六十年代在新文艺出版社、人民文学出版社上海分社任理论编辑。70 年代后期进入（上海）少年儿童出版社，现为编审。1981 年受命创办《儿童文学选刊》，历任副主编、主编，系中国作家协会会员。著有《儿童小说创作探索录》《少年小说论评》《周晓评论选》等论著。

在中国当代儿童文学系统工程的建设中，上海的少年儿童出版社办了两个大项目：一是创办《儿童文学研究》（以下简称《研究》），记录了长达 30 多年的理论现象；二是创办《儿童文学选刊》（以下简称《选刊》），选辑了 80 年代初期以来的重要作品。这两家刊物所积累的文字信息，已成为研究中国当代儿童文学的宝贵文献，如果没有它们的存在，当代儿童文学或许就会冷清寂寞得多。本文作者当时为《选刊》主编，从 1981 年受命创办《选刊》到成文之时，一直参与编务，对介绍该刊最有发言权。《选刊》被誉为"中国儿童文学的窗口"，对引导新时期儿童文学的创作思潮、阅读心理产生过重要影响。该刊之所以能办出自己的特色，这与始终坚持"高品位"的办刊方针密切相关。周晓在本文述及：《选刊》的既定方针是"以成人读者为主兼顾少年读者""在为读者提供集中阅读的便利的前提下，《选刊》应该及时反映新时期儿童文学发展的面貌，主要供儿童文学工作者、习作者、爱好者阅读，同时兼顾少年读者的需要"。这样，刊物"便可以在儿童文学创作发展过程中的探索创新方面，予以较多的注视并给予及时的反应，从而在创作的突破与进一步的发展上，发挥较为特殊的作用"。事实证明，这一方针对于提升刊物质量进而引导和提升整个儿童文学的创作思潮与质量，无疑是一种清醒的抉择。笔者曾在《选刊》创刊五周年的笔谈中，写过以下一段文字："我最欣赏《选刊》的是两个字：

'胆'与'识'。她做到了。敏感时代脉搏，密切关注着80年代的孩子世界，具有一定尖锐性的主题思想与新颖独特的表现手法的作品，如《祭蛇》《今夜月儿明》《独船》《绿色钱包》《弓》《新星女队一号》《勇敢理发店》等，都通过《选刊》推荐给广大读者，而且配发了各种评论与表现选家倾向性的文字。真理存在于不同学说的切磋琢磨之中。《选刊》的'胆'使儿童文学界对一些长期混沌一团的问题逐渐取得了比较一致的意见（虽然还不多），从而促进了当代儿童文学的创新与研究。识，她也具备。80年代涌现出来一批不同于50年代、60年代的风采的儿童文学新秀，无一不在《选刊》登台亮相，而后为文坛瞩目。'一时代有一时代之文学'，我以为，80年代的《儿童文学选刊》应有统领80年代儿童文学新潮流的气魄。《选刊》的'识'，使一大批儿童文学新人崭露头角，并促使他们较快地成熟起来。"办刊方针在很大程度上决定着刊物的面貌与分量。这里，笔者不由想到了《儿童文学研究》。作为当代中国唯一的儿童文学理论研究专业刊物，《研究》无疑应将"学术"置于中心地位。学术的特征在于累积性、探索性与创造性，学术刊物的特点即在于研究"学术"，与其他知识性或普及宣传性的刊物判然有别。可是——许我直言——《研究》曾在以往的一个时期内，充溢着即兴随感式、学习体会式、就事论事式的"评论"文字，缺乏应有的学术分量，而对于所谓"学院式"的研究文章表示了某种轻蔑。笔者以为，这与该刊早期的编辑方针及由此而形成的编辑习惯不无关联。该刊在1959年提出的编辑方针，用当时主编的话说是这样的："《儿童文学研究》与其说是专门进行理论的学术性刊物，不如说是一个交流儿童文学创作经验，探讨儿童文学创作问题，评论优秀的或者存在缺点的儿童文学作品，介绍一些有关儿童文学基本知识的文艺知识读物，更为确切。"因之，有关的"创作谈"一类的文字占的比重最大。笔者思考，如果《研究》的办刊方针也与《选刊》一样，追求一种"窗口"意识，一种"探索创新"的精神，而不仅仅是"知识读物"，那么，当代儿童文学的理论风格、学术品位或许会是另一种景象了。——须知，数十年间，中国的儿童文学理论刊物仅此一家，别无分店！当然，知易行难，看人挑担不吃力，《研究》的坎坷历程与办刊的艰

第三十四章 1950—1999 年的理论代表作（132 篇点评）

辛非局外人所能感受。

12. 市场经济和儿童文学（韦苇 林飞）

本文原载上海《儿童文学研究》1994 年第 2 期。

韦苇（1934— ），原名韦光洪，浙江东阳人。1958 年毕业于上海外国语学院，分配到昆明，曾先后在云南教育学院从教和哀牢山落户从农。1980 年调至浙江师范大学，现为该校儿童文学研究所教授、硕士研究生导师，系中国作家协会会员、国际儿童文学研究会会员、中国儿童文学研究会理事等。著有《世界儿童文学史概述》《外国童话史》《西方儿童文学史》《俄罗斯儿童文学论》等多种著作。

林飞（1937— ），祖籍广东中山，出生于广西百色。1961 年毕业于广西师范大学中文系，留校任教。现为广西师范大学中文系副教授，系广西作家协会会员，与人合著有《儿童文学大全》等。

1992 年 10 月，中国共产党第十四次全国代表大会（十四大）确立了建立社会主义市场经济体制的改革目标，以后，十四届三中全会又制定、通过了关于建立社会主义市场经济体制，包括推行现代企业制度等 50 条决定。1994 年初出台的关于金融体制、财税体制等五大改革，都是从根本上触及到了 1949 年中华人民共和国成立以来所奉行的计划经济的本质与要害。社会主义市场经济体制是人类社会发展史上的一大创举。从计划经济转变为市场经济，这是一场真正的体制内的改革，是一项复杂的系统工程，使命重大，任务艰巨，影响着当代中国社会的方方面面、各行各业，包括文化与文学事业。中国社会向市场经济转轨的过程中，整个文化领域面临着严峻的挑战，广大文化工作者遇到了前所未有的新问题与困惑，有人下海，有人两栖，有人坚守书斋。在这样一个历史关键时刻，面对着外部环境的深刻变化，作为儿童文学工作者应如何正视市场经济的挑战？儿童文学出路何在？这是儿童文学界普遍关注的问题，也是儿童文学系统工程建设的重大课题。上海《儿童文学研究》1994 年第 2 期开辟了"市场经济和儿童文学"的专题笔谈，本文韦苇和林飞的文章即是其中的两则专稿。文章就如何看待市场经济商品大潮对儿童文学的冲击，这种冲击

是消极的还是积极的，儿童文学应如何反映市场经济并服务于市场经济，以及市场经济、计划经济与儿童文学，市场经济对儿童文学创作、出版的影响等问题，发表了自己的见解，提出了相应的观点。毫无疑义，随着社会主义市场经济的完善和发展，市场经济对儿童文学系统工程的建设必将产生越来越深广的影响。21世纪的中国儿童文学，将在市场经济的全新外部环境中展开其系统工程的全新建设。

二、观念本体论

导言

"文学是人学"，文学的本体存在与人的本体存在是一致的。对人的本体思考（人生观）、对人的初始阶段——儿童少年的本体思考（儿童观），直接影响、制约着对文学、对儿童文学的本体思考。文学活动既是实现人的自由自觉生命活动的个体精神活动，同时又与人的社会实践、社会关怀相关联；既是主体精神本质与审美自由感的彰显和确证，同时又与客观实践品格和社会责任感相贯通。于是，在儿童文学观方面，我们通常可以看到"为儿童而艺术"和"为成人（目的服务）而艺术"这两种主要指向。

13. 《给孩子们》第一版序（张天翼）

本文写于1958年9月，收入1980年人民文学出版社出版的《给孩子们》（张天翼著）一书。

张天翼自献身文学事业以来，一直满怀爱意，不懈地为孩子们写作。30年代，他创作了《大林和小林》《秃秃大王》等著名童话。50年代是张天翼儿童文学创作的第二个高潮期，从1951年始，他发表了小说《罗文应的故事》、童话《宝葫芦的秘密》、剧本《大灰狼》等一系列儿童文学佳作。1954年获第一次全国少年儿童文艺创作一等奖，1980年又获第二次全国少年儿童文艺创作荣誉奖。《给孩子们》是张天翼的一部儿童文学作品选集，作者在序言中回顾了自己的创作体验，提出了儿童文学的两个标准："一、要让孩子们看了能够得到一些益处"；"二、要让孩子们爱看，看得进，能够领会"。他提出

第三十四章 1950—1999 年的理论代表作（132 篇点评）

作品应"拿到孩子们中间去试验"，作家应"跟孩子们真正交上朋友"。文章应有益于天下。儿童文学需要有益、有味，需要注重接受对象的同化机能与实际效果，这是张天翼儿童文学思想的重要内容，对于中国当代儿童文学产生过重要影响。

14. 教育儿童的文学（鲁兵）

本文写于 1978 年 5 月，原载 1979 年上海少年报社编印的《小百花》。

鲁兵（1924—2006），当代著名儿童文学家。浙江金华人。原名严光化，笔名严冰儿、鲁兵。自 50 年代中期起，一直在（上海）少年儿童出版社任职，主要从事幼儿文学创作及儿童文学理论研究，著述甚丰，有《鲁兵作品选》《鲁兵童话诗选》《教育儿童的文学》等。

文学的教育作用是文学的一种普遍性功能。在中国，儿童文学与教育长期以来就结下了不解之缘，侧重从教育的观点看待儿童文学的价值功能，强调文学作品对小读者的"教育工具"作用与共产主义教育方向性的原则，这在 1949 年以来成形的整体性社会里已成为一种习惯定势。本文所提出的"儿童文学是教育儿童的文学"的命题，正是这一习惯定势的理论旗帜。文章着重从阶级观与教育观立论，认为古往今来的"儿童文学都是教育工具，这是毫无疑义的""儿童文学是以儿童为读者对象的，教育儿童的文学，应当遵循党的教育方针，具有教育的针对性"。文章并就儿童文学的主题、题材、形象、趣味性等问题探讨了文学与教育的关系，提出了自己的一些看法。如：作家要"写出名副其实的儿童文学作品来，就必须了解并熟悉自己的宣传对象、教育对象"，做到"心中有儿童"；儿童文学在强调教育的同时，也应注重趣味性，但趣味只是一种手段，其目的是使儿童"通过有趣的故事使他们在欢乐中接受教育"。本文是五六十年代以来儿童文学教育主义理论的典型表述，影响较广。进入改革开放的 80 年代以后，"教育儿童的文学"这一命题不断遇到了挑战，甚至是尖锐的挑战。随着学术讨论的深入与学术见解的逐步认同，作者也对自己的观点作了反思与修正。1990 年 2 月 10 日的《文艺报》曾刊出鲁兵《儿童·文学·教育》一文，进一步阐述了他的儿童文学观，兹引录有关段落，以完整转

述鲁兵的儿童文学思想：

"儿童文学，应是不同年龄阶段儿童为对象的文学，给与小读者们在思想、情感、知识、美感和语言多方面的良好影响，这就是教育。从这个角度来说：儿童文学是教育儿童的文学，可乎？

"说儿童文学是给儿童审美的文学，也是可以的。审美既是过程，又是目的之一（还有之二、之三……）。

"我说的是'教育儿童的文学，不是教育儿童的课本。既是文学，自然离不开作为过程的审美，也包括作为目的的审美。

"因此，我以为两种说法，并非势不两立，非得有我无你不可。学术上的不同意见，切磋为宜；退一步说，各吹各的号，亦无不可。

"1983年以来，对'儿童文学是教育儿童的文学'一时有异议，我想，这多属一见此命题就联想到儿童文学是教育工具的说法，并且将两者等同起来。产生这样的联想是可以理解的，至于两者是否一码事，这要审视其实际内容。"

15. 导思·染情·益智·添趣——试谈儿童文学的功能（刘厚明）

本文原载北京《文艺研究》1982年第4期。

刘厚明（1933—1989），当代儿童文学作家。北京人。1953年毕业于北京师范学校，即从事中小学教学。1961年调入北京市文联从事专业创作，后任北京人民艺术剧院编剧、文化部少儿司司长等职。著有《星星火炬》《小燕齐飞》等儿童剧本与《箭杆河边》等电影剧本，著作甚丰。

儿童文学的价值功能到底是什么？自五六十年代以来，"教育工具论"在中国儿童文学界一直处于一元独尊的地位。本文认为儿童文学"重视教育作用理所应当，但把这种作用当做对小读者的政治思想或道德伦理的单纯灌输，就未免片面了；如果这种灌输又是说教式的、图解式的，那就更糟"！当代儿童文学存在诸多问题，"其中最重要的，是我们对儿童文学的教育功能看得太狭隘、太机械，也存在着'从属于政治'的倾向"。文章明确提出了儿童文学的四大功能：导思、染情、益智、添趣，并紧密结合创作实践，作了相当中肯的探析。本文凸现个性，渗透理念，对于开启80年代初期中国儿童文学观念的

第三十四章 1950—1999年的理论代表作（132篇点评）

更新，促使理论界以开放的观点重新审视儿童文学的价值功能具有积极的引导作用。

16. 儿童文学的当代性（周晓）

本文上篇写于1985年4月，原题《儿童文学的当代性》；下篇写于1986年5月，系作者在"全国儿童文学创作会议"（烟台）上的发言，原题《再谈儿童文学的当代性》。收进1992年3月（上海）少年儿童出版社出版的《周晓评论选》。

周晓的儿童文学理论批评，紧密结合当代儿童文学的历史教训，尤其是新时期的创作现象，勇于探索，善于思考，充溢着反思评判的行动哲学。初期致力于批评极"左"思潮与创作的关系，其后侧重在对儿童文学传统观念如"教育工具论"的反思；对新时期儿童文学中出现的新的艺术现象力求及时作出反应，尽力扶持新人新作。本文对长期处于儿童文学理论界一元独尊地位的"教育工具论"提出了决然的否定，认为只有突破"教育工具论"的束缚，才能充分实现儿童文学的价值功能，实现"从传统性向当代性"的过渡，并进而探索与建设儿童文学当代性的课题。文章认为："儿童文学的当代性，其内涵包括作品的时代感、现实感"，但这并不意味着写当代生活就具有当代性，不论何种题材，"只要投以当今时代的思想光彩，也同样可以体现出不同程度的当代性"。本文对于促进新时期儿童文学的观念更新，催生"以其当代性特征显示出新生机的儿童文学创作新潮"产生过积极影响。

17. 论少年儿童年龄特征的差异性与多层次的儿童文学分类（王泉根）

本文原载金华《浙江师范大学学报》1986年"儿童文学研究专辑"。

本文主要从儿童心理学与接受美学立论，明确提出了按照少年儿童年龄特征的差异性将儿童文学一分为三，即区分为幼年文学、童年文学、少年文学三个层次的观点。文章认为，长期以来我国儿童文学界存在着"儿童文学标准单一性"的问题，即分别从不同的孩子角度（如从幼儿的接受能力与审美情趣）出发，以此作为立论依据，去统率、涵盖、要求整个儿童文学的本质特征、价值功能与艺术创造，由此造成了一系列问题的混乱，大家各吹各的号，各定各

的调，互不买账，互相指责，使儿童文学发展在这个"瓶颈"上卡了壳。为什么过去我们的儿童文学老是受到干扰，禁区重重，关卡道道，无所适从？除了"左"的因素外，不重视、不研究少年儿童年龄特征的差异性对他们接受、鉴赏文学有怎样的影响，不重视、不研究儿童文学接受对象的年龄特征的差异性对各种层次的儿童文学在思想、艺术上应有怎样的具体要求，这不能不说是一个重要原因。文章具体考察了不同年龄阶段的少年儿童的年龄特征及其与之对应的幼年文学、童年文学、少年文学各自的美学特征和思想、艺术上的创作要求，论述了将儿童文学一分为三对儿童文学创作实践的理论意义与现实意义。本文发表以后，曾在儿童文学界产生过实质性的影响，《儿童文学辞典》特列词条"多层次的儿童文学分类"加以评介。随着理论研究的深入，本文作者以后又在"三个层次"的基础上，发展为"三个层次"与"两大部类"，提出了"儿童文学的新界说"。这一观点分别刊载于《百科知识》1989年第4期、《新华文摘》1989年第4期、新加坡《文学》半年刊1990年总第26期，及作者出版的《中国现代作家儿童文学精选》（1989）、《中国儿童文学现象研究》（1992）两书。"儿童文学新界说"这一观念认为："作为文学大系中的一个相对独立的组成部分的儿童文学，是成年人为吸引、提升3—16岁的少年儿童鉴赏文学的需要而创作的一种专门文体。它既是由少年文学、童年文学、幼年文学三个层次的文学所组成的集合体，又是由'儿童本位的儿童文学'与'非儿童本位的儿童文学'两大部类所构成的整体。不同年龄阶段少年儿童的审美心理差异与接受能力，决定并制约着少年文学、童年文学、幼年文学各自具有的美学特征及思想、艺术上的要求；少年儿童审美趣味的自我选择与生长、变化着的视读经验的自我调节，则规定了'儿童本位的儿童文学'与'非儿童本位的儿童文学'存在的客观性与科学性。无论是'三个层次'还是'两大部类'的文学，它们都有维护自己独立的创作规律与艺术个性的权利，都以其自身的文学价值——认识、教育、审美、娱乐与平衡心理的作用，通过童话、小说、散文、诗歌、影剧与科学文艺等体裁，将少年儿童培育引导成为具有健全的文化心理、理想的精神人格、高雅的文学修养、优渥的审美意识的社会成员为最终目的。"

"凡是值得思考的事情，没有不是被人思考过的。"（歌德）本文提出的儿童文学观念只是试图对"儿童文学"重新加以思考而已。

18. 儿童文学观念的更新（曹文轩）

本文原载 1986 年上海《儿童文学研究》总第 24 辑。

曹文轩（1954—），江苏盐城人，1977 年毕业于北京大学中文系，留校任教。现为北大中文系教授，中国作家协会全国委员。著有《草房子》《红瓦》《云雾中的古堡》等多种儿童小说集与《中国八十年代文学现象研究》、《思维论》等文艺理论专著。

曹文轩是 80 年代崭露头角的儿童文学作家，同时致力于文艺理论批评，自由出入于"学问与创作"，两者均有引人瞩目的成就。文学批评家从不满足于成为一个历史学家和学者，他们要成为历史本身，要与文学的历史进程融为一体；他们本身就是当代文学的一部分，甚或就是当代文学的推动者。本文正是作者以作家与批评家的双重身份思考儿童文学的结果。文章热情呼唤中国儿童文学观念的更新，高扬"儿童文学是文学"的旗帜，对儿童文学的价值功能、主题与情节、时间与空间、成人化与接受心理等问题提出了自己的独特见解。作者认为："儿童文学是文学。……它只能把文学的全部属性作为自己的属性。它旨在引导孩子探索人生的奥秘和真谛，它旨在培养孩子健康的审美意识，它旨在净化孩子的灵魂和情感，它旨在给孩子的生活带来无穷无尽的乐趣，而在这同时，它也给了孩子道德和政治方面的教育。"本文体现了 80 年代中国一批生气勃勃的儿童文学新人，力图冲破"教育工具"等传统定势的束缚，再造当代儿童文学辉煌局面的美学追求与进取精神。

19. 儿童文学的困境（赵强）

本文原载长春《文艺争鸣》1986 年第 6 期。

赵强（1960—），天津人。曾用笔名朝翔、司马文常等。1982 年毕业于南开大学中文系，现为天津新蕾出版社副总编辑。作品以杂文、随笔为主。

80 年代早中期，改革开放的时代大潮与东西文化交流的八面来风激荡着

中国文坛。成人文学领域观念更新，方法迭变，不断出现"热"点，而儿童文学领域依然故我，墨守成规。本文是作者在1986年5月"全国儿童文学创作会议"（烟台）上的发言。作者尖锐批评了儿童文学界安于现状、不思进取的局面，认为当前儿童文学存在着作家队伍素质偏低、待遇偏低、作品质量偏低等三方面的问题，而"此中最大的因素是我们的观念仍停留在五六十年代对儿童文学的理解上，未能与时代与创作同步前进"。文章认为，更新儿童文学观念需要对当代少年儿童及其审美需求有一个新的认识，提出儿童文学的"主要读者是未成年读者""我们的儿童文学应界定到17岁""有了年龄的界定，再根据不同时期、不同年龄的孩子的审美需求，创作出适合其理解程度的作品"。本文的观点虽是一家之言，但体现了80年代中国儿童文学界涌动着的一种力图突破理论研究方面的独断论思想，渴望变革，追随时代步伐的进取精神与文学情绪。

20. 当代儿童文学观念几题（班马）

本文原载1987年1月24日北京《文艺报》。

班马（1951—），本名班会文。祖籍安徽巢县，生于上海。曾在上海崇明农场当知青多年。1982年毕业于上海戏剧学院戏剧文学系，一直担任上海《少年报》文艺编辑。1990年调广州师范学院中文系儿童文学研究所工作，现为该所所长、副教授。著有散文集《星球的细语》、长篇童话《绿人》、小说集《没劲》《那个夜，迷失在深夏古镇中》（与韦伶合著）与理论专著《中国儿童文学理论批评与构想》《前艺术思想》《游戏精神与文化基因：班马儿童文学文论》等。

班马是80年代以来最引人瞩目的儿童文学作家，同时活跃在创作与理论两大领域，其作品（如小说《鱼幻》）与理论（如"儿童反儿童化"的观点）不时引起争议。班马的理论兴趣明显指向儿童思维、儿童哲学、儿童审美心理的发生与发展。本文就涉及有关儿童文学创作主体观念的四个问题——成人作者的自我意识、文学眼光所关注的童年观念、儿童文学边界的模糊现象与意义、儿童文学本性的游戏精神等作了探析。这种探析明显带有班马的个性色彩，蕴

第三十四章 1950—1999年的理论代表作（132篇点评）

涵着属于儿童文学美学边疆的开发和扩展的信息脉冲。文章力图在儿童文学中加入文化—哲学的理性意味，呼唤一种"积累了深沉的意识，凝聚了透彻的哲理，强化了自我的使命"而又"不失本性，不失儿童文学的本色"的儿童文学新的传人。

21. 儿童文学本体观的倾斜及其重建（方卫平）

本文原载上海《儿童文学研究》1988年第6期。

儿童文学的创作主体是成人作者，儿童文学的接受主体是儿童读者。儿童文学的这一特殊构成从其诞生之日起就向理论界提出了一个如何界定"本体观"的课题。本文在考察中外儿童文学史上"儿童本位"论的功过得失之后，对传统的单纯以接受主体——少年儿童审美心理为参照的儿童文学本体观质疑。文章认为："儿童文学本体构成既不是单纯的成人（创作主体）世界，也不是单纯的儿童（接受主体）世界，而是两者在儿童文学活动中实现的沟通和融合，是两者熔铸而成的新的艺术实体。"因之，"我们既不能把儿童文学的本体构成理解为单纯的儿童世界或单纯的成人世界，也不能把它理解成儿童与成人世界的简单线性叠加，而应把它看作是由这两个世界交流、融合而成的新的有机体，即儿童文学独特的本体世界"。本文力图构建既从接受主体同时也从创作主体的角度重新思考儿童文学的"新的儿童文学本体观"。这一命题的提出，对于激活儿童文学创作主体自身的审美意识，拓宽儿童文学的审美空间与理论视野，具有学理上的启发性与现实意义。

22. 揭起少年文学之旗（吴继路）

本文原载1994年4月首都师范大学出版社出版的《少年文学论稿》（吴继路著）一书。

吴继路，首都师范大学中文系副教授。

本文旗帜鲜明地提出了建立"少年文学"的口号。虽然80年代中期，也有论者提出过将儿童文学区分为幼年文学—童年文学（儿童文学）—少年文学的观点（参见本书下编第二十二章《论少年儿童年龄特征的差异性与多层次的儿童文学分类》），但对少年文学的理论研究，鲜有深入开展。本文认为，"从

历史的全局观察，人类科学文化进步发展的大趋势，是在各领域、各部门逐步走向精确化、具体化"。世纪末的儿童文学如何面对挑战，如何改革、发展？这是一个大课题，但"儿童文学作为人文学科，作为以陶冶人提高人为归宿，同教育密切联系的精神文明建设工程的构成部分"，要求其"要精细，更注意差别，更深探到微观领域"，则是一个总趋势。从这个意义上说，揭起少年文学之旗，推进少年文学的理论建设与创作发展，必将是未来儿童文学发展的一个热点课题。文章就建立少年文学的必要性、现实性、科学性及其多方面的"积极效应"进行了论述，发表了自己的见解。

本文对少年文学的探讨，实际上是对传统儿童文学观念的一种挑战。毕竟"文学性"的概念是历史的、动态的，文学要随着时代的发展而发展。固然，回答关于"文学的本质是什么？""儿童文学的本质是什么？"可以是一种辨析，一种议论，但不应成为无所附丽、凌空蹈虚的哲学玄想。即使是最主观的批评，也离不开作为客体的变化发展着的文学创作实践，而文学创作实践须臾也离不开社会生活的土壤。美国历史学家艾尔曼说："我研究中国思想史，主张'语境化'（Contextualization），也就是把思想史同经济、政治、社会的背景相关联。"（《读书》94—2）研究中国思想史应如此，研究中国文学与儿童文学也何尝不应如此。看来，关于儿童文学本质特征的探讨，关于儿童文学观念的嬗变，理论界还将随着"语境化"而继续进行下去；何况我们正面临着一个百年一遇的"世纪末大转型"的关头，每当值此类似的时代历史转型时期，文学总会表现出它特有的所有复杂性、丰富性和深刻性，甚至创作和批评都自言自语各行其是。本文揭起的"少年文学"之旗，正是一个例证。

三、发展思潮论

导言

20世纪，整个世界加速了旋转。中国的历史波推浪涌，日新月异。中国的文学包括儿童文学经历了种种变化乃至劫难，几多觉醒，几多困惑，几多欣然。面对生活的全面挑战，现在和将来的儿童文学发展思潮必将继续出现嬗变。

第三十四章 1950—1999 年的理论代表作（132 篇点评）

变，是文学的"定命"。

但是，万变不离其宗。这个"宗"，就是儿童本位、儿童中心、为儿童服务。未来的儿童文学必将牢牢认准与把握这个宗，以确保其在喧哗世界中的"终极关怀"。儿童文学是两代人之间进行文化传递与精神对话的一种方式。艺术是为了造就完整的个性。现在和将来的儿童文学必然会越来越走出单一，走向丰富，迎接我们的将是一幅色彩斑斓的艺术图景。这就像是一个变化多端的万花筒，而万花筒只有紧紧握在孩子手里，为孩子所欣赏、所接受才会有其存在价值。

我们可以用一句话来预测儿童文学之未来，这就是：多元并存的儿童本位文学。

23. 关于少年儿童文学创作的一些问题——在全国青年文学创作者会议上的发言（袁鹰）

本文原载 1956 年 10 月（武汉）长江文艺出版社出版的《儿童文学论文选》一书。

袁鹰（1924—），原名田钟洛，江苏淮安人。1952 年以后，长期担任《人民日报》文艺部的负责工作，系高级记者、中国作家协会会员。长期从事儿童诗、儿童散文的创作。主要有诗集《寄到汤姆斯河去的诗》《袁鹰儿童诗选》，散文《丁丁游历北京城》等。另著有多种成人文学方面的散文集、诗集。

本文是作者 1956 年 3 月在北京召开的"全国青年文学创作者会议"上的发言。文章在回顾、总结 50 年代初全社会关心儿童文学的良好环境下我国儿童文学创作所取得的实绩之后，就创作方面所存在的两个问题提出了自己的意见。一是如何"丰满地表现儿童的生活，创造鲜明的儿童典型形象"。作者认为，儿童文学创作中出现的"把少年儿童的生活简单化、抽象化的现象"，尤其是"公式主义"的做法，限制作家"对生活作更深的了解和探索"，使作品"产生了一些不符合甚至违反生活真实的人为的矛盾"，也"限制了作家不同的个性、风格和才能的发展"。二是关于"扩大儿童文学的主题范围和样式"。文章指出，造成儿童文学题材单一的重要原因在于儿童文学界存在的某种偏见，

即认为"儿童文学就是写儿童的文学。出现在儿童文学里的,除了儿童自己或者加上教师之外,只能是小猫小狗了"。其实,"儿童文学的主题范围,可以同一般的文学同样的广泛。所不同的,只是所写的生活、所表现的思想感情,以至所运用的形式、语言,应该为少年儿童所能理解、体会和喜爱罢了"。文章热情呼唤儿童文学"应该提倡内容的广阔性和样式的多样性",提倡作家们拿起笔来,为小读者写特写、游记、探险故事、惊险小说,尤是"学龄前儿童的读物"即低幼文学,更需大力加强。文章还提到了儿童文学理论批评的滞后已"影响我们事业的积极发展",加强理论建设,除了呼吁专业评论家的参与外,儿童文学作家也要自己"动手写评论"。

本文对于认识、研究 50 年代初期中国儿童文学的现状与创作思潮具有重要文献价值。

24.《1954—1955 儿童文学选》序言(严文井)

本文原载 1956 年 2 月人民文学出版社出版的《1954—1955 儿童文学选》一书。

严文井(1915—2005),现当代著名作家、儿童文学家。原名严文锦,湖北武昌人。1951 年到北京,任中共中央宣传部文艺处副处长。自 1953 年起,先后任中国作家协会党组副书记、书记处书记,《人民文学》副主编、主编,作家出版社、人民文学出版社社长等职。1979 年后又任国际儿童读物联盟中国分会主任、中国作家协会理事、儿童文学委员会主任委员。严文井著作甚丰,在儿童文学方面,以童话创作最有影响,著有《南南和胡子伯伯》《小溪流的歌》《唐小西在"下一次开船"港》《严文井童话集》等。

本文在考察 50 年代前期儿童文学界新人新作迭出、题材内容有所突破的"令人鼓舞的好的趋势"之后,紧密结合创作中存在的问题,就儿童文学的特殊性、教育意义、幻想与生活等课题作了分析。文章以为,尊重儿童文学的特殊性并不等同于"少年儿童文学就是写少年儿童自己",从而"排斥写成人",排斥写"现实生活中很多重要的东西"。"为了教育少年儿童,应该告诉他们多方面的生活,特别是当前各种重大斗争"。要正确理解儿童文学的特征,作

第三十四章 1950—1999年的理论代表作（132篇点评）

家就需要"更多接近孩子，更多懂得少年儿童本身的特点""应当善于从少年儿童们的角度出发，善于以他们的眼睛，他们的耳朵，尤其是他们的心灵，来观察和认识他们所能接触到的，以及他们虽然没有普遍接触但渴望更多知道的那个完整统一而又丰富多样的世界。同他们在一起，但又要比他们站得高。比他们站得高，可又要尊重他们"。关于儿童文学的教育意义问题，文章强调需要克服"由乏味的说教代替生动的形象""不应该在作品里只见议论，不见形象，不应该用概念代替形象"。文章还批评了那种认为儿童文学创作主要依靠幻想、可以不必深入生活的误解；同时，也要防止童话创作中"既没有生活，又没有幻想"的现象。本文从全局的高度，考察了50年代前期儿童文学的创作情况，对于我们认识、把握这一时期中国儿童文学的创作现象、流行观念具有重要文献价值。值得一提的是，关于儿童文学的特殊性问题，严文井比陈伯吹更早提出了儿童文学作家要善于从儿童的角度出发，以儿童的眼睛、耳朵，尤是以儿童心灵去观察世界的观点。

25.《1956儿童文学选》序言（冰心）

本文原载1957年人民文学出版社出版的《1956儿童文学选》一书。

本文在评析1956年儿童文学的创作实绩及存在问题之后，分析了当时儿童文学界创作队伍的两种基本情况：一种是有创作经验和文学修养的老作家、作者，但他们"为着'赶任务'或者以为写儿童文学"可以不必"从深入生活出发"，因而往往主题先行，再在生活中"拼凑"故事。"这种作品，不可避免地就会枯燥、生硬，'人物没有性格'，'以说教代替感染'"。另一种情况是熟悉儿童生活但文学素养比较差的青年作者，他们在儿童文学创作队伍中"数量上占绝对多数"，但往往"看到了可写的现象，却抓不住突出的艺术的特点，抓住了突出的特点，又缺乏描写的技巧"。这两方面的情况都只有通过"学习，学习，再学习"才能解决。文章指出，"一个儿童文学作者，除了和一般文学的作者一样，必须有很高的思想水平、艺术水平之外，他还必须有一颗'童心'"。所谓童心，冰心认为"就是儿童的心理特征"，这特征包括：天真活泼，强烈的正义感，深厚的同情心，崇拜名人英雄，模仿性强，乐群，爱美，充满

好奇心等。只有针对儿童的心理特征，用"他们所熟悉，能接受、能欣赏的语言"，才能写出小读者喜闻乐见的好作品。本文虽是对一个年度的儿童文学创作现象的考察，但所涉及的问题，对于理解和把握 50 年代中国儿童文学的状况具有重要认识价值，尤其是对作家现状的分析及"童心"的探讨，更值得关注。50 年代中期，严文井、陈伯吹、冰心等三位儿童文学元老都先后一致提出了"童心"的重要性，对于那种脱离儿童生活，以说教代替形象的现象进行了严肃批评，引导儿童文学创作思潮健康地向前发展。然而，好景不长，三位元老力倡的东西并未形成气候，相反倒是另一种"政治挂了帅，艺术脱了班，故事公式化，人物概念化，文字干巴巴"的做法愈演愈烈，到 60 年代初，已是肆无忌惮，以至引起了文学巨匠茅盾的警觉，写下了那篇中国当代儿童文学理论批评史上著名的文章——《六〇年少年儿童文学漫谈》。

26. 六〇年少年儿童文学漫谈（茅盾）

本文载《上海文学》1961 年第 8 期。

1958 年的"大跃进"，1959 年的"反右倾"，接踵而来的是天灾人祸导致的"三年困难时期"，当代中国人对这一段历史留下了太深的记忆。从 1961 年开始，各个领域出现了反思 1958 年以来的成就与失误的议论。在儿童文学领域，作为当时文化部负责人的茅盾，于 1961 年 6 月写下了这篇著名的反思文章。茅盾在阅读了有关 1960 年批判"童心论"的大部分争辩论文及绝大部分少儿文学作品和读物之后，直截了当地指出："1960 年是少年儿童文学理论斗争最热烈的一年"，但也是"创作歉收的一年"。文章在全面统计、分析 1960 年少儿文学出版物之后，认为当时儿童文学创作存在着诸多问题：一是题材单一。为了配合各项政治运动，内容"几乎全是描写少年儿童们怎样支援工业、农业，参加各种具有思想教育作用的活动"，脱离儿童，尤其是低幼儿童的理解接受能力。二是用概念、说教代替形象。虽然从表面上看，似乎"五花八门，实质上大同小异；看起来政治挂帅，思想性强，实质上却是说教过多，文采不足，是'填鸭'式的灌输"。三是由于批判"童心论"，使儿童文学的特殊性丧失殆尽，无论是人物形象、语言，写出来都"不免令人啼

第三十四章 1950—1999 年的理论代表作（132 篇点评）

笑皆非"。茅盾尖锐地批评说：这些作品"绝大部分可以用下列的一句话来概括：政治挂了帅，艺术脱了班，故事公式化，人物概念化，文字干巴巴"。造成当时儿童文学这种局面的原因固然是多方面的，如儿童诗"大都'脱胎'于 1958、1959 年盛极一时"的由"豪言壮语"堆砌的"新民歌"，但主要原因，则"牵连到 1960 年所进行的少年儿童文学理论的争论"，即批判陈伯吹的"童心论"，"这一场大辩论（几乎所有的中央级和省级的文学刊物都加入了），有人称之为少年儿童文学的两条道路的斗争"。茅盾就"童心论""儿童情趣"问题，按照当时的理解发表了自己的看法，虽然不适当地将其归结为"资产阶级儿童文学理论""还是资产阶级的世界观"，但同时指出："我们要反对资产阶级儿童文学理论家的虚伪的儿童超阶级论，可是我们也应当吸收他们的工作经验，——按照儿童、少年的智力发展的不同阶段该喂奶的时候就喂奶，该搭点细粮时就搭点细粮，而不能不管三七二十一，一开头就硬塞高粱饼子。"不应该将盆中的脏水和孩子一起泼掉。本文充分体现了茅盾直面现实、敢讲真话的理论勇气与清醒目光，对于我们认识 60 年代前期的儿童文学思潮具有重要意义。

27.关于儿童文学创新的思考（束沛德）

本文是作者于 1985 年 11 月在贵阳召开的"全国儿童文学创作座谈会"上的讲话，载于 1985 年上海《儿童文学研究》总第 24 辑。

进入改革开放的历史新时期以来，中国当代儿童文学的发展势头十分鼓舞人心，正如本文所指出的："我们的儿童文学也正进入一个更新换代期。"更新是儿童文学观念更新，创作思想更新，对儿童特点的理解更新；换代是儿童文学新生力量的涌现与成长。文章认为，新时期儿童文学需要不断进取，克服存在的问题，就必须创新。创新"包括思想内容上的出新和艺术风格、形式、表现手法上的出新"。具体地说，儿童文学的创新"应当更好地反映新的时代精神"，"进一步克服'左'的思想影响，纠正对儿童文学功能的片面、狭隘的理解"；同时要深入研究当代少年儿童的特点及其审美趣味、欣赏习惯的发展、变化，"创作上的探索、创新，一定要与当代少年儿童的阅读能力、欣赏水平

相一致"，与小读者多层次的审美要求相适应；再次，创新既要继承我们民族优秀的文学传统，也要借鉴外国的一切于我们有用的东西，"从中外一切优秀文学成果中吸取养料"。本文热情呼唤儿童文学的创新精神，鼓励作家标新立异，扶持新生力量的成长，对促进80年代儿童文学的发展具有十分积极的意义。

"更新""换代"与"创新"，这是新时期儿童文学的重要特色。发展需要观念"更新"，更新为了作品"创新"，更新与创新必然会导致"换代"——大批文学新人的成长，并由此形成某种文学倾向和潮流。而这一切，都是为了满足当代中国亿万小读者的期待视野。

28. 回归艺术的正道（"新潮儿童文学丛书"编委会）——"新潮儿童文学丛书"总序

本文系1987—1989年江西少年儿童出版社（即今21世纪出版社）出版的"新潮儿童文学丛书"总序，由曹文轩执笔。

"新潮儿童文学丛书"是80年代出版的一套重要创作丛书，旨在荟萃新时期以来反映中国儿童文学新的发展思潮、新的美学追求、新的创作手法的代表性作品，分为小说、童话、诗歌三种类型，已先后出版《八十年代小说选》《八十年代童话选》《八十年代诗选》《探索作品集》《中国少女心理小说集》《中国少年探险小说集》《一百个中国孩子的梦》《八十年代乡村小说集》《中国少年诗人诗选》等10余种，绝大多数作品出自中青年作家之手。作为本丛书主编与丛书总序执笔者的曹文轩，曾在一篇文章中谈及编选此丛书的背景、动因与目的，现将这段文字辑录如下："80年代初，在一次有数百人参加的全国性儿童文学大会上，我就大肆宣扬过'儿童文学应该创造美的文本'的观点，向人们呼吁：让儿童文学多一些美感吧！当时，我的这一呼吁是冲着中国儿童文学的功利主义而发出的。'儿童文学是教育儿童的文学'，这种理论在很长一段时期内，成为儿童文学不可更改的定义。也许，最初作出这一定义的人，是从广义上来说教育的，是没有什么错的，但在儿童文学的实际行为中，教育变成了狭义上的教育，最后竟然变成了政治说教。儿童文学不再是文学，而变异为政治工具。当时，我深深地感到，中国的儿童文学如果不摆脱这一命运，将

第三十四章 1950—1999 年的理论代表作（132 篇点评）

是件十分悲哀的事情。1986 年的初秋，中国儿童文学界发生了一件影响很大的事件，全国最有成就的一批中青年作家从大江南北聚集于庐山，讨论中国儿童文学的命运与前途，并决定分头编辑一套"新潮儿童文学丛书"（这套丛书现已出版《八十年代小说选》《八十年代童话选》《探索作品集》等十余种）。受大家委托，我为这套丛书写了一个总序，题目具有总结过去和重新开始的意味：'回归艺术的正道'。序中明确说：'我们推崇遵循文学内部规律的真正艺术品'。序中对以往儿童文学的历史进行了一番描绘：'过去，我们文学常受庸俗政治学的摆布，而不能受自身内驱力的驱使。它长时间在艺术的外围徘徊。它有时甚至歪曲生活图景，起了扭曲儿童心理以致使其心理畸变、精神弱化的作用。"（《儿童文学研究》1994 年第 2 期）曹文轩为"新潮儿童文学丛书"撰写的这篇宣言式的总序，从一个方面体现了 80 年代一批中青年儿童文学作家的美学追求、艺术追求与艺术生命的追求，显示着一种新的儿童文学原则的崛起，是考察中国当代儿童文学发展思潮不可不读的重要文献资料。

29. 觉醒、嬗变、困惑：儿童文学（曹文轩）

本文载于 1988 年 6 月北京大学出版社出版的《中国八十年代文学现象研究》（曹文轩著）一书。

进入改革开放的 80 年代以来，整个中国的社会生活在不断发生变化，整个中国文学包括儿童文学也在不断发生变化，"变化的速度大幅度增长，甚至我们的想象力都跟不上"；"它在觉醒、嬗变，生成许多新的精神，又陷进新的困惑"。本文是一篇文采与哲思兼具的文章，从宏观着眼，综论了 80 年代儿童文学的观念更新与新的艺术精神的增长：首先是作家使命感的增强——"儿童文学作家是未来民族性格的塑造者""儿童文学承担着塑造未来民族性格的天职"，许多作家意识到："只有站在塑造未来民族性格这个高度，儿童文学才有可能出现蕴涵着深厚的历史内容、富有全新精神和具有强度力度的作品"。其次是回归文学——作家创造的"应是一枚真正的艺术品"，儿童文学是文学，"而不能强行使它成为教育的工具"。于是，随之而来的变化是艺术上的出新：儿童文学时空距离的扩大——走出校门，走向"一个无垠的宇宙"；

故事性被重新注解——"以刻画人物形象为基本意识，并且获得成功的"才是上品，而并不一定"非要靠故事性"；儿童文学语言体系的重建——"作者的语言层次至少不低于读者的理解能力，而采用略微有些难度的语言"；开掘新的领域——中学生需要的有点"成人化"味儿的少年文学。文章还就80年代少年儿童的特点进行了探讨，诸如孤独感，独生子女症，新旧观念冲突，知识的堆积，性早熟，等等。当代少年儿童的这些"困惑"也正是儿童文学所面对的困惑——"我们所描写和服务的对象在很短的时间里，忽然变得陌生，甚至使我们感到不可理解"。本文所肯定的、所张扬的、所讨论的、所提出的种种，比较精确地点到了80年代儿童文学发展的主要倾向与思潮，是一篇值得重视的研究文章；文中关于"儿童文学作家是未来民族塑造者"的表述，体现了一种新的儿童文学观的生成，尤应值得重视。

30. 人的时代：新时期儿童文学（汤锐）

本文载1990年2月湖北少年儿童出版社出版的《比较儿童文学初探》（汤锐著）一书。

汤锐（1958—），女。祖籍重庆，出生于北京。1982年、1984年先后于北京师范大学中文系本科、浙江师范大学中文系中国现代文学专业研究生毕业，获杭州大学文学硕士学位。曾任中国少年儿童出版社编辑、北京师范大学中文系副教授。现为北京朝花少年儿童出版社副总编辑，系中国作家协会会员。著有《比较儿童文学初探》《现代儿童文学本体论》《酒神的困惑：汤锐儿童文学文论》等多种论著。

重建人的意识，塑造未来民族性格，这是新时期文坛不断高扬的一种儿童文学美学原则。本文"人的主题"的主旨恰好与本辑曹文轩《觉醒、嬗变、困惑：儿童文学》一文中力倡的"儿童文学承担着塑造未来民族性格的天职"相呼应。文章认为，"塑造未来民族性格"是新时期儿童文学"主题的核心"，"这是一个充满忧患情绪、强调社会责任感、具有功利性质观念，是传统儿童文学之主旋律'树人'观念的延伸的变奏，具有鲜明的民族文化特征"。重新审度"人"的价值和修正评价标准是新时期儿童文学"人"的主题之"首要内涵"。文章考察了这一主题三方面的重要表现：一是反传统，"对沿袭的教育思想、教育方法和传统的人格理想进行了尖锐批评"；二是探索和表现少年一代的青春期心理奥秘，这方面较突出的自然是那些少男少女小说；三是着力刻画人与人（儿童与儿童、儿童与成人）之间的相互沟通和理解。与"人的主题"相适应，新时期儿童文学强化了"文学归属意识"，尤其是对"审美功能"的重视与追求，如"追求娱乐、宣泄的大众化审美倾向""追求艺术个性的表现和美学内涵丰富性，多层次性的倾向"，从而构成"人的时代"中国儿童文学"在美学性格上的完整性"。与此同时，开放意识与少年文学的崛起，也是与"人的主题"有着深刻的内在联系。在"人的主题"的旗帜下，"儿童的一切均指向未来，儿童的存在和意义与民族的生存和意义是融为一体的"。儿童文学作家正在从事与未来民族性格的重要对接，"小儿科"干着惊天动地的大事情！本文对"人的主题"的肯定与张扬，体现了中国当代儿童文学一个方面的文学倾向与美学思潮，具有重要参考价值。

31. 儿童文学的人生化趋向（周晓）

本文是作者1990年6月出席"国际儿童图书与插图研讨会"（北京）时提交的论文，载上海《儿童文学研究》1991年第1期。

本文认为，"当今中国儿童文学，已形成了向上的、开放的，有相当大的容受性，有较丰富与较多层次的艺术内容和艺术格局"。本文所论述的人生化趋向正是中国当代儿童文学的发展思潮之一。1983年初问世的小说《祭蛇》及其争鸣，"对儿童文学的人生化趋向是一个有力的推动"。随之而来出现的创作现象是：往昔偏重政治性、教育性等狭隘功利目的文学规范已被打破，侧重灌输、防范甚至压抑儿童个性发展的习惯传统受到冲击，"表现孩子交织着欢欣和苦涩、迷惘和思考的人生黎明"，已成为儿童文学创作的一种"主要潮流"；而少年文学的迅速崛起，正是儿童文学人生化倾向的直接成果。文章认为，"儿童文学的这种人生化趋向，既是时代的产物，是对少年儿童新的心灵需求的适应，也是儿童文学向文学文体的一种趋归，是合乎艺术的发展规律的"。本文与上文汤锐所讨论都是关于儿童文学的"人的主题"问题，这一主题正是

"五四"以后的20年代,以茅盾、郑振铎、叶圣陶等为代表的文学研究会"人生派"作家群所高扬的"为人生而艺术""儿童文学要能给儿童认识人生"的美学原则的延续与发展。儿童文学与社会人生之关系,无论过去还是现在,都是中国儿童文学所关注的一个重要主题,80年代的人生化趋向,则给这一主题注入了新的时代精神与新的社会信息,并发展成为一种重要的创作思潮。

32. 儿童文学:四十年艰难曲折的道路
——《中国当代儿童文学史》绪论(蒋风)

本文载于金华《浙江师范大学学报》1991年"儿童文学研究专辑"。

蒋风(1925—),浙江金华人,原名蒋寿康。1947年毕业于英士大学。1949年后一直在杭州大学、浙江师范大学等校任教,1984年任浙江师范大学校长,教授,硕士研究生导师。创办浙江师范大学儿童文学研究所。系国际儿童文学学会会员、中国儿童文学研究会第一副理事长、中国作家协会会员、国际格林儿童文学奖中国评委。毕生从事儿童文学理论研究,著有《儿童文学丛谈》《儿童文学概论》《儿童文学漫笔》《儿歌浅谈》等,主编《中国现代儿童文学史》《中国当代儿童文学史》《世界儿童文学事典》等。

本文系作者为《中国当代儿童文学史》撰写的绪论。文章系统考察了1949年中华人民共和国成立以来40余年间中国当代儿童文学的发展历程和所取得的实绩与成就以及历史经验教训。文章认为,中国当代儿童文学虽然走过了一条曲折、坎坷的道路,但从整体看,取得的成就无疑是巨大的,这主要体现在:形成了一支专业化的儿童文学工作者队伍;打破了儿童文学自我封闭的系统,开创了一个多边探索、多方选择、多元竞争的新局面;逐步摆脱"小儿科"地位,从儿童文学的价值取向、生活深度、美学质量等方面提高了自己独立的文化品位;初步建构了具有民族特色的儿童文学理论体系,80年代以来理论建设的进展尤为显著。文章在探讨当代儿童文学的历史经验教训方面,着重就儿童文学发展的外部生态环境、儿童文学与政治、儿童文学与教育、如何正确处理继承传统与吸收外来文化的关系等方面作了论述。历史证明,儿童文学的发展必须"尊重文学艺术的客观规律""一定要按儿童文学本身的艺术规律办事"。本文体现了作者对中国当代儿童文学的整体评估与看法,对于研究当代儿童文学发展思潮具有重要参考价值。

33. 中国儿童文学理论界:新生代的崛起(方卫平)

本文载于 1993 年 10 月金华《儿童文学导报》(浙江师范大学儿童文学研究所主办)总第 2 期。

十年砥砺,十年耕耘。80 年代开始崭露头角的中国儿童文学理论界新生代,已以自己的理论实力与学术风格崛起于今日文坛,这已是毋庸置疑的事实。本文在回顾 20 世纪初叶以来五代儿童文学批评家的传承历程之后,热情地评介了第五代批评家的学养特征与理论贡献。文章认为,第五代批评家既"理解他们的前辈",又具有一种"理论使命感""努力寻求新的理论超越";他们的理论成果"已经成为近年来、特别是进入 90 年代以来中国儿童文学界最重要的理论收获",他们是"世纪更替之际中国儿童文学界继往开来的一代"。1979 年,现代文学巨匠茅盾曾说过:"新生力量,是儿童文学的生力军。""中国儿童文学是大有希望的。"茅盾的希望已在 80 年代崛起的儿童文学年轻作家身上,也在年轻批评家身上得到了印证。跨世纪儿童文学发展的重任历史地落在这一代人的肩上。当然,"未来并不仅仅属于那一代人,未来属于所有为中国儿童文学事业而努力耕耘的人们"!

"童心植芝兰,妙手写文章"。(陈伯吹语)

21 世纪正向我们大步走来。21 世纪的文化,将是以儿童为重心的文化。

让我们张开双臂,托起 21 世纪中国儿童文学的太阳!

34. 走向澄明——新时期儿童文学中的成长主题(吴其南)

本文载于《温州师范学院学报》1994 年第 1 期。

吴其南(1945—),浙江安吉人。1965 年考入天津南开大学外语系,1979 年考入浙江师范大学中文系为中国现代文学专业研究生。1982 年毕业获文学硕士学位,留校工作。现为浙江温州师范学院中文系教授,系中国作家协会会员。主要从事儿童文学理论研究,著有《中国童话史》《代际冲突与文化选择:吴其南儿童文学文论》《德国儿童文学纵横》《转型期少儿文学思潮史》

等论著。

"希望是在于将来。"(鲁迅语)在人类的文化中,子女的存在,往往是被看作自己生命的延续。作为社会、成人与少年儿童进行文化对话、精神沟通的少儿文学,"不仅反映着现实的社会生活,更反映着社会、成人对下一代,也即自己的未来的愿望和设计"。于是,如何造就未来一代的"成长"就成了少儿文学的"永恒主题"。这一主题显然深深植根于人们的现实生活及由此而形成的价值观念中,并随时代的变化而变化。本文首先考察了成长主题在中国当代儿童文学中的不同价值取向与表现。文章认为,"文革"前的少儿文学主要体现了"培养无产阶级革命事业的接班人""培养有社会主义觉悟的有文化的劳动者"这一价值取向。"文革"后的少儿文学大体承袭了这一成长理想,但在具体内容方面则有许多变化,尤是新时期少儿文学对"无产阶级革命事业的接班人"理解"终于变得较为丰富和具体"以后,这种变化就更为明显。"可以说,在整个新时期少儿文学中,人们的价值取向一直是偏向有独立个性的少年儿童这一边的";"从强调阶级性社会性到相对地强调个体的充实与完满",这一成长主题"反映出现代中国人的成长观念与西方的成长观念正在有着某种程度的接近",并由此导致了新时期少儿文学人物形象和整个人格结构、成长目标的深刻变化与更新。

文章对此作了具体考察。人物形象变得较为丰富和立体化,这是新时期少儿文学一大重要变化。人格结构的多侧面多层次的显现,人格结构中感性的凸现以及潜意识的开发,这是人格结构系统变化的三个主要表现。在少儿的成长目标方面,新时期少儿文学中最常见的是"批判""选择"与"独行"三种方式,这些方式是直接对准"承认人的多方面发展的可能性,承认社会应是由丰富完满的人格结构的个体构成的社会、人的全面和谐发展是成长的首要目标"的。

本文所讨论的关于新时期少儿文学中的"成长主题"问题,既涉及到当代儿童文学的发展思潮,也是儿童文学审美创造中的一个重要课题。本文的论述颇能给人以启发,给当代中国儿童文学的"主题"之解悟带来了某种独特的可能性。

第三十四章 1950—1999 年的理论代表作（132 篇点评）

35. 新世纪儿童文学走向（汤锐）

本文载于 1999 年 11 月 24 日北京《中华读书报》。

站在千禧之年门槛上，面对即将到来的新世纪，未来的儿童文学将会是什么样子？汤锐在本文中就影响新世纪儿童文学走向的问题，提出了三方面的看法：一是社会文化背景的后现代走向是否会销蚀新一代的人文精神和历史感？当整个社会文化生活在紧张的经济竞争环境下日趋商品化、休闲化、表面化时，过去那种关注作品精神、价值、真理、终极意义之类等形而上事物的"深度阅读"已日益被关注消费、流行、时尚、感官愉悦之类形而下的"平面阅读"所取代，80 年代儿童文学所营造的那种追求深刻的负载着厚重历史意识的理性艺术氛围正在被打破被消解，儿童文学正在从"忧患"走向"放松"，从"思考"走向"感受"，从"深度"走向"平面"，从"凝重"走向"调侃"，作品内容越来越关注少儿生活的当下时态，作品人物逐渐由世俗化而走向流行化。二是下一世纪的儿童文学是否应建立新的价值体系和艺术准则？世纪末儿童文学创作中一种以少年儿童的角度——反叛与天性相悖的正统价值观的意识形态、进行新一代真实的生存现状的自我展示、呈现出"游戏化"审美心理倾向、刻意营造调侃荒诞的氛围与卡通化的叙述方式的作品，其影响力正在不断扩大。汤锐认为，儿童文学要赢得少儿读者，关键不在于是否反映描写了少儿的当下生活表象，而在于"是否反映了生存在信息高速公路时代的一代新人正在形成的新价值观念和审美心理倾向"。三是电子媒体对儿童文学创作的介入乃至网络文学的异军突起将给下一世纪的儿童文学带来什么？与纸质媒体文学相比，网络文学是一种非线性的（不按顺序的没有绝对的起点与终点）、非情节化的、短篇的、高信息含量的文本，互动性和超文本是互联网络最本质的特征。网络化带给儿童文学的影响主要是少儿读者的参与性将空前提高，游戏性与娱乐性都会随之强化，文学价值观的表达也会更加接近少儿的本体世界。但同时又将与传统儿童文学的阅读习惯产生冲突，消解文学固有的理性深度。本文对预测下一世纪中国儿童文学发展走向特别是出版传媒的变化有一定参考意义，启人思悟。

四、审美创造论

导言

在文学艺术领域，举凡专为吸引、提升少年儿童鉴赏文学的需要而创作的且具有适应儿童审美意识之艺术精神的文本，谓之儿童文学。

儿童文学是各体文学中的一种特殊文学，其最大的特殊性在于：它的创作者、出版者、评论者乃至购买者、讲解者都是成年人，而接受对象却是少不更事的孩子。一件儿童文学作品只有经过成年人接二连三地用味觉和情感的筛子过滤之后，才能最终送到孩子手里。这就在儿童文学的生产领域与消费领域之间产生了无法回避的"代沟"；成年人无法再复归到孩子的审美心理结构和想象世界中去，创作主体与接受主体在审美意识方面客观存在的差异是如此难以逾越！既然儿童文学不是由儿童自己创作而是由成年人创作的，那么，与其说儿童文学反映的是儿童的审美意识，倒不如说是成年人所理解的儿童的审美意识。于是，自从"儿童文学"诞生以来，这种特殊样式的艺术载体就向它的创作者提出了一个永恒的问题：你是怎样理解、把握和提升儿童审美意识的？一切儿童文学作家都必须回答这个问题，并在这个问题面前作出自己的艺术抉择与美学追求。

36. 谈儿童文学创作上的几个问题（陈伯吹）

本文载于上海《文艺月报》1956年6月号。

本文是50年代有关儿童文学审美创造的重要论文，比较集中地体现了陈伯吹的儿童文学观。陈伯吹的儿童文学思想主要立足于教育学与心理学的观点。关于什么是儿童文学，陈伯吹的界说是："儿童文学是文学领域中的一个部门。它反映着一般的文学的方向和潮流，并且和成人文学同样起到宣传、教育的作用，而为人民服务，为社会主义服务。"文章着重就儿童文学的特殊性、儿童文学作品如何正确把握写儿童和写成人的尺度等问题进行了论析。文章认为，"儿童文学的特殊性在于具有教育的方向性，首先是照顾儿童年龄的特征"，即"了解儿童的心理状态，他们的好奇、求知、思想、感情、意志、行动、注意力和兴趣等等的成长过程""儿童文学作品必须在客观上和它的读者对象的

第三十四章 1950—1999 年的理论代表作（132 篇点评）

主观条件相适应，这才算是真正的儿童文学作品"。在这里，陈伯吹较早关注到了文学作品与接受对象的同化机能问题。基于这种认识，陈伯吹特别强调："一个有成就的作家，愿意和儿童站在一起，善于从儿童的角度出发，以儿童的耳朵去听，以儿童的眼睛去看，特别以儿童的心灵去体会，就必然会写出儿童能看得懂、喜欢看的作品来。"——这就是以后曾被莫名其妙地痛批过的著名的陈伯吹的"童心论"。关于儿童文学作品的人物角色到底是写儿童或不一定要写儿童，陈伯吹主张"儿童文学主要是写儿童，正等于成人文学主要写成人"。儿童文学以儿童为主要角色，"读者和作品中的主人公就会有呼吸相通""痛痒相关之感""以同辈人教育同辈人"，教育作用显然就会增大。那种认为"儿童文学作品不一定要写儿童，甚至于完全可以不写儿童"的观点，"不免是个有些过左的偏激的主张"。当然，儿童文学主要写儿童，并不等于排斥成人形象，只要"写的是一个真实的儿童世界"。儿童是"不可能远离成年人而独立生活的，也就不可能在写儿童的同时，硬把成年人排挤开去，因为这样既不忠实于生活，也不忠实于艺术"。

本文所提出的观点，如关于儿童文学的教育方向性、儿童年龄特征、儿童文学主要描写儿童以及"童心"问题的理解等，曾对当代儿童文学尤其是五六十年代的儿童文学创作产生过重要影响，是当代儿童文学及"陈伯吹研究"的重要文献。

37. 儿童文学创作的一个关键问题——儿童化（贺宜）

本文载于济南《火花》1959 年 6 月号。

贺宜（1914—1987），当代著名儿童文学家、理论家，原名朱菜园。上海金山县人。1949 年后历任共青团上海市委少儿部副部长、《新少年报》社长兼总编辑、《中国少年报》副总编辑及上海文艺出版社、少年儿童出版社副社长，并兼《儿童文学研究》《巨人》丛刊等主编。主要从事童话创作，并研究儿童文学理论，著有《散论儿童文学》《小百花园」杂说》等。其全部作品已由（上海）少年儿童出版社于 1984 年编印为 5 卷本《贺宜文集》行世。

"儿童化"是贺宜 再张扬的儿童文学审美创造的一个重要原则。何谓"儿

童化"？贺宜在本文提出：作家"能够设身处地，多为孩子们着想，使自己的作品充分做到：孩子们看得懂，喜欢看，看了的确有好处。这就是'儿童化'的全部"。具体地说，"儿童化"除了要求作家"注意小读者的年龄特点"以外，在创作中应"力求做到"：一、"形象化具体化"；二、"主题突出，教育目的明确"；三、"文字通达流畅，语言简洁精确"；四、"要有趣"。但"儿童化"并不等于"通俗化""简单化""小儿腔"或"理解为仅仅'写儿童'"。文章还对存在于儿童文学作品中的"成人化"作了批评，并分析了"成人化"的表现，认为"成人化"是"儿童文学创作中的一些疑难杂症"，"既不利于儿童文学创作的正常发展，也不利对儿童的教育"。本文体现了贺宜的儿童文学创作思想，对当代儿童文学尤是五六十年代的儿童文学创作产生过重要影响。

38. 作协上海分会儿童文学组座谈"童心论"（《儿童文学研究》记者）

本文载于1980年上海《儿童文学研究》总第3辑。

陈伯吹提出的"童心说"及其围绕童心所展开的是是非非之争是中国当代儿童文学重要的理论现象之一。1956年，陈伯吹在上海《文艺月报》6月号发表《谈儿童文学创作上的几个问题》，提出："一个有成就的作家，愿意和儿童站在一起，善于从儿童的角度出发，以儿童的耳朵去听，以儿童的眼睛去看，特别以儿童的心灵去体会，就必然会写出儿童能看得懂、喜欢看的作品来。"1958年，他又在当时的内部刊物《儿童文学研究》总第4期上发表的《谈儿童文学工作中的几个问题》一文中提出："如果审读儿童文学作品不从'儿童观点'出发，不在'儿童情趣'上体会，不怀着一颗'童心'去欣赏鉴别，一定会有'沧海遗珠'的遗憾；被发表和被出版的作品，很可能得到成年人的同声赞美，而真正的小读者未必感到有兴趣。"这两段文学就是以后被横遭批判的所谓"童心论"。

何谓童心？从事儿童文学需不需要怀有一颗孩童之心？所谓童心，是指人"最初一念之本心"，也就是人在孩童时期所具有的本色心性，即在未接受外物"异化"之前的最初自然淳朴、纯真无邪的心境。童心于文学无疑是可贵的。巴乌斯托夫斯基在《金蔷薇》中说："对于生活，对我们周围一切的诗意的理解，

第三十四章 1950—1999年的理论代表作（132篇点评）

是童年时代给我们的最大的馈赠。如果一个人在悠长而严肃的岁月中，没有失去这个馈赠，那他就是诗人或者作家。"童心给作家以真诚，直面现实，正视人生，不写瞒和骗的文字。童心使作家摆脱功利与世俗的羁绊，在生活的密林中去发现美并进而质朴地表现美。童心鼓起作家想象的翅膀，精骛八极，心游万仞，比常人更易捕捉到审美想象的亮丽光彩。童心对于作家之所以重要，是因为它赋予作家的是一种须臾不可或缺的纯真精神与艺术气质，对于从事儿童文学的作家，尤其如此。陈伯吹在50年代提出的关于儿童文学工作者需要怀有一颗"童心"的观点，可谓是打开儿童文学之门的"金钥匙"，道理十分明白。试问，从事儿童文学难道可以不要童心，而是需要诈伪之心、奸狡之心、老气暮景之心不成？巴尔扎克说："艺术是最醇的创造。"从纯洁的童心那里寻找那份纯真之心，从鲜活的儿童语言、儿童生活、儿童思维中寻找富于创意的诗的魅力，这无疑是儿童文学创作的源头活水。所以，从来的儿童文学工作者，总是强调立足儿童世界，服务儿童世界的。当然，他们不会低能到将自己等同于儿童，被童稚牵走鼻子；事实上，作家开始捕捉儿童世界的吉光片羽时，已经将他们的审美理想、价值观念、文学精神注入了字里行间。

然而，中国的事情实在是太复杂了。陈伯吹提出的"童心说"，却在60年代横遭批判，而且不断升级，以致成了儿童文学理论界一件长期了而未了的"公案"，直到历史进入改革开放的新时期，这才得以正本清源，一洗沉冤。透过围绕"童心说"所展开的是是非非之争，让人们看到中国的儿童文学理论建设实在有太多的事情要做，即使是像"童心说"这样的基本命题也要投入扎扎实实的努力。关于"童心说"的论辩，或许已经画上了句号，或许还会有续文。在学术走向正常的时代，一切的论辩都将是学术的，而不会再是其他。

39. 儿童文学的趣味性（蒋风）

本文载于金华《浙江师范学院报》1983年第1期。

趣味性是儿童文学审美创造中的一个重要课题，本文就儿童文学趣味性的重要意义、趣味性的内涵、趣味性的把握等问题提出了自己的意见。文章立足于"教育儿童的文学"的观点，认为趣味性是"更好地完成儿童文学的共产主

义教育任务不可轻视的一个带关键性的特点"。趣味不是"创作的目的，它仅仅是一种手段，是表现主题、达到一定的教育目的的艺术手段。因此，趣味必须服从主题的需要，不能为趣味而趣味"。文章具体探讨了趣味的心理因素、美学因素与艺术手法上的因素，但有的论述如将"悲壮""崇高"等美学范畴也归之于"趣味性"，似感勉强。本文体现了作者对儿童文学趣味性的理解，所提出的观点对趣味问题的理论探讨有所启发与促进。关于趣味性的美学基础及创作实践，仍是儿童文学研究中需要深入探讨的一个理论课题。或以为，儿童文学的趣味性，最重要的是在审美心理上契合儿童的心理特点与思维方式，在艺术表现上符合儿童世界的视角，在语言上要善于提炼符合儿童声口的儿童化的口语艺术。

40. 视角研究——中高年级儿童文学的审美特点（班马）

本文是作者1984年向"全国儿童文学理论座谈会"提交的论文，收进1991年12月河北少年儿童出版社出版的《儿童文学探讨》（陈子君编选）一书。

"文革"结束以后不久，陈伯吹的"童心"观点在儿童文学界被恢复了名誉，但关于"童心"问题的学术研究远未结束。本文所要讨论的问题的动因，就是"这种童心观点在指导近年来儿童文学创作的实际运用中所出现的偏差"，即"没有分清低幼儿童文学理论与中高年级儿童文学理论应当是两个有所不同的层次""出现了一种以低幼儿童文学的美学特点，来对待中高年级儿童文学的倾向"。文章认为，儿童文学界一味鼓吹的"浅显易懂""儿童情趣""天真稚气"，在本质上是一种以"小"为美、以稚为美的低幼儿童文学的美学追求，但这种追求并不能"同样反映中高年级这一年龄阶段的儿童特点"。中高年级儿童读者的审美特点正好相反，是"儿童反儿童化"——他们急欲摆脱童年，渴望超越自己，"通过文学作品来效法成年人的行动，来窥探他们即将进入的社会生活的种种规则，去走向未来的实践"。——这就是本文所要论述的"儿童视角"。基于这样的理解，文章认为所谓的"儿童生活"，更应该指儿童"精神上向往的生活"，而不是仅指"生活中的儿童"。儿童文学同社会进行的应是双向结构交叉点上的美学对话——儿童视角所想要看到的，正是成人

第三十四章 1950—1999 年的理论代表作（132 篇点评）

社会所想给予的，"这样的作品，才真正具有儿童文学的美学价值"。成人对儿童读者审美上的期望的视线与儿童读者在审美追求上所渴望的视线相对交叉的美学内容就是"能力"。文章就"能力"与儿童文学性的关系展开了进一步论述，这有："叔叔"型的硬汉人物；不想做孩子的孩子；句法的文字游戏；形式挪前等。文章指出："只有探讨这种双向结构的功能才能显示出儿童文学根本规律，才能使儿童特点同教育性天然地融合起来，才能使儿童特点同社会美学价值完美地统一起来。"本文对儿童文学审美创造的所思所悟具有一种超越意蕴，作者所提出的"儿童反儿童化""儿童文学双向结构交叉的美学对话"等命题，自成新说，可以说是经得起检验的理论创见。

41. 在运动中产生美——兼论儿童文学的美感效应（孙建江）

本文载于金华《浙江师范大学学报》1986 年"儿童文学研究专辑"。

孙建江（1956—），祖籍浙江温岭，出生于浙江建德。主要笔名雨雨。曾在云南当过 5 年发电厂电工。1983 年毕业于云南大学中文系。现为浙江少年儿童出版社副编审，系中国作家协会会员。著有《童话艺术空间论》《20 世纪中国儿童文学导论》《文化的启蒙与传承：孙建江儿童文学文论》《意大利儿童文学概述》等论著及《雨雨寓言集》等作品。

信息论美学认为，美是一种信息。作家是信息的传递者，读者是信息的接受者，儿童文学作家的工作就是寻找两者之间的最佳点，即通过精心构思和安排的作品的运动特质，使作品发出的信息达到最优化。如何才能实现这个"最优化"呢？本文提出了"在运动中产生美"的命题。作者认为，儿童文学的美感效应是一个整体，作为审美主体的儿童读者与作为审美客体的儿童文学作品之间的相互融合的过程，是一个在运动中经过同化、调节的平衡过程。

儿童文学美感效应的实现需要审美主客体之间运动的融合。文章论述了作为审美主体的儿童运动的天性所具备的"融合客体运动的能力"，这包括审美客体（作品）的悬念性、情节性、新奇性、强烈的幻想和极度的夸张等。当主客体之间发生"共振"，双方的潜能（运动的）达到融合时，美感效应的产生就成了可能。但这里还需"通过一个结构和建构的过程"，即"必须通过主体

的调节来自我建构,以便用新的结构来同化客体,达到新的平衡"。客体能否对主体产生反应,除了客体本身要具备刺激主体的能力外,还受制于主体有什么样的审美结构;而"年龄特征"正是形成主体审美结构的重要因素。儿童的思维、想象、注意力等与成人有着很大差异,这"使他们对运动变化着的客体保持着好奇心和新鲜感",因而他们更"希望作品是富于运动变化的"。文章还论述了文学作品中运动的两种表现形态:一是明显的外部运动,如时空变化、人物形体变化、内容情节的曲折多变;二是隐逸的内部运动,如人物的心理描写、心理刻画等。"在运动中产生美",这并非是说运动是实现儿童文学美感效应的唯一特质,而只是为了强调"运动"在儿童文学审美创造中的重要性。本文文义玄奥,自铸新说,所提出的命题对儿童文学审美创造具有一定启迪性与开创性。

42. 绞架下的世界和秋千上的梦——成人文学和儿童文学的荒诞性比较(张擎)

本文载于福州《当代文学探索》1986年第2期。

"荒诞",原意为音乐概念中的"不谐调音",引申为"不合道理和常规;不调和的、不可理喻的、不合逻辑的"。在说英语的国家中,"荒诞"即"荒谬可笑"。在汉语的解释中,"荒诞"即"不真实,不近情理",如李白《大猎赋》:"哂穆王之荒诞,歌白云之西母。"在文学作品中,荒诞常常引人发笑,这在儿童文学中,尤为明显。或曰儿童文学是"快乐的文学",没有荒诞,"快乐的文学"就会大打折扣。本文是探讨儿童文学的荒诞性问题较有学术价值的文字。作者着重就儿童文学与成人文学作品中的荒诞性作了比较分析,从中总结出儿童文学荒诞性的一些带规律性的问题。文章认为,儿童文学与成人文学的荒诞之间有着明显的差异,这种差异首先体现在"儿童文学所提供的周围的和蔼、友好、善意和可亲上""它的归宿终究是善的""美和善永远是儿童荒诞世界的流行色和旋律主体";这同成人文学中的那个"迷浑、令人惊骇的荒诞世界的图景全然相悖"。因之,儿童文学的荒诞性总是同"有力性"相结合的,这种有力性充分体现在儿童的"认识"与"行动"两种极位上。关于

第三十四章 1950—1999年的理论代表作（132篇点评）

儿童世界认识上的"有力性"问题，文章详尽探讨了儿童思维中的"类逻辑"（伪逻辑），也即皮亚杰指出的儿童所特有的那种"理所当然"、任意组合的逻辑思维，并就"类逻辑"中的具体内容——泛生律、伪成年律、"斯彭克"律、错位律、奇组律、循环律等在儿童文学作品中的表现作了个案阐述。这一部分内容构成了本文的主体。文章认为，"类逻辑"实际上是儿童"认识世界和把握事物联系"的方法和途径，"他们将以他们自己的方式来证明世界是可以理解的"，作者把这种"纯净的、真正喜剧性的儿童荒诞"称为儿童文学的"白色荒诞"。关于儿童世界行动上的"有力性"问题，文章提出了心灵沟通与反抗暴力两方面的表现，而"物的人化"与"人的物化"则是儿童文学的白色荒诞和成人文学的黑色荒诞的"最重大和最本质的差异"。儿童文学的荒诞性问题，是儿童文学审美创造中的一个重要学术问题，惜乎此类论文中有思辨性、有说服力的文字尚不多见，本文在这方面提供了一种思路。

43. 论少年小说和少年性心理（朱自强）

本文载于兰州《当代文艺思潮》1986年第4期。

朱自强（1957—），祖籍河南信阳，出生于吉林省吉林市。1982年毕业于东北师范大学中文系，留校任教。1987、1990年曾两度赴日本留学，主攻儿童文学理论与日本儿童文学史。现为中国海洋大学文学院教授，著有《儿童文学的本质》《日本儿童文学面面观》（合著）等。

"青年男子谁个不善钟情？妙龄女郎谁个不善怀春？"歌德在其名著《少年维特之烦恼》中热烈赞美少男少女的情愫是"人性中的至清至纯"。在许多成人文学作品中，少男少女的朦胧爱恋，一直是被肯定和赞美的，但在我国的少年儿童文学中，却一直是个"禁区"，既无作品涉足，更遑论理论的探讨。1984年成人作者丁阿虎写的《今夜月儿明》与中学生龙新华写的《柳眉儿落了》，第一次勇敢地叩问了这个"禁区"，引起了当代儿童文学史上罕见的"轰动效应"，随之而来的则是见仁见智各说各理的批评。如何看待少男少女的"爱情"？少年小说应当如何正确理解与驾驭这类题材？这无疑是理论界必须回答的一个课题。本文运用青少年心理学研究的成果，结合80年代中后期我国文

坛少男少女心理小说创作实践，就"少年小说与少年性心理"这一"敏感"问题提出了自己的见解。文章首先从心理学角度，说明性心理是少年身心发育过程中的客观存在，并阐述了少年小说的性心理描写在少年教育方面具有"疏通少年郁结的心胸，使其感情得以发泄和引导"的独特的积极意义。接着，具体考察了少年小说中性心理描写的有关文学性问题。文章认为，"少年性心理描写，在以爱情为题材的少年小说中密度最大，质量最强，把握最难"。一方面性心理与人物性格的真实性有着密切关联，在某些特定的少年形象塑造中，"性心理是其性格中不可摘取的逻辑链条"，少年小说如果忽视这一点，"就会在对人物性格的把握上出现失误"，如曹文轩的小说《再见了，我的星星》，就存在这种"失误"。在少年小说中，写异性友谊原是难题，而男女之间的友谊与爱情"本来就界限模糊"，何况是少男少女之间精神吸引的"朦胧感"，这就更使作者难于把握。另一方面，少年小说只要一旦涉足这类题材，就有一个作家如何看待"少年爱情"的定位问题。文章坚决反对"那种认为没有早恋的少年便'天真烂漫，幼稚可爱，心灵纯洁'"的说法，讨论"早恋"应该不应该已"毫无意义"；对这种感情采取的态度和行为方式进行"控制和调解"即正确引导，这"正是少年小说应担负的责任"。但这种"引导"并不是如同《今夜月儿明》的负面效应那样"向少年们灌输早恋是不纯洁的、可耻的这些否定人生的思想"，而应当像《柳眉儿落了》那样"发掘""少年爱情的积极力"，"优美地描写"初恋对少年人格的"净化和陶冶"，并"把这种感情升华对人生的美妙憧憬，对体现着生命更高价值的知识、艺术等的追求"，担负起"这一人生第一个十字路口的指示任务"。文章最后指出："排斥性爱（肉体），抒写纯爱，是少年小说与成人文学在爱情描写上的质的区别。"少年小说对性心理的描写，当然是为了"满足少年们的感情需求"，但"这种满足不仅是迎合，而且还担负着使其感情趋于纯洁，日益向上的使命"。对少年进行"高尚的纯爱的教育""使少年爱情的憧憬之泉不至于污染、枯竭，使这种感情上升到对人类、艺术、生活的更广阔更深沉的爱的更高层次，这就是以爱情为题材的少年小说付诸努力的方向"。本文体现了作者对少年小说性心理描写的一种

第三十四章 1950—1999 年的理论代表作（132 篇点评）

观察视角，一种理论见解，从一个方面拓宽了儿童文学理论研究的视野。

44. 试谈儿童文学主题的开拓（陈子典）

本文载《广州师范学院学报》1987 年第 3 期。

陈子典（1937—）广东新丰人。1960 年毕业于华南师范大学中文系，先后在中学、中师、幼师、大学任教。现为广州师范学院教授，曾任副院长兼儿童文学研究室主任，系中国作家协会会员、广东省作家协会儿童文学委员会副主任。著有《台湾儿童文学诗歌论》，主编《儿童文学大全》，另出版有《儿童文学导读》《古今歌谣选读》等。

传统的儿童文学理论主张儿童文学主题的单一性、单纯性，强调"教育的方向性""针对性""坚持正面教育"。本文对此质疑。文章认为，"在新的历史时期，生活环境变了，儿童的思想复杂了，审美意识增强了"，儿童文学理应冲破"陈陈相因的传统观念、道德规范的樊篱，扩大主题的领域，多层次、多角度、多色彩地反映社会生活"，而不能以不变应万变，写出的儿童"穿的是 80 年代的衣服，表现出来的却是五六十年代的品性"。文章就与儿童文学主题相应的问题——现实感与超越感、教育性与情智性、歌颂性与暴露性、单向性、多向性等，发表了自己的见解，呼吁儿童文学界"挣脱清规戒律与传统观念的束缚"，扩大主题领域，提升儿童文学品位，"拿出在思想深度和艺术力量上决不亚于成人文学的东西来"。本文对儿童文学主题的研究自铸一说，于创作实践不无启发和促进意义。

45. 儿童意识与审美创造（徐宏）

本文载于 1989 年 3 月四川少年儿童出版社出版的《中国儿童电视剧论文集》（中国电视艺术家协会等编）一书。

本文紧密结合儿童电视剧的创作实践，从意向和认知角度，对儿童意识和审美创造中的三个方面问题——原始意识与直觉感受、幻想意识与创作想象、模糊意识与审美活力进行了探讨。文章指出，许多成功儿童电视剧的创作者的经验表明，"审美创造的动因，并不完全由于某种中心主题图解的需要，也不单纯是为了满足现实教育的需要，而往往由于他们在生活的感受中被儿童新颖、

诱人、多彩的情感世界所吸引，所激发"。儿童文学的发展，儿童美学的发展，迫切需要作家、艺术家以纯真的童心去发掘儿童丰富的情感世界，深入体察儿童独特的心理结构与思维模式，努力创造出适契当代儿童审美需求的艺术品。本文对此问题作了较为深入的探讨，见解新颖，对儿童文学的审美创造甚有启发意义。

46. 论原始思维和儿童文学创作（王泉根）

本文载于重庆《西南师范大学学报》1990年第1期。

本文力图运用皮亚杰的学说，探讨原始思维／儿童思维与儿童文学审美创造之间的关系。作为发生认识论创始人的皮亚杰，其学说与儿童文学有着十分密切的联系，这不仅因为这个学说的研究对象与儿童文学的接受对象具有一致性，而且由于它对考察带有原始思维精神的儿童文学及其接受对象的审美心理结构有着哲学认识论上的意义，同时还对儿童文学的创作实践与理论建构发生着实质性的影响与启迪。文章具体考察了儿童意识中的"泛灵论"与原始意识中的"万物有灵论"的同构对应关系，儿童思维中的"人造论"、任意结合的逻辑思维、前因果观念等与原始思维的关系及其对儿童文学创作的制约和影响。文章认为，皮亚杰的学说使我们从哲学认识论的高度明确了儿童的这些思维特征以及形成儿童审美心理机制的作用，为弄清儿童审美意识的本原及其历史发生，把握儿童文学的审美本质提供了新的参照系。

皮亚杰关于"儿童自我中心思维"的学说对儿童文学创作有着多方面的启迪。文章指出：由儿童"自我中心思维"所衍射出来的泛灵论、人造论、非逻辑性与前因果观念等建构起来的虚幻图景，使儿童生活在他自己构造的童话世界中，而不是生活在现实世界当中。儿童文学接受对象的审美意识正是从这一基准出发放射与延展开来的。与此相对，作为创作主体的成人作家所接受和理解的则是一种代表着文明人类现实意识最高水平的自觉意识，它摆脱了原始思维状态，由人类社会文化心理素质的历史积淀，与后天形成的智力结构及不断发展着的社会生活的印记结合在一起。因此，他们创作的儿童文学从一开始就是一种不同于原始艺术的现代社会的艺术品，也即是从根本上区别于原始意识

第三十四章 1950—1999 年的理论代表作（132 篇点评）

和儿童意识的现实意识的结晶。正是在这一基本点上，将儿童文学的两种不同审美意识——成人作家的审美意识和儿童读者的审美意识区别了开来：创作主体（成人作家）的审美意识是现代人通过自我体验模式的对世界的自觉把握；接收主体（儿童读者）的审美意识则是与原始思维相通的、通过自我体验模式的对世界的不自觉的认同。这一研究所得出的结论对于儿童文学的意义在于：真正的艺术品应是既扎根于儿童又超越于儿童，即紧紧把握住了儿童审美意识又自觉地引导与升华这种意识；儿童文学作家既要真正地认识和把握儿童思维、儿童审美意识的特点，把心紧紧贴近儿童，又必须超越儿童，引导儿童，提升儿童，发挥创作主体对儿童文学的主导作用。

当今文坛五光十色，八面来风。80 年代儿童文学研究的一个突出特点就是借助哲学、美学、文化学、心理学等多种学科研究成果，为儿童文学理论注入一种新的血液与新的方法，开启思路，激活灵性，促发进取。本文正是属于这方面研究工作的一种尝试。文学理论的研究是一项复杂的精神生活，理论研究的不可重复性，决定了它得不断进行探索。见仁见智全在探索的心路历程之中。

47. 儿童的审美心理感受（姚全兴）

本文载于 1990 年 9 月重庆出版社出版的《儿童文艺心理学》（姚全兴著）一书。

姚全兴（1942—），江苏江阴人。1966 年毕业于华东师范大学历史系。曾在上海一家化学纤维厂做打包工十余年。1979 年进入上海社会科学院从事研究工作，现为该院哲学研究所研究员，系上海美学学会副秘书长、上海作家协会会员。著有《儿童文艺心理学》等论著。

本文作者在国内率先提出"儿童文艺心理学"新学科，著有《儿童文艺心理学》一书，本文即是该书的第 5 章。文章就儿童对自然美、生活美、艺术美的感受特点、童心在儿童审美感受中的意义、儿童的美感和艺术思维的独特性等问题作了审慎探析，并就儿童的审美心理感受规律发表了自己的见解。文章认为，儿童的审美感受是儿童艺术心理的重要组成部分，儿童的美感内涵是十

分丰富生动的，并具有自己的独特性，这就是童心天趣。关于童心问题，文章提出了以下值得引起注意的诠释："童心就是具有儿童生理心理机制的心理状态""除了思维活动的幼稚、单调"外，还有这样一些特点："1. 满怀兴趣地观察他面前的一切。2. 思维的具体性和易感性。3. 想象和幻想在整个精神活动中占有很大地位。4. 真诚、直率而自然地感情流露。5. 以自己的意思和方式表达和解释一切。"如何理解与把握儿童的审美心理感受，如何认识童心，这是儿童文学审美创造的一个前提。本义虽然不是直接讨论儿童文学的，但所论述的内容对儿童文学审美创造不无启发意义，颇值一阅。

48. 他们开辟了少儿文学的新边疆——"探索性"少儿文学之探索（吴其南）

本文载《温州师范学院学报》1991年第2期。

80年代中期，整个中国文坛的"现代化"热潮波浪推涌。"朦胧诗"遇到"第三代"的公开挑战；话剧中的"实验"和电影中的"探索"使人目不暇接；而作为文学主体的小说更是新象迭出，现实主义小说受到"新潮小说"的激烈冲击，并导致两个极端走向：一个是更为主体化、观念化的"先锋派"（包括"寻根文学"和各种各样的"实验小说"），一个是更为客体化、世俗化的"写实派"（包括"新写实主义"和各种各样的"纪实文学"）。成人文学的现代意识思潮给儿童文学带来了深刻影响，一批渴望变革、不安现状的年轻作家奋然而起，加入了整个文坛的"现代化"热潮。"探索性"少儿文学的出现，成为80年代中后期当代儿童文学发展中最引人瞩目的现象。本文对此现象作出了反思评判，在儿童文学界某种贬斥"探索""新潮"的嘘声中，提出了独立见解。文章认为，"探索性少儿文学是一种新的创作范式，它在美学理想上反映着以生命意识的强化为主要特征的审美思潮的崛起，在艺术表现上反映着具有现代特征的艺术意识的复归"。据此理解，文章从题材意识、文体意识、读者意识三方面论述了探索性少儿文学的"文学精神"。关于题材意识：探索性少儿文学"齐集性地淡化、疏离对社会生活的描写"，而"更偏向探索人类的生命之根"，"走向文化、自然，将生命的和谐发展作为审美观照的主要视角和尺度"。这一选择使作品意象世界的外在形式产生了"陌生感"，与传统少儿文学判然有别。关于文体意识：由于探索性少儿文学从一开始"就未将教育儿童、向儿童传达某种确定的认识作为自己的目标"，而是将目标放在"真实地展现儿童的生存状态""传达作家对人生、对生命的感悟和体验"上，因而作家们十分重视"艺术变法"，"实验将各种现代艺术技巧用于少儿文学的可能性"，从而使主题的实现形态"真正区别于一般的表意符号而获得'文学性'"。关于读者意识：探索性少儿文学"试图探索在新的基点上建立作家—读者对话关系的可能性"，这种探索主要表现在将作家的对话姿态从"受读者视界制约"调整为"作家独白式""自顾自地表达"的方式，使作品"隐含读者的接受能力""向较高层次移位"。但这一来，就出现了一个所谓"看得懂""看不懂"的问题。文章认为，探索性少儿文学是一种"主要面向文学修养较高的少年读者的文学类型"，因而其创作经验对整个少儿文学也就"不一定具有普适性"，虽然它开辟了"少儿文学的新边疆"，但不一定具有整个少儿文学的"文体意义"。探索无止境，儿童文学的探索还会继续进行下去。本文说理透辟，齐庄中正，对研究80年代探索性少儿文学的美学特征甚有启发意义。

49. 儿童文学现代性的探索（滕云）

本文载于1993年8月中国少年儿童出版社出版的《寻觅童年：新时期儿童文学的一束思絮》（滕云著）一书。

滕云（1939— ），广西南宁人。文学评论家。现任《天津日报》副总编辑，兼天津社会科学院文学研究所所长、研究员。著有《小说审美谈》《八十年代文学之思》等多种论著。

本文是又一篇考察80年代中后期中国"探索""新潮"儿童文学的有独立见解的文章。作者着重就曹文轩、常新港、班马等三位代表性作家的现代性小说特点作了分析。文章认为，曹文轩的小说倾向于表现"理性精神与非理性精神的'心灵之光'"，作品中的具体意象通常是"心灵化的""非理性化的"，具有某种"新感觉"派小说的特点；而作为"形象的象征"（如"古堡""暮色笼罩的祠堂"）则又是一种"理性的意象"，是由"作者的理性精神统驭的"。常新港的作品"也融入了理性精神对生活对人生的审视或叩问"，在少年主人

公身上所表现的"人性隐秘""审父意识"实际上是"作者自身的成年男子的立身处世理念",但他"不强调非理性化的感觉或感悟",而"赋予作品与人物一种粗犷的、雄浑的风格"。至于班马,文章认为班马的现代性小说更"接近成人文学的实验小说之类",其代表作《鱼幻》"所采取的象征、变形、荒诞、神秘、非理性的审美形式里,内蕴着十分理性化的、超越本土文化的价值取向的现代意识"及"艺术精神",因而它"很难归入儿童文学范围,甚至未必是儿童文学的变体"。80年代中期崛起的这批年轻作家群已经形成儿童文学创作的"强力集团",他们力图走出自己的创作"新路",尽管他们的"现代意识梦"比之成人文学还是"轻浅的",但他们的探索无疑给儿童文学带来了"新的活力"。本文持论谨严,诠释审慎,为我们认识80年代探索性儿童文学提供了一种审美思路。

50. 论儿童文学民族特点的主要体现（张锦贻）

本文原载于呼和浩特《内蒙古社会科学（文史哲版）》1993年第2期。

张锦贻（1935— ）女。祖籍浙江嘉善,出生于杭州。1956年毕业于内蒙古师范学院中文系,曾在师专、师范学校任教。1979年到内蒙古社会科学院从事研究工作,现为该院文学研究所文艺理论研究室主任、研究员,系中国作家协会会员、内蒙古作家协会理事兼儿童文学委员会副主任。著有《儿童文学的体裁及其特征》《内蒙古儿童文学作家专论》等。

我国是一个多民族国家,除汉族外,尚有蒙古、回、藏、维吾尔、满等55个少数民族。根据人口普查资料,少数民族的总人口约占全国总人口的6.7%,他们主要分布在东北、西北和西南边疆地区。探讨儿童文学的民族特点,是儿童文学审美创造的一个重要课题,本文作者长期在少数民族地区工作,对少数民族尤是蒙古族的儿童文学素有研究。本文紧密结合少数民族儿童文学的创作实践,就有关儿童文学的民族特点问题,提出了自己的见解。文章认为,形成儿童文学民族特点的诸要素是和形成民族特点的诸要素一致的,即共同的语言、共同的地域、共同的经济生活、共同的心理状态;而其中的民族心理状态则是"许多民族儿童文学中表现民族特点的唯一要素",少数民族儿童文学创作"正

第三十四章 1950—1999 年的理论代表作（132 篇点评）

应该把握这最富有特色、最富有生命力之点"。对民族心理状态的描写和刻画，是对民族性格、民族气质的具体的表现与深入的揭示。这种描写和刻画主要体现在三个方面：一是地域特色与民族特色的交汇；二是时代精神与民族精神的融合；三是语言色彩与民族色彩的统一。文章就这些问题作了深入分析。本文对儿童文学民族特点问题的研究颇有自己的体验与心得，值得一读。

五、文体建设论

导言

根据国家新近颁布的人文学科分类标准，"中国儿童文学"已升格为二级学科，它与文艺理论、中国古代文学、中国现代文学、中国民间文学等学科处于同样等级的地位。作为文学大系统中的"小儿科"，儿童文学有着与整个文学不可分割的一致性：凡是一般文学所涵有的性质、特征、功能等，儿童文学也同样涵有；凡是一般文学（成人文学）所拥有的一切文体，举凡小说、诗歌、散文、戏剧、影视文学、科学文艺等，儿童文学也无所不包，除此之外，它还拥有两类具有"专利性质"的文体——童话与幼儿文学。儿童文学有着极其辽阔的艺术版图与美学空间，有着任凭作家施展十八般武艺的广阔天地。

文学体裁是随着文学创作的发展而发展，随着文学接受对象的阅读经验与审美趣味自我选择的变化而变化的。儿童文学文体研究是儿童文学整个理论体系的重要组成部分。它要研究文体建设的一般规律和历史衍变，研究各种具体门类的艺术特征与美学个性，研究文体之间的相互交融与多边文学，等等。这是一个内涵丰富的研究领域。我们期待着建立一门"儿童文学文体学"的专门学科，期待着出现更多的具有自己学思特色的研究成果。

51. 儿童文学文体建设的外来影响（王泉根）

本文系王泉根著《论外国儿童文学对中国现代儿童文学的影响》一文之第二节，载于金华《浙江师范大学学报》1983 年第 3 期。

文体建设是中国儿童文学现代化进程中的一项重要工程。随着文学作品中现代思维和情感世界的确立，创作主体的思维方式和情感表达方式及其外化形

式——文体的现代化,也就必须被提到历史议程上来。本文认为,我国古代儿童文学不仅发展速度缓慢,而且文体样式也十分单调。在文体建设的现代化方面,中国儿童文学曾以"拿来主义"的态度,大胆学习、借鉴外国儿童文学,取人之长,为我所用,这在"五四"以后的现代儿童文学史上表现得尤为明显。作者本着实事求是、无征不信之旨,具体考察了现代儿童文学的文体建设在学习、借鉴外国儿童文学方面的三种情况:一是直接向外国儿童文学"引进",这有艺术童话、儿童戏剧和科学文艺;二是参照外国儿童文学的文体,对已有的中国儿童文学旧文体加以更新改造,这有儿童小说与儿童诗;三是受外国儿童文学的启发,将古老的传统文体发掘出来,移植到儿童文学园地,这就是寓言。文章认为,正是在外国儿童文学的有益影响下,中国现代儿童文学才在短时期内完成了文体形式的革新改造,使数千年的落后状况,产生了"质的飞跃",完满地实现了文学模式的现代化建设。本文从比较研究的角度,对中国儿童文学的文体建设作出一个方面的初步考察,提供了某种理论思路。中国儿童文学文体样式的现代化建设,以与西方近现代儿童文学文体相似的格局,结束了它的古典文体时代,从而成为世界儿童文学的组成部分。但它决不是"西化"的产物,它对外来的东西是立足于洋为中用,目光四射,大胆"拿来",消化吸收。所以,它是已经"中国化"了的、具有中国民族特色的儿童文学新文体。

52. 儿童文学文体分类的历史性和新基点(周晓波)

本文原载于金华《浙江师范大学学报》1993年第2期。

周晓波(1953—),女。浙江东阳人。笔名周小波。16岁在上海初中毕业后赴黑龙江支边当知青多年,后考入大学。1982年1月毕业于浙江师范大学中文系,留校任教。现为该校儿童文学研究所副教授,系中国作家协会会员。一直从事儿童文学研究与创作,著有《当代儿童文学面面观》。

本文认为,长期以来我们的儿童文学文体研究格局"大体只停留在对儿童文学各体裁单纯地划分以及对各种体裁特征的诠释上",其模式大致是"成人文学的体裁特征加上儿童特点"。这种研究格局很难体现出"儿童文学文体研究的本色",儿童文学文体研究"应当具有自己的特色,重点应放在对其特

第三十四章 1950—1999年的理论代表作（132篇点评）

殊性和自身特点上"。据此理解，本文试图从儿童文学文体本位出发，对儿童文学文体分类进行新的探讨。一是关于儿童文学文体分类的历史性与相对性：历史性是指儿童文学文体曾在漫长的岁月中经历了一个整理、改写（民间文学）——模仿——创作、由量变到质变的过程；相对性是指各种文体的"种类和种类间"并非"绝对独立、不相沟通"，而是呈现出一种"互相借鉴""互相影响"的"交叉现象"。二是文体形成的外部与内部研究：儿童文学文体形成的外部因素主要表现为与民间文学的血缘关系及成人文学部分文体的直接过渡与分化；但促进儿童文学文体形成的关键则在于"内部因素"，即"主要是由于少年儿童的年龄特征的差异性引起的，年龄特征的差异决定了他们不同的审美情趣和指向，审美情趣和指向的差异性又决定了儿童文学不同于成人文学的多层次多部类的分类体系"，这有幼年文学、童年文学与少年文学三个层次。文章还分析了当今儿童文学文体发展变化的两个趋势：一是借鉴外国文学、成人文学所出现的现代派"新潮"文体；二是儿童文学各类文体"横向渗透"后所出现的新品种，如小说化童话等。此外，"应用类文体和介于文学与应用之间的边缘类文体"也得到了发展。文章最后就儿童文学文体的分类提出了新的意见，将其分为文学类文体、应用类文体与边缘类文体。文体研究是儿童文学研究中的一个薄弱环节，诚如本文所言，过去我们的文体研究只注重于各类体裁的特征方面，而很少作整合性的考察。我国儿童文学现代文体的形成和确立，从总体趋向看，是现当代儿童文学作家不断寻找新的表现形式，以表达他们对现代社会和现代儿童的审美感悟与审美理解，吸引、提升少年儿童鉴赏文学的审美需求；各类文体经历了一个从简单到复杂、从幼稚到成熟的演进过程，向外国儿童文学横的借鉴与向传统文学纵的传承则是相辅相成的两条途径。本文所作的考察是一个有益的尝试，有自己的观点，自己的结论，虽然某些方面尚可商榷，但不无学术上的启发意义。

53. 从《慧眼》谈童话特征与创作（陈伯吹）

本文载广州《作品》1956年12期。

《作品》1956年第1期发表了广东作家欧阳山的童话《慧眼》，作品以

农业合作化为背景，描写生产队长之子周邦的一双神奇慧眼能察人心红心黑，因骄傲自大，慧眼丧失功能；后经教育帮助，思想觉悟提高，又有了慧眼神功。此作品一发表后引起评论界的批评，并就童话艺术的诸多问题发表意见。陈伯吹此文即是其时的批评文章之一，作者结合《慧眼》创作上存在的一些问题，对童话的艺术特征与审美创造提出了自己的看法。文章认为，童话应当"写得像诗这么美"，童话要有"诗的美感"；其次，童话"要有夸张和幻想"；再次，童话"要有幽默和愉快"。而《慧眼》在这三方面均没有取得成功。童话创作的此三条原则体现了陈伯吹的童话思想。陈伯吹指出："童话尽管可以采用各种适当的材料来写作，但是必须服从于童话的形式所给予内容的反作用的限制和要求，也就是要求必须符合于童话这一体裁特征的创作方法。"内容决定形式，而形式又反作用于内容。忽视文学的形式对内容的能动作用，就必然会影响艺术美的创造，《慧眼》的失误其根本原因就在于没有很好把握童话这种特殊文体的形式"法则"。文学体裁是文学形式的因素之一，是一定文学作品内容的具体表现形式。文学体裁又是随着文学创作实践的发展而发展，文学接受对象阅读经验、审美趣味的变化而变化的。研究儿童文学各种文体——童话、寓言、儿歌、儿童诗、少年儿童小说、散文、报告文学、儿童影视戏剧文学、科学文艺、幼儿文学等的基本特点与创新发展，这无疑是儿童文学理论研究的重要课题。本章其他各辑所涉及的大多是儿童文学的"内容"问题，而本辑则是专论"形式"。

54. 略论寓言（贺宜）

本文载于北京《人民文学》1957年4月号。

本文论述了寓言文学的一般价值功能与艺术特色及在儿童文学中的地位。文章认为，"寓言是人类智慧的语言"，也是进行思想斗争的"锐利的武器"。寓言有两大任务：一是"提供一些有益的经验和教训，肯定某一种真理"；二是"进行斗争的锐利武器。这个武器的锋芒，就在它的无情的讽刺和嘲笑"。关于寓言的艺术特色，文章提出了三方面的看法：第一，寓言"像诗一样是最精练的语言""思想的集中，语言的简练，这是寓言的一个基本要求"；第二，

第三十四章 1950—1999年的理论代表作（132篇点评）

"寓言有幻想的特点"；第三，"教训性最强"。寓言本来并不是为儿童创作的，但由于"它的简练生动，比较容易为儿童所接受，因此儿童文学中专门有寓言一类"。寓言对儿童有三方面的"教育作用"："比较具体形象地了解一些本来是艰深晦涩的思想和道理"；"帮助孩子培养丰富的想象力"；"寓言的优美、智慧、简练、明快的语言，对培养儿童用最经济最恰当的语言来表达思想的这种能力极有帮助"。本文是探讨寓言文学的重要文章，在五六十年代较有影响。从文学的阶级性、教育性立论，是本文的特色，这是需要提请注意的。

55. 泛论童话（严文井）

本文写于1959年8月，收进1979年人民文学出版社出版的《小溪流的歌》（严文井著）一书。

本文首先批评了50年代后期出现的"童话消亡论""现代生活很难产生童话"的观点，认为"断言童话就要消灭，似乎还早了一些"，"因为，童话是由孩子们的需要而产生的，最初的创造者是孩子"。在儿童文学领域，"童话和寓言固然不能说一定优于别的形式，但至少也不是别的形式所能完全代替的"。因之，文学界所应探讨的"不是取不取消和怎样取消童话，而是怎样抓住我们时代的特点，我们的孩子的特点，新生活带来的新的主题，写出新的童话来"。关于新童话的创作，作者提出了如下看法：童话应当随着时代的发展而发展，"童话不是自古以来就只有一种模样，一成不变的"；要把童话当作"诗"那样来写，童话这种"献给儿童的特殊的诗体"应当容纳"较多的幻想"，包括"常常是由孩子们心灵的镜子的特殊的折光"而产生的"怪诞"，"没有孩子，没有孩子的眼睛和心灵，没有美丽的幻想，没有浪漫精神，没有诗，哪怕有一个最奇怪的故事，则一定不会有童话"。作者特别强调创作新童话必须破除"清规戒律"，比如童话可不可以出现仙女、巫婆、王子、公主，就"没有必要制定法律来限制所有那些旧的角色出场"；"也不一定叫伊索保证狐狸确实是喜欢素食，而不喜欢肉食的"（在这里，严文井对贺宜的童话的"物性"理论质疑。关于贺宜的"物性"论，可参见作者《略论寓言》一文）。童话毕竟是幻想艺术，作家不能让"幻想落在科学成就的后面，使幻想暗淡无光，成

为被讽刺的对象"。本文对"童话消亡论"的批评及破除童话创作中的"清规戒律"的呼吁，对于卫护当代童话的艺术生命与创作自由具有积极的现实意义，体现了一位童话大家对童话艺术规律的理解与卓见。

56. 童话的现实性（浦漫汀）

本文载于1984年9月陕西少年儿童出版社出版的《儿童文学十八讲》一书。

浦漫汀（1928— ），女，辽宁阜新人。1953年毕业于东北师范大学中文系，留校任教。1979年调任北京师范大学中文系，曾任十年儿童文学教研室主任，及儿童文学方向硕士研究生导师。现为北京师范大学中文系教授，著有《安徒生简论》《童话十六讲》《浦漫汀儿童文学评论集》，主编《儿童文学教程》《青少年读书向导》等多种专著。

童话是一种非写实的以幻想精神作为主要审美手段的文学品种。任何幻想都离不开现实生活的土壤，童话的现实性是童话文学的特征之一，但童话的"现实性"毕竟又有别于小说等写实文体对现实的"把握"。究竟应如何理解童话的"现实性"？本文就此问题提出了自己的看法。文章认为："童话不管选取什么题材、采用哪些体式，归根结底都是写人的；常人、拟人、超人都没有离开人"。童话中的"人""在本质上都是现实的人的思想、生活的概括"，"这些形象在塑造上都与现实有着或暗或明的联系"，这种联系在不同体式的童话中则又各有"相应的形式与手法"。文章着重就常人体童话的人物与现实的联系进行了分析，认为这有"常人直接进入童话世界，进行多种现实性的活动""常人及其生活的现实世界与拟人形象及其活动的幻想世界同时并存""常人以梦、幻觉以及精灵魔力、宝物等为媒介进入童话世界"等数种情况。拟人体童话的人物与现实的联系，"除了表现为对现实的比附、象征之外，还表现在人性和物性的有机结合上"。本文的论述对于如何把握幻想艺术的现实主义精神有启迪与促进作用。

57. 童话世界的观念更新（汤锐）

本文载于1987年8月江西少年儿童出版社出版的《八十年代童话选》（汤锐选编）一书。本文系该书的"编者序"。

第三十四章 1950—1999 年的理论代表作（132 篇点评）

汤锐此文通过对 80 年代新潮童话创作特色的反思评判，探讨童话艺术的创新经验与美学追求，从一个方面丰富了童话美学理论。80 年代的新潮童话对童话的本质作了新的理解与规范，使童话从"教育的附属品""图解政治、道德说教"的束缚中解脱出来，童话的审美意识开始得到了强化，传统童话恪守的创作"法则"如"童话逻辑""幻想时空关系""象征法"等被冲破、扬弃，并转而使用新的符码系统，直逼文学本性。本文所论述的有关强化童话的审美意识与"童话逻辑"观念的淡化及幻想时空关系的重新组合，显然有助于我们进一步思考童话的美学精神。文章提出了一些值得重视的见解，如关于童话的价值问题，文章将其归之为二，一是宣泄价值，二是启迪思维价值："童话的魅力首先在于童话幻想的宣泄作用"，唤醒并迎合"儿童潜意识中不自觉压抑着的各种欲念，使那些超越现实的或因条件局限而无法达成的愿望（如对英雄业绩的向往或淘气恶作剧的冲动等），在对童话幻想的审美观照中得到释放和宣泄"；童话在培养儿童丰富的想象力、拓展思维空间方面，具有其他文体无可比拟的作用，"而丰富的想象力只有靠丰富的想象去启迪，广阔的思维空间只有用广阔的思维演示去击拓。打破时空常规、冲出思维常轨，正是童话幻想的基本品质"。如同新潮童语有悖于传统童话创作路数一样，这篇探讨新潮童话的理论文字及其理论见解、学术语言也与传统童话理论迥异其趣。一种新的思路可能会开辟出一片新的学术空间，"虽然这些尝试还是极其初步的，但唯其鲜明的追求意识是最可贵的"。

58. *关于童话幻想的空间意识（孙建江）*

本文载于上海《儿童文学研究》1989 年第 5 期。

本文指出，长期以来，我们的童话研究只注意对童话幻想本身的阐述（如幻想的象征性、夸张性、拟人性、新奇性等），而忽略了对幻想载体即空间的研究，致使创作中的实际问题往往无从解释。比如关于童话的幻想与诗歌的幻想究竟有何区别？童话的幻想与现实的关系应如何把握？童话的"物性"又该如何解释？凡此种种，无不涉及到童话幻想的空间意识。文章认为，诗的幻想多是在直接触及眼前事物的情况下发生的，童话的幻想往往不需要眼前那个具

体的"景",而是"一种在具体表现形式上省略知觉材料的幻想",也即诗与童话"两者幻想赖以存在的空间形式的不同"。同样,童话与现实的关系问题,不在于童话幻想的"多"与"少",而在于"每一个童话的幻想需要有一个与之相适应的幻想空间";童话"物性"问题的"关键同样不在于绝对的物性,而在于是否符合儿童思维的逻辑发展,在于是否有一个合适的儿童思维发展的空间"。童话幻想空间意识的提出,将有助于我们加强文本意识;而文本意识则"有助于我们对童话的研究从表层进入到深层,最终完成对童话的总体把握"。文章还分析了童话理论之所以缺乏"空间意识"的三方面原因"一是依赖于成人文学理论的发现;二是单线直径式、非此即彼的文学寓意观;三是缺乏从文本角度对童话进行总体把握"。文章特别强调:童话幻想的特殊性在于,"它既是一种手段,同时也是一种目的。手段体现在作品的完成之后,而目的却潜藏在作品的整个发生过程之中"。本文所提出的"幻想载体——幻想的空间"问题,是童话研究中新的理论命题。虽然这一命题的科学性与理论意义还尚待创作实践的检验与理论的修正、完善,但却显示了童话研究新思维、新体系的滋生。本文作者所著《童话艺术空间论》一书对"空间"问题作了系统论述,本文即是此书的第一章。

59. 寓言鉴赏导论(陈蒲清)

本文收入 1990 年 7 月湖南教育出版社出版的《中外寓言鉴赏辞典》(陈蒲清主编)一书。

陈蒲清(1936—),湖南桃源人。1960 年毕业于湖南师范学院中文系。现为湖南教育学院中文系教授,兼系主任,系中国寓言学会副会长、湖南语言学会常务理事。主要从事寓言文学与古汉语研究、古籍整理。在寓言方面著有《中国古代寓言史》《世界寓言通论》,主编《中外寓言鉴赏辞典》《历代童话精华》等。

本文是一篇关于如何鉴赏寓言作品的论文。文章认为,寓言虽然形制短小,但"芥子之中,可纳须弥",人类文章的各个领域都与寓言有着千丝万缕的联系。鉴赏寓言应根据寓言的特点(寄托性、边缘性、渗透性),从中撷取思想、

第三十四章 1950—1999年的理论代表作（132篇点评）

艺术之果。文章具体探讨了寓言的艺术特色，从中归纳出鉴赏的方法与一些应注意的问题，条分缕析，甚有见地。本文所论虽然重在文学鉴赏，予人启迪，但对寓言文学的研究有自己的独特见解，多所发明，丰富了寓言文学的理论体系。如关于寓言的界说："寓言是一种有讽喻或寄托的故事，是一种形象性（寓言故事）与理论性（寓意）相结合的边缘文体。"关于寓言的本体（寓意），文章将其分为表层寓意、中层寓意、深层寓意三个层次。关于寓言故事（寓体）的创作要求，文章从四个方面作了规范："故事应该出人意表而在人意中""故事应该描绘逼真而神形兼具""故事应该明白如画而含蓄蕴藉""故事应该幽默机智而不失庄重"。关于世界三大寓言系统的特色：古希腊寓言及继承它的西欧寓言以动物故事为主，喜欢采用韵文；中国古代寓言以人物故事为主，多用散文；印度古代寓言则动物故事多于人物故事，以韵散夹杂的形式为主。

60. 童话的诞生（汤素兰）

本文载金华《浙江师范大学学报》1991年"儿童文学研究专辑"。

汤素兰（1965—），女。湖南宁乡人。笔名湘子。1985年、1991年先后于湖南师范大学中文系、浙江师范大学中文系中国现当代文学专业研究生毕业，获文学硕士学位。现系湖南师范大学文学院教授。著有《笨狼的故事》等多种长篇童话与散文。

童话不仅是一种文学样式，从文化人类学的角度考察，童话——早期的民间童话更是一种复杂的文化载体，童话世界双向地联系着人与现实世界双方。童话的诞生是一个艰难而复杂的过程，其特征的形成是一种历史现象，是由无数因素变异的结果。因此，考察童话的诞生，实际上也是对人类文化、人类文明发展进程的一种特殊审视。本文从童话（民间童话）与原始思维、巫术、神话的关系，童话作为大众口头艺术的"宣讲"传播，童话作为教育工具在近代文明中的演变等角度，梳理了童话诞生的线索。文章认为：原始思维所造就的神话与巫术，是童话"最初的源泉"，"童话因子最初天然地存在于原始思维中，原始人以这些因子组合成幻想故事和进行巫术活动"，表达对神的崇拜。"随着自然力的被征服，一些神话和巫术故事失去了信仰和实践功用"，自然

演变为娱乐、培养下一代需要的"娱乐故事",并在口耳相传的过程中,逐步完成了"宗教性向审美性、神圣化向世俗化、历史性向文学性"的转化,于是"众多的民间童话自发产生了"。17世纪以后,随着近、现代文明的发展与儿童观的改变,"儿童对童话的选择与偏爱得到尊重,作家开始自觉地为儿童创作童话",当世界儿童文学的太阳安徒生从丹麦升起以后,"真正的童话文体的范本诞生了"。——这就是"童话诞生"的轨迹。阅读本文,不由使人想起美国学者刘若愚的一句话:"正如所有的文学和艺术企图表现那不可表现的东西一样,所有的文学和艺术的理论也都企图解释那不可解释的东西。"(刘若愚:《中国的文学理论》)以现代人的感觉破译童话诞生的过程,这显然是一种知难而进的学术选择。难得这种可贵的求索精神,更难得本文提供给童话研究的某种理论启迪。

61. 童话象征论略(张锦贻)

本文载于呼和浩特《内蒙古大学学报》1992年第1期。

本文对童话的象征问题作了多方面探讨。当代意识中的童话象征,是作家在构思童话幻想中寻求和形成的某种新的理念,因之,就美学范畴而言,童话象征无疑是一种深层结构。文章就童话象征的性质、意义及其特点作了阐述,认为童话象征"是一种艺术思维把握世界的方式",是一种似浅实深、由浅入深、充满了儿童的体验和想象的幻化的艺术结构。在童话的象征中,童话的幻想与审美理想达到了有机的、高度的统一。童话象征的"深",不是深奥和生僻,而是深沉与深邃。与一般文学的象征相比,童话象征具有"顺应儿童心理"、"体现儿童情趣"、"发展儿童思维"等特点。文章认为当代童话的象征必然地要受制于时代的规定性、社会制度的规定性与民族的规定性,童话象征虽是属于儿童的,"却是历史传统、社会理想、民族心理的统一体"。童话象征之所以是一种深层结构,"不仅在于艺术上的含蓄和深邃,更在于思想上的浓缩和深刻"。文章还考察了童话象征的艺术表现手法,这有诗化、蕴藉、朦胧、幽默等。本文对童话象征问题的探讨全面而具新意,是当代童话研究中应予注意的文字。

第三十四章 1950—1999年的理论代表作（132篇点评）

62. 童话与文化略论（张锦贻）

本文载于呼和浩特《内蒙古大学学报》1993年第4期。

童话本属于文化的范畴。在文化现象中，童话是比较特殊的，是文化发展中的一个不容忽视的方面；同时，它也随着文化的发展而发展。本文以中国（古典）民间童话和（现当代）作家创作童话为据，分析了童话的理想世界、象征世界和意义世界三个由浅入深的层次，指出童话是中国文化的一种特殊创造，它们在中国文化的发展中得到发展，同时又使自己成为中国文化的一个特殊的、不可或缺的部分。文章在论述中国当代童话时认为，由于立足于现实的文化基础，依托优秀传统，中西互补，因而使中国当代童话呈现出多姿多彩的景观："适应当代社会高科技发展，科学童话趋于多样化；适应当代儿童审美意识的发展，又有了剖析人生的寓言式童话、影射现实的小说式童话、发抒情怀的诗体童话等；又由于儿童地位的确立和被重视，而有了适应于不同年龄阶段儿童的幼年童话、童年童话、少年童话。"文章通过中国文化的历史进程与童话发展关系的纵向考察，认为"在人类文化的历史进程中，童话起到了文化的历史联系和历史发展的特殊的纽带作用"，这种纽带作用具有二重性："作为传统文化的稳固性和作为新文化的创造性"。从文化的角度探讨童话价值，通过童话研究加深对文化的研究，这是本文的特色，也是童话研究的一个新的路向。本文的出现，说明90年代初童话理论研究方法的多样化与趋向精密。

63. 进一步提高儿童诗创作的质量（樊发稼）

本文载于1983年上海《儿童文学研究》总第12期。

樊发稼（1937—），上海崇明县人。原名樊发家。1957年毕业于上海外国语学院俄语系。1955年开始发表作品。现为中国社会科学院文学研究所研究员，系中国作家协会儿童文学委员会副主任、中国儿童文学研究会副理事长、中华台湾及海外华文学研究会常务理事等。著有《儿童文学的春天》《爱的文学：儿童文学与诗》《樊发稼儿童文学评论集》《樊发稼儿童诗评论集》等论著，另出版有20余种儿童诗等作品集。

本文系作者1982年7月在中国少年儿童出版社《儿童文学》编辑部召开

的儿童诗创作座谈会上的发言。80年代初的儿童诗创作，从"文化大革命"极左思潮的阴影中走出来还不久，无论艺术质量还是美学追求都还显得"底气不足"。本文就如何进一步提高儿童诗创作质量的问题，提出了三点意见：一是跟"一般化"作斗争，力戒诗作"立意、构思平淡无奇，取材角度陈旧"，表现手法陈旧，"人云亦云，人写亦写"；二是努力克服"平、浅、直、白、露"，讲究诗艺、诗美、诗味；三是克服"成人化"，"充分考虑到创作的服务对象"。本文所论虽是针对当时儿童诗创作中的"弊病"，但这些问题又何尝不是儿童诗创作中的"通病"。诗，毕竟是一切艺术的入场券，"诗的语言恐怕是最难的"（郭沫若）。一个真正的诗人，毕生都在追求着诗歌美学的艺术珠峰。每位诗人都有自己的诗路，在通向艺术珠峰的诗路上，作为儿童诗诗人又该如何驾驭诗歌的真、善、美三轮马车？本文所论无疑对此有所启发，有所裨益。

64. 关于儿歌创作的几个问题（金波）

本文载于上海《儿童文学研究》1991年第5期。

金波（1935—），祖籍河北冀县，出生于北京。原名王金波。1961年毕业于北京师范学院，留校，先后在中文系、音乐系任教。现为首都师范大学教授，系中国作家协会儿童文学委员会委员、北京作家协会儿童文学委员会主任。从50年代中期起，一直从事儿童文学创作，作品以儿童诗、童话及歌词为主，著有《金波儿童诗选》《金波诗词歌曲集》《回声》《小树林童话》《金波儿童文学作品选》等40多种作品集。

本文首先提出了一个问题，儿歌是不是诗？儿歌为什么常常被排斥在诗之外？文章认为，判断"儿歌是不是儿童诗，要从创作的实际出发，通过对具体作品的研讨才能得出一个科学的结论"。那种"质胜于文"，缺乏文采，而又"说教味太浓，顺口溜式的儿歌，恐怕是难以达到诗的标准的"。但在儿童文学的文体中，儿歌从来是作为幼儿文学的"诗歌"样式之一。作者联系创作实际，明确提出："儿歌不是'自由诗'，而是十分讲究艺术技巧和格律要求的另一种诗体。"诗人"既要把儿歌当诗写，又不能失去儿歌味儿，这样，才能

第三十四章 1950—1999年的理论代表作（132篇点评）

显示儿歌独特的艺术美"。文章还就时下儿歌创作和出版方面的一些问题发表了自己的见解。巴尔扎克说过："艺术是最醇的创造。所以伟大的艺术家与诗人，既不等订货，也不等买主；他们今天，明天，永远在制作。"真正的诗人，无论是写幼儿诗还是写儿歌，都把它作为一种献身艺术的"最醇的创造"，他们只是为着儿童，为着艺术，为着真善美。"要把儿歌当诗写"，这实在是一句绝妙的话。只有把儿童文学作为"艺术品"来对待，儿童文学才能真正成为儿童文学，而不是贴了文学标签的其他。

65. 儿童诗的两种审美语符应该互补（彭斯远）

本文载于作家出版社1999年9月出版的《当代重庆作家作品选·彭斯远卷》（彭斯远著）一书。

彭斯远（1940—），四川成都人。1962年毕业于南充师范学院（今四川师范学院）中文系，一直在重庆师范学院中文系任教。现为重庆师范学院中文系教授、西部儿童文学研究所所长，系中国作家协会会员。著有《儿童文学散论》《异彩纷呈的多元格局》《诗人梁上泉研究》《中国儿童文学潮》等多种论著。

儿童诗创作由于其特殊接受对象（少年儿童）的阅读心理和习惯，因而取向明快、简洁、易解的审美语符，一大批儿童文学诗人如柯原、邵燕祥、阮章竞、柯岩、金近、鲁兵、圣野、袁鹰、张继楼、金波、樊发稼、高洪波、张秋生、尹世霖、徐鲁等，均属这一风格流派，彭斯远称其为"明快派"。但从80年代起，儿童诗创作由于受新诗创作多样性艺术风格（如朦胧诗）的影响，出现了一种取向佯谬、繁复、朦胧等审美语符的新流派，彭斯远将其命名为"繁复派"。这一流派的诗人多由中青年组成，如班马、东达、朱效文、邱易东、马及时、金逸铭、钟代华等。繁复派的突出特色是童诗语符运用的散文化倾向。一是长句、复句纷纷以对偶、排比或散漫罗列的方式大量涌入诗中；二是活用词性与突破常规语法，并借鉴通感等手法。诗人面对灵动多变的情感、想象与复杂微妙的心理感受，如果完全按照常规语法逻辑造句，就会感到语言的表现力不足，于是不得不借用"特殊修辞"手法即"非逻辑语言"来进行曲折的表达，如"定

语幻化""谓语谬化""宾语诡化""全句谜化"等。

彭文认为,繁复派童诗对突破传统诗歌创作方法有其独特贡献,如通感手法的运用与常规语法的突破,更能展示孩提童真般的天籁个性与思维特征(非逻辑思维)。但也有其局限:一是太多长句复句入诗,易使诗节散漫冗长,诗意费解,一些诗人乐于对细节进行反复渲染,给人以语句重叠而内容单薄之感;二是过分散文化易造成诗句松散并破坏诗歌的韵律感与音乐美。

彭文指出,提升儿童诗艺术质量的一个关键是需要进行明快与繁复两种诗派诗风的对话交流互补,"明快派应尽量吸取繁复派诗歌充分展示诗美语符的技巧,引进移情通感,引进散文入诗,让主体内在情愫得以毫无阻滞地释放和抒发。反之,繁复派也要努力吸取明快派诗家推敲词句的简洁洗练和追求音韵格律的匠心",以及借鉴明快派常用的某些艺术形式如梯式诗、信天游、山歌童谣体等。此文对儿童诗创作的两种重要艺术风格作了认真解析,很有见地,是难得的儿童诗艺论文。

66. 略论近年来动物小说创作(高洪波)

本文载于1985年上海《儿童文学研究》总第19辑。

高洪波(1951—),内蒙古开鲁县人。曾在云南军营当兵10年,《文艺报》任记者、编辑10年,1988年调中国作家协会办公厅。现为中国作家协会副主席,中国作协儿童文学委员会主任。系鲁迅文学院(7期)、北京大学首届作家班毕业生,中国作协儿童文学委员会副主任。著有《大象法官》《文坛走笔》等多种诗集、散文集,另著有《鹅背驮着的童话》《说给缪斯的情话》等论著。

动物小说的崛起是80年代以来中国儿童文学创作的重要现象,本文对此现象作了多方面的考察,并就动物小说的审美创造等问题提出了自己的见解。文章将当今动物小说分为三大类:第一类是直接描写动物世界,而"不涉及或很少涉及人类,但却处处呈现出人类的观察与评判";第二类重在描写人与动物的关系,将"人类社会生活活动作为动物生活的大背景,主题也因之深化",此是动物小说的主流;第三类是以情趣和童心取胜,描写儿童眼光中的动物形象。文章认为,动物小说的出现与实绩,拓宽了儿童文学的题材领域,促进了

第三十四章 1950—1999年的理论代表作（132篇点评）

人和大自然感情的交流，更利于儿童在"潜移默化"中接受教益。文章还分析了沈石溪、李迪、李子玉等的动物小说创作特色，认为惊险生动的故事情节、温暖深沉的感情和知识性与趣味性的有机结合"，是这些动物小说取得成功的主要原因。本文的论述畅流不羁，自出机杼，对动物小说创作不无促进意义。

67. 略谈儿童小说的语言（任大霖）

本文载1987年上海《儿童文学研究》总第21辑。

任大霖（1929—1995），浙江萧山人。1949年毕业于浙江省立杭州师范学校，同年7月任共青团浙江省委宣传部干事、《浙江青年》编辑。1953年10月调上海从事出版工作，曾任少年儿童出版社、上海文艺出版社编辑、室主任、编审，少年儿童出版社总编辑。系中国作家协会会员，曾于1956年参加中国作协文学讲习所的学习。长期从事儿童文学创作，著有《蟋蟀》《童年时代的朋友》《山冈上的星》等20余种小说、散文集，另著有《儿童小说创作论》《我的儿童文学观》等论著。

本文作者既是一位资深儿童文学编辑，也是一位卓有成就的儿童文学作家，尤长于小说创作。本文紧密联系编辑实践与创作经验，就儿童小说中的语言问题提出了自己的看法。文章认为儿童小说的语言，"应当是适合少年儿童阅读的文学语言。它首先应当是文学语言，同时要符合少年儿童的阅读能力和阅读兴趣，并且有利于他们语言水平的提高"。文章明确反对"用充满了'娃娃腔'的语言来写小说"，实践证明，儿童小说的语言不能搞所谓的"儿童化"，而只能遵循文学艺术的规律办事。作者认为，儿童小说的语言应当在"准确、精练、风趣、上口"几方面加以努力，并联系创作范例，旁征博引，作了生动、精彩的论述。本文是一篇行家之言，对提升儿童小说的创作质量与美学品位具有重要意义。

68. 十年少年小说系列人物形象的嬗变（王泉根）

本文载于1990年1月6日北京《文艺报》。

80年代以来的少儿小说创作具有强烈的现代意识，并融入了新的表现手法，体现出自己有别于传统模式的新素质。与以往少儿小说作家多是侧重于斗

争的审美意识、伦理的审美意识相比,新时期少儿小说作家更强调人和人的价值的美学思考,在创作中激发了作家的主体意识、文化意识与忧患意识,倾向于抒发对少年儿童的人格独立性、自主性、自尊心、自信心的尊重和理解。本文从历时性的角度,考察了新时期十年少年小说系列人物形象的嬗变过程及其特色。文章认为,从"文革"结束初期的"扭曲型"到疗救心灵创伤的"迷途型",从塑造"小小男子汉"形象的"自立型"到直接切入少男少女"内世界"精神生活的"断乳型",十年少年小说的创作走向经历了一个"由外到内"的过程,即从"侧重于通过人物与外部世界的关系来抒写少年精神",转变为将"创作视野直接拓展到人物的'内宇宙'""沉着和执着地加快向'人学'的回归,加快走进人(少儿)的领域,帮助引导着年幼一辈完成从'自然的人'到'社会的人'的和谐转化"。毫无疑义,少儿小说创作的这一内质变化,必然带来小说形式的变革,心理小说、意识流小说、纪实体小说乃至现代性小说的出现及实践,也就成了必然定势。对此问题的考察自然不是本文的任务,但读者若能参见吴其南的《探索性少儿文学之探索》、滕云的《儿童文学现代性的探索》等文,相信对新时期少儿小说这一文体的内质与外形的发展演变自会有更全面的理解。

69. 新时期少年小说特征之我见(刘健屏)

本文载 1991 年 6 月(上海)少年儿童出版社出版的《眼中有孩子,心中有未来:90 上海儿童文学研讨会论文集》一书。

刘健屏(1953—),江苏昆山人。1978 年进入江苏少年儿童出版社从事儿童文学编辑工作。曾任该社副社长,现为江苏文艺出版社社长兼总编辑,系中国作家协会会员。曾被评为 1993 年度"南京市十大杰出青年"。主要从事少年儿童小说创作,著有《我要我的雕刻刀》《初涉尘世》《今年你七岁》等多种小说集。

欲知 80 年代以来中国少年儿童小说创作的精神风貌如何,欲知当代新锐作家的创作心态与美学追求如何,本文不可不读。本文作者是新时期少儿小说作家的代表人物之一,其美学追求、艺术取向、创作心态在很多方面可以说明

第三十四章 1950—1999 年的理论代表作（132 篇点评）

这一代小说作家的状况。文章"毫不讳言"、直截了当地表达了作者对儿童文学、对少年小说创作的美学追求与进取精神，这主要有：追求"作品历史感的深厚、思想内容的深刻"；关心少年的"权利和尊严""唤起少年的独立意识、勇敢气质、坚韧品格、冒险精神"，努力塑造"具有独立的人格力量的小小男子汉形象"；高扬作家主体意识，"表现自我"，使作品既面对少年世界也同时面对成人世界，不理睬对所谓"成人化"的批评；对儿童文学本体的文学性大胆进行种种"新的美学探索"。本文表达的这些追求与努力，从一个方面阐述了新时期少年小说的重要美学特征。尽管这些追求与努力还未（也不可能）在儿童文学界达成审美学共识，但它的确在新时期儿童文学的发展中"揭示了一些新鲜的深刻的具有某种开拓意义的特征"，而所塑的小小男子汉形象，"无疑大大丰富了少年文学的人物画廊，并为新少年形象的成功塑造起了积极的催生作用和提供了有益的经验"，这是"有目共睹"的事实。本文的字里行间流动着一种"自强者自信"的精神——如"刘健屏们"笔下所塑造的"小小男子汉"形象一样，乐观自信，进取自强，对未来充满达观的自信。

新时期崛起的一代儿童文学作家（尤以少年小说作家最具实绩）所取的儿童文学观，大致认定"儿童文学作家是未来民族性格的塑造者"（曹文轩语）；重建人的意识，塑造未来民族的阳刚之气、进取之志，这是新时期少年小说不断高扬的美学原则。面对世纪末的来临，面对"和平·发展"的世界新格局与越来越激烈的竞争，如何通过文学形象培育、强化我们民族未来一代精神性格中的竞争能力、开拓精神、阳刚气质，克服柔弱、驯良、低眉顺眼等阴性基因，已成为越来越多的作家所思考与关注的命题。这种情结，恰与本世纪初中国面临列强入侵、神州陆沉的非常时期，儿童教育、儿童读物亟须重振国魂、"冀我同胞警醒"一样，有着某种相通之处。"天行健，君子以自强不息"。复兴中国文化需要再造未来民族之魂，需要文学作品为年幼一代建树新的少年形象。1909 年《教育杂志》总第 2 期曾发表过一篇题为《理想之模范小学》的小说，构思十分奇妙，作品将尚处幼年阶段的中国古代志士仁人、英雄豪杰集中在一所小学里读书，每人的入学考试各写一篇文章，抒发自己的抱负志向，如屈原

写的题目是"志洁行芳"，苏东坡是"名山大川之气"，欧阳修是"天资刚劲"，韩世忠是"风骨伟岸"，左光斗是"铁石肺肝"，等等。毕竟"文以载道"是中国文学的基础理论，只不过"道"的性质因时而异罢了。文学为民族精神之发掘与创造。从本世纪初的"模范小学"中之"模范儿童"，到世纪末的"小小男子汉"形象，中国儿童文学工作者那一种"经世致用"的文化理念与入世精神，那一种十分可贵的强烈使命感与责任性，一脉相承流传了下来，并以其作品的现实主义成就，融汇进中国儿童文学的长河大川。

70. 花儿与少年——当代中学生题材小说一瞥（杨经建）

本文载于长沙《中国文学研究》1993年第4期。

就儿童文学的三个层次——幼年文学、童年文学、少年文学的创作实际而言，中学生题材小说无疑属于少年文学范畴。我以为，中学生小说、校园小说、成长小说、少年小说，这四者说的实际上都是同一回事，是可以互相置换的"同义词"。当代中学生小说的创作真正布成阵势、形成巨大冲击力，应该说是八九十年代的事。刘心武的《班主任》（1977）既是"文革"后伤痕文学的先声，也是新时期中学生小说的发轫之作。继之而起的有王安忆《谁是未来的中队长》、铁凝《没有纽扣的红衬衫》、罗辰生《吃拖拉机的故事》等一大批题材内容与表现手法均与"十七年"少年小说风貌迥异的作品。80年代出现的以丁阿虎《今夜月儿明》（1983）为发轫的中学生思春小说，以班马《鱼幻》（1985）为发轫的探索小说，以陈丹燕《上锁的抽屉》（1985）为发轫的心理小说，以常新港《独船》（1984）为发轫的悲剧小说，曾在儿童文学界产生很大反响，给少年小说创作带来巨大的冲击波。经过一大批作家的自觉追求与努力，新时期少年小说创作无论是题材内容、表现手法，还是叙事视角、人物造型，都发生了很大变化。创作无禁区，从前不敢问津的少男少女"精神之恋"，如今已成了少年小说创作的重要题材；探索无止境，意识流、象征手法、幽幻、梦幻、散文化等，都有作家在那里进行执着的认真的实践；文体无定格，大幻想文学、幽默小说、动物小说、梦幻体小说，不时有人打出旗号，变换花招，推出力作。这才是我们儿童文学需要的百鸟齐鸣、和而不同的艺术格局。认真总结新时期

第三十四章 1950—1999 年的理论代表作（132 篇点评）

少年小说创新变革的经验得失，及时校正艺术航标，不断推进小说创作的发展，这是理论研究的任务。本文正是在观察 80 年代以及 90 年代初少年小说创作的现状后所作出的反思。

文章认为，80 年代以来少年小说在创新变革方面最突出的变化是：第一，在"涵括时代内容、融注社会生活、涉及人生层面诸方面都展示出宽广和深邃的趋势"，这表现在深入探索少年在心理性断乳期间性格、境遇、心态、情绪的急剧转换性和无限多样性，作家的创作视野已从校园延伸到家庭、社会等一切现实生活层面。第二，对作品的阳刚力度和悲剧美感的渴望和呼唤，表达了作家们对以往少年小说创作中那种被阴柔气质和喜剧基调垄断着的审美格局的突破；日趋淡化小说的教育功能，代之以轻松愉悦的审美功能，尤其是幽默品格的增长。第三，对少年小说的结构体式进行变革探索，这有心理独白型、情绪型、笔记体、日记体、对话体等，这种探索主要是由一批中青年作家有意为之，他们往往喜欢以非现实主义的笔法，在某种象征和写意氛围中酿造对纯美的迷恋。

少年小说是一种正在生长、成熟中的特殊小说，对其在进行中所透现出来的底劲不够中气不足的迹象需要作认真分析。文章认为，少年小说创作应注重以少儿的眼光看世界、看人生、看成人。少年正驻足逼向生活正道与大千世界的临界点，他们与现实社会、与成人世界既切近又有距离。以少年的眼光看世界，用不矫饰、不歪曲、天真澄澈而又不乏现代意识的目光去测视人生百态时，"所映照出的更有一种本原的真实，一种更逼近真理的原色。而且，人世间一切冗杂搅拌的事端和现象，经由他们的童心世界的折射，将豁显出返璞归真般的清朗"。所遗憾的是这种既可使少年洞察烛照人生又可令成人回味反刍人生的作品并不多见。文章对中学生题材小说的"纪实"之风日渐蔓延表示出担忧。"纪实小说"取的是报告文学的套式，要求以新闻性、时效性、敏锐性见长，从而表现出对现实生活中一些临时性、具体性问题的创作关注。而小说不仅要描绘客观存在着的现实世界，还要从生活的表层拔地而起，从哲学的高度去透视烛照人生，揭示生活深处的精髓，创造出一个新的理想的境地。文章认为，

如果我们的少年小说创作聚焦点，一味固定在那些不断出现又不断消亡的具体问题上（如中学生早恋、失学、升学率等），被一些临时性事物缠绊拖拽，那么小说创作必然会在这种忙不应暇地"纪实"之中，失却或至少部分损弱作品的艺术基质。

少年人（中学生）正处于特殊的人生旅途，他们一方面渴求快快长大，极力向成人靠拢，表现出某种"成人感"姿态；而另一方面生理的成长往往大于心理的成熟，因而童心未泯童真尚在，"玩"意犹存。少年人身上依然炽烈燃烧着的童心热焰正是少年小说创作的一种优势所在。文章强调指出，"从文化学意义审视，一个民族的文化原型更多地保有在少儿生活中，少儿和人类的少儿期一样更接近自然和人类生活的基本问题"。少年小说作家如能在"更高的阶段上"再现"儿童的天真"，那么必将给这类小说注入更多生机和更大活力。虽然，我们的少年创作小说已有少数作家清醒地把握到了这种创作优势（如曹文轩小说对于"永恒"的追求），而大部分作家并未明确地意识到这一点。

本文是八九十年代研究少年小说的力作，其中的一些观点对于丰富少年小说理论有着学理意义。

71. 少年心事当拿云——评郁秀的《花季·雨季》（曾镇南）

本文原载于北京《文学评论》1997年第5期。

曾镇南（1946— ），福建漳浦人。1982年于北京大学中文系文艺理论专业研究生毕业，先后在中共中央书记处研究室、中国作家协会创作研究室、中国社会科学院文学研究室所从事研究工作。现为中国社科院文学所当代文学研究室研究员。著有《王蒙论》等多种当代文学研究论著，并热情参与儿童文学评论工作。

文学史上经常有天才少儿（神童）写出佳篇丽句的事。初唐骆宾王儿时所作《咏鹅》诗，一直被作为神童写诗的佳话。现代少儿能够舞文弄墨，写出精致诗文已不稀奇，这与那些在器乐、绘画、体操等方面表现非凡才智的少儿一样寻常，智慧早熟在现代社会已是题中应有之义。但是，1996年一位16岁的深圳高中女孩郁秀创作的长篇小说《花季·雨季》，却使当代文坛尤其是儿童

第三十四章 1950—1999 年的理论代表作（132 篇点评）

文学界大大地吃了一惊。这部以少年人的眼光描写 90 年代深圳特区同龄人生活的长篇小说，竟连续印刷 14 次（据 1998 年 8 月版统计），印数高达 39 万册，而且一些地方还出现了盗版。《花季·雨季》不但深受广大中学生的欢迎，也被评论界看好，先后获得"五个一工程奖"、国家图书奖提名奖、中国作家协会"全国优秀儿童文学奖"等多种奖项。出版此书的深圳海天出版社机智地将"花季·雨季"做成了品牌，不但推出了"花季雨季"系列丛书（1999 年出版有校园系列、幻想系列、侠少系列），而且还请郁秀担纲，创办了《花季·雨季》少年杂志。

一部中学生写的校园题材小说，为何能取得如此巨大"成功"？原因何在？曾镇南在本文提出了自己的见解。文章认为《花季·雨季》的成功在于年轻的作者"天然地"倾向于"革命现实主义的创作方法"，用高尔基的话说是指"人在天性上所特有的社会的浪漫主义"，用曾镇南的理解是指"建立在社会群体共同利益基础上，反映社会共同理想追求的社会主义的信念和热情"。正是这种创作方法，像一双看不见的手，帮助作者真实地、朴素地把握着性格和环境、人物和时代的紧密关系，并在人物塑造上获得了成功，无论是作为主人公的谢欣然，还是刘勇与柳清、萧遥与王笑天、陈明与余发，这一群处于多梦时节的深圳特区少年群像，既真实可信，又富有时代蕴涵，具有一定的典型意义。"作者很现实地把他们置于复杂的、不无浊流和阴影、痛苦和失望的特区现实生活中来描写他们，也不回避他们身上那些与环境相联系的缺点、弱点和错失，但同时，作者又以革命理想主义的态度来看待他们，鼓舞他们青春的脚步和国家的变革、发展、进步取同一方向。"在这些特区少年群像中，让人们看到了务实的垦荒牛和腾飞的大鹏鸟统一的深圳人——也就是现代中国人的形象的雏形。尽管《花季·雨季》是"一部艺术上还有不少稚嫩之处的年轻作者的习作"，但它"依然可以被评价为是一部难得的优秀作品"。这部作品所坚持的现实主义创作方法，所遵循的小说三要素——人物、情节、环境的有机统一，所努力追求的紧贴当下中学生校园生活、直接反映少男少女多思年华的情感世界，都值得引起我们少年小说创作者们的深思与借鉴。尽管现代小说创作

已出现所谓"三无"（无人物、无情节、无背景）小说，而事实上"三无"是不存在的，那只不过是变换一种手法，以示对传统小说创作模式的一种挑战而已。我同意这样的看法：小说是以人物、情节、环境三要素有机融合的生动、具体、逼真、自然的艺术画图来反映社会人生，表现作家生命体验与美学评价的散文体叙事文学样式。我认为：少年小说是一种以少年读者为主体接受对象，以表现少年人的现实生活世界和精神生命成长为主体审美内容的特殊小说。

72. 80年代儿童小说创作动向（周晓波）

本文载于1999年4月湖南少年儿童出版社出版的《当代儿童文学面面观》（周晓波著）一书。

周晓波是一位自觉追踪当下儿童文学创作现象研究的评论家，本文是她写的一组有关80年代儿童小说研究的系列论文，共7篇。文章从少儿小说的人物形象、文体嬗变、创作方法、现代意识等诸多角度，考察了80年代儿童小说的创作现状，提出了一些自己的见解。这7篇系列论文的标题分别是：《典型力量的消失》《少年心理小说热的兴起》《魔幻手法与儿童小说的结缘》《象征艺术在近年大陆少年小说中》《寻找男子汉》《都市里的少年》《近年少年小说文体嬗变的轨迹》。文章所探讨的有关少年心理小说创作热潮、呼唤儿童文学中的"小小男子汉"、借鉴魔幻手法与象征艺术等，都曾是80年代少儿小说创作的重要景观。本文对考察新时期少儿小说创作有重要参考价值。

73. *我和中国的儿童小说*（曹文轩）

本文载于江西21世纪出版社1998年1月出版的《曹文轩儿童文学论集》（曹文轩著）一书。

曹文轩是八九十年代中国最重要的儿童文学小说作家之一，他在90年代中后期创作的成长小说三部曲《草房子》《红瓦》《根鸟》享誉文坛，受到广泛好评，前两部获得了诸多奖项。本文是曹文轩1992年9月5日在日本大阪国际儿童文学馆举行的讲演会上的讲演，比较集中地体现了曹文轩的儿童文学观与小说创作追求，对于考察八九十年代中国儿童小说创作思潮与美学走向有着重要意义。

第三十四章 1950—1999年的理论代表作（132篇点评）

曹文轩的儿童文学观是建立在一种高度人文精神与文化担当基础上的自觉行为。80年代初，他就将这种意识凝结为一个明确的观点："儿童文学作家是未来民族性格的塑造者。"他一直坚定地认为："儿童文学对未来的民族性格负有责任。儿童文学作家应有这种沉重感和崇高感。对人类负责，首先是对民族负责。儿童文学作家应当站到这样一个高度来认识自己笔下的每一个文字。儿童文学作家应为健全民族性格、提高民族的质量以至人类的质量作出贡献。当我们站到这一点上之后，便会自然知道如何来处理题材、主题，甚至是如何使用语言。"曹文轩的这一观点，使人不由想起本世纪初鲁迅那一代人对儿童文学与儿童读物文化精神的期待。鲁迅说："童年的情形，便是将来的命运。""为了新的孩子们，是一定要给他新作品，使他向着变化不停的新世界，不断的发荣滋长。"（鲁迅《〈表〉译者的话》1935年）郭沫若认为："人类社会根本改造的步骤之一，应当是人的改造。人的根本改造应当从儿童的感情教育、美的教育着手。……文学于人性之熏陶，本有宏伟的效力，而儿童文学尤能于不识不知之间，导引儿童向上，启发其良知良能——借罗素的话表示时，即所谓'创造的冲动'，敢于自由创造，自由表现。是故儿童文学的提倡对于我国社会和国民，最是起死回春的特效药，不独职司儿童教育者所当注意，举凡一切文化运动家都应当别具只眼以相看待。今天的儿童便为明天的国民。"（郭沫若《儿童文学之管见》1922年）。80年代成长起来的一批儿童文学作家（他们现在正当四五十岁的中年时期），有着比较自觉的文化担当意识与人文精神的追求，他们的作品比较关注精神、价值、真理、终极意义之类形而上事物的"深度阅读"，努力营造一种深刻的、负载着厚重人文精神与历史意识的理性艺术氛围。进入90年代，这种氛围逐渐被商品化、表面化、休闲化的现代文化氛围所包围和浸润，但仍有一批作家在那里坚持着自己的人文理想与使命意识。曹文轩正是其中的代表人物。

正是由于曹文轩站在"塑造未来民族性格"这样的高度来看待儿童文学，来认识自己笔下的每一个字，因而他的儿童小说有着非常自觉、非常严格的美学追求与艺术追求。从本文的内容看，这种追求有以下几个方面：

一是忧郁情调。曹认为忧郁是一种高度文化教养的体现，忧郁是美的。"忧郁不是无节制的悲苦，更不是绝望的哀号，这是一种很有分寸感的情感。"曹最初喜爱忧郁情调，这与他早年贫寒艰辛的童年以及乡村意识与城市意识的冲突有关，但长年的学者生活，使他"加深了这种情调并对这种情调有了一种理论上的认识"，因而对于忧郁情调的营造也就自然成了其小说的一种刻意为之的追求。他承认，他是在"玩味着一种高贵的美学享受——忧郁的甜美或甜美的忧郁"，其目的是"想使孩子们在气质方面能有些质量"，儿童文学需要"那种具有美感的忧郁"。

二是迷恋美感。曹认为"美的力量常常要比政治的、伦理的力量深刻和长久"，他对文学的美"非常在意，并且有一种近乎于偏执的向往和追求"。80年代初，他就呼吁"儿童文学应该创造美的文本"，以作为对当时"儿童文学是教育儿童的文学"的功利主义文学观的挑战。在具体的文学实践中，曹将美放到了很高的位置，努力"将自己的东西写得漂亮一些，再漂亮一些"。这种追求使其小说有浓郁的美感效应。一是作品有画面感，努力用最优美、最纯洁的文字去描绘大自然，在创造安恬的美感之中获得一种无上的精神快感，因而他愿将自己比作为一个画家。再是借助象征创造意境，使作品得到升华，并有耐人寻味的底蕴。如长篇小说《山羊不吃天堂草》中的一章，用了两万字的篇幅去营造这种意境。

三是田园生活。曹对田园生活的价值有自己的思考和判断：面对现代社会人的"生活现代化，但情感却趋向简单和生硬"这一存在，"文学应承担起调节的职能，当田园生活将要逐步变成历史时，它应当用温馨的、恬静的笔调去描绘田园生活"；面对那些充满生硬的钢铁形象、光电形象而画面上绝无一点山水和田园的卡通片以及不能湿润心灵的童话，儿童小说更应当"往培养儿童的优雅情趣和宁静性格方面多做一点文章""使他们不至于全部丢失从前的纯朴的伦理观念"。描写田园生活与流淌在田园山水间的温馨人生，成了曹文轩小说的一个重要特色。

四是语言实验。作家的职业规定了他是用语言进行特别的创造，文学是语言的艺术品。曹认为一个作家必须深刻地感受到自己民族语言的特别长处和能力，儿童文学作家应有强烈的语言实验意识，尽可能地发挥语言的功能，在儿童能接受的前提下，努力使自己民族的语言显示万般潇洒，大出风头；反对那种"以为运用一般的儿童化了的语言进行写作就是儿童文学"的浅薄的语言意识。

本文无论对研究曹文轩的儿童小说艺术，还是考察八九十年代中国儿童小说的美学追求与艺术创新，都有重要意义；同时也是对儿童小说理论的一种很有学术意味的贡献。

74. 漫谈儿童散文（谢冕）

本文原载于1982年上海《儿童文学研究》总第9辑。

谢冕（1932—），福建福州人。曾用笔名谢通梁等。1960年毕业于北京大学中文系，留校任教。现为北京大学中文系教授，系中国作家协会会员、《诗探索》主编。主要从事诗歌研究，为著名诗论家。著有《湖岸诗评》《谢冕文学评论集》《中国现代诗人论》等多种论著。

如果说散文最容易测出一个人的才气，那么儿童散文则最容易测出一个人的童真天性。文无定法，散文尤然。然而，"无定"中有"定"，"散"中有"不散"。仔细地撷取生活的片断，传达作者对人生经验的休悟及其智慧的透视，引领儿童去感受人性的永恒无限，品味中国文学的清流活水，好的儿童散文，其生命力实在是"可以和那些驰骋人生疆场的鸿篇伟构同等"的。本文首先提出："儿童文学这一品种是新文学的产物。而且几乎从有新文学的时候起，就有了新文学的儿童散文"，鲁迅、刘半农、丰子恺等新文学作家，尤其是冰心，都为现代儿童散文的发展作出了重要贡献。文章在论述儿童散文的独特艺术个性时，阐明了童心与童真的观点：无论散文"是讲小孩的事情，还是讲大人的事情"，都不能忘了"要像孩子一样地看、想和说——要有一颗纯净的童心"；"离开了童真，儿童文学便失去了它的最基本的特色"。文章并就儿童散文的题材、形式、写作技巧等问题进行了探讨，表明了作者的一些看法，对儿童散文的创作不无启发意义。优秀的儿童散文必然是精致

的艺术品，但是，纵有清山妙景，灵气飞动，如果缺乏童真，也不过是一幅褪色的图画。

75. 十年儿童散文述评（韦苇）

本文原载于1989年9月16日北京《文艺报》。

真实是艺术的最高原则。"艺术应该真实""因为真实，所以也有力"。（鲁迅语）优秀的儿童散文作家莫不把真实与真诚作为为文之道的第一要素。鲁迅先生有言："小孩子多不愿意'诈'作，听故事也不喜欢是谣言。"本文认为，中国新时期儿童散文的一个重要特色，就是"不断洗刷矫饰、弃绝'花招'，把真诚立为儿童散文的第一要素"，"从真善美中去求取自身价值"。无论是回忆童年、描写昔日学校生活，还是直面现实，抒写人与自然、人与动物以及域外题材、民俗题材、诗味题材等的散文，无不贯穿着一种真挚、真情、真诚。正是这种追求，才使新时期儿童散文告别了"60年代初形成"的那种"虚套和造作"的散文模式，"在多角度的反思中挣脱了狭隘功利主义的纠缠，觉醒着人格意识和审美意识"。一个是真实，一个是童心，此两者实乃儿童散文为文之根本。

76. 开拓、发展中的少年报告文学（周晓）

本文原载于上海《儿童文学选刊》1990年第2期。

少年报告文学是儿童文学园地较为年轻的文体。从文学史上看，大致历史进入重大转型或经历重大社会变动之际，报告文学这种敏感时代脉搏、直面现实人生、及时反映社会关注的信息热点文体，较易受读者欢迎，发展也较快。在中国现当代儿童文学史上，抗战时期曾出现过一批描写热血少年投身抗日救亡英勇事迹的优秀少年报告文学，如周立波的《小哨兵》、谢冰莹的《汉奸的儿子》等。80年代以来，中国社会进入改革开放的历史新时期，一场深刻的社会变革正在变革着人们的价值观念、文化心理、审美风尚，及时反映这场伟大变革的报告文学自然而然成为社会青睐的热门文体。正是受到成人文学"报告文学热"的影响，80年代以来，尤其是80年代末90年代初，我国少年报告文学出现了历史上的第二个发展时期，一大批优秀少年报告文学进入了当代

第三十四章 1950—1999 年的理论代表作（132 篇点评）

少年的阅读视野，产生了日益深广的社会影响。本文通过考察 1988—1989 年京沪宁穗邕五市"少年报告文学大奖赛"的创作情况，分析了新时期少年报告文学的实绩与特色，并对如何提升报告文学的美学品位发表了看法。文章将新时期少年报告文学分为调查报告式、社会问题式、抒情散文式三大类，此三类报告文学各有特色，互为补充。调查报告式的作品，"充分表现了少年人所面临的社会问题的普遍性、尖锐性""大都富有鲜明的社会批判色彩""比较真实地展示了时代和社会文化心理的演变""显得较为犀利泼辣而又沉郁厚重"；社会问题式的作品以人物特写型为主，但作者的兴趣已由描写"小名人"逐渐转向关注"更广大的人群，记叙普通少年儿童命运"，从而使作品"具有更直接的现实感和真实性"；抒情散文式的作品是少年报告文学的"新开拓、新创造"，此类作品以"每能锲入于当今少年多变的情感世界"见长，犹如"弟妹辈踏上人生旅途之时一个大姐姐的促膝倾谈"。文章指出，社会问题式报告文学由于注重"理性"批判，有的作品"似已逸出少年文学的范围"，故在"题材上不能不有审慎的选择"。作者比较肯定肖复兴、秦文君创作的"抒情散文式报告文学"，认为报告文学应有自己的美学个性，虽然报告文学作为年轻文体，"固然需要向其他已相对定型的样式借鉴艺术表现手段"，但"借鉴不能与代替等同"，报告文学毕竟应有其自己的"报告性"，那些"以真实事件为素材写成的虚构成分甚大或写法全然与小说无异"的作品，不应作为报告文学看待。如何把握报告文学的报告性与文学性、真实性与虚构性，这是报告文学的重要理论问题，少年报告文学研究也同样面临着这一课题，看来理论界还得继续探讨下去。

77. 简论少年报告文学的震撼力（孙云晓）

本文原载于 1993 年 6 月（上海）少年儿童出版社出版的《少年报告文学要有震撼力：少年报告文学论文集》一书。

孙云晓（1955— ），山东青岛人。曾任 9 年《中国少年报》记者，现为中国青少年研究中心副主任、《少年儿童研究》杂志主编，系中国作家协会会员、中华全国青年联合会委员。主要从事少年儿童教育研究与少年报告文学创

作，著有《少年巨人》《16岁的思索》《青春阶梯：孙云晓获奖报告文学选》《赖宁的世界》等多种报告文学集、小说集，另著有《当代中学生隐秘解析》等论著。

本文作者是当代少年报告文学的重要作家。文章结合创作实践，提出了少年报告文学的主要美学特征在于艺术的震撼力，而"真实性、思想性和艺术性完美的融合"则是实现震撼力的三要素。在儿童文学领域，报告文学的主要接受对象是处于人生"第二次诞生"阶段的少男少女，"中学生题材是少年报告文学最主要的领域"。作者认为，"锐气是报告文学的生命之气"，所谓"锐气就是思想对生活的穿透力，由表及里达到对其规律的把握，从而提出深刻触及事物本质的问题"，而要达此艺境，作家必须加强思想修养，实现"作家学者化"。本文提出的观点虽是作者的创作经验之谈，但对提升少年报告文学的艺术品位可谓立意卓荦，见地不凡。

78. 试谈儿童剧作家的儿童观（程式如）

本文原载北京《剧本》1987年。

程式如（1929—），女。祖籍江苏吴县，出生于上海。1947年考入南京金陵女子文理学院社会学系。1954年后长期在北京儿童艺术剧院工作，曾任演员、艺术室主任、艺术委员会顾问。系一级戏剧评论家、中国作家协会会员、中国戏剧家协会会员、中国儿童戏剧研究会常务理事。著有多幕剧《英雄少年刘文学》等剧本及《儿童剧十家》《儿童剧散论》等论著。

儿童剧是戏剧的一个门类，也是儿童文艺的重要品种。如何提高儿童剧的艺术品位，满足小观众的需求，这是儿童剧创作的重要课题。本文认为，儿童剧要"摆脱平庸提高质量"的根本性问题是儿童剧作家的"儿童观"，即作家"怎样看待所要描写的对象——剧中的儿童和所要为之服务的对象——儿童观众"。如何看待剧中的儿童人物？如何塑造优秀儿童形象？文章结合儿童剧的创作实际，着重就戏剧中的"正反面人物"问题提出了自己的看法：儿童正处于长身体、长知识的时期，性格与道德观念正在形成过程中，他们是"不成熟、不完备"的，因此"实在难以将现实生活中的孩子简单地分成正面或反面人物，

第三十四章 1950—1999 年的理论代表作（132 篇点评）

不可能以正反两个方面来切割儿童群体"；"即使是优秀的先进学生，甚至已经光荣献身的小英雄，也不是全知全能、完美无缺的神童"。但在"相当长的时期内，我们的文学艺术以阶级斗争为纲，以阶级的思想、立场、方针路线为分水岭，把剧中的人物纳入正面与反面两个营垒，这种壁垒分明的切割法至今还影响着儿童剧作"，其中的"正面人物论已成为儿童人物塑造的桎梏"。文章提出必须用发展的开放的全面的眼光看待我们的儿童与戏剧中的儿童人物形象，"自主、自立、自治、自强正是少年儿童富有当代意识的新品格""未来的民族性格必须具有坚韧、勇敢、开拓、创造、抗争等因素"，因之，如何造就民族性格，这是当代儿童剧作家的"中心议题与责任"。关于儿童剧作家与所要描写的少年儿童的关系问题，文章认为应当是一种双向关系，即"既是引路人、保卫者、护花神又是知己朋友"。剧作家的笔触"要着重揭示孩子的内心世界""从少年儿童的视角切入生活""强调少年儿童的主观能动性"，塑造那些有胆识的孩子"自身的觉醒和奋斗"。儿童形象塑造如何，是关乎儿童剧创作成功与否的关键。本文从"儿童观"立论，强调儿童观直接制约剧作家与现实儿童、剧作儿童形象的关系，可谓直探骊珠，会之于心，行家之见，良有以也。

79. 论儿童电视剧的艺术特征问题（王云缦）

本文节选于 1989 年 3 月四川少年儿童出版社出版的《中国儿童电视剧论文集》（中国电视艺术家协会等编）一书。

王云缦（1932—），浙江宁波人。1952 年毕业于上海戏剧学院戏剧文学系，历任《大众电影》《电影艺术》编辑，为研究员、中国作家协会会员。著有《中国电影艺术史略》等论著及剧本。

中国儿童电视剧的创作，虽然起步于 60 年代初期，但由于历史的种种波折，加以"文革"期间的停顿，因而长期未能得到正常的发展。儿童电视剧的真正起步，是在 80 年代初以来的历史新时期。短短 10 多年间，中国儿童电视剧无论在数量与质量方面，都出现了全新的跃进。为了总结创作实践，中国电视艺术家协会等单位于 1987 年 10 月在四川联合召开了"中国首届儿童电视剧

理论研讨会"，大会宣读的数十篇论文广泛探讨了儿童电视剧创作的一系列问题。诸如，儿童电视剧的创作宗旨、对象把握、题材选择、形象塑造、年龄层次；儿童电视剧的分类、表现手法、儿童世界与成人世界的联系、成人形象的塑造、儿童审美意识与审美需求；儿童电视剧的娱乐性、趣味性、教育功能；儿童电视剧的导演素质、演员选择、儿童语言、音响效果、时空运用以及创造源泉、观众反馈、艺术创新，等等。本文即是这次研讨会上宣读的一篇较为重要的论文。作者认为，"儿童电视剧的主要对象是儿童，要为儿童喜爱和接受。它的艺术特征，或是说主要的艺术特征是由此而来的"。如何才能把握儿童电视剧的艺术特征呢？文章分别从接受者（儿童）的角度与创作者的角度进行了探讨：由于"儿童文艺的特点，首先是建立在儿童自身的特点之上，并包括儿童的审美心理特点在内"，而电视又"具有直观、形象、最贴近生活和自由运用的特点"，这就要求儿童电视"在充分了解和把握孩子的心理真实的基础上，寻找它特有的表现形式——透过孩子的眼睛去看人，看生活，看世界"。孩子观察世界的眼睛不同于成人，"一是它的特殊性，二是它的朦胧性"，故，儿童电视剧"既要善于从儿童的眼睛去看世界，去反映人生，防止和克服成人化和小大人化的倾向，还要从一定的思想角度去表现创作者眼睛中的孩子形象"，因为儿童形象的开掘和体现，"离不了创作者的选择加工和思想观点，离不了一定的审美倾向"。只有将两者结合起来，即"使儿童电视剧创作者兼有孩子的眼睛和艺术家的眼睛"，才能摄制出优秀的、高水准的作品。文章据此观点，还以较多篇幅引述优秀儿童电影的成功经验，以资互证。

本文对儿童电视剧、儿童电影的审美创造均具启迪意义，是一篇精彩的行家之论。

80. 儿童电影的美学个性（李约拿）

本文载于湖南《湘潭大学学报》1990年第3期。

李约拿（1944— ），湖南临武人。1982年毕业于中央戏剧学院戏剧文学系编剧专业。现为潇湘电影制片厂总编室高级编辑，系中国电影学会会员、湖南省作家协会会员、湖南省影评学会副会长。著有《屈原与婵娟》《昨夜星光》

第三十四章 1950—1999 年的理论代表作（132 篇点评）

等多种电影剧本，投产电影剧本《浪漫人生》、电影连续剧《毛泽东和斯诺》等，另出版有儿童诗集《数脚印》。

电影是以视象为主、声画结合的综合艺术。作为广大少年儿童喜闻乐见的儿童电影，应如何把握美学个性，提升艺术质量？本文就此问题作了新的探讨。作者认为，儿童电影的"美学个性就是它的娱乐性"。提出儿童电影的美学个性，这本身体现了"我们对人的本质有了更为科学的深入的认识，开始尊重儿童的人格，才使儿童电影从忽视对象本身回到'从儿童本身出发'，这是儿童电影从理论到实践上的一大进步"。正由于坚持"从儿童本身出发"，所以"能否满足儿童的娱乐愿望，自然也就成为衡量一部儿童片的天然尺度"。游戏—娱乐，对儿童的身心发育有着重大的影响，"寓教于乐"应是儿童电影的当行本色。文章指出，为了强化儿童电影的美学个性，必须同时强调由此而生发的儿童电影三方面的美学特征，即游戏性、明快性与情趣性。文章对此作了进一步探讨。当然，儿童电影作为一门综合艺术，自然"也同样具有电影艺术其他综合性的美学特征"，但"儿童电影必须能让儿童在学习生活劳累之后，得到有利身心的愉快的消遣（即娱乐性）"，这是毋庸置疑的。作为一家之言，本文的论述对把握儿童电影的美学个性提供了一种新的思考、新的路数。

81. 幼儿文学的语言（蒋风）

本文载于 1962 年 7 月版上海《儿童文学研究》。

语言是文学的第一要素，幼儿文学的语言是否有其自己的特点与要求呢？本文对此作了较为深入的探讨。文章明确反对"以儿童自己的语言为标准，把幼儿文学的语言局限在儿童已知已见的狭隘范围里"，使文学语言"跟着儿童的口语走"，但同时，幼儿文学的语言也应与一般文学的语言有所区别，应"按照儿童的特点，写得更纯洁，更明确，更精练，更形象，更生动"。文章联系创作实践与幼儿语言发展的特点和规律，对幼儿文学语言提出了四方面的要求："1. 语言的正确性。2. 语言丰富而富有表达力，要生动，有趣，富有积极行动的意味，要求比一般儿童文学语言更形象、更具体。3. 节奏鲜明，调子明朗，富有音乐性。4. 语句简短，口语化。"实践证明，本文的这些意见对提升

幼儿文学的艺术水准尤其是语言质量是有益的。无论过去还是现在，语言问题始终是幼儿文学创作的"第一问题"，也是最能体现幼儿文学艺术个性的根本之点。

82. 适度·浓度·广度（鲁兵）

本文载 1987 年 7 月 11 日北京《文艺报》。

从某种意义上说，幼儿文学是最难把握的一种文体，作家面对的读者群，犹如儿科大夫面对的小小儿那样，左也不是，右也为难。幼儿文学需要深入浅出，需要把握一个"度"，究竟应如何把握好这个"度"呢？本文作者毕生献身幼儿文学事业，依据自己的实践经验，提出了适度、浓度、广度的观点。适度是相对于深度而言，幼儿文学所需要的是"浅度"，但深浅是相对的，需要把握好适度的深浅度。浓度是指"浅近、浅显的作品，可以写得厚实浓烈"，而不是浅薄无味。广度要求作家有"生活的广度、知识的广度和兴趣的广度"，唯如此，才能充实自己，充实作品，进而充实小小儿读者。本文提出的如何把握幼儿文学艺术深浅度的问题有助于幼儿文学创作，但文中关于"成人化"的批评与理论界的实际似乎不符。

83. 幼儿文学的社会功能（郑光中）

本文原载于 1988 年 6 月四川少年儿童出版社出版的《幼儿文学 ABC》（郑光中编著）一书。

郑光中（1938—），四川成都人。1964 年毕业于四川师范大学中文系，长期从事语文教学与儿童文学教学。现为成都幼儿师范学校高级讲师，曾担任多年全国幼师普师儿童文学教学研究会理事长，系中国作家协会会员。著有《幼儿文学 ABC》《文学育儿漫谈》等。

文学是人学。在提高人的素质方面，"给幼儿体、智、德、美以多方面的熏陶和教育"的幼儿文学具有特殊作用。本文从五个方面考察了幼儿文学的社会功能，这些功能"与提高整个中华民族的思想道德素质和科学文化素质紧密相关"。本文的论述具体、真切，从一个方面再次证明了儿童文学史不断证明着的一条朴素真理：儿童文学是一个民族如何对待未来的一种艺术宣言，对待

第三十四章 1950—1999年的理论代表作（132篇点评）

儿童文学（幼儿文学是其中的重要组成部分）的态度乃是一个民族对待自身未来态度的形象注脚。幼儿文学，岂可小视焉乎！

84. 幼儿文学的现状及其他——在全国幼儿文学研讨会上的发言（樊发稼）

本文载于1989年北京《幼儿读物研究》总第8期。

作者考察了80年代我国幼儿文学事业的现状，并就幼儿文学创作的当代形态、游戏精神与语言问题发表了自己的见解。文章认为，当代幼儿文学创作有一个突出现象，即其服务对象正悄悄呈现出以3—6岁的幼儿为中心区而"向上下延伸的趋向，向上伸至小学一二年级即低年级学生，向下延至婴儿乃至胎儿"，出现了所谓"婴儿文学"与"胎儿文学"。文章提出要加强幼儿文学的游戏精神，让文学作品给幼儿更多的"快乐"。关于幼儿文学的语言，文章提出有一些稍稍"深"一些的、陌生的词汇应是允许的，幼儿文学不能一浅到底，还有一个"丰富孩子词汇、帮助他们发展语言的作用"。本文对考察我国幼儿文学现象及提升幼儿文学的艺术质量有一定参考价值。

85. 《中国幼儿文学集成》序（鲁兵）

本文载于1991年6月重庆出版社出版的《中国幼儿文学集成》。

《中国幼儿文学集成》是鲁兵主编的一套大型幼儿文学丛书，收录1919—1989年70年间中国幼儿文学的重要作品，分编为理论、童话、儿歌、儿童诗、故事、散文、戏剧等十卷。作为集成主编的鲁兵，在本文比较系统地提出了他的幼儿文学观，并对中国现当代的幼儿文学的发展走向作了一个简略的考察。文章认为，幼儿文学是儿童文学中具有鲜明特点的一个组成部分，幼儿文学对于幼儿的审美、教育、社会化等具有重要作用。文章提出："幼儿文学是文学，无疑应具备文学的一般特征。文学通过审美达到在思想、观念、认识、情感等多方面影响读者的目的。这种影响，其实也就是教育。文学的审美性和教育性彼此是紧密关联的。而且，审美既是手段，又是目的之一。过去我们走过弯路，重要原因之一就是忽略了文学的审美性。因而文学难免变成简单的教育工具或宣传工具。"本文对于理解中国幼儿文学的观念与演变，理解作为曾经提出"儿童文学是教育儿童的文学"的著名定义的鲁兵的儿童文学观，

均有参考价值。

86. 《科学文艺选》序（高士其　郑文光）

本文原载于1980年3月江苏科学技术出版社出版的《作家论科学文艺》第一辑。

高士其（1905—1988），现代著名科普作家、科学家。原名高仕，福建福州人。1925年清华学堂毕业后即赴美留学，致力于化学、细菌学研究。1935年起从事科学文艺创造，著作甚丰，有《我们的抗敌英雄》《我们的土壤妈妈》《时间伯伯》等。1949年后曾任中央文化部科普局顾问、全国科普协会顾问、中国作家协会理事等。

郑文光（1929—2003），广东中山人。中国科学院北京天文台研究员，著名科学文艺作家，系世界科幻小说协会（WSF）会员、中国作家协会会员。从1954年出版《从地球到火星》起，数十年笔耕不辍，著有《飞向人马座》《黑宝石》《荒野奇珍》等多种科幻小说。

高士其与郑文光是中国最有影响的两位科学文艺作家，1979年，他们一起为《科学文艺选》一书作序。文章认为，科学文艺是儿童文学的一个重要分支，而在这一分支中，又有科学幻想小说、科学童话、科学诗、科学故事、科学小品等门类。科学文艺的创作应当坚持"科学和艺术的结合"，遵循其独特的艺术规律，但"科学文艺作品的形象思维又不同于其他文学作品的形象思维"，有些文体（如科幻小说、故事、童话等）要求"写出典型环境的典型人物"；而有些文体（如科学小品、诗、相声等），则"主要是依靠语言的感染力、形象化的譬喻、生动的描绘和烘托，把抽象的科学知识化为直接感触到的形象"。科学文艺创作，曾在70年代末、80年代初的中国文坛蔚为大观，但后来却在"什么是科学文艺"的"正名"论战中受到了挫折。有人说科学文艺应姓"科"，有人认为应姓"文"，有的主张科学文艺应是科学和文艺的艺术结合，也有人强调科学文艺应遵循科学性、艺术性、趣味性三结合的原则，还有人则将科学文艺讥之为"灵魂出窍"的文学。如此等等，不一而足。这场"正名"之战说明了儿童文学理论界对科学文艺研究的严重滞后与学术准备的不足。本文主张

第三十四章 1950—1999年的理论代表作（132篇点评）

科学文艺创作应当坚持"科学和艺术的结合"，是当时较为流行的观点，对我们把握科学文艺提供了一种美学思路。科学文艺研究，至今仍是儿童文学文体研究中的薄弱环节。

87. 论少儿科幻创作的现状及前景（王国忠）

本文原载于上海《儿童文学研究》1989年第5期。

王国忠（1927—），笔名石焚。江苏无锡人。1947年考入无锡江南大学农学系。1954年起长期在（上海）少年儿童出版社从事科普知识读物编辑工作，任三编室主任、副总编，主编过《十万个为什么》。1978年后曾任上海科技出版社社长兼总编辑、上海市出版局局长、上海市文史馆馆长等职。著有《谈儿童科学文艺》及《黑龙号失踪》等科幻作品。

中国当代科学文艺创作曾出现过两个高潮，一是1956年，二是1980年。50年代中期，作为儿童文学重要品种的科学文艺，在当时全社会群情激昂地"向科学进军"的文化氛围鼓舞下，出现了前所未有的创作热情。据统计，1956年的科学文艺出版物达到198种之多。但是，1957年的政治风暴之后，便出现了下滑趋势，以后随着阶级斗争的年年讲、月月讲、天天讲，这种下滑趋势就一发而不可收了。"文化大革命"结束后，在1978年召开的全国科学大会的鼓舞和感召下，科学文艺创作出现了第二次高潮，1980年达到顶峰，这一年共出书276种，无论是数量还是质量均超过1956年。然而，令人遗憾的是，进入80年代以后，科学文艺创作再一次出现下滑趋势，尤是科幻小说，几乎式微。为什么会出现这种现象呢？本文作者在1988年10月召开的全国少儿科学文艺创作座谈会上作了较为全面的探讨。文章分析了科幻出现断层的诸多原因，集中到一点，则是中国缺乏科幻创作所存活的语境条件。文章认为科幻创作要出现转机，需要从多方面加以努力：首先需要更新观念，从"世界文化这样一个宏观角度"去重新认识科幻作品的价值功能；再次，作者应"加厚文学的功底""遵循文学创作的规律"；第三，科幻作品同样需要直面人生，勇于思考现实社会中的矛盾；第四，以少儿为读者对象的科幻作品，"理所当然，还应注意他们的年龄特点和兴趣爱好"。本文提出的这些见解对于认识和理解

科学文艺，尤是其中的科幻作品，具有文体建设的美学价值，胜义独擅。如何再造科学文艺的辉煌局面，这确是引人深长思之的课题。

六、当代作家论

导言

所谓作家也不过是一个人，和平常的人并没有分别。他们一样地生活在现实社会里面。他们靠了作品才被我们注意。而且我们所注意的只是那些作品，并不是那些作者。

——巴金：《一个读者的要求》

搞儿童文学的人必须要有一颗热爱儿童的心，慈母的心，要有人的感情，要写出人的性格。

——冰心：《儿童文学工作者的任务与儿童文学的特点》

一个有成就的作家，愿意和儿童站在一起，善于从儿童的角度出发，以儿童的耳朵去听，以儿童的眼睛去看，特别以儿童的心灵去体会，就必然会写出儿童能看得懂、喜欢看的作品来。

——陈伯吹：《谈儿童文学创作上的几个问题》

作家的"追求"不是一个空洞的理念，不是在社会上一般人想望的名、利、权，它完全超越于个人之上，那是整个人类命运在他生命中的饱含和激荡。为了人类的进步，为了人类日臻完美，他们笔下奔泻的是一札札关于正义的苦恼的沉思，一札札应该使人类起着根本变化的人文思想，一札札人类精神迁徙的挣扎。他们深知自己的天职，自己的圣职，这就是和人们一道，走向真、善、美，为人们指南，唤醒人类。这就是他们活着的全部意义。

——摘自 1994.6.30 上海《文学报》

88. 论冰心的儿童文学创作（卓如）

第三十四章 1950—1999 年的理论代表作（132 篇点评）

本文载于 1990 年 9 月（上海）少年儿童出版社出版的《冰心和儿童文学》一书。

卓如（1934— ），女，福建福州人。1958 年毕业于北京大学中文系，一直在中国社会科学院文学研究所从事现代文学研究。现为研究员，系中国作家协会会员。著有《冰心传》《闽中现代作家作品选评》等。

冰心（1900—1999）是中国现代儿童文学光荣的创建者之一。从 1923 年写作《寄小读者》起，她一直以满腔爱心关注着儿童世界，关注着儿童文学；一直用她那支灵动的彩笔，辛勤地为孩子们耕耘不辍。冰心的名字及其著作的存在，是中国现代文学与中国儿童文学的巨大光荣、力量！本文全面论析了冰心儿童文学的创作实绩与艺术成就。就思想内容与美学追求而言，文章认为冰心的儿童文学贞定在以下三个方面：一是"对少年儿童进行爱国主义教育，启发少年儿童的民族自尊心、民族自豪感"；二是"艺术地穿插一些天文、地理、历史、科学诸方面的知识"，扩大小读者的知识视野；三是"注重以美的教育来陶冶和培养少年儿童的高尚品德"，引导他们向真、向善、向美。文章还就冰心笔下儿童形象的特色作了分析。

20 世纪中国儿童文学史上，冰心的作品如新月辉耀，洒落着一代又一代的小读者。读冰心的作品，最好是在有月光的晚上，一个人读，幽幽地读。读起来你会一脚踩进童话的梦境，小夜曲便也奏响，萤火虫便也流动，远远的、近近的音符便被撞响一种气韵：我在母亲的怀里，母亲在小舟里，小舟在月明的大海里……

美的东西要慢慢咀嚼，那才够味。也只有美的东西最耐得咀嚼，并一代代流传。

89. 张天翼童话中的扁形和圆形人物（陈道林）

本文载于武汉《华中师范大学学报》1984 年第 2 期。

陈道林（1934—1999），女，安徽合肥人。1956 年毕业于西南师范大学中文系，在华中师范大学任教 20 年。1985 年应聘到深圳教育学院，为该院中文系教授，系中国作家协会会员、深圳市儿童文学学会会长。曾与人合著《儿

童文学概论》《中国当代文学》等。

张天翼（1906—1985）是20世纪中国最重要的童话作家之一。以1949年为界，张天翼前期童话代表作有《大林和小林》《秃秃大王》《金鸭帝国》等三部长篇，后期以《宝葫芦的秘密》最具影响。本文探讨了张天翼前后期童话中人物形象的不同特色，认为前期都是"类型化的人物"，也即扁形人物，其特点是：人物性格从出场开始"基本不再有变化，多数都定性定型了"；人物的共性掩盖了个性；人物的生活和细节都趋向于"单一化"；看不见在特定情境中对人物的特定的行为心理的具体描写。文章认为，不能说类型化人物是张天翼童话的"缺点"，张天翼"在童话中所追求的是本质的真实，只是早期比较忽视生活形态具体的真实"，也即他是"用现实主义精神来处理童话人物，却没有采用现实主义的手法来描写童话人物，在奇幻甚至荒诞的外壳下，明快地传达着对世界科学的认识"。后期童话注重"典型的塑造"也即圆形人物的塑造，《宝葫芦的秘密》中的王葆即是成功的典型形象。张天翼如同在他的优秀小说中所作的那样，"运用圆熟的现实主义的艺术描写，充分再现了'这一个'，环境具体如实，细节充分。而主要凭借的线索——宝葫芦的不断幻变又是王葆所幻想出来的，完全是童话式的"。文章指出，张天翼前后期童话人物的创造经历了一个"从扁形到圆形人物的发展"过程，"童话中这两类人物都有存在的价值"，不能因个人"在艺术上鉴赏的爱好和习惯"而抑此扬彼。本文从扁形人物和圆形人物的独特角度，对张天翼童话艺术的创作成就进行了独特的评析，为张天翼研究与童话研究提供了一种新的思路。

90. 陈伯吹：毕生寻宝的骆驼（张锦江）

本文载于1988年2月新蕾出版社出版的《儿童文学论评》（张锦江著）一书。

张锦江（1941—），江苏泰州人。1962年应征入伍当水兵，后毕业于上海戏剧学院戏剧文学系。现为上海大学文学院中文系教授，系中国作家协会会员。著有《儿童文学论评》及《海葬》《海蛇》等小说。

陈伯吹（1906—1997）的名字是与20世纪中国儿童文学的发展历程联系在一起的。从1923年出版《学校生活记》起，他一直坚守在儿童文学的岗位上，

第三十四章 1950—1999 年的理论代表作（132 篇点评）

从编辑、创作、研究，到教学、评奖、社会活动。没有电光石火，没有峰回路转，更没有石破天惊腾噪一时的业绩。平稳，质朴，如一头驮着冬粮的骆驼，沉沉稳稳地、锲而不舍地跋涉在矢志献身的"光荣的荆棘路"上。这是一位职业儿童文学工作者的经历，从本世纪初期一直延伸到世纪之末。陈伯吹的儿童文学实践涉及到童话、小说、寓言、散文、幼儿文学以及理论研究等诸多领域，评论陈伯吹的创作与理论，是需要用一部大书来完成的。张锦江的这篇文章，作为作家作品论，分析陈伯吹晚年的代表作《骆驼寻宝记》鞭辟近里，很有见地。《骆驼寻宝记》的艺术成就充分说明"老作家对童话创作的大胆探索，一点不墨守成规"。当然，本文的入选还有另一种意味，陈伯吹"勤奋数十年如一日，自己并无所求。这不正是骆驼的形象！"

1994 年，陈伯吹老人 88 岁高龄。那年夏天，上海遭遇到百年未遇的高温酷暑。7 月 1 日上午，笔者去瑞金二路 26 号拜访陈老。陈老告诉笔者：昨天他去少年儿童出版社上班，每周星期四是他上班的日子。这几天他正为一位广东作家的儿童文学集子赶写序言。8 月 26 日，陈老给笔者的信中说："今年夏季特热，已届 8 月，仍高达 35℃，所以精神很不好，工作大受损失。"一位 88 岁的老人，在高温酷暑之时，心中念念的只有工作，工作——为儿童的文学工作。

面对这样的"骆驼"，谁能不肃然起敬！

有的人终生瞪大眼睛，寻觅着便宜、白食；有的人终生都在上下求索，追求着价值、事业。

寻觅白食的，生命由此而变得便宜；求索事业的，生命由此而赢得价值。

儿童文学工作者，追求的是奉献与爱，追求的是把更美好更多的精神食粮献给未来一代。

这，就是他们倾心的事业。

这，就是他们生命的价值。

这，就是陈伯吹这些骆驼们所要寻求之宝……

91. 贺宜：童话家的童话（谷斯涌）

本文原载于 1987 年 10 月 3 日北京《文艺报》。

谷斯涌（1934—），浙江上虞人。1955 年考入北京外国语学院，1958 年进入中国少年报社任编辑、记者。1977 年调中国少年儿童出版社，现为该社编审，曾任文学编辑室主任，系中国作家协会会员、中国儿童文学研究会常务理事。著有《金近传》《从东半球到西半球》等传记与儿童文学作品集。

在中国儿童文学史上，贺宜（1914—1987）的影响涉及到童话、小说、理论等领域，尤其童话创作，影响更大。本文通过分析贺宜在不同历史时期所写的三篇代表性童话，简明清晰地勾勒了童话家贺宜的心路历程与创作特色，"他青年时期'小草'般地顽强奋斗，他中年时期如同小鸡毛们在平凡岗位上默默奉献，直至老年，仍然生命不息，为儿童笔耕不止"。童话家的一生本身就是一篇童话：平淡无奇然而熠熠生辉。关于贺宜研究，汪习麟著《贺宜作品论稿》（1992）与吴其南著《贺宜的童话理论》（见吴其南著《中国童话史》，1992）均有较深入的探究，可互相参证。谷斯涌本文，在写法上别具特色，值得一阅。

92. 严文井童话的运动美（孙建江）

本文载于沈阳《当代作家评论》1985 年第 1 期。

作为童话家的严文井（1915—），其童话创作的数量并不算多，但却一印再印，并被译成多种文字。严文井童话的艺术魅力到底何在？本文从一个独特的角度——属于美学范畴的"运动美"的角度，对此进行了探讨。童话幻想是一种超越时空限制的无羁幻想，童话要表现的美，实际上是在超越限制的运动中完成的，所谓运动美，即在运动过程中实现的美。文章认为，严文井童话的成功，"其原因就在于他很好地把握了运动的美学观点和儿童思维不稳定的特点"。这种运动美包括"人物的运动变化和地点的运动变化两方面的内容"，其表现手段则是通过"在运动变化中进行对比"来完成的，这有动与静的对比、动的形象与静的形象的对比、虚与实的对比、美丑的对比等；这种运动对比并非空穴来风，而是有着儿童心理、儿童思维的根据，是适合"儿童美感经验中最有特征的东西"的。本文对严文井童话的艺术特色进行了新的美学诠释，不

第三十四章 1950—1999 年的理论代表作（132 篇点评）

落俗套，别具只眼。

93. 金近论（孙钧政）

本文载于北京《朝花》丛刊 1981 年总第 3 期。

孙钧政（1938—），山东掖县人。1960 年毕业于北京师范大学中文系，一直在北京语言学院从事外国留学生汉语教学。现为北京语言文化大学教授，系中国作家协会会员、中国老舍研究会副会长、《学汉语》主编。著有儿童文学论著《槐花集》及老舍研究、语言研究方面的论文。

地处浙江沿海的上虞，自从"五四"新文化运动以来，涌现了一大批热心儿童教育与儿童文学的文化人。20 年代，在上虞白马湖畔的春晖中学，夏丏尊翻译了《爱的教育》，丰子恺挥毫创作儿童漫画，朱自清写下了《匆匆》等一批精美散文。上虞籍教育家陈鹤琴毕生献身于儿童教育研究，上虞籍新闻出版家胡愈之写过长篇少年小说《少年航空兵》；而在上虞籍当代作家中，从事儿童文学的就更多了，如金近、谷斯涌、杜风、王泉根等。金近（1915—1989）无疑是最有成就的。他的名字不但留在上虞县志，更在中国现当代儿童文学史上留下了闪光的篇章。金近的儿童文学实践涉及童话、儿童诗、散文、理论等领域，而以童话最具影响。本文较为全面地评析了金近童话、儿童诗创作的特色与成就，并分析了他的儿童文学思想，为金近研究提供了一种思路。金近的作品是民族化的典型，现实主义的文学传统、质朴真切的语言文体、幽默谐和的美学风格，使其作品筑起一座独特的艺术丰碑，碑上写着一行温馨的文字："你为小苗洒上泉水。"（冰心为金近墓碑题词）1999 年，金近家乡上虞市四埠小学已改为"金近小学"。

94. 鲁兵：幼儿诗园中的出色园丁（周晓波）

本文载于 1988 年 3 月 26 日北京《文艺报》。

鲁兵（1924—）是一位出色的幼儿文学作家，除了创作，他还主编了全国最畅销的幼儿文学读物《365 夜故事》，撰写了《教育儿童的文学》等论著。在中国，毕生从事幼儿文学的作家寥若晨星，而鲁兵则是始终定位在这片星空中的一颗明星。本文分析了鲁兵幼儿诗创作的艺术特色，"一是他的生动甜美

的儿歌；二是他的充满幻想和诗韵的童话诗"。鲁兵的儿歌善于"把握儿歌创作的年龄特征，以最浅显、朴素、生动、有趣的语言来表达"，力求"浅一点，再浅一点；生动一些，再生动一些"。他的童话诗常常"以诗歌和童话的双重魅力来感染小读者"，其中部分是"在民间童话的题材基础上再创作"，部分取材于孩子的现实生活，这两者他都积累了自己的艺术经验，有自己纯熟的创作路数。

考察鲁兵半个多世纪的创作历程，人们不能不为他那种始终坚守幼儿文学岗位的精神所感动。在今天这个喧哗的世界，一个人需要有多么强大的精神支撑，才能走过那些荒诞与纷乱，物欲与躁动，回到孩子的心灵，回到人类那些简朴的信念、道德与憧憬，饱经沧桑而童心依然，超然红尘而秉性不移。这或许就是儿童文学家的"定命"吧！

95. 田地：对儿童思维的把握（孙建江）

本文载于上海《儿童文学研究》1989年第1期。

田地（1927—）是以儿童诗出名的。从少年时代创作第一本诗集《告别》，到晚年一共出版了8本儿童诗集，儿童与诗随着他走过了坎坷曲折的文学历程。本文将田地的创作历程分为四个阶段，以诗人对儿童思维的把握为切入点，具体考评了每一阶段的创作特色与优劣。文章认为，田地早期的儿童诗是作为少年诗人的孩子"与孩子之间平等的情感交流"，"凭借自己对儿童思维特征的直觉感受，很轻松地迈出了他儿童诗创作的第一步"。50年代中期，田地"有意识地调整着自己的创作心理，使之最大限度地协调起儿童读者的思维方式"，写出了不少成功之作。经历反右风暴打击的田地，在以后20余年间的创作中出现了"浅、直、白、露"，而失却了往昔"童趣盎然的童心世界"。1978年田地流放归来以后的10年，是其创作的全盛期和丰收期，诗人的"抒情技巧和叙事技巧得到了充分的发挥"，"得心应手地从各种角度，以各种不同的手段，去把握幼儿、儿童、少年等不同年龄层次读者的思维特征"。考察田地的诗路历程，文章发表了如下感想："生活并不直接决定文学，并不是有什么样的生活，就一定会有什么样的文学。文学创作是一种独特的掌握世界的方式，

第三十四章 1950—1999 年的理论代表作（132 篇点评）

它具有很强的个性精神生产的特点。离开具体作家，离开生活——作家——作品三者间的双向交流，谈生活决定文学是不切实际的。"

96. 洪汛涛：民族化、现代化的艺术追求（汪习麟）

本文载于 1990 年 6 月浙江少年儿童出版社出版的《浙江籍儿童文学作家作品评论集》（汪习麟著）一书。

汪习麟（1932— ），祖籍安徽和县，生于上海。1950 年 8 月在上海读高中时参军，1957 年复员回沪，曾长期从事中学语文教学。1981 年调（上海）少年儿童出版社，从事《儿童文学研究》丛刊的编辑工作。为副编审，系中国作家协会会员。著有《浙江籍儿童文学作家作品评论集》、《贺宜作品论稿》等著作。

洪汛涛（1928— ）是以童话《神笔马良》成名的，从 1954 年撰写《神笔马良》起，他一直贞定在创作童话、研究童话的位置上。30 多年的童话历程使洪汛涛童话形成了自己独特的风格：早期作品以《神笔马良》为代表，"写得朴实无华，有乡土气息，并显出积极乐观精神"；后期作品以《狼毫笔的来历》为代表，"虽保留着往昔的艺术特色，却写得较为深婉，也较凄楚，这也许与他在'文革'中的坎坷经历有关"。洪汛涛童话追求的是"民族化和现代化"的路数，在其作品深处也隐隐透显着作家自己的影子。洪汛涛成名于 50 年代，其创作活动一直延续到 80 年代，本文的评析为研究洪汛涛也为研究 50 年代成名的那一代儿童文学作家的艺术风格与心路历程提供了一种参照。

97. 任大霖：童心世界的不倦探求者（雷达）

本文载于北京《朝花》1983 年第 3 期。

雷达（1943— ），甘肃天水人。1965 年毕业于兰州大学中文系，曾在《中国摄影》杂志、新华社、《文艺报》任编辑，现为中国作家协会创研部研究员。长期从事当代小说评论，著有《小说艺术探胜》《青年文学论稿》等多种论著。

浙江萧山的"任氏兄弟"——任大星（1925   ）与任大霖（1929 1995）是中国当代重要的儿童小说作家，经历相似，爱好相同，都是小说创作的高手。本文评析了任大霖儿童小说的思想内容与艺术特色，考察了作家不

断探索童心世界、紧紧追踪时代足迹的创作历程。作为一位"怀着强烈社会责任感"的作家，任大霖"把教育下一代视为神圣的职责"，但难能可贵的是，他的作品很少直露的灌输和说教，而是力图通过"动人的艺术形象"，通过刻绘"儿童心灵世界的美好蕴藏"，赋予作品审美价值。显然，这是一位有自己的儿童文学理念与艺术追求的作家。从五六十年代走过来的那一批儿童文学作家中，任大霖的一些作品，至今"依然有一股荡气回肠的艺术魅力"，这是十分难得的。君不见，当时有多少作品，除了供研究者参考外，如今已很难选编进文集，供给今天的小读者欣赏了。文学毕竟是文学，而不是其他。本文或许使你联想到有关文学的本质等一些根本性问题。

98. 论郑文光的科幻小说（陶力）

本文载于沈阳《当代作家评论》1984 年第 4 期。

陶力（1954—），女，吉林长春人。1982 年毕业于东北师范大学中文系，曾在文化部少儿司创作研究室从事儿童文学研究工作，后调至北京语言文化大学语文系任教。系中国日本文学研究会、中国儿童文学研究会等会员。著有《紫式部和她的〈源氏物语〉》等专著。

郑文光（1929—）与萧建亨、童恩正、刘兴诗、叶永烈等齐名，他们都是世界科幻协会的首批中国会员，中国当代最重要的科学文艺作家。郑文光的创作集中于科学幻想小说，同时也是成就卓著的天文学家，被海外誉为是"能够驰骋于科学和文学两大领域的少数亚洲科学家之一"。本文较为系统地考察了郑文光科幻小说创作的曲折道路、人物塑造与艺术特色，凸现出一位毕生献身科幻创作的优秀作家的不懈探索与追求。文章认为，郑文光 50 年代和 60 年代的创造题材"多限于天文学方面，其主题又偏于表现人对自然的认识、征服"；自 70 年代末期起，其创作进入第二阶段，题材领域大为拓宽，"几乎遍及宇航、考古、医学、仿生学、物理、地理等自然科学的各大主要领域，主题的着重点也置于社会问题的范围之内"，尤其是关于"人"的思考，关于"科学与人"的探索。郑文光所坚持的"科幻现实主义"的创作原则，运用科幻小说直接反映当代生活的尝试，使其作品"所达到的现实性的深度和广度，在科

第三十四章 1950—1999 年的理论代表作（132 篇点评）

幻领域内都是十分突出的"，因而成为"中国社会性科幻小说"的代表作家。当代中国文坛难得有科幻小说作家，更难得有毕生献身科幻创作的优秀小说作家。郑文光是中国科学文艺的骄傲，也是中国儿童文学的骄傲——现代儿童文学的势力范围十分愿意将科学文艺纳入自己的艺术版图，尽管陶力的这篇文章还不大习惯将此两者联系起来进行考察。

99. 孙幼军：不懈的探索者（汤锐）

本文载于上海《儿童文学研究》1991 年第 1 期。

童话家孙幼军（1933—）从 60 年代初创作《小布头奇遇记》起，一直保持着旺盛的创作活力，这种活力来自他"不断探索尝试、不断自我超越和更新"的"否定精神"。进入 80 年代以后，以《小狗的小房子》为标本，孙幼军的童话创作迈出了关键的几步：第一，摒弃教训；第二，展现真实生动的幼儿生活本身；第三，表现童稚美，这里还有"漫画般变形了的幼儿化了"的"怪老头"形象美。本文较为深入地探讨了孙幼军童话的探索精神与艺术特色，分析了孙幼军在"儿童口语化方面、滑稽幽默的风格方面"以及"对儿童心理的准确把握"等方面所积累的艺术经验。孙幼军的童话主要是为低幼儿童创作的。但他"并不因为他的读者大多不识字而放弃自己的艺术追求"，他认为"孩子们不仅要听故事，而且要听大故事"。这就需要有一批大手笔来从事"小儿科"，需要有献身精神的大手笔来提升"小儿科"，领引"小儿科"。孙幼军正是这样一位大手笔，因而也就顺理成章地成了中国第一位获得"国际安徒生奖"提名的作家。

"小儿科"有大奔头，孙幼军应该自豪。

100. 金波儿童诗漫评（高洪波）

本文载于 1987 年 2 月安徽少年儿童出版社出版的《鹅背驮着的童话：中外儿童文学管窥》（高洪波著）一书。

金波（1935—）是一位有自己鲜明的艺术风格的儿童诗人。艺术风格的形成，需要长期的创作实践与艺术积累，它是诗人的价值观、美学观和人生经历、艺术追求、语言理想等因素合力作用的结晶。金波的儿童诗创作大写着两个字：

爱与美。"诗人的天赋是爱",这是诗人创作的一个基调,一个目标。从爱出发,金波努力用诗的语言去"唤起和启示孩子们爱一切美好事物的欲望",架设起人和人、人和万物一切种种的同情和理解的桥梁。爱的主题是金波诗歌的突出主题。在爱的主旋律运作下,金波悉心追求着"美的艺术形象",用形象思维来深化诗的旋律。本文分析了金波诗美艺术的三种特色:一是诗中流动充盈着的感情美;二是精巧构思所表现的艺术美;三是音乐的和谐美。无疑,金波的诗正在"成熟着"。但若要走向大气,走向大家,金波的诗似乎缺少了一种"力度",例如像本文所指出的那样,"时代感和严峻的美也可以再加强"。当然,诗人的艺术风格不是人皆可用的某种技术转让,而是具有专属性的艺术现象。离开了金波诗的风格,也就不成其为金波了。

101. 夏有志:向生活全面拓进(曹文轩)

本文系 1988 年重庆出版社出版的夏有志短篇小说集《少女的信》一书之序言。

夏有志(1939—)从 1979 年涉足儿童文学创作起,其兴奋点一直集中于小说和影视剧本两个方面,迄今已出版、发表了 20 多部中、长篇与短篇小说集,无论数量、质量,均居上乘。本文品评了夏有志一部短篇小说集的思想内涵与艺术路数,从一个方面透视了夏有志小说创作的特色。首先是"向生活全面拓进",自觉地"介入生活",引领小读者直接进入现实社会的大千世界:"清明与浑噩,直率与弯曲,高贵与庸俗,美好与丑恶,真诚与虚伪,苦甜酸辣,喜怒哀乐……他想让孩子们都看见,都经验经验。"显然,这是一种现实主义精神。统率于这种精神之下,作家努力弹奏的是"以善为主旋律"的牧歌,他以数量可观的作品,"完成了一个善的整体观念"。而工于结构,勤于"变法",则是夏有志小说艺术的独特个性,他一直在苦苦登攀着艺术的珠峰,思悟着小说的真谛。这是一位有追求、有灵气的儿童小说作家,而曹文轩的这篇序文也写得玲珑剔透,神采飞扬,与评论对象的气质颇为契合。

102. 天性的证明——论董宏猷《一百个中国孩子的梦》(於可训)

本文载于上海《儿童文学研究》1992 年第 1 期。

第三十四章 1950—1999 年的理论代表作（132 篇点评）

於可训（1947— ），湖北黄梅人。1978 年毕业于武汉大学中文系，现系武汉大学中文系教授，中国作家协会会员。著有《小说的新变》等论著。

董宏猷（1950— ）是 80 年代以来最重要的儿童小说作家之一，出版于 1989 年的梦幻体长篇小说《一百个中国孩子的梦》是中国当代儿童小说的力作，曾代表我国参加"波兰第六届努什·科尔恰克儿童文学奖"评奖活动（每个国家只推荐一部纯儿童文学作品，我国是首次参加这一国际儿童文学评奖活动）。本文从小说的神话原型与原始巫术创造机制、小说的社会现实意义及自然美的诗意、灵性等角度，解析了董宏猷的这部长篇力作。文章认为，《一百个中国孩子的梦》是"以一种自由的形式在证明着人的自由而活泼的天性"——"非理性的梦不过是作者借用的一种自由的形式，它的全部意义就在于以最富于生命力的儿童时代的自由的梦幻证明着人类自由的天性的存在"。从文化学的意义审视，儿童在任何一个文化里都代表着未来；同时，儿童和人类的童年期一样更接近自然和人类生活的原型，在儿童文化里，可能还深藏着该民族、社会人格形成或社会化与文化化的秘密。儿童文学作家如能在"更高的阶段上"再现"儿童的天真"（马克思语），那么必将使作品在诠释人性、点化人生的艺术创造中诉诸更多的生机和活力，并有可能通过儿童文学这种艺术形式"重现人类童年时代的原始生命力和自然天性"。从这个意义上可以说，"儿童文学应该是成人的文学创造的一种形态""是人类童年时代的文学在现代社会的一种特殊形式的艺术呈现"——这也是本文对儿童文学本体意义的思考，这一思考无疑有助于儿童文学界对儿童文学本质特征的再思考。

103. 班马这匹"马"——对一位新潮儿童文学前卫作家的理解（王泉根）

本文载于台湾《儿童文学家》1993 年春季号（班马专辑）。

班马（1951— ）是 80 年代以来儿童文学界最具争议的人物，对其理论（如"儿童反儿童化"）与创作（如小说《鱼幻》）的争鸣构成了新时期儿童文学现象的一种独特景观，褒贬不一，各执一端。这是班马的幸，抑或不幸？本文就班马的儿童文学理论与创作发表了自己的见解，对这位新潮儿童文学前卫作家的文学实验与实绩给予了鲜明的支持与声援，体现了一种美学意义的理解和宽容。班马的作品（文论与创造）经常被论者界定在"探索"范畴，他以自身的特立独行与深思忧虑所构成的那一行文学风景线，一如其殚精竭虑所研究的儿童审美发生、儿童哲学文化，具有自然、生命、艺术混一的本体意义，各人所见有所同又极难全同，再加之文句与语境的特异，因而班马的作品甚易使人"误读"，乃至产生"争议"。

文学创作是一种创造性的工作，艺术理论的研究更是一项艰苦的精神劳动，这两者都拒绝模仿和重复，都决定了它们得不断进行探索。照理说作家与理论家的每件作品都是探索的结晶，都是可以申请"专利"的。既是探索，就有可能成功，或不甚成功乃至不成功。探索毕竟是一种前行的态势，是应当加以肯定的行动哲学。一部中国当代儿童文学理论发展史，正是由无数不畏艰难、勇于探索的理论工作者（其中自然包括班马和班马们）互相激发、互相启迪、互相影响之下合力谱写的，同时还在不断探索与谱写之中。

探索精神如同流泉活水。坚信人文花果总在灵根自植中，才不会在人间飘零散落。

104. 论沈石溪动物小说的艺术风格（施荣华）

本文载于昆明《文学界》1991年第3期。

施荣华（1952—），上海人。1969年赴云南西双版纳插队当知青，1978年7月毕业于云南师范大学中文系，留校任教，现为副教授。与人合著有《实用美学》等著作。

人与自然的关系，是一个永恒的主题。中华民族在其童年时期就十分注重人与自然关系的协调，无论是盘古开天地、女娲补天、夸父逐日、精卫填海，还是大禹治水、愚公移山、杞人忧天，都是我们祖先展开的关于"人—自然—宇宙"精神对话的结晶，而"天人合一"的命题，则是这种精神对话在哲学上的高度概括与凝练表述。当历史进入20世纪末期，人与自然、天人合一，已成了人类生活中十分敏感的话题，而绿色文化、环保意识、护生行为正越来越化为人类的共识与行动哲学。中国自80年代以来，由于改革开放、经济起飞以及人口增长、生态危机等种种现实，人与自然、人与动物的关系也受到了高

第三十四章 1950—1999 年的理论代表作（132 篇点评）

度重视，动物小说的出现与崛起，正是这种意识的艺术表现。需要指出的是，动物小说曾一度在成人文学与儿童文学两翼展开，但儿童文学领域的动物小说创作似乎作家更多，影响更大，沈石溪、李子玉、蔺瑾、乔传藻、金曾豪等都是其中的佼佼者，这大概是环保问题与儿童文学都是关乎子孙后代的吧。本文评析了动物小说代表作家沈石溪（1952—）作品的艺术特色与美学追求，艺术化了的动物形象艺术地体现了人的本质力量，给大自然动物王国中的那些芸芸众生赋予了社会学、美学意义。沈石溪的动物小说颇有"大气"风度，这位从西双版纳原始森林走过来的作家有希望走向一个更辉煌的艺术高峰。

105. 刘健屏小说创作论（金燕玉）

本文载于 1988 年 8 月 13 日北京《文艺报》。

金燕玉（1945—），女。江苏无锡人。1965 年毕业于南京师范大学中文系，曾任中学教师 15 年。1980 年进入江苏省社会科学院文学研究所从事研究工作。现为研究员，系中国作家协会会员、江苏作家协会儿童文学委员会委员。主要从事当代文学与儿童文学研究，著有《中国童话史》《儿童文学初探》《茅盾的童心》及《陆文夫的艺术世界》等多种论著。

刘健屏（1953—）是以小说《我要我的雕刻刀》引起文坛注目的。10 多年来，他一直"握着文学的雕刻刀""试图通过少年形象的塑造去勾勒理想中的未来的民族性格的轮廓"，用笔投入"未来的民族性格的形成"这一项"宏大的社会综合工程"。基于这样一种清醒的美学追求，刘健屏小说所着力塑造的是一种具有阳刚之气的"小小男子汉"形象。本文探讨了刘健屏小说的这种美学追求以及取得成功的艺术经验，同时指出其文学的雕刻刀尚需磨砺之处。文章认为，刘健屏小说获得成功之处有两点：一是从少年与父辈的千丝万缕的联系中，从少年与社会的息息相关的联系中；二是从人物命运的戏剧性变化形成人物性格发展的历史过程中，去刻画当代社会的少年形象，对少年和人生的关系进行哲理性的透视。因而他的小说就有了"较强的历史感与人生感"，为当代儿童文学的人物画廊增添了亮丽的色泽。80 年代的少年小说创作是一片"丰饶的原野"，刘健屏是这片原野中的健力耕耘者，本文为我们刻绘了这位耕耘者的

肖像，落笔不多，但却传神。

106. 周锐童话的幽默精神（王泉根）

本文载于金华《浙江师范大学学报》1991年儿童文学研究专辑。

80年代崭露头角的儿童文学作家中，周锐（1953—　）是一位"童话专业户"，短短数年，已有十多种童话集问世，而且内涵都不单薄。好的东西总耐得咀嚼。周锐的童话与曹文轩的小说一样，儿童文学界也有多种解读方法。本文试图从幽默的角度理解周锐童话，笔者的用意，除了解读，还有倡导的味儿。中国的童话（还有旁的文体），好像什么都有，就是幽默不够，像张天翼那样的童话幽默大师，继之者实在寥寥。周锐童话的出现，总算使人舒了一口气（至少笔者曾被激动了一下）：幽默还是代有传人。

读周锐的童话，总使人忍不住想笑：既有精心设计的诙谐，又有即兴抖出的笑料，像是多米诺骨牌似的此起彼伏，使你不得不看下去。本文以周锐的短篇童话集《PP事变》为研究对象，分析了周锐童话中的幽默精神。文章认为，周锐童话的风格可以概括为"内庄外谐"，幽默在周锐笔下已不再只是一种机智的风度、一种优越的语言表达形式，而是一种独特的审美态度，一种引领儿童一步步走向成熟，一步步看取人生的审美方式，同时包含着作家对社会人生的探索、感悟和评价。幽默是一种高贵的审美品质。希望周锐不要放弃了正在纯熟的幽默，更希望中国的童话具有更多的幽默。

107. 曹文轩儿童小说漫评（赵志英　徐长宁）

本文出处有二：《情到深处自有泪》，载于金华《浙江师范大学学报》1987年儿童文学研究专辑；《对民族灵魂的真诚的呼唤》，载于上海《儿童文学研究》1988年第6期。

赵志英（1965—　），女。江苏昆山人。1986、1989年先后于徐州师范学院中文系本科、浙江师范大学中文系中国现当代文学专业研究生毕业，获文学硕士学位。在徐州师范学院中文系任教3年后，于1992年调入南京化工学校，现为该校讲师。与人合著有《中国当代儿童文学史》等。

曹文轩（1954—　）无疑是中国80年代以来最为引人瞩目的儿童小说作家。

第三十四章 1950—1999 年的理论代表作（132 篇点评）

这位自由出入于"学问与创作"的教授，秉着"回归文学""塑造未来民族性格"的儿童文学理念，使其创作从某种意义上成了其理论的直接体现与实验操作。他的作品，除了天才的灵气与秀逸，还有一种直透人心的哲学意蕴，凸现个性，融通美感，通过小说世界的人文设计来体证人性的永恒无限。毋庸赘言，在曹文轩营造的小说世界深处，显现着理念大于生活与童心崇拜的倾向。虽然久居都市，但其视野始终不离乡野，这大概与他久久难忘的痛苦贫乏的童年记忆有关。从来儿童文学教科书，都在有意无意地提倡儿童文学的"浅"与"露"，这种"理论"已在新时期儿童文学观念更新的背景下受到严重挑战。今日中国之儿童文学，尤其属于"少年文学"范畴的小说与童话，已不再是"一口就能咬到肉馅"的文体。请看曹文轩的小说，你可以有多种解读，多种破译，一篇《古堡》，曾引起了儿童文学界一番沸沸扬扬的"争鸣"。这两篇评论文章，就是对曹文轩小说的两种不同解读，希望能有助于对这位小说作家的理解与认识。

108. 秦文君笔下的少男少女世界（刘绪源　郭景锋）

本文出处有二：《文学·人生与十六岁的随想》，载于上海《儿童文学研究》1990 年第 2 期；《"她仍怀有当年的热忱"》，载于上海《儿童文学研究》1992 年第 6 期。

郭景锋（1944—　），江苏海门人。1966 年毕业于上海师范大学中文系，曾长期从事中学语文教学。曾任（上海）少年儿童出版社儿童文学研究编辑室主任，现为《现代技术信息》主编。

秦文君（1954—　）与黄蓓佳、程玮、陈丹燕、郑春华以及谷应、陈丽、詹岱尔等齐名，都是 80 年代以来活跃的儿童文学女性作家。秦文君主要写小说与报告文学，大多是少男少女题材，《十六岁少女》《少女罗薇》《男生贾里》《女生贾梅》等是其代表作。秦文君的作品，描写的细腻，情致的深隽，词采的秀逸，无不给人以芳醇的享受。她仔细地撷取了人生的片断，抒写出作家对少男少女的至情至爱，表现了真切的人生体悟及其智慧的透视，刻意于人性的发挥且不掩饰，虽有理念的寄托但不呆滞。本文分别探讨了秦文君小说与报告文学的艺术特色，有助于我们理解八九十年代少男少女文学的亮丽风采与

独特追求。

　　细心的读者想必会发现，本辑"作家研究论"中的小说作家研究只有曹文轩与秦文君的评论各选辑了两篇文章。评选者何以要对曹、秦如此"偏爱"呢？试请申述：此两君一北一南，一男一女，均系 80 年代崭露头角的青年作家，而今渐届中年，正属跨世纪一代的人物。曹、秦从步入文坛开始，始终将视野定格在儿童文学领域，曹虽也从事成人文学理论研究（而且卓然成家），但其创作一直不忘少年儿童；秦的本职是少儿社文学编辑，正与其志趣相合。难得的是，他们虽然在自己的领域中取得了引人瞩目的成就，但从未想过要从儿童文学王国中"流失"出去。回顾一下 50 年代初以来的当代儿童文学发展历程，不知有多少从儿童文学起步甚或以儿童文学成名的作家，一旦"功成名就"，敲开了文学殿堂的大门之后，就悄然改弦易辙，从儿童文学领域中"消失"了。有的从此"拜拜"，有的再也不提"旧作"；更有甚者，生怕别人记起他（她）的"儿童"文学，就像揭出猴子尾巴那样丢人现眼。真不知这些"作家"何以要对儿童文学如此一反常态，小儿科果真不屑一顾了么？！当然人各有志，不能勉强，大路朝天，各走一边。但不论在什么时代、什么国家，儿童文学作为两代人之间进行文化对话与精神沟通的一种方式，则是永远需要的。联合国儿童基金会宣称："要建设一个和平安乐的世界，实在应该由小孩子开始。"联合国儿童基金会特使孟罗·李夫说："看一个国家儿童读物出版情况，可以看出这个国家的未来。"美国明尼苏达大学举办的"国际儿童图书日"海报上写着："没有儿童文学的文化，不能称为真正的文化。"何等慷慨激昂，何等神采飞扬！基于这样的共识，人们有理由对那些毕生献身儿童文学事业的作家（如外国的安徒生、中国的陈伯吹）三致鞠躬。人们也有理由对那些矢志儿童文学事业的跨世纪一代中青年作家倍表敬意——以中国之大，少年儿童之多，传统积习之根深蒂固，实在是太需要像曹文轩、秦文君这样的儿童文学建设人才了！

　　110. 孙云晓少年报告文学创作初谭（吴继路）

　　本文载于 1988 年 10 月 8 日北京《文艺报》。

　　少年报告文学是 80 年代崛起于中国儿童文学领域的，作者队伍多由青年

第三十四章 1950—1999 年的理论代表作（132 篇点评）

组成，孙云晓、肖复兴、刘保法、庄大伟、秦文君、董宏猷、刘小玲等都是卓有成就的弄潮儿，其中尤以孙云晓（1955— ）最具影响。"当代少年儿童将是一代巨人，我渴望能以毕生的努力真实地描绘这代巨人成长的风貌。"孙云晓的这一表白，何等令人欣喜，令人振奋！一个作家，写点少年题材的报告文学并不难，而矢志毕生投入，这就难能可贵了。有了这种高起点，作家的视野就会与众不同，作家的追求也会特立独行。孙云晓的报告文学带着鲜明的时代责任感，面对少年，面对未来，努力"探究与揭示理想的精神素质与新人性格"，呼唤为"新人性格和一切可贵素质"的成长创造良好的社会文化环境。于是，他的作品就有了一种文化意义，并自然而然形成一种格调："把自己置于所描述表现的人物、事件氛围之中，与人物同忧共喜，休戚相关。"孙云晓所追求的正是中国新时期儿童文学的一个大题目、大胸襟——"儿童文学承担着塑造未来民族性格的天职"。少年报告文学的这一美学追求，在当代儿童文学中显得分外亮丽生辉，而孙云晓的作品，则是一个生动的艺术标本。本文有助于我们理解孙云晓少年报告文学的这一精神。

110. 郑渊洁童话研究（张美妮　杨实诚）

本文出处有二：《属于当代儿童的新童话》载于 1989 年 1 月新蕾出版社出版的《论童话寓言》一书；《论郑渊洁现象》载于上海《儿童文学研究》1993 年第 4 期。

张美妮（1935—2007），女，广东顺德人。笔名叶穗。1956 年毕业于北京师范大学中文系，留校任教，长期从事儿童文学教学和研究工作，担任儿童文学教研室主任，现为北京师大中文系教授。著有《英国儿童文学概略》等论著，主编有《童话辞典》《新时期儿童文学佳作鉴赏》等。

杨实诚（1944— ），女，湖南桃江人。1967 年毕业于中国人民大学中文系，现为湖南少年儿童出版社编审，系湖南作家协会会员。著有《儿童文学美学》《世界童话名篇欣赏》《世界儿童小说名篇欣赏》等。

郑渊洁（1956— ）是 80 年代以来很有影响的童话作家，可以说，当今儿童没有不知道"童话大王"郑渊洁的。郑渊洁的作品被论者称为"热闹型童话"，

这类童话的特点是：以夸张、变形、幽默、快节奏、任意组合、时空切割、非逻辑性、非物性等手段，来演绎充满喜剧色彩的人物、场景、事件，诉诸小读者以闹剧般的快感，在一种兴奋热闹的阅读氛围中，得到游戏精神的愉悦与力、蛮野、神秘、白日梦等情绪的释放。郑渊洁笔下的儿童形象，绝不低眉顺眼、唯唯诺诺、丧失个性，他们爱玩、爱闹、爱动脑，朝气蓬勃，敢想敢干，和大人平起平坐，寻奇探险，上天入地，建功立业，尽情地享受着儿童应该享受的权益，使儿童的委屈、压抑在童话世界中得到了尽情释放。显然，热闹型童话的美学指向在于讴歌生命，讴歌一种内在的活力，一种蓬勃向上的跃动，通过幻想世界的人文设计来体证人性的永恒无限。张美妮的文章分析了1979年至1985年间郑渊洁的作品，杨实诚的文章分析了1986年至1992年间郑渊洁的作品，从中可以看出郑渊洁创作的发展轨迹，有助于我们理解和把握新潮童话的艺术精神。

111. 常新港：在悲哀中锻造国民性格（李福亮）

本文载于哈尔滨《文艺评论》1988年第5期。

北大荒作家常新港（1957—）悲剧儿童小说的出现，曾给倡导"快乐的文学""轻松的文学"的某些儿童文学家以极大的冲击与震撼。1984年发表的那篇《独船》，引发了儿童文学理论界一场沸沸扬扬的争鸣。常新港的作品实在太别致、太"出格"了——"一种严峻的、压抑的、悲壮的氛围几乎笼罩着他的全部作品"！如何看待常新港小说？如何理解与把握儿童文学中的悲剧精神？小而言之，这是对一个作家作品的评价，但大而言之，这是关系到儿童文学价值功能的一个根本问题。

平心而论，笔者是欣赏常新港小说的。

笔者曾在一本书中倡扬儿童文学"要率领儿童去开拓精神的新边疆""激奋儿童去铸造意志的合金钢。激奋儿童——去迎接考验。去经受磨砺。去拥抱危难。去战胜孤独。去体验失败。去享受胜利。"（见《儿童文学的审美指令》）儿童文学在给予小读者审美、游戏、益智的同时，是否应注意一下男性气质的养成？我们都知道欧洲有骑士精神，美国有过牛仔精神，这些着力标榜男子

第三十四章 1950—1999 年的理论代表作（132 篇点评）

汉阳刚气质的文化精神显然对于铸造民族性格与图强争雄具有促进作用。我们的未来一代需要什么？儿童文学是否需要通过艺术形象与审美体验去有意识地培养、强化我们民族未来一代精神性格中的竞争基因、生存能力、开拓精神、阳刚气质？这是每一个儿童文学工作者值得思考的课题，而常新港已用他的悲剧小说从一种角度作了实验——"我们的精神食粮中严重缺少钙。常新港决心并正在献给孩子们"。

当然笔者这样说并没有倡导大家都来写悲剧作品（悲剧小说、悲剧童话等）的意思。悲剧作品充其量只能是异彩纷呈的儿童文学多元格局的一种。进入 80 年代以来，在我国整个文学多元化、多样化发展的大趋势下，儿童文学也呈现出多姿多彩、生动活泼的局面。我们提倡儿童文学的多样化，提倡多功能、多层次、多色调地为少年儿童创作更多更好的作品，从这个角度说，"常新港们"的悲剧小说自有其存在的意义。只要"命运"对于个人、对于社会、对于历史还不是可以自由掌握的，那么，悲剧就会依然是审美形态的一种。悲剧固然是一个令人战栗而严峻的词，但却是一个充满理性的词：在悲剧的战栗之中，使人思考和成熟，使人性变得更完整和更深刻。"艺术造就完整的个性。"（鲍列夫《美学》）从根本上说，儿童文学正是为了使少年儿童在从自然的人转化为社会的人的过程中"造就完整的个性"，走向成熟，走向人生。请读一读常新港的小说，读一读本文对常新港小说的评析，你或许也会对此产生共识。

七、地区特色论

导言

中国儿童文学是中国大文学的重要板块。中国儿童文学有两层含义：首先是指中国大陆本土的儿童文学，因为中国文学之根在大陆；其次是指中国的华文儿童文学，这包括大陆、台湾、香港、澳门。台湾和港澳的儿童文学虽有自己的发展轨迹和特色，但是和大陆本土儿童文学终究有着亲密的血缘关系。就大陆本土儿童文学而言，在大陆这样一种幅员辽阔、民族众多、各地区文化类型（如吴越文化、巴蜀文化、齐鲁文化、楚文化等）、经济水平都不尽相同的

背景下，因而各省区的儿童文学自会呈现出不同的地域文化特色以及地区间的不平衡状态。本辑文论分别考察了 13 个省市、地区以及东北、西南的儿童文学概貌，它们都有其一定的代表性与典型性。由于资料匮乏，一些儿童文学开展得很有特色很有实绩的省区，如两湖两广、山东等，本辑只能"暂付阙如"，这是需要加以说明的。如果出版条件成熟，编选一部《中国地域儿童文学导论》，那就好了。

112. 北京儿童文学景观扫描（陈模、夏有志）

本文出处有二：《关于北京儿童文学作家群的思考》，载于上海《儿童文学研究》1994 年第 2 期；《平静中的跃动潜流》，载于《儿童文学研究》1990 年第 4 期。

陈模（1923—），原名傅承谟，江苏泰兴人。长期从事青少年工作与宣传工作，1941 年赴延安中央党校学习。1951 年后曾任《中国青年报》副总编辑、中国少年儿童出版社社长兼总编辑、中共北京市委宣传部副部长兼市文联党组书记、副主席等职。现已离休。系中国作家协会会员、中国儿童文学研究会常务理事。著有《奇花》《失去祖国的孩子》《陈模儿童文学选》等多种作品集。

夏有志（1939—），祖籍山东临清，生于北京。1961 年毕业于北京艺术学院美术系，当过大学助教、中学教师。1985 年被北京作家协会聘为专业作家，1990 年调入北京儿童艺术剧团任专业编剧。系中国作家协会会员。主要从事儿童小说与剧本创造，著有《普来维梯彻公司》《赖宁之歌》《少女的信》等多种作品集与电影剧本。

北京是中华人民共和国的首都，当代中国的政治、文化中心。在中国当代儿童文学史，北京与上海都是儿童文学的重镇，汇聚了一大批当代中国最有影响的儿童文学作家与建设人才；在儿童文学的组织活动方面，北京作家发挥的作用尤为显著。本文所选陈模的文章，考察了当代北京儿童文学作家群的形成和发展情况。由于作者曾是当事人与组织者之一，因而该文具有较高的文献史料价值，是研究北京儿童文学的重要参照。本文所选夏有志的文章，从一个方面探讨了北京地区儿童文学作家的创作心态与艺术追求。文章认为，80 年代

第三十四章 1950—1999 年的理论代表作（132 篇点评）

以来，北京儿童文学摆脱了"教化文学"的捆绑，"已经开始调整创作的心态"，"不为各种'热'和'潮'左右，凭着赤诚的艺术良知，满腔热忱地追求着儿童文学的艺术性"。"由教育姿态转向艺术姿态""对审美功能的高度重视，正是北京儿童文学作家群追求具有恒定性价值的文化意蕴的重要特征"。在走向 21 世纪的进程中，北京地区的儿童文学正在发挥越来越大的作用与影响力。

113. 发展中的内蒙古儿童文学（张锦贻）

本文原载于上海《儿童文学研究》1989 年第 3 期。

我国是一个多民族国家，除汉族外，尚有蒙古、回、藏、维吾尔、满等 55 个少数民族。少数民族的人口虽只占全国总人口的 6.7%，但分布地区则占全国总面积的 50%～60%，他们主要居住在东北、西北和西南的边疆地区，对巩固祖国边陲、开发国土建设作出了重大贡献。由于文化发展的差异，少数民族的语言文字各不相同，除回、满、畲族通用汉语外，其他各民族均有本民族的语言，蒙古、藏、维吾尔、朝鲜族等还有自己民族的文字。少数民族地域、文化的差异性，必然会直接影响到本民族文学艺术的传统与风格，包括为儿童服务的儿童文学。

内蒙古自治区位于我国北部边疆。高原文化所特有的那种雄浑而粗犷、豪放而深沉的个性，深深哺育着高原儿童文学的独特景观。本文较为全面地考察了当代内蒙古儿童文学的发展历程、作家队伍与创作特色。多民族、多方位、多风格的艺术格局，各民族儿童文学作家作品的互相渗透、交相辉映，各民族民间文学传统对儿童文学的深刻影响，以及在题材内容上显示出的描写农村、牧区、猎乡生活的优势，使当代内蒙古儿童文学具有鲜明的高原文化特征，极大地丰富了中国儿童文学的艺术长廊。本文为我们认识少数民族地区的儿童文学开启了一个窗口，如能将本文与张锦贻的另一篇文章《论儿童文学民族特点的主要体现》参照阅读，想必会有更多的启悟。

114. 新时期江苏儿童文学初探（海笑）

本文原载于上海《儿童文学研究》1988 年第 1 期。

海笑（1927—），江苏南通人。原名杨忠，1943 年参加革命。1949 年后，

历任中共无锡市委宣传部副部长、江苏省委宣传部文艺处长、江苏省出版局局长等职。1977年起从事专业创作，系中国作家协会会员。著有《红红的雨花石》《石城怒火》等长篇儿童小说及多种成人小说、散文集等。

江苏位于我国东部沿海经济发达地区。童话奠基者叶圣陶，从苏州乡镇小学创作《小白船》《稻草人》起步，"给中国童话开了一条自己创作的路"（鲁迅语）。江阴诗人刘半农，在"五四"时期写下的《学徒苦》《拟儿歌》等诗作是我国现代儿童诗创作的最早收获。从四五十年代起，江苏有一大批儿童文学作家走向全国各地，如上海的何公超、李楚城、孙毅、鲁风，北京的陈模、臬向真、曹文轩，重庆的张继楼、郑州的陈丽等。而耕耘在江苏的作家，一直没有放弃儿童文学，尽管有种种曲折，但薪火始终未熄。从70年代末开始，江苏儿童文学迅速崛起，在短短几年内，出现了刘健屏、程玮、黄蓓佳、程远、方国荣、丁阿虎、金曾豪、范锡林、杨楠等一批很有实力、很有抱负的青年作家，引起全国儿童文学界的瞩目。江苏推出的《中华当代少年文学丛书》《中华当代儿童文学理论丛书》，以其厚重的分量与高层次的品位使江苏儿童文学出版业声名鹊起。本文描述了江苏作为一个儿童文学"大省"在创作、理论、作家队伍建设等方面所取得的实绩，而其指出的差距，正是未来所应努力之处。江苏与浙江、上海同处于长江下游，这一地区的儿童文学发展状况如何，在很大程度上影响着全国的儿童文学形势。广大小读者有理由期待他们在儿童文学建设方面付出更多的投入，作出更多的贡献。

115. 近百年来浙江儿童文学的一个轮廓（孙建江）

本文系《中国当代儿童文学文论选》的特约稿。

浙江自古以来山川秀丽，物华天宝，人杰地灵，文化昌盛，享有文物之邦、人文渊薮的美誉。近现代浙江作家辈出，灿若星河。或许是文化教育的发达与沿海易得开放风气的原因，浙江作家一贯重视儿童文学。在中国地域儿童文学史上，浙江可谓是一个奇迹。可以毫不夸张地说，20世纪中国儿童文学，无论在哪一个方面都离不开浙江作家的参与；或者换过来说，如果没有浙江作家的参与，20世纪中国儿童文学就不可能有如此辉煌的成就。本文从创作与理

第三十四章 1950—1999年的理论代表作（132篇点评）

论两个方面，对近百年浙江儿童文学所作的考察与描述，令人信服地证明了上述结论的客观性与合理性。

20世纪浙江本土儿童文学曾出现过五个"中心"：一是本世纪初的绍兴县教育会，周作人以该会为基地，最早从事童话儿歌的研究与采风活动；二是20年代上虞白马湖畔的春晖中学，夏丏尊、丰子恺、朱自清等文化名人在全力投入新文学事业的同时，精心培育儿童文学这株幼苗；三是三四十年代创刊于绍兴、终刊于杭州的《中国儿童时报》，在中国儿童文学史、中国儿童报刊史上写下了亮丽的篇章；四是八九十年代位于金华的浙江师范大学儿童文学研究所，集结了以蒋风为首的一批当代儿童文学理论研究人才；五是创办于1982年的浙江少年儿童出版社（杭州），团结了田地、沈虎根、冰波、孙建江、袁丽娟等一批当代浙江儿童文学重要作家。浙江的经验表明，发展儿童文学事业一定要有自己的创作基地与理论研究基地，一定要有一支彻底献身儿童文学事业的队伍，兵不在多而在于精。面对儿童世界，面对儿童文学天地，一切空话、大话、套话都应休息，重要的是付诸行动，付诸切切实实的投入。

"世上本没有路，走的人多了，也就成了路。"（鲁迅）本世纪初，浙江儿童文学之路上行者寥寥，而今天已蔚为壮观。在这条"光荣的荆棘路"上，浙江作家写下了一个大写的"人"！

116. 安徽儿童文学创作纵横谈（张耀辉）

本文载于合肥《安徽大学学报》1987年第3期。

张耀辉（1943—），上海人。1965年毕业于华东师范大学中文系，曾任人民教育出版社编辑、安徽大学中文系教授，系中国写作学会理事、安徽省写作学会副会长兼秘书长、安徽省作家协会儿童文学委员会理事。现为上海交通大学文科教授。著有《与小学教师谈儿童文学》《巴金和儿童文学》《写作学引论》等多种著书。

安徽位于华东的西北部，地跨长江、淮河流域。安徽当代儿童文学在80年代以来出现了很大的进步，本文就安徽儿童文学的创作实绩进行了较为全面的考察。儿童文学各类文体呈现均平发展的态势而少有全国性影响的"拳头产

品"，理论批评的薄弱制约了创作的进一步发展，这或许是安徽儿童文学的一个基本状况。从全国范围看，安徽儿童文学大致处于中间水平。如何跃上一个新的台阶，走向大气？这有许多工作要做，但加强儿童文学理论批评无疑是一项重要建设。诚如本文所指出：由于"评论的队伍小得可怜，一部作品问世后，往往是自生自灭，没有人去探讨它的得失成败，这对于创作的健康发展是很不利的"。"儿童文学的评论与创作，是儿童文学事业发展的双翼"，当代中国一些儿童文学处于领先地位的省市，如京、沪、江、浙、川等，其理论批评也往往比较活跃多彩，拥有一批自己的理论工作者。

117. 90年代台湾儿童文学发展趋势（台湾·林焕彰）

本文载于1993年12月（广州）新世纪出版社出版的《走向世界：华文儿童文学审视与展望》一书。

林焕彰（1939— ），当代著名诗人、儿童文学家。台湾宜兰人。现在台湾《联合报》供职，系台湾新诗学会理事、海峡两岸儿童文学研究会理事长、杨焕儿童文学奖基金管理委员会主任委员、儿童文学学会理事长、《儿童文学家》杂志社发行人、《亚洲华文作家》主编。长期从事现代新诗创作，80年代以来精力主要投向儿童文学，为台湾儿童文学学会第一发起人兼第一届总干事，并创建大陆儿童文学研究会、海峡两岸儿童文学研究会，对海峡两岸儿童文学交流、研究作出诸多贡献。自1961年开始写作起，已出版新诗、散文、儿童文学、少年诗画集、新诗史料等40多种，作品被译成英、日、韩、法、泰、德、荷兰等多种文字。

台湾是我国的一个省，位于东南海面上，同大陆福建省隔海相望。台湾省陆地面积3.6万平方公里，人口达2000多万，台湾本岛是我国第一大岛。台湾自古以来就是中国领土。1895年曾被日本侵占，历经半个世纪后于1945年抗日战争胜利归还中国。从1949年起，台湾与大陆隔绝了五十多年，咫尺天涯，同胞分离。1987年11月2日，台湾当局宣布开放民众赴大陆探亲，以后又解除戒严。随着两岸交流的不断深入与发展，两岸文学包括两岸儿童文学因资讯的相互流通而得以相互探讨与认识。本文即是1992年8月在广州召

第三十四章 1950—1999 年的理论代表作（132 篇点评）

开的"中国儿童文学研讨会"上，台湾"海峡两岸儿童文学研究会"理事长林焕彰宣读的论文。作者以台湾当代儿童文学直接参与者与研究者的身份，较为全面地介绍了 1945 年台湾光复以来尤其是 70 年代和 80 年代台湾儿童文学的发展概况，并对 90 年代的走向作了预测。文章着重分析了儿童诗在台湾儿童文学创作中主流地位的形成及其实绩，童话、少年小说的逐渐提升与有可能取得主流地位的因素，并考察了台湾儿童文学理论研究的现状与理论本土化建设的情况，回顾了两岸儿童文学交流的进展。文章认为：当代台湾儿童文学的发展明显地画出了"由儿童诗主流地位的形成、转移，再到童话、少年小说主流地位的接替"这一轨迹，而理论研究则以"本土化理论需求与建设"为特色。"90 年代的来临，对台湾儿童文学的发展，是一个重要的转折期，也是历史上前所未有的一个重大冲击和转变的契机"。"随着两岸儿童文学的交流，对正处于重大转型期中的台湾儿童文学，大陆儿童文学理论、研究方面的著作已经产生了相当的冲击"；"在积极恳切的交流中，两岸儿童文学界已建立了多种畅通的渠道，并多方探讨有关学术研究及作品合作出版的可能性，这对 90 年代台湾儿童文学迈向 21 世纪的繁荣发展，必定会有相当的互动和激励作用。"

台湾文学包括台湾儿童文学与中国文化母体有着密切的渊源关系，是整个中国大文学不可分割的组成部分，但在其发展过程中，又有着与大陆不尽相同的历史际遇与文化机缘，从而在其历史演进中形成了某些特殊形态和特殊命题。正是这些特殊因素，才使我们有必要将其从中国当代众多省区的儿童文学中分列出来，作为一个特殊分支单独进行研究。两岸儿童文学交流起步于 80 年代后期。1989 年夏天，以林焕彰为领队的台湾儿童文学作家一行七人，飞赴大陆访问，他们除在京沪拜会冰心、陈伯吹、严文井、叶君健等中国当代儿童文学泰斗外，还与皖、沪、京等地的儿童文学界进行学术交流。"1989 夏季之旅"，无疑是海峡两岸儿童文学界的历史性会见。自此以后，两岸儿童文学界又先后在长沙、海口、北京、天津、昆明、广州、成都等地多次进行了学术交流活动。1994 年 5—6 月间，大陆儿童文学界一行 14 人（他们是：北京金波、孙幼军、樊发稼、马联玉，天津詹岱尔，上海洪汛涛、金华蒋风、韦苇，重庆王泉根，

广州班马，长沙金振林，合肥刘先平，成都何群英，昆明李光琦）飞越海峡，前往台北参加"海峡两岸儿童文学学术研讨会"，并作环岛旅行考察。这是大陆儿童文学作家首次赴台交流，为两岸儿童文学交流揭开了新的篇章。两岸儿童文学交流是中国当代儿童文学史上的重要现象，对于两岸儿童文学的互动与发展无疑具有重要意义。

118.香港儿童文学的现状和隐忧（香港·东瑞）

本文载于 1993 年 12 月（广州）新世纪出版社出版的《走向世界：华文儿童文学审视与展望》一书。

东瑞（1945—），原名黄东涛，福建金门人。童年在南洋度过。1969 年毕业于泉州华侨大学中文系。后移居香港，从事文学创作与编辑出版工作。现系香港获益出版公司总编辑、《中国和世界》杂志社社长。著有《天堂与梦》《香港一角》《湖光心影》等多种中长篇小说、散文随笔集与儿童文学作品集。

香港自古以来就是中国领土。1842 年鸦片战争后，被英国侵占。为收复香港，中国政府于 1984 年 12 月 19 日同英国政府签署了《关于香港问题的联合声明》。声明规定，中国政府决定于 1997 年 7 月 1 日对香港恢复行使主权。1997 年 7 月 1 日，"东方之珠"香港终于回到祖国母亲怀抱。香港位于广东深圳以南，包括香港岛、九龙和"新界"，为自由港，是亚太地区重要的贸易、交通和金融中心之一。

当代香港文学是当代中国文学的一个特殊组成部分。1949 年以后，中国内地进入社会主义历史时期，而香港由于历史、政治和社会制度等原因，与祖国处于暂时隔离的状态，香港文学包括香港儿童文学由此也走上了相对独立的发展时期，并形成自己的特殊形态与演进过程。香港文学的特殊性，大致体现在丰富而独特的地方色彩（地区性）、中西交融流派纷呈的开放色彩（开放性）以及受商品经济冲击影响而形成的商品色彩（商品化）等方面，这些特征自然也明显地体现在香港儿童文学中。当然，香港儿童文学的生存状态与发展状况还与香港地区的儿童教育、学校教育密切相关，与出版业、图书市场密切相关。本文作者是一位长期在香港实际从事儿童文学创作与编辑出版工作的作家，以

第三十四章 1950—1999年的理论代表作（132篇点评）

自己的切身感受与观察考究，分析了当代香港儿童文学的发展演变与创作现状，并指出了存在的隐忧，为我们把握与认识香港儿童文学提供了一种参照系。

119. 新时期巴蜀儿童文学宏观扫描（彭斯远）

本文载于成都《当代文坛》1989年第3期。

四川位于我国西南，是我国人口最多的省。巴山蜀水以其雄浑壮阔、遒劲峭拔的气象哺育了四川文学及其四川儿童文学的浏亮轩昂之气。四川（1997年重庆直辖前）儿童文学以重庆、成都为中心，拥有一支数量不小的创作、理论、编辑队伍，一直是我国西部儿童文学的重镇。进入80年代以来，四川儿童文学大有勃兴之势，老作家（如张继楼、刘兴诗、揭祥麟、丁隆炎、湛卢等）以其厚重的生活积累与人生思考使艺术风格更臻圆熟；中壮年作家（如童恩正、蔺瑾、蓝星等）锐意进取传递着儿童文学的不熄薪火；而一批在近十年脱颖而出的青年作家，则以勇于超越习惯定势的现代意识、创新精神以及对儿童世界的一往深情，拓宽了四川儿童文学的审美视野与艺术空间，将儿童文学创作推向了一个新的高度。巴蜀素称诗国，儿童诗创作一直是各类文体的"重头戏"，且新人新作不断涌现，这是四川儿童文学的一大特色；巨大的图书市场对儿童读物的需求，是刺激四川儿童文学发展的一大潜在因素。本文通过对新时期四川儿童文学的整体考察，力图揭示巴蜀文坛的儿童文学阵容、实绩及其存在的差距，说明改革开放带给内陆省区儿童文学的深刻影响，对我们认识四川儿童文学具有参考价值。

120. 新疆儿童文学的现状和优势（汪海涛）

本文载于上海《儿童文学研究》1992年第5期。

汪海涛，系新疆哈密市文联作家。

新疆位于我国西北边疆，是我国面积最大的一个省区，也是少数民族人口众多的区域。由于历史、文化、地域等多方面的原因，新疆儿童文学从70年代末开始才走上发展兴旺的道路。本文考察了新疆儿童文学作家队伍中的一些精英人物及其作品，分析了新疆儿童文学的现状与优势。文章认为：新疆得天独厚的地域环境，多民族聚居的文化氛围，使新疆儿童文学有"可能产生一种

独特的文学创造性，甚至造就一种不可代替的文学格局"。新疆儿童文学"应该是力的文学"，"应该是一种拓荒者精神的投影，一种开发者气魄的反射"。中国儿童文学有理由对新疆儿童文学寄予厚望——新疆这块土地上的人文与历史"粗犷而深沉，苍凉而奔放，浑厚而辽阔，剽悍而不失理性"，新疆儿童文学所应贡献的正是少年儿童精神食粮中严重缺少的"钙"。我们在期待着！

121. 《东北儿童文学史》导论（马力等）

本文载于辽宁少年儿童出版社 1995 年 12 月出版的《东北儿童文学史》一书。

马力（1949— ），女。辽宁凤城人。1976、1982 年先后于辽宁师范大学中文系、辽宁大学中文系中国现代文学专业研究生毕业，获文学硕士学位。现为沈阳师范学院中文系教授，著有《世界童话史》《童话学通论》等论著。

辽宁、吉林、黑龙江东北三省，自古以来与华夏中原、岭南、西南、西北等地就存在着显著差异，这不独是地域上的经纬度之差与气候冷暖之别，更重要的是东北历来是少数民族聚居之区。东北文学与东北儿童文学在历史发展中所兼具的地域文学独特性与源于中华民族文化母体的共同性，构成了《东北儿童文学史》考察东北儿童文学的双重视角。本文从以下三方面作了探讨：一是东北历史上特殊的政治变革及少数民族特殊的生活方式决定了东北儿童文学发展的特殊轨迹；二是东北儿童文学思潮与流派的演变及文学本体从古代向现代的转化；三是东北儿童文学在其自身发展中，民族化、地方化特色不断得以增强。本世纪东北儿童文学在不同历史阶段涌现出了一批代表性的作家，以本书所设的章节中，重要者有："五四"至 1949 年时期有田贲、萧红、萧军、舒群、慈灯、陈模、骆宾基等；1949 年至 90 年代有胡昭、郭墟、崔坪、严振国、李光月、朱志尧、鄂华、胡零、赵郁秀、李沐明、冬木、佟希仁、苗欣、高帆、张少武、木青、吴梦起、郭大森、吴广孝、孙幼忱、文牧、胡景芳、盖壤、常新港、吴庆先等。本文对认识东北儿童文学有重要参考价值。尤为难得的是，马力等撰写的《东北儿童文学史》，是我国第一部地域儿童文学史著。

122. 《河南新文学大系·儿童文学卷》导言（张中义）

第三十四章 1950—1999 年的理论代表作（132 篇点评）

本文载河南大学出版社 1996 年 12 月出版的《河南新文学大系（1917—1990）·儿童文学卷》一书。

河南古为豫州，豫州居古九州中部，素有"中州""中原"之称。《河南新文学大系》中的儿童文学卷，选编了自 1917 年至 1990 年间 53 位河南籍（或长期生活在河南的外省籍）作家的 136 篇儿童文学佳作。这里既有以写成人文学为主的作家如徐玉诺、师陀、王实味、苏金伞、魏巍、李季、孙荪、青勃、王怀让、王绶青、段荃法、吉学沛等人的作品，更有韩作藜、张有德、陈丽、申爱萍、姜华、马光复、徐慎、余辰、余非、许浪、刘育贤、李志等儿童文学作家的作品。河南儿童文学在儿童诗、散文、少年小说、童话、寓言、科学文艺等方面都有一批代表性的作家作品。从整体创作而言，1949 年以后的河南儿童文学以张有德的小说（如《妹妹入学》）、陈丽的小说（如《遥遥黄河源》）、申爱萍的儿童诗、姜华的幼儿文学等具有全国性的影响，代表着河南儿童文学的高水平。河南儿童文学题材广泛丰富，作品风格体现出河南人的纯真朴实，厚重旷达，飘洒着中原泥土的清香，散发出河南旷放的力量。虽然河南儿童文学不像京、沪沿海作家作品那样勇于探索变革，统领风骚，但其遒劲浑朴的中原气派则为当代儿童文学增添了浓重的色彩。本文对认识、把握河南儿童文学具有一定参考意义。

123. 云南儿童文学作家群研究（施荣华）

本文载于昆明《云南师范大学学报》1997 年第 6 期。

云南地处我国西南边疆，山地高原约占全省面积的 93%，地形错综复杂，交通严重阻隔。在中国儿童文学史上，云南儿童文学长期处于"弱小民族"的地位。但自进入 80 年代以来，云南儿童文学奇迹般地崛起于西南文坛，出现了一支有实力有影响有抱负的"太阳鸟"作家群，实现了云南作品"走出山旮旯，走向京津沪"的第一步目标。云南儿童文学在不断行进的过程中，逐渐形成了自己的特色：以描写热带雨林动物王国生存法则的动物小说、动物散文为"拳头产品"，以刻绘边疆多民族、多色调的民俗风情、现代意识以及红土高原特异的地域文化为创作风景线，以塑造改革年代具有鲜明时代精神与阳刚气

质的少数民族少年形象为审美目标,在中国当代儿童文学的艺术版图中确立了"滇军"的美学坐标。本文从艺术美学的角度,较为全面地评析了当代云南儿童文学尤其是 80 年代以来的作品以及一些代表性作家的创作个性,全文从四个方面总结了云南儿童文学的美学特色与艺术追求:一、富于哲理性的寓言与儿歌创作群体,以凝溪、马瑞麟、刘御为代表;二、充满幻想和浪漫色彩的童话创作群体,以钟宽洪、普飞、康复昆为代表;三、表现人与自然和谐美的散文创作群体,以乔传藻、吴然、张祖渠为代表;四、展示阳刚之美的小说创作群体,以刘绮、辛勤、张昆华和沈石溪为代表。本文力求勾勒出云南儿童文学的整体风貌及其浓郁的地方特色,考量其在全国儿童文学领域的地位,为研究云南当代儿童文学勾画了一幅色彩生动的素描。

124. 30 年代东北作家群的"类似再现"——论 90 年代辽宁儿童文学作家群(李春林)

本文载于沈阳《社会科学辑刊》1998 年第 4 期。

辽宁儿童文学一向是东北儿童文学的重镇。胡景芳、吴梦起、冬木、赵郁秀、尤异、滕毓旭、盖壤等是当代辽宁儿童文学界的重要代表。进入 90 年代,辽宁奇迹般地涌现了一批年轻的儿童文学小说作家,他们是老臣(陈玉彬)、董恒波、薛涛、肖显志、车培晶、常星儿等。这批作家的出现,不但给 90 年代儿童文学带来了充满阳刚气质的东北精神,而且让人们看到了儿童小说某种"中兴"的迹象。本文用比较研究的手法,将 90 年代辽宁儿童文学作家群的崛起与 30 年代东北作家群的形成作了对比,认为今日辽宁儿童文学作家群的创作形态与当年东北作家群有许多相似之处,成为一种"类似再现"现象。这些特点有:现实主义创作的主导地位;善写普通人的心理与性格;着力于表现人物的觉醒;具有浓郁的地方色彩;艺术上的"越轨"与创新。但两者也有明显不同:如果说东北作家群的笔力倾注于人物的阶级觉醒与民族觉醒,那么辽宁儿童文学作家群则注重刻绘人物(少年儿童)的人生觉醒、个性觉醒与自我意识的觉醒。文章以老臣、董恒波、薛涛、肖显志、车培晶、常星儿等的小说为研究对象,对此观点作了透辟分析。本文对认识、研究当代辽宁及东北儿童

第三十四章 1950—1999年的理论代表作（132篇点评）

文学创作现象具有重要意义。

125. 崛起的西南儿童文学（王泉根）

本文载于重庆《师资建设》1999年第1—2期合刊。

大西南云南、贵州、四川、重庆三省一市的儿童文学在八九十年代奇迹般地崛起，成为继北京、上海（以及江浙）之后我国又一个儿童文学重要建设基地。本文以近2万字的篇幅，系统考察了大西南儿童文学。文章认为，就西南儿童文学创作的整体景观而言，以动物小说、儿童诗与儿歌、童话寓言与科幻取得的成绩最大，最能体现出西南儿童文学神奇粗犷、浪漫幽默的美学个性，并在全国文坛具有实质性影响。云南的沈石溪、乔传藻、吴然、凝溪，四川的蔺瑾、邱易东、刘兴诗、黄一辉，重庆的张继楼、梁上泉、谭小乔、钟代华等，更是和全国出类拔萃的儿童文学作家并驾齐驱，他们的创作代表了当今儿童文学的高水平。本文对认识、研究西南地区的儿童文学有一定参考价值。

126. 上海儿童文学五十年的创作历程论评（周晓）

本文载于上海《儿童文学研究》1999年第2期。

上海曾经是中国现代儿童文学的发源地与大本营。早在1875年，上海就出刊了我国最早的儿童刊物——《小孩月报》。本世纪初，上海就形成了以《儿童教育画》（1909年创办）、《童话丛书》（1909年3月开始出版）、《中华童子界》（1914年7月创办）以及《学生杂志》（1911年2月创办）、《少年杂志》（1914年7月创办）为系列的供幼儿—儿童—少年阅读的多层次刊物。"五四"以后，中国儿童文学以上海为中心开始得到良性发展。20年代初，活跃在上海文坛的以沈雁冰（茅盾）、郑振铎、叶圣陶、赵景深等为中坚的文学研究会，发动了一场"儿童文学运动"（朱自清语），在创造、翻译、编辑、理论研究等各个领域都取得了世人瞩目的成就，使中国儿童文学进入一个空前活跃的时期。30年代和40年代，上海又涌现出一批包括陈伯吹、黎锦晖、吕伯攸、米星如、仇重、贺宜、苏苏、何公超等在内的中青年作家群，他们在童话、童诗、童剧等各个领域作出了自己的贡献。可以这样说，正是主要依靠了上海作家的儿童文学创作成果与多样化的出版物，才构成了现代儿童文学异彩

纷呈的多元景象。

1949年以后，随着精神文明与物质文明建设的发展，全国各地（尤其是北京、江浙等地）的儿童文学事业不断发展壮大，在这种情况下，过去上海作为儿童文学"大本营"的地位已经逐渐失去，这是正常的也是必然的现象。但它依然保存着"半壁江山"的地位，而且在许多方面，例如儿童文学作家队伍的建设、报刊读物的编辑出版及对理论研究的重视等，一直走在各省市的前列。进入改革开放的80年代以来，上海儿童文学锐气依然，努力拓展，涌现了一批很有希望与潜力的儿童文学新秀。周晓一直关注上海儿童文学的发展演变，并直抒己见。他在1988年5月26日上海《文学报》上发表的《上海儿童文学纵横谈》一文，直言不讳地批评了80年代上海儿童文学在行进中所隐杂的以"老大自居"的心理以及"自我禁锢的保守苟安、缺乏生气的创作环境"，致使出现青年作者"水土流失"的严重现象，创作上的优势受到挫折。但上海毕竟是有深厚儿童文学传统与敏感时代新潮的都市，一度低落的创作颓势由于一批"既经过'文革'浩劫的洗礼又有现代文化素养的优势"并"大跨步地摆脱旧传统的束缚"，具有"创作主体意识、都市文化意识和竞争意识"的青年作家的锐意拓展，突破创新，终于使上海儿童文学又出现了"可能有重振雄风的中兴之举"。文章分析了这一中兴之举的特色及对儿童文学的全局性影响："以少男少女心理世界的审美表现为突破口而跃出创作的低谷；以娱乐型的热闹派童话而赢得更广大的读者，爆发似的进一步打破沉寂；以文化型的试验性作品作单兵突进似的艺术求索，形成中兴虽非全方位却也并不单一的互补复合艺术建构"。相隔十年之后，周晓在1999年发表的《上海儿童文学五十年的创作历程论评》一文，在分析80年代创作状况之后，又对90年代的上海儿童文学作了透辟反思。周晓认为90年代上海儿童文学"少了一点80年代的浮躁之气，创作上显出较为平静、淡泊的气息"，同时"还透露出艺术探索走向上的新信息、新征兆"。"陈伯吹之后"（陈伯吹老人于1997年谢世），上海儿童文学界还保存着令外地同行所艳羡的"四代同堂"的作家阵容，不但有任溶溶、任大星、鲁兵、张秋生等老壮一代作家，更有80年代涌现的以秦

第三十四章 1950—1999 年的理论代表作（132 篇点评）

文君、陈丹燕、周锐、郑春华、梅子涵为代表的中年一代，还有更年轻的 90 年代出现的上海"五朵金花"谢倩霓、萧萍、张弘、殷健灵、张洁等新秀。上海儿童文学在经历了半个世纪的曲折与奋进、艰难而又光荣的历程之后，正在走向真正为"童子所用"的真正儿童文学之路。

本文是研究上海儿童文学的重要文献，同时对认识中国当代儿童文学也有参考价值。

八、比较研究论

导言

比较文学是以两种或两种以上的文学现象之间的关系为对象所进行的超越国别、地域、族别以及不同历史阶段的文学研究，它要考察文学世界的精神关联，研究拜伦和普希金、莎士比亚和汤显祖、安徒生和叶圣陶，探讨不同文学的作家之间在作品、灵感、艺术气质等方面的事实联系。"平行比较"与"影响比较"是比较文学的两种主要方法。用比较文学的手段研究儿童文学，虽在二三十年代已经出现，但一直到 80 年代，比较儿童文学才在中国儿童文学界有了真正的起色。

21 世纪的文化，将是以儿童为重心的文化。儿童文学研究必将有更大的作为与贡献！

127. 安徒生在中国（叶君健）

本文载金华《浙江师范大学学报》1986 年"儿童文学研究专辑"。

叶君健（1914—1999），现当代著名作家、翻译家、儿童文学家，湖北红安人，1936 年毕业于武汉大学外文系，长期从事外国文学教学与研究。1944 年，赴欧洲，后在英国剑桥大学研究欧洲文学。1949 年 9 月回国，在文化部对外文化事务联络局任职，并编辑英文丛刊《中国文学》。1953 年该刊改为中国作家协会对外刊物，叶为副主编，直至 1974 年调离。后一直从事中国古典文学的翻译。系中国作家协会书记处书记。著有英文小说《山村》《无知的和被遗忘的》等，中文有长篇小说《土地》三部曲、《叶君健童话故事集》等多种作品集。

叶君健对儿童文学的贡献主要体现在首次直接从丹麦文本翻译《安徒生童话全集》及翻译众多外国儿童文学作品方面。早在20年代初，安徒生童话即被广泛介绍到中国文坛，对中国现代儿童文学产生过深刻影响，1925年8月，文学研究会还在《小说月报》推出"安徒生号"。但当时的安徒生童话全是通过英语或其他语种的转译，而作为丹麦作家安徒生则是用其母语丹麦文创作的。叶君健自1947年在剑桥大学从事欧洲文学研究时起，就开始了直接从丹麦文本翻译安徒生童话全集的工作，回国后全部译完，于1953年起陆续出版。从此，中国文坛才有了第一部直接译自丹麦文的《安徒生童话全集》，数十年间一版再版，长销不衰；而叶君健也以安徒生童话翻译、研究的权威饮誉中国儿童文学界。本文是叶君健1985年8月在西德奥格斯堡举行的第70届世界语大会所举办的"会期大学"上作的一篇报告。据介绍，该会有2000多人参加，主办单位约请各学科的专家为会员作学术报告。叶君健此文意在"说明中国对安徒生所作的、具有中国特色的评价以及中国对外国文学遗产的态度和政策"，但它同时也是一篇用比较文学方法研究安徒生对中国儿童文学影响问题的学术论文。

自从"五四"时期前后周作人在《新青年》等刊物发表安徒生童话译作《卖火柴的女孩》以来，安徒生童话一直在中国儿童文学界长盛不衰，感染了一代又一代的小读者，同时对中国的儿童文学创作产生着深刻的影响。"他的童话作品，像许多中外古今优秀的文学作品一样，成了中国人民精神食粮的一个组成部分。"安徒生童话是对中国儿童文学影响最大的外国作家作品，这种影响是超越时空的，比较儿童文学理所当然要对此作为重点研究课题。本文有助于我们把握儿童文学的"影响研究"及其文化意义。

128. 中西流浪儿小说的发展和比较（周晓波）

本文载于金华《浙江师范大学学报》1988年第4期。

本文分析了中西方流浪儿小说产生、发展、演变的不同文化背景与社会意义。流浪儿小说作为儿童小说的一种特殊类型，因其题材的传奇色彩、情节的

第三十四章 1950—1999 年的理论代表作（132 篇点评）

曲折生动、人物形象的典型性，比较容易吸引小读者的阅读兴趣。西方流浪儿小说以《小癞子》开其端，狄更斯等大作家热情投入，数世纪来出现了不少名作。本世纪二三十年代，西方流浪儿小说开始传入中国，这些现实主义作品引起中国作家的关注，受此影响，茅盾等作家也创作了一批中国特色的流浪儿小说。自 50 年代起，流浪儿小说已极少有人涉足，直到 80 年代始又出现《乱世少年》等作品。文章论述了西方流浪儿小说及苏联流浪儿小说对我国流浪儿小说的影响作用，并比较了中西流浪儿小说的不同艺术特点。作为中西流浪儿小说的首篇比较研究之作，似觉论述不够深入，但具启迪意义，可供参考。

129. 中西儿童文学的比较（汤锐）

本文载于金华《浙江师范大学学报》1990 年第 4 期。

中西儿童文学比较是比较儿童文学的一个大课题。本文首先提出：中西神话都与儿童文学具有某种程度的同构关系，但同时又存在着潜在区别：中国神话"体现出了浓厚的农业经济色彩、务实的社会观念、伦理至上的士大夫式人格思想及重质轻文、崇尚理性的美学价值观"；而西方神话所体现出的则是"鲜明的城邦经济特征、民主化的社会观念、追求个性自由和完美的人格理想及注重形式美和肯定人生欢愉的浪漫主义审美价值观"。由于儿童文学在一切文学种类中最接近于人类童年时代的文学形态，最接近于民族原始的文化气质，因之中西神话中的不同美学个性自会直接影响着中西儿童文学不同的生命轨迹与美学追求。文章以此作为切入点，从四个方面对中西儿童文学作了比较：

在创作意向上，中国儿童文学注重精神教化功能，西方儿童文学标榜快乐原则和返璞归真；在艺术精神上，中国儿童文学充满浓厚的伦理意识，西方儿童文学则体现出鲜明的人本的、哲学的性质；在价值取向上，中国儿童文学强调群体精神，西方儿童文学重视个体原则；在审美风格上，中国儿童文学端庄平实、温柔敦厚，西方儿童文学富于幻想、热情奔放。

本文力图从宏观角度对中西儿童文学作出"平行比较"，视野独具而见解亦颇有特色，对中西儿童文学比较甚有启发意义。要而言之，中西儿童文学的差异正是中西文化差异性的艺术体现。

130. 变异：在于适应文化——《灰姑娘》与中国同类型童话比较研究（陈华文）

本文载于金华《浙江师范大学学报》1991 年"儿童文学研究专辑"。

陈华文（1959—），浙江武义人。1984 年毕业于上海华东师范大学中文系，现在浙江师范大学儿童文学研究所工作，副教授。主要从事民间文学、民俗学的教学和研究，系中国民间文艺家协会会员。

本文是一篇个案比较研究论文，就流传广泛的西方"灰姑娘型"童话与中国古代同类型童话之结构、主题、差异等问题作了考证、比较。文章经比较后认为：西方"灰姑娘型"童话与同类型中国古代民间童话（如《叶限》）及现代流传的民间童话无论在故事情节结构还是主题思想方面，都有着惊人的"相似性"。这种相似性不仅仅是"相同的生产力、生产关系和文化背景及思维方式下的创作，而是传播的结果（尤其在现代社会，信息的迅速传播使某个地区、民族的独创很快就成为人类共同的财富）"。文章接着指出：中西方"灰姑娘型"童话的"相似是相对的，只有为了适应文化的相异才是绝对的，任何一种具有影响力的口传作品或写完的文本，都符合这一规定性"。这种差异性明显地体现在"每个具体的故事在情节和细节上都有大量的变异"。作者通过列表形式将一些童话文本分解成七项不同的"功能素"加以比较，从而将此种变异表述得十分清楚。但这只是表层现象的差异，隐含于深处的则是不同文化价值观念的积淀：一是不同时空、环境和文化背景，规定了各自童话的情节和细节的不同着眼点，这是造成差异的最大原因；二是不同的生活方式和社会意识，导致人类文明程度和对善恶美丑的评判标准不一致；三是不同的审美个性要求。

本文的考察周密慎独，体现了一种扎实的学风，因而其得出的结论也是令人信服的。我认为，儿童文学研究需要提倡这种老老实实、脚踏实地的学风，切忌浮泛、浮躁、浮华而得一浮名，尤忌那种读书不多（甚至根本未读有关著作而是借助二三手资料转手倒腾）而急于建立什么"体系""学说"的做法。当代学者张舜徽在《清人文集别录》中说："盖著述之业，谈何容易，必须刊

第三十四章 1950—1999 年的理论代表作（132 篇点评）

落声华，沉潜书卷，先之以十年廿载伏案之功，再益以旁推广揽披捡之学，反诸己而有得，然后敢着纸笔，艰难寂寞，非文士所能堪。"近代大学者黄侃说得更干脆："观天下书未遍，不得妄下雌黄。"这话虽然说得有点过分，但认真读书无论如何是做学问的第一步。文学研究是人文科学中的一个实践学科，它既有独立存在的价值，但又无法与作家作品截然分离。那种浅薄的、凌空蹈虚似的"学说"，于读者、于创作、于研究本身，又有何益？

131. 中日儿童文学术语异同比较（朱自强）

本文载于长春《东北师范大学学报》1993 年第 5 期。

本文认为，人类是借助语言进行思维从而认识世界的。当不同文化背景下的不同民族对一种文学怀有不同理解时，首先表现出语言方面的疏离。这种语言的疏离既是文学和比较研究的障碍，但同时也是入口和桥梁。据此理解，本文对中日两国儿童文学术语的异同进行了探究，分别考察、比较了中日的"童心主义"、日本的"フゥニタッツ"与中国无此对应之词、中日的"童话"、日本的"御伽"与中国也无此对应之词、中日的"战争儿童文学"。这一比较有助于我们从深层意义上把握中日两国不同文化背景下的儿童文学艺术个性，有助于两国儿童文学的交流和互补。

132. 海峡两岸童话之异同——《银线星星：台湾趣味童话选》座谈纪要

本文原载于 1994 年 1 月 8 日北京《文艺报》。

本文属于一种特殊形态的比较——海峡两岸不同地域、不同历史环境与文化背景下的童话创作现象之比较。两岸作家各抒己见，畅所欲言，体现了一种学术上的求真精神。有论者认为："大陆童话更注意贴近现实，而台湾童话更崇尚大自然，着力展现亲子之情。大陆童话追求时代的色彩和教育的意义，而台湾的作品更讲究人情味和审美情趣。大陆童话在题材、风格、表现手法的多样性上，明显一些，而台湾童话的民族特色、地方特色更鲜明一些。"这是比较接近客观的比较。随着海峡两岸儿童文学交流的日渐扩大与深化，必将出现两岸儿童文学之间互相激荡、互相影响的局面；这种激荡与影响，对于促进两岸儿童文学包括童话创作的互补与提升，无疑是一种积极的因素。

（写于1994年）

…

附录1
王泉根学术简历与论著书目

1949年7月18日（农历6月23日），出生于浙江省上虞县（今绍兴市上虞区）章镇文昌路（今下沙弄）王家台门。

1962年7月，上虞县章镇中心小学毕业。

1965年7月，上虞县章镇初级中学毕业。同年8月20日，赴上虞县章镇区青山公社安山大队（今上虞区岭南乡覆卮村）下乡，知青务农。

1968年3月18日，应征入伍，解放军南京军区南字147部队，战士。部队驻安徽合肥。

1972年1月，上海铁路局杭州机务段机车司炉，二级工。

1975年11月，重庆铁路分局九龙坡机务段（今重庆机务段）机车司炉、机械钳工。

1977年6月，第一次发表小说《列车在飞奔》（刊1977年6月13日《重庆日报》）。

1978年3月，考入西南师范大学（今西南大学）中文系（77级）。

1981年1月，第一次发表论文《安徒生童话的艺术》（刊《西南师范大学学报》1981年第1期，中国人民大学复印报刊资料《外国文学研究》1981

年第 2 期转载）。

1982 年 1 月，西南师范大学中文系本科（77 级）毕业，获文学学士学位。

1984 年 7 月，浙江师范大学中文系中国现代文学专业研究生毕业，获杭州大学文学硕士学位；同月到（重庆）西南师范大学中文系任教。

1987 年 9 月，第一部专著《现代儿童文学的先驱》由上海文艺出版社出版。

1988 年 1 月，独力承担国家教委首批青年社会科学研究基金项目。

1989 年 1 月，独力承担国家社会科学基金项目。

1990 年 3 月，加入中国作家协会。

1990 年 5 月，获台湾"杨唤儿童文学特殊贡献奖"。

1990 年 11 月，由讲师破格直接晋升教授（系四川省首批破格晋升的 5 位青年教授之一）。

1992 年 10 月，被评为享受国务院"政府特殊津贴"专家。

1993 年起，担任西南师范大学学术委员会委员、西南师范大学教授评审委员会委员。

1993 年起，担任硕士研究生导师，招收首届硕士研究生。

1993 年 1 月，独力承担国家教委"八五"社会科学研究规划项目。

1994 年 5 月，赴台湾台北参加"海峡两岸儿童文学学术研讨会"，并作环岛之旅。

1994 年 6 月，被聘为苏州大学兼职教授。

1995 年 10 月，专著第一次被译成外文（《华夏姓名面面观》由日本东京第一书房译成日文本《中国姓氏考》出版）。

1995 年 12 月，专著《中国儿童文学现象研究》获国家教委"全国高等学校首届人文社会科学研究优秀成果奖（1979—1994）"二等奖。

1997 年起，担任中国作家协会儿童文学委员会专业委员。

1997 年 1 月，独力承担国家教委"九五"社会科学研究规划项目。

1997 年 8 月，赴英国参加第十三届国际儿童文学研讨大会。

1997 年 9 月，担任西南师范大学重庆文化发展战略研究中心常务副主任。

附录 1　王泉根学术简历与论著书目

1997年12月，获全国高等师范院校"曾宪梓教师奖"三等奖。

1998年3月，应邀赴台湾台东师范学院儿童文学研究所为研究生授课。

1998年11月，作为"特殊人才"，调任北京师范大学中文系教授。

1999年1月，再次承担国家社会科学基金项目。

2000年起，担任博士生导师，招收中国首届"中国现当代文学专业儿童文学研究方向"博士生；担任访问学者导师。

2001年3月，担任北京师范大学中文系副系主任，主管科研与研究生、博士后工作。年底代理系主任。

2001年10月，独力承担北京市哲学社会科学"十五"规划项目。

2001年11月，第三次赴台湾，参加在台东召开的儿童文学学术研讨会；在台北访问辅仁大学。

2001年11月，专著《现代中国儿童文学主潮》获第五届国家图书奖提名奖。

2001年12月，参加中国作家协会第六次全国代表大会。

2002年，担任北京师范大学中文系代理系主任，参与北京师范大学建校100周年校庆筹备活动。执行主编"庆祝北京师范大学100周年校庆中文系论文集"《京师论衡》，8月由北京师范大学出版社出版。9月8日在人民大会堂参加北京师范大学建校100周年庆祝大会。

2003年3月，应聘担任韩国国民大学人文学院教授，赴汉城讲学一年。

2003年7月，专著《现代中国儿童文学主潮》获教育部"第三届中国高校人文社会科学研究优秀成果奖"二等奖。

2003年9月起，担任北京师范大学中国儿童文学研究中心主任。

2004年4月起，经全国哲学社会科学规划领导小组批准，被聘任为国家社会科学基金中国文学学科评审组专家。

2004年4—5月，应田家炳基金会邀请，赴香港大学访学。

2004年6月，指导的中国首届儿童文学专业三位博士研究生毕业，均获文学博士学位。

2004年8月，在日本名古屋召开的第七届亚洲儿童文学大会上，被推举

担任亚洲儿童文学学会副会长。

2004年9—10月，赴新加坡智源教育学院讲学。

2005年4月，赴香港中文大学参加儿童文学与语文教育学术研讨会。

2005年11月起，担任中国儿童文学研究会副会长。

2006年7月，赴澳大利亚参加国际儿童文学学术研讨会。

2006年8月，赴韩国参加第二次世界儿童文学大会暨第八届亚洲儿童文学大会，获"亚洲儿童文学推戴奖"。

2006年9月，赴澳门参加国际儿童读物联盟第三十届世界大会，代表中国作主会场发言。

2006年10月，独力承担北京市哲学社会科学"十一五"规划项目。

2006年11月，作为中国作家协会代表团成员，参加中国文学艺术界联合会（中国文联）第八次全国代表大会、中国作家协会第七次全国代表大会。

2007年11月，应邀赴马来西亚参加"第九届国际中文书展"，并在吉隆坡、马六甲、蔴坡、新山考察马来西亚华文教学。

2007年12月起，担任中国作家协会儿童文学委员会副主任。

2007年12月，由北京师范大学评定为二级教授（教授二级岗位）。

2008年3—4月，第二次赴新加坡智源教育学院讲学。

2009年9月，被聘为河南省姓氏祖地与名人里籍研究认定中心专家。

2009年11月起，被聘任为国家出版基金评审专家。

2009年，主编的《儿童文学教程》被评为教育部"普通高等教育'十一五'国家级规划教材"，2013年又被评为教育部"普通高等教育'十二五'国家级规划教材"。

2010年1月，第三次赴新加坡智源教育学院讲学。

2010年10月，第三次承担国家社会科学基金项目。

2010年10月，被中国作家协会聘请为第八届全国优秀儿童文学奖初评委员会主任委员、终评委员会副主任委员。

2011年10月，承担国家社会科学基金重点项目"青少年文化产品的生产

附录1 王泉根学术简历与论著书目

现状与引导策略研究"。

2011年11月，参加中国作家协会第八次全国代表大会。

2011年12月，高校教材《儿童文学教程》获"中国大学出版社图书奖第二届优秀教材奖"一等奖。

2012年6月起，担任中国儿童文学教育研究中心主任，秘书处设在首都师范大学。

2012年8月，赴日本东京参加第十一届亚洲儿童文学大会。

2012年8月，赴俄罗斯考察。

2013年8月起，被聘请为湖北（长江）少年儿童出版社特约编审。

2013年9—10月，赴意大利、瑞士、法国考察。

2014年5月，担任首届"大白鲸世界杯"原创幻想儿童文学奖评奖委员会主任。

2014年6月，作为合作导师指导的博士后李利芳（兰州大学教授），从北京师范大学文学院中国语言文学博士后科研流动站出站。

2014年8月，赴韩国参加第三次世界儿童文学大会暨第十二届亚洲儿童文学大会。

2015年6月，赴新加坡参加亚洲少儿读物节。

2015年8月，赴北欧四国丹麦、芬兰、瑞典、挪威考察。

2016年4月起，担任成都大学特聘教授。

2016年6月，赴中东欧七国波兰、捷克、奥地利、斯洛文尼亚、克罗地亚、匈牙利、斯洛伐克考察。

2016年11月，参加中国作家协会第九次全国代表大会。

论著书目

1.《现代儿童文学的先驱》，上海：上海文艺出版社，1987。

2.《华夏姓名面面观》，南宁：广西人民出版社，1988。

3.《中国现代儿童文学文论选》（评选），南宁：广西人民出版社，

1989。

4.《儿童文学的审美指令》,武汉:湖北少年儿童出版社,1991。

5.《华夏姓氏之谜》,台北:台湾云龙出版社,1992。

6.《华夏取名艺术》,台北:台湾云龙出版社,1992。

7.《中国儿童文学现象研究》,长沙:湖南少年儿童出版社,1992。

8.《华夏姓氏丛书:王》,南宁:广西人民出版社,1993。

9.《人学尺度和美学判断》,兰州:甘肃少年儿童出版社,1994。

10.《中国姓氏考》(日文),东京:日本东京第一书房,1995。

11.《中国姓氏的文化解析》,北京:团结出版社,2000。

12.《中国人名文化》,北京:团结出版社,2000。

13.《多维视野中的吴宓》(主编),重庆:重庆出版社,2000。

14.《现代中国儿童文学主潮》,重庆:重庆出版社,2000。

15.《儿童文学与中小学语文教学》(合著),广州:广东教育出版社,2006。

16.《王泉根论儿童文学》,南宁:接力出版社,2008。

17.《儿童文学教程》(主编),北京:北京师范大学出版社,2009。

18.《中国儿童文学新视野》,长沙:湖南少年儿童出版社,2009。

19.《中国儿童文学新观察》上下卷,济南:明天出版社,2009。

20.《中国儿童文学60年》(主编),武汉:湖北少年儿童出版社,2009。

21.《中国人姓氏的奥秘:王泉根教授谈姓氏》,北京:当代中国出版社,2011。

22.《中国人姓氏的奥秘:王泉根教授说名号》,北京:当代中国出版社,2011。

23.《现代中国科幻文学主潮》(主编),重庆:重庆出版社,2011。

24.《担当与建构:王泉根文论集》,南宁:接力出版社,2013。

25.《儿童文学的精气神》,武汉:湖北少年儿童出版社,2014。

26.《中国儿童文学概论》,长沙:湖南少年儿童出版社,2015。

27.《民国儿童文学文论辑评》(编著),太原:希望出版社,2015。

28.《代代相传的中国童话》6册(编著),北京:童趣出版有限公司/人民邮电出版社,2017。

29.《北京的"学术气场"》(散文集),昆明:晨光出版社,2017。

30.《那年那月的游戏》(散文集),武汉:长江文艺出版社,2017。

附录 2
王泉根自述：我和儿童文学的从教与学术之路

三月的春阳透过车窗，暖暖地照在脸上。窗外的种种景象飞快地变幻着，我的脑海也飞快地变幻着种种印象。此刻，我乘坐高铁南下，信手在笔记本上草写这篇《我与儿童文学的从教与学术之路》。

近期有两件事触发我回忆走过的路：一件是从教 30 年。去年教师节前后，北师大校工会宣传窗上，很气派很耀眼地展出了全校从教 30 年的教师照片与简介，我位列其中。教师节那天，我收到了北京市教育工会、北师大校工会、文学院赠送的纪念品与礼品。我的已毕业的几位博士生，知道这一"30 年"后，张罗着要为我编选一本从教 30 年纪念的师生论文集。正是"逝者如斯夫，不舍昼夜"，不知不觉间，我从事教师这一行，居然已 30 年了！

再一件是辽宁省社科院《文化学刊》总编辑、著名民俗学家曲彦斌先生打算在学刊开设"学者自述学术路"专栏，广邀相关学术领域的一流专家学者撰稿，文字不拘，要求笔带感情，有观念有文采有温度，在儿童文学领域，该刊锁定了我，向我约稿。彦斌先生的这番盛情美意自然也触发了我"逝者如斯"的感慨与回忆。

这两件需要"回忆"的事，其实是一回事：从教与做学问如影随形，手心

附录2　王泉根自述：我和儿童文学的从教与学术之路

手背，密不可分——我的教师职业也是我的学者生涯，或者说，我的学术之路也是我的教育之路。

一、上大学之前的"农兵工"

从教（与从学）之前，我的人生轨迹与职业生涯和"教与学"毫不沾边。我16岁初中毕业后，先被下放当"知青"，在故乡浙江上虞县（现在为绍兴市上虞区）章镇的覆卮山村做过二年半的"知青"，当了实实在在的二年半农民，学会了插秧、耘田、种菜、砍柴，挑130多斤柴担走30里路气不喘。在农村，我同时还是一位称职的生产队会计，管理着全队上百口人的吃喝拉撒。由于我勤劳自励安心务农，我被评为全县的"优秀共青团员"。19岁我应征入伍去了南京军区6408部队。部队驻地合肥，"一年新（兵），两年老（兵），三年打背包（退伍）"。当了三年真枪实弹的军人，红五星红领章，年年评为"五好战士"。再以后，我在上海铁路局杭州机务段与重庆铁路分局重庆机务段当了货真价实的七年铁路工人，先在铁路机务段运转车间当火车司炉与代务副司机，以后在设备车间当机械钳工。遥想当年，"汽笛一响，黄金万两"，我与师傅拉的不是上千位旅客就是几千吨货物，"安全正点，多拉快跑"是机务段人人熟知、天天遵循的规章与目标。虽然火车司炉的高强度劳动与高密度上班（当时每月45斤定粮还不够吃）非常人可以想象，但一想到汽笛声中奔驰在千里铁道线上的列车，作为铁路工人的自傲感至今依然荡漾心头。"铁老大"的感情使然，因而我后来凡出差去外地，能坐火车就不乘飞机，特别是现在有了高铁动车，真正是风驰电掣。想起当年汗流浃背当火车司炉的情景，如今舒适地坐在高铁车上，真是一种难言的享受。

从我的学历（初中）和履历（农兵工）看，我做梦也没想过要从教与做学问。我曾在一篇文章中这样写过我的少年梦："我出生于浙东曹娥江畔的上虞章镇。小镇虽小，但出过好多位历史文化名人。一位是东汉哲学家王充，距小镇十数里的滨笕茶山上至今还保存着'王充墓'。再一位是南朝山水诗人谢灵运。据我家乡一位中学历史老师数十年考察所得出的结论，谢灵运《山居赋》

中所记始宁墅中的'北山别墅',就在我们小镇的姜山东南。小镇距绍兴老城区不到一小时的车程。和我外公家一个院子有一位老先生,1949 年前当过小镇的小学校长,他曾是鲁迅先生的学生,毕业于鲁迅任校长时的绍兴师范学校。我的故乡应该是一个'人文渊薮'之地。但说来惭愧,故乡所有这一切与'人文'有关的事儿,都是我上了大学以后才弄清楚的。故乡所有的'人文'故事,似乎与我以前的岁月毫无意义。我的父母连小学都没有读完,在我所知的亲戚中没有人读过中学,二姨娘文化最高,但也只是县里的'简易师范'(小学毕业后上学)毕业。我的父母以及我所认识的亲戚,都是社会低层的小小老百姓,一辈子都在为衣食为生存为子女而奔波而辛苦而犯愁,因而他们自然对王充、谢灵运、鲁迅毫无兴趣。我小时候的最高理想,是进我们县里白马湖畔的春晖中学,那是一所夏丏尊、丰子恺、朱自清等现代文学名家任教过的完中,校园里还有李叔同的'晚晴山房'。但命运总是如此无奈,我只在家乡的章镇初级中学读到初中毕业,就被命运告知:我必须自谋生路,春晖中学成了终生难圆的梦!那一年我 16 岁,去了全县最高的覆卮山,插队落户当知青。"不过我只当了不到二年半的知青,而与我一起下乡的同学,当了十五六年,有的已在农村安家生子。没有想到的是,后来国家规定,当知青也计算工龄,因而我的工龄从 16 岁起计算,至今已有整整 50 个年头了!

感谢 1977 年年底的那一场"高考"改革,使我有幸赶上"末班火车",以初中文凭、铁路工人的身份参加"文革"结束后的第一次全国统考,在全国 570 万考生只录取 27 万人的 5% 录取率中,有幸胜出,成了"77 级"本科生。

更感谢当时国家的好政策,我读大学期间同样计算为工龄,不但不用缴一分钱的学费与住宿费,而且原单位工资照发(每月 38.60 元)。因而尽管当时我已有家室之累,但我全然没有后顾之忧,不用为衣食银两操心,使我能全身心投入学习。本科毕业后考取硕士研究生,按当时的政策,我可以享受比原单位工资要高的研究生津贴,因而又可以全身心投入学习。如果放在今天高昂的学费、住宿费,我的大学梦只能成为黄粱梦,因而"为中华崛起而读书""学而优则报效祖国"是我们那一代大学生多数人的价值取向。

附录2 王泉根自述：我和儿童文学的从教与学术之路

我高考时选择的专业是与铁路交通沾不上边的中文系，为什么要选择中文专业呢？从本性上说，是因为我适合"这一行"，从潜意识说，是为了实现上文所述的少年时代"春晖中学读书梦"。

从小学五年级起，我对写作（作文）的兴趣已是"浓得化不开"。几乎每次作文课，语文老师都会拿我的作文作为范例进行讲评，这是我在全班同学面前最露脸的时候。从小学扎下的"作文迷"深深影响着我的人生，虽然16岁初中毕业后当了农兵工，但我在内心深处则自我定位为"文学青年"。因而无论在田头，在营房，在车间，一有空闲，我就会"手不释卷"，凡能找到的图书、报刊我都会贪婪地阅读，如同高尔基所说，我像是一个饿汉扑在面包上……我的梦想是当"业余作家"，那时候（20世纪六十年代），上海铁路局火车司机工人作家陈继光、青藏高原战士作家王宗仁是我崇拜的"业余作家"偶像，中国青年出版社出版的那几本《青年作家小说选》则是我不知翻阅过多少次的案头书。

"文学青年"的自我定位，使我在当"农兵工"的十多年间，暗中摸索着"创作"，写过通讯报道，写过诗，也写过小说、散文。上大学之前，最大的成果是在一家市级大报发表了整版小说。这篇以铁路生活为背景的小说，差一点被《人民文学》刊用，编辑在来信中充分肯定了"接地气，有生活"的优点，但压了很久，最后还是没有采用。如果真被《人民文学》刊登了，我的人生之路可能会是另一种选择。

可以说，我是怀揣着"作家梦"，走进大学中文系教室的。因而大一、大二期间，我的兴趣还是在创作，满以为有了随时可以借阅的图书，满以为不用上班有了读书时间，就可以实现作家梦了。

直到大三，我才猛然醒悟，两年的大学生活告诉我：大学不培养作家，大学的学术规训其实并不适合我自由飞翔的灵感，虽然这期间也偶有作品发表，但在"作家"与"学者"之间，我必须作出选择。因为我清楚，如果再这样下去，当我本科毕业时，充其量只是一个曾经发表过若干小说、散文的业余作者而已，我面临的去向或者是回原单位去铁路局机关，或是去市里的文联作协。

但这都不是我所愿，大学的氛围与气场已使我离不开它。

同时，我也清楚地意识到，从前的我无论是当知青、当兵、当工人，都是"身不由己"，都是出于为生存为出路的现实目标，虽然精神上有"文学青年"的梦在支撑着，但在当时，我实在只是一个在社会底层随着时代潮汐四处漂泊的草根而已——我"无法选择"。作为社会底层的"草根"与"草民"，对命运安排的一切自然只能是"欣然从命"——既非"官二代""红二代"，也非"富二代"，哪怕是"黑二代"（文革后因父辈的平反，由以前的倒霉转化为得志），也都比"草二代"强。作为既无背景又无根基的"草二代"又能做什么呢？因而当时无论是当农民、当士兵还是当工人，我都是认真敬业老实本分地把本职工作做好，做到自己力所能及问心无愧的"最高境界"，至少使从小养我疼我的祖父母（我是跟随祖父母长大的）和远在外地的父母亲放心。对自己居然还在不断"向前发展"的处境，比之周围的同龄人，也是比上不足，比下有余，有时还颇感自得。而现在，这一次，命运的叉路口，我则完全可以自我选择、自我奋斗：要留大学从教，当学者，我就必须考研，必须放弃作品而改写论文。

从现实而论，大三的这一"转向"是出于人生规划的现实考量，但从精神深处而言，则是我人生观、价值观的重要定位。我的这一选择直接来源于"人是目的"这一人生实践的坐标与人生价值的最高目标。康德在《道德形而上学的基础》一文中提出了"人是目的"这一口号，他认为道德律令集中地体现在这样一句话上："你的行动，要把人性，不管是你身上的人性，还是任何别人身上的人性，永远当做目的看待，决不仅仅当做手段使用。"（《西方哲学原著选读》（下卷）第314、318页康德《道德形而上学的基础》，商务印书馆1982年版）人生在世，自然有为一己生存、欲望等进行努力的目的，但在康德看来，与实现人自身人格的完善和人生的终极目标相比，那只不过是手段，是不足道的。如果人的全部活动只是为了求得自然欲望和个人存活，那就等于把自己当做物质的奴隶，也即意味着把自己降为手段，而不是作为目的本身而存在了。人的生命有一个比个人欲望远为高尚得多的目的，理性的使命就是要

附录2 王泉根自述：我和儿童文学的从教与学术之路

达到这个目的，这目的就是人自身所要实现的最终价值。黑格尔高度赞赏康德的这一观点，认为"人是目的"这一口号大大地唤醒了人的自我意识（黑格尔《美学》第1卷第63页，商务印书馆1979年版），在我的大学时代，也大大地唤醒了我的自我意识与生命觉醒。

马克思说，人不能随心所欲地选择历史，只能在现有条件下创造历史。人生选择什么，就有可能是什么，如果他能顺应时势抓住机遇而且早作准备。当然，选择意味着必须有所放弃，只能有所放弃才能集中目标。从大三开始，我集中精力为考研作准备。大四，我接连在大学学报与中文系办的刊物上发表了多篇论文。第一篇论文长达一万多字，发表后很快被中国人民大学复印报刊资料全文转载。这在当时是一件几乎轰动全校的事，因为系里的老师也没有几人能在大学学报上发表论文。

本科毕业后，我考取了硕士研究生，研究生毕业后，如愿以偿，分配到高校从教。从此就开始了"30年"的从教之路与学者生涯。

因我研究生读的是中国现代文学专业儿童文学研究方向，回顾我十六岁后的坎坷经历，不禁感慨系之，戏称自己是"越活越小"：最初是上山下乡当农民"伯伯"——以后参军成为解放军"叔叔"——退伍后成了铁路工人"老大哥"——做梦也没想到后来居然考上大学又当了"学生"——本科毕业后居然成了"儿童"文学硕士研究生。从伯伯化身为儿童，你说是不是越活越年轻，越变越小？

确切地说，我的"学者生涯"应当从读研开始，读研是我学者生涯的准备与"预热"。如果将读研这一段算在内，那么我的学术研究经历了三个阶段，三所大学：第一阶段浙江师范大学（金华）；第二阶段西南师范大学（重庆）；第三阶段北京师范大学（北京）。

二、浙江师大的学术"预热"

浙江师大两年半，从1982年2月至1984年6月，身份是中文系中国现代文学专业儿童文学研究方向硕士研究生。因浙师大当时尚无硕士学位授予权，

我与同届的汤锐同学（北师大本科出身）以及上届的吴其南同学（南开大学本科出身），是在杭州大学中文系通过硕士学位论文答辩的，答辩委员会由郑择魁、吕漠野、陈坚、张颂南等教授组成。1985 年初取得杭州大学文学硕士学位。杭州大学已于 1998 并入了浙江大学。

浙师大读硕，师从蒋风老师。我们进校时蒋老师还是副教授，毕业时，蒋老师已升任教授，而且又由浙江省教育厅直接将蒋老师从普通教师破格升任为校长（蒋风老师没有当过系主任、副校长，他是一步到位由教师直升校长，这在大学校长中十分罕见）。因蒋老师的地位变化，浙师大曾在多年的大幅招生广告中，刊登有一张蒋风老师指导我与汤锐读书的"作秀"照片。

浙师大两年半，蒋风老师一方面自己十分忙碌，另一方面他也是给了我们充分的自由，除了外语、政治要上课外，其余时间几乎全可自由支配，这正是我所求之不得的。蒋老师同时给了我们外出考察与学习的机会，最重要的有两次：一是 1982 年六七月间，我与汤锐，还有浙师大本科毕业留校的周晓波（诗人圣野之女），一起去沈阳参加文化部主办的"东北华北地区儿童文学作家讲习班"，为期 20 天，听取了陈伯吹、郭风、叶君健、洪汛涛、郑文光等先辈的讲课。

二是 1983 年冬，蒋风老师主编《中国现代儿童文学史》，将浙师大儿童文学研究室的老师与研究生兵分三路，外出查阅资料。黄云生与吴其南一组，周晓波与汤锐一组，韦苇与我一组。我借"铁路通"的经验，精心设计了北上查资料（同时趁机"行万里路看十方景"）的路线，陪着韦苇老师从上海出发，去了开封（河南大学）、洛阳、西安（陕西师范大学）、太原、石家庄（河北少儿出版社）、北京（北师大、北大、国家图书馆）、南京（南京大学、江苏省图书馆）。我们坐硬座，住鸡毛店，喝咸菜汤，正所谓"吃了麦稀泡饭游西湖"，资料查阅与名胜观光双丰收，韦苇教授至今依然难忘"泉根带我第一次游了北国风光"。我在《中国现代儿童文学史》（河北少儿出版社 1986 年版）中承担了第一编三章的大部分书稿的撰写任务，也是在这一编里，我最早提出了"儿童观"是影响、决定儿童文学审美艺术创造与发展思潮的根本原因的观点。

附录2　王泉根自述：我和儿童文学的从教与学术之路

1982年秋季，蒋风老师筹划创办的"全国幼师普师儿童文学讲习班"在浙师大开班，我也成为讲课老师，这是第一次走上讲台上课。当时进修的老师极大多数比我年长，但大家对儿童文学知识结构饥渴的需求以及刻苦学习的精神，促使我加倍珍惜研究生的学习机会。进修班每期半年，办了多期，其中的骨干教师（有的是校长）于1984年秋在浙师大发起成立了"全国幼师普师儿童文学研究会"（后来改名为"全国师范院校儿童文学研究会"），我一直担任该会的顾问，参加过多次年会活动。

难忘浙江师大！当年这座位于金华市郊被万亩农田包围着，居然有耕牛自由进出校园，被大家戏称为"牛津（进）大学""四川（穿）大学""早稻田大学"的高校，给了我充分自由学习的时间与空间，作为自由意志与创造思维的学术研究，最需要的不就是安静的书桌与整块的时间吗？我常常灌好热水瓶，带上冷馒头，钻进学习室，一直到夜深人静才回宿舍。当时我与两位外语系的青年教师住在一起，房间对面住的是中文系青年教师陶东风（今首都师范大学教授）与诗人吴晓。

浙师大两年半，我的学术兴趣主要集中在"史"的研究与"文献"功夫，重点是完成了12万字的硕士学位论文《论文学研究会的"儿童文学运动"》。1984年12月20日，我将打印稿寄往上海文艺出版社。我深深感谢该社理论编辑室林爱莲、周天、余仁凯与总编辑郝铭鉴先生"重文不重名"的用稿取向。一个普通学子的学位论文，居然与王瑶、钱谷融、叶子铭、范伯群等名家的名字排列在一起，列入"中国现代文学研究丛书"，于1987年9月出版。需要附撮一笔的是：在成书过程中，责编作了一些技术处理：一是原书名太长，将书名改为《现代儿童文学的先驱》；二是为与整套丛书体例一致，删除了原稿中"文学研究会与儿童文学年表"等三个附录。

《现代儿童文学的先驱》是我公开出版的第一部论著，犹如我的"头胎儿了"，自然敝帚自珍。我选择长期为现代文学研究所忽视的一个课题——20年代以沈雁冰（茅盾）、郑振铎、叶圣陶、冰心等为代表的文学研究会发起的"儿童文学运动"作为论题，全面考评、论证了文学研究会诸作家在儿童文学

理论、创作、翻译、编辑诸方面对现代儿童文学建设所作出的重大贡献与深刻的历史影响；提出在中国，具有真正现代意义的儿童文学，是在"五四"新文化运动中发端的，而创建这种新型儿童文学的先驱者，正是坚持"为人生而艺术"的文学研究会作家群。这是文学研究会对中国新文学作出的一个独特而辉煌的贡献，应当写入中国现代文学的史册。这本小书传到海外，引起一些反响，日本、台湾的报刊均有书评。台湾的书评认为该书对"文学研究会儿童文学运动文艺活动的互动、理论思想的流脉及文学作品价值地位的比对与联系、分析与归纳，笔力雄厚，文理清晰，是不可多得的如椽之笔"。北京大学王瑶先生在给我的来信中有这样一段话："《现代儿童文学的先驱》材料丰富，论述精当，足补现代文学史之阙，足见用力之勤。尚望今后在研究工作上取得更丰硕之成果，特此预祝。"王瑶先生的嘉勉自然更坚定了我从事现代儿童文学研究的信心。

浙江师大读研期间，我还搜集并编选了周作人有关儿童文学的文集（1985年由浙江少年儿童出版社以《周作人与儿童文学》为书名出版），发表了《论周作人与中国现代儿童文学》《论外国儿童文学对中国现代儿童文学的影响》《论张天翼的早期童话》《论色彩描写》等论文。

三、西南师大的"行行复行行"

1984年7月，我从浙江师大研究生毕业，教育部分配我回读本科的母校西南师范大学（2005年7月，西南师范大学与一墙之隔的西南农业大学合并组建为西南大学），从此走上了我的从教之路，同时进入第二阶段的学术生涯。西南师大任教长达14年半，这是我生命中的"中青年时代"。

西南师大是教育部直属的综合性重点大学，位于重庆市北碚区国家级风景名胜区缙云山下、嘉陵江畔。抗战期间，重庆作为陪都，北碚因风景佳胜成为陪都的陪都，一时文化名人云集。梁漱溟在北碚创办勉仁书院写下《中国文化要义》，老舍住在林语堂去美后留下的旧居创作了长篇小说《四世同堂》，梁实秋在陋室完成《雅舍小品》，陶行知推行平民教育创办育才学校，晏阳初设

附录 2　王泉根自述：我和儿童文学的从教与学术之路

立中国乡建学院推广乡村建设，太虚法师在缙云山上兴办世界佛学院，以后"学衡派"干将吴宓也来到北碚相辉学院。北碚老城是被毛泽东誉为中国现代四大实业家、开创长江民营航运事业"民生公司"的卢作孚倾全力营建的实验区。北碚老城至今还有收藏抗战图书文献的北碚图书馆，我曾多次去红楼老馆，收集抗战文学与儿童文学的文献资料。

西南师大中文系有着悠久历史，上世纪七八十年代曾有吴宓、徐永年、刘又辛、曹慕樊、谭优学、彭维金等名师任教。我到中文系后，因教学需要，被分配到文艺学教研室，先后为本科生开设过文学理论、美学、中国文化概论等课程，同时又开设了只有我唱"独脚戏"的儿童文学。1990 年 5 月，我以讲师身份被西南师范大学破格晋升为教授，1993 年招收第一届中国现当代文学专业儿童文学研究方向的硕士研究生。

在西南师大中文系，我坚持以"教书、学术"为主导，想方设法避开了有可观工资外收入、大家争着要去的函授办班、高考阅卷、外省招生等活动，但我却承担过毫无利益可言，反而要花时间耗精力的《语文》双月刊编辑工作。《语文》杂志有公开刊号，主要服务中学语文教学，很可惜，后来换了主编，走市场谋利润，办得不伦不类，停刊了事。因为兴趣所致也是工作所需，我曾一度担任过"西南师大重庆文化发展战略研究中心"常务副主任，撰写过一批重庆地域文化研究的文章。

在西南师大，我是静心教书蛰居渝州，没有想过去外地高校当访问学者或进修，只参加过北京大学汤一介先生为院长的中国文化书院的学习。在 20 世纪 80 年代后期的"文化热"中，中国文化书院起了至关重要的"推波助澜"的作用，书院一方面组织国内外一流专家分赴各地授课讲学，另一方面在北京举办研讨培训班。1988 年 2 月 20 日至 3 月 15 日，我参加了书院在北京香山空军疗养院举办的"中国文化书院第三期高级学术研究班"的学习，听取了（以讲课时间先后为序，部分讲课为录像）庞朴、季羡林、宁可、周谷城、陈鼓应、孙长江、汤一介、金春峰、袁晓园、李学勤、白化文、冯友兰、金克木、方立天、孙长江、朱德生、张岱年、阴法鲁、赵光武、田昌武、杜维明、何兹全、

李泽厚、包遵信、成中英、严绍璗、丁守和、戴逸、童大林、梁从诫等先生的授课，高密度地享受了中国文化的"精神大餐"。

1987年11月，教育部（时称国家教委）在北京大学高规格举办首次"全国高校社会科学青年科研基金项目论证会"，由文科各学科的顶级专家组成评审组，所有初选入围的45岁以下青年教师集中到北大进行"答辩"。我在文科哲学组参加答辩的名单中看到有后来成为教育部部长的北师大袁贵仁。我申报的"当代社会变革与新概念儿童文学"项目入围，与北大董学文、华东师大许子东（由宋耀良代）、陕西师大叶舒宪、苏州大学范培松、山东大学高旭东、福建师大王光明等8人一起参加中国文学组的答辩。评审组组长蒋孔阳，成员有陆梅林、叶子铭、袁行霈、王元骧、狄其聪等教授，大家私下说这是一场比博士论文答辩规格还要高的答辩。我的项目获准通过，这是我承担的第一项教育部社科基金项目。

西南师大的平台与空间，使我能自由从事我想做我能做的学术研究，我当时的学术兴趣比较广泛，主要集中在三个方面：一是中国文化研究中的姓氏根亲文化，先后出版了《华夏姓名面面观》（1988）、《华夏姓氏丛书：王》（1992）、《华夏姓氏之谜》《华夏取名艺术》（1992台湾）、《中国姓氏考》（1995日本，日文版）。姓氏研究涉及到文化学、历史学、语言学、谱牒学、民俗学等多种学科，因而自然而然，与谱牒学、历史学、民俗学界建立了学术联系，参加过数次全国谱牒学学术研讨会。

二是中国现代文学与吴宓研究。这既是出于研究兴趣，同时也是出于"侠义"之心。"五四"新文化运动期间的"学衡派"主将吴宓教授，从1950年起一直在西南师大任教，从外语系、历史系到中文系，在中文系时间最长。但直到90年代初，吴宓的"问题"与学术研究在西南师大一直还是"无人问津"，这显然是不正常的。1990年我在《西南师范大学学报》首次发表了长篇论文《吴宓主编〈学衡〉杂志的初步考察》，在大陆较早揭示了《学衡》杂志的研究问题。以后又发表了《吴宓年表》《论吴宓与20世纪中国文化》《也谈吴宓与钱钟书》等，同时以第一手资料撰写了《吴宓有否此"密友"》，揭露畅销书《心

附录2　王泉根自述：我和儿童文学的从教与学术之路

香泪酒祭吴宓》的作伪造假。1998年6月，在我即将奉调北师大前夕，我在西南师大策划并成功召开了"吴宓先生逝世二十周年纪念大会暨吴宓学术研讨会"，张岱年、季羡林、李赋宁、严家炎、乐黛云、唐振常等先生发来贺信，会后我主编出版了这次会议的学术论文选集《多维视野中的吴宓》（重庆出版社2001年版）。1998年会议以后，吴宓先生在西南师大与重庆的地位得到了"格外重视"，当然这不是我个人的努力，这是学术研究正常化的大势所趋。

作为一位本性酷爱着童话的教师，我在西南师大的学术兴趣自然而然主要还是在儿童文学，这是我在西南师大第三方面的学术工作，也是主要的工作。这期间，我的儿童文学研究逐渐由"历史"转向"现实"，由理论转向批评。

西南师大早几年的儿童文学研究还是以"史"为主。我在浙江师大读研期间所搜集的现代儿童文学文献的基础上，又进一步四处查阅资料，特别是去上海徐家汇藏书楼辛苦寻觅，最终完成了80多万字的书稿。全书选辑了140篇1905年至1949年间的重要儿童文学文论，极大多数是我首次从尘封的故纸堆中发掘整理出来，并在每篇文论后以"砚边小记"的形式，对作者、出处、内容、观点作了评述。从某种角度说，我已搭建起了现代中国儿童文学理论批评史的初步构架。中国社会科学院文学所的张大明先生（曾为我的《现代儿童文学的先驱》作序）知道我的这一书稿后，曾劝说我暂不忙出版，应先将这些辛苦收集来的资料独家充分利用，撰写出"中国儿童文学批评史"之类的专著，再出版不迟。但我深感当时的中国儿童文学理论批评界，既缺"历史"的眼光，又乏"理论"的底蕴，实在太需要"五四"以来那一代儿童文学建设者、开创者的理论资源了，于是几乎没有犹豫就先将其出版了。此书就是广西人民出版社1988年出版的《中国现代儿童文学文论选》。使我欣慰的是，此书出版后，引起现代文学、儿童文学领域的广泛关注，凡是研究现代儿童文学理论批评的，几乎绕不开它。

与评选《中国现代儿童文学文论选》同时，我又选编了四卷本的《中国现代作家儿童文学作品精选》。遗憾的是，当时市场经济利润目标的影响已越来越重，湖南少年儿童出版社不得不将其砍去一半，压缩为两卷本于1989年出版，

另两卷本后来"不知所终",空耗了我的心血与思维。在选编《中国现代作家儿童文学作品精选》时,我已形成了"儿童本位的儿童文学"与"非儿童本位的儿童文学"的观念,提出并发表了儿童文学的三个层次与两大门类等论文。因而《作品精选》就是按此观念选编的,20世纪二三十年代不少"非儿童本位的儿童文学"作品,如夏丏尊的散文《白马湖之冬》、周立波的抗战报告文学《小哨兵》等,都被我选辑其中。对中国现代儿童文学发展历史的思考与梳理,是我在西南师大期间的一项重要工作。因为有了《文论选》与《作品精选》的基础与准备,1995年我接受了中国社会科学院文学研究所"'九五'国家社会科学规划重点项目"十卷本《中华文学通史》中有关中国现当代儿童文学部分的撰写。《中华文学通史》第一版由华艺出版社于1997年出版,2013年改由江苏文艺出版社出版修订后的新版《中国文学通史》。

1987年10月,湖北少年儿童出版社新任社长陈贤仲邀请国内三十多位实力派儿童文学作家、评论家赴宜昌—神农架参加"神农架笔会"。陈社长曾担任过多年西安《小说评论》杂志的主编,对文学理论自然情有独钟,他敏锐地捕捉到当时国内儿童文学评论界涌动的新人新潮新观念,决定策划出版一套"儿童文学新论丛书",请叶君健先生担纲作序。"儿童文学新论丛书"不但是中国儿童文学史第一套儿童文学理论批评书系,而且,更重要的意义是将当年一批崭露头角的儿童文学理论新人推上了前沿。这套书系的作者包括班马、汤锐、孙建江、方卫平、梅子涵、彭斯远等,我出版的是《儿童文学的审美指令》。

《儿童文学的审美指令》是我在西南师大讲授"美学"与"儿童文学"课程的一个思维成果。我认为,儿童文学是大人写给小孩看的文学,这是两代人之间进行精神对话与沟通的特殊艺术形式,因而儿童文学审美创造最大的特殊性在于创作主体与接受主体在审美意识方面客观存在的差异。这两种审美意识既不能互相置换,也不能互相排斥,而应当互相调适与交融提升。儿童文学作家既要真正地认识和把握儿童思维、儿童审美意识的特点,把心紧紧地贴近儿童,又必须超越儿童,引导儿童,提升儿童,发挥创作主体对儿童文学审美创造的主导作用。两种审美意识的对话、交流与互补、提升,势必成为影响儿童

附录 2　王泉根自述：我和儿童文学的从教与学术之路

文学审美创造实践的关键因素，具体表现在三个方面：第一是成人作家的"儿童观"，有什么样的儿童观，就有什么样的儿童文学艺术精神与美学品性。儿童观直接指导与制约着创作主体的儿童文学审美实践，不同作家心目中的儿童观产生不同美学倾向的儿童文学，例如：教育主义、稻草人主义、卢梭主义、童心主义。"儿童观"问题乃是审视创作主体儿童文学审美创造实践的根本问题。第二就接受主体而言，直接影响儿童文学审美创造的是不同年龄阶段少年儿童年龄特征的差异性所带来的对文学作品的不同接受机能与审美趣味的自我选择。这就决定了儿童文学"三个层次"（幼年文学—童年文学—少年文学）与"两大门类"（儿童本位的儿童文学—非儿童本位的儿童文学）分类的必然性与科学性。第三，影响和制约儿童文学审美创造的还有一个特殊问题，即作为接受主体的少年儿童的思维模式不同于成年人的现代思维模式，而是与原始思维同构对应的（年龄越小越明显），泛灵论、人造论、非逻辑性与前因果观念等是儿童—原始思维的主要特点。对以上问题的思考，构成了《指令》一书的主体内容。《指令》是我在 90 年代的主要理论思维成果，也是第一本属于"理论"性质的儿童文学专著。

20 世纪 90 年代我在西南师大完成的儿童文学论著，还有《中国儿童文学现象研究》（湖南少年儿童出版社 1992 年版）、《现代中国儿童文学主潮》（重庆出版社 2000 年版），以及《人学尺度与美学判断》（甘肃少年儿童出版社 1994 年版）。《现象研究》与《主潮》，尤其是《主潮》，比较集中地体现了我对百年中国儿童文学发展思潮与理论思维演变的看法，两书均获得教育部人文学科研究的最高奖——"中国高校人文社会科学研究优秀成果奖"的二等奖。据我所知，我的这两部论著是国内高校儿童文学学科领域迄今为止唯一获得教育部这一奖励的。

《现代中国儿童文学主潮》厚达 69 万字，北师大王富仁教授作序。此书是我在 1998 年调离重庆前就已选编好了的，之所以在重庆出版，这与重庆出版社副总编蒲华清的厚谊密不可分。蒲华清是一位在儿童诗创作方面颇有成就的诗人，他说泉根在重庆工作了这么多年，我们重庆出版社竟还没有给泉根出

过书，因而无论如何要我为重庆留下"纪念"。1998 年 10 月，我北上奉调北师大，此书于 2000 年元月出版，这也成了我重庆—北京"转型"时期的一个学术结晶，同时也是我在第二故乡重庆留下的最好学术记忆与纪念。

四、调动与北上

大致从 1994 年我 45 岁开始，国内有 4 所高校几乎同时打我的主意，要调我。人才竞聘与引进是国内高校提升学科建设的重要手段之一，引进的人才，当然越年轻越好，这在理科容易，文科较难。1990 年我 41 岁晋升教授时，国内高校这个年龄段的文科教授尚不多见。引进的人才年龄，很多高校都以 50 岁划线，不到 50 岁最好，55 岁也可，60 岁大致没戏了。

当时要调我的四所高校，一是北京师范大学中文系，二是成都的四川大学中文系，三是上海的同济大学文法学院，四是杭州的浙江大学中文系。同济大学人事处已带我去看了安家房，房间钥匙几乎就要交给我了。处长说：北京户口一年一办，上海户口一季度一办，只要西南师大放你，你很快就可以来同济了。但当我将同济大学的商调函交给西南师大时，校长说北师大调你还有理由（同属教育部直属师大），同济是理工科，就没有理由了，因而压着不办。

四川大学中文系的引进动作也很快，为了能让我一心去川大，我的女儿高考一上线，就被川大中文系录取了。其实女儿当年的考分可以去复旦，只因有可能我会调川大，女儿这才提前去了成都。但当时四川大学正与成都理工大学合并，改名为"四川联合大学"，合并后的联大内部矛盾重重，工作拖拉。中文系将调我的申报材料上交到人事处，就被人事处一直搁在那里，中文系虽很生气，但也拿机关无可奈何。

北师大调我的力度与进度最大，但西南师大就是拖着不批，碍于两校同一系统的关系，后来西南师大答应放我了，私下又与北师大签订"校长口头协议"，要我为西南师大再服务一年，目的是将此事"拖黄"。于是，从 1995 年北师大启动调我，直到 1998 年 10 月，我这才举家北上。妻子常说，那年我们只有 5 万元存款举家迁来北京的，好在当时北师大有人才引进的房子，要是放在

附录 2　王泉根自述：我和儿童文学的从教与学术之路

房价涨到六七万元一平米的今天，我们肯定不敢来北京了。

真是光阴如箭，我调入北师大已有 17 年了。年少时，我曾有过当工程师当农技员甚至当一名"漆匠师傅"的愿望，但绝对不会梦想当教授，因为我只读到初中，就被下放当"知青"了。真是做梦也不会想到，有朝一日我竟成了教授，而且居然成了百年名校北师大的教授，与钟敬文、启功先生等国宝级大师成了同一个系的教授。此可谓人生如梦、梦圆人生乎？

五、北师大的所作所为（之一）

北师大调我的目的，是为了重振儿童文学学科。儿童文学一直是北师大的传统特色学科，早在 20 世纪 50 年代初，北师大中文系就在全国高校率先成立了儿童文学教研室，由著名外国文学研究专家、作家穆木天教授担任首任主任，聘请人民教育出版社编审、著名儿童文学家陈伯吹先生为兼职教授。十年"文革"结束后，在时任北师大中文系系主任、著名民俗学家钟敬文教授的坚定拍板下，北师大中文系又在全国高校最早恢复了儿童文学教学，并作为本科生的必修课程。90 年代中期，由于多位教师接连退休，北师大一度停招了儿童文学硕士研究生。

正是为了确保儿童文学学科的可持续发展，北师大才花力气把我作为"特殊人才"引进的。因而我到北师大后，自然而然而且必须将全部的教学与学术兴趣集中在儿童文学，"学术成果"自然也就集中儿童文学领域，西南师大期间做过的"中国姓氏文化""中国现代文学"研究，到北师大后只是偶然涉足而已。同时，无论是北京作为中国的政治、文化、教育中心，还是北师大的学术位置与学术气场，都需要我以足够的时间与精力，关注与投入正在发展运动着的当代中国儿童文学"全局性"问题的评论与研究。我的儿童文学关注重心，开始从"历史"转向了"现实"，从"理论"转向了"批评"，从"细节描写"转向了"宏大叙事"。

关于来北师大以后的儿童文学工作，我曾在《进京十年》的文章中作过这样的描述："命运将我安排在教授的职位，并主要锁定在振兴中国儿童文学理

论研究与教育教学的位置上,可以说,自从接受这一使命以来,我是兢兢业业,如牛力耕,不敢有丝毫的懈怠和懒惰——我要对得起自己的事业,对得起'北师大教授'这一职位。扪心自问,我是敬业尽职的,凡是有利于中国儿童文学发展的事,我都会竭尽全力去做:从基础理论研究到文学现象批评,从作家作品评论到青年作者扶持,从学科建设到学术交流,从研究生培养到各类评奖,从图书策划选编到媒体发声。"

教师以"传道授业解惑"为职志,教书育人是我的第一要务。进入北师大的第二年,我就被聘为"中国现当代文学专业儿童文学方向"的博士生导师,并从 2001 年起,招收我国第一届儿童文学专业的博士研究生,因而被媒体称为我是"中国第一位儿童文学博士生导师"。实际上,在 2001 之前,李岫教授因退休已将她的一位攻读现代文学的香港博士生转由我指导,该生的博士学位论文是《多维度的香港儿童文学研究》。

从 2001 年迄今,我已先后指导了 31 位儿童文学博士生,已有 27 位毕业获得北师大文学博士学位,其中有 6 位来自日本(1)、新加坡(1)与中国台湾(2)、中国香港(2)地区,目前在读的还有 4 位。同时指导了 50 位儿童文学硕士生,有一位来自泰国。2012 年兰州大学文学院李利芳教授进入北师大文学院博士后流动站,由我作为合作导师,李利芳已于 2014 年顺利出站。此外,我还指导过数十位同力硕士(以同等学力申请硕士学位的研究生)、教育硕士及来自全国各地的访问学者。我为研究生每年开设两门课程,一是"儿童文学理论研究",二是"中国现当代儿童文学研究"。前者重论,后者重史。所有与儿童文学专业相关的博士生、硕士生与访问学者都来听我的课,有时还有陌生的外系、外校"蹭课"的面孔。每年与新生见面开讲的第一课,我都会在黑板上写下十六个大字,送给同学们:"取法乎上,仅得其中;取法乎中,不免为下。"希望同学们高标准、严要求,遵循北师大"学为人师,行为世范"(启功先生题)的校训,与北师大培养的博士、硕士名实相符;同时更期待从北师大走出中国未来一代的儿童文学批评家、理论家。

我给本科生也开设过多年的"儿童文学概论"课程,有的是作为文学院本

附录2　王泉根自述：我和儿童文学的从教与学术之路

科生的基础课，或是全校各院系的公选课。我在授课基础上主编出版的《儿童文学教程》（北京师范大学出版社2007年版），被教育部评为"普通高等教育'十一五'国家级规划教材"，2013年又被评为"'十二五'国家级规划教材"，因而此教材年年加印，被国内不少高校与新加坡选作教材。

博士生、硕士生的培养，尤其是博士生，重在学位论文指导，核心是确定论文选题与研究角度。我要求学位论文，特别是博士论文应具备"问题意识，创新思维，中国话语，学术规范"。三年博士生、硕士生阶段的学习，经过授课—中期考核—通过论文选题—撰写学位论文——预答辩，终于迎来论文答辩期。每年5月中下旬，最迟6月前几天，必须完成论文答辩，这时是师生最紧张最忙碌，也是各院系办公室、会议室最紧缺的时期，各个学科的论文答辩安排得"密不透风"，而且毕业学生还有找工作的巨大压力与心理纠结。大家不但忙得昏天黑地，而且累得眼圈发黑，因而每年5月被戏称为"黑五月"。

终于通过了学位论文答辩，师生们必会在一起举杯相庆。这是大家最轻松、最开心的时刻，既是"庆贺酒""谢师酒"，但同时也是分别告行的"送别酒"。每年见到一批批青年才俊走出北师大校门，服务祖国的各项事业，作为教师，自然这是最感欣慰的。我曾在一首集句小诗中这样寄语毕业的学生："挥手自兹去，萧萧班马鸣。鹏举轻千里，功名图麒麟。"如今，这些已毕业的学生正活跃在各地高校、中小学、出版社等部门，其中多数与儿童文学或教育有关，也有少量公务员。其中舒伟、王林、李利芳、张国龙、李红叶、崔昕平、郑欢欢、刘秀娟、徐迪南、王仁芳、冯臻等，已成为国内很有影响的儿童文学评论家、作家、出版人，多人成了教授。

北师大期间的儿童文学论著，主要以批评为主，大多发表在各类报刊上。已经结集出版的有《新世纪中国儿童文学新观察》上下卷（140万字，明天出版社2009年版）、《王泉根论儿童文学》、《担当与建构——王泉根文论集》（接力出版社2009年、2014年版）、《儿童文学的精气神》（湖北少年儿童出版社2013年版）、《中国儿童文学新视野》（湖南少年儿童出版社2009年版）、《中国儿童文学概论》（湖南少年儿童出版社2015年版）。此外，因参加童

庆炳教授主持的教育部重大社科研究项目"文艺学与中小学语文教学研究",与赵静等合著有《儿童文学与中小学语文教育》(广东教育出版社2006年版)。需要说明的是,接力出版社出版的两种论文集,即《王泉根论儿童文学》与《担当与建构——王泉根文论集》,系因接力社申报的"新视野中国儿童文学理论研究书系"获得国家出版基金资助,书系作者大多在已有出版品的基础上加以增补修订,因而我的这两书有多篇论文重复。

《中国儿童文学概论》是我比较看重的一部"史著",包括"中国儿童文学简史"与"中国儿童文学整体观"两大部分。"简史"是我探讨中国儿童文学发展历史的集中思考,分时段加以论述;"整体观"则是我在为研究生多年授课的讲稿基础上,加以修订抽取的一部分内容,包括现实主义精神、儿童观与中外比较影响。

身处北师大的学术位置,学术研究上的"全局观念"或"宏大叙事"是身不由己的必然取向。为此,我还花费很大精力,或主编或策划或参与过近十年来国内多种大型儿童文学理论与作品书系,也有的是作为我承担的国家社科基金或教育部、北京市社科基金项目的结项成果。主要有:《中国新时期儿童文学研究》(主编,河北少年儿童出版社2004年版)、《中国儿童文学六十年》(主编,湖北少年儿童出版社2009年版)、《中国儿童文学六十周年典藏》(主编,外语教育与研究出版社2009年版)、《百年中国儿童文学名家点评书系》(主编,现代出版社2012—2014年版)、《中国儿童文学走向世界经典书系》(主编,海豚出版社2013年版)、《民国儿童文学文论辑评》《民国儿童文学研究》(辑评,希望出版社2015年版)。

与此同时,我还花费不少时间与精力,帮助湖北少年儿童出版社策划成功《百年百部中国儿童文学经典书系》,并撰写总序言;2015年改出新版,作者增至121人,我又撰写了"新版说明"。帮助湖南少年儿童出版社策划成功《全球儿童文学典藏书系》(已出100余种),并撰写总序言。这两套书系,几乎囊括了中外儿童文学的重要作品,无论在出版界、读书界都产生了实质性影响,并成为两社的品牌与长销书。《百年百部中国儿童文学经典书系》更被誉

附录2　王泉根自述：我和儿童文学的从教与学术之路

为"中国儿童文学的世纪长城，中小学图书馆的镇馆之宝"。

从2009年起，我应邀为花城出版社选编《中国儿童文学年选》，已出6年6本。为了引导、推进我国原创幻想儿童文学的品质与年轻作家培养，从2012年起，我为大连出版社策划创设"大白鲸世界杯原创幻想儿童文学奖"，并主持评奖，已主编出版首届与第二届获奖作品集《大白鲸幻想儿童文学文库》。

我曾先后承担过（独立或主持）1项国家社会科学基金重点项目，3项国家社会科学基金一般项目，3项教育部人文社会科学研究规划项目，2项北京市哲学社会科学研究"十五"、"十一五"规划项目。2004年4月，经全国哲学社会科学规划领导小组批准，我被聘任为国家社会科学基金中国文学学科评审组专家，由"运动员"成了"裁判员"。中国文学学科评审组组长是中国社科院张炯先生，专家成员有复旦王水照、人民大学陆贵山、北大温儒敏、中国社科院杨义、暨南大学饶芃子、吉林大学刘中树、中山大学黄修己、南开大学陈洪、国家图书馆詹福瑞、西北师大赵逵夫、河南大学关爱和、天津日报滕云、南京大学赵宪章、上海交大王杰、新疆文联刘宾等十多位先生。2010年后，因基金项目翻倍增加，评审组专家也不断增补，新面孔越来越多，有中国社科院叶舒宪、南京大学丁帆、人民大学孙郁、天津理工大学舒伟，等等。

儿童文学直接关系着民族下一代精神生命的健康成长与民族性格的塑造，因而儿童文学学科在高校虽是"小学科"，但却与学校、家庭、社会甚至政府紧密相联，是高校中文专业学科中现实性、时代性最强的"窗口学科"。同时，作为践行高校四大任务"教育教学、科学研究、社会服务、文化传承"，高校教师也有服务社会的责任，而我所从事的儿童文学专业，正是服务社会的重要平台与途径。无论是从文学批评的现实需要出发，还是高校教师的职业使命，都要求我走出书斋、走出课堂，关心与投入现实与时代的"课题"中去，将学术智慧转化为大众接受。而作家协会、学术社团、出版机构正是联结现实的重要"通道"。

我于1990年3月加入中国作家协会。1997年起，担任中国作协儿童文学委员会专业委员。2007年12月起，担任中国作协儿童文学委员会副主任。

2001、2006、2011年，三次参加中国作家协会全国代表大会。2005年11月起，担任中国儿童文学研究会副会长。2009年11月起，被聘任为国家出版基金评审专家。2004年8月，在日本名古屋召开的第七届亚洲儿童文学大会上，被推举担任亚洲儿童文学学会副会长。因有这些学术兼职，尤其是担任中国作协儿童文学委员会副主任以来，每年会有不少会议、评奖找上门来；再加上出版社，以后又有文化公司找上门来，商谈与儿童文学有关的选题策划，开发青少年文化创意产业等等，有时真有"人在江湖，身不由己"的劳顿辛苦之感。

以上种种与书、与会、与奖有关的事项，占据了我不少时间与精力，但我虽觉其累而仍乐意投入与付出，是因为我直接见证与参与了当代中国儿童文学的"建设"与"历史"，这于生命自然是有价值和意义的。中国社科院樊发稼先生曾在为拙著所作的序言中，称我是儿童文学理论界的"拼命三郎"与"劳动模范"。这话虽有鼓励的成分，但我自感也真有一种"如牛力耕"的精神，因为我的生肖恰好属牛。

六、北师大的所作所为（之二）

2003年9月24日，北师大发文宣布成立"北京师范大学中国儿童文学研究中心"，由我出任中心主任。因我当时正在韩国任教，因而到2004年4月13日，中心这才正式揭牌，我从董奇副校长手中接过了中心匾牌。与西南师大不同，我以前主要是以"被邀请者"的身份参加与儿童文学相关的各种研讨会、笔会，到北师大后，应邀参加的研讨会、笔会自然远远多于西南师大。同时，我更以"主人"的身份，策划、筹办与主持了多种会议，邀请同行来北师大参加，"莅临指导，共襄盛举"。

"北京师范大学中国儿童文学研究中心"成立以后，我策划、主办的学术会议自然就更多了。大型学术会议（含中心成立以前）在北师大英东学术会堂举行，曾召开过"首届海峡两岸儿童文学教学研讨会"（1999）、"科幻与后现代学术研讨会"（2000）、"多维视野中的杨红樱学术研讨会"（2009）、首届与第二届"中国儿童分级阅读研讨会"（2009、2010）等。中心与首

附录2　王泉根自述：我和儿童文学的从教与学术之路

都师范大学、湖南第一师范学院、云南师范大学、北华大学等合作，分别于2010、2013、2014、2015年，在北京、长沙、昆明、吉林市召开过四届全国儿童文学与语文教育学术研讨会。中心还与清华大学合作，在清华附小召开过两届"北京国际儿童阅读大会"（2014、2015），邀请了包括美国伊利诺伊大学阅读教学专家安德森教授、圣地亚哥州立大学阿丽达教授、英国图画书名家安东尼布朗先生等，介绍欧美最新的儿童文学与分级阅读理念，每届都有上千人参加，可谓盛况空前。

中心召开的规模较小的研讨会，则在可以容纳五六十人参加的北师大文学院励耘学术报告厅举行，这有："张天翼诞生100周年学术研讨会"（2006）、"海峡两岸儿童文学交流十周年研讨会"（2004），以及郑春华、程玮、冰波、汪月玲、苏梅、葛竞、辽宁"小虎队"等作家作品研讨会。台东大学儿童文学研究所林文宝教授，几乎每年都要带领他的研究生团队来北师大交流，两校早在1999年就签署了合作协议，因而北师大与台东大学的交流更是"络绎不绝"。

2005年是安徒生诞辰200周年的全球纪念活动年，中国地区纪念活动的收官之作——"安徒生童话的当代价值：纪念安徒生诞辰200周年学术研讨会"，是由我策划筹办，于是年12月20日在北师大召开的。为了这次活动，我与中国和平出版社合作，出版了两种安徒生研究著作：一是由我主编的《中国安徒生研究一百年》，二是我的博士生李红叶的专著《安徒生童话的中国阐释》。

图书馆尤其是少年儿童图书馆，是进行儿童文学社会化阅读推广的最好平台，2007年8月与2015年6—8月，我协助国家图书馆，"北京师范大学中国儿童文学研究中心"作为协办单位，先后在国家图书馆展览厅成功举办了"让经典伴随我们成长——2007年暑假儿童文学展览"与"中国百年童书展"。后者是中国图书馆界有史以来的第一次大型儿童文学图书展，反响自然强烈。

北师大儿童文学学科的对外学术交流，我也"煞费苦心"，既有"请进来"，也有"走出去"。我曾先后邀请来自美国（2000、2009）、瑞典（2000）、芬兰（2001）、日本（2000、2006）、澳大利亚（2002、2005）、马来西亚（2007）

等国的著名儿童文学专家学者，包括原国际儿童文学学会会长玛丽亚·尼古拉耶娃、约翰·史蒂芬斯等，到北师大进行学术交流和为儿童文学专业研究生授课。北师大还先后举办了多次中外儿童文学学术会议，还有：2000 年 10 月"中日儿童文学交流研讨会"，2005 年 6 月"美国科幻创作和现状研讨会"，2005 年 12 月"中东（约旦、巴勒斯坦）儿童文学研讨会"，2006 年 11 月"中日图画书交流研讨会"，2007 年 7 月"中美科幻北京峰会"，2008 年 3 月"诺贝尔文学奖得主多丽丝·莱辛科幻小说学术研讨会"，2009 年 10 月"中挪儿童文学与青少年成长研讨会"等。

中外儿童文学学术交流最让我"煞费苦心"的是由我与国际儿童文学学会会长、澳大利亚麦考利大学约翰·史蒂芬斯教授共同主编的六卷本"当代西方儿童文学新论译丛"。这套丛书早在 2002 年就开始策划，其间为选定书目、谈妥外方版权授权、物色落实翻译专家，直到由安徽少年儿童出版社于 2010 年出版，历时八年之久，戏称"八年抗战"。这 6 种译本分别是：澳大利亚约翰·史蒂芬斯著的《儿童小说的语言与意识形态》(黄惠玲译)，美国罗伯塔·塞林格·特瑞兹著的《唤醒睡美人：儿童小说中的女性主义声音》（李丽译），澳大利亚罗宾·麦考伦著的《青少年小说中身份认同的观念：对话主义建构主体性》（李英译），瑞典玛丽亚·尼古拉耶娃著的《儿童文学中的人物修辞》（刘洊波、杨春丽译），美国杰克·齐普斯著的《冲破魔法符咒：探索民间故事和童话故事中的激进理论》（舒伟译），美国卡伦·科茨著的《镜子与永无岛：拉康、欲望及儿童文学主体》（赵萍译）。这 6 种译本可以说是近十年来西方儿童文学学术前沿的代表性论著，涉及到文化学、修辞学、传播学、女性主义、精神分析、拉康的主体理论、巴赫金的主体性、语言和叙事理论等。约翰·史蒂芬斯教授在序言中认为："西方儿童文学发展了众多的研究途径和方法，讨论图书、图书所反应的社会问题和促使这些问题形成的文化习俗之间的复杂关系。北京师范大学王泉根教授是本领域的杰出学者，他体察到一种紧迫性，即加强对图书的深度阅读，促进各学术领域的学者们进行更密切交流的迫切需要。于是，他构思将文学批评各个领域的代表性著作译成中文，随之与安徽少

附录2　王泉根自述：我和儿童文学的从教与学术之路

儿出版社达成协议，这个系列译著遂与读者见面。这些译著为中国学者提供了西方学者阐释儿童文学的方法，不失为成功的阐释范例。每本书都从根本上关注文学理解的原则，而侧重点则各不相同，它们分别研究语言、叙事形式、类别、性别、心理和文化影响。作为一个整体，丛书表现了不同的理论和阐释立场，希望读者对比它们的不同之处，从不同的方法论和理论基础中获得启发。"

我的儿童文学研究"走出去"的活动主要是参加国际性的学术会议。1997年8月，曾去英国约克大学参加"第十三届国际儿童文学研讨会"。2006年7月，赴澳大利亚墨尔本参加"大洋洲儿童文学研讨会"。2006年8月、2012年8月、2014年8月，我以亚洲儿童文学学会副会长的身份，先后赴韩国首尔、日本东京、韩国昌原参加第八、十一、十二届亚洲儿童文学大会。2007年11月，应邀去马来西亚参加华文书展并在吉隆坡、马六甲、新山考察马华文学与华文教学。2004、2008、2010年，曾三次去新加坡，为新加坡智源教育学院讲授儿童文学课程。2015年6月，再次去新加坡，参加"亚洲少儿读物节"的活动。

海峡两岸四地的儿童文学与语文教学交流研讨活动也有多次。1994年5月，我第一次应邀赴台湾，参加海峡两岸儿童文学交流研讨活动并作环岛之旅（台北—宜兰—台东—高雄—台中—台北）。1998年5月，应邀为台东师范学院（今台东大学）的儿童文学研究生班集中授课。后来获悉，我是第一位获得"国科会"经费赴台讲课的大陆教授。2001年又曾赴台参加两岸儿童文学研讨活动，并陪同北师大副校长郑师渠教授，考察了北师大的合作院校——台湾的"辅仁大学"。

2004年5月，我应香港大学"田家炳基金"之邀，赴港大进行学术交流。没有想到的是，在我即将结束交流准备返京前夜，突患急性阑尾炎，紧急送往香港玛丽医院，当晚做了手术，三天后出院，由wife赴港接我回京。我对港大校方与玛丽医院的精心安排照顾，深为感激，至今难忘。2005年4月，又应邀赴香港中文大学，参加国际儿童文学与语文教育学术研讨会。2006年9月，赴澳门参加国际儿童读物联盟第三十届世界大会，代表中国作主会场发言。

两岸四地的学术交流与研讨，使我深感同源同文的四地文学，植根于博大精深的中国母体文化，虽然"同中有异"，但毕竟血浓于水，心手相联，尤其是在面对中华民族下一代的儿童文学，更有共通的语言与价值理想。其实，何况是两岸四地，在面对人类下一代的儿童与儿童文学问题上，不同国家与民族之间，不同语言与宗教信仰之间，同样容易找到共同的语言与愿景。在与国外儿童文学的学术交流与对话中，我深深感到，儿童文学可以称之为真正世界性的文学，因为这种文学是一种基于童心的书写，而童心总是相通的。因而儿童文学作家则有可能以一种村上春树所说的"共通性的语言"来写作。"共通性的语言"首先是一种全球化视野，同时又有本民族文化特质，既是时代性的，又是民族性的，既是艺术性的，又是儿童性的。中国儿童文学走向世界并不是一个遥远的梦，中国正在从儿童文学大国向儿童文学强国迈进。在充满希望的二十一世纪，中国文化、中国文学与最容易"走出去"的中国儿童文学，理应作出自己应有的贡献。正是基于这样的理解，我对自己所从事的儿童文学学科就不觉其"小"，也不觉其"累"了。

七、北师大的所作所为（之三）

在三十余年的从教与学术生涯中，我是一位纯粹的教师与学者，一直坚守在讲台，潜心于书斋。我将书斋命名为"潜耕堂"，既是自励自勉，也是实情实况；但三十年中，因为工作所需，也曾担任过一些"行政"事务与校内外学术兼职。

在西南师范大学期间，1993年起，担任西南师范大学学术委员会委员、西南师范大学教授评审委员会委员。1997年9月，担任西南师范大学重庆文化发展战略研究中心常务副主任（主任是副校长）。

在北京师范大学，2001年至2003年期间，曾做过一届北师大中文系的行政工作。当时刘象愚教授任系主任，刘勇教授任系总支书记，我担任分管研究生、博士后流动站与科研工作的副系主任，班子中还有从事民间文学的万建中教授、古典文学尚学锋教授、古汉语刘利教授等。刘象愚教授因受美国福特

附录 2 王泉根自述：我和儿童文学的从教与学术之路

基金会邀请，赴美访学一年有余，这期间学校指派我担任代系主任。2004 年，北师大中文系改为文学院，因而我"身不由己"地成了百年师大中文系的最后一任代系主任。

我们这届系班子虽只有 3 年时间，但却遇到了北师大百年校庆与中国民俗学之父钟敬文先生百岁逝世以及北京遭遇"非典"三件大事。

百年校庆是全校上上下下总动员的大事。百年师大，中文当先。1902 年北师大之前身京师大学堂师范馆招生，所设课程即有经学、习字、作文等，此即中文学科之肇始。2002 年是北京师范大学建校一百周年，同时是北师大中文学科创设一百周年，也是中国语文教育现代化进程一百周年。中文系作为百年师大的传统老系、大系，在百年校庆活动中自然"任务重重"。我作为中文系代系主任，参与了将近一年的校庆相关筹备活动与中文系全球校友大会，并负责执行主编《京师论衡——北京师范大学中文系百年校庆学术论文集》，撰写序言（北京师范大学出版社 2001 年 8 月出版）。2001 年 9 月 8 日，北师大百年校庆在人民大会堂隆重召开纪念大会，党和国家领导人、中央政治局常委悉数到会，时任国家主席的江泽民发表讲话，盛况空前，史所罕见。那天清早，从北师大所在地海淀区新街口外大街到天安门广场，实行交通管制，临时封路，为北师大浩浩荡荡的师生车队让路。作为百年师大的一员，每个人的"感觉真是好极了"。在人民大会堂召开校庆纪念大会，并有党和国家领导人悉数到会，迄今为止，北师大是第一次。

中国民俗学之父钟敬文先生于 2001 年冬季在友谊医院住院，期间适逢钟老百岁华诞，学校特别安排启功先生等在医院为钟老贺寿，此事自然也是中文系具体张罗操办。2002 年 1 月 10 日，钟老去世。钟老在北师大的悼念活动及在八宝山的告别仪式，都有高层领导参加，自然也是"盛况空前"，具体筹办工作均由中文系负责。那段时间我作为"代系主任"，自然忙得"眼圈发黑"。我还撰写了以中文系全体师生名义敬献给钟敬文先生的挽联："人民学者一生奉献田野采风调研社会醒民德业永存世死乎生乎无愧民俗之父；文化大师百岁耕耘学派开新作育英才惊座鸿篇传字内文也诗也允为钟鼎长垂。"（刊

于 2001 年 1 月 23 日《光明日报》）

我们这届班子还遭遇到了 2003 年北京"非典"的非常时期。因而刘象愚、刘勇常在系务会上说：虽然大家做得很辛苦，但这些"百年"大事都让我们这一届系班子碰上了，这也是因缘际会，不是谁想遇到就能遇上的。

北京"非典"前夕，因系里派不出愿意前去韩国国民大学任课的教授（薪酬远比去日本、香港少，而且去韩国上课一年身体都要"瘦一圈"），眼看两校签订的合同就要违约，我被临场"救火"，紧急派往汉城（今首尔）国民大学人文学院。我离京时，北京"非典"还是人心惶惶，到韩国不久，非典就进入几乎"封城"的非常时期，这一下我就回不来了，这样就有了我在韩国国民大学任教一年的经历。

八、而今迈步从头越

人生如梦，梦如人生。记得我还在读小学四五年级时，因同学中有人"结巴"，小男孩顽皮好玩，当面搞笑结巴同学，也互相学舌。我们绍兴民间有一说法，小孩子在下雨天学结巴就会真的成为结巴。没有想到，同学中真有几位说话不流利了，我也曾一度差点"结巴"。祖父很是着急，他在饭桌上耐心地对我说："字要写正，话要讲顺，这是做人的'出面相'。万一你长大后要当老师，结巴怎么行呢？"祖父谆谆开导，和颜悦色。当时小小年纪的我，哪来人生规划，压根儿也没想当老师，我嘟囔着说："我才不会当老师呢，我要当……"当什么？自己也说不明白。

仿佛还在昨天，祖父的音容謦欬历历如在眼前，真是"光阴如箭，日月如梭"（这是当年写作文常用的"优美句子"），祖父离世已快 30 年了，而我担任教师居然也 30 年了。太阳照我，青灯伴我，30 年杏坛舌耕，30 年书斋砚耕，30 年春华秋实，30 年无悔人生。感谢西南大学，感谢浙江师大，感谢北师大。感谢曾经教过我课的所有老师，感谢曾经听过我课的所有学生，感谢所有编发过我文章的编辑，感谢所有阅读过我文字的读者。感谢我深爱的皇天后土与祖国文化。

附录2　王泉根自述：我和儿童文学的从教与学术之路

南下的高铁动车以每小时 300 公里的时速，呼啸着穿过黄河、长江，穿过色彩斑斓的原野、山川、城乡，眺望着车窗外变动的风景，回想着走过的从教与学术之路，我的心久久难以平静。我忽然想起了 2013 年 4 月，我回故乡上虞参加"章镇中学 1965 届初中毕业生同学会"的情景。这是我们毕业 48 年以后的首次聚会，当年的少男少女如今都已成了"六零后"，许多同学都是第一次相见，都已互不相识，要互报姓名这才"恍然大悟"。只有回到故乡，从面对面的"发小"与老同学变化了的容颜中，才能真真切切地感受到时间的流逝，感受到时光催人、岁不我待。我情不自禁地吟起诗来："刚刚还是十多岁，忽然都变老前辈。同学少年眼前事，转眼儿孙已列队。问姓惊疑侬是谁？报名始忆旧时媚。握手共话沧桑事，语罢不觉巾沾泪……"

"雄关漫道真如铁，而今迈步从头越。"20 世纪五六十年代成长起来的我们这一代人，多少都会背诵几首毛主席诗词，而这一句尤其成为鼓励人承前启后、继往开来的警句格言。相别 48 年后的老同学聚会，感慨唏嘘，契阔谈䜩，能不痛饮？我们互相举杯，又一起继续朗声背诵："从头越，苍山如海，残阳如血。"……

（2015 年 3 月 24 日草于 G117 次京沪高铁旅途，5 月 29 日再草于 G146 次沪京高铁旅途。9 月 30 日中午 1 点 10 分改毕于北京文慧园之潜耕堂）

后 记

十年耕耘，十年砥砺。

80年代儿童文学理论界曲折前行的种种，一晃已成了历史。80年代初，我正在大学念书（属于"文革"后首批考上大学的那一批"老"大学生），如今我的女儿也考上了大学。蓦然回首，不禁脱口而出杏坛祖师爷孔老夫子的那一句话："逝者如斯夫，不舍昼夜！"

不舍昼夜，昼夜不舍。太阳照我，青灯伴我。回顾我与新时期儿童文学理论界的经历，聊以自慰的是，我没有放弃过这一片绿地，而且还居然留下了几行歪歪斜斜的脚印。

第一次撰写儿童文学论文是在1980年暑假。在重庆江北城正街2巷12号附19号一间10余平方米的四楼居室里，在山城火炉的赫赫炎威、临街市声的喧嚣与不时传来的朝天门码头的汽笛声中，我汗流浃背，一鼓作气，写下了5万多字的文章《安徒生论》。开学后，惴惴不安地交给学报编辑部。未料到"一炮打响"。主编季平先生很快通知我：决定刊用，但篇幅太长，最多只能发表1万字。于是左斟右酌，忍痛割爱，最后保留下了其中1.2万字的一节：《安徒生童话的艺术》，发表于《西南师范大学学报》1981年第1期。不久，由中国人民大学复印报刊资料《外国文学研究》1981年第2期全文转载。

后　记

　　初试的成败往往导致一个人的选择，甚至影响一个人的命运。尝试成功了，自以为找到了应当如此的路数，于是踌躇满志，再接再厉；失败了，自然懊恼不已，自信受挫，然后别择他途。《西南师范大学学报》对尝试中的我无疑是一个极大的策励。就这样，我身不由己，开始向儿童文学靠拢。

　　第一次出版儿童文学专著是在1987年9月上海文艺出版社出版的《现代儿童文学的先驱》。这本书的末尾有这样一行文字："1981年9月7日夜忽发奇想于西南师范大学第三教学楼，1984年1月6日至5月11日初稿于浙江师范大学研究生学习室。"

　　重庆北碚西南师大第三教学楼是一幢文科楼，钱钟书、季羡林的老师吴宓教授曾在这里执教二十多年。大楼进门右侧有一间小教室，我读书的那些年，30多个座位每晚总是座无虚席，文史政教各系77级、78级一批最用功的同学（后来几乎全都考取研究生）都不约而同地聚集到了这里——整座大楼只有这间教室夜里不会熄灯。1981年9月7日晚上，我照例在里面的"包座"看书，忽然想到一个问题，于是循着跳跃的思路，赶紧记录在日记本上："忽然想到：刚才在看文学研究会章节，文研会提倡'为人生而艺术'，注重现实人生，这使他们必然要注重到儿童的解放和教育问题。因此，文研会成员（如叶圣陶、冰心、郑振铎）对儿童文学的贡献不是偶然的，而是由他们的文学宗旨所导致的结果。由此想到：考试后可否撰写《文学研究会对儿童文学的贡献》之类的论文：（1）由于提倡'为人生而艺术'，因而注重人生，而注重人生必然要注重儿童——儿童文学问题；（2）文研会重视外国儿童文学的研究介绍，使之出讨《小说月报·安徒生号》；（3）创作成就巨大：如叶圣陶的童话，冰心的《寄小读者》，郑振铎的贡献，又王鲁彦等也写过儿童小说，这使儿童文学在'五四'以后大大发展起来。（夜11点记）"

　　1982年2月8日，我带着"文研会与儿童文学"这个问题，去往浙江师范大学——当时尚称学院，孤立于金华市郊被农庄与农田全方位包围着。刚到那天，风雨泥泞，犬吠不已，几疑来到三间大学——师从蒋风先生，攻读中国现代文学专业儿童文学方向研究生。与我同届的是毕业于北京师大的汤锐，我

们属第二届；第一届是文革中毕业于南开大学的吴其南；下一届则是方卫平与章轲。浙师大两年半，主要是完成了一篇硕士学位论文：15万字的《论文学研究会的"儿童文学运动"》。1984年12月20日，我将打印稿寄往上海文艺出版社。我深深感谢该社理论编辑室林爱莲、周天、余仁凯与总编辑郝铭鉴先生"重文不重名"的用稿取向。一个普通学子的学位论文，居然与王瑶、钱谷融、时子铭、林非等名家的名字排列在一起，列入"中国现代文学研究丛书"出版。需要附提一笔的是：在成书过程中，责编作了一些技术处理：一是原书名太长，改为现书名（《现代儿童文学的先驱》）；二是为与整套丛书体例一致，删除了原稿中《文学研究会与儿童文学年表》等三个附录。

  这本小书犹如我的"头胎儿子"，自然敝帚自珍。我选择长期为现代文学研究所忽视的一个课题——20年代以沈雁冰、郑振铎、叶圣陶、谢冰心等为代表的文学研究会发起的"儿童文学运动"作为论题，全面考评、论证了文学研究会诸作家在儿童文学理论、创作、翻译、编辑诸方面对现代儿童文学建设所作出的重大贡献与深刻的历史影响；提出在中国，具有真正现代意义的儿童文学，是在"五四"新文化运动中发端的，而创建这种新型儿童文学的先驱者，正是坚持"为人生而艺术"的文学研究会作家群。这是文学研究会对中国新文学作出的一个独特而辉煌的贡献，应当写入中国现代文学的史册。这本小书传到海外，引起一些反响，日本、中国台湾的报刊均有书评。中国台湾的书评认为该书对"文学研究会儿童文学运动文艺活动的互动、理论思想的流脉及文学作品价值地位的比对与联系、分析与归纳，笔力雄厚，文理清晰，是不可多得的如椽之笔"。

  确切地说，我出版的第一本书不是《现代儿童文学的先驱》，而是1985年8月浙江少年儿童出版社出版的《周作人与儿童文学》。但这是选编而非著述。80年代初，"周作人研究"还是一个十分敏感的课题，学术界涉足的人不多。周作人是文学研究会的发起人与成立《宣言》的起草者，因为探讨文学研究会儿童文学运动这一课题，周作人自然成了我关注的对象。作为前期成果，我写了一篇题为《论周作人与中国现代儿童文学》的文章，目的是提出实事求是评

后　记

价周作人的儿童文学观与儿童文学实践，这在儿童文学界尚属首次。这篇文章寄往京、沪的刊物，但都被退回。一位小心谨慎的编辑当面对我小心谨慎地说过："这个题目太敏感了，我们不敢发表，你是否可以写点别的题目，如叶圣陶、张天翼。"此文在抽屉里冷冻了很长时间，后来才在《浙江师范大学学报》1984 年第 2 期发表出来。1984 年 6 月 14 日，我去杭州办事，特去浙江少年儿童出版社拜访田地先生，谈了正在编选《周作人与儿童文学》一书的情况。田地说："研究中国现代儿童文学，要想不谈周作人，那是完全不行的。你编的这本书今后就由浙少社出。"田地并告诉我将由孙建江作这本书的责任编辑。建江毕业于云南大学中文系，1983 年分配到浙少社，那些天他正在石家庄参加全国理论会议。所以确切地说，孙建江应是我出版第一本书的责任编辑。我们的合作十分愉快，自然也成了朋友。需要附言一笔的是此书出版后，曾被作为 1985 年度儿童文学理论研究的重要收获之一，记入《1986 年中国文学研究年鉴》。但也被某名家误认为是周作人的作品集，在 1988 年年初的某大报上点名批判，当时还真捏了两把汗。

我做研究比较注重朴学功夫，坚持无征不信，实事求是，不搞天马行空。此等"意境"，虽不能至，然心向往之。本此精神，1987 年暑假，我完成了 71 万字的《中国现代儿童文学文论选》的评选工作，经当时在文化部"全国少年儿童文化艺术委员会"任职的陈子君先生推荐，于 1989 年 8 月由广西人民出版社出版。当时出版此书，我是有自己考虑的：一是向学术界揭示现代儿童文学丰富的理论内涵与学术积累，中国的儿童文学理论研究决不是某些鄙视者心目中的"小儿科"，也不是后来的理论简约到"语言浅显，情节生动""教育儿童的文学"所能涵盖的；二是为儿童文学研究工作者提供一份现成的翔实可信的理论文献资料。当时曾有朋友劝我不妨先写成理论史著，自己先充分利用资料，独家占有，再出版也不迟。否则图书成为公器流入社会之后，他人自当利用现实资料做成文章，不但不会附注一笔参考感谢之言，说不定还会鸡蛋里面挑骨头，以证其学问之渊博。友人的劝告虽然后来在不同情况下以不同形式被印证，但我仍乐此不悔。即将出版的 84 万字的《中国当代儿童文学文论选》

是我又一个"乐此不悔"的成果。

80年代末、90年代初,儿童文学理论研究蒙出版单位有识之士的扶掖,势头看好。1990年,湖北少年儿童出版社开始推出"儿童文学新论丛书"(已出7种)。1992年,湖南少年儿童出版社又开始推出"世界儿童文学研究丛书"(计出9种)。1994年,甘肃少年儿童出版社一步到位,同时推出6卷本"中国当代中青年学者儿童文学论丛"。我在这三套丛书中,分别出版了《儿童文学的审美指令》《中国儿童文学现象研究》《人学尺度和美学判断》,与一批同时亲历过新时期儿童文学的理论界同行们的名字(以年岁为序,他们是韦苇、张美妮、彭斯远、金燕玉、吴其南、班马、汤锐、孙建江、朱自强、方卫平)汇聚在一起,这实在是一种难得的愉快。

这三套丛书(及稍后由江苏少年儿童出版社推出的"中华当代儿童文学理论丛书")的问世,使儿童文学理论出版形成了一种"农村包围城市"的格局。作为龙头老大的(上海)少年儿童出版社,终于当机立断,把握"天时、地利、人和"的优势,决定在世纪末推出一套与"龙头"地位相称的理论丛书,以促进跨世纪儿童文学的发展。这是一种胸襟、一种眼光,一种执着于儿童文学、儿童文化建设的事业心。为了策划这套丛书,1995年8月上旬,一个具有特殊意义的理论笔会在上海教育会堂举行。那天早晨,当理论界的同行们聚集在会堂前面的普希金铜像前合影留念时,一股新的冲击波就已开始在中国儿童文学理论界脉动……

利用沪上开会之便,我回故乡浙江上虞去转了转。30年前的1965年8月20日,我初中毕业,刚满16岁,就与同届11位同学一起去上虞复厄山区当知青。踏上故乡的热土,听着浓重的乡音,我仿佛又回到了16岁的少年时代。都说16岁是人生的"花季",可我们那时既没有花季也不知花季在哪里,只知道"广阔天地大有作为",命运使我们成了知青,就得自谋其食辛苦力耕。

我的生肖属牛,这辈子命定只有辛苦力耕,所以干脆就把书房命名为"潜耕堂",表示认命。钱钟书先生说过,读书人如叫驴推磨,苦了累了,抬起头来嘶叫两三声,然后又老老实实低下头去,依然踏着陈迹。当然也有不老实的

后　记

时候，感到厌倦的时候，有如朱熹体验过的那种"书册埋头了无日，不如抛却去寻春"的心绪，干脆捐书不读。但是，这辈子既然选择了与书打交道这个职业（读书—教书—写书），既然命该如牛力耕，那么苦了累了，嘶叫几声，最后还得老老实实低下头去，伏案砚耕。我相信我能甘于寂寞，继续砚耕下去——谁让我的生肖恰好是属牛呢！

【又记】上述文字于1995年8月写于重庆，后曾以《我的生肖恰好属牛》为题，刊发于上海《儿童文学研究》1997年第2期。我之所以把这篇小文移用过来作为本书的"后记"，是有自己想法的。

第一，这篇小文简略回顾了我从事儿童文学研究的历程，今天重读，个中滋味杂陈于胸。20世纪80年代成了历史，90年代也成了历史。在已过去的岁月，我用自己的理解和话语，于"中国儿童文学研究"这一特殊学术领域，做了一些事情，发表了一些看法，也或大或小产生了一些影响。我自问自己的八九十年代没有白过。一个人一辈子只能在一两件事件上守一存真见素、抱朴埋头苦干，才能真正做出一点成绩来，这犹如每颗星星只能在星汉灿烂的天幕守持一恒定之位置，其发光发亮才能引起人类瞩目，而流星虽能突发强光招人惊呼但却转瞬即逝再无价值。这个道理是我在而立以后逐渐明白的，这也是我之所以能在八九十年代坚持儿童文学这一寂寞专业而不动摇、不自弃的根本原因。

第二，这篇小文同时表达了我的一个意念（意志与信念）：我将继续认命，如牛力耕，老老实实、脚踏实地沿着自己认准的学术路向，努力做好自己所能做所想做的工作。我希望自己一步一个脚印，步步坚实，写一篇是一篇，写一本是一本。每当我看到旧书摊或废品回收站里那些出版不久即被淘汰处理的图书时，我总会如同踩地雷一般惊惶，小心翻检这里面有没有我写的书（谢天谢地，终了没有！）。书的生命应当长于人的生命，世上的长寿书都是作者用心血与生命写就的。那些速朽之作无一不是草率、浮浪、不负责任之作，实际上也是浪费自己的生命之作。人生苦短，流光易逝，为了对自己的生命质量负责，

就必须负责地做好自己所能做所想做的工作。我的这个想法未免充满书生的理想主义，但我却是这样想的，虽不能至，然心向往之。

这部著作比较集中地体现了我在20世纪的儿童文学理论以及我研究中国儿童文学的作为，同时也是我承担的国家社会科学研究基金项目的主体成果，由于出版困难，一直无以付梓。在寻找出版的过程中，部分文字曾以单篇论文的形式陆续发表过，这次出版，对全书体例与结构作了总体设计，并增写了一些新的内容，努力提升书稿的学术内涵和话语品质。承蒙重庆出版社的大力支持，本书终于在世纪之交得以顺利出版，了却一件心事。在拙书即将付梓之际，我要深深感谢王富仁教授在百忙中为本书作序，感谢班马教授对我研究工作的理解，感谢重庆出版社，在市场经济背景下慨然允诺出版这本肯定要赔钱的纯学术著作。重庆出版社作为中国四大直辖市之一的出版大社，以其大社的胸襟与气度，注重中国文化建设，扶持儿童文学研究，令我感动。同时，感谢长江、嘉陵江两江合抱的美丽山城重庆——我曾经工作、生活过20余年的第二故乡。感谢新世纪的阳光、蕙风。

王泉根
2000年1月16日
于北京师范大学中文系

新版后记

《现代中国儿童文学主潮》是我在1998年完成的一部论著,由重庆出版社于2000年初版,2004、2006年两次重印,累计印数6000册。此书曾于2001年获第五届国家图书奖提名(现改名为"中国出版政府奖"),2003年又获教育部第三届"中国高校人文社会科学研究优秀成果奖"二等奖。这是一部厚达800多页定价不菲的"冷门书",重庆出版社因此书久已脱销,决定改出新版重印。今年1月16日,当我接到重庆出版社冯建华先生的这一电话告知,内心自然十分高兴。

进入新世纪以来,以儿童文学为中心的童书出版业,在资本市场与网络、手机、动漫、影视及数字化产品的多重冲击和影响下,不但没有出现传统纸质图书急剧下滑、阅读人口锐减的现象,反而"逆势上扬",出现童书出版"黄金十年"并秣马厉兵雄心勃勃再创未来"黄金十年"的可喜局面。据悉现在全国500多家出版社中百分之八九十都在争做童书,甚至连国防工业出版社、化工出版社都成立有少儿读物部。杨红樱的作品已发行7000万册以上,曹文轩的《草房了》重印100多次,《儿童文学》杂志发行100多万册,这在成人文学看来简直不可思议。原因何在?我们当然可以从当今社会文化变革、全民阅读、童书推广、中小学语文教育改革等多种维度加以探析,这都有道理。

但我认为，最根本的原因还是社会发展带来的"儿童观"的转变与进步，儿童的生存权、受保护权和发展权得到了全社会越来越显著的重视与实施。鲁迅先生说："童年的情况，便是将来的命运。"今日儿童的情况，既是儿童生命个体将来的命运，也是我们民族群体将来的命运，中华民族的伟大复兴与"中国梦"的实现，无疑与今日儿童的情况紧密相联。

正是基于这样的理解，我三倍地欢呼今日儿童文学与童书出版的黄金发展，自然我也由衷地感激我的这一部《现代中国儿童文学主潮》"冷门书"的新版重印。在拙著新版重印的背后，我看到了学界与社会对儿童文学、对儿童文学学科、对中国儿童文学与儿童文化建设的重视与需求；同时也提醒我，学术著作的质量与"文采"（学术著作也有一个"可读性"的问题）应是学者时时牢记于心并形诸笔的。我曾在一部拙著的后记中这样写道："我对学术著作的写作，定位为'深具创见，可读性强'，这是我孜孜矻矻追求的目标。"自然，这也是今天奉献给广大读者朋友的这部新版拙著应锁定的目标。

有感于此，我借《现代中国儿童文学主潮》这次新版重印的机会，在保留旧版整体框架和大部分文稿的基础上，作了如下的调整、补充与修改，这是需要向读者说明的：

一是对书稿上编"发展思潮论"的部分章节内容作了少量补充修改，并增加了探讨新世纪儿童文学的第13、14、15章三章的内容，即《资本市场与互联网双重影响的新世纪儿童文学》（一）与（二）、《新世纪儿童文学的外来影响与对外交流》。又，增补了第1章《现实主义：现代中国儿童的发展主潮》。

二是书稿中编"个案研究论"中的第19章《当代儿童文学作家十人论》，对所论对象作了部分更换，另增加了第22章《动物文学的精神担当与多维建构》。

三是书稿下编"观念本体论"增加了第24章《论儿童文学的基本美学特征》与第28章《论儿童文学审美创造中的艺术形象、艺术视角》。

四是增加了一个附录：《我和儿童文学的从教与学术之路》。这是我对从事儿童文学教学研究三十余年的回顾与思考，所谓"夫子自道"，自有感慨存焉。

新版后记

现代中国儿童文学研究，尤其是 1949 年以后的部分，具有很大的"当代文学"研究与"批评"性质，因其所涉对象是正在发展运动变化着的文学现象，无论是作家作品还是文学思潮，而运动变化着的事物是不容易看清楚，更不容易说清楚的。此诚如我的朋友、北京大学中文系专研当代文学并进行"当代儿童文学创作"的曹文轩教授所言："时过境迁，许多在当时看来头头是道甚至是振聋发聩的批评，却会显出它的虚妄乃至可笑，后来的事实证明了当年的许多批评纯粹是凭空的武断和矫情的夸饰。可是，作为这个行当里的一个学者，却有义不容辞的责任：追踪当下，并给予描述、解释和揭示。这是一种类似走钢丝的、铤而走险的行为——正是它充满了冒险性，所以这个行当也才显出它迷人的挑战性。"

学术研究本身就是一种需要知难而进、深具挑战意味的独创性精神劳动，它既是对学者的知识具备、理论功底、学术眼光的检验，同时也是对学者的学术立场、文化担当、人文勇气的考验。作为人文学科研究之一小叶的儿童文学研究，也同样存在着这样的性质，而且，从某种角度说，儿童文学研究更需要其从业的学者具备经受得住这方面检验与考验的素质。因为他们所从事的研究对象及其所表达的立场、观点与方法，直接联系着关乎民族下一代国民精神的塑造与良好人性基础的养成。儿童文学与我们的教育、文化一样，其终极价值与目标在于凝聚起历史与现实、人生与人心、上代与下代向上、向善、向美的精神力量。当然我们知道文学的作用没有这么伟大，但只有不断聚集充满精气神、正能量的东西，才能使社会与人心向上走；相反，如果一直被假恶丑的乌烟瘴气所包围，人心与世道的坠落那是必然的。自我从事儿童文学教学研究三十余年以来，我对这一问题的理解日益加深，并努力地付诸我的教学与研究之中。我曾在《儿童文学的精气神》一书的封底写有这么一段话："问题意识、原创品格、中国话语、'有我'写作，这是我从事学术研究与文学批评坚持的原则与追求。"自然，这也是我撰著与修订这部《现代中国儿童文学主潮》坚持的原则与追求。我希望我的这一努力能产生实质性的效果，当然是否如愿需要由读者诸君加以评价。

我在本书所附《我和儿童文学的从教与学术之路》一文中有这样一段话："《现代中国儿童文学主潮》厚达69万字，北师大王富仁教授作序。此书是我在1998年调离重庆前就已选编好了的，之所以在重庆出版，这与重庆出版社副总编蒲华清的厚谊密不可分。蒲华清是一位在儿童诗创作方面颇有成就的诗人，他说泉根在重庆工作了这么多年，我们重庆出版社竟还没有给泉根出过书，因而无论如何要我为重庆留下'纪念'。1998年10月，我北上奉调北师大，此书于2000年元月出版，这也成了我重庆—北京'转型'时期的一个学术结晶，同时也是我在第二故乡重庆留下的最好学术记忆与纪念。"如今，事隔十余年，重庆出版社又要出版我此书的新版本，我的心怎能不为之感动？朝天门、解放碑、上清寺、江北嘴、观音桥、沙坪坝、袁家岗、牛角沱、北碚、南岸、长江、嘉陵江……重庆的一切都是那么亲切而印象深刻。深深感谢重庆出版社，感谢责任编辑周北川先生的辛苦工作，同时也难忘旧版的责任编辑杜虹女士当年的辛劳——这位中国第一个冰冻遗体的女作家，愿她50年后如同格林童话中的睡美人那样苏醒过来。童话的梦是美好的，愿人世间一切美好的梦都能成真。

感谢新世纪的阳光、蕙风！

王泉根2015年11月5日草，2017年8月21日改定
于北京文慧园之潜耕堂